BASTEI
LÜBBE

JASON DARKS SONDERAUSGABEN IM TASCHENBUCH-PROGRAMM:

73 901 Willkommen in der Hölle
73 902 Zeit der Monster
73 903 In Satans Diensten
73 904 Flüche aus dem Jenseits
73 905 Kämpfer gegen die Hölle
73 906 Dämonenbrut
73 907 Geister, Zombies und Vampire
73 908 Gegen Tod und Teufel
73 909 Alptraum Atlantis
73 910 Im Bann der Schwarzen Magie
73 911 Vampir-Schrecken
73 912 Monster aus dem Schattenreich
73 913 Hexenspuk und Teufelssaat
73 914 Im Reich des Bösen
73 915 Grauen aus der Hölle
73 916 Sarggeflüster
73 917 Im Haus der Angst
73 918 Todesträume
73 919 Das Spiel der Dämonen
73 920 Schreckenswelten
73 921 Nächte des Wahnsinns
73 922 Werwolf-Grauen
73 923 Grabgespenster
73 924 Liebesgrüße aus dem Jenseits
73 925 Hexensabbat
73 926 Satans Welt
73 927 Jünger der Finsternis
73 928 Zeit des Horrors
73 929 Besuch aus der Dunkelwelt
73 930 Triumph der weißen Magie
73 931 Symphonie des Blutes
73 932 Herren der Nacht

JASON DARK

JOHN SINCLAIR

Herren der Nacht

Acht spannende Grusel-Abenteuer

BASTEI LÜBBE

BASTEI LÜBBE TASCHENBUCH
Band 73 932

1. Auflage: September 2001

Vollständige Taschenbuchausgabe

Bastei Lübbe Taschenbücher
ist ein Imprint der
Verlagsgruppe Lübbe

Lektorat: Rainer Delfs
Titelillustration: Cebollo / Bassols, Barcelona
Umschlaggestaltung: QuadroGrafik, Bensberg
Satz: QuadroPrintService, Bensberg
Druck und Verarbeitung: 56311
Société Nouvelle Firmin-Didot,
Mesnil-sur-l'Estrée, Frankreich
Printed in France

ISBN 3-404-73932-9

Sie finden uns im Internet unter
http: / / www.bastei.de
oder
http: / / www.luebbe.de

Der Preis dieses Bandes versteht sich einschließlich der gesetzlichen Mehrwertsteuer

Inhalt

Mein Grab in der Teufelsschlucht

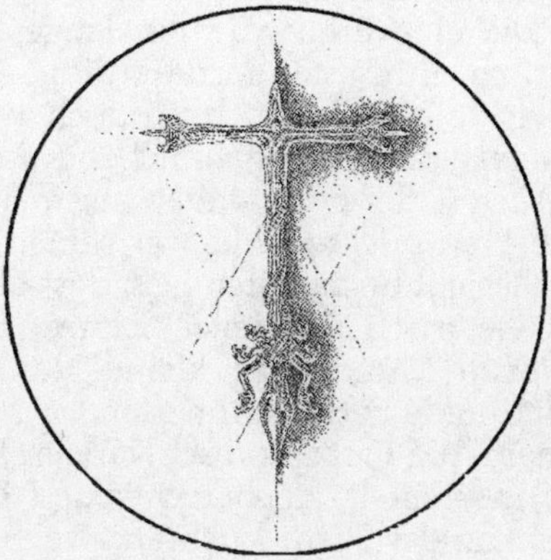

Urplötzlich fuhr ein Windstoß durch den engen Felskanal in die Höhle hinein, wirbelte Staub und kleine Steine in die Höhe, bevor er mit seinem gewaltigen Atem in die rote Glut des Feuers blies, die Flammen erst auseinander fächerte und dann in langen Zungen hochschleuderte, sodass sie mit ihren Spitzen fast die Decke berührten.

Für die Länge dieses Augenblicks wurde das Innere des Berges erhellt, und es entstand in der gewaltigen Höhle ein gespenstisches Spiel aus Licht und Schatten, das sich zuckend und wabernd an den Wänden widerspiegelte und einen unheimlichen Eindruck hinterließ.

Das Feuer brannte in der Höhlenmitte. Es waren normale Flammen, die an den sorgfältig aufgeschichteten Holzscheiten fraßen, sie gierig verschlangen oder sie zum Platzen brachten, sodass Funkenbahnen in die Höhe stoben.

Nach einer Weile beruhigten sich die Flammen wieder, und das Feuer brannte ruhig wie zuvor weiter.

»Hat uns der Teufel eine Antwort gegeben?«, fragte eine weibliche Stimme aus dem Hintergrund der Höhle.

»Nein, noch nicht. Wir müssen ihn erst rufen!« Eine ebenfalls weibliche Stimme antwortete, und wie abgesprochen lösten sich zwei Gestalten aus dem Hintergrund der Höhle.

Sie gingen aufeinander zu. Nur durch das Feuer waren sie getrennt. Die eine Frau trug ein langes, giftgrünes Kleid, eigentlich ihre Standardkleidung. Im ersten Augenblick wirkte es sehr züchtig, doch wer genauer hinschaute, der sah den tropfenähnlichen Ausschnitt zwischen ihren Brüsten, der noch weiter auseinander klaffte, wenn sich die Frau bückte. Und wer seinen Blick dann weiter in das Gesicht hochgleiten ließ, der sah eine Haut fast so weiß wie frisch gefallener Schnee, einen etwas schmalen, blassen Mund, eine kleine Nase und zwei Augen, die an dunkle Perlen erinnerten.

Das Haar hatte die Farbe von schwarzem Lack. In der Mitte war es gescheitelt, doch rechts und links dieses Scheitels, direkt an der Stirn, wuchsen zwei Schlangen.

Das Satanszeichen.

Aber auch ihr Zeichen.

Das Mal der Wikka!

Sie, die Oberste aller Hexen, der Günstling des Teufels, sie allein war es, die in dieser finsteren Höhle regierte und die große Beschwörung durchführen wollte.

Wenn sie einen Schritt nach vorn machte, bewegte sich die andere Person auch.

Sie hatte im Gegensatz zu Wikka langes blondes Haar. Unterschiedlicher hätten die beiden Frauen nicht sein können, und doch gab es etwas, das sie fast untrennbar miteinander verband.

Die Macht des Satans!

Beide glaubten an den Teufel. Wikka schon immer, aber die Blonde erst seit kurzer Zeit. Vor einem Jahr noch hatte sie auf der Gegenseite gestanden, da bekämpfte sie das Böse und galt als Gefährtin des Geisterjägers John Sinclair. Doch sie war in den Bann des Rippers geraten, der sich ihrer Seele angenommen hatte und die Frau, die auf den Namen Jane Collins hörte, somit vom Guten abkehrte.

Jetzt gehorchte sie nur noch Wikka. Und damit dem Teufel, denn Wikka war der treueste Diener oder die folgsamste Dienerin des großen Höllenfürsten.

Sie baute er langsam und allmählich auf. Er hatte eine schwere Niederlage durch die Vernichtung seiner Tochter erlitten und gab sich selbst einen Teil der Schuld. Das sollte ihm nicht noch einmal passieren. Der Satan wollte nichts mehr überstürzen, sondern allmählich vorgehen, um dann umso härter zuschlagen zu können.

Wikka hatte günstige Voraussetzungen geschaffen, indem es ihr gelang, Jane Collins von Sinclairs Seite zu reißen. Sie war voll integriert worden und hatte es auch durch schlimme Taten bewiesen, indem sie sich für zwei schreckliche Morde an jungen Menschen verantwortlich zeigte.

Für Jane gab es kein Zurück mehr.

Wie allerdings ihre ehemaligen Freunde darüber dachten, wusste Wikka nicht. Für sie stand Sinclair an erster Stelle, und sie wollte ihn in ihre Gewalt bringen.

Nur deshalb kamen sie in dieser Höhle zusammen. Als das Feuer sie fast berührte, blieben die beiden Frauen stehen. Über die Flammen hinweg schauten sie sich an.

Das Gesicht der Jane Collins war eine glatte, kühle Maske. Nichts verriet, was sich in ihrem Innern tat, und ihre Augen waren starr auf die Meisterin gerichtet.

Jane war normal angezogen. Sie trug Hosen, Stiefel und einen dicken Pullover, denn sie sollte nicht in der Höhle warten, sondern aktiv angreifen.

»Können wir anfangen?«, flüsterte Jane. Ihre Augen glänzten plötzlich. Sie konnte es einfach nicht erwarten.

»Es wird nicht leicht sein«, erwiderte Wikka.

»Aber du hast doch den Weg gefunden.« Jane hatte die Lautstärke ihrer Stimme gesteigert, und sie hallte durch die Höhle.

»Das schon. Nur weiß ich nicht, ob der Zauber dieser Bergdämonen noch wirkt.«

»Versuche es!«, zischte Jane Collins und ballte die rechte Hand zur Faust. »Ich will ihn haben. Er hat mir auf dem Festplatz des Teufels eine zu große Niederlage bereitet. Versuche es jetzt!« Zuletzt klang ihre Stimme schrill.

Wikka nickte, und die Schlangen an ihrer Stirn bewegten sich in diesem Rhythmus mit. »Keine Angst, kleine Jane, wir packen ihn. Er kann gar nicht anders, wenn der uralte Zauber der Bergdämonen seine volle Wirkung entfaltet.«

»Soll ich sie holen?«

»Nein, das mache ich.«

Jane Collins nickte. Sie hatte sich zu fügen, denn Wikka war ihre Meisterin. Wenn sie etwas sagte, dann musste Jane es ausführen. Die ehemalige Detektivin blieb am Feuer stehen. Sie drehte sich nur um 90 Grad, um den Weg der Oberhexe zu verfolgen.

Im Widerschein der Flammen sah das Gesicht der Jane Collins aus wie eine zum Leben erweckte Maske. Sie selbst zuckte mit keinem Muskel, doch der Flammenschein leuchtete es an, gab ihm Bewegung, sodass es wirkte, als wäre es mit einem geisterhaften Leben erfüllt.

Jane Collins fieberte. Sie sehnte sich nach John Sinclair.

Aber nach einem John Sinclair, der ihr wehrlos zu Füßen lag und den sie dann vernichten konnte.

Sie stellte sich die Szene vor. Sinclair hier am Feuer liegend. Sie vor ihm stehend, ein langes Messer in der Hand und dann immer wieder nach unten stoßend.

Einmal, zweimal, bis es nicht mehr ging und ihr Hass endlich abgekühlt war.

Die Collins stöhnte auf, so erregt hatte sie diese grauenhafte Vorstellung.

Aber es gab auch noch eine andere Möglichkeit. Man musste ihn zum Dämon machen, ihn einreihen in die Geschöpfe der Finsternis, damit er an ihrer Seite lebte und existierte, als Schwarzblüter, als magisch Beeinflusster, kurzum, als Dämon.

Sie und Wikka hatten lange über eine Möglichkeit gesprochen, Sinclair zu vernichten. Da gab es zahlreiche Dinge, die man anstellen konnte, aber er sollte auch würdig sterben, das verlangte der Teufel. Nach einem magischen Ritual.

Bis ihnen der Zauber der Bergdämonen eingefallen war. Diese kleinen, gefährlichen Wesen waren eine Mischung aus Zwerg und Affe. Und sie waren uralt. Den Legenden nach zu urteilen, hatten sie bereits existiert, als durch gewaltige Erdverschiebungen die mächtigen Alpen entstanden. Und die Bergdämonen überlebten die Zeiten. Sie zogen sich dorthin zurück, wo es am finstersten war, in die tiefsten Höhlen und Schluchten. Zumeist bestanden sie aus Stein. Ja, sie hoben sich von den Steinen nicht ab, nur wenn sie es wollten oder beschworen wurden, zeigten sie sich in ihrer wahren Gestalt.

Diese kleinen Dämonen gehörten zu den niederen Völkern. Wikka hätte sich auch kaum um sie gekümmert, wenn diese Wesen nicht von einem Geheimnis umgeben wären.

Sie waren Telepathen.

Über große Entfernungen hinweg konnten sie Gedanken tragen und glichen darin den großen Überlandleitungen, die den Strom in die entferntesten Dörfer transportierten.

Und sie sollten den Weg zu Sinclair finden, um ihn in das andere Land zu locken.

Wikka kam zurück.

Sie hatte zwei Berggeister gefunden. Zwei dämonische Geschöpfe, die tatsächlich seltsam aussahen, ein graues, wie mit Asche überstäubtes Fell hatten, runde, rotgelbe Augen, einen großen Schädel und etwa an die Größe von Schimpansen heranreichten.

Sie konnte die beiden tragen wie zwei Taschen, denn sie rührten sich nicht.

»Sie sind tot?«, fragte Jane.

»Noch nicht.«

»Dann willst du sie sterben lassen?«

Wikka blieb dicht neben dem Feuer stehen. Abermals trafen sich die Blicke der beiden Personen über die Flammen hinweg. »Ja, ich werde sie vernichten, ich muss es sogar, denn sie besinnen sich erst in höchster Lebensgefahr auf ihre Kräfte.«

Jane nickte, obwohl sie nichts verstand. Aber Wikka wusste schon, was sie wollte. Um ihre Lippen spielte ein hartes Lächeln, als sie um die Flammen herumschritt und neben der Hexe Jane Collins stehen blieb.

»Jetzt wirst du eine sehr sonderbare Magie erleben«, versprach sie im Flüsterton. »Gib genau Acht, meine kleine Schülerin. Wikka zeigt dir etwas von ihren Kräften.« Sie begann meckernd zu lachen, die Schlangen an ihrer Stirn bewegten sich unruhig, dann schleuderte Wikka ihre Arme nach hinten und noch in derselben Sekunde wieder nach vorn.

In jeder Hand hielt sie einen Bergdämon. Und sie öffnete ihre Hände in dem Augenblick, als die Arme wieder zurückschwingen wollten.

Die beiden Kreaturen fielen herab.

Genau ins Feuer.

»Jetzt wirst du es sehen, kleine Jane!«, rief die Oberhexe zu ihrer Schülerin. »In den nächsten Augenblicken siehst du die Magie der Wikka, der keiner gewachsen ist. Nur der Satan persönlich.« Sie wollte sich vor Lachen schütteln, und Jane Collins bekam die folgenden

Ereignisse mit, als würde sie einen magischen Traum erleben.

Die Flammen erfassten die beiden Bergdämonen. Waren sie bisher betäubt gewesen, so änderte sich dies.

Sie wurden wach.

Und dann ertönten ihre Schreie.

Es waren grauenhafte, spitze, schrille Laute, die die große Höhle durchbrandeten und an den Wänden gebrochen wurden.

Und noch etwas geschah. Die beiden Bergdämonen fielen nicht zu Boden. Sie blieben innerhalb der Flammen etwa brusthoch über den auf der Erde brennenden Holzresten.

Scharf wandte Jane den Kopf und warf Wikka einen fragenden Blick zu. Die Oberhexe bemerkte ihre Dienerin überhaupt nicht. Sie war viel zu sehr mit sich selbst und ihrer Beschwörung beschäftigt. Bei ihr erlebte Jane Collins immer wieder Überraschungen, nie hätte sie damit gerechnet, dass dieser Zauber so wirksam sein konnte.

Sie schaute auf die Bergdämonen. Die kleinen, affenartigen Geschöpfe mit den runden, gelbroten Augen schwebten tatsächlich innerhalb der heißen Feuersbrunst. Aber sie hatten sich verändert. Auch ihr Fell war von den Flammen nicht verschont geblieben. Es hatte eine dunkelrote Färbung angenommen und glühte nun selbst wie das hochlodernde Feuer.

Seltsam …

Wikka streckte die Arme aus. Es war eine heftige, ruckartige Bewegung. Die zehn Finger wiesen auf die Bergdämonen, die in den Flammen standen und nicht vergingen.

Plötzlich lösten sich die beiden Schlangen aus Wikkas oberer Stirn. Schnell wie Pfeile waren sie, und sie fanden ebenfalls ihr Ziel in den kleinen Dämonen.

Hart stießen sie in die Körper.

Im ersten Moment zuckten die beiden Dämonen. Sie sahen aus, als hätten sie Würmer in ihren Körpern, und auch die Schlangen veränderten ihr Aussehen.

Das gefährliche Glühen der Flammen überdeckte ihr

giftgrünes Aussehen. Es strahlte so stark ab, dass es auch die ausgestreckten Hände der Hexe erfasste.

Wikka begann mit der intensiven Beschwörung. Sie hatte jetzt eine Verbindung zu den glühenden Bergdämonen geschaffen, und sie begann zu schreien.

Weit öffnete sie dabei den Mund. Und es drang immer nur ein Name über die Lippen.

Sinclair!

»John Sinclair! John Sinclair! Du musst mich hören. Mich, die Königin der Hexen. Du wirst mich hören, und du wirst meinem Ruf folgen, der dich in die Teufelsschlucht führt. Du sollst die Schlucht der Bestien kennen lernen, das Gebiet der Dämonen, und du wirst unter ihre Herrschaft geraten, um endlich deinen verdammten Tod zu finden! Hörst du mich, John Sinclair? Hörst du mich?«

Jedes einzelne Wort hatte sie hinausgebrüllt, als sollte es über Hunderte von Kilometern noch zu hören sein, doch es hallte und schallte nur in der Höhle wider.

Die Augen der Bergdämonen glühten noch stärker. Sie hatten jetzt eine immense Leuchtkraft. Durch die Worte der Oberhexe waren ihre Kräfte motiviert worden.

Telepathie …

Daran musste Jane Collins denken. Wikka hatte von den besonderen Fähigkeiten der Bergdämonen gesprochen. Sie beherrschten die Telepathie, konnten die Gedanken anderer Menschen oder Wesen beeinflussen. Aber schafften sie dies auch bei John Sinclair?

So abrupt wie die Stimme der Oberhexe aufgeklungen war, so schnell brach sie auch ab.

Wikka selbst sank zusammen. Sie ging dabei nach hinten, machte einen erschöpften Eindruck, sodass sich Jane genötigt sah, einzugreifen, zu ihr ging und Wikka stützte.

Mit einem Zischen lösten sich die beiden Schlangen aus den Körpern der Bergdämonen, drehten sich einmal um die eigene Achse und fanden ihren angestammten Platz in der hohen Stirn der Oberhexe.

Dort blieben sie, und nur ihre Köpfe schauten hervor.

Ein Ruck ging durch die Gestalt der Wikka. Sie schaffte

es wieder, sich kerzengerade hinzustellen, hatte ihre Schwäche abgeschüttelt und schaute Jane an.

»Das war es«, sagte sie.

Jane nickte. Sie wollte nach den beiden Bergdämonen fragen, als sie erkannte, dass diese, nachdem die Beschwörung vorbei war, nicht mehr gebraucht wurden.

Sie lösten sich auf. Für einen Moment leuchtete die grüne Asche inmitten der Flammen. Sie sah aus wie grüner Sternenstaub, der zudem noch ein paar Mal blitzte und dann zu Boden rieselte.

Es war vorbei.

Auch für Wikka, denn sie drehte den Flammen den Rücken zu und ging in den Hintergrund der Höhle. Noch einmal fauchte Wind durch den engen Felskamin und wühlte das Feuer hoch, sodass die Flammen einen zuckenden Tanz aufführten.

Sie hatten es geschafft.

Obwohl Jane zahlreiche Fragen auf der Zunge brannten, schwieg sie. Sie wollte Wikka nicht stören, die sich erst einmal regenerieren musste. Erst als die Oberhexe ihre Dienerin anschaute, da wagte Jane, die Fragen zu stellen.

»Was ist mit ihnen?«

»Meinst du die Bergdämonen?«

»Ja.«

Wikka winkte ab. »Sie haben ihre Pflicht getan. Ihr Ruf ist stark, sie besitzen eine für uns kaum erklärbare Kraft. Die Hölle hat sie damit ausgestattet, und die Kraft wirkt über eine lange Strecke. Sie wird auch John Sinclair erreichen.«

»Kommt er?«

»Ja, er muss der Spur nachgehen. Er ist der Geisterjäger. Die Magie dieser Dämonen hat ihn beeinflusst, glaub mir.«

»Ich weiß nicht so recht. Du darfst nicht vergessen, dass er eine sehr starke Waffe besitzt.«

»Denkst du an das Kreuz?«

»Ja.«

Wikka lachte nur. »Vergiss es, Jane! Das Kreuz ist zwar

gefährlich für uns, aber es wird uns nichts tun. Vielleicht stellt es sich sogar auf unsere Seite.«

Über die letzte Antwort erschrak Jane Collins. »Wie kannst du so etwas sagen?«

»Ganz einfach. Durch das Kreuz wird er wissen, dass er zu uns kommen muss. Es ist gewissermaßen der Übermittler. Verstehst du?«

»Fast«, gab Jane ehrlich zu.

Wikka legte ihr die Hand auf die Schultern. »Keine Sorge, Kleine, wir werden es schon schaffen. Sinclair kann überhaupt nicht anders. Er muss einfach kommen.«

»Hoffentlich«, flüsterte Jane. »Hoffentlich ...« Ihr Gesicht verzog sich dabei. Es nahm einen hasserfüllten Ausdruck an, denn Jane wollte nur eins: die Vernichtung des Geisterjägers ...

Eine Woche vor Weihnachten!

Da wurde London immer von einer Menschenwelle überschwemmt. Die Leute, die vergessen hatten oder aus Zeitgründen nicht dazu gekommen waren, Geschenke zu kaufen, rasten noch einmal los, um die Dinge im letzten Augenblick zu besorgen.

So kam es dann zu dem großen Gewühl, zu den Schlachten auf der Straße und in den Geschäften.

Mir blieb nichts anderes übrig, als mich ebenfalls in das Gewühl zu stürzen. Als ich meinen Mantel überstreifte, grinste Suko süffisant. »Ich wünsche dir viel Vergnügen, John.«

»Deinen Spott kannst du dir sparen.«

»Das war ehrlich gemeint.«

»Ich kenne das.«

»Und was schenkst du mir?«, fragte Suko. Er lehnte sich auf dem Stuhl zurück und spielte mit einem Bleistift.

»Etwas ganz Besonderes.«

»Was denn?«

»Mein Vertrauen.«

Suko verzog die Mundwinkel. »Darauf kann ich verzichten.«

»Wieso? Ist das nichts?«

»Und so etwas will ein Freund sein. Nein, John, von dir hätte ich etwas mehr Ernst erwartet. Weihnachten ist keine fröhliche Sache. Hast du das nicht bemerkt? Du bist hier geboren, müsstest es eigentlich wissen. Mir ist sogar aufgefallen, dass Weihnachten die Menschen immer sehr ernst, nervös und hektisch sind ...«

Er redete noch, als ich an der Tür war. Dabei hatte Suko Recht. Das Weihnachtsfest war nicht mehr so wie früher. Aber das konnte man nicht ändern, und ich regte mich auch nicht mehr darüber auf.

»Na, dann kauf mal schön«, sagte Glenda, als ich ihr Vorzimmer durchschritt.

Auch sie wusste Bescheid. Eigentlich alle meine Bekannten. So etwas hatte ich noch nie erlebt. Die taten ja, als wäre es ein Weltwunder, dass ich mal lostigerte, um Weihnachtsgeschenke zu kaufen. Fehlte nur noch, dass Sir James antanzte und ebenfalls seinen Kommentar dazu gab.

Kaum hatte ich diesen Gedanken formuliert, als die Tür geöffnet wurde und Sir James auf der Schwelle stand. Die Augen hinter seinen dicken Brillengläsern wurden noch größer. »Sie sind noch da, John?«, fragte er erstaunt.

»Ja, Sir. Ich wollte gerade ...«

»Beeilen Sie sich. Nachher ist alles weggekauft.«

»Bei meinem Gehalt kann ich mir nur kleine Geschenke erlauben.«

»Das reicht ja auch. Viel Spaß wünsche ich Ihnen. Und lassen Sie sich nicht von Dämonen überraschen.«

»Da werde ich Acht geben.« Kopfschüttelnd stahl ich mich hinaus. Jeder interessierte sich plötzlich für meine Weihnachtseinkäufe. Als ob das so etwas Besonderes wäre.

Fehlte nur noch, dass mich der Mann vom Empfang darauf ansprach, doch der hielt sich zum Glück zurück und winkte mir nur zu, als ich das Yard Building verließ und hinaustrat in einen nasskalten Vormittag.

Es schneite nicht, aber es war trotzdem kalt und vor allen Dingen stürmisch. Dieser Sturm hatte sich über der

Insel ausgetobt und das Meer in eine kochende Hölle verwandelt. Mit Schrecken dachte ich an die Opfer, die der Zusammenstoß zweier Schiffe im Kanal gefordert hatte. An diesem Morgen waren die Zeitungen voll mit Berichten über die Katastrophe.

Ich stellte den Kragen in die Höhe und begab mich auf den Weg zur nächsten U-Bahn-Haltestelle. Zum St. James Park musste ich. Nur ein Katzensprung von meiner Arbeitsstelle entfernt.

Zusammen mit zahlreichen anderen Fahrgästen tauchte ich in den U-Bahnschacht. Ich war in Gedanken versunken und dachte darüber nach, was ich jedem schenken konnte.

Ich wollte Glenda, Shao und Suko eine Kleinigkeit kaufen. Sir James bekam natürlich nichts, sein Magenwasser konnte er sich selbst kaufen.

Bei den beiden Frauen hatte ich an Schallplatten gedacht. Glenda hörte gern die Gruppe Supertramp. Da von dieser Gruppe eine neue LP auf dem Markt war, wollte ich sie ihr besorgen. Shao sollte von mir einen Schal bekommen, Suko Tee

Ja, das war es.

Ich hatte Glück, denn als ich die Sperren durchschritt, fuhr schon der Zug in Richtung Regent Street ein. Da gab es alles, ebenso wie in der King's Road oder Oxford Street.

Die Türen öffneten sich zischend. Menschen verließen die Wagen, andere stiegen ein. Alles ging gesittet zu. Jeder wartete, bis der andere den Wagen verlassen hatte.

Ich fand einen Stehplatz und hielt mich in dem von einer Stange herabhängenden Griff fest.

Neben mir saß eine Frau, die mit Einkaufstüten bepackt war und diese vor sich auf die angezogenen Beine gestellt hatte. Sie schaute zu mir hoch und lächelte.

»Da haben Sie ja zugeschlagen«, sagte ich.

»Das können Sie laut sagen, Mister. Aber wenn man drei Enkel hat ...«

»So ist das nun mal.«

»Kaufen Sie auch ein, Mister?«

»Ja, ich will mich mal umsehen.«

»Haben Sie Kinder?«

»Leider nicht.«

»Verheiratet?«

Jetzt begann die Ausfragerei. Ich machte das Spiel mit. »Nein, ich bin Junggeselle.«

Sie legte das Gesicht in Falten. »Da sollten Sie aber zusehen, dass Sie sich um eine Frau kümmern. Es ist nicht gut, wenn man das Weihnachtsfest allein feiert. Da kommen einem zu trübe Gedanken.«

»Bis zum Fest wird es wohl nicht mehr klappen«, erwiderte ich.

»So meine ich das auch nicht. Im nächsten Jahr, Mister. Sie werden sehen, wie schön es ist, wenn man Weihnachten mit einem Partner feiert. Glauben Sie mir.«

Im Prinzip hatte sie Recht. Ich dachte noch an die Zeiten, als ich mit Jane Collins zusammen gewesen war. Es waren wirklich unvergessliche Stunden gewesen.

Der Zug hielt. »Hier muss ich aussteigen«, sagte die Frau und erhob sich ächzend.

Wir wünschten uns gegenseitig ein frohes Fest. »Und denken Sie an meinen Ratschlag«, sagte die Großmutter zum Schluss.

»Mach ich.«

Plötzlich fiel mir etwas ein. Himmel, ich brauchte ja noch ein Geschenk. Die Horror-Oma Sarah Goldwyn durfte auf keinen Fall leer ausgehen. Das konnte ich ihr nicht antun. Für sie musste ich etwas kaufen. Aber was?

Ich überlegte. Sarah Goldwyn sammelte alte Bücher. Vielleicht fand ich etwas. Oder ich kaufte ihr einen Horrorfilm für ihren Video-Recorder.

Mal sehen ...

Die Conollys hatten ihre Geschenke bereits. Sie verbrachten die Feiertage in der Schweiz. Auch das Geschenk für den kleinen Johnny hatte ich ihnen mitgegeben.

Die nächste Haltestelle brachte mich zu meinem Ziel. Oxford Circus. Hier befand sich auch die große Einkaufsstraße, die ich unbedingt abgehen wollte.

Da herrschte vielleicht ein Trubel, denn genau hier stoßen die Regent und die Oxford Street zusammen. Tausende waren unterwegs im weihnachtlich geschmückten London, und ich stürzte mich als einer von vielen in die Massen.

Die Straßen zeigten sich im bunten Glanz. Alle Auslagen in den Geschäften waren auf Weihnachten getrimmt. Wenn die Türen geöffnet wurden, vernahm ich das Dudeln der Weihnachtslieder. Hier lockte man den Käufer mit genau ausgeklügelten Methoden. Je stimmungsvoller das Weihnachtslied, umso weiter öffneten die Menschen ihre Geldbörsen. Das war der große Trick.

Als ich einen Schallplattenladen sah, stoppte ich meinen Schritt und ließ mich zusammen mit anderen Kunden in das Geschäft schieben. Hier konnte ich schon Glendas Geschenk kaufen.

Der große Raum war überheizt. Ich musste mich an den Hinweisschildern orientieren und suchte die Abteilung Pop-Musik. Sie war gut zu finden und auch am meisten umlagert.

Die Platten standen in den Kästen. Sogar nach Gruppen waren sie geordnet, und ich fand auch die Aufschrift Supertramp. Vor mir standen zwei Teenager und wühlten kichernd die Platten durch.

Ich baute mich neben den beiden auf. Sie bedachten mich mit einem schrägen Blick und verschwanden, ohne etwas aus dem Kasten genommen zu haben.

Ich hatte freie Bahn.

Die neueste LP stand ganz vorn. Meine Hand lag bereits auf der Plattenhülle, als es mich wie ein Stromstoß durchzuckte und der Schmerz in meinem Schädel tobte.

Ich verzog das Gesicht, riss den Mund auf und holte pfeifend Luft. Gleichzeitig erwärmte sich mein Kreuz, plötzlich verschwamm alles vor meinen Augen, und die Knie wurden mir weich.

Und ich hörte die Schreie.

Sie brandeten in meinem Gehirn auf, lösten den Schmerz ab, während ich immer nur einen Namen vernahm.

John Sinclair! John Sinclair!

Da rief mich jemand!

Der Schmerz überstrahlte alles. Doch er löste sich gleichzeitig auf, und ich hörte meinen Namen klar und deutlich, um anschließend wieder diese schrecklichen Explosionen in meinem Kopf zu erleben.

John Sinclair!

Schmerz und Ruf vereinigten sich zu einer einzigen Qual, der ich kaum widerstehen konnte.

Wer schrie denn da? Wer quälte mich so? Ich stöhnte, die Gesichter der Käufer verschwammen vor meinen Augen, das Kreuz schien in Flammen zu stehen, und ich fühlte genau, dass ich mich nicht mehr lange würde halten können.

Die Schwäche übermannte mich.

Ich klammerte meine Finger um den Rand des Kastens, denn ich musste mich einfach irgendwo festhalten. Trotzdem schaffte ich es nicht, mich auf den Beinen zu halten.

Plötzlich bekam ich das Übergewicht, kippte nach hinten, ließ aber den Kasten nicht los und fiel schwer auf den Rücken, wobei ich die mit Schallplatten gefüllte Kiste mitriss, sodass sie hart auf meinen Körper prallte.

Ich schrie.

Jedenfalls glaubte ich dies, aber die Schreie waren von anderen ausgestoßen worden.

Menschen liefen zusammen, bildeten einen Kreis um mich, jemand rief nach einem Arzt. Ich sah aus meiner Froschperspektive in die verzerrten Gesichter. Sie kamen mir vor, als hätte jemand einen Nebelschleier über sie gelegt. Sogar den Weihnachtsmann sah ich. Er beugte sich über mich. Sein Kunstbart kitzelte mein Gesicht, ich spürte seine Hände an meinem Hemd. Er öffnete die obersten Knöpfe, und sein Gesicht nahm plötzlich einen anderen Ausdruck an.

Zuerst war es verzerrt, dann wich der Bart, andere Züge entstanden, und ich schaute in das Gesicht einer Frau.

Jane Collins!

Dieser Anblick löste in meinem Innern eine heftige Reaktion aus. Stechend zog der Schmerz durch den Schädel, in meinem Körper tobte es, ich schlug um mich und atmete mit offenem Mund.

Dann wieder der Schrei.

John Sinclair!

So laut und schrill, dass er mein Gehirn zu sprengen drohte. Abermals drang ein Stöhnen aus meinem Mund, aber mir wurde plötzlich klar, dass dieser Überfall seine Ursache in einer starken schwarzen Magie haben musste.

Stand sie mit Jane Collins in Verbindung?

Es fiel mir nicht leicht, den Kopf zu drehen, aber ich wollte den Weihnachtsmann anschauen, der seinen Platz ein wenig verändert hatte. Er sah wieder normal aus.

Keine Jane Collins mehr.

Jemand hob mich an. Ein Mann fragte: »Was ist mit Ihnen, Mister? Sollen wir einen Arzt holen?«

»Nein, nein!«, stöhnte ich. »Lassen Sie mal. Nur ein kleiner Anfall von Schwäche.«

»Ja, das kommt in diesem Trubel vor«, meinte eine Frau. Neugierig schaute sie zu, wie man mich im wahrsten Sinne des Wortes auf die Beine stellte. Jemand brachte mir einen Stuhl. Ein anderer sammelte die Schallplatten ein, und ich spürte jetzt auch die Nachwirkungen des Aufpralls. Der schwere Kasten war mir auf den Unterleib gefallen. Mir schmerzten die Oberschenkel, und ich verzog das Gesicht.

»Sollen wir wirklich keinen Arzt …«

Ich schüttelte den Kopf. »Nein, danke. Das finde ich sehr nett, aber es geht schon wieder …«

Die Menschen verliefen sich allmählich. Ich rang ein paar Mal nach Luft, atmete tief ein und stellte fest, dass es mir wieder besser ging, denn die Schmerzwellen verließen allmählich mein Gehirn. Mein Kopf wurde frei.

Dann drehte ich mich um.

Der Angestellte hatte den Kasten wieder aufgebaut. Er lächelte scheu, als er meinen Blick bemerkte.

»Tut mir Leid«, sagte ich, »aber das wollte ich nicht. Es kam so plötzlich.«

»Geht schon in Ordnung, Sir.«

Ich lächelte dankbar. Die Sache war mir mehr als peinlich. Dann erhob ich mich.

Auf schwankenden Füßen blieb ich stehen. Noch drehte sich die Welt vor meinen Augen, das jedoch besserte sich sehr schnell, nachdem ich einige Male tief durchgeatmet hatte.

Ich versuchte die ersten Schritte. Es klappte besser, als ich vermutet hatte.

Noch etwas vorsichtig bewegte ich mich in Richtung Ausgang. Zahlreiche Blicke begleiteten mich. Die meisten Menschen schauten beruhigt und froh, dass es nicht mehr Ärger gegeben hatte, denn so etwas konnte leicht die Kundschaft abhalten.

In den Knien zitterte ich noch leicht nach. Die Tür öffnete sich automatisch, als meine Füße einen Kontakt berührten, und die kühle Winterluft strömte mir entgegen.

Sie tat gut.

Tief atmete ich ein. Der Schweiß auf meiner Stirn trocknete und blieb als eine kalte Schicht liegen.

Ich wandte mich nach rechts, wich einigen Menschen aus und blieb nahe der Hauswand stehen.

Was wollte ich nur?

Ich spürte die Wand in meinem Rücken. Nicht weit entfernt hockte jemand auf dem Boden und sang Weihnachtslieder. Die Melodie hörte ich kaum, ebenso wenig den Text, in meinem Kopf befand sich zwar keine Leere, aber ich hatte das Gefühl, als wäre er mit einem Nebel gefüllt, den ich nicht durchdringen konnte.

Da war irgendetwas …

Verzweifelt versuchte ich, meine Gedanken zu ordnen. Es gelang mir nicht. Das Durcheinander war einfach zu groß, und ich strengte mich an, wieder den roten Faden zu finden.

Mein Kreuz!

Daran dachte ich. Einer der Helfer hatte das Hemd aufgeknöpft. Ich brachte meine Hand dorthin, versenkte sie in den Ausschnitt und fühlte nach dem Kruzifix.

Es hatte sich noch nicht richtig abgekühlt, aber nach der Berührung schien es mir, als würden meine Gedanken wieder klarer.

Da hatte mich jemand gerufen.

Natürlich. Die Erinnerung kehrte zurück. Der ferne Ruf war von einer Frau gekommen.

Jane Collins!

Jetzt war alles klar. Sie wollte, dass ich zu ihr kam. Vielleicht sollte ich ihr helfen? Befand sie sich in Gefahr? Hatte sie mich deshalb gerufen?

Alles war möglich, und ich musste rasch zu ihr.

Allerdings konnte sie sich überall aufhalten. Verstecke gab es genug. Und auch Wikka, die oberste aller Hexen, war auf der gesamten Welt zu Hause.

Trotzdem hatte Jane es geschafft, den Kontakt zu mir herzustellen. Wie kam das? Welche Kräfte hatte sie aktiviert, um mit mir in Verbindung zu treten?

Ich wusste keine Antwort, so sehr ich mir auch den Kopf darüber zerbrach.

Etwas verstört schaute ich mich um. Dabei zwinkerte ich mit den Augen und dachte daran, dass ich im Freien stand, mit dem Rücken gegen eine Hauswand gelehnt, und nicht wusste, wie ich hierher gekommen war. In der Tat war mir alles ein Rätsel.

Was wollte ich in dem Trubel?

Jane Collins finden. Natürlich. Klar, ich wollte sie sehen, sie hatte mich ja gerufen.

Mit einem Ruck löste ich mich von der Hauswand und schritt über den Bürgersteig auf den Rand der Straße zu. Vergessen war Weihnachten, vergessen war auch der Einkaufsbummel.

Ich erinnerte mich an nichts, sondern war einzig und allein auf ein Ziel fixiert.

Ich musste Jane Collins finden!

Zurückholen. Genau, das war es. Jane sollte wieder zu mir zurückkehren, damit ich mit ihr das Weihnachtsfest begehen konnte. Was war schon Wikka? Besaß ich nicht das Kreuz? Und machte es mich nicht stark gegenüber schwarzer Magie?

Ja, genauso lief es. Und nicht anders. Es gab überhaupt nichts für mich. Nur noch Jane.

Ich hatte alles vergessen. Meinen Job, meine Freunde, meine eigentlichen Aufgaben.

Der Ruf war zu stark gewesen.

Als ich ein Taxi sah, hob ich automatisch den rechten Arm. Der Wagen wurde langsamer, der Fahrer blinkte und fuhr an den Rand der Straße, wo er stoppte.

Ich öffnete die hintere Tür und warf mich in den Fond. Meine Hände vergrub ich in den Manteltaschen.

»Wohin, Sir?«, erkundigte sich der Driver, als er die Trennscheibe zurückgeschoben hatte.

»Bitte?« Ich schreckte hoch.

»Wohin soll ich Sie fahren?«

»Ach so, ja. Zum Flughafen ...«

Als Sheila und Bill Conolly den Fahrstuhl verließen und die Hotelhalle betraten, da schwang ihnen ein Hauch von Weihnachten entgegen. Rechts neben der Rezeption stand ein bis zur Decke reichender geschmückter Tannenbaum, an dem die elektrischen Kerzen bereits leuchteten.

Aus dem großen Speiseraum vernahmen sie das Klappern des Geschirrs, dort wurde abgeräumt, und die beiden Conollys, die ihren Sohn Johnny zu Bett gebracht hatten, wollten wie jeden Abend noch einige Stündchen in netter Runde an der Hotelbar sitzen und ein wenig plaudern sowie entspannen.

Sie hatten einen harten Tag hinter sich. Hart insofern, wenn man vom Skilaufen sprach. Bill und Sheila waren die Pisten hinuntergejagt, während sich Johnny in einem Ski-Kindergarten vergnügte. Beide genossen den Urlaub in der Schweiz, und beide sprachen auch genügend deutsch, um sich verständlich zu machen und einer Unterhaltung folgen zu können.

Neben dem Tannenbaum führten die drei Stufen einer breiten Treppe zum Aufenthaltsraum und zur Bar hoch, wo Georgette Clavall, die Bardame, ihr Regiment führte.

Die Conollys hatten sich locker angezogen. Leichter

Bieranzug, nannte Bill dies immer. Sheila trug einen roten Pullover, der weiße Querstreifen zeigte, und eine helle rote Hose aus dünnem Leder. Ihr Haar hatte sie ausgekämmt. In weichen Wellen fiel es auf die Schultern.

Bill war ähnlich angezogen. Seinen Pullover hatte er auch übergestreift, nur trug er keine Leder-, sondern eine Cordhose.

»Hast du Durst?«, fragte er seine Frau.

»Noch nicht.«

»Aber ich. Die Luft hier oben in Lenzerheide ist verflixt trocken, kann ich dir sagen.«

Sheila lachte. »Das sind deine üblichen Ausreden. Ich möchte mal wissen, wo du keine trockene Luft findest.«

»Lass mir doch das Vergnügen.«

»Ich sage auch nichts.«

Der Aufenthaltsraum mit den bequemen braunen Ledersesseln und die Bar befanden sich auf einer Ebene. Die Bar allerdings war durch eine Holzpergola von dem übrigen Raum getrennt, sodass die Gäste das Gefühl hatten, für sich zu sitzen.

Sie bildete ein Viereck, das an der hinteren Längsseite mit der Wand abschloss.

Und innerhalb des Vierecks regierte Georgette. Sie knipste ihr bestes Lächeln an, als sie die Conollys erkannte. Beide fanden sich sympathisch, und Georgette, die vor Jahren einmal eine berühmte Chansonette und Tänzerin gewesen war, erzählte gern von diesen Zeiten. Sie hatte in den beiden Conollys aufmerksame Zuhörer.

Ihr Alter war schlecht zu schätzen. Die Fünfzig hatte sie überschritten, bewegte sich jedoch mit der Leichtigkeit eines jungen Mädchens. Ihr kam das lange Tanztraining zugute.

An diesem Abend trug sie ein eng anliegendes, langes Kleid, das eine Perlenstickerei aufwies. Das tizianrote Haar lag wohlfrisiert um ihren Kopf und unter den Gläsern der modischen Brille waren ihre Augen fragend auf die neuen Gäste gerichtet.

Bill Conolly schob seiner Frau den Stammhocker zurecht, und sie nahm Platz. Der Reporter ließ sich auf dem Hocker neben ihr nieder, rieb sich die Hände und bestellte eine Flasche Pils.

»Und Sie, Madame?« Georgette sagte immer Madame. Sie lächelte Sheila dabei an.

»Ich habe mich für Kaffee entschieden.«

»Sehr gut, ein Pils, ein Kaffee.« Bevor sich die Bardame an die Arbeit begab, warf sie noch einen Blick auf das Fenster. Es befand sich rechts von der Bar.

Viel war nicht zu sehen. Draußen lag zwar Schnee, doch die Dunkelheit hatte ihre langen Schatten über die weißen Flächen ausgebreitet. Von den Bergen her schimmerten hin und wieder Lichter. Die Häuser des Dorfes lagen ein wenig verstreut. Zahlreiche Häuser waren auch an den Hängen gebaut worden, die Lichter der Weihnachtsbäume waren gut zu sehen.

Georgette schenkte das Glas voll und fragte: »Wie war denn der heutige Tag?«

»Anstrengend«, erwiderte Bill.

»Wieso?«

»Wir haben uns zu regelrechten Pistenschrecks entwickelt.«

»So, meinen Sie das?« Georgette lachte. »Ja, das kann ich mir vorstellen.« Sie bückte sich und stellte die Kaffeemaschine an. »Und der Kleine? Schläft er?«

»Das wollen wir hoffen«, sagte Sheila.

»Gefällt es ihm denn?«

»Und wie. Er möchte gar nicht mehr weg.« Die Antwort gab Sheila, während Bill einen ersten langen Schluck nahm und dabei die Augen verdrehte, denn das Pils tat gut. Als er das Glas absetzte, war es fast leer. »Jetzt kann ich noch einen Spezialschnaps gebrauchen.«

»Pflümli?«

»Ja. Du auch, Sheila?«

»Um Himmels willen, nein.«

Bill erhielt seinen. Er roch über das Glas und verdrehte die Augen. »Der schmeckt auch zum Kaffee«, sagte er.

»Du kannst mich trotzdem nicht umstimmen.«

»Bitte, wie du willst.« Bill kippte den Schnaps und schüttelte sich. Das gehörte einfach dazu. Dann drehte er sich auf dem Hocker und wunderte sich darüber, dass so wenig Betrieb herrschte.

»Noch keiner da?«

Georgette lachte. »Sie dürfen nicht vergessen, dass die meisten Urlauber erst noch anreisen.«

»Sicher. Aber auch die Einheimischen sehe ich nicht.«

»In ein paar Tagen ist Weihnachten, da werden sie einiges zu tun haben. Auch Don Carlo, der Stammgast.«

Bill lachte. Er hatte ihn inzwischen auch kennen gelernt. Don Carlo leitete einen Supermarkt. Den Feierabend verbrachte er meist an der Bar des Hotels. Hin und wieder erschien auch seine Frau, und die Gespräche gingen fast bis in die Nacht.

»Noch eins!«, bestellte Bill, als er auf sein leeres Glas schielte, an dessen Innenseiten lange Schaumstreifen nach unten rannen.

»Ist die Luft immer noch trocken?«, fragte Sheila.

»Leider.« Bill verdrehte die Augen.

Sheila rutschte vom Hocker, während Bill gegen die Kerzenflamme eines Adventsgestecks blies, das auf der Theke stand. »Wo willst du hin, Mädchen?«

»Mal nach Johnny schauen.«

»Der wird schlafen. Tagsüber Ski laufen, abends schwimmen. Johnny ist erschöpft.«

»Kontrolle ist sicher. Und damit kann man bei Männern nie früh genug anfangen, nicht wahr, Georgette?«

Die Bardame nickte. »Da haben Sie ein wahres Wort gesprochen, Madame«, sagte sie.

»Klar, die Frauen halten zusammen.« Diesmal schenkte Bill selbst ein und erkundigte sich nach Georgettes Wünschen. Sie nahm einen Rotwein aus dem Wallis.

Kaum hatte sie getrunken, als ein Mann auftauchte. Er war hoch gewachsen, hatte braunes Haar und trug eine Brille. Er war wintermäßig gekleidet, wenn er die gefütterte Jacke auch über seiner Schulter trug.

»Guten Abend«, sagte er und winkte mit beiden Händen ab, als Georgette ihm seinen Wodka-Orange hinstellen wollte. »Nein, heute nicht.«

»Wieso? Ist etwas passiert?«

Carlo Lei holte eine Zigarettenpackung hervor und klopfte ein filterloses Stäbchen heraus. »Und ob. Es hat Ärger in der Via-Mala-Schlucht gegeben.«

»Wie das?«

»Da ist jemand abgestürzt.«

»Lebt er noch?« Georgette war so erschrocken, dass sie ihre Hände vor die Brust presste.

»Ich weiß es nicht. Man hat ihn abtransportiert. Aber der Mann soll noch von seltsamen Wesen mit glühenden Augen gesprochen haben. Was daran stimmt, kann ich nicht sagen. Aber ich möchte mich gern überzeugen. Seit der Sache damals stehe ich solchen Dingen mehr als misstrauisch gegenüber.«

Carlo Lei hatte auch Bill Conolly dabei angeschaut, und in dem Reporter war die Neugierde erwacht. Er kannte Carlo zwar kaum, da er ihm erst am vorherigen Abend begegnet war, doch die beiden hatten schon ein paar Worte gewechselt.

»Was meinen Sie denn mit damals?«

Carlo winkte ab. »Ach, das ist eine böse Geschichte. Sie passierte auf der Seelenburg. Dort hatte sich ein gefährlicher Hexenzirkel eingenistet, der von einem Mann namens Gordon Schreiber angeführt wurde. Ich habe da sogar fliegende Echsen gesehen.«

Bill lächelte. »Und eine Jane Collins haben Sie dort auch kennen gelernt, wenn mich nicht alles täuscht ...«

»Ja, da haben Sie Recht. Aber wieso ...?« Carlo sprach nicht mehr weiter, strich über sein Haar, drückte den Zigarettenstummel aus und zog ein erstauntes Gesicht.

Bill erinnerte sich. Er war zwar nicht selbst an dem Fall beteiligt gewesen, doch sein bester Freund, der Geisterjäger John Sinclair, hatte ihm davon berichtet. Die Seelenburg lag nicht weit von Lenzerheide entfernt, und anscheinend braute sich wieder etwas zusammen, denn Bill bemerkte ein verdächtiges Ziehen im Leib.

Da reagierte er ähnlich wie John Sinclair. Er spürte förmlich, dass der Urlaub nicht so verlaufen würde, wie er es sich vorgestellt hatte.

»He, ich warte auf eine Antwort. Woher kennen Sie denn Jane Collins, Mister ...«

»Conolly, Bill Conolly.«

»Entschuldigung, ich vergaß Ihren Namen. Aber noch einmal, woher kennen Sie die Dame?«

»Ich komme aus London, Miss Collins ebenfalls.«

»Aber London ist groß.«

»Sicher. Nur haben wir einen gemeinsamen Bekannten. Ich möchte sagen, einen gemeinsamen, sehr guten Freund. John Sinclair, wenn Sie den Namen schon mal gehört haben ...«

»Und wie ich den gehört habe.« Don Carlo schüttelte den Kopf. »Das gibt es doch nicht, das ist unmöglich. John Sinclair? Wie soll ich den vergessen können. Er und dieser Chinese ...«

»Suko«, sagte Bill.

»Den kennen Sie auch?«

»Sicher. Ich gehöre praktisch als Dritter dazu, mein Lieber.«

Don Carlo schlug sich gegen die Stirn. »Jetzt verstehe ich überhaupt nichts mehr«, sagte er. »Wirklich nicht. Das geht über meinen Verstand.«

»Nehmen Sie es hin.« Bill trank noch einen Schluck.

»So ein Zufall«, flüsterte Don Carlo. »So ein verflixter Zufall. Georgette, jetzt trinke ich einen Pflümli. Wirklich. Sogar einen Doppelten.«

»Und ich auch«, erklärte Bill.

Die Bardame schenkte zwei ein. Als die Männer die Gläser angehoben hatten, kehrte Sheila mit der Nachricht zurück, dass Johnny fest schlief.

Dann erzählte Bill. Die Worte sprudelten nur so aus ihm heraus. Sheila hörte aufmerksam zu. Ein paar Mal schüttelte sie den Kopf. Unglauben breitete sich auf ihrem Gesicht aus.

»Das ist doch nicht möglich!«, flüsterte sie.

»Doch«, sagte Bill. »So wahr ich hier stehe.« Ein paar Mal nickte er zur Bestätigung seiner Worte. »Ich konnte es selbst nicht fassen, aber Mr. Lei hat mich überzeugt.«

»Sagen Sie Carlo, wie alle hier.«

»Okay, und ich bin Bill.«

Don Carlo stellte sein Glas weg. »So, nun muss ich fahren. Die Via Mala im Dunkeln ist zwar nicht das Wahre, aber ich kenne mich zum Glück aus.«

»Haben Sie etwas mit der Rettung zu tun?«, wollte Sheila wissen.

»Ja. Ich bin hier freiwillig bei der Bergwacht tätig.«

»Und ich komme auch mit, wenn ich darf!«, warf der Reporter schnell ein.

»Aber, ich …«

»Bill«, mahnte Sheila.

Heftig drehte sich der Reporter um. »Ich muss mit, Sheila. Wenn da irgendetwas vorgefallen sein sollte, müssten wir John alarmieren.«

Sheila legte die Stirn in Falten. »Ich kann dich nicht halten. Tu, was du für richtig hältst.«

»Okay, bis gleich.« Bill wandte sich an Don Carlo. »Wie lange wird es dauern?«

»Zwei bis drei Stunden vielleicht – oder?«

»Dann wäre ich gegen Mitternacht wieder zurück.«

»Aber Ihre Kleidung.« Don Carlo hatte noch Einwände.

Bill lachte. »Keine Sorge, ich ziehe mich schon noch um. Das dauert nur ein paar Minuten.« Er hauchte seiner hübschen Frau einen Kuss auf die Lippen und war verschwunden.

Carlo Lei folgte ihm schulterzuckend. »Schönen Abend noch«, wandte er sich an die beiden Frauen.

»Danke«, sagte Sheila.

»So ist das nun mal«, meinte Georgette. »Die Männer kann man nicht festhalten.«

»Aber meiner begibt sich immer in Gefahr«, sagte Sheila. »Das ist das Schlimme.«

»Sie gewöhnen sich daran.«

»Das habe ich schon. Leider. Wissen Sie was, Georgette? Jetzt trinke ich auch etwas.«

»Und was darf ich Ihnen geben?«

»Einen Pflümli.«

Da war selbst die Bardame völlig sprachlos.

Nie würde Bill Conolly die Fahrt von Lenzerheide zur Via Mala vergessen. Don Carlo, der auf seinen Mercedes eingeschworen war, fuhr wie der Henker.

In Lenzerheide lag eine geschlossene Schneedecke auf der Straße. Sie verschwand jedoch, wurde brüchig und bestand schließlich nur noch aus Matsch, je mehr sie sich dem in einem Tal liegenden Ort Tiefencastel näherten. Dort war kaum Schnee gefallen.

An einer Kreuzung stoppten sie kurz. Rechts ging es nach Thusis, links in Richtung Julier-Pass.

Sie fuhren nach Thusis, durch drei Tunnels, erreichten den Ort und bogen am Ortseingang nach links ab, in Richtung San-Bernadino-Tunnel.

Don Carlo hatte die neue Straße genommen. Die alte Via-Mala-Straße war zu eng und gefährlich. Im Winter gab es oft Glatteis. Regelrechte Eisfallen, die schon manchem Autofahrer zum Verhängnis geworden waren.

Don Carlo kannte sich aus. Er hatte seinen Spaß, wenn Bill mal wieder zusammenzuckte.

»Hier haben wir doch kaum Schnee. In diesem Jahr sieht es noch nicht gut aus. Es müsste noch viel mehr kommen.«

»Ohne mich.«

Wenig später stießen sie in den ersten Tunnel. Rechts türmten sich bereits die gewaltigen Bergwände der Via-Mala-Schlucht steil in die Höhe. Sie stiegen wirklich senk recht von der Straße her hoch, waren aber nie glatt, sondern zerklüftet und zerrissen. Hin und wieder leuchteten Laternen an den Straßenrändern. In ihrem Lichtschein, der auch auf die Felswände fiel, sah Bill Conolly hin und wieder kleine Mulden im Gestein, die mit Schnee ausgefüllt waren.

Don Carlo nahm die kurvige Strecke mit Bravur. Er pfiff dabei noch vergnügt vor sich hin, und Bill sah, dass der Schnee mehr wurde, je höher sie kamen.

Dann ging es bergab, sie bogen schließlich ab, fuhren in ein Tal hinunter, das schon mehr den Ausdruck Schlucht verdiente, denn so eng wurde es.

Wie geisterhafte Schemen tauchten die Schilder auf,

die auf die Via Mala hinwiesen. Auch sie trugen Schneehauben, die auf dem Metall festgefroren waren.

Nur wenige Wagen kamen ihnen entgegen. Wo im Sommer die Touristen ihre Fahrzeuge abstellten, war es gähnend leer.

Dann erreichten sie den offiziellen Parkplatz. Er lag auf einer freien Strecke zwischen zwei Tunnels. Neben dem Parkplatz stand eine Andenkenbude. Die hatte ein vorgezogenes Flachdach, auf dessen Rändern mit weißer Farbe der Name Via-Mala-Schlucht gepinselt war.

Don Carlo lenkte seinen schweren Wagen in eine Parkbucht. Noch ein Fahrzeug stand dort. Es war ein Allwetterwagen, ein Subaru.

»Der gehört dem Bekannten«, erklärte Carlo Lei, als sie ausstiegen.

»Wo treibt er sich rum?«

Carlo Lei warf die Tür ins Schloss. Bill zog die Kapuze seiner Thermojacke hoch, denn es war kalt in der Schlucht. Von den Rändern, die sich als graue Linien scharf vor dem dunklen Blau des Himmels abhoben, pfiff ein unangenehmer Wind.

»Der wird irgendwo dort unten sein.« Carlo deutete über die Absperrung hinweg, die links von der Andenkenbude begann. »Es ist der Walter Rügi. Langlauflehrer von Beruf. Wegen seiner weißen Haare nennen wir ihn den Heino von Lenzerheide.«

»Und was macht er im Sommer?«, fragte Bill.

Don Carlo lachte. »Da führt er Filme vor.«

Bill lachte. »Heiße Streifen?«

»Nein, normale. Vielleicht möchte er das.« Carlo lachte wieder und hielt sein Gesicht gegen den Wind. »Das wird verflucht kalt in der Nacht. Gibt einen knackigen Frost.«

»Und Schnee?«

»Kommt erst in den nächsten Tagen auf uns zu, sagen die Wetterpropheten.«

»Mir reicht es auch.«

»Lassen Sie das keinen echten Skifahrer hören, Bill.«

Zwischen Hütte und Gitter gab es ein Drehkreuz, durch das die Besucher mussten, wenn sie die Schlucht besichtigen wollten. Man warf eine Münze ein, die an der Andenkenbude verkauft wurde, und es löste sich die Sperre.

Don Carlo und Bill mussten das Kreuz übersteigen. Direkt dahinter gab es eine schmale Plattform, an die sich eine Treppe anschloss, die steil in die Tiefe führte, rechts ein Geländer hatte und links von der Wand gesichert wurde. Es war gefährlich, die Stufen hinunterzugehen, denn auf einigen lag Eis.

»Halten Sie sich gut fest, Bill«, riet der Einheimische und begann damit, die Treppe nach unten zu steigen.

An die erste schloss sich eine zweite Treppe an. Jeweils unterbrochen von schmalen Plattformen. Mit Gittern war alles gesichert worden, und Don Carlo holte auch eine Taschenlampe hervor, deren Schein er auf die Stufen fallen ließ.

Blau schimmerte das Eis an den Rändern. Bill sprach nicht mehr, weil er sich voll auf den Weg konzentrieren musste.

Carlo Lei war schon vorgegangen. Er leuchtete jetzt mit seiner Lampe höher, und der helle Lichtschein erfasste eine Bank.

»Verdammt«, sagte Carlo.

»Was ist denn?«

Der Mann aus Lenzerheide drehte sich um. »Da sitzt dieser Walter doch auf der Bank und pennt.«

»Und das bei dem Wetter«, bemerkte Bill.

»Das ist es ja gerade, was mich stutzig macht«, erwiderte Carlo Lei, wandte sich um und ging weiter. Noch ein paar Stufen, dann hatte er den wartenden Walter Rügi erreicht.

Er rüttelte ihn an der Schulter. »He, du lahme Krücke, wach endlich auf, Mensch!«

Rügi rührte sich nicht. Sein Kopf war nach vorn gesunken. In Bill keimte ein schlimmer Verdacht hoch. Als Don Carlo den Mann zum zweiten Mal berührte und die Hand zurückzog, war sie nass.

»Blut!«, keuchte er, als er mit der Lampe dagegen leuchtete. »Das ist ja Blut!«

Bill Conolly schob den Mann zur Seite. Auch er fasste Walter Rügi an, ziemlich heftig sogar.

Da kippte er ihm entgegen.

Die Mütze rutschte vom Kopf, das weiße Haar war rot. Vom Gesicht fehlte ein Teil.

Walter Rügi lebte nicht mehr!

Der Flug verging wie im Traum.

Und ich hatte auch das Gefühl zu träumen.

Es war ein Traum. Wenn ich darüber nachdachte, fragte ich mich, wie ich überhaupt in die Maschine gekommen war.

Zielflughafen Zürich.

Ich hatte mein Ticket mit einem Scheck bezahlt. Alles war klar gewesen, ich war sogar durch die Kontrolle geschlüpft, mein Ausweis hatte mir geholfen, denn ich durfte Waffen tragen, aber nun hockte ich auf dem Sitz und merkte allmählich, dass etwas schief gelaufen war.

Nur Weihnachtsgeschenke hatte ich einkaufen wollen.

Jetzt saß ich in der Maschine nach Zürich.

Allmählich begann mein Verstand wieder klar zu arbeiten. Ich ließ die vergangenen Dinge vor meinen geistigen Augen Revue passieren, und mittlerweile kehrte auch die Erinnerung zurück.

Ich war in das Schallplattengeschäft gegangen, um eine LP zu kaufen. Da war mir schlecht geworden.

Wirklich nur übel?

Verdammt, das war doch etwas anderes. Ich wollte mich nicht damit abfinden. Wenn ich bei klarem Verstand gewesen wäre, dann hätte ich doch nicht so etwas getan.

Auch bei einer Übelkeit waren die normalen Reaktionen nicht lahm gelegt. Nein, da war etwas anderes geschehen.

»Darf ich Ihnen etwas zu trinken anbieten?«, erkundigte sich die Stewardess freundlich.

»Wenn Sie einen Whisky hätten …«

»Natürlich, Sir. Scotch oder Bourbon?«

»Scotch bitte.«

»Sehr gern.« Sie verschwand und kam mit einem Tablett zurück. Das Sodawasser ließ ich stehen. Langsam trank ich, und der Whisky schien meine Gedanken klar gefegt zu haben, denn plötzlich wurde mir richtig bewusst, dass ich mich auf dem Flug nach Zürich befand. Zürich liegt in der Schweiz, und dort in der Nähe hielten sich die Conollys auf, um ihren Winterurlaub zu verbringen.

Zufall? Manipulation? Ich glaubte an Letzteres. Man hatte mich magisch manipuliert. Irgendjemand wollte, dass ich in die Schweiz kam. Aber wer?

Ich nahm noch einen Schluck, doch die Lösung wurde mir nicht serviert. Plötzlich musste ich lachen. Ich dachte daran, dass ich für den Winterurlaub in der Schweiz überhaupt nicht angezogen war. Zudem hatte ich auch nichts mit, nicht einmal Ersatzunterwäsche.

Ich bat die Stewardess zu mir und fragte sie, ob sie etwas Geld umtauschen konnte.

Das tat sie gern. Danach steckten in meiner Tasche knapp zweihundert Franken und einige Münzen. So war ich wenigstens nicht ohne Kleingeld. Schecks trug ich genug bei mir. Ich würde mich in diesem fremden Land durchschlagen können.

Warum die Schweiz?

Diese Frage quälte mich besonders. Noch etwas kam hinzu. Sir James und Suko waren nicht informiert. Die würden mich sicherlich überall suchen, nur nicht da, wo ich landete.

Da mein Zeitgefühl ein wenig durcheinander geraten war, musste ich die Stewardess nach der Landezeit fragen.

»Oh, wir sind in einer Stunde in Zürich.«

»Danke sehr!«

Von Zürich war es nicht mehr weit bis Lenzerheide. Dort machten die Conollys Urlaub. Ich konnte sicherlich noch einen Zug erreichen, der mich zu meinem Ziel brachte.

So etwas war mir noch nie passiert. Da hatte mich doch irgendjemand überraschen können. Ob dieser Unbekannte vielleicht mit der Seelenburg zusammenhing? Auch sie hatte im Kanton Graubünden gestanden oder stand noch immer dort. Auf meiner Fahrt zu ihr war ich auch durch Lenzerheide gekommen, deshalb kannte ich mich einigermaßen dort aus. Ich erinnerte mich auch an die Einheimischen, die ich während des Falls der Seelenburg dort kennen gelernt hatte.

Nur die Namen fielen mir nicht mehr ein. Den einen nannten sie Sir Archie oder so ähnlich, und der andere wurde Carlo gerufen.

Das spielte jetzt keine Rolle. Ich freute mich schon auf Bills Gesicht, wenn er mich plötzlich entdeckte. Zum Glück kannte ich den Namen des Hotels, in dem der Reporter abgestiegen war.

Irgendwie fand ich meine gute Laune zurück und musste sogar lächeln. Die Sorgen drängte ich in den Hintergrund, völlig ausschalten konnte ich sie allerdings nicht.

Da lauerte irgendetwas in weiter Ferne, das mich, John Sinclair, beeinflusst hatte.

Ich war gerufen worden, und ich würde kommen.

Wir flogen Zürich an. Es war dämmrig geworden. Unter uns glitzerten zahlreiche Lichter. Zwischen ihnen erkannte ich einen großen dunklen Fleck.

Es war der See.

Schon mussten wir das Rauchen einstellen und uns anschnallen. Die Maschine verlor rasch an Höhe. Die Lichter wurden größer, sie strahlten durch die Dunkelheit.

Landebahnbeleuchtung strahlte auf. Sie erinnerte mich an Szenen aus den Filmen des bekannten Regisseurs Spielberg.

Bodenkontakt. Das Schaukeln hielt sich in Grenzen.

Gegenschub. Dann rollten wir aus.

Ich befand mich in Zürich. Kopfschüttelnd löste ich den Gurt, als die Maschine stand. Wenn mir das jemand bei Dienstantritt erzählt hätte, ich hätte ihn für verrückt erklärt. Aber die schwarze Magie ging oft seltsame Wege, und diesen Wegen musste ich in meinem Job folgen.

Ich war so ziemlich einer der letzten Passagiere, als ich mich dem Ausgang näherte. Die Stewardess schenkte mir noch ein freundliches Abschiedslächeln und wünschte mir einen angenehmen Aufenthalt in der Schweiz.

Ob der angenehm werden würde, wagte ich zu bezweifeln. Zu viel stand auf dem Spiel.

In der Zollkontrolle blieb ich hängen. Man fand natürlich meine Beretta. Ich wurde in einen Nebenraum geführt, zeigte meinen Sonderausweis und sprach mit einem hohen Beamten vom Zoll.

Dieser Ausweis öffnete mir nur in England Tür und Tor. Die Schweizer stellten sich zwar nicht stur, aber ich musste mich zumindest registrieren lassen.

Danach bat ich um eine Verbindung mit London. Sicher hatten Sir James und Suko bereits Himmel und Hölle in Bewegung gesetzt, um mich zu finden. Ich wollte sie durch den Anruf von ihren Qualen erlösen.

Beide erwischte ich in Sir James' Büro. Die Stimme des Superintendenten klang zuerst erleichtert, danach allerdings war der ärgerliche Tonfall nicht zu überhören.

»Wie kommen Sie nach Zürich?«

»Mit dem Flugzeug!«, erklärte ich.

»Dass Sie nicht gelaufen sind, ist mir klar. Aber es lag kein Grund vor, so mir nichts dir nichts zu verschwinden.«

»Ich bin auch nicht freiwillig geflogen.«

»Das habe ich mir gedacht. Erzählen Sie!«

Es wurde ein ziemlich langes Gespräch, Sir James hörte sehr aufmerksam zu. Er zeigte sich nicht weniger überrascht als ich, sogar sein Schnaufen konnte ich vernehmen.

»Kommen Sie denn klar, John?«

»Ich hoffe es.«

»Aber Sie wissen nicht, wo Sie den Hebel ansetzen sollen?«

»Genau.«

»Soll ich Suko schicken?«

Ich dachte nach. Suko war ein guter Partner. Er konnte so manches Eisen aus dem Feuer reißen, und ich stimmte meinem Chef zu. »Sie können ihn mir aber noch eben geben.«

»Gut, ich verabschiede mich.«

»Was machst du denn für Sachen?«, erkundigte sich der Chinese. »Fliegst einfach durch die Weltgeschichte!«

»So ähnlich. Komm so rasch wie möglich.«

»Und wo finde ich dich?«

»Ich werde am Flughafen sein.«

»Du weißt, dass sich die Conollys ganz in der Nähe aufhalten.«

»Klar. Vielleicht werde ich hinfahren, aber ich will erst sehen, wie sich die Spur weiter entwickelt.«

»Und das über Weihnachten.«

»Das müssten wir unter Umständen hier feiern, falls wir überhaupt dazu kommen.«

»Dann bringe ich Shao mit.«

»Das wird ein Familienfall!« Ich lachte. »Okay, du nimmst die nächste Maschine.«

»Das Gespräch wird teuer«, erklärte der Schweizer Kollege, als ich den Hörer aufgelegt hatte.

»Kann ich mir vorstellen. Geben Sie mit bitte eine Quittung.«

»Natürlich.«

Fast hundert Franken hatte ich zu zahlen. Eine stolze Summe. Hoffentlich rentierte sie sich.

Ich erkundigte mich nach der nächsten Maschine aus London.

Sie landete erst am nächsten Morgen. Es blieb mir also nichts anderes übrig, als so lange zu warten. Ich bedankte mich bei dem freundlichen Zollbeamten und musste mir noch eine Frage gefallen lassen.

»Sagen Sie mal, Herr Sinclair, was wollen Sie eigentlich hier? Gibt es ein internationales Verbrechen, das Sie aufzuklären haben?«

»Nein.«

»Aber was wollen Sie dann?«

»Das weiß ich selbst nicht«, gab ich zurück und hob bedauernd die Schultern.

Ich löste wenig später noch einige Schecks in Bargeld

um und begab mich auf die Suche nach einem Hotel. Nach Lenzerheide wollte ich am nächsten Tag fahren. Ich fand eine schmucke Pension nicht weit vom Flughafen entfernt. Jetzt konnte ich eigentlich nur darauf warten, dass sich die andere Seite wieder meldete.

Und da war ich gespannt …

Der oder die Mörder hatten kein Erbarmen gekannt. Sie mussten den weißhaarigen Langlauflehrer mit harten, spitzen Gegenständen traktiert haben, denn dessen Gesicht zeigte grauenhafte Zerstörungen.

Carlo Lei griff mit zitternden Händen nach der Zigarettenschachtel. »Wer macht denn so etwas?«, flüsterte er und schüttelte immer wieder den Kopf. »Das will ich einfach nicht glauben.«

»Da sagen Sie was«, murmelte Bill.

»Das sind doch keine Menschen mehr.«

»Wahrscheinlich nicht.«

Carlo stieß den Rauch in die klare Winterluft. »Ob es die Wesen gewesen sind, die diese grünen Augen gehabt haben sollen?«, murmelte er mehr zu sich selbst.

»Das kann man annehmen.«

»Aber wo finden wir sie?«

Bill deutete in die Schlucht. Sie lag wie ein dunkles, gewaltiges Loch vor ihnen. Aus dieser Finsternis hörten sie ein gewaltiges Rauschen, denn Gletscherwasser stürzte als gewaltiger Wasserfall in die Tiefe und strömte in seinem engen Flussbett durch die Schlucht.

Das Rauschen des Wassers kam dem Reporter wie ein höhnisches Lachen vor. In dieser tiefen Dunkelheit, wo er rein gar nichts erkannte, da konnte durchaus eine Armee von Feinden lauern, die sich in irgendwelchen Schlupfwinkeln verborgen hielt und darauf wartete, dass neue Opfer auftauchten.

Obwohl Bill Conolly noch keine endgültige Gewissheit hatte, konnte er davon ausgehen. In der Via Mala musste etwas lauern, das eine tödliche Bedrohung darstellte. Bill Conolly glaubte sogar, den Atem des Bösen zu verspüren, einen dämonischen Pesthauch, der durch die Schlucht wehte und ihn erfasste.

Über seinen Rücken kroch eine unsichtbare, kalte Hand. Er schüttelte sich, räusperte sich ein paar Mal und wandte sich um.

Carlo warf seinen Zigarettenstummel weg. Er beschrieb einen glühenden Halbkreis, bevor er zu Boden fiel, dort Funken hochschleuderte und schließlich verlöschte. »Es ist wie damals«, murmelte der Leiter des Supermarktes, »wie damals ...«

»Wovon reden Sie?«, fragte Bill.

»Von dieser Seelenburg und den geflügelten Monstern. Ich fand auf dem Weg nach Davos, glaube ich, eine schwer verletzte Frau. Sie trug einen Brief bei sich, dessen Absender die Frau war, die wir beide kennen. Jane Collins.«

Bill trat näher an Carlo heran. Er schaute dabei auf den Toten. Der Körper war zur Seite gerutscht, hielt sich allerdings noch aufrecht. Vor der Bank schimmerten die Eisbeulen bläulich auf dem Boden. »Jane Collins ist nicht mehr die, die Sie vielleicht von früher her kennen, Herr Lei«, sagte er.

»Wieso nicht?«

»Sie hat sich verändert.«

»Das verstehe ich nicht.«

»Miss Collins wechselte die Seite«, erklärte Bill. »Sie ist in einen dämonischen Bann geraten. Die Oberhexe Wikka hat sie unter ihre Kontrolle bekommen.«

»Was?«

»Ja, leider. Wir konnten nichts mehr tun, uns waren die Hände gebunden.«

»Und jetzt?«

»Müssen wir uns damit abfinden, dass Jane Collins unsere Feindin ist. Daran führt kein Weg vorbei.«

Carlo war bleich geworden. Das stellte Bill selbst in der herrschenden Dunkelheit fest. Er schüttelte ein paar Mal den Kopf und sagte etwas, das Bill nicht verstand.

»Kommen Sie, Carlo, hier haben wir nichts mehr zu suchen. Wir müssen die Polizei alarmieren.«

»Natürlich.«

»Gibt es hier eine Mordkommission? Ich meine in Thusis.«

»Kaum, die Leute sitzen in Chur.«

»Dann müssen sie eben herkommen.«

»Die werden sich freuen. Das ist eine verdammte Strecke«, erklärte der Einheimische. »Aber was soll's?«

Wenig später saßen sie wieder im Wagen des Mannes aus Lenzerheide und fuhren die Strecke zurück. Bill gab sich sehr schweigsam, auch Carlo sagte nicht viel. Er fuhr jetzt sogar langsamer und vorsichtiger, irgendwie hatte er einen Schock erlitten.

Von einer Telefonzelle aus alarmierten sie die Polizei, und Bill rief noch im Hotel an, denn er wollte Sheila Bescheid sagen, dass es doch länger dauern würde.

»Ich hatte es mir schon gedacht«, sagte die Frau. »Können wir den Urlaub in den Wind schreiben?«

»Hoffentlich nicht. Wie es allerdings aussieht, werde ich wohl John Bescheid sagen müssen.«

»Ist es so schlimm?«

»Es kann noch schlimmer werden«, erklärte Bill und verabschiedete sich von seiner Frau.

Als er die Zelle verließ, zeigte sein Gesicht einen harten Ausdruck. Sie hatten Urlaub machen wollen, jetzt steckten sie wieder bis zum Hals in einem neuen Fall.

Es war wirklich zum Heulen …

»Nun, hat es Ihnen geschmeckt?«, fragte die nette Wirtin, als sie den Teller abräumte.

Ich deutete auf meinen Magen. »Geschmeckt ist gar kein Ausdruck. Es war köstlich.«

»Möchten Sie kein Dessert mehr?«

Ich rang die Hände. »Um Himmels willen, nein. Ich möchte mich ja nicht überessen.«

Die Wirtin lächelte und ging. Ich saß in der Ecke der gemütlichen Gaststube. Die Zimmer befanden sich in der ersten Etage. Es waren kleine Räume, aber pieksauber. Lampen, die von der Decke herabhingen und mit Stoffschirmen versehen waren, gaben einen gemütlichen Lichtschein ab. In dieser Gaststätte konnte man sich wohl fühlen.

Zur Verdauung trank ich noch einen Pflümlischnaps, streckte die Beine aus, rauchte und spürte die wohlige Mattheit, die allmählich durch meinen Körper kroch.

Ich hatte es nach all den Aufregungen verdient, mich einmal ausruhen zu können. Dieser unfreiwillige Flug steckte mir noch in den Knochen, und ich begann abermals, darüber nachzudenken, und wollte auch die näheren Umstände analysieren.

Das gelang mir nicht. Meine Gedanken schweiften immer ab. Ich hatte Mühe, sie überhaupt zu formulieren. Für mich war es am besten, wenn ich mich hinlegte.

Es kostete mich bereits Überwindung aufzustehen und durch den Gastraum zu gehen. Die Wirtin saß mit zwei Einheimischen am Tisch und unterhielt sich.

»Wollen Sie schon hoch?«, fragte sie mich, als ich die drei Leutchen passierte.

»Ja, ich bin zu müde.«

»Dann schlafen Sie gut, Herr Sinclair.«

»Das werde ich auch.«

Die alten Holzstufen bewegten sich, als ich die Treppe hochschritt. Auf dem Gang oben brannten zwei kleine Stehleuchten. Ich musste genau schauen, um meine Zimmernummer zu erkennen.

Es war das fünfte Zimmer.

Als ich den Raum betrat, fröstelte ich im ersten Augenblick, denn ich hatte das Fenster nicht geschlossen, und die kühle Luft war in das Zimmer gedrungen. Eine Ecke hatte man abgeteilt. Dort befand sich die kleine Dusche. Eine Extra-Toilette gab es nicht. Da musste ich bis ans Ende des Ganges laufen.

Ich stellte mich ans Fenster und schaute nach draußen. Zahlreiche Lichter schimmerten noch durch die Finsternis. Sie grüßten wie ferne Sterne. Ich schaute auf die Uhr. Eigentlich war es noch früh, aber ich musste am anderen Tag zeitig aufstehen, da war es schon besser, wenn ich mich jetzt ins Bett legte.

Eine Zahnbürste hatte ich mir noch besorgt. Auch frische Unterwäsche und einen Faltkoffer. Langsam entkleidete ich mich. In der Unterwäsche legte ich mich aufs Bett und freute mich über das dicke Kissen. Ich löschte die Nachttischlampe und blieb auf dem Rücken liegen, die Arme hinter dem Kopf verschränkt.

Obwohl ich müde war, konnte ich keinen Schlaf finden. Zu viel war in den letzten Stunden geschehen. Die Ereignisse wiederholten sich und rollten noch einmal vor meinem geistigen Auge ab. Ich sah mich wieder im Schallplattengeschäft, dann im Flugzeug und dachte auch an die plötzliche Schwäche, die mich überfallen hatte.

Das hatte keine normale Ursache.

Ohne es eigentlich zu wollen, hatte ich den Namen Zürich genannt. Wenn ich im Nachhinein überlegte, gab es überhaupt keinen Grund, hierher zu fahren.

Man hatte mich gelockt!

Wer?

Befanden sich die Conollys vielleicht in Gefahr? War mit ihnen etwas geschehen? Hatte Bill einen gedanklichen Kontakt mit mir aufgenommen?

Auch das war nicht von der Hand zu weisen, denn etwas Ähnliches hatte der Reporter vor Jahren mal praktiziert.

Wie ich es auch drehte und wendete, zu einem Ergebnis gelangte ich nicht. Bis plötzlich etwas passierte.

Eine Stimme war da.

In meinem Gehirn klang sie auf. Ein Fremdkörper innerhalb meiner Gedanken. Und diese Stimme lockte mich nicht nur, sie lachte mich irgendwie aus.

›Jetzt bist du in der Nähe, John Sinclair!‹

Ich zuckte hoch, setzte mich hin, und mein erster Griff galt dem Silberkreuz.

Da tat sich nichts. Es hatte sich nicht einmal erwärmt. Lag glatt und kühl auf meiner Haut.

›Ich begrüße dich, Geisterjäger!‹

Verdammt, die Stimme kannte ich. Natürlich, erst jetzt blickte ich genau durch. Wer da zu mir gesprochen hatte, war keine geringere als die ehemalige Detektivin Jane Collins!

Das war ein Hammer. Automatisch fiel ich aus der unbequemen Lage zurück und dachte an Jane. Aus welchem Grunde hatte sie mich gerufen? Wollte sie mir ans Leder?

›Ich freue mich, dass du gekommen bist, John. Ich freue mich sehr. Du kannst gar nicht anders, als mir zu gehorchen. Und ich habe bereits einen Platz zum Sterben für dich ausgesucht!‹

Sterben sollte ich.

Wo? Und durch wen? Durch Jane? Sie hasste mich. Sie hasste mich mit all der Kraft ihrer dämonischen Seele. Davon musste ich ausgehen. Und sie hatte sich auch nicht gescheut, Morde zu begehen.

Ich befand mich in der Schweiz. Die Seelenburg lag nicht einmal weit entfernt von hier. Ob dieser Fall und das geheimnisvolle Auftreten der Jane Collins damit etwas zu tun hatten?

Das war möglich.

Vielleicht konnte ich mit ihr sprechen. Ich konzentrierte meine Gedanken auf sie. Die Müdigkeit war verflogen. Schwarze Magie hatte mich wieder hellwach werden lassen.

Ich starrte in die Dunkelheit des Zimmers. Mir gegenüber befand sich die Wand, links ging es zur Tür, rechts vom Bett schimmerte ein helleres Rechteck, das Fenster.

Außer mir befand sich niemand im Raum. Und doch war etwas vorhanden. Ein schleichendes, magisches Gift, das ich genau spürte und das durch alle Wände und Ritzen zu mir hinkroch. Die Atmosphäre veränderte sich. Sie wurde bedrohender, beklemmender. Da war etwas in unmittelbarer Nähe, und es lauerte darauf, zuschlagen zu können.

Ich saß zwar nicht aufrecht im Bett, aber ich war gespannt und bereit, sofort aufzuspringen, sollte ich aus der Dunkelheit angegriffen werden.

Dann sah ich das Schimmern.

Nicht am Fenster, sondern mir gegenüber, wo sich die

Wand befand, an der der schmale Schrank stand. Für mich konzentrierte sich die Magie auf genau den Fleck, denn aus dem Hellen wurde allmählich ein rötliches Gebilde.

Ich hielt den Atem an, denn das Gebilde nahm menschliche Formen an.

Ein Geist.

»John Sinclair!« Die Stimme war ein Hauch, der mir entgegenwehte. Sie lockte, sie war gleichzeitig voller Hass und Bösartigkeit, und ich kannte sie, denn Jane Collins war gekommen.

»Jane?«, fragte ich. Als ich den Namen ausgesprochen hatte, schlug mein Herz schneller.

»Ja, ich bin hier, John.«

»Verdammt, Jane, was soll das?«

»Freust du dich nicht, dass ich gekommen bin, John? Du hast doch Sehnsucht nach mir gehabt.«

Ich schüttelte den Kopf. Vor meinen Augen lief etwas Unheimliches ab. Ich fand keine Erklärung dafür, aber dass es Jane war und keine Halluzination, stand außer Zweifel.

»Was willst du?«

»Dich besuchen, John. Mein Geist kommt zu dir. Und er will dir erklären, was mit dir geschehen wird.« Sie lachte leise, was bei mir einen Schauer verursachte. »Du sollst begraben werden, John. Die Schlucht wartet auf dich. Die Via Mala wird für dich zum Schrecken. Sie hat nichts von dem verloren, was sie einmal war. Sie ist gefährlich, grausam, und in ihr lauern die Geister der Urzeit. Wir haben sie erweckt, sie gehorchen unserer Magie, denn Wikka ist mächtig.«

Ich hätte es mir denken können. Die oberste Hexe war also auch mit im Spiel.

Wikka!

Klar doch. Wo sich Jane Collins befand, da war auch Wikka nicht weit. Die beiden gehörten zusammen wie Pech und Schwefel. Da ließ die eine auf die andere nichts kommen, denn Jane war nicht nur eine gelehrige, sondern die beste Schülerin gewesen.

Sie sprach weiter. Es war allerdings mehr ein Zischen, das mir entgegenklang.

»Du bist unserem Ruf sehr wohl gefolgt. Wir haben durch die Magie der Erdgeister dafür gesorgt, dass dies geschehen konnte. Wir trafen dich hart, du warst verloren. Entfernungen spielen dabei keine Rolle, denn unsere Magie ist stark. Und du wirst uns folgen. Die Schlucht soll zu deinem Grab werden .. «

»Wer lauert in der Schlucht?«

»Die Bergdämonen. Gierige Teufel, die sich besonders über Menschen freuen. Willst du sie sehen?«

»Verzichte!«

»Ich habe sie aber mitgebracht«, sagte Jane und lachte leise bei ihren Worten.

Im nächsten Moment veränderte sich die Lage gedankenschnell zu meinen Ungunsten. Bevor ich eingreifen konnte, sah ich die beiden Augenpaare rechts und links der Detektivin schimmern. Es waren rotgelbe Augen, und ich glaubte auch, Körper zu erkennen.

Sofort drehte ich mich um, streckte den Arm aus, und meine Hand fand den Lichtschalter.

Es wurde hell.

Diesmal hatte ich es nicht mit einer Geistererscheinung zu tun. Die beiden Dämonen waren echt. Und sie griffen mit teuflischer Raffinesse an …

Vom Eingang der Schlucht her bis zum Fundort der Leiche war alles hell erleuchtet. Die Männer der Mordkommission hatten ihre starken Jupiterlampen mitgebracht, die jeden Quadratzentimeter des Bodens ausleuchteten.

Selbst die Beamten der Mordabteilung waren geschockt, als sie die Leiche sahen. Walter Rügi musste schrecklich gelitten haben, bevor er endlich gestorben war.

Natürlich hatten die Männer Fragen. Bill und Carlo jedoch wollten nicht alles sagen. Ihren Verdacht behielten sie für sich, niemand sollte die Pferde scheu machen, wobei fraglich war, ob die Polizisten ihnen überhaupt glaubten. Zudem hatten sie keinerlei Beweise. Sie waren nur auf Vermutungen angewiesen. Wesen mit gelbroten Augen hatten sie nicht zu Gesicht bekommen. Vielleicht hätte ihnen Walter Rügi mehr darüber erzählen können, doch er war tot.

Der Leitende Kommissar hieß Quinter. Er war ein Mann im mittleren Alter, trug einen Oberlippenbart und eine dünne Goldrandbrille. Bill Conolly und Don Carlo wurden im Wagen des Beamten vernommen.

»Sie haben die Leiche also gefunden?«, stellte der Polizist fest.

»Ja.«

»Hatten Sie einen besonderen Grund, zur Schlucht zu fahren?«

Beide wussten, dass diese Frage gestellt werden würde, deshalb hatten sie sich die Antwort schon vorher zurechtgelegt.

»Den hatten wir in der Tat, Herr Kommissar«, erwiderte Carlo Lei.

»Und welchen?«

»Wir wollten den Ermordeten sprechen.«

»Gab es einen besonderen Grund für das Treffen?«

Bill und Carlo schauten sich an. Als der Mann aus Lenzerheide nickte, sagte Bill: »Den gab es in der Tat.«

»Dann bitte.« Der Polizist blieb freundlich. Er war aber auch hartnäckig.

Diesmal antwortete Carlo Lei. »Walter Rügi wollte uns etwas zeigen, Herr Kommissar.«

»Und was?«

»Das wissen wir leider nicht.«

Quinter nahm die Brille ab und reinigte die Gläser. Er schaute dabei nur auf das Gestell, aber er sprach trotzdem weiter und sagte zu den beiden Männern: »Irgendwie kann ich Ihnen nicht so recht glauben, was Sie mir da gesagt haben.«

»Weshalb nicht?«, fragte Bill.

Quinter setzte die Brille wieder auf und zwinkerte mit den Augen. »Ganz einfach, weil man normalerweise nicht ohne Grund in dieser kalten Winternacht losfährt. Ohne triftigen Grund meine ich.«

»Den hatte der Mann.«

Der Kommissar winkte ab. »Hören Sie auf. Rügi wird Ihnen doch eine Andeutung gemacht haben.«

»Hat er nicht.«

»Und Sie fahren einfach so los?«

Carlo Lei rückte ein wenig mit der Wahrheit heraus, als er erwiderte: »Es war so: In dieser Schlucht ist heute jemand verunglückt. Der Mann ist nach meinen Informationen gestorben. Da ich mich für einen Teil der Sicherheit in den Bergen verantwortlich fühlte, wollte ich mir die Sache einmal ansehen. So genau war es.«

»Das ist immerhin etwas«, antwortete der Kommissar. Danach schaute er Bill an. »Und Sie?«

»Ich bin nur mitgefahren, da ich Herrn Lei kenne. Meine Familie und ich machen Urlaub in Lenzerheide.«

»Wo?«

»Im Hotel Sonnenstern.«

»Sie bleiben doch noch über die Weihnachtstage, nicht wahr?«

»Keine Angst, ich gehe Ihnen schon nicht von der Fahne. Wenn Sie Fragen haben, Kommissar, stehe ich Ihnen gern mit Rat und Tat zur Seite.«

»Sehr großzügig.«

»Ist sonst noch etwas?«, erkundigte sich Carlo Lei.

»Nein, vorerst nicht. Da ich Ihre Personalien habe, können Sie wieder fahren.«

»Danke.« Die beiden Männer verließen den Dienstwagen des Polizeibeamten.

Draußen atmete Bill tief durch, bevor er leise sagte: »Ich dachte schon, Sie hätten unsere Vereinbarung gebrochen.«

Carlo schüttelte den Kopf. »Nie. Aber wir mussten dem Kommissar einen Köder hinwerfen. Quinter ist bekannt für seine Hartnäckigkeit. Wenn der sich einmal in eine Spur verbissen hat, lässt er sie so leicht nicht mehr los. Das hat sich inzwischen herumgesprochen.«

Soeben wurde die Leiche abtransportiert. Da die

Männer das Licht der Scheinwerfer durchbrachen, leuchteten die hellen Strahlen den Toten für einen Moment an.

Er bot ein so grauenhaftes Bild, dass sich Bill und Carlo abwandten.

»Nein«, flüsterte Carlo, »das können keine Menschen getan haben. So etwas nicht.«

Auch die Beamten der Mordkommission waren davon überzeugt. Sie unterhielten sich über den Fall. Der Arzt meinte: »Das habe ich noch nie gesehen. Als wäre der Mann von irgendwelchen Tieren angegriffen worden.«

»Die es hier nicht mehr gibt«, nahm der Kommissar den Faden wieder auf. »Oder glauben Sie an Wölfe?«

»Auf keinen Fall.«

Quinter bedachte die beiden Zeugen noch mit einem langen Blick, bevor er zu seinem Wagen ging. Auf dem Weg dorthin meinte er: »Ich bin fest davon überzeugt, dass Sie mir etwas verschweigen. Und ich werde auch noch herausfinden, was es ist.«

»Das bleibt Ihnen überlassen, Kommissar«, erwiderte Carlo Lei. »Wir fühlen uns nicht schuldig.«

Quinter lachte. »Das kann ich mir gut vorstellen, aber sehen Sie sich vor. Sie machen sich strafbar, wenn Sie Informationen zurückhalten.«

Er stieg ein und schlug die Wagentür seines Dienstvolvos zu.

Bill und Carlo schauten dem Fahrzeug nach. »Er hätte uns nicht geglaubt«, sagte der Reporter. »Wirklich nicht, deshalb haben wir auch nichts verschwiegen.«

»Wenn Sie das sagen. Kommen Sie, Bill! Ich will mir hier nicht die Füße abfrieren.«

»Dann wollen Sie sich nicht die Schlucht weiter ansehen?«

Carlo stieß einen erstaunten Ruf aus. »In der Nacht? Nein, das ist mir zu gefährlich.«

Bill hob die Schultern. »Ich bin immer der Ansicht, dass eine Spur nicht kalt werden darf.«

»Soll das heißen, dass Sie es noch versuchen wollen?«

»Mal sehen. Die Beamten fahren ja weg. Um uns kümmert sich niemand.«

In der Tat hatten die Männer die Lampen wieder abgebaut und die Geräte eingepackt.

Zwei helle Auspuffwolken hinter sich herziehend, rauschten die Fahrzeuge davon.

Bill und Carlo standen am Gitter. Bis auf das aus der Tiefe klingende Rauschen des Wassers war es still geworden. Der Reporter starrte in die Tiefe.

Unheimlich und drohend erschien sie ihm. Kein Licht brannte in der Via Mala. Sie bot Verstecke für eine halbe Armee. Die Wände stiegen grau und gefährlich in den dunkelblauen Winterhimmel. Wo sie aufhörten, zeichneten sich Schatten ab.

Carlo trat neben den Reporter. »Kommen Sie, Bill, es hat keinen Sinn, hier herumzustehen.«

Conolly schüttelte den Kopf. »Ich weiß nicht. Er muss irgendetwas entdeckt haben.«

»Ja, der Schwerverletzte sprach auch von diesen Wesen.«

»Das meine ich nicht. Oder doch?«, berichtigte sich Bill Conolly. »Aber ihr Langlauflehrer hat sicherlich etwas gefunden, das sich ganz in der Nähe aufhält.«

»Wie kommen Sie darauf?«

»Hätten wir ihn sonst auf der Bank gefunden, die sich ziemlich dicht am Eingang befindet?«

»Das stimmt auch wieder«, gab Carlo zu.

»Wir brauchen ja nicht in die Schlucht hinabzusteigen, sondern können nur ein kleines Stück nach unten gehen. Vielleicht finden wir Spuren. Möglicherweise zeigen sie sich auch.«

»Diese Wesen?«

»Natürlich.«

»Daran will ich nicht so recht glauben«, erwiderte der Leiter des Supermarktes. »Nein, ich kann es mir nicht vorstellen.«

»Ich schaue nach. Geben Sie mir bitte die Lampe.«

»Nicht nötig, Bill.« Carlo stieß die Worte hastig aus. »Sehen Sie mal dort.« Er streckte den rechten Arm vor und deutete schräg in die Tiefe der Schlucht.

Bill hielt den Atem an. Ein unheimliches Bild bot sich

seinen Augen. In der Tiefe der Schlucht und innerhalb der Schwärze lauerten zwei rotgelbe Augenpaare. Die Entfernung war wegen der Dunkelheit schlecht zu schätzen.

Starr und reglos saßen sie da. »Geben Sie mir Ihre Lampe!«, flüsterte Bill.

»Aber Sie wissen doch nicht …«

»Mensch, mach schon!« Bill war plötzlich aufgeregt. Ohne die Augenpaare aus dem Blick zu lassen, griff er nach rechts und zog Carlo Lei die Lampe aus der Hand.

Bill brachte seinen Arm hoch, legte ihn auf die Brüstung und leuchtete schräg in die Tiefe.

Der weißgelbe Speer durchschnitt die Dunkelheit, berührte auch das Geländer, ließ Metall dabei hell schimmern, tastete sich an den rauen, zerklüfteten Felswänden entlang, wurde von Bill ein wenig geschwenkt und fand sein Ziel.

Verschwommen, aber dennoch zu erkennen, riss er die Umrisse der beiden Wesen aus der Finsternis.

»Das gibt es doch nicht«, stöhnte Don Carlo und schüttelte den Kopf.

Bill schwieg. Wie Carlo schaute er sich die beiden Wesen an und musste deren Existenz erst einmal verkraften.

Sie hatten längst nicht die Größe eines Menschen. Nicht einmal halb so groß. Bill und Carlo erinnerten sie mehr an Affen, denn sie trugen auch eine ähnliche Haut oder ein ähnliches Fell. Von den Gesichtern sahen die Männer nicht viel, nur diese seltsamen rotgelben Augen, die unverwandt in ihre Richtung starrten.

Nachdem Bill seine erste Überraschung verkraftet hatte, fragte er den Einheimischen: »Haben Sie diese Wesen schon mal gesehen?«

»Nein …«

»Aber?«

Carlo hob die Schultern. »Verdammt, was ich denke, darf eigentlich nicht wahr sein …«

»Reden Sie schon!«

»Also, diese Wesen oder Tiere kommen in den alten Geschichten vor.«

»In welchen?«

»Die man sich in den einsamen Bergdörfern erzählt. So wurden immer die Bergdämonen beschrieben, die einsame Wanderer überfielen und sich an ihnen labten.«

»Was sagen Sie da?« Bill ruckte herum. Der Lampenstrahl machte die Bewegung mit. Er leuchtete nicht mehr auf sein erstes Ziel, sondern schräg in die Tiefe.

»Ja, haben Sie noch nie davon gehört?«

»Wie sollte ich?«

»Ich habe es auch für eine Legende gehalten, aber jetzt …« Carlos Stimme zitterte. Der Mann zweifelte fast an seinem Verstand. »Wenn es den Legenden nach geht, dann liegen diese Wesen normalerweise in einem tiefen Schlaf. Aber jetzt hat sie irgendetwas erweckt. Und es muss schon ein großes Ereignis gewesen sein, denn so leicht lassen sich die Bergdämonen nicht locken.«

»Wissen Sie noch mehr darüber?«, fragte Bill und leuchtete wieder dorthin, wo die Wesen hockten.

Sie waren verschwunden.

»Ja, sie sollen besondere Kräfte haben.«

»Welche?«

»Geistige Kräfte. Wenn man die alten Geschichten richtig interpretiert. Sie sollen die einsamen Bergwanderer beeinflussen können, sie vom rechten Weg ablenken, damit sie in ihre Fallen gehen.«

»Und jetzt sind sie verschwunden«, stellte Bill fest. »Oder sehen Sie noch welche?«

»Nein.«

Die Männer warteten noch. Sie hörten nur das Rauschen des Wassers, sonst keinerlei Laute oder Geräusche.

»Wollen Sie noch immer in die Schlucht steigen?«, erkundigte sich der Mann aus Lenzerheide.

»Jetzt nicht mehr.«

»Wir wären auch in die Falle der Bergdämonen getappt. Sie hätten unser Denken beeinflusst, sie hätten …« Er sprach nicht mehr weiter, denn was er zu sehen bekam, verfolgte auch der Reporter Bill Conolly mit staunenden Augen.

Ungefähr dort, wo sich die beiden Bergdämonen aufgehalten hatten, erhellte sich die Dunkelheit. Eine Gestalt war zu erkennen. Sie schimmerte weißlich rot, als würde sie von einem seltsamen Lichtkranz umgeben.

»Ein Geist«, wisperte Carlo und bekreuzigte sich. Seine Augen hinter der Brille waren weit aufgerissen, und er klapperte mit den Zähnen.

»Den Geist müssten Sie kennen«, sagte Bill.

»Wieso?«

»Es ist Jane Collins!«

Ich musste mich kurzerhand aus dem Bett rollen lassen, sonst hätten mich die beiden Teufel mit den rotgelben Augen glatt erwischt. Sie sprangen auf das Bett, ich spürte ihr Gewicht noch an den Füßen, und im nächsten Augenblick schlug ich auf die vor dem Bett liegende Fußmatte. Meinen rechten Arm hatte ich dabei ausgestreckt, die Finger packten die Kleidung, die auf dem Stuhl lag, und ich riss das Zeug von der Sitzfläche. Nach meiner Beretta schnappte ich vergeblich, denn die lag ungünstig, dafür fiel mir der Dolch in die Finger.

Ich musste ihn erst aus der Scheide ziehen, es war nicht einfach, denn ich lag, und die Scheide war stramm. Dabei rollte ich mich zur Seite und hatte es endlich geschafft, den Dolch zwischen die Finger zu bekommen.

Das Wesen hockte auf dem Bett. Wo sich das Zweite versteckt hielt, konnte ich nicht erkennen, aber dieser kleine Dämon schaute mich über die Kante hinweg an.

Und dann spürte ich seine Kraft.

Der seltsame Dämon schien die Telepathie zu beherrschen. Seine Geisteskraft war ungemein stark, denn ich registrierte in meinem Hirn die fremden Gedanken.

Wie in dem Schallplattenladen!

Nur wollten sie mich diesmal nicht locken, sondern ausschalten, und dagegen stemmte ich mich.

›Nimm den Dolch und stoß ihn dir in die Brust!‹

Es war ein Befehl, der mir da entgegenschwang. Eine harte Forderung, der ich folgen musste, denn ich besaß nicht die Kraft, mich dagegen aufzulehnen.

Halb auf dem Boden liegend und halb aufgestützt, brachte ich meine Hand in die Höhe und drehte sie dabei so, dass die Spitze des Dolches auf meine Brust zeigte.

Die Waffe war geweiht. Sie zerstörte Dämonen, aber sie konnte auch mich töten.

Es kam zu einem Kampf. Als ich mit den Blicken die Dolchspitze genau fixierte, ging ein Ruck durch meinen Körper. Für einen Moment hatte ich wieder die Kontrolle über mich selbst, schaltete das Fremde einfach aus und versuchte, mich auf den Gegner zu konzentrieren.

Ich wollte die Hand wieder herumdrehen. Zur Hälfte klappte es, als das auf dem Bettrand hockende Wesen Verstärkung von seinem Artgenossen erhielt.

Konnte ich da noch mithalten?

Bevor das zweite Wesen in der Lage war, sich ebenfalls voll und ganz auf mich zu konzentrieren, sammelte ich noch einmal alle Kräfte und warf mich vor.

Ich explodierte förmlich, streckte den Arm, und der Dolch in meiner Hand bildete die Verlängerung.

Einer dieser widerlichen Dämonen kam noch einmal davon, den Zweiten aber erwischte ich voll.

Dicht über die Bettkante hinweg glitt meine Hand, bevor die Klinge das Ziel traf.

Der Dämon mit dem struppigen Fell, den rotgelben Augen, der mich so sehr an einen Affen erinnerte, riss sein Maul auf. Es wurde zu einer runden Öffnung, in deren oberer Hälfte etwas schimmerte.

Zwei spitze, weiße Zähne waren es, ähnlich wie bei den Vampiren, nur wuchsen sie bei ihm nicht rechts und links des Oberkiefers, sondern mehr in der Mitte.

Er brüllte.

Da ich mich dicht in seiner Nähe befand, hörte sich das Geräusch überlaut an. Es wurde gleichzeitig zu einem hässlichen Fauchen, und dann glühte der Körper von innen her auf. Der Vergleich mit einer heißen Schmelze fiel mir ein. Ich zog hastig den Dolch zurück, und das war mein Glück, denn im Gegensatz zu vielen anderen Dämonen zerfiel dieses Wesen nicht zu Staub, sondern wurde zu Stein.

Vor meinen Augen versteinerte es. Die Reste nahmen ungefähr die Form eines Quadrats an, bevor sie still auf dem Bett liegen blieben.

Ich hatte einen ersten Sieg errungen. Über Wesen, die mir bisher völlig unbekannt gewesen waren.

Noch lebte das Zweite.

Wo steckte es?

Ich schaute mich um. Da das Licht der Nachttischleuchte brannte, konnte ich das Zimmer einigermaßen überblicken.

Nur den Dämon sah ich nicht. Er hatte den Raum nicht verlassen, das wäre mir aufgefallen, also musste er noch da sein. Vielleicht versuchte er auch, einen Überraschungsangriff zu starten.

Dämonenjagd in Unterhose. Das war mir auch noch nicht passiert. Obwohl es lächerlich aussah, schmälerte es die Gefahr keineswegs. Der zweite Dämon würde wesentlich vorsichtiger sein. Er war durch den Tod seines Artgenossen gewarnt.

Um den Schalter der Hauptleuchte zu erreichen, musste ich bis an die Tür und damit quer durch das Zimmer. Diese Gefahr war zu groß, deshalb musste die kleine Lichtquelle reichen.

Da hörte ich das Knacken. Es war ein Laut, der entsteht, wenn Glas bricht. Sofort fuhr ich herum und sah gerade noch, wie die Birne der kleinen Lampe mit einem Knall auseinander flog und sich die Splitter im Raum verteilten.

Das hatte mir noch gefehlt.

Dunkelheit.

Jetzt musste ich doch zum Schalter.

Als ich das Sirren hörte, sprang ich zur Seite. Zum Glück, denn ein Band von der Gardine hatte sich gelöst und Kurs auf meinen Hals genommen. Es hätte mich erwürgen können.

Da ich den Dämon noch immer nicht sah, kam mir eine gewisse Idee. Neben dem Schrank duckte ich mich zu Boden und dachte über meine Folgerung nach.

Diese seltsamen Dämonen beherrschten nicht nur die

Telepathie, sie konnten auch kraft ihrer Gedanken Gegenstände bewegen. Das hatte ich an der Gardinenschnur gesehen.

Und dann kippte das Bett.

Meine Augen wurden groß, als ich sah, wie es allmählich am Kopfende in die Höhe schwebte und hochkant gestellt wurde. Kontinuierlich ging dies weiter, der kleine Dämon legte keinerlei Pause innerhalb seines geistigen Kraftakts ein.

Sein Ziel war klar. Er wollte mir das Bett entgegenkippen und mich damit kampfunfähig machen.

Nur – wo steckte er?

So sehr ich auch nach ihm Ausschau hielt, entdecken konnte ich ihn nicht.

Bis sich der Schrank bewegte. Bisher hatte er mir Deckung gegeben, nun ruckte er zur Seite.

Es wurde gefährlich.

Ich sprang auf das hochkant stehende Bett zu und presste mich gegen die Unterseite. So wollte ich es wieder zurückkippen, doch der Dämon gab mir keine Chance. Er setzte seine Gegenkraft ein, und ich hatte das Nachsehen.

Hastig sprang ich zurück und gleichzeitig zur Seite, damit ich nicht von dem Bett getroffen wurde. Doch es blieb in der Lage.

Im nächsten Augenblick erkannte ich die ganze Raffinesse des Plans. Es war ein Zufall, dass ich es überhaupt entdeckte, weil ich wieder zum Bett hinschaute.

Genau an der Kante sah ich etwas Dunkles. Beim genaueren Hinschauen nahm es Umrisse an.

Die einer Pistole.

Es war meine Beretta, die da in der Luft schwebte, von unheimlichen Kräften geführt. Noch wies die Mündung nicht genau auf mich, so lange wollte ich auch nicht warten, sondern hechtete zur Seite in Richtung Tür und hatte kaum Kontakt mit dem Boden bekommen, als die Waffe schon anfing zu krachen.

Ich hörte das zweimalige Peitschen und vernahm die Einschläge der Kugeln, wie sie in Wand und Boden klatschten, dann hatte ich mich so weit überrollt, dass ich mich auf die Knie aufrichten und gegen den Lichtschalter schlagen konnte.

Es wurde hell.

Im selben Augenblick flogen die beiden Türen des Schranks auf. Heraus stürzte das dämonische Wesen mit den gelbroten Augen, es hatte meiner Beretta den Befehl gegeben, die Richtung abermals zu verändern, und wieder musste ich schneller sein.

Ich war es.

Der Dämon war zu Boden gesprungen, wollte sich weiter voranwuchten, als der Dolch bereits unterwegs war.

Ich hatte sehr gut gezielt. Mit dem Dolch war ich fast ebenso sicher wie mit der Beretta. Der zweite Dämon war nicht schnell genug. Er bemerkte die Gefahr, wollte sich zur Seite wuchten, aber die Waffe war schneller als er.

Sie traf.

Es schüttelte das Wesen regelrecht durch. Zwischen Schrank und dem hochgekanteten Bett blieb es stehen, und abermals begann das unheimliche Glühen, das sich gedankenschnell ausbreitete und seinen gesamten Körper erfasste.

Mich hielt nichts auf dem Fleck. Wie ein Pfeil schoss ich heran, riss den Dolch aus dem Körper und zuckte rechtzeitig genug zurück, bevor das Bett wieder in seine alte Lage fiel.

Dabei krachte es auf einen Stein. Das genau war aus dem Wesen geworden.

Ein grauer, unscheinbarer Stein.

Ich wischte mir den Schweiß von der Stirn. Die Ruhe nach dieser harten Auseinandersetzung tat gut. Als ich mich bückte und die Beretta an mich nehmen wollte, hörte ich die Schritte.

Der Krach, den die Auseinandersetzung mit sich gebracht hatte, war nicht ungehört geblieben. Heftiges Klopfen an der Tür ließ mich herumfahren. Ich streifte meinen Mantel über und hörte schon die Stimme der Wirtin.

»Was ist denn passiert? Weshalb ist es so laut?«

Ich öffnete die Tür spaltbreit. Die Wirtin hatte Verstärkung mitgebracht. Es waren die beiden Männer unten aus der Gaststätte. Wie zwei Wächter standen sie hinter der kleineren Frau.

Ich lächelte, damit die Frau beruhigt wurde. »Es ist alles in Ordnung«, erklärte ich.

»Und der Krach?«

»Mir ist etwas umgefallen. Reine Ungeschicklichkeit von mir. Tut mir Leid, gnädige Frau.«

»Kann ja mal passieren, oder?«

»Natürlich, danke. Und eine angenehme Nacht noch.«

»Ihnen auch.«

Ich schloss die Tür, ging zurück ins Zimmer und ließ mich auf die Bettkante fallen. Das war gerade noch einmal gut gegangen. Die Frau hätte auch misstrauischer sein können, dann hätte ich dumm dagestanden. Die Kugeln sammelte ich auf. Silber ist teuer, und man konnte die Geschosse wieder einschmelzen. Die gesammelten Projektile schickte ich in das Kloster St. Patrick zu Pater Ignatius.

Ich dachte nach. Jane Collins stand mit diesen seltsamen Wesen in einer gewissen Verbindung. Was hatte die beiden zusammengetrieben? Das konnte ich beim besten Willen nicht raten.

Es war spät geworden. Ein paar Stunden Schlaf wollte ich noch bekommen. Ich träumte schlecht. Immer wieder sah ich diese kleinen, widerlichen Dämonen vor mir.

Und ihre Spur würde mich sicherlich zu Jane Collins bringen …

»Verdammt, Bill, Sie machen Witze!«, keuchte Carlo Lei und schüttelte sich.

»Leider nicht«, erklärte der Reporter. »Die Gestalt existiert. Schauen Sie genau hin.«

Lei nickte. Auch er sah dieses unheimliche Wesen, das sich in der Schlucht aufhielt und sich nicht von der Stelle rührte. Es blieb lauernd stehen, nahm noch einmal an Intensität zu, um anschließend zu verblassen.

Don Carlo schüttelte seinen Kopf. »Ich verstehe es nicht«, keuchte er, »verdammt, das begreife ich nicht. Wie ist es möglich, dass ein Mensch sich so ...«

»Erwarten Sie von mir keine Antwort«, gab Bill Conolly zurück. »Auch ich bin überfragt.«

»Sind Sie denn sicher, dass es Jane Collins war und nicht irgendeine Halluzination?«

»Absolut.«

»Dann weiß ich nicht, was ich dazu noch sagen soll«, gab der Mann ehrlich zu. »Sie denn?«

»Kaum. Aber man könnte es vielleicht mit dem Wort Magie erklären.«

»Schwarze Magie?«

»Sicher, denn das, was wir gesehen haben, ist darauf aus, zu vernichten. Sie haben es ja bei Walter Rügi erlebt. Die andere Seite kennt keine Gnade.«

»Da haben Sie Recht.« Carlo drehte sich um. »Im Nachhinein bin ich froh, nicht in die Schlucht gestiegen zu sein.«

»Fragen Sie mich mal. Ich glaube kaum, dass wir da noch lebend rausgekommen wären.«

»Die Selbsterkenntnis ehrt Sie«, erwiderte Carlo, griff in die Tasche und holte die Wagenschlüssel hervor. Sie hatten nur ein paar Schritte zu laufen und mussten dabei auch an der Andenkenbude vorbei.

Als sie den abgestellten Mercedes bereits erkennen konnten, geschah das Unerwartete.

Bill sah es zuerst. »Verdammt, ihr Wagen bewegt sich!«

»Was?« Carlo blieb für einen Moment stehen und starrte auf das Fahrzeug. »Das will doch keiner stehlen.«

»Nein, das nicht, aber mir kommt es vor, als würde jemand darin sitzen und schaukeln.«

Carlo begann zu laufen.

Hinter dem Wagen begann der Tunnel. Bill konnte in das schwarze Loch sehen und entdeckte das gelbrote Augenpaar in der Schwärze.

Da lauerte eine dieser Bestien.

»Vorsicht, Carlo!« Bills Schrei gellte hinter dem Mann her und erreichte ihn eben noch rechtzeitig. Als Carlo Lei stoppte, da erhob sich vor seinen Augen der Mercedes in die Luft.

»Neeeiiinn!«, brüllte Carlo, schlug die Hände vor sein Gesicht und wankte zur Seite, bis er von dem Gitter gestoppt wurde. Er schüttelte den Kopf, blickte durch seine gespreizten Finger und erlebte einen schrecklichen Horror.

Der schwere Mercedes wurde zum Spielball dämonischer Kräfte. Ausgerechnet der Wagen, an dem Carlo so hing. Das Fahrzeug schwebte bereits so hoch über der Straße, dass es mit dem Dach des Kiosks abschloss.

Der schwere Mercedes geriet in einen wirbelnden Kreis, und nichts konnte ihn mehr stoppen. Bill Conolly konnte sich nicht mit Herkules vergleichen, dem es ein Leichtes gewesen wäre, den Mercedes aus der Luft zu holen und zwischen die Felsen oder in die Schlucht zu schleudern.

Obwohl er nicht Herkules war, musste er trotzdem etwas tun. Denn die Gefahr für Carlo Lei wuchs, da er sich in unmittelbarer Nähe des kreisenden Wagens aufhielt.

Bill Conolly lief auf den Schweizer zu, bekam ihn an der Schulter zu packen und wuchtete ihn herum. Carlo merkte kaum, was mit ihm geschah, denn er wurde von dem Reporter kurzerhand weitergerissen, sodass sie in Deckung der Andenkenbude gerieten.

Dort warfen sie sich auf den harten Boden.

Carlo tat es Leid um seinen Wagen. Das beteuerte er immer wieder, bis Bill ihn anfuhr.

»Seien Sie froh, wenn Sie ihr Leben behalten. Hier sind Kräfte am Werk, die wir nicht kontrollieren können.«

»Aber wieso, ich ...«

»Keine Widerrede.«

Da schwieg Carlo.

Sie lagen ziemlich günstig, denn sie konnten sehen, was mit dem Mercedes geschah.

Da schien jemand mit ihm Flugübungen machen zu wollen, denn das schwere Gefährt schaukelte wie ein Boot auf hohen Wellen. Es wurde einmal mit der

Kühlerschnauze nach vorn gedrückt, stieg dann wieder hoch, kippte hinten weg und das Spiel begann von vorn.

Dabei drehte sich der Wagen noch, bevor er wie von einer Riesenhand geschleudert über das Dach der Andenkenbude hinweg und in die Via-Mala-Schlucht hineinflog.

Carlo hielt nichts mehr am Boden. Er sprang in die Höhe, versuchte mit seinen Blicken dem Fahrzeug zu folgen und musste erleben, wie es weiter und weiter geschleudert wurde und dann gegen eine Felswand hieb.

Ein grässliches Geräusch schallte durch die klare Winternacht. Es war ein Krachen und Bersten, Kreischen und Donnern. Für Don Carlo war es, als würde ein Stück seiner Seele sterben.

Er hatte sehr an seinem Wagen gehangen. Nun stand er ohne Fahrzeug da, war in den Knien leicht eingeknickt und rang verzweifelt nach Luft. In den Augen hinter den Brillengläsern schimmerten Tränen. Immer wieder schüttelte er den Kopf. Das hatte er auf keinen Fall gewollt.

Es wurde still.

Dumpf und gleichzeitig hell waren die Echos durch die Schlucht gehallt. Nun aber hörten sie nur das Rauschen des Wassers.

»Was mache ich nun?«, schluchzte Carlo auf. »Verdammt, man hat mir einfach den Wagen genommen. Ich ...«

Bill konterte knochentrocken. »Besser das Auto als ihr Leben. Daran sollten Sie denken.«

Der Mann aus Lenzerheide hob die Schultern.

Bill Conolly hatte gemerkt, dass mit ihm nicht mehr viel anzufangen war, deshalb ließ er Carlo vorerst in Ruhe und ging ein paar Schritte vor, damit er die Straße erreichte und in den Tunnel schauen konnte. Er hatte das glühende Augenpaar nicht vergessen, und er konnte sich gut vorstellen, wem sie die mörderische Attacke zu verdanken hatten. Diesen gefährlichen Dämonen mit den gelbgrünen Augen.

Er war noch da.

Wie ein Denkmal musste er im Tunnel hocken und

beobachten. Wusste er, dass die beiden Männer unbewaffnet waren? Bill nahm seine Beretta nie mit in Urlaub, jetzt hätte er sie gebrauchen können.

Davor stand noch ein Wagen. Der Subaru des Ermordeten. Vielleicht kamen sie mit ihm weg, wenn die Dämonen sie in Ruhe ließen. Bill drehte sich um. »Sind Sie okay, Carlo?«

»So einigermaßen wieder.«

»Hier können wir die Nacht nicht bleiben. Sie lauern weiter auf uns. Wir müssen verschwinden.«

Carlo schaute Bill an, als hätte er dessen Worte überhaupt nicht begriffen.

Bill schüttelte ihn. »Haben Sie mich verstanden?«

»Ja.«

»Also. Wie kommen wir hier am besten weg? Den alten Weg können wir nicht nehmen. Im Tunnel lauert dieses Geschöpf. Zur anderen Seite ist auch ein Tunnel. Wohin führt er?«

»Die Straße läuft da weiter und trifft irgendwann auf die Bernadino-Straße.«

»Gut, dann gehen wir den Weg.«

»Zu Fuß?«

»Wissen Sie eine bessere Lösung?«

»Aber da müssen wir die ganze Schlucht umrunden.«

»Das ist besser, als hier zu hocken und irgendwann ein Opfer der Bestien zu werden oder zu erfrieren.«

Carlo Lei war noch immer nicht so recht von den Vorschlägen des Reporters überzeugt, aber ihm blieb kein andere Wahl. Eine bessere Lösung hatte er auch nicht.

»Kommen Sie!« Bevor Bill den Mann an der Schulter herumzog, schaute er in den Tunnel, wo er zuerst die beiden Augen gesehen hatte.

Sie lauerten noch immer.

Dann hörte er Carlos wütenden Schrei. Sofort zuckte Bill herum und richtete seinen Blick dorthin, wo Carlo hinschaute.

Der Mann aus Lenzerheide stand vor dem zweiten Tunnel und hielt die Arme ausgestreckt, als wollte er das Grauen umfassen, das ihm von dort entgegenstrahlte.

In der Tunnelmitte leuchteten zwei gefährliche Augen. Und im nächsten Augenblick waberte eine Flammenwand in die Höhe.

Sie zeichnete deutlich den Schatten einer zweiten Gestalt ab. Das war nicht Jane Collins, sondern ihre große Meisterin.

Wikka!

Jane und Wikka! Ein Duo, ein Tandem. Meisterin und Schülerin. Zwei, die sich hervorragend ergänzten, das wusste auch Bill Conolly, denn er hatte Wikka in London kennen gelernt, als die Stadt unter dem Hexenwahn stöhnte.

Damals hatte noch Gordon Schreiber zu ihnen gehört, der Eigentümer der Seelenburg, doch Schreiber existierte nicht mehr. Ihn hatte der Teufel geholt.

Trotzdem war Wikka gefährlich genug geblieben. Ihren Machtbereich hatte sie sogar noch ausgeweitet, denn sie wusste Asmodis auf ihrer Seite. Und Jane Collins wiederum war Wikka ergeben.

Ein teuflischer Kreislauf, eine Rechnung der Hölle, die für Wikka und Jane immer aufging.

Plötzlich war Bill klar, wie diese unerklärlichen Dinge hatten geschehen können. Wikka mit ihren Hexenkräften hatte die Materie so radikal verändert und voll eingegriffen.

Noch immer waberte das Feuer.

Die Flammen waren ein Zeichen dieser Hexe und gleichzeitig auch Schutz, denn jeder wäre verbrannt, nur sie nicht.

Carlo verlor immer mehr die Nerven. Er packte Bills Arm und schüttelte den Reporter durch. »Verdammt, was ist das?«

»Noch eine Hexe!«, erklärte der Reporter grimmig. Er sah aber auch das Wesen mit den glühenden Augen. Vor der Flammenwand zeichnete es sich ab, und der gute Bill wunderte sich ebenfalls über das seltsame Aussehen.

Affenähnlich. Wie die Legenden es beschrieben …

Carlo atmete schwer. »Wir kommen nicht weg«, sagte er. »Verdammt, wir kommen nicht weg.«

»Höchstens in die Schlucht!«

»Sie wollen?«

»Sehen Sie eine andere Möglichkeit?«

»Nein …«

Die beiden Männer wichen zurück. Kaum hatten sie zwei Schritte getan, als sie vor sich ein dumpfes Dröhnen hörten. Augenblicklich blieben sie stehen.

»Das ist ein Wagen!«, flüsterte Carlo. »Vielleicht ein Lkw.«

»Und er fährt in den Tunnel«, gab Bill Conolly ebenso leise zurück. »Mein Gott …«

Noch hörten sie den Wagen nur. Die Scheinwerfer waren nicht zu erkennen, zudem blendete das Feuer stark. Wenn das Gefährt in die Flammenwand raste, waren Mensch und Fahrzeug verloren, das stand fest.

»Was machen wir?«, fragte Carlo.

»Nichts, gar nichts. Wir gehen in Deckung.«

»Und der Wagen?«

»Soll ruhig kommen.«

Bill und Carlo zogen sich zurück. Fast hatten sie den Eingang erreicht. Und dort blieben sie.

Die Flammenwand fiel zusammen, als wäre aus der Tunneldecke ein gewaltiger Regenschauer nach unten gerauscht. Nichts war mehr zu sehen, kein Feuer, keine Hexe und auch nicht das von ihr geleitete dämonische Wesen mit den gelbroten Augen.

Die Straße war frei.

»Das gibt es doch nicht!«, hauchte der Schweizer. »Sollten wir Glück haben?«

Er bebte.

Bill enthielt sich eines Kommentars. Er schaute direkt in den Tunnel hinein, wo die Dunkelheit förmlich von den beiden Lichtlanzen der Scheinwerfer zerrissen wurde. Sogar die grauen Innenwände des Tunnels waren zu erkennen, auf der leeren Straße lag der helle Teppich, und der Lärm des fahrenden Wagens dröhnte innerhalb des Tunnels, sodass das Mauerwerk zu vibrieren schien.

»Lange können wir nicht mehr warten!« Carlo musste laut rufen, um sich verständlich zu machen.

»Einen Augenblick noch.«

»Nein.« Der Schweizer nahm den Rat des Reporters nicht an, sondern startete.

»Mensch, sind Sie ...«

Bill verkniff sich die weiteren Worte, denn es hatte keinen Sinn mehr. Carlo Lei war nicht zu belehren, man konnte nur hoffen, dass er in seiner wilden Panik nicht genau das Falsche tat.

Schon geriet er in den Lichtschein der Lampen, blieb stehen und winkte mit beiden Armen.

Die Hupe dröhnte.

Es war wirklich ein Dröhnen und Trompeten, das sich anhörte, als würde der Weltuntergang eingeleitet. Wie ein stählernes, gewaltiges, mordgieriges Ungeheuer tauchte der Wagen vor dem entsetzten Carlo Lei auf, der nur noch hoffen konnte, dass der Fahrer in seinem Sinne reagierte und seinen schweren Wagen rechtzeitig genug zum Stehen bekam, bevor die Räder ihn zermalmten.

Bill hätte am liebsten die Augen geschlossen. Er wollte nicht sehen, wie der Schweizer in seinen eigenen Tod rannte, aber wie unter Zwang schaute der Reporter hin.

Auch Carlo musste seinen Fehler bemerkt haben. Er stoppte seinen Lauf, blieb im Lichtschein stehen, hatte die Arme ausgebreitet und sah aus, als wollte er jeden Moment wegfliegen.

Dann quietschten die Bremsen.

Durch den schweren Lkw ging ein Ruck. Bill hoffte nur, dass sich auf dem Straßenbelag kein Glatteis gebildet hatte und der schwere Wagen so ins Rutschen geriet.

Beide hatten sie Glück. Die Reifen waren ausgezeichnet, auch die Bremsen waren gut in Schuss. Der schwere Lkw kam tatsächlich zum Stehen, aber er erwischte auch noch den Schweizer.

Don Carlo hatte sich im letzten Augenblick zur Seite werfen wollen, es aber nicht geschafft.

Die Stoßstange traf ihn in Höhe der Hüfte und schleuderte ihn dorthin, wo Bill stand.

Der Reporter konnte den Mann nicht mehr auffangen. Carlo Lei fiel mit rudernden Armen zu Boden, wo er liegen blieb, stöhnte, sich seine Hüfte hielt und aus großen Augen Bill Conolly anschaute.

»Verdammt, weshalb haben Sie sich so dumm benommen?«, fluchte der Reporter.

Gleichzeitig wurde die Fahrertür des Lkw geöffnet. Der Mann vom Steuer sprang nach draußen.

Bill kümmerte sich nicht um ihn. Den Reporter interessierte vielmehr die Umgebung. Er wollte nachschauen, ob sich die gefährlichen Dämonen nicht in unmittelbarer Nähe aufhielten. Zum Glück konnte er nichts entdecken.

»Können Sie aufstehen?«

»Weiß nicht.«

»Versuchen Sie es.«

Sehr schnell bemerkte der Reporter, dass Carlo es nicht schaffte, allein auf die Beine zu gelangen. Bill Conolly musste mithelfen. Er wuchtete ihn hoch, stützte ihn ab und gemeinsam drehten sie sich um und sahen sich einem Mann gegenüber, dessen Gesicht rot angelaufen war, was sie selbst in der Dunkelheit erkennen konnten.

Der Fahrer war ungeheuer wütend. Er stand dicht vor der Explosion und überschüttete die beiden mit einer Schimpfkanonade. Er sprach in einem Dialekt, von dem Bill so gut wie kein Wort verstand.

Carlo mischte sich ein. Auch er musste schreien. »Fahren Sie! Nehmen Sie uns mit!«

»Nein, ich …«

»Machen Sie schon. Wir sind in Gefahr. Sie dürfen hier nicht länger bleiben.«

Irgendwie schnallte der Fahrer es, dass die beiden Männer nicht scherzten. Er nickte hastig und drehte sich um.

Carlo hatte Schwierigkeiten beim Laufen. »Das ist bestimmt eine harte Prellung«, keuchte er, »wenn nicht noch mehr!«

»Reißen Sie sich zusammen!«, sagte Bill. »Sie dürfen auf keinen Fall aufgeben.«

»Nein, ich nicht!«

Der Fahrer hatte die Beifahrertür geöffnet. Er half mit, Carlo in den Wagen zu hieven.

Bill drehte noch den Kopf. Er schaute zur Schlucht, die dunkel und drohend vor seinen Augen lag.

Dort rührte sich nichts, aber der Reporter wusste genau, dass das Verderben in der Tiefe lauerte und nur darauf wartete, wieder zuschlagen zu können.

Der Fahrer hämmerte die Tür zu. Als er den Wagen so heftig gestoppt hatte, war auch der Motor von ihm abgewürgt worden. Jetzt musste er ihn wieder anlassen.

»Fahren Sie«, sagte Bill.

»Was ist denn ...«

»Erkläre ich Ihnen später, aber jetzt geben Sie um Himmels willen Gas.«

Der Mann hinter dem Lenkrad nickte. Rumpelnd setzte sich der Lkw in Bewegung.

Bill, der außen saß, konnte nicht ruhig bleiben. Er drehte den Kopf so, dass er in den Außenspiegel schauen konnte. Das Tunnelloch behielt er genau im Blickfeld.

An der Stelle, wo er Wikka gesehen hatte, rührte sich nichts. Die Dunkelheit stand dort wie eine gewaltige Wand, dann ruckte der schwere Wagen an und wurde im nächsten Augenblick von der Öffnung des zweiten Tunnels verschluckt.

Kamen sie hindurch?

Bill und Carlo fieberten. Sie allein wussten, wie gefährlich es gewesen war. Die Gefahr lauerte noch immer, der Tunnel konnte in Flammen aufgehen. Obwohl die Strecke wirklich nicht weit war, kam sie Bill so ungemein lang vor. Zudem beschrieb die Straße noch innerhalb des Tunnels eine Kurve. Als der Reporter das schwache Grau des Ausgangs sah, atmete er zum ersten Mal auf.

Sie schafften es.

Bill ließ sich zurücksinken und wischte sich den Schweiß aus dem Gesicht. Die letzte Stunde wollte er so rasch wie möglich aus seinem Gedächtnis streichen.

Carlo schien es nicht viel anders zu ergehen. Auch er schluckte, bevor er den Kopf schüttelte und anfing zu lachen.

Der Fahrer warf dem Mann einen skeptischen Blick zu. »Was hat er denn?«, wandte er sich an Bill.

»Er ist lustig«, erwiderte der Reporter.

»Wollen Sie mich auf den Arm nehmen, Mann?« Der Bursche sprach jetzt deutlicher. Er hatte bemerkt, dass Bill Conolly kein Landsmann war.

»Wenn Sie wüssten, was wir hinter uns haben, dann hätten Sie ähnlich reagiert.«

»Was denn?«

»Das ist eine sehr lange Geschichte«, sagte Bill müde und starrte durch die breite Frontscheibe dorthin, wo der helle Lichtteppich der Scheinwerfer die Straße überflutete …

Suko grinste, aber Shao war sauer. »Uns so in Verlegenheit zu bringen mit deinen komischen Ideen«, schimpfte sie mich regelrecht aus.

»Wieso?«

»Kannst du dir das nicht denken?« Sie holte tief Luft. »Zwei Tage vor Weihnachten jagen wir noch los.«

»Es ist doch nett, das Fest mal woanders zu feiern.«

»Stimmt«, gab Shao mir Recht und hüllte sich in ihren grünen flauschigen Wollmantel. »Aber das weiß man in aller Regel immer schon Wochen oder Monate im Voraus.«

»Ich kann nichts daran ändern. Ihr hättet auch in London bleiben können.«

»Von wegen!«, mischte sich der Inspektor ein. »Bei deinem letzten Fall habe ich in London schon Däumchen gedreht, als du New York unsicher gemacht hast.«

»Das tat dir auch ganz gut«, sagte Shao.

Ich grinste. »Du reagierst schon wie Sheila.«

»Bleibt bei eurem Job doch gar nicht aus. Ich hätte mir das alles vorher überlegen sollen.«

Diese Töne kannte ich von Shao kaum. Wenn sie so sprach, war sie echt sauer. Verständlich, denn wer hatte es schon gern, zwei Tage vor dem Fest so eine Reise zu unternehmen?

Mir war überhaupt nicht festlich zu Mute. Ich dachte an die Gefahr, die sich in der Via-Mala-Schlucht zusammenbraute.

Woher ich das wusste? Von Suko, denn er war in der Nacht noch von Bill Conolly angerufen und mit den bisher bekannten Einzelheiten vertraut gemacht worden.

Ich wusste nicht nur von Jane, sondern auch von Wikka. Und da wurde es gefährlich.

Es gab fast nichts, was Wikka nicht konnte. Die Oberhexe war mit Kräften ausgestattet, die denen des Höllenfürsten schon nahe kamen.

Am Züricher Flughafen hatten wir uns einen Leihwagen genommen. Man empfahl uns einen Mercedes. Er war mit Winterreifen ausgerüstet, Schneeketten lagen zudem griffbereit im Kofferraum, denn von Chur aus, das wusste ich, mussten wir hoch in die Berge.

Die Autobahn in Richtung Chur war schnee- und eisfrei. Am Walensee wurde es noch einmal eng und auch glatt, denn die aus dem Wasser steigende Feuchtigkeit war auf der Fahrbahn gefroren. Wir gerieten in einen Unfallstau, fuhren durch zahlreiche Tunnels und sahen rechts und links auf den Bergen die dicke weiße Schicht, die mich an gefrorenen Puderzucker erinnerte.

Unser Fahrzeug gehörte zu den wenigen Wagen, die keine Skier auf dem Dach festgeschnallt hatten.

Hinter dem Walensee konnten wir wieder über die Autobahn fahren, die zum großen Teil sogar trocken war und nur in den Schattengebieten feucht glänzte.

Der Himmel zeigte sich bedeckt. Hoch schwebten die weißgrauen Wolken. Dazwischen schimmerte ein herrliches Blau. Zudem hatten wir großes Glück mit den Zimmern gehabt. Wir konnten im Hotel Sonnenstern noch alle untergebracht werden.

Wir fuhren an Bad Ragaz vorbei und sahen schon die ersten Hinweisschilder in die berühmten Wintersportorte von Graubünden.

St. Moritz, Davos, Pontresina …

Auch Lenzerheide tauchte auf dem Schild auf, und nach einer halben Stunde Fahrt erreichten wir Chur. Nach

Arosa wollten wir nicht und bogen direkt auf die neu ausgebaute Straße nach Lenzerheide ab.

Und dann ging es los. In engen Kehren wand sich die Straße in die Höhe. Sie führte durch einen Wald nach Churwalden zu. Die Bäume rechts und links ächzten unter der weißen Last. Der Mischwald lag im tiefen Schweigen, und auch die Straße war nicht mehr frei. Sie zeigte ab Churwalden eine geschlossene Schneedecke.

Jetzt konnten wir froh sein, dass der Wagen mit Winterreifen ausgestattet war.

Er schaffte die Bergstrecke. Sogar durch die engen Kurven konnten wir ihn ziehen, ohne dass er mit dem Heck ausbrach. Natürlich mussten wir langsam fahren, dafür wurde uns jedoch eine Gegend geboten, die man mit dem Wort einmalig umschreiben konnte.

Selbst Shao verlor ihre schlechte Laune und schwärmte von der herrlichen Landschaft.

Vor uns fuhr ein Bus. Er kam immer durch. Der schaffte sogar die Strecke über den Julier-Pass bis St. Moritz.

Als wir Parpan, die kleine Passhöhe erreichten, war es nicht mehr weit bis zum Ziel. Wenig später rollten wir durch Valbella, ließen den kleinen Heidsee rechts liegen und schauten auf die bläulich schimmernde Eisfläche.

Es waren zahlreiche Touristen unterwegs. Sie standen an den Liften, und wenn man genauer hinschaute, dann konnte man die Skiläufer über die Pisten jagen sehen. Wenn sie wedelten, zogen sie bizarre Schneewolken hinter sich her.

Es war ein herrliches Bild.

»Lenzerheide«, meldete sich Suko, der mit Shao zusammen im Fond saß, »wir sind da.«

Das waren wir in der Tat. Dicht hinter dem Ortseingang, wo der Wald aufhörte und die kleine Kirche stand, mussten wir rechts ab. An dieser Straße lag das Hotel.

Es war nicht zu übersehen. Ein vierstöckiger Bau, der wie ein gewaltiger Würfel wirkte und dem auch ein großes Restaurant angegliedert war. Man hatte es in einem Vorbau untergebracht, der sich bis zur Straße erstreckte und den Gehsteig ein wenig verengte.

Das Restaurant hatte auch eine Terrasse. Da die Sonne schien, waren die meisten Stühle besetzt.

»Da ist Bill«, rief Shao.

Ich warf einen schnellen Blick nach rechts, sah meinen Freund im gestreiften Pullover und hupte.

Bill sprang hoch, erkannte uns im grünen Mercedes und winkte heftig. Wir hatten Glück, denn vor dem Hotel fanden wir noch einen freien Parkplatz. Dort ließ ich den Wagen ausrollen.

Als wir ausstiegen, war Bill schon zur Stelle. Sheila verließ das Hotel durch den Hauptausgang. Sie hielt den kleinen Johnny an der rechten Hand.

Es wurde eine tolle Begrüßung. Freunde trafen sich, und wir vergaßen für den Moment alle Sorgen.

Aus London hatten mir Shao und Suko Gepäck mitgebracht. Um die Taschen und Koffer kümmerte sich ein Boy, während wir uns auf dem Anmeldezettel eintrugen und von der Direktorin des Hotels, einer Frau Marita Lenze, begrüßt wurden.

Marita Lenze war eine sehr nette Frau. Ich schätzte sie um die vierzig. Sie trug ihr dunkelblondes Haar glatt und halblang geschnitten. Ihr Lächeln war freundlich, und es stellte sich heraus, dass sie aus Deutschland stammte.

»Mit den Zimmern haben Sie wirklich Glück gehabt«, sagte sie uns. »Es waren fast die Letzten.«

Ich hob die Schultern. »Sonst hätten wir im Freien übernachtet.«

Marita Lenze lachte. »Da ist übrigens noch jemand, der Sie gern begrüßen möchte.«

»Wo?«

Als ich mich umdrehte, sah ich einen Mann aus dem Hintergrund der Halle kommen. Er humpelte leicht, aber das Lächeln auf seinem Gesicht war ehrlich.

»Don Carlo!«, rief ich und lachte ebenfalls. »Na, wenn das keine Überraschung ist. Immer noch der Alte?«

»Fast, Herr Sinclair, fast.« Wir reichten uns die Hand und schlugen uns auf die Schulter.

»Irgendwie ist es Schicksal, dass sich unsere Wege immer kreuzen«, sagte er.

»Was haben Sie mit Ihrem Bein gemacht?«, fragte ich.

»Bein?« Er lachte auf. »Das ist die Hüfte. Ich habe es den Wesen zu verdanken, die Sie jagen sollen.«

Schon waren wir bei einem ernsten Thema. Mein Gesicht verschloss sich. »Darüber reden wir in einer halben Stunde im Restaurant. Einverstanden?«

Alle waren dafür.

Dann fuhren wir mit dem Lift in unsere Zimmer. Sie lagen im vierten Stock. Vom Balkon aus hatten wir einen herrlichen Blick auf die verschneite Bergwelt. Aber auch der Ort machte einen interessanten Eindruck. Er lag ruhig in seiner weißen Pracht. Aus zahlreichen Schornsteinen stiegen blassgraue Rauchfahnen in den Himmel, ein Zeichen, dass man hier viel mit Holz und Kohle heizte.

Ich hatte auch ein Doppelzimmer bekommen. Suko brachte mein Gepäck. Der Boy hatte es im Nebenzimmer abgestellt.

»Danke.«

Der Freund und Kollege schaute mich verschmitzt lächelnd an. »Ich habe übrigens noch etwas mitgebracht.«

»Was denn?«

»Deinen Bumerang. Vielleicht kannst du ihn gebrauchen.«

»Hoffentlich brauche ich ihn nicht einzusetzen«, hielt ich dagegen. »Wenn ich mich so umschaue, finde ich es überhaupt nicht gut, jetzt Dämonen zu jagen.«

»Frag mich mal«, sagte Suko und wollte sich abwenden.

Ich hielt ihn nicht zurück. »Was ist eigentlich mit Shao passiert, Alter?«

»Es geht ihr gut.«

»Wieder gut?«

»Ja, sie hat sich damit abgefunden, das Fest nicht in London zu feiern.«

»Und was sagt Glenda?«

»Die ist ein wenig traurig.«

Ich hob die Schultern. »Um sie tut es mir auch Leid. Ich hätte sie zumindest an einem Tag besucht, denn durch sie fing praktisch alles bei mir an.«

»Wieso?«

»Erzähle ich dir unten genauer.«

»All right, bis gleich dann.« Suko winkte mir zu und verschwand.

Ich packte den Koffer aus und hängte die Sachen in den Schrank. Eine halbe Stunde später saßen wir tatsächlich im Restaurant zusammen. Bis auf Don Carlo bestellten wir alle etwas zu essen. Der kleine Johnny wich nicht von meiner Seite und freute sich wie ein Schneekönig, dass sein Patenonkel gekommen war.

Da berichtete ich.

Die Freunde hörten aufmerksam zu und spitzten besonders die Ohren, als ich von der Vernichtung dieser seltsamen Dämonen berichtete.

»Das sind die Bergdämonen«, erklärte Carlo.

»Kennen Sie sich aus?«

»Auskennen ist zu viel gesagt, aber ich weiß über die alten Legenden Bescheid. Bergdämonen und Erdgeister sollen in der Via Mala zuerst gehaust haben.«

Bei dem Wort Erdgeister stutzte ich. Auch Suko hatte aufgehört, seine Suppe zu löffeln. »Der Eiserne Engel?«, fragte er.

Ich nickte. »Ja, das wäre ein Fall für ihn und sein magisches Pendel.«

»Das wir jetzt auch gut gebrauchen könnten«, meinte der Chinese und aß weiter.

»Wann fahren wir denn hin?«

Diese Frage stellte Bill. Ich schaute Don Carlo an. »Lohnt es sich, auch tagsüber zu fahren?«

»Das weiß ich nicht. Ich glaube kaum, dass Sie die Bergdämonen locken können.«

»Das heißt, wir müssen die Dunkelheit abwarten.«

»Es wäre zumindest besser.«

»Sie bleiben aber hier?«

Carlo Lei nickte. »Das muss ich. Meine Hüfte will nicht so, wie ich es gern hätte.«

»Dafür kenne ich mich aus«, sagte Bill.

Sheila gab keinen Kommentar. Sie presste nur die Lippen zusammen, während sie neben Shao saß.

Unser Gespräch dauerte eine Stunde. Dann wusste jeder, was der andere erlebt hatte.

»Okay«, sagte ich zum Abschluss. »Legen wir uns noch ein Stündchen aufs Ohr, danach kann es losgehen.«

Alle waren einverstanden.

Schlaf konnten wir jedoch nicht finden. Und meine Gedanken drehten sich um Wikka und Jane …

Die Schlucht lebte!

Das Jahrmillionen alte Gestein schien zu atmen, zu stöhnen und zu flüstern. Tief im Innern der Erde erwachte etwas, das lange geschlafen hatte, und in den finsteren Ecken und Höhlen lauschten dämonische Wesen mit rotgelben Augen den Botschaften der geheimnisvollen Erdgeister.

Er ist da. Er ist gekommen. Nun kann ihn nichts mehr retten. So wisperten die seltsamen Stimmen und vereinigten sich danach zu einem höhnischen, leisen Lachen.

Er war tatsächlich da! Und er würde in die Schlucht hinabsteigen. Das dachten auch Jane Collins und Wikka, die sich in der versteckten Höhle aufhielten.

»Sinclair musste unserem Ruf einfach folgen«, erklärte die Oberhexe. »Es blieb ihm nichts anderes übrig.«

»Er hat zwei Bergdämonen getötet.«

Wikka winkte ab. Ihr Gesicht zeigte die Spur eines kalten Lächelns. »Was ist das schon? Es warten noch zahlreiche Dämonen auf ihn, und gegen die Übermacht ist er chancenlos.« Sie senkte die Stimme zu einem Flüstern und trat dicht an Jane heran. »Die Bergdämonen wissen Bescheid. Sie erkennen mich an, denn ich habe sie beschworen. Meine Feinde sind auch ihre Feinde, und sie werden in der Schlucht lauern, um Sinclair zu begraben. Hier in der Via Mala soll er sein Grab finden. Sein Grab in der Teufelsschlucht.«

Jane zitterte vor Erregung, als sie die Worte vernahm. »Und wo soll er begraben werden?«

»Du kennst den Schacht?«

»Ja, ich habe ihn gesehen.«

»Dort wird er hineingeworfen. Und nichts kann ihn mehr retten, das verspreche ich.«

Jane Collins nickte. Auch sie wollte, dass der Geisterjäger sein Leben verlor. Sie arbeitete mit allen Mitteln auf seinen Tod hin. John Sinclair, ärgster Feind der Schwarzblüter, musste einfach vernichtet werden!

Wikka trat zur Seite. Sie passierte ihre beste Schülerin und ging dorthin, wo der Ausgang der Höhle lag. Mit einer Tür war er verschlossen worden. Die Holztür reichte in ihrer Höhe einem ausgewachsenen Menschen etwa bis zur Gürtellinie. Wer sie passieren wollte, musste sich sehr tief ducken.

Die Tür war nicht von Wikka oder Jane gebaut worden, sondern von den Leuten, die auch die Sicherheitsanlagen in der Via-Mala-Schlucht angelegt hatten.

Es gab gewisse Strecken, die waren für Touristen gesperrt, weil die Gefahr eines Absturzes zu groß war und man die Wege nicht so sichern konnte. Wenn sich trotzdem jemand verirrte oder sich über die Verbote hinwegsetzte, stand er vor der Tür, die in die natürliche Höhle führte, und konnte nicht mehr weiter.

Wikka brauchte sie nicht erst aufzuschließen. Dank ihrer Hexenkraft hatte sie das Schloss gelöst. Die Tür öffnete sich, als sie dagegen drückte, und schwang knarrend zurück.

Die Oberhexe trat hinaus in die Kälte, die ihr jedoch nichts ausmachte, gegen diese Dinge war sie gefeit.

Fast zum Greifen nah stürzte ein Wasserfall in die Tiefe. Noch lief das Wasser, wenn auch an den Seiten des Falles meterlange Eiszapfen hingen.

Fielen sie auf einen Menschen, dann hatte dieser keine Überlebenschance.

Das Wasser rauschte in den Schacht. Es waren Tonnen, die in jeder Sekunde nach unten fielen und gespeist wurden von dem weit oben liegenden, tauenden Eis.

In diesem Schacht sollte Sinclair sein Grab finden.

Wikka lachte. Sie schaute sich um, sah die hohen Wände der Schlucht, die auf ihrer Spitze einen Schneekranz zeigten, und sie dachte an die Bergdämonen.

Sie waren für ihren Plan genau richtig, denn diese kleinen Dämonen besaßen Kräfte, die man auf keinen Fall unterschätzen durfte. Wenn sie wollten, konnten sie tonnenschweres Gestein allein durch Geisteskraft in Bewegung setzen.

Und darauf kam es Wikka an.

Denn irgendjemand musste das Grab des Geisterjägers schließlich zuschütten ...

Ich hatte mich intensiv mit dem Problem beschäftigt. Bills Aussagen waren sehr wertvoll für mich gewesen, doch die Vermutungen des einheimischen Carlo Lei waren noch wichtiger.

Er hatte von den Bergdämonen gesprochen. Uralte Wesen, die ich ebenfalls schon kennen gelernt hatte. Ihre Kräfte durfte ich auf keinen Fall unterschätzen. Zu welchen Taten sie sich hinreißen lassen konnten, das hatte ich leider erlebt.

Sie beherrschten Telepathie und Telekinese. Sie konnten Gegenstände bewegen. Ich hatte es am Bett gesehen und an meiner Waffe.

Wenn sie so etwas schafften, dann musste es ihnen auch gelingen, andere Dinge mittels Geisteskraft zu transportieren.

Steine vielleicht ...

Davor und vor Wikka und Jane fürchtete ich mich ein wenig. Beide steckten hinter dem gewaltigen Plan. Sie hatten die Bergdämonen und Erdgeister auf ihre Seite ziehen können, was mich wiederum an den Eisernen Engel denken ließ, der das magische Pendel besaß, mit dem er in der Lage war, die Geister der Tiefe oder der Erde zu beschwören.

Der Eiserne Engel war nicht in der Nähe. Er konnte uns nicht helfen. So waren wir auf uns allein gestellt.

Ich schaute auf die Uhr. Wir hatten eine Zeit abgemacht, und die war erreicht.

Noch einmal überprüfte ich meine Ausrüstung. Die Waffen waren okay, ich musste auch entsprechend der

Gegend und dem Wetter angezogen sein. Das ging so einigermaßen.

Die Schuhe hatte ich mir geliehen. Sie hatten eine kräftige Sohle und sogar kleine Metallstifte, ähnlich wie Spikes, damit ich auch auf glatten Flächen Halt fand.

Schon klopfte es. Suko meldete sich. Er drückte die Tür auf, streckte seinen Kopf in den Raum und sah mein Nicken.

»Ich bin fertig.«

»Dann los. Bill wartet schon.«

Wir fanden den Reporter zusammen mit Carlo Lei am Wagen stehend. Sheila und Johnny waren auch dabei. Der Kleine formte Schneebälle und warf sie über die Straße, wo sich ein Frühstückshotel und ein kleines Sportgeschäft befanden.

»Können wir abdampfen?«, fragte ich.

»Von mir aus.«

Ich nickte Bill zu, während ihm Suko eine mit Silberkugeln geladene Beretta heimlich überreichte.

Sheila sah es trotzdem. »Ich möchte Weihnachten nicht allein dastehen«, erklärte sie mit gepresst klingender Stimme. »Merkt euch das bitte.«

Wir nickten. »Du brauchst keine Angst zu haben«, sagte ich. »Diesmal sind wir zu dritt und zudem keine heurigen Hasen mehr. Das weißt du ebenso gut wie ich.«

»Natürlich.«

Ich schloss den Wagen auf. Beim Einsteigen sagte ich: »Bill spielt sowieso nur den Fahrer. Alles andere erledigen Suko und ich.«

Sheila schüttelte den Kopf. »Ich kenne meinen Mann besser. Der lässt sich nicht als Statist einteilen.«

Ich hämmerte die Tür zu. Sheila wandte sich ab, als wir losfuhren. Aus dem Hotel kam Shao. Wind erfasste ihr langes schwarzes Haar und ließ es flattern.

Es war der letzte Eindruck, den wir von den Frauen mitnahmen. Carlo Lei winkte uns noch nach. Ich konnte mir vorstellen, wie es jetzt in seinem Innern aussah.

Wir rollten bis zur Einmündung der Hauptstraße und mussten rechts ab. Diesen Weg kannte ich vom Seelenburg-Fall her. Auch der Weg nach Tiefencastel hinein war mir nicht fremd. Ich kam auch mit dem Schneebelag auf der Straße zurecht. Er war wie eine feste weiße Schicht. Man konnte sich kaum vorstellen, dass sie einmal wegtauen würde.

Nachdem ich die Kehren kurz vor Tiefencastel genommen hatte, verschwand der Schnee. Hier unten war es nur kalt. Wir sahen auch Nebel. Die kahlen Äste der Bäume zeigten eine gefrorene Schicht. Sie glänzten, als wären sie mit Möbelpolitur eingerieben worden.

Bill dirigierte mich. Bevor wir Thusis erreichten, mussten wir drei Tunnel durchqueren. Ab dann ging es in die Via Mala hinein.

Dieses gewaltige Fels- und Gebirgsmassiv kannte ich bisher nur aus Erzählungen. Zudem hatte John Knittel seinen berühmten Roman Via Mala darüber geschrieben.

Die Straße war eng. Ich musste sehr vorsichtig fahren. Manchmal glitzerte Eis. Dann hielten wir jedes Mal den Atem an, als wir darüber hinwegfuhren.

Längst hatte ich die Scheinwerfer eingeschaltet. In diesen Monaten wurde es sehr früh dunkel. Die Berge lagen bereits im Schatten, und in der Schlucht war es sicherlich fast Nacht.

Bill, der neben mir saß, beugte sich nach vorn und starrte konzentriert durch die Scheibe.

»Was hast du?«, fragte ich.

»Noch eine Tunneldurchfahrt, dann haben wir es geschafft«, erwiderte er.

»War das der Tunnel, der in Flammen stand?«

»Nein, der Nächste.«

Wir tauchten in das graue Loch ein. Ein Fahrzeug kam uns entgegen. Die Straße war zwar eng, aber breit genug, dass zwei Wagen einander passieren konnten.

Alles lief glatt.

»Halte vor dem Kiosk«, sagte Bill.

Ich lenkte den Wagen auf einen kleinen Parkplatz, stoppte und öffnete die Tür.

Wir stiegen alle drei aus, wobei Suko und ich einen ersten Eindruck von der Gegend gewannen.

Sie war schon unheimlich.

Vielleicht wirkte sie bei Tageslicht nicht so, aber in dieser seltsam hellen Düsternis schienen in der Tiefe der Schlucht selbst die Schatten zu leben.

Nichts lag ruhig. Irgendetwas vibrierte immer, bewegte sich, und ich hörte auch das Rauschen.

Es drang von mehreren Wasserfällen an unsere Ohren. Die Massen stürzten aus den Löchern in den Felswänden nach unten. Wie eine nasse, gefährliche Rutschbahn, bevor sie zwischen den Felsblöcken aufschlugen und sich in kleinen Strudeln verliefen.

Bill fasste nach meinem Arm. »Dort ist der Eingang«, erklärte er und deutete auf das Drehgitter.

Suko war uns gefolgt. Er trug auch die beiden Taschenlampen und löste jetzt eine, die er mir überreichte.

Ich schaute in die Tiefe und sah die schmale Treppe. Die Stufen verschwanden sehr bald in der Düsternis und wirkten so, als wären sie von einem Maul verschluckt worden.

Ich runzelte die Stirn. »Sieht ziemlich gefährlich aus, dieser Weg nach unten.«

»Das kannst du wohl sagen.« Bill nickte heftig. »Das sieht nicht nur gefährlich aus, das ist auch gefährlich. Da musst du Acht geben, dass du dir nicht den Hals brichst.«

Ich schaute Suko an. »Bist du bereit?«

»Immer.«

Bill reichte uns die Hand. Sein Gesicht sah blass aus. Man sah ihm an, dass er sich Sorgen machte. »Passt nur auf, ihr beiden«, flüsterte er. »Da kann euch die Hölle erwarten.«

»Wikka reicht uns schon«, gab ich zurück.

Suko kletterte als Erster über die Absperrung. Ich folgte ihm, schaute noch zurück und sah Bill wie ein Denkmal am Rand der Straße stehen.

Auf dem Gesicht der Oberhexe schien die Sonne aufzugehen. Doch es war keine freundliche Sonne, sondern eine düstere, gefährliche. Ihre Züge veränderten sich, in die Augen stahl sich ein unverhohlener Triumph. »Sie sind da!«

»John Sinclair?« Jane Collins fuhr herum.

»Ja. Und der Chinese auch.«

»Woher weißt du es? Hast du sie gesehen?«

Wikka schüttelte den Kopf, nahm ein Holzstück auf und schleuderte es in das Feuer, dessen Flammen sofort höher schlugen und die Höhle gespenstisch ausleuchteten, wobei sie das Gesicht der Oberhexe streichelten und ihm einen düsteren Ausdruck gaben. »Ich habe sie nicht gesehen, aber ich spüre sie.«

»Das kannst du?«

»Ja«, lächelte Wikka. »Ich kann es. Wenn deine Fähigkeiten weit genug entwickelt sind, wirst du es auch schaffen, meine Liebe. Aber jetzt lass uns keine Zeit mehr verlieren. John Sinclair befindet sich auf dem Weg, und wir wollen ihn würdig empfangen.«

»Willst du ihm die Bergdämonen schicken?«, fragte Jane.

»Auch sie. Bis er uns und sein Grab erreicht hat, muss er einige Hindernisse überwinden und geschwächt worden sein. Wahrscheinlich schafft er die Hindernisse. Sollte es trotzdem noch Probleme geben, umso besser, dann können wir seinen Kadaver in die Schlucht werfen.«

Wikka hatte voller Hass gesprochen, und sie erntete bei Jane Collins Zustimmung.

Nichts Menschliches steckte mehr im Innern der ehemaligen Detektivin. Sie wollte nicht mehr an ihr erstes Leben erinnert werden. Das sie jetzt führte, war viel besser.

Wikka hatte sich dicht neben das Feuer gestellt, die Arme ausgestreckt und ihre Hände über die Flammen gebreitet. Ihre Lippen bewegten sich. Dumpfe Wolken drangen aus dem Mund. Sie galten nur einem Ziel.

Die Beschwörung der Bergdämonen.

Wikka rief, und sie kamen …

Die Treppe war verflucht!

Allerdings nicht im magischen Sinne, sondern von der Bauweise her. Das waren einfach Felsstufen, die man aus dem Gestein geschlagen hatte. Auf sie hatte sich Feuchtigkeit gelegt, war gefroren, sodass ich bei jedem Schritt mit einer Eisfalle rechnen musste.

Eine wichtige Hilfe war für Suko und mich das Geländer. Es zog sich an der linken Seite der Treppe hin.

Suko, der vorgegangen war, hatte bereits den ersten Absatz erreicht, wo eine Bank stand. Auf ihr hatte man, das wusste ich von Bill, einen Toten gefunden.

Er war auf schreckliche Art und Weise umgekommen. Ich verdächtigte die Bergdämonen mit den rotgelben Augen und ahnte, was uns bevorstand, wenn wir in deren Klauen gerieten.

An der Bank stehend, leuchtete Suko zu Boden. Der gelbe Kreis fiel auf zwei dunkle Flecken.

Gefrorenes Blut.

»Hier waren sie auch«, sagte mein Freund und Kollege.

Ich nickte. Ein paar Mal musste ich schlucken, denn der Anblick ging mir durch und durch.

Dann gingen wir weiter. Die Treppe führte nur in die Tiefe. Und auf jeder verdammten Stufe glänzte das Eis. Wenn wir uns nicht festgehalten hätten, wären wir schon mehr als einmal ins Rutschen gekommen.

Das Rauschen des Wasserfalls verstärkte sich. Ein Beweis dafür, dass wir uns dem Ziel, dem Fuß der Schlucht, immer weiter näherten. Im Zickzack führte die Treppe in die Tiefe, und jetzt wurde es noch gefährlicher, denn über manchen Absätzen stachen regelrecht Felsnasen hervor, die schroffe, kantige Dächer bildeten, unter denen wir mit eingezogenen Köpfen hergehen mussten.

Die Wege waren sehr schmal, und nicht alle hatten eine feste Steinunterlage. Hin und wieder schritten wir auch über Holzbohlen. Die waren besonders glatt. Fast wie Rutschbahnen.

Mit einer Hand hielten wir uns nur am Geländer fest, in der anderen befanden sich die Lampen.

Dann erreichten wir eine kleine Kreuzung innerhalb

der Schlucht. Von zwei Seiten mündeten Wege auf eine Plattform, wo wir Richtungspfeile entdeckten.

»Gehen wir zum Wasserfall?«, fragte Suko.

Ich dachte nach. Es gab zwei Wege. Wir mussten uns für einen entscheiden. An und für sich war es egal, welchen wir nahmen, der Zweite brachte uns tiefer in die Schlucht hinein.

Ich entschied mich für ihn.

»Wir können uns auch trennen«, meinte Suko.

Ich schaute den Chinesen an. »Ist das dein Ernst?« Wir mussten laut sprechen, um das Rauschen des Wasserfalls zu übertönen.

»Nicht direkt.«

»Das meine ich auch. Die Wege sind zu gefährlich. Nein, wir bleiben zusammen.«

»Soll ich wieder vorgehen?«

»Diesmal mache ich den Leithammel«, erwiderte ich.

»Wie du willst.«

Bevor wir unsere Schritte in die vorgenommene Richtung lenkten, warfen wir einen Blick in die Runde.

Weit oben, wo die Straße verlief, war es wesentlich heller. Einen grauen Schimmer sahen wir dort, hörten auch das Brummen eines Automotors und glaubten die Umrisse Bill Conollys am Gitter zu sehen. Je tiefer die Blicke glitten, umso finsterer wurde es. Wir standen zwar nicht auf dem Boden der Schlucht, aber ich kam mir vor wie in einem gewaltigen natürlichen Gefängnis, eingeschlossen von überhaushohen Wänden und einem ewigen Rauschen um uns herum.

Suko erging es sicherlich ähnlich. Beide jedoch schwiegen wir über unsere Gefühle.

Tot und starr lagen die Wände vor uns. Daran wollte ich nicht so recht glauben. Ich war vielmehr der Ansicht, dass auch in den Wänden etwas Gefährliches lauerte, das bereit war, uns zu vernichten. Wikkas höllischer Zauber hielt die Schlucht umfangen.

»Weshalb zögerst du?«, fragte Suko.

Ich sprach von meinen Gefühlen und der Inspektor nickte. »Da könntest du Recht haben, John. Auch mir ist nicht ganz geheuer bei dieser Sache. Ich habe das Gefühl, beobachtet zu werden.«

»Nur sehen wir nichts.«

Da hatte Suko eine treffende Schlussfolgerung von sich gegeben. Es war schlimm, dass wir nichts sahen. Die Ungewissheit zerrte an unseren Nerven, und mir rieselte mehr als einmal eine Gänsehaut über den Rücken, als ich an Jane Collins und auch Wikka dachte, die sicherlich irgendwo im Verborgenen lauerten, denn Verstecke gab es innerhalb dieser gewaltigen und zerklüfteten Schlucht genug.

»John, da sind die Augen!«

Sukos so einfach dahin gesagten Worte entfachten bei mir ein wildes Feuer.

»Wo?«

Ich sah meinen Partner, wie er seinen Arm ausgestreckt hielt und schräg nach rechts deutete. In Richtung Wasserfall, der mit großem Getöse aus der Felswand stürzte.

Und genau daneben, etwa auf halber Höhe, sah ich auch jetzt die glühenden Punkte.

Ja, das war es.

So sahen die Augen der Bergdämonen aus. Ich hatte es im Zimmer der kleinen Pension erlebt, als mich diese beiden Wesen töten wollten. Nun sah ich sie wieder.

Nicht nur ein Augenpaar bot sich unseren forschenden Blicken.

Urplötzlich, als hätten sie ein Zeichen erhalten, erschienen immer mehr. Lautlos und gespenstisch lief dies vor unseren Augen an. Als hätte jemand in der dunklen Felswand zahlreiche kleine Lichter angezündet.

Mein Kreuz erwärmte sich leicht. Es spürte bereits die starke Magie, die uns entgegenwehte.

»Hier stehen wir genau im Zentrum«, bemerkte Suko. »Sie sind überall, verdammt.«

»Wir gehen trotzdem weiter.«

Suko nickte. Das war auch seine Ansicht. Dann griff er in die Tasche und holte etwas hervor, das uns helfen sollte.

Es war die magische Kreide.

Mit ihr, so hofften wir, konnten wir uns Schutzzonen

und Inseln aufbauen. Die Kreide gehörte zwar nicht zu den allerstärksten Abwehrmitteln, die uns zur Verfügung standen, aber sie besaß eine gewisse Abschreckungskraft, die Schwarzblüter aufhalten konnte, wenn sie in unsere Nähe gerieten.

Wir sicherten die Plattform so, dass die beiden Zugangswege durch die auf dem Boden gemalten Zeichen mit der magischen Kreide gesperrt waren. Nicht nur Striche zeichneten wir, sondern auch Symbole der weißen Magie und Kreuze.

Danach erhoben wir uns. »Jetzt können sie kommen«, sagte Suko.

»Lieber nicht«, antwortete ich und schickte meinen Blick abermals in die Runde.

Ich hatte das Gefühl, die glühenden Augenpaare nicht mehr an denselben Stellen zu sehen. Meiner Ansicht nach waren sie tiefer gewandert, hielten sich jedoch sehr zurück, denn sie versuchten nicht, unsere Gedanken zu beeinflussen.

»Bleibt es bei dem Plan?«, fragte Suko.

»Sicher, tiefer in die Schlucht hinein.« Ich drängte mich an Suko vorbei und ging.

Es war ein Laufen wie auf rohen Eiern. Nach wenigen Schritten schon wechselte der Untergrund. Ich ging nicht mehr auf einem natürlichen Boden, sondern über eine Holzbrücke, die die Plattform mit einem Felsen verband.

Unter der Brücke schäumte das Wasser.

Es wurde in einen engen Felskanal gepresst, wo querliegende Steine versuchten, die Fluten zu stoppen, von ihnen jedoch schaumig überspült wurden und Gischtwolken hochschleuderten, die auf dem Holz schnell zu einer Eisschicht gefroren.

Wenn ich auf das Wasser schaute, glaubte ich einen grünlichen Schimmer zu sehen, über den in rasender Folge helle Schaumstreifen wanderten. Ich hatte etwa die Mitte dieser provisorischen Brücke erreicht, und Suko befand sich nach wie vor hinter mir, als es geschah.

Zuerst merkte ich das Wanken. Unter meinen Füßen bewegte sich das Holz, es zitterte regelrecht, und gleichzeitig splitterte vor mir eine Bohle. Auch das Geländer bewegte sich, und die Gefahr wuchs innerhalb von Sekunden.

Die Brücke stand dicht vor dem Einsturz!

»John, weg!«, hörte ich Suko schreien.

Das brauchte er mir nicht zu sagen. Ich warf mich vor, mit gewaltigen Sätzen schaffte ich die Brücke und gelangte an der anderen Seite unverletzt auf festen Boden.

Sofort drehte ich mich um.

Auch Suko hetzte herbei. Mit gewaltigen Schritten, die sogar noch größer waren als meine.

Trotzdem hatte er Pech. Bevor er seinen Fuß auf den rettenden Boden setzen konnte, brachen vor ihm die Bohlen weg.

So schnell wie selten griff ich zu. Mein rechter Arm befand sich in Bewegung, als Suko schon stürzte. Ich bekam den Freund an der Jacke zu fassen und konnte seinen Sturz in die Tiefe für einen Moment aufhalten.

Trotzdem fiel Suko weiter.

Er schlug dabei mit den Armen um sich, bekam irgendeine Stange zu fassen, klammerte sich daran fest, wobei er allerdings die Taschenlampe verlor, die unter ihm in den kochenden, brausenden Fluten verschwand.

Der Chinese hatte selbst viel zu seiner Rettung mit beigetragen. Mit meiner Hilfe konnte er sich in die Höhe ziehen und erreichte festen Boden. Er stöhnte auf. »Danke, John, das war im rechten Augenblick.« Suko drehte den Kopf und blickte nach unten, wo das Wasser durch den engen Felskanal schäumte.

Der Steg war gebrochen. Zurück konnten wir nicht. Und ausgerechnet auf der Plattform befanden sich unsere magischen Zeichen. Wir hätten sie uns sparen können.

Ein paar Schritte weiter begann ein Gang. Tunnel war der bessere Ausdruck. Er verlief an einer Felswand, beschrieb eine ziemlich enge Kurve und führte tiefer in die Schlucht hinein, in das drohende Dunkel, vor dem wir uns irgendwie fürchteten.

Suko deutete nach vorn. »Es geht nur dahin.«

»Vielleicht wollen unsere Gegner das.«

»Meinst du Wikka?«

»Genau. Und Jane natürlich.«

Bevor ich ging, warf ich noch einen Blick zurück. Die leuchtenden Augenpaare der gefährlichen Bergdämonen bewegten sich. Gewandt wie Affen kletterten sie an den Felsen nach unten und zogen den Kreis immer enger.

»Die treiben uns schon dahin, wo sie uns haben wollen«, sagte Suko. Seine Stimme klang bitter.

Ich hob die Schultern. Es blieb uns nichts anderes übrig, als den einmal eingeschlagenen Weg zu gehen.

Wir hatten zuvor verabredet, dass ich voranging. Daran änderte sich auch nichts.

Vorsichtig setzte ich einen Fuß vor den anderen. Schon nach wenigen Metern tauchte ich in den Tunnel ein. Rechts von mir war er geschlossen, während er links an zahlreichen Stellen offen war. Dazwischen jedoch stützten Pfeiler die weit vorspringende Tunneldecke ab. Die offenen Stellen waren durch ein Eisengitter gesichert.

Wenn ich darüber hinwegschaute, fiel mein Blick in die Tiefe und auf das schäumende Wasser, das durch den Kanal raste. Als Echo wurde das Rauschen von den kahlen Felswänden zurückgeworfen. Es war eine uns immer begleitende Musik.

Wohin führte der Weg?

Ich hatte zum Glück meine Lampe behalten und leuchtete den Weg vor mir aus. Der Strahl glitt über das Gestein, wo das Wasser zu kleinen Eistropfen gefroren war, die im Licht blitzten wie zahlreiche Diamanten.

Der Gang kam mir unheimlich vor. Er war düster, denn in der Schlucht gab es außer meiner Taschenlampe keine einzige Lichtquelle.

Der helle Finger hatte ein geisterhaftes Aussehen angenommen. Wenn er über die raue rechte Wand tanzte, hatte ich das Gefühl, als würden aus dem Gestein zahlreiche Monster steigen, um sich auf mich zu stürzen.

Mich fröstelte.

Ich warf einen Blick über die Schulter. Suko war stehen geblieben. Er hatte beide Hände um den oberen Handlauf des Gitters gelegt und schaute in die Tiefe.

Als er noch in der Haltung stand, hörte ich bereits das verdächtige Knirschen.

Suko hatte das Geräusch zur selben Zeit vernommen, sprang hastig zurück und brachte so Distanz zwischen sich und mich.

Einen Herzschlag später passierte es bereits.

Da löste sich die Decke, und wir erlebten eine Hölle!

Wie ich weggekommen war, wusste ich nicht. Es war wohl ein Reflexsprung, der mich rettete, denn ich katapultierte mich vom Weg ab, hatte Glück, dass ich nicht ausrutschte, prallte noch mit dem Rücken gegen die Wand, stolperte, fiel zu Boden, überschlug mich und hörte gleichzeitig das gewaltige Krachen und Donnern.

Zwischen Suko und mir war die Decke eingestürzt. Ich ahnte die Ursache und dachte daran, dass die Bergdämonen kraft ihrer geistigen Fähigkeiten in der Lage waren, Steine und Geröll zu bewegen.

Immer mehr löste sich.

Es waren gewaltige Brocken dabei, die auf die Bohlen donnerten und über den Rand rutschten, bevor sie mit einem satten Klatschen im Wasser verschwanden.

Und ich hörte das Lachen.

Während immer mehr Gestein nachrutschte, klang es mir höhnisch und hämisch entgegen. Teuflisches, siegessicheres Gelächter, wobei ich nicht einmal wusste, wer es ausgestoßen hatte.

Ich hatte mich so weit zur Seite gerollt, dass mir eigentlich nicht mehr viel passieren konnte, drehte mich jetzt halb um, stützte mich auf und schaute zurück.

Nach wie vor kippten Geröllmassen nach unten. Aber die meisten Steine tanzten nicht mehr über den Rand der Absperrung, sondern blieben seltsamerweise auf dem Steg liegen, wurden zusätzlich von einem Pfeiler gehalten und verbauten Suko den Weg zu mir und umgekehrt.

Ein paar kopfgroße Steine rollten noch nach, Staub folgte, dann wurde es still.

Sekunden vergingen.

Selbst durch das Rauschen des Wasserfalls hörte ich mein eigenes Herz schlagen. Es pumpte regelrecht, und die Schläge dröhnten in meinem Kopf wider.

Meine Hände zitterten, auch die Arme, denn ich konnte sie beim Aufstützen nicht ruhig halten.

Nur allmählich kam ich zur Ruhe. Lebte Suko noch? Ich hatte mich nicht um ihn kümmern können, dann jedoch atmete ich auf, als ich seine Stimme vernahm.

»John!«

»Okay, Alter. Ich bin okay. Was ist mit dir?«

»Ich habe es auch geschafft. Das Zeug hat mich nicht erwischt.«

Da war ich erst einmal beruhigt.

»Aber was ist jetzt?«, rief der Chinese. »Soll ich rüberkommen?«

Ich lachte. »Scherzbold. Wie denn?«

»Ich könnte außen herumklettern. Das müsste eigentlich gehen, John.«

»Nein, bleib da.«

»Und du?«

»Ich werde mich weiter umsehen. Irgendwo muss ich Jane und Wikka doch finden.«

»Du denkst an das Lachen?«

»Genau. Da hat jemand gelacht, und ich bin wirklich der Meinung, dass es nur eine der beiden gewesen sein kann. Ich gehe auf jeden Fall weiter. Halte du die Stellung.«

»Aber gib Acht, dass sie dich nicht packen.«

»Keine Bange, das schaffe ich schon.« Während dieser Worte hatte ich mich aufgerichtet und schaute nach vorn.

Ich sah das Ende des Tunnels. Eine halbrunde Öffnung, hinter der es grau schimmerte.

Aber nicht nur das.

Auch ein Bergdämon hockte dort.

In einem Anfall von Wut zog ich meine Beretta und feuerte. Die Silberkugel traf genau. Sie riss das Wesen in die Höhe, das sich überschlug und liegen blieb.

Als ich es erreichte, lag vor mir auf dem Boden ein Stein.

Nach dem Tunnel führte der Weg auf einer Galerie weiter. Sie befand sich sehr eng an der Felswand. Auch hier war der Untergrund durch die gefrorene Feuchtigkeit glatt geworden, sodass ich Mühe hatte, auf den Beinen zu bleiben.

Rechts wuchs noch die Wand hoch. Links hatte ich einen freien Blick über die Absperrung. Ich konnte das Ende des Wasserkanals erkennen. Die Fluten hatten ein wenig Gefälle, und sie schäumten in einen Trichter hinein, wo es gurgelte, brodelte und zischte.

Dem Betrachter konnte angst und bange werden, wenn er in dieses Loch blickte. Von dort floss das Wasser wahrscheinlich unterirdisch weiter. Vom Gegenwind wurden kalte Tropfen hochgeweht. Wie kleine Nadeln stachen sie in meine Gesichtshaut.

Ich schüttelte mich, ging dann weiter, leuchtete mit der Lampe und entdeckte das Warnschild.

Es wies auf das Ende des Weges hin.

Ich aber wollte weiter. Man hatte zur Sicherheit noch ein Quergitter aufgebaut, das allerdings leicht zu überklettern war. Dahinter setzte sich der Weg fort. Er wurde so schmal, dass ich es mit der Angst zu tun bekam, denn auf einmal gab es links von mir kein Eisengitter mehr, sondern nur eins aus Holz, das verdammt brüchig aussah.

Ich ahnte, dass ich nicht mehr weit von meinem Ziel entfernt war. Bald hatte ich die Stelle erreicht, wo man mich hinhaben wollte.

Weit vor mir wuchs düster und drohend eine Wand in die Höhe, die einen breiten Schatten warf. Innerhalb des Schattens sah ich eine Bewegung, dann leuchteten drei helle Augenpaare, und mir war klar, dass die Gegner dort auf mich warteten.

Ich bückte mich, nahm die Kreide und malte um mich herum einen Schutzkreis mit einem Allsehenden Auge, das auch auf meinem Kreuz eingraviert war.

So fühlte ich mich besser.

Sekunden vergingen.

Von Suko vernahm ich nichts. Nur mein eigener Atem war zu hören. Die Luft stand als graue Wolke vor meinen Lippen.

Da zuckte ich zusammen, denn etwas sehr Merkwürdiges geschah. Das Allsehende Auge, dieser strahlende Kranz innerhalb des Dreiecks, glühte auf.

Dunkelrot war die Farbe. Sie hüllte mich ein, fand ihren Ansprechpartner in meinem Kreuz und die beiden gingen eine Verbindung ein. Sie hatten eine Brücke geschlagen.

Das Kreuz hing vor meiner Brust, ich stand in dem Kreis. War ich nun geschützt?

Da hörte ich eine Stimme. Mir lief es kalt den Rücken hinab, als ich die Worte vernahm.

»Willkommen, Geisterjäger!«

Jane Collins, die ehemalige Detektivin, hatte die Worte gesprochen. Und sie waren rechts von mir aufgeklungen, wo sich die Wand befand.

Ich atmete tief durch, wollte etwas sagen, doch die Worte blieben mir im Hals stecken.

In der Felswand sah ich eine kleine Tür. Wie von Geisterhänden geführt, öffnete sie sich, ich hörte das Knarren, schaute in die Öffnung, und vor mir stand Jane Collins.

Den Anblick hätte ich verkraftet, aber Jane trug etwas auf ihren ausgestreckten Händen.

Es war ein Kopf.

Und ein Gesicht, das lebte.

Vor kurzem noch hatte ich es gesehen.

Der Kopf gehörte meinem Freund und Partner Suko!

Auch Suko hatte diese plötzliche Bewegung der Wand erlebt und mit angesehen, wie sich die Steine lösten. Nach einer Erklärung suchte er dabei nicht. Der Chinese wollte so rasch wie möglich in Deckung, um von dem fallenden Geröll nicht begraben zu werden.

Das schaffte er nicht ganz. Das Geröll wuchtete aus

den Felsen, es tickte auf und rollte dann sehr seltsam zur Seite weg, sodass Suko den weiteren Verlauf der Steine nicht verfolgen konnte.

Dreimal erwischten sie ihn.

Einmal am Bein, beim zweiten Mal an der Schulter, und beim dritten Treffer konnte er gerade noch seine Arme hochreißen, sonst wäre er am Kopf getroffen worden.

Der Stein war nicht groß, aber sehr kantig. Suko fiel zurück, krümmte sich und rollte sich um die eigene Achse, denn es rutschte Geröll nach.

Das verschwand dann in der Schlucht. Der Chinese hörte noch, wie es ins Wasser klatschte.

Nur allmählich fand er wieder zu sich. Der Schock ließ ihn zittern. Alles war sehr schnell gegangen, und als sich Suko auf die neuen Umstände eingestellt hatte, sah er vor sich eine unüberwindliche Mauer aus Geröll.

Er fluchte verbissen.

Der Weg zu John Sinclair war ihm versperrt. Gleichzeitig dachte er daran, dass John vielleicht nicht so viel Glück gehabt hatte wie er, und er musste ein paar Mal schlucken.

Schließlich fasste er sich ein Herz und rief den Namen des Freundes.

Er erhielt Antwort. Und sie hörte sich an, als wäre dem Freund nichts geschehen.

Suko atmete auf. Die beiden kamen überein, getrennt zu marschieren, denn John Sinclair wollte sich hinter dem Geröllberg ein wenig umschauen. Suko dachte an die Kletterpartie, die er unternehmen musste, um den Freund zu erreichen, das allerdings nur im äußersten Notfall.

Ansonsten musste er sich mit den Gegnern beschäftigen, die auch ihn umzingelt hatten.

Und das waren eben die Bergdämonen!

Der Chinese hatte keine Ahnung, wo sie herkamen und wie sie entstanden waren. Für ihn zählte allein ihre Existenz und ihre Gefährlichkeit.

Sie waren dabei, den Ring enger zu ziehen. Das konnte

Suko genau erkennen. Wenn er seinen Blick schweifen ließ, dann sah er die sich bewegenden Augenpaare.

Sie waren überall.

In den dunklen Wänden hockten sie ebenso wie dicht über dem schäumenden Wildwasserfluss, um dem Inspektor den Rückweg auch in diese Richtung abzusperren.

Es war kaum möglich, an sie heranzukommen. Mit einem Schuss konnte Suko es ebenfalls nicht versuchen, die Entfernung zu den Zielen täuschte in der Dunkelheit sehr.

Erst jetzt ging dem Inspektor die gesamte Raffinesse des Plans auf. Die Trennwand aus Geröll war nicht umsonst aufgebaut worden. Wenn sie die beiden Feinde schon nicht verschüttete, so hatte sie doch eine Barriere zwischen ihnen aufgebaut, sodass einer dem anderen nicht zu Hilfe kommen konnte.

Suko war ebenso auf sich allein gestellt wie sein Freund John Sinclair. Er trug die Dämonenpeitsche bei sich, die Beretta und den von Buddha geerbten Stab. Außerdem die magische Kreide. Waffen genug. Wobei er die Dämonenpeitsche vorerst vergessen konnte: Um sie einzusetzen, hätten die Gelbäugigen näher an ihn herankommen müssen. Das allerdings sah nicht so aus, denn sie hielten einen genügenden Abstand, der kaum mit einer Kugel überbrückt werden konnte.

Und sie waren noch immer nicht zur Ruhe gekommen. Suko sah sie in Bewegung. Unheimlich wirkte es auf ihn, denn die Geschöpfe selbst erkannte er nicht, sie verschmolzen zu sehr mit den tiefen Schatten der Felswände.

Der Chinese erkannte nur die wandernden Augen, die durch die Dunkelheit huschten.

Da traf ihn der Schlag.

Kein körperlicher Hieb, sondern ein wilder, geistiger Schlag, der Suko so durcheinander brachte, weil er unvorbereitet war, dass er sich nicht auf den Beinen halten konnte, zur Seite taumelte und in die Knie sackte.

Das Schlimme an dieser Attacke war, dass sich Suko

nicht wehren konnte. Er sah zwar die Gegner, aber er konnte sie nicht niederstrecken, denn die Bergdämonen waren mit Kräften ausgestattet, die auf größere Entfernungen wirkten.

Eiskalt schlugen sie zu, und sie zwangen den Inspektor nicht nur in die Knie, sondern auch zu Boden.

Suko fühlte, wie seine Kräfte erlahmten. Jemand manipulierte ihn, machte ihn zu einen Spielball in den Händen gefährlicher Wesen, und so sehr er sich auch dagegen wehrte, er konnte gegen diese gefährlichen Kräfte nichts ausrichten.

Schwerfällig wälzte er sich auf den Rücken. Sein Körper zitterte. Er bekam dieses Gefühl einfach nicht unter Kontrolle, die Absätze schlugen auf den Boden, er selbst schnappte nach Luft und sah über sich einen gelbroten Ring.

Es waren die Augen der Bestien. Wenn sich diese dämonischen Wesen rasch bewegten, dann hatte es den Anschein, als würden aus den Augen gelbrote Streifen, so wie es jetzt wieder geschah, als sie den Inspektor einkesselten.

Der erste Bergdämon sprang.

Er hatte schräg über Suko gehockt. Jetzt ließ er sich fallen, packte geschickt einen Handlauf am Gitter, schwang sich darüber hinweg und stand nur zwei Schritte von Suko entfernt.

Der Inspektor hatte sich auf den Rücken gewälzt. Langsam drehte er sich zur Seite und sah das Wesen mit den gelbroten Augen und den beiden spitzen Zähnen zum ersten Mal aus unmittelbarer Nähe. Suko keuchte. Selbst das Atmen fiel ihm schwer, weil die anderen Wesen ihn voll unter Kontrolle hatten.

In seinem Schädel spielten sich die seltsamsten Reaktionen ab. Da spürte er das Hämmern und Schlagen, das wilde Pochen gegen die Innendecke des Kopfes.

Sie wollten ihn zerstören.

»Nein!«, knirschte Suko. »Nein, verdammt!« Er riss sich zusammen, sammelte all seine Kräfte und versuchte, machtvoll gegen seine Feinde anzugehen.

Es klappte nicht.

Die anderen waren zu stark. Immer mehr zwangen sie den Chinesen unter ihre dämonische Kontrolle, und plötzlich spürte Suko ein Brennen auf seinem Gesicht, als hätte man es mit einer Säure übergossen.

Er hatte den Mund weit aufgerissen, keuchte und stöhnte. Was machten die nur mit ihm? Die wollten ihn zerstören, innerlich verbrennen, und sie kamen wie die Schreckensgestalten aus der Hölle auf ihn zu.

Von allen Seiten huschten sie heran. Dabei zogen sie den Kreis so eng, dass sie nur noch ihre fellbewachsenen Arme auszustrecken brauchten, um ihren Gegner berühren zu können.

Sie hatten ihn.

Und er konnte sich nicht wehren.

Suko war ein Mensch, der sich nicht so leicht unterkriegen ließ. Er gab auch dann nicht auf, wenn andere die Hoffnung längst hatten fahren lassen.

Auch jetzt hielt er seine Augen weit geöffnet, denn er wollte die Gegner sehen, die ihn umstanden.

Die Schädel und Augen verschwammen vor seinen Blicken. Sie bildeten ein wirres Durcheinander aus hellen Streifen und dunklen Schatten, die einen rasenden Wirbel veranstalteten, der Suko erfasste und wie mit gierigen Händen unter seinen Körper griff.

Er wurde hochgehoben.

Der Schreck war wie ein spitzes Messer, das seine Brust durchschnitt. Trotz seiner gefährlichen Lage und des Schleiers in seinem Hirn überlegte Suko noch.

Und er kam zu einer schlimmen Schlussfolgerung. Wenn er weiter in die Höhe gerissen wurde, dann war es für die anderen ein Leichtes, ihn über das Gitter in die mörderische Tiefe und damit in den reißenden Strom zu schleudern.

Daran dachte er, während ihn Kräfte anhoben, die er nicht mehr kontrollieren konnte.

Suko fühlte sich hilflos wie selten. Er wollte mit seinen Armen um sich schlagen, die Gegner treffen und zur Seite schleudern.

Er konnte sich kaum bewegen. Seine Reaktionen kamen ihm zeitlupenhaft vor, die anderen hielten die Trümpfe in der Hand und bewegten den Körper des Chinesen nur mit Hilfe ihrer gefährlich starken geistigen Kräfte.

Der Inspektor kämpfte. Krächzende Laute drangen aus seinem geöffneten Mund. Die Augen quollen ihm fast aus den Höhlen, der Kopf drohte zu zerspringen.

Er kämpfte mit allem, was er hatte, gegen diese Gefahr an.

Dabei winkelte er seinen Arm an. Die Hand fiel auf die Brust, rutschte nach unten und berührte etwas, das in seiner Innentasche steckte.

Es war der Stab des großen Buddha!

Und da wusste Suko, wie er sich unter Umständen aus dieser lebensgefährlichen Lage retten konnte.

Aber hatte er die Kraft?

Das durfte nicht wahr sein!

Jane Collins stand vor mir und hielt den Kopf meines Freundes Suko auf ihren Händen.

Ich wurde fast wahnsinnig, schüttelte meinen eigenen Kopf und glaubte mich in einen schlimmen Albtraum versetzt. Mein Magen war zu einem Stein geworden. Als ich einatmen wollte, da sperrte sich etwas dagegen, meine Hände verkrampften sich, der Schweiß lief mir über das Gesicht, und ich vernahm Janes wildes, höhnisches, triumphierendes Lachen, das mir entgegenschwang.

Ich hätte vor Wut schreien können, doch nicht ein Ton drang aus meiner Kehle. Der Schock bannte mich auf der Stelle, während ich nur dieses grauenhafte Bild sah und einfach nicht wegschauen konnte.

Es war schlimm.

Trotzdem wollte ich nicht stehen bleiben und nichts tun. Ich musste weiterdenken, und ich löste meinen Blick von Jane Collins, denn schräg hinter ihr war noch jemand erschienen.

Wikka, die Oberhexe!

Während Jane völlig normale Kleidung trug, hatte Wikka ihr Gewand übergestreift, das bis zum Boden reichte. Unter ihrem Hals befand sich ein tropfenförmiger Ausschnitt. Ein hinter Wikka brennendes kleines Feuer zeichnete ihre Umrisse scharf ab, es bildete gewissermaßen einen rötlichen Hintergrund, der genau zu dieser widerlichen und mit teuflischen Kräften ausgestatteten Hexe passte.

Ich erkannte auch ihr Markenzeichen. Die beiden giftgrünen Schlangen, die aus ihrer Stirn wuchsen und deren Mäuler geöffnet waren, wobei ich die kleinen Zungen erkennen konnte, die aus den Schlangenköpfen hervorhuschten.

Wikka war gut vorbereitet. Sie hatte genau gewusst, dass ich kommen würde, aber sie hatte sich verrechnet, denn ich stand innerhalb einer magischen Schutzzone.

Das Kreuz hatte fantastisch reagiert und sich aktiviert. Zusammen mit dem Allsehenden Auge, das es zweimal gab, schützte es mich, denn weder Wikka noch Jane griffen mich an.

Dafür hatte Jane jedoch den Kopf meines Freundes.

»Nun, Geisterjäger?«, fragte sie. »Wie fühlst du dich, wenn du so auf den Schädel deines Freundes schaust?«

Ich gab ihr keine Antwort. Mein Blick blieb auf dem Kopf kleben. Da rollten die Augen, der Mund klappte auf und zu wie bei einem Fisch auf dem Trockenen, aber das waren auch die einzigen Bewegungen, die dieser Kopf von sich gab. Ansonsten reagierte er überhaupt nicht, und dies wiederum wunderte mich.

Immer dieselben Bewegungen, wie bei einem Roboter oder Automaten.

Himmel, das war es!

Nein, sie hatten mich eiskalt geblufft. Das war nicht der Schädel meines Freundes, sondern eine magische Imitation.

Bevor ich allerdings die Probe aufs Exempel starten konnte, kam Jane Collins mir zuvor.

Plötzlich lachte sie wild auf und schleuderte den

Schädel weg. Er flog an mir vorbei. Ich drehte mich nach rechts, verfolgte ihn und sah, wie er in einer gewaltigen Feuerlohe auseinander platzte, sodass von ihm nichts mehr übrig blieb.

»Das war Suko!«, kreischte Jane und hob ihre Arme.

»Nein, das war er nicht!«, erwiderte ich kalt und ging einen Schritt vor.

Ich hatte zuvor die kleine Tür in der Felswand gesehen, wollte mich bücken, um hindurchgehen zu können, doch das war nicht mehr möglich.

Die magische Kraft, ausgelöst durch die Verbindung meines Kreuzes mit den beiden Allsehenden Augen, strahlte so weit ab, dass sie auch die Felswand erfasste und das Gestein zum Glühen brachte.

Es leuchtete plötzlich dunkelrot auf, begann zu knistern und zu knacken, eine Höhle entstand, ein gewaltiges Loch, und das Gestein schmolz einfach weg.

»Nein!«, flüsterte Jane Collins. »Neiiinnn!«, schrie sie dann und wankte zurück.

Auch Wikka war für einen Moment durcheinander. Sie musste mit ansehen, wie Jane Collins in den Hintergrund der Höhle zurückwich und ich innerhalb des magischen Scheins immer weiter voranschritt.

Ich fühlte mich verdammt gut, denn ich hatte erlebt, wie das Kreuz eine Verbindung eingehen konnte. Ich wusste zwar, wo es herstammte, kannte auch die Formel, um es zu aktivieren, dennoch gab es jetzt weitere Einzelheiten preis.

Konnte ich gewinnen?

Jane war in den Hintergrund der Höhle zurückgewichen. Ihre Bewegungen wirkten fahrig, fast wäre sie noch in das kleine Feuer gefallen, aber ich hatte nur Augen für ihre große Meisterin Wikka.

Die Oberhexe schüttelte sich. »Sinclair!«, flüsterte sie. »Ich habe Jane Collins dein Grab versprochen, und ich werde dieses Versprechen halten, darauf kannst du dich verlassen!«

»Mein Grab?« Ich unterhielt mich mit ihr, obwohl ich ein unheimliches Phänomen erlebte, denn ich konnte dank der weißmagischen Kräfte durch die Felswand gehen.

»Ja, dein Grab. Ich habe es Jane Collins gesagt. Das Grab in der Teufelsschlucht. Ein Grab für John Sinclair. Gefällt es dir?«

»Kaum!«

»Kann ich mir vorstellen. Aber es geht keinen Weg daran vorbei, das kann ich dir sagen!«

»Ich setze dagegen!«

Hart und kalt klang meine Stimme, denn ich wusste in diesen Augenblicken, dass sie mir nichts anhaben konnte. Diese verdammte Hexe würde es nicht schaffen, mich aus dem Weg zu räumen.

Dabei griff sie zu ihren alten Tricks. An ihrer Stirn streckten sich die beiden Schlangen. Mir schien es, als würden sie Kraft sammeln, und dann lösten sie sich vom Kopf der Hexe.

Die beiden Schlangen waren wie Pfeile, die auf mich zuschossen und auch den Rand meiner magischen Zone erreichten.

Es war mir schwer gefallen, einfach stehen zu bleiben. Normalerweise wäre ich in Deckung gegangen, so aber vertraute ich auf meine Schutzzone.

Und sie hielt.

Die Schlangen prallten dagegen. Für den Bruchteil einer Sekunde sah ich in ihre aufgerissenen Mäuler, bevor die Schlangen zu regelrechten Wunderkerzen wurden und vor meinen Augen verbrannten.

Leider regenerierten sich diese Wesen immer wieder. Wikka konnte sie praktisch neu erschaffen, ich hatte mit der Vernichtung dieser Schlangen nichts erreicht.

Und ich ging weiter vor.

»Ich bekomme dich, Wikka!«, zischte ich ihr entgegen. »Und dann wirst du vernichtet.«

Sie lachte gellend, bewegte ihre Arme und schlug dabei Kreise.

Diese an sich lächerliche Bewegung hatte es in sich. Denn die Kreise zogen grüne Feuerschweife hinter sich her, die sich zu Spiralen verformten.

Ihr Ziel war ich!

Wie Speere stießen sie in meinen magischen Schutzschirm, der im selben Augenblick zusammenbrach …

Es fiel Suko unendlich schwer, seine Finger zu bewegen. Aber die musste er krümmen, um an den Stab zu gelangen. Wenn er es nicht schaffte, war er verloren.

Der Chinese schwebte in der Luft, und er wurde von den unheimlichen Kräften der Bergdämonen höher geschoben. Es war nur eine Frage von Sekunden, bis er den oberen Rand des Gitters erreicht hatte.

Kontakt!

Endlich hatte es der Inspektor geschafft und seine so wertvolle Waffe umklammert. Ein Jubelschrei wollte aus seiner Kehle dringen, aber er blieb ihm im Hals stecken.

Dann rief er das Wort.

»Topar!«

Jedenfalls glaubte Suko, es gerufen zu haben, doch nur ein Flüstern drang aus seinem Mund.

Jedoch laut genug, um von den ihn umgebenden Bergdämonen verstanden zu werden.

Die Kraft der anderen verschwand. Radikal wurde sie innerhalb eines Augenblicks ausgelöscht, und Suko fiel nach unten.

Er schlug heftig zu Boden, hatte sich nicht abrollen können und spürte den Aufschlag bis in den letzten Winkel seines Gehirns. Sterne blitzten vor seinen Augen auf, gleichzeitig auch die Erkenntnis, dass er auf keinen Fall liegen bleiben und sich ausruhen konnte. Die fünf Sekunden, in denen die Zeit stillstand, die musste er ausnutzen, um sich zu retten.

Leider konnte er seine gefährlichen Gegner nicht vernichten. Hätte er das während dieser Zeitspanne getan, wäre die Wirkung und Kraft des Stabs dahingewesen.

So musste er warten.

In fünf Sekunden kann sehr viel oder auch gar nichts geschehen.

Suko wollte die Zeit jedoch nicnt ungenutzt verstreichen lassen, deshalb riss er die Dämonenpeitsche hervor, nachdem er sich aufgerappelt hatte, und schlug einmal einen Kreis über den Boden.

Die drei Riemen fielen nach draußen.

Sie bestanden aus der Haut des Herrn der roten Hölle. Eines uralten Dämons, der in Island gelebt hatte.

Noch eine Sekunde.

In dieser kurzen Zeitspanne stellte Suko fest, dass seine Gegner ihn umkreist hatten. Wenn er mit der Peitsche schlug, dann musste er sich rasch drehen.

Die Zeit war um!

Augenblicklich geriet Bewegung in die Bergdämonen. Auch Suko spürte wieder die schwarzmagischen Kräfte, die sein eigenes Ich außer Gefecht setzen wollten, und er kannte jetzt kein Pardon.

Seine Rache traf voll.

Der Chinese stieß sogar einen wilden Kampfschrei aus, als er sich wie ein wütender Büffel um die eigene Achse drehte und seine Peitsche schwang.

Plötzlich legten sich die Riemen waagerecht. Die Fliehkraft trieb sie in die Höhe, und als sie gegen die Körper der Bergdämonen klatschten, war das Musik in Sukos Ohren.

Er lachte sogar.

Es war ein Zeichen seiner Erlösung. Endlich hatte er es geschafft. Nicht die anderen attackierten ihn, sondern er griff jetzt an.

Und wie.

Die Dämonenpeitsche räumte furchtbar auf. Sie fetzte die Wesen auseinander. Ein Chaos aus wirbelnden Körpern und huschenden Schatten entstand. Dazwischen glühten die gelbroten Augen wie letzte, aufzuckende Flammen, bevor die Dunkelheit sie auslöschte.

Unheimliche Todesschreie gellten dem Inspektor entgegen. Die Bergdämonen bekamen die uralte schwarze Magie der Peitsche zu spüren, und sie wurden auseinander gerissen.

Suko schlug weiter.

Jetzt glich er einem Roboter. Er führte die Schläge

kreisförmig, wechselte noch in derselben Sekunde, sodass die Riemen von oben nach unten klatschten.

Ja, klatschten.

Die Todesmelodie wurde eingeläutet, und je mehr Wesen der Chinese vernichtete, umso weniger wurde er von den Bergdämonen beeinflusst. Sein Gehirn war wieder frei.

Ein hohles Pfeifen drang an seine Ohren. Ein letzter Dämon versuchte zu fliehen, aber Suko war schneller. Mit wenigen Schritten hatte er ihn eingeholt und zugeschlagen.

In den Rücken krachten die drei Riemen der Peitsche.

Den Dämon hob es fast aus den Schuhen. Zwar stimmte der Vergleich nicht, weil das Wesen keine Schuhe trug, aber Suko kam nichts anderes in den Sinn.

Es war der Letzte.

Er polterte zu Boden. Poltern war genau der richtige Ausdruck, denn die Wesen hatten sich nicht aufgelöst, sie waren zu Stein geworden.

Erschöpft taumelte Suko zur Seite und lehnte sich an das Absperrgitter. Er hätte nicht gedacht, es doch noch zu schaffen. Wieder einmal hatte es sich ausgezahlt, dass er nicht aufgab.

Ausruhen jedoch konnte er sich nicht, denn in seinem Rücken hörte er ein gewaltiges Knirschen, Poltern und Schlagen.

Kaum war das Geräusch aufgeklungen, als der Inspektor schon herumfuhr. Seine Augen weiteten sich, denn was er zunächst nur vermutet hatte, bestätigte sich.

Das Geröll geriet ins Rutschen.

Bisher war es von den magischen Kräften der Bergdämonen gehalten worden. Die Bergdämonen gab es aber nicht mehr, und das Geröll gehorchte den Gesetzen der Physik.

Der von hinten kommende Druck schob die Steinmassen nach vorn. Er wuchtete sie auf den Abgrund zu, wo die gewaltige Steinlawine polternd in die Tiefe verschwand.

Suko hatte freie Sicht.

Er sah das rote, unheimliche Glühen und hörte gleichzeitig die Schreie aus der Wand.

Da war etwas passiert!

Der Chinese startete …

Der magische Schutzschirm war zerstört. Ich hatte die Kräfte der Oberhexe Wikka unterschätzt und vernahm ihr gellendes Lachen, in das sie gleichzeitig die Worte kreischend und wild hineinstieß.

»Dein Grab, Sinclair! Dein Grab in der Teufelsschlucht! Du bekommst es doch!«

Was sollte ich tun? Ich musste mich innerhalb einer kurzen Zeitspanne entscheiden.

Auch Jane hatte mitbekommen, dass mir die Trumpfkarten aus der Hand gerissen worden waren. Sie kreischte ebenfalls wild und bewegte sich auf mich zu.

Verdammt auch!

»Du wirst verrecken, Geisterjäger!«, brüllte sie mir entgegen. Ihr Gesicht war zu einer hassentstellten Fratze geworden. Die Arme hatte sie vorgestreckt, die Hände gespreizt, das lange Haar flatterte, in den Augen lag ein mörderischer Ausdruck, und der Widerschein des Feuers zuckte über ihr Gesicht.

Jetzt allerdings verstärkte er sich noch, denn dafür hatte Wikka gesorgt.

»In die Teufelsschlucht mit dir!«, schrie sie, breitete ihre Arme aus und ließ die Hexenkräfte spielen.

Sie war die Meisterin, und sie beherrschte nicht nur ihre untergebenen Hexen, sondern auch das gefährliche, alles vernichtende Feuer.

Mit den Flammen spielte sie, und diese Flammen schickte sie mir entgegen.

Als wäre das kleine Feuer von einem mächtigen Windstoß erfasst worden, so puffte es in die Höhe, die tanzenden Flammen erfassten mit ihren Spitzen die Decke der Höhle, füllten sie aus und ich musste zurück.

Noch war der Weg frei.

Oder?

Nein, ich prallte gegen die Wand. Es war genau die Stelle, die meine Magie geöffnet hatte. Jetzt war sie geschlossen und mir blieb nur als kleiner Ausweg die Tür.

Doch auch sie wurde versperrt.

Ein Teil des Feuers machte sich selbstständig, huschte über den Boden und die kleinen Flammen sprangen wie gefährliche, winzige Dämonen. Sie gerieten auch in die Nähe der Jane Collins, die zurückwich, um nicht erfasst zu werden.

Die Hitze war mörderisch. Ich hatte das Gefühl, von ihr ausgelöscht zu werden. Meine Haut schien nur noch aus einer glühenden Masse zu bestehen, und in diesen schrecklichen Sekunden, wo ich kaum Luft bekam, durchzuckte mich eine verzweifelte Idee.

Jane war durch ihr Ausweichmanöver in meine Nähe geraten. Das ließ ich mir nicht entgehen.

Blitzschnell packte ich zu.

Jane sah meinen auf sich zuschnellenden Arm, warf sich zurück und wollte weg.

Fast hätte sie es noch geschafft, doch da waren ihre Haare, die wie ein Vorhang hochschwangen und in die sich meine Finger der rechten Hand krallten.

Ich packte zu.

Jane Collins wurde mitten in der Bewegung gestoppt. Sie zuckte zuerst hoch, dann blieb sie für die Länge eines Lidschlags in dieser steifen Haltung, bevor sich die Kraft auch bei ihr bemerkbar machte und sie auf mich zugerissen wurde.

Sie fiel mir genau in den linken Arm.

Das alles war sehr schnell gegangen. Wikka war nicht mehr dazu gekommen, eine Gegenmaßnahme zu ergreifen, denn nun hatten sich die Vorzeichen wieder verschoben.

Ich besaß eine Geisel.

Jane!

»Stopp das Feuer!«, brüllte ich Wikka an. »Stopp es, oder ich werde Jane Collins mit in die Flammen nehmen!«

Viel Zeit hatte die Oberhexe nicht, eine Entscheidung zu treffen. Ihr blieben höchstens Sekunden, dann würden wir von dem Feuer erfasst und verbrannten elendiglich.

Schon jetzt bekam ich keine Luft mehr. Meine Augen brannten. Ich hatte den Mund aufgerissen, mein Gesicht war verzerrt und ich konnte erleben, dass es Jane Collins auch nicht anders erging.

Sie wand sich in meinem Griff. Ihre Bewegungen waren schwach, zu viel an Kraft hatte sie verloren. Sie schnappte nach Luft, schrie, keuchte und röchelte.

Auch ich konnte kaum noch sprechen. In meinem Hals schien alles festzusitzen. Ich hustete mehr, als dass ich die Worte ausstieß. »Stopp die Flammen!«

Wikka überlegte noch. Ihr tat das Feuer nichts. Sie beherrschte es, und sie stand wie eine rächende Göttin vor den Flammen, das Gesicht zur Maske erstarrt, über die der Widerschein der tanzenden Feuerzungen huschte.

Wie würde sie sich entscheiden?

Lange konnte ich es nicht mehr aushalten. Jane wurde in meinen Armen immer schwerer. Ich hatte Mühe, sie überhaupt noch festzuhalten, denn auch mich verließen allmählich die Kräfte.

Wartete sie darauf?

Es wäre ihr zuzutrauen gewesen, und ich hatte mich nicht getäuscht. Sie wollte mich aus dem Spiel haben. Und wenn ihre Dienerin dabei draufging, das war ihr egal.

»Nein, Geisterjäger! Ich stoppe die Flammen nicht. Du sollst verrecken! Zu Asche werden! Ich habe dir das Grab versprochen, und ich werde mein Versprechen halten!« Sie schrie und lachte in einem.

Im selben Augenblick rutschte mir Jane Collins aus dem Griff. Sie war zu schwer geworden, ich hatte sie einfach nicht mehr halten können und auch meine Knie wurden weich.

»Ja!«, brüllte Wikka. »Jetzt!«

Und da peitschten die Schüsse!

Suko hatte die Schreie gehört. Er wusste, dass John Sinclair gegen einen verdammt starken Feind kämpfte, und er glaubte nicht, dass es so einfach zu schaffen war.

Fast wäre er an der kleinen Tür im Fels vorbeigerutscht. Im letzten Augenblick entdeckte er sie, hörte auch das Schreien, sah den zuckenden Widerschein der Flammen auf der Öffnung tanzen und stürzte sich einfach hinein.

Der Inspektor brauchte nicht lange zu überlegen, um den Ernst der Lage zu überblicken.

Er schoss.

Drei Kugeln setzte er in die Richtung, wo Wikka stand, wusste nicht, ob er getroffen hatte, hörte ihr Wutgebrüll und warf sich vor, wobei seine Arme John Sinclair umklammerten, der sich nicht mehr auf den Beinen halten konnte und zusammenbrach.

Wikka war durch die Schüsse für einen Moment abgelenkt worden. Bevor sie Gegenmaßnahmen ergreifen konnte, hatte Suko seinen Freund schon aus der Höhle gezogen und war kaum draußen, als er ihn hoch und über die Schulter wuchtete.

Dann begann der Wettlauf. Der Chinese schaute sich nicht um. Er wollte so schnell wie möglich dieser verdammten Schlucht entkommen.

Er musste genau dort stoppen, wo der Steg zusammengebrochen war. Weiter kam er nicht.

Dafür hörte er etwas.

Das Geräusch eines Hubschraubers, und er sah die beiden hellen Lichtlanzen, die von dem Flugkörper aus in die Tiefe stachen, wo sie einen Teil der Schlucht ausleuchteten.

Da kam Rettung.

Und Wikka zog sich zurück. Sie ritt nicht auf einem Besen, sondern fauchte als Flammenstrahl in die Luft, wobei sie Jane Collins festhielt und unter den Arm geklemmt hatte wie ein Weihnachtspaket.

Der Inspektor hob die Faust. Es war eine wütende, verzweifelte Geste. Von Wikka aber, da war er sicher, würden er und John Sinclair noch einiges hören.

Im Hubschrauber kam ich wieder zu mir. Nicht nur Suko befand sich bei mir, sondern auch Bill Conolly. Er hatte die Männer der Rettung alarmiert, nachdem er von seinem Standort aus den Widerschein der Flammen entdeckt hatte.

Wir waren hochgehievt worden, und ich wurde noch in der Maschine ärztlich versorgt.

In Thusis hielt man mich einen Tag im Krankenhaus fest. Am Heiligabend jedoch wurde ich wieder entlassen. Schließlich wollte ich mit meinen Freunden das Weihnachtsfest feiern.

Das tat ich auch.

Im Hotel Sonnenstern war alles vorbereitet. Es gab eine herrliche Bescherung. Marita Lenze, die Direktorin, und ihr Mann hatten alles sehr nett gerichtet. Wir tranken Champagner und vergaßen für einen langen Abend alle Sorgen.

Auch Carlo Lei erschien später und Georgette, die Bardame, bewies uns, dass sie nicht nur Chansons singen, sondern auch Weihnachtslieder sehr stimmungsvoll vortragen konnte.

Als die Kinder im Bett lagen, trafen wir uns an der gemütlichen Bar.

Im Flur fragte mich Shao, deren Augen wie Weihnachtskugeln glänzten: »Wann möchtest du denn wieder nach London, John?«

»Frag mich das erst übermorgen. Für mich ist Weihnachten. In diesem Sinne: Merry Christmas …«

Pandoras Botschaft

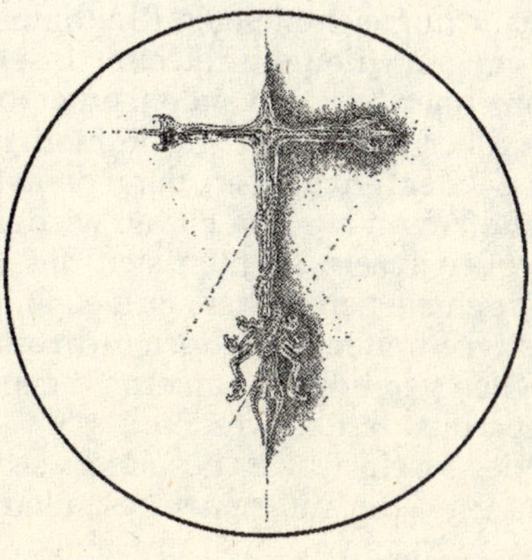

Die Nacht war für grausame Taten wie geschaffen!

Nicht nur die Dunkelheit sorgte dafür, auch der mörderische Sturm, der über dem Meer tobte. Er ließ die Wellen zu haushohen Brechern wachsen und schleuderte sie gegen die Küsten der zahlreichen Inseln.

Urgewalten des Meeres schien der Sturm freigesetzt zu haben. Ein Donnern und Krachen erfüllte die Luft. Die Schiffe, die jetzt nicht die schützenden Häfen angelaufen hatten, waren rettungslos verloren. Das Wasser war gierig. Es schäumte, donnerte, quirlte, brauste und eine Welle versuchte die andere zu übertrumpfen.

Mit dem Sturm kam das Gewitter. Unmessbare Kräfte tobten am Himmel. Sie zerrissen die gewaltigen Wolkenberge in zahlreiche Teile und der heulende Sturm schleuderte die Wolken nach allen Seiten weg, riss weitere Lücken in sie hinein, wo das fahle Grau eines Himmels durchschimmerte und manchmal ein paar einsam stehende Sterne preisgab.

Ein Wetter wie die Hölle!

Sie selbst schien ihre Pforten geöffnet zu haben, um dem Göttervater Zeus die Leviten zu lesen.

Die Nacht der Gewalten, die Nacht der finsteren Dämonen. Himmel und Erde waren zu einer gewaltigen Wasserwand vereint, die nur hin und wieder von stürmischen Wirbeln und Böen zerfetzt wurde.

In einem nahezu gleichmäßigen Rhythmus rollten die Wellenberge gegen die zahlreichen Inseln an. Die Kleineren von ihnen verschwanden unter den Wassermassen. Das Meer überspülte sie kurzerhand, um sie anschließend wieder freizugeben, denn dann tauchten sie wie geisterhafte Wesen aus den Fluten wieder auf.

An den großen Inseln rannten sich die Wellenberge fest. Dort wurden sie zerbrochen, aufgeteilt, zerrissen in lange, schaumige Streifen, die jedoch nicht aufgaben, sich wieder zu Wellen vereinigten, um erneut gegen die felsigen Küsten geschleudert zu werden.

Auf einer der Inseln war es besonders schlimm. Hier tobte sich das Unwetter mit seiner gesamten Macht aus. Hier wütete der Orkan wie ein irrer Dämon. Er zerrte an dem kargen Gras, knickte verkrüppelte Bäume, schleuderte Steine, Sand und Erde in die Höhe, wobei die gewaltigen Staubschleier fast bis in die tiefhängenden Gewitterwolken hineinrasten.

Ununterbrochen krachte der Donner. Blitze rissen die Wolken auf, als hätte jemand mit einer gewaltigen Axt dazwischengeschlagen.

Dann folgte der Regen.

Das Wort konnte man eigentlich dafür nicht gebrauchen. Eine wahre Sintflut fiel aus den Wolken, ein unendlicher Wasservorhang, der nie abzureißen schien.

Eine Hölle aus Regen, Sturm, Donner und Blitzen entlud sich über dem Meer.

Der trockene Boden der Inseln wurde aufgeweicht. Wo die Hänge lagen, jagte das aus den Wolken fallende Wasser wie mit gewaltigen Trommelschlägen zu Boden. Es wühlte die Erde auf, umspülte sie und verursachte riesige Erdrutsche.

Die Massen bewegten sich auf den schrägen Hängen dem Meer zu. Sie rissen alles mit, was nicht den nötigen Halt hatte. Selbst Bäume konnten ihnen nicht widerstehen. Das Wasser, vermischt mit brauner, lehmiger Erde, tat, was es wollte.

Krater entstanden. Blitze jagten über den Himmel. Die hellen Pfeile spalteten die Wolken, und sie jagten nicht nur in das Meer, sondern auch den Inseln entgegen.

Ein Blitz setzte besonders hohe Energie frei. Wie ein gewaltiger Faustschlag fuhr er in den Boden der großen Insel, riss ihn auf und hinterließ einen Krater.

Gleichzeitig begann die Erde zu beben. Unterirdische Kräfte begannen sich zu rühren, konnten sich endlich entfalten, wühlten den Boden von innen auf und sorgten dafür, dass all der Dreck und der Lehm in die Höhe geschleudert wurden, um sich mit dem Regen zu vermischen.

Ein Mensch wäre geflüchtet. Er hätte so schnell wie möglich versucht, sich in Sicherheit zu bringen, und dennoch gab es jemanden, der sich auf der Insel aufhielt.

Ein Mensch? Oder ein Gott?

Vielleicht eine Mischung aus beiden?

Alles war möglich. Auf jeden Fall eine Gestalt, die übergroß wirkte und nur mehr ein Schatten innerhalb des gewaltigen Wasservorhangs war. Ein Schatten, der sich allmählich herauskristallisierte und sich aus den dunstigen Massen hervorschälte, aber immer verschwommen blieb.

Der Schatten war erschienen, um eine Aufgabe zu erfüllen. Er hatte auf diese Stunde und dieses Wetter gewartet, denn nur wenn die Götter zürnten, konnte er seiner Aufgabe gerecht werden.

Am Rand des Kraters blieb der Schatten stehen. Er hatte seinen Kopf gesenkt und schaute in die Tiefe.

Dort brodelte und kochte es. Lehm, Wasser, Hitze und Dampf vereinigten sich zu einem mörderischen Hexenkessel, der an ein Maul erinnerte, das alles verschlingen wollte. Aus dem Innern der Erde drückten die Kräfte. Gigantisch und titanenhaft versuchten sie, das zu zerstören und an die Oberfläche zu bringen, was vor Tausenden von Jahren entstanden war.

Es musste aus der Tiefe aufsteigen, das Schicksal hatte es so bestimmt.

Und es kam.

Die einsame Gestalt am Rand des Kraters sah, wie das Wasser noch mehr aufgewühlt wurde und schäumte. Ein Sog entstand, der jedoch nicht nach innen gerissen wurde, sondern in die gegenteilige Richtung und seine gewaltigen Massen wie das Maul eines Riesen ausspie.

Aus dem Erdinnern der Insel holte er Lehm, Wasser und Dampf. Die drei Dinge vermischten sich zu gewaltigen Klumpen, die der Druck bis in die Wolken hineinschleuderte, wo er sich zu einem Pilz ausbreitete, bevor er wieder zurück auf die Erde fiel.

Stundenlang dauerte das Unwetter an. Ebenso lange wurde auch der Lehm aus dem Erdinnern hochgeschleudert, stieg in die Wolken, fiel wieder zurück, um erneut in den Kreislauf zu geraten.

Und doch blieb so viel Lehm an den Rändern des Kraters zurück, wie die einsame Gestalt benötigte.

Sie hatte Zeit, wartete stundenlang, und irgendwann – der Morgen graute bereits – schwächte das Unwetter ab.

Es blieb allerdings noch dunkel, was der einsamen Gestalt, die die halbe Nacht über gewartet hatte, sehr recht war. Sie stieg auf einen der Lehmhügel hinauf. Schattenhaft wirkte ihr Bücken, dann wühlten Hände in der feuchten Erde und schleuderten den Lehm in die Höhe.

Das Lachen, das aus dem nicht zu erkennenden Mund der Gestalt drang, hörte sich triumphierend an, und der Einsame nahm den feuchten, aus den Tiefen der Erde stammenden Lehm, häufte ihn aufeinander und formte daraus eine Figur.

Drei große Klumpen legte er übereinander, drückte sie fest, wobei der oberste Klumpen der kleinste war, der mittlere der größte und der letzte wieder ein wenig abfiel.

Der Einsame trat dicht an sein noch sehr unvollkommen wirkendes Werk heran. Er schaute für einen Moment auf die drei Teile, bevor plötzlich seltsam verschwommen wirkende Hände erschienen, die sich an der unfertigen Lehmfigur zu schaffen machten.

Er begann oben.

Ein Gesicht entstand. Da drückte er Augen in die Masse, formte eine Nase, modellierte Ohren, einen Mund, das Kinn und setzte an, um auch die hohe Stirn herauszuarbeiten.

All dies geschah mit einer Sorgfalt, wie sie nur ein Künstler aufbringen konnte, der sich mit seinem Werk identifizierte. Es wurde ein Gesicht, und ein unsichtbarer Beobachter hätte schon die Züge einer Frau erkannt.

Sacht wie die Finger eines Masseurs glitten die Hände weiter und formten den Hals der Frau. Geschwungen wurde er, erhielt eine nahezu perfekte Linienführung, und ebenso perfekt wurden die Schultern, die Arme und der Rumpf.

Der Göttervater Zeus hatte befohlen, eine sehr schöne Frau zu modellieren. Diesen Befehl befolgte der Einsame, denn Schönheit und Grauen sollten eine Verbindung eingehen.

Geschickt arbeitete der Künstler weiter. Innerhalb kurzer Zeit war ein prächtiger Frauenkörper entstanden, der allerdings noch lehmbraun schimmerte und erst die richtige Farbe der Haut erhalten musste.

Der einsame Künstler kümmerte sich um jedes Fingerglied. Er schuf sogar Hautfalten und gab sich besondere Mühe bei den Brüsten der Frau. Sie sollten, zusammen mit dem übrigen Körper, die Männer in ihren Bann schlagen, um sie von dem anschließenden Schrecken abzulenken.

Der Morgen graute weiter. Im Osten wurde es hell. Ein schmaler gelber Streifen schob sich ein wenig schüchtern über den Horizont, ebenso schüchtern wie der erste Sonnenstrahl, der dann über das Meer streifte und auf dem Wasser in einer grellen Kaskade explodierte, sodass sein Schein die Wellen mit einem goldenen Schleier belegte.

Der Einsame drehte sich um.

Wenn die Sonne aus den Fluten steigt und das Meer zu flüssigem Gold werden lässt, würde sich die Schönheit der Natur auch auf die Frau übertragen.

So hatte der große Göttervater gesprochen, und so empfand der Einsame es auch.

Die Sonne stieg höher.

Es war nicht nur sie allein, die diese immense Leuchtkraft aufbrachte. Etwas anderes stand hinter ihr. Es blitzte hell und silbrig, wahre Lichtkaskaden fluteten heran, und plötzlich stand die Insel eingehüllt in eine strahlende Aura.

Raum und Zeit schienen zu verschwinden. Sie hatten ihre Gültigkeit verloren, wenn Zeus, der Göttervater, direkt in das Geschehen auf der Erde eingriff.

Das Eiland im Meer schien zu schweben, an einem Band zu hängen und einzutauchen in die gewaltige Glocke aus Licht.

Es verging Zeit, aber sie war nicht zu spüren. Wo der Geist regiert, ist die Zeit unwichtig.

Und der Geist handelte.

Er vollendete und vervollkommnete das, was der einsame Künstler mit seinen Händen aus dem Lehm der Erde geschaffen hatte.

Aus der Figur wurde eine Haut. Die Hand der Götter sorgte dafür, dass diese Umwandlung geschah. Und die Frau überstrahlte in ihrer Schönheit selbst das Licht der Sonne.

Zeus hatte das Werk vollendet.

Eine neue Legende war entstanden.

Pandora!

Der monoton wirkende Choral der Mönche hallte durch das Kirchenschiff. Das Echo des Gesangs geisterte gegen die Wände und kam verstärkt zurück. Es fuhr wie ein Windhauch über die gebeugten Rücken der betenden Kuttenträger, die sich ganz ihrer Andacht hingaben.

In diesem einsamen Kloster lebten, beteten und arbeiteten sie. Hoch oben in den schottischen Bergen stand es bereits seit langer Zeit, und es hatte den Naturgewalten ebenso getrotzt wie vor vielen Jahren den Angriffen heidnischer Menschen.

Das Kloster war zu einer Trutzburg des Guten geworden, in dem die Mönche ihre Sicherheit fanden.

Es hatte auch andere Zeiten gegeben. Schreckliche Morde waren hinter den dicken Klostermauern passiert. Unheimliche Gestalten aus dem Reich der Finsternis hatten das Kloster angegriffen und es wäre ihnen fast gelungen, es an sich zu reißen. Ein Abt hatte sein Leben verloren, andere Mönche waren verletzt worden, doch wie ein Mann standen sie hinter ihrem Glauben und der Sache des Guten.

Sie ließen sich durch nichts vertreiben. Nicht von den Menschen, nicht von Dämonen und erst recht nicht vom Satan, dem sie den Kampf angesagt hatten.

Die Mönche beteten viel. Ora et labora – bete und arbeite. So lautete ihre Devise, und ihr allein blieben sie treu. Dafür starben sie, dafür gaben sie vieles auf.

Ihre Zeit war genau eingeteilt. Es gab keine Stunde Leerlauf am Tag, und auch die Gebete gehörten zu den

Ritualen, die das ganze Jahr über abliefen. Jeder Bruder musste sich in der Kapelle versammeln und an der Andacht teilnehmen.

Nachdem der Choral der Mönche verstummt war, erhob sich der Vorbeter. Der Mann stand aus seiner knienden Haltung auf, streckte seinen Rücken und schritt auf den schmucklosen Altarstein zu, der vor den Bänken mit den betenden Mönchen seinen Platz gefunden hatte.

Der Vorbeter verneigte sich, berührte die Altarplatte mit seinen Lippen und drehte sich um.

Er schaute auf seine Brüder, die in jetzt stummer Andacht in den Bänken knieten und die Hände gefaltet hatten. Rechts und links des Altars brannten zwei Kerzen, deren Widerschein auch über den Körper des Vorbeters huschte und seine Gestalt mit einem langen Schatten versah.

Die schmalen Fenster der Kapelle befanden sich an den Seitenwänden. Sie liefen oben rund zu. Die Füllung bestand aus farbigem Glas und zeigte Figuren aus dem Kirchenleben und der Kirchengeschichte.

Jeder Mönch hatte seinen bestimmten Platz in der Bank. Dort beteten sie stumm oder laut, da versanken sie in Andacht und flehten um den Frieden der Welt.

Sie konzentrierten sich nur auf ihre Aufgaben und taten dies mit einer selten erlebten Hingabe.

Nur ein Mönch war an diesem Morgen mit seinen Gedanken nicht recht bei der Sache.

Pater Ignatius!

Er war derjenige Bruder im Kloster, dem eine besondere Aufgabe zugedacht worden war. Als Schmied arbeitete er, und das war seinem Körper auch anzusehen. Von breiter Gestalt präsentierte er sich, sogar unter der Kutte war dies zu erkennen, und auch sein Gesicht zeigte keinen feinen Schnitt, sondern war rau und uneben wie das Land, in dem er aufgewachsen war.

Pater Ignatius stammte aus Schottland. Er war ein furchtloser Gottesmann, der sich den Gefahren stellte und keiner Auseinandersetzung aus dem Weg ging.

Er hatte bereits bewiesen, welch eine Kraft in seinen

Fäusten steckte, und er war ausersehen worden, dem Guten die Chance zum Überleben zu geben.

Er wirkte, wenn man vor ihm stand, wie ein Felsen in der Brandung. Nichts konnte diesen in seinem Glauben erstarkten Menschen erschüttern, und deshalb war ihm auch eine besondere Aufgabe zugeteilt worden.

Als Schmied des Klosters war er verantwortlich dafür, dass John Sinclair, der Geisterjäger, ständig mit geweihten Silberkugeln für seine Beretta versorgt wurde. Jede Kugel war handgearbeitet, und Pater Ignatius beschäftigte sich fast die Hälfte des Tages mit dieser Arbeit.

Er schickte dem Geisterjäger einmal im Monat ein Päckchen mit den geweihten Silberkugeln. John Sinclair sandte jeweils einmal im Monat den größten Teil der Kugeln zurück, die er verschossen hatte und die deformiert waren.

So ging nicht viel des wertvollen Metalls verloren. Pater Ignatius konnte die Kugeln wieder einschmelzen und aus dem Silber neue Geschosse herstellen.

Natürlich wussten auch die Dämonen und höllischen Gestalten, was in diesem Kloster geschah. Sie hatten es angegriffen, doch die Attacken waren zurückgeschlagen worden.

Die Mönche konnten wieder in aller Ruhe ihrer Arbeit nachgehen.

Der Vorbeter hob beide Arme. Es war das Zeichen für die Mönche, ihre Köpfe zu senken. Zahlreiche Finger tasteten nach den Rosenkränzen.

Auch Pater Ignatius hörte die gesungenen Worte des Vorbeters. Doch er reagierte anders als seine Brüder.

Zwar glitten auch bei ihm die Perlen durch die Finger, aber er war nicht so bei der Sache und konnte sich nur schlecht konzentrieren, denn außer ihm hatte es wohl niemand gespürt.

Es bahnte sich etwas an!

Er konnte nicht sagen, was es war. Es war nicht greifbar, aber das Kloster musste von einer Gefahr umgeben sein, und nur deshalb verspürte Pater Ignatius das schreckliche Gefühl der Angst.

Er hatte Angst, das gab er zu.

Bisher hatte er einfach nicht den Mut gefunden, mit jemandem darüber zu sprechen. Er wollte den Abt und seine Brüder nicht beunruhigen, aber die Angst war geblieben. Nicht nur das, sie hatte sich sogar verstärkt!

In der letzten Nacht war es besonders schlimm gewesen. Wie ein wildes Tier fiel der Albtraum über den Pater her und raubte ihm den tiefen Schlaf.

Er war in den letzten Jahren sensibler geworden. Er spürte es, wenn sich etwas zusammenbraute, wenn finstere Mächte das Kommando übernehmen wollten und das Kloster keinen richtigen Schutz mehr bot.

So hatte er es im Traum gesehen. Einen gewaltigen Schatten über dem Land, der alles bedrohte und der sich besonders auf das Kloster konzentrierte. Etwas war im Anmarsch, und es war nicht aufzuhalten.

Nach dem Erwachen hatte Pater Ignatius sofort an früher gedacht, als der spanische Klosterbruder Don Alvarez in die Mauern von St. Patrick eingedrungen war und die grausamen Horror-Reiter zu Hilfe geholt hatte. Es war schlimm gewesen. Der Abt hatte damals sein Leben verloren, und die Erinnerungen an diese Szenen lebten in Pater Ignatius noch weiter.

Die Gefahr, die sich nun näherte, war eine andere. Er konnte sie nicht genau formulieren, umfassen oder in Worte kleiden, für ihn glich sie noch einem Nebelstreif, der sich immer mehr zusammenballte und zu einer tödlichen Wolke wurde.

Gefahr für das Kloster!

Das Grauen schwebte heran, die Vernichtung …

Pater Ignatius stöhnte auf. Und zwar so laut, dass sein Nebenmann erschreckt herumfuhr und ihn mit sorgenvollem Gesicht anschaute.

»Was ist geschehen, Bruder?«, fragte der Mönch.

Pater Ignatius hob nur die Schultern. »Nichts, ich – ich habe nur schlecht geatmet.«

»Das ist mir auch schon passiert«, erwiderte der Nebenmann, senkte den Kopf und beschäftigte sich wieder mit seinem Rosenkranz.

Ignatius aber hob den Kopf. Er war ein großer Mensch und konnte auch in kniender Haltung über die meisten Mitbrüder hinwegschauen. Deutlich sah er den Vorbeter zwischen den aufgebauten Kerzen stehen. Die Gebetsformeln drangen aus einem Mund, der sich kaum bewegte. Pater Ignatius hörte sie, doch sie rauschten an ihm vorbei, denn sein Blick öffnete sich, und ebenso öffnete sich die hinter dem Vorbeter stehende Mauer.

Ein helles Licht war zu sehen, ein herrlicher Kranz, der eine große, ovale Öffnung umgab, die den Blick in eine Welt oder Dimension freigab, die man mit dem menschlichen Geist nicht begreifen konnte.

Pater Ignatius hatte das, was man normalerweise eine Vision nennt. Er sah ein Ereignis, das nur seinem Blick preisgegeben wurde.

Die anderen bemerkten nichts. Sie waren zu sehr in ihre Gebete versunken, und auch der Vorbeter wurde durch nichts abgelenkt.

Pater Ignatius erhob sich. Er konnte nicht mehr knien. Die Erregung hielt ihn gepackt. Wie im Traum erlebte er die nächsten Szenen, und er ballte seine Hände, dass aus ihnen harte Fäuste wurden.

Hinter dem Altar öffnete sich die Kirche. Es war wie eine Fata Morgana. Der Blick wurde von keiner Mauer mehr gestoppt, er glitt hindurch, hinein in das Strahlen, das mit seiner gewaltigen schimmernden Aura eine plötzlich erscheinende Gestalt umflorte.

Eine Frau.

Der Pater hielt den Atem an. Nicht, weil es eine Frau war, er stand da so ziemlich über den Dingen, nein, diese Person musste etwas ganz Besonderes sein.

Von ihr ging ein Charisma aus, das den Pater anzog und gleichzeitig abschreckte.

Anzog insofern, als die Frau von einer seltenen, irgendwie überirdisch wirkenden Schönheit war. Sie hatte langes, lockiges Haar. Man konnte es nicht als blond bezeichnen und auch nicht als silberfarben. Es hatte einen goldenen Glanz, einen sehr hellen Schimmer, und über dem Haar schien eine Aura zu liegen.

Unwahrscheinlich. Der Pater schüttelte den Kopf. Sein Mund öffnete sich, die Lippen bewegten sich bereits. Dennoch war er unfähig, ein Wort zu sagen. Zu sehr bannte ihn der Anblick dieser plötzlich erschienenen Frau.

Sie trug ein Gewand. Es war von weißer Farbe und mit einem goldenen Gürtel locker um die Hüfte geschlungen. Über der Brust zeigte das Kleidungsstück einen halbrunden Ausschnitt. Der Hals dieses Wesens war wohlgeformt, und das Gesicht glich in der Schönheit und Abgeklärtheit dem eines Engels.

An einen Engel hatte der Pater auch im ersten Augenblick gedacht. Eine frohe Botschaft, die wahr geworden war. Das Erscheinen eines Geschöpfes aus einem Reich, nach dem sich jeder von ihnen sehnte, doch ein Engel war es nicht.

Engel trugen keine Füllhörer oder Büchsen.

Beim zweiten Hinschauen erst war der Pater darauf aufmerksam geworden, und er sah nun genauer hin.

Sie hatte die Arme angewinkelt, sodass sie die Büchse mit beiden Händen umklammert hielt. Der Gegenstand schimmerte gelblich und sah aus wie ein Horn, das an seiner Spitze mit einem metallenen Aufsatz versehen war.

Die Büchse, die Frau, die Schönheit des Wesens …

Der Pater war ein gottesfürchtiger Mensch, aber er kannte sich auch auf Gebieten aus, die mit seiner christlichen Lehre nichts zu tun hatten.

Die Schönheit und das Grauen lagen oft dicht beieinander. Das wusste Pater Ignatius sehr gut. Er hatte lange studiert, tat es eigentlich immer noch, denn er war ein sehr belesener Mensch. Und er erinnerte sich, solch eine Gestalt schon auf alten Abbildungen gesehen zu haben. Gerade die Büchse war Beweis genug.

Denn diese Büchse, so hatte Zeus, der Göttervater aus der griechischen Mythologie befohlen, enthielt alles Unheil, das man sich nur vorstellen konnte.

Es war die Büchse der Pandora.

Und die Frau, die der Pater dort vorn schweben sah, konnte keine andere sein als Pandora.

Es gab sie also. Sie war keine Sagengestalt, und Pater Ignatius dachte sofort weiter. Wenn sie auftauchte, dann musste dies einen Grund haben.

Und der bereitete ihm Angst …

Der Arzt stand neben mir an der Liege, schaute auf mich nieder und nickte.

»Was ist, Doc?«

»Macht sich gut.«

»Was?«

»Ihre Wunde, Sinclair.«

Ich verdrehte die Augen. »Das hätte mir auch ein anderer sagen können. Aber ich habe gutes Heilfleisch, wie Sie sicherlich schon bemerkt haben werden.«

»Ja, das kann man wohl sagen.«

»Und? Brauche ich noch einen Verband?«

»Nein, ein Pflaster wird genügen. Sehen Sie beim nächsten Mal zu, dass Sie keiner Waffe im Weg stehen. Wer hatte es eigentlich auf Sie abgesehen?« Der Arzt schaute fragend auf mich herab.

»Eine gute Freundin, Doc.«

»Wollen Sie mich auf den Arm nehmen?«

»Nein, um Himmels willen. Es stimmt tatsächlich. Auf mich hatte es eine gute Freundin abgesehen.«

»Seit wann schießen die Frauen auf Sie, John?«

»Da müssen Sie die Frauen mal fragen«, gab ich zur Antwort. »Aber lassen wir das, Doc, es war keine Frau, die da auf mich geschossen hat. Ich habe mich beim Training verletzt.«

Der Arzt lächelte. »Das hatte ich schon längst gewusst. Ich wollte nur Ihre Version hören.«

»Manchmal überkommt es mich eben.«

Ich hatte mir tatsächlich einen Kratzer zugezogen. Wir waren in einem dreitägigen Fitnesskursus gewesen. Suko und mich hatte man hingeschickt, und da waren wir durch die Mangel gedreht worden. Direkt zu Jahresbeginn, nach einem kleinen Kurzurlaub, den wir zusammen mit den Conollys in der Schweiz verbracht hatten.

Im Trainingscamp war es hart zur Sache gegangen. Dort waren auch Einzelkämpfer trainiert und auf ihre Härte getestet worden.

Gegen einen dieser Burschen, der seine Aufgabe besonders ernst nahm, hatte ausgerechnet ich antreten müssen und die kleine Schramme erhalten, die sehr schnell verheilt war. Nur noch ein Pflaster bedeckte die Stelle. Der Arzt war zudem sehr zufrieden.

»Können Sie mich wieder in den Kampf schicken?«, erkundigte ich mich, als ich mich aufstemmte.

»Ja, sogar mit gutem Gewissen.«

Ich schwang meine Beine von der Liege. Auf dem Kratzer klebte jetzt ein Pflaster. Auch wenn ich mich bewegte, spürte ich kaum noch etwas. Nur ein leichtes Ziehen, das jedoch ließ sich gut ertragen.

Ich blieb sitzen. Zum Glück brauchte ich nicht weit zu laufen. Nur mit dem Lift in die Höhe zu fahren, denn ich befand mich quasi zu Hause, innerhalb des Yard Building, nur eben in unserer Krankenstation, wo man mich behandelt hatte.

Ich streifte das Unterhemd über, zog mein Hemd an und band mir die Strickkrawatte um. Als ich zu meinem Jackett griff, drehte sich der Doc um und fragte: »Wohin geht es denn jetzt, John?«

»Weiß ich noch nicht.«

»Sie haben nichts zu tun?«

»Das hoffe ich doch sehr. Man soll das neue Jahr immer ruhig angehen, mein Lieber. Und die drei Tage Trainingscamp haben mir zudem gereicht. Ich müsste eigentlich wieder Urlaub haben.«

»Da freuen sich die Dämonen.«

»Da haben Sie Recht.« Ich streifte mein Jackett über und bemerkte das Lächeln auf dem Gesicht des Arztes.

»Was haben Sie, Doc?«

»Hören Sie, Sinclair.« Der Arzt lächelte und versenkte seine Hände in beide Kitteltaschen. »Es ist so: Wir haben das Wort Dämonen vorhin gebraucht. Gibt es die wirklich?« Er schaute mich nach dieser Frage so prüfend an, als wollte er eine Augendiagnose vornehmen.

Ich hielt seinem Blick stand. »Ja«, erwiderte ich nach einer Weile. »Es gibt Dämonen oder dämonische Wesen. So etwas sauge ich mir nicht aus den Fingern.«

»Das kann ich nicht verstehen. Woher kommen Dämonen? Wie entstehen sie, Sinclair?«

»Das weiß ich auch nicht.«

»Sie sind wenigstens ehrlich«, meinte der Arzt.

»Wieso?«

»Ach, das ist eigentlich eine Sache, die in meinen Bereich fällt. Es fiel mir nur ein, als ich Sie behandelte. Ich habe einen Kollegen, der mit einem etwas außergewöhnlichen Problem konfrontiert worden ist, für das er keine Lösung findet. Oder besser gesagt, keine Erklärung.«

»Und?«

»Haben Sie denn noch Zeit?«

»Für Sie immer, Doc. Im Büro ist es langweilig.«

»Gibt es da nicht eine besonders nette Dame namens Glenda Perkins?«, wollte der Doc wissen.

»Hat sich das schon herumgesprochen?«, fragte ich.

»Inzwischen ja.«

»Die existiert tatsächlich«, gab ich zu. »Glenda ist in Ordnung. Sie kocht übrigens einen hervorragenden Kaffee. Wenn Sie mal Durst auf einen guten Schluck haben, dann kommen Sie vorbei.«

Der Arzt streckte seinen Arm aus. »Kaffee, das ist das Stichwort. Wollen wir nicht in mein Büro gehen? Da habe ich noch eine Tasse Kaffee. Er müsste heiß sein.«

»Das ist ein Wort.«

Das Büro des Arztes lag gleich nebenan. Der Raum war klein. Zudem befanden sich zahlreiche Akten darin und ich musste von einem Besucherstuhl einige Schnellhefter wegräumen, bevor ich mich setzen konnte. »Wo drückt also der Schuh, Doc?«, erkundigte ich mich und kam mir selbst wie ein Arzt vor.

»Es geht da um einen Kollegen, einen Studienfreund von mir. Er lebt und praktiziert in Schottland.«

»Von dort stammen meine Eltern.«

»Umso besser. Dann wird Ihnen die Mentalität dieser Menschen ja nicht fremd sein.«

»Das ist sie nicht.«

»Mein Kollege, er heißt McGovern, praktiziert in einem kleinen Ort namens Billings. Zu seinem Gebiet gehören noch vier weitere Dörfer, denn es gibt kaum Ärzte, die sich in dieser Einöde niederlassen. Das aber ist zweitrangig.« Der Doc nahm einen Rezeptblock auf und spielte damit. »Seit einigen Tagen kommt er mit seiner Schulmedizin nicht weiter. Es sind da Dinge geschehen, die über den naturwissenschaftlich geschulten Verstand hinausgehen. Zahlreiche Menschen, ob Männer, Frauen oder Kinder, sind von einer seltsamen Krankheit befallen. Man kann sie mit dem Wort Lethargie umschreiben. Sie bewegen sich nur langsam, und wenn sie überhaupt etwas unternehmen, dann geschieht dies sehr lustlos. Gestorben ist noch keiner, aber sie verändern sich.«

»Wie?«

»Auch körperlich«, erwiderte der Arzt. »Das ist äußerst seltsam. Sie verfallen. Ihre Haut ist mit Geschwüren übersät, sodass sie schon fast als Pestkranke bezeichnet werden können. Mein Kollege hat einen Ausdruck geprägt, der nicht uninteressant in diesem Zusammenhang ist. Als wären die Krankheitserreger vom Himmel gefallen und breit über das Land gestreut worden. So ähnlich kann man die Lage kommentieren.«

Da der Doc eine Pause einlegte, fühlte ich mich genötigt zu reden. »Gibt es eine andere Erklärung?«

»Nein, keine.«

»Hat ihr Kollege es weitergemeldet?«

»Auch nicht. Oder noch nicht. Es bestand eigentlich keine akute Gefahr, bis ich heute Morgen einen Brief von ihm erhielt, der mich auf gewisse Art und Weise alarmierte.« Der Arzt legte den Rezeptblock weg und schaute mir offen ins Gesicht. »Meinen Kollegen Frederick McGovern hat es ebenfalls erwischt.«

Ich war nicht einmal überrascht. Auch ein Arzt bleibt von Grippebakterien oder ähnlichen Dingen nicht verschont. Das wurde mir hier wieder einmal bestätigt. »Er hat nichts dagegen unternehmen können?«

»Nein, nichts. Ich habe gemerkt, dass es ihm sogar

schwer gefallen ist, den Brief zu schreiben. Das war der Handschrift deutlich zu entnehmen. Irgendetwas geht da vor. Und wahrscheinlich nicht mit rechten Dingen, wenn man für so eine Krankheit keine Erklärung findet.«

»Das stimmt«, murmelte ich und war mit meinen Gedanken schon ganz woanders.

Schottland! Einsame Dörfer, Hügel, Seen. Ich kannte das Land, hatte genügend Fälle dort erlebt, und es müsste eigentlich möglich sein, da mal nachzuschauen.

»Interessiert Sie der Fall?«, wollte der Arzt wissen.

Ich hob den Kopf. »Ja, sehr.«

»Wollen Sie hin? Natürlich nur, wenn für Sie nichts Wichtiges anliegt.«

»Nein, Doc. Sie haben mich neugierig gemacht. Vielleicht ist dort wirklich der Teufel los. Und um diesen Burschen kümmere ich mich ganz besonders gern.«

Der Mediziner lächelte. »Da bin ich beruhigt, John. Sogar sehr beruhigt.« Er räusperte sich. »Kann ich meinem Kollegen schreiben, dass Sie kommen?«

Ich schüttelte den Kopf. »Lassen Sie das mal, Doc. Er soll nicht wissen, wer sich dort umschaut.«

»Wenn Sie meinen. In diesem Fall sind Sie der Boss, John.«

Ich stand auf. Auch der Doc erhob sich. Wir reichten uns die Hand und versprachen einander, in Verbindung zu bleiben. Ich musste nur noch mit Sir James reden.

Der Superintendent würde kaum etwas dagegen haben. Er hatte inzwischen begriffen, dass er sich auf meinen Riecher verlassen konnte. Mit dem Lift fuhr ich hoch in mein Büro.

Dort wartete Suko. Er hatte mit mir zusammen den Kurzlehrgang besucht und schaute mich grinsend an. »Na, bist du verpflastert worden?«

»Ein wenig.«

»Aber der Kopf ist noch dran.«

»Den brauche ich auch noch.« Ich ließ mich auf den Stuhl fallen.

»Zum Denken oder um das Gleichgewicht zu behalten?«, wollte mein Freund wissen.

Ich ging auf seine Flachserei nicht ein, denn mich beschäftigten die Worte des Mediziners. Suko merkte natürlich, was los war, und fragte: »He, John, was hast du?«

»Der Arzt hat mir da eine seltsame Geschichte erzählt.«

»Ein Fall für uns?«

»Möglich.«

»Dann raus mit der Sprache.«

Ich berichtete meinem Partner von den seltsamen Vorgängen oben in Schottland.

Suko schüttelte den Kopf. »Eine Krankheit, von der niemand weiß, woher sie stammt. Das ist doch mehr als merkwürdig.«

»Genau. Und ich habe das ungute Gefühl, dass dahinter etwas Großes steckt, allerdings uns Unbekanntes.«

»Einen Verdacht hast du nicht?«

»Nein, wie sollte ich? Aber wir müssten uns die Sache doch einmal ansehen. Im Augenblick liegt ja nichts an.«

»Von wegen.« Die helle Frauenstimme meldete sich aus dem Vorzimmer. Bei meinem Eintritt war es leer gewesen. Jetzt erschien Glenda, und sie schwenkte ein Telegramm.

»Für uns?«, fragte Suko.

»Ja, aus Schottland.«

Ich dachte nicht an den Fall, den mir der Arzt erzählt hatte, sondern sofort an meine Eltern. Vielleicht wurde ich deshalb so blass. Es war ihnen doch nichts passiert?

»Wer ist der Absender?«, fragte ich mit belegter Stimme.

Glenda trat näher. Ich nahm ihr neues Parfüm wahr, das sie zu Weihnachten geschenkt bekommen hatte. Ein Duft, der Männer anmachte.

»Pater Ignatius«, erwiderte unsere Sekretärin. »Es scheint sich dort im Kloster einiges anzubahnen, John.«

»Hast du es gelesen?«

»Nein, das überlasse ich dir.«

Während ihrer Worte schlitzte ich bereits den Umschlag auf. Das Telegramm war ziemlich lang. Ich begann zu lesen. Suko las über meine Schulter hinweg mit, und unsere Augen wurden groß …

Von einem Augenblick zum anderen war die Vision verschwunden. Nichts mehr da – vorbei.

Der Pater schüttelte den Kopf. Er wischte sich über die Augen, aber das Bild blieb.

Die kleine Kirche sah aus wie immer. Da betete der Mönch vor, die gebeugten Rücken der Brüder waren zu erkennen, aber von der geheimnisvollen Frau mit dem Füllhorn konnte Ignatius nichts mehr sehen.

Abermals stöhnte er, und der neben ihm kniende Mönch wurde aus seiner Andacht gerissen. Bevor er eine Frage stellen konnte, schüttelte der Pater bereits den Kopf. »Es ist wirklich nichts, Bruder. Du brauchst dir keine Gedanken zu machen.«

»Ich meinte nur …«

»Nein, nein, keine Angst.« Auch Ignatius kniete sich wieder hin, doch seine Gedanken gingen auf Wanderschaft. Er konnte sich diese Vision einfach nicht erklären, und doch musste sie eine Bedeutung haben. Ob sie mit ihm und seiner Arbeit zusammenhing? Nach der Andacht wollte er einem jungen Bruder das Päckchen mit den neuen Kugeln geben. Der Bruder fuhr hinunter in den Ort Peelham, wo es eine Poststation gab. Von dort wurde das Päckchen nach London geschickt. Aber wo war die Verbindung? Sosehr der Pater auch grübelte, er fand sie einfach nicht und versuchte, sich auf die Gebete zu konzentrieren.

Er atmete auf, als die Andacht endlich vorbei war. Die Mönche erhoben sich. Schweigend verließen sie die dunklen Holzbänke. Niemand sprach. Nur ihre Schritte waren zu hören, als sie sich auf die Ausgangstür zu bewegten.

Sie gingen in Zweierreihen. Niemand drängelte, keiner ging vor. Das Ritual war einstudiert und wiederholte sich jeden Tag.

Draußen war es kalt. Zwar nicht zu kalt, denn man schrieb Januar, aber die Luft roch nach Schnee. Es hatte eigentlich zu wenig geschneit, und man sprach schon von verrückten Wetter-Kapriolen. Zwar zeigten einige Berge und Hänge weiße Schichten, doch das Braun der Landschaft überwog.

Für den Monat Januar war es zu warm. Und die Luft kam vom Atlantik her. Sie überquerte fast ganz Europa, sodass auch die Skigebiete in den Alpen von dem Warmluftstrom übergossen wurden und die Menschen zusehen konnten, wie der Schnee wegschmolz.

Die Sonne hielt sich noch versteckt, als die Mönche ihre Gebetsstätte verließen. Nur im Osten war bereits ein hellerer Streifen zu sehen, der die Morgendämmerung ankündigte.

Die einfachen Brüder, die in der Küche arbeiteten, hielten schon das Frühstück bereit. Sosehr sich Pater Ignatius immer darauf gefreut hatte – er war ein Mann mit großem Appetit –, an diesem Morgen würde ihm nichts schmecken.

Die Mönche schwiegen. Manche waren noch sehr in Gedanken versunken, als sie auf das Haupthaus des Klosters zuschritten, wo sich der Raum befand, in dem sie das Frühstück einnahmen.

Sie passierten den Baum, der im Hof stand. Wenn Pater Ignatius an ihm vorbeiging, musste er daran denken, dass John Sinclair, der Geisterjäger, an seinen Stamm gefesselt worden war und den gefährlichen AEBA-Dämonen ins Auge sehen musste.

Ihn schauderte es jedes Mal.

Er suchte den Himmel ab. Von der geheimnisvollen Frau sah er nichts mehr. Die Person, die er mit Pandora in Zusammenhang brachte, war nicht zu entdecken.

Auch im Frühstücksraum hatte jeder seinen Platz. Schweigend setzten sich die Mönche an den bereits gedeckten Tisch. Nur das Scharren der Stühle war zu hören.

Die frommen Männer konnten zwischen Milch und Tee wählen. An den hell gestrichenen Wänden brannten kleine Lampen. Ansonsten zeigten die Wände als einzigen Schmuck die braunen, schlichten Holzkreuze.

Man sprach noch ein kurzes Gebet, dann wurde das Frühstück eingenommen. Niemand unterhielt sich. Ein jeder dachte an seine Arbeit, die er im Laufe des Tages noch zu erledigen hatte.

Auch Pater Ignatius dachte daran. Er hatte sich ein wenig verspätet. Sicherlich wartete John Sinclair schon sehnsüchtig auf den neuen Nachschub an Kugeln. Die gebrauchten waren nämlich schon im Kloster eingetroffen.

Die Mönche nahmen sich beim Frühstück Zeit. Erst wenn der Abt die Tafel aufhob, dann konnten auch die anderen gehen.

Pater Ignatius dauerte es heute zu lange. Er aß wenig, und er überlegte, ob er mit dem Klostervorsteher über seine Vision reden sollte.

Zu einer Entscheidung kam er nicht.

Schließlich wurde die Tafel aufgehoben. Erst jetzt sprachen die Mönche miteinander. Jeder hatte seine Aufgabe zu erfüllen. Sie redeten über Termine, über die Arbeit des Tages, und Pater Ignatius wandte sich sofort dem Ausgang zu, wo der Bote bereits wartete, der das Päckchen ins Dorf bringen sollte.

Ein noch junger Bursche, der sich erst vor wenigen Monaten entschlossen hatte, im Kloster zu bleiben. Im Kloster war er der Bruder Clemens und beschäftigte sich außerhalb der Botengänge mit handwerklichen Arbeiten. So konnte er hervorragende Figuren aus Steinen herstellen und auch schnitzen.

»Hast du alles bereit?«

Pater Ignatius nickte. »Ja, das Päckchen ist fertig. Mir gefällt nur das Wetter nicht.«

»Wieso?«

»Es kann Schnee geben.«

Bruder Clemens winkte ab. »Bis dahin bin ich wieder zurück. Ich habe in Peelham nicht sehr viel zu erledigen, nur zur Post muss ich gehen.«

»Ist deine Maschine in Ordnung?«

»Ich habe sie gestern noch überprüft.«

Mit der Maschine war das Motorrad gemeint, das man gekauft hatte, um ein wenig beweglicher zu sein. Auch saß Bruder Clemens nicht in seiner Kutte auf der Maschine. Er trug Lederkleidung und einen Helm, denn die Straße ins Tal hinab war sehr kurvig und gefährlich.

»Warte noch einen Moment«, bat Ignatius den jüngeren Mann. »Ich hole nur das Päckchen.«

»Gern.«

Pater Ignatius verschwand in seiner Schmiede. Es war ein kleiner Bau mit dicken Mauern, sein Reich. Hier arbeitete er, hier fühlte er sich wohl, und zu tun gab es immer. Jetzt war das Feuer erloschen. Er würde es wieder anfachen, sobald sich der junge Bruder auf den Weg gemacht hatte. Das Päckchen lag neben der Feuerstelle, war adressiert und frankiert. Ein helles Band war um das braun schimmernde Packpapier gewickelt.

Pater Ignatius war zufrieden. Alles lief normal, und doch hatte er ein ungutes Gefühl.

Es musste einfach mit seiner Vision zusammenhängen, die er während des Morgengebetes gehabt hatte. Als er die Schmiede verließ, schaute er hoch zum Himmel.

Es war heller geworden. Die weißen Bergspitzen lagen in den grauen Wolkenbänken. Klar würde es an diesem Tag sicherlich nicht werden. Alles wies darauf hin, dass es bald schneite.

Bruder Clemens hatte seine Maschine geholt. Ein japanisches Modell der Marke Honda. Gebraucht hatten sie das Zweirad erworben und sich nicht daran verkauft.

Ein böiger Wind pfiff über die Klostermauern und ließ den Stoff der Kutte knattern. Der Pater überreichte das Päckchen mit den Silberkugeln seinem jüngeren Bruder, der es in einer der beiden Gepäcktaschen verstaute.

Vor jeder Fahrt gebrauchte der ältere Mönch fast immer dieselben Worte. »Gib Acht, Bruder. Die Fracht, die du zu transportieren hast, ist sehr wertvoll. Es hängen oft genug Menschenleben davon ab.«

Bruder Clemens zeigte sich von der Eindringlichkeit der Stimme überrascht. So hatte der Pater eigentlich nie gesprochen. Er machte auf den jüngeren Mann den Eindruck, als würde ihn etwas sehr stark bedrücken.

»Ist etwas mit dir, Bruder? Kann ich dir helfen?«, erkundigte sich der Jüngere.

»Nein, es ist alles in Ordnung. Viel Glück und Gottes Segen, Bruder.«

»Danke.« Clemens nickte. Er überprüfte noch einmal den festen Sitz seines Helms und ließ die Maschine an.

Sie knatterte ein paar Mal, bis der Motor rund lief. Grauweiße Wolken stießen aus dem Auspuff und verteilten sich. Das Tor war schon geöffnet worden.

Clemens schwang sich auf den Sattel der Maschine und fuhr an. Er startete langsam, rollte durch das Tor und sah im Rückspiegel, wie Pater Ignatius ihm nachschaute. Dabei hielt er die Hände gefaltet. Er stand auf der Stelle und war in einem stummen Gebet versunken, wobei er einem Menschen glich, der sich schwere Sorgen um die Zukunft machte …

Dreiundzwanzig Jahre zählte Bruder Clemens. In ihm brannte noch das Feuer der Jugend. So langsam er das Kloster verlassen hatte, als er sich auf der Serpentinenstraße befand, da drehte er richtig auf. Er freute sich jedes Mal auf die Fahrt in das Dorf, denn er liebte die Geschwindigkeit der Maschine, und er liebte es, wenn er während der Fahrt diese einsame Landschaft durchstreifen konnte.

Im Winter musste er natürlich vorsichtiger sein. An manch schattigen Stellen lauerte tückisches Glatteis, doch im Sommer, da machte es Spaß, durch einsames Hochland zu fahren, die Seen zu riechen, den Duft der Wälder aufzunehmen und die weiten grünen Hügel zu beobachten, auf denen die Schafe weideten.

Ihn nahm ein trüber Morgen auf, und das Licht des Scheinwerfers warf einen langen gelben Streifen auf die Fahrbahn. Nahe dem Kloster war die Strecke ziemlich unwegsam, nicht asphaltiert, was sich später jedoch änderte.

Pater Clemens musste Acht geben. Er durfte auch nur langsam fahren, denn es ging sehr steil hinab, und die Kurven waren oft ziemlich eng.

Auf der asphaltierten Straße wurde es besser. Da öffnete sich auch ein Hochtal, sodass er eine kurze Strecke geradeaus fahren konnte. Leider musste er auf die

Geschwindigkeit achten, denn der Belag der Straße glänzte feucht und nass.

Die Stille um ihn herum wurde nur vom Dröhnen der Maschine unterbrochen. Einsames Wild schreckte er auf. An einem Hang sprangen erschrocken mehrere Rehe hoch, um fluchtartig zwischen den dicht stehenden Bäumen zu verschwinden.

An einigen Stellen lag der Schnee. Er wirkte schmutzig und schimmerte grau auf den grünbraunen Flächen der Weiden, wo im Sommer die Schafe ihre Nahrung fanden.

Nach der Geraden ging es wieder bergan. Es begann mit einer scharfen Rechtskurve. Sie lag im Schatten. In der Nähe floss zudem ein Bach vorbei, der viel Feuchtigkeit verbreitete, die sehr leicht bei diesen Temperaturen gefrieren konnte.

Der junge Mönch fuhr vorsichtiger. Zum Glück, denn links, am Rand der Fahrbahn, da glitzerte es sehr verdächtig, als hätte jemand kleine, helle Splitter verstreut.

Eis ...

Nach dieser Kurve wuchsen die Felswände wieder enger zusammen, sodass Clemens das Gefühl hatte, durch einen Tunnel ohne Decke zu fahren. Über seinem Kopf wurde der Himmel noch heller, aber kein Sonnenstrahl überzog das Firmament.

Es würde ein düsterer Tag bleiben, der eigentlich mehr in den November passte als in den Januar.

Die Strecke wurde wieder kurvenreich. Allerdings konnte man sie gut durchfahren, und wenn man wie Bruder Clemens seine Maschine beherrschte, dann machte es sogar Spaß.

Ihn freute die Fahrerei. Am liebsten hätte er gesungen. Er fühlte sich so herrlich frei, verglich sich mit einem Vogel in der Luft und vergaß trotzdem nicht, auf die Straße zu achten.

Nach der vierten Kurve schaltete er zurück, denn jetzt wand sich die Straße links um eine Felsspitze. Rechts ging es in die Tiefe. Eine Leitplanke existierte nicht. Nur ein paar graue Begrenzungssteine, die den Rand der Fahrbahn markierten.

Da musste man einfach langsamer fahren!

Das tat auch der junge Mönch. Und es war sein Glück, denn er entdeckte das Hindernis auf der Straße rechtzeitig genug.

Es war kein großer Stein, wie es normal gewesen wäre. Nichts hatte sich aus den oberen Regionen gelöst. Auf der Straße lag ein Mensch.

Eine Frau!

Clemens bremste.

Die Maschine wollte am Heck ausbrechen. Der junge Mönch musste seine ganze Geschicklichkeit und sein fahrerisches Können aufbieten, um rechtzeitig anzuhalten.

Er schaffte es.

Etwa einen halben Schritt vor der auf der Straße liegenden Frau kam die Maschine zur Ruhe.

Clemens hatte seinen ersten Schreck überwunden. Was er anschließend unternahm, das tat er automatisch, glitt von seiner Honda und bockte sie auf.

Neben der Frau ging er in die Knie.

Blut sah er nicht. Er konnte sich nicht erklären, wie sie auf die Straße gekommen war. Vielleicht hatte sie einen Trip ins Gebirge gewagt und war abgestürzt.

So musste es seiner Ansicht nach sein.

Er betrachtete sie eine Weile. Sie lag auf dem Bauch, dabei allerdings auch ein wenig auf der Seite, und das lange schwarze Haar bedeckte wie ein Vlies den Hinterkopf.

Die Frau trug einen Mantel aus dunklem Leder. Das Kleidungsstück war innen gefüttert. Für die nötige Wärme sorgte ein Naturpelz.

Da der junge Mönch keinerlei Verletzungen feststellen konnte, fasste er die Liegende vorsichtig an den Schultern, um sie auf den Rücken zu drehen. Er wollte nichts verkehrt machen. Unter Umständen hatte sie innere Blutungen, und da konnte es lebensgefährlich sein, wenn er sie jetzt falsch bewegte.

Sehr behutsam ging er zu Werke. Während sich die Frau in Bewegung befand, löste sich auch das Haar, sodass Clemens in ihr Gesicht schauen konnte.

Es sah seltsam bleich aus, fast schon weiß, aber das konnte auch an dem trüben Wetter liegen.

Auf dem Rücken ließ der junge Mönch die Frau liegen. Der Mantel stand offen. Clemens sah, dass sie darunter Lederkleidung trug, die ziemlich eng saß und ihre Figur hervorhob.

Clemens schluckte. Sein Blick brannte sich auf ihrem Gesicht fest, und er schlug mit beiden Händen gegen ihre Wangen. Vielleicht wurde sie wach, sodass er sie ein wenig von der Straßenmitte wegziehen konnte, denn hin und wieder rollte auch ein Fahrzeug durch die Berge, und jeder Fahrer passte nicht so gut auf wie er.

Er hatte die Wangen der Frau zweimal berührt, als die Lippen anfingen zu zucken. Das erste Lebenszeichen.

»Bitte, Miss, kommen Sie zu sich.« Clemens war aufgeregt. Als hätte die Frau seine Worte gehört, so öffnete sie die Augen.

Der junge Pater konnte in die Pupillen schauen, die ihm wie runde, dunkle Kohlenstücke vorkamen.

Seltsame Augen. So schwarz, so kalt. Irgendwie gefühllos und trotzdem nicht ohne Leben. Wenn sie sich nicht bewegt hätte, dann hätte der junge Mönch glauben können, eine Tote vor sich liegen zu haben. Aber so war er völlig verwirrt.

»Miss…«, sprach er wieder. Etwas anderes fiel ihm einfach nicht ein. Er fühlte sich so hilflos. Diese Situation bekam er nicht in den Griff. Seine Lippen zuckten. Er holte tief Luft und wollte etwas fragen, als die Frau ihren Mund öffnete.

Die Worte blieben ihm im Hals stecken, denn was er da zu sehen bekam, traf ihn schockartig.

Die Frau zeigte zwei Zähne.

Spitze Zähne, wie man sie nur bei Blutsaugern fand …

Ihre Falle war zugeschnappt!

Und Pamela Barbara Scott, auch unter dem Namen Lady X bekannt, lächelte teuflisch, als sie das entsetzte Gesicht des Mannes sah, der sich über sie gebeugt hatte.

So hatte sie es haben wollen. So und nicht anders. Ihr Plan war aufgegangen, denn sie brauchte das, was der Mensch bei sich hatte, so dringend wie ein Ertrinkender den Sauerstoff.

Sekundenlang geschah überhaupt nichts. Das Entsetzen nagelte den jungen Mönch förmlich fest. Er hielt auch noch die Schultern der Frau, starrte in das Gesicht mit dem leicht geöffneten Mund, sah die langen Zähne aus dem Oberkiefer ragen und schüttelte allmählich den Kopf, wobei er immer bleicher wurde und seine Gesichtshaut allmählich so blass wurde wie die der vor ihm liegenden Frau.

Nur zögernd löste er seine Hände von den Schultern. Die Finger rutschten ab. Da bewegte sich die Frau vor ihm.

Er sah nicht, dass sie ihre Arme anwinkelte, und als er es bemerkte, war es zu spät. Er fühlte zwei Klammern, die sich in Höhe der Ellbogen um seine eigenen Arme gespannt hatten und nicht mehr loslassen wollten.

»Ich kriege dich, Freundchen!«, flüsterte die angeblich Verletzte.

Der junge Pater ruckte so hastig mit seinem Kopf zurück, dass die Visierklappe seines Helms, die er zuvor in die Höhe geschoben hatte, zuknallte. Er wollte hochschnellen, doch Lady X bewies, dass sie kämpfen konnte.

Sie drückte ihre Arme nach links. Einen Augenblick später lag der junge Mann am Boden und musste mit ansehen, wie sich die Vampirin auf ihn stürzte.

»Dein Blut und die Silberkugeln!«, keifte sie, als sie dem Mann entgegenfiel und ihre Hände gegen seinen gelbroten Helm schlugen. Da krachte es in den Ohren des Mönchs. Er wollte sich hochstemmen und als das nicht klappte, wegrutschen, doch die ehemalige Terroristin ließ ihm keine Chance.

Sie benötigte nur eine Hand, um das Lederband des Helms aufzufetzen, das das Kinn des Mannes umspannte. Der junge Mönch warf dabei seinen Kopf von einer Seite auf die andere. Der Helm lockerte sich so weit, dass er vom Schädel rutschte und über die Fahrbahn rollte.

Die Vampirin machte weiter. Sie kannte kein Pardon, hob den Kopf des Gegners kurz an und schlug ihn auf die Straße.

Der Mönch stöhnte.

Sterne funkelten vor seinen Augen. Der Schlag war verflucht hart gewesen, und er wusste, dass er einen weiteren ohne Bewusstlosigkeit nicht überstehen würde.

Dieses Wissen mobilisierte noch einmal all seine Kräfte, die er nun einsetzte.

Mehr instinktiv als bewusst zog er seine Beine an und stemmte gleichzeitig seine gespreizte rechte Hand in die Höhe, wobei er Glück hatte und das Gesicht der Untoten traf.

Lady X verspürte zwar keine Schmerzen bei einem normalen Angriff, sie zeigte dennoch Reaktionen, wie sie auch ein Mensch in ihrer Situation gehabt hätte, denn sie zuckte zurück.

Das gab dem jungen Mönch die Gelegenheit, abermals nachzustoßen. Diesmal wieder mit dem Knie, und die ehemalige Terroristin wurde von seinem Körper geschleudert.

Damit hatte Lady X nicht gerechnet. Mönche verabscheuten die Gewalt. Sie ahnte jedoch nicht, dass sich dieser junge Mann seiner Haut wehren konnte. Während seines Studiums war er ein Barrenturner gewesen. Er hatte Kraft und Kondition.

Der Schmerz in seinem Hinterkopf war ein wenig abgeflaut. Er wollte nicht mehr daran denken und wuchtete seinen Körper hoch, wobei er sich ein wenig zu viel Schwung gab und fast wieder zu Boden gefallen wäre.

Taumelnd blieb er stehen, wandte sich um und schaute genau auf die Scott.

Sie war ebenfalls aufgestanden. Jetzt hatte sich ihr Gesicht verzerrt. Der offen stehende Mund und die beiden aus dem Oberkiefer ragenden Zähne verwandelten es in eine widerliche Fratze.

Für Clemens gab es keinen Zweifel. Vor ihm befand sich kein Mensch, sondern ein Vampir.

Natürlich wusste er über die Blutsauger Bescheid. Er

hatte sich sehr ausführlich mit der Kirchengeschichte beschäftigt, wusste einiges über das Mittelalter, wo der Vampirglaube entstanden war. Damals hatten auch Mönche gegen diese Blutsauger gekämpft, und er fühlte sich in diesen Augenblicken um ein paar hundert Jahre zurückversetzt.

Er erinnerte sich gleichzeitig an das, was seine älteren Brüder im Kloster erzählt hatten. Dass es mal von Dämonen angegriffen worden war, und sogar teuflische Rocker hatten es entweihen wollen.

Dies alles ging ihm durch den Kopf, sodass er die Frau vor sich als Realität nahm und nicht als Spukbild.

Vampire konnte man mit normalen Waffen nicht töten. Auch das wusste der junge Mönch. Um gegen diese blutgierigen Monster Sieger bleiben zu können, musste er sich schon etwas einfallen lassen. Einen Eichenpfahl trug er nicht bei sich, eine Pistole mit geweihten Silberkugeln ebenfalls nicht, dafür jedoch eine andere Waffe, vor der sich die Mächte der Finsternis, und dazu zählte er die Vampire, fürchteten.

Das Kreuz!

Jeder aus dem Kloster trug es bei sich. Einige seiner Brüder besaßen wertvolle Silberkreuze, die Verwandte oder Bekannte ihnen geschenkt hatten, andere besaßen nur einfache geweihte Holzkreuze, wie auch der junge Bruder Clemens.

Seine Mönchskutte hatte er ausgezogen, das Kreuz jedoch legte er nie ab.

Er musste es nur hervorholen, was leider Zeit kostete, denn er hatte seine lederne Jacke bis zum Hals hin geschlossen.

Clemens wich zurück.

Er musste dies tun, denn die Vampirin hatte sich wieder gefangen und wollte das Blut des Gegners.

Wer war schneller?

Ein Sprung zurück.

Es war das Pech des jungen Mönchs, dass er sich dazu entschlossen hatte, denn er dachte nicht mehr an seine auf der Straße abgestellte Maschine.

Mit dem Rücken prallte er gegen sie, spürte zuerst den Widerstand, der plötzlich nachgab, und während die Honda umkippte, fiel auch Bruder Clemens.

Er prallte auf den Rücken, wobei er die Honda praktisch unter sich begrub.

Das Krachen, mit dem das Metall über den Asphalt schrammte, machte ihm klar, wie sehr sich seine Lage verschlechtert hatte, denn nun konnte sich die Bestie auf ihn stürzen.

Und sie kam.

Er sah sie seitlich. Den Mantel hatte sie weggeschleudert. Wie eine tote, übergroße Fledermaus lag er auf der Straße, und dann wuchtete sich Lady X vor.

Dass es eine Finte war, bemerkte der junge Mönch zu spät. Die Blutsaugerin stoppte ihren Sprung, drehte kurz vor Erreichen ihres Gegners ab und trat mit dem rechten Fuß zu.

Es war ein Hammertritt.

Er erwischte den ungedeckten Körper, und der junge Mönch begann zu schreien. Plötzlich sah er seine Gegnerin nicht mehr, weil vor seinen Augen blutrote Nebel erschienen und sich einige Stellen seines Körpers anfühlten, als wären sie in kochendes Öl getaucht worden.

Clemens erlebte die Hölle.

Er hatte den Reißverschluss der Lederjacke zwar geöffnet, doch er kam nicht an sein Kreuz heran. Die Zeit war einfach zu kurz. Er schrie weiter, weinte und die Tränen verschleierten seinen Blick.

Dennoch wollte er nicht aufgeben, rollte sich um die eigene Achse und seine rechte Hand suchte nach dem schlichten Holzkreuz. An einem Band hing es um seinen Hals. Es hatte sich in die Haut gegraben, saß ziemlich eng und er musste sich höllisch anstrengen, um an diese kleine, aber dennoch sehr wertvolle Waffe heranzukommen.

Pater Clemens wusste nicht, wie viel Zeit vergangen war. Ihm erschien es wie eine Ewigkeit, während er sich über die Straße wälzte, den Schmerz verbiss und versuchte, das eng anliegende Band zu zerreißen.

Es gelang.

Einen Schrei stieß er aus. Befreiend drang er über seine Lippen. Er breitete die Beine aus, blieb auf dem Rücken liegen, wollte etwas sehen und hob die Hand, die er zur Faust geballt hatte und aus der das Kreuz hervorschaute.

Clemens wollte noch eine Gebetsformel hinzusetzen, doch er fühlte sich zu schwach. Nicht ein Wort drang über seine Lippen, und so hoffte er auf die abschreckende Wirkung des Kreuzes.

Er hoffte nicht vergebens.

Lady X sah ein, dass sie einen Fehler begangen hatte. Sie wollte es genießen, den jungen Mann fertig zu machen, und war aus diesem Grunde zu langsam gewesen.

Als sie ihn endlich erreicht hatte, da hielt er ihr das Kreuz entgegen, obwohl ihn der Schmerz fast wahnsinnig machen musste.

Die Scott zuckte zurück.

Wie alle Vampire hasste sie Kreuze, und aus ihrem Mund drang ein wütendes Knurren.

Für einen Menschen, den Christen, bedeutete das Kreuz den Anfang, die Hoffnung. Für sie als Vampir genau das Gegenteil: die Vernichtung und das Ende.

Das alles war der Scott bekannt.

Dennoch lächelte sie, obwohl sich ihr Gesicht verzogen hatte. Und sie zischte dem Mann die nächsten Worte entgegen, als wäre sie eine sprechende Schlange.

»Warte nur, ich kriege dich. Wenn nicht so, dann eben anders!« Ein böses Lachen folgte den Worten, das auch dann noch vorhanden war, als sie bereits abdrehte und sich der Felswand näherte, die links von ihr in die Höhe wuchs.

Sie führte senkrecht bis in die Scheitelhöhe eines Menschen hoch. Danach wurde sie mehr zu einem Hang, der mit Büschen bedeckt war, die bis an das senkrechte Teilstück heranwuchsen.

Zwischen den Zweigen schimmerte etwas schwarz in einem eigenartigen metallischen Glanz.

Der ›Bräutigam‹ der Lady X.

Ihre Maschinenpistole!

Sie gehörte zu ihr wie das Ei zum Huhn. Man konnte sich Lady X ohne Maschinenpistole überhaupt nicht vorstellen. Zudem hatte sie etwas fertig gebracht, was für Wesen wie sie wohl einmalig in der Geschichte war. Lady X besaß für die Maschinenpistole nicht nur normale Bleimantelgeschosse, sondern auch geweihte Silberkugeln.

Leider war dieser Vorrat zu Ende gegangen. Deshalb war sie in die Gegend gekommen, um sich mit neuer Munition einzudecken, damit sie gegen schwarzblütige Feinde mit einer weißmagischen Waffe antreten konnte. Etwas Unwahrscheinliches, aber die Scott liebte nun mal die unwahrscheinlichen Dinge, und das machte sie so gefährlich, weil sie immer so handelte, wie es nicht vorauszusehen war.

Natürlich konnte sie selbst das geweihte Silber nicht anfassen. Es würde schwierig werden, das Magazin zu laden, aber auch dafür hatte sie schon eine Möglichkeit gefunden.

Lady X riss die Waffe aus dem Gebüsch hervor. Ein paar Zweige hakten nach, die sie mit Gewalt entfernte.

Jetzt hatte sie freie Bahn, wirbelte herum, lachte beißend und legte auf den jungen Mönch an.

Es war Clemens gelungen, sich unter unsäglichen Qualen aufzurichten. Er saß auf der Fahrbahn, stützte sich mit der linken Hand ab und hielt in der ausgestreckten Rechten das Kreuz, das genau auf den Körper der Vampirin wies.

Diesmal hatte sie keine Furcht. Jetzt war sie bewaffnet, und sie wollte die Maschinenpistole einsetzen.

Nur kurz hob sie die Waffe an.

Dann schoss sie.

Bis zuletzt hatte der junge Pater es nicht glauben wollen. Er war von der kleinen Mündung auf eine erschreckende Art und Weise fasziniert gewesen und sah dann das kurze fahle Aufblitzen, bevor ihn die Kugeln trafen. Das Kreuz zersplitterte von den Bleimantelgeschossen, die Holzstücke flogen durch die Luft und regneten auf einen leblosen Körper nieder, falls sie nicht vom Wind erfasst und weggeweht wurden.

Der Kampf hatte sehr lange gedauert, und Lady X war es gelungen, ihn für sich zu entscheiden.

Der Mönch lebte nicht mehr, das Kreuz war zerstört. Sie lachte leise, hob ihren Mantel auf und ging hinüber zu dem Toten. Dabei bückte sie sich und schleifte ihn an den Rand der Straße, wo es steil in die Tiefe ging. Zwischen zwei Begrenzungssteinen rollte sie den Toten über die Kante, der in die Tiefe fiel, Geröll mitriss, durch ein grau gewordenes Schneefeld rutschte und irgendwo liegen blieb.

Danach kümmerte sie sich um die Maschine. Für Lady X war sie der wichtigste Teil. Irgendwo mussten die Kugeln stecken. Sie öffnete die beiden Packtaschen. Als sie die Klappe an der linken hochhob, da sah sie das braune Päckchen.

Zufrieden war das Lächeln, das auf ihren Lippen lag. So hatte sie es sich gewünscht. Endlich hielt sie die geweihten Kugeln, die sie so dringend benötigte, in den Händen.

Zufrieden bewegte sie ihren Kopf. Sie nahm das Päckchen heraus und ließ es in der Innentasche des Mantels verschwinden, den sie anschließend überstreifte.

Noch stand die Maschine auf der Straße. Sie sollte verschwinden, aber das wollte nicht die Scott übernehmen, sondern ein anderer. Sie wusste auch, wer. Sie brauchte ihn nicht zu rufen, denn er kam schon den Hang herunter. Er hatte dort gesessen, damit er alles genau beobachten konnte.

Zuerst fiel Geröll auf die Straße, denn die Gestalt schaute nicht genau, wo sie auftrat. Es war ihr egal. Da knickten Zweige, da wurde Gras aus dem Boden gerissen, aber der Weg war frei.

Frei für Xorron!

Mit einem letzten Sprung überwand er die noch trennende Distanz und sprang auf die Fahrbahn.

Dicht neben Lady X kam er zur Ruhe, wobei er etwas mit beiden Händen festhielt.

Es war ein Würfel.

Ein besonderer Quader, die stärkste Waffe, die Lady X

als Erbe des Solo Morasso übernommen hatte. Man nannte ihn den Würfel des Unheils, und seine Herkunft lag selbst für die Vampirin im Dunkel der Zeiten.

Sie hatte Xorron, diesem unheimlichen Monster, den Würfel zu treuen Händen übergeben. Jetzt wollte sie ihn wieder an sich nehmen und verlangte ihn zurück.

Xorron gab ihn widerspruchslos ab. Er hatte Lady X anerkannt, im Gegensatz zu dem anderen Monster, das noch zur Mordliga gehörte. Vampiro-del-mar. Ihm hätte die Scott den Würfel niemals gegeben, denn ihm passte es nicht, dass er ins zweite Glied gerückt war und die Befehle der Lady X entgegennehmen musste.

»Wirf die Maschine in die Schlucht!«, befahl die Vampirin.

Xorron gehorchte. Als bestünde die Honda aus Pappe, so leicht hob er sie an und schleuderte sie dort über den Rand, wo auch die Leiche des Mönchs verschwunden war.

Beide lauschten dem Echo nach, das entstand, als die Honda gegen Felsen und Steine prallte. Danach war es ruhig.

Lady X wandte sich ab. Ihre Aufgabe war erfüllt. Sie hatte die Silberkugeln, und Sinclair würde sich wundern …

Ich wunderte mich in der Tat. Und zwar über das Telegramm, das mir der Pater geschickt hatte. Gleichzeitig war ich entsetzt. Als ich es sinken ließ und Suko anschaute, war auch sein Gesicht bleich geworden.

Mit wenigen Worten hatte Pater Ignatius alles Wesentliche in dem Telegramm zusammengefasst.

Jetzt wusste ich auch, aus welchem Grund der Nachschub an geweihten Silberkugeln nicht bei mir eingetroffen war. Er konnte nicht eintreffen, denn man hatte den Boten auf dem Weg vom Kloster hinunter nach Peelham überfallen und brutal ermordet. Seine Leiche war, wie auch das Motorrad, in einer Schlucht gefunden worden. Man hatte den Boten erschossen. Laut

Polizeibericht sollte er von sechs Kugeln getroffen worden sein, abgefeuert aus einer Maschinenpistole.

So weit das Telegramm, das natürlich mit einem Hilferuf des Paters an mich verbunden war.

Ich aber dachte schon eine Etage weiter. Der Tote war durch die Garbe aus einer Maschinenpistole umgebracht worden. Zudem hatte sein Mörder die Silberkugeln höchstwahrscheinlich gestohlen. Und wer schoss mit einer Maschinenpistole, die auch mit geweihten Kugeln geladen werden konnte?

Eigentlich nur eine.

Lady X!

Ich dachte daran, aber Suko, der die gleichen Gedankengänge verfolgte wie ich, sprach den Namen aus.

»Ja, es war die Scott!«, flüsterte ich und ballte die rechte Hand zur Faust. »Verdammt, dass ich daran auch nicht gedacht habe. Wir hätten es ja ahnen müssen. Die Kugeln halten schließlich nicht ewig, und selbst kann sie keine geweihten Geschosse herstellen.«

»Du kannst nicht an alles denken, John«, versuchte Suko mich zu trösten, dem ich wohl Leid tat, weil ich meine Hände vor dem Gesicht verschränkt hielt und gebeugt auf dem Stuhl hockte.

»Nein, nein, ich habe da einen schweren Fehler gemacht.«

»Worum geht es eigentlich?«, hörten wir Glendas Stimme, und ich schaute erst jetzt hoch.

Himmel, an sie hatte ich gar nicht mehr gedacht. Glenda stand noch immer vor uns. Ich reichte ihr das Telegramm. »Hier, lies es selbst, ich will mich nicht noch mal wiederholen.«

Sie überflog die Zeilen und flüsterte anschließend: »Das ist ja schrecklich.«

»Kannst du sagen.«

»Und jetzt?«

Ich hob die Schultern. »Wir werden wohl nach Schottland fahren müssen.«

»Wolltest du da nicht sowieso hin?«

Suko hatte mich angesprochen und ich nickte. »Aber in eine andere Gegend!«, schränkte ich ein.

»Was ist wichtiger?«

Ich überlegte. »Glaubst du denn, dass sich Lady X noch in der Nähe des Klosters aufhält?«

»Möglich.«

»Richtig. Aber nicht sicher. Was sollte sie dort? Sie hat doch jetzt, was sie braucht.«

»Trotzdem würde ich an deiner Stelle mit dem Pater reden. Es ist besser, und vielleicht finden wir noch Spuren von Lady X oder ihren widerlichen Monstern.«

Da hatte Suko nicht Unrecht. Wir mussten uns entscheiden, ob wir nun ins Kloster hochfuhren oder nach Billings, wo die seltsame Krankheit aufgetaucht war.

Darüber redeten wir, bis Glenda Perkins eine gute Idee hatte. »Weshalb teilt ihr euch die Arbeit nicht?«

Beide waren wir ein wenig begriffsstutzig, denn wir fragten wie aus einem Mund: »Wieso?«

»Einer von euch fährt hoch zum Kloster, der andere versucht es in Billings. Das wäre immerhin eine Möglichkeit.«

Ich schlug auf den Schreibtisch und stand gleichzeitig auf. »Mädchen, das ist nicht nur irgendeine Möglichkeit, sondern eine verdammt gute zudem. So machen wir es auch. Frage ist: Wer fährt nach Billings und wer besucht das Kloster?«

»Du, John.«

»Das Kloster?«

Suko nickte. »Sicher, die Silberkugeln sind ja für dich bestimmt gewesen, obwohl ich auch etwas davon habe. Aber Adressat bist du nun mal. Tut mir Leid.«

»Dann werde ich dem Pater einen Besuch abstatten«, erwiderte ich ergeben und schaute zu, wie Suko eine Karte von Schottland hervorholte, sie ausbreitete und sich darüber beugte.

Plötzlich lachte er auf, hob den Kopf und schaute uns an. »Wisst ihr was, Freunde?«

»Nein, du hast es uns noch nicht gesagt.«

»Das werde ich jetzt tun. Billings und das Kloster liegen gar nicht mal so weit auseinander. Man kann hinspucken.«

»Aber nur auf der Karte.«

»Sei doch nicht so pingelig«, grinste der Inspektor. »Wie heißt die Devise? Getrennt marschieren, aber vereint schlagen ...«

Nicht Lady X hatte das Magazin mit Kugeln gefüllt, sondern der Unhold Xorron. Er konnte dies ohne weiteres bewerkstelligen, denn es gab wohl kaum etwas, das er fürchtete. Ebenso schwer war es, eine Waffe zu finden, die tödlich für ihn war.

Xorron war bereits jetzt eine schreckliche Legende.

Er hatte nicht einmal direkt ein monsterhaftes Aussehen. Man konnte ihn mit einem Menschen vergleichen, der einen milchigen Anstrich erhalten hatte. So sah die Haut von Xorron aus. Dabei hatte er eine menschliche Gestalt aufzuweisen. Da jedoch endeten die Zugeständnisse an die Menschheit.

Aus welch einem Material die Haut bestand, wusste niemand zu sagen. Sie galt jedoch als unzerstörbar, obwohl sie leicht durchsichtig war, denn hinter dieser milchig-weißen Haut schimmerten grünlich die Knochen eines Skeletts.

Wissenschaftler hatten es nie untersucht, und so konnte auch keiner sagen, ob es sich bei diesen Knochen um menschliche handelte. Zudem war das nicht das Problem, sondern Xorron und sein roboterhafter Killerinstinkt. Hinzu kam der blinde Gehorsam dem Chef oder Leiter gegenüber, und Xorron führte immer das durch, was man ihm auftrug. Unterschiede kannte und machte er dabei nicht.

Xorron war eine Bestie!

Dieser Ausdruck passte wohl am ehesten zu ihm. Er kannte keine Gefühle, weder menschliche noch nichtmenschliche, und von seinem glatten Gesicht war auch nichts abzulesen.

Eine Kopfform nebst Gesicht, das an ein großes Ei erinnerte, wobei auf das Ei fünf Schlitze aufgemalt worden waren. Zwei für die Augen, zwei für die Nasenlöcher, der letzte Schlitz für den Mund. Wenn er diesen öffnete, dann präsentierte er etwas wie Zähne oder Reißer, die an Stahlzinken eines aufgerichteten Kamms erinnerten.

So unförmig Xorron manchmal wirkte, er war dennoch schnell, geschickt und gewandt. Das hatte er bewiesen, als er seinen ersten Chef, Solo Morasso, retten wollte, als dieser in das Becken mit den gefräßigen Piranhas gefallen war.

Auch Lady X war aus ihrem wichtigen Helfer nicht schlau geworden. Während er das Magazin der Waffe mit den Silberkugeln auflud, schaute sie ihn aus den Augenwinkeln an. Sie fürchtete sich zwar nicht vor ihm, hatte manchmal jedoch ein ungutes Gefühl, wenn sie ihn so anblickte. Falls Xorron einmal durchdrehte, dann würde er auch sie unangespitzt in den Boden schlagen. So weit durfte es nicht kommen.

Die beiden dämonischen Wesen waren nicht auf der Straße geblieben, sondern hatten sie verlassen. Dabei hatten sie noch eine eigentlich etwas beunruhigende Beobachtung gemacht. Die Leiche des Mönchs war schon gefunden worden. Ein einsamer Schäfer, der trotz des Winters die Bergwelt durchwanderte, hatte sich in der Nähe aufgehalten und den Toten entdeckt.

Lady X war klar, dass Nachforschungen angestellt werden würden, und vielleicht erhielt auch John Sinclair Bescheid.

Sie richtete sich jetzt schon darauf ein, dass sie ihm irgendwann wieder gegenüberstehen würde. In den Karpaten waren sie sich zuletzt begegnet. Im Schloss des Vampir-Grafen von Leppe war es zum großen Kampf gekommen, und Sinclair hatte der Vampirin wieder einen Stolperstein in den Weg gelegt.

Ihren großen Plan allerdings wollte sie nicht aufgeben. Rumänien war genau das Land, das sie anzog. In diese Urheimat der Vampire wollte sie ihre Wirkungsstätte verlegen und dort auch den Geheimbund der Vampire ins Leben rufen.

Das allerdings hatte noch ein wenig Zeit. Erst mussten die Vorbereitungen abgeschlossen werden, und dazu gehörte auch die Beschaffung der geweihten Silberkugeln.

»Fertig?«, fragte sie.

Xorron wandte ihr seinen Kopf zu. Aus den Schlitzen schaute er sie an. Es war kaum zu merken, dass er die Augen geöffnet hatte. Er sprach nicht, sondern nickte nur.

»Dann gib die Waffe her!«

Xorron warf sie seiner Herrin hinüber.

Lady X fing die Maschinenpistole auf. Es waren noch Kugeln übrig geblieben. Zweimal konnte sie bestimmt nachladen, und diese Silbergeschosse ließ sie in einer Schachtel verschwinden, die sie einsteckte. Lady X war zufrieden.

Auch das Versteck hatte sie gut gewählt. Es lag am Hang, der eine Südseite aufwies. Weggetaut war der Schnee. Bäume umgaben sie, und sie hatte einen freien Blick hinunter in ein Tal, wo ein schmaler Wildwasserbach schäumte.

Er quirlte über die Steine und Felsen. Dabei sah er aus, als hätte jemand Waschpulver hineingeschüttet.

»Wohin führt der Bach?«, wollte Xorron wissen. Er sprach mit einer seltsam klingenden Stimme, die mehr an einen Computer erinnerte als an die eines Menschen.

Lady X folgte mit ihren Blicken dem Verlauf und bewegte nickend den Kopf. »In die Nähe von Billings«, erklärte sie.

»Dort sind Menschen?«

»Ja.«

»Wäre das nicht etwas für uns?«

Die Scott lächelte schmal.

»Eigentlich schon«, gab sie zu. »Nur müssen wir jetzt zusehen, dass wir erst einmal die Kugeln wegschaffen. Wir werden uns mit Hilfe des Würfels nach Südamerika teleportieren, denn ich will wissen, was Vampiro-del-mar so alles anstellt.«

Damit war Xorron einverstanden. Die Reste der Mordliga hatten hoch oben in den Anden ein gutes Versteck gefunden, eine Naturhöhle, in der sie sich verbergen konnten.

Lady X nannte sie die provisorische Operationsbasis, denn die richtige sollte in Rumänien entstehen, wo das Grauen seine Heimat hatte, wie sie immer zitierte.

Pamela Scott nahm den Würfel.

Sehr behutsam fasste sie ihn an. Er klemmte zwischen ihren Händen, und sie lächelte, als sie auf die Fläche starrte.

Dieser Würfel war etwas Besonderes. Man konnte ihn manipulieren. Er gehorchte jeweils seinem Besitzer. Lady X manipulierte ihn zum Schlechten hin, ein anderer würde damit Gutes tun. So war der Würfel ähnlich einem Chamäleon, das je nach Lage immer seine Gestalt farblich veränderte. Im übertragenen Sinne galt dies auch für den Quader.

Ein wirklich seltenes Stück. Lady X genoss es jedes Mal, wenn sie ihn in der Hand hielt. Vor allen Dingen dann, wenn sie Ruhe hatte und es auskosten konnte.

»Werden wir wieder zurückkehren?«, fragte Xorron.

»Ich denke schon.«

»Und was wollen wir hier?«

»Ich will nur sehen, wie es weiterläuft und welch ein dummes Gesicht John Sinclair macht, wenn er tatsächlich kommen ...« Das letzte Wort verschluckte sie. Dafür zuckte sie zusammen.

Auch Xorron hatte es bemerkt, sagte aber nichts. Er schaute zu, wie Lady X aufstand.

Die Vampirin blieb breitbeinig stehen. Sie hielt den Oberkörper nach vorn gereckt. Der Wind fuhr gegen sie und blähte ihr langes Haar auf. Scharf drehte sie sich plötzlich zu Xorron herum. »Da stimmt etwas nicht.«

»Was?«

»Ich habe keine Ahnung.«

»Ist Sinclair da?«

»Nein. Er wäre nicht ein so großes Problem gewesen«, erwiderte sie leise. Dabei schüttelte sie den Kopf, zog ihre Lippen zurück, und die beiden Zahnspitzen schauten aus dem Oberkiefer hervor.

Xorron wollte ebenfalls nicht mehr sitzen. Er stand ein wenig schwerfällig auf und blickte in die Runde.

»Wir werden noch einmal zurückkehren und es herausfinden«, erklärte Lady X. »Jetzt wird es Zeit für die Höhle.« Sie konzentrierte ihre Gedanken auf den Würfel, begann damit, ihn zu manipulieren, dachte stark an ihr Ziel und wollte, dass der Würfel sie dorthin brachte.

Es tat sich nichts.

Zuerst lächelte die Vampirin noch. Dann zerfaserte dieses Lächeln, wurde zu einer Grimasse, während sie einen zweiten, diesmal noch konzentrierteren Versuch unternahm.

Wieder nichts.

»Was ist denn los?«, fragte Xorron.

Lady X hob die Schultern. »Der Würfel«, erwiderte sie mit leiser Stimme. »Er funktioniert nicht mehr …«

Zum ersten Mal seit langer Zeit verspürte sie so etwas wie Angst in sich aufsteigen …

Wir waren geflogen und gefahren. Die gesamte Strecke mit dem eigenen Wagen zurückzulegen erschien mir von der Zeit her nicht angemessen. Wir wären zu viele Stunden unterwegs gewesen, und das war nicht der Sinn unserer Aktion.

Zudem war es bei unserem Plan geblieben. Ich wollte Suko in Billings absetzen, wo er sich mit Dr. McGovern in Verbindung setzen konnte. Doch mein Freund hatte Einwände gehabt.

Wenn wir dort auftauchten und als Fremde erkannt wurden, konnte es seiner Meinung nach zu auffällig sein. Also wollte er mit dem Bus weiterfahren.

Dagegen hatte ich nichts. Auf der Straße nach Billings überholten wir den Bus, und eine Haltestelle weiter setzte ich meinen Freund und Kollegen ab.

Im Rückspiegel sah ich seine winkende Gestalt kleiner werden, als ich Gas gab und den Leih-Rover in eine Linkskurve lenkte, sodass Suko meinen Blicken entschwand.

Den Weg zum Kloster hoch kannte ich noch, obwohl ich sonst von einer anderen Seite gekommen war. Kurz vor Peelham traf ich wieder auf die normale Straße.

Im Ort selbst wollte ich noch tanken. An der ersten Station hielt ich an.

Soweit ich erkennen konnte, hatte sich nichts verändert. Peelham war noch immer das kleine Dorf am Fuß der herrlichen Schottland-Berge geblieben, die wenig Schnee zeigten und nur ihre Spitzen mit weißen Hauben verhüllt hatten.

Der Januar war wirklich zu warm.

Zwar schaute mich der Tankwart prüfend an. Vielleicht hatte er mich auch erkannt, doch er sagte nichts und füllte in aller Ruhe den Tank meines Wagens.

Ich mochte die Gegend. Sie strahlte eine gewisse Romantik aus, die man auch mit dem Wort ungezügelt umschreiben konnte. Hier hatte der Mensch noch nicht in den Haushalt der Natur eingegriffen, und gerade das gefiel mir so.

Ich zahlte die Rechnung und machte mich wieder auf den Weg. Bestimmt würde ich dem Ort noch später einen Besuch abstatten.

Hinter Peelham begann die Serpentinenstraße, die hoch zum Kloster St. Patrick führte. Eine Straße, die kaum befahren war und zu den einsamsten gehörte, die ich kannte.

Die Fahrt in die Berge genoss ich sehr. Ich konnte mich manchmal nicht satt sehen an den stillen Gewässern, den schäumenden Wildbächen, dem plötzlich hinter einer Kurve erscheinenden Felspanorama und auch an den schweren Wolken, die mir sehr nach Schnee aussahen.

Je höher ich fuhr, umso enger wurden die Kurven. Irgendwann hörte auch der Asphalt auf, sodass ich den letzten Rest auf einem Schotterweg zurücklegte.

Jetzt sah ich auch mehr Schnee. Er lag besonders an den Nordhängen, doch er zeigte eine verharschte Oberfläche, und seine Farbe war schon schmutzig.

Noch eine Kurve, und ich sah die Mauern des Klosters vor mir. Ich atmete aus.

Da stand sie also, die Trutzburg des Guten. Das Kloster St. Patrick. Ein gewaltiges Bauwerk, in dem brave Mönche ihre Pflicht taten und das auch mir Schutz geben würde.

Die Stille wurde plötzlich durch ein helles Klingen gestört. Es waren Arbeitsgeräusche, die aus der Schmiede kamen, in der mein Freund, der Pater Ignatius, an der Arbeit war.

Dieser hell klingende Schlag kam mir vor wie ein Willkommensgruß, und als ich den Wagenschlag aufstieß, wurde die kleine Pforte neben dem großen Eingangstor bereits geöffnet.

Allerdings nur das Guckloch, hinter dem ich ein Gesicht entdeckte, das sich zu einem Lächeln verzog, als ich langsam näher heranschritt. »John Sinclair«, vernahm ich die ruhige, aber dennoch freudige Stimme eines Mönches. »Sei herzlich willkommen.«

»Danke, Pater«, erwiderte ich und verbeugte mich leicht.

»Warte, ich öffne. Willst du deinen Wagen in den Hof fahren oder vor dem Kloster …?«

»Ich fahre ihn schon in den Hof, wenn es dir nicht zu viele Umstände macht.«

»Nein, nein, ganz im Gegenteil. Komm nur, du bist ein Gast, den wir gern sehen.« Die Luke wurde geschlossen. Das Gesicht verschwand und ich hatte ein wenig Zeit, mich umzuschauen.

Ich blickte an den trutzigen Mauern hoch. Ja, die kannte ich sehr genau. Und ich erinnerte mich automatisch an die Szene, als ich die Horror-Reiter bekämpfte. Ich sah Kara vor meinem geistigen Auge, die Schöne aus dem Totenreich. Auf der Mauer stand sie und schwang ihr Schwert mit der goldenen Klinge.

Es war ein unheimlicher, mörderischer Kampf gewesen. Im Nachhinein lief mir noch eine Gänsehaut über den Rücken. Und wäre Suko nicht gewesen, hätte es für mich trotz Karas Hilfe sehr bitter ausgesehen. Ich war ehrlich genug, dies zuzugeben.

Noch immer mussten schwere Riegel von innen zur

Seite gewuchtet werden, um das Tor öffnen zu können. Ich vernahm die rumpelnden Geräusche, ging zurück zum Rover, stieg ein und konnte wenig später an- und in den Hof hineinfahren.

Als ich durch das Tor rollte, da sah ich auch die Mönche. Diejenigen, die sich in der Nähe aufgehalten hatten, ließen von ihren Arbeiten ab und schauten mir entgegen.

Besonders einer.

Ein hoch gewachsener, kräftiger Mann, der mir zuwinkte und dessen Gesicht ein breites Lächeln zeigte.

Pater Ignatius!

Ich lenkte den Wagen nach links, denn ich wollte ihn nahe der Schmiede abstellen.

Der Pater wies mich ein. Zweimal musste ich noch rangieren, dann stoppte ich und stieg aus.

»John Sinclair!« Seine Stimme dröhnte mir entgegen. »Sei willkommen bei uns, mein Freund!« Der Pater kam mir mit ausgestreckten Armen entgegen, und wir begrüßten uns auf eine herzliche Art und Weise.

Ein gutes Gefühl erfüllte mich, denn ich war nach Hause gekommen. Jawohl, Freunde, ich fühlte mich zu Hause. Dieses Kloster bot mir den richtigen Schutz, den ich voll auskosten konnte.

Nicht nur Pater Ignatius begrüßte mich, auch der Abt erschien. Sein Händedruck war fest. Die Augen strahlten eine Herzlichkeit aus, wie es sie nur bei zufriedenen Menschen gibt. Und diese hier waren sehr zufrieden.

»Wo können wir reden?«, fragte Pater Ignatius, nachdem die Begrüßungszeremonie vorbei war.

»Das ist mir egal.«

»Dann komm zu mir.«

»Gern.«

Wir betraten die Schmiede. Auch sie kannte ich. Der einzige Raum war nicht groß, doch er beinhaltete alles, was man für die Arbeit benötigte.

Da gab es die gemauerte Feuerstelle, das entsprechende Werkzeug, eine lange Bank und einen Schrank, der bis zur Decke reichte und in dem der Pater das Silber für die Kugeln aufbewahrte. Eigentlich war es Silbererz. Es stammte aus Minen, die der Kirche gehörten, und wurde zweimal im Jahr zum Kloster gebracht.

Das Feuer glühte noch. Es verbreitete einen düsteren Schein, der genau in diese Schmiede passte. Manchmal tanzten rote Flecken über die Wände, und der Pater bat mich, auf der Bank Platz zu nehmen. Er selbst setzte sich noch nicht. Dafür verschwand seine Hand unter der Kutte und aus irgendeiner Tasche holte er etwas hervor. Bei genauerem Hinsehen erkannte ich eine kleine Flasche.

»Whisky?«, fragte ich.

Pater Ignatius lächelte. »Nein, mein Freund, doch nicht so etwas. Obwohl wir auch guten Whisky haben. Aber es gibt hier einen Bruder, der es versteht, die Schnäpse selbst zu brennen. Und das ist einer davon. Aus den Beeren des Waldes. Ein flüssiger Rest des letzten Sommers, mein Freund.«

Er reichte mir die Flasche, die ich mit einem dankbaren Nicken entgegennahm und trank.

Kinder, war das ein Schnaps. Der trieb mir nicht nur die Tränen in die Augen, sondern auch ins Knopfloch. Ein paar Mal holte ich tief Luft, bevor ich die Flasche Ignatius zurückreichte.

»Wie war er?«

Ich schüttelte den Kopf, deutete auf meinen Mund. Mehr konnte ich nicht, denn eine Antwort zu geben war nicht drin. Der Schnaps erlaubte es nicht. Er brannte noch in der Kehle nach.

»Hat er dir gemundet, John?«

»Und wie. Aber man muss sich nach einem Schluck kurz erholen.«

Der Mönch nickte gedankenverloren. »Das habe ich dem Bruder auch gesagt. Ich glaube, er hat ihn ein wenig zu stark gemacht, der Gute.«

»Und das sagst du erst jetzt?«

»Tut mir Leid, aber ich wollte sehen, wie ein normaler Mensch darauf reagiert.«

»Da kommt man nichtsahnend her, und schon ist man ein Versuchskaninchen.«

Pater Ignatius hob den Finger. »Das passiert nur bei Freunden.«

Ich gab mich erstaunt. »Dann möchte ich gern einmal wissen, was ihr euren Feinden anbietet.«

»Darüber will ich nicht reden, John.« Er ließ sich neben mir nieder und hob die Schultern. »Gleich ist die Beerdigung«, sagte er. »Wir haben Bruder Clemens hochbringen lassen. Wirst du an der Totenfeier teilnehmen, John?«

»Natürlich. Ist die Leiche normal?«

»Ja, wieso?«

»Ich kann dein Erstaunen verstehen«, erwiderte ich, »aber ich frage aus einem bestimmten Grund. Der Mann ist durch eine Garbe aus einer Maschinenpistole gestorben. Das kann auf Lady X hindeuten, muss aber nicht. Und da es sich bei ihr um einen Vampir handelt, wäre es möglich, dass sie das Blut getrunken hat.«

»Ja, das kann sein.« Der Pater stützte sein Kinn auf die offene Fläche der rechten Hand. Während er die Antwort gab, starrte er in das kleiner gewordene Feuer. »Nur will ich nicht so recht daran glauben.«

»Hast du einen Grund?«

Der Pater wand sich. »Grund ist zu viel gesagt. Weißt du, wir haben es hier wohl mit einer anderen Magie zu tun, nicht mit der eines Vampirs.«

»Jetzt verstehe ich nichts.«

Pater Ignatius schaute mich sehr ernst an. »Was ich dir jetzt sage, darüber habe ich bisher mit keinem geredet, und ich möchte dich bitten, es für dich zu behalten.«

»Ehrensache.«

»Es geschah während unserer Frühandacht«, begann mein frommer Freund und erzählte mir von seiner Vision.

Ich hörte sehr genau zu. Viele hätten darüber gelächelt. Ich hütete mich, dies zu tun. Nein, wenn der Pater so ernst redete, dann hatte das schon seine Bedeutung.

»Glaubst du mir?«, fragte er zum Schluss.

Ich nickte.

Er atmete schnaufend aus. »Das habe ich gehofft, mein

Freund. Und ich bin tatsächlich nicht übergeschnappt, wenn du das vielleicht meinst. Es gibt diese weibliche Person, diesen Geist, wenn ich ihn mal so nennen darf.«

»Dann hast du einen Verdacht?«, stellte ich fest.

»Den habe ich in der Tat.«

»Rede.«

»Kennst du die griechische Mythologie?«

Ich hob die Schultern. »Was man halt so von der Schule behalten hat. Aber das ist nicht viel.«

»An Pandora wirst du dich erinnern.«

»Klar. Die Frau mit der Büchse oder dem Füllhorn. Schönheit und Grauen zu einer brisanten Mischung gepaart.«

»Das stimmt genau, John. Sie soll aus Lehm erschaffen worden sein. Der Göttervater Zeus hat ihr Leben eingehaucht und sie mit allen Vorzügen ausgestattet, die zu einer Frau gehören. Aber er wollte die Menschen strafen, und zwar durch sie strafen, denn die Menschen hatten Prometheus dazu überredet, das Feuer zu stehlen. Während Prometheus furchtbar für seinen angeblichen Frevel bestraft wurde – man band ihn an einen Felsen, und ein Adler kam jede Nacht und hackte ihm die immer nachwachsende Leber aus dem Leib –, ging Pandora mit ihrer Büchse oder dem Tonkrug zu Prometheus' Bruder Epimetheus. Von den Reizen dieser Frau geblendet, nahm Epimetheus Pandora in sein Haus auf, wo sie das Gefäß öffnete und Übel und Krankheit über die Menschheit schickte.«

Ich nickte. »Ja, jetzt erinnere ich mich wieder. Es ist eine schlimme Geschichte, aber die Mythologie der Griechen war verdammt grausam. Ist denn Prometheus von dem Felsen, an den er geschmiedet war, nicht befreit worden?«

»Ja, von Herakles.«

»Du hast dich gut informiert, Bruder Ignatius«, sagte ich und blieb, in Gedanken versunken, sitzen. »Deine Vision kann eine große Bedeutung haben«, murmelte ich.

»Welche?«

»Ich weiß es noch nicht so genau. Vielleicht spielt

Atlantis eine Rolle. Denn Prometheus hing auch irgendwie mit Atlas zusammen, nach dem der Kontinent Atlantis seinen Namen erhalten hat.«

»Das stimmt.«

»Nur frage ich mich, wie Lady X in diese ganze Sache hineinpasst. Sie ist meiner Ansicht nach ein Störfaktor.«

»Kann es Zufall gewesen sein?«

»Möglich. Eigentlich wollte ich nicht ins Kloster kommen, sondern in Billings einen Fall lösen.«

»Das musst du mir erklären.«

Ich tat es, und wir zogen beide die gleichen Schlüsse. Diese seltsame Krankheit, die die Menschen von Billings befallen hatte, konnte unter Umständen mit der Vision des Paters zusammenhängen.

»Dann musst du unbedingt nach Billings fahren«, sagte Ignatius, doch ich schüttelte den Kopf.

»Das brauche ich nicht. Mein Freund Suko schaut sich dort um. Jetzt bin ich froh, ihn mitgenommen zu haben.«

Ignatius lächelte. »Demnach stehen wir beide nicht allein auf weiter Flur?«

»So ungefähr.«

»Pandora macht mir Sorgen, John. Ich bin überzeugt davon, dass sie es ist.«

»Eine Sagengestalt?«

Er lachte. »Daran denke ich auch immer. Trotzdem nehme ich meine Vision sehr ernst.«

»Wobei ich mich frage, welch einen Grund sie gehabt hat, aus irgendeinem Zwischenreich zu erscheinen.«

»Muss sie das?«

»Wenn es nicht so wäre, widerspräche dies allen Erfahrungen, die ich im Laufe der Zeit gesammelt habe. Wenn sie tatsächlich aufgetaucht ist, hat das etwas zu bedeuten.«

»Ich schließe mich deiner Meinung an, John.«

Über den Innenhof des Klosters schwang ein dünnes Bimmeln. Es war eine Glocke, die da läutete, doch ihr Klang war nicht dazu angetan, Menschen froh zu machen – im Gegenteil.

Der Pater stand auf. »Die Totenglocke«, sagte er mit

leiser Stimme. »Sie ruft uns zur Beerdigung. Kommst du mit?«

»Ja.« Ich erhob mich ebenfalls.

Wir verließen die Schmiede und betraten den Hof. Noch immer konnte ich mich damit nicht anfreunden und mir rann eine Gänsehaut über den Rücken, während mir ein steifer Wind ins Gesicht fuhr.

Die Mönche versammelten sich. Sie gingen gebeugt, stemmten sich gegen den Wind an, der an ihren Kutten zerrte und den Stoff knattern ließ. Am Himmel türmten sich Wolken. Wir hatten zwar späten Vormittag, aber richtig hell wollte es eigentlich nicht werden. Alles in allem eine schaurige Kulisse für eine Beerdigung.

Ignatius und ich gesellten uns zu den anderen, um den Weg zum Friedhof zu gehen ...

Lady X schien auf der Stelle festgewachsen zu sein. Sie schüttelte ein paar Mal den Kopf, fluchte dann wütend, zischte wie eine Schlange und knurrte auch.

Trotzdem erreichte sie nichts. Der Würfel gehorchte ihr nicht. Er dachte nicht daran, sich dem Willen der Blutsaugerin unterzuordnen.

Langsam ließ Lady X die Arme sinken und schaute nach rechts, wo sich Xorron aufhielt.

Das Monster rührte sich nicht. Es stellte auch keine Fragen. Deshalb sprach Lady X.

»Er reagiert nicht mehr«, flüsterte sie.

»Wieso?«

»Verflucht, das weiß ich eben nicht. Ich habe keine Ahnung, was mit dem Würfel geschehen ist. Vielleicht hat ihn auch jemand manipuliert. Wer weiß?«

»Du hast ihn doch nicht aus der Hand gegeben.«

»Genau, das ist es ja, was mich so fertig macht. Ich kann mir keinen Grund für dieses Verhalten des Würfels vorstellen.«

»Hast du nicht vorhin etwas gespürt?«, fragte Xorron.

Lady X zog die Augenbrauen zusammen. »Ja«, klang ihre gedehnte Antwort, »das stimmt.«

»Was war es denn?«

»Ich kann es nicht sagen, nicht in Worte fassen. Es war irgendwie anders.«

»Und wie?«

»Keine direkte Gegenmagie«, erklärte die Vampirin. »Das auf keinen Fall. Nein, nein ...« Sie ging einen Schritt vor, um danach stehen zu bleiben wie ein witterndes Raubtier. Einen Erfolg erreichte sie nicht. Aber ihr fiel die Stille auf. Zwar war der Wind nicht eingeschlafen, doch von den üblichen sie umgebenden Geräuschen hatte sie nichts mehr gehört. Sie kam sich vor wie auf einer Insel, die irgendwo im Niemandsland lag.

»Warte hier auf mich«, ordnete sie an und war Sekunden später verschwunden.

Xorron blieb zurück. Er tat immer, was man ihm sagte. So war es auch an diesem Tag.

Sie hatten sich zwischen Bäumen verborgen gehalten. Nicht nur Tannen und Fichten wuchsen auf dem kargen Boden, sondern auch verkrüppelte Laubbäume, die man allerdings mehr als Sträucher oder Unterholz bezeichnen konnte.

Normal konnte Lady X nicht laufen. Sie musste schon schräg gehen, damit sie auf dem Boden nicht rutschte. Hin und wieder stützte sie sich auch an den Baumstämmen ab, und als sie eine kleine Lichtung auf dem Hang erreichte, blieb sie stehen.

Ihr Blick fiel hinunter ins Tal. Sie sah ein schmales Band. Es war ein Weg, keine Straße, und er führte irgendwann aus den Bergen heraus, wo er in eine asphaltierte Straße mündete, die verstreut liegende Orte miteinander verband.

Lady X hatte zwar den besten Aussichtspunkt in Beschlag genommen, sie sah trotzdem nichts.

Still und friedlich lag die schweigende Bergwelt vor ihren Augen. Nichts wies auf eine Gefahr hin.

Und doch störte sie etwas.

Lady X war ärgerlich, dass sie dies zugeben musste, es aber nicht fassen oder begreifen konnte. Obwohl die Luft klar war, schien sie dennoch mit einer fremden Magie erfüllt zu sein, die die ehemalige Terroristin bemerkte, gegen die sie aber nicht angehen konnte.

Dann hörte sie ein Rascheln. Es war hinter ihr aufgeklungen. Sie fuhr herum, ließ die Maschinenpistole von ihrer Schulter rutschen und hielt sie im Anschlag.

Sie sah nichts.

Es schien ein Tier gewesen zu sein, das sich seinen Weg gesucht hatte. Das erste Tier überhaupt, dessen Geräusche sie wahrnahm. Deutete dies vielleicht auf eine Veränderung hin? Sie wusste es nicht zu sagen. Etwas Neues hatte sie auch nach einem abermaligen Rundblick nicht feststellen können und deshalb entschloss sie sich, wieder zu Xorron zu gehen.

Xorron hatte ebenfalls nichts bemerkt. Er wartete noch immer an derselben Stelle, schaute seine Herrin an und bewegte seine klauenartigen Hände.

»Nichts«, sagte Lady X. Sie hatte das Wort kaum ausgesprochen, als beide ein seltsames Geräusch hörten. Es wies Ähnlichkeit mit einem Knurren oder Schnaufen auf und es war dort aufgeklungen, wo der Hang weiter in die Höhe wuchs.

Beide schauten in die Richtung.

Unterholz bewegte sich.

Lady X folgte mit dem Lauf der Maschinenpistole den sperrigen Zweigen eines Busches, aus dem das Tier, oder was immer es war, herauskriechen musste.

Es kam auch.

Selbst Lady X zeigte sich überrascht. Was sich da aus den Büschen schob, das hatte mit einem Tier kaum noch Ähnlichkeit, obwohl es dem Körperbau nach ein Fuchs sein musste.

Wie hatte er sich verändert!

Wesentlich größer war er geworden, mindestens um das Doppelte gewachsen, und wo sonst das Fell auf dem Rücken wuchs, war die Haut aufgeplatzt, sodass eine schleimige Masse ihren Weg nach draußen und auf den Rücken des Tieres gefunden hatte.

Ein widerliches Sekret, das penetrant stank und an den Seiten nach unten rann, wobei es graugelb schimmerte.

»Ein Ghoul?«, hauchte die Vampirin. »Nein.« Sie gab sich selbst die Antwort. Das war kein Ghoul. Die sahen anders aus als dieses mutierte Wesen.

Ghouls waren zwar auch Schleimwesen, und sie ernährten sich von Leichen, doch sie hatten keine Ähnlichkeit mit Tieren. Das Wesen, das aus dem Unterholz kroch, war ein Tier.

Ein Fuchs!

Kalt blickten seine Augen. Sie waren auf eine unnatürliche Art und Weise vergrößert, wirkten wie zwei runde Steine. Die lange Schnauze stand halb offen, aus dem Mund tropfte Geifer, der sich mit der gallertartigen Masse vermischte.

Lady X schüttelte sich. Nicht vor Ekel, sondern vor Wut, denn sie wusste nicht, was das noch alles bedeuten konnte. In diesem Wald lauerten die Gefahren. Da waren aus Tieren Monster geworden, und Lady X hatte ihren Beweis für eine andere Magie bekommen.

Sie drehte sich ein wenig und gab Xorron ein Zeichen. »Schnapp ihn dir.«

Das war der Augenblick, als der Fuchs sprang. Lady X hatte gespürt, dass er sie attackieren wollte, und sie hatte den Befehl genau im richtigen Moment gegeben, denn als der mutierte Fuchs auf sie zuhechtete, setzte sich auch Xorron in Bewegung.

Und abermals bewies er, wie schnell er sein konnte. Sein so plumpes Aussehen täuschte. Plötzlich befand er sich zwischen seiner Herrin und dem Fuchs, der gegen ihn prallte.

Ein seltsames Gurgeln und Knurren drangen aus dem Maul des widerlichen Tieres, das jedoch schnell verstummte, als Xorron seine Pranke um die Schnauze des Fuchses gedrückt hatte und sie zusammenpresste.

Das Wesen strampelte mit seinen Beinen. Es sonderte noch mehr Schleim ab. Lady X trat zurück, weil sie ihre Füße von dem Zeug nicht beschmutzen lassen wollte.

Xorron war da nicht so zimperlich. Er tötete das Tier. Auf solche Sachen verstand er sich.

Eine Hand hatte er noch frei. Damit packte er den

Nacken des Fuchses und drehte einmal kräftig entgegen dem Uhrzeigersinn. Das Genick wurde gebrochen. Schlaff fiel das Tier aus dem Griff des Unholds Xorron.

Er stand langsam auf. An seiner Haut rann der widerliche Schleim in langen Spuren nach unten und hinterließ auf der Erde feuchte Flecken. Zudem stank er erbärmlich.

Lady X drehte das getötete Tier auf den Rücken. Es lag inmitten einer Lache, die allmählich im Boden versickerte.

»Ein Fuchs, der mich an einen Ghoul erinnert«, sprach sie zu sich selbst, »wie ist das möglich?«

Von Xorron erhielt sie keine Antwort. Er handelte in den nächsten Sekunden selbstständig, denn er untersuchte die nähere Umgebung dieses Mordplatzes.

Ein weiteres Tier fand er nicht. So kehrte er beruhigt zu der Scott zurück.

»Eine fremde Magie!«, flüsterte die. »Ich habe es gespürt. Sie ist hier, nur – wo versteckt sie sich?« Scharf fuhr sie herum. Ihre Augen lebten. Trotz der schwarzen Pupillen war darin ein Funkeln zu lesen. »Welche Magie ist es? Und weshalb ist sie gerade hier und jetzt erschienen? Das müssen wir herausfinden, Xorron!«

»Pandora!«

Dieses Wort hatte das Monster ausgestoßen, und Lady X glaubte, ihren Ohren nicht trauen zu können. »Was hast du da gesagt?«

»Pandora!«

»Wer ist das?«

Xorron streckte seinen Körper. Er schien noch zu wachsen, bevor er die Antwort gab. »Es ist die Frau mit der Büchse, dem Krug, dem Füllhorn. Es ist Pandora!«

»Kennst du sie?«

»Ja.«

»Woher?« Lady X fragte es lauernd.

»Das weiß ich nicht!«

Hätte ein anderer als Xorron Lady X diese Antwort gegeben, so wäre sie ihm an die Gurgel gefahren. So aber riss sie sich zusammen und fragte mit seidenweicher Stimme. »Du weißt es nicht?«

»Genau.«

»Wieso?«

Jetzt riss Xorron seine Augen auf, und die ehemalige Terroristin sah das rote Leuchten darin. »Es liegt im Dunkel meiner Vergangenheit begraben«, erwiderte er.

»Deiner Vergangenheit? Hast du überhaupt eine?«

»Sicher.«

Lady X dachte nach. Ihre Gedanken schweiften zurück. Sie dachte an ein anderes Land, einen anderen Erdteil, an eine andere Stadt.

New York!

Und dort, mitten im Herzen von Manhattan, gibt es einen großen Park. Den Central Park. Wo täglich Tausende von Menschen flanierten, hatte Xorron begraben gelegen. Wie lange? Das konnte niemand sagen. Auch nicht, wie er dahin gekommen war, aber er war dort wieder auferstanden, weil Solo Morasso, Chef der Mordliga, ihn damals aus der feuchten Erde geholt hatte.

Unwahrscheinlich und unglaublich war so etwas. Lady X konnte es kaum fassen. Sie hatte sich immer gefragt, woher Xorron wohl stammen mochte, aber einen Hinweis hatte es nie gegeben. Seine Herkunft lag im Dunkel der Vergangenheit verborgen, und nun sollte sie ein gewisser Lichtstrahl aufhellen.

Ein Lichtstrahl, der einen Namen hatte.

Pandora!

Lady X war nicht dumm. Vor allen Dingen hatte sie das Wissen, das sie sich als Mensch aneignete, nicht vergessen. Ihre Schulbesuche waren immer erfolgreich verlaufen, bis sie während ihres Studiums in eine Szene geriet, die sich mit dem Terrorismus befasste. Lady X hatte dort zugegriffen. Sie war den Parolen gefolgt und anschließend als eine der meistgesuchten Verbrecherinnen auf die Fahndungsliste gesetzt worden. Als Frau ohne Gewissen, ohne Gesicht, wie ein Phantom – von den Zeitungsleuten war der Name Lady X kreiert worden.

Den hatte sie behalten, auch dann, als Solo Morasso aufgetaucht war und sie auf seine Seite geholt hatte. Sie war das zweite Mitglied der Mordliga gewesen und hatte eine steile Karriere hinter sich. Auf ihren Rat hörte Dr.

Tod auch noch, als sie durch ein Versehen zum Vampir geworden war.

»Die Büchse der Pandora«, sagte sie. »Ein Gefäß, das Schrecken und Unheil verbreitet. Kann es auch Menschen verändern?«, fragte sie scharf und schaute Xorron an.

Von ihm erhielt sie keine Antwort. Er hob nur die Schultern, ansonsten fühlte er sich ziemlich unbehaglich. Das merkte auch die Scott, denn Xorron blieb nicht mehr so ruhig stehen wie sonst. Er bewegte sich auf der Stelle. Sein Blick wieselte, als suche er die Gegner dort, wo sie gar nicht waren.

Konzentriert dachte die Vampirin nach. Sie schaute auf den Fuchs, dessen Kadaver am Boden lag und allmählich auslief. Wenn Pandora ihr Füllhorn oder ihre Büchse geöffnet hatte und die dämonischen Bazillen ausleerte, dann hatten sie sicherlich schon ihre Wirkung gezeigt. Und nicht nur bei diesem Fuchs, sondern auch bei anderen Menschen und Tieren. Warum, zum Teufel, hatte sie es gerade jetzt getan, wo sich Lady X und Xorron in der Nähe befanden?

An Zufall konnte und wollte die Scott nicht glauben. Es gab eine Verbindung zwischen Xorron und Pandora. Sie musste nur noch herausfinden, wie sie zustande gekommen war.

Und an noch etwas dachte sie. Konnte es möglich sein, dass Pandora ihr feindlich gesonnen war? Xorron gehorchte ihr. Wenn er mit Pandora irgendwann einmal in Verbindung gestanden hatte und ihr sogar untertan gewesen war, dann würde sie unter Umständen Rechte beanspruchen, die ihr Lady X keinesfalls zugestehen wollte.

Obwohl sie Pandora bisher noch nicht zu Gesicht bekommen hatte, stufte sie diese Person bereits als Feindin ein.

Sie sah sie nicht. Sie hörte sie. Wie auch Xorron erreichte sie plötzlich die Stimme aus dem Nichts.

»Ich begrüße dich bei mir, Xorron, Herr der Untoten ...«

Wir gingen noch nicht zum Friedhof, sondern in die kleine Leichenhalle. Bevor ich allerdings einen Fuß über die Schwelle setzen konnte, hielt mich der Pater zurück.

»John, ich möchte dich nicht kränken, aber du musst dich entscheiden, ob du mit in die Kapelle kommen oder dir den Toten noch anschauen willst.«

Ich dachte einen Moment nach und entschied mich dafür, bei dem Toten zu bleiben.

»Der Sarg ist übrigens offen«, erklärte Ignatius im Weggehen.

»Danke.«

Ich trat über die Schwelle der kleinen Leichenhalle. Ob klein oder groß, vor Leichenhallen hatte ich zwar keine Angst, aber ein bedrückendes Gefühl strahlen all diese Räume aus. Es ist der allgegenwärtige Geruch des Todes, der Vergänglichkeit und der Verwesung.

Die Halle hatte eine schmale Tür, aber keine Fenster. Dicht unter der Decke sah ich zwei Guck- oder Luftschlitze, ähnlich, wie man sie in alten Burgtürmen sieht.

Der schmucklose Sarg stand in der Mitte. Nicht einmal ein Kranz lag darauf als Dekoration. Der Boden bestand aus rötlichen Steinen, die fast fugenlos ineinander übergingen. Es gab nicht einmal Bänke, auch kein elektrisches Licht. Erleuchtet wurde der Raum durch sechs Kerzen, die in eisernen Haltern in jeweils zwei Dreierreihen zu beiden Seiten des Sargs standen.

An der Stirnseite der kleinen Leichenhalle, der Tür damit genau gegenüber, hing ein schmuckloses Kreuz an der Wand. Zwischen dem Kreuz und mir befand sich nur noch der Sarg. Er war tatsächlich offen, wie man es mir gesagt hatte. Der Deckel lehnte an der Wand. Wahrscheinlich würde der Abt den Sarg schließen wollen. Das entsprach der Tradition.

Da es in der Leichenhalle sehr still war, vernahm ich den Gesang der Mönche. Er klang dumpf, irgendwie pessimistisch und war der folgenden Zeremonie angemessen.

Sie beklagten einen Toten, den eine schreckliche Macht ihnen genommen hatte.

Sehr nahe trat ich an den Sarg heran, so dicht, dass ich mit den Knien fast dagegen stieß. Dann senkte ich meinen Blick und schaute auf die Leiche.

Der Mann war noch jung gewesen. Auch in der Totenstarre konnte ich das erkennen. Er lag auf dem Rücken. Sein Gesicht war wachsbleich, die Hände hatte man ihm auf der Brust gefaltet. Aus der Lücke zwischen den beiden Daumen und Zeigefingern schaute ein schlichtes, kleines Holzkreuz hervor.

Der Tote trug kein Leichenhemd. Er wurde in seiner Kutte begraben. Der Sarg war selbst angefertigt worden, denn innerhalb der Klostermauern gab es auch eine Schreinerwerkstatt, die solche Arbeiten übernahm.

Weshalb hatte er sterben müssen? Was war geschehen? Wenn er hätte reden können, wäre mir wohler gewesen, so aber war ich weiterhin nur auf Vermutungen angewiesen.

Ich dachte, während ich das Gesicht des Toten betrachtete, wieder an die Vision von Pater Ignatius. Er hatte eine schöne Frau gesehen, die eine Büchse in der Hand trug.

War es tatsächlich Pandora gewesen? Eine kaum glaubliche Vorstellung, aber was hatte ich nicht alles schon in meiner Laufbahn erlebt, sodass ich inzwischen das Unmögliche für möglich hielt.

Ich hatte die Tür der kleinen Halle nicht ganz geschlossen. Hin und wieder fuhr ein Windstoß in den Raum. Er strich über die Flammen und bewegte sie, sodass sie einen geisterhaften Tanz aufführten, dem eine gespenstische Schattenbildung folgte, die über die Innenwände zuckte. Nicht nur dort. Auch die Leiche blieb nicht verschont. Das Gesicht nahm eine andere Farbe an. Manchmal glühte es rötlich, dann wurde es wieder bleich, und einen Augenblick später hatte ich das Gefühl, als würden sich Augen und Mund bewegen.

Eine Täuschung?

Nein, die Augen bewegten sich tatsächlich. Nicht nur sie, auch das Gesicht zuckte. Es begann an den Wangen, die sich spannten, und es schien so, als wollte der Tote noch einmal tief Luft holen.

Hatte ich es hier mit einem Zombie zu tun? Ein Untoter an geweihter Stätte? Das durfte doch nicht wahr sein, das konnte es nicht geben und widersprach allen Regeln.

Ich schaute genauer hin.

Das Gesicht der Leiche lebte. Es war allerdings kein Leben wie bei einem Zombie. Innerhalb des kalten Körpers schien sich etwas anderes anzubahnen. Dort wirkte eine Magie, die allmählich zum Ausbruch kam.

Es war unwahrscheinlich, so gut wie nicht zu erklären, doch die Magie war vorhanden. Etwas schob sich aus der Tiefe des Körpers in die Höhe, erreichte das Gesicht der Leiche und veränderte es.

Da war ein zweiter Körper, ein Geistkörper, der sich nun allmählich löste.

Ich war fasziniert.

Im ersten Augenblick fielen mir die Geschichten der alten Menschen ein, die davon redeten, dass sie die Seele eines Toten aus dem Körper hätten steigen sehen. Sie sprachen immer von seltsamen Lichtstreifen, die über dem Toten schwebten und dann blitzschnell verschwanden.

Das war hier nicht der Fall. Der Geist, der in dem Körper hockte, konzentrierte sich auf das Gesicht, und er veränderte es, indem er sich selbst darüber schob.

Ein neues Gesicht entstand.

Das Gesicht einer Frau.

Und da wusste ich Bescheid. Auch ohne mich näher damit befasst zu haben, war mir klar, wer mich da im Sarg liegend anschaute.

Pandora!

Ihr Gesicht hatte sich über das des Toten geschoben und es sah aus, als bestünde es aus Glas.

Ich wagte nicht, mich zu rühren, denn irgendetwas musste das Ereignis zu bedeuten haben. Obwohl Pandora der Geschichte nach eine Feindin von mir sein musste, war ich gespannt, was sie mir zu sagen hatte.

Es waren Laute, die mich an Sphärenklänge erinnerten. Sie drangen aus einer Ferne zu mir, die eigentlich nicht messbar war. Dabei hätte ich nur die Hand auszustrecken brauchen, um sie zu berühren, aber ich zögerte.

»Xorron«, sagte die Stimme. »Xorron. Ich habe ihn gefunden. Er wird mir zur Seite stehen. Die Pest, das Grauen, ich werde meine Büchse öffnen, die Rache der Pandora hat begonnen …«

Xorron und Pandora!

Verdammt, ich hatte es sehr gut verstanden, und mir wurde ein wenig mulmig zumute, als ich daran dachte. Was hatte Xorron mit dieser seltsamen Frau zu tun? Sie hatte ihn gefunden. Dann musste sie ihn gesucht haben. Aus welchem Grund?

Pandora allein war schrecklich genug. Mit Xorron zusammen jedoch würde sie eine Gefahr bilden, der man kaum etwas entgegensetzen konnte. Aus diesem Grund musste ich etwas tun.

Jetzt und hier!

Seit ich die Geheimnisse meines Kreuzes zum größten Teil kannte, hatte ich noch mehr Vertrauen in diese magische Waffe gesetzt. Vorhin hatte ich das Gesicht berühren wollen, aber gezögert.

Jetzt nicht mehr. Nur nahm ich nicht allein meine Hand, sondern verließ mich auf das Kreuz. Ich streifte die Kette über den Kopf, nahm das Kreuz zwischen die Finger und näherte die Hand vorsichtig dem Gesicht der Leiche.

Verzerrten sich die Züge der Pandora? Ich glaubte es und hatte im nächsten Moment Kontakt.

Das Kreuz berührte das Gesicht.

Jedoch das eines Toten!

Das andere Gesicht war nicht mehr zu sehen. Es hatte sich innerhalb einer Sekunde aufgelöst.

Eine letzte Botschaft hatte Pandora noch für mich. Wie die Geisterstimme einer allmählich vergehenden Seele erreichte sie mich, und die Worte trafen mich hart.

»Von nun an sind wir Feinde …«

Hatte ich einen Fehler begangen?

Ich stand wie zu Stein erstarrt und dachte über die vergangenen Ereignisse nach. Nein, eigentlich nicht. Wir wären auch so Feinde geworden, aber ich hatte zu früh die Entscheidung gewollt, weil mir ein Bündnis zwischen Pandora und Xorron einfach zu schrecklich erschien.

Ich nahm die Hand zurück.

Das Metall hatte sich nicht erwärmt. Demnach war das Kreuz nicht aktiv geworden. Pandora schien es nichts auszumachen. Sie stand mit den höllischen Kräften nicht in direkter Verbindung. Gegen sie, die aus der griechischen Mythologie stammte, hatte der Prophet Hesekiel und Erschaffer des Kreuzes kein Mittel gefunden.

Das war ein Tiefschlag für mich. Am Sarg dieses toten Mönches wurde mir bestätigt, dass ich wirklich kein großer Held war und auch niemals sein würde.

Für mich war es nicht einfach, mit diesem Wissen fertig zu werden. Doch ich durfte auch nicht in Depressionen verfallen, der Kampf ging weiter. Über den Vorgang wollte ich Pater Ignatius und auch den Abt des Klosters unterrichten. Der hohe Würdenträger hatte nicht einmal nach dem Grund meines Besuches gefragt, und das sollte sich schnell ändern. Ich drehte meinen Körper und war dabei, mich abzuwenden, als mir etwas auffiel.

Ein beißender, nach Pest und Schwefel stinkender Geruch breitete sich aus, und dieser Gestank hatte seine Ursache in der Gestalt der Leiche gefunden.

Sie veränderte sich auf schreckliche Art und Weise. Wobei Pandora mir demonstrierte, zu welch grauenvollen Handlungen sie fähig war …

Der Bus war so leer, dass Suko sich seinen Platz aussuchen konnte und allein in einer Bankreihe sitzen konnte. Er zahlte und setzte sich drei Reihen hinter dem Fahrer ans Fenster.

Ein paar Reisende musterten ihn verstohlen, wahrscheinlich deshalb, weil er ein Chinese war.

Aber das störte ihn nicht. An solche Blicke hatte sich der Inspektor längst gewöhnt. Viel stärker beschäftigten sich seine Gedanken mit dem Fall und damit, ob sie wohl richtig gehandelt hatten.

Sicher konnte er da nie sein, aber das musste erst die Zukunft lehren, ob er sich nicht geirrt hatte.

Der Bus rollte auf Billings zu. Die Landschaft konnte man als lieblich hügeliges Gelände bezeichnen, das weiter vorn zu kleinen Bergen hochstieg, deren Hänge einen dichten Wuchs zeigten. Normalerweise hätte auf den Bäumen eine helle Schneeschicht liegen müssen, das jedoch war nicht der Fall. In ihrer grünen Naturfarbe grüßten die Bäume hernieder. Der Wind bewegte ihre Kronen, und das erinnerte Suko an die Wellen einer Brandung.

Der Bus fuhr ein wenig langsamer, weil er einen Berg überwinden musste. Hinter Suko unterhielten sich zwei Frauen in einem Dialekt, aus dem der Chinese nicht schlau wurde.

Da er Platz hatte, streckte er die Beine seitlich weg und beobachtete die rechte, freie Straßenseite.

Überholt worden waren sie bisher nicht. Nach Billings verirrte sich wohl kaum jemand und Suko war gespannt darauf, wie man ihn, den Fremden, wohl aufnehmen würde.

Als sie die Hügelkuppe erreicht hatten, führte die Straße bergab. Eine letzte Haltestelle erschien und der Fahrer erkundigte sich über Lautsprecher und Mikrofon, ob jemand aussteigen wollte. Es meldete sich niemand. Wer sollte schon in dieser einsamen Gegend, wo es weder Häuser noch Höfe gab, den Bus verlassen wollen?

Die nächste Station war Billings.

Suko schaute zu den Bergen hoch. Sie durchfuhren ein ziemlich breites Tal. Aus diesem Grund waren die Berge gut zu überblicken. Dort oben irgendwo trieb sich jetzt bestimmt John Sinclair herum. Der Inspektor drückte seinem Freund beide Daumen. Hoffentlich hatte er Erfolg bei seinen Nachforschungen im Kloster. Irgendwie wurde er das Gefühl nicht los, dass beide Fälle zusammenhingen.

Man musste abwarten.

Aus der Gegenrichtung fuhr ein Wagen herbei. Ein schwarzer Pkw. Suko erkannte einen Leichenwagen.

Ein schlechtes Omen, hätten abergläubische Menschen gesagt. Als sich der Inspektor umdrehte, da bemerkte er, dass sich die beiden Frauen hinter ihm hastig bekreuzigten.

Eine große Kurve musste der Bus nehmen. Als sie den Scheitelpunkt erreicht hatten und Suko an dem Fahrer vorbeischaute, da erkannte er bereits den Ort Billings.

Die Häuser standen dicht beieinander, so jedenfalls sah es aus. Manche hatten rote Dächer. Um das Dorf herum waren zahlreiche Felder angelegt worden, die allerdings brachlagen.

Der Winter ohne Schnee war trostlos. Die ersten Gehöfte erschienen. Aus einem Feldweg fuhr ein Landwirt. Er saß auf seinem Trecker und stoppte nicht, obwohl er den Bus sehen musste.

Der Fahrer hupte. Das Echo dröhnte laut über die Straße, und im Nu ballte sich die Gefahr zusammen.

Suko hielt sich fest und hörte den Busfahrer gleichzeitig lästerlich fluchen, während der Trecker einfach auf die Straße gelenkt wurde und seine Reifen eine breite braune Schicht aus Dreck auf dem Asphalt hinterließen.

Hart musste der Fahrer in die Bremse steigen, denn es blieb ihm überhaupt nichts anderes übrig.

Suko hatte die Szene vorausgeahnt und sich dementsprechend verhalten, die anderen Fahrgäste nicht.

Es begann mit einem Zischen der Druckluft. Dann wurde das Fahrzeug durchgebeutelt, die ersten Schreie klangen auf, irgendetwas polterte. Suko fiel nach vorn und im nächsten Augenblick wieder nach hinten, wobei er sich trotz seines Festklammerns den Kopf stieß.

Fast wäre der schwere Bus mit dem Heck ausgebrochen. Der Fahrer jedoch war gut. Er schaffte das schier Unmögliche und brachte sein Fahrzeug dicht neben dem Trecker zum Stehen.

Kaum hatte der Bus angehalten, als Suko aufsprang und sich umdrehte. Keiner der restlichen Fahrgäste saß mehr normal auf seinem Platz. Die beiden Frauen hinter ihm hatte es in den Gang geschleudert, wo sie lagen und vor Schmerzen stöhnten.

Ein Mann zog sich an der Rückenlehne hoch und schimpfte wie ein Rohrspatz. Den beiden Frauen schien nichts passiert zu sein. Sie setzten sich wieder hin. Zudem waren beide ziemlich korpulent, und ihr Speck hatte Schlimmeres verhütet.

Suko blieb stehen. So hatte er einen besseren Überblick, überlegte es sich im nächsten Augenblick anders und folgte dem Fahrer, der mit einem Satz nach draußen sprang. Der Kopf des Mannes war rot angelaufen vor Wut. Das war verständlich. Neben dem Traktor blieb er stehen und schimpfte auf den Fahrer ein, der sich jedoch nicht rührte und starr wie ein Denkmal sitzen blieb. Er hatte nur ein wenig den Kopf gedreht.

Suko verließ ebenfalls den Bus. Die Augenbrauen des Inspektors zogen sich zusammen, denn aus der Reaktion des Treckerfahrers wurde er nicht schlau.

Der Mann reagierte nicht normal. Irgendwie schien er geistesabwesend zu sein, regelrecht apathisch, als würde er nicht normal leben, sondern sich in einem Traum befinden. Sein Blick war starr geradeaus gerichtet, die Lippen so fest zusammengekniffen, dass sie einen Strich bildeten, und seine Hände hatte er um den Lenkradring gelegt.

»Bist du wahnsinnig geworden, du dummer Kuhbauer?«, brüllte der Busfahrer. »Wenn ich nicht so aufgepasst hätte, dann wäre es zu einer mittleren Katastrophe gekommen.«

Der Angesprochene erwiderte nichts. Er hockte auf dem Trecker und schaute ins Leere.

Suko ging ein wenig näher heran. Das Verhalten des Mannes hatte ihn sehr misstrauisch gemacht. Er fand keine Erklärung dafür, es widersprach allen Regeln.

Um das Geschimpfe kümmerte sich der Inspektor nicht. Für ihn war nur der Treckerfahrer wichtig und besonders dessen Gesicht. Die Haut zeigte eine bleiche Farbe. Deshalb waren die dunkelgrauen Flecken umso deutlicher zu erkennen. Sie hatten etwa die Größe von Geldstücken und waren auf den Wangen sowie der Stirn verteilt.

War der Mann krank?

»Warum sagst du nichts?« Der Busfahrer hatte sich noch immer nicht beruhigt. Sein Arm schnellte vor. Die Finger griffen zu und verhakten sich im Stoff des Ärmels. Dann schüttelte er den Bauern durch, der alles mit sich machen ließ, ohne auch nur ein einziges Mal zu reagieren. Er blieb bei seiner Apathie.

Als der Fahrer zum Schlag ausholen wollte, fing Suko dessen Faust ab. »Lassen Sie«, sagte er, »es lohnt sich nicht. Außerdem befinden Sie sich im Vorteil.«

Der Fahrer war überrascht von der Kraft des vor ihm stehenden Chinesen. Er wollte sich umdrehen. Suko ließ es auch geschehen und die beiden Männer starrten sich an.

»Okay«, sagte der Busfahrer. »Lassen Sie mich los. Ich werde mir an diesem Idioten nicht die Finger schmutzig machen. Aber so etwas ist mir noch nie passiert. Fährt der einfach auf die Straße, wo er uns doch sehen musste.«

»Manche schlafen eben«, stellte Suko fest.

»Aber nicht beim Fahren. Pennen kann er ja.« Scharf machte der Fahrer kehrt und stieg wieder ein.

Suko blieb noch. Im Gesicht des Bauern rührte sich nichts. Er schaute stur geradeaus, dann stellte er den Motor wieder an, und durch den Trecker lief ein Zittern, das sich auf den Fahrer übertrug.

Der Inspektor ließ ihn fahren. Als sich Suko umdrehte, stand der Busfahrer in der offenen Tür. Er blickte dem Bauern wütend nach.

»Haben Sie so etwas schon erlebt?«, fragte er, während sich Suko an ihm vorbeischob, um wieder einzusteigen.

»Nein.«

»Ich auch nicht. Dieser Penner.«

Als Penner wollte Suko den Bauern nicht bezeichnen. Der hatte nicht geschlafen, und wahrscheinlich trug er nicht einmal die Schuld für sein Verhalten.

Nein, da spielten andere Dinge mit. Dieser Dr. McGovern hatte nicht umsonst Alarm geschlagen. Der Bauer musste zu den kranken Bewohnern von Billings gehören.

Es war nicht mehr weit zu fahren. Da der Trecker auch auf das Dorf zurollte, wurde er vom Bus überholt. Der Fahrer drohte dem Mann noch, dann rauschte er vorbei.

Suko war der Einzige, der in Billings ausstieg.

»Wenn Sie den Kerl noch mal sehen, Mister, dann grüßen Sie ihn von mir«, sagte der Fahrer zum Abschied.

»Ich werde mich daran erinnern.«

»Viel Spaß noch.«

»Ebenfalls.« Suko blieb an der Haltestelle stehen. Er bekam als Andenken noch eine Auspuffwolke mit, dann rollte der große Überlandbus davon.

Der Chinese schien in ein komisches Nest geraten zu sein, denn die Menschen, die er sah, machten einen apathischen Eindruck. Ob Männer, Frauen oder Kinder, es gab da keinen Unterschied.

Zwar schien jeder seiner gewohnten Tätigkeit nachzugehen, doch die Bewegungen hatten sich verlangsamt. Suko schien es, als würde ein jeder eine gewaltige Last auf seinem Rücken tragen, die schwer drückte. Hinzu kamen die Gesichter der Menschen. Suko sah sehr große Ähnlichkeiten mit dem Gesicht des Bauern. Auch die der Einwohner waren bleich und mit grauen Flecken versehen.

Von Suko nahm man keine Notiz. Man ließ ihn links liegen, und dem Chinesen fiel zudem noch auf, dass die Menschen kaum miteinander sprachen. Er musste zu Dr. McGovern. Die Adresse wusste er nicht. Weit brauchte er sicherlich nicht zu laufen, denn die Ortschaft war überschaubar.

Der Chinese trat einem Jungen in den Weg. Der Knabe stoppte auch und schaute zu dem Erwachsenen hoch. Suko erschrak, denn er sah in dem Gesicht des vielleicht elfjährigen Kindes dieselben Symptome wie bei den Erwachsenen.

Anmerken ließ er sich nichts, setzte sein bestes Lächeln auf und fragte nach Dr. McGovern.

Der Junge nickte und legte die Stirn in Falten, als müsste er erst überlegen. Schließlich hob er den Arm, deutete mit dem Daumen hinter sich und sprach dabei:

»Die erste Straße rechts müssen Sie rein, Mister. Da ist dann auch das Haus.«

»Woran kann ich es erkennen?«

»An dem Schild.«

»Danke sehr.«

Der Junge nickte, setzte seine Mütze gerade, ließ die Hände in den Hosentaschen verschwinden und schritt davon.

Kinder, die so reagierten, hatte Suko noch nie erlebt. Der Junge sah aus, als würde er gleich auf der Straße einschlafen. Das war dem Chinesen nicht geheuer.

Die Ortschaft konnte man mit dem Begriff verträumt umschreiben. Suko sah alte Häuser, aus deren Schornsteinen dünne Rauchfahnen quollen. Die Gehsteige waren mit Kopfsteinpflaster versehen, ein Teil der Straßen ebenfalls. Autos gab es nicht sehr viele, sodass noch genügend Parkplätze vorhanden waren.

Suko schritt um die Ecke und gelangte in eine Gasse. Er schaute an den Hausfronten hoch und sah das Glänzen eines Messingschilds.

Da musste der Arzt seine Praxis haben. Suko brauchte nur wenige Schritte zu gehen, als er vor dem alten, etwas schief gebauten Haus stehen blieb. Die Tür war nicht verschlossen. Ein großer Mensch musste den Kopf einziehen, wenn er hindurchschreiten wollte, und Suko gelangte direkt in ein Wartezimmer, wo einige Stühle in einem großen Halbkreis standen. In der Mitte sah er einen runden Tisch. Auf ihm lagen Illustrierte vom vergangenen Monat.

Patienten sah er nicht.

Bis auf ihn war das Wartezimmer leer. Außer der Eingangstür zweigten noch zwei weitere ab, auf denen Suko Schilder entdeckte. Bevor er dazu kam, eine Tür aufzustoßen, wurde sie von innen geöffnet, und eine Frau stand auf der Schwelle.

Sie erschrak, als sie den Chinesen so dicht vor sich stehen sah, und presste ihre Hand dorthin, wo unter der Brust das Herz schlug. »Meine Güte, haben Sie mich erschreckt.«

Die Frau war etwa vierzig Jahre alt und hatte dunkles Haar, das erste graue Fäden zeigte.

»Was wollen Sie?«, sprach sie Suko an.

»Ich möchte zu Dr. McGovern.«

»Mein Bruder behandelt nicht mehr. Er ist selbst krank.«

»Wie auch die anderen?«

Die Frau schluckte. »Ja.«

»Aber Sie sind es nicht?«

»Nein. Ich bin erst heute eingetroffen. Ich komme aus Manchester, heiße ebenfalls McGovern und arbeite normalerweise als Krankenschwester in einer Privatklinik. Fred rief mich um Hilfe. Was ich hier erlebt habe, widerspricht jeglicher Erfahrung.«

»Ich bin zwar kein Fachmann«, erwiderte Suko, »aber so wie Sie sehe ich es auch.«

»Was sollen wir denn tun? Woher kommen Sie, Mister …?«

Suko sagte seinen Namen und fügte auch den Beruf hinzu.

»Von der Polizei sind Sie?«

»Ja, und ich komme aus London.«

»Dann hat Sie bestimmt der Freund meines Bruders geschickt. Er ist Polizeiarzt.«

»Richtig.«

Die Frau schüttelte den Kopf und hob dabei noch die Schultern. »Ich will Ihnen ja nicht zu nahe treten, Mr. Suko, aber ich glaube nicht, dass Polizisten hier etwas erreichen können. Es ist einfach unerklärlich, widerspricht den üblichen Krankheitsbildern und ich habe das Gefühl, dass eine Seuche die Menschen hier befallen hat.«

»Seuche, vielleicht. Können Sie sich da konkreter ausdrücken, Miss McGovern?«

Die Krankenschwester schaute sich verschwörerisch um, damit nur keiner in der Nähe war, wenn sie ihre Antwort formulierte. »Wissen Sie, Mister, es kann die Pest sein!«

Mit einer ähnlichen Erklärung hatte der Chinese gerechnet. Die Pest! Ein grausames Wort. Eine Krankheit, die im ausgehenden Mittelalter Hunderttausende dahingerafft hatte. Heute hatte man die Krankheit im Griff.

»Sind Sie sich da sicher?«

»Ja, Mr. Suko. Ich bin mir sicher.«

»Ich glaube nicht daran.«

»Wieso?«

Suko lächelte. »Nun ja, eine Art Pest ist es schon, aber keine normale, wenn Sie verstehen, was ich meine.«

»Nein.«

»Vielleicht erkläre ich es Ihnen später. Jetzt möchte ich erst einmal Ihren Bruder sehen.«

»Kommen Sie mit. Ich bringe Sie zu ihm. Er wollte nicht in seiner Wohnung oben liegen, sondern im Behandlungszimmer. Ich habe ihm dort sein Bett aufgebaut.« Die Frau öffnete die Tür hinter Suko.

Der Chinese befand sich in einer völlig normal eingerichteten Arztpraxis. Nicht übermodern, aber die Geräte, die dort standen, reichten wohl aus.

Das Bett befand sich rechts von der Tür, direkt an der Wand. Dort lag auch der Arzt.

Suko schritt langsam auf ihn zu, während die Frau zurückblieb. Er hatte ebenfalls einen Mann erwartet, in dessen Gesicht sich dunkle Flecken befanden. Zu seinem Entsetzen sah er sich getäuscht. Nicht Flecken bedeckten das Gesicht des Arztes, sondern dicke schwarze Pusteln, groß wie Fingernägel.

Der Inspektor war geschockt. Er musste sich stark beherrschen, um dies nicht zu zeigen.

Dr. McGovern lag apathisch unter dem weißen Laken. Er schaute Suko zwar an, reagierte aber nicht. Erst als Suko neben dem Bett stehen blieb, sagte er ein Wort.

»Pandora!«

Über Sukos Rücken rann ein Schauer …

Lady X stand wie festgewachsen auf der Stelle. Sie horchte ebenso wie Xorron, lauschte dem Klang der Stimme nach und wartete darauf, dass sie sich wiederholte.

Das geschah auch. »Xorron, Herr der Untoten und

Zombies. Endlich bist du gekommen. Lange genug habe ich gewartet, doch ich wusste genau, dass uns das Schicksal zusammenführen würde.«

Xorron überwand als Erster seine Überraschung. »Du bist Pandora?«

»Ja.«

»Was willst du von mir?«

»Was will die Herrin schon von ihrem Diener?«, antwortete Pandora mit einer Gegenfrage.

Jetzt griff Lady X in den Dialog ein. »Herrin und Diener?«, kreischte sie. »Dass ich nicht lache. Du, Pandora, oder wer immer du sein magst, bist nicht seine Herrin. Das bin ich. Ich ganz allein, denn ich habe die Führung der Mordliga übernommen, und Xorron gehorcht nur mir, das schwöre ich dir!«

»Blase dich nicht so auf, Lady X. Wer bist du denn schon? Ein Nichts, ein Wesen, über das ich lächle!«

»Dann zeige dich doch, damit wir es austragen können!«

Die Scott geriet allmählich in Wut und ließ ihre Maschinenpistole von der Schulter gleiten, wobei sie den Würfel des Unheils in die linke Hand überwechselte.

»Du kannst mich sehen. Schau genau hin!«

»Nein, du hast dich verkrochen!«

»Sieh in den Würfel!«

Diese Aufforderung war schlimmer als alles andere. Lady X zuckte zusammen, denn damit hatte sie nicht gerechnet. Sollte Pandora tatsächlich den Würfel manipulieren können? Hatte er deshalb nicht reagiert? Sie traute sich kaum, den Blick zu senken. Erst nach der zweiten Aufforderung tat sie es.

Zuerst einmal sah sie Schlieren, weißlich schimmernd. Sie bewegten sich in einer Fläche. Bisher allerdings noch ziemlich langsam, dann wurden sie schneller. Sie quirlten durcheinander, und aus ihnen formte sich ein Gesicht.

Lady X erschrak.

Es war das Gesicht einer Frau. Sie lächelte, aber die ehemalige Terroristin ließ sich nicht täuschen.

Dieses Lächeln war kalt und grausam. Es stand im

genauen Gegensatz zu dem Gesicht, das fast eine überirdische Schönheit ausstrahlte.

Der Göttervater Zeus hatte Pandora mit allen Vorzügen einer Frau ausgestattet und dazu gehörte es, dass sie das Gesicht eines Engels, jedoch die Seele eines Teufels hatte. Blond, fast weiß schimmerte das Haar. Ein seltsam heller Glanz schien um ihren Kopf zu liegen. Die Augen erinnerten an zwei Sterne, wobei die Farbe der Pupillen kaum zu erkennen war.

»Nun, Lady X, siehst du mich?«

»Ja, verdammt.«

»Dann weißt du auch, dass dir dein Würfel nicht mehr viel helfen kann. Ich habe ihn an mich genommen und werde mich auch seiner Kräfte bedienen, wenn es nötig sein sollte, obwohl ich sonst mit einer anderen Waffe ausgerüstet bin.«

»Mit der Büchse, nicht wahr?«

»Genau. Du bist informiert, Lady X. Und diese Büchse habe ich inzwischen geöffnet. Ich weiß, dass du die Mordliga an dich gerissen hast, aber ich werde dir einen Strich durch die Rechnung machen. Du hättest Xorron nicht auf deine Seite ziehen sollen, denn er gehört mir allein. Er und ich waren schon, als die Welt noch anders aussah, und deshalb wirst du zurücktreten, denn deine stärkste Waffe nützt dir nichts mehr. Der Würfel gehorcht dir nicht!«

Lady X war durcheinander. Sie schaute auf Xorron, blickte dann den Würfel an, und das Spiel begann von vorn.

»Nun?«, höhnte Pandora aus dem Würfel.

»Ich kann dir nichts glauben!«

»Du solltest es tun. In deinem Interesse. Wenn ich dir Beweise liefern soll, bist du verloren.«

Lady X überlegte. Sie konnte normalerweise ziemlich gelassen bleiben, was vielleicht mit ihrem Vampirdasein zusammenhing. Wenn es jedoch um Macht und deren Ansprüche ging, dann wurde sie sauer und reagierte wütend. Macht war der wichtigste Faktor überhaupt, und ihn wollte sie sich nicht aus den Händen reißen lassen.

Auch nicht von Pandora!

»Der Würfel gehört mir«, erklärte sie mit zischender Stimme. »Ich werde ihn nicht hergeben!«

Pandora lachte. »Was weißt du denn? Du hast ihn übernommen, in Verwahrung gehalten, doch seine wahren Besitzer sind ganz andere.«

»Wer? Du?«

»Unter anderem.«

Lady X schüttelte den Kopf. Dann übermannte sie die Wut, und sie schleuderte den Würfel zu Boden. »Er taugt nichts mehr!«, schrie sie. »Du kannst ihn haben.« Demonstrativ ging sie einen Schritt zurück, um zu beweisen, dass ihr nichts mehr an dem Würfel lag.

Das allerdings war ein Irrtum. Ihr lag sehr wohl an dieser gefährlichen Waffe, denn der Würfel galt für sie als die Basis der Macht. Ihn konnte sie manipulieren, durch ihn zwang sie andere Gegner in die Knie, und wenn sie jetzt aufgab, dann nur zum Schein. Sie dachte nicht wirklich daran, sich zurückzuziehen.

Niemals!

»Nimm ihn auf!«, befahl Pandora, und dieser Befehl galt Xorron, dem Herrn der Untoten und Zombies.

»Du lässt ihn liegen!«, peitschte die Stimme der Scott.

Die erste Machtprobe bahnte sich an. Lady X war gespannt, wie Xorron sich entscheiden würde. Bisher hatte er ihr treu zur Seite gestanden, hatte jeden ihrer Befehle ausgeführt. Nun aber griff eine andere ein, jemand, der ebenfalls mit Xorron zu tun gehabt hatte – und dies weit vor ihrer Zeit.

Konnte sich Xorron noch erinnern?

Langsam, sehr langsam drehte er sich um. Er schaute auf den Würfel, der von einem schräg im Boden steckenden Stein aufgehalten worden war. Dann wechselte sein Blick, und er sah Lady X voll ins Gesicht.

»Komm her, Xorron!«, flüsterte die Vampirin.

Die Spannung hatte sich verdichtet. Fast greifbar stand sie zwischen ihnen. Zu Fäusten hatte die Scott ihre Hände geballt. Die Augen funkelten, in den Pupillen stand der Wille zu lesen, jetzt erst recht nicht aufzugeben, sondern es bis zum Ende durchzufechten.

Nur einen Sieger konnte es geben. Und der wollte Lady X sein.

Xorron bewegte sein rechtes Bein. Durch seinen Körper ging ein gewaltiger Ruck. Gleichzeitig schüttelte der Unhold den Kopf, als er Lady X anschaute, und da wusste die Untote, dass sich ihr Helfer gegen sie entschieden hatte.

Im nächsten Augenblick erhielt sie den Beweis, denn Xorron bückte sich, öffnete seine Hände, sodass aus ihnen Greifwerkzeuge wurden, und er fasste nach dem Würfel.

Mit einer Hand hob er ihn hoch.

Lady X schüttelte sich. Es war die Enttäuschung, die durch ihren Körper rann, denn für sie brach in diesen Augenblicken eine Welt zusammen. Xorron hatte sich von ihr gelöst und sich auf die Seite der Pandora gestellt. Es war etwas eingetreten, das sie nie für möglich gehalten hatte, denn nach Dr. Tods Vernichtung hatte Xorron ihr immer treu zur Seite gestanden.

Und nun dies!

Was verband ihn mit Pandora? Weshalb gehorchte er ihr und nicht der Führerin der Mordliga?

Das Gesicht der Untoten verzerrte sich. Angst, Hass und Staunen waren auf ihren Zügen zu lesen. Aus brennenden Augen schaute sie zu, wie sich Xorron erhob und den Würfel in einer Hand hielt. Auf seinen Flächen erschien das Gesicht von Pandora. Sie hatte von dem Würfel Besitz ergriffen. Wo der Betrachter auch stand, er konnte sie immer sehen, und Xorron hatte eine neue Herrin.

Das Lachen von Pandora ging Lady X unter die Haut. Sie schüttelte sich, denn sie erlebte, dass sie als Vampirin fertig gemacht wurde. Von einem anderen Dämon, von einer sagenhaften Gestalt, die es eigentlich nicht geben durfte.

»Du siehst, er gehorcht mir«, erklärte Pandora mit ruhiger Stimme. »Du bist ein Nichts, ein Dämon der neuen Zeit vielleicht. Dabei hast du nur vergessen, dass die Dämonen der alten Zeit wesentlich mächtiger gewesen sind. Heute kommt ihr gegen die Magie von damals nicht an. Du hättest an meiner Seite kämpfen sollen, aber das ist dir nicht eingefallen und wird dir auch wohl nicht in den Sinn kommen. Deshalb sehe ich dich als eine Feindin an und werde dementsprechend handeln. Seine erste Prüfung hat Xorron bestanden, die zweite, die wesentlich stärkere, steht ihm noch bevor. Xorron!« Die Stimme hatte sich gesteigert, und das Monster senkte seinen Blick. »Wirst du mir gehorchen?«

»Ja, Herrin!«

Als er die Antwort gab, glaubte Lady X, mit einem glühenden Messer geteilt zu werden.

Sie bleckte ihre Vampirzähne. Die Hände verkrampften sich um den Waffenstahl, aber sie wusste genau, dass eine Salve aus der Maschinenpistole nur Munitionsverschwendung gewesen wäre, denn Xorron widerstand den geweihten Kugeln.

»Wenn du alles für mich tun willst, dann führe auch meinen nächsten Befehl aus.«

»Sag ihn mir!«

»Töte Lady X!«

Aus dem offenen Sarg stieg der Rauch. Dieser widerliche, beißende, nach Pest und Schwefel stinkende Gestank, der sich zu Wolken verdichtete und mir entgegenwehte.

Ich konnte nicht erkennen, was mit dem Toten geschah. Ich wollte es jedoch sehen, holte ein Taschentuch hervor und presste es mir gegen den Mund, sodass ich einen kleinen Filter hatte, der den gröbsten Gestank abhielt.

Es war eine kurze Distanz, die ich zu überwinden hatte. Ich blieb dicht neben dem offenen Sarg stehen und wedelte mit einer Hand den Rauch durcheinander, um eine bessere Sicht zu haben.

Mich traf fast der Schlag.

Vergessen war der eklige Gestank, ich schaute nur auf den Toten, der dabei war, sich auf eine schreckliche Art und Weise zu verändern.

Der Rauch stieg aus seinem Körper. Die Haut änderte

ihre Farbe. Sie schrumpfte zusammen, nahm einen grauen Ton an, der schließlich pechschwarz wurde.

Der Begriff einer verkohlten Leiche fiel mir ein und das Schaurige daran waren die Augen, deren Pupillen seltsam hell schimmerten und mir vorkamen, als wären sie ein Stück aus den Höhlen geschoben worden.

Der Tote schrumpfte. Ich konnte zusehen, wie er immer kleiner wurde, denn die Haut verlor wohl Feuchtigkeit und spannte sich schließlich nur noch wie ein dünnes Blatt über die Knochen.

Ein scheußlicher Anblick, der mir hart auf den Magen schlug, sodass ich mich schütteln musste.

Zum ersten Mal hatte ich die Magie von Pandora direkt zu spüren bekommen, denn sie ließ vor meinen Augen einen Vorgang abrollen, der mit Worten kaum zu beschreiben war, da er so scheußlich war.

Ich stand inmitten der Pestwolken, die träge durch den Kerzenschein zogen und allmählich in Richtung Ausgang wanderten.

Noch etwas Schauriges wurde mir präsentiert. Obwohl der Tote kein Zombie war, bewegte er sich.

Es lag wohl am Austrocknen des Körpers, dass sich die Haut so scharf spannte und sogar die Finger der Leiche streckte, sie gleichzeitig bog, sodass aus seiner linken Hand eine Klaue wurde, die sich ein wenig aufgerichtet hatte und anklagend auf mich wies.

Ich wankte zurück.

Bisher hatte ich so gut, wie es eben möglich war, die Luft angehalten. Nun machte sich der Mangel an Sauerstoff bemerkbar. Ich musste atmen und tat dies sehr flach, wobei ich weiterhin das Taschentuch vor meine Nase hielt.

Mehr torkelnd als gehend bewegte ich mich auf den Ausgang zu, streckte die Arme aus, erreichte die Tür und zog sie auf. Ich wankte über die Schwelle nach draußen. Mein rechter Arm fiel nach unten, und ich saugte die kalte Luft eines trüben Tags in meine malträtierten Lungen. Einige Male atmete ich tief durch, schüttelte den Kopf, beugte ihn dabei nieder, und ich dachte mit

Schrecken daran, dass es mich unter Umständen auch erwischt haben könnte.

Ich war dem Toten sehr nahe gewesen. Der jetzt aus der offenen Tür quellende Qualm hatte mich umwölkt, sich in meiner Kleidung festgesetzt und auch auf der Haut. War ich angesteckt worden?

Dieser Gedanke bereitete mir Angst. Ich schüttelte mich und ging einige Schritte zur Seite, damit ich weg von den aus der Tür quellenden Rauchwolken kam.

Der Wind stand so günstig, dass er die Schwaden nicht in meine Richtung trieb, sondern in die, wo der Friedhof lag. Wie ein dicker Nebel zogen sie davon, und ich weinte den Pestwolken keine Tränen nach.

Ein paar Mal musste ich noch tief durchhusten. Mein Magen rebellierte. Er schien sich allmählich dem Kinn zu nähern. Ich keuchte weiter, spie einen bitter schmeckenden Schleim aus und erholte mich nur sehr langsam.

Erst jetzt fiel mir auf, dass der Gesang der Mönche verstummt war. Eine seltsame Stille lag über dem Kloster. Ich hörte nur meinen eigenen Atem sowie hin und wieder das Säuseln des Windes, wenn er um die Ecken der Gebäude fuhr oder sich in irgendeinem löchrigen Mauerwerk fing.

Noch einmal musste ich husten. Dabei wartete ich auf die Mönche, denn die Totenmesse war sicherlich beendet.

Die Männer kamen nicht.

Es wunderte mich, ich dachte mir allerdings nichts dabei, denn es konnte sein, dass sie noch ein gemeinsames stilles Gebet sprachen.

Mein Blick wanderte wieder in die andere Richtung. Ich schaute der allmählich entschwindenden Wolke nach, die sich wie ein Schatten auf den Friedhof zu bewegte.

Hoffentlich kehrte sie nicht mehr zurück und ließ uns in Ruhe. Da die unmittelbare Gefahr vorbei war, schritt ich wieder auf die Leichenhalle zu und betrat sie.

Zwei Kerzen waren verloschen. Die beiden, die in Kopfnähe des Toten standen. In der Halle war es dunkler geworden, die Schatten dafür größer und nicht mehr so scharf konturiert.

Ich nahm mir trotz der Scheußlichkeit des Anblicks die Zeit, die Leiche genauer anzuschauen.

Sie war tatsächlich geschrumpft. Da ich keine genauen Maße kannte, konnte ich nur schätzen, und zwar glaubte ich, dass sie um die Länge einer Hand kleiner geworden war.

Mein Arm zuckte vor. Ich war drauf und dran, den Toten anzufassen, scheute jedoch davor zurück und ließ den Toten liegen. Die Kutte war nicht zerstört worden. Sie wirkte jetzt nur größer, weil der Leichnam zusammengeschrumpft war.

Was sollte ich den anderen sagen?

Darüber dachte ich, am Sarg des Toten stehend, scharf nach, aber ich gelangte zu keinem Resultat. Ich musste einfach mit der Wahrheit herausrücken und hoffte auf das Verständnis der Mönche, die schließlich nicht zum ersten Mal mit den Praktiken schwarzer Magie konfrontiert worden waren.

Ziemlich bedrückt verließ ich die Leichenhalle wieder. Meine Gedanken drehten sich auch um Suko. Wo mochte er jetzt stecken? Bestimmt längst in Billings, um mit dem Arzt zu reden. Man hatte mir von einer seltsamen Krankheit berichtet, die den Landarzt befallen hatte. Auch das Gesicht der Leiche war schwarz geworden. Pandora mischte mit. Ich war ihr Feind, dies alles hatte sie mir deutlich genug zu verstehen gegeben, und ich glaubte, dass Pandora an zwei Orten gleichzeitig mitmischte.

Hier im Kloster und in Billings!

Was war der Grund? Darüber grübelte ich nach, fand jedoch keine Erklärung dafür, es sei denn, ihr Eingreifen hing mit meinem Auftauchen zusammen.

Noch immer befanden sich die Mönche in der kleinen Kapelle. Das wurde mir langsam unheimlich. Auch wenn ich vielleicht ein Gebet verletzte, ich wollte nachschauen.

Quer über den Klosterhof musste ich schreiten, um mein Ziel zu erreichen.

Vor der Tür verließ mich ein Teil meines Mutes. Ich traute mich nicht so recht, die Kapelle zu betreten, lauschte sicherheitshalber, wobei ich mein Ohr gegen das Holz presste, aber aus dem Innern der Kapelle war nichts zu hören.

Es blieb still.

Nein, da stimmte etwas nicht. Mein Herz klopfte schneller. Aufregung hielt mich gepackt, und ich rechnete mit dem Schlimmsten, als ich meine Hand auf den gusseisernen Griff der Tür legte, ihn nach unten drückte und die Tür langsam aufstieß.

Bei alten Kapellen kommt es oft vor, dass eine Tür quietscht. Das war hier nicht der Fall. Diese glitt nahezu lautlos nach innen und schlug auch nicht gegen die Wand, denn sie stoppte kurz zuvor.

Dicht vor der Schwelle stehend hatte ich einen ausgezeichneten Blick in das Innere der Kapelle.

Kerzen verbreiteten Licht. Sie waren am Altar und an den Wänden aufgebaut. Sie schufen Helligkeit, allerdings auch Schatten, und diese Schatten konzentrierten sich auf die beiden Bankreihen im Schiff der kleinen Kapelle.

Dort saßen die Mönche. Im ersten Augenblick kam es mir so vor.

Nein, die Mönche saßen nicht mehr. Sie waren zusammengesunken, übereinander gefallen und lagen wie tot auf dem Boden.

Pandora hatte auch hier zugeschlagen!

Ich konnte es kaum glauben. Es war unwahrscheinlich, aber eine Tatsache. Als ich näher kam, erkannte ich das gesamte Ausmaß des Schreckens. Die Mönche waren so gefallen, wie sie gesessen hatten. Nach rechts, links, vorn und hinten. Sie lagen kreuz und quer.

Selbst die Christenstätte hielt dieses Monster nicht zurück. Welch eine Macht musste es besitzen!

Mir lief es kalt den Rücken hinab, als ich daran dachte, und mir kam ein grauenhafter Verdacht. Langsam schritt ich näher. Die Mönche bewegten sich nicht. Sie lagen steif und starr, als wären sie tot.

Sollte Pandora hier einen Massenmord auf ihr

Gewissen – falls sie überhaupt eines hatte – geladen haben?

Ich musste mich davon überzeugen, blieb in dem Gang an den beiden hinteren Bankreihen stehen und beugte mich nach links.

Dort lag eine Gestalt auf der Seite. Sie war so gefallen, dass ihr ausgestreckter Arm in den Gang hineinragte und die Hand zu einer Klaue gekrümmt war.

Ich zitterte inner- und äußerlich, als ich mich über den Mann beugte, denn ich hatte ihn erkannt.

Es war Pater Ignatius!

Ein toter Mönch?

Meine Kehle war trocken geworden. In meinen Augen brannte es, als ich nach der Hand fasste.

Kalt fühlte sie sich an.

Tief saugte ich den Atem ein. Die Sekunden zählte ich zu den schrecklichsten in meinem Leben. Fast fürchtete ich mich davor, den Arm anzuheben, doch es gab keine andere Alternative, wenn ich die endgültige Gewissheit haben wollte. So hob ich ihn hoch, ließ ihn los, und der Arm schlug wieder nach unten. Wie bei einem toten Gegenstand.

Keine Reaktion.

Meine Hände tasteten sich weiter vor, wühlten im Stoff der Kutte. Ich drehte den Pater auf den Rücken und schaute in sein Gesicht.

Selbst bei diesen schlechten Lichtverhältnissen war zu erkennen, dass es sich auf eine erschreckende Art und Weise verändert hatte. Die Haut war bleich geworden, dazu sah sie sehr dünn aus. Die Augen hielt der Pater geöffnet. Der Blick richtete sich starr gegen die Decke der kleinen Kirche.

Lag vor mir ein Toter?

Noch war ich nicht sicher, und ich suchte die Stelle, wo ich den Herzschlag fühlen konnte.

Es war nicht so einfach, denn der Kuttenstoff störte ein wenig. Ich musste ein paar Mal nachtasten, dann hatte ich mein Ziel gefunden und ließ meine Hand leicht dort liegen.

Ich konzentrierte mich auf den Herzschlag.

Ja, er war zu spüren.

Schwach, sehr schwach. Dennoch, vor mir lag kein Toter. Mein Freund lebte.

Mir fiel eine schwere Last vom Herzen, und das Aufatmen glich schon mehr einem Stöhnen.

Es war geschafft.

Ich richtete mich wieder auf. Pater Ignatius lebte. Die anderen vielleicht auch?

Ich wollte es herausfinden, ging zu dem Nächsten und tastete dort nach dem Herzschlag.

Auch hier fühlte ich das schwache Schlagen und war einigermaßen beruhigt. Die Magie der Pandora hatte die Menschen nicht getötet, sondern nur außer Gefecht gesetzt, und ich hoffte stark, dass sie nicht von demselben dämonischen Bazillus infiziert worden waren wie der Leichnam im Sarg.

Nur – welch einen Grund hatte Pandora gehabt, so zu handeln? Weshalb hatte sie mich verschont oder war ich letzten Endes doch durch meine magischen Waffen so geschützt, dass sie sich bei mir etwas anderes einfallen lassen musste?

Durchaus möglich, und ich war gespannt, wie sich der Fall noch entwickelte.

In der Kapelle wollte ich nicht bleiben. Hier war alles entschieden. Pandora hatte die Menschen außer Gefecht gesetzt, die mir hätten zur Seite stehen können. Sicherlich wollte sie mich allein.

All right, das konnte sie haben.

Ich straffte mich innerlich. Die letzten Sekunden hatten mich wieder aufgemöbelt. Ich wusste nun, dass die Menschen nicht gestorben waren, und dies gab mir wieder Mut.

Der Weg zur Tür war nicht weit. Zudem stand sie offen. Ich drängte mich durch den Spalt, schaute nach vorn auf den Klosterplatz und wurde mit der zweiten Überraschung konfrontiert.

Ich war nicht allein innerhalb des Klosters. Jemand wartete auf mich.

Weder Pandora noch ein ähnlicher Dämon, sondern ein völlig anderes Untier.

Ein riesiger pechschwarzer Vogel.

Ein Todesadler!

Xorron sollte Lady X, seine bisherige Herrin, töten!

So lautete der Befehl und die Scott hatte sich nicht verhört. Sie hätte an Pandoras Stelle nicht anders gehandelt, und sie brachte sogar Verständnis für die Dämonin auf.

Und doch hatte es sie hart getroffen. Es war immer etwas anderes, ob man selbst den Befehl gab oder der Feind. Und Lady X war klar, dass Xorron sich diesem Befehl nicht widersetzen würde. Er konnte nicht anders. Es lag in seiner dämonischen Natur.

Lady X wusste ferner, dass sie ihm nicht gewachsen war. Wenn Xorron sie einmal hatte, konnte er sie zerreißen und ihrem vampirischen Dasein ein Ende bereiten.

Xorron bewegte sich gedankenschnell und geschmeidig. Er stürzte jedoch nicht auf Lady X zu, sondern sprang in die Höhe, hängte sich mit beiden Händen an einen starken Ast und brach ihn ab.

Er fiel zu Boden wie ein Turner, bei dem die Reckstange gebrochen war, prallte auf den schrägen Hang und verlor das Gleichgewicht, wobei er sich ein paar Mal überrollte, jedoch wieder auf die Füße kam und seine Gegnerin angriff.

Er war um keinen Deut langsamer als bei seinem ersten Sprung, und den Ast hielt er wie eine Lanze, denn er wollte ihn durch die Körpermitte der Untoten rammen.

Die Scott feuerte.

Eine kurze Garbe nur. Dabei ärgerte sie sich, dass sie Kugeln verschwendete, aber sie wollte Xorron kurz stoppen. Aufhalten konnte sie ihn nicht.

Die Kugeln prallten von ihm ab. Ein Baum aber, so stark dieser auch war, hatte den Einschlägen der Geschosse nichts entgegenzusetzen, und der Ast, diese gefährliche Waffe, zersplitterte.

Plötzlich hielt Xorron nur noch Fragmente in seinen Fäusten, während er für einen kurzen Augenblick der Überraschung sein rasantes Vorwärtsstürmen unterbrach.

Diese Spanne reichte der Vampirin. Sie hatte schon zuvor sprungbereit gestanden, stieß sich nun ab und hechtete nach rechts, wo dichtes Unterholz vom Boden her hochwuchs.

Mit ihrem gesamten Gewicht flog Lady X im hohen Bogen hinein, brach sperrige Zweige und kleinere Äste ab, wobei sich einige noch in ihrer Kleidung verhakten.

Der Mantel erwies sich für sie als ein Störfaktor. Während sie sich drehte, gelang es ihr, sich des Kleidungsstücks mit schlangengleichen Bewegungen zu entledigen. Die Maschinenpistole hatte sie dabei aus der Hand legen müssen, und so rasch es ging, riss sie die Waffe wieder an sich.

Jetzt weiter.

Vor ihr lag ein Hang. Lady X hatte ihn von der kleinen Lichtung aus schon gesehen. Er war ihr eigentlich steiler vorgekommen. Umso besser, dass sie sich getäuscht hatte.

Sie wusste, dass sie sehr schnell sein musste. Sie selbst hatte Xorron oft genug kämpfen sehen, wusste um seine Geschmeidigkeit und Technik. Sie musste schon viel Glück haben, wenn sie seinen Klauen entkommen wollte.

Dann stellte sie fest, dass der Hang doch nicht so einfach zu begehen war. Ein falscher Tritt brachte sie in Schwierigkeiten, denn Lady X knickte weg und konnte sich auch nicht mehr fangen, sodass sie das Gleichgewicht verlor.

Plötzlich kam der nasse Boden rasend schnell auf sie zu. Sie schlug auf, überkugelte sich. Das Gewicht des eigenen Körpers riss sie auf der schiefen Ebene weiter und auch sie als Vampirin verlor den Überblick und wusste nicht, wo oben oder unten war.

Zwar versperrten Büsche ihren weiteren Weg, doch sie standen nicht so fest im Boden verwurzelt, als dass sie ihren Fall hätten bremsen können.

Lady X rutschte weiter. Auf dem Bauch war sie liegen geblieben, und plötzlich erschien vor ihr ein großer grauer Schatten. Sie dachte noch an den Felsblock, als sie hart dagegen stieß.

Zuerst mit dem Kopf.

Das dabei entstehende Geräusch hätte einen zuschauenden Menschen Nerven gekostet, einen den Hang hinunterrutschenden vielleicht umgebracht, aber Lady X war kein Mensch, sondern eine Untote. Für sie allein zählte, dass die unfreiwillige Reise ihr vorläufiges Ende gefunden hatte. Sofort drehte sie sich und kam auf die Füße, wobei sie sich mit dem Rücken gegen den Felsen lehnte.

Für einen Moment blieb sie stehen und schaute den Hang hoch.

Zwei Dinge sah sie.

Ungefähr an der Stelle, wo sie sich von Xorron gelöst hatte, schwebte etwas in der Luft.

Es war ein quadratischer Gegenstand, ihre Waffe, die sie nun verloren hatte.

Der Würfel des Unheils!

Wie zum Hohn schwebte er über dem Hang, als würde er von einem dünnen Faden gehalten. Sie gab die Schuld Pandora, denn sie spielte mit der Vampirin und machte ihr klar, dass sie auf den Würfel nicht mehr zählen konnte.

»Vorerst nicht!«, knirschte Lady X. »Aber freu dich nicht zu früh, du Dreckstück. Ich hole ihn mir wieder …«

Davor jedoch hatte Pandora einen Riegel namens Xorron gesetzt. Und der Unhold kam.

Er brach wie ein Berserker durch die Büsche. Was Lady X durch Geschicklichkeit erledigen wollte, das schaffte er mit Kraft. Da widerstand kein Busch, kein Unterholz. Xorron, das Monster, war durch nichts zu stoppen.

Er führte die Befehle seiner Herrin bis in die letzte Konsequenz hinein durch.

Sie hatte ihm befohlen, Lady X zu töten, das würde er auch schaffen.

Die Scott verzog das Gesicht. Weiß schimmerten ihre spitzen Vampirzähne. Sie musste zusehen, dass sie so schnell wie möglich von dieser Stelle verschwand, denn Xorron näherte sich unaufhörlich wie eine alles planierende Walze.

Die ehemalige Terroristin huschte um den mannshohen Felsen herum. Sie sah jetzt beschmutzt aus. Der feuchte Boden hatte auf ihrer Kleidung Dreckstreifen hinterlassen. Bevor sie startete, schaute sie noch einmal in die Tiefe.

Der Weg schien kaum näher gekommen zu sein. Sie konnte über die Wipfel einiger Nadelbäume hinwegschauen, die sich noch zwischen ihr und der Straße befanden.

Der Wald war nicht sehr weit entfernt. Sie musste sich nur schräg nach links halten.

Und sie rannte los.

Noch schneller als beim ersten Mal, denn eine wahnwitzige Idee war in ihrem Kopf aufgezuckt. Sie sah plötzlich eine geringe Chance, Xorron zu stoppen.

Allerdings kostete das Silberkugeln, es sei denn, sie ließ sich die Zeit und wechselte das Magazin.

Das musste man sehen.

Lady X hatte das Gefühl zu fliegen, so schnell war sie. Ihre eigenen Beine konnte sie nicht stoppen, sie liefen automatisch. Die Gegend um sie herum tanzte wie verrückt, und es grenzte schon an ein kleines Wunder, dass sie bisher nicht gestolpert war.

Auch das von ihr angepeilte Ziel schien sich zu bewegen. Es tanzte auf und nieder, die Bäume hoben und senkten sich, bildeten eine schwarze Wolke, die nicht ruhig sein konnte und immer größer und drohender wurde.

Der Vampirin war klar geworben, dass sie irgendwann einmal stoppen musste, wollte sie nicht von den sperrigen Ästen und Zweigen der Nadelbäume aufgefangen werden wie von eisernen Armen.

Was tun?

Pamela Scott ließ sich fallen. Als hätte ihr jemand die Beine unter dem Körper weggerissen, so schaffte sie es, aus vollen Lauf nach vorn zu hechten.

Wieder schlug sie zu Boden. Die Eigengeschwindigkeit wirbelte sie um die Achse. Ein paar Mal stieß sie sich hart den Schädel, ohne irgendwelche Schmerzen zu verspüren. Sie krümmte sich instinktiv zusammen, war froh, dass die Maschinenpistole sie nicht behinderte, und sie kam sich dabei vor wie eine Kugel.

Da war der Wald.

Geschossartig raste Lady X zwischen die ersten Bäume. Wie Peitschen schlugen Äste und Zweige gegen ihr Gesicht, rissen in die Haut, verhakten sich in ihrer Kleidung. Sie rutschte über den Boden und unter einigen Zweigen hinweg, die ein dichtes Dach bildeten.

Ausruhen konnte sich Lady X nicht. Das brauchte sie auch nicht, denn sie war kein Mensch und hatte eine Kondition, die eigentlich nie erlahmte.

Die Scott wälzte sich auf den Rücken. Während dieser Bewegung entfernte sie das Magazin mit den Silberkugeln und holte ein mit normalen Geschossen gefülltes aus ihrem Gürtel.

Das legte sie ein.

Es waren routinierte Bewegungen, tausend Mal geübt. Allerdings lag der Schusswinkel ein wenig ungünstig. Sie musste ein paar Yards vorrobben, um den Rand des Waldes zu erreichen. Dort konnte sie liegen bleiben und die Waffe anlegen.

Lady X beeilte sich. Sie wühlte den Boden auf. Die Knie hinterließen Spuren, ebenso wie die Ellbogen, denn sie hatte die Maschinenpistole auf ihre vorgestreckten, angewinkelten Arme gelegt und war wenige Sekunden später schussbereit.

Xorron kam.

Er walzte den Hang herunter, nicht mehr in der Geschwindigkeit, er ließ es ein wenig langsamer angehen. Dafür sprang er jetzt mehr und den Felsblock hatte er bereits passiert.

Die Scott legte an.

Eine Maschinenpistole kann ziemlich weit schießen und wer sie beherrscht, erzielt eine hohe Zielgenauigkeit. Lady X beherrschte die Waffe.

Sie zielte an Xorron vorbei, behielt dabei nur den großen Felsblock im Auge und drückte ab.

Die Salve knatterte. Ein hartes Tack-Tack ertönte. Kugel auf Kugel verließ den Lauf, und die Geschosse zogen ihre Bahn, als wären sie tödliche Insekten.

Sie hackten in den Boden, schleuderten Dreck und winterbraunes Gras in die Höhe, wobei sie mit großer Geschwindigkeit auf das eigentliche Ziel, den Felsen, zuwanderten.

Ihn selbst wollte sie nicht treffen, nur den Boden davor, und sie musste sich beeilen, denn Xorron steigerte in diesem Augenblick seine Geschwindigkeit.

Lady X lag leider zu weit entfernt, sodass sie Einzelheiten nicht erkennen konnte. Sie hoffte allerdings, dicht vor dem Felsen eine Furche in den weichen Boden zu schießen, damit der schwere Block seinen Halt verlor und sich in Bewegung setzte.

Die Scott schoss weiter.

Längst war der Lauf heiß geworden, und sie sah plötzlich einen Erfolg, während sie sich, noch immer schießend, langsam aufrichtete.

Der Felsblock zitterte. Er schien einen Stoß bekommen zu haben und setzte sich plötzlich in Bewegung.

Die ehemalige Terroristin wusste nicht, wie schwer er war. Einige Tonnen musste er schon wiegen. Und die – einmal in Bewegung gesetzt – würden so leicht durch nichts zu stoppen sein, auch nicht durch ein Monster wie Xorron.

Der Brocken rollte.

Zum Glück behielt er seine ursprüngliche Bahn bei. Es bedurfte schon gewaltiger Kräfte, um ihn herauszuwuchten. Nach jedem Überschlag wurde er schneller, hüpfte manchmal wie ein Ball und kam Xorron immer näher.

Er holte auf.

Xorron merkte nichts. Vielleicht wollte er auch nichts merken, aber Lady X war klar, dass sie jetzt die Stellung wechseln musste, und zwar verdammt schnell.

Sie huschte zur Seite, blieb wieder stehen, weil ihr eingefallen war, dass auch Xorron seine Richtung ändern und sich auf ihre Fersen setzen könnte, und sie drehte sich noch einmal um.

Es war ein rascher Blick, den sie zurückwarf, wobei ihr die Nähe des Felsblocks bitter aufstieß, der in diesem Augenblick Xorron erreichte, ihn von der Größe her noch überragte und mit vollem Gewicht in dessen Rücken wuchtete.

Ein wahrer Volltreffer, der Xorron von den Beinen riss. Das Monster mit dem grünlich schimmernden Skelett krachte zu Boden. Der Felsbrocken war nicht mehr zu stoppen, schleuderte Xorron noch nach vorn und wuchtete ihn auf den Rand des Waldes zu, wobei er nicht nur den Dämon unter sich begrub, sondern auch noch ein halbes Dutzend Bäume knickte, als wären sie dünn wie Streichhölzer.

Lady X sah zu, dass sie aus der unmittelbaren Gefahrenzone geriet. Sie hörte das Krachen schräg hinter sich, tauchte in den Wald ein, fand Lücken zwischen den Bäumen, schlug ein paar Haken und verließ den Wald an einer anderen Stelle wieder.

Sie gönnte sich die Zeit und warf einen hastigen Blick über ihre Schulter zurück.

Keine Spur von Xorron.

Dafür entdeckte sie eine Lücke zwischen den Baumwipfeln. Dort war das Monster hingeschleudert worden. Lady X glaubte nicht, dass der Stein es geschafft hatte, Xorron zu vernichten. Aber er hatte ihn erst einmal aufgehalten, und das war für sie sehr wichtig.

Jetzt hielt sie nichts. Vor ihr lag der Hang. Ein leerer Hang, der erst an der kleinen Straße endete, die doch nicht mehr so weit entfernt lag.

Pamela Scott, die Vampirin, rannte weiter. Und sie lachte dabei gellend auf, bevor sie die Worte schrie, die wie ein finsterer Schwur durch die klare Luft hallten

»Ich komme wieder, Pandora! Noch hast du nicht gewonnen? Warte es nur ab …«

Als Suko zusammen mit der Schwester des Arztes das Krankenzimmer verließ, hatte sich seine Gesichtsfarbe verändert. Sie war um eine Spur bleicher geworden, und das hing mit dem Zustand des Mannes zusammen. Suko war geschockt gewesen. Dass sich diese unerklärliche, wahrscheinlich dämonische Krankheit so ausbreiten würde, damit hätte er nie gerechnet. Es bewies ihm aber, wie groß die Gefahr bereits war, in der die Menschen der Ortschaft schwebten.

Miss McGovern schloss die Tür. Den Kopf hielt sie gesenkt. Suko konnte erkennen, dass sie weinte. »Ich weiß mir keinen Rat mehr, Mr. Suko«, sprach sie leise und von mehrmaligem Schluchzen unterbrochen. »Tut mir Leid, aber so ist es.«

Es fiel dem Chinesen schwer, die Frau zu trösten, denn die passenden Worte fielen ihm nicht ein. Auch er wusste keine Lösung, hatte kein Patent zur Hand, das ihm helfen konnte. Die Krankheit war wie ein unsichtbares, schleichendes Gift in das Dorf eingefallen und hatte die Menschen erfasst.

Die weinende Frau sprach dabei Worte, an die Suko schon gedacht hatte: »Wahrscheinlich haben wir uns auch bereits infiziert. Wir werden denselben Weg gehen.«

»Ich hoffe, nicht. Am besten ist es, wenn Sie abreisen«, gab der Inspektor zur Antwort.

»Nein!« Entschieden klang die Erwiderung. »Das kann ich nicht. Ich lasse die Leute nicht im Stich. Ich bin Krankenschwester. Und sollte ich den Keim tatsächlich in mir tragen, so würde ich nur andere gesunde Menschen damit anstecken.«

Da hatte sie ein wahres Wort gesprochen, was Suko ihr auch mit einem Nicken zu verstehen gab.

»Sie wollen bleiben?«

»Ja, Mr. Suko.«

»Gut. Tun Sie mir wenigstens einen Gefallen. Halten Sie sich hier in der Praxis auf.«

»Das werde ich. Und was machen Sie?«

»Ich sehe mich im Ort einmal um.«

Miss McGovern umkrampfte ihr vom Weinen nass

gewordenes Taschentuch mit beiden Händen. Sie stand wie erstarrt da. Die Angst war ihr anzusehen, und die Gefühle las Suko von ihrem Gesicht ab. »Das können Sie doch nicht riskieren, Mr. Suko. Sie setzen ihr Leben aufs Spiel …«

»Sie nicht?«, unterbrach der Inspektor die Frau.

»Ja, aber …«

»Kein Aber, Miss McGovern. Ich bin Polizist und muss etwas tun, verstehen Sie? Als Polizist habe ich den Auftrag, einen Fall aufzuklären, was ich in der nächsten Zeit versuchen werde. Ich muss ein Motiv herausfinden, denn es geschieht nichts ohne Motiv.«

»Was könnte es denn sein?«

»Das kann ich Ihnen jetzt nicht sagen. Es wäre reine Spekulation.«

»Bitte …«

»Nein, Miss McGovern. Vertrauen Sie mir, und bleiben Sie um Himmels willen bei Ihrem Bruder. Wir …«

Beide hörten sie den Schrei. Er war aus dem Nebenraum aufgeklungen. Genau dort, wo der Arzt lag.

Während der Schreck Miss McGovern auf der Stelle bannte, sprintete Suko los. Zwei große Schritte brachten ihn bis an die Tür. Er riss sie auf, schaute in das Zimmer und wurde blass.

Über dem Bett stand eine graugrüne Rauchwolke. Sie bewegte sich dort zitternd, wölkte durcheinander, quirlte, stank entsetzlich, wobei sie immer mehr Nachschub bekam, denn aus der Haut des im Bett liegenden Arztes drang weiterer Rauch.

»Was ist denn …?« Miss McGovern hatte die Worte ausgestoßen. Danach ihr Schrei. »Neiinn!«

Suko drehte sich um. Es war gut, dass er so reagiert hatte, denn so konnte er die Frau noch auffangen, bevor sie zusammensackte. Suko hielt eine Ohnmächtige in den Armen. Rasch bettete er sie in einen Sessel, bevor er wieder in das Krankenzimmer zurückging und sich dort umschaute.

Es kostete den Inspektor Überwindung, nahe an die Liege des Veränderten heranzutreten. Nur blieb ihm keine andere Möglichkeit, wenn er dem schrecklichen Phänomen auf den Grund gehen wollte.

Er schaute sich den Arzt genau an.

Dr. McGovern war tot.

Das stellte Suko auf den ersten Blick fest. Und die Leiche war dabei, sich zu verändern, denn eine unheimliche Kraft hatte von ihr Besitz ergriffen.

Suko schüttelte sich, als er in das Gesicht des Toten schaute. Es war schwarz, wirkte wie verbrannt, und es veränderte sich weiter. Zwar nahm die Schwärze nicht mehr zu, dafür schrumpfte sie zusammen. Der Kopf wurde kleiner.

Auch die Haut hatte nicht mehr die Dicke, wie Suko sie gewöhnt war. Sie erinnerte ihn jetzt an dünnes Seidenpapier, das sich jedoch hart über die Knochen spannte. Und weiß schimmerten die Augäpfel in dem verbrannten Gesicht.

Suko hatte bisher die Luft angehalten. Er konnte einfach nicht atmen, der Gestank dieser graugrünen Wolke war zu widerlich. So ging er zum Fenster, öffnete es und ließ die frische Luft in das Zimmer, die sofort die Wolken durcheinander quirlte und sie dann auf die Öffnung zutrieb.

Der Chinese verließ den Raum. Mit der Handfläche wischte er über seine feucht gewordene Stirn. Über seinen Rücken rann eine Gänsehaut. Er war hier mit Dingen konfrontiert worden, für die er im Moment keine Erklärung hatte, wobei er jedoch glaubte, dass hinter den Vorgängen der Name Pandora stand.

Pandora!

Die Sagengestalt mit der Büchse. Sie konnte Unglück, Pest und Qual verbreiten. Wie das vor sich ging, das hatte sie hinlänglich bei Dr. McGovern bewiesen.

Über das Motiv dachte Suko in diesen Augenblicken nicht nach. Er hatte andere Sorgen, verließ den Raum des Schreckens und kümmerte sich um die Schwester des Toten.

Sie lag weiterhin im Sessel und war im Begriff, aus ihrer Ohnmacht zu erwachen. Auch die Erinnerung kehrte sofort zurück, denn sie schüttelte den Kopf und stieß ein gehauchtes »Mein Gott, ich begreife es nicht!« hervor.

Suko fand keine Worte des Trostes. Er wusste nicht, was er ihr sagen sollte. Diese Frau hatte ihren Bruder gepflegt und alles gegeben. Jetzt hatte sie miterleben müssen, wie er zu Tode kam. Eine schlimme Sache, bei der man ihr kaum helfen konnte.

»Es tut mir sehr Leid«, sagte Suko und hob die Schultern. Eine Geste der Verzweiflung, die genau seinen Gemütszustand widerspiegelte. »Ich hoffe nur, dass Ihr Bruder das einzige Opfer geblieben ist und nicht alle Menschen aus diesem Ort das schreckliche Schicksal erleiden.«

»Glauben Sie das wirklich?«, fragte die Frau leise.

»Zumindest will ich es nicht ausschließen.«

Die Frau nickte und senkte den Kopf. »Er war ein so guter Mensch«, flüsterte sie mit erstickter Stimme, »ein so guter Mensch. Er hat sich für seine Kranken wirklich aufgeopfert.«

»Das kann ich mir gut vorstellen«, erklärte Suko.

»Was wollen Sie jetzt tun?«

»Sie erst einmal von hier wegbringen.«

»Nein!« Entschieden klang die Antwort. »Das lasse ich nicht zu. Ich werde bleiben.«

»Aber wieso? Sie können doch nicht …«

»Doch, Mr. Suko. Mein Platz ist und bleibt hier. Ich kann den Bruder nicht allein lassen, auch wenn er nicht mehr lebt. Ich weiß nicht, ob Sie das verstehen, aber es ist nun einmal so.«

Der Inspektor hob die Schultern. »Zwingen kann ich Sie nicht, Miss McGovern. Tun Sie das, was Sie für richtig halten.«

»Und Sie?«

»Ich werde mich ein wenig umschauen.«

»Hier im Ort?«

»Ja, das wollte ich vorhin schon.«

»Das ist gefährlich.«

»Wenn ich hier warte, ist es ebenfalls kaum anders. Zudem erwarte ich noch einen Freund.«

»Auch ein Polizist?«

»Genau.«

»Na ja, wenn Sie meinen …«

Suko strich der schwer geprüften Frau noch einmal über das Haar und machte sich auf den Weg.

Die Kälte tat gut. Er atmete ein paar Mal tief durch und holte danach einen Taschenspiegel hervor, um sich sein Gesicht anzuschauen. Suko rechnete damit, dass auch er sich infiziert hatte. Genau schaute er sein Gesicht an, untersuchte jedes Stückchen Haut, doch er entdeckte keinerlei graue Flecken.

Noch nicht …

Der Chinese schüttelte sich, als er den Spiegel wieder einsteckte. Er wusste, dass er nicht zum letzten Mal bei diesem Fall in ihn geschaut hatte.

Dann ging er.

In Billings war es ruhig geworden. Die Stadt schien eingeschlafen zu sein. Mochten die Orte auch noch so klein sein, Betrieb herrschte eigentlich immer. Natürlich alles im Rahmen der Gegebenheiten, aber wenn es war wie hier, konnte man die Umgebung schon mit dem Wort ungewöhnlich umschreiben.

Auch Suko war ein Mensch mit Gefühlen und es lief ihm kalt den Rücken hinab, als er an all den Schrecken dachte, der unter Umständen noch vor ihm lag.

Langsam schritt er durch die schmale Straße. Er ging an einem geparkten Wagen vorbei, der im Vergleich zu den alten Häusern wie ein Fremdkörper wirkte.

Das Kopfsteinpflaster war unregelmäßig gelegt worden. Manche Steine standen so weit hervor, dass sie schon regelrechte Stolperfallen bildeten und man als Spaziergänger stark aufpassen musste.

Suko stolperte nicht, obwohl er seinen Blick stramm nach vorn gerichtet hielt, denn am Ende der Gasse erschien etwas.

Es waren Tiere.

Im ersten Augenblick wollte der Chinese schon vorbeischauen, dann jedoch blieb er stehen und wunderte sich. Die Tiere glichen Hunden, aber sie hatten für Hunde eine seltsame Größe und eine noch seltsamere Art und Weise, sich zu bewegen.

Suko witterte Gefahr!

Er war zwar nicht direkt attackiert worden, aber das Auftauchen der Hunde und ihr allmähliches Heranschleichen hatten ihn doch in Alarmstimmung versetzt.

Er schluckte ein paar Mal, denn die Tiere hatten ihn entdeckt und reagierten dementsprechend. Sie teilten sich. Der eine Hund bewegte sich auf der rechten Straßenseite weiter, während der andere hinüber auf die linke wechselte.

Für Suko stand fest, dass sie ihn wollten. Ihn allein. Aber sie erinnerten nicht an normale Tiere. Die bewegten sich schneller und rannten auf ein Ziel zu, das sie einmal fixiert hatten. Diese nicht.

Sie gingen langsam und schleichend. Dabei hatten sie sich geduckt. Da sie sich Suko ziemlich genähert hatten, konnte sie der Chinese auch besser erkennen.

Unförmige Körper und Köpfe. Kein Fell mehr, sondern Löcher und Risse innerhalb des Körpers, aus denen ein widerlicher Schleim kroch, der immer mehr Nachschub erhielt und auf dem Boden eine feuchte Spur hinterließ, wobei er den Weg nachzeichnete, den die beiden Hunde genommen hatten.

Das waren veränderte Tiere. Suko bekam hier präsentiert, wie die seltsame dämonische Kraft auf sie wirkte.

Würden sie angreifen?

Wahrscheinlich. Deshalb wollte der Chinese auch gewappnet sein. Seine Beretta ließ er stecken. Dafür zog er die Dämonenpeitsche, schlug einmal einen Kreis und die Riemen fielen aus der Öffnung, wobei sie mit ihren Spitzen den Boden berührten.

Da hörte er das Fauchen.

Nicht die Hunde hatten es ausgestoßen, sondern ein anderer. Das Geräusch war auch aus einer anderen Richtung aufgeklungen, und der Inspektor musste sich scharf nach rechts drehen.

Auf dem Vordach über einer Haustür hockte ein weiteres Tier. Kein Hund, sondern eine Katze.

Sie war übergroß, regelrecht gewuchert. Von dem schwarzen Fell konnte Suko nicht mehr viel erkennen, denn wie bei den Hunden waren auch hier die Haut und das Fell aufgeplatzt, sodass die schleimige Masse genügend Platz fand, um aus dem Katzenkörper zu quellen. Sie verteilte sich so auf dem Dach, dass sie bis an den Rand rutschte und von dort aus nach unten tropfte.

Der Kopf der Katze war noch völlig normal. Die Augen schillerten gelblich, das Knurren klang drohend. Die Katze scharrte mit ihren Vorderpfoten, und Suko richtete sich auf einen Angriff ein.

Auch die Hunde wurden schneller.

Doch zuvor sprang die Katze, und ihr Ziel war Suko!

Ein schwarzer Todesadler!

Ich konnte es kaum fassen, glaubte an eine Täuschung oder wollte daran glauben, doch es war eine Tatsache.

Der Vogel hockte auf dem Hof des Klosters und starrte mich aus seinen schockgelben Augen an.

Kalt rann es meinen Rücken hinab. Diese Szene beinhaltete einen stummen Schrecken. Wir standen uns gegenüber, wobei ich in der Kapelle die bewusstlosen Mönche wusste und der Adler und ich die einzigen Lebewesen waren.

Was wollte er?

Fragen konnte ich ihn schlecht. Ich glaubte jedoch nicht, einen Freund vor mir zu haben.

Sekundenlang starrten wir uns nur an. Er hatte ein herrliches Gefieder. Es glänzte wie Seide. Über die Spannweite der Flügel konnte ich nichts sagen, denn er hatte seine Schwingen zusammengelegt. Sicherlich erreichte er die Größe der roten Vampire, über die Vampiro-del-mar befehligt hatte und die jetzt ausgerottet waren.

Der Kopf war im Verhältnis zum Körper klein. Die gelben Augen fielen auf sowie der lange Schnabel, der eine Krümmung nach unten zeigte und mich an ein scharfes Messer erinnerte.

Wenn er einmal zuhackte, hatte ein Mensch kaum eine Chance. Daran musste ich denken, als wir uns anstarrten.

Es gab verschiedene Möglichkeiten. Ich konnte meine Beretta ziehen und schießen, aber ich wollte nicht derjenige sein, der zuerst angriff, und der Adler hatte sich bisher auch nicht gerührt.

Was tun?

Mich verschanzen? In irgendeinem Haus verstecken, das so dicke Mauern hatte, die der Adler nicht zerstören konnte?

Natürlich, das ginge, nur hätte ich damit nichts gewonnen. Ich wäre praktisch aus dem Spiel gewesen, und das wollte ich nicht. Vielleicht aber meine Gegnerin. Möglicherweise hatte sie deshalb den Adler geschickt, um mich innerhalb der Klostermauern festzuhalten, damit sie woanders ungestört ihr Grauen verbreiten konnte, und ich dachte da an Billings.

Nein, sie hatte sich verrechnet. Ich wollte und ich würde nicht im Kloster bleiben. Wenn der Adler mich daran hinderte, okay, sollte er es versuchen.

Kreuz, Beretta, die Gemme, der Dolch – ich war gut bewaffnet, und der Bumerang lag im Wagen.

Zu ihm wollte ich.

Es wäre ein Fehler gewesen, schnell zu laufen, obwohl es mich wirklich in den Beinen juckte, aber ich konnte mich ausgezeichnet beherrschen und drehte mich nur ein wenig nach links, wobei ich gleichzeitig den ersten Schritt machte.

Der Adler blieb sitzen. Mir fiel ein Stein vom Herzen. Ich hatte auch nicht gesehen, dass er sich bewegte. In diesen Augenblicken erinnerte er mich nicht an ein lebendes Tier, sondern an eine Figur aus Stein.

Der zweite, der dritte und vierte Schritt. Diesmal gezielt. Ich hatte den Ausgang des Klosters ins Auge gefasst und steuerte ihn in einer direkten Linie an.

Der Adler blieb hocken!

Schon atmete ich auf. Der Schweiß, der sich auf meiner Stirn gebildet hatte, trocknete allmählich. Mir ging es besser, und ich wagte es einfach.

Ich ging schneller.

Noch blieb der Adler ruhig. Allerdings drehte er seinen Kopf, damit er mich im Auge behalten konnte. Damit machte er mir klar, dass ich noch nicht gewonnen hatte.

Als ich ihn passierte und wenig später in meinem Rücken wusste, hatte ich doch ein komisches Gefühl. Ein Kribbeln lief über meine Haut, das sogar den Kopf erreichte.

Vor mir wuchs das Tor in die Höhe. Eine an sich lächerliche Distanz von mir bis zum Ziel, aber jeder Schritt, den ich tat, war von einer gewissen Angst und Spannung begleitet.

Ich schaute mehr auf meine Füße als nach vorn. Der Innenhof des Klosters war nicht glatt asphaltiert, sondern rau und uneben. Man konnte leicht stolpern, und zu einfach wollte ich es dem Adler nun doch nicht machen. Es reichte schon, wenn ich ihm meinen ungeschützten Rücken zuwandte.

Ich packte es.

Drei Schritte bis zum Tor. Die überwand ich sehr schnell, blieb stehen und drehte mich um.

Der Adler hatte seinen Standort nicht verändert. Nach wie vor hockte er bewegungslos und mit angezogenen Flügeln auf dem Boden. Er hatte nur seinen Kopf gedreht, sodass er mich jetzt anschauen konnte.

Selbst auf diese Entfernung erkannte ich die gelben Augen, die mir Unbehagen einjagten.

Automatisch ergriff ich den schweren Riegel, der von eisernen Klammern gehalten wurde, und zog ihn zurück. Das war mit Geräuschen verbunden, die überlaut durch die Stille hallten.

In meinem Mund sammelte sich der Speichel, so konzentriert war ich. Ich schluckte ihn herunter, stemmte mich noch einmal gegen den Riegel und zog ihn zurück.

Durch die kleine Seitenpforte hätte ich nicht gehen können, denn sie war von innen verschlossen.

Das schwere Tor zog ich nur so weit auf, bis Platz genug war, um hindurchschlüpfen zu können.

Als ich vor dem Tor stand, atmete ich tief durch.

Wieder fiel mir ein Stein vom Herzen. Jetzt folgte das Schwerste der eigentlichen Aufgabe. Wie würde der Adler reagieren, wenn ich zurückging und den Wagen holte? Ich hatte ihn bewusst gelockt, aber er blieb auf dem Innenhof des Klosters hocken.

Konnte ich es jetzt riskieren und das Tor so weit aufdrücken, dass ich mit dem Rover hindurchkam?

Es blieb mir keine andere Möglichkeit. Deshalb drehte ich mich wieder um, streckte die Arme aus, berührte mit beiden Händen das raue Holz und drückte das Tor nach innen.

Kraft musste ich schon einsetzen, denn der Boden des hölzernen Flügels schrammte über die Erde.

Schließlich war es geschafft.

Noch immer hockte der Adler an derselben Stelle. Er bewegte sich auch nicht, als ich mit kleinen, dennoch zielstrebigen Schritten auf den Rover zuging. Den Schlüssel hielt ich bereits in der Hand. Ich brauchte nur aufzuschließen, einzusteigen und wegzufahren.

Das war alles …

Würde der schwarze Adler es zulassen?

Als ich den Rover erreichte, fand der Schlüssel zielsicher das Schloss. Eine kurze Umdrehung, der Riegel innen schnellte in die Höhe, und die Tür war offen.

Ich zog den Wagenschlag auf.

Niemand hinderte mich daran. Der Adler blieb sitzen, und ich duckte mich, um in den Rover einzusteigen.

Aufatmend ließ ich mich auf den Sitz hinter das Lenkrad fallen. Bis jetzt hatte alles wunderbar geklappt, keine Schwierigkeiten, und ich hoffte stark, dass es auch so bleiben würde.

Die nächsten Bewegungen folgten automatisch. Anlegen des Gurts, das Zünden und dabei den Blick im Innenspiegel haltend, denn in ihm konnte ich erkennen, was hinter mir ablief.

Ich sah den schwarzen Adler.

Kleiner als normal. Die gelben Augen waren zwei winzige Punkte. Er hatte den Kopf in meine Richtung gedreht.

Überlaut kam mir der Motor vor, als er ansprang. Ich legte den ersten Gang ein und ließ den Wagen auf dem leicht abschüssigen Gelände ausrollen.

Vor mir gähnte die Toröffnung. Sie war so breit, dass der Rover ohne Schwierigkeiten hindurchfahren konnte. Ich lauschte auf das Mahlen der Reifen. Jedes fremde Geräusch würde mich elektrisieren. Ich stand unter einer hohen Spannung und wusste genau, dass ich erst einen Teil geschafft hatte.

Hindurch!

Ohne Schwierigkeiten ließ ich das Gelände des Klosters hinter mir zurück und musste jetzt sehr Acht geben, denn der Weg führte erstens ziemlich steil bergab und war zudem noch sehr kurvig.

Ein letzter Blick in beide Spiegel.

Der Adler saß nicht mehr auf seinem Platz.

Für einen Moment verzog ich das Gesicht. Mir schwante Böses. Aber ich konnte jetzt nicht anhalten und schauen, denn die nächsten engen Kurven erforderten mein gesamtes Fahrvermögen.

Ich kam um die erste Kurve, nahm die zweite, und da erschien vor meinem Wagen ein Schatten.

Der Adler war da!

Und mir wurde klar, dass ich einen Kampf auf Leben und Tod zu bestehen hatte ..

Auch Suko befand sich in einer gefährlichen Lage. Vor ihm die gefährlichen Hunde, schräg über ihm die Katze, die ihn bereits anvisiert hatte und sich auf dem Weg zu ihm befand.

Das Tier war bestimmt um das Doppelte seiner normalen Größe gewachsen. Es hatte sein Maul weit aufgerissen. Die Zunge hing hervor, und das Fauchen erreichte Sukos Ohren.

Er wirbelte zur Seite, schien von einer Sekunde zur anderen zu explodieren und schlug mit seiner Dämonenpeitsche zu, deren drei Riemen sich fest um den Körper der Katze wickelten.

Ihr schreiendes Miauen klang fast menschlich, als sie die Magie der Peitsche zu spüren bekam. Sie prallte zu Boden, überschlug sich dabei, scharrte mit allen vier Pfoten und wollte sich wieder erheben, als Suko die Peitsche löste.

Das schaffte sie nicht, denn plötzlich lag die Katze dreigeteilt vor den Füßen des Inspektors, der hastig zurücksprang und sich seinen nächsten Gegnern zuwandte.

Die beiden Hunde jagten mit gewaltigen Sprüngen heran. Es war nicht zu erkennen, welcher Rasse sie angehörten, so sehr hatten sich ihre Körper verändert.

Aufgedunsen, aufgequollen und mit Schleim bedeckt, so näherten sie sich ihrem Gegner. Zudem hatten sie sich verteilt. Der eine kam von rechts, der andere von links. Mit einem Schlag seiner Peitsche konnte Suko sie auf keinen Fall zugleich erwischen.

Es blieb ihm nichts anderes übrig, als sich die Tiere einzeln vorzunehmen.

Das tat er auch. Zuerst kümmerte er sich um den linken Burschen. Doch Suko hatte die Rechnung ohne den zweiten Hund gemacht, der seine Richtung änderte und auf ihn zuwuchtete.

Da half nur ein Tritt.

Wie es manchmal in den Karatefilmen gezeigt wurde, so reagierte der Chinese.

Er sprang in die Höhe. Sein rechtes Bein schoss vor, und die Seite seines Fußes traf das Tier, als es sich noch in der Luft befand. Der Inspektor hatte hinter diesen Tritt sehr viel Kraft gelegt und sein Ziel, den Kopf des Tieres, getroffen.

Das wurde zurückgeschmettert. Suko glaubte, ein Knacken zu hören, konnte sich jedoch nicht darum kümmern, da er einen Blick auf seinen ersten Angreifer warf.

Der krümmte sich am Boden. Getroffen von der Peitsche, hauchte er sein verändertes Leben aus.

Auch er zerfiel, und sein Fell wurde dabei grau und aschig. Schwaden krochen aus den getroffenen Stellen, die träge über die Straße wehten und sich verteilten.

Suko schüttelte sich. Es war ein grauenvolles Bild, und

der zweite Hund, von Sukos Tritt erwischt, bekam nun den Rest, indem Suko ihn mit der Peitsche erwischte, als sich das Tier wieder erheben wollte.

Dieser Treffer bedeutete sein Ende.

Ein schauriger Laut entrang sich noch seiner Kehle, ein erschreckendes Winseln, dann war es vorbei.

Er starb.

Suko atmete auf, hörte in seinem Rücken den entsetzten Ruf und wirbelte herum.

Auf der Straße stand Miss McGovern. Sie hatte die Hände vor ihr Gesicht geschlagen und schüttelte den Kopf. Wahrscheinlich hatte sie den Kampf mit angesehen.

»Gehen Sie ins Haus zurück!«, rief der Chinese. »Bitte …«

Sie ließ die Hände sinken, nickte und verschwand rasch.

Suko blieb stehen. Er hatte drei Gegner erledigt, und er fragte sich, was als Nächstes auf ihn zukommen würde. Griffen ihn dann vielleicht Menschen an?

Bei diesem Gedanken schüttelte er sich, aber es war nicht von der Hand zu weisen.

Suko ging weiter.

Die Straße wollte er hinter sich lassen, und er war jetzt noch aufmerksamer als zuvor. Überall konnten die veränderten Raubtiere lauern. Die jedoch sah er nicht. Dafür menschliche Gesichter hinter den schmalen Fenstern der Häuser.

Gesichter, in denen nichts abzulesen war. Stumpf, apathisch, keinerlei Gefühle, und Suko glaubte auch, die graue Farbe auf ihnen zu sehen. Es war schlimm.

Pandora hatte voll zugeschlagen und diesen kleinen Ort unter ihre Kontrolle gebracht.

Er erreichte das Ende der schmalen Straße und blieb für einen Moment stehen.

Sollte er sich nach links wenden? Von dort war er gekommen. Das Schild eines Gasthauses stach ihm ins Auge. Es hing über der Tür eines alten Gebäudes, wurde vom Wind bewegt, und als Suko genauer hinschaute, konnte er auch die Schrift lesen; ›Tommy's Hotel‹.

Der Inspektor wusste aus Erfahrung, dass man in solchen Dorfgasthäusern zumeist die interessantesten Informationen sammeln konnte. Deshalb entschloss er sich, dem Lokal einen Besuch abzustatten, obwohl er sicher war, dort auch Veränderte zu finden.

Sehr weit brauchte er nicht zu gehen. Die Hauptstraße ein Stück nach links, dann über einen mit Bäumen bepflanzten Marktplatz, und schon hatte er sein Ziel erreicht.

Wo waren die Menschen?

Suko sah sie nicht. Er entdeckte wohl die abgestellten Fahrzeuge, aber Männer, Frauen und Kinder hielten sich in den Häusern versteckt. Die Bänke waren verwaist, niemand kauerte auf den kleinen Bruchsteinmauern in der Marktplatzmitte. Es schien, als hätten sich die Menschen deshalb verkrochen, weil sie etwas erwarteten.

Suko blieb stehen.

Auch er spürte, dass eine Veränderung bevorstand. Genaues konnte er nicht sagen, aber Unheil lag in der Luft.

Er hatte sich nicht geirrt!

Es begann nicht im Ort, sondern über ihm, wo dicke Wolken schwebten und den Himmel in ein graues Meer verwandelten.

Innerhalb der Wolken bewegte sich etwas. Suko sah plötzlich zwei Hände, die einen seltsamen Gegenstand umklammert hielten, der ihn zuerst an eine große Tüte erinnerte.

Das war es nicht, sondern ein Füllhorn.

Die Büchse der Pandora!

Der Chinese war von diesem Anblick gebannt, hatte den Kopf in den Nacken gelegt und hielt seinen Blick in die Höhe gerichtet, wo das riesige Füllhorn, von zwei Händen gehalten, erschienen war.

Und es wurde gekippt!

Suko wollte noch ein »Nein, nicht!« schreien, die Worte blieben ihm aber in der Kehle stecken, denn Pandora hatte ihr Füllhorn geöffnet und schickte das Grauen auf die Erde.

Lautlos segelten sie nach unten. Schreckliche Gestalten. Skelette, Monster, Dampf und Qualm.

Sie fielen wie Fallschirmspringer vom Himmel, eingehüllt in eine dicke gelbgrüne Wolke, die wahrscheinlich auch Pandora verbarg.

Die Büchse war geöffnet. Der alte Fluch des Göttervaters Zeus sollte sich auch in der modernen Zeit erfüllen und über die Menschheit herfallen.

Pandoras tödliche Botschaft hatte ihr Ziel erreicht ...

Xorron – mein Lebensretter

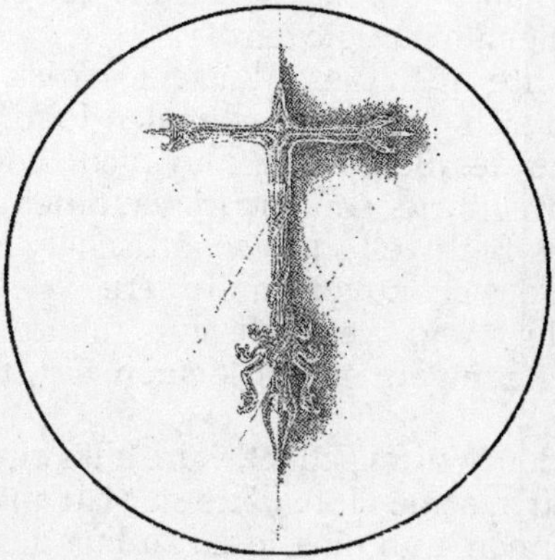

Lady X starrte auf ihre mit Silberkugeln geladene Maschinenpistole und hätte sie am liebsten weggeworfen. Nichts, aber auch gar nichts nützte ihr die Waffe. Vor allen Dingen nicht gegen Pandora oder Xorron, der sich auf deren Seite geschlagen hatte.

Ja, Lady X hatte Xorron an eine andere Dämonin verloren, weil diese ältere Rechte an dem Herrn der Zombies und Ghouls hatte. Das jedenfalls behauptete sie.

Aber das war nicht alles. Weitaus schlimmer hatte Lady X der Verlust des Würfels getroffen, der jetzt irgendwo am Hang zwischen den Bäumen lag und als triumphale Beute für Pandora gedacht war.

Reingelegt worden war Lady X. Eiskalt ausmanövriert, und sie wäre vielleicht auch von Xorrons Klauen zerfetzt worden, wenn es ihr nicht durch einen Trick gelungen wäre, das Monstrum zu stoppen.

Sie schaute noch einmal den Hang hoch und sah die Stelle, wo Xorron samt Felsbrocken in den Wald hineingeschleudert war. Dort allerdings rührte sich nichts.

»Hoffentlich dauert es noch eine Weile, bis du freikommst, du verdammter Bastard!« Ihre Augen funkelten, als sie die Worte sprach, obwohl sie Xorron nicht die Schuld gab. Er hatte nicht anders handeln können, und er musste Pandora von irgendwoher kennen. Leider wusste sie nichts Genaues, die Bekanntschaft der beiden schien in der Vergangenheit zu liegen.

Lady X hoffte, auch dieses Rätsel lösen zu können.

Sie befand sich auf einem schmalen Pfad, der auf der anderen Seite des Berges lag und nicht wie die Straße nach Peelham führte, sondern tiefer hineinstach in die schweigende Bergwelt des schottischen Hochlandes. Lady X hatte sich zuvor informiert. Wie sie wusste, würde sie der Weg, wenn sie ihm folgte, irgendwann nach Billings bringen, einem kleinen Ort, den sie aber nicht kannte.

Hätte sie den Würfel gehabt, wäre alles ein Kinderspiel gewesen. Durch seine Hilfe hätte sie sich an ihr Ziel teleportieren können, nun musste sie zu Fuß gehen.

Eine einsame Gestalt, die eine Maschinenpistole über

die Schulter gehängt trug, ganz in weiches Leder gekleidet war, schmutzig aussah und nach Blut dürstete.

Sie war eine Vampirin, und sie brauchte Blut, um überleben zu können, wobei sie sich zu den modernen Vampiren zählte, die auch tagsüber existieren konnten und nicht nur in finsteren Grüften die Stunden der Helligkeit verbringen mussten.

Obwohl sie das andere Extrem sehr reizte, denn sie hatte einen gewaltigen Plan gefasst.

Die alten Vampirstätten, vor allen Dingen die, die in Rumänien lagen, interessierten sie sehr, und Lady X hatte bereits erste Vorkehrungen getroffen, um in diesem Land ihr Hauptquartier einrichten zu können, auch wenn der erste Anlauf gescheitert war, aber sie wollte nicht aufgeben und weitere Versuche unternehmen.

Und sie brauchte einen starken Rückhalt, eben diese dezimierte Mordliga, deren Chefin sie war. Deshalb konnte sie Xorron nicht so ohne weiteres der Pandora überlassen.

All diese Gedanken spukten durch ihren Kopf, als sie den Weg weiterschritt und schon bald von dem Hang aus nicht mehr gesehen werden konnte, weil eine enge Klamm sie aufnahm.

Es gab dort nur einen schmalen Pfad. Rechts von ihr fiel die Wand steil in die Tiefe. Dort gurgelte ein Wildbach, der durch Schmelzwasser stark angeschwollen war, graugrün schimmerte und seine Strömung zischend und schäumend über die Steine ergoss.

Lady X ging vorsichtiger.

Sie durfte auf keinen Fall mit fließendem Wasser in Berührung kommen, denn das hätte ihre Vernichtung bedeutet. Deshalb hielt sie sich zurück und beeilte sich nicht so sehr, wie es eigentlich hätte sein müssen.

In Schlangenlinien führte der Weg weiter. Er wand sich an den hochsteigenden Felsen entlang, die an einigen Stellen sogar überhingen und wie gewaltige Nasen nach unten schauten.

Vor jeder Kurve zögerte sie und schaute erst um das Gestein, denn Xorron hatte sicherlich nicht aufgegeben.

Er war nicht zu sehen.

Wieder ging sie weiter. Um ihren Mund spielte ein kaltes Lächeln, als sie daran dachte, wie ihre Rache aussehen sollte.

Auch auf der anderen Seite des Wildbaches wuchs eine Felswand hoch. Zwischen beiden Wänden war nicht mehr viel Platz. Das spärliche Tageslicht hatte Mühe, die Schlucht auszufüllen.

Auf einmal blieb sie stehen. Es geschah abrupt, denn von links oben herabfallendes Gestein hatte sie aufgeschreckt.

Lady X lauschte.

Ihr Körper spannte sich, die Waffe hatte sie von der Schulter gleiten lassen und hielt sie schussbereit mit beiden Händen umklammert. Die Mündung wies schräg nach oben.

Sie dachte natürlich an Xorron. Noch fehlte ihr der Beweis, denn das Geröll konnte gut und gern von einem Tier stammen, das über ihr herumkletterte.

Als ihr dieser Gedanke in den Sinn kam, musste sie wieder an den mutierten Fuchs denken. Ein Tier, das in die Magie der Pandora hineingeraten war und sich auf so grässliche Art und Weise verändert hatte, dass es ein Bildnis des Schreckens abgab.

Etwa eine Minute verging. Hören konnte sie nichts. Zudem übertönte das durch die Schlucht rauschende Wasser jedes andere Geräusch. Vorsichtig und mit schussbereiter Waffe, dabei leicht geduckt, setzte sich die Untote wieder in Bewegung.

Vor ihr stach eine Felsnase in den Weg. Wie es dahinter aussah, konnte sie nicht erkennen.

Die Scott schob sich jetzt vor. Sie tastete sich förmlich weiter, ihr Instinkt sagte, dass etwas im Busch war und irgendwer auf sie lauerte. Leider konnte sie den Gegner nicht sehen.

Dann presste sie sich gegen die Felsnase. Halboffen stand ihr Mund, das bleiche Gesicht war verzerrt, die Augen funkelten, und plötzlich hörte sie das Donnern.

Von der anderen Seite her erhielt die Felsnase einen

unheimlichen Schlag. Lady X reagierte gedankenschnell. Sie wuchtete ihren Körper zurück, denn sie ahnte, dass man ihr hier eine teuflische Falle aufgebaut hatte. Und sie sollte Recht behalten.

Xorron war da! Er, das Monster, versehen mit der Kraft der Hölle, hatte mit beiden Fäusten und ungeheurer Kraft die vorspringende Felsnase zertrümmert.

Lady X hatte sehr viel Glück gehabt. Auch ihr Reaktionsvermögen trug daran einen Teil der Schuld, sie war hastig zurückgewichen und beobachtete, wie das schwere, kompakte Gestein zusammenbrach. Die einzelnen Brocken flogen ihr zum Teil entgegen oder kippten zur Seite weg, wobei sie über den Rand rollten und im schäumenden Wasser des durch die Schlucht schießenden Bachs verschwanden.

Sie wurde getroffen. Es waren keine großen Stücke, die gegen sie prallten, kleinere Steine nur, außerdem verspürte sie sowieso keine Schmerzen.

Aber sie sah Xorron.

Und der ließ keine Zeit verstreichen.

Wie eine gewaltige Maschine, ein nicht zu stoppender, alles vernichtender Roboter walzte er heran, um seinen Auftrag zu erfüllen und Lady X zu zerreißen.

Noch stand sie. Wenn Xorron erst einmal über sie herfiel, war alles verloren.

Was sollte sie tun?

Ins Wasser konnte die Untote nicht springen, einen direkten Kampf mit Xorron hätte sie immer verloren, und für eine Flucht war der Weg viel zu schmal.

Sie musste sich blitzschnell entscheiden.

Und sie tat es.

Die Scott wusste selbst nicht, woher sie den Mut zu solch einer gefährlichen Entscheidung nahm, aber sie setzte in diesen Augenblicken alles auf eine Karte.

Als Xorron sie fast erreicht hatte und sie das Schimmern der grünen Knochen besonders deutlich erkennen konnte, ließ sie sich zu Boden sinken und stellte den Lauf der Maschinenpistole zwischen die Beine des Monsters.

Mit Kraft konnte man ihn nicht besiegen, nur überlisten. Und das hatte Lady X getan.

Xorron verlor das Gleichgewicht. Er stolperte. Seine Hände griffen daneben und Lady X konnte ihr linkes Bein gegen ihn stemmen, sodass Xorron auf die Abgrundkante zugedrückt wurde.

Und dort befand sich kein Geländer, keine Brüstung oder sonst irgendetwas, das ihn aufgehalten hätte.

Xorron musste irgendwo Halt finden. Er versuchte es, trat dabei auch nach hinten, und das war sein Fehler.

Plötzlich war unter seinem rechten Fuß nichts mehr, was ihn abgestützt hätte. Er sackte weg, sein großes Gewicht sorgte dafür, dass er in die Tiefe gerissen wurde, und er versuchte noch, die Hände um den Rand zu klammern.

Abermals spielte ihm sein Gewicht einen bösen Streich. Das Gestein war am Wegrand nicht so fest und hart, es gab da einige lose Stellen und ausgerechnet dort hatte Xorron hingegriffen.

Nichts konnte ihn mehr stützen.

Xorron, Herr der Untoten und Zombies, rutschte ab und fiel in die Tiefe.

Mit einem großen Schritt erreichte Lady X die Absturzstelle, schaute nach unten, sah den wirbelnden, fallenden Körper und konnte sich nicht mehr beherrschen.

In diesen Augenblicken reagierte sie menschlich, denn aus ihrem offenen Mund drang ein gellendes Lachen, das sogar noch das Rauschen des Wassers übertönte.

Xorron stürzte in die schäumende, graugrüne Flut, prallte noch gegen einen Stein, sein Körper wurde in die Höhe gewuchtet und im nächsten Augenblick von dem reißenden Strom erfasst und mitgerissen. So kräftig er auch war, gegen die Strömung kam er nicht an. Er schlug mit den Armen, richtete sich immer wieder auf, wobei das Wasser bis an seine Brust reichte, doch die zum Teil stark gestauten Fluten fegten ihn immer wieder von den Beinen.

»Gute Reise, du Verräter!«, brüllte Lady X und schwenkte ihre Maschinenpistole.

Erst jetzt war sie einigermaßen beruhigt, obwohl Xorron längst nicht erledigt war. So eine Strömung, mochte sie noch so kräftig sein, brachte ihn nicht um.

Die Vampirin schaute dem Monster so lange nach, bis es nicht mehr zu sehen war und die Fluten es nicht wieder an die Oberfläche spülten. Erst dann ging sie weiter.

Auf dem Weg lag Geröll.

Die Teile der zerbrochenen Felsnase waren nicht alle in die Tiefe gestürzt, die meisten versperrten den Weg, sodass die Scott erst noch hinüberklettern musste.

Sie schaffte es mit Leichtigkeit, erreichte die freie Strecke und ging wesentlich unbeschwerter weiter.

Zehn Minuten später hatte sie die Schlucht hinter sich gelassen. So etwas ging urplötzlich. Man erlebt das oft in den Bergen. Auf einmal treten die Felswände zur Seite oder verschwinden ganz, und der Blick fällt auf eine weite Ebene oder in ein Tal.

So erging es Lady X.

Sie stand da und schaute auf Hausdächer. Diese Bauten mussten zu dem kleinen Ort Billings gehören. Den Wildwasserfluss sah sie nicht mehr. Er war unterwegs in einer Felshöhle verschwunden, floss unterirdisch weiter und würde vielleicht überhaupt nicht mehr ans Tageslicht treten. Möglich war alles.

Für einen Moment blieb sie stehen. Sie stand höher, als Billings lag. Ihr Blick glitt über die Dächer, aber auch über den grauen Himmel, der sich über dem Dorf spannte. Die Wolkendecke sah ziemlich geschlossen aus. Ein Zeichen dafür, dass es bald anfangen würde zu schneien. Auch war es kühler geworden.

Plötzlich stutzte sie.

Innerhalb der Wolkendecke hatte sich etwas bewegt, was dort nicht hingehörte. Der Dunst wurde zuerst durcheinander gewirbelt, bevor er sich verdichtete und eine andere Farbe annahm.

Eine neue Wolke entstand. Eine unnatürliche. Und aus ihr schob sich etwas hervor.

Zwei riesige Hände, die einen seltsamen Gegenstand umklammert hielten, den es in der modernen Zeit kaum noch gab und der mehr an das Pulverhorn eines Jägers aus früheren Jahrhunderten erinnerte.

Es war ein Füllhorn.

Pandoras Waffe!

Und es wurde von zwei Händen gehalten, die es jetzt langsam umkippten und eine Brut des Schreckens entließen.

Eingehüllt in Dampf und Qualm, fielen Skelette und schreckliche Monster der Erde entgegen.

Sie hatten nur ein Ziel.

Das kleine Dorf Billings!

Ich befand mich in einer verfluchten Lage!

Zwar saß ich in meinem Leih-Rover und hatte das Kloster auch verlassen, doch das half nicht viel, denn man hatte mir einen gefährlichen Aufpasser mit auf den Weg gegeben.

Den Todesadler!

Ein gewaltiges Tier, ein Monster. Pechschwarz in der Farbe, mit einem messerscharfen, gebogenen Schnabel versehen, gewaltigen Schwingen und schockgelben Augen.

Ich hatte keinen hundertprozentigen Beweis, dass Pandora mir den Vogel auf den Hals geschickt hatte, aber es lag auf der Hand. Und ich musste sehen, dass ich ihn loswurde.

Im Augenblick schwebte er mit ausgebreiteten Schwingen vor meinem Wagen. Er stand nicht in der Luft, sondern beobachtete mich und vollzog jeden Schlenker nach, den ich mit dem Rover ausführte.

Ich konnte den engen Kurven und der Strecke, die ein starkes Gefälle aufwies, nicht ausweichen, denn es gab leider nur diesen einen Weg hinunter ins Tal.

Zudem war die Straße feucht und genau dort, wo der Asphalt begann, leicht gefroren. Sogar erste, feine Schneekristalle fielen gegen die Frontscheibe, wo sie gleich wegtauten.

Sollte ich aussteigen und kämpfen oder weiterfahren?

Es gab nur diese zwei Möglichkeiten für mich. Wenn ich die letzte in Betracht zog, würde ich auf jeden Fall den Kürzeren ziehen. Der Adler konnte sich auf meinen Wagen stürzen und mit seinem scharfen Schnabel die Scheiben zerhacken. Auf freier Strecke wäre ich das Risiko noch eingegangen, aber nicht in diesen oft sehr engen Serpentinen.

Ich bremste.

Wahrscheinlich hatte ich das Pedal etwas zu hart getreten, der Rover geriet mit seinem Heck ins Rutschen und hätte sich fast quergestellt, denn er brach aus der Spur aus, driftete ein wenig nach links und kam zum Glück noch vor der Felswand zum Stehen. An der gegenüberliegenden Seite ging es steil in die Tiefe.

Vor Schreck würgte ich sogar den Motor ab und blieb für zwei Sekunden sitzen, während ich den Gurt löste.

Bevor ich ausstieg, duckte ich mich etwas und suchte, während ich gleichzeitig den Kopf drehte, den Himmel ab.

Den Adler sah ich nicht.

Ein kaltes Lächeln umspielte meine Lippen. Es war auch nicht nötig, dass ich ihn sah, er war bestimmt noch da und lauerte auf seine Chance, mich zu vernichten.

Mal sehen, wer stärker war.

Die Waffen hatte ich griffbereit und stieß vorsichtig den Wagenschlag auf.

Kalte Luft umwehte mich. Schneekörper peitschten in mein Gesicht, der Wind trieb sie hart voran, dass sie fast die Wirkung von kleinen Nadeln hatten, als sie gegen meine Haut hämmerten.

Mit dem rechten Bein stieg ich zuerst aus. Die Beretta hatte ich gezogen, das Kreuz hing vor meiner Brust, und ich hoffte stark, dass mir beides helfen würde.

Dann schaute ich zurück.

Einen Teil der Klostermauern konnte ich noch erkennen. Sie ragten wuchtig und stark vom Berggipfel aus in die Höhe, doch ich wusste genau, dass die Mauern das Böse nicht abhalten konnten.

Vor wenigen Minuten noch war es mir auf drastische

Art und Weise gezeigt worden, denn ich hatte die Mönche völlig leblos in der kleinen Kapelle liegen sehen, nachdem mir Pandora bewiesen hatte, dass ihr Einfluss auch vor Leichen keinen Halt machte. Der tote Pater Clemens hatte sich auf schreckliche Art und Weise verändert. Er war schwarz geworden und dabei geschrumpft. Es würde lange dauern, bis das Bild aus meinem Gedächtnis verschwunden war.

Im nächsten Augenblick verschwammen die Klostermauern hinter grauen Schleiern, denn die dicken Wolken trieben langsam heran. Sie wirkten in ihrer Trägheit schwerfällig, und als ich meinen Blick zur anderen Seite hindrehte, da entdeckte ich auch die anderen Wolken, die aus den Tälern in die Höhe krochen.

Hier oben braute sich ein widerliches Wetter zusammen, und ich steckte mittendrin.

Wo befand sich der Adler?

Ich suchte ihn. Dabei hatte ich mich hinter dem offenen Wagenschlag geduckt und so eine einigermaßen gute Deckung gefunden. Als ich bremste, war er noch in der Nähe gewesen, doch nun hatte er sich verkrochen. Auf jeden Fall würde er nicht aufgeben.

Links wuchs die Felswand hoch. Sie war ziemlich zerklüftet, zeigte Risse und Spalten, in denen Schnee klebte.

Dort sah ich den Vogel nicht. An der anderen Seite auch nicht. Bis ich den Schatten innerhalb der Wolken erkannte. Dort hielt er sich versteckt.

Ich zielte mit dem Waffenlauf genau in diese Richtung und legte ihn dabei auf den Holm der offen stehenden Tür. So konnte ich am besten zielen und erhöhte auch die Treffsicherheit.

Im nächsten Augenblick war er verschwunden. Ob nach oben oder unten, hatte ich nicht erkennen können, jedenfalls bot sich meiner Waffe kein Ziel mehr.

Ein Nervenkrieg begann.

Sekunden dauerte er nur, dann sah ich ihn wieder. Und er war so verflucht nah, denn er schwebte fast lautlos dicht über dem Serpentinenweg und tauchte vor dem Wagen auf.

Dieses Tier hatte die Witterungsverhältnisse geschickt ausgenutzt und rechnete wohl auch mit meiner Schrecksekunde.

Die hatte ich, sodass es dem Vogel gelang, seinen Körper gegen die Wagentür zu schmettern. Die wurde nach hinten gedrückt und damit auch gegen mich geschleudert.

Da ich mein Gewicht mehr auf beide Hacken verlagert hatte, konnte ich der aufschwingenden Tür kaum Widerstand entgegensetzen. Ich fiel auf den Rücken. Eine schlechte Position, die der Adler natürlich ausnutzte.

Sein Körper, das habe ich schon einmal betont, war gewaltig und auch schwer. Er breitete dicht über mir seine großen Schwingen aus und ich hatte das Gefühl, in einem Zelt zu verschwinden, so dunkel wurde es plötzlich um mich herum.

Ich dachte nur an den Schnabel, der große Wunden reißen konnte, wenn er kräftig zuhackte. Und Schnabelhiebe in das Gesicht wollte ich um jeden Preis vermeiden.

Ich riss den linken Arm als Deckung hoch und zielte mit der Beretta an ihm vorbei, als ich abdrückte. Das Aufblitzen des Mündungsfeuers nahm ich nicht wahr, es wurde von dem Körper verschluckt. Meine Kugel musste treffen, auf diese Entfernung konnte ich nicht fehlen.

Der Adler stieß einen wilden, wütenden Schrei aus, der dicht vor meinen Ohren aufgellte und als Widerhall in meinem Kopf zu explodieren schien. Dann schrammte etwas über meinen Arm, das sehr scharf war und meine Kleidung aufriss.

Der gekrümmte Schnabel erwischte auch noch meine Haut und riss eine Furche hinein. Ich biss die Zähne zusammen, denn der erste Schmerz war schlimm. Dann jedoch schien der Adler genug zu haben, denn er stieg in die Höhe und bewegte seine Flügel dabei sehr schnell.

Ich konnte wieder Atem holen, blieb allerdings noch am Boden und verfolgte das Tier mit meinen Blicken.

Der schwarze Todesadler flog normal. Kein torkelnder Flug, kein Flügelschlag, der auf eine Schwäche hindeutete, obwohl ihn die Silberkugel erwischt hatte.

Aber sie konnte ihn nicht vernichten. Dieses Tier war gegen geweihtes Silber resistent.

Zum Glück hatte er mir eine kleine Atempause gegönnt, die ich nutzen wollte. Mich auf einen Kampf mit ihm einzulassen hatte keinen Sinn. Er war erstens sehr schnell, zweitens sehr gefährlich und ich konnte ihn wirklich nicht mit den Riesenfledermäusen vergleichen, die Vampiro-del-mar gehorcht hatten, denn die hatten meinen Silberkugeln nichts entgegenzusetzen. Einmal getroffen, waren sie vernichtet. Als Rest blieb bei ihnen der Staub zurück.

Anders hier.

Der Adler musste einen dämonischen Ursprung haben, der mir jedenfalls fremd war. Er und Pandora waren zwei Verbündete, die mir sehr große Schwierigkeiten bereiten konnten und auch würden, denn ein Gegenmittel oder eine Gegenwaffe kannte ich nicht.

Ich streckte den rechten Arm aus, umklammerte den Türholm und zog mich daran hoch. Dann drehte ich mich nach links, wobei ich den Kopf einzog, um mich in den Rover fallen zu lassen.

Wuchtig knallte ich die Tür zu.

Aufatmen. Für einen Moment jedenfalls. Sekunden der Ruhe und der Erholung, bis ich die Schmerzen spürte, die einen Teil des linken Arms ergriffen hatten.

Ich winkelte ihn an und drehte ihn so, dass ich auf ihn schauen konnte.

Die Wunde sah nicht sehr böse aus. Der Schnabel, schon mit einem Säbel zu vergleichen, hatte hineingehackt, war aber zum Glück durch die dicke Winterbekleidung gebremst worden. Trotzdem brannte sie. Ich dachte an eine Infektion und wollte dafür sorgen, dass dies nicht eintraf.

Die Notapotheke, in ein weiches Kissen verpackt, lag griffbereit. Einen Reißverschluss musste ich aufziehen, um in die beiden Kissenhälften hineingreifen zu können.

Ich fand ein Pflaster und ein Desinfektionsmittel.

Den Adler wollte ich bei meiner eigenen Verarztung auch weiterhin im Auge behalten, wobei mir der auf der

Scheibe klebende Schnee leider die Sicht ein wenig versperrte.

Die Wischer schaufelten die Scheibe zum Teil frei.

Von dem schwarzen Todesadler entdeckte ich nicht eine Feder. Dafür den wirbelnden, weißen Schleier, der über der Straße tanzte und schon eine dünne Schicht auf den Rover gelegt hatte.

Nicht nur der Adler war zu meinem Feind geworden, auch der verfluchte Schnee, der die Straße in eine eisglatte Rutschbahn verwandelte, denn das Zeug blieb liegen.

Aber ich musste ins Tal. Wer konnte denn schon sagen, was dort unten alles geschah? Wahrscheinlich hatte Pandora den Adler nur auf mich gehetzt, um mich von einer Fahrt in die nächste Stadt abzuhalten.

Obwohl es nicht mein Bentley war, hatte ich mich inzwischen an den Wagen gewöhnt. Zudem war er ausgezeichnet in Schuss, der Motor sprang an, kaum dass er den Zündschlüssel gerochen hatte, und ich fuhr los.

Nur vorsichtig gab ich Gas, denn der Untergrund glich einer Schicht aus Seife, doch ich hatte Glück und kam von der Stelle.

Das Zeug, das gegen die Frontscheibe prasselte, war nicht weich. Es bestand aus Eiskörnern, die festklebten, und ich schaltete das Warmluftgebläse ein.

Zuvor hatte ich die Scheibenwischer eingeschaltet. Ein matter gelber Glanz fiel auf den eisigen Weg, viel mehr konnte ich durch das Licht nicht sehen, zudem herrschte ein seltsames Zwielicht.

Die erste Kurve.

Ich musste mich stark auf das Fahren konzentrieren und den Todesadler erst einmal aus meinen Gedanken verbannen.

»Bleib ja in der Spur«, flüsterte ich, »und schmier um Himmels willen nicht ab!«

Der Wagen hatte mein Flehen erhört und tat mir den Gefallen. Er blieb auf dem Weg, ich schaffte die Kurve und sah bereits die nächste vor mir, die zum Glück nicht so eng war.

Für einen Moment besserte sich die Sicht. Eine Felswand hielt den meisten Schnee ab. Die Kurve vor mir war gut einzusehen. Schatten fielen auf die Straße, machten sie unübersichtlicher, und an einigen Stellen glitzerte es hell.

Ich musste mich hüten, dort hinzufahren, dann würde ich wirklich abschmieren.

Da kam der Adler.

Der Todesvogel schwebte herbei wie ein gewaltiger Schatten. Ich nehme das Beispiel deshalb, weil sich die Scheibe vor mir verdunkelte, ich den Vogel selbst aber nicht genau sah.

Er griff zum zweiten Mal an. Obwohl ich fuhr, störte er sich nicht daran, sondern zielte auf die Scheibe. Dann konnte ich überhaupt nichts mehr sehen, der Vogel kam von vorn, nahm mir die Sicht, und ich ging vom Gas ganz herunter, und drückte gleichzeitig sehr dosiert das Bremspedal nach unten.

Ich rutschte weg.

Dagegen konnte der beste Fahrer nichts unternehmen. Der Rover war einfach nicht zu halten, ich betete, dass er noch vor der Felswand zum Stehen kommen würde, und hatte Glück.

Er hielt, stand zwar schräg, doch das war mir egal.

Endlich konnte ich mich um den Adler kümmern, und das wurde auch Zeit, denn das Tier griff an. Und es nahm seinen Schnabel dabei als Waffe, deren Wirkung ich bereits zu spüren bekommen hatte.

Der erste Hieb gegen die Scheibe war wie der Schlag mit einem Stein. Wobei der Stein härter war als das Glas, denn ich hörte das satte, platzende Geräusch, sah das Spinnwebmuster im Glas und auch ein kleines Loch darin.

Der nächste Hieb.

Es hatte keinen Sinn, eine Kugel gegen den Adler abzufeuern, so ließ ich ihn und sah zu, wie sich das Loch erweiterte und mir erst kleine Splitter entgegenflogen.

Wieder musste ich raus.

Das wollte der Adler, denn wenn ich nicht mehr durch

irgendetwas gedeckt und geschützt war, konnte er seine Schnelligkeit voll ausspielen.

Ich wuchtete die Tür auf, duckte mich, ließ mich nach draußen fallen, machte dabei einen zu großen Schritt und rutschte auf dem Eis aus. Zum Glück konnte ich meinen Fall abfangen. Mir war jedoch klar geworben, dass ich an dieser Stelle keinesfalls weiterkämpfen konnte. Ich hätte keine Standsicherheit gefunden, deshalb gab es nur eine Möglichkeit.

Rein in die Felsen!

Noch hockte der Adler auf der Kühlerschnauze des Rover. Als ich mich in Bewegung setzte, da drehte auch er seinen Körper, um mich zu verfolgen.

Ich riskierte es einfach, beschleunigte meine Schritte und es gelang mir, mich an einer Stelle der steil in die Höhe ragenden Wand festzuklammern. Es war eine kleine Felsnase, die ich zu fassen bekam, durch einen Ruck ihre Festigkeit prüfte, zufrieden sein konnte und damit begann, in die Höhe zu klettern.

Beeilen musste ich mich dabei, denn ich wandte dem Adler zwangsläufig den Rücken zu. Davor hatte ich Angst, die sich durch Herzklopfen bemerkbar machte.

Drei, vier Yards wollte ich in die Höhe gelangen, denn dort hatte ich eine kleine Plattform entdeckt, auf der verkrüppelte Bäume wuchsen, die mir beim Klettern Halt geben konnten.

Mit dem ausgestreckten rechten Arm bekam ich einen Ast zu fassen. Er hielt mein Gewicht, sodass ich mich in die Höhe ziehen konnte und mich zusammenkauerte, als ich die Plattform endlich erreicht hatte.

Der Schneevorhang war ziemlich dicht geworden. Er war wie eine wirbelnde, tanzende Mauer. Mein Leihwagen verschwand bereits in diesem Kreisel, und auch der schwarze Todesadler ließ sich Zeit. Mir stach ein Ast besonders ins Auge. Er wuchs schräg in die Höhe und berührte mich fast mit seiner Spitze.

Damit wollte ich mir den verfluchten Todesadler vom Hals halten.

Mit einer Hand schaffte ich es nicht, den Ast

abzureißen, sondern musste beide nehmen, lehnte dabei noch meinen Körper zurück und zog.

Ein erstes Knirschen wies daraufhin, dass sich etwas tat. Der Ast brach. Dicht über dem Boden splitterte er ab, ich flog zurück und hatte große Mühe, mich zu fangen. Auf dem glatten Boden kein Kinderspiel, fast wäre ich noch von der kleinen Plattform gerutscht. Mit einer Drehung hielt ich mich auf den Beinen.

Dann fuhr ich herum.

Scharf jagten die zahlreichen Schneekörper in mein Gesicht. Sie hieben gegen die Haut, dort brannten sie, und aus der ersten Hitze, die entstand, wenn die Körner aufschlugen, wurde schnell das Gefühl einer kalten Starre.

Ich holte ein paar Mal tief Luft, hatte mich leicht geduckt aufgebaut und wartete auf den Adler, wobei ich den abgebrochenen Ast mit beiden Fäusten festhielt.

Sollte er kommen …

Und er kam. Längst hatte er bemerkt, wo sich sein Feind befand. Er griff an und stieß nicht von unten auf mich, sondern war in den Schneewirbel getaucht, um aus diesen Flocken überfallartig zu erscheinen.

Ich hatte wirklich bis zum allerletzten Moment gewartet. Es war fast schon zu spät.

Wie ein Ritter mit seinem Schwert kämpfte, so hielt ich meinen Ast. Seitlich geschlagen, klatschte er gegen den Körper des schwarzen Todesadlers und holte ihn aus der Luft. Der Treffer schleuderte ihn jedoch nach unten, wo er auf die kleine Plattform prallte und mit seinen Flügeln wild um sich schlug. Ich musste ihn an einer entscheidenden Stelle erwischt haben. Durch meine Aktion ermuntert, griff ich an.

Diesmal war der Ast für mich eine Lanze. Von oben nach unten rammte ich ihn. Ich merkte einen kurzen Widerstand, als das Ende den Körper traf, und noch in derselben Sekunde flatterte das Tier mit seinen Schwingen, die sich vor meinen Augen in die Höhe schraubten und ich von einer gestreift wurde.

Es war ein Schlag, kein Streicheln. Der Adler hatte

Kraft, und er war noch nicht erledigt. Während ich nach dem Gleichgewicht suchte, rutschte er über die Plattform, wobei er von dem dichten Flockenwirbel aufgesaugt wurde.

Bei normalem Wetter hätte ich ihn verfolgt. Bei dieser Witterung allerdings musste ich mich um mich selbst kümmern: Eine verdammte Sturmbö hatte mich fast umgehauen. Ich steckte jetzt mitten in den Wolken und konnte die Hand kaum vor Augen sehen. Der Abstieg gestaltete sich als sehr schwierig, das richtige Schuhwerk fehlte mir, ein paar Mal rutschte ich aus, ging einen anderen Weg und musste zur Straße hin noch springen. Bis zu den Knöcheln reichte mir bereits der Schnee. Die Schicht war auch auf dem Rover liegen geblieben, sodass mich der Wagen an ein Schneeungeheuer erinnerte.

Wo steckte der Adler?

Den Ast schlagbereit in der Hand haltend, stand ich da und schaute mich um.

Wenn Tiere sterben, dann verkriechen sie sich in eine einsame Ecke, um dort ihr Leben auszuhauchen. Da ich den Adler nicht sah, hoffte ich, dass es auch bei ihm so sein würde und ich ihn so stark verletzt hatte, dass er nicht mehr zurückkehrte.

Mehr rutschend als gehend bewegte ich mich auf meinen Leih-Rover zu und stieg ein.

Durch die zerstörte Scheibe war der Schnee gewirbelt. Er lag auf dem Armaturenbrett, wo er allerdings sehr schnell wegtaute und eine Pfütze hinterließ.

Zu einem Vergnügen würde die Fahrt ins Tal für mich auf keinen Fall werden, das stand fest. Schneeketten lagen auch nicht im Kofferraum, davon hatte ich mich schon zuvor überzeugt. Zwar war der Rover mit Winterreifen ausgerüstet, aber es kam immer mehr Schnee hinzu, dass ich schon einen Räumer benötigte, um weiterzukommen.

Trotzdem versuchte ich es. An meiner rechten Fahrerseite konnte ich noch einigermaßen etwas erkennen, ich brauchte nicht die Scheibe einzuschlagen, musste mich allerdings schräg hinsetzen.

Und dann begann eine Fahrt, die ich nie im Leben vergessen werde. Mit einem geliehenen Fahrzeug über vereiste und verschneite Serpentinenwege hinunter ins Tal, das war die Hölle. Ich verfluchte nicht nur mich und das Wetter, sondern auch Pandora, die mir dies alles eingebrockt hatte.

Zudem dachte ich an die Mönche, die in einem Zustand magischer Lethargie oben im Kloster St. Patrick zurückgeblieben waren und von denen ich nicht wusste, was noch weiterhin mit ihnen geschehen würde.

Ich war die Strecke schon des Öfteren gefahren, allerdings nicht bei so einem Sauwetter. Von der Gegend sah ich nichts. Der weiße wirbelnde Vorhang verdeckte alles. Dass ich die Straße trotzdem noch fand, grenzte an ein Wunder.

Und dann die Kurven.

Wenn sie eng waren, hatte ich besonders viel Angst. Da wuchsen dann die Wände wie gefährliche Schatten bis dicht an die Straße heran, und manchmal, wenn der Wagen rutschte, glitt ich nur haarscharf an vorspringenden Kanten vorbei.

Von einer Geschwindigkeit konnte man kaum sprechen. Es war ein Kriechen, mehr nicht.

Ich schaute angestrengt nach vorn, atmete durch den offenen Mund und hatte die Hoffnung, dass es eigentlich nur besser werden konnte. Man erlebte es oft genug in den Bergen, dass oberhalb einer gewissen Grenze das Wetter ganz anders ist als im Tal.

An diese Hoffnung klammerte ich mich.

Irgendwann – ich wusste nicht, wie viel Zeit vergangen war – erreichte ich das mir bekannte große, gerade Teilstück in dem Hochtal des Gebirges.

Auch schien es mir, als hätte der starke Schneefall ein wenig nachgelassen. Die Sicht wurde besser, ich konnte rechts und links wieder Umrisse erkennen.

Dann machte ich einen Versuch und steigerte die Geschwindigkeit. Im Anfang klappte es, bis ich ein wenig zu leichtsinnig wurde und zu stark mit dem Gaspedal spielte.

Da geriet der Wagen ins Rutschen, und ich näherte mich gefährlich schnell einem Abgrund.

Plötzlich stand Schweiß auf meiner Stirn. Im Nu hatte sich die Lage wieder verschärft, die Reifen rutschten auf dem seifigen Boden und zu allem Unglück erschien vor der Kühlerschnauze noch ein großer Schatten.

Der Adler!

Ich hatte es geahnt, doch um sich Vorwürfe zu machen, dazu war es zu spät.

Die nächsten Sekunden waren schrecklich, und sie dehnten sich, als würden sie an einem Gummiband hängen, denn der Adler nahm keine Rücksicht mehr.

Er flog den Wagen direkt an und wuchtete seinen großen Körper dort gegen das Blech, wo sich die Beifahrerseite befand. Das Krachen hallte wie ein Donner in meinen Ohren nach, dazwischen hörte ich das satte Platzen, als die Scheibe barst. Ich erschrak heftig und konnte mich unmöglich auf zwei Dinge gleichzeitig konzentrieren, nämlich auf das Fahren und den Adler.

Vielleicht rutschte mein Fuß auch ab, ich wusste es nicht so genau, denn der Rover kippte auf einmal nach vorn.

Man hatte keine Leitplanken aufgestellt. Wer hier fuhr, kannte die Strecke normalerweise, ich auch, aber nicht bei dieser Gefahr und dem Wetter.

Wie im Zeitlupentempo bekam ich mit, dass sich der Wagen nach vorn beugte, als wollte er sich verneigen.

Sollte ich aussteigen?

Zu lange hielt ich mich mit der Entscheidung auf, denn der Adler umflatterte das Fahrzeug, und er hieb noch einmal dagegen, sodass es den schweren Rover durchschüttelte.

Es war auch gleichzeitig der Beginn des Sturzes.

Nirgendwo fanden die Räder Halt. Zusammen mit dem Auto geriet ich ins Rutschen, wurde immer schneller und durchgeschüttelt. Schnee, Dreck und Wasser drangen durch die zerstörte Frontscheibe, vermischten sich mit dem Glas und nahmen mir die Sicht.

Mir kam die Zeit endlos vor. Als ich das Krachen hörte,

dachte ich, jetzt hat es dich erwischt. Der Rover stellte sich allmählich aufrecht. Ich sah noch, wie sich sein Vorderteil zusammenschob und zu einer Ziehharmonika wurde, bevor der schwere Wagen wieder nach hinten und gleichzeitig auf die Seite fiel.

Den Aufprall hörte ich noch, dann packten mich Kräfte, denen ich nichts entgegenzusetzen hatte, und die machten mit mir, was sie wollten ...

Im Tal schneite es nicht.

Das Wetter hing zwischen den Bergen fest, sodass jeder in dem kleinen Ort Billings freie Sicht hatte.

Auch Suko.

Und er sah das Grauen.

Am grauen Himmel waren zwei Hände aufgetaucht, die ein Füllhorn hielten, das sie allmählich zur Seite kippten und das Gefäß somit leerten.

Es brachte das Grauen!

Die Büchse der Pandora war geöffnet worden, und vielleicht war Suko der einzige Zeuge, der wahrnahm, wie das Unheil der Erde entgegenwirbelte.

Dabei flog es lautlos. Da rutschten Skelette aus dem Füllhorn, gefolgt von kleinen, grünen Monstern, dämonenartigen Wesen, die Suko nie gesehen hatte und irgendwo in weiterer oder näherer Umgebung den Boden berührten.

Für Suko war es schrecklich, denn er hatte bereits erlebt, welch ein Grauen Pandora anrichten konnte.

Er brauchte nur an den Arzt Dr. McGovern zu denken, den es voll erwischt hatte. Suko hatte mit ansehen müssen, wie er starb, und der Inspektor schüttelte sich noch im Nachhinein, wenn er daran dachte.

Billings war eine tote Ortschaft.

Zwar lebten die Einwohner noch, doch die dämonischen Bazillen hatten ihren Keim in die Menschen gelegt und sich ihrer Körper als auch Seelen bemächtigt.

Es schien Suko, als hätte man ihnen die Psyche genommen, sie ihrer Seelen beraubt, und das ließ ihn schaudern.

Soviel er bisher wusste, gab es nur zwei Personen im Ort, die noch normal waren.

Miss McGovern, die Schwester des toten Doktors, und eben Suko. Der Chinese hatte versucht, Miss McGovern zur Flucht zu überreden, sie aber wollte bleiben und nicht von der Seite ihres toten Bruders weichen. Eine Reaktion, die Suko irgendwie verstehen konnte.

Er hatte das Haus verlassen, um sich in Billings umzuschauen, und er wollte sich in einer Gaststätte informieren. Dort fand man die meisten Menschen, die etwas zu erzählen hatten, denn Suko wollte mehr, viel mehr über Billings wissen. Vielleicht gelang es ihm, die Menschen zum Reden zu bewegen.

Auf dem Weg dorthin passierte es.

Plötzlich erschienen die Wolken. Aus ihnen tauchte das Paar Hände auf, das ein Füllhorn hielt und es über dem Ort Billings ausleerte. Suko hatte die Skelette und Monster gesehen, aber er konnte nicht erkennen, wo sie gelandet waren.

Mittlerweile war auch der Nebel verschwunden. Von Pandora entdeckte der Inspektor ebenfalls nicht die geringste Spur. Minutenlang hatte seine Pause angedauert, jetzt setzte er sich wieder in Bewegung und schritt über die menschenleere Hauptstraße seinem Ziel, der Gastwirtschaft, zu.

Da rührte sich nichts. Der Inspektor hatte das Gefühl, durch eine Geisterstadt zu laufen. Die Bewohner schienen sich verkrochen zu haben, und abermals stieg die Angst in ihm hoch, denn wer sagte ihm, dass er von dem Bazillus verschont blieb?

Er schaute auf seine Hände, suchte nach grauen Flecken, die eine Veränderung ankündigten, aber er sah nichts. Noch nichts …

Auch die Tiere hatten sich verkrochen. Allerdings wusste Suko sehr genau, dass die Veränderung auch sie erfasst hatte. Nicht umsonst hatte er gegen zwei mutierte Hunde und eine Katze gekämpft, die ihn an schleimige Ghouls erinnerten, denn so hatten die Körper fast ausgesehen.

Er brauchte nur noch ein paar Schritte zu gehen, um sein Ziel zu erreichen.

Unter dem Schild blieb er für einen Moment stehen und schaute zurück. Die Straße hinter ihm blieb leer. Der Marktplatz wurde von keinem Lebewesen bevölkert.

Tief atmete Suko ein. Er stand vor einer schweren Entscheidung, aber er musste sie durchstehen, denn er durfte von dem einmal eingeschlagenen Weg nicht abgehen.

Das Blut stieg Suko zu Kopf, als er sich mit einem entschlossenen Ruck umdrehte und die Tür der Gaststätte aufstieß.

Kein Lärm, keine Stimme schallte ihm entgegen. Der Inspektor wurde von einer fast lähmenden Stille empfangen, obwohl sich Menschen innerhalb des Gastraums aufhielten.

Frauen befanden sich nicht darunter. Alle Altersgruppen waren vertreten. Suko zählte sieben Männer. Zwei Jüngere standen an der Theke und hielten Bierkrüge umklammert. Der Wirt zapfte ein weiteres Glas, und das Geräusch des einschäumenden Bieres unterbrach als Einziges die Stille.

Man hatte Suko bemerkt. Jeder Gast drehte sich in Richtung Tür und schaute den Fremden an.

Für einen Moment blieb Suko hinter der Schwelle stehen. Seine Stirn legte sich in Falten, er nahm die Atmosphäre in sich auf, bevor er weiterging.

Sieben Gäste und der Wirt. Jetzt war auch Suko hinzugekommen. Insgesamt neun Personen. Acht von ihnen zeigten bereits die ersten Anzeichen der schrecklichen Seuche. Ihre Haut wirkte bleich. Deshalb waren die grauen Flecken auf den Wangen besonders deutlich zu erkennen. Bei einigen waren sie groß wie Fingernägel, andere hatten schon Ausmaße von Geldstücken.

Pandora hatte zugeschlagen!

Der Gastraum zeigte eine gemütliche Einrichtung. Holzbalken unter der Decke, grobe Tische, kleine Fenster. Ein warmes Licht, von Decken und Tischlampen angestrahlt, sorgte dafür, dass man sich in diesem Raum wohl fühlen konnte.

Die Tische waren kreuz und quer aufgestellt worden. Trotzdem erkannte Suko bei näherem Hinsehen so etwas wie einen Gang, durch den er zur Theke gehen konnte.

Als er sich in Bewegung setzte, knarrten unter seinen Füßen die Holzdielen. Sie bewegten sich ächzend, federten noch etwas und zeigten an einigen Stellen Flecken von eingetrockneten Bierlachen.

Die Menschen verfolgten ihn mit Blicken. Die meisten saßen an den Tischen und drehten die Köpfe, je weiter Suko vorging. Ein älterer Mann öffnete den Mund. Für einen Moment sah es so aus, als wolle er etwas sagen, dann überlegte er es sich und schüttelte den Kopf. Er sprach dabei kein Wort. In ihrer Stummheit wirkte diese Bewegung regelrecht gespenstisch.

Suko erreichte den Tresen. Nur die Holztheke trennte ihn noch von dem Wirt, der seinen Kopf angehoben hatte und ihn fragend anschaute.

»Ich möchte etwas trinken«, sagte Suko.

Der Wirt nickte. Er war ein Rübezahl-Typ. Groß, kantig. Sein dunkler Bart, der ebenso rötlich schimmerte wie das Haar, reichte ihm fast bis auf die Brust. Er trug ein grünes Hemd und darüber eine Weste aus speckigem Leder.

Auch in seinem Gesicht befanden sich die grauen Flecken, wie Suko mit Schrecken feststellte.

Der Wirt bewegte sich sehr langsam. Er drehte sich zur Seite, um einen Krug in die Hand zu nehmen, stellte ihn danach unter den Zapfhahn und drehte diesen auf.

Das Bier schäumte aus einem großen Holzfass, das die Mitte der Theke einnahm.

Normalerweise verzichtete Suko auf Alkohol, aber er hätte in so einer Wirtschaft kaum Saft bestellen können. Hier trank jeder das schottische Bier.

Die Menschen schauten Suko an. Sie saßen an ihren Tischen, und als sich der Chinese umdrehte, da sah er ihre Blicke auf sich gerichtet. Es sprach niemand.

Nur das stumme Taxieren und das apathische Starren, das bei dem Inspektor Unwohlsein verursachte.

Er drehte sich wieder um, weil er ein paar Worte reden

wollte, und wandte sich an den Wirt. »Was ist denn hier los?«, erkundigte er sich mit leiser Stimme.

Der Bärtige hob die Schultern. Er stand in einer etwas schiefen Haltung hinter dem Zapfhahn und zapfte.

»Weshalb bekomme ich keine Antwort?«

»Sie sind fremd.«

Wenigstens etwas, dachte Suko. Er ist also doch nicht stumm. »Natürlich bin ich fremd, aber ich kann nicht verstehen, was hier vorgeht. Weshalb spricht man hier nicht?«

»Wir reden doch.«

Diese Antwort entlockte dem Chinesen nur ein müdes Lächeln. »Ich weiß, dass die Schotten nicht gerade verschwenderisch sind, aber dass sie auch mit Worten geizen, ist mir neu«, erklärte Suko und schüttelte den Kopf.

»Trinken Sie ihr Bier, Mister!« Diesen Satz hätte man auch scharf formulieren können, doch der Wirt sprach ihn ebenso ruhig aus wie seine früheren Antworten.

Irgendwie nichts sagend, lethargisch.

»Was ist geschehen?« Suko ließ nicht locker. Er war einmal hier und wollte es auch wissen.

»Nichts.«

»Das sehe ich.« Suko drehte sich um, wandte dem Wirt jetzt den Rücken zu und schaute in das Lokal hinein.

Die Männer hockten an ihren Tischen. Niemand rührte sich. Nicht ein Arm wurde erhoben, um ein Glas zum Mund zu führen. Wie Wachsfiguren kamen die Menschen dem Inspektor vor.

»Ich frage euch«, wandte er sich mit lauter Stimme an die Gäste, »was ist hier in Billings geschehen?«

Man redete nicht, sondern schwieg ihn, den Fremden, an. Soweit es Suko möglich war, blickte er in jedes Gesicht. Ablehnung las er in allen, vermischt mit Apathie und einem gewissen Desinteresse. Suko suchte nach Spuren in den Gesichtern der Männer. Die allerdings sah er nicht. Bis ein jüngerer Mann meinte, der links von Suko neben einer Säule saß: »Dicht trifft es auch noch, Fremder.«

»Was trifft mich?«

»Halte den Mund, Rac!«, sagte ein anderer Mann.

»Nein, lassen Sie ihn reden«, beharrte der Inspektor.

Der mit Rac Angesprochene stand auf und ging. Er beugte dabei seinen Oberkörper vor, die Schritte waren schwer, mit denen er das Lokal durchschritt.

Für einen Moment spielte Suko mit dem Gedanken, ihn zu verfolgen, ließ es dann bleiben, weil er sich von den anderen Gästen Antworten erhoffte.

»Weshalb wollt ihr nicht reden?«, erkundigte er sich.

Jetzt schauten die Männer ihn nicht einmal an, sondern blickten ihrem Freund nach, der verschwunden war und zuletzt die Tür hinter sich zugeknallt hatte.

Suko runzelte die Stirn und schüttelte gleichzeitig den Kopf. Da war nichts zu machen. Er kam sich vor, als hätte er gegen eine Wand geredet und nicht Menschen angesprochen.

»Ihr Bier, Mister. Wollen Sie es nicht trinken?« Jetzt sprach der Wirt hinter Suko.

Der Chinese drehte sich um.

Apathisch blickten die Augen in dem Rasputin-Gesicht. Das Fass stand zwischen Suko und dem Wirt. Letzterer bewegte sich ein wenig nach links, um Suko den Bierkrug vorbeireichen zu können.

Auch der Inspektor rückte weiter. Er wollte nicht unhöflich sein und das bestellte Bier annehmen.

Mit der rechten Hand hielt der Wirt den Henkel fest. Zwangsläufig schaute Suko auf den Krug und sah auch die Hand.

Seine Augen wurden groß. Er wollte es nicht glauben, doch eine Täuschung war es nicht.

Die Hand hatte sich verändert.

Sie schillerte pechschwarz und fiel genau in diesem Moment ab, als sie Suko das Glas reichen wollte …

Ich wurde nicht bewusstlos, sondern erlebte alles mit, auch wenn ich mich in einem Zustand befand, der dem der Gleichgültigkeit irgendwie nahe kam.

Die Wucht des Aufpralls und der von mir nicht kontrollierten Bewegungen hatte mich auf die Seite, genau zwischen die Sitze gepresst. Mit dem Kopf lag ich am Boden. Wasser tropfte vom Armaturenbrett in meinen Nacken, wo es sich sammelte.

Während ich lag, bewegte sich der Rover. Unendlich langsam neigte er sich zur Seite. Irgendwie unternahm ich den völlig irrwitzigen Versuch, mich noch dagegen anzustemmen und mein Gewicht zu verlagern, aber so konnte ich das Fahrzeug auf keinen Fall aufhalten. Ein Knirschen und Reißen erklang innerhalb der Karosserie, der Rover stöhnte, als läge er in den letzten Zügen, was auch irgendwie seine Berechtigung hatte, denn mit dem Fahrzeug konnte niemand mehr fahren.

Noch ein Schlag.

Dann platzten die Scheiben. Die Frontscheibe war sowieso schon zerbrochen, die anderen Scheiben gaben allmählich ihren Geist auf, und der Rover geriet wieder ins Rutschen.

Ich hatte gedacht, dass er sich irgendwo verkantete oder aufgehalten werden würde, aber dies schien nur so, denn mit dem Vorderteil zuerst rutschte der Rover talwärts.

Langsam, dennoch unaufhörlich.

Ich hatte mich geduckt. Bei der Rutschpartie war mit mir gespielt worden. Einige blaue Flecken würden zurückbleiben, gebrochen oder verstaucht hatte ich mir zum Glück nichts.

Immer weiter ging es.

Ein Hindernis erschien. Ich konnte es nicht sehen, dafür hörte ich, wie der Rover dagegen hieb. Diesmal mit der linken Seite, die eingedrückt wurde.

Zum Glück lag ich rechts, sodass mir nichts geschah. Ich schielte rüber und sah, dass sich die Tür verbeulte und die Verkleidung innen wegplatzte.

Noch ein Ruck.

Diesmal hatte ich den Eindruck, als würden starke Hände am Heck des Rover kräftig schieben.

Dann stand das Fahrzeug.

Es gab ein letztes Stöhnen von sich, als wäre es ein

waidwund geschossenes Tier. Mir hatte mal ein Autonarr erzählt, dass auch Blech ein eigenes Leben führte. Als ich das Stöhnen vernahm, konnte ich dem Auto-Fan fast glauben.

Danach legte sich die Stille über die Absturzstelle. Obwohl es dabei nicht absolut still war, denn ich hörte das Prasseln des Eisregens, der, vom Wind getrieben, auf die Karosserie hieb und durch die zerstörten Scheiben drang, wobei er auch mein Gesicht traf.

Ich musste raus.

Das war leichter gedacht als getan. Schließlich wusste ich nicht, wie der Wagen gefallen und wohin er gerutscht war. Er konnte am flachen Hang liegen, aber auch ebenso gut dicht vor einem Steilhang gestoppt haben.

Nur keine zu hastigen Bewegungen, mein zerknautschtes Blechgefängnis konnte es mir unter Umständen übel nehmen.

Ich bewegte mich sehr vorsichtig. Zum Glück hatte ich selbst nicht viel abbekommen, die einzige Verletzung hatte mir eigentlich der Adler beigebracht.

Den unteren Rand des Lenkrads umklammerte ich mit einer Hand und konnte mich ein wenig in die Höhe ziehen. Jetzt sah ich die zerstörten Scheiben, der Blick fiel nach draußen und auf die wirbelnde, tanzende Schneewand.

Ich hatte jetzt Furcht vor der Kletterei, denn irgendwie musste ich ja wegkommen. Und sicherlich würde zudem noch in der Nähe der Adler lauern. Der hatte bestimmt nicht aufgegeben.

Da der Wagen auf der Seite lag, musste ich tatsächlich zur Tür hin hochklettern. Ein dummes Gefühl, jedoch nicht zu ändern. Ich hoffte nur, dass sich die Tür nicht verklemmt hatte und ich sie aufstoßen konnte. Andererseits musste ich dann durch das Wagenfenster klettern, was nicht gerade reizvoll war.

Mir fiel mein Ersatzkoffer ein. Er hatte bisher auf dem Rücksitz gelegen. Auf den wollte ich keinesfalls verzichten, denn er enthielt wertvolle Waffen. Der Koffer war bei der Reise talabwärts natürlich nicht liegen geblieben. Er lag irgendwo am Boden und war unter die Sitze gerutscht, sodass ich nicht an ihn herankam.

Er musste dort liegen bleiben. Solange ich nicht wusste, welche Verrenkungen ich machen musste, um das wertvolle Stück in die Hand zu bekommen, war alles zu riskant, denn durch heftige Bewegungen würde auch der Wagen in Schwingungen geraten und sich vielleicht von der Stelle lösen, wo er gerade stand.

Ich konnte mich relativ gut hochziehen und erreichte die Tür. Durch die zerstörte Scheibe drängten die Schneekörner, trafen mein erhitztes Gesicht und kühlten es.

Mit einer Hand suchte ich nach dem Türverschluss, fand ihn schnell, löste ihn und drückte dann gegen die Tür, um sie aufzustoßen. Sie hakte. Ich wurde blass, hielt mit meinen Bemühungen inne und nahm einen erneuten Anlauf.

Diesmal stemmte ich die Schulter gegen die Innenverkleidung der Tür. Ich merkte, dass sie sich bewegte, der Hoffnungsschimmer wurde heller, noch ein Druck, und dann schwang die Tür tatsächlich nach oben.

Sehr schwerfällig, sie wollte gleich wieder zuknallen, bis sie die Sperre überwunden hatte, die sie hielt.

Das erste Hindernis auf dieser gefährlichen Bahn hatte ich hinter mich gebracht.

Ich zitterte innerlich, warf einen langen Blick nach draußen und sah nur diese tanzende weiße Fläche des Schneegestöbers. Schwach hoben sich dahinter Umrisse ab. Es waren Felsen und schräg laufende Hänge.

Ich befand mich inmitten der Bergwelt und schob meinen Körper weiter über den Sitz an der Beifahrerseite, sodass ich aus dem Fahrzeug klettern konnte.

Erst jetzt stellte ich fest, wo der Wagen gelandet war.

Glück muss der Mensch haben. Ich hatte Glück, denn ein Stück weiter wäre nichts mehr zu machen gewesen. Drei Schritte entfernt begann ein Abgrund. Der Rover aber war gegen einen hochragenden Felsen geschoben worden, der wie eine Nase in die Höhe stach.

Mir fiel ein Stein vom Herzen. Sekundenlang blieb ich neben dem Fahrzeug hocken und atmete tief durch.

Der Schnee hatte die Welt um mich herum mit einem weißen Leichentuch bedeckt. Alles schimmerte hell. Die Flocken fielen schwer und nass vom grauen Himmel.

Tief hingen die Wolken. Graue Schatten innerhalb der weißen Wand, die eine Sicht zusätzlich erschwerten.

Wo sollte ich hin?

Nach oben, also wieder zurück, konnte ich nicht. Es blieb mir nichts anderes übrig, als den Weg talwärts zu nehmen, ebenfalls durch unbekanntes Gelände, vorausgesetzt, dass der Gegner mich ließ. Damit meinte ich den Adler.

Ich stellte mich hin. Das klappte gut. Verletzungen waren nicht festzustellen.

Auch der Schneefall wurde dünner. Wie es beim Regen oft ist, der von einer Minute zur anderen aufhören kann, erlebte ich es hier beim Schnee. Deshalb blieb ich stehen, freute mich, dass die Sicht klarer wurde, und atmete auf, als keine Flocken mehr dem Boden entgegensanken.

Die Luft hatte sich gereinigt. Sie war von einer seltsamen Klarheit, die Wolken verzogen sich, und mein Blick fiel auf eine fantastische Welt.

Eine schweigende schneebedeckte Berglandschaft lag vor mir. Schnee, wohin mein Auge reichte. Die gesamte Landschaft schien in Zuckerwatte eingepackt worden zu sein, aber weiter unten, wo die Täler lagen, da hatte es nicht geschneit, dort sah ich ein grünbraunes Schimmern.

Und da musste ich hin.

Vorausgesetzt natürlich, der Adler würde mich lassen, und das war die große Frage.

Ich suchte und sah ihn.

Hoch über mir kreiste ein Vogel. Ob es der Adler war, konnte ich nicht mit Bestimmtheit sagen, ging jedoch davon aus, denn selbst auf diese Entfernung war die große Spannweite seiner Flügel zu erkennen. Ja, das musste er sein, denn er war der einzige Vogel in der klaren Winterluft.

Sofort verschwand meine Siegesfreude wieder. Ich dachte an die erste Auseinandersetzung mit dem Tier und war sicher, dass es eine weitere geben würde.

Bis dahin wollte ich einen guten Platz zur Verteidigung gefunden haben, denn hier oben konnte ich nicht bleiben. Zwar lag der Wagen in meiner Nähe, ich hätte auch eine gute Deckung gehabt, aber die Bewegungsfreiheit war zu sehr eingeschränkt.

Ein paar Schritte brachten mich an diese hochstehende Felsnase heran, wo ich die eingedrückte Kühlerschnauze meines Leihwagens deutlich erkannte.

Der Schnee knirschte unter meinen Füßen. Jetzt kam auch wieder Wind auf, er fuhr in mein Gesicht und schnitt wie viele kleine Messer.

Über die Felsnase schaute ich hinweg.

Nicht schwindelfreie Menschen hätten Angst bekommen, denn vor mir ging es sehr steil hinab. Da lag eine regelrechte Schlucht, in die konnte ich keinesfalls klettern, und ich wurde an den Fall erinnert, den ich vor kurzem in der Via Mala erlebt hatte. Da war es ähnlich gefährlich gewesen.

An diesem Fleck konnte ich auf keinen Fall stehen bleiben, also musste ich mir einen anderen Weg suchen.

Aber wo?

Es war schwer, ich kannte das Gelände nicht, und ein Bergsteiger war ich auch nicht.

Tief atmete ich durch. Dabei schielte ich zum Himmel hoch und sah den Adler über mir.

Er war jetzt tiefer gesackt, änderte dabei die Richtung, flog einen weiten Kreis und schoss plötzlich auf eine Wolke zu, die aus dem Nichts aufgetaucht war.

Eine grüne Wolke!

Der Himmel war klar. Wenn Wolken erschienen, dann waren es graue oder weiße, aber grünliche Wolken deuteten auf einen dämonischen Einfluss hin.

Ich erhielt Besuch.

Die Wolke näherte sich ziemlich rasch. Ihre Geschwindigkeit hielt mit der des Adlers mit, der sie begleitete.

Wie ein Denkmal stand ich auf dem Felsen. Das Kreuz vor meiner Brust lag offen. Die Beretta hatte ich stecken lassen. Mit Silberkugeln konnte ich wohl nicht viel ausrichten, aber noch blieb mir Zeit, und so wollte ich versuchen, an den Einsatzkoffer zu gelangen, denn in ihm befand sich der Bumerang.

Wenn es eine Möglichkeit gab, den Adler vom Himmel zu holen, dann mit dieser Waffe.

Ich ging wieder zurück. Der Wagen lag auf der rechten Seite. Wenn ich an den Einsatzkoffer wollte, musste ich wieder hineinkriechen. Dies mit dem Kopf zuerst, sodass ich meinen Gegnern den Rücken zuwandte.

Keine beruhigende Vorstellung. Kaum hatte ich meine Hand auf den Türgriff gelegt, als ich die Stimme in meinem Rücken vernahm. Es war eine Frauenstimme.

Sie klang kalt, höhnisch und grausam. Dazu siegessicher und ich wusste sofort, wer da sprach.

Pandora.

Sofort drehte ich mich um.

Die Wolke war so nahe gekommen, dass ich sie mit der Hand hätte greifen können. Sie wallte und wölkte dicht vor mir, wobei der Adler über ihr schwebte und aus scharfen Augen mit ansah, was nun geschah.

Zwei Hände erschienen.

Große Hände mit langen Fingern. Sie stießen aus dem Dampf, und ich sah, dass sie etwas festhielten.

Es war ein Füllhorn.

Pandora war also nicht allein gekommen. Sie hatte ihre teuflische Dose oder Büchse mitgebracht. Durch sie war sie in die Mythologie und Geschichte eingegangen.

Nicht nur die Hände bekam ich zu sehen, denn nun zeigte sie sich ganz.

Eine Frau schälte sich hervor.

Eine schöne Frau!

Ich holte tief Luft und hielt für einen Moment den Atem an. Wie stand es noch geschrieben? Der Göttervater Zeus hatte Pandora mit allen Vorzügen ausgestattet, die zu einer schönen Frau gehörten. Wahrlich, es war kein Irrtum, Pandora war von nahezu überirdischer Schönheit, wobei sie und das Grauen so dicht nebeneinander lagen.

Die Haare umwallten lockig den Kopf. Sie schimmerten in einem weißlichen Goldton, und die Haut erinnerte mich an den frisch gefallenen Schnee, vielleicht um eine Idee dunkler.

Pandora trug ein ebenfalls weißes Kleid, ähnlich einer Tunika geschnitten. In der Körpermitte wurde es durch einen Goldgürtel gehalten, dessen Hälften mit zwei ebenfalls goldenen Spangen verbunden waren. Eigentlich hätte sie in dieser Kleidung frieren müssen, besonders an den Füßen, denn sie steckten in offenen Sandalen, aber Pandora tat nichts. Sie stand da, ohne eine Gänsehaut zu bekommen, zitterte nicht und erinnerte mich an eine Statue.

Aber sie war eine Feindin, denn sie hielt das Füllhorn in der Hand. Aus ihm verbreitete sie das Grauen, schickte Pest und Verderben über die Menschen, um sie in schreckliche Geschöpfe zu verwandeln.

»Wir haben uns schon einmal gesehen!«, begrüßte sie mich in meiner Sprache, während über ihrem Kopf der Adler wie ein Denkmal in der Luft stand und nicht einmal seine Flügel bewegte.

»Ja«, gab ich zu. »Ich weiß. Oben im Kloster ...«

»Genau. Ich habe mich extra des Toten angenommen, damit du sehen kannst, wie chancenlos du bist und welche Macht in meinen Händen liegt. Ich bin gekommen, um diese Macht auszuspielen. Was vor sehr langer Zeit ins Leben gerufen wurde, soll nun fortgesetzt werden. Zudem habe ich mir ihn zurückgeholt.«

Das verstand ich nicht. Pandora sprach in Rätseln. Wen meinte sie nur damit?

Sie lachte. »Weißt du nicht, wer mein Diener ist? Wer eigentlich an meiner Seite steht?«

»Nein!«

»Dann schau nach rechts!«

Sie hatte so auffordernd gesprochen und meine Neugierde geweckt, dass ich nichts anderes konnte, als ihrem Wunsch Folge zu leisten. So drehte ich den Kopf.

An der seitlichen Begrenzung des Felsens lag der weiße Schnee. Er geriet allerdings jetzt in Bewegung, wurde nach unten gewischt, sodass das blanke Gestein zum Vorschein kam, um das sich Hände klammerten.

Zehn helle Finger, allerdings dunkler als der frisch gefallene Schnee und ein wenig durchsichtig, sodass ich grüne, dünne Knochen unter der Haut erkannte.

Ich brauchte erst nicht weiter hinzuschauen, denn ich wusste auch so, wer sich da zeigte.

Es war ein Mitglied der Mordliga, ein Wesen, das eigentlich zu Lady X gehörte.

Xorron!

Während sich der Herr der Zombies und Untoten über die Kante schob, durchzuckten mein Gehirn zahlreiche Gedanken. Ich war nicht in der Lage, sie zu ordnen, meine Überraschung war zu groß. Mit allem hätte ich gerechnet, nur nicht mit einem Wesen wie Xorron.

Das durfte nicht wahr sein!

Xorron und Pandora! Was hatten die beiden miteinander zu tun? Welche Verbindung gab es zwischen ihnen?

Ich wusste es nicht, sondern konzentrierte mich auf Pandora, die mir die Überraschung wohl ansah.

Sie lachte, bevor sie sprach: »John Sinclair, ich weiß, dass du jetzt durcheinander bist. Ich wäre es an deiner Stelle auch, aber du wirst noch erfahren, wie alles zusammenhängt. Lady X, die sich angemaßt hat, Xorron zu beherrschen, ist nicht seine wahre Herrin. Das bin ich allein.« Während dieser Worte kippte sie ihr Füllhorn und ich erlebte die zweite Überraschung.

Aus der breiten Öffnung fiel ein Gegenstand, den ich nie im Leben bei ihr vermutet hätte.

Es war der Würfel des Unheils!

Er kugelte heraus und fiel genau in die linke offene Handfläche der Pandora. Mit einer Hand hielt sie ihn, hob den Arm und streckte mir den Würfel entgegen.

»Kennst du ihn?«

Ich nickte nur. Sprechen konnte ich in diesen Augenblicken nicht, meine Kehle war wie zugeschnürt.

»Der Würfel des Unheils!«, flüsterte sie. »Fast noch wichtiger als mein Füllhorn. Eine sehr gute Waffe, auf die ich lange Zeit gewartet habe, denn der Würfel war bereits in der Antike ein Begriff der Macht. Ich habe ihn jetzt an mich genommen, denn mir steht er zu, nicht einem Wesen wie dieser blutsaugenden Scott. Ich werde und ich kann ihn manipulieren. Er und das Füllhorn, sie sind unschlagbar, und beides befindet sich nun in meinen Händen …«

Sie lachte laut, denn sie weidete sich an meinem Schrecken. Ich durfte nicht daran denken, was geschehen würde, wenn sie den Würfel auch weiterhin besaß.

Grauenhafte Ereignisse standen dann bevor.

Inzwischen hatte Xorron seine Kletterei hinter sich gebracht und war auf dem Felsen stehen geblieben. Ich drehte den Kopf, sodass ich ihn anschauen konnte.

Er war noch immer dasselbe Monster. Bisher hatte ich kein Mittel gefunden, um es zu besiegen, und ich fragte mich inzwischen, ob es überhaupt eins gab.

Es war schwer, daran zu glauben.

Xorron war ein Neutrum. Geschlechtslos. Ein Monster, das tötete, ohne einen Grund zu haben. Es brauchte nur den entsprechenden Befehl zu erhalten, dann tat es alles.

»Er hat sich gegen Lady X gestellt«, erklärte Pandora. »Daran kannst du erkennen, wer seine eigentliche Herrin ist. Nicht wahr, Geisterjäger?«

»Ja, ich habe es bereits bemerkt.«

»Xorron wird mir gehorchen. Er hat es bereits bewiesen, denn ich habe den Würfel an mich genommen, und ich gab ihm den Befehl, Lady X zu töten.«

»Hat er es getan?« Die Frage stieß ich hervor, ohne zu überlegen, denn ich wollte wissen, ob Xorron seine ehemalige Herrin umgebracht hatte. Gegen ihn hatte eine Vampirin wie Lady X keine Chance, das stand fest.

»Er hat es versucht«, erklärte mir Pandora. »Er hat es sogar zweimal versucht, aber er ist gescheitert.«

Innerlich frohlockte ich zwar nicht, doch ein leichtes Grinsen konnte ich mir nicht verkneifen. Lady X war zwar nicht meine Freundin, doch sie schien noch stärker zu sein, als ich es von ihr annahm. Denn wer schaffte schon Xorron?

»Sie hat Glück gehabt, sehr großes Glück«, erklärte mir

Pandora. »Ich hätte mich selbst darum kümmern sollen, denn ich hatte vergessen, dass Xorron manchmal ein wenig ungestüm ist und deswegen leicht die Übersicht verliert.«

Ja, das konnte ich ihr nachfühlen. Auch ich hatte dieses Monster schon in Aktion erlebt. Es glich dann einer Walze, die niemand stoppen konnte.

»Bei dir wird er so vorgehen, wie ich es will«, erklärte sie mir. »Außerdem befinde ich mich in der Nähe und kann notfalls eingreifen. Mach dich auf etwas gefasst, Sinclair!«

Das musste ich auch. Zeit, mir einen Verteidigungsplan zurechtzulegen, hatte ich nicht mehr, denn Xorron kam wie der berühmte Rammbock auf mich zu …

Suko erstarrte fast, als er die Hand abfallen sah. Sie knickte dicht über dem Gelenk einfach um. Der Bierkrug konnte nicht mehr gehalten werden, er fiel ebenfalls, landete auf dem Tresen, die Flüssigkeit lief aus und klatschte gegen Sukos Hose, weil der Inspektor nicht schnell genug zur Seite sprang.

Er war wie vor den Kopf geschlagen. Es war ein makabres Bild. Die abgefallene Hand lag auf der Theke. Direkt über ihr befand sich eine Lampe, die ihren Schein auf die Hand fallen ließ, deren Finger noch den Griff umklammerten.

Suko wusste nicht, was er tun sollte. Er schnappte nach Luft, stierte auf das schreckliche Relikt, und er glaubte erkennen zu können, dass die Finger zuckten, die den Griff des Bierkrugs umklammert hielten.

Er schüttelte sich. Und dann sagte der Wirt etwas, das Suko bis in die Grundfesten hinein erschütterte. »Ich zapfe Ihnen ein neues!« Kein Wort von seiner abgefallenen Hand, gar nichts. Er hatte es überhaupt nicht zur Kenntnis genommen.

Das sollte begreifen, wer wollte. Suko schaffte es nicht. Er atmete ein paar Mal tief ein, schüttelte den Kopf und hob die Schultern. Grauenhaft war dies.

»Danke, ich verzichte«, sagte der Chinese leise.

Der Wirt hob nur die Schultern und griff mit einer Hand nach der Zigarettenschachtel.

»Hören Sie mal!«, zischte der Inspektor. »Haben Sie eigentlich gesehen, was mit Ihnen passiert ist?«

»Natürlich.«

»Und?«

Der Wirt steckte sich ein Stäbchen zwischen die Lippen, nahm ein Feuerzeug und zündete die Zigarette an. »Meine Hand ist abgefallen«, erklärte er.

»Können Sie sich nicht vorstellen, dass dies einen Grund haben muss?«

»Doch.« Er paffte ein paar Züge.

»Dann sagen Sie ihn mir!«

»Pandora!«

Suko stöhnte auf. Sie wussten es also. Ja, es war ihnen bekannt. Pandora hatte von der Stadt Besitz ergriffen, und die Einwohner fanden sich damit ab.

Das war es.

»Wollen Sie sonst noch etwas wissen?«, erkundigte sich der Wirt leise.

»Nein, eigentlich nicht. Doch«, widersprach sich Suko im selben Augenblick. »Wo kann ich Pandora finden?«

»Sie ist irgendwo.«

»Das ist keine Antwort.«

»Warten Sie auf sie. Irgendwann kommt sie, dann werden auch Sie ihr dienen.«

»Ich will …« Weiter sprach Suko nicht, denn er hatte hinter seinem Rücken einen schweren Fall vernommen. Blitzschnell wirbelte er herum und sah einen der Gäste. Er war von seinem Stuhl gekippt und zu Boden geschlagen, wo er liegen blieb und sich nicht mehr rührte.

Suko sprang vor. Er benötigte zwei Schritte, um ihn zu erreichen. Als er sich bücken wollte, zuckte er zurück. Den Gast hatte es voll erwischt. Zu helfen war ihm nicht mehr, denn Suko erkannte bei ihm dieselben Symptome wie bei Dr. McGovern.

Schwarze Flecken auf einer hellen Haut, und die Flecken breiteten sich aus, sodass sie fast das gesamte

Gesicht erfasst hatten. Der ganze Körper war von dem schrecklichen dämonischen Keim schon so infiziert, dass er sich allmählich auflöste und erste Rauchschwaden, dünn wie Zigarren, über dem Gesicht schwebten.

Der Rauch stieg aus der Haut, das Gesicht verzerrte sich dabei in unendlicher Qual, und der Körper des Menschen schrumpfte zusammen, er wurde mumienhaft.

Der Inspektor schüttelte sich und schluckte gleichzeitig. Der Vorgang jagte ihm Angst ein. Aber nicht nur er, auch die Apathie der übrigen Gäste ließ ihn schaudern. Da schaute jeder zu, was mit seinem Nachbarn geschah, und niemand griff ein.

Wie sollte er auch? Denn jeder wusste, dass ihm dasselbe Schicksal bevorstand, wenn er genauer darüber nachdachte. Die Menschen steckten in einem Kreislauf, der nur mit der Vernichtung und dem Tod enden konnte. Anderes war nicht mehr drin.

Suko schaute die Männer der Reihe nach an. Sie hielten seinem Blick stand, das war alles. »Will ihn denn keiner hinausschaffen?«, rief der Inspektor.

»Warum?« Ein alter Mann hatte dies gefragt. Seine Stimme klang brüchig, resignierend. Es war ihm anzumerken, dass er aufgegeben hatte. Da steckte kein Widerstand mehr in seinem Körper, der Wille war gelähmt, ausgeschaltet, tot …

Suko drehte sich um. Er streckte dabei seine Arme aus und fragte: »Wo steckt Pandora?«

»Das möchte ich auch gerne wissen«, wurde ihm von der Tür her geantwortet, die mit einem Ruck aufgeflogen war.

Suko erstarrte. Auf der Schwelle stand, lässig die Maschinenpistole im Anschlag haltend, eine alte Bekannte. Lady X!

Xorron war ein Monster. Man konnte ihn fast als unbesiegbar bezeichnen, und doch hatte auch er mit der Tücke des Objekts zu kämpfen. Und das war in diesem Fall der glatte Boden.

Er kam nicht so weg, wie er es sich vorgestellt hatte. Mit dem rechten Bein knickte er ein, weil es abrutschte. Ich hatte eine Gelegenheit zum Kontern. Und ich wollte es noch einmal versuchen. Dieser Unhold musste doch zu packen sein.

Als Xorron so unfreiwillig vor mir kniete, nahm ich das Kreuz und presste es blitzschnell gegen seinen Rücken.

Es reagierte.

Von dem Kreuz strahlte ein grünblauer Schein ab, der sich gedankenschnell über Xorrons Körper verteilte und ihn einhüllte wie ein durchsichtiger Mantel.

Dasselbe Phänomen hatte ich schon einmal bei einem Kampf mit ihm erlebt. Damals nur hatte es nicht viel gebracht. Würde es heute vielleicht anders sein?

Xorron stieß einen Grunzlaut aus. Dann schüttelte er sich und hob den Arm.

Er konnte sich also noch bewegen. Die Magie des Kreuzes schaffte es leider nicht, ihn zu stoppen. Ich hatte wieder einmal das Nachsehen und bekam den Hieb mit.

So schnell und auch so hart geschlagen, dass es mir nicht gelang, noch auszuweichen. An der Hüfte wurde ich getroffen, ließ Xorron los, wurde zurückkatapultiert und landete mit dem Rücken im Schnee, der hoch aufstob, als ich hindurchsegelte.

Mit beiden Armen ruderte ich, um mich zu halten. Leider war die Geschwindigkeit zu groß. Ich konnte mich selbst nicht stoppen, das besorgte der Wagen, vor den ich krachte. Mit dem Rücken hieb ich gegen das Blech des verbeulten Rover. Der Wagen bewegte sich, so hart war ich dagegen geschlagen.

Ich krümmte mich am Boden liegend. Mein Gesicht war verzerrt, ein paar Mal holte ich tief Luft, wälzte mich von einer Seite zur anderen, und es drang Schnee in meinen Mund, den ich hastig ausspie.

»Pack ihn dir!«

Diesen Befehl gab Pandora. Nichts, was Xorron lieber getan hätte. Ich lag am Boden, er hatte sich wieder erholt und kam auf die Füße. Das grünblaue Schimmern hatte sich verflüchtigt, der magische Angriff des Kreuzes war abgeschmettert worden, und Xorron hatte sich wieder einigermaßen erholt.

Er wälzte näher.

Aus meiner Perspektive wirkte er noch größer und wuchtiger. Seine Arme bewegten sich vor und zurück. Er schlenkerte sie. Grün schimmerten die Knochen unter der Haut, ich besaß zwar mein Kreuz, doch es zeigte bei Xorron keine Wirkung.

»Terra pestem teneto – Salus hic maneto!«

Diese Worte offenbarten ein großes Geheimnis. Mit ihnen konnte ich das Kreuz aktivieren, und ich schrie sie dem heranstürmenden Xorron entgegen.

Im selben Augenblick veränderte sich die Welt. Das Kreuz in meiner Hand wurde zu einer ›Bombe‹. Es leuchtete an seinen vier Ecken auf. Gewaltige Lichtbalken schossen hervor, die nicht nur Xorron umhüllten, sondern auch Pandora.

Hatte ich gewonnen?

Kaum war dieser Gedanke in meinem Hirn aufgezuckt, als der Gegenschlag erfolgte.

Und der traf mich voll!

Mit allem hätte Suko gerechnet, nur nicht mit dem Auftauchen der ehemaligen Terroristin und jetzigen Vampirin Pamela Barbara Scott. Sie stand vor der Türschwelle, zeigte und gab sich sehr lässig, hielt die Waffe locker und lächelte. Wobei dieses Lächeln schon eher einem Grinsen glich. Sie fühlte sich in diesen Augenblicken sehr bestätigt, denn sie hatte seit ihrem Eintreten die Regie übernommen und genoss ihren Auftritt sichtlich.

Suko kannte die Untote. Er ließ sich von ihrer Lässigkeit nicht täuschen, denn er wusste genau, dass sie die Situation voll unter Kontrolle hatte und jeden im Auge behielt. Vor allen Dingen den Inspektor. Er gehörte schließlich zu ihren Erzfeinden.

»So sieht man sich wieder«, sagte sie.

Der Chinese nickte. »Ja, ich hatte mir schon gedacht,

dass wir uns treffen. Der Mord an dem Pater wies auf dich hin.«

»Ich brauchte Nachschub.«

»Silberkugeln?«

»Genau, Chinese, Silberkugeln! Die Konkurrenz ist stark geworden, und ich muss mich wehren können.«

»Auch gegen Pandora?«

»Sicher.«

Suko lächelte. »Dann ist meine Vermutung falsch gewesen. Ich nahm an, ihr hättet euch zusammengeschlossen.«

»Nein. Es ist wie bei manchen Ehepaaren. Wir passen einfach nicht zueinander.«

»Dann sind wir jetzt drei Parteien«, stellte der Inspektor fest. »Sehr interessant.«

»Richtig. Aber bilde dir nur keine Schwachheiten ein, Chinese. Jeder kocht hier seine eigene Suppe, auch ich. Wir sind und werden keine Verbündeten.«

»Das habe ich auch nicht erwartet.«

»Aber gedacht.«

Lady X trat näher und behielt ihr Lächeln bei. Sie hatte einen kurzen Blick in die Runde geworfen und kommentierte das Ergebnis. »Pandora hat aufgeräumt. Mir scheint, dass wir auf diese Leute nicht mehr zählen können.«

»Das stimmt.«

»Was ist mit ihnen geschehen?«

»Dämonische Bazillen haben sie infiziert. Als Pandora ihr Füllhorn auskippte, gelang es ihnen nicht mehr, sich in Sicherheit zu bringen. Die Saat der Unglücksbotin ist voll aufgegangen. Sie sitzt wohl am längeren Hebel.«

»Das scheint so«, erwiderte die Untote, wobei sie eine besondere Betonung auf das zweite Wort legte. »Aber noch hat sie nicht gewonnen.«

Suko wunderte sich. So hatte er Lady X eigentlich noch nie erlebt. Obwohl ihr Auftreten absolut sicher war, konnte Suko jedoch eine gewisse Unsicherheit bei ihr erkennen.

Er wusste nicht genau, woran es lag, und zermarterte sich das Gehirn, bis er sich die Blutsaugerin ein wenig genauer anschaute und feststellen musste, dass etwas fehlte, das sie sonst immer bei sich trug.

Der Würfel des Unheils!

Genau, er fehlte. Sie ging nie ohne ihn, er hatte sonst seinen Platz an ihrem Gürtel, und auch vom Äußeren her sah die Vampirin ziemlich ramponiert aus.

Sie musste einiges durchgemacht haben. Als Suko das klar geworden war, konnte er sich ein Lächeln nicht verkneifen.

»Dein Grinsen stört mich, Chinese!«

»Ich dachte nur über die Lage nach und vermisse etwas an dir, Lady X. Oder hast du es nicht mehr nötig, den Würfel des Unheils mitzunehmen? Bist du bereits so erstarkt, dass du auf ihn verzichten kannst?«

Da hatte der Inspektor ein Thema angesprochen, das die Vampirin überhaupt nicht mochte. Sie schüttelte sich vor Wut, die Augen schleuderten Blitze, noch breiter verzog sie ihren Mund, wobei die Zunge hervorschnellte und Suko das Gefühl hatte, seine Karten, die sowieso nicht die Besten waren, überreizt zu haben.

Würde sie schießen?

»Ich an deiner Stelle würde es mir überlegen«, sagte Suko, der ihre Reaktion irgendwie vorausahnte. »Behalte dein Feuer, Lady X. Auch ich gehöre zu Pandoras Gegnern.«

Die Scott entspannte sich wieder ein wenig. Unter der Haut an der Wange bewegten sich ihre Muskeln, aus dem Mund drang ein Räuspern, und sie schüttelte den Kopf. »Glaube nur nicht, Chinese, dass wir jetzt Partner sind.«

»Das habe ich auch nicht angenommen, aber ich wollte nur die Fronten klären.«

»Und?«

»Ich weiß inzwischen, dass Pandora noch stärker ist, als ich annahm. Sie hat dir den Würfel genommen.«

»Es stimmt.«

»Und deine Helfer? Du bist doch sicherlich nicht allein gekommen. Wo stecken Vampiro-del-mar und Xorron?«

»Ich habe sie nicht mitgenommen.«

»Na gut. Lassen wir es dabei.« Suko hob die Schultern

und gab sich ganz locker. »Wie hast du dir das weitere Vorgehen so gedacht?«

»Ich werde mein Spiel aufziehen.«

»Es wird dir schwer fallen.«

Da lachte Lady X hart auf. »Glaubst du denn im Ernst, dass ich zurückstecke, auch wenn ich den Würfel im Augenblick nicht mehr besitze? Nein, ich mache weiter. Und ich werde mir den Würfel zurückholen. Aber ohne deine Hilfe, Chinese.«

»Sie könnte dir etwas nutzen.«

Die Scott schüttelte den Kopf. »Du kannst mich nicht reinlegen. Genau wie ich weißt auch du, dass uns alles trennt und nichts verbindet. Wir sind und wir bleiben Feinde.«

»Dann schieß!«

Es hatte auch einen Mann wie Suko Überwindung gekostet, diese Worte zu sprechen. Er warf sein Leben nicht leicht weg, trotz der Gefahren, in die er immer geriet, hing er sehr daran. Er und die Vampire waren Feinde. Jeder wollte die Vernichtung des anderen, doch Suko glaubte nicht daran, dass sie ihn so einfach mit einer Garbe auslöschen wollte. Sie konnte es sich nicht leisten, denn sie stand einer feindlichen Umwelt gegenüber.

Lady X schoss nicht. Stattdessen sagte sie: »Nein, Chinese, so einfach mache ich es nicht. An anderer Stelle vielleicht, aber nicht hier. Ich will dich jedoch waffenlos sehen. Leg deine Kanone weg und auch deinen verfluchten Stab.«

»Wenn ich es nicht tue, wirst du dann schießen?«

»Sicher!«

»Nun gut, ich werde dir den Gefallen erweisen, aber es ist ein Fehler. Die andere Seite ist zu mächtig. Ich habe die Menschen sterben sehen. Du kommst als einfacher Vampir gegen die Magie der Pandora nicht an, Lady X. Lass dir das gesagt sein!«

»Waffen weg!«

Bisher hatten die Gäste dem Dialog gelauscht. Niemand mischte sich ein, sie saßen auf ihren Plätzen und ihre Blicke schwankten zwischen Lady X und Suko.

Es sah auch nicht so aus, als würden sie für irgendjemanden Partei ergreifen. Im Gegenteil. Suko dachte daran, dass, wenn zwei sich streiten, sich der Dritte immer freute. Und das konnten in diesem Falle die Gäste sein.

»Beeil dich!«, forderte die Vampirin. »Ich will nicht eine halbe Ewigkeit hier stehen!«

»Schon gut.« Suko griff unter sein Jackett. Die Finger berührten bereits den Stab, als etwas eintrat, womit er nicht im Traum gerechnet hatte.

Die Gäste erhoben sich von ihren Stühlen.

Das lief nicht langsam ab, nicht einer nach dem anderen stand auf, nein, es waren alle, die förmlich in die Höhe schnellten, als hätten sie einen Befehl erhalten, den außer ihnen weder Suko noch die ehemalige Terroristin gehört hatten.

Und sie blieben stehen.

Der Vergleich mit Zinnsoldaten kam Suko in den Sinn, denn so steif standen sie auf ihren Plätzen.

Auch Lady X zeigte sich irritiert. »Was soll das?«, zischte sie. »Setzt euch wieder hin!«

Zwei drehten die Köpfe. Einer von ihnen, ein jüngerer Mann, griff nach einem Stuhl, hob ihn an und es war klar, was er vorhatte. Er wollte ihn auf die Scott schmettern.

Die staunte einen Moment. Auf ihrem Gesicht breitete sich die Überraschung aus. Sie reagierte dennoch blitzschnell und bevor der Stuhl auf sie zuflog.

Die Garbe peitschte durch den Raum.

Sparsam ging Lady X mit den Kugeln um. Sie hatte die Schussfolge genau dosiert, dies wiederum bewies, welch ein Profi sie im Umgang mit der Waffe war.

Ein kurzes Aufblitzen des Mündungsfeuers, Suko sprang zur Seite und sah den Stuhlwerfer fallen.

Er sah noch mehr. Vielleicht hatte ihm der Sprung sogar das Leben gerettet, denn der Wirt, der nur noch eine Hand hatte, griff mit der anderen unter die Theke und holte ein Gewehr hervor.

Und er bewies, dass er auch einhändig schießen konnte. Der Kolben der Jagdflinte lag in seiner Ellbogenbeuge, der Finger befand sich am Drücker, und er schoss.

Lady X stand genau im Weg. Sie zuckte nicht einmal, als die Kugel den Lauf verließ, das hatte sie nicht nötig. Fast stemmte sie sich noch dagegen und das Geschoss hieb dicht unter der rechten Brust voll in ihren Leib.

Weit riss sie ihren Mund auf, ließ sich zurückfallen und lachte dabei gellend. Bleimantelgeschosse taten ihr nichts, bei der Scott musste man schon mit härteren Dingen kommen.

Plötzlich brach das Lachen ab. Leicht geduckt stand sie da, schien inmitten einer Bewegung erstarrt zu sein, und im nächsten Augenblick knatterten die Abschüsse durch den Raum.

Mündungsflammen tanzten. Die Garbe, bestehend aus normalen Geschossen, sägte schräg auf den Wirt zu, und von mindestens acht Kugeln am und dicht unterhalb des Kopfes getroffen, wurde er zurückgefegt und zwischen das Regal geworfen, wo er langsam zu Boden sackte und sich nicht mehr erhob.

Suko hatte Deckung gefunden.

Diese wertvollen Sekunden, in denen die Scott abgelenkt worden war, hatte der Chinese ausgenutzt. Ein Pfeiler verbarg ihn vor den Augen der Lady X, und hier kauerte er sich zusammen.

Er hatte seine Beretta gezogen, die Waffe schräg gegen den Pfeiler gepresst und zielte damit dorthin, wo sich die Vampirin aufhielt. Die jedoch hatte andere Sorgen, sie wurde angegriffen, denn man wollte sie von der Tür wegdrängen.

Auch auf Suko kam jemand zu. Er schwang eine volle Flasche, um sie auf den Kopf des Chinesen sausen zu lassen. Da er bereits ziemlich nahe herangekommen war, hatte der Inspektor Mühe, dem Hieb auszuweichen.

Die Flasche krachte gegen den Pfeiler, zersplitterte, und ein Regen aus Scherben und Whisky ergoss sich nach unten. Suko wollte nicht unbedingt getroffen werden, rollte sich mit viel Schwung zur Seite und damit aus der Gefahrenzone.

Einen zweiten Angriff brauchte er nicht hinzunehmen, denn der Mann kümmerte sich nicht mehr um ihn. Er ging auf die Tür zu, wo sich die meisten der anderen Gäste befanden, denn ein unwiederbringlicher Drang zog sie nach draußen.

Ein paar Spritzer hatte Suko abbekommen. Er wischte über seine Augen, erhob sich wieder und sah, dass die Scott auf einen Tisch gesprungen war, die Maschinenpistole dabei in Anschlag haltend.

»Lass sie gehen!«, schrie der Chinese, denn er konnte sehen, wie sie auf die Männer anlegte.

Lady X zuckte herum. »Wieso? Ich ...«

»Lass sie, verdammt!« Suko lehnte am Pfeiler, den rechten Arm ausgestreckt, und er zielte mit der Beretta auf Lady X.

»Chinese, du verfluchter ...«

»Lass sie gehen!«

Die Scott senkte die Waffe.

Suko atmete auf. Dieser Sieg ging auf sein Konto, das stand fest.

Die Gäste beeilten sich, den Raum zu verlassen. Irgendetwas trieb sie nach draußen. Suko war sich nicht sicher, was es war, das wollte er herausfinden, und er dachte auch an die Menschen selbst, die vielleicht noch zu retten waren, wenn es ihnen gelang, Pandora zu überwältigen und zu vernichten.

Die Tür wurde aufgestoßen, als die ersten die Gastwirtschaft verließen. Suko schaute kurz hin, und er sah einen flackernden Schein auf der Straße.

Feuer!

Für einen Moment vereiste er. Wollten die von Pandora beeinflussten Menschen vielleicht ihren Ort abbrennen? Wenn ja, dann hatte er wohl einen Fehler begangen, als er sie gehen ließ.

»Was ist los?«, schrie er Lady X zu.

»Sie brennen etwas ab.«

»Was?«

»Sieh selbst nach. Du hast sie ja schonen wollen, verdammter Hundesohn!«

Suko gab darauf keine Antwort. Er lief jedoch nicht zur Tür, sondern stellte sich an ein Fenster, nahm einen

Aschenbecher und zertrümmerte die Scheibe, denn sie war zu schmutzig, um durch sie genau erkennen zu können, was draußen vor sich ging.

Dass er Lady X dabei den ungedeckten Rücken zuwandte, störte ihn nicht. Sie hatte hoffentlich eingesehen, dass es besser war, wenn sie ihre Kugeln zurückhielt.

Suko schaute nach draußen. Seine Kehle wurde trocken, denn was sich dort anbahnte, konnte man schon mit dem Begriff ›ungeheuerlich‹ umschreiben …

Pandora hatte voll auf Xorron gesetzt!

Sie kannte ihn, sie wollte ihn zurückhaben, aus der Zukunft in die Vergangenheit holen, denn sie kam aus einem Reich, in dem sich die Zeiten mischten.

Er hatte ihr mal gehorcht, und er sollte ihr wieder gehorchen. Jeder, der sich ihm oder ihren Plänen in den Weg stellte, musste vernichtet werden.

Aus der Vergangenheit war sie zu einer kurzen Stippvisite erschienen, hatte in der Gegenwart ihre Macht bewiesen und würde in die Vergangenheit zurückkehren, doch dann, wenn es ihr passte.

Ein Hindernis stellte sich ihr in den Weg.

John Sinclair und das Kreuz!

Sie spürte plötzlich, zu welch einer Magie dieses Kreuz fähig war, und als John Sinclair die magische Formel schrie, da war es ihr, als würde ein Blitzstrahl durch ihren Körper fahren.

Diese Kraft, diese mörderische magische Kraft drohte sie zu zerreißen. Sie selbst warf sich zurück, schwebte in der Luft, umklammerte den Würfel und stieß einen gedanklichen Hilferuf an ihren eigentlichen Schöpfer aus.

Es war Zeus, der griechische Göttervater!

Würfel und Kreuz waren aktiviert worden. Beide Kräfte prallten gegeneinander.

Hoben sie sich auf? Entstand unter Umständen ein magisches Vakuum? Auch Pandora wusste es nicht. Niemand hatte ihr gesagt, dass dieser Gegner eine so mächtige Waffe mitführte, und sie sah noch, wie es auch

John Sinclair von den Beinen riss und sich sein Körper in einer Wolke von Licht auflöste.

Dann war alles anders.

Die Magie der Zeiten stellte die Weichen …

Suko wollte nicht glauben, was er sah, aber er konnte seinen Augen trauen.

Das Dorf hatte sich verändert. Die Häuser und Straßen waren dieselben geblieben, nur die Menschen verließen ihre Wohnungen, hatten sich auf der Straße versammelt und kreisten das Haus ein, in dem sich die Gastwirtschaft befand.

Nicht nur sie waren gekommen, auch die Gestalten, die Pandora geschickt hatte.

Skelette, bräunlich schimmernd und mit langen Flammenpeitschen bewaffnet, ähnlich wie sie der Dämon Belphégor getragen hatte, gesellten sich zu den anderen.

Sie alle führten einen makabren Reigen auf. Sie tanzten um ein großes Feuer herum, das sie angezündet hatten und das ein schauriges Spiel aus Licht und Schatten über die gesamte Straße warf. Dabei schrien sie immer wieder den Namen Pandora, warfen sich auf die Erde und erinnerten Suko an alte Klageweiber aus der Antike.

Er konnte es nicht fassen. Lady X war vergessen, in diesem Augenblick interessierte er sich nur für diese Gestalten, die sich so seltsam benahmen.

Auch andere Dämonen befanden sich zwischen ihnen. Diese kleinen huschenden grünen Wesen, die ebenfalls aus dem Füllhorn der Pandora nach unten gekippt waren, bewegten sich über die Straße und hüpften wie glühende Bälle.

Sie saßen in der Falle.

Für Suko stand dies fest, und daran gab es auch nichts zu rütteln. Er war gespannt, wie Lady X darüber dachte, denn diese irre Situation hatte beide praktisch zu Verbündeten gemacht.

Die Scott war von der Tür zurückgetreten und presste die Mündung der Maschinenpistole gegen Sukos Hals.

Der Inspektor spürte den kalten Druck. Er bewegte sich nicht und verspürte auch seltsamerweise keinerlei Angst, auch dann nicht, als er die Worte der Vampirin vernahm.

»Was meinst du, Chinese, wird mir dein Blut schmecken?«, flüsterte sie.

»Du wirst dich vergiften!«

»Wie sollte ich?«, gab sie lachend zurück.

»Ganz einfach. Weil die anderen stärker sind. Du hast nur deine Maschinenpistole, nicht den Würfel, weder Xorron noch Vampiro-del-mar. Und du kannst beide nicht erreichen, also stehst du allein, wenn du mich tötest. Bleibe ich jedoch am Leben, vergrößern sich die Chancen um hundert Prozent. Hast du das begriffen?«

»Sicher. Nur sehe ich es anders.«

»Und wie?«

»Ganz einfach, Chinese. Du hast gesehen, dass ich so leicht nicht zu töten bin. Sie haben auf mich geschossen, ich lebe. Das wird ihnen eine Lehre sein …«

»Hast du das Feuer vergessen?«, fragte Suko.

»Die kleinen Flämmchen?«

Suko schielte aus dem Fenster. Er sah ein Skelett mit seiner feurigen Peitsche in der Nähe des Fensters. Lady X konnte es nicht erkennen. Suko sagte auch nichts, sie sollte ihre Lehren selbst ziehen, und es dauerte nur noch einen Moment, bis es so weit war.

Der Schlag kam von der Seite, war kaum zu erkennen, und die glühende Peitsche wickelte sich um den noch bestehenden Fensterrahmen und teilte ihn in der Mitte.

Er krachte zusammen.

Suko zuckte zurück, obwohl er die Mündung noch immer spürte, aber Lady X schoss nicht, denn sie wusste genau, dass diese Peitsche gefährlich werden konnte, wenn das Feuer auf sie übergriff.

Im nächsten Augenblick kletterte das Skelett selbst in den Raum. Suko war es leid. Er stieß Lady X zurück, zückte seine Dämonenpeitsche und schlug einmal einen Kreis über den Boden. Die drei Riemen fielen genau in dem Augenblick nach draußen, als sich das Skelett von der Fensterbank fallen ließ.

Es stand nicht ganz, als Suko gegen die bräunlich schimmernde Monsterfigur seine Peitsche einsetzte.

Die Riemen wickelten sich um den Knochenmann, der eigentlich zerrissen werden musste, aber wer konnte die Überraschung des Inspektors beschreiben, als dies nicht geschah.

Hastig zog Suko die Peitsche zurück. Er hörte hinter sich das wütende Schreien der Lady X und sprang zur Seite.

Jetzt erst erfolgte die Reaktion, denn es zeigte sich, dass die Peitsche dennoch eine Wirkung erzielt hatte.

Das Skelett platzte nicht auseinander, es füllte sich stattdessen auf. Vor den Augen des staunenden Suko lief etwas ab, das er noch nie in seinem Leben gesehen hatte. Die Rückverwandlung eines Skeletts zum Menschen. Fleisch bedeckte auf einmal die Knochen. Muskeln und Sehnen konnte der Inspektor erkennen, auch die Haut wuchs nach, und die leeren Höhlen innerhalb des Totenschädels füllten sich mit Augen, dem Mund und der Nase.

Ein Mensch entstand.

Ein Mensch mit einer Waffe, denn aus der flammenden Peitsche wurde ein Krummschwert, dessen Klinge bläulich schimmerte.

Vor Suko stand ein muskulöser Krieger der Antike. Ein fast nackter Mann mit einem flachen Gesicht und einer hohen Stirn, sodass der Kopf ein wenig Ähnlichkeit mit dem eines Affen annahm.

Dem Inspektor blieb vor Staunen der Mund offen. Wenn er das jemandem erzählte, kein Mensch würde ihm glauben, und auch Lady X war gebannt, wie der Inspektor mit einem raschen Seitenblick feststellen konnte. Sie rührte sich ebenfalls nicht von der Stelle, stand da und hielt ihre Maschinenpistole umklammert.

Pandora hatte ihre Büchse ausgekippt und das Grauen auf die Erde geschickt. Bei ihr wurden aus Menschen keine Monster, sondern aus Monster Menschen.

Das war der Unterschied.

»Wir müssen ihn erledigen«, sagte Lady X und schoss.

Die Bleigarbe hieb in die Brust des auf magische Art und Weise entstandenen Kriegers. Es waren mehrere Kugeln, die trafen und den Körper auch aufrissen. Blut war nicht zu sehen. Nur eine braune Masse, wie sie der Körper auch außen zeigte.

Der Krieger schlug mit seinem Schwert zu. Als er die Klinge durch die Luft zog, entstand ein fauchendes Geräusch, das Suko als ziemlich störend empfand und ihm klar machte, dass mit diesem Gegner auf keinen Fall zu spaßen war.

»Erledige du ihn doch!«, peitschte die Stimme der Scott.

Suko musste innerlich grinsen. Plötzlich stand sie auf seiner Seite. Ein Wahnsinn. Bis aufs Messer hatten sie sich bekämpft, nun fighteten sie nebeneinander gegen Wesen aus einer anderen Zeit.

Noch hielt Suko die ausgefahrene Peitsche in der Hand. Er wollte nicht sofort und zu ungestüm angreifen, denn der Krieger ging mit seinem Kurzschwert um wie mit einem etwas zu langen Messer. Es konnte leicht sein, dass er mit einem Streich die Peitschenriemen traf und sie durchtrennte.

Sie belauerten sich.

Da die Tür offen stand, fiel auch weiterhin der flackernde Widerschein des Feuers in den Gastraum, malte gespenstische Schatten und verzerrte so manches Mal die Gestalten der drei Anwesenden, die noch lebten.

Auch Lady X griff ein.

Die Maschinenpistole hielt sie in einer Hand. Sie hatte sie in die Linke gewechselt. Mit der Rechten packte sie die Lehne eines Stuhls, wuchtete das Möbel in die Höhe und schleuderte es auf den Krieger der Antike zu.

Sie lenkte ihn damit ab. Das war die Chance für Suko. Ein blitzschneller Ausfallschritt brachte ihn an die rechte Seite und im nächsten Moment zuckte sein Arm vor. Die drei Peitschenriemen falteten sich auseinander, wischten an der Klinge vorbei und trafen zielsicher die Gestalt des Kriegers.

Lady X und Suko hörten das Klatschen, als die Riemen

den nackten Körper berührten. Für beider Ohren war es Musik, und der Krieger stieß einen grunzenden Laut aus, während er herumfuhr und den Arm ausstreckte, denn er wollte den Inspektor noch mit seinem Schwert erwischen.

Suko drehte fast tänzelnd ab, riss die Peitsche an sich und sah zu, wie der Krieger verschwand.

Er wankte nach draußen.

Plötzlich hatte er kein Interesse mehr an seinem Gegner, sondern ließ den Gastraum hinter sich. Suko und Lady X schauten ihm staunend nach, wie er schnurstracks auf das Feuer zuschritt.

Hoch loderten die Flammen, und sie erhielten noch mehr Nahrung, als der Krieger in sie hineinschritt.

Er tötete sich selbst!

»Das begreife ich nicht!«, zischte die Scott. »Verdammt, das will mir nicht in den Kopf. Dir?«

Suko schüttelte den Kopf.

»Wir brechen aus, Chinese«, sagte die Vampirin. »Und wenn du es nicht willst, dann versuche ich es allein. Auf jeden Fall will ich hier weg. Ich fühle mich eingekreist.«

»Du kannst ja gehen.«

»Und du?«

Da lachte Suko. »Glaubst du denn im Ernst, dass sie dich durchlassen? Du kommst doch gegen die Meute nicht an. Die machen dich fertig, sobald du einen Fuß über die Schwelle gesetzt hast. Aber wie du willst. Versuche es!«

Die Worte waren bei der ehemaligen Terroristin auf fruchtbaren Boden gefallen. Sie zögerte, ihr Vorhaben weiterhin durchzuführen, und schaute wie Suko nach draußen, wo der aus dem Skelett entstandene Körper allmählich verbrannte.

Aber Pandora hatte nicht nur die Skelette geschickt, auch andere Dämonen waren aus dem Füllhorn gefallen. Kleinere Wesen, die harmlos aussahen, es jedoch in sich hatten.

Vor allen Dingen waren sie schnell.

Wie kleine Raketen starteten sie auf der Straße, huschten durch die offene Tür und glichen hart geworfenen

Bällen mit glühenden Augen, die plötzlich größer wurden und in Flammen übergingen.

Suko und Lady X brauchten nicht mehr zu raten, was diese dämonischen Wesen vorhatten. Sie wollten die Gaststätte in Brand stecken, und es blieb nicht nur bei einem, sondern drei, vier huschten durch die offene Tür, ohne dass die Scott oder Suko etwas unternehmen konnten, weil alles zu schnell über die Bühne lief.

Drei dieser Geschöpfe hatten den Weg gefunden, prallten gegen Tische oder Wände, wo sie in einem glühenden Regen auseinander fielen und dort, wo die Reste von ihnen gelandet waren, Flammenbündel hochschossen und sich ausbreiteten.

Da durch die offene Tür ein Windstoß fauchte, wurde die Flammenwand dicht hinter der Schwelle hochgeschleudert und zu einem wahren Feuerorkan, der Suko und Lady X den Weg nach draußen versperrte.

Die Scott hatte Glück. Sie war schon auf dem Weg zur Tür, als sie stoppte und ihren Oberkörper herumschleuderte. Über ihr verzerrtes Gesicht tanzte der Widerschein des Feuers. Suko las keine Angst von ihren Zügen ab, sondern eher Wut und Ärger. Er konnte sich den Grund leicht denken.

Lady X fehlten ihre Helfer und der Würfel. Bisher hatte sie sich immer auf sie verlassen können, nun sah es schlecht für sie aus, denn sie musste allein einen Ausweg finden, wobei sie Suko als Partner nicht anerkennen konnte, denn er war schließlich ihr Feind.

Sollten sie diese Hölle überstehen, würde jeder von ihnen versuchen, den anderen zu töten. Nur die gemeinsamen Gegner schweißten sie für den Moment zusammen.

»Siehst du einen Ausweg?«, schrie Lady X und wich ein wenig zurück, da sich das Feuer ausbreitete.

Suko hob die Schultern. »Keinen besonderen, wir müssen nach oben.«

»Was?« Dieses eine Wort deutete an, dass Lady X so begeistert von dem Vorschlag nicht war.

»Ja, ich habe eine Treppe gesehen. Es ist die einzige

Möglichkeit. In der ersten Etage ist noch alles normal.« Suko hustete, weil ein Rauchschwall gegen ihn stieß.

Die Scott schaute in die Flammen. Wie Suko erkannte sie hinter den tanzenden Feuerzungen die schattenhaften Gestalten der braunen Skelette, die nur darauf warteten, wieder eingreifen zu können.

Sie nickte. »Dann gehen wir!« Im nächsten Augenblick duckte sie sich, denn mit großem Tempo wirbelte ein weiterer Dämon in den Gastraum.

Er flog etwa in Kopfhöhe und hatte eine so große Geschwindigkeit, dass er bis über den Tresen flog und gegen die Wand prallte, wo noch einige Flaschen standen. Dort prallte er ab, fiel zu Boden, wo er sich im Nu zu einer zischenden Lohe ausbreitete, die augenblicklich den gesamten Platz hinter dem Tresen ausfüllte.

Suko spürte die heiße Welle des Feuers. Wie ein Höllenatem fauchte sie ihm entgegen, er drehte sich um, denn er wollte zur Treppe, die hinter der Theke nach oben führte.

Lady X rannte ebenfalls. Sie schimpfte. Suko konnte nicht verstehen, was sie sagte, dafür sah er, dass einer der Balken Feuer gefangen hatte. Am Beginn der Treppe blieb er stehen und hörte hinter sich einen Knall. Scharf drehte er sich um.

Die Tür zum Hof war aufgeflogen. Ein Schwall Feuer brach in den Gang. Und mit den Flammen kamen die Skelette, denen die heißen Zungen nichts ausmachten.

Der Weg war versperrt. Sukos Annahme hatte sich als korrekt herausgestellt. Es war nichts mehr zu machen.

Noch war die Treppe frei. Mit einer Hand packte Suko den Geländerkopf und wuchtete seinen Körper herum. Dann jagte er mit langen Sätzen die Stufen hoch, erreichte den ersten Absatz und schaute in die wabernden Wände aus Flammen und Rauch.

Auch die Scott beeilte sich. Feuer war ebenso gefährlich für sie wie geweihte Silberkugeln oder ein angespitzter Eichenpflock. Zusammen mit dem Inspektor überwand sie den nächsten Treppenabsatz und sie befanden sich nun in der ersten Etage.

»Wie weiter?«

Suko hob die Schultern. Er sah sich um. Hier oben hatte das Feuer noch nicht gewütet. Sie hörten von unten her die Flammen fauchen und knistern, wobei erste dicke Rauchschwaden ihren Weg über die Treppe fanden und in die Höhe quollen.

»Vielleicht gibt es eine Verbindung zum Nachbarhaus«, sagte der Inspektor.

»Und dann?«

»Über die Dächer.«

Lady X wollte etwas sagen, verschluckte ihre Worte allerdings, denn sie hatte Schritte gehört.

Sie kamen die Treppe hoch.

Suko drückte sich an der Vampirin vorbei und sah zwei Skelette mit flammenden Peitschen.

Lady X schoss an Suko vorbei. Die Kugeln konnten die Wesen zwar nicht töten, sie hieben jedoch in die braunen Körper und schleuderten sie wieder zurück.

Für einen Moment hatten sie Ruhe.

Suko war bereits weitergelaufen. Das Haus hatte nur die erste Etage, darüber begann das Dach, zu dem es sicherlich einen Aufstieg geben musste, denn so etwas ist bei jedem Haus üblich.

Suko fand die Luke am Ende des Ganges. Sie war in die Decke eingelassen. Braun schimmerte das Holz. Man musste einen Griff packen und konnte damit die Luke aufziehen.

Der Chinese blieb direkt darunter stehen, duckte sich zusammen und sprang in die Höhe. Er streckte seinen rechten Arm aus, bekam den Griff zwischen die Finger und zog die Luke nach unten.

Mit ihr fiel eine Leiter heraus, deren Ende wuchtig auf den Boden knallte.

Lady X hatte es sehr eilig. Sie drängte sich an dem Chinesen vorbei und kletterte die Stufen hoch. Als Suko ihr folgte und einen Blick zurückwarf, da sah er die beiden Skelette den Gang entlanglaufen. Sie hielten weiterhin ihre flammenden Peitschen fest.

Für Suko wurde es Zeit. Lady X hatte bereits ihren Weg

auf den Speicher genommen und sich dort verkrochen. Der Chinese überlegte, ob er zwei Silberkugeln opfern sollte, doch er ließ es bleiben. Nein, damit waren die anderen nicht zu stoppen.

Aber der Inspektor wollte es den Verfolgern erschweren. Deshalb zog er die Luke zu, nachdem er den Speicher erreicht hatte. Die Leiter kam automatisch mit hoch.

Finster war es nicht. Durch schräge Fenster fiel Licht. Allerdings waren sie sehr klein, so gering in den Ausmaßen, dass Suko kaum hindurchpasste.

Er hätte schon Ziegel ausbrechen müssen, um den Weg auf das Dach zu finden.

Während er die Bleistiftleuchte einschaltete, hörte er das Fluchen der Vampirin. Sie geisterte über den Speicher und suchte einen Ausstieg. Außer Staub, Dreck und vergammelten Möbelstücken fand sie nichts.

»Dann müssen wir eben die Dachpfannen lösen«, sagte der Inspektor und machte sich bereits an die Arbeit. Der Speicher war nicht isoliert. Die einzelnen Pfannen lagen auf den Balken und Querverstrebungen. Da das Dach ziemlich alt war, gab es an einigen Stellen Lücken, wo graues Tageslicht hindurchschimmerte. Suko suchte sich eine dieser Lücken aus, stemmte seine Handflächen gegen die Dachpfannen und setzte all seine Kraft an.

Er sprengte die Pfannen weg, hörte ihr Poltern und Rutschen. Das Loch hatte sich erweitert.

Auch Lady X half mit. Nur nahm sie nicht ihre Hände, sondern den Lauf der Maschinenpistole. Ihn schlug sie gegen die Pfannen und war ebenfalls erfolgreich.

»Wäre doch gelacht, wenn wir das bisschen nicht schaffen«, knurrte Suko, wobei er einen schrägen Blick der Vampirin auffing.

Der Inspektor grinste. »Woran denkst du?«, fragte er. »An mein Blut? Das kannst du dir abschminken, Lady X!«

Als Antwort zog sie ihre Lippen zurück und präsentierte die beiden Vampirzähne.

»Die haue ich dir noch ein, diese kleinen Beißerchen!«, versprach sie Suko, bevor er damit begann, durch das jetzt offene Dach nach draußen zu klettern.

Die Öffnung war breit genug, sodass er mit seinen Schultern hindurchkam. An einem Holzbalken hielt er sich fest, strampelte noch mit den Beinen und schaffte es, auf das Dach zu gelangen.

Er blieb liegen, denn es war nicht einfach, auf die Füße zu kommen, weil das Dach ziemlich schräg und durch die Feuchtigkeit auch sehr rutschig war.

Sogar hier wurde er vom Widerschein der Flammen getroffen. Genaues konnte er nicht erkennen, da ihm die Dachschräge den Blick in die Tiefe verwehrte.

Dann kam Lady X. Sie hatte sich die Maschinenpistole um die Schulter gehängt. Geschmeidig waren ihre Bewegungen. Wie eine Schlange glitt sie auf die Schräge und blieb neben Suko.

»Was machen wir jetzt?«

Der Inspektor deutete nach vorn. Genau an der Stelle, wo das Dach sein Ende fand, schloss sich das nächste Haus an, das allerdings nicht in gleicher Höhe, sondern um etwa einen Yard tiefer lag. Wenigstens schätzte Suko dies.

»Dort müssen wir hin.«

»Dann geh!«

Suko machte den Anfang. Auf allen Vieren bewegte er sich vor und hielt aufgeschreckt inne, als unter ihnen etwas zusammenkrachte, wobei sich die Erschütterung sogar auf das Dach übertrug.

Die Flammen breiteten sich aus, und es würde sicherlich nicht lange dauern, bis sie auch das Dach erfasst und die Pfannen weggesprengt hatten.

Über ihnen lag ein grauer Himmel. Von der Straße her leuchtete der Widerschein des Feuers. Zuckenden Schatten gleich tanzte er über die graue Himmelsfläche.

Es war eine gespenstische Atmosphäre, in der sich die beiden so ungleichen Partner voranbewegten. Man hatte sie in die Enge getrieben, und sie sahen keine andere Möglichkeit, zu einem Erfolg zu kommen.

Deshalb diese Tour.

Suko erreichte zuerst das Ziel. Noch hielt das Dach, hatte sich das Feuer nicht so weit ausgebreitet, dass es auch die Konstruktion erfasste, doch als Suko nach unten blickte, da erkannte er, dass ihre Chancen nicht gut standen.

Pandoras Brut hatte die Straße regelrecht überschwemmt. Und nicht nur sie, auch an den anderen Seiten des Hauses lauerten sie und hatten mit ihren Flammenpeitschen Feuer gelegt. Suko sah einen alten Schuppen lichterloh brennen.

Zwischen den Wesen bewegten sich schattenhaft und wie Marionetten die Bewohner von Billings. Sie waren durch den Keim der Unheilbringerin voll infiziert worden.

Suko musste den Sprung auf das Nachbardach schaffen.

Wirklich keine große Entfernung. Normalerweise eine der leichtesten Übungen des Chinesen und Suko holte tief Luft, bevor er sich auf das Nachbarhaus fallen ließ.

Er wäre gern in diesem Augenblick eine Katze gewesen. Sie hätte sich festgekrallt. Suko konnte es nicht, obwohl er es versuchte, fast das Gleichgewicht verlor, nachgreifen musste, dabei wegrutschte, aber Glück im Unglück hatte, denn er bewegte sich genau auf einen Schornstein zu, der ihm nicht nur im Weg stand, sondern ihm auch den nötigen Halt bot, sodass Suko seine Arme um das Mauerwerk klammern konnte.

Geschafft!

Er zog die Beine etwas an, drehte seinen Unterkörper, um mit den Knien Halt zu finden, und konnte nicht nur zurück, sondern auch auf Lady X schauen, die ebenfalls in diesem Moment sprang.

Sie hatte es so machen wollen wie Suko. Im ersten Moment sah es auch so aus, als würde sie es schaffen, dann aber war ihr ausgerechnet ihre Waffe im Weg. Der Lauf der Maschinenpistole kantete auf eine Dachpfanne, dadurch geriet Lady X aus der Richtung, und sie rutschte gleichzeitig ab.

Im Nu befand sich die Vampirin auf dem Weg zum Dachrand.

Suko hörte ihren Fluch. In einer reaktionsschnellen

Bewegung löste er einen Arm vom Schornstein und streckte ihn so aus, dass er Lady X den Weg versperrte.

Trotzdem reichte es nicht.

In einer Entfernung von vielleicht einer Handspanne glitt die Untote an Sukos Fingern vorbei.

Dabei fluchte sie wie ein Seemann, und sie verfluchte auch den Inspektor, denn sie glaubte, dass Suko sie reingelegt hatte. Verzweifelt war sie bemüht, die Rutschpartie nach unten zu beenden, doch das Dach hatte einfach eine zu starke Neigung, die Lady X nicht ausgleichen konnte. Zudem wurde ihr die auf den Pfannen liegende Feuchtigkeit zum Verhängnis und der Dachrand kam immer näher.

»Du verfluchter Bastard!«, brüllte sie voller Hass. »Du hast mich hier hängen lassen. Ich hole mir dein Blut! Ich …« Sie verstummte, denn jetzt hatte sie den Dachrand erreicht. Ihre Beine befanden sich schon darüber, sie pendelten, unter ihnen lag die Tiefe, wo die Feinde auf sie lauerten und das Feuer immer höhere Flammen gegen den trüben Himmel schickte.

Was weiter geschah, konnte Suko nicht sehen, denn das Feuer hatte jetzt auch das Nachbarhaus erfasst, und die Gewalt der Flammen, vermischt mit heißer Luft, sprengte die Pfannen in die Höhe, sodass sie wie Geschosse wegflogen, bevor die feurige Lohe gierig und fauchend aus der Öffnung stieß.

Auch Suko spürte die Hitze. Sie übergoss ihn, brannte auf seiner Haut, und er musste seinen Platz wechseln, denn lange konnte er es in dieser Stellung nicht aushalten, das stand fest.

Der Inspektor konzentrierte sich auf jede seiner Bewegungen, führte sie langsam durch und hoffte darauf, keinen Fehler zu machen, der tödlich enden konnte.

Wie ein Gummimensch drehte sich Suko um den Schornstein herum. Er wollte auf die andere Seite gelangen und sich dort weiterbewegen, vielleicht gelang es ihm auch, das Dach des nächsten Hauses zu erreichen. Er hatte es schon gesehen, und es kam ihm wesentlich flacher vor als das, auf dem er sich nun fortbewegte.

Was mit Lady X geschehen war, konnte er nicht erkennen. Wenn sie gefallen war, hatten sich ihre Gegner sicherlich über sie gestürzt, aber Suko wollte nicht glauben, dass sie ohne Widerstand aufgab. Zumindest hätte sie geschossen, und das hatte er nicht gehört.

Zoll für Zoll kam er voran. Trotz der kühlen Luft war er in Schweiß gebadet. Es lag an der Anspannung und vielleicht auch daran, dass hin und wieder der heiße Atem des Feuers über seinen Rücken leckte.

Sein Blickwinkel wurde besser. Er schaute nach rechts, sah auf die Schräge hinab und konnte die Dachrinne erkennen, die nicht gerade verlief, sondern sich an einigen Stellen, durch was auch immer, hochgebogen hatte.

Und genau dort entdeckte er zwei Hände!

Suko kannte Lady X sehr genau. Er brauchte nur einmal hinzuschauen, um zu erkennen, dass ihr die Finger gehörten. Sie hatte sich im letzten Augenblick festklammern können und war nicht in die Tiefe gefallen und von ihren Feinden zerfetzt worden.

Deshalb keine Schüsse und Schreie.

Suko hielt inne. Sollte er Lady X zu retten versuchen? Es wäre Wahnsinn gewesen, und er entschloss sich, es nicht zu tun. Nein, die hatte zu viel auf dem Gewissen. In diesem Augenblick war sich jeder selbst der Nächste. Zudem hätte die Blutsaugerin auch nicht gezögert, ihn zu töten, wenn sich die Chance dazu bot.

Suko behielt seine Richtung bei und er passierte Lady X, wobei er das Dach des folgenden Hauses nicht aus den Augen ließ.

Natürlich hatten seine Feinde längst festgestellt, wo sie sich befanden, und entsprechend reagiert.

Suko hielt plötzlich inne, als er auf dem Dach vor ihm die Gestalten auftauchen sah.

Es waren die mit flammenden Peitschen bewaffneten Skelette, die aus einer Dachluke kletterten.

Vier zählte der Chinese, und seine Gegner benötigten nur Sekunden, um ihn zu entdecken.

Die Chancen des Inspektors sanken allmählich dem Nullpunkt entgegen …

Kreuz gegen Würfel!

Wer war stärker? Konnte das Kreuz es schaffen und die magische Kraft des Würfels besiegen? Denn der Würfel war zum Bösen hin manipuliert worden, weil seine Trägerin es so wollte.

Ich fand keine Antwort auf diese Fragen, da ich in diesen Momenten nicht mehr ich selbst war. Andere Kräfte, die außerhalb meiner Kontrolle lagen, hatten Besitz von mir ergriffen und mich in einen Strudel hineingerissen, wo es weder eine Zeit noch andere Begriffe gab, mit denen man die Lage hätte erklären können.

Ich befand mich in einem magischen Vakuum, und um mich herum tobten die Entladungen.

Es war nicht dunkel wie bei einigen Dimensions- und Zeitsprüngen, die ich bereits hinter mich gebracht hatte. Ich bekam alles mit und konnte doch nicht eingreifen, denn andere Kräfte kontrollierten meinen Körper und meinen Geist.

Um mich herum war es hell.

Zwar kein Strahlen, aber ein seltsames Glänzen, als würde ich mich in einem Käfig befinden, dessen Innenwände mit Silberpapier ausgekleidet waren.

Hin und wieder sah ich Gesichter innerhalb der Flächen auftauchen. Und es waren die, die ich zuletzt gesehen hatte, bevor Würfel und Kreuz reagierten.

Grauenhaft verzerrt das sonst so schöne Gesicht der Pandora. Blass und ausdruckslos das von Xorron, dem Herrn der Untoten und Zombies, und auch ein anderes schimmerte durch.

Allerdings sah ich nur zwei Augen, die so wirkten, als wären sie von einem Schleier überdeckt.

Der Seher?

Meine Gedanken arbeiteten trotz allem klar und scharf. Wenn er es tatsächlich war und vielleicht seine schützende Hand über mich hielt, fühlte ich mich wenigstens nicht so allein. Irgendwie gaben mir diese Augen, die so gütig, gleichzeitig streng und auch wissend blicken konnten, die große Hoffnung.

Ich wusste nicht genau, wer der Seher war. Es gab

Spekulationen. Einmal hatte ich daran geglaubt, Nostradamus in ihm zu erkennen, ein anderes Mal dachte ich an Hesekiel, den Erschaffer meines Kreuzes. Auf jeden Fall war es ein Geist, der über vielem stand.

Noch immer tobten die Kräfte. Ich ließ mich treiben. Erstens konnte ich mich nicht wehren, zweitens wollte ich es auch nicht, und drittens war ich nicht in der Lage, irgendetwas bewusst zu steuern. Ein Mantel aus Magie umhüllte mich, ich wurde getragen, weggezerrt, und mein eigener Wille war ausgeschaltet.

Die verschneite Umgebung des schottischen Hochlandes hatte ich längst vergessen. Im Tunnel der Zeiten gab es keine Gegenstände, da existierte einfach nicht die Welt, wie ich sie kannte. Dort wurden die irdischen Gesetze ad absurdum geführt.

Wie lange sollte die Reise noch dauern? Und an welches Ziel würde sie mich führen?

Darüber dachte ich nach, obwohl ich selbst nichts steuern konnte. Weit hielt ich die Augen geöffnet. Vielleicht gelang es mir, einen Blick auf den Seher zu werfen. Unter Umständen wollte er mir eine Botschaft überbringen, denn er hatte sich mir gezeigt.

Ich täuschte mich, denn das Augenpaar tauchte nicht wieder auf.

Dafür sah ich Pandoras Gesicht. Und ich erkannte darin einen gewissen Schrecken, den man auch mit dem Ausdruck Entsetzen umschreiben konnte. Irgendetwas hatte sie aus der Bahn geworfen, musste sie gestört haben, dass sie so reagierte.

›Bleibe ruhig, John Sinclair! Bleibe, um Himmels willen, ruhig. Aber sieh der Gefahr ins Auge. Du hast eine magische Reise unternommen. Der Würfel und dein Kreuz haben ihre volle Kraft entfaltet. Es ist zu einer Eskalation gekommen, und du wärst fast zwischen den Mahlsteinen dieser beiden gegensätzlichen Pole zerrieben worden. Ich habe es soeben verhindern können, das Ende des Sohnes des Lichts. Mehr kann ich nicht tun, auch mir sind die Hände gebunden, denn du wirst bald in einer Zeit und in einer Dimension erwachen, in der die alten Sagen und Legenden zur Wirklichkeit geworden sind. Menschen, die über diese Sagen berichtet haben, konnten hin und wieder einen Blick in die Dimension werfen, anderen blieb es versagt, und du wirst etwas erleben, was später für dich noch einmal wichtig ist. Behalte also, schaue genau hin, und wehre dich deiner Haut, John Sinclair!‹

Derjenige, der mir diese Sätze durch einen geistigen Kontakt übermittelt hatte, war der Seher. Er hatte mich also nicht verlassen, sondern stand nach wie vor auf meiner Seite.

Auch ich wollte eine Antwort formulieren und ebenfalls eine Frage stellen, da war der Kontakt abgebrochen.

Ein gewaltiges Rauschen erreichte mich einen Moment später. Ich hatte das Gefühl, als würden die Ohren auseinander fliegen, und plötzlich war diese seltsame Welt um mich herum verschwunden.

Alles wieder normal.

Im ersten Augenblick überfiel mich ein Schwindel. Er machte mich benommen, ich schüttelte den Kopf, atmete ein paar Mal tief durch, öffnete die Augen und war überrascht, dass ich noch immer auf dem Felsen stand, wo alles seinen Anfang genommen hatte.

Ich schaute in die Tiefe.

Nein, doch nicht! Ich hatte mich geirrt, denn ich sah keinen Schnee mehr. Er konnte nicht so rasch weggetaut sein, es gab auch keine Hänge und Weiden. Eine andere Berglandschaft umhüllte mich, und ich sah in der Ferne eine graugrüne, wogende Fläche, die heranrollte und gegen gewaltige Felsen dröhnte, wo sie lange Schaum- und Gischtstreifen in die Höhe wuchtete.

Dort lag das Meer, und ich befand mich dicht an einem Steilufer oder auf einer Insel. Beides konnte sein.

Tief holte ich Luft. Sie schmeckte nach Salz und war lau.

Ich lächelte bei diesem Gedanken, da ich nicht so recht mit ihm vertraut werden konnte. An das Mittelmeer wollte ich nicht glauben, sondern eher an eine Reise in eine andere Dimension.

Am Himmel stand eine tiefe Sonne. Ich musste meine Augen mit der Hand beschatten, um gegen die Strahlen schauen zu können, die sich wie flüssiges Gold auf die Oberfläche des Meeres legten.

Trotz der intensiven Suche gelang es mir nicht, ein Schiff zu entdecken. Das Meer blieb einsam.

Ich kontrollierte meine Waffen, bevor ich mich umwandte. Bis auf den Bumerang trug ich alles bei mir. Wenn sich Feinde zeigen sollten, konnte ich mich wehren.

Bis zur Steilküste war es nicht weit. Ebenso nah war die Distanz zu den Felsenbergen, die vor mir hochragten. Sie sahen aus wie nebeneinander gestellte Säulen, waren rau, zeigten Spalten, Furchen, zahlreiche Vorsprünge und auch vom Wind blankgewaschene Stellen.

Meine Blicke tasteten die Wände ab. Ich suchte nach Lebewesen, vielleicht nach einem Vogel oder einem anderen Tier. Nichts war zu sehen, nur das nackte Gestein.

Ich ging langsam vor. Wo der Sand hergekommen war, der auf dem Boden lag, wusste ich nicht. Er musste vom Wind aus irgendeiner entfernt liegenden Wüste über das Wasser hergeweht worden sein, und er stäubte hoch, als ich auf die Felsen zuschritt.

Wenn ich an ihnen hochschaute, fühlte ich mich ungeheuer klein. Sie waren wirklich gigantisch, und es schien mir, als würden sie sich auf mich zuneigen, je näher ich auf sie zuschritt. Rechts von mir wurden sie von den Strahlen der untergehenden Sonne getroffen, die das Gestein in einer Breite von ungefähr drei nebeneinander stehenden Häusern anmalten.

Am unteren Ende der Felsen, wo der Wind gebrochen wurde, hatte er den Sand hochgetürmt. Er schien wie ein erstarrter breiter Schleier am Gestein zu kleben.

Ein imposantes mächtiges Bild, das sich veränderte, je näher ich herankam, denn nun konnte ich Einzelheiten erkennen und ich entdeckte die Eingänge von Höhlen.

Es waren keine runden Höhlenlöcher, sondern breite Spalten, die, wie mit einem Messer geschnitten, innerhalb des Gesteins klafften. Einige befanden sich so tief, dass ich zu ihnen hinklettern konnte.

Das wollte ich auch.

Es hatte keinen Sinn, näher über mein Schicksal nachzudenken. Ich hätte mir nur unnötig Sorgen gemacht und mir den Kopf zerbrochen. Da man etwas von mir wollte, würde ich alles auf mich zukommen lassen. Die anderen meldeten sich schon. Zudem hatte ich schlimmere Dinge erlebt in ganz anderen Welten.

Allerdings ahnte ich nicht, was mich hier noch alles erwartete, und so ging ich optimistisch den Aufstieg an, um die erste Höhle zu erreichen.

Der Weg war nicht einfach. Auch konnte ich ihn nicht in gerader Linie nehmen, sondern musste Serpentinen gehen, um das Ziel zu erreichen. Die letzte Strecke gestaltete sich als die schwierigste, da kam ich mir wie ein Steinbock vor, der in den Felsen herumklettert.

Schließlich stand ich vor der Höhle.

Der Rand war ziemlich breit. Die Gefahr eines Fehltritts bestand kaum, und ich schaute mich wieder um. Da ich mich jetzt noch höher befand, gestaltete sich der Blick über das Meer besser, und am Horizont, wo das Meer und der Himmel zu einer Linie verschmolzen, entdeckte ich ein Boot.

Tag und Dämmerung gingen ineinander über. Die Luft war klar. Das Boot konnte ich deutlich erkennen und zeigte mich überrascht wegen der Form der Segel.

Segelboote auf dem Mittelmeer?

Okay, davon gab es viele. Wenn mich meine Augen jedoch nicht täuschten, konnte man das Boot, das ich sah, nicht mit einer modernen Jacht vergleichen. Das sah mir eher so aus wie ein Boot aus dem Altertum.

Allmählich dämmerte es mir.

Ich war wahrscheinlich nicht in einer anderen Dimension, sondern in einer anderen Zeit gelandet.

In der Vergangenheit vor Christi Geburt!

Das musste ich verdauen. Nicht zum ersten Mal war mir so etwas passiert. Ich meine damit einen Zeitrutsch in die Vergangenheit. Im vierten oder fünften Jahrhundert nach Christi Geburt hatte mir ein alter Makkabäer die meisten Geheimnisse des Kreuzes offenbart, als ich mit der Pyramide des Wissens dort gelandet war. Im Zeitalter weit vor Christi Geburt, als nicht die Römer, sondern die Griechen die beherrschende Macht in der damals bekannten Welt waren, dahin hatte es mich zum ersten Mal verschlagen.

Dachte ich genauer darüber nach, so konnte ich es als eine logische Folge bezeichnen. Die Gestalt der Pandora stammte aus der griechischen Mythologie. Es würde mich nicht wundern, wenn mir noch Odysseus begegnete.

Das Boot hatte ein neues Ziel gefunden.

Die Insel!

Ein schiefer Blick zur Sonne zeigte mir, dass sie noch nicht versunken und ein Rest an Helligkeit zurückbleiben würde, wenn das Schiff die Insel erreichte.

Mich brauchte man nicht unbedingt zu sehen, deshalb schaute ich mich nach einem Versteck um.

Ich fand es. Nicht in eine Höhle verkroch ich mich, sondern klemmte meinen Körper in einen Spalt, der wie geschaffen für mich schien. Ich verschmolz mit dem Fels, und es würde für andere schwierig werden, mich überhaupt zu entdecken.

So wartete ich ab.

Schon bald war das Schiff deutlicher zu erkennen. Es hob sich von der graugrünen Fläche des Meeres ab, das einzige, schräg gespannte und geblähte Segel schimmerte in den Farben von Rot und Weiß. Nicht nur die Kraft des Windes trieb das Schiff an, sondern auch Rudersklaven, die ich zwar selbst nicht sah, dafür jedoch die Ruderstangen, die an der Backbord- und Steuerbordseite des Schiffes aus den dafür vorgesehenen Öffnungen stachen.

Deshalb war der Kahn so schnell, und ich dachte wieder an die Worte des Sehers, der mir berichtet hatte, dass ich ein Ereignis erleben würde, das in der Zukunft noch Bedeutung haben könnte.

Ich war gespannt, wie das Schiff die Brandung überstehen würde. Sie war ziemlich hart, man musste den Kahn gut ausmanövrieren, und einen Hafen hatte ich nicht entdeckt.

Es drehte ab.

Nach backbord hin wurde es geleitet und geriet aus meinem Blickwinkel. Das ärgerte mich. So konnte ich nicht erkennen, was weiterhin geschah. Ich musste raten.

Wahrscheinlich lief der Kahn einen Hafen an. Ich jedenfalls hatte keinen gesehen, und auch das Schiff blieb meinen Augen weiterhin verborgen.

Fast platzte ich vor Neugierde. Das Schiff lief sicherlich nicht ohne Grund diese einsame Insel im Meer an.

Ich spielte mit dem Gedanken, meine Deckung zu verlassen, doch das wäre schlecht gewesen, man sollte mich nicht entdecken.

Es wurde dunkler.

Fast übergangslos geschah dies, und die Schatten der hohen Felsen glichen einem finsteren Tuch, das alles andere überdeckte.

Manchmal, wenn der Wind günstig stand, da glaubte ich, Stimmen zu vernehmen. Als verwehende Fetzen wurden die Laute an meine Ohren getrieben, verstehen konnte ich nichts.

Hell und weiß war der Schaum an der Brandung. Er wurde so hoch geschleudert, dass ein glitzernder Tropfenregen über die Steilwand fiel.

Am Himmel stand der Mond. Die Sichel leuchtete fahl und warf ihr silbriges Licht nach unten. Ein fast romantisches Bild, wenn ich in meiner Zeit auf so einer Mittelmeerinsel Urlaub gemacht hätte, so aber fand ich es nicht romantisch, sondern eher düster und geheimnisvoll.

Das Warten wurde zur Qual. Manchmal brachte der Wind wieder feinen Sand mit, der seinen Weg auch in mein Gesicht fand.

Plötzlich bewegte sich etwas. Das geschah vor mir am Strand, und im nächsten Augenblick schob sich wieder etwas hinaus in die anrollenden Wellen der Brandung.

Das Boot legte ab.

Eine Veränderung konnte ich nicht feststellen. Weshalb hatte es die Insel angelaufen? Grundlos sicherlich nicht. Ich dachte nach und gelangte zu der Überzeugung, dass die Männer vielleicht etwas auf der Insel zurückgelassen hatten.

Mein Blick glitt in die Richtung, wo ungefähr der Anlegeplatz hätte liegen können. Dort bemerkte ich auch etwas. Es war ein Spiel von Licht und Schatten. Einem Licht, das tanzte und eigentlich nur von einem Feuer stammen konnte, das jemand angezündet hatte, denn genauso sahen die Schatten aus, die zwischen den Felsen zuckten.

Der rötliche Widerschein wurde stärker. Das Feuer musste durch den aufkommenden Wind neue Nahrung erhalten haben, weshalb die Flammen auch höher schlugen.

Ich war wirklich mehr als gespannt und wollte meine Deckung schon verlassen, als ich aus reinem Zufall einen letzten Blick nach links und rechts warf.

Da sah ich sie.

Eine Gestalt verließ nicht weit von mir entfernt eine der Höhlen. Sie hatte helles, fast golden schimmerndes Haar und trug ein tunikaähnliches Gewand.

Die Frau war Pandora!

Als hätte mich ein gütiges Schicksal davor bewahrt, voreilig zu reagieren, so kam es mir vor. Wäre ich wenige Sekunden früher aus dem Schatten der Felsen getreten, hätte sie mich gesehen. So aber sah ich sie und konnte die Verfolgung aufnehmen.

Pandora schaute sich nicht um. Sie wandte sich nach links und schritt auf dem Vorsprung immer an den hohen Felsen entlang, wobei sie sich nicht ein einziges Mal umdrehte.

Mir gereichte es zum Vorteil, dass sie ein so helles Gewand trug. So war sie gut zu erkennen und verschmolz niemals mit den düsteren Schatten der Felsen.

Natürlich war ich gespannt, wohin sie der Weg führen würde. Wahrscheinlich hinunter zum Strand, denn sie nahm die Richtung, die dorthin wies, wo das Schiff angelegt hatte.

Ich bemühte mich, so leise wie möglich zu sein. Pandora ging nicht sehr schnell, dafür zielstrebig und sehr sicher.

Schon bald verließ sie den Vorsprung und wandte sich scharf nach rechts. Sie brauchte nicht zu klettern, denn ein schmaler Pfad führte in die Tiefe und wand sich schlangengleich zwischen den rechts und links hochwachsenden Felsen einher.

Ich konnte näher an sie heran. Einmal löste sich unter meinem rechten Fuß ein Stein. Zum Glück rollte er nicht in die Tiefe und riss auch keine anderen mit.

Trotzdem war ich stehen geblieben und lauschte mit angehaltenem Atem. Es rührte sich nichts. Pandora ging weiter, demnach hatte sie mich nicht gehört.

Nach wenigen Minuten konnte ich bereits über die Felsen schauen und mehr erkennen.

Da gab es tatsächlich einen kleinen Hafen. Ein natürliches Gewässer, zum Meer hin geschützt durch halbrunde Felsen, die wie die Zangen eines Skorpions wirkten. Dort brach sich das Wasser.

Am Strand jedoch, auf einer hellen weißen Fläche aus Sand, da brannte ein Feuer.

Die Ankömmlinge hatten es als Zeichen zurückgelassen, und die Flammen fraßen sich gierig in die rohen Holzbalken hinein.

Das Feuer war das Ziel der Pandora.

Natürlich trug sie ihr Füllhorn. Ohne diesen Gegenstand konnte man sie sich überhaupt nicht vorstellen. Pandora hatte es unter den linken Arm geklemmt, die runde Öffnung wies nach vorn.

Ich duckte mich tiefer zwischen die Felsen, während ich die nächsten Schritte zurücklegte.

Schließlich konnte ich wieder normal gehen und fand einen Platz, der nur wenige Armlängen vom Feuer entfernt war und im Schatten lag.

Pandora hatte das Feuer erreicht. Sie ging einmal um die Flammen herum und hielt den Kopf dabei gesenkt. Mit ihren Blicken suchte sie den Boden ab.

Was hoffte sie dort zu finden?

Ich wusste es nicht, doch ich sah, wie sie sich bückte und etwas aufhob. Es sah aus wie ein längliches Paket und schimmerte glasig, als bestünde es aus geschmolzenem Sand.

Sosehr ich mich auch bemühte, genau konnte ich es nicht erkennen, was Pandora in ihren Armen hielt.

Es wurde spannend, denn sie war vor dem Feuer stehen geblieben. Dabei wandte sie mir ihr Profil zu, das im Widerschein der Flammen seltsam hart erschien.

Sehr genau schaute ich hin. Selbst das Füllhorn hatte Pandora abgestellt, sie hielt nur den Gegenstand in den Händen, den die Seeleute zurückgelassen hatten.

»Aus dem Reich der aufgehenden Sonne bist du gekommen«, sprach sie plötzlich mit lauter Stimme. »Du, großer Xorron, den die Mythen der Götter erschaffen haben, damit die Unsterblichkeit bewiesen wird. Aus den magischen Kristallen gläserner Welten wurden Geist, Kraft und Stärke eingeschmolzen. Du bist unsterblich, denn ich, Pandora, werde dich erwecken, weil der Göttervater Zeus mir die Kraft gegeben hat, das Grauen auf die Erde und damit über die Menschen zu bringen. Du wirst immer dem gehorchen, der dir befiehlt, und ich allein werde deine Herrin sein!«

Als sie das Wort ›sein‹ aussprach, ließ sie den Gegenstand los und wuchtete ihn nach vorn.

Er fiel in die Flammen.

Für einen Moment stoben sie auf. Mir kam es so vor, als würden sie Gesichter annehmen. Fratzen, die tanzten und zuckten, lautlos lachten und einen gespenstischen Reigen vollführten.

Hier geschah etwas Weitreichendes, der Seher hatte davon gesprochen, denn ich erinnerte mich in diesem Augenblick wieder an seine so großen Worte.

Ein Zischen ließ mich zurückzucken. Ich stieß mir hart den Kopf und sah für einen Moment Sterne, und als ich wieder richtig schauen konnte, da entdeckte ich den Qualm. Dick, träge und grünlich schimmernd stieg er aus dem Feuer, überdeckte die Flammen und wurde zu einem wallenden Nebel, der allmählich auf mich zuquoll.

Aber der Wind vertrieb ihn, peitschte Löcher hinein, und ich sah aus den Flammen eine Gestalt steigen.

Es war Xorron!

Damit hatte ich nicht gerechnet. Ich war in die Vergangenheit geschleudert worden, um zu erleben, wie Xorron entstand. Oder wieder entstand, denn er musste schon einmal gelebt haben, denn ich erinnerte mich an die Sätze, die Pandora gesprochen hatte.

Der Dämon war aus dem Reich der aufgehenden Sonne gekommen. Und das hieß im Klartext: Er stammte aus Japan.

Aus dem alten, uralten Japan, wobei ich sofort Verbindungen zu Tokata und dem Goldenen Samurai zog.

Japan und das antike Griechenland. Nie hatten sie Berührungspunkte gehabt, doch hier sah es anders aus. Sie näherten sich. Zwei Mythologien griffen ineinander über.

Welch eine Erkenntnis!

Ich stand da und schluckte. Xorron sah aus, wie ich ihn kannte. Ein milchigweißes Ungeheuer, das durch die Flammen schritt und den brennenden Kreis jetzt verließ.

Ich wusste nicht, ob er mich gesehen hatte, jedenfalls machte ich mich so klein wie möglich, duckte mich fast an den Erdboden und beobachtete ihn weiter.

Er hatte die Flammen verlassen. Sein Kopf ruckte nach rechts. Er schaute auf Pandora, die ihm zunickte und lächelte. Dabei wurde ihr Gesicht vom Widerschein des Feuers gestreift, und das Lächeln fiel verzerrt aus.

Sie sagte ein paar Worte, redete jedoch in einer Sprache, die ich nicht verstand, aber Xorron gehorchte ihren Befehlen. Er trat auf sie zu. Pandora ging noch einen Schritt.

Nur das Knistern des Feuers war zu hören und das leise Knacken, mit dem das Holz brach.

Xorron verhielt seinen Schritt. Vor Pandora blieb er stehen, streckte seinen Arm aus und legte ihn auf die Schulter der Frau.

In diesem Augenblick wurde der Pakt geschlossen. Pandora und Xorron waren Verbündete.

Ich konnte es nicht begreifen. Wir hatten Xorron in New York zum ersten Mal erlebt, hier aber war er geboren oder wiedergeboren, und ich fragte mich, wie so etwas möglich sein konnte.

Welche Räder im Mechanismus der Zeit griffen da ineinander?

Es war müßig, auf diese Frage eine Antwort zu suchen. Jedenfalls hatte ich einen kleinen Schleier um das Geheimnis dieses Monsters gelüftet, und irgendwie musste Xorron auch mit der japanischen Mythologie verbunden sein.

Ich stoppte meine Überlegungen und konzentrierte mich wieder auf Pandora und ihren Diener.

Beide hatten sich umgedreht. Xorron überragte sie so weit, dass ich sie nicht erkennen konnte. Sie schauten zu der gewaltigen Felswand hin, die sich in der Dunkelheit als ein hoher, wuchtiger Schatten abhob. Dabei deutete Pandora nach vorn, sie wollte Xorron etwas zeigen und ich folgte unwillkürlich ihrem Blick.

Über dem Felsen schwebte ein heller Punkt. Er war nur sehr klein, erinnerte mich an einen weit entfernten Stern, der allmählich näher schwebte.

Gleichzeitig stellte ich fest, dass mit meinem Kreuz etwas geschah. Es erwärmte sich, ich spürte es auf der Haut und warf einen Blick nach unten.

Es glühte.

Noch strahlte es nicht ab, aber die Magie wurde von Sekunde zu Sekunde stärker.

Und auch der helle Gegenstand kristallisierte sich immer mehr aus der Dunkelheit hervor, sodass es mir gelang, seine Umrisse zu erkennen.

Es war ein Quader.

Der Würfel des Unheils.

Und er schwebte nicht allein in der Luft, sondern wurde von den Klauen des Adlers gehalten.

Der große Vogel hinterließ einen düsteren Schatten, als er sich mit großer Geschwindigkeit unserem Standort näherte, um den Würfel zu bringen, weil er ihn Pandora überreichen wollte.

Konnte ich das verhindern?

Ich dachte nicht mehr an die Zeiten, die mich aufgesaugt hatten, verließ meine Deckung, sprang vor, sah, wie Pandora und Xorron herumfuhren, und hatte auf einmal das Empfinden, in einen zähen Teig geraten zu sein, so sehr hatte sich die Welt um mich herum verändert. Nicht nur ich bewegte mich langsam, auch die anderen, doch ich war es, der wieder in diese magische Falle geriet, den Würfel noch deutlich sah und darin das hohnlachende Gesicht der Pandora, das sich in allen Flächen widerspiegelte.

Dann verschwand um mich herum die Welt …

Pandora hatte die grausame Ladung ihres Füllhorns geleert und Suko musste die Folgen ertragen.

Er konnte nicht mehr weiter, denn der Weg zum Nachbardach wurde ihm durch die braunen Skelette versperrt.

Furchtbar sahen sie aus, schwangen ihre flammenden Peitschen, die als feurige Zungen über das Dach leckten und die Feuchtigkeit von den Pfannen wegdampften.

Der Chinese grübelte nach einem Ausweg. Er schätzte die Entfernung ab, die ihn noch vom anderen Haus trennten. Das nächste Dach war wesentlich flacher, es hatte sogar an der hinteren Seite einen senkrechten Einschnitt, sodass ein Balkon oder eine Art Terrasse entstanden war, auf der sogar noch zusammengeklappte Stühle standen. Die Skelette hatten gewusst, wie sie am besten auf das Dach gelangten, denn sie hatten den Aufstieg über diese Terrasse benutzt.

Wenn Suko sie erreichte, konnte er von dort aus auf einen in der Nähe stehenden Baum springen und ihn als Zwischenstation nehmen, um zu Boden zu klettern.

Ein sehr gewagter Plan, vor den die Götter nicht nur den Schweiß, sondern in diesem speziellen Fall auch die Skelette gesetzt hatten. Sie würden es verhindern, falls

Suko nicht zum allerletzten Mittel griff, das ihm noch geblieben war.

Buddhas Stab!

Zum Glück hatte der Chinese seine Waffen nicht weggelegt, als Lady X ihm dies befahl. Er besaß sogar noch die Nerven, näher an das Dach heranzurutschen, wobei er sich in Gefahr begab, denn die flammenden Peitschen der Skelette hatten eine nicht zu unterschätzende Reichweite.

Darum kümmerte sich Suko nicht.

Er überwand kriechend zwei Yards. Dabei krallte er sich mit seinen Fingern zwischen den Dachpfannen fest, presste die Lippen zusammen und atmete nur durch die Nase.

Die Skelette ließ er dabei nicht aus den Augen. Sie waren ebenfalls nicht faul und hatten schon fast den Dachrand erreicht. Für den Inspektor wurde es Zeit.

Er tat es nicht gern, aber er musste eine Hand von der Dachpfanne lösen, um an seinen Stab zu gelangen. Vor Anstrengung und Konzentration hatte sich sein Gesicht verzerrt. Mit der linken Hand nur stützte er sich ab, sein Arm zitterte dabei, während der rechte den Weg unter das Jackett suchte.

Suko fand den Stab mit einer nahezu traumwandlerischen Sicherheit, ließ sich jedoch noch Zeit und schob seinen Körper abermals um einen halben Yard vor.

Das Erste der vier Skelette war schon verflucht nahe. Es hatte bereits seinen rechten Knochenarm zum Schlag erhoben, um Suko die flammende Peitsche ins Gesicht zu schmettern.

Da rief er laut und deutlich das magische Wort.

»Topar!«

Die Umgebung erstarrte!

Das Skelett ebenfalls. Zu einem Denkmal schien der Knöcherne geworden zu sein, und Suko musste die fünf Sekunden, die ihm blieben, unter allen Umständen ausnutzen. Nur er konnte sich bewegen.

Das Dach lag etwas tiefer. Suko richtete sich mit einem Ruck auf und hatte plötzlich große Angst, nach rechts zur Seite wegzukippen, denn dann würde es ihm so ergehen wie Lady X.

Für den Bruchteil einer Sekunde war der Erfolg seiner Aktion wirklich in Frage gestellt. Ein Zuschauer hätte einen Mann auf der Dachkante gesehen, der um sein Gleichgewicht kämpfte und die Arme ausgebreitet hatte.

Suko überwand den Punkt. Vielleicht auch deshalb, weil er seinen Körper so gestählt hatte und ihn in heiklen Situationen wie diesen voll unter Kontrolle hatte.

Der Inspektor setzte all seine Sprungkraft ein und wirkte in den folgenden Augenblicken wie ein fliegender Mensch, überwand tatsächlich die trennende Distanz und landete auf der höher gelegenen Terrasse des Nachbarhauses, wo die vier Skelette erstarrt dastanden.

Suko konnte seinen Schwung nicht sofort stoppen. Er trug ihn noch weiter, und der Inspektor rollte sich mit der Schulter ab, als er nach vorn geschleudert wurde.

Im nächsten Augenblick stand er wieder auf den Füßen.

War die Zeit um?

Fünf Sekunden können lang werden, aber auch sehr schnell verstreichen. Eigentlich zu schnell. Kaum hatte sich Suko umgeschaut, da war die Zeit vorbei.

Die Skelette bewegten sich wieder. Und zwar führten sie genau die Bewegung fort, in der sie gestoppt worden waren. Eine der glühenden Peitschenschnüre raste etwa in Halshöhe auf den Chinesen zu, wobei sich Suko im letzten Augenblick noch wegducken konnte, sodass die Waffe ihn verfehlte.

Mit einem Ausfallschritt erreichte er die Brüstung der Terrasse. Zum Glück war es nicht finster, sodass der Inspektor die trennende Distanz zum Baum ziemlich gut abschätzen konnte.

Das war zu schaffen.

Geschwind kletterte Suko auf die Terrassenbrüstung, während zwei Häuser weiter das brennende Dach zusammenbrach, wobei die glühenden Balken nach unten fielen und ein gewaltiger Funkenregen in die Höhe geschleudert wurde, bevor weitere Flammen nachfauchten.

Wieder musste Suko springen.

Das Netz der Äste und Baumzweige kam näher, wurde übergroß. Suko hatte seine Arme ausgestreckt, nicht allein um nach den Ästen zu fassen, sondern auch um sein Gesicht zu schützen, denn er wollte möglichst ohne Verletzungen den Sprung überstehen.

Sein Körper brach durch das Geäst.

Es knackte und knirschte. Die Zweige, längst nicht so stark wie die Äste, brachen zuerst zusammen. Suko spürte Schläge gegen den Kopf, steckte sie jedoch weg und hatte das große Glück, den Sprung unverletzt zu überstehen.

Der Inspektor hieb gegen den Stamm. Zahlreiche sperrige Hindernisse hatte er durch seinen Sprung zur Seite räumen können, und als der Stamm vor ihm auftauchte, da umfasste Suko ihn mit beiden Armen. Obwohl er an der Rinde abrutschte und nachgreifen musste, konnte er sich dennoch gut halten.

Er arbeitete mit den Beinen, zog sie an, streckte sie aus, tastete und rutschte.

Dann fand er Halt.

Ein wenig bewegte sich Suko nach rechts. Er hatte einen relativ sicheren Stand auf einem festen Ast gefunden und konnte, nachdem er stehen geblieben war, zurück zum Haus schauen.

Zwar standen die Skelette noch auf der Terrasse, doch auch sie wollten den Weg gehen, den Suko genommen hatte. Aufgabe gab es für sie nicht und Suko konnte es nicht riskieren, länger in dieser Höhe sitzen zu bleiben.

Er musste möglichst schnell zu Boden klettern, denn dort hatte er mehr Bewegungsfreiheit.

Sich den Weg erst noch groß auszusuchen, konnte sich der Chinese zeitlich nicht erlauben. Er brach kurzerhand durch den Wirrwarr von Ästen und Zweigen, das Splittern war jedes Mal Musik in seinen Ohren, und so kam er dem Erdboden ziemlich schnell näher.

Auch die Skelette waren nicht von vorgestern. Sie hatten es leichter als ihr menschlicher Feind. Die Knöchernen mit den flammenden Peitschen brauchten sich nur auf das Geländer zu stellen und dann einfach nach unten zu springen.

Das taten sie.

Flammende Spuren zeichneten ihren Weg, als sie dem Erdboden entgegenrasten, und als die ersten im Garten landeten, befand sich Suko noch im Baum.

Alles deutete darauf hin, dass er vom Regen in die Traufe geraten war. Als Vorteil konnte er die Entfernung zwischen den Skeletten und dem Baum auf seine Seite buchen. Sie benötigten ein paar Schritte, um ihn zu erreichen.

Suko entdeckte so etwas wie eine Lücke. Zwar standen seinem Sprung zur Erde einige Zweige im Weg, sie sahen jedoch nicht allzu fest und hart aus.

Suko ließ sich fallen.

Als er gegen die Zweige schlug, da knickten sie weg wie Streichhölzer. In einem wahren Regen von Splittern überwand der Inspektor die trennende Distanz und prallte zu Boden.

Das erste Skelett war schon verflucht nahe. Es hatte auf Suko genau Acht gegeben, und als es zuschlagen wollte, war Suko noch nicht richtig kampfbereit.

Er machte aus der Not eine Tugend, sackte zusammen und ließ sich kurzerhand nach hinten fallen, wobei er seinen Fall in eine Rolle rückwärts verlängerte.

Der Schlag mit der Flammenpeitsche verfehlte ihn und Suko hatte freie Bahn.

Obwohl die Gefahr noch längst nicht gebannt war, fühlte er sich viel besser. Hier unten konnte er sich bewegen, auf dem Dach war es ein Glücksspiel gewesen.

Der Inspektor befand sich inmitten eines Gartens. Er war nicht verwildert, man hatte ihn nur als Obst- und Gemüsegarten genommen und entsprechende Dinge angebaut. Ein Zaun trennte ihn zum Nachbargarten. Der Wind blies aus der entgegengesetzten Richtung in das brennende Nachbarhaus hinein und trieb die dicken, grauen Schwaden durch den Garten, sodass Suko husten musste.

Die Skelette verfolgten ihn. Im Gegensatz zu den Knöchernen konnte Suko schneller laufen, wobei er keinesfalls an Flucht dachte, sondern daran, dass er auf die Straße musste, denn er wollte unbedingt im Brennpunkt des Geschehens bleiben. Zudem dachte er an Lady X, die auch noch mitmischte.

Wenn er nicht bis zum Ende der Straße laufen wollte, musste er eine Lücke zwischen den Häusern finden.

Und die entdeckte er auch.

Eine Durchfahrt, ein Pfad, kaum größer als zwei nebeneinander gelegte Handtücher. Bevor Suko in den Zwischenraum eintauchte, schaute er hindurch.

Am Ende lauerte niemand auf ihn, und er konnte bis zur Straße blicken. Das musste klappen.

Suko klemmte sich in den Raum zwischen zwei Häusern. Er musste zwar die Schultern etwas einziehen, ansonsten jedoch kam er gut von der Stelle, brauchte nur ein paar Sekunden, um die Einfahrt hinter sich zu lassen, und blieb an deren Ende stehen, um auf die Straße zu schauen.

Es hatte sich kaum etwas verändert. Noch immer loderten die Flammen auf der Straße, wurde die Szene von den Skeletten und grünlich schimmernden kleinen Monstern beherrscht, und er sah die Menschen von Billings, die sich seltsamerweise zurückhielten und eigentlich nur noch als Beobachter fungierten.

Suko überlegte. Innerhalb von Sekunden musste er einen Plan gebastelt haben, mehr Zeit blieb ihm nicht.

Die Übermacht war stark. Eigentlich schon zu stark, und Suko dachte daran, Verstärkung zu holen, denn zusammen mit John war ihre Kampfkraft wesentlich wirkungsvoller.

John befand sich im Kloster. Es hatte Suko sowieso schon gewundert, dass sein Freund und Kollege noch nicht zurückgekommen war. Anscheinend hatte man ihn dort in den Bergen aufgehalten, weil alles nicht so nach Plan lief.

Um zum Kloster zu gelangen, benötigte er einen fahrbaren Untersatz. Der befand sich nicht in der Nähe, und Suko nahm sich vor, einen »auszuleihen«.

Er hatte parkende Wagen entdeckt, wusste, wie man sie kurzschließen konnte, um ohne Schlüssel losfahren zu können.

Da wurden seine Augen groß, denn als er nach links schaute, erkannte er einen Wagen.

Er bog aus einer Seitenstraße, fuhr sehr langsam und Suko identifizierte die Automarke.

Es war ein Ford Escort.

Rasch löste er sich aus seiner Deckung. Über die Straße wehten dunkelgraue Rauchschleier, die die Sicht behinderten. Zum Glück trieb sie der Wind in die Richtung, die dem Wagen entgegengesetzt lag.

Der Inspektor lief auf das Fahrzeug zu und wedelte mit beiden Armen. Egal, wer darin saß, er brauchte das Auto jetzt.

Der Fahrer bremste.

Im selben Augenblick erkannte Suko ihn und stellte fest, dass er es mit einer Fahrerin zu tun hatte.

Er kannte die Frau, denn es war die Schwester des verstorbenen Arztes, Miss McGovern …

Lady X erstickte fast an ihrer eigenen Wut. Sie hätte schreien können und machte sich die bittersten Vorwürfe, überhaupt mit dem von ihr verhassten Chinesen Seite an Seite gekämpft zu haben. Jetzt war sie von dem Schlitzauge reingelegt worden und wäre es ihr im letzten Augenblick nicht gelungen, sich an der Dachrinne festzuklammern, hätte nichts mehr ihren Fall bremsen können.

Noch hielt sie sich, doch dieser Halt war sehr trügerisch. Eine Dachrinne besteht nicht aus Eisen, sondern aus einem dünnen Blech, das nicht dafür gebaut ist, für längere Zeit ein Gewicht zu tragen.

So erging es auch der Dachrinne, an der Lady X nun schon seit Minuten hing.

Sie bog sich allmählich durch.

Wut, Hass und Zorn steigerten sich bei der Blutsaugerin noch. Ihr Gesicht hatte sich verzogen, die Gegner brauchten überhaupt nichts zu tun, nur zu warten. Sie würde ihnen wie eine reife Frucht in den Schoß fallen.

Das ärgerte sie so sehr.

Abermals gab es einen Ruck, und sie vernahm dabei das verdächtige Knirschen. Links von ihr war es aufgeklungen. Dort stand das allmählich abbrennende Haus. Als Lady X einen Blick dorthin warf, sah sie den Funkenregen, der aus dem Dach stob und wie eine gewaltige Wunderkerze in den grauen Himmel stieg.

Wie lange hielt die Rinne noch?

Bewegen wollte sie sich nicht. So etwas konnte den Vorgang nur beschleunigen. Sie hatte bereits versucht, mit den Fußspitzen an der Mauerwand einen Halt zu finden, es aber nicht geschafft, da die Wand einfach zu glatt war, und das nächste Fenster befand sich leider nicht in ihrer Höhe.

Da riss die Rinne.

Sie hörte nicht einmal das Knacken, sondern spürte nur den plötzlichen Ruck, der sie in die Tiefe zog.

Ein wilder Fluch drang über ihre Lippen, als sie dem Boden entgegenschwebte, denn die Dachrinne wurde nicht vollständig abgerissen, sie hing noch an einer Kante fest, und sie erschien Lady X wie ein rettendes Seil.

Die Vampirin schwankte. Von einer Seite zur anderen wurde sie geschleudert, bewegte jetzt auch ihre Beine und sah bereits die Skelette mit den flammenden Peitschen, wie sie zusammenliefen und sich dort sammeln wollten, wo die Untote landete.

Der Scott war klar, dass sie etwas unternehmen musste. Sie tat es auf eine spektakuläre Art und Weise, indem sie sich kurzerhand fallen ließ.

Die Entfernung zum Grund hätte einem Menschen die Knochen brechen können.

Lady X kannte da keine Hemmungen. Sie prallte hart auf den Boden, sackte zusammen, doch sie fing sich wieder und kam auf die Füße, wobei sie in der Drehung die Maschinenpistole von der Schulter rutschen ließ.

Das erste Skelett war bereits sehr nahe. Die Scott feuerte.

Eine Kugelgarbe tanzte aus dem Lauf. Sie hieb in die braunen Knochen, wobei sie das Skelett zurückschleuderte, sodass Lady X freie Bahn für sich hatte.

Da sah sie etwas, das ihre Augen groß werden ließ.

In die Straße bog ein Wagen ein. Und sie sah Suko, den Chinesen. Er hatte es ebenfalls geschafft.

Na warte, du Hund!, dachte sie, wollte schon feuern, denn die Entfernung war günstig, als seitlich von ihr eine glühende Schnur auf sie zuzuckte und die Scott in Deckung zwang, sodass sie ihr Vorhaben erst einmal aufgeben musste.

Dabei war sie so weit gesprungen, dass sie von der Hauswand gestoppt wurde.

Wieder schoss sie.

Ihre Kugel trieb das zweite Skelett zurück. Wild lachte die Untote. Sie konnte die anderen zwar nicht vernichten, aber in Schach halten, und noch hatte sie nicht verloren, das wollte sie auch beweisen …

Ich spürte die Kälte – und den Schnee!

Ja, Freunde, Schnee und Kälte. Ein fast brutal zu nennender Übergang, der mich völlig aus der Bahn warf. In den ersten Augenblicken wusste ich nicht, wo ich mich befand, die Welt um mich herum war ein völliges Durcheinander. Mit den Gedanken befand ich mich noch ganz woanders, in einer Zeit, die weit vor der Geburt Christi lag, und ich dachte auch an die Szenen, die ich gesehen und die sich unauslöschlich in meinem Gehirn festgebrannt hatten.

Jetzt wieder die andere Seite.

Ich lag auf dem Boden. Der Schnee pappte an meinem Gesicht. Ich hielt das Kreuz fest, es schaute aus meiner Faust und verstrahlte einen seltsamen Glanz. Am liebsten wäre ich liegen geblieben, da ich mich erschöpft fühlte, aber ich konnte es nicht riskieren und musste wieder hoch.

Wo steckten die anderen, meine Gegner?

Ich hob den Kopf, wischte mir den Schnee aus den Augen und sah sie.

Pandora und Xorron.

Der Herr der Zombies und Untoten lag in meiner Nähe. Er rührte sich nicht, nur seine grünen Knochen schimmerten in einer seltsam starken Farbe durch den Körper.

Pandora war auch noch da. Auch sie hatte es nicht mehr auf den Beinen gehalten, die explodierende Magie hatte keinen von uns richtig verschont. Wir waren alle in den Kreislauf hineingezerrt worden, der uns nun wieder ausgespien hatte.

Mit mir zusammen erhob sich Pandora auf die Füße. Sie hielt den Würfel fest, ich das Kreuz, und wir starrten uns an.

»Sinclair!«, ächzte sie.

Ich lachte rau und gleichzeitig wild, wobei ich mich um Xorron nicht kümmerte. »Du hast es nicht geschafft, Pandora!«, flüsterte ich. »Du hast mich nicht fertig machen können.«

»Wer hat dir geholfen?«

»Mein Kreuz!«

»Nein!«, schrie sie. »Nein, das kann es nicht allein gewesen sein. Es ist nicht so stark. Der Würfel ist stärker, ich weiß es. Du musst noch einen anderen Helfer gehabt haben.«

Den hatte ich in der Tat, und ich dachte an den Seher, der vielleicht eingegriffen hatte, aber das band ich Pandora nicht unbedingt auf die Nase.

»Du weißt, wo wir uns befunden haben?«, fragte ich.

»Zu gut, Sinclair, zu gut. Die Magie hat uns in die Vergangenheit geschleudert. Du hast eine Episode aus meinem Dasein erlebt. Ich habe Xorron damals an mich genommen, und ich bin gekommen, um ihn wieder zurückzuholen.«

»Wer hat ihn gebracht?«

»Ein anderes Volk.«

»Japaner?«

»Wer ist das?«

Sie konnte es nicht wissen. Der Name Japan war erst viel später entstanden. »Ich meine die Söhne aus dem Land der aufgehenden Sonne, wo die Kirschen blühen.«

»Daher kam er.«

»Was ist er?«

Pandora schüttelte den Kopf. »Ich werde es dir nicht sagen. Du musst die Kristallwelt selbst finden, wenn du es wissen willst. Aber du kennst die Samurais und die Ninjas. Daran musst du dich halten, nur wird es dir nichts nutzen. Xorron ist zu stark, sein Geheimnis oder das Geheimnis seiner Herkunft bleibt versiegelt, auch du wirst es nicht lösen können. Sie haben ihn weggeschafft, weil sie ihn nicht mehr brauchten. Aber ich nahm mich seiner an.«

»Das habe ich gesehen.«

Noch immer stand die Partie unentschieden. Ich wusste nicht, wie es weitergehen sollte und welche Pläne Pandora noch verfolgte. Gute waren es nicht, und ich musste versuchen, all das zu verhindern, was sie in die Tat umsetzen wollte.

»Weshalb ziehst du dich nicht in deine Zeit zurück?«, fragte ich.

»Ich wollte Xorron!«

»Und wer hat ihn dir damals abgenommen?«

»Das ist eine andere Geschichte.«

»Die du mir nicht erzählen wirst!«

»Du hast es erraten.«

Ich konnte sie nicht zwingen. Die Vergangenheit interessierte mich im Augenblick auch nicht. Ich war mir fast sicher, dass ich es irgendwann einmal erfahren würde. Steinchen für Steinchen wollte ich zusammentragen, um das Geheimnis Xorrons zu ergründen.

Nun interessierte mich die Gegenwart. Und da gab es Menschen, die Pandora getötet hatte und noch töten wollte. Die Toten konnte ich nicht mehr erwecken, aber ich wollte verhindern, dass die Botin des Unheils weitere Menschenleben vernichtete.

Ich stand ihr jetzt mit einem anderen Gefühl gegenüber. Sie hatte versucht, mich ebenfalls umzubringen, es war ihr nicht gelungen, weil beide gegensätzlichen Kräfte sich aufhoben. Mein Kreuz glich die magische Kraft des Würfels aus, es war zu einer Eskalation gekommen, die uns in die Vergangenheit geschleudert hatte.

Gewonnen hatte ich einige Erkenntnisse, den Kampf allerdings nicht. Er stand unentschieden.

Nach wie vor belauerten wir uns gegenseitig. Pandora würde nicht aufgeben, ich allerdings auch nicht.

»Ich mache dir einen Vorschlag, Pandora«, sagte ich mit leiser, aber dennoch gut zu verstehender Stimme.

»Lass hören!«

»Geh wieder zurück! Verschwinde aus unserer Zeit! Es ist nicht die deinige. Du musst dorthin und dort bleiben, wo die Mythen und Legenden ihre Heimat haben. Du bist für unsere Dimension nicht geschaffen. Die Erde gehört dir nicht mehr. Vielleicht der Olymp, wo die Gestalten der griechischen Mythologie ihre Heimat haben. Die Menschen hier sind anders geworden.«

»Sie reagieren auf meine Magie.«

Ich nickte. »Das schon. Aber sie haben dir nichts getan, Pandora. Sie griffen dich nicht an, sondern leben für sich und mit ihren alten Legenden über euch. Lass es so bleiben!«

»Nein!«

Ich holte tief Luft. Mit einer ähnlichen Reaktion hatte ich gerechnet, und ich fragte mich, was das alles sollte. Dieses schreckliche Morden, dieses Grauen. Es hatte doch keinen Sinn. Und dies sagte ich Pandora auch.

»Es hat einen Sinn«, erklärte sie mir eiskalt. »Und zwar einen, den mir der Göttervater Zeus mit auf den Weg gab. Er überreichte mir die Büchse. Sie sollte das Unheil über die Menschheit verbreiten. Zeus war zornig, als Prometheus der Menschheit das Feuer brachte. Deshalb wurde ich erschaffen. Aus dem Lehm der Erde hat er mich geformt und mich mit all den Vorzügen einer Frau ausgestattet. Ich besitze mein Füllhorn, und ich habe es geleert, so wie ich es immer leeren werde, darauf kannst du dich verlassen.«

»Du hast Xorron. Was willst du mehr?«

»Die Macht.«

»Die wird dir Zeus nicht geben.« Ich redete jetzt in einer Sprache, die sie hoffentlich verstand. »Willst du mächtiger sein als der Göttervater? Nein, Pandora, das schaffst du nicht. Du bist ihm untertan, daran solltest du denken. Nimm deinen Adler und verschwinde. Es ist doch der Vogel, der Prometheus, als er an einen Felsen im Kaukasus gekettet war, jede Nacht die Leber aus dem Leib riss und die immer wieder nachwuchs.«

»Ja, das ist er!«

»Dann verschwindet beide!«

»Niemals!«

Ein hartes, ein endgültiges Wort, das Pandora da gesprochen hatte, und ich sah, dass sie Verstärkung erhielt. Hoch über uns schwebte ein Vogel. Es war der schwarze Todesadler, der Pandora unterstützen wollte.

Wenn er uns erreichte, stand ich drei Feinden gegenüber. Deshalb musste ich handeln.

Pandora hatte mit dem Angriff nicht gerechnet, ich selbst wohl auch nicht, irgendetwas ließ mich automatisch reagieren und bevor Pandora ihre Magie einsetzen konnte, war ich bei ihr, schlug gegen ihre Arme und entriss ihr mit einer Hand den Würfel des Unheils …

Ihren Schrei der Wut hörte ich zwar, doch was war er schon gegen meinen Triumph?

Ich hatte den Würfel.

Endlich!

Es war ein Gefühl in mir, das ich gern stundenlang ausgekostet hätte, es allerdings nicht konnte, weil mir die Zeit dafür nicht blieb. Ich musste in der kurzen Zeitspanne daran denken, welche Kämpfe es um den Würfel gegeben hatte. Dr. Tod hatte ihn an sich genommen. Nach seiner Vernichtung hatte Lady X den Würfel für ihre Zwecke missbraucht, sie verlor ihn an Pandora, nun besaß ich ihn.

Man konnte ihn manipulieren.

Darin lag ja seine Stärke. Nicht nur zum Bösen wandte sich der Würfel hin, nein, wenn jemand etwas Gutes mit ihm vorhatte, dann reagierte er dementsprechend.

Ich wollte ihn für eine gute Sache einsetzen!

Pandora war noch bleicher geworden. Zum ersten Mal erlebte ich sie fassungslos. Damit hatte sie nicht rechnen können. Ich umklammerte mit meiner linken Hand den Würfel des Unheils, mit der rechten hielt ich das Kreuz fest und mich durchströmte ein gutes Gefühl.

Ich konzentrierte mich auf diesen Gegenstand, während ich gleichzeitig Pandora anschaute.

»Nimm deine Magie zurück, Pandora!«

»Nein, nie!«

»Dann zwinge ich dich dazu!«, flüsterte ich und befahl ihr durch den Würfel, so zu handeln, wie ich es wollte. Über mir hörte ich das Rauschen der Schwingen, der Adler war bereits verflucht nahe, aber um ihn konnte ich mich jetzt nicht kümmern, Pandora war wichtiger.

Etwas ging vom Würfel aus. Es wurde in ihm geboren, und ich glaubte sogar, einen Kraftstrom zu spüren, der meinen Körper überrollte. Die Magie des Würfels setzte ein, sie bemächtigte sich meiner Gedanken und ich steuerte sie.

Gegen Pandora!

»Verschwinde aus dieser Welt!«, formulierte ich. »Du hast hier nichts zu suchen. Mache deine Magie rückgängig!«

Immer wieder sprach ich diese Sätze in Gedanken aus, und ich sah jetzt den Adler über Pandora schweben, die sich gegen den magischen Strom stemmte.

Sie hatte nach ihrem Füllhorn gegriffen, wollte es kippen und noch mehr Unheil verbreiten.

Ein gedankliches »Nein« schmetterte ich ihr entgegen.

Der Würfel des Unheils bekam Macht über sie. Pandora besaß kein Kreuz wie ich, sie musste den magischen Strömen gehorchen und ihre schrecklichen Vorsätze zurücknehmen.

Kein Mensch sollte mehr durch sie sterben, und die von ihr Infizierten würden wieder leben.

So wollte ich es, so befahl ich es ihr. Der Würfel verstärkte meine Gedanken, die in ihr Gehirn drangen und es buchstäblich auseinander rissen.

Sie wehrte sich.

Hart warf sie den Kopf zurück, riss ihre freie Hand hoch, wobei sich die Finger in das Gefieder des Adlers verkrallten, der wild mit seinen Flügeln schlug.

Die Magie des Würfels traf beide. Ich hielt mich auch nicht zurück, meine Gedankenströme waren stark wie selten, die Konzentration ungeheuer, denn ich musste es schaffen. Wenn es mir nicht gelang, war alles verloren.

»Weg! Hinweg!«

Gedankliches Schreien. Einen anderen Ausdruck gab es nicht dafür. Und der Würfel veränderte sich im Innern. Die Schlieren gerieten in Wallung. Sosehr sich Pandora auch gegen mich und die Magie des Würfels wehrte, sie kam nicht dagegen an.

Und plötzlich entstand dort, wo sie sich aufgestellt hatte, eine dünne Rauchwolke. Im nächsten Augenblick verschwand ihre Haut, ich sah für einen nicht messbaren Moment eine Lehmfigur vor meinen Augen, bevor eine fauchende Wolke entstand und Pandora sowie ihren Adler mit sich riss. Hinein in die Welt und Dimensionen der Mythen und Legenden. Dort sollte sie bleiben. Da gehörte sie hin. Ich hatte sie besiegt, aber nicht durch eigene Kraft, sondern durch die des Würfels. Er hatte mich so sehr unterstützt.

Schwer holte ich Atem. Die Stelle, wo Pandora gestanden hatte, war leer.

Meine Knie zitterten. Es fiel mir schwer, mich auf den Beinen zu halten. Schwindel wollte mich überkommen, nicht allein wegen der Erschöpfung, sondern auch in dem Wissen, einen Sieg errungen zu haben. Eine mächtige Gegnerin war zurückgeschlagen worden und wie es aussah, hatte ich auch ihre Magie aufheben und eine neue verhindern können.

Ein doppelter Erfolg, der bald darauf einen gehörigen Dämpfer bekommen sollte.

Ich hatte Xorron vergessen.

Er mich nicht.

Xorron lag noch am Boden. Er war nicht ausgeschaltet worden, da ich den Würfel des Unheils nur gegen Pandora eingesetzt hatte.

Ich dachte weiterhin an den Würfel. Schon oft genug hatte ich erlebt, dass uns Lady X durch seine Hilfe entwischt war. Der Würfel erlaubte es, Zeitsprünge durchzuführen.

Ich konnte zwischen drei Zielen wählen.

Da war erst einmal der Rover, der tief unter mir lag. Dort befanden sich noch der Bumerang und mein Einsatzkoffer. Beides wollte ich gern an mich nehmen.

Auch das Kloster stand auf meiner Liste, um nachzuschauen, ob es den Mönchen wieder besser ging.

Und ein drittes Ziel hatte ich vor Augen. Die kleine Stadt Billings, wo sich Suko herumtrieb und sicherlich in große Schwierigkeiten geraten war, wie ich mir vorstellen konnte.

Wohin?

Ich entschied mich für die letzte der drei Möglichkeiten, für Billings und für Suko.

Abermals konzentrierte ich mich auf den Würfel und auf das neue Ziel. Meine Gedanken wurden herrlich leicht, sie ließen sich so einfach steuern, ich lächelte, fühlte einen Triumph und wusste, dass es nicht mehr lange dauern würde, bis auch ich verschwand.

In meinem Körper begann das Kribbeln, an den Füßen fing es an, der Würfel wurde plötzlich größer, ich hatte das Gefühl zu schweben und von hellem Rauch umgeben zu sein.

Jetzt musste es passieren.

Da wurde ich gepackt. Jemand hatte sich von hinten auf meinen Körper geworfen und klammerte sich mit seinen Händen daran fest.

Xorron!, schrie es in mir. Ihn hatte ich vergessen, wollte die Reise noch rückgängig machen – zu spät.

Nicht nur ich befand mich auf dem Weg nach Billings, auch Xorron war mitgekommen, und ich hatte mir ein Kuckucksei ins eigene Nest gelegt …

Zuerst sah Suko das erschreckte Gesicht der Frau, dann drückte sie auf die Bremse.

Der Ford stand augenblicklich. Sie war nicht sehr schnell gefahren, so rutschte der Wagen auch nicht.

Suko wartete nicht, bis Miss McGovern die Tür aufgestoßen hatte, sondern riss selbst die Beifahrertür auf. Die Frau drehte ihm ihr erschrecktes Gesicht zu.

»Steigen Sie aus, und setzen Sie sich auf den Beifahrersitz!«, befahl Suko.

»Aber wie …?«

»Machen Sie schon!«

Die Schwester des toten Arztes stellte fest, dass es dem Chinesen ernst war. Ohne ein weiteres Wort zu verlieren, hielt sie sich an die Anordnungen, verließ den Wagen, während Suko in den Ford hineintauchte, über den Beifahrersitz rutschte und auf dem danebenstehenden Platz nahm.

An der anderen Seite stieg die Frau ein. »Ich hatte Feuer gesehen und wollte nachschauen, was los ist.«

»Die Hölle«, erwiderte Suko hart und wuchtete die Tür zu.

Der Motor lief nicht. Miss McGovern hatte ihn vor Schreck abgewürgt, und Suko musste ihn erneut starten.

»Was geht da vor?« Die Frau war völlig durcheinander. Sie starrte die Straße hoch und sah die schrecklichen braunen Skelette, die ihre Flammenpeitschen in den knöchernen Klauen hielten. Auch das brennende Haus konnte sie nicht übersehen und die seltsamen kleinen Feuerdämonen auch nicht, die ihre Gestalt verändert hatten und zu glühenden Bällen geworden waren.

»Wir müssen hindurch«, sagte Suko.

»Wie …?«

»Ja, es geht nicht anders. Zurück können wir nicht. Da haben wir sie im Nacken, es würde uns schwer fallen, ihnen auszuweichen. Also drücken Sie die Daumen.«

»Gibt es denn wirklich keine andere Chance?«

»Nein!«

Miss McGovern nickte. Sie warf Suko dabei einen schiefen Blick zu und bewunderte diesen Mann, der neben ihr saß und ein so großes Vertrauen ausströmte. Allerdings konnte sie nicht in Sukos Seele schauen. In seinem Inneren war er längst nicht so ruhig, wie er sich äußerlich gab. Da tobte eine regelrechte Hölle, und die Angst, es nicht schaffen zu können, drückte wie ein Alb auf seine Brust.

Der Inspektor startete. Die Skelette hatte er zur Genüge beobachten können, und er dachte auch an eine weitere Feindin.

Lady X!

Sie war nicht erledigt. Wie Suko sie kannte, würde der Waffenstillstand zwischen ihnen nicht mehr gelten.

Er entdeckte sie in dem Augenblick, als die Dachrinne riss und sich allmählich nach unten senkte. Die Scott hielt sich krampfhaft fest. Ihr Körper pendelte, sie ließ trotzdem nicht los, neigte sich mit der Dachrinne dem Boden entgegen und erreichte ihn auch unbeschadet.

Danach wurde Sukos Aufmerksamkeit von anderen Dingen in Anspruch genommen, er musste sich auf die Fahrerei konzentrieren und vor allen Dingen auf seine Feinde, denn die Skelette hatten bemerkt, wer und was sich ihnen da näherte, deshalb formierten sie sich.

»Was machen Sie?«, schrie die Frau neben dem Inspektor angsterfüllt. »Mein Gott, ich ...«

»Schnallen Sie sich an, Miss, ich gebe Gas!«, knurrte Suko und drückte das Pedal nach unten.

Als das erste Skelett die Flammenpeitsche schleudern oder schlagen wollte, befand es sich bereits zu nahe an der Stoßstange des heranbrausenden Ford.

Ein winziger Dreh mit dem Lenkrad, der Wagen machte einen Schlenker, das Skelett wurde erfasst, es erklang ein hohles Klappern, und einen Moment später flog der Knochenmann im hohen Bogen davon. Er krachte auf die Straße, überschlug sich dabei, wurde aber nicht zerrissen, sondern kam wieder auf die Füße.

Da hatte Suko ihn längst passiert.

Miss McGovern zitterte vor Furcht. Ihr Mund stand offen, die Lippen zitterten, ebenfalls die Hände, und sie hatte beide ineinander gekrallt.

»Wir schaffen es!«, sagte Suko, »wir ...« Da weiteten sich seine Augen, denn wie ein Schatten hatte sich Lady X von der Hauswand gelöst, war auf die Straße gesprungen und legte auf den heranfahrenden Wagen an.

Die Entfernung schmolz zu schnell. Suko konnte bereits ihr Gesicht erkennen, in dem alles Dämonische leuchtete und sich widerspiegelte, zu dem sie fähig war.

»Runter!«, brüllte der Chinese. Seine Beifahrerin war angesprochen. Als sie nichts tat und vor Schreck steif saß, nahm Suko die Sache in die Hand und drückte die Frau nach unten.

Mit einer Hand lenkte er weiter und schaute dabei in das fahle Mündungslicht der Maschinenpistole.

Lady X hatte eiskalt geschossen!

Dem Inspektor blieb nur eine geringe Chance, um dem Großteil der Kugeln zu entgehen. Er musste den Wagen herumreißen, ihn vielleicht ins Schleudern bringen, damit die Garbe vorbeirauschte.

Suko riss das Lenkrad nach links.

Schon hörte er die hässlichen Geräusche der Einschläge, die Frontscheibe wurde zerblasen, Suko konnte nichts mehr erkennen und sah auch nicht, wohin er den Ford lenkte.

Miss McGovern schrie. Suko fühlte einen harten Schlag an der rechten Hand. Dicht oberhalb des Gelenks sah er sein Blut sprudeln und erlebte in den nächsten Augenblicken den großen Bruch.

Der Wagen war einfach zu schnell gewesen. Suko hatte ihn vor der Hauswand nicht mehr herumreißen können, und so krachte er mit der Kühlerschnauze dagegen.

Beide waren nicht angeschnallt und wurden durch den Aufprall nach vorn und wieder zurückgeschleudert.

Leblos sackte Miss McGovern zusammen. Suko bekam schreckliche Angst um sie, er warf ihr einen schnellen Blick zu und entdeckte das Blut auf Kopf und Schultern.

Er wusste nicht, ob es von seiner Verletzung stammte oder von der seiner Beifahrerin. Schlimm genug war es, und auch die Kühlerschnauze des Ford konnte man nur noch als einen Haufen von Blech bezeichnen.

Gleichzeitig hatte Suko Angst, dass es einen Kurzschluss gegeben haben könnte und der demolierte Wagen Feuer fing. Deshalb wollte er so rasch wie möglich raus und hoffte, dass sich die Türen nicht verklemmt hatten.

Der Innenspiegel stand schief. Suko selbst war mit Splittern übersät worden. Obwohl es so drängte, warf er noch einen Blick in den Seitenspiegel und sah die Skelette kommen.

Sie schwangen ihre Peitschen, schlugen feurige Kreise und wollten töten.

Was Lady X unternahm, konnte er nicht erkennen. Wichtiger waren Pandoras Dämonen. Wenn Suko und die Frau innerhalb des zerstörten Autos hocken blieben, konnten die Skelette mit ihren glühenden Waffen nicht nur das Fahrzeug zerstören, sondern sie gleich mit.

»Miss McGovern, raus!« Suko brüllte die Frau an, die jedoch nicht reagierte. Er nahm sich die Zeit und suchte nach dem Grund. Sie konnte nicht mehr reagieren, denn sie war tot.

Eine Kugel hatte sie genau in den Kopf getroffen. Diese Wunde blutete kaum. Die Leiche sah nur deshalb so schrecklich aus, weil sie von Sukos Blut beschmutzt worden war, das aus der schmerzhaften Wunde an der Hand drang.

»Verdammte Bestie!«, fluchte der Chinese und wuchtete sich gegen die Tür. Sie klemmte. Der Inspektor gab nicht auf, er nahm einen zweiten Anlauf und schaffte es.

Die Tür flog auf. Es geschah so heftig, dass Suko nicht mehr stoppen konnte und aus dem Fahrzeug katapultiert wurde, wobei er auf der Straße landete und sich mehrere Male überschlug, bevor er wieder auf den Füßen stand.

Dicht vor seinem Gesicht fauchte eine Feuerlohe vorbei. Sie trieb den Chinesen zurück.

Suko trat zwar noch mit dem rechten Fuß zu, traf jedoch nicht, weil der Knochenmann ebenfalls sehr schnell reagiert und sich sofort zurückgezogen hatte.

Suko schüttelte sich. Er biss die Zähne zusammen. Seine rechte Hand schmerzte, aus der Wunde quoll das Blut, sammelte sich und fiel in dicken Tropfen zu Boden.

Es gesellten sich noch andere Skelette zu dem ersten. Er hörte Lady X schreien, sah sie allerdings nicht, weil ihm der dichte Rauch einen Großteil der Sicht nahm.

Dann wischten die Feuerdämonen heran.

Sie waren so schnell, dass Suko kaum ausweichen konnte, und er musste gleich drei von diesen Dämonen entwischen. Einer streifte ihn an der Hüfte, der Zweite wischte über seinen Kopf hinweg, und als Suko am Boden lag, explodierte der dritte Feuerdämon dicht vor ihm, während die anderen beiden voll in den zerstörten Ford geschlagen waren.

Im Nu stand das Fahrzeug in Flammen. Eine heiße Wand schoss hoch, und neben Suko breitete sich das Feuer so rasch aus, als wäre es mit Napalm angereichert.

Der Chinese stürzte weg. Trotzdem erwischte es ihn, denn plötzlich stand der Rücken seines Jacketts in Flammen.

Suko spürte die Hitze, die bis in seine Haare hineinzog, fiel aus vollem Lauf zu Boden und überrollte sich, denn er versuchte, auf diese Art und Weise das Feuer zu löschen.

Ein verzweifeltes Bemühen. Rauch hüllte den Chinesen ein, und die Skelette konnten sehr deutlich erkennen, wo ihr Gegner lag. Zu fünft kamen sie, um Suko den Rest zu geben.

Der Inspektor brannte noch. Auf dem Rücken lag er. Umgeben von einer Rauchwolke, aber er fightete, zog seine Beretta und feuerte auf die Skelette.

Drei, vier Schüsse, auch eine fünfte Kugel setzte er hinterher, hörte Einschläge, doch um genaue Treffer zu erzielen, reichte leider die Sicht nicht.

Die Skelette wuchsen vor ihm auf. Sie wurden größer und durch die wallenden Rauchschleier zu noch schlimmeren Monstern verzerrt, als sie schon waren.

Wie lange konnte sich Suko noch halten? Das war die Frage, die er sich stellte, als er seine Dämonenpeitsche schlagbereit machte. Er konnte sie nur mit der linken Hand halten, die rechte zeigte eine tiefe, blutige Furche.

Er gab sich selbst Schwung und kam mit einem gewaltigen Satz in die Höhe.

Jetzt stand er wenigstens.

Im selben Augenblick geschah etwas für ihn Unerklärliches. Die Skelette erstarrten in den Bewegungen. Das geschah nicht von einer Sekunde zur anderen, es dauerte länger.

Man schien sie einzufrieren.

Suko hatte für dieses Phänomen keinerlei Erklärung. Auch er rührte sich nicht mehr. Er ließ seine unverletzte Hand sinken und war in den nächsten Sekunden nur noch Statist in einem Spiel, das er nicht begriff.

Die Skelette wollten nichts mehr von ihm. So schnell und lautlos, wie sie erschienen waren, verschwanden sie auch. Um sie herum begann die Luft zu wirbeln und zu kreiseln. Suko hörte das Fauchen, ein gewaltiger Windstoß fegte so kraftvoll heran, dass er ihn fast von den Beinen riss und er zurücktaumelte.

Er sah Menschen fallen, hörte Schreie, Funken flogen, und Flammen loderten hell auf.

Dann war die Straße leer.

Keinerlei dämonische Gestalten mehr, nur noch die Einwohner von Billings lagen oder standen.

Ein brennendes Haus, ein verbrannter Wagen. So sahen die Reste aus, die zurückgeblieben waren.

Suko schüttelte den Kopf. Er hob gleichzeitig die Schultern, und es war eine bezeichnende Geste. Bis er das Kläffen eines Hundes hörte, der quer über die Straße rannte.

Der Hund war wieder normal, sein Bellen brachte Lady X auf den Plan. In einer Haustür blitzte es auf, eine Garbe ratterte, traf den Hund und tötete ihn.

Da wusste Suko, dass außer ihm noch jemand den Eingriff der Magie überlebt hatte.

Doch die Überraschungen nahmen kein Ende. Etwa in Höhe des brennenden Hauses, genau mitten auf der Straße, begann die Luft abermals zu flimmern und zu kreisen.

Aus dem Nichts erschien dort jemand.

John Sinclair.

Und er hatte den Würfel des Unheils. Aber auch Xorron war bei ihm!

Eine für mich nicht kontrollierbare Reise lag hinter mir. Aus diesem Grunde war es mir auch nicht gelungen, Xorron, den Herrn der Zombies und Ghouls, abzuschütteln. Er blieb eisern und klammerte sich an mir fest, sodass ich gezwungen war, ihn bei mir zu behalten, bis wir an das Ziel gelangten.

Über genaue Zeitangaben konnte ich nichts sagen. Ich wusste nicht, wie lange die Reise gedauert hatte, ob Sekunden oder Minuten oder ob sie überhaupt nicht messbar gewesen war. Als Tatsache blieb sie jedenfalls bestehen. Und Tatsache war auch, dass wir uns plötzlich in einem mir unbekannten Ort befanden, der allerdings Billings sein musste.

Wir materialisierten mitten auf einer Straße. Das geschah nicht allmählich, sondern sehr schnell, sodass für mich der Übergang ein wenig rasch kam, schließlich war ich ein Mensch mit allen Fehlern, Schwächen und Empfindungen. Ich konnte mich einfach nicht sofort umstellen und brauchte eine gewisse Anlaufzeit.

Ich roch den Rauch, sah Feuer, fühlte Schwindel und Schwäche in den Knien und wurde gepackt.

Xorron riss mich kurzerhand von den Beinen.

Da erst wusste ich Bescheid. Ich befand mich in einer lebensgefährlichen Lage, wollte noch wegschnellen, als Xorron sich über mich warf. Er bekam Kontakt mit dem Kreuz. Über seinen Körper zuckte das grüne Licht, aber das störte ihn nicht weiter und brachte ihn auch nicht von seinem Plan ab.

Sein harter Schlag traf genau den Arm, dessen Hand den Würfel des Unheils hielt.

Der Hieb schüttelte mich durch. Er lähmte auch die Bewegungsfreiheit meiner rechten Seite, und für Xorron war es ein Kinderspiel, mir den Würfel abzunehmen.

Jetzt hatte er, was er wollte.

Tränen der Wut schossen mir in die Augen, und im nächsten Moment wurde mir die zweite Überraschung oder Niederlage serviert.

Jemand schrie Xorrons Namen.

Diese Stimme hätte ich unter Tausenden erkannt. Sie gehörte Lady X. Demnach befand sich die verdammte Blutsaugerin auch noch im Spiel. Und ich hatte ihr ausgerechnet den treuesten Diener wieder mitgebracht. Welch ein Wahnsinn.

So schnell wie Xorron war, konnte ich überhaupt nicht handeln. Er besaß genau den nötigen Vorsprung, um immer eine Idee schneller zu sein als ich.

Die Scott löste sich aus einer Haustür. In den folgenden Sekunden überstürzten sich praktisch die Ereignisse. Es fällt mir schwer, sie nachzuvollziehen, denn alles ging blitzschnell.

Wahrscheinlich rettete mir Xorron sogar das Leben. Nicht nur wahrscheinlich, er tat es auch. Allerdings unbewusst und dadurch, dass er mir den Würfel aus der Hand gerissen hatte.

Ich lag deckungslos auf der Straße, Suko stand zu weit entfernt, konnte nicht mehr rechtzeitig genug eingreifen, die Menschen hatten sich verflüchtigt. Lady X legte auf mich an und brüllte sich vor Triumph fast heiser, als Xorron, der ebenfalls seinen Sieg dokumentieren wollte, ihr quasi in den Weg lief und einen Arm hoch erhoben hatte.

In der Hand schimmerte der Würfel!

Die Scott hätte trotz allem an ihm vorbeischießen und mich treffen können. Xorrons irrer Schrei jedoch und das Vorzeigen des Würfels lenkten sie ab.

Plötzlich war ich vergessen. Die ehemalige Terroristin sah nur diese Waffe, die Xorron zurückerobert hatte, und sie wusste Pandora weit entfernt.

Ihr Sieg!

»Xorron!« Selten habe ich sie so schreien gehört wie in diesen Augenblicken. Sie wollte damit die Probe aufs Exempel machen. Und Xorron gehorchte ihr.

Er hatte seine eigentliche Herrin wiedergefunden, rannte auf sie zu und Lady X schrie weiter.

»Den Würfel her!«

Xorron gab ihn aus der Hand. Er warf ihn der Untoten zu. Lady X wechselte blitzschnell die Maschinenpistole in die linke Hand, um die weitaus stärkere Waffe mit der rechten aufzufangen.

Dann hatte sie ihn.

Für eine Sekunde schien sie auf der Stelle einzufrieren. Voller Triumph stand sie da, den rechten Arm hochgereckt, den Würfel des Unheils sicher festhaltend.

Der Sieg!

Das alles nahm ich wahr, während ich Deckung suchte. Ich hatte mich wieder aufgerafft und rannte auf einen Baum zu, der von den Flammen verschont geblieben war. Aus der Gaststätte schlugen weiterhin die Flammen. Rauch trieb dick und schwarz über die Straße. Er gab mir zusätzliche Deckung.

Längst hatte ich die Beretta gezogen, warf mich zu Boden, fiel auf meinen malträtierten Arm und fluchte bitter, bevor ich hinter dem Stamm Deckung fand.

Von Lady X sah ich nichts mehr. Nur noch von Xorron. Er blieb dort für einen Moment stehen, wo Lady X verschwunden war. Sie hatte sich in dem Haus verkrochen, dessen Dachrinne an der Vorderseite schräg nach unten hing und fast den Boden berührte.

Dann entwischte auch Xorron.

Ich kam wieder hoch.

Suko setzte sich von der anderen Seite her in Bewegung. Als wir aufeinander zu liefen, entdeckte ich, dass er verletzt war und an der rechten Hand blutete.

Wir trafen vor dem Haus zusammen, verständigten uns mit Blicken und stürmten den Bau.

Durchsuchung von unten bis oben. Von Lady X und Xorron fanden wir nichts mehr.

Ich hätte mich vor Wut irgendwohin beißen können. Es war meine Schuld, dass wir den Würfel nicht hatten, ich hätte besser aufpassen und ihn nicht aus der Hand lassen sollen.

Suko versuchte mich zu trösten. »Beim nächsten Mal, Alter, da packen wir es.«

Wütend winkte ich ab.

Da wurde Suko sauer. »Was willst du eigentlich?«, fuhr er mich an. »Du hast doch zahlreiche Menschenleben gerettet, die sonst verloren gewesen wären.«

Das stimmte zwar, trotzdem fühlte ich mich mies. Es war eine harte Auseinandersetzung gewesen, und ohne Blessuren waren wir diesmal nicht davongekommen.

Wir blieben noch zwei Tage in Billings. Die Menschen waren wieder normal geworden, nur die Toten konnten wir leider nicht mehr lebendig machen. Da es oben in den Bergen stark geschneit hatte, war es ein Ding der Unmöglichkeit, mit dem Wagen das Kloster zu erreichen. Ich forderte einen Hubschrauber an, den man mir genehmigte.

Als wir auf dem Klosterhof landeten, die trüben Wolken waren inzwischen von einem strahlend blauen Himmel abgelöst worden, liefen die Mönche zusammen, an der Spitze Pater Ignatius.

Wir umarmten uns und mussten erzählen. Fast zwei Stunden hielten wir uns im Kloster auf, das frei von jeglicher Magie war.

Als schreckliches Mahnmal jedoch und als Erinnerung daran, was noch alles hätte passieren können, war der tote Bruder zurückgeblieben, dessen Haut der einer Mumie glich.

Pater Ignatius versprach, sich sofort an die Herstellung neuer Silberkugeln zu begeben, damit wir rechtzeitig Nachschub erhielten. Die andere Ladung befand sich in den Händen von Lady X.

Der nächste Kurs führte uns in die Berge. Genau dorthin, wo der Leih-Rover sein Ende gefunden hatte. Landen konnten wir dort nicht. Ich musste über eine Strickleiter aussteigen, während der Hubschrauber so lange in der Luft stehend wartete, bis ich den Einsatzkoffer und den Bumerang geborgen hatte.

Dann ging es ab.

Es wurde Zeit, dass wir nach London zurückkehrten, denn unsere Gegner legten sicherlich keine Pause ein. Da Lady X wieder im Besitz des Würfels war, würde sie mit Elan an ihre neuen Pläne herangehen.

Darauf ging ich jede Wette ein …

Die Tochter des Totengräbers

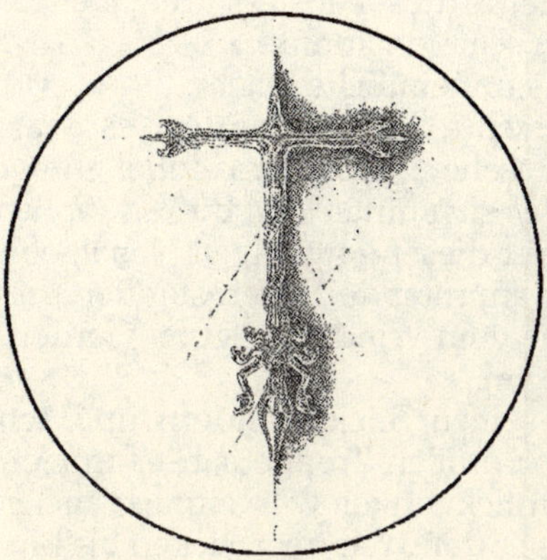

Mitternacht!

Ein leises Knacken war zu hören, dann bewegte sich etwas im Gehäuse der Uhr und im nächsten Augenblick schlug sie an. Zwölf Mal!

Schwere Gongschläge hallten durch das Haus. Jeder Schlag wirkte wie die Mahnung eines Toten an die Lebenden, damit sie wussten, was die Stunde geschlagen hatte.

Jason Price fuhr im Bett hoch. Seit einiger Zeit wurde er jedes Mal durch das Schlagen der Uhr wach. Früher hatte es ihm nichts ausgemacht, aber heute war alles anders.

Die alte Matratze knarrte erbärmlich, als sich der schwere Mann zur Seite wälzte und schließlich seine Beine über die Bettkante schwang. Zielsicher fanden seine Füße die bereitstehenden Pantoffeln. Er schlüpfte hinein, stand auf und schlich zum Fenster.

Dort blieb Jason Price stehen. Wie in jeder Nacht hatte Thelma die Vorhänge zugezogen. Sie reichten bis auf den Boden und ließen kaum einen Fetzen Licht durch. Price griff nach der Kordel, die so dicht vor seinem Gesicht baumelte, dass sie schon fast seine Wange streifte. Er zog sie nach rechts und über ihm ertönte ein helles Summen, als die kleinen Räder auf der Schiene entlangglitten und die rechte Hälfte des Fensters freigaben, sodass Price nach draußen schauen konnte.

Es war eine unheimliche Nacht.

Zwar herrschte kein Gewitter, es war auch kein Vollmond zu sehen. Trotzdem gefiel ihm dieses fahle Licht nicht, das sich hinter den dicken Wolken versteckte und die Ränder dieser gewaltigen Nebelgebilde erhellte.

Wie bizarr anmutende Felsen standen die Wolken am Himmel, ohne vom Wind bewegt zu werden.

Sie schwiegen.

Price ließ seinen Blick wandern und schaute in die Tiefe. Von der großen Treppe sah er nur einen Teil der Stufen, sein Blickwinkel war einfach nicht gut genug. Dafür konnte er den Weg überblicken bis hin zur Grenze, wo der kleine Familienfriedhof begann.

Da die Luft seltsam klar war, glaubte er, die alten Grabkreuze und Steine erkennen zu können, die schief in der feuchten Erde des Totenackers steckten.

Er selbst hatte die letzten Toten dort noch begraben. Schließlich war es sein Job als Totengräber.

Mit seinen nikotingelben Fingerspitzen der linken Hand zog er die Furchen in seinem Gesicht zwischen Nasen- und Mundwinkel nach. Bei Jason Price ein Zeichen großer Unruhe, obwohl er es nicht gern zugab, aber er spürte sie und er hatte Angst. Denn das, was fast jede Nacht geschah, war nicht normal.

Der Schlag der alten Standuhr im Flur war verstummt. Es herrschte wieder Stille. Eigentlich hätte Price das Atmen seiner Frau hören müssen. Da er dies nicht vernahm, ging er davon aus, dass Thelma wach im Bett lag und lauschte.

Price sprach sie nicht an. Sie hätte ihm sowieso wieder Vorwürfe gemacht, denn sie gab ihm allein die Schuld an den Dingen. Dabei konnte er nichts dafür.

»Siehst du sie?« Thelmas Stimme unterbrach das lastende Schweigen.

»Nein.«

»Aber sie wird kommen?«

»Vielleicht.«

Eine Bettdecke raschelte. Jason wusste genau, dass seine Frau jetzt aufstand. Schon hörte er ihre Schritte. Sie klangen irgendwie plump. Ja, das war der richtige Ausdruck.

Er spürte ihren Körper hinter sich. Sie presste ihre schlaff gewordenen Brüste gegen seine rechte Seite und schaute an ihm vorbei. »Vielleicht geht sie nicht mehr.«

»Weiß ich doch nicht.«

»Warum fragst du sie nicht?«

»Das habe ich bereits.«

»Und?«

»Sie sagt nichts.«

Das Lachen der Frau klang schrill und ließ Jason Price zusammenzucken. »Dann bindet sie dir einen Bären auf, mein Lieber.«

»Möglich. Ich höre nur immer, dass sie sich an nichts mehr erinnern kann.«

»Dass ich nicht lache. Marion und sich an nichts mehr erinnern. Das kannst du mir nicht erzählen.«

»Es ist aber so.«

»Du hast sie eben zu sehr verwöhnt. Schon als Kind. Immer wenn ich etwas sagte, dann hattest du eine Ausrede für sie. Und du hast sie immer mitgenommen, sogar zu deinen verdammten Leichen, wenn du sie gewaschen und in die Särge gelegt hast. Und das bei einem Kind.«

»Sie sollte eben ein natürliches Verhältnis zu den Toten bekommen.«

»Das hat sie. Deshalb geht sie auch jede Nacht los. Oh, ich verfluche den Tag, an dem wir dieses Haus hier geschenkt bekommen haben. Das wollte keiner haben. Ein Haus mit einem Friedhof, das ist schon fast pervers.«

»Meinetwegen auch das«, erwiderte Jason. »Wenn es dir in einer dieser Wohnburgen besser gefällt, bitte, du kannst ja ausziehen!«

»Damit du mit deiner Tochter allein bist, wie? Nein, den Gefallen tue ich euch nicht. Aber ich behalte euch im Auge, darauf kannst du dich verlassen. Ich schaue genau nach, was ihr tut, ihr – ihr Leichenfetischisten.«

»Halt endlich deinen Mund!«, knurrte Price, dem das Gerede seiner Frau wieder einmal auf den Wecker fiel.

Thelma war auch still. Doch nicht, weil ihr Mann es so haben wollte, sondern weil sie das dumpfe Schlagen der Haustür vernommen hatte. »Jetzt geht sie!«, hauchte die Frau.

Beide beugten sich etwas vor, um besser sehen zu können. Marion musste gleich auftauchen, und richtig, die erste Hälfte der Treppe hatte sie rasch überwunden, sodass sie jetzt in das Blickfeld des wartenden Ehepaares geriet.

»Die ist ja viel zu dünn angezogen«, beschwerte sich Thelma Price. »Und das bei dieser Kälte.«

»Als ob es darauf ankäme«, erwiderte Jason rau.

In der Tat trug das etwa zwanzigjährige Mädchen nur

ein rosafarbenes Kleid. Es war mehr als Kostüm geschnitten und bestand aus einem weit schwingenden und bis zum Boden reichenden Rock sowie einem Oberteil, das am Kragen eine weiße Borte aufwies. Marions Haar war lang und rötlich blond. In der rechten Hand hielt sie eine alte Petroleumlampe, deren Flammen durch einen Glasaufsatz vor dem Wind geschützt waren und deshalb nicht ausgeblasen werden konnten.

Marion Price nahm die letzte Stufe, blieb für einen Moment auf der eisernen Abtretmatte stehen und schien zu überlegen, ob sie weitergehen sollte oder nicht.

»Komm zurück!«, flüsterte ihre Mutter oben im Zimmer. »Kind, komm, da hast du nichts zu suchen ...«

Als hätte Marion die Worte gehört, wandte sie den Kopf und schaute an der Hausfront hoch.

Der Mann und die Frau traten zurück. Sie wollten nicht unbedingt gesehen werden. Marion blickte auch nicht lange. Sie gab sich einen Ruck und ging jetzt den schmalen Weg hinab, der hinunter zum Friedhof führte.

Obwohl sie sich nicht sehr beeilte, setzte sie ihre Schritte zielstrebig voran. Sie hatte überhaupt keine Angst, der Grabstätte entgegenzugehen, denn das tat sie fast jede Nacht.

»Willst du nicht hinterher?«, fragte Thelma, während sie ihre Tochter beobachtete.

Jason Price hob die Schultern. »Ich weiß nicht so recht. Irgendwie komme ich mir wie ein Schuft vor, wenn ich meine eigene Tochter so beobachte.«

»Aber es geht doch um sie. Um ihr Bestes. Wir meinen es nur gut.« Thelma sprach drängend und sie hatte mit ihren Worten bei Jason einen wunden Punkt berührt.

Ja, er machte sich auch große Sorgen um seine Tochter. Was sie da fast jede Nacht tat, war in seinen Augen nicht normal. Welches junge Mädchen schlich sich schon klammheimlich aus dem Haus, um einen Friedhof aufzusuchen?

Einen Freund, ja, das wäre zu verstehen gewesen, aber bei Marion gab es in dieser Richtung keinen Grund. Sie besuchte nur die alten Gräber und hockte dort Stunden.

»Geh ihr doch nach!«, forderte Thelma.

Jason Price nickte entschlossen. »Okay«, sagte er, »ich tue es. Man muss ja schauen, was seine Tochter in der Nacht so treibt.« Er grinste, als er das sagte, wandte sich um und knipste die kleine Nachttischleuchte an.

Price trug nie einen Schlafanzug, sondern ein altes, weit geschnittenes Nachthemd, das er sich über den Kopf streifte. Völlig nackt war er nicht. Noch immer trug er seine graue, bis fast zu den Knien reichende Unterhose.

Thelma schaute ihn an. Jason war alt geworden. Sein Haar hatte eine grauweiße Farbe angenommen. Es hing in Strähnen über die Ohren. Die Haut im Gesicht zeigte Furchen, seine Bauchdecke hing schlaff über den Bund der Unterhose.

Price zog sein Hemd über, stieg in die alte graue Hose und nahm vom Haken der Tür seine Jacke ab.

»Ich gehe jetzt«, sagte er.

Thelma war am Fenster stehen geblieben. »Willst du nicht noch deine Pistole mitnehmen?«

»Für wen?« Price lachte und schüttelte den Kopf. Den Türgriff hielt er bereits in der Hand. »Etwa für meine Tochter? Soll ich sie töten? Du hast vielleicht Nerven.«

»So habe ich das nicht gemeint, das weißt du ganz genau«, regte sich Thelma auf.

»Ja, ja, du hast Recht und ich habe meine Ruhe.« Jason Price ging und schloss die Tür von draußen.

Er war froh, seiner Frau entkommen zu sein. Mit der Zeit fiel sie ihm immer stärker auf die Nerven. Seit sich Marion so seltsam benahm, wurde es noch schlimmer. An allem hatte sie etwas zu nörgeln. Nichts machte man ihr richtig und Jason hatte sein Eheweib schon so manches Mal verwünscht.

Im Haus herrschte die nächtliche Stille. Das Gebäude war ziemlich alt, über dreihundert Jahre. Viel hatten die Vorbesitzer nicht renoviert. Man wollte alles historisch echt lassen. So echt, dass es baufällig wurde. Beim ersten Hinsehen sah es nicht so aus, doch der Fachmann erkannte sehr schnell die Schwachstellen in diesem Gebäude. Zudem hatte das Haus keiner haben wollen, als der letzte

Besitzer starb. Man hatte es dem Totengräber und dessen Familie quasi überlassen. Zusammen mit dem großen Grundstück und dem dazugehörigen Friedhof.

Marion besuchte ihn neuerdings. Tagsüber hätte ihr Vater es noch verstehen können, doch sich des Nachts als junges Mädchen an alten Grabstätten herumzutreiben, das durfte man gar keinem erzählen. Bisher hatten die Eltern ja nicht eingegriffen, doch nun wollte Jason Price endlich wissen, ob es einen Grund gab, der das Mädchen immer wieder auf den Friedhof trieb.

Über die breite Holztreppe war er nach unten gegangen und stand nun vor der Tür. Wie immer schleifte sie, als er sie langsam aufzog und nach draußen schaute.

Es war kalt geworden. Die Temperaturen mussten sich um den Gefrierpunkt bewegen. Noch immer standen die gewaltigen Wolken am Himmel. Die Nacht war nicht schwarz, sondern von einem seltsamen Grau durchzogen. Vereinzelt blitzten ein paar Sterne.

Der Mann stellte den Kragen seiner Jacke hoch und schritt den Weg zum Friedhof hinunter. Tagsüber ging er ihn oft, in der Nacht verzichtete er gern darauf.

Von Marion war nichts zu hören. Die Stille hatte sich über das Land gesenkt. Mitternacht war vorbei, die erste Tagesstunde angebrochen. Das Haus blieb wie ein stummer, drohender Schatten hinter ihm zurück. Rechts davon begann der große Wald. Er zog sich meilenweit hin, war ein Gebiet für Pilzsucher und erholungsbedürftige Menschen.

Der Weg führte leicht bergab, sodass der Blick des Mannes auf den Friedhof fiel.

Dort stand seine Tochter. Sie war gut zu sehen, weil sie ihre kleine Laterne in der Hand hielt. Das Licht der Petroleumlampe verbreitete einen gelblichen Schein.

Jason Price zögerte. Er traute sich nicht so recht, seine Tochter zu stören. Deshalb musste er sich überwinden, weiterzugehen. Marion war erwachsen. Sie konnte tun und lassen, was sie wollte, obwohl ihre nächtlichen Ausflüge zum Friedhof schon mehr als nur seltsam waren.

Price ging weiter. Er war bereits so nahe, dass Marion ihn hören und auch sehen konnte. Sie kümmerte sich nicht um ihn, sondern war völlig mit sich selbst beschäftigt.

Sie stand auch nicht mehr, sondern hatte sich hingekniet. Die Petroleumlampe stand neben ihr. Sie verbreitete ihren Schein und gab der Gestalt des Mädchens einen Schatten, der scharf und lang auf den Boden fiel. Den Kopf hielt Marion gesenkt, ihr Blick war starr auf ein Grab gerichtet, auf dem ein alter Stein stand. Er wurde ebenfalls vom Licht der Lampe erfasst und schimmerte gelblich. Der Stein war an seiner Oberseite nicht abgerundet, sondern ähnlich wie ein Haus, eine Art Dach.

Dort lag jemand begraben, den Marion gut gekannt hatte. Ein ehemaliger Richter, der zur Familie gehört hatte und der als ausgesprochen streng verschrien war.

Hatte sich Marion das Grab bewusst ausgesucht, oder war es ein Zufall, dass sie genau davor kniete?

Jason Price hatte keine Ahnung. Er würde seine Tochter fragen. Noch näher ging er heran.

Seine Schritte mussten zu hören sein, Marion konnte sie nicht ignorieren, und trotzdem blieb sie sitzen.

Price schüttelte den Kopf. Das Verhalten seiner Tochter war ihm unverständlich. Er entschloss sich, sie in den nächsten Sekunden anzusprechen. Dann ließ er von seinem Vorhaben ab, denn Marion selbst reagierte. Sie redete. Aber sie sprach nicht mit ihm, sondern mit demjenigen, der unter der feuchten Erde begraben lag.

Seine Tochter redete mit einem Toten!

Große Lust hatte ich nicht, in der Nacht loszufahren, aber was tut man nicht alles für seine Freunde? Und der Freund war in diesem Fall Bill Conolly.

Er hatte mich so lange bekniet, bis ich einfach nicht mehr ablehnen konnte, und so kam es, dass Bill und ich uns eine Nacht um die Ohren schlagen wollten, ohne etwas Konkretes in der Hand zu haben. Wir waren nur auf vage Aussagen angewiesen.

Suko wäre gern mit von der Partie gewesen, aber er sollte auf höchste Anordnung ein paar Tage pausieren, denn durch die Verletzung an seiner rechten Hand war er nur bedingt einsatzfähig. Das jedenfalls hatte Sir James so angeordnet und Suko für den Innendienst eingeteilt. Nur wenn ich allein nicht weiterkam, sollte Suko eingreifen.

In diesem Fall hatte ich Bill, der auch den Wagen lenkte. Nicht meinen Bentley, sondern seine flache Porsche-Flunder. In dem Auto kam ich mir immer vor wie in einer Sardinenbüchse.

»Und deine Bekannten haben dich nicht draufgesetzt?«, fragte ich den Reporter zum wiederholten Male.

»Glaube ich nicht.«

»Aber du weißt es nicht.«

»Komm, John, sei nicht so pingelig!«

»Wenn es um nächtliche Ausflüge geht, die möglicherweise nichts einbringen, bin ich eben so.«

»Vielleicht treffen wir da deine neue Freundin Pandora.«

»Mal den Teufel nicht an die Wand, Dicker. Die hat mir einmal gereicht.« Ich schüttelte mich im Nachhinein noch, denn der letzte Fall war kein Zuckerschlecken gewesen, und meine Gedanken beschäftigten sich zwangsläufig noch immer damit. Vor allen Dingen dachte ich über Xorron, den Herrn der Zombies und Ghouls, nach.

Xorron und seine Entstehung überhaupt hatten irgendetwas mit der uralten japanischen Magie zu tun. Einer Magie, die bisher für mich ein gewaltiges Rätsel war, denn sie lag versteckt im Schatten der Historie. Soviel wusste ich inzwischen.

»Träumst du?«, fragte Bill.

»Ja.«

»Ist der Traum blond, schwarz, brünett ...«

»Weiß.«

Bill lachte. »Wieso das denn?«

»Xorron ist nun mal weiß.«

»Und er hat grüne Knochen.«

»Genau.«

Der Reporter schüttelte den Kopf. »Alles hätte ich dir ja zugetraut, aber keinen Traum von Xorron. Das darf man gar keinem sagen. So etwas ist schon anormal.«

»Dann passen wir ja gut zusammen.« Ich lehnte mich noch weiter zurück und schloss die Augen. »Du kannst mich ja wecken, wenn irgendetwas sein sollte.«

»Dann steh jetzt auf, wasch dich, putz dir die Zähne ...«

»Wieso? Sind wir schon da?«

»Fast.«

Das Gebiet, in das wir fahren wollten, lag zwischen London und Coventry. Es nannte sich Whittlewood Forest, und wir bewegten uns parallel zur Autobahn auf der Route 5 weiter.

Tatsächlich nur noch wenige Minuten, dann bogen wir ab. Und zwar hieß der Ort Pottersbury. Er grenzte fast an den Forest.

»Weißt du auch, wie du weiterfahren musst?«, erkundigte ich mich bei Bill Conolly.

»Klar.«

»Und wie?«

Bill bremste am Straßenrand. Nicht weit entfernt lagen die ersten Häuser der Ortschaft. Links von uns der Forest. Es war eine dunkle Nacht und das Waldgebiet hob sich als Schatten vom Boden ab. Der Himmel zeigte ein düsteres Grau. Wolken segelten träge dahin, Lichter brannten kaum. Ich kam mir vor wie auf einer Insel.

Bill hatte die Innenbeleuchtung angeknipst und studierte die Karte der Gegend. Mit einem Kugelschreiber zeichnete Bill die Stelle ein, wo wir standen.

»Da ist es«, sagte er.

»Und der Fundort?«

»Wir können nicht mit dem Wagen hin, sondern müssen ein Stück zu Fuß gehen.«

»Klar. Für den Fall habe ich mir meine Wanderschuhe angezogen.«

Bill grinste schief, startete und gab Gas. So recht schien er dem Braten nicht zu trauen. Ich wusste auch nicht, wieso. Hatte man ihn vielleicht reinlegen wollen? Und fühlte er sich blamiert, wenn es nicht klappte? Damit konnte ich rechnen, verschluckte allerdings die Fragen, die mir auf der Zunge lagen.

Dabei ging es eigentlich um eine Grillhütte mitten im Wald. Bekannte von Bill, die im Forest lange Spaziergänge unternahmen, hatten in der Grillhütte Zeichnungen gefunden, die allesamt den Teufel darstellten. Das war alles.

Bill selbst hatte sich die Dinge noch nicht angesehen. Er war nicht dazu gekommen.

»Mach mir nur keine Vorwürfe«, sagte Bill.

»Wieso? Sehe ich so aus?«

»Schau dir die Sachen erst einmal an.«

»Klar. Ich habe nichts gesagt.«

»John, ich kenne dich lange genug. Und zwar so lange, dass ich aus deinem Gesicht einiges ablesen kann. Irgendwie stehst du der Sache skeptisch gegenüber.«

»Du nicht?«

»Shit, das ist es ja. Vielleicht war ich zu überschwänglich. Diese komischen Teufelszeichnungen hätte der Mann auch mitbringen können. Aber was machen er und seine Frau? Hauen ab und verständigen mich, weil sie wissen, dass ich mich für so etwas interessiere. Und wir schlagen uns die Nacht um die Ohren.«

»Zum Glück ist London nicht allzu weit entfernt.«

»Trotzdem, wir hätten uns lieber einen kleinen Schluck gönnen können. So richtig nett die Lampe voll gießen. Müssen wir übrigens mal wieder machen.«

Der Weg wurde schlechter. Zum Teil war er gefroren, ansonsten matschig und ziemlich weich. Links des Weges lag ein großes Feld, rechts wuchs der Wald bis fast an den Rand.

»Da kommt gleich ein Pfad, den müssen wir nehmen.«

»Zu Fuß?«

Bill nickte.

Nicht einmal mehr eine halbe Minute brauchten wir zu fahren. Wir sahen die Einmündung im Licht der Scheinwerfer. Der Pfad stach aus dem Wald und Bill stoppte.

Beide stiegen wir aus. Es war still und auch kalt geworden. Lichter sahen wir nicht. Die nächste Ortschaft lag von uns aus gesehen hinter dem Forest.

Nur wenn ich über die dunkle Fläche des Feldes schaute, erkannte ich in der Ferne helle Streifen. Dort führte eine Straße her, über die hin und wieder Fahrzeuge huschten.

Taschenlampen hatten wir mitgenommen, und Bill Conolly war schon vorgegangen. Er hatte seine Lampe eingeschaltet. Der Lichtstrahl hüpfte auf und ab, wenn er ging.

Der Weg war wirklich schmal. Nur für Spaziergänger gedacht. Wenn wir ihn mit einem Wagen gefahren wären, hätten wir links und rechts die Büsche und Bäume zerstört.

Manche Spazierwege sind durch Schilder gekennzeichnet, die zu einem bestimmten Ziel führen. Das war hier nicht der Fall. Es gab keinen Hinweis auf den Grillplatz.

Bill hatte die Wanderkarte mitgenommen und so gefaltet, dass er nur auf das Blatt zu schauen brauchte, um den richtigen Weg zu erkennen. »Es dauert nicht mehr lange«, erklärte er. »Gleich kommt eine Kreuzung, und da müssen wir links ab.«

»Im Gleichschritt – marsch!«, kommentierte ich, als ich hinter dem Freund herschritt.

Die Kreuzung hatten wir schnell erreicht. Der linke Weg war breiter als der, den wir zuvor gegangen waren. Wir konnten schneller und bequemer vorankommen.

»Jetzt müsste die Hütte auf der rechten Seite liegen.« Bill hatte seine Stimme unwillkürlich gesenkt. Das Schweigen eines alten Waldes hielt uns gefangen. Wenn man sich des Nachts im Wald aufhält, kann es leicht sein, dass man auch Gespenster sieht, wo keine sind. Da wurden Büsche und Unterholz plötzlich zu gefährlich aussehenden Monstern und Gebilden. Da lauerten Schatten in der Nähe und erinnerten an Geister. Das Rauschen der Bäume klang oft wie der Gesang aus dem Jenseits und hohe Gräser oder Farne bewegten sich wie stumme Gestalten.

Ich war so etwas gewohnt und leuchtete ebenfalls

schräg nach rechts, wobei meine Lampe die Lichtquelle des Reporters verstärkte.

»Da ist er ja«, sagte der Reporter.

Er hatte den Grillplatz zuerst entdeckt und setzte sich in Bewegung, wobei der Lampenstrahl nicht von seinem Ziel abwich.

Man kennt die Plätze ja. Eine kleine Lichtung im Wald, die Grillstelle, die oft mit einem pilzförmigen Dach versehen war, das von mehreren Pfeilern gestützt wurde.

In den besseren Anlagen gibt es Bänke und andere im Boden verankerte Sitzgelegenheiten.

So auch hier. Direkt vor dem Unterstand befanden sich zwei Abfalleimer aus Metall. Man hatte sie im Boden befestigt, denn es gibt Menschen, die alles gebrauchen können.

Der Grillplatz lag ein wenig erhöht. Wir mussten eine Stufe hochgehen, um den Unterstand zu erreichen.

Bill ging immer noch vor mir. Er leuchtete den Ort aus, drehte sich dabei, und der helle Lampenstrahl glitt über die mit einer feuchten Schicht bezogenen Sitzbänke, den eisernen Grillofen und blieb schließlich auf dem Boden haften.

»Verdammt, John, sieh dir das an!«

Bills Stimme hatte nicht laut geklungen, eher leise, doch ich überhörte nicht den erschreckten und alarmierenden Unterton. Der Reporter musste etwas entdeckt haben.

Er drehte sich um. Ich sah sein Gesicht als einen hellen Fleck, erkannte die wie festgefroren wirkenden Züge und den offenen Mund. Wenn ein Mensch so schaut, dann muss er etwas Schreckliches entdeckt haben.

Ich drängte den Reporter zur Seite und leuchtete genau dorthin, wo Bills Lampenstrahl sein Ziel gefunden hatte.

Neben der Grillstelle lag ein Toter. Wir fanden ihn in der Rückenlage, die Arme ausgebreitet, die Beine ebenfalls.

Tote hatten wir leider oft genug gesehen und würden auch noch oft genug welche sehen. Der Anblick dieser

Leiche war besonders schrecklich. Ihr Aussehen konnte man kaum beschreiben, und es gab nur einen Grund, auf den man das zurückführen konnte.

Ein Ghoul hatte sich an ihr zu schaffen gemacht!

Marion sprach mit einem Toten!

Jason Price war wie vor den Kopf geschlagen. Das konnte und durfte nicht wahr sein. Dennoch gab es keinen Zweifel. Mit wem sollte sie sonst reden? Ihren Vater schien sie nicht bemerkt zu haben. Sie sprach den Toten sogar mit Namen an, denn Jason Price vernahm deutlich ihre nächsten Worte.

Sie waren geflüstert, zischend und dennoch hart hervorgestoßen. »Richter Jeffries. Sir Edward Jeffries. Weshalb meldest du dich nicht? Du weißt doch, dass ich hier bin. Ich bin gekommen, wie man es mir gesagt hat. Jede Nacht habe ich dein Grab besucht. Ich weiß, dass du nicht tot bist. Dir hat das Haus gehört, Richter. Bitte, melde dich! Es ist alles vorbereitet, du kannst zurückkehren.«

Eine Pause entstand.

Marion Price blieb in ihrer Haltung hocken. Sie kniete, hatte die Arme vorgestreckt, wobei ihre Hände in die feuchte Graberde drückten und dort Spuren hinterließen. Das Mädchen war so in seine Aufgabe versunken, dass es die Umgebung überhaupt nicht wahrnahm. Sie bemerkte auch nicht ihren Vater, der hinter ihr stand, zu einem Denkmal erstarrt schien und kaum zu atmen wagte.

Was Jason Price hier erlebte, ließ ihm einen kalten Schauer über seinen Rücken rinnen. Er war Totengräber von Beruf, hatte sich die meiste Zeit seines Lebens auf Friedhöfen herumgetrieben, aber was er nun erlebte, war ihm noch nie passiert.

Marion, seine Tochter, unterhielt sich mit einem Toten. Sie sprach so, als wollte sie ihn aus dem Grab holen.

Ein Wahnsinn.

»Richter Jeffries, Sir Edward, ich bitte Sie, kommen Sie! Geben Sie mir ein Zeichen …«

Jason Price verzog das Gesicht. Er hoffte, dass alles nur ein Traum sein würde und keine Realität. Ein Irrtum. Die Szene war echt, und er gehörte mit zu den Akteuren.

Noch nie war ihm der kleine Friedhof so unheimlich gewesen wie in dieser Stunde. Da lagen die wenigen Gräber wie gespenstische Mahnmale, vor denen man sich fürchten konnte. Dabei hatte er seiner Tochter immer wieder beigebracht, keine Angst oder Furcht vor den Toten zu empfinden. Wer einmal begraben war, der wachte nicht mehr auf.

Bisher hatte er so gedacht. Doch die Reaktion seiner Tochter wies darauf hin, dass sie nicht daran glaubte, denn sie wollte Zwiesprache mit den Toten halten.

Und ausgerechnet mit dem Richter, der sowieso eine umstrittene Persönlichkeit zeit seines Lebens gewesen war. Es gab Leute, die ihn für wahnsinnig hielten, andere behaupteten, dass er mit dem Teufel und den finsteren Mächten einen Bund geschlossen hatte, denn diesem Richter hatte es Spaß bereitet, Menschen zu verurteilen. Besonders gern hatte er die Todesstrafe ausgesprochen.

Mit neunzig Jahren war er schließlich gestorben und hatte das Haus dem Totengräber überlassen, der zu Lebzeiten des Richters einige Räume im hinteren Anbau bewohnt hatte.

»Sir Edward«, flüsterte Marion. »Sir Edward, melden Sie sich. Ich weiß, dass Sie noch leben. Ich habe es gelesen. Ich fand Ihre Aufzeichnungen. Bitte, Sir Edward, sagen Sie etwas! Geben Sie ein Zeichen! Ich flehe Sie an!«

»Er kann kein Zeichen mehr geben, denn er ist tot!«, sagte Jason Price mit harter Stimme. »Tot, tot, tot!« Die letzten drei Worte rief er laut, er musste sich einfach Luft verschaffen.

Marion reagierte nicht. Sie sprang nicht erschreckt auf, sie schrie und brüllte auch nicht, sondern blieb einfach in unveränderter Haltung sitzen. Nur den Kopf drehte sie ein wenig nach rechts, sodass ihr Vater das Profil sehen konnte, denn es wurde vom Schein der alten Petroleumlampe gestreift.

»Geh wieder weg, Vater!«

»Nein, ich bleibe, denn ich will endlich wissen, was du hier zu suchen hast!«

»Ich spreche mit ihm!«

Jason Price holte pfeifend Luft. »Bist du denn wahnsinnig, Kind? Dieser Richter ist tot und begraben. Du kannst nicht mehr mit ihm reden. Tote leben nicht. Muss ich dir das erst sagen? Wie oft habe ich dich auf den Friedhof mitgenommen, und du hast die Toten gesehen. Haben sie sich bewegt oder mit dir gesprochen?«

»Das verstehst du nicht, Dad!«

»Ich verstehe dich schon. Und zwar so gut, dass du jetzt mit ins Haus kommst und die Toten in Ruhe lässt. Hast du verstanden?«

»Ja.«

»Dann komm endlich!«

»Nein, Dad, ich bleibe!«

Marion war ein Mädchen, auf das die Eltern stolz sein konnten. Vor allen Dingen Jason Price. Er hatte seine Tochter regelrecht vergöttert, sie ihn ebenfalls, und er hatte so gut wie nie Widersprüche seiner Tochter erlebt, in der Pubertätszeit ausgenommen. Deshalb überraschte ihn die Antwort auch so und machte ihn gleichzeitig sehr wütend.

»Ich frage dich zum letzten Mal, Marion, kommst du nun mit oder nicht?«

»Ich bleibe, Dad!«

Jason Price verzog das Gesicht, als würden Schmerzen in seinem Körper toben. Was er vorhatte, das tat er nicht gern, aber es gab keine Möglichkeit mehr. Mit Worten hatte er sie nicht überzeugen können, nun mussten Taten folgen.

Zudem wunderte er sich über die Entschlossenheit seiner Tochter. So hatte er sie noch nie erlebt. Bevor er losging, gab er sich einen Ruck. Nicht mehr als drei Schritte trennten ihn vom Grab des Richters. Die Entfernung schmolz schnell zusammen. Noch einmal blieb er stehen, wobei er den Eindruck machte, als wollte er etwas sagen, dann den Kopf schüttelte und zugriff.

Den rechten Arm hatte er ausgestreckt, die Hand gespreizt, und die Finger umklammerten die rechte Schulter seiner Tochter. »Du kommst jetzt mit!«

»Neiiinnn!«, kreischte Marion. Sie wehrte sich, wollte sich aus dem Klammergriff winden, doch ihr Vater hatte Kraft. Er ließ Marion nicht los. Was er einmal gepackt hatte, das ließ er nicht so schnell wieder los. Er zog sie in die Höhe.

Das Mädchen versteifte sich. Es schüttelte den Kopf. Die langen blonden Haare flogen und wischten durch das zerfurchte Gesicht des Totengräbers. Er musste noch mit der linken Hand nachgreifen, um seine Tochter auf die Beine zu zerren.

Schließlich stand sie. Für die Länge eines Gedankens schien sie eingefroren zu sein, bis sie sich wieder bewegte und dabei mit beiden Füßen zutrat.

Sie wollte die Schienbeine ihres Vaters treffen. Beim ersten Mal fehlte sie, dem zweiten Tritt jedoch konnte der Totengräber nicht mehr ausweichen. Er hämmerte gegen die empfindliche Stelle und fühlte sich an wie ein Messerstich.

Jason Price unterdrückte nur mühsam einen Fluch. Er verzog das Gesicht, schüttelte den Kopf und schleuderte Marion herum. Die Reaktion war aus seiner Wut zu verstehen und er erschrak über sich selbst, als Marion gegen den Stein des nächsten Grabs prallte und schmerzhaft das Gesicht verzog. Die Lampe hatte sie dabei umgestoßen. Auf der Erde brannte sie weiter, wobei das Petroleum allmählich auslief und Feuer fing.

Jason Price machte sich Vorwürfe. »Das – das wollte ich nicht, Kind. Bitte, du …«

Marion drückte sich ab. »Schon gut, Dad, schon gut. Du kannst ihn doch nicht aufhalten.« Sie drehte den Kopf und schaute auf das Grab des Richters, das voll im Widerschein des ausgelaufenen und brennenden Petroleums lag.

»Wen kann ich nicht aufhalten?«

»Na, ihn!«

Jason Price schüttelte den Kopf. Er stand mehr im Schatten. Seine hochgewachsene Gestalt wirkte düster, und als er schluckte, bewegte sich der Adamsapfel tanzend unter der dünnen Haut am Hals. »Willst du damit sagen, dass ein Lebender hier begraben liegt?«

»Ja, Dad, das will ich.«

»Wie kommst du darauf?«

»Ich habe es gehört«, stieß Marion hervor. »Ich habe die Geräusche genau vernommen, denn er hat mich auch verstanden, als ich mit ihm redete. Obwohl uns so viel trennt.«

Der Totengräber schüttelte den Kopf. »Du bist verrückt, Mädchen. Völlig irre. Wie konnte das nur geschehen?« Er stellte sich verzweifelt diese Frage und gab sich die Antwort gleich selbst. »Vielleicht bin ich auch schuld daran gewesen. Vielleicht ...«

»Du hast sie mir gezeigt, Dad. Und jetzt liebe ich die Toten. Sie sind meine Freunde und sprechen sogar mit mir.«

Jason Price stierte seine Tochter ungläubig an. »Du machst dir etwas vor, Kind. Tote können nicht mehr ...«

»Hast du sie denn gelesen, Dad?«

»Was?«

»Die Aufzeichnungen des Richters.«

»Nein, natürlich nicht.«

»Ich wusste es. Wenn du sie gelesen hättest, würdest du jetzt anders darüber sprechen.«

»Worüber, zum Teufel?«

»Über den Tod und dessen Folgen.«

»Folgen, Folgen.« Er breitete die Arme aus und deutete auf sich selbst. »Ich habe sie nur begraben, dann war die Sache für mich erledigt, verstehst du?«

»Ja, schon, und ich weiß auch, dass du vergessen hast, eine Beziehung zu ihnen aufzubauen.« Sie ging einen Schritt vor und schaute ihren Vater starr an. »Du hättest es längst tun können, dann würdest du mich auch verstehen, denn die Toten sind etwas Besonderes.«

Jason Price glaubte, einen bösen Traum zu erleben. Er fühlte sich als Hauptdarsteller eines billigen Films, denn wie seine Tochter sprach, so sprach kein normaler Mensch, es sei denn, er musste nach einem Drehbuch reden. »Das, was du mir eben an den Kopf geworfen hast, meinst du doch nicht im Ernst?«, fragte der Mann.

»Es ist mein voller Ernst.«

»Wie soll ich denn zu den Toten eine Beziehung aufbauen? So etwas gibt es nicht.«

»Ich habe es dir vorgemacht. Und du hättest dir die alten Aufzeichnungen des Richters anschauen müssen, denn in ihnen steht alles genau erklärt.«

»Das ist doch absurd!«

»Es mag zwar so klingen, absurd ist es nicht, Dad. Ich habe es dir vorgemacht.« Sie drehte den Kopf zum Grab des Richters hin und schaute auf das Feuer.

Das Petroleum war so weit ausgelaufen, dass es eine kleine Feuerwand an der rechten Seite des Grabs gebildet hatte. So war die letzte Ruhestätte des Richters genau zu erkennen. Da Jason Price dem Blick seiner Tochter gefolgt war, schaute auch er sich das Grab an und hatte plötzlich das Gefühl, in einem Albtraum zu stecken.

Blumen hatten das Grab nie geziert. Oder nur sehr selten, und dies kurz nach der Beerdigung. Da hatte Thelma Price hin und wieder einen Strauß in die feuchte Erde gedrückt. Ansonsten war es flach und schmucklos geblieben, bis eben auf den Grabstein, den sich der Richter zu seinen Lebzeiten selbst ausgesucht hatte.

Und vor diesem Stein bewegte sich die Erde.

Es war niemand da, der sie aufschaufelte.

Es sei denn, der Tote ...

Jason Price lief ein Schauer über den Körper. Sein Herz schien eingeklemmt zu sein, so sehr drückte es plötzlich in seiner Brust. Er zwinkerte mit den Augendeckeln, der Blick verschleierte, und er wollte nicht glauben, was er mit eigenen Augen zu sehen bekam.

Etwas Unheimliches, Grauenhaftes nahm seinen Anfang. Und wie aus weiter Ferne hörte er die Stimme seiner Tochter Marion.

»Er kommt, Daddy. Der Richter kommt zurück ...«

Ein Ghoul!

Mein Gott, wie grauenhaft. Obwohl wir ihn nicht gesehen hatten, wussten wir Bescheid. Wenn eine Leiche so aussah, konnte nur ein Ghoul dafür verantwortlich sein.

Ich schüttelte mich. Bill war zur Seite gegangen und hatte sich auf einen der Schemel gesetzt. Ich hörte, wie er würgte und schluckte. Das Bild war einfach zu schlimm.

Wir hatten oft genug mit Ghouls zu tun gehabt. Wenn es überhaupt eine Steigerung des Wortes scheußlich gab, dann traf sie auf einen Ghoul zu. Diese dämonische Abart war an Grausamkeit und Scheußlichkeit nicht zu überbieten, und es gab sogar unter den Schwarzblütern nicht wenige, die einen Ghoul verabscheuten und ihn töteten, sobald er in ihre Nähe geriet.

Bevorzugter Aufenthaltsort von Ghouls waren die alten Friedhöfe. Man hörte oft, dass sie sich von Grab zu Grab Verbindungsgänge geschaffen hatten, um bequem an ihre Opfer zu gelangen. Beweise dafür gab es, wenn Tote exhumiert wurden und die überraschten Graböffner vor den grauenhaften Spuren standen, die ein Ghoul hinterlassen hatte.

Wie auch wir in diesem Fall.

Aber wo steckte er? Hatten wir ihn vielleicht gestört? Hatte er unser Kommen bemerkt und sich aus diesem Grunde verborgen?

Wir hatten nichts mitgebracht, das wir über den Toten breiten konnten. Deshalb mussten wir ihn erst einmal so liegen lassen. Ich drehte mich um. Auch in meinem Magen hatte sich ein flaues Gefühl ausgebreitet und ich fragte mich, in was für einen Fall wir hier wieder hineingestolpert waren.

Bill Conolly hatte sich so hingesetzt, dass er den Toten nicht anzuschauen brauchte. Der Grillofen verdeckte ihn, von der Leiche waren nur die Beine zu erkennen. Die Füße steckten in hohen Schuhen, die einen Reißverschluss hatten. An seinem rechten Schuh hatte sich die Sohle gelockert. Sie hing wie ein brauner Lappen nach unten. Für einen Waldspaziergang war er nicht gekleidet. So lief kein normaler Mensch in den Wald, um einen

Spaziergang zu machen. Deshalb nahm ich an, dass es sich bei dem Toten um einen Stromer handelte.

Neben Bill blieb ich stehen, holte Zigaretten hervor und bot dem Reporter ebenfalls ein Stäbchen an. Er nahm es mit einem dankbaren Nicken. Ich spendierte auch Feuer.

Wir rauchten schweigend. Der Dampf wölkte träge davon. Manchmal überkam mich eine Gänsehaut. Ich stellte fest, dass auch Bill nicht davon verschont blieb.

Ausgerechnet Ghouls!

Die widerlichsten aller Dämonen, die man sich überhaupt vorstellen konnte. Und wir hatten Spuren gefunden, die auf einen Ghoul hinwiesen.

Bill unterbrach das drückende Schweigen. »Ob er sich noch in der Nähe aufhält?«

»Da bin ich sicher.«

»Wieso?«

Ich fürchtete mich ein wenig vor der nächsten Antwort, aber Bill hatte mich gefragt. Ich wollte sie ihm geben. Mit belegt klingender Stimme erwiderte ich: »Er ist noch nicht fertig.«

»Ja, verdammt«, antwortete Bill nach einer Pause des Schweigens nickend. »Das habe ich mir auch gedacht.«

Ohne darüber gesprochen zu haben, empfanden wir beide die Stille als beklemmend. Es war kein Geräusch zu hören, das uns aufgeschreckt hätte. Der Wald schwieg. Ein drohendes, unheilvolles Schweigen, das zwischen den Bäumen lastete und sich geisterhaft durch das Unterholz zu bewegen schien. Das Schweigen war überall. Es hielt uns wie ein Mantel umfangen, und ich fühlte mich zu träge, um es zu durchbrechen. Längst hatten wir die Lampen ausgeschaltet und konzentrierten uns voll und ganz auf die unheimliche Umgebung, die eigentlich völlig normal war und nur durch die Tatsache, einen Ghoul in der Nähe zu wissen, so schlimm auf uns wirkte.

Bewaffnet waren wir beide. Bill trug ebenfalls seine Beretta bei sich. Wie meine Waffe war auch sie mit geweihten Silberkugeln geladen. Diese Geschosse waren für einen Ghoul tödlich, das wussten wir.

Bill reckte sich schließlich und drückte seinen Körper neben mir in die Höhe. »Sollen wir ihn suchen, John?«

Ich hob die Schultern. »Das wäre am besten, doch er wird sich kaum zeigen. Ghouls sind feige. Vielleicht hat er sein Opfer überrascht, als es schlief.«

»Bei dieser Kälte?«

»Wenn jemand getrunken hat. Und aus seiner Manteltasche schaute der Hals einer Flasche.«

»Das habe ich nicht gesehen.«

Bill verließ den Unterstand. Neben dem Abfalleimer verhielt er seinen Schritt.

Wenn er rauchte, glühte die Zigarette auf. Jetzt war er auch in der Dunkelheit zu erkennen.

Ich erhob mich ebenfalls. Bill schleuderte die Zigarette weg und trat den Stummel aus. Mein Freund drehte sich um und schaute mich an. »Hast du dich entschlossen?«

Auf der Stufe blieb ich stehen. Verdammt, ich war mir selbst nicht sicher. Der Anblick der Leiche drückte noch immer auf meinen Magen. Alle Spuren wiesen auf einen Ghoul hin, aber hielt er sich tatsächlich in der Nähe verborgen?

Mein Blick glitt in den Wald. Vor mir standen die Bäume dicht an dicht. Zweige und Äste trugen längst keine Blätter mehr, sodass es in der Dunkelheit wirkte, als wäre jeder Baum mit dem anderen verwachsen.

»Er wird sich kaum sehen lassen, wenn wir ihn rufen«, sagte ich leise.

»Klar, aber irgendwo muss er sein Versteck oder seine Heimat haben. Ghouls laufen nicht frei herum wie streunende Katzen.«

Da hatte der gute Bill Recht. »Hast du denn unterwegs einen Friedhof gesehen?«

»Nein.«

»Den sollten wir suchen. Wie hieß noch der kleine Ort an der Straßc?«

»Pottersbury.«

»Richtig. Da könnte man nachhaken. Jedes Dorf hat schließlich einen Friedhof. Wir kennen doch die Ghouls. Sie halten sich mit Vorliebe da auf.«

»All right, fahren wir!« Bill setzte sich bereits in Bewegung und ging langsam vor. Er schaltete die Lampe ein, leuchtete in die Runde, und als er dies tat, fiel mir etwas ein.

»Warte noch, vielleicht können wir Spuren entdecken.«

»Danach wollte ich gerade suchen.«

Ein Ghoul hinterlässt Spuren. Wenn keine sichtbaren, dann vielleicht welche, die man riechen konnte, denn Ghouls ziehen einen typischen Leichengeruch hinter sich her. Sie stinken nach Moder und Verwesung. Leider schon zu oft hatten wir diesen Geruch wahrnehmen müssen.

Der Wald schwieg. Da gab uns niemand Antwort, ob sich ein Dämon im Unterholz versteckt hielt. Wir vernahmen auch keine Geräusche. Unsere Schritte waren die Einzigen.

»An die Aufzeichnungen haben wir nicht gedacht«, sagte Bill plötzlich und blieb stehen.

Er hatte Recht. Die waren von uns völlig vergessen worden. Ich betrachtete sie jetzt aus einer anderen Perspektive. Vielleicht hatte Bills Bekannter doch Recht gehabt, wenn er von heißen Papieren sprach. Der Ghoul konnte der Beweis dafür sein.

Wir gingen wieder zurück. Unsere Lampen schickten gelbweiße Streifen in das Schwarz der Nacht. Sie erinnerten mich an Arme, die durch das Unterholz ihren Weg fanden und lautlos über die feuchten Stämme der Bäume glitten.

Als wir in die Nähe des Grillplatzes gelangten, wurden wir noch vorsichtiger und zogen unsere Waffen.

Wir fanden den Ghoul nicht, betraten den Unterstand und suchten nach den Papieren, von denen Bills Bekannter berichtet hatte. Uns oblag die unangenehme Aufgabe, die Leiche zur Seite zu schieben, damit wir einen besseren Überblick hatten.

Und dabei entdeckten wir etwas. Nicht die Unterlagen, sondern eine hölzerne Klappe im Boden. Sie deutete auf einen Einstieg in die Tiefe hin.

»Da kann er sein!«, zischte Bill, bückte sich bereits und versuchte, die Klappe hochzuziehen.

Ich baute mich ihm gegenüber auf. Die Beretta hielt ich schussbereit, die Mündung wies schräg nach unten und zielte auf das Loch, das der Reporter freilegte.

Mit der Lampe leuchtete ich hinein.

Die Öffnung war nicht sehr breit. Der helle Finger fand seinen Weg und strahlte eine Abfallgrube aus, in der ein unbeschreibliches Zeug aus Büchsen, Kartoffeln, Fleisch und Flaschen lag.

Keine Spur von einem Ghoul.

Bill holte tief Luft. »War wohl nichts, mein Lieber.« Er schaute mich fragend an. »Ob die Papiere dazwischen liegen?«

»Du kannst ja nachschauen.«

»In den Dreck steigen?«

»Wer hat mich denn hierher geführt?«

»Mit mir kann man es ja machen«, erklärte Bill und steckte die Waffe weg, da er beide Hände frei haben wollte. Er hatte auch seine Erfahrungen mit Ghouls gesammelt. Bei den Conollys im Haus hatte sich wochenlang einer versteckt gehalten und war durch Bills Sohn, den kleinen Johnny, entdeckt worden.

Ich blieb am Rand der Öffnung stehen, leuchtete in die Tiefe und zielte gleichzeitig, denn ich wollte meinem Freund Feuerschutz geben.

Bill Conolly ließ sich nicht hinabgleiten, er sprang nach unten und landete in der weichen, undefinierbaren Masse, was ihm einen Fluch entlockte, denn das Zeug reichte eine Handbreit über seine Fußknöchel.

»Hast du keine Handschuhe?«

Bill drehte den Kopf und schaute nach oben. Er verzog sein Gesicht, weil er direkt in das Licht meiner Lampe schaute. »Du hast Nerven, John. Die Dinger liegen im Wagen.«

»Dann mal dir welche.«

»Ich ziehe dich gleich nach unten.«

Dafür brauchte Bill nur seinen Arm hochzurecken, um meine Fußknöchel zu erreichen. Er tat es aber nicht, sondern leuchtete mit seiner Lampe in den Müll hinein und wühlte ihn durcheinander. Allerdings nicht mit den

Händen, sondern mit den Füßen, wobei er sich so einen freien Platz schuf.

»Siehst du etwas?« Ich wurde ein wenig ungeduldig.

»Noch nicht.«

»Dann mach weiter.«

Bill schaute nach. Er gab sich Mühe. Was er alles mit den Füßen zur Seite drückte, war im Laufe der Zeit so vermodert, dass man es nicht mehr identifizieren konnte.

Plötzlich veränderte er seine Haltung nicht mehr, sondern blieb gebückt stehen und wurde gleichzeitig steif.

Hatte er etwas entdeckt.

»John!«, zischte der Reporter.

»Hast du was?«

»Ich glaube.« Bill streckte seinen freien Arm aus, nahm eine Büchse, schob mit ihr Matsch und Dreck zur Seite, um das aufzunehmen, was er entdeckt hatte.

Es waren einige Blätter. Ich konnte sie gut erkennen, da die Abfallgrube durch das Licht unserer beiden Lampen voll ausgeleuchtet wurde. Die Blätter waren am linken oberen Rand zusammengeheftet. Es wäre nicht nötig gewesen, sie klebten auch so aneinander.

»Mist«, sagte Bill.

»Ist es das falsche Zeug?«

»Keine Ahnung.« Er leuchtete den Fund jetzt direkt an. »Eigentlich nicht, John. Nur hat da jemand etwas abgerissen. Ich kann nur die Hälfte davon lesen.«

»Was steht da?«

»Das ist es eben. Alles verschmiert, aber da sind sogar Zeichnungen, und das Wort Ghoul ist auch zu entziffern.« Er zog die Nase hoch. »Lange liegen die noch nicht hier. Ich kann mir auch nicht vorstellen, dass sie mein Bekannter hineingeworfen hat. Dann hätte er etwas gesagt.«

»Vielleicht war es der Penner.«

»Darauf tippe ich auch, John.« Bill schlug mit der Lampe auf die Bögen. »Aber wer hat Interesse daran gehabt, einen Teil der Aufzeichnungen verschwinden zu lassen? Das soll mir mal jemand sagen, verdammt.«

»Ich weiß es nicht.«

»Okay, dann komme ich hoch.«

Ich war einverstanden und zog mich zurück, da Bill es allein schaffte. Ich drehte der Abfallgrube den Rücken zu und leuchtete dafür den Grillstand aus.

Da hörte ich Bills Hilferuf!

Gedankenschnell fuhr ich herum, schaute in die Grube hinein und sah etwas Schreckliches.

Bill Conolly lag am Boden. Er wurde durch den Dreck gezogen und verschwand vor meinen Augen in der Tiefe der Erde. Wer dafür verantwortlich war, wusste ich nicht. Ich konnte keinen sehen. Ich sah nur Bills entsetztes Gesicht und die beiden Arme, die soeben verschwanden.

Im nächsten Moment war der Reporter vor meinen Augen verschwunden!

Es gibt Dinge, da fehlen einem einfach die Worte, um sie zu erklären. So etwas erlebte auch Jason Price, der Totengräber. Und er war weiß Gott einiges gewohnt in seinem makabren Job, doch mit lebenden Leichen hatte er noch nie etwas zu tun gehabt.

Und so eine Leiche existierte.

Sie hatte es in der feuchten, kühlen Graberde nicht mehr ausgehalten, war von einem jungen Mädchen gerufen worden und wühlte sich aus dem Boden.

Das ausgelaufene Petroleum brannte weiter. Es gab der Horror-Szene eine schaurige Untermalung, sodass Jason Price und seine Tochter deutlich erkennen konnten, wie sich die Knochenhand aus dem Grab schob, von dem flackernden Feuerschein berührt wurde und einen rötlichen Farbton annahm.

Das Mädchen hauchte die Worte: »Er ist da!«, während es einen Schritt vorging, den Kopf senkte, um alles genau zu beobachten. Ihr geliebter Richter wollte zu ihr.

»Marion!« Scharf klang der Ruf ihres Vaters, auf den sie nicht hörte. Er war vergessen. Für Marion zählte nur das, wonach sie sich so lange gesehnt hatte.

Sie blieb neben der linken Grabseite stehen. Auf der anderen brannte das ausgelaufene Petroleum. Es schuf zuckende Flammen, deren Widerschein über das angespannte Gesicht des Mädchens tanzte und es mit einem fremden, geisterhaften Leben versah. Die blonden Haare wirkten wie mit Blut übergossen, und als sich die Hand drehte, wobei sie Marion die Innenfläche zuwandte, da verstand sie das Zeichen, streckte ihren Arm aus und fasste die Hand an.

Jetzt gab es eine Verbindung zwischen Marion und dem untoten Richter.

Das Gesicht Marions verklärte sich. Ihre Augen wurden größer. Sie hatte nun erreicht, was sie wollte, und es machte ihr überhaupt nichts aus, die kalte Totenklaue zu berühren. Im Gegenteil, sie drückte ihre warmen Finger noch fester darum als Beweis dafür, dass sie die Hand nie mehr loslassen wollte.

Jason Price stand wie festgewachsen da. Er atmete heftig. Seine Augen hatten sich vergrößert, in den Pupillen zuckte der Widerschein des tanzenden Feuers, und seine Haut schien zu Wachs zu verlaufen.

Für ihn war es unbegreiflich. Er fand einfach keine Erklärung und er fragte sich, welch eine Verbindung es zwischen seiner Tochter und diesem Toten gab.

Marion lehnte sich ein wenig zurück. Sie stemmte die Füße am Grabrand ein, sodass sie besser ziehen konnte. Sie half mit, den Untoten aus dem Grab zu zerren.

Nicht nur die Hand war zu sehen, der Arm folgte, die Schulter und auch der Kopf.

Die Hässlichkeit des Schädels übertraf bei weitem die Einfälle der Horrorfilm-Regisseure.

Das Gesicht bestand nur noch aus bleichen Knochen. Am Hinterteil des Schädels aber klebten lange, strähnige Haare, in denen sich die feuchten Erdklumpen festgesetzt hatten. Die Lippen fehlten völlig. Die Augenhöhlen waren dafür nicht leer. Darin lagen bläuliche, gallertartige Stücke, durchzogen mit roten Äderchen, die in ihrer Farbe an frisches Blut erinnerten.

Sein Totenhemd bestand aus Fetzen. Es hatte längst seine eigentlich weiße Farbe verloren und die braune der Erde angenommen. Die einzelnen Fetzen klebten an den

Knochen. Manche hingen auch wie zerrissene Fahnen herab und wurden, als der lebende Tote endgültig aus dem Grab kletterte, vom Wind bewegt.

Der Totengräber empfand in der Tat einen kaum zu beschreibenden Horror. Die Angst stieg hoch in ihm. Sie drohte sein Herz so zusammenzupressen, dass es aufhörte zu schlagen, und über seinen Rücken rann eine Gänsehaut. Er wusste auch nicht, was er seiner Tochter sagen sollte. Für ihn war sie in den letzten zwei Minuten zu einer Fremden geworden.

Marion ließ die Hand des lebenden Toten nicht los. Sie konnte es kaum erwarten, den Zombie aus dem Grab zu ziehen und ihn in ihre Arme zu schließen.

»Ja, Sir Edward Jeffries, komm nur her. Ich habe alles gelesen, was du hinterlassen hast – alles …« Sie kicherte und strich mit der linken Hand über das klebrige Haar. »Und ich habe es behalten. Alles, was du niedergeschrieben hast, ist bei mir auf fruchtbaren Boden gefallen. Ich musste viel vorbereiten, ich habe es geschafft …«

»Marion, was redest du da?« Ihr Vater stöhnte, aber seine Tochter hörte nicht auf ihn. Sie sah auch nicht, wie er sich quälte. Ihre Blicke galten der lebenden Leiche.

Marion wechselte ihren Griff. »Ja, komm schon!«, hauchte sie und schob beide Hände unter die knochigen Schultern, damit sie den Untoten fest packen konnte.

Mit einem letzten Ruck zog sie ihn aus dem Grab.

Jason Price glaubte, seinen Verstand zu verlieren. Seine Tochter behandelte diese Horror-Gestalt wie einen Geliebten, denn sie nahm den Zombie in die Arme und schwang mit ihm einmal um die eigene Achse. »Es wird alles in Erfüllung gehen, was du niedergeschrieben hast. Ich habe dein Testament gelesen. Komm jetzt mit!« Sie stemmte das Skelett von sich und schaute es an.

Der Zombie nickte. Er hatte die Worte verstanden, und während er den Kopf bewegte, da schwang auch die Masse in seinen Augen hin und her.

Marion bot ihm den Arm. Der Zombie zögerte einen Moment, bevor er seine knöcherne Faust ausstreckte und den Unterarm des Mädchens umfing.

Wie ein Brautpaar aus der Hölle, dachte Jason Price, der den Schock seines Lebens erlitten hatte und kaum merkte, dass er von seiner Tochter angesprochen worden war.

Erst als sie zum zweiten Mal das Wort »Dad« rief, zuckte Price zusammen.

»Wie findest du ihn, Daddy?«

Jason Price schüttelte den Kopf. »Nein!«, keuchte er. »Du bist wahnsinnig! Renn weg, Kind, renn weg!«

»Natürlich nicht. Ich wollte dir nur meinen neuen Freund vorstellen, mehr nicht.«

»Du bist verrückt, Kind!«

»Ich habe nur sein Testament erfüllt. Und ich will dir noch etwas sagen, Dad. Er wird ab jetzt bei uns wohnen. Er hat ein Recht darauf, denn ihm hat das Haus einmal gehört. Komm, Sir Edward, lass uns gehen …« Marion Price drehte sich um und zog den lebenden Toten kurzerhand mit sich. Zurück ließ sie einen entsetzten Vater, der die Welt nicht mehr verstand …

Bill Conolly war verschwunden. In irgendeine teuflische Falle war er geraten.

War es der Ghoul?

Ich wusste es nicht, als ich hinterher sprang. Auch ich landete in diesem weichen Matsch aus Abfall, bückte mich sofort und leuchtete dorthin, wo ich Bill zum letzten Mal gesehen hatte.

Das Loch gähnte mir entgegen. Es war so angebracht, dass man es nur dann erkennen konnte, wenn man in einem bestimmten Winkel in die Grube hineinschaute. Es befand sich an der Seite und gleichzeitig in Bodenhöhe. Da Bill den Abfall zur Seite geräumt hatte, war es frei geworden.

Auf meine Kleidung konnte ich keine Rücksicht mehr nehmen. Ich musste auf die Knie und mich mit dem Kopf voran durch die Öffnung schieben, die so breit war, dass ich mit den Schultern hindurchpasste. In der rechten Hand hielt ich die Lampe. Den Arm hatte ich angewinkelt und leuchtete in einen Stollen hinein, der im schrägen Winkel in die Tiefe der Erde führte.

Der Abfall hatte schon einen widerlichen Geruch verbreitet. Er war aber nichts gegen den Gestank, der mir aus dem Schacht entgegenwehte, denn dort roch es nach Ghoul.

Leichengestank, Moder, Verwesung.

Ich schüttelte mich, und über meinen Rücken rann ein kalter Schauer. Automatisch dachte ich an meinen ersten Ghoul-Fall, der mich in das Gang-Labyrinth unter einen Friedhof geführt hatte.

Der Strahl schnitt einen hellen Streifen in die Finsternis des nach unten führenden Stollens.

Ich sah nichts von meinem Freund Bill Conolly. Dieser Ghoul musste ungemein schnell gewesen sein, wobei ich mich wunderte, dass sich Bill nicht gewehrt hatte, denn er war ein Typ, der nicht aufgab.

»Bill …« Meine Stimme hallte, als ich den Namen rief. Aber ich erhielt keine Antwort.

Es half nichts. Ich konnte hier nicht am Stolleneingang warten, sondern musste selbst hinunter. Mir kam dabei zugute, dass ich meine Lampe hatte, die auch eingeschaltet war. Bills Lampe schien nicht mehr zu leuchten, jedenfalls sah ich nichts.

Drehen konnte ich mich in diesem engen Stolleneingang nicht. Demnach war ich gezwungen, weiter, mit dem Kopf voran, in die Tiefe zu kriechen. Dabei blieb es nicht.

Kaum hatte ich die ersten Yards überwunden, als ich ins Rutschen geriet und auf der schiefen Ebene in die Tiefe glitt. Festhalten konnte ich mich nirgendwo. Ich sah die Wände, über die der tanzende Lichtschein huschte.

Dann hatte die Rutschpartie ihr Ende gefunden. Jetzt konnte ich meine Kleidung wegwerfen. Ansonsten war ich unversehrt und schaute mich auch sofort um.

Der Gestank raubte mir fast den Atem. Hier hatte ein Ghoul gehaust. Das sah ich an den Überresten der Knochen, als sie vom Licht meiner Lampe getroffen wurden.

Bleiche Gebeine nahmen einen gelblichen Schimmer an und leere Augenhöhlen wurden mit Licht ausgefüllt.

Ich zuckte zusammen, denn die Knochen hatten einmal Menschen gehört. Wer mochte hier gestorben sein?

Jedenfalls hatte sich der verdammte Ghoul mehr als wohl fühlen können! Leider entdeckte ich ihn nicht, auch nicht meinen Freund Bill Conolly. Der schleimige Dämon musste ihn verschleppt haben. Das Ziel jedoch war ungewiss.

Vielleicht hatte er Spuren hinterlassen. Aus diesem Grund suchte ich den Boden nach Schleim ab. Wenn der Ghoul seine Urgestalt angenommen hatte, ein schleimiges Wesen geworden war, sonderte er dicke Tropfen ab, die mir unter Umständen den Weg zu seinem Versteck zeigen konnten. Er brauchte diesen Schleim, denn er diente gleichzeitig als Gleitschicht, damit sich das Monster besser durch die engen Gänge zwischen den einzelnen Gräbern bewegen konnte.

Ich war an einem zentralen Punkt gelandet und hatte die Wahl zwischen drei Gängen. Wenn das Pech mal angefangen hat, dann kommt es meistens knüppeldick.

Für welchen Gang sollte ich mich entscheiden?

Wieder ließ ich den Strahl der Lampe über den Boden gleiten und suchte nach Spuren. Irgendwo musste der Schleim liegen. Ein Ghoul verschwand nie, ohne eine Schleimspur zu hinterlassen. Hinstellen konnte ich mich nicht. Ich suchte kniend und hatte beim zweiten Gang Glück.

Ich sah nicht nur den hellen, leicht gelblich schimmernden Schleim, sondern glaubte auch, einen noch stärkeren Leichengeruch wahrzunehmen.

Der Gang vor mir musste es sein!

Wer immer diesen Tunnel gegraben haben mochte, ein Menschenfreund war es nicht gewesen. Die ersten Yards kam ich noch verhältnismäßig gut voran, dann wurde es schlimm.

Die Decke schien mir auf den Kopf zu fallen. Sie war sehr niedrig, die Luft war ausgesprochen schlecht. Es war ein widerlicher Gestank. Frischer Sauerstoff drang so gut wie nicht ein, sodass ich gezwungen war, mir ein Taschentuch vor die Lippen zu pressen.

Ich dachte dabei an Bill Conolly, dem es auch nicht besser ergangen war, denn er hatte hier ja auch durchgemusst.

Ich kroch.

An manchen Stellen war es nicht anders möglich, als sich wie ein Rekrut bei der Gefechtsausbildung voranzubewegen. Die Lampe hielt ich in der rechten Hand. Ihr Strahl riss immer ein Loch in das Dunkel, sodass ich Hindernisse rechtzeitig genug erkennen konnte.

Manchmal schimmerte es heller. Dann war das Licht auf eine Schleimspur getroffen, die der Ghoul hinterlassen hatte.

Yard für Yard kroch ich voran. Hin und wieder wurde die Luft ein wenig besser, danach tauchte ich ein in die widerliche Wolke aus penetrantem Leichengestank.

Ich war mir natürlich darüber im Klaren, dass ich mit eingeschalteter Lampe ein gut zu erkennendes Ziel abgab. Dieses Risiko musste ich eingehen. Im Dunkeln wollte ich nicht durch den Tunnel kriechen.

Nach einer Weile stellte ich fest, dass der Gang ein wenig anstieg. Sollte der Tunnel einen normalen Ausgang haben?

Das wäre gut gewesen und wirklich eine Überraschung. Meine Hoffnung steigerte sich, als etwas über meinen Kopf kratzte, das sich anfühlte wie steife Finger.

Sofort hielt ich ein. Über meinen Rücken rann ein Schauer. Ich drehte mich auf die Seite und leuchtete in die Höhe.

Die Tunneldecke war nicht weit entfernt. Aus dem Lehm stachen keine Finger, sondern die Enden von Baumwurzeln, und der für mich unsichtbare Baum über mir musste schon ein alter Knochen sein, denn sein Wurzelwerk hatte gewaltige Ausmaße.

Ich musste pausieren. Das Gefühl der Beklemmung hatte sich in den letzten Minuten verstärkt. Es ist wirklich nicht jedermanns Sache, durch einen unterirdischen Tunnel zu kriechen. Die Gefahr, bei einem Einsturz lebendig begraben zu werden, hing wie ein drohendes Schwert über meinem Kopf.

Die Hoffnung, den Ghoul zu stellen, hatte ich längst aufgegeben. Er war immer schneller als ich. Seine Schicht aus Schleim sorgte für ein müheloses Voranbewegen, während ich mich herumquälen musste und Yard für Yard überwand.

Zeit hatte für mich keine Bedeutung mehr. Ich wühlte mich weiter durch, und der Gang wurde auch besser. Vor allen Dingen höher, sodass ich mich auf Händen und Füßen voranbewegen konnte.

Wann hatte der Gang sein Ende?

Es war grauenhaft, und an Umkehr dachte ich auch nicht. Bis zum Ziel wollte ich durchhalten.

Ich hatte mich bisher in die Richtung voranbewegt, aus der Bill und ich gekommen waren. Allerdings nicht genau auf den Ort zu.

Pottersbury lag woanders, und sein Friedhof sicherlich auch.

In der nächsten halben Stunde wurde es kritisch. Meine Kräfte erlahmten. Ich bekam das große Zittern, die Arme wollten das Gewicht nicht mehr tragen und ich musste meinen Körper regelrecht hinter mir herschleifen. Ich pausierte einige Male.

Von Bill Conolly war nichts zu sehen.

Der Ghoul hatte ihn regelrecht verschwinden lassen, sodass ich das Nachsehen hatte.

Meine Bewegungen wurden kraftloser. Der Sauerstoffmangel machte sich bemerkbar. Kopfschmerzen quälten mich. Sie hämmerten in meinen Schläfen, meine Glieder zitterten und manches Mal tanzten vor meinen Augen die berühmten roten Kreise.

Es ging dem Ende zu, das spürte ich sehr deutlich. Lange konnte ich mich nicht mehr halten und ich würde auch den Rückweg nicht mehr schaffen, ohne zusammenzubrechen, denn ich hatte mir zu viel vorgenommen. Unter der Erde waren die Ghouls in ihrem Element und jedem anderen überlegen, dies musste ich neidlos anerkennen.

Übelkeit würgte mich. Nur im Zeitlupentempo schob ich mich voran. Jede Bewegung kostete Sauerstoff und bereitete mir Qualen. Mein Gesicht war verzerrt. Ich atmete mit offenem Mund, die Schwächeanfälle traten immer häufiger auf.

Bisher hatte ich mich immer wieder zusammengerissen. Auch das war einmal zu Ende. Irgendwann kam der Zeitpunkt, wo ich nicht mehr konnte. Ich kniete zwar noch, schaffte es allerdings nicht mehr, meinen Körper mit den Händen und Knien abzustützen.

Ich brach zusammen.

Auf dem Bauch blieb ich liegen. Mein Atem ging rasselnd. Jede Faser meines Körpers schrie nach Sauerstoff. Ich sah die bunten Gestalten vor meinen Augen. Aus den Kreisen wurden Ovale und andere Gebilde, die mich wie eine große Woge zu überschwemmen drohten. Ich hatte das Gefühl, auf den schwankenden Planken eines Bootes zu liegen.

Die Ohnmacht stand dicht bevor. Zuletzt nahm ich noch den intensiven Geruch wahr.

Diesen widerlichen Leichen- und Ghoulgestank, der sich verstärkte und mich regelrecht überschwemmte.

Ich stemmte mich unter Aufbietung aller Kräfte ein wenig in die Höhe, und ich sah den verdammten Ghoul vor mir.

Ein ekliges, schleimiges Monster, das vor meinen Augen verschwamm und breit grinste.

Es war nur Einbildung. Tatsächlich blieb der Ghoul hocken und starrte mich, das zweite Opfer, an.

Ich war bewaffnet, besaß sogar hervorragende Waffen gegen dieses Monster, aber ich kam nicht an meine Beretta heran. Die Schwäche ließ es nicht zu.

Und so konnte der Ghoul zusehen, wie auch mein letzter Rest an Wille verschwand und ich allmählich hinüberglitt in das Reich der Bewusstlosigkeit…

Thelma Price war nicht mehr ins Bett gegangen. Sie hatte sich den alten Morgenmantel übergestreift, einen doppelten Knoten in den Gürtel geschlungen und stand wartend am Fenster.

Ihr Mann hatte den kleinen Friedhof längst erreicht. Er sprach mit Marion, schien sich aber nicht mit ihr einig zu werden, denn die beiden kehrten nicht zurück.

Thelmas Lächeln wurde zu einem Grinsen. »Das gönne ich dir!«, flüsterte sie. »Endlich siehst du mal, dass deine Tochter einen eigenen Dickkopf hat und nicht nur Daddys Schätzchen ist, wie du es immer gern haben wolltest.« Sie setzte noch ein scharfes Lachen hinzu, wobei sie sich die Hände rieb.

Die Lampe war umgekippt. Auch das erkannte Thelma und wunderte sich darüber. Sie sah die etwas höheren Flammen, die die nähere Umgebung und den kleinen Friedhof gespenstisch beleuchteten. Leider hatte sie kein Fernglas zur Hand. Damit hätte sie alles noch deutlicher erkennen können. So musste sie sich einiges zusammenreimen.

Je mehr Zeit verstrich, umso ungeduldiger wurde sie. Was hatten die beiden denn auf dem verfluchten Friedhof verloren? Da war doch nichts, was sie noch aufhalten konnte. Weshalb kamen sie dann nicht zurück? So schön war die Ecke auch nicht. Vor allen Dingen reagierte Marion so seltsam. Sie hatte sich vor ein Grab gekniet und hielt ihre Arme nach unten gestreckt.

Thelma zählte die Reihe ab und kam zu dem Schluss, dass Marion auf das Grab des Richters fixiert war.

Ausgerechnet.

Thelma Price hatte diesen Sir Jeffries noch nie leiden können. Er war ihr einfach zuwider gewesen. Man erzählte sich über ihn keine guten Geschichten. Bei seinen Kollegen hatte er keinen guten Ruf, denn er gehörte zu den Menschen, denen es Spaß bereitete, andere zu bestrafen, was er natürlich nie zugegeben hätte. Aber es war nun mal so. Anzeichen dafür gab es genügend.

Und ausgerechnet vor seinem Grab kniete Marion, wobei ihr Vater nicht einmal eingriff.

»Das ist typisch!«, flüsterte Thelma.

Das Bad lag nebenan. Es war nachträglich eingebaut worden. Ein ziemlich großer Raum mit einer grünen Wanne und braunen Fliesen an den Wänden.

Thelma Price trat an das Waschbecken, ließ Wasser laufen und nahm ein Zahnputzglas, das sie bis zur Hälfte füllte. Sie leerte es in mehreren Schlucken, schaute noch einmal in den Spiegel und sah eine alt gewordene Frau mit grauen Haaren, die ihren Kopf wie ein Besen umgaben.

Attraktiv war sie nicht mehr. Die Jahre hatten Spuren in ihrem Gesicht hinterlassen. Kein Wunder, dachte sie, wenn man mit einem Totengräber verheiratet ist und in einem Haus wohnt, das keiner haben will, weil das Böse dort umgehen soll.

Ja, so sprachen die Leute. Sie hatten sich zwar nie näher artikuliert, doch Thelma verstand. Mit dem Bösen konnte eigentlich nur einer gemeint sein.

Sir Edward Jeffries, der Richter!

Sie sah ihn noch vor sich. Ziemlich klein, ein spitzes Gesicht, das manchmal einen verschlagenen, zynischen Ausdruck annehmen konnte. Und sie dachte auch an die kalten, gefühllosen Augen, die einen Angeklagten regelrecht sezieren konnten, wenn sie ihn anschauten. Wie oft hatte er gelacht, wenn er einen Menschen durch sein Urteil vom Leben in den Tod beförderte. Richter Jeffries hatte sich besonders gern der Polizistenmörder angenommen. Da konnte er mit gutem Gewissen die Todesstrafe aussprechen, wobei sich die Frage stellte, ob er überhaupt ein Gewissen hatte.

Sie verließ das Bad und schüttelte dabei den Kopf. Weshalb hatte die Tochter an diesem Mann einen Narren gefressen? Sie hatte sich vor seinem Tod oft mit ihm unterhalten und seinen Worten gelauscht. Stundenlang saßen sie zusammen. Thelma gab zu, dass sie manches Mal gehorcht und auch Wortfetzen aufgeschnappt hatte. Ein paar Mal hatte sie den Begriff Asmodis gehört.

Thelma hatte dann nachgeschlagen, um zu wissen, was dieser Name bedeutete.

Sie war erschreckt gewesen, als sie feststellen musste, dass Asmodis ein anderes Wort für Teufel war.

Ja, Teufel, das passte zu Sir Edward. Er war ein Teufel in Menschengestalt, etwas anderes konnte man von ihm kaum sagen. Und es lag eigentlich auf der Hand, dass er auch von dem Teufel sprach. Das Gegenteil hätte man sich bei ihm kaum vorstellen können.

Thelma betrat das Schlafzimmer und stellte sich wieder ans Fenster. Sie rechnete damit, die beiden auf dem Rückweg zu sehen. Das allerdings war ein Irrtum.

Sowohl ihr Mann als auch ihre Tochter befanden sich noch auf dem Friedhof.

Und jemand war hinzugekommen.

Thelma schaute noch genauer hin. Die Dunkelheit jedoch verschleierte ihren Blick. Zudem blendete sie die Fensterscheibe ein wenig, sodass sie von der dritten Gestalt nicht viel erkennen konnte.

Marion jedoch schien sie zu kennen, denn ihre Tochter hielt sich bei dem Fremden auf.

Thelma schüttelte den Kopf. Sosehr sie auch nachdachte, es gab nichts, was auch nur annähernd einer Erklärung gleichkam.

Auch ihr Mann tat nichts. Er schaute zu, lief dann jedoch los. Das wunderte Thelma abermals, denn er dachte nicht daran, Marion mitzunehmen.

»Dieser Trottel«, schimpfte die Frau, »lässt seinen Liebling einfach zurück. Dem werde ich was unter die Weste schieben, darauf kann er sich verlassen.« Sie nickte heftig, machte entschlossen kehrt und verließ das Schlafzimmer.

Im Flur knipste sie Licht an. Es leuchtete nicht nur oben, sondern auch die untere Etage aus. Dabei schimmerte es auch durch den oberen Glaseinsatz der Haustür. Jason sollte wissen, dass sie wartete, wenn er zurückkehrte.

Auf halber Treppe blieb sie stehen und schaute hinunter in die Diele, die schon mehr einer Halle glich. Es waren nicht ihre Möbel, die dort standen. Als sie das Haus übernahmen, war die Möblierung geblieben. Die

Dinge hatten dem Richter gehört. Im Laufe seines Lebens war es ihm gelungen, einige wertvolle Gegenstände zusammenzutragen.

Thelma hatte schon an einen Verkauf gedacht, war bei ihrem Mann und der Tochter allerdings auf taube Ohren gestoßen. Besonders Marion wollte das Andenken des Verstorbenen hoch in Ehren halten.

Thelma hatte für den alten Plunder, wie sie immer sagte, kein Interesse.

Sehen konnte sie Jason nicht, sie hörte nur seine Schritte draußen auf der Treppe. Sie klangen gehetzt. Der Mann war schnell gelaufen, und er stieß so heftig die Tür auf, dass sie fast bis an die Wand schlug. Keuchend blieb Jason Price im Raum stehen, wobei er den Kopf schüttelte und schwer nach Luft schnappte.

»Was hast du?«, fragte Thelma besorgt. »Ist dir nicht gut?«

»Du stellst Fragen.«

»Sicherlich.«

Jason Price drehte sich um und donnerte die Tür zu. Als sie ins Schloss fiel, klang es wie ein Schuss. Dann lehnte er sich gegen das Holz und holte noch immer keuchend Luft.

»Was ist denn passiert, zum Henker?« Thelma blieb nicht mehr auf der Treppe stehen, sondern ließ sie hinter sich, um auf ihren Mann zuzugehen.

»Das kann ich dir sagen. Die Hölle ist passiert.«

»Rede doch nicht so einen Quatsch.«

Jason lachte schrill. »Quatsch ist gut. Wir haben Besuch bekommen, meine Liebe.«

»Das sah ich vom Fenster aus.«

»Dann weißt du auch, von wem?«

»Nein, so genau konnte ich nicht schauen.«

»Von Sir Jeffries.«

»Dem Richter?«

»Kennst du einen anderen?«

Thelmas Gesicht versteinerte. »Das gibt es doch nicht«, behauptete sie. Ihre Stimme klang spöttisch, wurde aber sehr ärgerlich, als sie weitersprach. »Du willst mich wohl auf den Arm nehmen, Jason! Der Richter ist tot, damit sollte man keine Scherze treiben, hast du verstanden?«

»Es ist kein Scherz. Er – er …« Der Mann schluckte ein paar Mal. »Er stieg aus seinem Grab.«

»Als Toter?«

»Nein, verdammt. Als lebender Toter.« Jason stierte seine Frau an. »Thelma, ich bin fertig. Ich weiß nicht mehr, was ich tun soll. Ich bin am Ende. Was ich da gesehen habe, das geht einfach über meine Kräfte. Kannst du das begreifen?«

»Nur schwer.«

»Ja, da hast du Recht. Aber du musst dir klar machen, dass unsere Tochter ihren Freund mit nach Hause bringt. Und dieser Freund ist ein lebender Toter, ein Zombie.«

Thelma hörte die Worte, nahm sie auf, verarbeitete sie und nickte schließlich, bevor sie eine Antwort gab. »Entweder bist du reif für die Anstalt oder ich.«

»Wir werden es beide sein, wenn sie erst einmal hier sind«, erklärte der Mann.

»Ich kann dir nicht glauben. Du willst mich hier …«

»Hast du den anderen gesehen oder nicht?«

»Schon …«

»Na bitte. Und ich sage dir, es ist der Richter. Er ist aus seinem Grab gestiegen. Das ist kein Mensch mehr, sondern ein Monster, ein widerliches Skelett, das sich bewegen kann und von unserer Marion hier ins Haus gebracht wird.«

»Das will ich sehen.«

»Bitte, du kannst nachschauen.« Jason Price gab die Tür frei, damit seine Frau sie aufziehen konnte.

Das tat sie auch. Zuerst nur einen Spalt. Als sie zu wenig erkennen konnte, öffnete sie die Tür weiter und streckte ihren Kopf nach draußen.

»Siehst du was?«, fragte Jason.

»Ja, sie kommen.«

»Deine Tochter mit einem Skelett. Toll, so etwas habe ich noch nie erlebt.«

Thelma zog sich zurück und wuchtete die Tür zu. Sie war blass geworden, als sie ihren Mann anschaute.

»Na, hast du das Skelett gesehen, meine Liebe?«

»Ich weiß nicht …«

»Wieso? Hältst du mich für einen Lügner?«

»Sie – sie waren eben zu weit entfernt.«

»Das wird sich ändern. Warte es nur ab.«

»Was sollen wir denn machen?«, fragte Thelma leise. »Die Polizei anrufen oder …?«

»Abwarten. Ich gehe jetzt und hole meine Pistole. Du hast mir selbst geraten, sie mitzunehmen. Hätte ich es mal vorher getan, wäre alles ganz anders gewesen.«

Thelma hob nur die Schultern. Sie wollte ihren Mann keinesfalls daran hindern, das zu tun, was er für richtig hielt. »Soll ich die Tür abschließen?«, rief sie ihm nach, als er sich bereits auf der Treppe befand.

»Meinetwegen, aber viel Zweck wird es nicht haben. Sie werden immer ins Haus kommen.«

Thelma ließ die Tür offen. Sie trat jedoch ans Fenster, schob den Vorhang zur Seite und schaute nach draußen. Ihre Tochter und der angeblich aus dem Grab gestiegene Richter hatten sich dem Haus schon so weit genähert, dass sie nur noch wenige Schritte bis zur Treppe laufen mussten und schon bald in den Streubereich der Lampe gerieten.

Dann sah Thelma Price die beiden aus der Nähe. Ihrer Tochter gönnte sie kaum einen Blick. Sie interessierte sich für das Wesen an ihrer Seite.

War das der Richter?

Thelma wurde stumm vor Grauen. Ihre Gesichtszüge veränderten sich und sie konnte einfach nicht mehr hinschauen, denn das Wesen neben Marion war tatsächlich ein Skelett. Da hatte Jason nicht gelogen. Sie brachte ein lebendes Skelett mit, einen Untoten! Einen Zombie, wie ihr Mann gesagt hatte.

Schwer klopfte das Herz in ihrer Brust. Thelma schüttelte sich. Das Grauen hatte sie regelrecht überfallen. Es kam wie eine Woge, die sie überspülte. So etwas hatte sie noch nie gesehen, auch nicht davon gehört, und sie bezeichnete sich selbst als abgebrüht und abgeklärt. Nicht umsonst hatte sie ihrem Mann so manches Mal mitgeholfen, die Toten unter die Erde zu bringen, und jetzt stand eines dieser fast verwesten Monster vor ihr.

Ging so etwas überhaupt mit rechten Dingen zu?

Sie wankte zurück und presste ihre rechte Hand auf die linke Brustseite. Dabei drehte sie sich um und erkannte einen Schatten auf der Treppe. Sogar jetzt erschrak sie, atmete nach diesem Gefühlsausbruch wieder auf, denn sie hatte ihren Mann erkannt.

Er kam zurück.

Mit der alten FN-Pistole, die er in der rechten Hand hielt und deren Mündung zu Boden wies. Schwer ging er die Stufen hinab. Die linke Hand lag auf dem Geländer und rutschte bei jeder Stufe, die er hinter sich ließ, weiter.

Thelma hielt es nicht auf ihrem Platz. Sie wankte ein paar Schritte vor, schaute die Treppe hoch und drehte dann den Kopf, um zur Tür zu blicken.

»Sie – sie kommen.«

»Ich weiß«, erwiderte Jason mit dumpfer Stimme.

»Die Polizei …«

»Nein, das erledige ich. Geh aus dem Weg, Thelma!«

»Ja, ja.« Ohne Widerspruch folgte sie den Anweisungen ihres Mannes und trat zur Seite, damit er freie Schussbahn hatte und auf die Tür halten konnte.

Schritte auf der Außentreppe.

Nicht fordernd und hart, sondern eher verhalten, dabei schleichend, und das Ehepaar glaubte auch, die Stimme seiner Tochter zu hören, wobei sie die Worte nicht verstehen konnten.

Thelma hatte um Marion Angst. »Bitte«, flüsterte sie. »Gib Acht, wenn du schießt …«

»Keine Sorge, ich treffe sie schon nicht.« Jasons Gesicht glich einer Maske aus Stein. Nichts regte sich mehr darin. Nicht einmal die Mundwinkel zuckten, als er erkannte, dass sich die schwere Klinke der Haustür bewegte und langsam nach unten gedrückt wurde.

Im Gegensatz dazu stand das plötzliche Auffliegen der Tür. Sie wurde in den Raum gewuchtet, und auf der Schwelle malten sich die Umrisse der beiden so unterschiedlichen Gestalten ab.

Marion und der untote Richter.

Das Skelett hielt den Arm des Mädchens umfasst, seine knöchernen Finger schimmerten bleich. Fetzen des alten Totenhemdes klebten an den Knochen, und das an der Hinterseite des Schädels hängende Haar war grau, verfilzt und verdreckt.

»Jason!«, flüsterte Thelma. »Bitte …«

Price nickte. Er hatte sich längst entschlossen, hob den rechten Arm, zielte und wollte vorher noch warnen. »Raus«, sagte er.

Marion blieb stehen. Da sich der Untote an ihr festhielt, wurde auch sein Schritt gestoppt. Das Mädchen hob den Kopf und verzog seine Lippen zu einem Lächeln. »Was willst du mit der Pistole?«, fragte es.

»Schießen!«

»Auf mich?«

»Nein, auf das Monster an deiner Seite!«

Marion erstarrte. »Aber das kannst du nicht«, flüsterte sie. »Das ist unmöglich.«

»Wer sollte mich daran hindern?«, fragte der Mann kalt.

»Er gehört mir. Ich habe ihn aus dem Grab geholt.« Um ihre Worte zu untermauern, löste Marion ihre Hand vom Knochenarm des Skeletts und strich über das Haar des Zombies.

Thelma Price glaubte sich in ein Schreckenskabinett versetzt. Sie schüttelte wild den Kopf und schluchzte auf. Was sie da erlebte, war unfassbar und mit Worten nicht zu erklären. Sie verstand ihre Tochter nicht mehr.

Auch für Jason war es zu viel. Die Wut, der Zorn und das Grauen überschwemmten ihn. Vor seinen Augen begann das Zimmer zu tanzen und die beiden vor ihm bewegten sich mit.

Seine Tochter liebte einen Zombie!

Gab es einen noch größeren Schrecken als diesen? »Geh weg!«, hauchte er. »Geh, Kind, ich muss ihn …«

»Schieß doch endlich!«, brüllte Thelma, die es nicht mehr aushielt. Ihre Stimme überschlug sich, das Echo schwang wie das Kreischen eines wilden Vogels durch die Halle.

Jason Price feuerte.

Er hatte lange nicht mehr geschossen, und er hoffte, dass er treffen würde.

Vor der Mündung sah er für die Dauer eines Gedankenblitzes die fahle Flamme. Seine rechte Hand, in der er die Waffe hielt, zitterte. Er hörte den Einschlag des Geschosses nicht, aber er sah, wie das Skelett zurückgeschleudert wurde und seine Tochter gleich mit, da sie den Knöchernen einfach nicht losließ.

Beide verschwanden durch die offene Tür, fielen auf den oberen Treppenabsatz, wobei Marion auf ihrem ›Geliebten‹ liegen blieb und gellend schrie.

Der Arm fiel Jason Price automatisch nach unten. Seine Mundwinkel zuckten. Es hatte ihn Kraft gekostet, so zu handeln. Nun hatte er es hinter sich gebracht.

Das Skelett lag am Boden. Ein schwerer Albdruck war von dem Ehepaar genommen worden. Auch Thelma hielt es nicht mehr an ihrem Platz. Sie trat zitternd näher, stellte sich neben ihren Mann, wobei sie ebenfalls durch die offene Tür auf den obersten Treppenabsatz schaute.

Dort aber schlug das Grauen voll zurück. Es waren nur Sekunden gewesen, in denen sie ihren angeblichen Sieg genießen konnten. Die Tatsachen jedoch lagen anders.

Das Skelett war nicht vernichtet. Ein Bleimantelgeschoss schaffte dies einfach nicht. Es hatte zwar getroffen, war wie ein Hammerschlag gegen den Knöchernen gedröhnt, hatte ihn kraft seiner Fluchtgeschwindigkeit auch umgestoßen, aber nicht vernichten können.

Das Skelett bewegte sich.

Und es stand auf.

Thelma Price drehte fast durch. Sie klammerte sich an ihrem Mann fest, schüttelte den Kopf und flüsterte immer wieder: »Mein Gott, das kann doch nicht wahr sein! Das ist nicht möglich …«

»Still!«, zischte Jason.

Er wollte es ja auch nicht glauben, musste seinen Augen aber leider trauen, denn nicht nur das schreckliche Skelett erhob sich, auch das Mädchen Marion kam auf die Beine.

Sie lächelte, bevor sie sagte: »Ihr müsst uns schon bei euch aufnehmen, denn Sir Jeffries wird in sein Haus zurückkehren und nichts kann ihn daran hindern …«

Das war genau der Zeitpunkt, wo Thelma Price in Ohnmacht fiel.

War ich überhaupt richtig ohnmächtig gewesen?

Ich konnte es nicht genau sagen, denn irgendwie hatte ich das Gefühl gehabt, am Körper die Griffe widerlicher Hände zu spüren und Berührungen mitzuerleben, die Ekel in mir hochsteigen ließen.

Der Ghoul musste mich weggeschleift haben. Das sah ich sehr bald bestätigt, als ich die Augen öffnete.

Ich lag an einem anderen Platz!

Unangenehm feucht klebte der Dreck in meinem Gesicht. Ich wollte ihn abwischen, konnte meinen rechten Arm jedoch nicht anheben und musste feststellen, dass ich gefesselt war. Der Ghoul, oder wer immer es gewesen sein mochte, hatte mir die Hände vor dem Körper zusammengebunden, sodass ich mich erst auf den Rücken wälzen musste, um die Arme anwinkeln zu können.

Für einen Moment blieb ich liegen und atmete durch. War die Luft tatsächlich besser geworden, oder täuschte ich mich da? Zwar lag noch immer der penetrante Leichengestank in der Luft, allerdings nicht mehr so intensiv wie zuvor.

Das ließ mich hoffen.

Noch etwas hatte sich rapide verändert. Es war nicht mehr stockdunkel. Zwar auch nicht hell, aber der Platz, an dem ich mich nun befand, wurde durch einen düsteren Fackelschein erhellt, der allerdings mehr Schatten als Licht zurückließ.

Der Ghoul schien nicht in der Nähe zu sein. Deshalb richtete ich mich auf, und es war auch niemand da, der mich daran hindern wollte.

So weit es meine augenblickliche Lage erlaubte, wollte ich das Gefängnis inspizieren. Und zwar blickte ich dorthin, wo die Fackel leuchtete.

Sie steckte nicht in einer Erdwand. Im tanzenden und rußenden Schein erkannte ich dicke Mauern und einen eisernen Halter, der die Fackel hielt. Der Ghoul hatte mich in einen Keller oder ein Verlies geschleift, dort gefesselt und liegen gelassen.

Für wen?

Es war müßig, sich darüber Gedanken zu machen, denn irgendwann würde er zurückkehren und über mich herfallen. Das stand fest wie das Amen in der Kirche.

Bis dahin musste ich meine Fesseln losgeworden sein. Ich warf einen Blick auf meine Hände und stellte fest, dass die Gelenke mit einfachen Stricken zusammengebunden waren. Wenn ich mir Mühe gab, musste ich es schaffen und sie abstreifen.

Es gelang mir, die Hände zur Seite zu drehen. Dort saßen die Knoten, wie ich schwach zu erkennen glaubte. Die Zeit, mich näher damit zu befassen, ließ man mir nicht, denn von der rechten Seite her vernahm ich ein Stöhnen.

Ich saß wie erstarrt da, während über meinen Rücken ein kalter Schauer kroch.

War der Ghoul bereits zurückgekehrt?

Daran wollte ich nicht so recht glauben. Das Stöhnen hatte sich nicht angehört wie das Schmatzen eines Ghouls, sondern hatte sehr menschlich geklungen.

Dort musste jemand liegen.

Leider reichte der Fackelschein nicht aus, um Details erkennen zu können. Wenn ich etwas sehen wollte, musste ich mich bewegen. Da der Gegner meine Füße nicht gebunden hatte, konnte ich mich hochstemmen. Einmal kräftig Schwung geholt, und ich stand auf zitternden Beinen, denn plötzlich überfiel mich die Schwäche, und ich musste mich schon breitbeinig hinstellen, um sie zu überwinden.

Auch das Laufen war nicht so einfach. In meinen Knien wackelte es, als ich die ersten Schritte vorging, um festzustellen, wer das Geräusch verursacht hatte.

Abermals vernahm ich das Stöhnen. Ein Verdacht keimte in mir hoch und als ich weiterging, da schälte sich allmählich etwas aus dem düsterroten Zwielicht von tanzenden Flammen und Schatten.

Eine Gestalt lag auf dem Boden. Noch einen Schritt brauchte ich, um sie zu erkennen.

Es war Bill Conolly!

Ich stieß den Namen meines Freundes hervor und ließ mich auf die Knie fallen, um ihn besser und aus größerer Nähe anschauen zu können.

Bill ging es schlecht. Um das festzustellen, benötigte ich nur einen Blick. Man hatte ihn auf den Rücken gelegt, die Arme und Beine gespreizt, und sie mit Stricken an aus dem Boden ragende Eisenstäbe gefesselt, sodass sich der Reporter nicht rühren konnte.

Eine teuflische Methode, jemanden so zu fesseln. Ich kannte sie aus alten Indianerfilmen. Diese Art, einen Gegner auszuschalten, war sehr wirkungsvoll.

Das war längst nicht alles, es ging noch weiter. Bill Conolly lag zwar auf dem Boden, jedoch innerhalb eines Kreises, in den ein Dreieck gemalt worden war.

Ein Teufelszeichen?

Möglich.

Ich dachte an die Pyramide des Wissens, in der ich mich einmal befunden hatte. Auch sie stellte ein Dreieck dar, bei ihr jedoch war es zum Guten gewendet, und ich konnte mir vorstellen, dass dieses Dreieck hier dem Bösen geweiht war. Schließlich zeigte die Fratze des Teufels auf zahlreichen Abbildungen ebenfalls die Form eines Dreiecks.

»Bill«, flüsterte ich, »mein Gott, Bill, was hat man mit dir gemacht? Kannst du reden?«

Der Reporter reagierte nicht. Ich schob meinen Oberkörper vor, wobei ich mich über die Linie des Kreises beugte, und augenblicklich spürte ich den Ansturm fremder Kräfte.

Es war kaum zu beschreiben. In mein Gehirn wollten fremde Stimmen eindringen und mich beeinflussen.

Ich zog mich nicht zurück. Dieser Magie wollte ich mich stellen. Vielleicht konnte ich etwas erfahren.

Da war ein Flüstern und Raunen in meinem Gehirn.

Ein seltsames Rauschen, wobei ich mich anstrengen musste, um überhaupt etwas verstehen zu können.

»Wir kommen frei. Wir sind an der Reihe. Er hat es uns vor dem Tod versprochen. Wenn er zurückkehrt, sind wir frei, dann gehorchen wir ihm allein.«

Es wurde Zeit, dass ich mich zurückzog, denn um die Stimmen konnte ich mich später kümmern. Meine dringlichste Aufgabe lag auf der Hand. Bills und meine Befreiung.

Noch einmal sprach ich meinen Freund an. Er hatte die Augen offen, er musste mich normalerweise hören.

»Bill, alter Junge, verstehst du mich?«

Ich erhielt keine Antwort, die in Worte gefasst war. Nur ein schweres Ächzen drang über seine Lippen, so, als würde er unter starken Qualen leiden.

Mir war längst klar geworden, dass ich mich in einem schwarzmagischen Hexenkessel befand. Ich dachte weiterhin über die seltsamen Stimmen nach, die mich angerufen hatten. Da sollten Geister freikommen. Vielleicht Seelen und keine Ghouls.

War es möglich, dass sich zwei Fälle überlagerten? Und welche Rolle spielte Bill Conolly in diesem teuflischen Kreislauf?

»Okay, Alter«, flüsterte ich. »Warte noch ein wenig, dann hole ich dich raus.«

»John?«

Er hatte gesprochen. Ich war mit dem Lösen meiner Handfesseln beschäftigt, unterbrach die Tätigkeit und schaute zu Bill Conolly hin, der seinen Kopf gedreht hatte.

Das Gesicht meines Freundes schimmerte schwach in der rötlichen Düsternis, die Lippen zuckten, die Augen waren weit aufgerissen. »Sie – sie haben mich fertig gemacht, John.«

»Wer? Die Ghouls?«

»Es gibt nur einen, John. Aber da sind andere. Die Geister der Verstorbenen. Sie befinden sich in diesem Kreis, sie quälen mich, und sie sprechen nur von dem Richter.«

»Wer ist das?«

»Ich kann es dir nicht sagen. Er muss sehr stark sein und ein Testament hinterlassen haben, in dem er alles genau festgelegt hat.«

»Und welche Rolle spielt der Ghoul?«

»Keine bestimmte. Er ist uralt und hat hier schon lange Zeit gehaust. Er dient dem Richter, denn er hat ihn immer versorgt. Der Richter brachte ihm die Leichen.«

Was Bill mir da offenbarte, war verdammt harter Tobak. Jetzt konnte ich mir auch die Knochen erklären, die ich auf meinem Weg hierher entdeckt hatte.

Schlimm ...

Ein Ghoul, ein Richter, ein geheimnisvolles Testament, Geister von Toten – da kam einiges zusammen, das wir noch zu einem Mosaik herrichten mussten.

Diese Dinge strich ich erst einmal aus meinem Gedächtnis und kümmerte mich um die Fesseln. Solange ich an den Händen gebunden war, sah es mies aus, denn so war ich nur bedingt einsatzfähig. Um mich den Gegnern stellen zu können, brauchte ich alle Kräfte.

»Sie werden es nicht schaffen, dich zu opfern«, sagte ich zu meinem Partner und sprach ihm damit Mut zu. »Ich haue dich raus und wir räumen mit der verdammten Ghoulplage auf.«

»Hoffentlich, John. Hast du noch deine Waffen?«

Eine sehr gute Frage, denn ich hatte vergessen nachzuschauen. Ich bewegte mich ein wenig und spürte den Druck an meiner linken Seite. Dort steckte die Beretta.

»Ja, die habe ich.«

»Meine Kanone haben sie mir auch gelassen.«

»Wieso sie? Sind es mehrere?«

»Ich weiß es nicht, John. Ich habe nicht viel mitgekriegt. Die Luft hat mich umgeworfen.«

»Frag mich mal«, erwiderte ich und arbeitete verbissen an den verfluchten Stricken.

Ich hatte mich getäuscht, denn derjenige, der mich gefesselt hatte, war ein Fachmann und verstand sein Handwerk. Die Stricke glichen Schlangenarmen, so sehr waren sie ineinander verknotet und umeinander gelegt.

Als ich nach einigen Minuten noch immer keinen Erfolg verzeichnen konnte, dachte ich an meinen Dolch. Wenn ich ihn hervorholte und hochkant aufstellte, konnte ich die Stricke an seiner Schneide reiben und die Fesseln vielleicht durchtrennen. Alles andere wäre zu mühsam gewesen.

Es blieb beim Vorsatz, denn etwas schreckte mich hoch. Es war kein Geräusch, sondern die Veränderung der Luft.

Eine penetrante Wolke aus Pest- und Leichengestank wehte mir entgegen.

Das konnte nur einen Grund haben.

Der Ghoul kam!

Gern hätte ich mich geirrt, leider war es nicht der Fall. Was sich aus der rötlichen Düsternis herabschob, war tatsächlich dieser widerliche Dämon.

Ein Klumpen!

Das jedenfalls war mein erster Eindruck. Unförmig, ein Mittelding zwischen Mensch und Qualle. Durch die miserablen Lichtverhältnisse konnte ich ihn nicht genauer erkennen. Seine Umrisse verschwammen etwas und von Formen konnte man bei ihm kaum sprechen.

Auf der wabbelnden, wallenden Hauptmasse saß ein kleiner Kopf. Er zeigte die Form einer Kugel und sie schien im Gegensatz zum Unterteil ziemlich fest zu sitzen, denn aus dem Kopf stierten mich zwei gelbliche Augen an, die ihre Blickrichtung um keinen Deut veränderten.

Das also war er.

Schleimig, massig und gefährlich. Wenn er sich bewegte, hörte ich es klatschen. Das geschah immer dann, wenn seine breiten Füße den Boden berührten oder wenn Tropfen, dick wie Kinderköpfe, von seinem Körper fielen und sich zu Lachen auf dem Boden vereinigten.

Spuren, die ich kannte.

Er bewegte auch seine Arme im Rhythmus der Schritte. Sie schwangen hin und her. Irgendetwas hielt er in der rechten schleimigen Klaue. Wahrscheinlich ein Schlaginstrument, mit dem er mich umbringen wollte, damit ich als Leiche vor ihm lag.

Und noch etwas gehörte zu einem Ghoul, konnte man bei ihm als typisch bezeichnen.

Es war das widerliche Schmatzen und Schlürfen, das er ausstieß. Es hörte sich an, als würde jemand heiße Suppe schlürfen und sich dabei die Lippen verbrennen.

Ein Ghoul – so widerlich er auch war – ist eigentlich kein großes Hindernis. Man kann ihn bequem mit einer geweihten Silberkugel vernichten, denn er gehört nicht zu den Dämonen höheren Ranges. Aber ich war gefesselt und würde Mühe haben, mit beiden Händen an die Beretta zu gelangen. Auf jeden Fall kostete es Zeit.

Es war meine einzige Chance, da ich das Kreuz nicht hervorholen konnte, weil dies noch länger gedauert hätte.

Ich brachte die gefesselten Hände an meine linke Körperseite, ging gleichzeitig zurück und suchte meine Pistole. Ich wollte die Waffe zwischen die Hände klemmen und versuchen, eine geweihte Silberkugel abzufeuern.

Der Ghoul sah die Bewegung. So plump und träge er mir auch erschienen war, so schnell wurde er, wuchtete sich vor und hob gleichzeitig den rechten Arm mit der Schlagwaffe.

Als dies geschah, sah ich es am Ende der Waffe, wo sie sich ein wenig verdickte, aufblitzte.

Verdammt, das waren Nägel!

Dann hieb der Ghoul bereits zu!

Jason Price hatte seine bewusstlose Frau in einen Sessel gebettet, wo sie erst einmal lag und von den Vorgängen nichts mitbekommen sollte, wenn es nach seinem Willen ging.

Da irrte Jason Price. Seine Tochter war es, die dagegensprach. »Mum soll dabei sein!«, sagte sie. »Deshalb geh und hole das Riechfläschchen aus dem Bad.«

»Ich?«, fragte Jason.

»Siehst du noch einen anderen?«, lautete die höhnische Antwort seiner Tochter.

Price senkte den Kopf und hob die Schultern. Die FN-Pistole hatte er weggesteckt, weil er die Nutzlosigkeit seiner Waffe erkannt hatte. Wie ein Greis ging er mit schleppenden Schritten die Stufen hoch, verfolgt vom Blick seiner Tochter, bis er nicht mehr zu sehen war.

Marion Price fühlte sich wohl wie selten in ihrem Leben. Sie hatte die eine große Bedingung erfüllt, die im Testament des Richters gestanden hatte. Er war nicht gestorben, sondern als Untoter zurückgekehrt. Derjenige, dem er eigentlich während seines Lebens gedient hatte, hielt noch immer zu ihm.

Sir Edward Jeffries, der Zombie, hatte ebenfalls Platz genommen. Und zwar in seinem Lieblingssessel, der zwei Schritte vom Kamin entfernt im Hintergrund der Halle stand. Dort hatte er Marion an langen Abenden viel von sich und seiner Rückkehr erzählt. Fasziniert hatte das junge Mädchen den Worten des alten Mannes gelauscht, der so wunderbar plastisch über die Hölle, den Teufel und das Böse an sich berichten konnte und es auch glaubte.

Jason Price kam zurück. Auf der Treppe waren seine Schritte zu hören. Er hielt eine Flasche in der Hand. Brandy schwappte darin. Dieses Mittel war ihm sicherer. Außerdem konnte auch er einen Schluck davon nehmen. Ohne seine Tochter eines Blickes zu würdigen, ging er zu seiner bewusstlosen Frau und blieb neben ihr stehen. Er schraubte die Flasche auf, setzte sie an und trank einen langen Schluck.

»Du sollst ihr doch etwas geben«, beschwerte sich Marion.

Ihr Vater wischte über seine Lippen. »Ja, natürlich. Sie kriegt schon was, keine Sorge.« Er legte den Kopf seiner Frau zurück, öffnete ein wenig den Mund, ließ sie erst an der Flasche riechen und träufelte danach ein paar Tropfen auf und über ihre Lippen.

Sie schluckte automatisch, die Augendeckel begannen zu flattern, und als Jason die Flasche zurückzog, schaute sie ihrem Mann erschreckt ins Gesicht.

»Okay, Thelma, okay. Du musst ruhig sein. Ich bin bei dir. Marion wollte, dass du wieder aufwachst.«

»Marion?«, hauchte Thelma.

»Ja.«

»O Gott, ist sie hier?« Es war ihr anzumerken, wie plötzlich die Erinnerung an die jüngste Vergangenheit zurückkehrte, denn der Schrecken malte sich auf den Zügen der Frau ab.

»Natürlich, aber ...«

Jason Price spürte die Hand seiner Frau an seinem Gelenk. »Und das Skelett auch?«

Price nickte.

»Es passt dir wohl nicht, wie?«, hörten beide die Stimme ihrer Tochter. Während sich Jason umdrehte, richtete sich Thelma auf und wandte kurz den Kopf.

Marion kam näher. Auf ihrem Gesicht lag ein wissendes, aber auch leicht zynisches Grinsen. Dieses Mädchen hatte sich schrecklich verändert, das war ihm anzusehen, obwohl es äußerlich gleich geblieben war und nichts mit einem Monster wie dem Richter gemein hatte.

Jason Price stellte sich schützend vor seine Frau und breitete die Arme aus. »Lass sie in Ruhe, Marion!«

»Das bestimme noch immer ich«, erwiderte die Tochter kalt. »Denn ich übernehme ab jetzt das Kommando.«

»Ach, wirklich?«

Marion hob die Augenbrauen. »Du brauchst gar nicht spöttisch zu fragen, Dad. Sei froh, dass du noch lebst.«

In den Augen des Mannes leuchtete plötzlich Wut. »Hast du vorgehabt, mich umzubringen?«

Marion ließ sich mit ihrer Antwort Zeit. »So etwas brauche ich nicht. Ich habe da einen guten Helfer.«

»Den Richter, wie?«

»Genau, mein lieber Dad. Er wird alle Schwierigkeiten für mich aus dem Weg räumen, denn du darfst nicht vergessen, dass er ein Zombie ist. Und Zombies kennen nur eins: Mord!«

Nach dieser Erwiderung lastete das Schweigen wie eine Wand zwischen ihnen. Bis es durch das Schluchzen von Thelma Price unterbrochen wurde.

»Wie kannst du nur so reden, Kind? Wir sind deine Eltern. Vergiss das nicht.«

Marion beugte sich vor. »Das habe ich auch nicht vergessen. Hätte ich es, wärt ihr schon längst nicht mehr am Leben. Dann hätte euch der Richter umgebracht!«

Weder Thelma noch Jason Price wussten, was sie darauf erwidern sollten. Sie waren sprachlos. Es gelang ihnen auch nicht, sich mit der Situation abzufinden. Sie war nicht normal, einfach zu irreal, und ein Nachdenken darüber konnte sie nur tiefer in diesen Wahnsinn hineintreiben.

Marion richtete sich wieder auf. »Ich hoffe, ihr habt mich verstanden.«

»Ja, leider …«

»Dann können wir ja weitermachen.«

»Und was hast du vor?«, fragte Jason.

Seine Tochter deutete auf Thelma. »Sie soll erst aufstehen und sich nicht so hängen lassen.«

»Sie ist …«

»Nichts ist sie. Als meine Mutter wird sie sich an unseren neuen Begleiter gewöhnen müssen, okay?«

Jason blickte seiner Tochter in die Augen. Er las alles darin, nur kein Verständnis. Trotzdem nickte er und gab eine positive Antwort. »Wir werden es versuchen, obwohl ich nicht weiß, wie du dir alles Weitere vorgestellt hast.«

»Es ist ganz einfach, mein Lieber. Ich erfülle das Testament des Richters. Ihr werdet sehen, dass sich dieses alte Haus mit Leben erfüllen lässt.«

»Fragt sich nur, mit welchem Leben«, erwiderte Jason Price bitter.

»Eines, das mir gefällt.«

Der Mann wandte sich ab, streckte seinen Arm aus und half Thelma hoch. Sie war sehr blass. Ihre Lippen bewegten sich. Ein Wort oder einen Satz brachte sie nicht hervor.

Jason Price wusste, wie es seiner Frau zu Mute war. Da brauchte er nur an sich zu denken. Er legte seinen Arm um ihre Schultern und ging ein paar Schritte vor.

Wenn er auch einen geknickten Eindruck machte, aufgegeben hatte er noch lange nicht. Er musste nur einen günstigen Zeitpunkt abwarten, um zurückschlagen zu können. Das wollte er mit aller Härte und dabei auch keine Rücksicht auf seine Tochter nehmen.

Der Zombie stand auf.

Seine Knochenfüße scheuerten über die Fliesen vor dem Kamin, als er sich in die Höhe drückte, ein paar Schritte ging und die beiden anschaute.

Thelma schüttelte sich. Sie fing an, leise zu weinen. Auch Jason Price war es nicht wohl in seiner Haut. Er überwand sich jedoch, ohne seinen Schritt zu verzögern.

Das Skelett forschte in seinem Gesicht. Es hielt die Blicke starr auf ihn und seine Frau gerichtet. Die seltsamen Kugeln mit den roten Äderchen, die in den Höhlen schwammen, machten beiden Angst. Thelma schauderte, und Jason Price wusste nicht, ob seine Tochter den lebenden Leichnam von einem Mord abhalten konnte.

Irgendwann würde er sich selbstständig machen und durchdrehen. Denn es war eigentlich so, dass Marion auf den Richter hörte und nicht umgekehrt.

Der Zombie trat vor. Die Fetzen des Leichenhemdes bewegten sich wie kleine Fahnen, die Knochen schabten aneinander, die Masse in den Augen zuckte, und das Skelett hob den rechten Arm, wobei es ihn gleichzeitig zur Seite schwenkte, dass er wie eine Sperre wirkte.

Thelma und Jason Price verstanden das Zeichen. Sie blieben stehen. Hinter sich hörten sie Marions Schritte. Rasch kam ihre Tochter näher, passierte sie und wandte sich an den untoten Richter. »Sollen wir dein Testament erfüllen?«

Der Zombie bewegte nickend seinen Schädel.

Marion atmete auf. Ihr Mund verzog sich zu einem Lächeln, als sie sich scharf umwandte und ihre Eltern ansprach. »Ihr habt es gehört. Wir erfüllen sein Testament.«

Jason Price riss sich zusammen, bevor er die nächste Frage stellte: »Was hat es zu bedeuten?«

»Das werdet ihr sehen. Wir müssen in den Keller.«

»Nein, nein!« Thelma schüttelte den Kopf, als sie die

Worte ausstieß. »Das kann ich nicht verkraften, nicht in den Keller.« Sie blieb stehen und weigerte sich, auch nur einen Schritt weiterzugehen.

»Du musst!«, zischte Jason.

»Vor diesem Keller habe ich mich immer gefürchtet«, sagte sie. »Ich kann einfach nicht.«

»Mummy«, sagte Marion, während sie vorschritt. »Du kannst dich nicht weigern. Bitte, tu deiner Tochter den Gefallen. Ich bitte dich darum, Mummy!« Ihre Stimme troff vor Zynismus. Das merkte auch Jason, und er erstickte fast an seiner Wut und Ohnmacht.

»Marion, ich kann es nicht!« Thelma hob den Kopf. Aus ihren Augen perlten Tränen und rannen die Wangen hinab.

»Du musst!« Plötzlich änderte sich die Stimme der Zwanzigjährigen. Sie klang hart, unbarmherzig, und Marion offenbarte ihren wahren Charakter. »Es gibt keinen Ausweg für dich. Auch wenn du den Keller immer gehasst hast, ich brauche ihn.«

»Tu doch was, Jason!«

Marion lachte. »Was soll er schon tun, Mummy? Wir haben hier das Kommando. Ich kann Sir Edward Jeffries nicht immer zurückhalten. Denke daran.«

Jason Price wollte seiner Frau Trost zusprechen. »Ich bin ja bei dir«, sagte er leise. »Versuchen wir es gemeinsam.«

Thelma nickte. Sie holte ein Tuch aus der Tasche ihres Bademantels hervor und schnäuzte ihre Nase. Dabei sah sie zu, wie sich Marion ihrem »Geliebten« näherte. »Was haben die beiden im Keller vor?«, hauchte sie so leise, dass nur Jason etwas verstehen konnte.

»Ich habe keine Ahnung.«

»Wird man uns töten, Jason? Bitte, sei ehrlich!« Thelmas Stimme zitterte.

»Das hoffe ich nicht.«

»Aber du weißt es nicht genau.«

»Nein, wir müssen nur tun, was sie wollen. Dann wird alles wieder gut werden.«

»Ich vertraue dir!« Thelma sagte diese drei Worte, doch

ihr Mann wusste, dass sie nicht ehrlich gemeint waren. Hier konnte keiner einem anderen vertrauen. Er selbst suchte ja auch nach einem Plan, um aus dieser Lage auszubrechen, doch er hatte bisher keinen gefunden. Wäre das Mädchen eine Fremde und nicht seine Tochter gewesen, dann hätte er geschossen, daran gab es nichts zu rütteln.

»Seid ihr so weit?« Marions Stimme unterbrach den Gedankenkreislauf des Totengräbers.

Jason Price nickte.

»Dann kommt mit.« Marion kannte den Weg in die düsteren Kellerräume. Sie hatte sich oft genug dort aufgehalten, im Gegensatz zu ihrer Mutter, der dieser Keller unheimlich war. Sie hatte immer das Gefühl gehabt, als würde er überhaupt nicht zu dem Haus gehören. Er war irgendwie anders. Das fing bei den Mauern an, die aus seltsamen Steinen bestanden. Dicke, würfelartige Gebilde, die aussahen, als hätten sie Urzeiten überdauert. Diese Steine mussten viel gesehen haben. Reden konnten sie nicht. Wenn doch, hätten sie sicherlich viele Gräueltaten erzählt, denn die Vergangenheit dieses Hauses war mit Blut und Tränen geschrieben.

Das Ehepaar wurde in die Mitte genommen. Die Tochter schritt rechts der beiden, der Zombie links. Er hielt sich an der Seite der Frau auf, bewegte im Rhythmus der Schritte seinen Knochenarm, wobei es sich nicht vermeiden ließ, dass er Thelma Prices Hand hin und wieder berührte.

Es durchzuckte sie jedes Mal wie ein Schlag, wenn sie die kalten Knochen des lebenden Toten spürte. Automatisch dachte sie dabei über ihre Lage nach, und jedes Mal, wenn sie berührt wurde, kam es ihr wieder neu zu Bewusstsein.

Thelma konnte ihre Gefühle nicht beschreiben. Angst herrschte vor, das stand fest. Die Halle im Erdgeschoss kam ihr seltsam fremd vor. Was immer so vertraut gewesen war, entwickelte sich zu einem Zerrbild. Und ein Zerrbild war das Ganze für sie, obwohl sie sich in der Realität bewegte.

Man konnte von der Diele her in den Keller gehen. Eine Treppe führte hinunter. Die Stufen bestanden aus Stein, und der Keller war völlig normal.

Allerdings gab es noch einen zweiten Keller, den wesentlich älteren. In ihm hatte der Richter seine Unterlagen aufbewahrt. Alte Akten, seltsame Schriften und Gegenstände, von denen Thelma nichts wusste. Es war ihr nicht erlaubt gewesen, diesen Trakt zu betreten. Sie hatte sich daran gehalten. Zudem fürchtete sie sich vor dem zweiten Keller, denn er war ihr nicht geheuer, obwohl sie ihn nie betreten hatte.

Jetzt würde sie ihn zum ersten Mal betreten.

Die Umgebung, durch die sie jetzt schritten, war ihr vertraut. Fast jeden Tag war sie hier hinuntergegangen, um Vorräte für die Küche zu besorgen, und sie hatte die Tür zum anderen Trakt immer nur mit scheuen Blicken gestreift.

Nun ging sie geradewegs darauf zu.

Jason schritt neben ihr her. Manchmal berührten sie sich auch, und dann durchströmte die Frau ein Gefühl der Geborgenheit. Sosehr sie sich mit ihrem Mann auch immer gestritten hatte, jetzt war sie froh, ihn an ihrer Seite zu wissen.

Der Zombie wurde unruhig. Er hielt nicht mehr Schritt, wusste sich dicht vor dem Ziel, und er ging schneller als die anderen drei. Vor der Tür blieb er stehen, legte seine Knochenhände gegen das Holz und kratzte damit über die rauen Bohlen.

Das Geräusch erzeugte bei Mrs. Price eine Gänsehaut. Sie schüttelte sich.

Einen Schlüssel zu diesem Trakt hatte sie nie besessen. Auch ihr Mann nicht. Wenn die Tür aufgeschlossen werden sollte, musste das die Tochter übernehmen.

Marion hielt ihn bereits in der Hand. Es war ein alter Schlüssel, ebenso wie das Schloss. Der Schlüssel schimmerte schwarz. Marion drückte den Richter zur Seite und schloss auf.

Thelmas Herz schlug schneller. Sie atmete heftig. Dieser Keller bereitete ihr große Furcht, denn sie wäre freiwillig nie hergekommen und suchte auch jetzt noch nach einem Fluchtweg, doch der Zombie ließ die beiden nicht aus den Augen.

Quietschend und knarrend schwang die Tür nach innen, wobei Marion Price vor der Schwelle stehen blieb, eine Art Verbeugung andeutete und ihren linken Arm vorstreckte.

»Bitte, tretet ein! Seid willkommen im Reich der Verstorbenen ...«

Der Ghoul kam und ich war gefesselt. Plump und schwerfällig wirkte er, aber ich durfte ihn nicht unterschätzen. Wenn es für einen Ghoul um alles ging, dann wurde er zu einer Bestie.

Zudem hielt er noch das widerliche Schlaginstrument in der Hand, denn dieser Dämon tötete seine Opfer erst, bevor er sich mit ihnen auf grauenvolle Art und Weise beschäftigte.

Die Zeit, meine Beretta zu ziehen, hatte er mir nicht gelassen. Ich musste mich mit gefesselten Händen gegen ihn verteidigen, und voll auf der Höhe war ich auch noch nicht, denn die Strapazen des hinter mir liegenden Weges steckten noch voll in meinen Knochen.

Mit den Füßen wehrte ich ihn ab. Dabei warf ich mich ihm entgegen, unterlief seinen Schlag und wuchtete mein hochgezogenes rechtes Bein in den massigen Leib.

Ich hatte das Gefühl, in Schlamm oder Schleim zu treten. Mein Fuß verschwand darin bis zu den Knöcheln, und ich vernahm dicht neben meinem linken Ohr ein Pfeifen, als der verdammte Totschläger mich verfehlte. Ich wollte den Ghoul einfach umwerfen. Das gelang mir nicht. Dieses widerliche Monster hatte Kraft, und es schien auf der Erde zu kleben.

Mich umgab die schleimige Masse der dämonischen Kreatur. Er versuchte, mich damit zu überziehen, und als wir dicht voreinander standen, konnte ich sein Gebiss sehen.

Darin glichen sich die Ghouls fast alle. Sie mussten

diese Gebisse haben, und zwar bestanden sie aus zwei Reihen sehr kleiner, dafür spitzer Zähne, mit denen sie alles zerreißen konnten.

Die Nase des Monsters verschwamm im Schleim. Klar blickten nur die kalten gelben Augen.

Wir kämpften.

Und mir gelang es, ihn zurückzuwuchten, bevor er ein zweites Mal mit seiner heimtückischen Waffe zuschlagen konnte. Denn einen Treffer hätte ich kaum verdaut.

Der Ghoul walzte zurück. Dabei zog er eine Spur aus Schleim mit sich und stieß blubbernde Geräusche aus, in die sich ein hässliches Schmatzen mischte.

Ich glitt zur Seite – und rutschte aus.

Für den Bruchteil einer Sekunde schwebte ich in der Luft. Wie ein Blitzschlag durchzuckte mich die Angst, weil ich mich mit meinen gefesselten Händen nicht abstützen konnte, aber ich zog meinen Körper zusammen, und als ich zu Boden krachte, war der Aufprall nicht mehr so schlimm, da ich mich abrollte.

Jetzt befand sich der Ghoul im Vorteil. Denn so einfach kam ich nicht mehr auf die Beine. Auch wenn ich mich hochwuchtete, dauerte das länger als normal.

Und der Dämon hatte die Waffe.

Wie ein kleines Gebirge sah er aus, als er sich auf mich zu bewegte und vom rötlichen Licht der einsam brennenden Fackel gestreift wurde.

Er schwang seine benagelte Keule wie ein Steinzeitmensch, während ich ruhig am Boden lag und ihn nur beobachtete.

Wollte ich mich retten, musste ich genau den Zeitpunkt abpassen, in dem er zuhieb.

Er schätzte die Entfernung ab, bewegte sich noch eine Schrittlänge, spie Tropfen und Geifer aus seinem Maul, bevor er den Arm nach unten bewegte und zuschlug.

Er war sehr schnell.

Wieder hörte ich das eklige Pfeifen, als die Keule durch die Luft wischte, und ich rollte mich genau im richtigen Moment zur Seite, bevor der heimtückische Schlag mich treffen konnte.

Die Waffe hämmerte mit den herausragenden Nägeln zuerst dumpf gegen den festgestampften Lehm des Bodens, und dies geschah dicht vor meinem Gesicht. Hätte mich die Keule getroffen, wäre dies mein Ende gewesen.

Ich durfte nicht darüber nachdenken, brachte meine gefesselten Hände in die Höhe, drehte sie ein wenig und es gelang mir tatsächlich, die Waffe aus den schleimigen Pranken des Ghouls zu reißen.

Er hatte sich vorgebeugt, musste einfach dem Schlagweg folgen, und das war meine Chance.

Ich holte aus und hieb die benagelte Keule in das schleimige Gesicht des Ghouls.

Ein Volltreffer. Natürlich war mir klar, dass ich ihn auf diese Art und Weise nicht vernichten konnte, aber ich sah trotzdem einen Erfolg.

Sein Gesicht zerlief.

Die hervorragenden Nägel rissen dicke Furchen in den Schleim, als ich die Keule nach unten zog, und sogar eines der Augen quoll hervor.

Ein wütendes Schnauben und Keuchen drangen mir entgegen. Der Ghoul verspürte keine Schmerzen, aber er war irritiert und gab mir Gelegenheit, nachzustoßen.

Ich riss die Waffe aus seinem Gesicht hervor und schlug ein zweites Mal zu.

Wieder hörte ich das satte Klatschen, als der Ghoul diesen Hieb voll hinnehmen musste. Es drängte ihn zurück. Aus seinem Maul drangen stinkende Blasen, Schleim klatschte auf mich nieder, und ich schlug kein drittes Mal zu, sondern schleuderte die Waffe über den Ghoul hinweg in eine entfernt liegende Ecke des Verlieses.

Diese Aktion war nicht aus der Panik geboren, sondern hatte einen wohlüberlegten und durchdachten Grund. Denn nur so konnte ich den Ghoul von mir weglocken.

Er fiel darauf rein.

Schwerfällig drehte er sich und wurde danach schnell, umso rasch wie möglich an die Waffe zu gelangen.

Ich blieb ebenfalls nicht faul auf dem Rücken liegen, denn der widerliche Dämon hatte mir durch seine Aktion die Zeit gegeben, die ich benötigte.

Die Beretta befand sich noch immer an der linken Gürtelseite in der Halfter. Beide Hände brachte ich dorthin, und ich bekam sie tatsächlich zwischen die Finger.

Es war ein gutes Gefühl, das Metall der Waffe zu spüren. Mit geweihten Silberkugeln war sie geladen. Mein Gesicht verzog sich zu einem harten Grinsen, als ich die Pistole hervorzerrte und sie fest umklammert hielt. Sie lag zwischen meinen gefesselten Händen. Der Begriff eines Sandwiches kam mir in den Sinn, und mein rechter Zeigefinger suchte den Drücker.

In meinen Augen blitzte es.

Jetzt konnte der Ghoul kommen.

Und er kam auch. Die Waffe hatte er sich zurückgeholt. Er wollte auf keinen Fall aufgeben.

Ich konzentrierte mich.

Noch war er nur schattenhaft zu sehen. Ich wollte sichergehen und dann erst schießen.

Er walzte heran. Seine Umrisse schälten sich klarer hervor. Der rötliche Fackelschein umspielte ihn, ließ ihn noch schauriger erscheinen, als er in Wirklichkeit war. Die schleimige Masse waberte und wabbelte. Widerliche Geräusche waren zu hören, als sich der Ghoul bewegte, und ich ließ ihn noch einen Schritt näher herankommen.

Dann musste ich einfach feuern, denn das schleimige Wesen hatte zu einem neuen Trick gegriffen. Es wollte mit der benagelten Keule nicht zuschlagen, sondern sie auf mich werfen, und das hätte den gleichen Effekt gehabt.

Den Arm hatte es bereits erhoben. Er ragte wie ein Pfahl aus der schleimigen Masse, als ich feuerte.

Zweimal drückte ich ab.

Wäre der Ghoul nicht so breit und massig gewesen, hätte ich bestimmt nicht getroffen, so aber hieben trotz ungünstiger Haltung der Pistole die geweihten Geschosse voll in seinen schleimigen Körper, und dies geschah mit einem heftigen Klatschen.

Für einen Moment hatte ich die Befürchtung, dass der Ghoul seine Keule trotzdem schleudern würde, doch sein Arm sank allmählich nach unten, und die Waffe rutschte aus seinen schleimigen Pranken auf den Boden und blieb neben ihm liegen. Er brauchte sie nicht mehr, denn die beiden geweihten Kugeln sorgten dafür, dass er sein dämonisches Leben aushauchte.

Angewidert und gleichzeitig erleichtert beobachtete ich sein Vergehen. Er sackte zusammen, als würde eine unsichtbare Hand auf seinen runden Schädel drücken. Der Schleimkörper wurde noch unförmiger, und die gallertartige Masse breitete sich wie ein klebriger Teppich auf dem harten Lehmboden aus, wobei sie eine Lache bildete, die immer größer wurde und einen penetranten Gestank absonderte.

Ich schüttelte mich, denn der Ghoul verging nicht ohne Geräusche. Ein schweres Ächzen, das in ein Seufzen mündete, und dazwischen vernahm ich die blubbernden Geräusche, denn der vergehende Ghoul warf dicke Blasen, die schnell zerplatzten.

Ich gab mir Schwung und wuchtete mich in die Höhe. Um Genaues zu erkennen, musste ich an den Ghoul heran.

An den Rändern war die Lache bereits eingetrocknet. Sie bildete dort eine Kristallschicht. Aus Erfahrung wusste ich, dass die gesamte Lache vertrocknen würde. Als Rest sah ich noch seine gelben Augen. Sie schwammen wie kleine, runde Kugeln inmitten der Lache.

»Gratuliere, John!«

Die Stimme hörte ich hinter meinem Rücken. Bill Conolly hatte die Worte ausgestoßen.

Ich drehte mich um. Der Freund lag noch immer so, wie ich ihn entdeckt hatte. Bewegen konnte er sich nicht. Die Fesseln waren einfach zu stramm, seine Arme und Beine bis zum Zerreißen gespannt.

»Warte noch ein wenig, Dicker, erst muss ich mich von den verdammten Stricken befreien.«

»Aber hau rein!«

»Sicher.«

Ich setzte mein ursprüngliches Vorhaben endlich in die Tat um, zog meinen Dolch und stieß die Spitze in den Boden. Viel Kraft hatte ich in den Stoß hineinlegen müssen, damit der Dolch in dem harten Boden stecken blieb.

Als mir das gelungen war, hatte ich die halbe Miete eingefahren. Anschließend fiel ich auf die Knie und begann damit, die Stricke an der Schneide zu reiben.

Im Film sieht das immer gut aus, da ist so etwas auch in wenigen Sekunden erledigt. Ich hatte meine Mühe, denn ich wollte mich nicht unbedingt schneiden. Verletzungen der Schlagader sollen ja nicht gerade angenehm sein.

Es dauerte länger, weil ich vorsichtig war, und als die ersten Stricke fielen, legte ich eine Pause ein. Viel gewonnen hatte ich damit noch nicht. Ich musste weitermachen und konnte schließlich aufatmen, als ich völlig frei war.

Das Kribbeln kannte ich schon. Damit hatte ich gerechnet. Es zog sich von den Handgelenken bis zu den Schultern hin, und ich bewegte meine Arme wie kreisende Räder, um wieder das nötige Gefühl zu haben.

Danach war Bill an der Reihe. Er hatte mich schon die ganze Zeit über beobachtet, drängte mit Worten, weil ich ihm nicht schnell genug war.

Als ich mich bückte und die Dolchspitze seinem linken Handgelenk näherte, da schimpfte er mich schon aus. »Ich glaube, du machst alles extra langsam.«

»Klar«, gab ich zu. »Schließlich bist du es gewesen, der mich in den Schlamassel reingeritten hat.«

»Und von mir sprichst du gar nicht?«

»Du konntest dich doch ausruhen.«

Bill verzog das Gesicht, als wollte er jeden Augenblick anfangen zu weinen. »Wir hätten ja tauschen können.«

»Und damit kommst du jetzt raus?« Ich hatte bereits seine zweite Handfessel gelöst, und Bill begann mit der ersten Finger-Gymnastik.

»Sicher, vorher ist es mir nicht eingefallen.«

»Warte nur, ich revanchiere mich noch. Dann wird es dir so ergehen wie dem Ghoul.«

»Fertig«, sagte ich, als ich auch die Stricke an den Fußknöcheln durchtrennt hatte.

Bill richtete sich auf. Er prustete und schüttelte den Kopf, wobei er noch ein paar Mal tief stöhnte. Ich streckte ihm die Hand entgegen, um ihm auf die Beine zu helfen.

Obwohl ich mich bei meinen Befreiungsbemühungen auch in den Kreis hineingebeugt hatte, war der Ansturm fremder Magie ausgeblieben. Ein rätselhaftes Phänomen, für das ich keinerlei Erklärung wusste.

Bill stemmte sich auf die Beine und sackte gleichzeitig zusammen. Sein Gesicht verzog sich dabei und hätte ich ihn nicht aufgefangen, wäre er hart zu Boden geschlagen.

»Himmel, bist du ein Schwächling!«, sagte ich.

»Das hat mit Schwäche nichts zu tun«, stöhnte er. »Ich wollte nur mal feststellen, ob du reaktionsschnell bist und mich halten kannst.«

»So kann man es auch sagen.«

Ich half mit, den Freund zu massieren. Bill hatte Qualen durchgemacht. So eine Fesselung ist verdammt brutal. Es würde einige Zeit dauern, bis er wieder normal reagieren und sich bewegen konnte.

»Hast du deine Pistole?«, fragte ich ihn.

»Ja.«

»Wie hat dich der Ghoul eigentlich so überraschen können?«, wollte ich wissen.

»Er war plötzlich da. Ich dachte an nichts Böses, da sah ich die beiden Pranken. Sie packten meine Fußknöchel, rissen mich zu Boden und ich hatte das Nachsehen.«

»Wobei ich mich frage, was er von dir wollte.«

Bill lachte. »Verlange keine Antwort. Ich habe lange genug darüber nachgegrübelt und bin zu keinem Ergebnis gekommen. Gekillt hat er mich wenigstens nicht.«

»Was einen Grund gehabt haben müsste.«

»Und welchen?«

»Er arbeitete nicht auf eigene Rechnung.«

»Bist du dir sicher?«

»Nein, aber ich nehme es an. So schweigsam ist ja deine Gefangenschaft nicht verlaufen.«

»Du denkst an die Stimmen?«

»Genau.«

Bill hob die Schultern.

»Da weiß ich nicht viel, John. Ehrlich nicht. Ich kann

sie auch nirgendwo hinstecken. Die sagten doch, wenn er zurückkehrt, sind wir frei. Wen meinen sie mit er?«

»Vielleicht den Ghoul.«

»Das glaube ich nicht.« Bill Conolly bemühte sich, wieder auf die Füße zu gelangen. Ich unterstützte ihn dabei. Ein wenig schwankend blieb er im Kreis stehen. Ich schaute ihn an und stellte fest, dass er ebenso verdreckt aussah wie ich.

»Kannst du laufen?«, fragte ich.

»Bin ich ein Kleinkind?«

»Das wage ich nicht zu beurteilen.«

Bill schaute mich an, als wollte er mich auffressen, schüttelte danach den Kopf und verließ den Kreis. Ich schaute in diesen Augenblicken zu der stinkenden Ghoullache hin und achtete nicht auf meinen Freund, der sich auf seltsame Art und Weise veränderte. Körperlich blieb er derselbe, aber innerlich ging etwas mit ihm vor.

Ich wurde erst aufmerksam, als er ein knurrendes Geräusch von sich gab, drehte mich um und erstarrte, denn Bill Conolly sprach mich an.

»Es ist so weit. Er ist da!«

Normale Worte, aber mein Freund hatte mit der Stimme eines anderen geredet …

Sie standen vor dem Keller, vor der offenen Tür, und Thelma konnte in den dahinter liegenden Raum schauen. In einen Raum, den sie immer gehasst und vor dem sie sich gefürchtet hatte.

Nun musste sie ihn betreten.

Es gab da kein elektrisches Licht, aber jemand hatte vorgesorgt und mehrere dicke Kerzen angezündet, deren Flammen durch den nach innen strömenden Windzug anfingen zu flackern und gespenstische Bilder aus Licht und Schatten an die Wände und Decke malten.

»Nun geh schon, Mummy!« Es war ein Zischen, das Marion Price ausstieß, und dieses Geräusch duldete keinen Widerspruch.

Thelma nickte. Gleichzeitig drückte sie ihren Arm

zurück und fasste nach hinten, um vielleicht die Hand ihres Mannes fassen zu können, wobei sie Glück hatte und seine Finger zwischen den ihren spürte, was ihr ein wenig Kraft und Stärke gab.

Zögernd setzte sie die ersten Schritte und übertrat die Schwelle des unheimlich zweiten Kellers. Augenblicklich war alles anders. Thelma hatte das Gefühl, in einer anderen Zeit zu stecken. Der Odem der Jahrhunderte wehte ihr entgegen, bereitete ihr Angst, und sie zuckte zusammen, als die Fäden eines Spinnennetzes geisterhaft durch ihr Gesicht streiften. Modrige Luft wehte ihr entgegen, sie war verbraucht. Ein Wunder, dass die Kerzen brannten, aber sie erhielten durch die offen stehende Tür genügend Sauerstoff aus dem anderen Keller.

Unter den Füßen des Ehepaares knirschte der Dreck. Ihre Sohlen zermalmten kleinere Steine. Die Wände des Verlieses bestanden aus dicken Steinen, waren mit Schimmel überzogen, und in den einzelnen Fugen wuchs Moos.

Thelma Price bebte so sehr, dass sie nur noch auf Zehenspitzen voranging. Je tiefer sie in den unheimlichen Raum hineinschritt, umso mehr schälten sich die Personen hervor, die diesen Raum bevölkerten.

Es waren seltsame Menschen mit einer unnatürlichen glatten Haut, über die sich Thelma wunderte. Im Licht der Kerzen schimmerte die Haut rotgelb. Die Farbe wechselte, je nachdem, wie die stummen Menschen von dem Lichtschein berührt wurden.

Nicht einen Schritt ging Thelma weiter. Stattdessen spürte ihr Mann die Fingernägel seiner Frau. Sie stachen in den Handballen, und Jason Price zuckte zusammen, als er den scharfen Schmerz spürte.

Im Augenblick konnte er nicht erkennen, was Thelma so aus der Fassung brachte.

Waren es vielleicht die fünf Gestalten, die sich nicht rührten und wie Puppen dasaßen?

Ja, das musste es sein.

Puppen!

Sie hatten Puppen vor sich, und irgendwie kamen sie

Jason Price auch bekannt vor. Sie sahen aus wie Menschen, die in einem ewigen Schlaf lagen und nicht mehr in der Lage waren, sich zu rühren, und die auch keine Chance hatten, jemals aufgeweckt zu werden.

Als ein heftiger Knall durch den unheimlichen Raum schallte, zuckten beide zusammen.

Jason drehte sich um. Er sah in das lächelnde Gesicht seiner Tochter.

»Es war nichts, Dad. Ich habe nur die Tür zugeschlagen.« Sie trat langsam näher. Der Zombie blieb an ihrer Seite. Seine Hände öffneten und schlossen sich, und die Knochenfinger kamen Jason Price vor, als gehörten sie einer Marionette, die durch Fäden bewegt wurde.

Aber das Skelett war keine Marionette, sondern echt. Es lebte, es existierte und es zog das Mädchen auf eine alte Truhe zu, die an der Wand stand und nur als ein Schatten zu sehen war. Stumm beobachteten Thelma und Jason Price, wie Marion den Deckel der Truhe anhob und ihr etwas entnahm. Als sie herumschwenkte, sahen beide, dass sie Papiere in der rechten Hand hielt. Vergilbte Blätter, die mit Zahlen und Buchstaben beschrieben waren. So genau allerdings konnte es niemand erkennen, die Entfernung war zu groß und das Licht zu schlecht.

Das Gesicht des Mädchens blieb im Schatten. Scharf schoss nur der Arm hervor, und in der Hand hielt sie die Papiere wie eine Siegesfahne. »Das ist es«, sagte sie, und ihre Stimme hallte dumpf durch den Raum. »Das ist das Testament des Richters.«

Niemand gab Antwort. Keiner verstand sie so recht, weil sie das Testament nie interessiert hatte.

»Wollt ihr es nicht wissen?«, fragte Marion flüsternd. »Ich erkläre euch alles …«

Ihr Vater nickte.

»Gut, dann hört zu. Sir Jeffries, der Richter, war Herr über Leben und Tod. Es oblag ihm, die Menschen zu richten. Aber er wollte mehr. Er hatte zwar die Macht, sie reichte ihm aber nicht aus. Er wollte sie vergrößern. Er spürte, dass er nicht allein stand, dass jemand in ihm war, der ihn leitete und dem er gehorchte. Es war jemand, dessen Namen man nie unbesonnen aussprechen darf, weil er überall ist und alles hört. Es ist der Teufel!«, flüsterte Marion Price zischend. »Dieser herrliche Teufel, Herr der Unterwelt, Herrscher über das Böse, er lebte auch in diesem Haus, denn denkt zurück: Die Vorfahren der Jeffries' waren Richter und Henker. Eine lange Tradition verband sie und vielleicht versuchten sie es alle, mit dem Satan in Kontakt zu treten, aber nur einer schaffte es. Sir Edward Jeffries. Er fand die Formeln, er diente dem Satan und er fand zudem einen Ghoul, der in der Nähe lebte und sich von den Toten ernährte. Ihn musste er auf seine Seite bringen. Böses zieht Böses an, das ist eine alte Regel. Der Richter und der Ghoul trafen sich, wobei sie einen Pakt schlossen. Die Verurteilten, die ihr Leben ausgehaucht hatten und auf irgendwelchen finsteren Friedhöfen verscharrt wurden, waren leichte Beute. Er holte die Leichen zurück und brachte sie dem Ghoul, denn die beiden hielten zusammen. So versorgte er ihn, und über ihn nahm er auch Kontakt mit dem Satan auf. Er lernte die alten Totenbeschwörungen, doch um sicherzugehen, schrieb er sie in sein Testament. Unsterblich wurde er nicht, konnte er nicht werden, aber er musste zusehen, dass ihn jemand unterstützte, wenn sein Ende gekommen war. Mich hat er gefunden und überzeugt. Nächtelang habe ich mit ihm zusammengesessen. Wir unterhielten uns über schwarze Magie, Satansbeschwörung und das Leben nach dem Tode, und eines Tages zeigte er mir die Formeln. Es waren die wichtigsten, die anderen Seiten des Testaments hatte er weggeworfen. Sie interessierten nicht, obwohl in ihnen auch etwas über den Teufel stand. Nicht jedoch die Totenbeschwörungen. Die vertraute er mir an und ich musste Sir Jeffries an seinem Sterbebett versprechen, ihn zurückzuholen. Das habe ich und ich habe genau die Zeit abgewartet, die er mir nannte. Jetzt ist er zurückgekommen, und er wird leben bis ans Ende der Zeiten ...«

Thelma und Jason Price hatten den Worten ihrer Tochter staunend und fassungslos zugehört. Sie konnten es einfach nicht begreifen, dass es Marion gewesen war, die so etwas sagte. Das ging nicht in ihren Kopf. Wie hatte sich Marion verändert, und wieso war es ihnen verborgen geblieben?

Jason Price fasste sich als Erster. Er stellte eine Frage, ohne es irgendwie richtig zu wollen. »Was bedeuten diese Männer hier?«

»Männer?« Marion lachte. »Erkennst du sie nicht, Dad? Das sind Puppen, Wachsfiguren, wunderbar anzusehen, fast wie echt. Sie sind ungemein wichtig für die Teufelsmagie, denn die Geister dieser Toten werden ebenfalls gerufen.«

»Welcher Toten?«

»Der Verurteilten!«

»Das gibt es nicht!«, stieß der Mann hervor.

»Doch, das gibt es, Dad. Die Leichen wurden dem Ghoul gegeben, ihre Seelen aber durch eine Beschwörung zurückgeholt. Sie sind in einem Gastkörper vereint, und wenn dieser Körper getötet wird, kommen sie frei und beleben die Puppen.«

»Und wo ist der Gastkörper?«, fragte Jason Price.

»Du kannst ihn nicht sehen. Noch nicht. Der Ghoul hat ihn hergeschafft. Es gibt hier noch einen zweiten Ausgang, er liegt allerdings im Dunkeln. Eine alte Holztür deckt ihn ab. Und hinter der Tür beginnt das Reich des Leichenfressers. Da haust der Ghoul in seinen unterirdischen Gängen. Er hat sich das Opfer geholt, damit die Geister der Hingerichteten einen Gastkörper besitzen.«

Jason Price schluckte. In den letzten Minuten war er um Jahre gealtert. Jetzt erkannte er die Wachsfiguren auch, und diese Erkenntnis wühlte sein Innerstes auf.

»Nun, Dad?«

»Sind sie das wirklich?«, fragte Jason Price.

»Ja, das sind sie. Schau sie dir an, hier!« Marion löste sich aus dem Schatten und trat in den Schein der Kerzen. »Ich will dir sogar die Namen sagen. Vielleicht kannst du dich an sie und ihre Taten noch erinnern.«

»Nein.«

»Dann hör und schau zu! Dieser Kerl mit der Glatze hat drei Frauen vergiftet.« Marion deutete auf eine Figur, die links außen saß und sogar einen Anzug trug. »Der daneben, mit den roten Haaren, war ein Polizistenmörder. Der Typ mit dem breiten Gesicht erschoss seine Familie. Der Amokläufer gehört auch dazu. Er ist der, der nur die Jeans trägt und einen ansonsten nackten Oberkörper hat. Und der Fünfte im Bunde hat auf dem Lande sein Unwesen getrieben und gewürgt. Sechsfacher Mörder, vier seiner Opfer waren Kinder.«

»Schrecklich«, flüsterte Jason Price.

Seine Tochter kicherte. »Klar, das ist schrecklich. Sie alle haben den Tod verdient gehabt. Aber der Teufel dachte anders. Für ihn waren diese Verbrecher fast Heilige. Er liebte sie, und er wollte sie nicht im Stich lassen. In Sir Edward Jeffries fand er den richtigen Partner. Die beiden arbeiteten zusammen, der Satan stellte seine Bedingungen, der Ghoul kam hinzu und den Rest hast du schon vorher aus meinem Mund erfahren, Dad.«

»Und die Puppen sollen wieder lebendig werden?«, erkundigte sich Jason Price mit rauer Stimme.

»Natürlich. Ihre Seelen irrten umher, sie suchten einen Gastkörper, den sie jetzt gefunden haben. Dabei half uns der Ghoul. Hinter der geheimnisvollen Tür beginnt sein Reich. Und dort liegt jemand, der die schwarzen Seelen bereits aufgefangen hat. Es passierte zu dem Zeitpunkt, als Sir Edward erwachte.«

Jason Price ließ sich die letzten Sätze seiner Tochter noch einmal durch den Kopf gehen. Obwohl sie der Wahrheit entsprachen, konnte er es immer noch nicht glauben. Allerdings brauchte er nur einen Blick auf die fünf Wachsfiguren zu werfen, dann fand er all das bestätigt, was Marion ihm gesagt hatte.

Die Frau war fassungslos. Wenn ihr Mann sie nicht gestützt hätte, wäre sie wahrscheinlich zusammengebrochen. Es waren Tatsachen, die ein Mensch nicht verkraften konnte. Ohne Vorbereitung hatte sie das Grauen getroffen.

Jason Price hielt sich besser. Doch auch er hatte Angst, denn er fragte sich, was seine Tochter und dieses schreckliche Wesen mit ihnen vorhatten.

Marion schien die Überlegungen ihres Vaters erraten zu haben, denn sie erkundigte sich zynisch lächelnd: »Machst du dir Gedanken darüber, was wir mit dir anstellen werden?«

»In der Tat.«

»Nun, ich habe überlegt und euch beobachtet. Kannst du dir vorstellen, wie das Ergebnis ausgefallen ist, Dad?«

Jason runzelte die Stirn. Vorstellen konnte er es sich genau. Seine Frau und er hatten sich nicht auf die Seite der Tochter gestellt. Sie opponierten gegen sie, das wusste Marion genau, und eigentlich gab es für sie nur eine Möglichkeit.

Den Tod der Eltern!

An seinem Blick hatte Marion abgelesen, welche Gedanken ihn beschäftigten. Sie nickte leicht, bevor sie sagte: »Ja, du wirst richtig geraten haben. Wir können mit euch wirklich nichts anfangen«, erklärte sie. »Es tut mir Leid ...«

»Dann willst du uns töten?«, hauchte Jason.

»Sir Edward ist ebenfalls dafür. Wir müssen die Hindernisse aus dem Weg räumen. Ihr werdet euch nie auf unsere Seite stellen können, aber nicht ich bringe euch um, nein, das überlasse ich anderen. Wenn die fünf Wachsfiguren ihr untotes Leben zurückerhalten haben, werdet ihr die ersten Opfer sein. So habe ich es mir ausgedacht und so wird es auch sein.«

»Wir – wir sind deine Eltern!«, flüsterte sie.

Marion Price lachte, bevor sie mit Schwung ihr langes Haar zurückwarf. »Ihr wart meine Eltern. Ich kenne euch nicht mehr. Denn ich habe meine wahren Freunde gefunden. Ihr zählt leider nicht dazu und müsst die Konsequenzen tragen.«

»Aber du gehörst doch nicht zu diesen Monstern!«, schrie Jason Price plötzlich. »Du bist ein Mensch. Ein Mensch wie wir, Marion! Wach endlich auf und lass uns zusammenhalten!«

»Nie!«

Endgültig hatte diese Antwort geklungen, und so hatte Jason Price sie auch aufgefasst. Ein Ruck ging durch seine

Gestalt. Er straffte sich, drückte den Rücken durch. In seinem Innern vereiste etwas, denn jetzt war die Sekunde da, in der er von seiner Tochter Abschied nehmen musste.

Sie wollte seinen und den Tod seiner Frau. Für Marion waren sie Fremde. Jason hatte nichts vergessen und er würde danach handeln.

»Gut«, sagte er mit flüsternder Stimme. »Schon gut, Marion. Wir haben dich verstanden. Du hast uns selbst gesagt, dass du nicht zu den Zombies gehörst und ein Mensch bist. Bevor du uns umbringst, werde ich dich töten, Marion. Tut mir Leid!« Er hatte die Worte kaum ausgesprochen, als er seine Pistole zog, auf seine eigene Tochter anlegte und abdrückte ...

Zuerst wollte ich es nicht glauben, blieb auf der Stelle stehen und grinste verzerrt.

Bill hatte mit der Stimme eines anderen gesprochen. Das wollte einfach nicht in meinen Schädel rein. Vielleicht hatte ich mich auch verhört, deshalb hakte ich mit der nächsten Frage direkt nach.

»Wer ist da, Bill?«

»Der Richter!«

Ich war wie vor den Kopf geschlagen, denn mein Freund hatte wiederum mit einer anderen Stimme geredet. Jetzt wohnten bereits drei Seelen in ihm, wenn ich seine eigene hinzurechnete.

»Wer ist der Richter?«

»Unser Meister!« Da war die dritte Stimme in ihm. Wiederum traf es mich wie ein Schlag.

Ich ging vor. Mein Gesicht war verzerrt. Ich streckte den Arm aus. Bill wich vor mir zurück, als wäre ich ein Aussätziger. »Bill, Alter, was ist los mit dir?«

»Lass mich in Ruhe!« Abermals eine fremde Stimme, die aus seinem Mund drang. Die vierte. Sie klang ein wenig hoch, fast schrill, und sie passte überhaupt nicht zu dem Reporter, der sein Äußeres um keinen Deut verändert hatte.

Ich begriff das alles nicht und stellte eine weitere

Frage. Vielleicht steckte noch eine Stimme in meinem Freund. »Bill, lass uns hier weggehen, bitte ...«

»Ich bleibe!«

Ich hätte schreien können, denn der Reporter hatte tatsächlich mit einer fünften Stimme gesprochen.

Ein Wahnsinn. Ein – ein ...

Mir fehlten die Worte, um diese Veränderung zu kommentieren. Das begriff ich nicht, das ging über meinen Verstand.

Eine Person und fünf verschiedene Stimmen. Wieso? Wo kamen die Stimmen her? Klar, sie waren aus dem Mund des Reporters geklungen und sie alle hatten mir Antworten auf meine Fragen gegeben, was für mich unbegreiflich war. Ich stand hier einem Phänomen gegenüber, das ich nicht erklären konnte, und mein Blick irrte zu dem seltsamen Kreis, der auf den Boden gemalt worden war und in dem das Dreieck schimmerte. Es musste mit schwarzer Magie aufgeladen worden sein, und diese Kraft war in den Körper meines Freundes gedrungen und hatte von ihm Besitz ergriffen. In Bill Conolly wohnte nicht nur der Geist eines Wesens, sondern der von fünf Wesen.

Und wer waren diese Geister?

Darauf wusste ich leider keine Antwort. Ich beobachtete meinen Freund genau. Hatte er sich auch körperlich verändert? Nein, er sah aus wie früher, nur innerlich war er nicht mehr derselbe. Und mir kam ein schrecklicher Gedanke. In dieser Minute verglich ich ihn mit einer Person, die mir einmal sehr nahe gestanden hatte.

Mit Jane Collins!

Auch in ihren Körper war der Geist eines anderen gefahren. Der des unheilvollen Rippers. Er hatte so stark von Jane Besitz ergriffen, dass er sie völlig umdrehte und sie nicht mehr den menschlichen Gesetzen gehorchte, sondern den schwarzmagischen. Jane war auf die andere Seite gewechselt, und dies mit allen Konsequenzen, einen Mord eingeschlossen. Das hatte die andere Seite mit ihrer teuflischen Magie geschafft. Jetzt hatte ich die Befürchtung, dass sich dies bei Bill Conolly wiederholen könnte.

Ich dachte darüber nach, ob die Gegner ihre Taktik geändert hatten und mir jetzt der Reihe nach meine Freunde und Mitstreiter wegnehmen würden.

Es schien darauf hinauszulaufen …

Bill trug zwar ein Kreuz, aber es besaß nicht die Stärke, um ihn perfekt zu schützen. Das konnte eigentlich nur meines, denn ich war der Sohn des Lichts.

Wie sollte das noch enden?

Obwohl Bill Conolly vom Geist eines oder mehrerer fremder Personen besessen war, griff er mich nicht an. Im Gegensatz zu Jane Collins blieb er in dieser Beziehung inaktiv, was ich wiederum als einen großen Vorteil empfand. Dabei nahm ich mir vor, so zu tun, als wäre er derselbe geblieben, wenn es mir auch verdammt schwer fiel.

»Bitte, Bill«, sagte ich mit leiser Stimme, wobei mir sogar ein Lächeln gelang. »Kommen wir zur Sache. Was hast du jetzt vor? Sag es mir bitte.«

»Ich muss gehen.« Es war nicht seine Stimme, sondern die der Person, die bei meiner zweiten Frage vorhin aus seinem Mund gesprochen hatte.

»Wohin?«

»Zu ihm.«

»Ist er denn da?«

»Ja.« Jetzt sprach der Reporter wieder mit einer anderen Stimme. Es war die Letzte in der Reihe.

»Wo wartet er auf dich?«

»Drüben.« Bill drehte sich um und ging ein paar Schritte weiter. Dabei streckte er den Arm aus und deutete auf die Umrisse einer Tür, die sich im schwachen Licht der Fackel innerhalb des Mauerwerks abhoben.

»Dann geh!«

Bill schaute mich für einen Moment an, nickte und drehte sich langsam um. Er wandte mir den Rücken zu. Ich schluckte, atmete heftig und schnell, während ich ihm zögernd folgte. In meinem Magen hatte sich ein Klumpen gebildet. Ich wusste nicht mehr, was ich tun sollte, denn ein anderer hatte in diesem teuflischen Spiel die Regie übernommen. Einer, den ich persönlich nicht kannte und von dem ich nur wusste, dass er der Richter war.

Von einem Richter wusste ich. Maddox, dem Dämonenrichter. Aber den hatte ich erledigt, er war aus dem Spiel. Nun gab es einen zweiten Richter.

Ich schritt durch die Lache, die der tote Ghoul hinterlassen hatte. In der Zwischenzeit war sie weiter eingetrocknet und hatte sich wesentlich verkleinert, sodass zumeist nach Moder stinkende Kristalle auf dem Boden lagen.

Bill hatte die Tür bereits erreicht. Sie musste uralt sein, hing schief in den Angeln. Das konnte ich sehen, als ich sie mit meiner Lampe anleuchtete. Ich stolperte auch noch über die weggeworfene Keule, sodass sie durch meinen Tritt fast bis an die Tür flog und Bills Jacke berührte.

Ich ließ den Reporter in Ruhe und sah, wie er die Hand ausstreckte, die schwere Klinke berührte und feststellen musste, dass die Tür verschlossen war.

Einen Schlüssel gab es nicht.

Bill drehte den Kopf. Er schaute mich fragend an. Ich wusste auch keine Lösung und hob die Schultern.

»Aber ich muss zu ihm!«

Es war eine raue Stimme, mit der mein Freund sprach, und sie erzeugte bei mir einen Schauder.

»Bill, ich kann dir nicht helfen.«

»Doch, du …«

Er sprach nicht mehr weiter. Auch ich stand gebannt da, denn wir hatten Geräusche vernommen, die hinter der Tür aufgeklungen waren.

Schüsse!

Zwei Abschüsse, die dicht hintereinander erfolgt waren und sich fast wie einer angehört hatten.

Zum Greifen nahe standen wir praktisch am Schauplatz des Geschehens, wenn nur diese verdammte Tür nicht gewesen wäre, die uns trennte.

Was tun?

Ich suchte nach einem Ausweg. Einrennen konnten wir die Tür kaum, das Holz würde uns einen zu großen Widerstand entgegensetzen. Da fiel mein Blick auf die Keule.

Die Nägel schimmerten. Sie waren spitz, mit ihnen musste ich es eigentlich schaffen.

Kaum hielt ich die Waffe des Ghouls in der Hand, als ich die dumpfen Schreie hörte. In diesem Fall waren sie für mich ein Ansporn, der meine Aktionen beflügelte.

Da Bill keinerlei Anstalten traf, einzugreifen, nahm ich die Sache allein in die Hand, holte aus und hämmerte das Schlaginstrument mit aller Wucht gegen das im Laufe der Zeit morsch und feucht gewordene Türholz …

Es ging gegen seine eigene Tochter, aber er konnte nicht anders handeln, denn sie hatte den Tod der Eltern gewünscht, weil sich diese nicht auf ihre Seite stellten.

Deshalb drückte er ab!

Auch Thelma wusste, was die Glocke geschlagen hatte. Sie war ebenfalls von den Worten ihres Kindes geschockt gewesen, das sich nicht scheute, zum Elternmörder zu werden.

Aber Thelma dachte anders.

Marion war ihre Tochter, ihr eigenes Fleisch und Blut. Mochte sie sein, wie sie wollte, mochte sie sich auf die andere Seite gestellt haben, Thelma Price konnte nicht zulassen, dass ihr Mann auf sie schoss und sie tötete.

Genau in dem Augenblick, als er abdrückte, da fiel die Hand der Frau nach unten. Und sie traf den Waffenarm des Mannes, sodass die Mündung der FN-Pistole nicht mehr gegen Marion zielte, sondern auf den harten Boden wies.

Die Kugel hieb hinein, und auch die zweite, denn Jason hatte abermals abgedrückt.

Ein gellender, wütender Schrei drang aus der Kehle des Mannes. Er sah seinen Erfolg dahinschwinden, kreiselte herum und wandte sich gegen Thelma. In seinen Augen blitzte es. Für einen Moment wirkte es so, als wollte er auf seine Frau schießen, dann überlegte er es sich anders, drehte die Waffe und schlug mit ihr zu.

Das sah Marion. Sie hatte in den letzten Sekunden atemlos dagestanden und sich gewundert, dass ihr Vater noch den Mut aufbrachte, gegen sie vorzugehen. Und er hätte sie fast erwischt, wenn es ihrer Mutter nicht gelungen wäre, den Alten zu stoppen.

Darüber schüttelte Marion den Kopf, bevor sie Sir Edward, dem Untoten, einen nickenden Befehl gab.

Der verstand.

Als Thelma die Arme hochriss, um den ersten Schlag abzuwehren, und ihr Mann schrie: »Was hast du da gemacht?«, griff der Untote ein. Zu einem zweiten Schlag ließ er Jason Price nicht kommen. Sein Knochenarm schoss vor, und er erwischte das nach unten sausende Gelenk des Totengräbers.

Jason Price war von seiner Wut so erfüllt, dass er nicht bemerkt hatte, was sich schräg neben ihm anbahnte. Erst als er den Arm nicht mehr bewegen konnte, da wusste er, was die Glocke geschlagen hatte, und er erwachte wie aus einem Rausch.

In seiner angespannten Haltung blieb er stehen. Sein Gesicht nahm einen ängstlichen Ausdruck an. Er wollte herumwirbeln. Das ließ das Skelett nicht zu, sondern drückte die Hand mit der Waffe weiter zur Seite, sodass Price dieser Bewegung mit seinem Körper folgen musste und er auch nicht mehr in der Lage war, die Pistole festzuhalten.

Sie rutschte ihm aus der Hand und fiel zu Boden.

Das sah auch Marion. Eingegriffen hatte sie bisher nicht. Dies sollte sich ändern, denn sie sprang auf die Pistole zu, bückte sich und riss die Waffe an sich.

»Marion!« Der Schrei ihrer Mutter gellte durch das unheimliche Verlies. Thelma hatte Angst, dass ihre Tochter schießen würde. Das tat sie nicht, sie überließ dem Zombie die Initiative. Sie stand nur da, beobachtete und flüsterte zischend: »Lass ihn nur machen! Der Alte hat selbst Schuld, wenn er umgebracht wird!« Sie setzte noch ein hartes Lachen hinterher und schüttelte den Kopf.

Auch Thelma hatte die Worte verstanden. Sie war entsetzt. »Das kannst du doch nicht tun, Marion! Er ist dein Vater. Er hat es nicht so gewollt. Bitte …«

»Nein, ich werde ihm nicht helfen. Hast du vergessen, dass er mich umbringen wollte?«

»Aber das waren andere Umstände!«

»Nichts war es. Gar nichts ...«

Jason Price kämpfte. Die Pistole hatte er fallen lassen müssen. Jetzt ging es für ihn ums nackte Leben. Er war sich darüber im Klaren, dass der Zombie ihn nicht mehr am Leben lassen wollte, und er hatte bemerkt, dass er gegen die Kräfte dieses untoten Knochenmannes nicht das Geringste ausrichten konnte.

Der untote Sir Edward Jeffries hatte seinen Griff nicht gelöst. Er schleuderte Jason Price quer durch das Verlies, sodass der Mann dicht neben den glatten Wachsfiguren gegen die Wand krachte und fast eine der Puppen und eine Kerze mit umgerissen hätte.

Mit dem Hinterkopf war er noch gegen das raue Gestein geschlagen und hatte sekundenlang Sterne gesehen. Als er die Lage wieder einigermaßen klar überblickte, stand der Knöcherne bereits vor ihm und starrte ihn aus seinen seltsamen Augen an, in denen sich die rötlichen Äderchen wie ein Spinnennetz verteilt hatten.

Jason bekam Angst.

Der erste Schlag mit der knöchernen Faust traf ihn hart am Brustkasten und schüttelte ihn durch. Die Luft wurde ihm knapp. Er hatte bemerkt, welch eine Kraft hinter diesem Hieb lag. Er hörte auch das Lachen seiner Tochter, die ihren Freund noch anfeuerte.

»Mach ihn fertig, Sir Edward! Vergiss nicht, dass er mich umbringen wollte!«

Die Worte rüttelten Jason Price auf. Er wollte sich nicht einfach killen lassen. Noch konnte er sich bewegen, und er nutzte diese Chance aus.

Blitzschnell wandte er sich nach links, wo die erste Puppe stand. Er packte sie und schleuderte sie auf das lebende Skelett zu.

Ausweichen konnte der Untote nicht mehr. Als wollte er die Wachsfigur umarmen, so wirkte seine nächste Bewegung, als er die Knochenarme ausstreckte und eines seiner nachgebildeten Opfer auffing.

Er war abgelenkt.

Und das erfasste Jason Price auf der Stelle. Sein Körper zog sich zusammen. Bevor das Skelett einen zweiten Angriff starten konnte, schnellte er sich ab und huschte auf die Ausgangstür zu. Dabei schrie er den Namen seiner Frau. Er wollte Thelma mitnehmen. Die allerdings reagierte nicht, sondern blieb starr vor Angst stehen.

Abgeschlossen war die Tür nicht. Mit einem gewaltigen Sprung erreichte Jason Price die Klinke, hämmerte sie nach unten. Er jubelte schon innerlich, als der Schuss fiel.

Marion hatte gefeuert.

Dass sie schießen konnte, bewies der Treffer. Eine Fingerbreit neben dem Kopf des Mannes hieb das Geschoss in das dunkle Holz der Tür und riss eine Furche hinein.

Jason Price stoppte so heftig, als wäre er von der Kugel aufgehalten worden. Er blieb in einer verkrampften Haltung, hörte die Stimme seiner Tochter und auch das Lachen.

»Dreh dich um, Dad!«

»Marion, ich …«

»Umdrehen, verdammt! Die nächste Kugel schieße ich in deinen Hinterkopf!« Die Worte waren so hart ausgestoßen, dass sie keinerlei Zweifel an der Ernsthaftigkeit ließen.

Jason Price atmete tief ein. Er schluchzte auf, bevor er nickte und sich umdrehte.

Vor ihm stand Marion. Sie schaute ihn über den Lauf ihrer Waffe an und hatte die Mundwinkel spöttisch verzogen. »Komm zurück, Daddy!«, sagte sie flüsternd und höhnisch. »Mein Freund wartet auf dich! Er wollte dich schon immer killen. Jetzt hat er die einmalige Chance dazu. Das musst du doch verstehen …«

»Marion!« Thelma schrie den Namen der Tochter. »Ich bitte dich bei allem, was dir heilig ist! Er ist dein Vater. Hast du das vergessen, Kind?«

»Nein, Mum. Ich habe allerdings auch nicht vergessen, dass er es war, der auf mich schießen wollte.«

»Das musst du verstehen, er ...«

Ein schrilles Lachen drang aus dem Mund des Mädchens. »Ich und verstehen? Was muss ich eigentlich alles noch verstehen? Mum, es tut mir Leid. Das ist mein Spiel. Und nun komm her, Daddy! Ich habe etwas für dich, mein Lieber!«

Schwerfällig bewegte sich Jason Price. Er wusste, dass er ausgespielt hatte. Dies war ihm klar geworben, die Worte seiner Tochter ließen keinen Zweifel daran.

Die Mündung der Waffe zielte auf ihn. Sie zitterte nicht einmal. Marion war kalt wie eine Hundeschnauze, und sie hatte sich hervorragend in der Gewalt.

Und auch der Zombie kam.

Schlurfend bewegte er sich. Die Augen in den Höhlen vibrierten, die Masse zitterte, als wäre der Zombie erregt.

Jason Price duckte sich. Noch zwei Schritte trennten ihn von seinem Verderben. Er hatte den Gedanken an Flucht noch nicht aufgegeben, und das merkte auch Marion.

»Wag es nicht!«, flüsterte sie scharf. »Bleibe ja stehen, sonst geht es dir dreckig!«

Da drehte Jason durch. Er konnte einfach den Anblick des Skeletts nicht mehr ertragen. Die geöffneten Knochenhände, die er dicht vor seinen Augen sah, ließen ihn durchdrehen, und trotz der auf ihn gerichteten Waffe warf er sich herum und wollte die Tür aufreißen.

Marion blieb eiskalt bis in den letzten Nerv. Sie senkte die Mündung der FN ein wenig, der rechte Zeigefinger lag bereits um den Abzug, und sie brauchte ihn nur ein wenig zu bewegen.

Marion drückte ab.

In den Schuss fiel der Schrei von Thelma. Sie hatte bis zuletzt daran gezweifelt, aber ihre Tochter reagierte nicht mehr menschlich. Sie stand unter einem anderen Einfluss, und sie kannte nur noch ein grauenhaftes Ziel.

Halb hatte Jason Price die Drehung geschafft, als ihn die Kugel erwischte. Allerdings hieb sie nicht in Herzhöhe in seinen Rücken, sondern wuchtete in den rechten Oberschenkel und riss das Bein zur Seite, sodass der

Mann seinen Halt verlor. Er krachte noch gegen die Tür, schlug hart mit dem Gesicht gegen das Holz. Blut strömte aus seiner Nase, und allmählich sackte er in die Knie.

Schwer schlug er auf. Dabei riss er noch die Arme hoch, aber er schaffte es nicht, einen Halt zu finden. Zudem hatte die Kraft sein rechtes Bein verlassen.

Jason Price fiel schwer auf die Seite. Er hätte es nie für möglich gehalten, dass ein Treffer so schmerzen konnte, und er schluchzte wie ein kleines Kind.

Marion trat einen Schritt zur Seite, schielte auf ihre Mutter und warnte sie: »Beweg dich nur nicht! Wag es nicht, sonst bekommst du die zweite Kugel!«

Thelma war körperlich und seelisch gar nicht in der Lage, etwas zu unternehmen. Sie sah ihre Tochter, und sie sah ihren Mann, der verletzt am Boden lag. Seine Hand presste er auf die Wunde und konnte doch das Blut nicht stoppen.

Der Untote hatte den Befehl des Mädchens genau verstanden. Zudem wollte er die Vernichtung des Mannes, blieb für einen Moment neben ihm stehen und bückte sich dann und streckte seine Knochenarme aus. Die gespreizten Finger näherten sich dem Hals des Verletzten. Sir Edward war angetreten, Jason Price den Rest zu geben.

Schon berührten die kalten Totenklauen den Hals des Mannes, als etwas geschah, womit keiner der Anwesenden gerechnet hatte.

Dumpfe Schläge hieben gegen die zweite Tür …

Ich hämmerte mit der Waffe des Ghouls gegen das Holz. Verdammt, es musste doch zu schaffen sein. Mein Gesicht war verzerrt. Ich dachte dabei an Bill Conolly, dessen Geist von den Seelen anderer eingefangen worden war. Würde er es durchhalten können? Und wie lange konnte er sich gegen den Einfluss wehren?

Bill tat nichts.

Er stand da, wurde vom Schein der Fackel umlodert und schaute mir nur zu. Seine Mundwinkel zuckten, die

Augendeckel bewegten sich. Ich merkte ihm an, welch ein innerer Kampf in ihm tobte.

Ich hieb weiter.

Jetzt kamen mir die langen Nägel zugute. Sie waren spitz wie Messer und malträtierten das Türholz. Es hatte im Laufe der Zeit seine Festigkeit und Härte verloren. In den nächsten Sekunden musste ich es eigentlich schaffen, die Tür zu zerhämmern.

Weit holte ich jedes Mal aus, setzte alle Kraft ein, die mir zur Verfügung stand, denn hinter der Tür musste sich ein Drama abgespielt haben. Die Schüsse und Schreie waren nicht zu überhören.

Bill Conolly tat weiterhin nichts. Darüber war ich froh, denn er griff mich auch nicht an, obwohl er nicht mehr er selbst war.

Wieder ein Schlag.

Ich hatte immer auf dieselbe Stelle gezielt. Sie lag rechts neben dem Schloss, und genau dort war das Holz bereits so weit aufgerissen worden, dass ich es schaffen konnte.

Noch zwei Hiebe.

Plötzlich konnte ich durch die Tür schauen. Ich hatte es endlich geschafft. Im Holz befand sich ein Loch, durch das ich in den anderen Raum blicken konnte, in dem ebenfalls eine Fackel brennen musste, denn Licht schimmerte durch die Öffnung.

Natürlich war das Loch zu klein. Wir hätten schon so klein wie eine Katze sein müssen, um hindurchschlüpfen zu können. Mein Plan war gefährlich, doch sah ich keine andere Möglichkeit.

Ich wollte meinen Arm durch die Öffnung stecken und die Tür an der anderen Seite aufschließen.

Bill Conolly verhielt sich zum Glück weiterhin ruhig. Ich winkelte den Arm an, streckte ihn danach vor und schob ihn durch das Loch in den anderen Raum hinein.

Meine Hand musste ich nach links drehen, denn dort befand sich das Schloss, in dem zwar kein Schlüssel steckte, ich jedoch einen Riegel zwischen den Fingern spürte.

Triumphieren konnte ich allerdings nicht, denn kaum hatte ich den Riegel berührt, als die mir unbekannten Gegner auf der anderen Seite der Tür reagierten.

Im nächsten Moment schrie ich auf, denn ich hatte das Gefühl, meine Hand würde in einem Schraubstock stecken. So hart hatte jemand zugegriffen.

Und es war keine normale Hand, sondern die kalten Finger einer Totenklaue …

Obwohl ich mit etwas Ähnlichem gerechnet hatte, war diese Attacke doch überraschend für mich erfolgt. Die Klaue dachte gar nicht daran, mich loszulassen, im Gegenteil, sie drückte nicht nur härter zu, sondern zog auch noch an meinem Arm und presste mich so gegen meine Seite der Tür.

»Brich ihm den Arm!«

Dieser Befehl war hasserfüllt ausgestoßen worden und eine Frau hatte ihn gegeben.

Für mich gab es keinen Zweifel, dass das Wesen, das diesen Befehl vernommen hatte, auch so reagieren würde. Ich steckte in einer mörderischen Zwickmühle, denn die Kraft des anderen Wesens war so stark, dass sie über eine menschliche hinausging.

Zeit würde man mir kaum lassen. Deshalb musste mir innerhalb von Sekunden ein Ausweg aus dieser Misere einfallen.

Bill Conolly konnte mir nicht helfen. Er war nicht mehr er selbst, sondern vom Geist anderer Personen beseelt. Mit meinen Problemen musste ich allein fertig werden.

Und ich kämpfte, setzte meine Kraft dagegen. Die Klammer löste sich nicht.

Welche Chancen blieben mir? Ich konnte nicht mehr großartig darüber nachdenken, denn der andere hinter der Tür wollte meinen Arm in die Höhe hebeln. Mit allen Mitteln versuchte ich, mich gegen den Druck zu stemmen.

Ein aussichtsloses Unterfangen, und mir fiel nur noch eine Lösung ein. Die Beretta.

Mit der linken Hand musste ich sie angeln.

Es war schwer, sehr schwer. Dabei behielt ich Bill im Auge, der zum Glück auch weiterhin keine Anstalten traf, sich gegen mich zu stellen, und nur beobachtete.

Endlich hatte ich die Pistole, brachte den linken Arm herum, drehte ihn, und es gelang mir tatsächlich, den Lauf der Beretta an meinem Arm vorbei durch das Loch in der Tür zu schieben.

Ich drückte einfach ab. Zweimal hintereinander schoss ich. Es war riskant. Ich wusste ja nicht, wer sich alles in dem Nachbar-Verlies aufhielt, und hoffte, dass die anderen, sollten sie nicht meine Feinde sein, früh genug in Deckung gegangen waren.

Einen wütenden Laut vernahm ich, der Griff lockerte sich, und ich riss meine Hand zwischen den kalten Knochenfingern hervor. Dies geschah so heftig, dass ich zurücktaumelte und fast noch Bill Conolly umgerissen hätte.

Dann donnerten die Schüsse.

Nicht ich hatte gefeuert, sondern jemand, der jenseits der Tür stand. Eine Kugel blieb stecken, die zweite pfiff dicht am oberen Rand der Öffnung hindurch und hätte mich fast noch getroffen. Zum Glück war ich nach hinten getaumelt und hatte mich geduckt. Wäre ich aber dort stehen geblieben, hätte es mich voll erwischt.

Hinter der Tür klang ein irrer Schrei auf. Voller Hass und Wut. Ich aber wollte sehen, was sich da abspielte, näherte mich der Tür seitlich und hieb gegen die Klinke.

Es war offen.

Wer immer es auch gewesen war, jemand hatte auf der anderen Seite den Riegel weggeschoben.

Ich zog die Tür auf.

Sie knarrte hässlich in den Angeln, und kaum stand sie einen Spalt offen, als ich hinter mir einen irren Schrei vernahm.

Bill Conolly hatte ihn ausgestoßen.

Gleichzeitig war er vorgegangen. Er wankte wie Frankensteins Monster bei seinen ersten Gehversuchen und schüttelte den Kopf, als wolle er irgendetwas verneinen.

»Ich komme!« Die fremde Stimme drang aus seinem Mund. Wobei die Botschaft nicht für mich gedacht war, sondern für die Personen jenseits der Tür.

Bill bereitete mir den Weg.

Da er die anderen so direkt angesprochen hatte, glaubte ich nicht, dass man auf ihn schießen würde, und wartete gespannt ab, während ich mit scharfen Blicken seinen weiteren Weg verfolgte.

Er hatte die Arme ausgestreckt. Sie erfassten die Türkante und zogen das ihn störende Hindernis völlig auf.

An Bill vorbei fiel mein Blick in das andere Verlies.

Zuerst sah ich die grauenhafte Skelett-Gestalt. Sie war es gewesen, die meine Hand umklammert hatte.

Dieser Zombie lebte. Er bewegte sich auf ein Mädchen zu, das eine Waffe in der Hand hielt.

Die Blondhaarige hatte auch geschossen. Jetzt allerdings machte sie nicht den Eindruck, als würde sie noch einmal abdrücken. Die Mündung der Pistole wies zu Boden.

Eine ältere Frau sah ich ebenfalls. Sie lehnte an der Wand, hatte die Hände gegen das Gesicht gepresst und weinte. Ihr gegenüber standen seltsame Figuren, die ich im ersten Moment nicht erkannte, weil der flackernde Kerzenschein sie zu Zerrbildern machte. Als ich genauer hinschaute, wurde mir klar, dass ich es bei ihnen mit Wachsfiguren zu tun hatte.

Sie sahen so echt aus, dass ich das Gefühl haben konnte, ihre Gesichter würden sich bewegen, wenn sie vom Widerschein des tanzenden Lichts getroffen wurden.

Und noch jemand stach mir ins Auge. Ein Verletzter. Er lag auf der Seite dicht neben einer anderen Tür. Eine Kugel hatte ihn ins Bein getroffen, und er presste eine Hand auf die Wunde, ohne allerdings das Blut stoppen zu können.

Welches Drama sich in diesem Verlies abgespielt hatte, konnte ich mir nur zusammenreimen. Jedenfalls hatte das Grauen voll zugeschlagen, und ich befand mich plötzlich mittendrin.

In den Sekunden sprach niemand. Es bewegte sich

auch keiner. Die Überraschung hielt beide Seiten umfangen, bis sich Bill Conolly in Bewegung setzte.

Er hatte kurz gestoppt, jetzt ging er steif und ungelenk an mir vorbei, um den anderen Raum zu betreten. Ich ließ ihn und die anderen taten ihm nichts.

Man hatte ihn erwartet!

Darauf lief es hinaus. Bill war gewissermaßen der Ehrengast in diesem höllischen Reigen.

Die anderen ließen ihn kommen. Nur die ältere Frau bewegte sich. Sie hatte ihre Arme nach unten sinken lassen, das Gesicht zuckte. Schwer holte sie Atem und beobachtete ebenso wie ich den Neuankömmling Bill Conolly, bis sie sich einen Ruck gab und ihn ansprach.

»Mister!«, hauchte sie. »Mister, bitte, helfen Sie mir. Es ist die Hölle, ich kann nicht …«

Bill blieb stehen, und die Frau sprach nicht mehr weiter. Wie die anderen richtete sie ihren Blick auf den Reporter, der sich allmählich umdrehte und seinem Körper einen Schwenk nach links gab. Er blieb so stehen, dass er die Wachsfiguren anschauen konnte.

Sekundenlang stand das Schweigen fast greifbar innerhalb des Verlieses. Dann streckte Bill seinen Arm aus, das Gesicht verzerrte sich, die Wangen zuckten. Er öffnete weit seine Augen, und einen Moment später löste sich ein Schrei aus seinem Mund.

Es war mörderisch, jagte mir einen Schauer über den Rücken, füllte beide Verliese aus, und als der Schrei urplötzlich abbrach, fiel der Reporter steif wie ein Ladestock zu Boden.

Keiner sprang hin und fing ihn auf. Ich war zu weit weg, die anderen beobachteten nur, und der schwere Aufprall meines Freundes auf dem harten Boden ging mir durch und durch.

Bill blieb liegen. Nicht den kleinsten Finger rührte er mehr. Dafür reagierten die Wachsfiguren.

Sie begannen zu leben ..

Es war ein unheimliches Bild, wie die erste Figur ihren Arm hob und ihn anwinkelte.

Zwei andere nickten. Die Augen rollten in ihren bleichen Gesichtern, und die beiden Letzten setzten ihre Beine vor.

Alles geschah in einer gespenstischen Lautlosigkeit, untermalt vom Flammenschein der Kerzen, deren zuckender Widerschein ein irgendwie seltsames Leben schuf.

Und dann das Lachen.

Das blondhaarige Mädchen hatte es ausgestoßen. Es warf seinen Kopf zurück. Weit stand der Mund offen. Die waffenlose Hand war nach oben gestreckt, und ein Wort brach aus ihrem Mund, das sich anhörte wie klirrendes Glas.

»Sieg! Sieg! Wir haben gewonnen. Die Kräfte des Teufels sind voll durchgeschlagen. Sie leben, Sir Edward. Deine Figuren leben. Die Geister der Toten sind zurückgekehrt. Du hast endlich deine Diener gefunden. Nimm sie, schließ sie in deine Arme, denn du allein bist würdig, sie zu führen, Sir!«

Ich war wie vor den Kopf geschlagen. Was ich hier erlebte, ging über mein Fassungsvermögen. Eine Erklärung hatte ich für dieses Phänomen nicht. Ich steckte eben nicht so tief in diesem Fall. Ich musste mit ansehen, wie die fünf lebenden Wachsfiguren auf den Zombie zuschritten, um ihn in die Mitte zu nehmen.

Er war ihr Herr, das Mädchen hatte es deutlich genug zu verstehen gegeben, und sie richteten sich danach.

Es war wohl ein Fehler von mir gewesen, dass ich so lange gezögert hatte, denn die Lage spitzte sich zu. Und zwar ging die Gefahr von dem blonden Mädchen aus, das sich erst jetzt wieder bewusst wurde, einen nicht eingeladenen Zuschauer zu haben. Und wer bei ihr nicht eingeladen war, den betrachtete sie als einen Feind.

Für sie standen die Zeichen günstig. Die Wachsfiguren bildeten zwischen ihr und mir eine Mauer, sodass sie gut gedeckt war.

Dennoch gab es Lücken. Marion schaute zwischen

zwei lebenden Figuren hindurch, sah mich an der Tür und brachte ihre Waffe in Anschlag. Mit einer Kugel wollte sie mich von den Beinen holen.

Mein Blick war von Bill Conolly weggeirrt und hatte sich auf die lebenden Puppen konzentriert. Eine Kerze war umgefallen. Der Docht brannte allerdings weiter, sodass ich die Puppen erkennen konnte und zwischen ihnen etwas Schwarzes schimmern sah.

Es war die Waffe.

Sie zeigte in meine Richtung, was mir überhaupt nicht gefiel. Ich brachte mich mit einem Sprung in Sicherheit, und das im rechten Augenblick, denn das Mädchen drückte ab.

Die fahle Mündungsflamme nahm ich aus den Augenwinkeln wahr, das Sirren der Kugel hörte ich nicht. Sie flog zu weit an mir vorbei. Einmal in Bewegung, drehte ich mich weiter, geriet in der nächsten Sekunde sehr nahe an das blonde Mädchen heran und stieß mich ab, wobei ich mein rechtes Bein vorschnellen ließ, fast noch eine der Wachsfiguren von den Beinen gerissen hätte, aber dennoch mein Ziel traf.

Mit der Außenkante des Fußes streifte ich an der Waffenhand entlang, brachte sie aus der Richtung und kaum war mein Bein wieder nach unten gefallen, als ich mich abermals abstieß und diesmal mit den Armen voran auf meine Gegnerin losging.

Ich war zu schnell. Zwar versuchte sie noch, die Pistole herumzudrehen, doch die Wucht meines Aufpralls schleuderte sie nach hinten, sodass sie gegen die Wand prallte.

Im Nu war ich bei ihr.

Neben ihr stand die ältere Frau und jammerte. Ich nahm an, dass es die Mutter war, denn eine entfernte Ähnlichkeit mit dem Mädchen hatte ich erkennen können.

Sie gab nicht auf.

»Marion!«, schrie die Frau. »Bitte …«

Ihre Tochter fauchte nur böse und versuchte, den Arm mit der FN-Pistole in die Höhe zu bringen.

Das gelang ihr nicht mehr, denn ich presste mich mit meinem Gewicht gegen sie und drückte sie an die Wand. Meine linke Hand tastete über ihren Körper, und es gelang mir, das Gelenk des Mädchens zu packen. »Lass die Waffe fallen!«, zischte ich.

Sie schüttelte den Kopf und bemühte sich dabei, den Arm aus meinem Griff zu winden.

Die Chance gab ich ihr nicht, denn gegen meine Kraft kam sie nicht an.

Die Entfernung zwischen unseren beiden Gesichtern betrug nicht einmal die Breite einer Hand.

In ihren Augen loderte es. Sie wollte den Sieg für die andere Seite, doch ich hielt dagegen.

Wie eine Wildkatze gebärdete sie sich im nächsten Augenblick. Sie trat, wollte beißen und mit der freien Hand kratzen. Ich kriegte einiges ab, bis ich es leid war und ihr ins Gesicht schlug.

Da zuckte sie zusammen. Ihre Bewegungen erstarrten für einen Moment, und sie spie mir ins Gesicht.

Ich wurde obersauer. Diese kleine Hexe musste doch zu zähmen sein. Leider nur mit drastischen Mitteln.

Die Handkante setzte ich ein.

Es war ein wohldosierter Schlag, und er traf haargenau die Stelle, die ich mir ausgesucht hatte.

Das Gesicht des Mädchens schien zu zerfließen, dann erstarrte alles Leben in ihr und Marion sackte zusammen. Sie wurde regelrecht schlaff und ich musste sie auffangen.

»Mein Gott!«, hörte ich Thelma stöhnen. »Mein Gott.«

Ich schaute sie kurz an. »Ist das Ihre Tochter?«

»Ja.«

»Und der Verletzte ist Ihr Mann?«

Sie nickte.

»Wie konnte das geschehen?«

»Ich weiß es nicht genau«, gab sie mir stockend Antwort. »Es ist alles so schrecklich. Schuld daran trägt nur dieser verdammte Richter, den sie aus dem Grab geholt hat.«

»Marion hat ihn …?«

»Ja, Mister. Sein Testament hat sie gefunden. Er hat sich mit dem Satan verbündet. Und hinter Ihnen liegen ...« Ihre Augen wurden groß. Ich wirbelte mit schussbereiter Waffe herum und sah, was die Frau so erschreckt hatte.

Eine Gefahr für mich bestand nicht. Ich war trotzdem wütend, denn vor meinen Augen verbrannten die Seiten des seltsamen Testaments. Marion hatte die Papiere fallen lassen, als sie kämpfte, und die züngelnden Flammen der brennenden Kerze waren wie ein gieriger Finger auf das Papier zugeglitten und hatten es erfasst.

Jetzt verbrannten die Blätter. Zu retten war nichts mehr. Vielleicht ein gutes Zeichen.

Nicht nur sie lagen auf dem Boden, auch mein Freund Bill Conolly. Ich musste feststellen, was mit ihm war, obwohl die Zeit drängte. Vielleicht war er verletzt.

Als ich bei ihm kniete, drehte ich ihn sofort auf den Rücken und erschrak.

Bill hatte einiges abbekommen. Meine Befürchtungen bestätigten sich. Das Gesicht blutete und dicht über dem rechten Auge befand sich eine besonders breite Schramme.

Ich fühlte nach seinem Puls und stellte mit Befriedigung fest, dass er einigermaßen stabil war.

Rasch lud ich meine Waffe nach und erhob mich. Die auf dem Boden brennende Kerze blies ich noch aus und lief dann zur Tür, wo der zweite Verletzte lag.

Er war inzwischen ohnmächtig geworden. Zum Glück blutete die Wunde nicht mehr, aber der Mann musste in ärztliche Behandlung.

Von dem Skelett und den lebenden Wachsfiguren war nichts mehr zu sehen. Sie hatten die Gunst der Stunde genutzt und waren geflohen. Den Weg kannte ich nicht. Bevor ich ins Ungewisse lief, wollte ich mich bei der Frau erkundigen.

»Wissen Sie vielleicht, wo sie hingelaufen sein könnten?«

»Nein.«

»Aber es muss ein Ziel geben!«

»Ich weiß es nicht. Quälen Sie mich doch nicht.

Vielleicht haben sie das Haus verlassen und sind zum Friedhof gelaufen.«

»Wo ist der denn?«

»Am Beginn des Grundstücks. Dort sind die ehemaligen Besitzer des Hauses begraben. Die Vorfahren des Richters haben da ihre letzte Ruhestätte gefunden.«

Ja, das konnte durchaus ein Ziel sein. Vielleicht hatten sie vor, die noch älteren Zombies aus den Gräbern zu holen, um eine Schreckensherrschaft zu beginnen.

Wie dem auch sei, ich durfte das nicht zulassen. Wie die Wachsfiguren reagierten, darüber konnte ich leider nur spekulieren. Bewaffnet waren sie nicht, das hatte ich gesehen, und ich hoffte, dass sie sich auch keinerlei Waffen besorgen würden.

»Bleiben Sie hier«, sagte ich zu der Frau und machte mich auf den Weg ...

Natürlich war ich vorsichtig und lief nicht wie ein Irrer. Ich musste mit heimtückischen Überfällen rechnen, mit dem plötzlichen Zuschlagen aus irgendeiner dunklen Ecke, denn hinter dem Verlies war der Keller zu Ende.

Und er verlor seine unheimliche Atmosphäre. Ich gelangte in einen völlig normalen Keller, der sogar mit elektrischem Licht ausgerüstet war.

Nur meine Gegner fand ich nirgendwo.

Sie hatten leider einen zu großen Vorsprung und würden ihn auch ausnutzen, dessen war ich mir sicher. Zudem wurden sie von einem Zombie angeführt, der sich innerhalb des Hauses auskannte. Schließlich hatte er hier gewohnt.

Ein Richter war er zu seinen Lebzeiten gewesen. Ich hatte auch den Namen gehört.

Sir Edward Jeffries.

Während ich durch den Keller schlich, suchte ich nach einer Verbindung, denn unbekannt war mir der Name nicht. Ich kannte zahlreiche Richter, und wenn ich genauer nachdachte, dann gehörte auch der Name Sir Edward Jeffries zu dem Kreis.

Es lag lange zurück. Wahrscheinlich war der Mann schon pensioniert gewesen, als ich meine Laufbahn bei Scotland Yard begann. Mein Chef, Superintendent Powell, hätte sicherlich mehr damit anfangen können.

Ich erreichte eine Treppe. Die letzten Stufen fielen als Schatten in den Gang, und ich blieb für einen Moment stehen, um vorsichtig um die Ecke zu peilen.

Keine Gefahr. Die fünf lebenden Wachsfiguren und der Zombie lauerten mir nicht auf der Treppe auf. Leer lagen die Stufen vor mir. Sie luden mich ein, nach oben zu laufen.

Das tat ich auch, wobei ich versuchte, die Distanz möglichst lautlos hinter mich zu bringen.

Die Treppe mündete, wie konnte es anders sein, vor einer Tür, die nicht ganz geschlossen war. Spaltbreit stand sie offen. Entweder ein Zufall oder eine Falle für mich, damit ich schnell durch die Öffnung rennen konnte.

Ich blieb vorsichtig, hob den linken Fuß ein wenig an, schob ihn vor und trat dann zu.

Es war ein heftiger Tritt, der die Tür traf und sie nach außen wuchtete. Sie schwang sehr schnell auf. Ich hatte einen freien Blick in die Halle und konnte sogar die geschlossene Ausgangstür erkennen.

Aber keinen Gegner.

Ein paar Lampen an den Wänden verbreiteten ein etwas düsteres Licht. Die Schatten befanden sich in der Überzahl.

Dann startete ich. Ein blitzschneller Sprung brachte mich über die Schwelle. Ich katapultierte mich in die Halle hinein, duckte mich zusammen, prallte mit der rechten Schulter auf, als ich zu Boden tauchte, und rollte mich glatt und sicher ab.

Das sah wirklich aus wie im Film. So etwas kann man üben, eintrainieren. Ich blieb auf dem Rücken liegen, wobei ich die Beretta schussbereit in der rechten Hand hielt und den Arm ein wenig schwenkte.

Ich sah das Ziel.

Auf der Treppe stand eine der Wachsfiguren. Ein glatzköpfiges Gebilde, das die Arme halb erhoben hatte und eine Vase zwischen den Klauen hielt. Die Treppe führte im Bogen nach oben. Wo sie begann, stand die Wachsfigur.

Ich feuerte.

Erst zerschellte die Vase. In zahlreichen Splittern flog sie dem Unhold um die Ohren, bevor meine Kugel in den Körper aus Wachs drang und stecken blieb.

Mit den Scherben fiel auch die Figur.

Sie machte noch einen zögernden Schritt nach vorn, verfehlte dabei die Stufe, bekam das Übergewicht, rollte und fiel fast bis vor meine Füße, wo sie liegen blieb.

Im Zickzack hetzte ich darauf zu, konnte mir die Figur aus der Nähe anschauen und sah, dass sich dort, wo meine geweihte Kugel getroffen hatte, nicht nur ein Loch befand, sondern auch ein dunkler Fleck auf dem gelblich schimmernden Wachs, der sich allmählich ausbreitete und die gesamte Figur erfasste.

Das Silber schien gewirkt zu haben.

Dann hörte ich das Geräusch.

Hinter mir war es aufgeklungen. In meinem Kopf schrillten die Alarmsirenen, während ich herumwirbelte und den nächsten Gegner sah.

Er löste sich seitlich aus dem Schatten eines Kamins, und er war bewaffnet. Seine Hände hielten einen Schürhaken umklammert, den er schwang wie ein Cowboy sein Lasso. Nichts rührte sich in seinem Gesicht, das so gespenstisch glatt wirkte, und er räumte mit dem Schürhaken einen alten Barockstuhl zur Seite, der zersplitterte, wobei mir die einzelnen Teile entgegenflogen und ich den Kopf einziehen musste, um nicht getroffen zu werden.

Das lenkte mich leider von einem Schuss ab, sodass der andere die Chance erhielt, in meine Nähe zu gelangen, was mir überhaupt nicht gefiel. Im Halbkreis führte er den Schürhaken, wobei er seine Arme tief hielt und ich das Pfeifen der schweren Schlagwaffe vernahm, als sie durch die Luft pfiff.

Ich drückte mich nach hinten, hob den rechten Arm mit der Waffe und schoss.

Zu einem weiteren Hieb kam der andere nicht, denn meine Kugel traf die lebende Wachsfigur vorher. Sie stoppte das Monster, das sich drehte und zu einem Kreisel wurde. Der Schürhaken rutschte ihm aus der Hand, knallte zu Boden und das Monster aus Wachs folgte ihm.

Die beiden waren erledigt.

Anschließend schaute ich mich näher in der Halle um. Von den drei anderen und auch von dem Zombie sah ich keine Spur. Befanden sie sich in den oberen Etagen, oder waren sie nach draußen gegangen?

Bevor ich die Treppe hinauflief, wollte ich mich erst von der anderen Möglichkeit überzeugen, rannte ans Fenster und schob einen Vorhang zur Seite.

Die Nacht war klar. Zudem brannte über der Eingangstür eine Lampe. Ihr Schein reichte zwar nicht bis zu dem entfernt liegenden kleinen Friedhof, dennoch sah ich wegen der klaren Luft die Umrisse der zu einem unheilvollen Leben erwachten Wachsmonster.

Und ich sah auch den Zombie.

Ich würde sie draußen stellen. Bevor ich zur Tür lief, drehte ich mich noch einmal um.

Meine ersten Gegner vergingen.

Sie liefen auseinander, und aus dem Wachs war eine dunkle, stinkenden Masse geworden.

Die Tür war nicht verschlossen. Mühelos konnte ich sie aufziehen. Über ihr wuchs ein Vorsprung fast bis zur ersten Treppenstufe. Ich achtete nicht auf ihn, und das war ein Fehler.

Denn dort hatte ein weiterer Gegner gelauert. Und er ließ sich in dem Augenblick fallen, als ich die Schwelle überschritt ...

Ich ahnte ihn nur. Dennoch war es zu spät. Als der Schatten über mich fiel, folgte auch schon in derselben Sekunde der Aufprall, der mich von den Beinen riss, sodass ich zusammen mit der Wachsfigur die Treppe hinunterkugelte.

In meiner großen Euphorie hatte ich vergessen, genau

nachzuzählen. Zwei lebende Wachsfiguren hatte ich erkannt, auch den Zombie, aber seinen dritten Helfer vergessen.

Das rächte sich nun.

Es war nicht ganz gelungen, mich mit seinen harten Wachsarmen zu umklammern, und als wir zur Ruhe kamen, lagen wir beide auf der Seite. Ich hielt die Beretta fest, als wäre sie mein letzter Rettungsanker, konnte sie allerdings nicht herumdrücken, weil der Gegner meine Waffenhand, die sich an seinem Rücken befand, mit seinen starken Kräften festhielt.

Ich steckte in der Klemme – bis er mein Kreuz spürte.

Das war sein Ende.

Das Kreuz und er bekamen Kontakt. Er bog seinen gelblich schimmernden Oberkörper nach hinten, die blassen Augen drehten sich in den Höhlen, und das Wachs schmolz unter meinen Händen allmählich weg. Er lief zwischen meine Finger, wo er kleben blieb, aber ich konnte diese widerliche Figur von mir wegstemmen.

Ich rollte mich auf die Seite und stand auf. Sein Anblick war dazu angetan, um sich zu ekeln. Mein Gegner lag auf dem Boden und verging allmählich.

Jetzt waren es tatsächlich nur noch zwei lebende Wachsfiguren und ihr Anführer, der Zombie.

Ich schüttelte mich, als ich die Verfolgung dieser Monster aufnahm.

Mein Atem ging keuchend. Er stand als kleine Wolke vor meinen Lippen und ich dachte an den Vorsprung, den die dämonischen Kreaturen mittlerweile hatten.

Falls ihr Ziel nicht der kleine Friedhof sein sollte, dann konnten sie ohne weiteres fortlaufen und sich irgendwo anders verstecken, wobei ich das Nachsehen hatte.

Aus diesem Grund beeilte ich mich so und rannte das abschüssige Gelände hinab.

Eine klare Nacht hielt mich umfangen. Die Wolken waren vertrieben worden. Sternenklar präsentierte sich der Himmel. Er schimmerte in einer dunklen Farbe.

Scharf hoben sich die Umrisse der einzelnen Gegenstände im Sternenlicht ab. Aus diesem Grund konnte ich auch die schiefen Grabsteine erkennen, die aus der Erde des kleinen Friedhofs ragten.

Dort hatte der Zombie gelegen, bevor er von einem Mädchen aus dem feuchten Grab herausgeholt worden war.

Ein Wahnsinn war dies.

Ich lief schneller als meine Gegner und holte auf. Jetzt hatten sie mich bemerkt, denn alle drei wandten sich um und der Zombie streckte sogar seinen Arm aus. Mit seiner Knochenhand wies er dabei auf mich.

Ein Zeichen für seine beiden Helfer, mich zu stoppen. Sie setzten sich sofort in Bewegung, fächerten auseinander und wollten mich in die Zange nehmen, während der Zombie bei den Gräbern blieb. Was er dort tat, konnte ich nicht erkennen. Auf jeden Fall hatte er sich gebückt.

Eine der Wachsfiguren hatte rote Haare. Sie war mir am nächsten. Ich wollte Munition sparen, denn schließlich war mir die letzte Ladung von Lady X gestohlen worden. Ich steckte die Beretta weg.

Der Dolch würde es auch tun.

Gern hätte ich auch mit dem Bumerang gearbeitet, aber der lag in meinem Einsatzkoffer und war nicht greifbar.

Eiskalt ließ ich die lebende Wachsfigur herankommen, bis sie genau die richtige Entfernung hatte, hob dann meinen rechten Arm und schleuderte den Dolch.

Er schien zu einem hellen, reflektierenden Pfeil zu werden, als er durch die Luft wischte und sich kurz vor dem Aufprall noch einmal drehte. Die Wachsfigur wollte ausweichen. Sie war nicht schnell genug. Der Dolch holte sie ein.

Mit der Spitze voran wuchtete er gegen den Körper und bohrte sich hinein. Es war ein meisterlicher Wurf gewesen, und als ich den Körper erreicht hatte, da lag er bereits auf dem Rücken. Ich griff zu und zog den Dolch aus der Brust.

An den Geräuschen hörte ich, dass der Nächste heranwalzte. Mit schweren Schritten kam er, die ein dumpfes Echo auf dem Boden hinterließen. Und dann sprang er.

Es war kein gleitender Sprung wie bei einem Menschen, er wuchtete sich einfach auf mich zu und versuchte, durch seine Kraft zu einem Erfolg zu gelangen.

Hoch wuchs er vor mir auf, und als er mich fast berührte, da schoss mein rechter Arm mit dem Dolch vor.

In grotesker Haltung, mit halb erhobenen Armen und zu Fäusten geballten Händen fiel er nicht nur auf mich zu, sondern auch auf die hochkant gestellte Dolchspitze.

Ausweichen konnte er nicht mehr.

Ich hatte mich breitbeinig aufgebaut. Als die Dolchspitze ihn berührte und in seinen Körper drang, erhielt nicht nur ich einen Schlag, auch ihn schüttelte es durch.

Ich jedoch verdaute den Treffer. Er sackte in die Knie, bevor er gegen mich fallen konnte, und ich zog mit einer raschen Bewegung die Klinge aus dem Wachs.

Für Sekunden hielt er sich noch, stützte sich auf seine Hände. Der Kopf bewegte sich pendelnd, aus der Dolchwunde tropfte das dunkler werdende Wachs zu Boden, wo es eine Lache bildete.

Das war erledigt.

Blieb noch einer – der Zombie!

Ihn, der das Grauen verbreitet hatte, wollte ich mir zum Schluss kaufen. Und er befand sich noch auf dem kleinen Friedhof. Er hatte mir den Gefallen getan.

Dabei konnte ich mir Zeit lassen, denn es sah nicht so aus, als hätte der Wiedergänger Fluchtgedanken. Noch immer kniete er vor einem Grab. Klar und deutlich hob sich seine schaurige Gestalt von der dunklen Erde ab. Der Wind fuhr über ihn hinweg, erfasste seine verfilzten, an der Rückseite des Schädels hängenden Haare und hob sie in die Höhe, sodass sie auf mich wie ein graues Tuch wirkten.

Was er in der Erde suchte, wusste ich nicht, und er ließ sich nicht einmal von mir stören. Ich konnte den Friedhof unangefochten betreten und blieb neben ihm stehen.

Er machte weiter.

Die Knochenklauen hatten bereits ein Loch gegraben, und er musste die Erde zur Seite schaufeln, damit sie nicht nachrutschte. Ich rechnete damit, ihn vor seinem eigenen Grab knien zu sehen, warf einen Blick auf den alten, verwitterten Stein und war überrascht, einen anderen Namen dort entziffern zu können.

ALDO JEFFRIES stand dort zu lesen. Geboren 1850. Gestorben 1922. Und noch ein Nachsatz: Henker!

Einer der Vorfahren war also Henker gewesen und ihn wollte Sir Edward zu Hilfe holen.

Er arbeitete wie ein Verrückter. Die Knochenhände wühlten die Erde auf, schleuderten sie zur Seite, und er griff immer wieder nach, sodass keine Pause entstand.

»Es hat keinen Sinn«, sagte ich dumpf. Mein Kreuz hielt ich bereits in der Rechten, aber noch an der Kette. Ich brauchte es nur fallen zu lassen, dann war es um ihn geschehen.

Er hielt inne.

Zum ersten Mal schien er mich bewusst wahrzunehmen, denn er drehte den Kopf, und sein hässliches Gesicht mit den rotgeäderten Augen starrte zu mir hoch.

»Wer einmal in der Kühle des Grabes gelegen hat, hat kein Recht mehr, zurückzukehren und die Lebenden zu vernichten«, sprach ich und fügte hinzu: »Stirb!«

Ich ließ das Kreuz fallen, da griffen zwei Knochenhände nach meinen Beinen, wobei vom Grab her ein dumpfes Gelächter an meine Ohren schallte …

Der plötzliche Ruck riss mich nach hinten, und das Kreuz fiel an dem Zombie vorbei aufs Grab. Ich hatte mit dieser Attacke nicht gerechnet, verlor die Standfestigkeit und fiel rücklings auf die feuchte Erde.

Eins stand fest: Sir Edward Jeffries hatte mich nicht umgerissen, sondern derjenige, der noch länger tot war als er und einmal den Beruf eines Henkers ausgeübt hatte.

Es war Sir Edward gelungen, seinen Ahnherrn, Aldo Jeffries, aus dem Grab zu holen. Aus diesem Grund hatte er sich auch nicht stören lassen und war sich seiner Sache sicher gewesen.

Wie ein Frosch lag ich auf dem Rücken, während mir diese Gedanken durch den Kopf schossen und Sir Edward zu einer nahezu fieberhaften Tätigkeit erwachte.

Er spritzte förmlich in die Höhe, machte einen grotesken Sprung, während ich meinen Oberkörper aufrichtete und weiterhin an den Fußgelenken umklammert wurde.

Wie die beiden mich umbringen wollten, erlebte ich in den folgenden Sekunden, denn Sir Edward packte den Grabstein des Henkers und wuchtete ihn in die Höhe.

Meine Güte, hatte dieser Zombie Kraft! Als bestünde der Grabstein aus Pappe, so leicht wirkte es, wie er ihn anhob, sich umdrehte und mich mit seinen widerlichen Augen fixierte.

Wenn er den Grabstein warf und mich traf, würde er mich zermalmen. Zudem kam ich nicht so schnell weg, weil die aus dem Grab hervorgeschossenen Knochenhände mich umklammert hielten, als wollten sie mich nicht mehr loslassen.

Ich musste einfach schneller sein als Sir Edward.

Und ich war es.

Er stand noch vor mir, den Grabstein über seinen Kopf haltend, als ich die Beretta zog und sofort feuerte.

Die Kugel hieb in seinen Kopf, zerstörte ihn, und im selben Augenblick sackte der Zombie zusammen, da seine untoten Kräfte durch das geweihte Silber ausgelöscht worden waren. Er konnte den schweren Grabstein nicht mehr wegschleudern, sodass dieser aus seinen mit Dreck beklebten Knochenklauen rutschte, direkt auf ihn fiel und den Zombie unter sich begrub.

Ich hörte das Knirschen der Knochen, als sie brachen, und konnte mich endlich um den untoten Ahnherrn des ehemaligen Richters kümmern.

Er war dabei, mich in das Grab zu ziehen. Durch die Erde wollte er mich pressen, wobei er meine Füße nicht losließ.

Den Spaß wollte ich ihm verderben. Ich wuchtete meinen Oberkörper hoch und nahm statt der Beretta wieder den geweihten Silberdolch in die rechte Hand.

Durch mein Gegengewicht hatte er sich weiter aus

dem Grab ziehen können, denn irgendwie mussten meine Beine ähnlich wirken wie die Reckstange für einen Turner.

Die Schädelplatte konnte ich sehen. Sie schimmerte in einem dunklen Grau. Dreck klebte auf ihr und an der Seite war sie sogar zersplittert.

Die rechte Hand mit dem Dolch wuchtete nach unten.

Genau in die Mitte des Schädels hieb ich die Klinge hinein und sie durchdrang den Kopf, als bestünde er aus Butter. Dabei sprengte sie ihn in zahlreiche Stücke, die wie die Schalen einer Nuss zur Seite flogen.

Ein dumpfes Geräusch klang aus dem Innern des Grabes, vielleicht ein Stöhnen oder Ächzen. Mir war es egal. Ich wusste, dass der Zombie keinem mehr etwas zu Leide tun konnte. Langsam rutschte er wieder in das Grab hinein, wo er endgültig verfaulen würde.

Bevor die linke Hand verschwand, fielen noch zwei Finger ab, danach sah ich nichts mehr von ihm.

Ich atmete auf und stemmte mich hoch. Ein wenig zittrig war mir schon zumute, und auf meiner Stirn klebte der Schweiß.

Was der Zombie mit Leichtigkeit geschafft hatte, bereitete mir unsägliche Mühe. Ich bekam den Grabstein kaum hoch, musste noch mal ansetzen und schaffte es, ihn zur Seite zu kippen, nachdem ich ihn hochkant gestellt hatte.

Darunter befand sich Knochenmehl. Das war von Sir Edward Jeffries zurückgeblieben. Nichts wies mehr auf diesen gefährlichen Spuk hin.

Ich hob mein Kreuz auf und verließ den kleinen Friedhof mit einem guten Gefühl, denn auch das Testament dieses Wesens war verbrannt.

Auf halber Strecke sah ich Bill. Er lief mir auf unsicheren Beinen entgegen, sah mich, winkte und wartete, bis ich bei ihm war. »Himmel, John«, sagte er. »Was war mit mir los?«

Ich grinste. »Du hattest einen Vollrausch.«

»Das kannst du deiner Großmutter erzählen. Was ist tatsächlich geschehen?«

Ich berichtete es ihm auf dem Weg ins Haus. Bill konnte es nicht fassen, dass er als Gastkörper missbraucht worden war, aber er hatte den Fall mit heiler Haut überstanden, sah man von den Schrammen im Gesicht einmal ab.

»Und was machen wir mit dem Mädchen?«, fragte er, als wir vor der Tür noch einmal stehen blieben.

Ich hob die Schultern. »Es ist nicht unser Problem, Bill. Marion ist von dem Bann erlöst. Ich hoffe nur, dass ihre Eltern ihr verzeihen werden.«

»Ja, John, das hoffe ich auch ...«

Judys Spinnenfluch

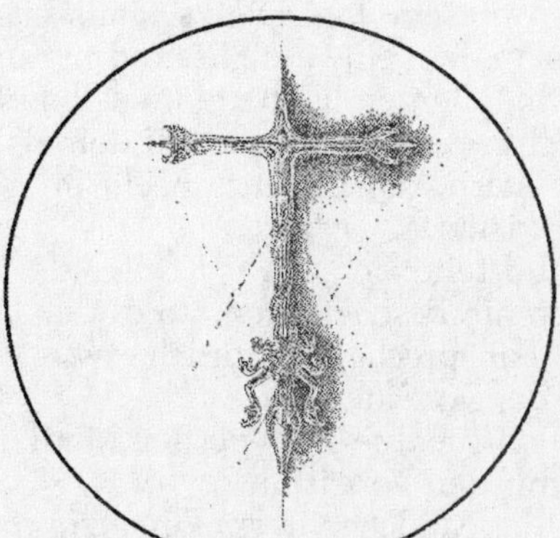

»Wo finde ich das Mädchen?«, fragte ich den Arzt und schaute ihn scharf an.

Er lachte auf. »Mädchen ist gut, Oberinspektor.«

»Was ist es dann?«

Der Doktor lächelte unecht und krampfhaft. »Sie hat Augen, die …« Er schüttelte den Kopf. »Nein, das müssen Sie sich selbst ansehen, Mr. Sinclair. Kommen Sie, ich habe keine Erklärung.« Er drehte sich um und ging mit hastigen Schritten vor.

Erst mein Ruf stoppte ihn. »Wissen Sie, Doc, da ist noch der Mann, der mit der Kleinen gesprochen hat.«

»Sicher, aber den können Sie später fragen. Sehen Sie sich zuerst einmal Judy an.«

Ich hatte nichts dagegen. Schließlich war ich aus diesem Grund in das Krankenhaus gekommen. Genaues wusste ich nicht, und auch nicht mein Chef, Sir James, der mir den Job zugeschanzt hatte. Mir war nur bekannt, dass es um ein Mädchen ging, dessen Aussehen man als seltsam bezeichnen konnte.

Der Gang im Krankenhaus war lang. Zudem noch kahl und irgendwie steril. Ich mochte diese Flure nicht, wo zwischen den Türen oft Betten und fahrbare Medikamentenschränke standen. Wenn ich ein Krankenhaus sehe, dann zieht sich bei mir immer der Magen zusammen und ich muss mich jedes Mal schütteln.

So auch an diesem Tag. Dieses Haus erinnerte mich fatal an eines, in dem eine gute Freundin von mir gestorben war. Nadine Berger. Ich hatte im selben Hospital gelegen. Eine Schusswunde machte mir damals zu schaffen, aber Nadine starb, obwohl ihre Seele im Körper eines Wolfs weiterexistierte.

Heftig schüttelte ich den Kopf, als sich meine Gedanken damit beschäftigten, und der Arzt musste mich zweimal ansprechen, bevor ich etwas verstand.

»Wir sind da, Mr. Sinclair!«

»Danke.« Ich schaute zu, wie der Mediziner die Tür öffnete und mir den Vortritt ließ.

Man hatte das Mädchen in ein Einzelzimmer gelegt. Es sollte ungestört sein. Jalousien bedeckten die Scheiben.

Das Tageslicht sickerte nur schwach hindurch und malte verwaschene Streifen auf den mit PVC belegten Boden.

»Ich werde Sie jetzt einige Minuten mit der Patientin allein lassen«, sagte der Arzt, nickte mir noch einmal zu und verschloss die Tür von außen.

Mir sollte es recht sein, obwohl ich, ehrlich gesagt, nicht genau wusste, wie ich das Gespräch beginnen sollte. Dafür wusste ich zu wenig von dem Mädchen.

Nur den Vornamen kannte ich.

Judy.

Unwillkürlich dämpfte ich meine Schritte, als ich auf das Bett zuschritt. Auf den ersten Blick schien Judy zu schlafen. Ich wollte sie nicht stören und blieb mit dem Rücken zum Fenster neben dem Bett stehen. Als ich den Kopf senkte, schaute ich in ein schmales Gesicht mit hoch stehenden Wangenknochen und blassen Lippen, die sich kaum von der Hautfarbe abhoben. Die Decke reichte bis zum Kinn, Haare umrahmten das Gesicht. Es war blass. Man konnte die langen Strähnen nicht als blond bezeichnen und auch nicht als grau, eher als ein Mittelding.

Ihr Alter war schwer zu schätzen. Vielleicht zweiundzwanzig Jahre.

Sie schien mich noch nicht bemerkt zu haben. Ich kam mir ein wenig deplatziert vor, doch irgendein Geheimnis musste es schließlich geben, und das wollte ich herausfinden. Deshalb sprach ich mit leiser Stimme: »Judy?«

Ihre Mundwinkel zuckten. Ja, sie hatte mich gehört. Ich sah auch, wie sie unter der dünnen Decke die Hände bewegte, sonst bemerkte ich keine Reaktion.

»Judy, bitte! Ich bin gekommen, um Ihnen einige Fragen zu stellen. Vielleicht kann ich Ihnen helfen. Sagen Sie mir, was Sie bedrückt und was ich für Sie tun kann. Bitte …«

Jetzt öffnete sie den Mund. Es war ein langer, seufzender Atemzug, der über die Lippen drang, und gleichzeitig öffnete das Mädchen, von dem ich nur den Vornamen kannte, die Augen.

Ich zuckte zurück.

Judy war blind!

Damit hatte ich nicht gerechnet. Vor mir im Krankenbett lag ein blindes Mädchen. Eigentlich kein Grund zur Panik und zur Aufregung, aber ich war eben schockiert und auch verwundert darüber, dass mir der Arzt nichts davon gesagt hatte.

Ich schaute auf die Augen.

Seltsam waren sie. Sie sahen aus, als ob sie mit einer grauen Masse gefüllt waren, die auf irgendeine Art und Weise silbrig schimmerte. Diesen Ausdruck konnte man beim besten Willen nicht als normal bezeichnen. Etwas musste mit Judy geschehen sein.

Zum ersten Mal sprach sie. »Haben Sie es nun bemerkt, Mister?«

»Ja«, erwiderte ich leise. »Ich weiß jetzt, dass Sie blind sind. Es – es tut mir Leid ...«

»Sie brauchen nicht so zu lügen. Leid tun! Lassen Sie die Floskeln, sagen Sie mir nur, was Sie wollen und ob Sie die Warnungen ernst genommen haben!«

»Von welchen Warnungen sprechen Sie?«

Judy legte die Stirn in Falten. Sie schwieg und überlegte.

Ich wollte sie nicht drängen, aber mir war längst klar geworden, dass sich um dieses Mädchen ein Geheimnis rankte. Dies hatte ich den ersten Äußerungen entnehmen können.

»Gehören Sie nicht zu denen, die ...« Sie schwieg weiter. Vielleicht aus Angst, zu viel gesagt zu haben.

»Wen meinen Sie?«

»Schon gut, Mister, schon gut.« Judy räusperte sich, schob ihre Hände unter der Decke hervor, und ich sah die schmalen Finger, die mit einer weißen Haut überzogen waren. »Weshalb sind Sie dann gekommen, Mister? Hat man Sie geholt? Habe ich etwas verschuldet oder falsch gemacht?«

»Das kann ich nicht sagen.«

»Dann reden Sie doch! Ich habe den Wagen angehalten und den Leuten erzählt, dass sie ...« Judy schwieg, bewegte den Kopf und atmete seufzend. »Es hat keinen Sinn ...«

Ich stand vor einem Rätsel. Bisher hatte ich weder meinen Namen noch den Beruf genannt. Wenn ich das nachholte, war es vielleicht besser für uns beide.

»Hören Sie, Judy! Ich habe mit den anderen Leuten nichts zu tun. Mein Name ist John Sinclair, ich bin Polizist. Oberinspektor bei Scotland Yard.«

»Sinclair?«, fragte sie leise zurück.

»Ja.«

»Sie können es nicht stoppen. Das kann kein Polizist, niemand kann es, glauben Sie mir. Man kann nur warnen, wie ich es immer wieder versuche. Nur warnen, Mr. Sinclair.«

»Sagen Sie mir, wovor?«

»Nein, das sage ich nicht. Ich will und kann es nicht. Es ist besser, wenn Sie es nicht wissen, so wird Ihre Neugierde wenigstens nicht angestachelt. Ich sage Ihnen nur, dass auch Sie sich in Gefahr befinden. Jeder befindet sich in Gefahr – jeder …« Sie hatte in der letzten Minute die Augen nicht mehr geöffnet. Nun aber riss sie sie wieder auf, ich konnte hineinschauen und erlebte die zweite große Überraschung.

Die Augen hatten sich verändert. Zwar zeigten sie nach wie vor dieselbe Grundfarbe, doch in ihnen schimmerte etwas. Sowohl im rechten als auch im linken Auge.

Es waren zwei Spinnen!

Zuerst glaubte ich an eine Täuschung. Das konnte doch nicht möglich sein! Ich musste mich irren, und als ich genauer hinsah, da erkannte ich die winzigen Spinnen, ungefähr so groß wie das Oval des Auges an seiner breitesten Stelle.

Sollte es das gewesen sein, vor dem mich das Mädchen hatte warnen wollen?

Möglich, obwohl ich meine berechtigten Zweifel hatte, denn ich fragte mich gleichzeitig, wie die Spinnen in die Augen kamen. Waren sie vielleicht aufgemalt worden?

Bis jetzt hatte ich gestanden, nun aber nahm ich auf dem Rand des Bettes Platz. Die Entfernung zwischen dem Gesicht des Mädchens und mir war zusammengeschmolzen. Die beiden Spinnen in den Augen waren sehr deutlich zu sehen, mir gelang es, ihre Beine zu zählen, und ich kam auf die Zahl zwölf.

Jede Spinne hatte sechs Beine, einen winzigen Mund, vielleicht auch Zähne. Ich schüttelte den Kopf, winkelte meinen Arm an und führte die Hand vorsichtig in die Nähe des linken Auges. Es war ein behutsames Hinabgleiten des Fingers, ein Vortasten. Die Entfernung wurde geringer und ich vernahm im nächsten Augenblick das zischend ausgestoßene Wort.

»Nicht weiter!«

Sofort zuckte meine Hand zurück. Jetzt war ich es, der lächelte, denn ich hatte plötzlich das Gefühl, einem Bluff aufgesessen zu sein. War Judy überhaupt nicht blind?

Davon konnte ich in Anbetracht der Dinge ausgehen, denn sie hätte meine Hand überhaupt nicht sehen dürfen.

Und doch hatte sie es.

»Judy!« Meine Stimme klang jetzt ein wenig schärfer als zuvor. »Ich bin hier, um mit Ihnen zu reden, aber ich möchte mich nicht gern reinlegen lassen, wenn Sie verstehen, was ich meine.«

»Nein, Mr. Sinclair!«

»Sind Sie blind? Diese Frage möchte ich offen und ehrlich beantwortet haben, Judy!«

»Ich bin blind!«

»Aber wie haben Sie dann erkennen können, dass sich mein Finger Ihren Augen näherte?«

»Ich fühlte es. Ja, ich fühlte es. Wissen Sie, Sir, Blinde besitzen ein schärferes Einfühlungsvermögen. Wenn ein Sinn ausfällt, werden andere aktiviert. Begreifen Sie das, Mr. Sinclair?«

Ich versuchte es zu verstehen. Mir gefiel die Sache überhaupt nicht. Dieses Mädchen war von einem Geheimnis umgeben. Es strahlte eine gewisse Aura aus. Sie war rätselhaft, nicht zu fassen und gefährlich.

Und unheimlich …

Dieses unheimliche Gefühl lag über dem Raum. Ich glaubte es körperlich zu spüren. Über meinen Rücken kroch eine Gänsehaut. Waren wir überhaupt noch allein?

Fast hatte ich das Gefühl, als wäre noch etwas anderes im Zimmer und würde uns belauern.

Ich drehte den Kopf. Die Tür war geschlossen. Man hatte sie auch nicht geöffnet. Von dort konnte also niemand reingekommen sein.

Als ich den Kopf weiter bewegte, blickte ich auch auf das Fenster. Wie gesagt, die Jalousien waren herabgelassen. Aber hinter ihnen zeichnete sich ein übergroßer Schatten ab.

Der einer Spinne!

Aus Judys Träumen

Schwarz war das Wasser. Schwarz wie die Nacht, schwarz wie die Magie. Der Wind strich durch kahle Bäume, er umschmeichelte Büsche, kämmte das hohe Gras und brachte einen seltsam fauligen Geruch vom nahen Moor mit. Nirgendwo durchbrach ein Lichtschein die Nacht. Sie war so schwarz, als hätte der Teufel seine Hand davor gehalten, um jegliche Helligkeit auszulöschen.

Dunkel glänzte auch das Wasser des Sees. Es schien aus Teer zu bestehen und an den Ufern wuchs das Schilf kerzengerade aus dem Schlamm.

Wenn der Wind über die glatte Fläche strich, schien er tausend Finger zu haben, die unsichtbar in das dunkle Wasser stießen und es zu lang auslaufenden Wellen kräuselten.

Hoch über dem See schwebten die Wolken. Sie waren ebenfalls schwarz und erinnerten in ihren Ausmaßen an riesige Untiere.

Es war eine Nacht, wie sie von den Menschen nicht gern erlebt wurde. In so einer Nacht entstanden Geschichten, da drängten die Geister aus finsteren Grüften, und wäre der Vollmond am Himmel zu sehen gewesen, man hätte die Nacht als ein ideales Vampirwetter bezeichnen können.

Das alte Haus stand am Nordufer des Sees. Vom Ufer her waren es nur wenige Schritte. Früher war es einmal ein Hotel gewesen, dann war der Besitzer Pleite gegangen, und das Haus hatte leer gestanden. Wenigstens offiziell.

Manche aber wussten etwas anderes zu berichten. Sie sahen des Nachts, wenn sie zufällig über das schwarze Gewässer des Sees ruderten, Licht im Haus. Manchmal schimmerte es wie ein großer weißer Fleck, verteilte sich oft über eine Etage, und hinter den Fenstern war dann der Umriss eines ungeheuren Wesens zu sehen.

Vergleichbar mit einer Riesenspinne.

Aber auch das Mädchen wurde gesehen. Ebenfalls in der Nacht. Wenn der Vollmond schien, stand sie meist auf dem Dachfirst und schaute über den See, als würde sie etwas suchen, was dort in der schlammigen Tiefe verborgen lag.

Das Haus hatte seine Geschichte, das Haus hatte sein Geheimnis. Und es gab Männer, die das Geheimnis lüften wollten, um dem Spuk ein Ende zu bereiten.

Die Legende erzählte von einem Mann, der dort sein Unwesen getrieben haben sollte.

Ein Mann und ein Mädchen …

Erst als die Wirren des Weltkrieges über ein Jahrzehnt vergessen waren, da machten sich die Männer daran, das Rätsel des Hauses zu lüften. Und wieder war die Nacht stockfinster, sodass die berühmte Hand nicht vor Augen zu sehen war.

Die Männer wussten sich zu helfen. Sie hatten Fackeln mitgebracht, die sie anzündeten. Am oberen Ende der Stangen befanden sich die dicken Pechköpfe, die brennend ein düsteres Licht abgaben, dessen Rußfahnen den Männern in die Gesichter geweht wurden.

Hintereinander gingen sie. Sie sprachen kein Wort, denn sie hatten alles beredet. Nur ihre Schritte waren zu hören und hin und wieder das Klirren der schweren Ketten.

Es waren ihre Waffen: Ketten, Hämmer, Nägel …

Sie gingen zum See. Schon bald wurde der Boden weicher, nasser. Wo sie hintraten, hinterließen sie Abdrücke im Boden, die sich sehr schnell mit Wasser füllten. Es war eine dunkle Brühe, sie roch faulig und erinnerte die Männer, dass sie sich im Sumpf befanden.

Bald erreichten die sechs Männer das Ufer. Es war keine kalte Nacht, trotzdem hatten sie Jacken übergezogen. Das Haus, ihr eigentliches Ziel, befand sich genau am entgegengesetzten Ufer. Sie mussten quer über den See rudern.

Das taten sie auch.

Der Reihe nach gingen sie über den schmalen Steg, an dem das lange Boot festgeleint war. Hintereinander stiegen sie ein, setzten ihre Füße auf die schwankenden Planken. Das Boot schaukelte. Die Männer steckten die Fackeln in die dafür vorgesehenen Ösen. Es waren Eisenringe. Im Durchmesser dem der Fackelstäbe angepasst.

Dann griffen sie zu den Riemen, während einer von ihnen aas Tau löste. Sie stammten alle aus der Gegend, kannten den See und konnten mit einem Boot umgehen. Sie wussten, wie sie zu rudern hatten, ohne dem anderen in die Quere zu geraten.

Sechs Fackeln steckten insgesamt an den beiden Seiten des Kahns. Ihr Licht tanzte, die einzelnen Flammen wurden vom Wind bewegt, sie berührten sich, und aus der Ferne musste es so aussehen, als würden über dem Boot zwei brennende Schnüre liegen und frei in der Luft schweben.

Sie ruderten schweigend.

Jeder tauchte sein Ruderblatt im selben Rhythmus in das Wasser, sodass der lange Kahn allmählich Fahrt aufnahm und dann ziemlich zügig über die dunkle Wasserfläche glitt.

Nur wenn die Ruderblätter in das Wasser tauchten, dann wurden hin und wieder helle Spritzer in die Höhe gewirbelt, die anschließend ins Wasser zurückklatschten.

Auf der Oberfläche spiegelte sich das Licht der Fackeln. Durch die Wellen wurde es bewegt und bildete zwei glühende Schlangen, die über die schwarze Oberfläche des Sees hinweghuschten.

Sie wollten zum Haus und sie wollten zu ihm, um einen schrecklichen Fluch zu beenden.

Sie hatten lange genug gewartet und sich die Geschichte immer wieder angehört.

Es musste etwas Wahres dran sein. Für die Männer gab es keine andere Möglichkeit.

Sie würden töten …

Kräftige Fäuste umklammerten die Ruderstangen. Schaumig glitt das Wasser an den Bordwänden entlang und der Bug des Bootes hatte einen kleinen weißen Bart.

»Da!« Einer der Männer unterbrach das Schweigen. Er saß als Erster in der Reihe, und seine Hand deutete über die

Wasserfläche nach vorn, wo am anderen Ufer, das sie nur ahnen konnten, ein heller Fleck zu sehen war.

Ein Licht!

Einer lachte. »Sie sind da«, sagte er dann dumpf. »Sie haben sogar Licht an. Ob sie uns erwarten?«

»Das können sie ruhig«, meinte ein Dritter. »Wir sind immer stärker als sie. Immer ...«

»Ja, das sind wir«, antwortete der Vierte.

»Und das Mädchen?«

»Wenn es das Mädchen gibt, wird es getötet«, erwiderte derjenige, der das Licht als Erster bemerkt hatte.

Einer spie über die Bordwand. »Man sollte das verdammte Haus bis auf die Grundmauern abbrennen«, schlug er vor.

Andere waren dagegen. »Weshalb? Es ist noch gut. Vielleicht kauft es jemand.«

»Diese Horror-Burg?«

»Kann doch sein.«

»Seid ruhig und rudert weiter! Wir haben es gleich geschafft. Über die Hälfte liegt hinter uns, Freunde!«

Sie bewegten sich bereits auf dem letzten Drittel und jeder von ihnen wusste, dass der See hier flacher wurde. Sie konnten die Ruderblätter nicht mehr so tief eintauchen.

Ihre Gesichter wirkten im Schein der Fackeln maskenhaft starr. Hart die Gesichtszüge. Da waren Lippen zusammengekniffen, da zuckte kein Muskel, da stand nur das hasserfüllte Brennen in den Augen der sechs Männer. Mordlust, der Wille zum Töten, eine Wut, die sich in langen Monaten aufgestaut hatte.

Da sie schwiegen, hörten sie das Schleifen unter dem Kiel. Die Männer holten die Riemen ein. Auch jetzt wusste jeder, was er zu tun hatte. Sie stiegen aus dem Boot und wateten ins Wasser. Ihre Füße wurden nicht nass, denn sie trugen Stiefel, deren Schäfte bis zu den Knien reichten.

Dass man sie hatte sehen können, störte sie nicht. In der Dunkelheit war der Fackelschein weit sichtbar. Die anderen sollten erkennen, wer da kam, und erleben, was ihnen blühte. Die Männer glaubten auch nicht, dass die Bewohner fliehen wollten, denn das Licht leuchtete weiterhin im Innern des Hauses.

Sie durchbrachen den Schilfgürtel, wühlten mit ihren Füßen den Schlamm auf, ließen das Wasser hinter sich und gerieten auf die feuchte Uferwiese vor dem Haus.

Sie war fast frei einzusehen, nur wenige Büsche boten Deckung oder beeinträchtigten die Sicht.

Die Männer sammelten sich, bildeten einen Kreis und nahmen sich noch einmal das Versprechen ab, alles zu tun, was in ihrer Macht stand.

Dann gingen sie auf das Haus zu ...

Zuerst glaubte ich an einen Irrtum und blieb steif sitzen. Judy musste bemerkt haben, dass ich mich nicht mehr bewegte, denn sie fragte mit leiser Stimme: »Was ist geschehen?«

»Nichts«, murmelte ich geistesabwesend.

»Sie lügen, Mr. Sinclair.«

Ich starrte auf den Schatten, dessen Umrisse zitterten. Eine Blinde sagte mir ins Gesicht, dass ich lügen würde. Wieso? War sie etwa doch nicht blind?

Darüber wollte ich jetzt nicht nachdenken und auch nicht richten. Mich interessierte der Schatten vor der Scheibe und der Jalousie. Eine gewaltige Spinne. Ein schauriges Monstrum, auch aus meiner Sicht zu erkennen, obwohl ich nicht gerade in seiner Nähe stand. Eine Riesenspinne, sicherlich so groß wie ein Mensch.

Ich schüttelte mich. Es wäre nicht das erste Mal gewesen, dass ich mit Riesenspinnen zu tun hatte. Ähnliche Abenteuer lagen bereits hinter mir. Und die Spinne, sollte sie sich tatsächlich als eine solche entpuppen, musste irgendwie in Verbindung mit dem Mädchen stehen, denn in seinen Augen hatte ich die beiden Spinnen gesehen.

Ich stand auf. Die Matratze bewegte sich dabei, und Judy hatte es bemerkt.

»Wo wollen Sie hin, Mr. Sinclair?«

»Zum Fenster.«

»Was gibt es dort zu sehen?«

Ich grinste nach dieser Frage. Die Wahrheit wollte ich

ihr nicht sagen, vielleicht wusste Judy sie ohnehin, dann kam ich mir lächerlich vor. Deshalb schwieg ich.

Sie ließ aber nicht locker. »Mr. Sinclair, bitte, was wollen Sie da sehen?«

»Das erzähle ich Ihnen gleich.« Nach diesen Worten lockerte ich die Beretta in meinem Holster, um die Waffe so rasch wie möglich ziehen zu können.

Vor der Scheibe blieb ich stehen. Rechts befand sich das lange Band, an dem man die Jalousie in die Höhe ziehen konnte. Ich fasste es an und zog es allmählich in die Höhe, dabei hielt ich den Blick auf die Spinne gerichtet.

Die Jalousie gab immer mehr von der Scheibe frei. Zuerst nur die untere Hälfte, ich zog weiter und hätte an sich die Beine der Spinne sehen müssen, aber da war nichts.

Ein freier Blick nach draußen auf den Parkplatz wurde mir gestattet, wo mein Bentley stand.

Keine Spinne zu sehen!

Das sollte begreifen, wer wollte. Ich jedenfalls nicht. Ich schüttelte den Kopf. Hatte mich ein Spuk genarrt? War diese Spinne nur Einbildung gewesen?

Das wollte ich nicht so recht glauben, denn ich hatte die Umrisse genau erkennen können. Den halbrunden Körper, die langen Beine. Nein, das war keine Täuschung gewesen. Um sicherzugehen, öffnete ich das Fenster. Es hatte zwei Hälften, die erste zog ich auf und bog meinen Oberkörper nach draußen, wobei ich ein dumpfes Gefühl hatte, denn die Spinne konnte auch über mir lauern.

Zuerst schaute ich nach unten. Mein Blick glitt dabei direkt an der Hauswand entlang, aber von dem Monstrum war keine Spur zu sehen. Ich entdeckte sie auch nicht, als ich meinen Blick nach links gleiten ließ. Sie war verschwunden, und zwar so schnell, als hätte sie sich in Luft aufgelöst.

Das war mir ein Rätsel.

Vom Bett her hörte ich die dünne Stimme der Blinden. »Mr. Sinclair, bitte, was machen Sie da?«

»Ich tanke frische Luft.«

»Das kann ich Ihnen nicht glauben.«

»Ist aber so«, erwiderte ich, schaute mir noch einmal die Hauswand an, fand sie leer und wandte mich wieder um. Als ich das Fenster schloss, zitterten die Scheiben.

Langsam schritt ich wieder auf das Bett zu und setzte mich neben die Blinde. Abermals schaute ich in ihre Augen, und jetzt sah ich die beiden Spinnen nicht mehr.

Verdammt, das schlug dem Fass den Boden aus. Wollte man mich hier auf den Arm nehmen? Narrte mich ein Spuk?

»Was haben Sie, Mr. Sinclair?«

Das Mädchen konnte mich mit seiner Fragerei ganz schön fertig machen. Ich wusste im Moment keine Antwort, denn ich war mir über Judys Rolle nicht im Klaren. Spielte sie mir etwas vor? Wusste Judy Bescheid und wollte nur nichts sagen?

Fast musste ich damit rechnen und ich schaute sie scharf an. Dabei hielt ich meine Hand dicht vor ihre Augen und bewegte schnell die Finger, doch sie reagierte nicht.

Judy war blind!

Tief atmete ich ein, bevor ich die nächste Frage stellte. »Sagen Sie mal, Judy, mögen Sie Spinnen?«

»Spinnen?«

»Ja, diese Tierchen, vor denen sich die meisten Frauen ekeln.«

»Nein, wieso?«

»Ich dachte es nur, weil ich in Ihren Augen zwei kleine Spinnen gesehen habe.«

»Da müssen Sie sich täuschen, Mr. Sinclair. Ich kann nicht sehen.«

»Das habe ich auch nicht gesagt. Aber ich sah in Ihren Augen zwei kleine Spinnen.«

»Sie sollten vorsichtig sein, denn sie sind gefährlich. Bleiben Sie weg, Mr. Sinclair, falls es nicht schon zu spät für Sie ist. Glauben Sie mir!«

Jetzt verstand ich überhaupt nichts mehr. Da hatte Judy innerhalb von wenigen Sekunden ihre gesamte Haltung geändert. Aus welchem Grund denn nur, zum Henker? Zuerst hatte sie getan, als würde sie das alles nichts angehen, jetzt redete sie plötzlich völlig anders und sprach eine Warnung aus. Meinte sie vielleicht die Spinnen damit?

»Ich verstehe Sie nicht, Judy. Wovor soll ich mich hüten? Sagen Sie mir doch endlich etwas Konkretes, ich bitte Sie!«

»Das Haus, Mr. Sinclair. Es ist verflucht. Fahren Sie nie dorthin. Da wohnt das Grauen …«

»Die Spinnen?«

»Vielleicht«, hauchte sie, »vielleicht wohnen dort die Spinnen. Alles ist möglich …«

Ich hob die Schultern. »Und wo finde ich das Haus?«

»Am See, nicht weit vom Moor. Es sieht alles so harmlos aus, aber es ist gefährlich, gefährlich …«

»Auch für Sie?«

»Ich weiß es nicht. Ich warne nur …«

Die Angaben waren mir nicht konkret genug. Was meinte sie mit diesen Andeutungen, und weshalb hatte man sie überhaupt in dieses Krankenhaus gelegt? Denn krank schien sie mir nicht zu sein. Auf keinen Fall bettlägerig.

»Wer hat Sie hergebracht?«, wollte ich wissen.

»Der Mann.«

»Kennen Sie seinen Namen?«

»Nein, aber ich spürte sein Auto. Ich bin dagegen gelaufen. Er wollte nicht stoppen, aber ich musste ihn warnen, denn er durfte nicht in sein Verderben fahren.«

»Was ist denn so schlimm?« Allmählich fiel mir das Drumherumgerede auf den Geist. So weit ich erkennen konnte, hatte das Mädchen keinen körperlichen Schaden erlitten. Ich wollte allerdings noch mit dem Arzt sprechen. Wenn er meine Ansicht bestätigte, hatte ich vor, zusammen mit ihm und Judy diesem seltsamen Haus einen Besuch abzustatten. Und das sagte ich ihr auch.

Zuerst reagierte Judy nicht. Wahrscheinlich hatten sie meine Worte zu sehr überrascht. Dann begannen ihre Hände zu zittern. Die Finger bewegten sich. Judy bog sie nach innen, verkrallte sie im Laken und knetete es durch. Schweiß trat aus ihrer Haut und legte sich auf die Stirn.

»Was haben Sie?«, fragte ich.

»Wir können nicht zu dem Haus. Ich kann nicht …«

»Sagen Sie mir den Grund. Ist es Angst?«

»Nein, nein, keine Angst. Ich möchte Ihnen den Grund nicht nennen. Es ist …« Schlagartig war es mit ihrer Ruhe vorbei. Sie warf sich wild auf dem Bett herum, schleuderte ihren Körper von einer Seite auf die andere, schluchzte und knirschte mit den Zähnen.

Ich wollte sie festhalten, sah in ihren Augen wieder die kleinen Spinnen erscheinen und wurde abgelenkt, denn vom Flur her hörte ich gellende Schreie.

Sofort schoss ich in die Höhe und rannte auf die Zimmertür zu. Als ich sie aufwuchtete, flog mein Blick zuerst nach links. Dort lag der Gang leer. Geschrien hatte da niemand. Aber auf der rechten Seite sah ich etwas.

Es war der Arzt, der mich hergebracht hatte. Und er befand sich als Opfer zwischen zwei langen Beinen einer Riesenspinne …

Es war ein schreckliches Bild, und es traf mich tief. Mit einem Blick konnte ich feststellen, dass der Mann keine Chance hatte. Dieses Riesentier war ihm weit überlegen, obwohl der Arzt um sich schlug und auch seine Fäuste gegen den Körper der Spinne hämmerte.

Er traf nur die harte Haut des behaarten Körpers. Einen Erfolg erzielte der Arzt nicht. Die Spinne ließ ihr Opfer nicht aus den Klauen.

Zudem hatte sie ihn bereits verletzt, denn genau dort, wo die Beine zudrückten, sah ich die beiden roten Flecken, die den ansonsten blütenweißen Kittel des Arztes nässten.

Blut!

Eine Erklärung für diesen Horror hatte ich nicht. Für mich zählte einzig und allein das Leben des Menschen.

Und das musste ich retten.

Ich startete wie ein Sprinter, während die Spinne die beiden vorderen Beine in die Höhe hob und ihr Opfer somit über dem Boden schwebte.

Die Waffe hielt ich bereits in der Hand, aber ich schoss nicht. Die Gefahr, den Arzt zu treffen, war einfach zu groß, denn genau in dem Augenblick ließ sie ihr Opfer los und wuchtete es auf mich zu.

Der Arzt flog mir wie eine Puppe entgegen. Er bewegte Arme und Beine und ich wich nicht aus.

Ich stemmte mich ein, beugte den Oberkörper vor und fing den Mann ab. Halt fand ich nicht mehr. Gemeinsam fielen wir zu Boden, wobei der wimmernde Mann auf mir liegen blieb und dann schwer zur Seite rollte.

Sofort war ich auf den Füßen und zielte mit der Beretta in einen leer vor mir liegenden Gang.

Die Spinne war verschwunden. Sie hatte sich von einer Sekunde zur anderen aufgelöst.

Ich drehte mich um. Vielleicht hatte sie uns übersprungen, als wir auf dem Boden lagen, doch auch auf dieser Seite war der Gang leer. Von der Spinne sah ich kein Bein.

Kopfschüttelnd stand ich da. Einer Halluzination war ich nicht erlegen, das stand fest, denn ich brauchte nur auf den Arzt zu schauen, der verletzt vor meinen Füßen lag und unter Schmerzen stöhnte.

Ich kniete mich neben ihn.

Die beiden Spinnenbeine waren durch seine Kleidung gedrungen und hatten zwei Wunden hinterlassen. Eine befand sich am Rücken, die andere etwas tiefer an der Vorderseite und zwar in Höhe des Bauches. Der Mann war nicht bewusstlos, er musste ungeheuer leiden, und ich sah an der Wand eine Alarmglocke.

Mit der flachen Hand schlug ich auf den Knopf. Es schrillte zwar keine Alarmsirene durch den Flur, doch ich hoffte, an der richtigen Stelle das Signal ausgelöst zu haben.

Das war in der Tat der Fall.

Plötzlich wurden zwei Türen aufgestoßen. Mehrere Personen verließen die Räume. Zwei Ärzte, eine Krankenschwester. Sie blieben wie vor eine Wand gelaufen stehen, als sie uns im Flur sahen.

Die Krankenschwester konnte sich nicht beherrschen. Sie schrie: »Das ist ja Dr. Valentin!«

»Ja, verdammt!«, rief ich. »Tun Sie etwas!«

Es war vielleicht ungerecht, dass ich so reagierte, aber ich wollte nicht, dass der Mann starb.

Die beiden Kollegen des Verletzten scheuchten mich zur Seite. Die Schwester lief, um eine Trage zu holen, während die Ärzte ihren Kollegen so rasch wie möglich einer ersten Untersuchung unterzogen.

»Sieht übel aus«, meinte der Jüngere der beiden und ballte die Hände zu Fäusten.

»Notoperation!«, schlug der andere vor, als er den Kittel des Kollegen aufknöpfte.

Ich kam mir überflüssig vor und setzte mich auf eine Wartebank. Kaum hatte ich Platz genommen, als der Flur von einer wilden Hektik erfüllt wurde. Eine fahrbare Trage wurde herangeschoben, man bettete den Verletzten vorsichtig darauf und die beiden Männer schoben die Trage in Richtung OP-Saal.

Ich blieb sitzen. Sicherlich würde man mir Fragen stellen, wobei ich mir bereits jetzt überlegen konnte, welche Antworten ich geben würde. Die Wahrheit konnte ich kaum sagen, niemand hätte sie mir geglaubt. Sie war auch zu unwahrscheinlich.

Vielleicht half mir das Mädchen. Ich musste Judy endlich einmal zum Sprechen bringen, damit sie mir erklärte, was sich tatsächlich hier alles abspielte.

Kaum war der Gedanke in mir hochgezuckt, als ich mich bereits erhob und auf Judys Zimmer zuschritt. Die Tür war beim Verlassen des Raumes hinter mir ins Schloss gefallen. Ziemlich wuchtig stieß ich sie wieder auf, denn ich war verdammt wütend.

Wie festgeleimt blieb ich auf der Türschwelle stehen und starrte auf das Bett.

Es war leer. Von Judy keine Spur!

Das blinde Mädchen mit den Spinnenaugen schien sich in Luft aufgelöst zu haben und ich stand da wie ein begossener Pudel. Zum zweiten Mal innerhalb von Minuten hatte man mich geleimt.

Ein Ding der Unmöglichkeit. Zu erklären nur mit schwarzer Magie. Trotzdem forschte ich nach einer anderen, normalen Lösung und ich schaute mich im Zimmer um, ob ich vielleicht nicht doch etwas entdecken konnte. Vielleicht hatte sich Judy irgendwo versteckt. Doch ich suchte vergebens. Das Mädchen war und blieb verschwunden.

Nur das etwas zerwühlte Bett deutete darauf hin, dass in ihm jemand gelegen hatte.

Dabei hätte sie mir noch einiges sagen können, nun stand ich da und wusste so gut wie nichts. Die Spur war abgeschnitten worden, radikal gekappt. Ich verließ das Zimmer und trat wieder auf den Gang. Gerade im richtigen Moment, denn aus dem Aufzug stieg ein dunkelhaariger Mann, der eine getönte Brille trug.

Ich kannte ihn. Es war der Chefarzt, Professor Latimer. Als er mich sah, ging ein Ruck durch seinen Körper und er steuerte mich mit großen Schritten an. »Auf Sie habe ich gewartet«, sagte er noch im Laufen. »Ich glaube, dass Sie uns eine Erklärung schuldig sind. Was ist mit Dr. Valentin geschehen?«

Ich antwortete mit einer Gegenfrage. »Wie geht es ihm denn?«

Der Professor strich über seine schüttere Haarpracht. »Schlecht, muss ich Ihnen ehrlich sagen. Es geht ihm schlecht. Wir werden Mühe haben, ihn durchzubekommen.«

Er schaute mich forschend an und wartete auf meine Erklärung, mit der ich auch nicht hinterm Berg hielt. »Dr. Valentin ist von einem Monstrum angegriffen worden.«

»Aha. Und wo ist es?«

»Verschwunden. Ebenso wie die Patientin, die hier eingeliefert wurde. Sie kennen das junge Mädchen?«

»Beide sind weg?«

»Ich sagte es.«

»Das soll ich Ihnen glauben, Mr. Sinclair?«

»Sie müssen es. Das ist die reine Wahrheit.«

Er schaute mich scharf an. In ihm kochte es, das war nicht zu übersehen. »Okay«, sagte er, »Sie sind von

Scotland Yard. Ich weiß, dass Sie Sondervollmachten besitzen, aber in diesem Krankenhaus bin ich der Chef. Und ich möchte von Ihnen genau wissen, was sich hier abgespielt hat. Sonst wird es einen Skandal geben, der sich gewaschen hat, und ich kann dabei auch keine Rücksicht auf Scotland Yard nehmen. Ich hoffe, Sie haben mich verstanden.«

»Sicher, Professor Latimer. Sie haben laut genug geredet. Ich jedoch bleibe bei meiner Aussage. Dr. Valentin ist von einer Riesenspinne verletzt worden. Sie befand sich in diesem Gang, wo wir jetzt stehen.«

»So etwas gibt es nur in Horrorfilmen!«

»Nein, auch in Wirklichkeit. Und Sie können mir nicht das Gegenteil beweisen.«

»Wie sollte diese Spinne in unser Hospital gekommen sein, das frage ich Sie, Mr. Sinclair!«

»Eine sehr gute Frage«, erwiderte ich. »Aber ich kann Ihnen leider keine Antwort geben, denn ich stehe selbst vor einem Rätsel.«

»Das glaube ich Ihnen nicht!«

»Es bleibt Ihnen überlassen, Professor. Aber denken Sie mal nach. Welchen Grund sollte ich haben, Sie anzulügen? Können Sie mir das verraten? Ich selbst bin an einer Aufklärung des Phänomens ebenso interessiert wie Sie, und ich will auch, dass Dr. Valentin überlebt. Vielleicht können Sie ihn fragen. Er wird reden, später ...«

»Das weiß ich selbst.«

»Na bitte.«

Der Professor schaute auf seine Schuhspitzen. »Angefangen hat alles mit diesem Mädchen, dieser Judy Garrets. Sie ist eingeliefert worden und der Mann, der sie brachte, erzählte etwas von Riesenspinnen und Monstern, sodass wir die Polizei verständigten. Mich rief dann ihr Chef, Sir James, an. Ich habe das alles nicht für tragisch gehalten, ich glaubte an Fantastereien, aber jetzt ...«

»Wo finde ich den Mann, der Judy eingeliefert hat?«

»Er wird weg sein.«

Ich schüttelte den Kopf. »Nein, Professor. Dr. Valentin sagte mir, dass er warten wollte.«

»Darüber kann ich Ihnen keine Auskunft geben. Aber wenn Sie mit ihm reden wollen, dann unten, wo sich der Kiosk befindet. Dort haben wir einen Warteraum, der …«

»Professor Latimer! Professor Latimer!« Eine Krankenschwester rief den Namen des Chefarztes. Sie stürmte aus einem Zimmer und hatte vor Aufregung rote Wangen.

»Was ist denn los?«

»Dr. Valentin ist zu sich gekommen. Er – er hat ein paar Worte reden können.«

»Und?«

»Es ist verrückt, er sprach von einer großen Spinne. Von einem riesigen Tier, das …«

Ich war wie elektrisiert. »Hat er noch mehr gesagt?«, fiel ich der Schwester ins Wort.

»Nein, nur das. Dann wurde er wieder bewusstlos. Im Moment wird er behandelt.«

Professor Latimer nickte. »Es ist gut, Schwester, vielen Dank, dass Sie es uns mitgeteilt haben.«

»Ja, natürlich.« Die Schwester hatte verstanden, drehte sich um und ging davon.

»Nun?«

»Tja, Mr. Sinclair. Ich glaube, ich muss mich bei Ihnen entschuldigen. Ihre Angaben scheinen der Wahrheit zu entsprechen. Tut mir Leid, dass ich Ihnen Schwierigkeiten gemacht habe, aber ich konnte nicht wissen, dass es so etwas gibt.«

»Manchmal steht der Naturwissenschaftler vor den Dingen wie ein Sechsjähriger vor der Bruchrechnung«, erwiderte ich. »Es gibt in der Tat Dinge, die wir nicht oder kaum beeinflussen können. Jetzt aber werde ich mit dem Mann reden, der Judy gebracht hat. Wissen Sie seinen Namen, Professor?«

»Ja, Rigg.«

»Danke.«

»Und sollten sich neue Fakten ergeben, dann informieren Sie mich. Ich habe leider zu tun. Eine Operation, die keinen längeren Aufschub duldet.«

»Klar, ich halte Sie auf dem Laufenden.«

Mit dem Lift fuhr ich ins Erdgeschoss. Einen Kiosk fand ich nicht. Auf meine Frage hin erklärte man mir, dass sich der Zeitungsstand und auch der Warteraum eine Etage tiefer befänden.

Da nahm ich die Treppe.

Der Kiosk stand inmitten des Warteraums. Ein buntes Viereck zwischen den graugrün gestrichenen Wänden, an denen Bänke angebracht worden waren. Es gab auch Tische und Stühle. Da am Kiosk nicht nur Zeitschriften, Rauchwaren und Süßigkeiten verkauft wurden, sondern auch Kaffee, tranken einige Leute, die hier saßen, das braune Gebräu. Die meisten hockten zu zweit an den Tischen. Nur einer saß allein. Das musste dieser Rigg sein.

Ich steuerte den Tisch an und blieb dicht davor stehen »Mr. Rigg?«, fragte ich.

»Ja.«

»Ich bin Oberinspektor Sinclair.«

Er verzog den Mundwinkel. »Shit«, sagte er. »Sie sind Beamter, wie? So kommen Sie mir auch vor. Nur Beamte können einen normalen Menschen so lange warten lassen.«

Dieser Rigg schien ein ungeduldiger Zeitgenosse zu sein, aber ich blieb ruhig.

»Können Sie sich unter Umständen vorstellen, dass ich aufgehalten worden bin?«

»Schwer.«

»Es ist aber so. Und zwar von einer Riesenspinne, von der Sie auch gehört haben wollen.«

Rigg lehnte sich zurück. Er hatte pechschwarzes, ziemlich langes Haar, das fettig glänzte. Seine Gesichtshaut war blass. Er trug eine dicke Brille und als Kleidung hatte er sich zur Lederjacke und zum Hemd noch einen Schal um den Hals geschlungen. Bei seiner Antwort verzog er die fleischigen Lippen. »Sieh mal an, ein Polizist, der mir glaubt. Ich werde verrückt.«

»Weshalb sollte ich Ihnen nicht glauben?«

»Weil ich euch kenne.«

»Okay, Sie kennen uns.« Ich nickte. »Aber das ist nicht

das Thema. Von Ihnen möchte ich gern wissen, was genau geschehen ist. Bisher tappe ich im Dunkeln.«

Rigg griff zu den Zigaretten und zündete sich ein Stäbchen an. Durch die Rauchwolke grinste mir der etwa fünfundzwanzigjährige Mann ins Gesicht. »Ein Polizist, der im Dunklen tappt. Jerry, das finde ich Spitze.« Er sprach mehr zu sich selbst. »Das Ganze war eine Schnapsidee. Ein paar Freunde und ich, auch Ehepaare, wollten einen draufmachen. Es gibt da ein altes Hotel. Wir haben uns über das Wochenende dort eingemietet. Der Laden ist zwar nicht besonders komfortabel, aber es gibt eine Bowling-Bahn. Spielt auch keine Rolle. Jedenfalls ist meine Frau Emily auf den Gedanken gekommen, ein paar Tage auszuspannen. Wir mieteten uns einen Kleinbus und gondelten los. Auf halber Strecke erschien plötzlich mitten auf der Straße das Mädchen. Ich bremste noch ab, zu spät. Die Kleine wurde erfasst und zu Boden geschleudert. Äußerliche Verletzungen haben wir nicht feststellen können. Die Kleine war blind! Sie wissen ja selbst, wie das ist. Das Mädchen konnte innere Blutungen oder Verletzungen haben, deshalb beschlossen wir, die Fahrt zu unterbrechen und sie in ein Krankenhaus zu bringen. Das war alles, großer Meister.«

»Und sie hat nichts erzählt?«

Jerry Rigg saugte an seiner Zigarette. »Was sollte sie denn alles erzählen?«

»Sie warnen, zum Beispiel.«

Rigg beugte sich vor und stäubte Asche ab. »Das schon«, gab er zu. »Aber wir haben es nicht ernst genommen. Sie redete da von seltsamen Spinnen, die sich in dem Haus befinden sollen. Spinnen, so groß wie Menschen. Die gibt es ja wohl nicht.« Er lachte leise.

Ich hob die Schultern. »Sagen wir so: Wir wollen es nicht hoffen, dass diese Tiere existieren, obwohl ich ein wenig anders darüber denke, Mr. Rigg.«

»Unsinn. Und ein Polizist wie Sie sollte sich davon nicht verrückt machen lassen. Ihr seid doch alle so große Realisten. Meine Freunde und ich haben den Plan nicht aufgegeben. Da kann die Kleine noch zehnmal warnen.«

»Sie sollten sich ein anderes Hotel suchen.«

»Nein, Mann. Das ist auch kein Hotel in dem Sinne. Man muss sich selbst verpflegen, alles mitbringen. Wir leben da wie in einem eigenen Haus, nur eben mit einer Bowling-Bahn. Das Geld überweisen wir einem Makler, das heißt, wir haben es schon getan und auch den Schlüssel erhalten. Hier ist er.« Rigg griff in die Tasche und holte ihn hervor. Er hielt ihn so hoch, dass ich ihn sehen konnte.

»Ich kann Sie und Ihre Freunde verstehen, Mr. Rigg, aber Sie sollten wirklich vorsichtig sein.«

»Ach, hören Sie auf! Wir fahren dahin und fertig. Sagen Sie mal, wie geht es der Kleinen eigentlich?«

»Recht gut.«

»Keine inneren Verletzungen?«

»Soviel ich weiß, nicht.«

»Dann bin ich ja beruhigt.« Er schlug mit der flachen Hand auf die Tischplatte. »Brauchen Sie mich noch, Mr. Sinclair?«

»Nein. Nur lassen Sie sich meine Warnung noch einmal durch den Kopf gehen. Das Mädchen könnte Recht gehabt haben.«

»Ach, woher!« Er stand auf und schob seinen Stuhl zurück. »Haben Sie sonst noch Fragen?«

»Ja, ich möchte gern wissen, wo das Haus liegt.«

Er lachte. »Das finden Sie kaum. Da gibt es keinen Ort in der Nähe.«

»Dann sagen Sie mir den, der am nächsten liegt.«

»Wisborough Green.«

Ich hob die Schultern. »Kenne ich nicht.«

Er ging schon zur Tür. »Liegt praktisch zwischen London und der Südküste. Schauen Sie auf der Karte nach. Das Haus kennt auch jeder, den Sie fragen.«

»Es ist möglich, dass wir uns dort sehen«, erklärte ich dem Mann.

Er verzog den Mundwinkel. »Leider. Wenn es eben geht, bleiben Sie da. Meine Freunde mögen keine Polizisten. Sie verstehen?« Er grinste und verschwand.

Jerry Rigg war uneinsichtig. Konnte ich ihm einen

Vorwurf machen? Wohl kaum.

Ich holte mir eine Tasse Kaffee und rauchte eine Zigarette. Bei dieser Beschäftigung dachte ich über den Fall nach.

Es war ein Fall, daran gab es nichts zu rütteln. Eine Sache, um die wir uns kümmern mussten. Uns, damit meinte ich Suko und mich, denn ich wollte meinen Partner wieder mit in das Geschehen einbeziehen. Seine Handverletzung war gut verheilt. Er hatte sich sowieso schon beschwert, dass die letzte Sache, als es um die Tochter des Totengräbers ging, ohne sein Zutun über die Bühne gelaufen war.

Ein wahrlich seltsames Haus, von dem Jerry Rigg gesprochen hatte. Ein verlassenes Hotel oder ein Hotel ohne Personal, aber mit einer Bowling-Bahn im Keller.

Dass es so etwas gab. Davon hatte ich noch nie gehört, aber man lernt ja nie aus.

Ich zerdrückte den Zigarettenstummel im Ascher, stand auf und suchte ein Telefon. Noch immer machte ich mir Sorgen um Dr. Valentin. In der Station rief ich an und bekam die Stationsschwester an den Apparat.

Sie gab mir Auskunft und berichtete, dass Dr. Valentin die Operation gut überstanden hätte.

Ein kleiner Stein fiel mir vom Herzen. Es wäre schlimm gewesen, wenn der Angriff des Spinnenmonsters Erfolg gehabt hätte. Mich hielt in dem Krankenhaus nichts mehr. So rasch wie möglich verließ ich den Komplex, klemmte mich hinter das Lenkrad des Bentley und startete. Mein Ziel war Scotland Yard!

Aus Judys Träumen

Die sechs Männer hatten das Boot verlassen. Der Fackelschein umwehte sie wie ein zuckendes Gespinst aus rotem und gelbem Licht. Sie gingen auf das Haus zu und sahen das Licht hinter den Scheiben des ersten Stockwerks sowie den Schatten, der dort auf- und abging.

Aber sie sahen nicht das Mädchen.

Es stand in einer kleinen Nische links neben der breiten Eingangstür, schaute an einem Baumstamm vorbei und konnte das Wasser des Sees sehen. Es hatte die Männer längst bemerkt, und es wusste, dass es die Leute nicht aufhalten konnte.

Das Boot hatten sie inzwischen verlassen. Auf dem weichen Boden klangen die Schritte dumpf, manchmal übertönt von dem Klirren der Waffen. Hin und wieder glänzte auch eines der Kettenglieder, und in dem blonden Mädchen stieg die Angst hoch.

Gern wäre sie ins Haus gelaufen und hätte sich versteckt, aber sie konnte sich nicht von der Stelle rühren.

Judy stand dort wie eine Statue. Ihr Blut war in Wallung geraten. Sturm schien durch ihre Adern zu peitschen und das Blut in hohen Wellen in ihr Gehirn zu schleudern, wo es unter der Schädeldecke anfing zu hämmern. Das war nicht normal. Aber was war schon normal? Ihr Vater etwa, der diese schrecklichen Dinge ausprobierte …

»Sie werden versuchen, uns zu vernichten. Aber sie werden es nicht schaffen, Judy, sie nicht …«

So hatte er gesprochen und sich nicht geirrt.

Jetzt waren sie auf dem Weg und hatten das Haus fast erreicht. Der Fackelschein tanzte bizarr über den Boden. Noch wenige Schritte, dann standen sie vor der Tür und damit auch in ihrer Nähe.

Ihr Herz schlug noch schneller. Das Licht leuchtete nicht nur die sechs Männer an, es verzerrte auch ihre Gestalten und warf lange Schatten auf den Boden.

»Sie sind zu Hause«, sagte eine dunkle Stimme.

Eine andere zischte: »Dann holen wir sie doch aus dieser verfluchten Rattenhöhle.«

»Moment noch«, meinte der erste Sprecher. »Wir müssen uns auch in der Nähe umschauen.«

»Sollen wir hinter dem Haus nachsehen?«

»Da ebenfalls.«

»Wir könnten einen Posten aufstellen.«

»Nein, ich will, dass wir alle in das Haus gehen und dort aufräumen. Verstanden?«

»Ist gut.«

Das Mädchen hatte der Unterhaltung atemlos gelauscht. Es

zitterte und bebte, biss sich auf die Unterlippe und merkte, dass die Knie ihr Gewicht kaum halten konnten.

Es war nur eine Frage der Zeit, wann man sie entdeckte, und dann würde es grausam werden. Diese Männer steckten voller Hass. Gnade kannten sie nicht.

Da ihre Beratungen ein Ende gefunden hatten, konnten sie sich aufteilen.

Judys Angst steigerte sich noch mehr. Es war die Nacht der langen Messer, das hatte sie gewusst, aber dass es so schlimm kommen würde, war ihr doch nicht bewusst gewesen. Die anderen wollten nur töten, aus diesem Grunde hatten sie die Fahrt über den See auf sich genommen. Warum töten? Warum konnten die Menschen sie und ihren Vater nicht in Frieden lassen? Warum denn nicht?

Als sie daran dachte, konnte sie nicht mehr schweigen und stöhnte auf. Ein Geräusch, das in der Stille doppelt so laut klang, wie es in Wirklichkeit war. Die Männer hörten es.

»Da ist jemand!«, zischte eine Stimme.

»Wo?«

»Nahe der Tür!«

»Nachschauen!«, befahl der Mann mit der dumpfen Stimme, der der Anführer war. Er hieß Rigg, das wusste Judy. »Schaut nach, und holt mir denjenigen hervor!«

»Sicher. Komm, Joe.«

Zwei Männer lösten sich von den anderen. Sie lenkten ihre Schritte genau in die Richtung, wo sich Judy in die Nische drückte. Sie wäre am liebsten in das Gestein der Mauer gekrochen. Da dies nicht möglich war, blieb ihr nichts anderes übrig, als bebend zu warten und sich in ihr Schicksal zu ergeben.

Die beiden Häscher kamen näher.

Sie hielten die Fackeln so hoch, dass die Flammen über ihren Köpfen tanzten, vom Wind nach rechts gedrückt wurden und zuckende Schatten auf das Mauerwerk links neben der Tür warfen. Er wirkte so, als würden Geister aus den alten Steinen steigen und lautlos umherirren.

Judy hielt den Atem an.

Noch zwei Schritte, dann musste sie entdeckt werden. Schon jetzt wurde eine Hälfte ihres Gesichts angeleuchtet, während die andere im Schatten blieb.

In der nächsten Sekunde spürte sie den warmen Hauch der Fackel. Ihr Herz schlug auf einmal so heftig, dass sie glaubte, ihr Schädel würde gesprengt.

Der letzte Schritt.

Die Fackel wurde von dem Mann noch ein wenig geschwenkt, sie blendete Judy und …

Rau war das Lachen, das ihr entgegenschallte. Ergeben schloss das Mädchen die Augen. Judy sah nicht, wie die Fackel näher an ihr Gesicht gebracht wurde, sie spürte nur die Hitze und vernahm dann die hämische Stimme eines Mannes.

»Wen haben wir denn da gefunden? Ein kleines Goldstück, das sich vor uns verstecken wollte!«, schrie der Sprecher plötzlich. Sein freier Arm schoss vor, und Judy, die ihre Augen noch geschlossen hielt, spürte plötzlich die Pranke in ihrem Gesicht, wobei fünf Finger hart in ihre Haut drückten.

Sie wollte schreien, als der Mann seine Hand nach unten drückte und mit dem Ballen ihre Lippen verschloss.

Sofort wurde dem Mädchen die Luft knapp. Judy röchelte noch, ihr Kopf schlug gegen das Gestein, sie spürte die Nägel der zufassenden Finger in ihrem Gesicht, dann auch die zweite Hand, die ihre Schulter festhielt. Obwohl sie versuchte, sich aus dem Griff zu winden, gelang es ihr nicht.

Der Mann hatte mehr Kraft und er riss die Kleine aus der Nische, wobei sich die Hand von ihrem Gesicht löste.

Judy fiel einem Kerl in die Arme. Hart hielt dieser sie fest, als sie sich befreien wollte und ihren Oberkörper dabei beugte. Der Schlag in den Nacken schickte sie zu Boden.

Mit dem Gesicht zuerst fiel Judy in das weiche Gras. Die Nässe klebte in ihrem Gesicht und vermischte sich mit dem aus den kleinen Wunden tretenden Blut.

Sechs Männer hatten die wehrlose Judy umstellt. Kräftige Gestalten, die gekommen waren, um zu morden, und sie wollten auch auf das Mädchen keine Rücksicht nehmen.

Unter Mühen hob Judy den Kopf. Ihr Gesicht schmerzte, sie selbst weinte und sie hörte die Stimmen wie durch eine Wand gefiltert.

»Wenn sie draußen ist, dann steckt der Alte noch drin! Wir machen erst sie fertig und holen danach ihn.«

»Was willst du denn mit ihr tun?«

»Zuerst einmal binden wir sie an einen Baum.«

Hämisches Gelächter folgte den Worten, zudem klirrte eine Kette, doch der Hauptsprecher sagte: »Nein, lass die Kette. Noch nicht, außerdem haben wir sie uns für ihn aufgehoben.«

»Ja, du hast Recht!«

»Müssen wir sie töten?«, fragte ein anderer.

Eine Pause entstand. Danach erklang die Frage: »Hör mal, Junge, willst du kneifen? Denk daran, was wir uns vorgenommen haben. Wir führen unseren Auftrag durch. Egal, was geschieht. Und wenn du nicht mitmachen willst, kannst du ja verschwinden.«

»So habe ich das nicht gemeint.«

»Das wollte ich dir auch geraten haben.« Der Sprecher stieß seine Fußspitze gegen die Wade des Mädchens. »Los, du kleine Hure, komm auf die Füße!«

Judy hörte den Befehl zwar, sie konnte ihn aber nicht befolgen, da ihr die Kraft fehlte. Ermattet, erschöpft und auch nervlich fertig blieb sie liegen.

Dabei stand ihr das Schlimmste noch bevor.

Die Männer dachten nicht daran, noch länger zu warten. Drei von ihnen bückten sich.

Judy fühlte ihre Hände am Körper. Sie wurde an den Schultern und den Beinen gepackt und hochgewuchtet, bis sie schließlich zwischen ihren Peinigern stand, angeleuchtet vom düsteren Fackelschein mit blutverschmiertem Gesicht und offenem Mund.

»Ist dein Alter im Haus?«, wurde sie gefragt.

Judy nickte.

»Gut. Und wo?«

»Ich weiß es nicht.«

»Aber wir haben oben Licht gesehen.«

»Er kann überall sein.«

»Das stimmt. Ist sonst noch jemand da? Habt ihr Besuch?«

»Nein.«

Der Mann lachte. »Mit euch werden wir fertig. Und dich nehmen wir uns als Erste vor. Bindet sie an einen Baum. Hoffentlich schaut der Alte aus dem Fenster, dann kann er sehen, was mit seiner kleinen Tochter geschieht.«

Die Männer waren in ihrem Element. Keiner nahm

Rücksicht auf das junge Mädchen. Es wurde zu einem in der Nähe stehenden Baumstamm geschleift und mit dem Rücken gegen den Stamm gedrückt. Zwei Männer hielten Judy fest, zwei andere schwangen ihre Ketten. Dicht vor den entsetzt geweiteten Augen des Mädchens funkelten Teile der Kettenglieder auf, bevor der Fackelschein sie traf und ihnen ein blutiges Aussehen gab.

Judy hatte schreckliche Angst, dass die Männer sie mit den Ketten schlagen würden, aber sie irrte sich, denn mit den Ketten wurde sie an den Stamm gefesselt.

Sie schrie trotzdem, als sich die eisernen Glieder um ihren Körper spannten. Hart drückten sie ins Fleisch, die Kleidung hielt kaum etwas ab und Judy begann zu weinen.

Eine Kette hielt sie in Hüfthöhe fest, die zweite drückte gegen ihren Hals, und Judy bekam nur noch schwer Luft.

»Alles klar«, meldeten die beiden Männer. »Wir können anfangen.«

Anfangen!, echote es im Hirn des jungen Mädchens nach. Sie wollten anfangen.

Womit?

Die Angst schoss wie eine Woge in ihr hoch. Sie zitterte so heftig, dass die beiden Ketten klirrten und die Männer vor ihr anfingen zu lachen.

Wie sollte sie getötet werden?

Judy wartete darauf. Sie dachte an einen Revolver oder eine Pistole, aber sie sah etwas anderes.

Der Sprecher aus der Gruppe trat vor. Rigg hieß er, und er hielt etwas in beiden Händen, das Judy erst erkennen konnte, als er seine Arme allmählich hob.

Die Waffen schauten aus den Fäusten, und Judy sah sie nun.

Es waren Nägel!

In ihrem Innern vereiste etwas. Der Schrecken malte sich auf ihrem Gesicht ab, und sie schrie verzweifelt, wobei ihre Schreie durch die Nacht hallten und über das Wasser des kleinen Sees schwangen.

Die Männer kannten keine Gnade. Sie standen vor ihr und schauten sie an. Der Fackelschein beleuchtete die düstere Szene und keine der erbärmlichen Gestalten blickte zum Haus zurück.

Dort war nämlich ein Schatten am Fenster zu sehen, der genau beobachtete.

Es war Judys Vater.

Starr sein Gesicht. Seltsam schillerten die Augen, die Lippen bewegten sich kaum, als er sprach.

»Sie können alles mit dir anstellen, Kind. Aber sie können dich nicht töten, dafür habe ich gesorgt …«

Auch Judy sah ihren Vater nicht. Sie hatte nur Augen für den Mann, der vor ihr stand und die beiden Nägel festhielt.

Wenn sie genau hinsah, wurde ihr klar, dass die Nägel mit den blanken Spitzen auf ihre Augen zeigten.

Und da wusste sie, was diese Bestien mit ihr vorhatten.

»Sie können dich nicht töten, Kind. Sie können es nicht …« Der Mann am Fenster stieß die Worte aus und hörte den irren, wahnsinnigen Schrei seiner Tochter.

Da wusste er, dass es geschehen war …

»Und das ist das Haus?«, fragte Firuz Long seinen Freund Jerry Rigg, als sie ausstiegen.

»Sicher.«

»Der Kasten ist beschissen«, stellte Della Forman, Longs Freundin, sachlich fest.

»Wieso?«

Della hob ihre mageren Schultern. Sie war eine Frau, die man leicht übersah, unnatürlich schlank und keine Schönheit. Hinzu kam das kurze Haar, das zu einer Bürste geschnitten war.

»Willst du keine Antwort geben?«, fragte Jerry.

»Lass sie.« Firuz nahm seine Freundin in Schutz. »Della befindet sich auf einem Meckertrip.«

»Da ist sie wohl immer«, bemerkte Emily Rigg anzüglich.

»Das musst du Hausmütterchen gerade sagen!«, regte sich Della auf. »Früher auf der Uni die große Emanze gespielt, jetzt stehst du am Herd und kochst die Suppe.«

»Ich bekomme wenigstens was in den Magen. Noch ein Jahr, dann läufst du als Skelett durch die Gegend. Kann mir gar nicht vorstellen, was Firuz an dir findet.«

»Ich habe eben innere Werte.«

»Stimmt das, Firuz?«

Long, dessen Kopf fast nur aus Bart und Haaren bestand, hob die Schultern. »So genau habe ich noch nicht nachgesehen.«

»Streitet euch nicht!«, mischte sich Jerry ein. »Lasst uns ins Haus gehen und nachschauen.«

»Wonach?«, fragte Emily.

»Wie die Aktien stehen. Ob die Bahn okay ist. Außerdem können wir das Gepäck direkt mitnehmen.«

Die vier waren einverstanden. Della Forman zog zwar noch immer einen Flunsch, fügte sich jedoch und warf einen Seesack über ihre Schultern, was Emily zu der Bemerkung veranlasste: »Gib nur Acht, Darling, dass du nicht zusammenbrichst.«

»Erst nach dir.«

Emily lachte. Sie nahm zwei Taschen und ging.

Zwei Leute hatten sich an dem Gespräch nicht beteiligt. Es waren Ike und Myrna Lester, das dritte Pärchen. Als arbeitsloses Lehrer-Ehepaar, das ansonsten nur auf einer Bruchbude von Dachwohnung hockte, waren beide froh, einmal aus ihrem schäbigen Alltag ausbrechen zu können. Ike, der rotblonde Hüne, überragte seine kleine Frau fast um zwei Köpfe. Myrna wirkte schmal und zerbrechlich. Sie liebte Folklore-Kleider über alles, schneiderte sie selbst und trug auch an diesem Tag als Einzige einen Rock. Die anderen hatten mit den üblichen Jeans vorlieb genommen.

Der Rock war bunt und reichte fast bis an die Knöchel. In demselben Muster schimmerte auch der Schal, den sie um ihren Hals gebunden hatte.

Ike Lester nahm den Rest an Gepäck, und er war ziemlich beladen, als er durch die Tür in das von ihnen fürs Wochenende gemietete Haus schritt.

»Sauber ist es ja«, stellte Emily Rigg fest, als sie ihr Gepäck absetzte. »Hatte gar nicht damit gerechnet.«

Della Forman konnte sich eine spitze Bemerkung nicht verkneifen. »Glaubst du denn, dass du die Einzige bist, die jeden Tag immer nur die Bude putzt?«

»In einem Stall, wie ihr ihn habt, könnte ich nicht hausen!«, konterte Emily Rigg.

»Weshalb streitet ihr euch eigentlich?«, mischte sich Myrna Lester ein. »Soll das die nächsten Tage so weitergehen? Wenn ja, dann fahren wir sofort wieder nach Hause.«

Della lachte und streichelte Myrnas Wange. »Nimm das nicht so ernst, Kleine. Das ist wie in einer guten Ehe. Hin und wieder muss es mal krachen.«

»Aber wir sind zu sechst, und wenn wir uns streiten, dann habe ich keine Lust.«

»Wende dich an Emily ...«

»Kinder, haltet doch mal den Mund!« Jerry Rigg rief die Worte und klatschte in die Hände.

»Du tust ja so, als wäre es dein Haus«, sagte Firuz Long.

Rigg lachte. »Fast hast du den Nagel auf den Kopf getroffen. Aber es ist nicht mein Haus, beruhige dich. Nur mein Großvater hat mal in der Nähe gewohnt, und er war des Öfteren hier.«

»Lebt der Knabe noch?«, fragte Della.

»Nein, er ist tot. Wenigstens nimmt man das an.«

»Wieso?«

»Man hat ihn nie mehr gesehen. Ihn und auch seine fünf Freunde nicht, die eines Nachts diesem Haus einen Besuch abgestattet haben. Auf einmal waren sie ver schwunden und tauchten nicht mehr auf.«

Den Worten folgte ein betretenes Schweigen.

Nur Myrna fasste sich ein Herz. »Dann ist das hier ein richtiges Spukhaus – oder?«

»So nicht«, meinte Jerry.

»Vielleicht finden wir sogar noch deinen Großvater«, sagte Ike Lester und grinste, wobei er von seiner Frau zurechtgewiesen wurde. »Bitte, Ike, damit treibt man keine Scherze.«

Jerry wechselte das Thema. »Wie ihr seht, befinden wir uns hier in der ehemaligen Rezeption. Alles gut aufgeräumt. Sogar die alten Sessel sind entstaubt. Die Maklerfirma schickt die Leute her. Es ist ein gutes Team.«

»Die Zimmer liegen oben, nicht?«, fragte Firuz Long.

Automatisch schauten die Freunde die Treppe hoch, die in einem Bogen in die obere Etage führte. Die dünnen, metallenen Geländerstäbe glänzten wie die Saiten einer Harfe.

»Ja, da ist genügend Platz für uns alle.«

»Sollen wir nicht zuerst die Bowling-Bahn besichtigen?«, schlug Ike Lester vor.

»Nein.« Seine Frau sprach entschieden dagegen. »Ich will das blöde Gepäck loswerden.«

»Dann kommt!« Jerry drehte sich um. Doch Myrna hatte noch eine Frage.

»Stimmt die Geschichte mit deinem Großvater wirklich, Jerry?«

»Ja, wenn ich es sage.«

»Dann war die Sache mit dem Mädchen vielleicht …«

Jerry ließ die Frau nicht ausreden. Er schüttelte heftig den Kopf. »Das eine hat mit dem anderen nichts zu tun. Du brauchst keine Angst zu haben. Die Kleine hat von Riesenspinnen geredet. Glaubt ihr daran?« Von seinem Gespräch mit dem Polizeibeamten hatte Jerry sicherheitshalber nichts erwähnt. Er wusste, wie ängstlich einige seiner Freunde waren.

»Natürlich nicht«, antwortete Della für alle. »Das sind doch Hirngespinste. Mit so etwas jagen bornierte Eltern ihren Kindern Angst ein. Wer glaubt denn schon an diesen komischen Mist? Jetzt lasst uns endlich gehen, ich will was trinken.«

Hintereinander schritten die sechs Besucher in den ersten Stock des alten Hotels. Sie erreichten einen langen Gang. Er war mit einem Teppich belegt, und sie wunderten sich, dass kein Staub hochquoll, als sie über ihn schritten.

»Da ist sogar gesaugt worden!«, stellte Emily mit Kennerblick fest.

Della, die hinter ihr schritt, meinte: »Du fühlst dich wie zu Hause, wie, Mrs. Rigg?«

»Ja. Ich kann nicht auf dem Misthaufen leben wie ihr.«

Della lachte nur.

Jerry blieb stehen. »Und hier sind die Räume«, erklärte er, wobei er auf die Türen deutete, die das Mauerwerk des Ganges an beiden Seiten unterbrachen.

»Wer nimmt welches Zimmer?«, fragte Myrna.

»Das ist egal. Ihr könnt sie euch aussuchen. Schlaft allein oder zusammen, hier hat jeder die Qual der Wahl. Ist doch gut, nicht wahr?«

Alle stimmten zu.

Als Erste verschwanden die Riggs im Zimmer. Emily schlug wütend die Tür hinter sich ins Schloss.

Jerry wunderte sich. »Was hast du?«

»Mir gefällt das nicht.«

»Wieso?«

»Kannst du dir das nicht denken? Diese komische Della hat wieder die Meckerphase. Wenn sie damit nichts erreicht, wird sie hinterher noch zur Nadel greifen und spritzen.«

Jerry ließ überrascht die Tasche fallen, die er schon angehoben hatte. »Ich dachte, die wäre von dem Zeug los?«

»Das denken andere auch.«

»Dann spritzt sie doch noch, dieses dumme Weibsstück!« Jerry schüttelte den Kopf. »Kannst du da nicht etwas tun?«

»Was juckt es mich? Ich habe mir den Mund schon wund geredet. Nichts hat geholfen.«

»Lass es!«

»Werde ich auch.«

Jerry Rigg stellte die Tasche auf das Bett und zog den Reißverschluss auf. Kleidung befand sich nicht in der Reisetasche, sondern Proviant und Spirituosen. Sie hatten sich gut eingedeckt, denn die Abende würden kalt werden, trotz des Bowling-Spiels. Da hatte Jerry so seine Erfahrungen gesammelt.

Emily packte die zweite Tasche aus. Aus dem Nachbarzimmer, wo Firuz und Della hausten, hörten sie Musik. Die beiden hatten ihr Kofferradio auf schon störende Lautstärke gestellt und hörten einer Popgruppe zu.

»Im normalen Hotel hätte man die schon längst rausgefeuert«, beschwerte sich Emily.

Ihr Mann lachte. »Du hast aber heute einen Bock auf die beiden, wie?«

»Darauf kannst du dich verlassen. Wir sollten ein wenig Abstand zu ihnen halten.«

»Firuz ist ein alter Kumpel von mir. Da kann man nicht so sein, glaub mir.«

»Auf jeden Fall fällt mir Della auf den Geist, daran kann ich nun mal nichts ändern. Ich ...«

Ein Schrei!

Emily verstummte, auch Jerry stand für einen Moment still, dann aber startete er und rannte auf den Flur, denn von dort war der Schrei aufgeklungen.

Er war nicht der Einzige, der sein Zimmer verlassen hatte. Auch die anderen waren aufgetaucht. Wie Jerry Rigg starrten auch sie auf Myrna Lester, die mit dem Rücken an die Wand gepresst stand und auf eine Spinne vor ihren Füßen starrte.

Es war ein ungewöhnlich großes Exemplar. Wie eine ausgewachsene Männerhand. Auf ihren sechs Beinen bewegte sie sich sehr schnell auf Myrna zu.

»So helft mir doch!«, kreischte sie. »So helft mir ...«

Bis auf Jerry rührte sich keiner. Rigg sprang vor, hob den rechten Fuß und ließ den Absatz auf die Spinne sausen. Es knirschte, als das Tier von dem Tritt zerquetscht wurde.

»Sie ist tot«, sagte Jerry.

»Spinnen sind ein schlechtes Zeichen«, murmelte Ike Lester und nahm seine zu Tode erschreckte Frau in den Arm. Zitternd presste sie sich an ihn.

»Alter Aberglaube«, wehrte Della ab.

Ike blieb dabei. »Hat das Mädchen, das wir fast überfahren hätten, nicht von den Spinnen gesprochen?«

»Schon. Aber was hat das mit dieser hier zu tun?«

»Ich weiß es nicht«, gab Ike zu.

Della lachte. »Da siehst du es.«

Jerry Rigg wollte die Lage entschärfen. »Kommt, Kinder, wir gehen wieder auf unsere Zimmer und packen weiter aus! Nachher treffen wir uns unten in der Halle. Anschließend besichtigen wir das Hotel.«

Die Worte wurden aufgegriffen. Ein jeder zog sich wieder auf das Zimmer zurück, obwohl bei allen ein komisches Gefühl blieb.

Auch bei Jerry Rigg. Er wollte es nur nicht zugeben, war allerdings in den nächsten Sekunden sehr nachdenklich …

Ein ebenfalls sehr nachdenklicher Sir James Powell saß vor uns. Er hatte die Stirn in Falten gelegt, seine Augen hinter den Gläsern der dicken Brille blickten nicht uns an, sondern an uns vorbei.

Uns, das waren Suko und ich.

Ich hatte auch meinen Freund und Kollegen informiert, der natürlich lange Ohren bekam, als er hörte, dass es wieder in die Vollen ging. Suko war sofort dabei, von seiner Handverletzung konnte man nur bei näherem Hinsehen das Pflaster erkennen, das war alles.

»Ich bin wieder da«, hatte der Inspektor mir zu verstehen gegeben und eine furchterregende Grimasse gezogen. »Mir wäre die Spinne nicht entwischt.«

»Ja, ich weiß, du hättest sie gefressen.«

»Sicher, man nannte mich den Spinnenfresser.«

»Ist das bei euch in China so üblich gewesen?«

»Noch üblicher. Spinnen, Kellerasseln, Kakerlaken, kleine Schlangen, faule Eier …«

Nun saßen wir bei Sir James.

»Sie haben sich also nicht getäuscht?«, fragte er mich nach einer Weile des Nachdenkens.

»Nein, Sir.«

»Stellt sich natürlich die Frage, wie eine solche Spinne in das Krankenhaus eindringen kann. Die muss man sehen.«

»Sir, sie ist schnell verschwunden. Ebenso rasch kann sie auch aufgetaucht oder entstanden sein.«

»Das heißt, aus dem Nichts.«

»So ist es, Sir!«

»Sehen Sie schon Zusammenhänge?«

»Noch nicht. Die hoffe ich herauszufinden. Ich denke da an das Haus, in das dieser Zeuge mit seinen Freunden fahren will. Wir müssen es uns ansehen.«

»Ich habe mich erkundigt, nachdem Sie kurz mit mir telefonierten«, erklärte unser Chef. »Das Haus steht leer. Schon seit mehr als zwei Jahren. Es gab dort ein Hotel, aber das hat sich nicht rentiert. Keiner wollte da seine Ferien verbringen. Die Leute fuhren lieber bis zur Küste. Außerdem ist die Umgebung ziemlich sumpfig, und da macht es keinen Spaß, große Spaziergänge zu unternehmen. Sie sehen also, dass da einiges schief gegangen ist.«

»Umso mehr wundert es mich, dass die Leute ein Wochenende dort verbringen. Stimmt etwas mit dem Haus nicht?«

Da war Sir James überfragt. »Es ist durchaus möglich, dass dieses ehemalige Hotel eine gewisse Vergangenheit hat, aber das sollen Sie ja herausfinden.«

»Okay, Sir, wir machen uns auf den Weg.«

»Noch etwas«, sagte unser Chef und rieb seine Hände gegeneinander. »Ich habe mit dem Chefarzt gesprochen. Professor Latimer ist natürlich überzeugt, dass es die Spinne nicht gibt und der Arzt sich die Verletzungen woanders zugezogen hat. Sie müssten ihm das Gegenteil beweisen, denn eine Erklärung hat er auch nicht.«

Ich nickte und schob den Stuhl zurück. »Dann wollen wir uns mal auf die Socken machen. Hat man etwas von dieser Judy Garrets entdeckt?«

»Nein, nichts mehr.«

»Danke, Sir.«

Auch Suko stand auf. Sir James erkundigte sich noch einmal nach seiner Handverletzung.

Der Inspektor grinste. »Soll ich Ihnen die Schreibtischplatte damit zertrümmern, Sir?«

»Nein, höchstens Spinnenkörper, da können Sie erst üben, Inspektor.«

»Danke, Sir, ich werde es mir merken.«

Danach gingen wir.

Aus Judys Träumen

Das Grauen war schrecklich. Wenn es einen Namen hatte, dann den der Männer.

Judy erlebte eine Hölle.

Zuerst hatte sie sich gewünscht, tot zu sein, aber sie stellte sehr schnell fest, dass dies nicht möglich war und sie auch keine Schmerzen verspürte. Das erste empfundene Grauen war einfach nur der Schock gewesen, der sie getroffen hatte.

Nur ihre »Augen« brannten.

Und die waren nicht vorhanden, denn sie konnte nichts sehen. Judy versuchte, sie zu bewegen, doch da tat sich nichts. Sie spürte nur ein seltsames Brennen in den Höhlen, was signalisierte, dass sie dicht vor dem Ende stand.

Judys Beine begannen zu zittern. Ihr Körper wurde sehr schwer, sie brach in die Knie und fiel zu Boden.

Keine Ketten hielten sie mehr, aber sie stellte fest, dass sie sich noch immer in der Nähe des Baumes befand, an dessen Stamm man sie angekettet hatte.

Auf dem Boden blieb Judy liegen. Sie schluchzte und dachte an ihren Vater, an die sechs Männer, die gekommen waren, um ihn zu töten, und ihr war klar, dass sie nicht hier draußen liegen bleiben konnte. Sie musste ins Haus, auch wenn sie nichts sah, das war egal.

Ein wenig bewegte sie sich nach vorn und stemmte ihre ausgebreiteten Hände in den feuchten Rasen. Die Beine zog sie an und blieb in dieser Haltung für einen Moment sitzen. Sie traute sich kaum, dorthin zu fassen, wo einmal ihre Augen gewesen waren, doch sie musste Klarheit haben, hob die Hand und tastete über das Gesicht, wobei sie sich schnell den Augen näherte.

Blut …

Auf einmal spürte sie den dünnen Faden, der da über ihre Wange lief. Es war Blut, und es rann aus den Augenhöhlen, wo sie die beiden Nägel getroffen hatten.

Judy stöhnte. In einem heftigen Impuls schlug sie die Hände vor ihr Gesicht, schüttelte sich und blieb in dieser Haltung erst einmal für Minuten sitzen.

Etwas fiel ihr auf.

Sie hörte zwar keine menschlichen Stimmen, dafür die der

Natur. Und sie vernahm diese Stimmen deutlicher als sonst, als wären ihre anderen Sinne geschärft worden.

Ja, so musste es sein. Mit dem Verlust der Sehkraft waren die anderen Sinne stärker hervorgetreten, sodass sie jetzt besser hören und auch fühlen konnte. Wenn sie etwas ertasten wollte, bewegten sich ihre Finger schon automatisch schneller.

So schlimm sah ihre Lage also nicht mehr aus …

Judy stand auf.

Sechs Männer waren es gewesen. Einer hatte ihr das Augenlicht geraubt. Aber alle waren schuldig, denn niemand hatte den Täter zurückgehalten.

Das wusste Judy. Dementsprechend würde sie reagieren. Sie sollten sich wundern, auch ein blindes Mädchen war noch nicht tot. Zwar geschwächt, aber nicht ausgeschaltet.

Sie wollte und sie würde es ihnen schon beweisen. Daran gab es nichts zu rütteln.

Es geschah fast mit normalen Bewegungen, als sie aufstand. Plötzlich hatte sie wieder Halt gefunden, blieb breitbeinig stehen und schaute nach vorn.

Nichts konnte sie sehen.

Um sie herum war die schwarze Wand. Eingehüllt in die Schatten, die nie mehr weichen würden, aber in ihrem Herzen brannte die Flamme der Rache und des Hasses.

Judy tat den ersten Schritt.

Dabei schluchzte sie auf. Nicht weil sie ihn nicht schaffte, nein, sie kam sich vor wie ein kleines Kind, das plötzlich das Laufen lernte, und sie zuckte zusammen, als plötzlich etwas an ihrem Gesicht vorbeihuschte. Judy glaubte, einen Flügelschlag gehört zu haben, es war ein Vogel gewesen.

Sie streckte die Arme aus. Was sie nicht sehen konnte, musste sie ertasten. Zum Glück hatte sie lange genug in diesem Haus gewohnt, um seine nähere Umgebung zu kennen, deshalb konnte sie sich ungefähr ausrechnen, wann sie die ersten Hindernisse erreichte.

Es gab nur einen Baum zwischen ihrem Platz und dem Haus. Als weitere Hindernisse wuchsen dort noch Büsche auf dem Rasen, aber die würden sie nicht stören.

Acht Schritte ging sie. Acht kleine Schritte, als sie mit der Fußspitze gegen ein Hindernis stieß.

Ertastet hatte sie es mit den vorgestreckten Armen nicht, es befand sich am Boden.

Judy blieb stehen und dachte einen Augenblick nach. Bis sie die Lösung wusste.

Das war die Treppe. Und sie war mit der Fußspitze gegen die unterste Stufe gestoßen.

Also fast am Ziel ...

Sie holte tief Luft, zog die Arme ein und wischte über ihr Gesicht. Die Hände wurden klebrig. Es war das Blut, das sich auf ihrer Haut verteilt hatte.

Bevor sie die weiteren Stufen in Angriff nahm, blieb sie stehen und lauschte. Sie strengte ihre Sinne sehr an, vielleicht ertönten aus dem Haus Geräusche, die verrieten, was dort drinnen ablief, aber sie hörte nichts.

Das Schweigen stand vor ihr wie die sie umgebende ewige Dunkelheit.

Ein Schauer rann über ihren Rücken. Judy musste sich einen Ruck geben, setzte ihren Fuß dann auf die erste Stufe, nahm auch die zweite und ließ die Treppe in einer Gleichmäßigkeit hinter sich, als würde sie normal sehen.

Den kalten, brutalen Horror hatte sie hinter sich gelassen, jetzt reagierte sie ihren Verhältnissen entsprechend normal und ging bereits auf die Tür zu. Als die Spitzen ihrer Finger das Holz berührten, blieb sie stehen.

Tief saugte sie die Luft ein. Irgendwie hatte sie Angst davor, das Haus zu betreten. Es war eine Furcht, die sie schlecht erklären konnte, aber sie war vorhanden und in ihrer Magengegend breitete sich ein drückendes Gefühl aus.

Wer lauerte dort im Haus?

Judy stellte sich die stumme Frage, eine Antwort wusste sie jedoch nicht. Sie war überrascht, dass die Tür aufschwang, als sie härter gegen sie stieß.

Keinerlei Geräusche schwangen ihr entgegen. Im Haus war es still. Sollten die sechs Männer es bereits verlassen haben?

»Dad?« Judy hatte es nicht ausgehalten, denn sie wollte wissen, ob ihr Vater noch am Leben war.

Keine Antwort.

Noch einmal rief sie. Diesmal lauter, und ihre Stimme musste auch in der oberen Etage zu hören sein.

Nur das Echo ihres eigenen Rufs schwang ihr entgegen, ansonsten blieb es still.

Judy war klar geworden, dass sie auf der Türschwelle zu einem verlassenen Haus stand.

Zu ihrem Haus, in dem sie jetzt die einzige lebende Person war.

Oder etwa nicht?

Judy wusste nicht, wieso, aber das Gefühl kam auf einmal über sie. Es war da, sie konnte es nicht abschütteln. Sie musste sich damit abfinden, denn außer ihr befand sich noch etwas in dem Haus.

Etwas Rätselhaftes, etwas Unheimliches, das sie schlecht erklären konnte. Ein unsichtbarer Geist war eingezogen.

Das Grauen …

Natürlich war Della Forman die Letzte, die die Treppe hinunterschritt. Sie hatte sich umgezogen, trug ein sackähnliches Kleid, das bis zu den Knöcheln reichte und wie eine Fahne um ihre magere Figur flatterte, als sie nach unten hüpfte.

Sofort reagierte Emily Rigg. »Da bist du ja endlich«, stöhnte sie. »Hättest dich auch mehr beeilen können.«

»Meine Güte, wer treibt dich denn?«

»Es geht mir ums Prinzip bei dir. Du bist ja immer etwas Besseres oder willst es wenigstens sein und tust genau das, was wir anderen nicht wollen. Ich habe immer gedacht, dass man bei eurer Ideologie Rücksicht kennt. Es scheint mir nicht so zu sein.«

Della blieb am Fuß der Treppe stehen. »Ihr hättet ja schon vorgehen können.«

»Nein.« Diesmal antwortete Jerry. »Wir hatten ja abgesprochen, alles gemeinsam zu unternehmen. Oder nicht?«

»Schon, aber …«

»Kein Aber. Lasst uns erst mal die Bahn besichtigen. Ich bin schon scharf auf eine heiße Kugel.«

Die anderen lachten und zeigten durch ihr Nicken an, dass sie einverstanden waren.

»Und wo bitte geht es zur Bowling-Bahn?«, wollte Ike Lester wissen.

»Wir müssen in den Keller«, erklärte Jerry.

»Das habe ich mir fast gedacht.«

»Gibt es denn da unten Licht?«, wollte Myrna wissen, die seit dem Spinnen-Abenteuer nicht mehr von der Seite ihres Mannes wich und öfter als normal den Boden absuchte.

»Natürlich.« Jerrys Antwort klang schon fast sauer. »Denkst du denn, wir sind hier in einem Spukschloss, wo man nur mit Kerzen herumrennt?«

»Ich dachte daran. Hätte ja sein können, nicht?«

»Nein, nein, so ist es nicht. Kommt jetzt! Und lasst uns zusammenbleiben. Die Räume da unten sind ziemlich weitläufig, auch feucht, das sage ich euch gleich, denn wer sich den Sumpfboden anschaut, kann sich das leicht vorstellen.«

Da gaben ihm die anderen fünf Recht.

Jerry Rigg schritt vor. Schon jetzt, kaum zwei Stunden nach ihrer Ankunft, dachte er darüber nach, ob es richtig gewesen war, das Wochenende in diesem Hotel zu verbringen. Der Kasten gefiel ihm, wenn er ehrlich war, nicht mehr so gut wie bei der ersten Besichtigung. Er erschien ihm irgendwie düster und unheimlich. Zudem war Della Forman dabei, der man sowieso nichts recht machen konnte. Nein, er bereute es, sich diesen Plan ausgedacht zu haben, und hoffte, dass die Zeit sehr schnell vorüber ging. Er selbst trug in seiner Tasche noch einige Flaschen. Schließlich wollten sie beim Bowlen etwas trinken und nicht mit trockener Kehle die Kugel schleudern.

Die lackierte Holztür war nicht abgeschlossen. Als Jerry sie aufzog, Licht machte und die anderen einen Blick nach unten werfen konnten, war ihr Erstaunen groß.

Die meisten hatten wohl eine ausgetretene und schiefe Treppe erwartet, das war nicht der Fall. Vor ihnen lag eine gut ausgebaute Steintreppe mit breiten Stufen, die schräg in den Kellerschacht hineinstach und an der Bahn endete.

Augenblicklich besserte sich die Laune der Freunde.

Sie konnten nicht schnell genug nach unten kommen und blieben am Ende der Treppe überrascht stehen.

Was sie sahen, war wirklich phänomenal. Vor ihnen lag ein großer Raum mit einer modernen Bowling-Anlage.

»Dass es so etwas gibt!«, flüsterte Myrna Lester und schüttelte staunend den Kopf.

Jerry lachte. »Habe ich zu viel versprochen?«

»Nein, bestimmt nicht.«

Sie gingen weiter. Keiner sprach. Jeder schaute nur und staunte. Es brannte auch hier unten Licht. Und zwar war es schon aufgeflackert, als Jerry oben am Beginn der Treppe den Schalter betätigte.

Sechs Bahnen standen zur Verfügung. Sie lagen nebeneinander. Jeweils am Ende einer Bahn standen die Kegel, und über ihnen befand sich die automatische Anzeige.

»Alle Achtung«, flüsterte Emily.

»Glaubst du, wir stellen noch selbst die Puppen wieder auf?«, fragte ihr Mann und lachte. »Ich habe hier wirklich einen tollen Platz entdeckt. Vermutet gar keiner.«

»Und so sauber«, sagte Myrna.

»Ist alles erledigt worden.«

Jerry löste sich von den anderen und ging auf eine große Schalttafel zu, deren Hebel er nach unten legte. Damit befand sich die Bahn in Betrieb. An den Anzeigen flackerten Lichter. Kugeln rollten automatisch zurück und wurden durch ein Polster am Ende ihrer schmalen Rücklaufbahn gestoppt.

Man konnte nur staunen.

»Sollen wir schon anfangen?«, rief Firuz Long. Er hielt bereits eine Kugel in der Hand.

»Nein, noch nicht.« Jerry schüttelte den Kopf. »Erst machen wir es uns gemütlich.«

Tische und Stühle waren genügend vorhanden. Die drei Paare suchten sich jeweils die Bahnen aus, wo sie die Kugel werfen wollten, und nahmen an den Tischen Platz.

Jerry kam zurück. »Alles in Butter, was?«, rief er und blieb neben den aufgebauten Flaschen stehen.

»Ich habe vielleicht einen Durst«, stöhnte Ike Lester und schielte auf die Spirituosen.

Jerry warf ihm eine Whiskyflasche rüber, die der Mann geschickt auffing.

»Und Gläser?«

Firuz Long hatte gefragt. Er schaute sich suchend um. Wie alle anderen sah auch er, dass Jerry auf ein Regal zuging, das allerdings mehr wie ein Rollschrank wirkte, denn von außen war eine Holz-Jalousie davorgezogen worden.

Die musste nach unten gedrückt werden. Jerry packte den Griff und ließ sie in die Tiefe sausen. »Da sind die Gläser.«

Seine Freunde hatten Spaß. Jerry baute sich neben dem Schrank auf und genoss die Komplimente. Niemand hatte gesehen, dass er genau dort stand, wo ein Recorder in die Holzverkleidung eingebaut worden war. Die Lautsprecher standen so, dass sie kaum auffielen. Man hörte sie allerdings, als Jerry Rigg den Recorder anstellte.

Es war harter Rock!

Er fetzte durch die im Keller liegende Bowling-Halle, dass es in den Ohren dröhnte und sich Della Forman beschwerte, weil ihr die Musik zu laut war.

Jerry drehte leiser. Seine Frau hatte für ihn einen doppelten Whisky eingeschenkt. Er trank nur Whisky, andere Alkoholika lehnte er strikt ab, vor allen Dingen Cognac.

»Weiß keiner einen Trinkspruch?«, rief Ike Lester. »Aber einen kernigen.«

Jerry lachte, denn ihm war einer eingefallen. »Ruhe, Freunde!«, rief er. »Ich kenne einen guten.«

»Raus damit!«, forderten alle.

»Also gut. Ich trinke auf Della, denn: Wenn es vorne juckt und hinten beißt, dann ist es Della, unser Geist …«

Jerry lachte selbst und die anderen stimmten mit ein. Bis auf Della natürlich. Die verzog nur das Gesicht, als hätte sie Essig in ihrem Glas.

Die Freunde tranken. Auch die Frauen hielten mit, denn sie wollten ebenfalls aufgewärmt werden. Hier unten auf der Bahn war es ziemlich kühl. Hinzu kam noch, dass das Wetter nicht gerade angenehm war. Schließlich zählte man erst den zweiten Monat im Jahr.

Als die Gläser leer waren, stellte man sie ab. Firuz fragte nach dem Essen, doch die Frauen schüttelten die Köpfe. »Erst ein kleines Spielchen, damit ihr richtig Hunger bekommt. Danach sehen wir weiter.«

»Was gibt es überhaupt?«, wollte Firuz Long wissen.

»Etwas Chemie.«

»Wieso?« Long schaute Emily an, die diese Antwort gegeben hatte.

»Ich meine aus der Büchse.«

Da hatte sie die Lacher auf ihrer Seite. Man teilte sich wieder. Die einzelnen Pärchen gingen zu ihren Tischen an den auslaufenden Enden der Bahnen und griffen nach den Kugeln. Flaschen und Gläser hatten sie mitgenommen.

»Ist das eigentlich der ganze Keller?«, wollte Ike Lester wissen und schaute Jerry an.

Der schüttelte den Kopf, hob seinen rechten Arm, denn er hielt bereits die Kugel in der Hand und hatte seine Finger schon in die dafür vorgesehenen Löcher geklemmt. »Nein, es gibt noch mehr Räume, aber die liegen woanders.«

»Sollen wir da auch hin?«

Jerry grinste. »Würde ich dir nicht raten. Du musst nämlich dann noch tiefer gehen. Das ist der eigentliche alte Keller. Widerlich, kann ich dir sagen. Vor allen Dingen feucht. Bei diesem beschissenen Sumpfboden kein Wunder.«

»Du kennst dich aber aus.«

»Klar, ich habe mich hier gründlich umgesehen.«

»Und ein Geist wohnt da nicht?«

»Ich habe keinen gesehen.«

»Vielleicht aber Spinnen«, mischte sich Myrna ein und schlug gegen ihren Mund, aus Furcht, etwas völlig Falsches gesagt zu haben, denn die anderen schwiegen betroffen und auch ärgerlich.

»Musst du wieder mit diesem Mist anfangen?«, beschwerte sich Della Forman. »Lass doch die dämlichen Spinnen, wo sie sind. Die wollen auch leben. Sie tun dir nichts.«

»Ich mag sie eben nicht.«

»Los, Kinder, wir fangen an, sonst wird das hier noch ein Seminar über Spinnen und ähnliche Tiere«, rief Jerry laut, lief ein paar Schritte vor, schwang dabei den rechten Arm hin und her und visierte sein Ziel am Ende der Bahn an.

Dann schleuderte er die Kugel.

Kurz tickte sie auf die Bahn, nahm Geschwindigkeit auf und rollte leicht angeschnitten auf ihr Ziel zu.

Jerry richtete sich auf. Er verfolgte den Lauf der Kugel, verzog ein wenig das Gesicht und schüttelte den Kopf. Die schwarze Bowling-Kugel hatte zu viel Drive. Sie driftete ab und schleuderte nur vier Kegel um.

»War auch nicht das Absolute!«, kommentierte Firuz Long.

Jerry drehte sich um. »Das war mein erster Wurf, und du weißt selbst, dass die ersten Pflaumen madig sind. Ich komme noch aus der Höhle, darauf könnt ihr euch verlassen.«

»Na denn!«, meinte Firuz, nahm einen langen Anlauf und schleuderte seine Kugel.

Er warf ebenfalls nur eine Vier.

Diesmal lachte Jerry, der inzwischen neben seiner Frau am Tisch Platz genommen hatte. »Ich dachte, du wärst der große Meister.«

Firuz grinste schief. »Das kommt noch. Hätte ich sofort richtig angefangen, wärst du jetzt frustriert.«

»Hört, hört!«, sagte Jerry. »So sieht einer aus, der gerne möchte und nicht kann.«

Die anderen lachten.

Als Nächster war Ike Lester an der Reihe. Es war immer so, dass zuerst die Männer warfen, die Frauen folgten später.

Und Ike schaffte fünf.

Er klatschte sich selbst Beifall, als er zurückging, sein Whiskyglas nahm und es leerte.

Jerry stieß Emily an, die neben ihm saß und ins Leere starrte. Sie erschrak.

»Was ist los mit dir?«

Emily strich sich ihr Haar aus der Stirn. »Ich weiß auch nicht, Jerry. Irgendwie fühle ich mich nicht wohl.«

»Ist dir schlecht?«

»Nein. Das ist kein körperliches Unwohlsein, sondern ein seelisches. Ich – ich habe Angst.«

»Wieso?« Erstaunt schüttelte Jerry den Kopf. »Ist doch alles klar hier oder nicht?«

»Das weiß ich eben nicht. Ich spüre, dass es nicht klar ist. Uns droht eine Gefahr.«

»Und welche?«

»Keine Ahnung. Vielleicht die Spinnen. Ich muss immer wieder an das Mädchen denken, das uns ...«

»He, ihr beiden. Privatgespräche könnt ihr im Bett führen«, mischte sich Della vom Nebentisch ein. »Was soll das eigentlich alles?« Sie stand auf. »Willst du nicht werfen, Emily? Vielleicht blamierst du dich ...«

»Keine Sorge, ich schaffe es schon.« Emily erhob sich und griff nach einer Kugel.

Emily Rigg bowlte nicht zum ersten Mal. Sie kannte sich aus, nahm einen kurzen Anlauf. Wurf.

Die Kugel rollte, rollte – und rollte vorbei. Sie jagte in die Gasse, was Della mit einem Lachen quittierte. »Das war ja wohl nichts, kleine Emily. Aber mich auslachen.«

»Mach du es erst mal besser«, nahm Jerry seine Frau in Schutz, die sich achselzuckend wieder ihrem Platz näherte und sich hinsetzte.

»Und ob.« Della stand schon bereit. Wieder ein kurzer Anlauf. Dann rollte die Kugel.

Und sie traf.

Sechs Puppen fielen um.

Firuz sprang auf. »Die Beste!«, rief er. »Da, ihr Schlappschwänze. Della hat euch bewiesen, wie man es macht.«

»Noch ist der Durchgang nicht beendet«, erklärte Jerry. »Wir spielen einige Stunden. Mal sehen, wer dann die beste Kondition und Treffsicherheit besitzt.«

»Wir«, antwortete Firuz voller Überzeugung und drehte sich um, da Myrna Lester die Kugel in die Hand genommen hatte, vorlief, ihren Arm schwang und warf.

Della hatte sie alle übertrumpft. Würde Myrna das Ergebnis zu ihren Gunsten verändern?

Nein, es fielen nur zwei Puppen.

Della lachte ein wenig schrill. »Das wäre es dann wohl«, erklärte sie und schaute zu, wie ihr Mann eine neue Flasche öffnete. »Nach jedem Durchgang einen kräftigen Schluck!«, rief sie. »Ich gebe einen aus. Aber das ist Selbstgebrannter. Ich habe ihn angesetzt und gebrannt. Eine irre Sache, kann ich euch sagen. Wer möchte?«

Nur Firuz nahm einen Schluck. Die anderen kannten das Zeug. Es brannte wie Säure im Magen und zog alles zusammen. Richtig widerlich, wenn man es trank.

Della und Firuz hoben ihre Gläser. Auch die anderen beiden Paare. Allerdings blieben sie beim Whisky.

»Cheerio denn!«, rief Della. Ihre Stimme klang leicht schrill. »Auf dass es euch an den Ohren wieder rauskommt!«

In diesem Augenblick verlöschte das Licht!

Stockdunkel war es. Jede Beleuchtung war ausgefallen. Keine Musik mehr. Nichts zu sehen, nicht die berühmte Hand vor Augen, und es war klar, dass jeder erschrak.

Sogar ein Glas klirrte. Es war Emily aus der Hand gerutscht, und die Whiskylache auf dem Tisch verbreitete einen widerlichen Alkoholgeruch.

»Was ist denn das schon wieder?«, beschwerte sich Della Forman mit wütenden Worten.

»Das Licht ist ausgefallen!«, erklärte Jerry trocken. »Siehst du das nicht, liebe Della?«

»Hör auf, mich zu verarschen. Sieh lieber zu, dass die Beleuchtung wieder normal wird. Oder steckst du dahinter, weil du mir den Sieg nicht gönnst, Jerry?«

»Du solltest von deiner Person niemals auf eine andere schließen«, erwiderte Jerry ziemlich sauer. Ihm fiel dieses Weib schwer auf den Geist. »Aber du brauchst keine Angst zu haben. Und ihr anderen auch nicht. Ich kenne mich hier unten aus. Ich weiß, wo der Hauptsicherungskasten liegt. Es dauert nur eine Minute, dann ist alles klar.

Zudem habe ich vorsichtshalber eine Taschenlampe mitgenommen. Augenblick noch.«

Jerry suchte in seiner Tasche. Die Lampe hatte unter den Flaschen gelegen und er fand sie.

»Alles klar«, meldete er, als er die Lampe einschaltete und den weißen Strahl wandern ließ.

Er traf die Gesichter seiner Freunde. Keines sah normal aus. Vor allen Dingen die der Frauen hatten sich verändert. Ihnen war anzusehen, dass die Angst sie in den Klauen hielt. Sogar Della, die sonst immer eine so große Klappe hatte.

Myrna presste sich gegen ihren Mann. Ihr Mund stand offen. Sie zitterte, doch ein Laut drang nicht über ihre Lippen. Ike blickte starr. Er hatte die Augenbrauen zusammengezogen. Als Jerry die Lampe schwenkte, verschwand sein Gesicht wieder in der Dunkelheit, die die Menschen wie ein Ring umgab.

Jerry Rigg wusste genau, wo der Sicherungskasten lag. Er musste quer über die Bahn.

Auf dem Parkett hallten seine Schritte. Der Lichtschein tanzte, wenn Jerry seinen Arm bewegte, und er fand sein Ziel an der Wand hinter dem Ende der Bahnen.

Dort befand sich in der Tat der Kasten. Ein hellgrau gestrichenes Gehäuse, auf das der Lampenkegel einen dicken, an den Rändern zerfasernden Kreis malte.

»Wollt ihr nicht solange ein Liedchen singen, bis es wieder hell geworden ist?«, rief Jerry und lachte.

»Kein Bedarf«, antwortete Firuz. »Sieh lieber zu, dass es hell wird und wir weiterbowlen können.«

»Keine Bange, das klappt schon.« Jerry hielt die Lampe hoch. Er fand den Griff des Kastens und musste zweimal rucken, um die Klappe zu öffnen.

Danach leuchtete er mit der Lampe auf den Wirrwarr von Schaltern und Hebeln.

Wo befand sich denn die Hauptsicherung?

Da fiel ihm der größte Hebel ins Auge. Zudem war er noch rot lackiert, aber er stand nach oben gerichtet, ein Zeichen, dass die Sicherung nicht rausgesprungen war.

Sehr seltsam.

Eine Erklärung fand Jerry Rigg nicht für dieses Phänomen, aber er ignorierte auch nicht das unruhige Gefühl, das plötzlich in ihm hochstieg und sich zu einer Beklemmung steigerte, die es ihm schwer machte zu atmen.

Da stimmte etwas nicht …

»Was ist denn, Jerry?«, rief Firuz Long. »Willst du uns hier zwei Stunden warten lassen?«

»Nein, aber …« Er sprach nicht mehr weiter, hob die Schultern und versuchte es eben anders.

Jerry drückte den Hebel nach unten. Vielleicht war etwas falsch geschaltet worden, bei diesen alten Bauten durchaus möglich. Die dünne Hoffnung zerplatzte ebenso rasch, wie sie aufgekeimt war. Es blieb dunkel.

Jerry begann zu schwitzen. Vor allen Dingen wurden seine Freunde ungeduldig. Dellas schrille Stimme übertönte alle anderen.

»Das macht der Kerl doch nur extra. Der will uns hier Angst einjagen. Horror-Trip, nicht?«

»Halt doch deinen Mund, verdammt!«

Schwere Schritte näherten sich. Ike Lester kam, blieb neben Jerry stehen und schaute ebenfalls nach.

Jerry erklärte ihm, was ihm aufgefallen war und dass irgendetwas verkehrt sein musste.

Ike nickte. Er war zwar kein Techniker, aber das, was Jerry meinte, begriff er sofort.

»Und was sollen wir tun?«, fragte er.

Eine Lösung hatte Jerry nicht parat. Er strich durch sein Haar, hob die Schultern und meinte: »Ich kann ja mal in dem Keller unter diesem nachschauen.«

»Wieso? Warst du da schon?«

»Klar. Musste ich doch.«

»Gibt es da denn Licht?«

»Da ist mal was angelegt worden. Vor langer Zeit. Die Leitungen liegen noch über Putz. Vielleicht ist dort etwas unterbrochen worden, das wir flicken müssen.«

»Wenn du meinst …« Ike räusperte sich. »Soll ich mitgehen?«

»Nein, bleib du bei den anderen und erkläre ihnen,

was ich vorhabe. Sonst drehen die durch. Vor allen Dingen Della.«

»Das ist ein zickiges Weib«, sagte Ike und grinste schief, bevor er Jerry auf die Schulter schlug. »Dann mach es mal gut, Alter. Du wirst es schon richten.«

»Sicher.« Jerry schaute Ike noch nach. Danach setzte er sich selbst in Bewegung. Weit brauchte er nicht zu gehen. Er hörte hinter sich die Stimmen der Freunde. Begeistert klangen sie nicht, aber auch er war von seiner vor ihm liegenden Arbeit nicht gerade angetan.

Die Tür zum zweiten Keller lag in einer Nische. Man hatte sie rot gestrichen, doch als Jerry dagegen drückte, da merkte er, dass sich unter der Farbe faules Holz befand. Er konnte es fast mit den Fingern eindrücken.

Verschlossen waren die Türen nicht. Jerry Rigg drückte die Klinke nach unten. Das Holz hatte sich verzogen, die Tür klemmte, und sie schabte über den Boden, als sie aufgezogen wurde.

Jerry schlüpfte durch den Spalt, suchte an der rechten Wand und fand einen alten Schalter, den er nach rechts drehte, jedoch keinen Erfolg erzielte.

Es blieb dunkel.

Die einzige Lichtquelle war seine Taschenlampe. Er zog die Tür wieder zu und leuchtete in die Tiefe, wobei der gelbe Finger über eine alte, halb zerstörte Treppe glitt, ihr Ende erreichte und sich dort auf etwas spiegelte, was Jerry hier nie erwartet hätte.

Es war Wasser!

In der Tat stand dieser Keller unter Wasser.

Jerry Rigg schüttelte den Kopf. Jetzt begriff er auch, woher der widerliche und faulige Geruch stammte, der ihn seit seinem Eintritt umweht hatte.

Abgestandenes Wasser roch so.

Und dieser komische Keller war voll davon. Das konnte Jerry erkennen, als er den Lampenstrahl wandern ließ und der helle Finger über die Fläche tanzte.

Er verlor sich sogar weiter hinten. Dort befand sich also keine Mauer, auf die er hätte treffen können.

Der Keller gefiel Jerry Rigg überhaupt nicht. Er stellte

sich die berechtigte Frage, woher das Wasser wohl eingedrungen war, dachte dabei an den Untergrund und gelangte zu dem Ergebnis, dass die Fluten vielleicht vom Grundwasser gespeist worden waren.

So musste es sein.

Jerry schritt weiter die Treppe hinab, denn er wollte mehr von dem Keller sehen, um erkennen zu können, ob vielleicht ein Kabel, das noch oberhalb der Fläche lag, durchgetrennt worden war. Dabei leuchtete er nicht mehr nach vorn, sondern rechts gegen die Wand, wo vom Lichtschalter aus das Kabel weiterführte.

Eine Bruchstelle konnte er nicht erkennen. Wenn sich tatsächlich etwas getan hatte, dann weiter vorn.

Jerry schaute noch einmal zurück. Die Tür war fast ins Schloss gefallen. Er selbst kam sich vor wie in einer düsteren Gruft und völlig allein gelassen.

Unheimlich war dieser Keller schon. Von den Frauen wäre wohl keine freiwillig hinabgestiegen.

Er lächelte, als er daran dachte. Es war allerdings ein Lächeln, um sich selbst zu beruhigen, denn wohl war ihm bei der ganzen Sache nicht.

Noch drei Stufen musste er nehmen, um auf der zu stehen, über die bereits das Wasser schwappte. Weiter wollte er nicht gehen, denn auch von hier aus konnte er dem Verlauf der Leitung folgen. Sie lief etwa ein Yard über dem Wasser an der Wand entlang. Flickwerk erkannte Jerry Rigg nicht. Der Lichtausfall musste wohl eine andere Ursache gehabt haben. Aber welche?

Er sah nicht, dass eine Welle heranrollte und die Stufe sowie seine Füße überspülte. Erst durch die Nässe wurde er aufmerksam.

Jerry Rigg konnte man vieles nachsagen. Ein Dummkopf jedenfalls war er nicht. Diese Wellenbewegung musste ihren Grund gehabt haben, und der konnte sich nur unter Wasser befinden.

Jerry schaute auf die Fläche. Plötzlich schlug sein Herz schneller. In der Tat bewegte sich das Wasser, und zwar an der Stelle, auf die der Kegel seiner Lampe einen großen, zerfasernden Fleck malte.

Was ging dort vor?

Jerry spürte die Gänsehaut, die sich auf seinem Rücken ausbreitete. Er schluckte hart, die Lampe zitterte, was sich auch auf den Strahl übertrug, und plötzlich geriet das Wasser in so starke Bewegung, dass die anlaufenden Wellen bis zu seinen Schienbeinen schwappten.

Etwas stieg aus der Tiefe empor.

Im Schein der Lampe sah Jerry den nassen, gebogenen Rücken dieses Monstrums, das von dem Wasser höher und höher gedrückt wurde, sodass Jerry plötzlich erkennen konnte, um was es sich bei diesem Tier handelte.

Es war eine Riesenspinne!

Kurz hinter London wurde aus dem Regen Schneeregen, und in der Nähe von Dorking begann es zu schneien. Manchmal so heftig, dass die Wischer die dicken weißen Flocken kaum schafften.

»Das hat uns gerade noch gefehlt!«, stöhnte Suko und verdrehte die Augen.

Ich peilte hoch zum Himmel. Trotz des Schnees bestand noch ein wenig Hoffnung, denn der Himmel war nicht nur eine einzige graue Fläche. Hin und wieder zeigte er sich blau.

Darauf machte ich Suko aufmerksam und dessen Laune besserte sich. Dafür verschlechterten sich die Straßenverhältnisse, denn der Schnee blieb liegen.

Ich hatte Winterreifen aufziehen lassen, wir kamen auch verhältnismäßig gut durch, nur die Lastwagen hatten Schwierigkeiten. Manche schleuderten, dass es schon lebensgefährlich wurde und ich froh war, wenn ich einen überholt hatte, ohne dass etwas passiert war.

Der Schnee fiel dicht wie ein Vorhang. Auf der Straße wurde er zu einem weißbraunen Matsch, aber wir hatten Glück. Die Schauerfront hatten wir rasch durchquert, und plötzlich war die Straße wieder frei. Sogar die Sonne schien, aber weiter vor uns lauerte bereits eine neue Wolkenfront am Himmel, die auf den nächsten Schneeschauer hindeutete.

Ich drehte auf.

Das trockene Stück wollte ich ausnutzen, und Suko wurde in die Sitze gepresst.

»Ist ja wie in Bills Porsche«, meinte er.

»Fast, mein Lieber, fast.«

Fünf Minuten später verschwanden wir wieder innerhalb des grauweißen Vorhangs, der uns schluckte wie ein gewaltiges Maul. Abermals waren die anderen Fahrzeuge nur noch als Schatten zu erkennen, und Suko begann zu schimpfen.

Eine Viertelstunde später wechselten wir die Straße und fuhren auf der 29 weiter. Dort mussten wir bis Billingshurst und dann rechts abbiegen. Das war bald erledigt.

»Der nächste Ort ist dann Wisborough Green«, erklärte Suko, der, wie so oft, eine Karte vor sich auf den Knien liegen hatte.

Auch in dieser Gegend hatte es ein wenig geschneit. Zum Teil lag die weiße Pracht noch auf den Wiesen und deckte auch die braune Erde der Felder zu. In manchen Kurven schimmerte es auf der Straße, ich musste vorsichtig fahren, denn wir wollten nicht im Graben landen.

In Wisborough Green waren die Menschen winterlich gekleidet. Hinter einem Schulbus stoppten wir und ich erkundigte mich bei dem Fahrer nach dem alten Hotel.

Er schaute mich erstaunt an, bevor er die Antwort gab. Präzise beschrieb er mir den Weg.

Als wir abfuhren, war es genau vier Uhr am Nachmittag. Über uns sah es wieder sehr grau aus. Die Wolken hingen ziemlich tief. Es würde nicht mehr lange dauern, bevor es wieder zu schneien begann.

Über schmale Straßen näherten wir uns dem Ziel. Die Landschaft veränderte sich ein wenig. Sie wurde sumpfig. In dieser Gegend war der Schnee nicht liegen geblieben. Wenn wir über die weite Fläche schauten, sahen wir zahlreiche braune Tümpel, und die Häuser einer Ortschaft hoben sich als Silhouette klar gegen den Horizont ab. Auf einer Tafel entdeckten wir die fast verblichene Aufschrift des Hotels.

Wir mussten rechts einbiegen, der Weg wurde schmal, kurvig und matschig. Zudem klatschte wieder nasser Schnee gegen die Windschutzscheibe, sodass wir nur Schritttempo fahren konnten.

»Gleich steige ich aus und gehe zu Fuß«, murmelte Suko, der ebenso wie ich vorgebeugt dasaß und durch die Scheibe schaute. Von der linken Seite her schaufelte der Wind den Schnee gegen unser Fahrzeug. Heizung und Gebläse hatte ich eingestellt, damit die Scheiben frei blieben. Wir konnten trotzdem wenig erkennen. Die Welt um uns herum verschwamm. Wir hatten das Gefühl, uns auf einer Insel zu befinden. Bäume und Sträucher waren nur als Schemen zu sehen, und der Vergleich mit geisterhaften Gestalten fiel mir ein.

»John, Vorsicht!«

Suko warnte mich und ich entdeckte das Hindernis im selben Augenblick.

Vor uns und genau auf der Mitte des Weges stand eine Gestalt. Sie rührte sich nicht vom Fleck, wirkte innerhalb des Schneegestöbers wie eine unheimliche Figur, und ich trat auf die Bremse, damit ich den Bentley rechtzeitig genug zum Stehen brachte.

Die Gestalt wankte etwas. Für mich ein Zeichen, dass wir sie eventuell berührt hatten, obwohl im Wagen davon nichts zu merken gewesen war.

Ich aber hatte sie erkannt.

Judy stand vor uns. Die Blinde mit den Spinnenaugen!

»Das ist sie!«, zischte ich Suko zu, löste den Gurt und rammte den Wagenschlag auf, um schnell aus dem Bentley zu tauchen.

Fast wäre ich gefallen und hielt mich am Türholm fest, als ich mit dem rechten Fuß ausrutschte.

Judy stand da und starrte uns an.

Ich näherte mich ihr mit langsamen Schritten. Auf meinen Lippen lag ein Lächeln. Keinesfalls wollte ich sie erschrecken, und ich wollte auch nicht, dass sie so klammheimlich verschwand wie im Krankenhaus. Ich näherte mich von der rechten Seite, Suko sich von der linken Seite, jeweils von uns aus gesehen.

»Hallo, Judy«, sprach ich sie an und verhielt meinen Schritt. Suko stoppte ebenfalls.

Sie drehte mir den Kopf zu.

Ihr Gesicht war blass. Auf der Haut tauten die Schneeflocken schnell. Als Wasserbahnen rannen sie nach unten und versickerten in der nassen Kleidung des Mädchens.

Ich blieb so dicht vor ihr stehen, dass ich ihre Augen sehen konnte.

Ja, da waren die Spinnen wieder zu erkennen. Durch ein Handzeichen wies ich meinen Freund darauf hin, der schaute ebenfalls genauer hin und nickte. Er hatte verstanden.

»Kennst du mich nicht mehr, Judy?«, erkundigte ich mich mit freundlicher Stimme.

»Fahrt nicht weiter!«, flüsterte sie. »Fahrt nicht weiter!« Sie verzog das Gesicht, als hätte sie etwas Grauenvolles gesehen. »Bitte, ihr müsst umkehren!«

Das wollten wir nicht und ich erkundigte mich nach dem Grund ihrer Warnung.

»Sind es die Spinnen?«

»Ja.«

»Wo stecken sie?«

Da zuckte ihr Gesicht, und ich hatte das Gefühl, als wollte sie anfangen zu weinen, doch sie hielt sich tapfer und schüttelte nur den Kopf. Eine Antwort wollte sie nicht geben und zwingen konnte ich sie nicht.

»Und die Menschen? Befinden sie sich im Haus? Sie sind hingefahren, nicht wahr?« Ich starrte sie an und merkte nicht, dass mich die Schneeflocken allmählich wie ein weißer Mantel bedeckten.

»Sie werden tot sein«, sprach Judy, »tot – alles ist schrecklich. Die Rache ist vollendet. Ich aber habe überlebt, nur ich – oder bin ich tot?«

Es waren ihre letzten Worte, denn sie drehte sich plötzlich um und ging einfach davon.

Nach drei Schritten schon war sie nicht mehr zu sehen. Der Schnee hatte ihre zarte Gestalt geschluckt.

Suko stieß mich an. »Verdammt, John, willst du nicht hinterher?«

»Nein.«

»Weshalb nicht?«

»Wir werden sie bestimmt im Haus wiedersehen und ich möchte sie auf keinen Fall beeinflussen. Alles soll seinen normalen Gang gehen. Nur so haben wir eine Chance, herauszufinden, was wirklich mit den Spinnen los ist.«

»Mich begeistert dein Vorschlag nicht«, gab Suko ehrlich zu.

Ich hob die Schultern, drehte mich um und zog den Wagenschlag auf. Bevor ich einstieg, klopfte ich noch meine gefütterte Jacke aus. Trotzdem blieb ein großer Teil des Schnees kleben, als ich in den Wagen stieg und auch Suko neben mir seinen Platz einnahm.

Auf der Frontscheibe pappte der Schnee. Die Wischer schafften ihn mit ein paar Bewegungen fort, und ich startete. Vorsichtig gab ich Gas. Die Winterreifen griffen gut bei diesem Bodenbelag, und der Bentley setzte sich langsam in Bewegung. »Im Haus treffen wir sie wieder«, sagte ich leise.

»Du reagierst bei diesem Mädchen irgendwie anders als sonst«, meinte Suko.

»Möglich.«

»Wie kommt das?«

Ich fuhr behutsam in eine Kurve. »Vielleicht tut mir die Kleine Leid, Alter.«

»Das könnte sein.«

In den nächsten Minuten schwiegen wir, und ich konzentrierte mich auf die Fahrt. Zudem hatten wir Glück, denn das dichte Schneetreiben ließ mal wieder nach. Die Flocken wurden dünner, schließlich waren sie kaum noch zu sehen und unser Blick fiel bereits auf das Haus.

Schneebedeckt präsentierte sich das Dach. Die weiße Pracht lag auch auf den Wiesen, die das Haus umgaben, hing wie Leim an den Bäumen und nur dort, wo sich der Sumpf befand, da war sie nicht liegen geblieben.

»Da ist ja ein kleiner See«, meinte Suko. »Und kein Sumpf.«

Der Chinese hatte Recht. Aber wir sahen nicht nur den

See, sondern auch den Wagen, nahe dem Eingang abgestellt. Es war der Kleinbus, den sich die sechs Leute geliehen hatten.

Ich stoppte und wir stiegen aus.

Bis zu den Knöcheln versanken wir in pappigem Matsch. Unser Atem stand als Wolke vor den Lippen. Als wir die Fassade hochschauten, bewegte sich hinter den Fenstern nichts. Das Haus machte einen unbewohnten Eindruck, und doch mussten sich die Menschen darin befinden, denn ihr Wagen stand in der Nähe.

»Ob es sie erwischt hat?« Suko war die Stille ebenfalls aufgefallen, und er sprach meine Befürchtungen aus.

Plötzlich wurde die Tür geöffnet.

Die Blinde stand da. Sie winkte uns zu. Obwohl sie uns nicht sah, musste sie genau wissen, wo wir standen.

»Wollen Sie nicht hereinkommen?«, fragte sie so laut, dass auch wir es hören konnten.

»Gern«, erwiderte ich.

Suko lachte leise. »Erst warnt sie uns, dann lockt sie uns an. Das stinkt schon nach Falle.«

Ich konnte meinem Partner nicht widersprechen. Mit dem Kopf gab Suko das Zeichen, und wir schritten durch den frisch gefallenen Schnee.

Kaum hatten wir die erste Stufe der Treppe berührt, als sich die Blinde zurückzog. Sie drehte sich dabei nicht einmal um, sondern ging rückwärts.

Dabei schloss sie die Tür.

»Die Falle wird immer besser«, murmelte Suko und lachte leise, während er nach seiner Beretta tastete.

Auch ich öffnete den Reißverschluss der Jacke. An der Tür blieben wir für einen Moment stehen, bevor ich sie aufzog.

Wir stürmten nicht wie die Irren ins Haus. Erst schauten wir uns um.

Beide sahen wir in das Foyer des ehemaligen Hotels. Und beide sahen wir auch die nach oben führende Treppe.

Vor der untersten Stufe stand jemand.

Nicht Judy, sondern sie – die Riesenspinne!

Eine übergroße Spinne kletterte aus dem Wasser.

Jerry Rigg stand wie festgenagelt, schaute auf das Tier und glaubte, verrückt zu werden.

Das konnte es doch nicht geben! Es war ein Albtraum, ein Wahnsinn, er musste einfach träumen!

Er träumte nicht. Was er sah, war eine Tatsache und der blanke Horror. Hier war etwas lebendig geworden, das tot sein musste, aber es wollte die Menschen und vor allen Dingen Jerry Rigg.

Durch den offenen Mund atmete er. Seine Augendeckel bewegten sich hektisch, denn jetzt sah er auch die beiden Beine der Spinne, und er sah ihren Kopf.

Obwohl er es nicht gewollt hatte, löste sich der Schrei aus seiner Kehle. Es war grauenhaft, denn zwischen den beiden ersten Beinen der Spinne saß ein Menschenkopf.

Jerry Rigg hielt seine Lampe so, dass deren Strahl haargenau auf den Kopf fiel und die Gesichtszüge hervortreten ließ.

Er hatte schon des Öfteren Bilder seines Großvaters gesehen. Sie lagen bei seinen Eltern in einer Zigarrenkiste, und jeder Gesichtszug war ihm eigentlich vertraut.

Deshalb erkannte er den Schädel sofort.

Der Spinnenkopf trug die Züge seines Großvaters, der spurlos verschwunden war.

Und so sah er ihn wieder.

Jerry glaubte, wahnsinnig zu werden. Er sah das Gesicht, das hässliche Grinsen der breiten Lippen, das Funkeln der Augen und er glaubte zu erkennen, dass ihm der Kopf zunickte.

Da konnte er nicht mehr.

Auf der Stelle kehrte er um, wollte die Treppe wieder hoch, doch er vergaß, dass die Stufe nass geworden war.

Jerry rutschte aus. Zwar schlug er noch gegen die Wand, wobei das Glas der Lampe zerbrach, aber halten konnte er sich nicht mehr. Dafür umgab ihn die Finsternis. Mit dem Kinn schlug er auf eine Stufenkante. Der Schmerz raste durch seinen Kopf, Tränen traten in seine Augen, er zog die Beine an, wollte endlich weg, da hörte er hinter sich ein zischendes Geräusch.

Die Spinne war da.

Und sie griff zu.

Es war wie ein Schlag mit dem Hammer, als ihr Bein gegen seinen Rücken hieb und das zweite und dritte sofort nachgriff, wobei sie mit Leichtigkeit seinen Körper umklammerten und ihn in die Höhe hoben.

Plötzlich schwebte Jerry Rigg über der Treppe. Er wehrte sich verzweifelt, schlug mit den Händen um sich und bewegte sie dabei wie Dreschflegel.

Einen Erfolg erzielte er nicht. Was die Monsterspinne einmal hatte, das ließ sie nicht aus den Klauen.

Mit ihrer Beute zog sie davon. Allerdings nicht die Treppe hoch, sondern hinunter in das unheimliche dunkle Wasser, wo die Schreie des Mannes mit dumpfem Blubbern erstickten …

Aus Judys Träumen

Im Haus wohnte niemand mehr. Nur noch das Grauen. Und dies spürte das junge Mädchen sehr deutlich, als es auf der Türschwelle verharrte. Es traute sich nicht, hineinzugehen, denn es ahnte, dass Schreckliches passiert sein musste.

Und doch überwand sich Judy.

Abermals streckte sie die Arme vor, um jedes Hindernis so schnell wie möglich zu ertasten, und sie bewegte auch ihre Füße nur sehr schleppend weiter.

Dabei hatte sie das Gefühl, als Fremde das Haus zu betreten, so anders war alles. Zudem konnte sie nichts mehr sehen, das war schließlich ihr Hauptübel, und doch vermisste sie einiges.

Niemand rief nach ihr, keiner wollte sie sprechen, nur die Stille lauerte um sie herum.

Eine gefährliche und drohende Stille, auch mit dem Begriff tödlich zu umschreiben.

Als Judy die ersten fünf Schritte in die Halle hineingegangen war, wehte der Geruch auf sie zu, den sie im normalen Zustand vielleicht nicht einmal wahrgenommen hätte. Jetzt, wo ihre anderen Sinne geschärft waren, sah das anders aus.

Es war ein süßlicher Geruch und gleichzeitig widerlich.

Blutgeruch …

Judy blieb stehen. Aus ihren Augen liefen zwei Tränen und rannen an den Wangen hinab. Sie dachte sofort an ihren Vater, und sie rechnete damit, ihn schon bald zu finden.

Als Toten …

Judy Garrets schüttelte sich, als hätte sie jemand mit kaltem Wasser begossen. Sie konnte nicht direkt behaupten, dass in ihr eine gewisse Angst steckte, nur ein Gefühl starker Neugierde, gepaart mit Spannung. Das war sehr plötzlich gekommen, und eine innere Stimme sagte ihr, dass sie keine Angst zu haben brauchte.

Nie mehr Angst!

Judy atmete tief durch. Die Tränen versiegten, jetzt konnte sie freier atmen, denn sie glaubte der inneren Stimme und sie schritt tiefer in die Halle hinein.

Wohin sollte sie sich wenden?

Sie überlegte und vermutete, dass sich ihr Vater in der ersten Etage aufhielt.

Judy kannte jeden Fußbreit Boden in diesem Haus. Ob die normalen Räume oder der Keller, da gab es nichts, was für sie unbekanntes Terrain gewesen wäre. Es geschah schon fast automatisch, dass sie den herumstehenden Möbeln auswich, vor der Treppe kurz stehen blieb, den rechten Arm zur Seite streckte und nach dem Geländer fasste, um sich abzustützen, wenn sie die Stufen hochschritt.

Den weiteren Weg ging sie nicht sehr schnell, war eher vorsichtig.

Dennoch überwand sie die Treppe zielstrebig. Nur ihre eigenen Schritte hörte sie. Sie hatten denselben Rhythmus wie das Schlagen ihres Herzens.

Als sie die Treppe endlich hinter sich hatte, da stellte sie den sehr intensiv gewordenen Geruch fest. Sie brauchte nur ein paar Schritte weiterzugehen, wandte sich scharf nach rechts und betrat das erste Zimmer.

Dort lag jemand.

Ihre Füße wurden von einem auf dem Boden liegenden Körper gestoppt. Judy bückte sich und tastete.

Der Körper war steif.

Die Haut fühlte sich so seltsam an, als sie eine Hand in die

Höhe hob. Sie war mit zahlreichen winzigen Härchen bedeckt, die so dicht nebeneinander wuchsen, dass sie schon einen Flaum bildeten.

Ihre Finger tasteten höher. Sie fanden nicht nur klebrige Stellen, sondern auch etwas anderes. Ein Gesicht, das keines mehr war. Zwar fühlte sie noch die Stellen, wo Nase, Augen und Mund gewesen waren, doch die Haut hatte sich stark verändert. Sie war hart und hornig geworden, wie das Beißwerkzeug einer Spinne.

Judy begann zu lachen. Sie konnte nicht mehr. Sie schrie dabei und das grelle Geräusch erfüllte das Haus bis in den letzten Winkel.

Es war ein wildes und gleichzeitig ein böses Lachen, das da aus ihrem Mund drang und ihren Körper regelrecht durchschüttelte. Sie freute sich plötzlich, einen der Häscher gefunden zu haben, und sie wusste, dass ihr Vater gesiegt hatte.

Und sie ebenfalls.

Rasch erhob sie sich, drehte sich um und verließ das Zimmer, um auf den Gang zu gehen.

Sie schaute in den nächsten Räumen nach.

In jedem lag ein Toter.

Und der Blutgeruch war so stark geworden, dass er schon Übelkeit verursachen konnte.

Judy fand alle sechs, die in das Haus eingedrungen waren. Im letzten Raum lag jemand, der in seiner rechten Faust noch den Stiel eines Hammers hielt.

Was er damit vorgehabt hatte, wusste Judy nicht, aber es musste etwas Entscheidendes gewesen sein, denn bei den anderen hatte sie ähnliche Werkzeuge nicht gefunden.

Als sie sich aufrichtete, dachte sie an ihren Vater. Dabei fragte sie sich, weshalb sie gerade ihn mit diesem gefundenen Hammer in Verbindung brachte.

Judy verließ das Zimmer. Diesmal zitterten ihre Beine und sie war sich darüber im Klaren, dass ihr bestimmt noch eine schreckliche Entdeckung bevorstand.

Auf dem Gang wusste sie, dass sie nicht mehr weit zu laufen brauchte. Ihr Vater befand sich ganz in der Nähe. Sie spürte bereits seine Aura. Es war wie eine Strahlung, von der sie getroffen wurde, sie musste sie nur noch lokalisieren.

»Dad?« Obwohl sie wusste, dass ihr Vater keine Antwort geben konnte, rief sie den Namen.

Er verhallte ungehört.

Starr blieb sie stehen. Sie ballte ihre Hände, spannte den Rücken, der Kopf fiel nach hinten, das Gesicht verzerrte sich und sie rief den Namen so laut, dass er durch das Haus hallte.

»Daaaddd!«

Das Echo schwang ihr entgegen, mehr nicht. Ein paar Schritte torkelte sie vor, prallte gegen die Wand und flüsterte sinnlose Worte. Der Vater war tot, aber wo hatten die verfluchten Bestien ihn hingeschafft? War wirklich alles umsonst gewesen? Hatte der Spinnentrank, den ihr Vater braute, nichts geholfen?

Schluchzend löste sie sich von der Wand. Alle Zimmer hatte sie abgesucht, sechs Leichen gefunden, nur die ihres Vaters fehlte.

Wo konnte man ihn hingeschafft haben?

Judy sah nur eine Möglichkeit. Er musste es irgendwie geschafft haben, in den Keller zu gelangen.

Das jedoch erwies sich als Irrtum, denn einen Augenblick später hatte sie fast das Ende des Ganges erreicht, streckte ihren Arm aus und glaubte, die Mauer zu berühren.

Hastig zuckte sie zurück, als dies nicht der Fall war. Die ausgestreckten Finger trafen nicht auf tapeziertes Mauerwerk, sondern berührten das Fleisch am Hals eines Menschen.

Judy schüttelte sich.

Es gab nur eine Erklärung für diese Berührung. Sie hatte ihren Vater gefunden.

Aber wieso hatte sie seinen Hals gefühlt, während sie normal stand? Da musste etwas nicht in Ordnung sein. Judy ließ ihre Hand in Halshöhe. Sie zögerte, als hätte sie Angst, die gesamte Wahrheit zu erfahren, und über ihren Körper rann ein Schauder.

Schließlich gab sie sich einen Ruck und hob den Arm an. Nicht den Hals berührte sie jetzt, sondern auch das Kinn des Mannes, im nächsten Augenblick die Wangen. Und die Fingerspitzen ertasteten die langen, noch offenen Wunden.

Man hatte ihren Vater geschlagen.

Judy dachte an die Ketten, die von den sechs Männern mitgebracht worden waren. Zum Spaß hatten sie die schweren

Dinger nicht mitgenommen. Judy wurde klar, dass ihr Vater auf eine schreckliche Art und Weise umgekommen war. Vor seinem Tode musste man ihn gefoltert haben.

Und nun?

Sie weinte leise, als sie auch den anderen Arm ausstreckte und den Körper abtastete.

Allmählich, als der erste Schrecken nachgelassen hatte, wurde ihr klar, was geschehen war. Nun erkannte sie den Grund, weshalb ihr Vater nicht am Boden lag, sondern stand.

Er konnte nicht mehr fallen, denn man hatte ihn nicht nur getötet, sondern auch an die Wand genagelt!

Wie ein Orkan brach das Grauen über das blinde Mädchen herein. Sehen konnte Judy nichts, nur fühlen, das allerdings hatte ihr gereicht. Was waren das nur für Bestien gewesen, die sich zu sechst auf einen wehrlosen Mann stürzten und ihn auf diese schreckliche Art und Weise töteten? Sie konnte es nicht fassen, drehte sich zur Seite weg und schüttelte den Kopf.

Plötzlich kam es über sie. Die letzten Entdeckungen waren nicht mehr zu verkraften gewesen. Judy stützte sich zwar noch an der Wand ab, dennoch schaffte sie es nicht mehr, auf den Beinen zu bleiben, sackte in die Knie und fiel zu Boden.

Sie schlug schwer auf. Weinkrämpfe schüttelten sie. Judy zog die Beine an ihren Körper und blieb in dieser gekrümmten Haltung liegen.

Wie viel Zeit verging, wusste sie nicht. Irgendwann im Morgengrauen schlief das blinde Mädchen inmitten der Toten ein.

Und sie hatte einen Traum!

Aus schier unendlichen Fernen hörte sie die Stimme ihres Vaters. Sie klang klar und deutlich, als würde er neben ihr stehen, sie in den Arm nehmen und versuchen, sie zu trösten.

›Kleine Judy. Ich weiß, was du alles durchgemacht hast, und ich weiß ferner, dass du mich nun gefunden hast. Nimm es als eine unabänderliche Tatsache hin. Mich hat man getötet, man wollte mich umbringen, weil ich nicht zu ihnen passte und ich sie störte. Ja, ich störte sie in der Tat, denn in diesem Hause passierte etwas, was keiner begreifen konnte. Ich hatte den Spinnenfluch entdeckt. Das Haus ist auf einem Boden gebaut worden, der vor urlanger Zeit als Kultstätte diente. Hier haben

Menschen oder menschenähnliche Wesen dem Spinnenzauber gefrönt. Sie beteten den Spinnen-Dämon an, ein grauenvolles Monster, das auf den Namen Kalifato hörte. Ich habe eine alte Schrift gefunden. In Stein waren die Beschwörungen eingemeißelt worden, und ich konnte sie aktivieren. Ich habe das Serum gefunden, das den Tod zwar nicht überwindet, ihn jedoch in Grenzen hält. Und dir, meine Liebe, habe ich das Serum zu trinken gegeben. Du hast es sicherlich gemerkt. Dein Blut ist verändert worden. Es fließt nicht mehr so normal durch deine Adern wie zuvor, es hat eine andere Zusammensetzung bekommen, denn du bist infiziert worden. Leider konnte ich nicht verhindern, dass man dich blendete, aber ich habe dich durch diesen Trank unsterblich gemacht. Unsterblich in meinem und in Kalifatos Sinne, denn du wirst den Spinnenfluch für immer behalten. Wenn du stirbst, kannst du mit Freuden ins Grab steigen, denn du kommst zurück als Spinne. Es gibt jedoch Tage, da wirst du dieses Dasein schrecklich finden, und deshalb habe ich den Trank ein wenig verändert. Dir, liebe Judy, wird es gelingen, die Verwandlungen zu steuern. Du kannst einmal als Spinnenmonstrum erscheinen, dann wieder als normaler, allerdings blinder Mensch. Das alles spielt keine Rolle. Wichtig ist, dass du überlebst …‹

Nachdem Judy diese Worte im Traum vernommen hatte, wälzte sie sich unruhig von einer Seite auf die andere.

Ein paar Mal stöhnte sie noch, zudem wartete sie darauf, dass sich ihr Vater aus dem Reich der Toten noch einmal melden würde, und sie hatte nicht umsonst gehofft.

»Ich möchte dich noch um einen kleinen Gefallen bitten, Judy, den du mir und auch dir selbst erfüllen musst. Nimm die sechs Toten und wirf sie in den finstersten Keller. Dort sollen sie bleiben und für ewig verflucht sein. Sie werden sich verändern, sie werden aber nicht sterben, denn sie erleben die Hölle. Sie haben gegen mich gekämpft, ich habe mich schlagen lassen, aber ich habe es geschafft, auch ihnen Wunden zuzufügen, Bisswunden, meine Kleine, denn in der Zeit, als du draußen warst, habe ich mich in die Seele der Spinne hineinversetzen können und mich verwandelt. Dabei bist du allein ausersehen, mein Erbe fortzuführen. Wenn es auch so aussehen sollte, aber die Menschen haben nicht gesiegt. Dämonen sind

stärker, und merke dir den Namen Kalifato. Merke ihn dir gut. Ihn kannst du anrufen, er wird dich hören und dich vielleicht, wenn du einmal nicht auf der Erde weilen willst, in die Leichenstadt holen, wo du unter deinesgleichen bist. Cheerio, meine kleine Judy. Denk an das Erbe deines Vaters, der alles nur für dich getan hat …«

Nach diesen Worten erwachte Judy. Zuerst wusste sie nicht, wo sie sich befand. Sie öffnete die Augen und war erschreckt darüber, dass sie trotzdem nichts sehen konnte.

Alles war und blieb dunkel.

Nur befand sich eine seltsame Dunkelheit um sie herum. Keine natürliche Finsternis, sondern eine absolute, die nicht durch den winzigsten Lichtstrahl unterbrochen wurde.

Da fiel ihr ein, dass sie blind geworden war.

Und plötzlich erinnerte sie sich auch wieder an die Ereignisse der vergangenen Nacht. Alles kam wieder zurück, aber auch der Traum stand plötzlich mit erschreckender Deutlichkeit vor ihrem geistigen Auge und ließ sie zittern.

Was war nur geschehen?

Judy setzte sich hin. Mit dem Rücken lehnte sie gegen die Wand. Sie dachte intensiv über ihren Traum nach, der vielleicht keiner gewesen war, denn so deutlich hatte sie sich noch nie an einen Traum erinnern können. Ihr kam es vor, als hätte sie das alles selbst und wahrhaftig erlebt.

Judy war aufgeregt. Nervös öffneten und schlossen sich ihre Hände. Auf ihrer Stirn perlte der Schweiß. Das Blut rauschte durch ihre Adern. Hatte der tote Vater nicht von einer anderen Zusammensetzung gesprochen? Ja, er hatte ihr den Spinnentrank gegeben, damit der Fluch weiterwirken konnte, und Judy war fest entschlossen, das Vermächtnis ihres Vaters zu erfüllen.

Sie stand auf.

Auf einmal dachte sie wieder klar und scharf nach, verbannte alles andere aus ihrem Gehirn und konzentrierte sich allein auf ihre neue Aufgabe.

Judy machte sich an die Arbeit.

Ein blindes Mädchen brauchte Stunden, um die sechs Leichen verschwinden zu lassen. Der Keller war uralt. Als Kind hatte sie ihn als gefährlich empfunden, und innerhalb der rußigen Mauern lauerte das Böse.

Sie warf die Leichen dorthin, wo es am düstersten war, und sie hatte kaum den letzten Toten weggeschafft, als etwas auf sie zukroch.

Wie erstarrt blieb sie stehen.

Sie hörte ein Schaben, dann berührte sie etwas. Judy streckte ihren Arm vor, und die Hand fuhr über einen haarigen Körper.

Einen Spinnenkörper.

Vor ihr stand eine Riesenspinne.

Damit musste sie erst fertig werden, wobei sie an die Worte ihres Vaters dachte und die Lage danach mit anderen Augen sah.

Es war alles normal. Auch die gewaltigen Monsterspinnen. Ihr Vater hatte dafür gesorgt, dass es so gekommen war, und ihm konnte sie vertrauen.

Judy war trotz dieser Lage mehr als zufrieden. Zudem hatte sie das Testament ihres Vaters erfüllt. Die Spinnen existierten, sie lebten, und sie würden weiterleben.

Das blinde Mädchen verließ den Keller. Langsam schritt Judy die Treppe hoch. Auf ihren Lippen lag ein Lächeln. Sie fühlte sich zwar noch als Mensch, aber sie hatte auch Verständnis für die Spinnen. Und das allein zählte.

Kaum hatte sie die Kellertreppe hinter sich gelassen, als sie Hufgetrappel hörte.

Es war vor dem Haus aufgeklungen, und sie vernahm auch das Mahlen von Rädern.

Eine Kutsche fuhr vor.

Judy runzelte die Stirn. Ihr war klar, dass kein angenehmer Besuch ins Haus stand, und sie würde sich danach richten. Schon hämmerten schwere Schläge gegen die Tür.

Die Blinde ging, um zu öffnen.

Mehrere Männer stürmten in die Halle. Judy konnte sie nicht erkennen, sie hörte ihre Schritte und ihr Atmen. Dann wurde sie an der Schulter gepackt und herumgerissen.

An der Stimme erkannte sie einen Polizisten, als er fragte: »Wo ist dein Vater, Judy?«

»Tot.«

Scharf stieß der Konstabler die Luft aus. »Er ist also tot, nicht wahr?«

»Ja.«

»Und weshalb siehst du mich so komisch an?«

»Ich bin blind.«

»Verdammt, das stimmt, Sir«, sagte ein anderer. Judy hatte die Stimme auch schon gehört. Der Mann war der Lebensmittelhändler aus dem nahen Dorf.

»Blind ist sie, der Vater ist tot. Und wo sind die sechs Männer, Judy Garrets?«

»Ich weiß nicht, wovon Sie reden, Konstabler. Ich kenne keine sechs Männer.«

»Erzähle mir nichts. Sie müssen hier gewesen sein, und sie waren auch hier. Das weiß ich.«

»Nein, ich ...«

»Verdammt, wir haben Spuren gefunden. Denkst du, ich lasse mich von dir auf den Arm nehmen? Auch wenn du blind bist, ich will wissen, wo sie geblieben sind!«

»Ich kann Ihnen nicht helfen, Sir!«

Sie spürte die Hände des Konstablers auf ihren Schultern. »Mädchen, du lügst, die Männer waren hier. Wir haben Spuren gefunden. Draußen lagen die Fackeln, die sie mitgebracht haben. Das Boot befand sich ebenfalls am Ufer ...«

»Ich kann Ihnen nichts sagen.«

Der Konstabler lachte rau. Er ließ Judy wieder los und wandte sich an die mitgebrachten Männer. »Fangt an, das Haus zu durchsuchen! Ich will alle Spuren gesichert haben. Wenn mich nicht alles täuscht, ist hier eine furchtbare Schweinerei passiert. Also los, Freunde, an die Arbeit! Wir werden das Ding schon schaukeln, und auf den Arm nehmen lasse ich mich nicht.«

Der Konstabler galt als eisern. Er gehörte zu den Personen in Wisborough Green, die man hoch achtete. Was er sagte, das wurde getan, und er sorgte auch dafür, dass einer seiner Männer unten blieb und auf das blinde Mädchen achtete.

Die Leute durchsuchten das Haus. Sehen konnte Judy sie nicht, nur hören. Ihre Stiefel polterten über den Holzboden. Sie nahmen sich erst die unteren Räume vor, dann gingen sie nach oben. Dort wurden ihre Stimmen schriller. Einer kam schnell wieder zurück. Am Klang seiner Schritte identifizierte ihn Judy als den Konstabler.

Er war erregt, denn als er vor Judy stehen blieb, traf sein

warmer Atem ihr Gesicht. »Was ist da oben passiert?«, schrie er sie an. »Wir haben Blut gesehen, und auch an deinen Händen befindet sich Blut!«

»Ich weiß es nicht.«

»Lüg nicht! Wo sind die Männer?«

Judy schwieg. Und sie schwieg auch, als man sie abtransportierte und immer wieder verhörte. Tagelang hielt sie dicht, bis man sie eines Tages in ihrer Zelle fand. Tot …

Sie wurde begraben. Ein Armengrab erhielt sie, mehr nicht, denn niemand war da, der etwas zahlte.

Judy geriet zwar in Vergessenheit, aber das Verschwinden der Männer beschäftigte die Gemüter der Menschen noch lange.

Dabei bemerkte niemand, dass sich im Grab, in dem Judy lag, etwas tat. Von unten her wurde die Erde bewegt, und eines Nachts, als der Vollmond sein bleiches Licht schleierartig über das Land legte, da kroch etwas aus dem Grab, das man nur als Monster bezeichnen konnte.

Es war eine Spinne, und sie hatte den Kopf eines jungen Mädchens.

Wie ein Spuk war sie verschwunden und wurde die nächsten fünfzig Jahre nicht mehr gesehen …

»Jerry muss verrückt sein«, bemerkte Emily, seine Frau.

»Wieso?«, fragte Ike Lester. Er hatte die Worte vernommen, als er zu den anderen zurückkam.

»Allein in den Keller zu gehen.«

»Na und?«

»Hättest du dich denn getraut?«, fragte Della höhnisch.

»Warum nicht?«

»Mich kriegen da keine zehn Pferde rein«, meldete sich Myrna und schüttelte sich.

»Sollen wir nicht weiterspielen?«, fragte Della und kicherte auf einmal. »Ist doch irre, so im Dunkeln eine Kugel zu werfen. Jeder hat einen Wurf, und wenn das Licht wieder an ist, dann sehen wir, wie viele Kegel man geschafft hat. Ist das ein Vorschlag?«

»So etwas Idiotisches kann auch nur dir einfallen«, erklärte Ike Lester.

»Dann bleiben wir eben stehen.«

Eine halbe Minute verging, in der niemand etwas sagte. Hin und wieder war ein klingendes Geräusch zu hören, wenn ein Glas gegen eine Flasche stieß.

»Jerry könnte sich aber beeilen«, flüsterte Firuz Long. »Verdammt, der lässt sich einfach zu viel Zeit.«

»Vielleicht hat er da unten eine Bekannte getroffen«, kicherte Della. Danach gluckerte etwas. Ein Beweis dafür, dass sie sich einen neuen Drink eingeschenkt hatte.

»Ich an deiner Stelle würde nicht so viel trinken«, sagte ihr Begleiter Firuz. »Nachher bist du so betrunken, dass du über die Bahn rollst und die Kugel liegen bleibt.«

»Willst du mir einen Schluck verbieten?«

»Nein, aber ...«

»Halt doch die Klappe!« Della sprach bereits mit etwas schwerer Zunge. Jeder der anderen hörte, wie sie trank und sogar noch aufstieß. »Hier unten ist es lausig kalt, da muss man sich ja schließlich von innen her wärmen.«

Und dann wurde alles anders.

Es begann mit einem Schrei.

»Das war Jerry!« Emilys Stimme klang erstickt und gleichzeitig schrill. »Mein Gott ...«

Die anderen sagten nichts. Sie lauschten nur. Bis Emily Rigg die Stille unterbrach. »So tut doch etwas!«

»Was denn?«, fragte Long.

»Nachsehen!«

»Ich gehe!«, bot sich Ike Lester an.

Myrna rief: »Ike, ich bitte dich. Sei vorsichtig, wenn du in den Keller ...«

Weiter sprach sie nicht, denn wie alle anderen erlebte sie in derselben Sekunde das unheimliche Phänomen.

Wo sich die Bahnenden befanden und über den Anzeigetafeln das Mauerwerk begann, tat sich etwas.

Innerhalb der Steine schien es zu brodeln oder zu kochen, ein seltsamer Glanz lag plötzlich auf ihnen, der zuerst einen braunen Farbton annahm, ihn wenig später wechselte und plötzlich grün schillerte. Ein intensives Grün, das nicht nur nach vorn leuchtete, sondern auch in die Tiefe der Mauer hineinstrahlte und sie durchsichtig werden ließ. Den erstarrt dastehenden Menschen kam es vor, als hätte sich die Materie verwandelt.

Aus Stein schien Glas geworden zu sein.

Als Erster fand Ike Lester die Sprache wieder. Heftig schüttelte er den Kopf und flüsterte: »Das gibt es doch nicht, das kann es nicht geben, das ist unmöglich.« Er wandte sich scharf um. Da das seltsame Licht in den Raum hineinfiel, konnte er die Gesichter seiner Freunde erkennen. Auch sie schimmerten grün. Die Haut wirkte irgendwie durchsichtig und blass. »Versteht ihr das?«, hauchte er.

Keiner antwortete ihm. Selbst Della Forman schwieg. Sie hielt ihr Glas so hart umklammert, als wollte sie es zerbrechen.

Emily Rigg starrte ebenfalls auf die Wand. Aber ihre Gedanken bewegten sich in eine andere Richtung.

»Bitte!«, flüsterte sie. »Bitte, steht doch hier nicht rum! Denkt an den Schrei! Jerry – ich …« Sie holte tief Luft. »Ich werde gehen und nach ihm schauen. Ihr seid ja zu feige!«, schrie sie.

Ike Lester wollte sie zurückhalten. Er streckte seinen Arm aus, berührte sie auch, doch die Frau ließ sich nicht abhalten. Sie riss sich los und rannte quer über die Bahn auf die Tür zu, wo ihr Mann verschwunden war.

Sehen konnte sie jetzt, denn das aus der Wand dringende Licht schuf eine fahle, geisterhafte Beleuchtung.

Die anderen folgten der Frau nur mit ihren Blicken. Ike Lester machte sich Vorwürfe. Er wäre am liebsten hinter ihr hergelaufen, doch da stand seine Frau neben ihm, die ihre Hand fest um seinen Unterarm gekrallt hatte und ihn so zurückhielt.

»Nicht, Ike, nicht …«

Genau in dem Augenblick riss Emily die Tür auf. Jeder hörte das Geräusch und ein jeder war überrascht, dass auch aus dem Keller das seltsame grüne Licht drang und die Gestalt Emilys mit einem fahlen Schleier umgab.

Sie lief nicht in den Keller, sondern blieb auf der Schwelle stehen und breitete die Arme aus, um sich abzustützen.

Dann schrie sie: »Jerry, mein Gott, Jerry!«

Ihr Schrei hallte durch den Raum und er erzeugte bei den anderen eine Gänsehaut.

»Jerrryyyy!«

Zum zweiten Mal brüllte sie den Namen ihres Mannes. Diesmal noch lauter, noch intensiver. Da musste etwas passiert sein, eine andere Möglichkeit gab es nicht.

Im nächsten Moment stürzte sie vor. Sie rannte die Treppe hinunter, und durch den schrägen Blickwinkel verschwand sie aus dem Sichtfeld ihrer Freunde.

Jetzt konnte Myrna Lester ihren Mann nicht mehr halten. Er riss sich kurzerhand los und nahm denselben Weg, den vor ihm Emily Rigg genommen hatte.

Als wäre sein Start ein Signal gewesen, so setzten sich auch die übrigen drei in Bewegung und setzten alles daran, so schnell wie möglich die offene Tür zu erreichen.

Dort blieben sie stehen. Sie drängten. Ike ging drei Stufen vor, und jeder konnte das Unglaubliche und Schreckliche mit eigenen Augen sehen.

Es war nicht fassbar!

Am Ende der Treppe schimmerte dunkel und mit einem grünen Schein überzogen das Wasser. Dabei brodelte es, warf Wellen, denn es wurde von unten her bewegt, und aus den Fluten kroch plötzlich etwas, das es sonst nur in schlimmen Filmen gab.

Ein Spinnenmonster!

Aufgerichtet reichte es einem Menschen fast bis zur Brust. Es hatte einen menschlichen Kopf, und es hielt eine leblose Gestalt zwischen seinen vorderen Fühlern.

Jerry Rigg!

Emily war am weitesten vorgelaufen. Sie stand fast schon am Wasser, das gegen ihre Fußspitzen schwappte, und sie schrie wie am Spieß, als sie ihren Mann zwischen den Beinen der Spinne entdeckte.

Das Grauen war unbegreiflich, denn die Riesenspinne war noch nicht am Ende.

Sie verließ das Wasser und steuerte dabei die Treppe an, denn sie wollte hoch und sich die nächsten Opfer holen.

Für die Menschen gab es nur eins. Flucht! Sie mussten so rasch wie möglich weg.

»Emily!«, brüllte Ike Lester. Er stand der Frau am nächsten, die aber rührte sich nicht.

»So hol sie doch!«, schrie Della Forman, während die anderen sich nicht rührten.

Das tat Ike auch.

Er brauchte nicht sehr weit vorzugehen, um Emily zu erreichen. Nur fünf Stufen, dann war er bei ihr, und er riss sie genau in dem Augenblick zurück, als es der Monsterspinne gelang, die ersten Stufen der Treppe zu erklimmen.

Aus welchem Grunde sich die Frau wehrte, wusste keiner. Vielleicht war es noch der Schock oder die Berührung, auf jeden Fall wollte sich Emily aus dem Griff des Mannes befreien.

Ike Lester hatte Kraft. Das bewies er in dem Augenblick, als er Emily herumschleuderte, seine Hand gegen ihren Rücken stieß und sie die Treppe hoch zu den anderen hindrückte. Emily stolperte, fiel, wurde von Della und Firuz aufgefangen, zurückgezogen, während Myrna anfing zu schreien, denn sie hatte gesehen, dass sich die Spinne ihrem Mann näherte.

Ike verstand das Signal.

Er sprang zwei Stufen höher.

Sein Glück, denn genau in dem Augenblick wuchtete eines ihrer freien Beine vor, und das hätte wie der Stoß einer Lanze unweigerlich den Rücken des fliehenden Mannes getroffen. So aber verfehlte das Bein Ike und er konnte seine Flucht fortsetzen.

Die anderen hatten den Keller verlassen. Sie mussten die weinende Emily festhalten. Ike Lester kam als Letzter an und hatte sogar noch die Nerven, einen Blick zurückzuwerfen.

Die Spinne wollte mit ihrem Opfer zusammen die Treppe überwinden. Deutlich sah Ike das menschliche Gesicht. Eine Fratze, die sich bewegte, denn da zuckten die Wangen, da wurden Lippen zurückgezogen und ein Mund zu einem widerlichen Grinsen geformt.

Es war das blanke Grauen, das aus dieser widerlichen Fratze sprach. Bevor Ike Lester die Tür völlig schloss, sah er noch das Blut, das aus dem Körper quoll.

Dort hatten die Spinnenbeine wie Lanzen zugepackt.

Ike schüttelte sich. Er konnte es nicht mehr mit ansehen und hämmerte die Tür zu.

Dieser Knall klang wie ein Startschuss. Ike drehte sich um, rannte zu den anderen, denn mit ihnen zusammen wollte er den Keller verlassen.

Die Lage jedoch hatte sich grundlegend verändert. Nie hätte Ike Lester gedacht, dass Grauen und Schrecken eine Steigerung erleben konnten. Was er jedoch zu sehen bekam, entsprach diesen Tatsachen, und auch ihn traf es mit der Wucht eines Vorschlaghammers …

Es war ein Schock, der uns gefangen hielt. Beide stoppten wir unsere Schritte, um abzuwarten.

Mit Spinnen hatten wir schon zu tun gehabt. Vor allen Dingen hatte Suko seine Erfahrungen darin. Ich brauchte da nur an Madam Wu, die Spinnen-Königin, zu denken.

Hier erlebten wir etwas Ähnliches, denn die Spinne vor uns war eine reine Mutation.

Halb Mensch, halb Spinne.

Sie hatte den Körper des Tieres, auch sechs lange, gleichzeitig gekrümmte Beine, aber den Kopf eines Menschen.

Judys Kopf.

Das blinde Mädchen aus dem Krankenhaus war zu einer Spinne geworden. Es zeigte seine wahre Gestalt.

Ich atmete schnell und heftig. Suko stand wie ein Denkmal. Obwohl wir beide unsere Waffen in den Händen hielten, wagten wir es nicht, sie gegen die Mutation einzusetzen.

Konnte sie sehen?

Ja, ich ging einige Schritte vor, um besser schauen zu können, und entdeckte dabei, dass sich die Augen innerhalb des Kopfes bewegten. Wie bei einem normalen Menschen.

Einfach irre, so etwas.

Ein normaler Mensch stand nicht vor mir, sondern ein Monstrum, das sicherlich auch töten wollte.

»Geh nicht weiter, John Sinclair!« Diese Aufforderung drang aus dem Mund des Monstrums und ich blieb tatsächlich stehen.

Obwohl Judys Gesicht zwischen den beiden oberen Beinen normal aussah, war es dennoch für mich eine Fratze. Es schimmerte wie ein bleicher Fleck, die blass wirkenden Haare hingen rechts und links des Kopfes nach unten, in den Augen stand eine Kälte, die uns erschreckte.

»Hatte ich euch nicht gewarnt?«, sprach sie uns an.

»Das stimmt«, gab ich zu. »Aber ich war gezwungen, so zu reagieren. Es geht nicht an, dass Mutationen aus Spinnen und Menschen über Unschuldige herfallen.«

»Sie sind es selbst schuld!«, zischte sie uns entgegen.

Suko löse sich ebenfalls von seinem Platz, trat zu mir und blieb an meiner linken Seite stehen. Die ganze Situation hatte etwas Irres, Verrücktes an sich, und sie hätte aus einem Albtraum stammen können, doch das war nicht der Fall.

Wir erlebten wieder einmal eine schreckliche Wahrheit, wobei uns bestätigt wurde, dass eigentlich nichts unmöglich war auf dieser seltsamen Welt.

»Wer bist du eigentlich?«, wollte mein Freund und Partner von Judy wissen.

Sie lachte. Es klang hoch und kichernd. »Ein Mädchen und eine Spinne.«

»Und du hast John Sinclair gewarnt.«

»Nicht nur ihn. Auch die anderen, aber sie wollten ja auf die Warnungen einer Toten nicht hören.«

»Einer Toten?«, echote ich und erlebte abermals eine Überraschung.

»Ja, ich bin tot.«

»Wie lange?«

»Seit genau fünfzig Jahren.«

»Und doch lebst du«, flüsterte ich. »Verdammt, das kann ich nicht fassen.«

»Finde dich damit ab, denn mein Vater, den vor fünfzig Jahren sechs Leute töteten, hat den Tod überlisten können. Der Spinnenfluch ist stärker. Er, mein Vater, hat sich geopfert, aber er hat sie alle mit hineingerissen. Auch die, die damals gekommen waren, um ihn zu vernichten, hat das Grauen getroffen. Sie starben, aber sie lebten weiter. Als Spinnenmonster, als Geisterwesen innerhalb dieser Mauern, und sie warteten darauf, dass der Zeitpunkt kommen würde, um zurückzukehren. Das ist nun geschehen, und nichts wird sie aufhalten. Sie sind zurückgekehrt, denn sechs Menschen werden ebenso sterben wie sie damals, wobei zu den sechsen einer gehört, dessen Großvater vor langem die anderen angeführt und angestiftet hat. Der Zufall oder die magische Beeinflussung wollte es, dass sich nun alles wiederholt. Und ihr seid in den Kreislauf hineingeraten. So werdet ihr die Folgen zu tragen haben.«

»Und weshalb hast du deine Warnung ausgesprochen?«, rief ich ihr zu.

»Weil ich ein Doppelwesen bin, deshalb. Ich bin eine gespaltene Persönlichkeit, einmal Mensch, zum anderen Spinne. Ich denke in meiner menschlichen Gestalt anders als in der Gestalt der Spinne. Doktor Jekyll und Mr. Hyde. So ist es bei mir, doch hier im Haus, da bin ich nur noch Spinne, und so reagiere ich auch. Der Spinnenfluch des Kalifato hat seine Wirkung nicht verloren.«

»Kalifato?«

»Ja, einer der uralten Dämonen. Er wurde vor langer Zeit hier verehrt. Seine Magie überlebte, und sie wird weiter überleben, das kann ich euch versprechen, denn sie wird gestützt durch die Opfer, die wir als Spinnen ihm bringen. Zu diesen Opfern werdet auch ihr beide gehören, ebenso wie die sechs Menschen, die ...«

»Wo sind sie?«, unterbrach ich sie.

»Im Keller. Wahrscheinlich leben sie nicht mehr. Ich jedenfalls habe die dumpfen Schreie der Angst schon gehört. Meine Freunde werden dafür sorgen, dass keiner von ihnen den Keller jemals lebend verlassen wird. So und nicht anders muss es sein.«

»Das erste Opfer bist du!«, erklärte Suko und lächelte kalt. »Du glaubst doch nicht etwa, dass …«

Ich war mit meinen Gedanken noch bei Kalifato, deshalb reagierte ich nicht so rasch wie mein Freund, der plötzlich vorlief, denn auch Judy hatte sich in Bewegung gesetzt.

Allerdings kam sie nicht auf uns zu, sondern rannte mit seltsam steif wirkenden Bewegungen die Stufen der Treppen hoch. Hinter dem ersten Absatz entschwand Judy schnell unseren Augen.

Suko, der etwa vier Schritte Vorsprung hatte, erreichte die Treppe als Erster, und ihn erwischte es voll.

Mit allem hatten wir gerechnet, nur nicht damit, dass Spinnen Netze weben können.

Ein dicker heller Strahl schoss auf meinen Freund zu, erwischte ihn an der Brust, saugte sich gedankenschnell fest, und Suko wurde im Nu von den Beinen gerissen und mit unwiderstehlicher Gewalt die Treppe nach oben gezogen …

Ike Lester starrte auf das Bild, das er einfach nicht glauben wollte. Das war Zauberspuk, Hexerei, teuflische Kräfte, die ihre Macht voll ausspielten.

In der Wand hockten fünf Spinnen.

Und sie blieben nicht dort, denn sie kamen aus dem gläsern wirkenden Gestein hervor, um die Menschen zu attackieren.

Dass die Spinnen so verdammt gewaltig waren, hätte er unter Umständen hingenommen, aber dass sie Menschenköpfe hatten und Gesichter, die, zu einem grausamen Lächeln verzogen, auf die fünf Menschen starrten, das war für ihn zu viel.

Lester hielt es nicht mehr aus, und sein Schrei hallte durch den Saal. Er vermischte sich mit denen der anderen, die vor Entsetzen auf der Stelle festgenagelt waren.

Die erste Spinne verließ die Wand. Ein gewaltiges Tier, aus dessen menschlichem Mund der gelbweiße Geifer rann und auf das Parkett der Bahnen tropfte.

Sie ließ sich kurzerhand fallen und kam federnd auf ihren gekrümmten Beinen auf, wobei sie sogar ein wenig mit dem Körper nachschwang.

Und dann griff sie an.

Gedankenschnell oder noch rascher zuckte etwa in Maulhöhe ein langer Faden, der etwa die Dicke eines Daumens hatte, und dieser klebrige Faden wischte so dicht an Lesters Gesicht vorbei, dass er sogar den Luftzug spürte.

Sofort danach hörte er ein Klatschen, und es bewies ihm, dass der Faden sein Ziel getroffen hatte.

Schon folgte der Nächste. Er sauste an der anderen Seite vorbei, und gleichzeitig begannen auch die übrigen Monsterspinnen damit, ihre Netze zu flechten.

Vielleicht hätten die Menschen jetzt noch eine Chance gehabt, dem Unheil zu entfliehen, es fehlte ihnen aber die Kraft und auch die nötige Entschlussfreudigkeit, denn der Anblick der Riesenspinnen mit den Menschenköpfen lähmte sie.

In Sekundenschnelle woben die Monster ihre gefährlichen und tödlichen Netze.

Sie schossen diese nicht nur geradeaus, sondern auch kreuz und quer. Von allen Seiten jagten die weißsilbrig schimmernden Fäden auf die entsetzten Menschen zu, die vor Angst fast vergingen, sich dabei bewegten, um nicht getroffen zu werden, denn im Zielen waren die Spinnen wahre Meister.

Keine befand sich mehr in der Wand.

Sie alle hatten sich fallen lassen, standen nun auf der Bowling-Bahn und bildeten eine Reihe.

Und sie kämpften.

Da jagten aus ihren Mäulern die gefährlichen Fäden, sie produzierten sie laufend weiter, doch noch immer wurde keiner der entsetzten Menschen getroffen.

Bis zu dem entscheidenden Moment.

Ausgerechnet Emily Rigg erwischte es als Erste. Der Faden traf sie nicht im Gesicht, doch er schlug hart gegen ihre Brust, sodass sie zurückgetrieben wurde und gegen einen anderen Faden fiel, der straff gespannt war.

Sie federte wieder vor, taumelte gegen den nächsten Faden. Bereits jetzt war zu erkennen, dass sie sich aus dieser Situation nicht mehr befreien konnte, denn die Fäden waren nicht nur unzerreißbar für die Menschen, sondern auch noch klebrig.

Sie hing fest!

Niemand war da, der jetzt noch die Initiative ergreifen wollte. Auch Ike Lester, bis zuletzt hatte er als Einziger die Nerven bewahrt, drehte durch. In diesen Momenten dachte jeder an sich, denn plötzlich wollten alle dieser tödlichen Falle entfliehen.

Ike riss Myrna an sich. Während er seinen Arm um ihre Hüften presste, vernahm er quasi im Unterbewusstsein die dumpfen Schläge, die gegen die Tür zum Keller hämmerten.

Ike hatte sie abgeschlossen, aber davon ließ sich die Spinne nicht abhalten. Sie wollte die Tür aufbrechen.

Sie hatte noch vier Beine frei, das sowieso schon angefaulte Holz würde dem Ansturm sicherlich nicht lange standhalten können.

»Auf den Boden!«, brüllte Ike seiner Frau zu. Er hatte gesehen, dass sie kriechend größere Chancen hatten. Sie mussten sich wie die Rekruten unter den Fäden hindurchbewegen, dann konnten sie unter Umständen die Tür erreichen.

Als Myrna nicht sofort reagierte, trat ihr Ike kurzerhand die Beine weg, sodass sie zu Boden fiel und von ihrem Mann erst einmal mitgeschleift wurde.

Nicht alle hatten die gute Idee gehabt wie Ike Lester. Della Forman und ihr Freund Firuz Long standen noch. Sie hatten beide die Übersicht verloren, duckten sich, rissen die Arme hoch, um ihre Gesichter zu schützen, und konnten dem Schicksal doch nicht entgehen, wobei es Della als Erste erwischte.

Sie traf ein Faden genau ins Gesicht.

Der Treffer holte sie von den Beinen. Ein irrer Schmerz raste durch ihren Schädel, der Kopf schien zerspringen zu wollen, die Nase war gebrochen, doch sie konnte nicht schreien, denn der klebrige Faden verstopfte ihren Mund

und war mit seiner ungeheuren Wucht bis hinein in ihren Rachen gedrungen.

Sie stürzte.

»Della!« Firuz Long brüllte ihren Namen. Helfen konnte er seiner Feundin nicht, denn als er zugreifen wollte, erwischte ihn ein neu abgeschossener Faden am linken Oberschenkel.

Die Wucht schleuderte ihn zu Boden.

Während Della noch stand, fiel er halb in die Netze. In einer Schräglage blieb er hängen. Sein Gesicht zeigte Panik, die Augen waren aufgerissen, und als Nächstes verspürte er einen Schlag in den Magen, der ihn an den Rand der Verzweiflung trieb.

Long konnte nichts mehr tun. Er war eingekesselt, gefangen, und es war ein reiner Verzweiflungsakt, als er kurzerhand einen der Fäden griff, um ihn zu zerreißen.

Das genau war falsch.

Im nächsten Augenblick hing er fest, und er konnte sich nicht mehr befreien. Seine Hand war mit diesem klebrigen Zeug gefüllt, das zäh wie Leim war und wie Dickmilch schimmerte.

Er schrie.

Und er sah Della fallen.

Mit blutendem Gesicht sank sie in die Knie, prallte allerdings nicht zu Boden, denn zwei Kreuzfäden eines Netzes hielten sie auf.

Übrig geblieben waren Myrna und Ike Lester, während Emily Rigg so aussah, als wäre sie erstickt, denn ihr Gesicht war völlig verklebt. Es schimmerte unter den Fäden wie eine Totenmaske, wobei sie ihren Mund geöffnet hielt, als wolle sie noch einen allerletzten Schrei ausstoßen.

Myrna jammerte und zitterte vor Angst. Bisher hatten sie und ihr Mann es geschafft, unter den Fäden herzukriechen, doch die gefährlichen Spinnen bemerkten die Absicht und vereitelten sie mit ungeheurer Brutalität.

Sie richteten sich auf, schoben ihre Körper dabei in einem seltsamen Winkel hoch, die Gesichter verzogen sich zu grinsenden Grimassen, und dann schleuderten sie ihre Fäden aus den Maulöffnungen, wobei sie sich ausschließlich auf die beiden wegkriechenden Menschen konzentrierten.

Der Boden schien jedes Mal zu erzittern, wenn sie getroffen wurden. Ihre Körper zuckten zuerst, weil sie noch Widerstand entgegensetzten, dann jedoch erfolgten die Treffer knüppelhart, und sie schafften es nicht mehr, diesen Hieben zu entgehen.

Ike Lester, der noch einen kleinen Vorsprung hatte herausarbeiten können, erreichte die Treppe. Er streckte seinen Arm aus, die Fingerspitzen berührten die unterste Stufe, als der nächste Treffer gegen seine Hand schlug.

Es war das Aus!

Dieser Faden nagelte den Mann buchstäblich fest, und er hörte hinter sich seine Frau jammern.

Im selben Augenblick brach die Tür zum zweiten Keller ein. Die sechste Spinne überwand die Öffnung. Zwischen den beiden vorderen Beinen hielt sie einen Toten …

Obwohl Suko wahrlich kein Schwächling war, konnte er gegen die Spinne nichts ausrichten. Sie besaß ungeheure Kräfte, hatte meinen Freund von den Beinen gerissen und jagte mit ihm die Stufen hoch, als würde sie sein Gewicht überhaupt nicht spüren.

Auch ich blieb nicht stehen.

Mit langen Sätzen überwand ich die Distanz, erreichte das Fußende der Treppe und verharrte für einen Moment, um mir einen Eindruck zu verschaffen.

Die Spinne hatte fast die gesamte Treppe hinter sich gebracht. Sie befand sich in einer hervorragenden Ausgangsposition, denn sie hatte bereits mehrere Fäden produziert und sie so fest um Sukos Körper gewickelt, dass sie ihn mühelos in die Höhe hieven konnte. Dabei schoss sie immer mehr Fäden ab und entwickelte sich zu einem rasenden Untier.

Suko kämpfte. Er schaffte es nicht, die Beretta einzusetzen, denn sein Körper schwang hin und her, wobei er zusätzlich noch in einer völlig verdrehten Haltung hing und die Hand mit der Waffe nicht mehr herumdrehen konnte.

So wehrlos hatte ich meinen Freund selten erlebt. Vor allen Dingen war es in so kurzer Zeit geschehen, und ich musste alles daransetzen, um ihn zu retten.

Drei Stufen nahm ich auf einmal, als ich auf die Spinne zujagte. Dabei zielte ich und feuerte.

Das Silbergeschoss – neue Kugeln waren inzwischen aus dem Kloster St. Patrick eingetroffen – zischte an Suko vorbei und hieb gegen den Körper der Spinne.

Er schien gepanzert zu sein, denn selbst dem geweihten Projektil gelang es nicht, in ihn einzudringen.

Wie sollte ich die Spinne dann vernichten? Wo hatte sie ihren schwachen Punkt?

Diese Überlegungen schossen mir durch den Kopf, als ich das Untier verfolgte. Die Treppe hatte es inzwischen hinter sich gelassen und befand sich im Gang. Dabei wurde Suko so von der Spinne gehalten, dass sein Körper ihr Gesicht deckte.

Gesicht?

Verdammt, das war die Lösung und gleichzeitig auch die schwache Stelle bei ihr.

Ich musste auf das Gesicht halten.

Auf Judys Gesicht!

Himmel, es war schlimm. Brachte ich dies überhaupt fertig, wenn ich keine andere Wahl haben sollte?

Sie war nicht schneller als ich, denn sie wollte auch mich töten. Ich hatte sie zum Glück nie aus den Augen gelassen und bemerkte deshalb, dass aus ihrem Mund oder ihrer Drüse ein weiterer Faden drang. Der zielte allerdings nicht auf Suko, sondern auf mich.

Mein Sprung brachte mich bis an die linke Flurwand, der Faden verfehlte mich und blieb als gemeine Stolperfalle dicht über der Treppenstufe kleben.

Und dann schoss ich wieder.

Die Kugel traf nicht das Gesicht, aber dicht daneben hieb sie in eine weiche Masse und blieb stecken.

Die mutierte Spinne stieß ein Geräusch aus, das mich

an das Entweichen der heißen Luft aus einem Dampfkessel erinnerte. Die Stelle, wo die Kugel saß, verfärbte sich, sie wurde erst grau, dann schwarz, doch die Spinne war nicht erledigt.

Suko konnte nichts tun. Um seinen Körper waren die Fäden so dicht gewickelt, dass sie mich an einen Kokon erinnerten. Mein Freund konnte sich nicht einmal bewegen.

Auch die Spinne stand starr.

Sie musste leiden, die geweihte Kugel hatte ihr schwer zugesetzt, denn ich sah ihr Gesicht, das sich verzog und gleichzeitig die Schmerzen widerspiegelte, die die Mutation empfinden musste.

Sollte ich sie noch einmal attackieren, oder reichte die Wirkung meiner Kugel aus?

Ich wandte meinen Blick ab, denn ich wollte sehen, wie es meinem Freund Suko erging. Zum Glück hatten die meisten Fäden nur seinen Oberkörper umwickelt, der Kopf war verschont geblieben. Suko konnte demnach atmen und lief nicht Gefahr, zu ersticken.

Das Knirschen hörte sich an, als würden viele Glasteilchen brechen. Ich zuckte zusammen und schaute dorthin, wo das Geräusch aufgeklungen war. Die Spinne war zwar nicht zusammengebrochen, aber eine weißmagische Kraft hatte für einen Bruch ihres Beins gesorgt.

Und in den Augen des Mädchens schimmerte Hass.

Ja, es war dieses starke Gefühl, das ich darin las. Mir wurde bewusst, dass die Spinne noch längst nicht aufgegeben hatte und weiterkämpfen würde.

Weit stand der Mund offen. Innerhalb dieser Höhle rollte etwas wie eine Zunge.

Nur war eine Zunge nicht weiß. Es musste einer dieser widerlich klebenden Fäden sein, die sie auf mich zuschießen wollte. Ich war schneller.

Es tat mir Leid, wirklich, aber ich sah keine andere Möglichkeit. Und ich nahm auch nicht die Beretta, sondern mein Kreuz. Damit wollte ich das Monster vernichten, es erschien mir irgendwie humaner, wenn ich die Sache so anpackte.

Das Kreuz berührte ihr Gesicht.

Eine Explosion hätte nicht schlimmer sein können. Alles Böse wurde herausgerissen, die Augen zerstrahlten, der gesamte Kopf ebenfalls, und die Beine der Spinne brachen weg, als hätte man sie mit einer Schere durchgeschnitten.

Dumpf fiel der Körper zu Boden.

Das Gesicht sah ich nicht. Aus ihm zuckten Blitze und kleinere Teile. Auch die Fäden lösten sich. Ich sah es daran, dass die Ersten von ihnen einfach zusammenfielen. Sie änderten ebenfalls ihre Farbe, aus dem milchigen Weiß wurde ein stumpfes Grau und sie verloren allmählich ihre Kraft.

Suko ging es besser.

Noch immer stand ich abwehrbereit. Sollte die Spinne einen weiteren Angriff versuchen, wollte ich sofort zurückschlagen.

Sie schaffte es nicht mehr. Die Magie des Kreuzes war zu stark gewesen.

Der Kopf hatte sich vollständig aufgelöst, und auch der Körper sackte immer weiter zusammen. Es gelang mir, meinen Partner zu packen und ihn zu befreien.

Zwar hatten die Fäden zu Beginn noch sehr geklebt, mit ihrer Auflösung jedoch waren sie in ein trockenes Stadium übergegangen, und sie fielen auseinander wie Staub.

Suko war frei.

Er lag auf dem Rücken. Seine Beine hatte er dabei angewinkelt, die Knie zuckten, und er holte keuchend Luft, wobei er mich anstarrte und mein beruhigendes Nicken sah.

Mit dem Fuß trat ich gegen den Spinnenkörper. Kaum hatte ihn meine Schuhspitze berührt, als ihn noch einmal ein Zittern durchlief, bevor er zusammenkrachte. Eine gelbbraune Masse war zurückgeblieben. Wir sahen von der Spinne nichts mehr und auch nicht von Judy. Sie, die mit dem Tier eine magische Symbiose eingegangen war, existierte ebenfalls nicht mehr.

»Für einen Moment dachte ich tatsächlich, dass jetzt

alles aus ist«, sagte Suko, sah meinen ausgestreckten Arm, fasste die Hand und ließ sich von mir hochziehen. Er schüttelte sich. »Ein hartes Los, kann man nur sagen.«

»Und wie.«

»Nicht einmal an meinen Stab kam ich heran.« Dann wechselte er das Thema und fragte mich: »Tut es dir Leid, John?«

»Ein wenig schon.«

»Was hättest du anderes tun können?«

»Ich weiß es nicht.«

»Eben. Und vielen Dank nochmals. Ohne dich hätte mich die verfluchte Spinne fertig gemacht.«

»Ach, hör auf, so schlimm wäre es nicht geworden. Wir ...« Ich unterbrach mich selbst. »Verdammt, Suko, sie hat doch von den sechs Opfern gesprochen.«

»Im Keller!«

Ich wirbelte auf dem Absatz herum und stürmte mit langen Sätzen die Stufen hinab. Am Ende der Treppe schaute ich mich um. Suko folgte mir. Er ging nicht wie sonst, sondern taumelte. Ihm war anzumerken, was er hinter sich hatte.

»Kannst du noch?«, fragte ich ihn.

»Geh, John, sonst wird es zu spät.«

Ich nickte. Die Treppe zum Keller war nicht zu verfehlen. Schreie hörte ich nicht. Im Keller musste es demnach still sein. War dies bereits die Stille des Todes?

Er hörte das Geräusch, und eine Gänsehaut rann über seinen Rücken. Vielleicht waren alle bewusstlos geworden, er jedenfalls nicht, denn er erlebte das fürchterliche Grauen hautnah mit.

Die Spinnen blieben nicht auf ihren Plätzen stehen, sie gingen weiter vor und sie waren dabei so dicht zusammen, dass ihre Körper gegeneinander schabten.

Das war das Geräusch, das Ike Lester so verrückt machte. Je lauter es wurde, umso mehr hatten sich die Spinnen ihrem teuflischen Netz bereits genähert.

Ike drehte unter großen Mühen den Kopf. Er lag in

einer miesen Schräglage und hatte seine Schwierigkeiten dabei, aber er wollte dem Verderben ins Auge sehen.

Dicht über dem Boden lagen die Netzfäden nicht so nahe beieinander wie eine Armlänge über ihm. Er hatte also einen besseren Blick, und er erkannte zuerst seine Frau.

War sie tot?

Eine glühende Zange schien sein Herz umklammert zu haben, so sehr ging ihm der Anblick unter die Haut. Myrna sah wirklich so aus, als würde sie nicht mehr leben.

Mit den Füßen berührte sie noch die Erde, während ihr Oberkörper schräg in die Höhe zeigte. Mehrere Fäden hielten ihn umschlungen. Einer lag wie ein Streifen schräg über Myrnas Gesicht.

Obwohl er sich selbst in einer vertrackten Lage befand, hätte er seiner Frau so gern geholfen, aber Ike Lester konnte sich nicht von der Stelle rühren. Der Faden, der mit so viel Wucht gegen seine Hand geschlagen war, nagelte ihn fest.

Er sah auch die anderen.

Della Forman hing schräg hinter seiner Frau im gewaltigen Netz der Spinne.

Della sah aus, als wäre sie gestorben, und Ike musste schon sehr genau schauen, um erkennen zu können, dass sich der Körper unter schwachen Atemzügen bewegte.

Eine jedoch hatte es erwischt. Emily Rigg.

Die Fäden hatten sie getötet, denn sie lagen wie Schlingen um ihren Hals und schnürten ihr den Atem ab.

Firuz Long ging es ebenfalls nicht gut. In einer Rückenlage hatte es ihn erwischt, und seine beiden Arme waren so weit zur Seite gerissen worden, dass sein Körper ein Kreuz bildete.

Das Grauen hatte voll zugeschlagen, und es war noch nicht beendet, denn die sechs Spinnen dachten nicht daran, stehen zu bleiben.

Sie näherten sich ihren Netzen und damit auch den Gefangenen, wobei ihre Körper wieder gegeneinander rieben und die schabenden Geräusche verursachten.

In dieser schrecklichen Lage musste Ike Lester daran denken, was er über Spinnen wusste. Nicht viel, aber ihm war bekannt, dass eine Spinne, hatte sie erst einmal ein Opfer gefangen, es völlig vertilgte. Sie wartete erst, bis sich das Opfer nicht mehr rührte, bewies dabei eine Engelsgeduld und fraß es schließlich auf.

So würde es auch hier sein. Nur waren die Opfer der Spinnen keine Fliegen, sondern Menschen.

Und das brachte Ike Lester fast um den Verstand. Er konnte es noch immer nicht fassen, dass er so in die Falle der Monsterspinnen geraten war. Er lag auf dem Boden, zitterte vor Angst, und dieses Zittern übertrug sich auch auf das ihn umgebende Netz, sodass es anfing zu vibrieren.

Wenn er den Kopf ein wenig drehte, konnte er den Aufbau des Netzes erkennen. Die Spinnen hatten die Fäden so geschossen, dass sie in einem spitzen Winkel gegen die Wand geklatscht waren und praktisch ein schräg zulaufendes Dach bildeten.

Ein Dach aus fingerdicken Spinnweben, ein Dach, das federte, als zwei Spinnen hinaufkletterten, um sich ihren Opfern zu nähern.

Ikes Angst steigerte sich noch mehr. Die Spinnen waren gefährlich. Und als schlimm empfand er die menschlichen Köpfe. Er konnte durch die Netzmaschen sehen und schaute dabei direkt in eines der Gesichter, denn es befand sich fast über ihm.

Ike stöhnte vor Grauen.

Die Spinne fixierte ihn, während sich eine andere über Emily Rigg hermachte und sie in einen regelrechten Kokon einhüllte.

Der menschliche Spinnenkopf grinste. Die Lippen waren stark in die Breite gezogen, in den Augen sah Ike kein Gefühl mehr, sie waren kalt wie Eiskristalle und er wusste, dass ihm dasselbe Schicksal bevorstehen würde wie Jerry Rigg.

Zwischen zwei Fäden tauchte ein Bein der Spinne hindurch. Ike erkannte, dass es auf ihn gezielt war, und in den folgenden Sekunden würde die Spinne ihn …

Seine Gedanken stockten.

Das Bein der Spinne bewegte sich nicht mehr weiter. Etwa zwei Handspannen über dem Körper des Mannes blieb es stehen. Wahrscheinlich hatte die Spinne dasselbe Geräusch vernommen wie Ike Lester.

Das Schlagen einer Tür.

Und zwar der Tür, durch die sie direkt in den Keller gelangt waren. Im nächsten Augenblick vernahm Lester die Schritte auf der Treppe. Die Spinne drehte sich um, wandte sich der Treppe zu und schien einen neuen Feind zu erwarten.

Ich hatte mich beeilt. Suko war ein wenig zurückgeblieben. Er würde mir aber folgen. In den letzten Wochen hatte es ihn arg erwischt, und Suko brauchte mal wieder ein Erfolgserlebnis.

Die Treppe stieß gerade nach unten. Ich hatte versucht, das Licht einzuschalten, und festgestellt, dass dies nicht möglich war. Ich brauchte es allerdings auch nicht. Vom Ende der Treppe her leuchtete mir ein grüner Schein entgegen.

Ein Warnsignal!

Grünes oder rotes Licht, auch manchmal violett gefärbt, das war mir schon ein Begriff. Es wies in der Regel darauf hin, dass finstere Mächte dabei waren, in die Welt der Menschen vorzustoßen.

Die Treppe hatte ich noch nicht ganz hinter mich gebracht, als ich stehen blieb und den Anblick in mir aufsaugte, der sich meinen Augen bot.

Es war schrecklich!

Ein gewaltiges Netz war von mehreren Spinnen gewoben worden. Es spannte sich von der Wand hinab bis zum Boden und bildete eine Schräge, auf der sich die großen Spinnen bewegen konnten, ohne dass die Fäden rissen.

Ich sah auch noch eine Spinne, die sich von den anderen abhob, denn sie hielt einen Menschen zwischen ihren beiden hoch aufgerichteten Vorderbeinen.

Ihre Beute!

Mich durchzuckte ein Schlag, denn ich kannte den Mann. Ich hatte mit ihm im Krankenhaus gesprochen. Es war Jerry Rigg, der meine und die Warnungen des Mädchens Judy nicht ernst genommen hatte.

Selbst aus dieser Entfernung konnte ich erkennen, dass Rigg niemand mehr helfen konnte.

Er war tot!

Dieser grauenhafte Anblick stachelte mich an, denn ich wollte die anderen retten. Sie sollten nicht auch noch ein Opfer der verfluchten Bestien werden.

Ob es unter ihnen auch Tote gab, konnte ich nicht feststellen. Zunächst lagen sie alle irgendwo reglos innerhalb der gesponnenen Netze. Hinter mir hörte ich Suko die Treppe herabsteigen und vor mir sah ich eine Spinne, deren Augen mich fixierten. Sie stand wie ein Drahtseiltänzer auf dem Netz. Dabei zitterte sie, denn unter ihr lag ein Mann, dessen verzweifeltes Stöhnen ich vernahm.

»Mister …«, keuchte er, »verdammt, Mister, helfen Sie mir, oder hauen Sie ab aus dieser Hölle …«

Ich schüttelte den Kopf. »Bleiben Sie ruhig liegen«, sagte ich. »Bewegen Sie sich nicht. Um Himmels willen, keine überflüssigen Bewegungen. Verstanden?«

»Ja«, röchelte er.

Ich konzentrierte mich auf die Spinne und hörte Sukos Atem neben mir.

»Du musst den Kopf treffen!«, flüsterte der Chinese. »Nur den Kopf, John! Versuch es.«

Da machte uns die Spinne einen Strich durch die Rechnung. Während ich noch zielte, vielleicht zu lange zielte, setzte sie sich in Bewegung, und sie war verdammt schnell.

Sie lief nicht auf mich zu, sondern stieß sich ab. Ich sah sie übergroß vor mir auftauchen, und im nächsten Augenblick erging es mir nicht anders als Suko.

Die Spinne packte mich.

Allerdings schoss sie keinen Netzfaden aus ihrer Drüse, sondern klemmte mich zwischen ihren Beinen ein. Rechts und links stießen die Zangen in meinen Körper, sie drückten so hart zu, dass ich aufschrie, für einen Moment die Übersicht verlor und die Drehbewegung der Spinnenbeine zwangsläufig mitmachte, wobei sie mich zuerst hochhob und dann über ihren Körper hinweg nach hinten schleuderte, bevor sie mich losließ.

Für eine mir endlos lang erscheinende Sekunde schwebte ich in der Luft. Im nächsten Moment erfolgte der Aufprall.

Ich fiel in das Netz!

Es war ein Fall, den ich selbst nicht steuern oder bremsen konnte. Ich spürte etwas Nachgiebiges unter mir, wollte nach oben federn, wurde jedoch festgehalten, und es schien mir, als wären es unsichtbare Hände, die das taten.

Das jedoch war ein Irrtum.

Nicht Hände hielten mich fest, es war das Netz selbst, dessen Fäden so klebrig waren, dass sie mich nicht loslassen wollten.

Ich wälzte mich herum.

Das war verkehrt. Während ich mit der linken Seite nicht mehr loskam, gleichzeitig auch einen Schuss hörte, sah ich den Schatten über mir.

Es war eine Spinne.

Sie wollte mich killen!

Suko hatte geschossen!

Sein Freund John Sinclair war von der Spinne hochgeschleudert und losgelassen worden. Er landete im Netz, aber diese Spinne kümmerte sich nicht um ihn, sondern eine andere. Ihr war der Geisterjäger als Beute zugeworfen worden.

Suko schauderte, als er das sah. Helfen konnte er John in diesen Augenblicken nicht, denn die andere Spinne hatte sich nun ihn als Opfer ausgesucht.

Der Inspektor dachte noch daran, wie es ihn beim ersten Mal erwischt hatte und er in die Falle dieses Monsters getappt war. Das sollte ihm nicht noch einmal passieren.

Zeit, die Dämonenpeitsche zu ziehen, ließ ihm die Spinne nicht. Sie war zu schnell und Suko musste sich auf seine Beretta verlassen.

Er hatte sie gezogen, schwenkte den Waffenlauf ein wenig nach links, sah den Kopf der Spinne überdeutlich und feuerte.

Trocken peitschte der Schuss. Das fahle Mündungsfeuer leuchtete für einen Augenblick den Kopf der Spinne an. Als es erlosch, da gab es auch den Schädel nicht mehr.

Die geweihte Kugel hatte ihn zerstört.

Suko atmete auf.

Ein Lächeln zuckte über seine Lippen. Das genau hatte er gewollt. Zwei Stufen vor ihm hauchte diese mordende Bestie ihr Leben aus. Der Kopf war nicht mehr vorhanden, auch der Körper verging, allerdings zerfiel er nicht zu Staub, wie es bei dem Mädchen der Fall gewesen war. Diese Spinne verwandelte sich zurück, und die Metamorphose vollzog sich innerhalb von Sekunden.

Eine seltsame graue Wolke entstand. Sie hüllte den Spinnenkörper ein, der schräg auf den Stufen lag. Suko sah nur einen zuckenden Schatten, der sich hin und her bewegte, wobei er von Sekunde zu Sekunde kleiner wurde.

Dann lag ein Mensch vor ihm.

Tot …

Suko schauderte. Er hatte die Spinne mit einem Kopfschuss getötet. Und das war auch bei dem Menschen zu sehen. Die Leiche bot einen schlimmen Anblick.

Die Zeit, sich darum weiter zu kümmern, hatte Suko nicht. Er musste nach John Sinclair sehen. Sein Blick glitt über das wogende Netz, das sich wie ein kleines Meer vor ihm ausbreitete.

Und im Netz lag John.

Nicht nur eine Spinne umgab ihn, sondern gleich drei, während zwei andere ihre starken, fingerdicken Fäden auf Suko schossen …

Der Schatten wurde größer. Er nahm fast unheimliche Formen an, und ich erkannte in ihm die Spinne.

Sie konnte mich in Sekundenschnelle töten, wenn mir nicht rechtzeitig genug etwas einfiel.

Auf der linken Seite lag ich. Dort kam ich nicht mehr frei, weil mich die klebrigen Netzfäden festhielten wie die Arme eines Kraken. Nur noch nach rechts konnte ich mich bewegen und ich riss meinen Dolch aus der Scheide am Gürtel.

Wenn es eine Möglichkeit gab, das Netz zu zerstören, dann mit dieser Waffe.

Die Spinne hatte Vorrang.

An der Schaukelei des Netzes merkte ich, dass sich auch andere Bestien näherten, und ich rammte meinen Arm in die Höhe, wobei der Dolch die Verlängerung meiner Hand bildete.

Volltreffer!

Die Schneide des Dolchs traf das Gesicht in Halsnähe. Sofort zog sich die Spinne zurück, grüner Schleim quoll aus der Wunde. Er tropfte auf mich herab.

Die Spinne fiel rücklings in das Netz, zappelte, aber schon waren die anderen da.

Leider noch so weit entfernt, dass ich sie mit dem Silberdolch nicht erwischen konnte, deshalb versuchte ich es anders und schnitt kurzerhand einen der Fäden durch.

Ich wunderte mich darüber, wie leicht dies möglich war. Bisher hatte das Netz allen Attacken getrotzt, nun aber riss und brach es zusammen, sodass ich nach unten fiel, wo ich allerdings von den nächsten Fäden wieder aufgefangen wurde.

Ich säbelte weiter.

Unter mir hörte ich ein Stöhnen. Es war eine Frau, die diesen Laut ausgestoßen hatte. Wenn ich noch einmal rutschte, dann würde ich auf sie fallen.

Dann hörte ich wieder Schüsse.

Suko, mein alter Freund und Kollege, griff in den Kampf ein, aber er traf nicht die Spinne, die mir am nächsten war. Sie nämlich ließ sich in dem Augenblick fallen, als ich wieder einen Faden durchgetrennt hatte, und sie prallte genau auf mich.

Ich berührte den Boden.

Über mir war es dunkel, denn die Spinne hockte jetzt auf mir und presste mich mit ihrem Gewicht gegen die Erde.

War das das Ende?

Neben mir jammerte die Frau. Dieses Geräusch mobilisierte bei mir noch einmal sämtliche Kräfte. Ich zog die Beine an, so weit mir dies möglich war, aber ich kam nicht mehr weg. Mein rechter Fuß klebte an einem Faden, und auch den Arm konnte ich nicht mehr bewegen, denn die Spinne hatte in Schulterhöhe eines ihrer Beine dagegen gedrückt, sodass ich praktisch wehrlos war.

Wenn sie zubiss oder Gift verspritzte, war ich verloren.

Da reagierte mein Kreuz!

Zwei Spinnen waren erledigt.

Suko schaute dem Todeskampf der Letzten zu. Sie war von Johns Silberdolch tödlich getroffen worden und wand sich im Netz wie ein Fisch.

Suko hatte endlich Gelegenheit, seine Dämonenpeitsche zu ziehen. Er riss sie aus dem Gürtel, schlug einmal einen Kreis, und die drei magisch geladenen Riemen rutschten aus der Öffnung.

Jetzt hatte er freie Bahn.

Mit dem Dolch war es John gelungen, Teile des Netzes zu zerstören. Es war ein magisches Netz, kein normales, und Suko hoffte, dass die Kraft seiner Peitsche ausreichte, um das Gleiche zu schaffen wie der silberne Dolch.

Er führte den ersten Schlag.

Die drei Riemen pfiffen durch die Luft. Suko hatte schräg geschlagen, er wollte mit einem Hieb möglichst viel von dem Netz zerstören und eine Lücke reißen. Die Riemen klatschten dagegen.

Wo sie das Spinnennetz berührten, da sprühte es grünlich auf, und im nächsten Augenblick verkohlten die

Fäden. Sie wurden schwarz, fielen zusammen und sahen aus wie dunkle Würmer.

Der Inspektor schlug weiter.

Die drei Riemen klatschten gegen das Netz. Ein Hieb folgte dem anderen, denn die Lücke sollte groß genug werden.

Auch die Spinnenmonster hatten bemerkt, was die Uhr geschlagen hatte. Sie wollten retten, was noch zu retten war. Zwei von ihnen bewegten sich auf Suko zu. Der Inspektor hatte sich den Weg von der Treppe aus tatsächlich freigeschlagen, und er hielt nicht inne. Die Dämonenpeitsche räumte furchtbar auf. Sie zerhämmerte die harten Netzfäden, und Suko erzielte weitere Erfolge.

Die auf ihn geschossenen Fäden hatten ihn verfehlt, da er sich sehr schnell bewegte. Weitere Spinnfäden schleuderten die Monster nicht mehr dem Chinesen entgegen, denn vor ihnen riss das Netz.

Sie fielen zu Boden.

Suko setzte nach.

Bevor die Bestien vielleicht noch unschuldige Menschen töteten, musste er sie erledigt haben.

Wieder pfiff die Peitsche.

Und diesmal traf er eine der Spinnen.

Die drei Riemen klatschten auf den Rücken. Was die Kugeln nicht geschafft hatten, das brachte die Dämonenpeitsche fertig. Sie zerschmetterte den Körper.

Breite Streifen riss sie hinein. Es entstanden regelrechte Risse und wie eine Nussschale platzte der Körper auf, wobei noch eine grüne Masse aus ihm quoll, als die Spinne verging.

Suko kämpfte weiter. Er drängte sich vor, ging dabei zur Seite und schaffte auch die zweite Spinne.

Als sie ihre Metamorphose durchmachte, konnte Suko endlich einen Blick auf John Sinclair werfen.

Das heißt, er sah ihn nicht, denn ein Spinnenkörper verdeckte ihn fast völlig.

Doch John hatte sein Kreuz.

Bevor Suko seinen Arm zum nächsten Schlag heben konnte, reagierte es schon …

Die Spinne war ganz nahe. Ihr gewaltiger Körper hatte plötzlich Kontakt mit meinem Kreuz und im nächsten Augenblick wurde alles anders, denn das Monster zersprühte.

Es wurde zerrissen.

Ich hörte Schreie und wusste nicht, ob sie von der Spinne oder den gefangenen Menschen stammten. Für mich jedoch war die Gefahr vorerst vorbei, denn der Druck des Spinnenkörpers wich von mir und ich schaffte es, wieder frei zu atmen.

Das Kreuz strahlte eine so große Kraft ab, dass sich die Spinne inmitten einer grünen, stinkenden Rauchwolke auflöste, die träge durch den Raum zu wehen begann.

»Noch eine!«, rief Suko.

Ich schoss in die Höhe. Die Stimme meines Freundes hatte mich angespornt. In der Tat war nur noch eine Spinne übrig geblieben. Sie befand sich ganz in der Nähe, und es war die, die den Toten zwischen ihren Vorderbeinen gehabt hatte.

Suko und ich feuerten gleichzeitig.

Diesmal trafen zwei Kugeln.

Und die hieben in das Gesicht der Spinne und zerstörten die Bestie mit ihrer magischen Kraft. Ein Toter blieb in den Fängen des Spinnennetzes zurück.

Die Gefahr war gebannt. Suko und ich schauten uns an. Wir nickten, doch ein Lächeln wollte sich bei keinem von uns einstellen. Dazu war der Fall zu schlimm gewesen …

Mit Silberdolch und Peitsche zerstörten wir das Netz. Es dauerte Minuten, dann hatten wir es geschafft. Die Reste, sie sahen aus wie verkohlte Würmer, lagen auf dem Boden und knirschten, wenn wir auf sie traten.

Danach kümmerten wir uns um die Menschen. Auch sie waren befreit worden.

Für zwei von ihnen kam jede Hilfe zu spät. Das Ehepaar Rigg war ein Opfer der Spinnen geworden. Die anderen vier hatten einen schweren Schock erlitten. Sie begriffen kaum, dass sie gerettet waren, sondern hockten teilnahmslos auf dem Boden und hielten die Köpfe gesenkt.

Wir diskutierten natürlich über den Fall. Dabei hoffte ich, dass mir die Geretteten noch mehr sagen konnten. Allerdings schob ich alles einem Dämon in die Schuhe, der selbst eine gewaltige Spinne war.

Kalifato!

Hier an dieser Stelle hatte er vor urlanger Zeit einmal gehaust, und hier hatte er seine Magie voll wirken lassen, bis es uns gelang, sie wirklich restlos zu zerstören.

Vor fünfzig Jahren hatte der Fall begonnen. Erst jetzt war er aufgeklärt worden, und wieder hatten Menschen sterben müssen.

Die Besucher der Bowling-Bahn sollten nicht mehr in dem Keller bleiben. Suko und ich schafften sie die Treppe hoch, denn allein konnten sie nicht laufen. Sie hatten nicht die Kraft. Bei den ersten Schritten schon knickten ihnen die Beine weg.

Da die elektrische Anlage des Hauses ausgefallen war, telefonierte ich vom Wagen aus.

Durch Schnee musste ich waten, und auf dem Bentley lag eine dicke weiße Haube.

Sir James würde alles in die Wege leiten, das versprach er mir. Der Fall sollte nicht an die Öffentlichkeit gelangen, und als ich auflegte, hatte ich ein gutes Gefühl und dachte daran, dass Judys Spinnenfluch nun endgültig gelöscht war.

Jetzt konnte ich auch wieder lächeln …

Treffpunkt Leichenhaus

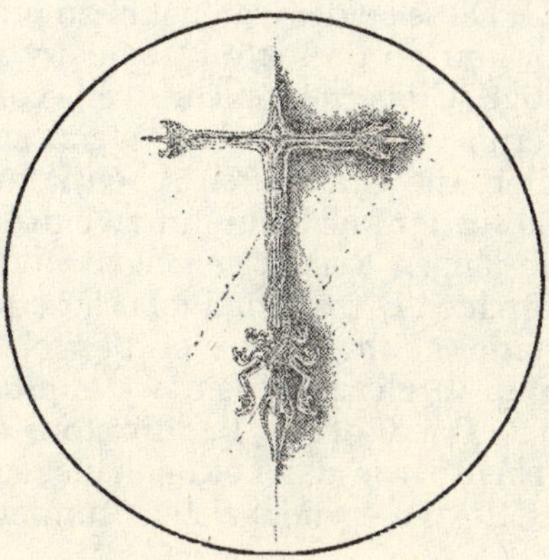

Es gibt Menschen, die lieben Tiere. Andere wiederum geben ein Vermögen für Briefmarken und Münzen aus. Wieder andere lieben es, sich groß herauszuputzen, und die Damen vom ältesten Gewerbe der Welt schenken ihren zahlungskräftigen Kunden Liebe.

Auf Charly Water traf dies alles nicht zu.

Denn er liebte etwas ganz anderes.

Leichen!

Sie waren Charlys Hobby, denn mit ihnen konnte er sich wunderbar unterhalten. Vor allem widersprachen die Leichen nicht, und wenn Charly mit Whisky oder Brandy abgefüllt war, steigerte sich seine Beziehung zu den Leichen noch, da kümmerte er sich besonders um sie, wusch sie und zog sie sorgfältig an, bevor er sie in die Särge legte.

Man ließ Charly die Marotte, denn man kannte ihn. Und wer arbeitete schon gern als Leichenwäscher und Einsarger? Auch in einer Zeit der Arbeitslosigkeit wollte niemand diesen Job übernehmen. Zudem war Charly Junggeselle und brauchte auf keinen Menschen Rücksicht zu nehmen. Ihm machten auch Überstunden nichts aus, denn die Leichen waren schließlich seine stummen Freunde.

Allerdings hätte er sich geweigert, auf einem großen Friedhof zu arbeiten. Wenn er nur daran dachte, wurde es ihm schon übel. Diese Felder waren ihm zu unpersönlich. Er brauchte da nur an Brompton Cemetery zu denken, dieses gewaltige Gräberfeld nicht weit vom Western Hospital entfernt, wo die Kranken, wenn sie aus dem Fenster schauten, die Grabstätten sehen konnten. Nein, das war nichts für ihn. Er hatte ihn zweimal besichtigt, war durch die langen Reihen gegangen und hatte sich regelrecht gefürchtet. Dieser Friedhof erinnerte ihn schon mehr an einen Bahnhof, so viel Betrieb herrschte. Natürlich nur im Vergleich zu dem, wo er arbeitete.

Sein kleiner Friedhof in Paddington war direkt anheimelnd, ebenso wie das Leichenhaus, seine eigentliche Arbeitsstätte, wo er die meisten Stunden des Tages verbrachte.

Er wohnte nicht weit entfernt. Zu Fuß brauchte er knapp fünf Minuten, um seine Arbeitsstelle zu erreichen. Seine Wohnung wies ebenfalls Ähnlichkeit mit dem Leichenhaus auf, denn sie war düster und lag zudem halb im Keller.

Charly ging es gut. Er war ein zufriedener Mensch. Sein Lohn wurde ihm pünktlich überwiesen, zum Leben brauchte er nicht viel, und um die flüssige Nahrung zu kaufen, dazu reichte das Geld allemal. Er konnte sogar noch etwas zurücklegen, denn hin und wieder schickte er seiner Tochter ein paar Pfund. Sie zählte er zu seinen Jugendsünden. Die Mutter hatte nie heiraten wollen und war schließlich mit einem Zigeuner auf Nimmerwiedersehen verschwunden.

Charly hatte ihr damals keine Träne nachgeweint, er tat es auch später nicht.

An diesem Abend war er wieder unterwegs. Aus seiner Wohnung hatte er sich nur Nachschub geholt. Die Flasche steckte in der Manteltasche und schaute mit dem Hals hervor. Er wollte noch einmal zurück zum Leichenhaus, um einen Toten zu präparieren, der am nächsten Tag beerdigt werden sollte. Am Nachmittag hatte man ihn eingeliefert. Woran er gestorben war, wusste Charly nicht, was ihn sehr ärgerte, denn normalerweise hatte er die Todesursache immer sofort erkennen können. Er war darin sicher wie ein Arzt.

Wer Charly Water so sah, stufte ihn als einen gemütlichen Typ ein. Er hatte einen rollenden Gang, immer leicht schwankend, als würde er ständig unter Strom stehen, was nicht stimmte, denn mindestens die Hälfte der Woche war er nüchtern. Sein Gesicht war rund, auf der Oberlippe wuchs ein Schnauzer, die leicht gerötete Nase ähnelte entfernt einer Kartoffel, und das graue Haar wuchs wirr auf seinem Kopf. Es fiel ihm oft in die Stirn, wobei es dann die ebenfalls grauen Brauen berührte, unter denen die kleinen Säuferaugen listig funkelten.

Den Kragen seines Mantels hatte Charly hochgestellt. Er wollte sich vor dem Wind schützen, der unangenehm blies, denn es herrschten leichte Minus-Temperaturen.

Eine Straße musste er überqueren. Es war die Delaware Road und obwohl sie befahren war, schaute Charly nicht nach rechts und links. Er setzte seinen Fuß vom Gehsteig auf die Fahrbahn, winkte mit einer Hand und schaute in das grelle Licht eines Scheinwerferpaars.

Der Fahrer musste bremsen, er streckte seinen Kopf aus dem Fenster und schimpfte.

Charly lachte nur. Dann hatte er die Straße überquert, holte die Flasche hervor und nahm einen Schluck. Sollten sie ihn doch alle mal kreuzweise. »Ja, ja«, murmelte er. »Das Leben ist wie eine Klobrille. Man macht viel durch.«

Charly Water war schon leicht angesäuselt. Als Abendessen hatte er drei Schlucke aus der Flasche genommen, und das machte sich nun bemerkbar.

Seine Arbeitsstätte, das Leichenhaus, konnte er von zwei Seiten betreten. Da gab es zum einen den Vordereingang und zum anderen den Nebeneingang auf der Rückseite. Da brauchte er nicht über den Friedhof. Zudem wurden durch ihn die neuen Leichen geschafft, und Charly hatte dieser Tür auch einen Namen gegeben.

Lieferanteneingang.

Wenn er das Haus verließ, schloss er immer ab, und den Schlüssel hütete er noch besser als seine Schnapsflasche. Ihn hatte er noch nie im Leben verloren.

Das Haus war alt. Nicht weit von der Hintertür entfernt und an der Rückseite des Friedhofs leuchtete fahl eine Laterne. Ihr Streulicht reichte aus, um die Eiskristalle auf dem Boden glitzern zu lassen, die der Frost geschaffen hatte.

Für einen Moment blieb Charly Water stehen und suchte nach dem Schlüssel. Zusammen mit einem alten Handschuh holte er ihn hervor. Der Handschuh fiel zu Boden, den Schlüssel behielt er in der Hand und schloss die Tür auf.

Wie immer quietschte sie in den Angeln. Ein Geräusch, das einem ängstlichen Menschen die Gänsehaut über den Rücken treiben konnte. Water hatte sich daran gewöhnt.

Ein großer Schritt brachte ihn in sein Reich.

Gleichzeitig hielt ihn auch der typische Geruch umfangen, den das Innere dieses Hauses ausströmte. Es war schwer, ihn zu beschreiben, auch Water konnte das nicht, obwohl er nichts dagegen hatte, denn dieser Geruch gehörte einfach dazu.

Licht gab es natürlich auch, doch Water brauchte es nicht. Er fand sich auch im Dunkeln zurecht.

Ein Fremder wäre über den alten Sarg gestolpert, der hochkant in dem schmalen Flur stand. Water passierte ihn. Nur sein Mantel streifte den Deckel mit einem schleifenden Geräusch.

Je mehr er sich dem eigentlichen Aufbewahrungsraum näherte, umso intensiver wurde der Geruch. Desinfektionsmittel, billige Seife, vielleicht auch der Geruch von Leichen – all das war typisch für dieses schaurige Haus.

Von außen her war es zwar nicht groß, aber innen in mehrere Räume unterteilt. Da gab es zunächst einmal den größten Raum, in dem die Leichen gewaschen wurden. In den anderen vier lagerten Särge, Putzmittel und auch einige persönliche Dinge des Leichenwäschers.

Als er seinen Arbeitsraum betrat, machte er erst einmal Licht. Er schaltete nicht die Hauptbeleuchtung unter der Decke an, sondern die beiden Lampen an den Wänden zwischen den schmalen Fenstern. Sie gaben genügend Licht, dass er sich orientieren konnte.

In der Mitte stand der große Tisch. Früher war es ein Holztisch gewesen, heute bestand die Platte aus Kunststoff, sie ließ sich besser abwaschen.

Vom Eingang aus gesehen schimmerten links die sanitären Installationen. Waschbecken, Wasserhähne, eine Brause hing dort und daneben leuchtete ein rot gestrichener Abfalleimer aus Metall.

Das alles überblickte der leicht angetrunkene Charly Water mit einem Blick.

Er sah auch noch etwas anderes.

Den leeren Tisch.

Die Leiche war verschwunden!

Zuerst schüttelte er nur den Kopf. Dann begann er zu kichern und sagte: »Ich bin doch nicht betrunken!« Wieder lachte er, schlug die Hände gegeneinander und ging so weit vor, dass er beide Hände auf den Waschtisch stützen konnte.

Er war und blieb leer.

»Wo – wo bist du denn?«, fragte Charly mit schwerer Stimme. »Hast du dich aus dem Staub gemacht? Konntest du mich nicht leiden? Aber ich tu dir doch nichts, mein Kleiner.« Er ließ sich nach hinten fallen, fing sich soeben noch ab und murmelte: »Los, komm sofort zurück, du! Sonst werde ich nämlich sauer.«

Ihm antwortete niemand. Auf Charlys Gesicht zeichnete sich das stupide Grinsen eines Betrunkenen ab, während er leicht schwankte, tief Luft holte und mit der Faust auf den Tisch schlug.

»Verdammt, ich will wissen, wo du steckst! Du bist doch nicht mehr am Leben, du bist tot, und du kannst nicht mehr laufen!« Seine Stimme überschlug sich fast. Das Echo hallte durch die offen stehende Tür nach draußen und rollte hinein in den Keller des Leichenhauses.

Eine Antwort erhielt Charly Water nicht.

Er war so perplex, dass er sich schwerfällig umdrehte und auf dem Waschtisch Platz nahm. Um diesen Schreck zu verdauen, brauchte er erst einmal einen kräftigen Schluck aus der Flasche. Er zog sie aus der Tasche, schraubte sie auf und setzte die Öffnung an den Mund. Es war ein langer Zug, den er sich gönnte, und der Whisky lief wie flüssiges Feuer durch seine Kehle, bevor er sich im Magen breit machte und dessen Wände auszubrennen schien.

Charly Water rülpste, als er die Flasche noch an den Lippen hielt. Als er sie schließlich absetzte, atmete er stöhnend aus, und in seine Augen trat ein Glänzen.

Jetzt war er zufrieden.

Aber die Leiche war noch immer nicht da. Da konnte er noch zehn Schlucke nehmen, sie würde auch nicht wieder auftauchen, und Charly schüttelte abermals den Kopf.

Er begriff es einfach nicht. Die konnte doch nicht von allein verschwunden sein.

Ob sie nur scheintot gewesen war?

Wie ein Blitzstrahl stach dieser Gedanke in sein vom Alkohol umnebeltes Gehirn.

Ja, das gab es! Er hatte darüber gelesen und auch mit einem Leichenwagen-Fahrer darüber gesprochen. Der Mann hatte das tatsächlich mal erlebt, er schwor sogar Stein und Bein, aber ihm, Charly, war so etwas noch nicht passiert. Es wollte ihm auch nicht in den Kopf, und je mehr er darüber nachdachte, umso nüchterner wurde er. Er dachte sich gewissermaßen nüchtern. Schließlich rutschte er von der Tischkante, ging zum Waschbecken, drehte dort den Hahn auf und ließ kaltes Wasser über sein Gesicht laufen.

Es erfrischte und ernüchterte ihn, sodass er mit einem etwas klareren Kopf weiter nachdenken konnte. Mit einem grauen Handtuch trocknete er sich das Gesicht ab und ließ sich auf einen Stuhl fallen. Er stand diagonal zur Eingangstür, die offen geblieben war, sodass Charly in den Flur schauen konnte.

Die Leiche war verschwunden! Okay, daran gab es nichts zu rütteln. Aber wer hatte sie gestohlen und weshalb, vorausgesetzt natürlich, dass sie nicht von allein …

Seine Gedanken brachen ab. Komisch war sie ja schon gewesen, das gab er ehrlich zu. Er erinnerte sich deutlich an ihre Haut. Sie hatte zwar ähnlich bleich geschimmert, wie er es auch von anderen Leichen her kannte, trotzdem war darin ein anderer Farbton zu sehen gewesen. Ein leichtes Grün, so ein komischer Schimmer, den er von schimmlig gewordenem Käse her kannte.

Mit dem Toten stimmte etwas nicht, und da hatte auch schon vorher etwas nicht gestimmt. Irgendjemand hatte ihm da was unterjubeln wollen, und zwar auf ganz raffinierte Art und Weise.

Er dachte darüber nach, woher die Leiche gekommen war. Seltsam, das fiel ihm nicht ein, und auch den Namen wusste er nicht, obwohl er sonst immer die Namen der Toten kannte.

Charly konnte man vieles nachsagen, dumm war er jedoch nicht. Und er setzte durch seine Überlegungen Steinchen für Steinchen zusammen, damit sich ein Mosaik herauskristallisierte.

Trotzdem blieb das Bild unklar.

Bis er das Stöhnen hörte.

Plötzlich saß er steif auf dem alten Stuhl mit den Metallbeinen. Er stellte seine Ohren auf Lauschposition, aber er hörte nichts mehr. Es blieb still.

Eine Täuschung?

Bis er das Lachen vernahm.

Es war ein feistes Lachen, gleichzeitig höhnisch und schrill.

Noch nie hatte er so etwas vernommen, und er war jetzt sicher, dass dieses Lachen nur im Leichenhaus aufgeklungen sein konnte.

Der Tote!

Es gab für ihn keine andere Möglichkeit. Der Tote musste dieses Lachen ausgestoßen haben. Bei dem Gedanken daran lief selbst dem abgeklärten Leichenwäscher eine Gänsehaut über den Rücken.

Konnten Tote lachen?

Ein blöder, verrückter Gedanke, dennoch nicht von der Hand zu weisen, wenn er daran dachte, was er alles erlebt hatte. Die Leiche war verschwunden, daran gab es nichts zu rütteln, und wahrscheinlich steckte sie sogar im Keller.

Das Lachen war im Haus aufgeklungen. Wäre es von draußen gekommen, hätte es sich anders angehört.

Der Keller!

Auf einmal schüttelte sich Charly Water. Sonst war er der Einzige gewesen, der ihn nicht als unheimlich empfunden hatte, im Gegensatz zu anderen Menschen, aber jetzt jagte ihm der Gedanke, in den Keller gehen zu müssen, Angst ein. Daran hatte er keinen Spaß, doch wenn er das Geheimnis der verschwundenen Leiche aufklären wollte, gab es keine andere Möglichkeit.

Außerdem, den Kopf würde es ihn schon nicht kosten. Scheintote mordeten ja nicht. Sie waren froh, wenn man sie am Leben ließ. Als er darüber nachdachte, musste er selbst lachen.

Charly schielte auf die Flasche. Die Versuchung, einen Schluck zu nehmen, war groß, er ließ es jedoch bleiben und hatte sich damit selbst überwunden. Schon ein halber Sieg.

Er rutschte vom Tisch, durchquerte sehr schnell den großen Raum, stand an der Tür und schielte dorthin, wo in der Nische die Treppe begann.

Sie hatte kein Geländer mehr. Irgendjemand hatte es vor langer Zeit mal abmontiert, dafür war die Treppe ziemlich breit, und man konnte die Stufen bequem hinabsteigen.

Am Beginn der Treppe blieb Charly stehen. Er schloss die Augen, fühlte den Schwindel, öffnete seine Augen wieder und schaute die Treppe hinab. Verdammt, dachte er. Weshalb wirft sie denn plötzlich diese komischen Wellen? Das hat sie doch sonst nicht getan!

Charly Water schüttelte den Kopf. Schlecht konnte einem werden, wenn man da hinunterschaute, aber er war nicht aufgestanden, um jetzt aufzugeben, er wollte endlich nachsehen, was sich da unten abspielte.

Er hörte auch etwas.

Da waren schleifende Geräusche zu vernehmen, dann ein Knarren, und als Charly auf der vierten Stufe stand, hörte er wieder das Lachen, wobei er das Gefühl hatte, von dem anderen ausgelacht zu werden.

»Du kleiner Scherzkeks«, machte er sich selbst mit geflüsterten Worten Mut. »Ich kriege dich schon, verlass dich drauf.« Er rülpste, presste erschrocken seine Hand gegen den Mund und überwand den Rest der in einem weiten Bogen hinunterführenden Treppe.

Wenn er oben die kleinen Lampen einschaltete, dann ging automatisch auch im Keller das Licht an. Allerdings gab es nicht viel Helligkeit ab. Man konnte es schon als Totenfunzel bezeichnen, und so etwas passte in den Keller eines Leichenhauses.

Auf der drittletzten Stufe legte er eine Pause ein. Der schwere Wintermantel war sehr warm. Er schwitzte, wischte fahrig über seine Stirn und rief: »Hallo, ist da unten jemand?«

Charly erhielt keine Antwort.

»He, ich habe doch gehört, dass du dich da versteckt hast. Sag wenigstens was, Mann. Hat es dir auf dem Tisch nicht mehr gefallen? Kann ich verstehen. Wir können ja darüber reden, Mann. Warte, ich komme zu dir. Aber mach keine Dummheiten, okay?«

Da der andere nichts erwiderte, rechnete Charly Water mit dessen Einverständnis, und er überwand auch den letzten Rest der Treppe, sodass er in den Raum hineinschauen konnte.

Die Wände bestanden aus rohem Mauerwerk. Es gab sogar ein Fenster, mehr mit einer Schießscharte zu vergleichen, aber was ihn so erschreckte, waren die Gegenstände.

Das konnte es einfach nicht geben, denn er hatte sie bei seinem letzten Besuch nicht gesehen.

Es waren drei schwarze Särge, die hinter einem breiten Mauervorsprung standen und in den Kellerraum hineinragten. Die Totenkisten gehörten nicht zu der billigen Sorte, da kannte sich Charly schon aus, zudem waren sie mit Griffen versehen, die golden schimmerten, jedoch nur aus Messing bestanden.

»Das ist doch nicht möglich«, flüsterte Charly Water und schüttelte den Kopf. »Wo kommen denn die Dinger her?«

»Doch, es ist möglich!«, vernahm er eine dumpfe Stimme.

Charly fuhr herum, und seine Augen wurden von Sekunde zu Sekunde größer.

Aus dem Teil des Raumes, der nicht vom Licht erreicht wurde, löste sich eine Gestalt.

Sie trug seltsamerweise nicht mehr das lange Totenhemd, sondern eine schwarze Jacke, eine braungraue Hose und ein weißes Hemd. Das hellgraue Haar war nach hinten gekämmt und machte durch diese Frisur das Gesicht noch hagerer.

Das alles hätte ihn nicht einmal gestört, wäre da nicht

die blassgrüne Hautfarbe gewesen und die seltsamen blutunterlaufenen Augen, wobei die Lippen allerdings so bleich wirkten, dass sie innerhalb des Gesichts kaum auffielen.

So etwas hatte selbst der alte Leichenwäscher Charly Water noch nicht gesehen.

Es kam noch schlimmer, denn der Unheimliche zog plötzlich seine Lippen zurück und zeigte zwei aus dem Oberkiefer wachsende lange, spitze Zähne …

Charly Water wankte zurück. »Ein Vampir«, ächzte er. »Ein Vampir. Dracula …«

Der Blutsauger lachte: »Ja, du hast richtig gehört und gesehen. Ein Vampir, aber nicht Dracula.«

»Wer bist du dann?« Der alte Leichenwäscher bibberte vor Angst, denn so etwas hatte er noch nie erlebt. Er allein mit einem Vampir im Keller eines Leichenhauses. Das haute selbst den stärksten Bullen um und ihn auch.

»Nenne mich einfach Bote«, erwiderte der Vampir.

Charly Water schluckte, seine Augen wurden noch größer, und er fing an zu kichern. Wäre er nüchtern gewesen, hätte er vielleicht geschrien, so aber begriff er nicht, in welch einer Gefahr er schwebte. Er tat nichts, als der Vampir die Hände auf seine Schultern legte.

Aus einer Handspanne Entfernung schauten sich die beiden ins Gesicht. Sie waren fast gleich groß, wenn der Vampir seinen Blick auch ein wenig senken musste, um in die Augen des Betrunkenen zu sehen.

»Ich könnte jetzt in deine Schlagader beißen und dir das Blut aussaugen. Bist du dir darüber im Klaren?«

»Sicher«, erwiderte Charly Water mit schwerer Zunge. »Das habe ich mir schon gedacht.«

»Ich werde es nicht tun.«

Ein nüchterner Mensch hätte aufgeatmet. Nicht so Charly Water. Bei ihm dauerte es, bis er begriffen hatte, und er verzog sein Gesicht zu einem breiten Grinsen.

»Du freust dich, nicht?«, fragte der Bote.

»Ja, irgendwie schon …«

»Gut, dann lass dir sagen, dass du dich auch weiter freuen kannst. Allerdings nur, wenn du genau das tust, was ich von dir verlange, Charly. Hast du verstanden?«

»Ich – ich brauche einen Schluck.«

»Damit ist Schluss!«, zischte der Vampir. »Ich habe mich nicht umsonst bemüht und dich ausgesucht. Du wirst ab heute meinen Befehlen folgen. Dieses Leichenhaus hier wird nun mir gehören, obwohl du oben deiner Arbeit völlig normal nachgehst. Aber hier unten herrsche ich, denn ich brauche das Haus und den Keller als Treffpunkt.«

Charly Water verstand nicht. Er ging zwei unsichere Schritte zurück und fragte: »Zu – zu was?«

»Zu einem Treffpunkt, mehr nicht.«

»Und mit wem willst du dich hier treffen?«

»Das werde ich dir nicht auf die Nase binden«, erwiderte der Vampir, drehte sich um und lächelte teuflisch …

Eigentlich trieb man bei so einem Wetter keinen Hund vor die Tür, geschweige einen Menschen. Ich aber hockte in meinem Bentley und lenkte ihn durch das Sauwetter. Der Wagen war wieder in Ordnung gebracht worden, denn er hatte neulich etwas abbekommen, als ich unfreiwillig die Leitplanke geküsst hatte.

Es hatte geschneit, dann war das Zeug in der Nacht gefroren und nun fiel der Regen fast senkrecht aus den tief hängenden Wolken. Die Schneereste auf der Straße sahen aus wie hellgraue Krusten. Dazwischen gab es dann zwei Spuren, die man als Fahrrinnen bezeichnen konnte. Ich musste Acht geben, dass ich nicht aus der Spur rutschte, denn ich wäre nicht der Erste gewesen, der bei diesen tückischen Verhältnissen im Graben gelandet wäre.

Suko war im Büro geblieben, dafür beförderte ich einen anderen Fahrgast.

Es war Myxin, der kleine Magier.

Nicht mein Chef Sir James hatte mich dazu überredet, die Tour zu machen, sondern Myxin Auf seinen Wunsch hin hatten wir uns in den Bentley geschwungen und waren losgefahren.

»Du hättest dir auch ein besseres Wetter aussuchen können«, beschwerte ich mich.

Myxin verzog die Lippen zu einem schmalen Lächeln. »Tut mir Leid, John, doch das Wetter kann ich leider nicht beeinflussen.«

»Und so etwas nennt sich Magier.«

»Auch uns sind Grenzen gesetzt.«

»Nobody is perfect.«

Danach schwieg ich, denn ein vor uns fahrender Lkw schleuderte Matsch gegen die Scheiben des Bentley. Ich schaltete die Wischer auf die höchste Stufe, gab Gas und lenkte auf die rechte Seite, um den Wagen zu überholen. Das gelang mir nur schwerlich.

»Es kommt auf eine Minute nicht an«, meinte Myxin, dem die Fahrerei ebenfalls nicht geheuer war.

Es wurde noch schlimmer, denn der Regen verwandelte sich in dicken, schweren Schnee. Zwar mehr in Schneeregen, aber das Zeug veränderte sich innerhalb von Sekunden zu einem dicken, tanzenden Wirbel, der die Sicht erschwerte.

Unser Ziel lag in einem Vorort von London, dicht an der Peripherie. Dort gab es ein Zigeuner-Lager, das Myxin unbedingt besuchen wollte. Den Grund wusste ich nicht genau, aber er hing irgendwie mit dem Todesnebel zusammen.

Seit langem schon versuchte Myxin, ein Mittel gegen den Nebel zu finden. Das war ungeheuer schwer, selbst für den kleinen Magier, der wirklich zahlreiche Tricks und Kniffe kannte, aber der Todesnebel hatte ihm bisher Rätsel aufgegeben. Er und Kara, die Schöne aus dem Totenreich, suchten verzweifelt danach und angeblich hatte Myxin eine Spur gefunden, die in dieses besagte Zigeunerlager führte.

Die sesshaften Menschen stehen dem fahrenden Volk skeptisch gegenüber. Oft zu Unrecht, wie ich meine, denn man hat den Zigeunern nie eine echte Chance gegeben.

Sehr gläubige Menschen befanden sich darunter, aber

auch vermischt mit dem Aberglauben, der einfach nicht auszutreiben war.

Sie waren der Astrologie und den Weissagungen sehr zugetan. Sie glaubten ebenso an den Teufel wie an Gott, und beides vermischte sich manchmal, wobei sie die Existenz dämonischer Wesen nicht in Frage stellten.

Das alles wusste ich, es war Myxin bekannt, aber der kleine Magier hatte mir nicht verraten, ob wir innerhalb des Lagers einen Erfolg erzielen konnten, denn gerade der Todesnebel machte mir schwere Sorgen. Er konnte vom Würfel des Unheils produziert werden. Der Würfel befand sich in den Händen von Lady X, einer Feindin. Sie hatte den Nebel zwar noch nicht groß eingesetzt, aus Gründen, die mir nicht bekannt waren, aber ich hatte seine schreckliche Wirkung bereits einige Male erlebt. Damals war noch Solo Morasso alias Dr. Tod der Besitzer des Würfels gewesen, und der hatte eiskalt zugeschlagen, denn der Nebel löste Menschen auf und machte sie zu Skeletten.

Als ich daran dachte, rann es mir kalt den Rücken hinab, und es wurde in der Tat Zeit, dass wir ein Gegenmittel fanden.

»Du kennst jetzt das Mittel gegen den Nebel?«, fragte ich Myxin.

»Nein, das nicht.«

»Oh.«

Myxin lachte. »Es führt eine Spur in dieses Zigeunerlager, denn dort soll es jemanden geben, der gegen den Nebel immun ist.«

Ich war überrascht. »Menschen?«

»Das möchte ich herausfinden.«

Ich wischte über meine Stirn. Wenn Myxin mit seiner Behauptung Recht hatte, war das sicherlich eine ungemein wichtige Sache, die uns einige Schritte voranbrachte.

Menschen, die gegen den Todesnebel immun waren.

Gab es so etwas überhaupt?

Ja, ich gehörte zu ihnen, wenn ich mein Kreuz bei mir trug, das augenblicklich Gegenkräfte entfaltete, sobald es den Nebel spürte.

»Sind diese Zigeuner besonders geschützt?«, wollte ich von dem kleinen Magier wissen.

»Keine Ahnung, John.«

Wir hatten das Wembley Stadion bereits passiert und befanden uns in einer sehr ländlich wirkenden Gegend mit schmucken Häusern, aber matschigen Straßen, denn hier taute das Zeug nicht so schnell wie in der City.

»Kennst du eigentlich den genauen Ort, wo sich die Zigeuner aufhalten?«, wollte ich von Myxin wissen.

»Nein.«

»Da können wir ja bis zum nächsten Jahr suchen.«

»Es sei denn, du fährst eine Polizeistation an. Dort wird man es dir sagen«, erwiderte Myxin lächelnd.

»Was du alles weißt.« Ich schielte einen Moment nach links und schaute Myxin lächelnd an. Er sah aus wie immer. Seinen dunklen Mantel trug er, der ihm eigentlich zu groß war, denn aus dem Kragen schaute der Kopf, aber kein Hals hervor. Seine Haut schimmerte leicht grün. Man musste schon genauer hinschauen, um dies erkennen zu können. Das Gesicht wirkte hin und wieder ein wenig zerknittert. Es war schmal, die Augen sehr dunkel, und wer Myxin so sah, der konnte irgendwie Mitleid mit ihm haben, denn er machte nicht den Eindruck eines großen Kämpfers, eher das Gegenteil.

Es hatte mal eine Zeit gegeben, da war es Myxin schlecht ergangen. Damals existierte Asmodina noch, und sie hatte den kleinen Magier erbarmungslos verfolgt. Sie wollte ihn radikal vernichten, was sie jedoch nicht geschafft hatte, und Myxin hatte sich voll auf meine Seite gestellt. Er war zwar nicht zu einem »Weißen Magier« geworden, aber er setzte seine zurückerlangten Kräfte für uns ein, und das rechnete ich ihm sehr hoch an.

»Du bist so nachdenklich, John«, sagte er.

»Ich muss mich konzentrieren.«

»Halte mal an.«

»Wieso? Auf freier Strecke?«

»Ja.«

Ich war überrascht, fuhr links an den Straßenrand, wo der Schnee noch ziemlich weiß war und die Reifen des

Bentley erste Spuren hineindrückten. Ich ließ den Motor laufen.

»Was ist denn los?«

»Etwas stimmt hier nicht«, murmelte Myxin.

»Und was?«

»Kann ich dir noch nicht sagen.«

»Gut, wenn es länger dauert, wollen wir die Umwelt nicht verschmutzen.« Ich stellte den Motor ab.

Es wurde still. Wir hörten das Klatschen der nassen Flocken gegen die Scheiben. Von vorn näherte sich ein Wagen. Es war ein Bus.

Gegen den Bentley wirkte der Bus wie ein Ungeheuer, und als er vorbeirauschte, schleuderte er den nassen, schmutzigen Schnee gegen unseren Wagen.

»Und was ist nun?«, fragte ich Myxin.

»Ich habe etwas gespürt.«

Darüber lachte ich nicht. Myxin war ein hochsensibles Wesen. Er war im alten Atlantis mit schwarzer Magie aufgewachsen, zählte dort zu den mächtigen Gestalten, und nach Wiedererlangung seiner Kräfte war es ihm gelungen, die alten Tugenden zu regenerieren.

Als er den Gurt löste, wusste ich Bescheid.

»Wo willst du hin?«

»Ich schaue mich draußen einmal um.«

»Hier ist doch nichts. Nur Gegend.«

»Das sagst du. Ich sehe das anders.«

»Befinden wir uns überhaupt in Nähe des Lagers?«

»Das werde ich bald herausfinden«, erwiderte er und stieß die Tür auf. Schnee wirbelte in den Wagen. Myxin schlug die Tür zu, blieb aber neben ihr stehen.

Ich dachte darüber nach, ob ich den Bentley ebenfalls verlassen sollte, ließ es bleiben, denn sollte etwas passieren, würde ich es früh genug merken.

Eine halbe Minute verging. Myxin blieb nicht auf dem Fleck. Er ging ein wenig vor, und seine Füße hinterließen im matschigen Schnee Spuren. Noch immer fielen die Flocken aus den tief liegenden Wolken. Allerdings vermischt mit Regen, denn die Temperaturen bewegten sich um den Nullpunkt herum.

Myxin winkte mir zu.

Das Zeichen verstand ich gut, öffnete den Wagenschlag und verließ den Bentley.

Der Wind schleuderte mir den Schnee entgegen. Auf der Gesichtshaut schmolzen die Flocken sofort weg und hinterließen nasse Flecken. Myxin und ich schauten uns über die Kühlerschnauze hinweg an.

»Was ist denn los?«

Myxin schüttelte den Kopf. »Genaues kann ich dir nicht sagen. Lass uns mal gehen.«

»Sollen wir nicht lieber fahren?«

»Hast du einen Wagen, der das Feld schafft?«

»Wir hätten einen Hubschrauber nehmen sollen«, erwiderte ich, sprang über den Graben und hob einen Zaundraht so weit in die Höhe, dass ich mich darunter hinwegbücken konnte.

Ich stellte den Kragen meines Mantels hoch und stemmte mich gegen die Flocken. Myxin ließ ich den Vortritt. Ihm machte das Wetter nichts aus. Wie ein suchender Hund kam er mir vor, als er losschritt, mal stehen blieb, die Arme hob und mich weiterwinkte. Ich war wirklich gespannt, wohin er mich führen würde.

Als wir ausgestiegen waren, hatte es so ausgesehen, als wäre das Gelände nur flach. Das stimmte nicht. Es senkte sich in eine Mulde hinab, und dort sahen wir ein Haus.

Im ersten Moment jedenfalls erinnerte mich das Gebäude an ein Haus, beim Näherkommen erkannten wir beide, dass es sich dabei um eine verfallene Bude handelte. Einen Schober. Die Wände standen schief, das Dach hing mit einer Seite fast auf dem Boden und hatte ein paar Latten verloren. Eine noch nicht vom Schnee verdeckte Wagenspur führte auf die Bude zu und nach ihr richteten wir uns.

Auch ich war jetzt vorsichtig geworden. Mir gefiel es überhaupt nicht, dass wir deckungslos auf die Bude zuschritten. Man konnte uns von dort sehr genau sehen, obwohl wir von den Flocken umwirbelt wurden. Den Spuren nach zu urteilen konnten sich innerhalb der alten Hütte durchaus feindliche Wesen verborgen haben.

»Meinst du das?«, fragte ich Myxin.
»Ja.«
»Einen Verdacht hast du nicht?«
»Irgendwie schon.«
»Und?«
»Es kann etwas mit mir oder dem Todesnebel zu tun haben. Ich möchte mehr nicht sagen, wir werden es sehen.«
Bis auf zwanzig Yards hatten wir uns der Bude genähert. Wir wurden weder beschossen noch angerufen, die Fenster – viereckige Löcher im Holz – gähnten leer.
Und doch hatte ich ein unbestimmtes Gefühl. Da konnte einiges schief laufen, wenn wir nicht Acht gaben.
»Sollen wir uns trennen?«
Myxin hob die Schultern. »Ich glaube, das ist nicht nötig. Aber halte deine Waffe bereit.«
»Darauf kannst du dich verlassen.« Schon während wir gingen, hatte ich zwei Knöpfe des Mantels geöffnet, um so rasch wie möglich an die Beretta zu gelangen.
Dass die Tür nicht verschlossen war, hatten wir längst festgestellt. Der Wind trieb die Flocken in das Innere der baufälligen Hütte und er pfiff auch durch die Ritzen der Wand.
Was wir taten, war an sich völlig natürlich. Da gingen zwei Männer auf eine Hütte zu, und doch war es gefährlich. Ich spürte, dass Unheil in der Luft lag, drehte mich ein paar Mal um, sah aber nur den vom Himmel fallenden Schnee.
Direkt vor der Hütte lag er nicht. Auf Schrittlänge war er getaut. Brauner Matsch kam zum Vorschein, vermischt mit Wasser, das in den Trittstellen lag.
»Hier war jemand«, murmelte ich, blieb rechts neben der Tür stehen und schielte in das Innere der Hütte.
Es war zu dunkel, um etwas erkennen zu können.
Myxin wollte es wissen. Er schaute nicht erst hinein, hob das Bein an und trat die Tür auf.
Sie schleifte noch über den Boden, kam dann zur Ruhe, und Myxin war mit zwei schnellen Schritten in der Hütte.
Er blieb stehen und schaute sich um.

Ich hatte nicht so einen guten Blick. Er besserte sich jedoch, als ich ebenfalls auf Myxins Ruf hin die Hütte betrat und den ausgestreckten Arm des kleinen Magiers sah, der auf ein dunkles Bündel am Boden deutete.

»Da!«

Es war ein Mensch!

Ich drängte Myxin zur Seite, bückte mich, konnte jetzt besser sehen und zuckte zurück.

Der Mann am Boden war tot. Er blutete aus mindestens zehn Wunden. Man hatte ihn auf grausame Art und Weise umgebracht. Dann hörte ich Myxins Stimme.

»Sieh dir das Blut an, John.«

Ich beugte mich vor, schaute genauer hin und konnte erst nichts feststellen.

»Wieso, was …?«

»Fällt dir nichts auf?«

Jetzt erst sah ich es. Es war kein normales Blut, sondern wesentlich dickeres, und es hatte eine grüne Farbe …

Das war wirklich eine Überraschung. Beim ersten Sichtkontakt mit dem Toten hätte ich damit nicht gerechnet, und ich fragte mich, welches Wesen da vor uns lag.

»Ein Druide?«

Ich hatte die Worte nur leise ausgesprochen, sie waren trotzdem von Myxin verstanden worden.

»Ich kann es dir nicht sagen, John. Möglich ist es. Lass ihn uns nach draußen schaffen.«

»Zumindest bis auf die Türschwelle«, schränkte ich ein.

»Bist du aus Zucker?«, fragte Myxin.

»Das nicht, aber ich will nicht gern einschneien.«

»Gut, ich helfe dir.«

Myxin trat zu mir. Er bückte sich, und wir schleiften den Leblosen bis auf die Schwelle.

Zum ersten Mal konnte ich sein Gesicht richtig erkennen. Ein Messerstich hatte es ebenfalls getroffen. Die Wunde klaffte tief, und das Blut hatte die Haut bedeckt, als wäre es grüne Farbe.

Eine Erklärung fand ich auch hier nicht und schaute Myxin, der neben mir kniete, fragend an.

Der kleine Magier nickte.

»Soll ich jetzt annehmen, dass du etwas weißt?«

»Möglicherweise, John.«

»Und?«

Myxin gab mir keine akustische Antwort, sondern fasste nach dem Kinn des Toten und öffnete den Mund.

Im Gegensatz zu dem kleinen Magier war ich überrascht, als ich die beiden Vampirzähne sah. Vor uns lag ein vernichteter Blutsauger, der sich allerdings nicht aufgelöst hatte.

Das verstand, wer wollte, ich nicht. »Was soll das denn schon wieder?«, erkundigte ich mich.

Myxin hob die Schultern. »Ich kann es dir nicht sagen, John. Noch nicht, aber ich habe einen Verdacht.«

»Und welchen?«

»Dieser Vampir, der eigentlich gar keiner ist, stammt aus Atlantis!«

Freunde, das war ein Hammer. Ich wäre fast zurückgefallen, so sehr hatte mich die Eröffnung geschockt. »Aus Atlantis?«, flüsterte ich. »Bist du dir sicher?«

»So gut wie.«

»Aber wie ist das möglich? Wie kann er überlebt haben? Himmel, Atlantis ist vor ungefähr zehntausend Jahren untergegangen, und es …«

»Auch ich habe überlebt.«

»Richtig, aber er ist nicht du.«

Myxin lächelte knapp. »Das stimmt schon, nur haben wir einiges gemeinsam, wenn ich mich recht erinnere. Er ist ebenfalls ein Magier gewesen. Und ich weiß sogar seinen Namen. Er nannte sich Ambiastro und stammte aus einem anderen Reich.«

»Aus welchem?«

»Das weiß ich nicht. Mir ist nur bekannt, dass Ambiastro nie allein war. Er hatte noch zwei Brüder. Sie waren Drillinge und trugen auch dieselben Namen. Wer sie angriff, bekam es immer mit allen dreien zu tun.«

»Was haben sie gemacht?«, wollte ich wissen.

»Es ist schwer zu sagen, aber sie beschäftigten sich mit den Dingen, nach denen die Menschheit später und auch heute noch sehr intensiv geforscht hat. Es ging um die Umwandlung von Materie. Aus einem Stein einen Klumpen Gold zu machen, das war der Traum der Menschheit. Sie wussten, wie man es schafft.«

Ich dachte nach dieser Antwort daran, dass uns eigentlich der Todesnebel hergeführt hatte. »Ist es dann möglich, dass diese drei Magier ein Mittel gegen den Todesnebel kennen?«

»Damit kann man rechnen. Wenn sie es geschafft haben, die Materie umzuwandeln, dann können sie auch den Todesnebel in einen harmlosen Nebel zurückverwandeln.«

Das war ja der Klopfer überhaupt, und mir wurde fast schwindlig. Sollten wir tatsächlich das große Glück haben, diesem Geheimnis auf die Spur zu kommen? Es war umwerfend, einfach zu schön, um wahr zu sein.

Nur war dieser Magier tot, und das sagte ich Myxin.

Der Kleine nickte. »Leider lebt er nicht mehr. Aber er hat noch zwei Brüder.«

»Die wir finden müssen.«

»Genau.«

»Und seine Mörder?« Ich deutete auf den Toten.

»Kannst du dir nicht vorstellen, dass die drei Feinde haben, John?«

»Und wie. Ich brauche da nur an Lady X zu denken.«

»Richtig. Da sie den Würfel des Unheils besitzt, wäre es für sie fatal, wenn jemand ein Mittel gegen den Nebel fände.«

»Dann könnte es also möglich sein, dass Lady X diesen Mord auf dem Gewissen hat.«

»Gewissen ist gut«, erwiderte Myxin. »Wir können diese Möglichkeit allerdings nicht ausschließen.«

Unwillkürlich schaute ich nach draußen. Da lauerte niemand, nur die dicken Flocken fielen nach wie vor vom Himmel. »Wenn sie ihn tatsächlich umgebracht haben sollte, muss sie in einen regelrechten Rausch hineingeraten sein«, bemerkte ich.

»In der Tat. Aber wir wollen uns nicht zu sehr auf Lady X versteifen. Es können auch andere gewesen sein.«

»Und wer?«

»Vielleicht die Zigeuner.«

»Dann müssten sie mit Lady X unter einer Decke stecken.«

»Ich kann es nicht ausschließen«, erwiderte Myxin.

Nein, das konnte und wollte ich auch nicht. Allerdings kannten wir keine Zusammenhänge, noch nicht, und wir mussten uns sputen, wenn wir das Rätsel aufklären wollten.

»Wie kann er gestorben sein?«, fragte ich.

»Durch Messerstiche.«

»Sicher, aber durch normale Messer?«

Myxin schüttelte den Kopf. »Daran glaube ich nun wieder nicht. Man kann Ambiastro auf diese Art und Weise nicht töten. Da musst du schon andere Waffen nehmen.«

Bisher hatte ich in der Hocke gesessen. Jetzt stand ich auf. Auch Myxin blieb nicht länger sitzen. Wir kamen überein, den Toten vorerst hier liegen zu lassen. Es wurde Zeit, dass wir uns mit den Zigeunern näher beschäftigten.

Der Meinung war auch Myxin. Er wollte die windschiefe Hütte vor mir verlassen. Auf der Schwelle jedoch blieb er so plötzlich stehen, dass ich gegen ihn stieß.

»Was ist los?«

Myxin drehte nur den Kopf. Ich sah den warnenden Ausdruck in seinen Augen, schaute unwillkürlich auf den toten Ambiastro und wurde abgelenkt, denn durch eine Fensterluke glotzten zwei Gewehrläufe, deren Mündungen auf mich gerichtet waren.

Kaum hatte ich das Bild erfasst, als ich Stimmen vernahm und auch Schritte hörte.

Dann sagte Myxin. »Rühr dich nicht, John. Sie haben uns.«

Einen Herzschlag später presste mir jemand etwas Hartes in den Rücken.

Wir waren umzingelt!

Suko war im Büro zurückgeblieben. Da seiner Ansicht nach der Fall nicht so dringend war und er auch keine große Lust hatte, war er direkt froh gewesen, zurückbleiben zu können.

Jetzt schaute er aus dem Fenster, sah den grauen Himmel und die Flocken, die aus den Wolken fielen, zu Boden tupften und dort wegschmolzen.

Nein, bei diesem Wetter machte es keinen Spaß, sich im Freien herumzutreiben, auch wenn man im Auto saß.

Glenda kam. Suko hörte ihre Schritte, er roch zudem, dass sie sein Büro betreten hatte, denn sie brachte den Tee, den sie für ihn immer kochte. Und der verbreitete sein duftendes Aroma.

»Das ist doch was«, sagte Suko beim Umdrehen und rieb sich die Hände.

Glenda stellte das kleine Tablett ab. »Ich glaube, dass John jetzt auch ein Glas vertragen könnte.«

»Sicher. Sein Pech, dass er nicht hier ist. Bei dem Wetter jagt man nicht einmal einen Hund vor die Tür.«

Glenda nahm den Geisterjäger in Schutz. »Er ist eben diensteifrig.«

Der Inspektor hatte die Tasse bereits hochgehoben. Über deren Rand hinweg schaute er Glenda an. »Soll das heißen, dass ich weniger diensteifrig bin?« Er sprach in einem strengen Ton.

»In diesem Fall fällt mir die Antwort schwer«, gab Glenda zu und lächelte.

»Das ist ja die Höhe. Ich werde mir genau merken, dass du John Sinclair immer vorziehst.«

»Stimmt nicht.« Glenda wedelte mit der Hand, um ihre Meinung zu unterstreichen. »Stimmt überhaupt nicht.«

»Das musst du erklären.«

»Koche ich dir nicht immer Tee?«

»Stimmt.«

»Na bitte!«

»Aber du kochst John auch Kaffee.«

Glenda verdrehte die Augen. »Was hat das denn mit deinem Tee zu tun, Herr Inspektor?«

»Eigentlich nichts.«

»Na bitte.«

Suko lachte. »Ich finde es toll, dass man dich so auf den Arm nehmen kann und du bei allem, was John Sinclair angeht, so heftig reagierst. Bist du eigentlich in ihn verschossen?«

Glenda bekam nicht nur einen roten Kopf, sie öffnete auch den Mund, um nach Luft zu schnappen. Ihr zweifarbiger Pullover dehnte sich dabei beachtlich, aber eine Antwort gab sie nicht, denn in ihrem Zimmer meldete sich das Telefon.

»Lass dir ruhig mit der Antwort Zeit«, bemerkte Suko grinsend.

Glenda ging. »Wir sprechen uns noch!«, drohte sie und nahm den Hörer ab. Wenig später stellte sie schon durch.

Suko hockte auf der Schreibtischkante, als er fragte: »Wer ist es denn?«

»Eine Frau.«

»Aha. Hat sie auch einen Namen?«

»Ja. Sie heißt Susan Water.«

»Noch nie gehört.«

»Ich auch nicht«, sagte Glenda. »Sie meint aber, dass es sehr dringend wäre und sich einer der Herren doch Zeit nehmen möge. Man hat sie an dich oder John verwiesen.«

»Dann schick sie mal hoch.« Suko legte auf. Er war gespannt, was diese Susan Water von ihm wollte.

Drei Minuten später war sie da. Sie klopfte erst schüchtern an. Suko fuhr mit seinem Stuhl zurück, sodass er durch die offene Verbindungstür in Glendas Büro schauen konnte.

Er sah Susan Water.

Einen nassen Regenschirm trug sie in der Hand. Der Mantel bestand aus grünem Kunstleder, ein Kopftuch bedeckte ihre Haare, und das Gesicht wirkte sehr schmal.

»Bitte, gehen Sie doch in Inspektor Sukos Büro«, sagte Glenda und erhob sich von ihrem Stuhl. Sie brachte die Besucherin zu Suko, der sie begrüßte und ihr den Mantel abnahm. Den Schirm stellte er auch in einen Ständer.

»Möchten Sie eine Tasse Kaffee?«, fragte er freundlich und deutete auf den Besucherstuhl.

»Wenn es keine Mühe macht«, sagte die Besucherin und nahm ihr Kopftuch ab.

»Nein, natürlich nicht.« Suko bestellte bei Glenda eine Tasse. Als er zurückkam, schaute er sich Susan Water an. Sie trug eine lange Hose und einen dicken Winterpullover aus pechschwarzer Wolle. Ihr halblanges Haar war ziemlich farblos. Es hatte auch wenig Glanz. Die Wangen in der blassen Haut wirkten eingefallen, unter den Augen lagen Ringe und die Finger wiesen darauf hin, dass die Frau hart arbeiten musste, um sich den Lebensunterhalt zu verdienen.

»Womit kann ich Ihnen helfen, Miss Water? Oder sind Sie verheiratet?«

»Nein, Miss ist schon richtig«, erwiderte sie, strich sich eine Strähne aus dem Gesicht, senkte den Kopf und schaute auf die Hände, die mit dem Tuch spielten. »Wissen Sie, ich war noch nie bei der Polizei, habe nichts damit zu tun gehabt und …«

»Wir fressen keinen«, lachte Suko. »Aber Sie müssten mir schon sagen, aus welchem Grund Sie mich besuchen.«

Sie wollte antworten, doch Glenda erschien und brachte den Kaffee. Sie lächelte freundlich und Susan bedankte sich mit einem Kopfnicken, als Glenda die Tasse abstellte.

Zucker hatte Glenda ebenfalls dazugelegt. Susan warf die beiden Würfel in den Kaffee und rührte um. »Es ist ja nicht wegen mir«, begann sie, »sondern wegen meines Vaters.«

»Ist er mit dem Gesetz in Konflikt geraten?«, wollte Suko wissen.

»Nein, das nicht.« Sie schüttelte den Kopf. »Ich wunderte mich nur über seine seltsamen Ausdrücke und über sein Benehmen, das doch aus dem Rahmen fiel.« Sie nahm einen Schluck. Suko lehnte sich zurück. Er war ein guter Zuhörer und sagte auch nichts, als Susan Water fortfuhr: »Ich habe nur noch wenig Kontakt zu meinem Vater. Meine Mutter hat ihn vor langer Zeit verlassen, sie ist mit einem Zigeuner durchgebrannt. Ich wuchs bei Dad auf, aber es war kein gutes Leben. So früh wie möglich habe ich mich auf die eigenen Füße gestellt, denn mein Vater trank und trinkt noch immer. Allerdings habe ich mit ihm nie gebrochen, denn ich weiß selbst, wie schwer es für ihn gewesen sein muss, mich großzuziehen. Auch heute kümmere ich mich noch um ihn, besuche ihn einmal im Monat und sehe nach dem Rechten. Ich putze auch seine Wohnung. So war es auch heute Morgen. Er selbst lag noch im Bett, sein Dienst beginnt erst gegen Mittag.«

»Darf ich fragen, welch einen Beruf ihr Vater ausübt?«, erkundigte sich Suko.

»Er ist Leichenwäscher.«

Ein anderer wäre vielleicht zusammengezuckt. Nicht so der Inspektor. Er hatte sich gut in der Gewalt. »Leichenwäscher«, murmelte er. »Nun ja ...«

»Es ist ein guter Beruf und auch einer wie jeder andere«, verteidigte Susan ihren alten Herrn.

»Um Himmels willen, ich will da nichts gegen sagen, aber hat ihr Besuch hier bei uns vielleicht etwas mit dem Beruf Ihres Vaters zu tun?«

Susan Water schaute den Chinesen an, und ihre Augen weiteten sich. »Ja, das hat er. Woher wissen Sie das?«

»Ich habe es geraten.«

Sie hob die schmalen Schultern und trank noch einen Schluck Kaffee. »Es ist ja so, Inspektor, mein Vater ist trotz seines Berufs ziemlich normal geblieben, wenn er auch ein recht eigenes Verhältnis zu seinen Kunden – sprich Leichen – hat. Er mag sie, er spricht mit ihnen, das alles kenne ich, daran habe ich mich gewöhnt. Nur in den letzten Tagen, da hat er mich angerufen, und ich habe ihn öfter besucht. Da redete er von Vampiren und schwarzen Särgen.«

Suko verengte ein wenig die Augen. »War er vielleicht betrunken?«

»Das auch.«

»Dann kann es ...«

»Ich weiß, was Sie sagen wollen, Inspektor. So ist es aber nicht. Wenn mein Vater betrunken ist oder war, dann ging er zwar leicht schwankend und reagierte entsprechend langsamer, aber er wusste noch immer, was er sagte. Und diese Begriffe wie Vampir und schwarze Särge, die sind nicht seiner Fantasie entsprungen, glauben Sie mir.«

»Haben Sie nachgeforscht?«

»Natürlich. Er war dann immer sehr sauer, hat mich angeschrien und gesagt, dass ich mich aus allem heraushalten sollte, aber ich habe Angst um ihn bekommen, Inspektor. Können Sie das verstehen?«

»Sehr gut sogar.«

Susan atmete tief ein, nahm die Tasse und leerte sie. Als sie das Gefäß abstellte, fragte sie: »Können Sie sich vielleicht mal mit meinem Vater unterhalten, wenn es Ihre Zeit erlaubt? Ich weiß, das ist ein wenig viel verlangt, ich war auch schon bei der Verkehrspolizei, da hat man mich ausgelacht, doch als ich hier in meiner Not anrief und das Wort Vampire erwähnte, da wurde ich zu Ihnen gebracht.«

»Das war gut, denn ich werde mich um diese Sache kümmern.«

Erstaunt schaute Susan den Inspektor an. »Wann wollen Sie denn …?«

Suko stand auf. »Sofort, und Sie werden mich zu Ihrem Vater begleiten. Okay?«

»Ja, ja, sicher, gern. Wir müssen aber in das Leichenhaus gehen.«

Suko lächelte. »Das macht nichts.« Er griff nach seiner dicken Jacke. »Sind Sie mit einem Wagen hier?«

»Nein, ich habe kein Geld für ein Auto. Dazu reicht der Lohn nicht. Ich bin mit der U-Bahn gekommen.«

»Gut, dann nehmen wir einen Wagen vom Yard.« Mit der Maschine wollte Suko nicht fahren. Ihm allein hätte es nichts ausgemacht, bei dem Wetter auf der Harley zu sitzen, aber Susan Water wollte er die Strapaze nicht zumuten. Suko sagte Glenda noch Bescheid. Er erfuhr von Susan die genaue Anschrift und gab sie an Glenda weiter.

»Ins Leichenhaus willst du?«, fragte sie.

»Ja, weshalb nicht?«

»Gib Acht, dass sie dich nicht behalten.«

»Das wüsste ich aber«, erwiderte der Inspektor und schloss die Tür von außen.

Noch war er optimistisch …

Der Kerl war gedankenschnell an mir vorbeigehuscht, hinter mir stehen geblieben, und die Mündung der Waffe stieß hart durch die Kleidung in meinen Rücken.

Ich hütete mich, auch nur einen Finger zu rühren. Dabei brauchte ich nur an den seltsamen Vampir zu denken, um erkennen zu können, wie gefährlich die Männer waren, die uns umzingelt hatten. Sie hatten mit dem Vampir kurzen Prozess gemacht und uns würde es nicht besser ergehen.

Auch Myxin wurde bedroht. Zwei Gewehrmündungen zeigten auf seinen Körper. Der Magier stand steif auf dem Fleck. Er hatte es nicht nötig, den Befehlen der anderen zu gehorchen, denn ihm konnten Bleigeschosse nichts anhaben. Er hätte auch fliehen können, denn er beherrschte die Gabe der Telekinese, und doch ließ er es bleiben. Myxin wollte mich nicht allein lassen und außerdem erfahren, was die Männer mit uns vorhatten.

Der Mann, der mir die Waffe in den Rücken drückte, ließ es nicht zu, dass ich mich umdrehte.

Mit wie vielen Typen wir es zu tun hatten, konnte ich deshalb nicht genau sagen, rechnete aber mit fünf Gegnern.

Zwei bedrohten mich, zwei andere Myxin, und ich vergaß auch nicht den Typ, der seinen Waffenlauf durch das Fenster an der Rückseite geschoben hatte.

Der Schnee fiel schwer und dicht. Die beiden Kerle, die Myxin bedrohten, trieben ihn vor. Der kleine Magier ließ es sich gefallen. Schon nach wenigen Schritten waren von den dreien nur noch Schatten zu sehen, denn ihre normalen Umrisse verschwanden innerhalb des wirbelnden Vorhangs.

Ich hörte hinter mir die zischende Stimme. »Geht nach draußen!«

Einer zweiten Aufforderung hätte es nicht bedurft. Ich setzte mich in Bewegung und wurde schon nach zwei kleinen Schritten von dem wirbelnden Vorhang eingeschlossen.

Und dann traf mich der gemeine Schlag in den Rücken. Es war ein Hieb mit dem Gewehrkolben. Ich hatte nicht damit gerechnet, wurde nach vorn katapultiert und fiel lang in den Schnee.

Der Schmerz tobte in meinem Körper. Ich hatte das Gefühl, an einer gewissen Stelle im Rücken geteilt worden zu sein. Meine Atmung war nicht mehr in Ordnung, mir fiel es schwer, Luft zu holen, und es war der kalte Schnee, der auf meiner Gesichtshaut lag und sie kühlte, sodass ich wieder einigermaßen klar wurde.

Hochkommen ließ man mich nicht. Ich musste liegen bleiben, und jemand drückte mir die Mündung des Gewehrs in den Nacken.

»Was habt ihr hier gesucht?«, hörte ich eine raue Stimme. »Los, sag es! Wir wollen es wissen!«

»Nichts Bestimmtes.«

»Soll ich dir den Schädel einschlagen?«

»Es – es war wirklich ein Zufall«, erklärte ich stockend und unter großen Mühen.

»Schieß ihn tot!«, forderte der Zweite.

Als ich diese Worte hörte, erschrak ich bis ins Mark. Waren die Menschen wirklich so brutal und abgebrüht, dass sie einen anderen kurzerhand erschossen?

Klar, sie hatten gemordet, wir hatten den Toten entdeckt und sie praktisch entlarvt, waren unliebsame Zeugen, und die schaffte man eben in gewissen Kreisen aus dem Weg.

»Wir bringen ihn erst zum Wagen. Da können wir ihn erledigen und seine Leiche in den Kofferraum legen.«

»Gut.«

Also hatte ich eine Galgenfrist. Die beiden Kerle, die ich noch nicht richtig erkannt hatte, schienen zur Unterwelt zu gehören. Ich glaubte einfach nicht daran, dass ich es hier mit Zigeunern zu tun hatte, nein, das waren Gangster, Killer der übelsten Sorte.

Ich musste aufstehen.

Dabei tat ich mich schwer, denn mein Rücken und genau die Stelle, wo der Kolben getroffen hatte, brannte. Ich verzog das Gesicht, versuchte durchzuatmen, was nur zur Hälfte gelang, alles andere wurde vom Schmerz überstrahlt.

Ich ging mit zitternden Knien. Der Schnee peitschte jetzt von rechts gegen mich, und nach rechts musste ich mich auch wenden, denn die beiden Kerle drückten und dirigierten mich genau in diese Richtung.

Schwer stampfte ich durch den frisch gefallenen und tiefen Schnee. Wir umrundeten die Hütte und ich sah, als ich die Rückseite erreicht hatte, Fußspuren, die von den Männern stammen mussten. Hinter der Hütte führte das Gelände ein wenig bergauf. Unter dem Schnee spürte ich den unebenen Boden. Zweimal knickte ich um, und ich hatte meine Bewacher noch immer nicht gesehen.

Sie blieben hinter mir. Hin und wieder stieß man mir die Waffe ins Kreuz, ein Zeichen, dass sie auf der Hut waren.

Natürlich suchte ich nach einer Möglichkeit, dieser Klemme zu entwischen. Das allerdings würde schwer werden, denn die beiden passten auf wie Schießhunde.

Auf das Ziel war ich gespannt und ich sah es schon sehr bald, als wir den Rand der Mulde erreicht hatten. Vor uns lag eine kleine Straße. Sie teilte praktisch zwei Felder, und am Rand der Straße stand ein dunkler Wagen, dessen Dach eine Haube aus Schnee zierte. Es war ein deutsches Fabrikat, ein Mercedes.

»Geh da hin!«, wurde mir befohlen.

Einen Augenblick blieb ich noch stehen, denn ich wunderte mich, dass ich Myxin nicht sah.

»Mach schon!« Ich wurde angeschrien und mir blieb nichts anderes übrig, als dem Befehl Folge zu leisten.

Der Wagen sollte mein Sterbeplatz sein. Ich war inzwischen zu der Überzeugung gelangt, dass die beiden Kerle hinter mir kein Pardon kannten. Vielleicht waren es auch drei, so genau wusste ich es nicht, denn ich hatte mich nicht getraut, den Kopf zu wenden.

Immer stärker war die Gewissheit geworden, es nicht mit Zigeunern zu tun zu haben. Die konnten sich so etwas überhaupt nicht leisten, hier musste noch eine andere Gruppe mitmischen.

Ein paar Mal rutschte ich aus, weil es bergab ging und sich unter dem Schnee Ackerfurchen befanden.

Ein tanzender weißer Vorhang umgab mich. Die Schneeflocken fielen sehr dicht, der Wagen verschwamm vor meinen Augen, seine Scheiben waren verklebt, und der Schnee war auch gegen die Kühlerhaube geweht worden.

»Geh bis zum Wagen und dreh dich langsam um. Wir schießen nämlich keinem in den Rücken«, wurde mir befohlen.

»Ich habe verstanden.«

»Wie schön für dich.«

Einer der Typen meinte, und das bekam ich noch gut mit: »Wo sind eigentlich die beiden anderen? Sie wollten doch diesen Zwerg umlegen.«

»Keine Ahnung.«

»Werden schon kommen.«

Ich hatte den Wagen erreicht. Es war ein Mercedes der oberen Klasse. Er bot fünf Personen bequem Platz.

»Dreh dich jetzt um!«

Das tat ich. Zum ersten Mal sah ich die Kerle richtig vor mir. Zum Glück waren sie so nahe herangekommen, dass ich sie trotz des Schneefalls erkennen konnte und mein Verdacht bestätigt wurde.

Das waren keine Zigeuner. Die Menschen dieser Volksgruppe sahen anders aus. Die Typen vor mir konnte man in die Kategorie Killer einordnen.

Killer, die sich mit Atlantis beschäftigten? Ich dachte nach, und mir fiel automatisch der Name Logan Costello ein.

Der Mafiachef, der Boss dieser Bande, Herr der Londoner Unterwelt und mein Feind, konnte die Killer geschickt haben. Zudem hatte er früher mit Dr. Tod zusammengearbeitet. Seit es ihn nicht mehr gab, hörte er auf das Kommando von Lady X.

Und von Lady X war es nicht mehr weit bis zum Würfel des Unheils und damit zum Todesnebel, gegen den die alten Vampir-Drillinge Ambiastro angeblich ein Mittel gefunden hatten.

Ein kleiner Teil des Kreises schloss sich allmählich, doch weitere Fragen blieben offen.

Ich schaute auf die Waffen der Männer. Zwei von ihnen trugen tatsächlich Gewehre, der Dritte hielt einen stupsnasigen Revolver in seiner rechten Faust.

Die Typen trugen Mäntel. In der Farbe ebenso schwarz wie ihre Seelen. Nass waren die Gesichter. Der Rechte von ihnen war Hutträger. Auf seinem Filz lag eine weiße Schicht.

Wir starrten uns an.

»Willst du noch etwas sagen?«, wurde ich gefragt.

»Nein.«

»Okay, dann legen wir dich um!«

Sie hoben die Waffen, und ich kam mir vor wie bei einer Exekution. Jetzt erst wurde mir richtig bewusst, dass ich erschossen werden sollte, und eine wilde Angst schoss in mir hoch …

Suko war nicht nur ein guter Motorradfahrer, er konnte auch mit einem fremden Wagen gut umgehen. Sicher steuerte er ihn durch den dichten Londoner Verkehr.

Susan Water saß neben ihm. Den Kopf hielt sie gesenkt. Die Lippen waren zusammengepresst, und noch immer spielten ihre Finger mit dem Kopftuch.

»Was ist mit Ihnen?«, fragte Suko, als er an einer Ampel stoppte.

»Ich weiß nicht, ob das alles richtig ist, was ich getan habe«, erwiderte Susan.

»Machen Sie sich da mal keine Gedanken«, beruhigte Suko das Mädchen. »Vielleicht ist es völlig harmlos.«

»Möglich.«

»Ist Ihr Vater denn in der letzten Zeit verändert gewesen?«

»Das kann man nicht so sagen. Er war schon immer ein

wenig komisch. Möglicherweise ist der Alkohol schuld, den er immer getrunken hat. So etwas ist ja nie gut, der zerstört. Ich habe gelesen, dass sich die Gehirnzellen nicht mehr so erneuern, wenn ein Mensch von der Alkoholsucht gepackt worden ist.«

»Ja, das stimmt.«

»Trinken Sie nicht?«

Suko fuhr wieder an. Auf der Edgware Road kam er jetzt besser voran und sie bewegten sich bereits an der Grenze zu Paddington. »Ich trinke fast nie. Wenn es sich nicht vermeiden lässt, nehme ich auch einen Schluck zu mir, ansonsten halte ich es mit nichtalkoholischen Getränken, das finde ich besser.«

»Ich auch.«

Suko lachte. »Dann sind wir uns ja einig.«

»Haben Sie die Adresse behalten?«, fragte das Mädchen.

»Ja, Delaware Road.«

»Stimmt.«

»Wir sind gleich da«, bemerkte Suko.

»Ich kann Ihnen eine Abkürzung zeigen.«

»Gut.«

Grau hing der Himmel über London. An einigen Stellen sah Suko noch schmutzige Schneereste liegen. Ansonsten waren die Straßen frei. Vor allem die breiteren. Man hatte gestreut, und die Salzkörner spritzten gegen das Bodenblech des Wagens.

Susan kannte sich in der Tat aus. Sie sagte Suko, wie er zu fahren hatte, und der Chinese wurde durch ein Wirrwarr kleiner Straßen geführt. Noch nie in seinem Leben war er hierher gefahren.

»Da ist bereits der Friedhof«, sagte Susan und deutete auf eine Mauer.

»Und das Leichenhaus?«

»Wir müssen noch einmal um den Friedhof herum. Es befindet sich leider an der anderen Seite.«

»Machen wir doch alles.« Suko musste halten, denn mehrere Menschen wollten über die Straße. Sie gehörten zu einer Trauergemeinde, die zur Beerdigung schritt.

»Hat Ihr Vater damit auch etwas zu tun?«, fragte der Inspektor.

»Womit?«

»Ich spreche von Beerdigungen.«

»Nein, nicht. Er präpariert die Toten nur. Mein Vater ist Leichenwäscher, kein Totengräber.«

»Ich dachte nur, dass er beides macht.«

Sie schüttelte den Kopf.

Zwei Minuten später bogen sie in die Delaware Road ein und erreichten somit die Rückseite des Friedhofs. Susan sagte dem Chinesen, wo er zu stoppen hatte. Der Dienstwagen rollte aus.

»Kann ich im Wagen bleiben?«, fragte Susan leise.

Suko, der den Gurt löste, war überrascht. »Wieso?«

»Ich möchte meinem Vater nicht unter die Augen treten. Ich weiß nicht, wie er reagiert.«

»Haben Sie Angst?«

»Das nicht gerade, ein ungutes Gefühl schon, schließlich habe ich ihn in die Lage gebracht.«

»Keine Sorge. Vielleicht ist alles ganz harmlos. Kommen Sie, Mädchen, wir schaukeln das schon.«

Sukos Optimismus steckte Susan an. Sie stieg aus und knotete hastig ihr Tuch um den Kopf, weil der Regen aus den grauen Wolken fiel und das Haar nässte.

Sie schritten nebeneinander auf den Hintereingang zu. »Hier betritt mein Vater auch immer das Leichenhaus«, erklärte Susan.

Suko suchte nach einer Klingel. Er fand sie in der Türnische, rechts im Mauerwerk.

Der Inspektor legte seinen Daumen auf den Knopf und hörte im Innern das schrille Bimmeln einer Glocke. »Das reicht, um Tote aufzuwecken«, kommentierte er lachend.

Susan lächelte schmal.

Schritte und eine Stimme vernahmen sie. Die Stimme klang rau, zudem ein wenig ärgerlich. »Wer ist denn da, zum Henker? Ich erwarte keine neue Ladung.«

Suko nickte Susan zu, und die verstand. »Ich bin es, Dad. Bitte, öffne die Tür.«

»Du?«

»Ja, Dad ...«

»Was willst du denn um diese Zeit? Du kommst doch sonst nicht am frühen Mittag.«

»Bitte, Dad, öffne!«

»Ja, ja, okay. Aber ich bin bei der Arbeit. Wenn du keine Angst vor einer Leiche hast, kannst du reinkommen.«

Suko und Susan vernahmen, wie ein Riegel zur Seite geschoben wurde, dann zog Charly Water die Tür auf.

Suko war überrascht, als er den Knaben vor sich sah. Dass Susan über den Zustand ihres Vaters die Wahrheit berichtet hatte, merkte er an der Schnapsfahne, die ihm entgegenwehte.

»Was will der Chinese denn hier?«, fragte Water zur Begrüßung und hielt sich an der Türkante fest.

»Mit Ihnen reden.«

»Ich aber nicht mit dir, Chinese.« Water wollte die Tür zuhämmern. Er schaffte es fast, bis Suko seinen Fuß dazwischen stellte und die Tür somit stoppte.

»Nicht so hastig, Meister.«

»He, was bildest du dir ein, Chinese! Ich bin hier der Herr im Haus, verstanden?«

»Dagegen hat auch keiner was«, erwiderte Suko und drückte die Tür nach innen.

Water konnte nichts dagegen tun. Er musste zurück, sodass Suko und Susan das Haus betreten konnten.

Charly Water war bis gegen die Wand getaumelt. Dort stand er und schaute auf den Inspektor und seine Tochter, die als Letzte die Tür hinter sich schloss.

Als Suko ihn ansah, senkte er zuerst seinen Blick und drehte den Kopf Susan zu. »Was wollt ihr überhaupt?«, regte er sich auf. »Verflixt, lass mich doch in Ruhe. Ich will hier nicht gestört werden.« Seine Stimme klang schwer. Der Alkohol hielt ihn bereits in seinen unsichtbaren Fesseln und aus der Tasche seines grauen Kittels schaute der Hals einer Brandyflasche.

»Dad, wir wollen nur mit dir reden.«

»Da gibt es nichts.«

»Doch, Daddy. Stell dich doch nicht so an. Lass uns miteinander in aller Ruhe sprechen.«

Charly Water grinste und schluckte gleichzeitig. Wobei Letzteres mehr ein Rülpsen war. »Wenn ihr meint, an mir soll es nicht liegen. Ich kann euch aber nur in mein Arbeitszimmer führen.«

»Tun Sie das«, sagte Suko.

Water schielte den Inspektor an. »Haben Sie keine Angst vor Leichen?«, murmelte er.

»Nein, wieso?«

Water lachte kichernd und zog die Flasche aus der Tasche. Er kam nicht dazu, sie zu öffnen, denn Susan war schneller. Mit einem Griff hatte sie ihm die Flasche aus der Hand gezogen.

»Es wird jetzt nichts getrunken«, sagte sie bestimmt.

»He, ich …« Er wollte nach der Flasche greifen. Susan war schneller und drehte ab. Water fasste ins Leere. Er hatte zu viel Schwung und wäre fast gefallen. Suko hielt ihn fest.

»Reißen Sie sich zusammen!«, fuhr er den Leichenwäscher an. »Verdammt noch mal.«

Betrunkene sind zumeist stur. Darin machte auch der Leichenwäscher keine Ausnahme. »He, du!«, beschwerte er sich. »Verdammt, ich glaube, es hackt. Was bildest du Chink dir überhaupt ein? Kommst hierher und hast die große Schnauze …«

Jetzt wurde es Susan zu bunt. Suko wunderte sich, wie energisch sie auf einmal werden konnte. »Dieser Chink, wie du ihn immer titulierst, ist Inspektor bei Scotland Yard. Ein Polizist also. Ich an deiner Stelle würde mal etwas höflicher sein.«

»Ach, ein Bulle.« Water verzog das Gesicht. Es sah so aus, als wolle er anfangen zu weinen.

»Gehen wir«, sagte Suko und schob den Mann in den Gang hinein.

Water hielt sich nur schlecht auf den Beinen. Er hatte einen rollenden breiten Gang, berührte ein paar Mal die Wand, erreichte jedoch ohne zu fallen die Arbeitsstelle, das heißt, den Raum, wo er Leichen wusch, bevor sie in den Sarg gelegt wurden.

Ein Toter lag auf dem Tisch.

Es war ein alter Mann. Er sah schrecklich aus, und Susan wandte sich ab.

Suko aber schaute in das wachsbleiche Gesicht, wo die Nase spitz hervorstach und der Mund offen stand. Bekleidet war die Leiche noch nicht. Neben ihr stand ein weißer Emaille-Eimer, über dessen Rand zwei Gummihandschuhe lagen.

»Das ist mein neuer Freund«, sagte der Leichenwäscher und deutete auf den Toten. »Er heißt ...«

»Das wollen wir nicht wissen«, erklärte Suko.

»Schade ...« Charly Water ließ sich auf einen Stuhl fallen und grinste dumm aus der Wäsche.

»So, nun zu uns«, sagte Suko. »Sie können sich vorstellen, dass wir einen Grund für unser Erscheinen haben.«

»Nein!«

Suko verdrehte die Augen. Dieser Typ hier raubte ihm noch den letzten Nerv. »Natürlich haben wir einen Grund gehabt. Ihre Tochter hat mich aufgesucht, weil Sie sich in den letzten Tagen so verändert haben.«

»Ich?«

»Wer sonst?«

»Lassen Sie sich von der doch nichts erzählen. Mit mir ist nichts, ehrlich. Und was geht Sie das überhaupt an?«

»Sehr viel, Dad. Denn du hast von Särgen erzählt und einem seltsamen Vampir, der bei dir sein soll.«

Charly Water hob den Kopf und stierte von unten herauf Suko und Susan an. »Ich?«

»Wer sonst?«

»Aber das ist doch Blödsinn. Ich habe nichts erzählt. Überhaupt, Vampire, so etwas gibt es nicht.«

»Manchmal schon«, erwiderte Suko. »Wo steckt also der Vampir?«

»Hier nicht.«

»Das sehe ich. Aber ich hörte, dass dieses Leichenhaus auch einen Keller hat.«

»Stimmt.« Water nickte.

»Darf ich mich da mal umsehen?«

Charly stemmte sich hoch und breitete seine Arme aus. »Warum nicht, Polizist?«, lallte er. »Im Keller ist es gemütlich. Da stehen Särge, da sind Vampire, da lauern Leichen, so eine richtige Gruselkammer.« Er drehte sich schwankend. »Komm her, Tochter, gib mir noch einen kleinen Schluck aus der Flasche, meine Kehle ist so rau.«

Susan warf Suko einen fragenden Blick zu. Der Inspektor nickte, und Susan reichte ihrem Vater die Flasche rüber. Sofort ging auf seinem Gesicht die Sonne auf.

Suko drehte ab. »Wo geht es denn nach unten?«, fragte er Susan.

»Warten Sie, ich zeige es Ihnen.« Susan setzte sich in Bewegung. Sie ging vor.

Beide wandten Charly Water den Rücken zu und beide wurden von dem Betrunkenen reingelegt. Er hatte es tatsächlich verstanden, Suko und die junge Frau zu leimen, denn was er erreichen wollte, hatte er geschafft.

Dann schlug er zu.

Trotz des genossenen Alkohols zeigte er sich sehr treffsicher. Die verschlossene Flasche hämmerte er dort gegen Sukos Schädel, wo Nacken und Hinterkopf zusammenliefen.

Für den Chinesen, der viel einstecken konnte, war es wie eine Explosion. Sie löschte bei ihm sämtliche Lichter aus, und schwer fiel er zu Boden …

Aus drei Waffenläufen würde der Tod sprühen und mein Leben vernichten!

Ich stand wie angeleimt auf der Stelle. Der Schock und die Angst nagelten mich fest. Die gnadenlosen Gesichter der Killer verschwammen in dem Schneevorhang zu undeutlichen Flecken. Und ich erlebte die nächsten Sekunden wie in einem Zeitlupenfilm.

Ich hatte mich trotz meiner großen Angst gewundert, dass sie nicht schossen.

Dies hatte seinen Grund.

Er hieß Myxin!

Woher der kleine Magier gekommen war, wusste ich nicht. Ich sah ihn plötzlich rechts von mir und ziemlich nahe bei den drei Killern, die er durch sein Erscheinen ablenkte.

Zwei von ihnen zuckten herum.

Myxin aber nahm sich zuerst den Dritten vor, der weiterhin auf mich zielte.

Die Hände hielt der kleine Magier erhoben, seine Finger gespreizt, und aus ihnen sprühten und jagten zehn blassgrüne Strahlen, wobei fünf von ihnen den Mann erfassten, der auf mich zielte.

Die anderen Blitze umhüllten den Myxin am nächsten stehenden Killer und rissen ihn ebenso von den Beinen wie den Ersten.

Beide schrien.

Sie mussten Höllenqualen erleiden. Um ihre Körper herum geisterten und zuckten magische Entladungen, die sie fast wahnsinnig werden ließen, so stark waren sie.

Die beiden erlebten die Hölle.

Sie wanden sich im Schnee, schlugen mit Armen und Beinen um sich, hatten ihre Waffen längst verloren, und nur der dritte Mörder hielt noch seinen Colt fest. Die Mündung wies weder auf mich noch auf Myxin, sie zeigte zu Boden und machte die kreisenden Bewegungen mit, die der Waffenträger vollführte.

Es war eine Hölle!

Ich kannte Myxins Kräfte. Wenn er sie einsetzte und es wollte, dann verbrannten die Gegner im magischen Feuer.

So ging er mit Dämonen um, die seine Feinde waren. Und mit den Menschen hier?

Ich wusste es nicht, aber ich nahm mir den dritten Kerl aufs Korn, denn etwas wollte ich auch dazu beitragen. Meine Starre hatte ich längst überwunden, startete, rutschte dabei und jagte trotzdem auf den Mafioso zu.

Er sah mich zu spät.

Bevor er auf mich anlegen konnte, hieb ich ihm mit einem Karateschlag den Arm lahm. Während ihm die Waffe aus der Hand glitt, kam ich mit der Linken voll durch.

Und die erwischte ihn am Kinn.

Der Mann flog in den Schnee, breitete die Arme aus und blieb wie ein großer Vogel liegen.

Jetzt lagen sie in einer Reihe. Der Typ, den ich erwischt hatte, war bewusstlos – und die beiden anderen?

Ich blickte Myxin an. »Sind sie tot?«

Der kleine Magier schüttelte den Kopf. »Sie werden für einige Stunden bewusstlos sein.«

Ich lächelte. »Das war in meinem Sinne.«

»Ich wusste es.«

Ich untersuchte die Kleidung der Bewusstlosen. Papiere fand ich nur bei einem. Es war ein Führerschein, ausgestellt auf den Namen Dario Torri.

»Mafia«, murmelte ich.

»Wie?«, fragte Myxin.

Ich erklärte dem Magier den Zusammenhang und was ich mir dabei gedacht hatte.

Selbstverständlich kannte Myxin auch Logan Costello. Die Verbindung zu Lady X lag auf der Hand. »Wahrscheinlich hat sie Costello den Auftrag gegeben, sich um Ambiastro zu kümmern. Einen haben sie aus dem Weg räumen können, die beiden anderen bleiben noch. Und die müssen wir unter allen Umständen finden, John.«

»Lebend.«

»Klar. Wenn sie wirklich ein Mittel gegen den Todesnebel gefunden haben, bleibt uns eine Menge Forschung erspart.« Myxin lächelte. »Hoffentlich klappt es!«

»Die drei Kerle lasse ich abholen, sie erfrieren sonst. Was ist überhaupt mit den beiden anderen, die dich weggeschafft haben?«

Myxin deutete über seine schmale Schulter. »Die liegen dahinten. Ich nahm sie mir ein wenig vor.«

Ich lachte. »Das kann ich mir denken.«

Die Waffen sammelten wir ein. Dann lief ich zurück zum Bentley und rief das nächste Revier an. Als ich wieder aus dem Wagen stieg, war der Schnee auf meiner Kleidung getaut. Ich war klatschnass. Bis auf die Kopfhaut war das Wasser gedrungen, und ich hätte jetzt liebend gern einen Hut gehabt.

Abermals musste ich über den Hügel zurück. Der

Schnee fiel nicht mehr so dicht. Der Himmel lockerte auf, die Wolken zogen höher, es wurde heller, sodass nur noch ein gewisser Dunst zu erkennen war.

Myxin war in der Zwischenzeit nicht untätig geblieben. Er hatte die beiden von ihm ausgeschalteten Männer ebenfalls geholt und sie zusammen mit den drei anderen in den Mercedes verfrachtet.

Als ich eintraf, rammte er soeben die rechte Hintertür zu.

»Alles erledigt?«, fragte ich.

»Sicher. Und bei dir?«

»Man wird die Burschen abholen. Ich habe Bescheid gegeben. Wir warten solange.«

»Was machen wir mit dem Vampir?«

»Den lassen wir liegen«, erklärte ich. »Andere Dinge sind wichtiger. Diese Zigeuner scheinen meiner Ansicht nach doch einiges mehr zu wissen.«

Da gab mir Myxin Recht.

Die Wartezeit überbrückte ich, indem ich eine Zigarette rauchte. Gegen den feinen rieselnden Schnee schützte ich die Glut mit der hohlen Hand. Schneller als erwartet trafen die Polizisten ein. Sie kamen mit zwei Wagen.

Ein Streifenführer hatte das Kommando, und er wandte sich sofort an uns.

Wir erklärten ihm die Sache, ohne allerdings viel zu sagen. Details verschwieg ich lieber.

Wahrscheinlich hätte der Mann gern nachgefragt, er traute sich jedoch nicht.

Ich fragte ihn nach dem Zigeunerlager.

»Da wollen Sie hin, Sir? Geben Sie Acht, dass man Ihnen kein Messer in den Rücken rammt.«

»Wir wollen die alten Vorurteile doch mal beiseite lassen«, erwiderte ich. »Beschreiben Sie uns nur den Weg zum Lager.«

»Wie Sie meinen.«

Er gab uns die Beschreibung, und wir stellten fest, dass wir nicht mehr weit zu fahren hatten. Noch vor der nächsten Ortschaft lag das Lager rechts von der schmalen Straße.

Als wir abermals den Weg zum Bentley zurückgingen, schneite es nicht mehr. Die Wolkendecke war aufgerissen. Blauer Himmel schimmerte hindurch.

Ich musste die Scheiben vom Schnee befreien, bevor wir losfuhren. Auf der Straße lag jetzt eine dicke weiße Schicht. Der einfallende Wind wirbelte den Schnee wie feines weißes Pulver in die Höhe.

Im Schritttempo kamen wir voran. Wir sahen ein Schild am Wegrand. Lesen konnten wir nichts, da es von einer dicken weißen Schicht bedeckt war.

»Da ist das Lager.« Myxin deutete nach rechts, wo sich auf dem freien Feld die Umrisse einiger Wohnwagen abzeichneten. Ein offenes Feuer brannte, Qualm stieg in den Himmel und Rauch drang auch aus den schmalen Schornsteinen der Wagen.

Menschen sahen wir nicht.

Es gab einen Weg zum Lager. Zwei Fahrspuren führten von der Straße aus auf das Feld. Da der Neuschnee sie fast zugedeckt hatte, waren sie gerade noch zu erkennen.

Ich lenkte den Wagen hinein. Auf unebenem Boden näherten wir uns dem Lager.

Jetzt sahen wir die ersten Menschen. Bei einigen Wohnwagen wurden die Türen geöffnet. Männer erschienen. Sie blieben auf den Trittleitern vor den Türen stehen und nahmen dabei lauernde Haltungen ein.

Ich fuhr so weit, bis ich die ersten Wohnwagen erreicht hatte. Sie hatten einen Halbkreis gebildet. In dessen Mitte loderte das Feuer. Die Flammen stiegen aus einer großen Tonne, wobei die Hitze den Schnee um die Tonne herum weggetaut hatte.

Der Fuhrpark der Zigeuner stand hinter den Wohnwagen. Wenn ich durch die Lücke zwischen den Wagen schaute, sah ich die langen Schnauzen der Fahrzeuge.

Als wir ausstiegen, empfing uns Schweigen. Es wirkte wie eine Starre, die über dem Platz lag. Wenn es geschneit hat, ist die Welt sowieso schon ruhiger. Hinzu kam noch, dass niemand ein Wort redete. Fünf Männer schauten uns starr an.

Es waren Zigeuner. Das erkannten wir allein an ihrem

Aussehen. Jeder hatte dunkle Haare, sie sahen wild und irgendwie verwegen aus. Waffen konnten wir nicht entdecken.

Das Zuklappen der Türen war das einzige Geräusch in der herrschenden Stille.

Ich wollte es unterbrechen, als ich eine Frauenstimme vernahm. »Wer ist dort angekommen?«

Ich drehte mich halb nach rechts, denn die Stimme war in dem Wagen aufgeklungen, der dort stand und mir irgendwie größer als die anderen vorkam. Ein breitschultriger Mann machte den Eingang frei und eine alte Frau erschien.

Vor Jahren habe ich mal die Operette ›Der Zigeunerbaron‹ gesehen. Wie eine Figur aus diesem Musikstück sah diese Frau aus. Sie war steinalt, ging gebückt. Ein dunkelrotes Tuch bedeckte ihren Kopf. Darunter befand sich ein Gesicht wie eine lederne, aus zahlreichen Falten bestehende Maske. Die Alte trug einen dunklen Umhang, der bis über die Hüfte reichte. Das lange schwarze Kleid fiel bis auf die Füße.

Scharfe Augen musterten uns, und schmale Lippen öffneten sich zu einer Frage: »Was wollt ihr hier?«

»Sind Sie die Führerin der Gruppe?«, erkundigte ich mich.

»Ja, ich bin Azucena.« Sie sprach zwar Englisch, doch mit einer starken Färbung unterlegt. Ich tippte bei dieser Aussprache auf ein südeuropäisches Land.

»Kann ich Sie sprechen?«

Azucena bewegte ihren Arm und stützte sich am Türrahmen ab. »Worum geht es? Wir haben uns nichts zu Schulden kommen lassen. Außerdem besitzen wir eine Erlaubnis, hier überwintern zu dürfen.«

»Darum geht es nicht.«

»Wer sind Sie überhaupt?«

»Ich werde es Ihnen sagen«, erwiderte ich freundlich, griff in die Tasche und holte meinen Ausweis hervor.

Die alte Zigeunerin zuckte zusammen, dann gab sie dem jungen Mann, der in ihrer Nähe stand, einen Wink. »Schau nach, Tassilo!«

Der Zigeuner bewegte sich. Seine Schritte waren geschmeidig. Er hatte breite Schultern und trug trotz der Kälte nur ein ledernes Hemd. Seine Beine steckten in Jeans. Die Augen erinnerten an dunkle Kohlenstücke, die Nase stach aus dem Gesicht hervor wie der Schnabel eines Adlers. Als er seine Hand ausstreckte, um nach dem Ausweis zu greifen, sah ich die Tätowierung auf dem Rücken.

Sie zeigte drei Köpfe, die aus einem Hals stachen.

Ich hielt die Hand fest. »Ist das Ambiastro?«, fragte ich so leise, dass nur er und Myxin mich verstehen konnten.

Er zuckte zusammen, öffnete ein wenig den Mund und saugte scharf die Luft ein.

Diese Geste war mir Antwort genug. Ich ließ sein Gelenk los und gab ihm meinen Ausweis.

Er schaute ihn sich an. Auf seinem Gesicht malte sich Staunen ab. Es war auch noch nicht verschwunden, als er sich umdrehte und die alte Azucena anschaute.

»Er ist von der Polizei. Scotland Yard.«

Die Alte nickte, bevor sie antwortete. »So etwas Ähnliches dachte ich mir bereits, aber ich kann nur wiederholen, dass wir uns nichts haben zu Schulden kommen lassen.«

»Ich möchte trotzdem mit Ihnen sprechen«, sagte ich.

»Reden Sie!«

»Nicht hier. Gehen wir in Ihren Wagen.«

Die alte Zigeunerin überlegte. Sie schaute mich an, dann Myxin, und ich bemerkte, dass sich ihre Augen für einen Moment weiteten. Danach hatte sie sich wieder in der Gewalt. »Sie sind also nicht als Hüter der Ordnung gekommen?«

»Wenn Sie den Begriff so eng fassen, sicherlich nicht«, erwiderte ich. »Es geht um andere Probleme.«

Sie nickte und danach überraschte sie uns. »Du kannst Myxin mit in den Wagen nehmen.«

»Woher kennst du mich?« Zum ersten Mal mischte sich auch Myxin in die Unterhaltung ein.

Azucena drehte schon ab. Sie gab dabei eine orakelhafte Antwort. »Ich kenne viele, ich kenne vieles. Ich schweige lieber und sage es nur dann, wenn es auch Wert hat. Versteht ihr mich?«

»Fast«, erwiderte ich und gab dem kleinen Magier einen Wink mit dem Kopf.

Der Schnee knirschte unter unseren Sohlen, als wir auf den Wagen zuschritten. Die Holzstufen der Treppe waren nur nass. Man hatte sie vom Schnee gereinigt.

Schon auf der Schwelle empfing uns die bullige Hitze. Ein alter Ofen gab sie ab.

Er stand weit hinten im Wagen, ich sah ihn nur schattenhaft. Am besten war seine Platte zu erkennen, die rötlich glühte. Rechts stand ein altes Sofa, davor ein kleiner Tisch, ihm gegenüber eine Kommode, ansonsten sahen wir Stühle, allerlei Krimskrams und vor allen Dingen zahlreiche Bilder an den Wänden.

Sie zeigten Dämonen und Heilige, Landschaften und Gesichter. Ein bunter Wirrwarr, der irgendwie zu den Zigeunern passte und deren Vielfalt ausdrückte, die ihr Leben ausmachte.

Als ich weiter in den Wagen hineinschaute, da glaubte ich nahe dem Ofen noch drei schwere Gegenstände zu sehen. Erkennen konnte ich sie nicht genau, es brannte nur eine Lampe, die Fenster waren zudem verhängt, und das Licht der Lampe fiel von der Decke her direkt auf den Tisch, über dessen Platte eine Häkeldecke lag.

»Du schließt die Tür, Tassilo«, ordnete Azucena an, als sie auf dem Sofa Platz genommen hatte.

Ich hätte liebend gern mit der alten Zigeunerin allein gesprochen, doch ich konnte Tassilo nicht einfach hinausschicken. Schließlich besaß die Alte das Hausrecht, und wir hatten es zu respektieren.

Tassilo blieb an der Tür stehen. Die Arme hielt er vor der Brust verschränkt. Unter dem dünnen Hemd zeichneten sich deutlich die Muskeln ab. Dieser Mann war nicht leicht zu besiegen.

Auch wir wurden aufgefordert, uns hinzusetzen. Myxin und ich zogen uns Stühle heran.

Jetzt saßen wir der Alten gegenüber, die nur Augen für den kleinen Magier hatte.

»Myxin«, sagte sie mit leiser Stimme. »Ich grüße und ich achte dich, denn als es so weit war, da wusste ich, dass auch wir einmal zusammentreffen würden.«

»Wieso? Was hat dich so sicher gemacht?«

Azucena beugte ihren Kopf ein wenig vor. Der Lampenschein fiel jetzt auf ihr Gesicht und veränderte es. Er machte ihre Züge weicher, die Falten flossen mehr ineinander und sie wirkte auf einmal nicht mehr so alt.

»Ich habe Ambiastro entdeckt und mitgebracht«, fuhr sie mit leiser Stimme fort, »und sie zum Leben erweckt, versteht ihr? Sie leben! Atlantis kommt wieder …«

Susan Water sah den Inspektor fallen und stand da wie vom Donner gerührt. Das konnte doch nicht wahr sein! War der Chinese vor Schwäche umgekippt?

Sie dachte überhaupt nicht an ihren Vater, erst als sie das hämische Kichern vernahm, drehte sie sich um.

Charly Water stand da und hielt die Flasche noch in der Hand. Fünf Finger umklammerten den Griff, er schlenkerte seinen Arm und bewegte die Flasche wie eine Keule.

»Du?«, fragte Susan.

»Wer sonst?«

»Verdammt, bist du denn verrückt geworden? Du kannst doch keinen Polizisten niederschlagen!«

»Wieso nicht? Ich kann noch mehr. Verlass dich darauf. Ich hasse Polizisten, Schnüffler wie diesen da ganz besonders. Er wollte doch den Keller sehen, da schaffe ich ihn hinein.«

»Das tust du nicht.«

»Wer will mich denn daran hindern?«

»Ich«, erwiderte Susan entschlossen.

Charly Water schaute seine Tochter an. »Wenn ich auch angetörnt bin, Kleine, aber mit dir werde ich allemal fertig, das schreib dir mal hinter die Ohren.«

»Dann würdest du auch mich schlagen?«

»Klar, wenn du mir keine andere Wahl lässt.«

Susan atmete tief durch. Sie wollte den Kopf schütteln,

weil sie die Antwort ihres Vaters nicht begriffen hatte, aber nur ein Stöhnen drang über ihre Lippen.

»Willst du es ausprobieren?«, höhnte Charly.

»Nein. Aber ich gehe jetzt, und du kannst mich nicht daran hindern.«

»Wo willst du denn hin?«

»Ich hole die Polizei, die kann dich festnehmen, denn du stellst eine Gefahr für die Allgemeinheit dar. Tut mir Leid, dass ich so etwas sagen muss. Aber wie tief bist du gesunken? Wie tief, Vater!«

»Ich lasse dich nicht gehen!« Der Mann trat einen Schritt vor. Die freie Hand streckte er aus, doch Susan war schneller. Mit einer Drehung entging sie dem Griff.

»He, du …«

»Nein, ich gehe!«, schrie sie und eilte auf die Tür zu.

Da warf der Mann die Flasche. Er hatte zuvor ein Auge zugekniffen. Was wie ein grotesker Bühnenschwank wirkte, war in Wirklichkeit blutiger Ernst, und die auf die Reise geschickte Flasche überschlug sich einige Male in der Luft, bevor sie in das Kreuz des fliehenden Mädchens prallte.

Susan schrie auf. Sie hatte den Raum noch nicht völlig durchquert. Der Schlag in den Rücken trieb sie weiter nach vorn, durch die offen stehende Tür stolperte sie und brach dicht hinter der Schwelle weinend zusammen, wobei sie die Splitter der Flasche unter sich begrub.

Ihr Vater schwankte näher. »Schade um die schöne Flasche und den Inhalt«, murmelte er und schüttelte den Kopf, als könne er das alles nicht begreifen. Dann bückte er sich und schleifte seine Tochter wieder zurück.

Er hatte Susan unter die Schultern gefasst. Ihre Absätze zogen Streifen über den Boden. Im Rücken spürte sie so starke Schmerzen, dass sogar ihr Kopf davon erfasst wurde.

Viel schlimmer als die körperlichen Schmerzen war das Wissen darüber, dass ihr Vater nicht mehr auf ihrer Seite stand, sondern auf der der Feinde. Wer das war, wusste sie nicht, doch sie war sicher, dass ihr Vater einiges zu verbergen hatte.

Er lehnte sich an die Wand und schaute auf sie hinab. »Du kannst wählen«, sagte er, »entweder spielst du mit, oder du stellst dich gegen mich. Was willst du?«

»Wo soll ich mitspielen?«

»Frag nicht so dumm, das verstehst du nicht.«

»Ich will es wissen.«

»Es geht hier um Dinge, die nur Erwachsene wissen dürfen«, erklärte er.

»Daddy!« Susan schaute flehend zu ihrem alten Herrn hoch. »Daddy, ich bitte dich. Mach keinen Unsinn! Du gerätst da in Dinge hinein, die du vielleicht nicht mehr überschauen kannst. Deshalb höre auf mich. Steige aus, um meinet- und um deinetwillen. Ich flehe dich an.«

»Hör auf!« Er schüttelte starr den Kopf, stieg über den bewusstlosen Suko hinweg und verschwand aus dem Raum. Susan hörte, wie er einen Schlüssel zweimal umdrehte. »So«, sagte er triumphierend, als er zurückkehrte und den Schlüssel verschwinden ließ. »Das hätten wir geschafft, meine Liebe.«

»Was denn?«

»Du kannst nicht mehr weg. Ich habe abgeschlossen und durch die Fenster kommst du nicht. Die Luken sind viel zu klein für einen Menschen. Klar?«

»Aber – was soll ich hier?«

»Auf die Leiche Acht geben«, erklärte Charly Water grinsend. »Nur ein bisschen aufpassen.«

»Und du?«

»Ich bringe ihn jetzt runter.«

Susan erschrak, obwohl sie selbst Schmerzen genug hatte. »In den Keller?«

»Ja. Wohin sonst?«

»Aber was …«

»Halt jetzt deinen Mund, Kleine, sonst muss ich ihn dir stopfen.«

Charly Water lachte dumpf und rülpste zweimal tief. Dann drehte er ihr den Rücken zu und bückte sich, um den bewusstlosen Suko anzuheben.

Der Inspektor war schwer. Charly Water zudem betrunken, sodass er seine Mühe hatte, den Chinesen fortzubewegen, und er seine Tochter wütend aufforderte, ihm zu helfen.

»Ich kann es nicht …«

»Weshalb nicht?«

»Du hast mich mit der Flasche getroffen. Mir schmerzt der Rücken so stark, dass ich mich kaum bewegen kann.«

»Shit!« Charly schüttelte den Kopf. »Dann mache ich es eben allein«, erklärte er mit schwerer Zunge.

Susan schaute zu, wie sich ihr Vater abmühte. Er hatte Mühe, den Körper des Chinesen in Richtung Treppe zu ziehen. Des Öfteren legte er eine Pause ein, schaute seine Tochter immer an und verzog das Gesicht, als würde Essigwasser durch seinen Mund rinnen.

Susan rührte keinen Handschlag. Sie hatte sich gegen ihren Vater gestellt, sein Tun und Handeln war ihr zuwider. Sollte er zusehen, dass er den Polizisten allein die Treppe hinunterschaffte.

Bald entschwand er aus dem Blickfeld des Mädchens. Susan hörte ihn noch schimpfen und ächzen. Da musste er bereits die Treppe erreicht haben, über die er den bewusstlosen Polizisten in den Keller schleifte.

Susan Water blieb nicht liegen.

Ihr Vater hatte zwar abgeschlossen, sie würde diesem Gefängnis nicht entfliehen können, aber sie wollte auch nicht untätig auf dem Boden liegen bleiben, sondern etwas unternehmen. Das Haus musste ein Geheimnis bergen. Da war die Rede von drei Särgen gewesen, und was daran stimmte, wollte Susan unter allen Umständen herausfinden.

Bisher hatte sie auf dem Rücken gelegen. Jetzt rollte sie sich auf die Seite, spürte die Schmerzen und sah die Splitter der Flasche, die sich in ihr Handgelenk gegraben und leicht blutende Wunden hinterlassen hatten.

An ihrem Kleid wischte sie das Blut ab, blieb erst einmal in der knienden Haltung und rutschte dann langsam weiter.

Jeder Atemzug brachte ein Stechen mit sich, das durch ihren Körper zog, und sie bewegte sich auf den Tisch zu, wo die Leiche lag.

Susan streckte ihren Arm aus, umklammerte die Kante und zog sich hoch.

Ein wenig schwankend blieb sie stehen. Der Tote, auf den sie starrte, drehte sich vor ihren Augen, er wurde zu einem makabren Kreisel, und das Gesicht schien in einem widerlichen Grinsen erstarrt zu sein.

Susan biss die Zähne zusammen. Ruhig holte sie Atem, das Schwindelgefühl ließ nach und ihr gelang es, sich wieder auf die Umgebung zu konzentrieren.

Aus dem Keller hörte sie Geräusche. Das Schimpfen und Fluchen ihres Vaters war deutlich zu vernehmen. Er regte sich darüber auf, dass er mit dem Bewusstlosen so eine große Mühe hatte.

Susan Water setzte sich in Bewegung. Unsicheren Schrittes ging sie auf die Tür zu. Sie hielt sich dabei dicht an der Wand, um sich abstützen zu können, duckte sich und trat über die Schwelle.

Sie schaute in den Gang.

Linkerhand lag der Beginn der geschwungenen Treppe, die ihr Ende im Keller fand.

Susan war ehrlich genug, um sich einzugestehen, dass sie Angst vor diesem Raum hatte. Ihr Vater hatte immer dafür gesorgt, dass ihn niemand betrat. Nur einmal war sie unten gewesen, und sie erinnerte sich undeutlich an das düstere Totenlicht, das dort immer herrschte. Es verwandelte die Särge mit ihren Schatten in gespenstische Gegenstände.

Dann hörte sie das Lachen. Ihr Vater hatte es ausgestoßen, und dem Klang nach schien er froh zu sein, alles hinter sich zu haben. Susan war bereits drei Stufen gegangen, war dann stehen geblieben und lauschte in die Tiefe.

Schritte!

Dann Stimmen. Die ihres Vaters kannte sie, eine andere Stimme antwortete ihm. Was gesprochen wurde, konnte sie nicht verstehen, bestimmt hing es mit dem Fall zusammen, in dessen Mittelpunkt sich Susan auf einmal sah.

Sie bekam Herzklopfen. Ein rhythmisches Hämmern

war in ihrem Kopf zu hören, größer jedoch als die Angst war bei ihr die Neugierde. Susan musste wissen, was sich dort unten abspielte. Nicht zuletzt deswegen, weil sie ihren Vater vor irgendwelchen Dummheiten bewahren wollte, die ihn unter Umständen ins Verderben bringen konnten.

Zuerst hatte sie rufen wollen. Nach kurzer Überlegung ließ sie es bleiben, sie wollte ihren Vater überraschen und achtete nur darauf, dass sie möglichst lautlos die breiten Stufen nach unten schritt. Auf Zehenspitzen ging sie, hielt sich eng an der Wand und stützte sich mit einer Hand ab.

Die Atmosphäre veränderte sich. Nicht allein, dass es düsterer wurde und somit eine gewisse Unheimlichkeit zwischen den Mauern wohnte, auch schien sich die Luft verändert zu haben. Dem Mädchen kam sie anders vor, irgendwie aufgeladen, und Susan schüttelte sich, als sie daran dachte.

Was hauste dort unten? Und auf was hatte sich ihr Vater dort eingelassen?

Der Gedanke an etwas Schlimmes, Unbegreifliches machte ihr Angst, trieb sie gleichzeitig an und peitschte die Neugierde in ihr hoch.

Sie ließ sechs Stufen hinter sich und stand so weit unten, dass sie in den Keller hineinschauen konnte. In einer Ecke brannte eine alte Lampe, ihr gelblichroter Schein drang wie eine Wolke in das Kellerverlies, ohne es jedoch völlig zu erhellen. Die letzten Winkel leuchtete er nicht aus, allerdings reichte er so weit, dass er drei Gegenstände aus der Finsternis herausriss, deren Anblick Susan Water einen heftigen Schreck versetzte.

Es waren drei Särge!

Pechschwarz und mit golden schimmernden Griffen. Zwei Särge waren geöffnet, einer geschlossen, genau der in der Mitte.

Vor den geöffneten Särgen lag der Inspektor. Noch immer war er bewusstlos, und Charly Water umtanzte den Inspektor, rieb sich dabei die Hände, murmelte heisere Worte und hatte keinen Blick für die nach oben führende Treppe, wo seine Tochter stand und ihn beobachtete.

Noch lag der Inspektor nicht so günstig, dass Water ihn ohne weiteres in den Sarg schaffen konnte. Er musste ihn etwas näher heranziehen. Das tat er auch, bückte sich anschließend noch tiefer, schob seine Hände unter die Achseln des Mannes und hievte ihn in die Höhe.

Nur den Oberkörper brachte er hoch, die Beine blieben vorerst am Boden. Er konzentrierte sich noch einen Moment, holte tief Luft und wuchtete den Chinesen über die Sargkante. Die Beine schauten hervor, wobei Suko mit seinen Kniekehlen auf dem Sargrand lag.

Das Problem hatte der Mann bald auch aus der Welt geschafft. Er packte die Füße und drehte den Körper so, dass er in den Sarg fallen konnte.

Bisher hatte Susan starr auf der Treppe gestanden und zugeschaut. Sie konnte ihren Vater nicht mehr begreifen, ihr war unerklärlich, dass man so etwas tun konnte, und der Schreck hatte ihre Kehle praktisch zugeschnürt.

Nun aber, als Charly Water nach dem Sargdeckel griff und ihn auf das Unterteil legte, hielt Susan es nicht mehr länger aus. Sie schüttelte den Kopf und schrie: »Nein, nicht ...!«

Water zuckte herum.

Er sah seine Tochter, sein Gesicht verzerrte sich und er stieß nur ein hartes »Du!« hervor.

In diesem Augenblick geschah etwas, womit keiner der beiden gerechnet hatte.

Susan, die besser platziert stand, sah es zuerst.

Der Deckel des mittleren Sargs bewegte sich, wurde von unten her in die Höhe gedrückt, ein Spalt entstand, und durch diesen Zwischenraum schob sich eine bleiche, leicht grünlich schimmernde Hand.

Der Vampir kam ...

Der große Logan Costello schwitzte. Es war nicht die Wärme im Raum, die ihm zu schaffen machte, sondern die Person, die ihm gegenüber saß.

Eine Frau.

Lady X!

Wie immer ganz in Leder gekleidet und wie immer war sie mit ihrer Maschinenpistole ausgerüstet, aber auch mit dem Würfel, den sie zu ihrem Glück zurückerhalten hatte, nachdem er sich in den Händen der Unheilbringerin Pandora befunden hatte.

Aus gnadenlosen, kalten Augen starrte die Untote Costello an. Ihre Oberlippe hatte sie ein wenig zurückgeschoben, sodass der Mafiacapo sehr deutlich die beiden Vampirzähne erkennen konnte. Davor hatte er Angst. Er wusste, dass sich auch eine Frau wie Lady X vom Blut der Menschen ernährte, und so etwas machte ihn nervös. Seit Solo Morasso nicht mehr war, wurde er immer direkter mit den finsteren Mächten konfrontiert, denn Lady X ließ sich oft bei ihm blicken, da Costello einige Aufträge für sie ausführen musste.

So auch jetzt.

Doch Costello hatte versagt. Das wusste er, das wusste auch die Scott, und sie war hier, um ihn zur Rede zu stellen.

»Sie haben es nicht geschafft«, sagte sie. »Und dabei hast du fünf deiner Männer losgeschickt.«

»Einer ist vernichtet!« Costello musste etwas sagen, obwohl er wusste, dass die Ausrede mehr als lahm klang und von seinem Gegenüber auch nicht akzeptiert wurde.

»Na und?«, höhnte sie. »Was ist schon mit dem einen? Zwei existieren noch. Und sie sind eine Gefahr für uns. Sie kennen das Geheimnis des Todesnebels. Wenn sie es weitergeben, dann ist mein Würfel zwar nicht wertlos, doch ich bin einer großen Macht beraubt, und das, Logan Costello, wird auch auf dich zurückfallen, darauf kannst du Gift nehmen. Der Todesnebel muss meine starke Waffe bleiben und es darf niemandem gelingen, ein Gegenmittel zu finden.«

»Wir erwischen die beiden anderen noch.«

Lady X beugte sich vor. Ihre Gelenke winkelte sie an und stützte die ausgebreiteten Hände auf den Tisch. »Wann denn, zum Henker? Wann erledigst du sie?«

»Vielleicht in der nächsten …«

Da sprang die Scott auf. »Hältst du mich eigentlich für irre? Deine fünf Leute haben die Bullen, und Sinclair hat dies zu verantworten. Er mischt mit und er wird eins und eins zusammenzählen können, das kannst du mir glauben. Wahrscheinlich macht er in diesem Augenblick Jagd auf die beiden anderen. Die Zigeuner haben sie mitgebracht und wir müssen sie vernichten.«

»Ich kann meine Leute nicht offen in das Zigeunerlager schicken!«, beschwerte sich Costello. »Tut mir Leid …«

Lady X nickte. »Ja, das verstehe ich sogar. Nachdem sich die anderen fünf so idiotisch benommen haben, geht das einfach nicht. Ich begreife dich nur zu gut, aber wir müssen etwas tun.«

»Ich habe meine Verbindungen spielen lassen«, erwiderte der Mafiachef und wischte mit einem Taschentuch über sein Gesicht. »Ich habe alles versucht, wirklich.«

»Ist etwas dabei herausgekommen?«

»Ja.« Sehr lässig spielte Costello diese Trumpfkarte aus und überraschte selbst Lady X.

»Das kann ich kaum glauben.«

»Doch, ich habe etwas erfahren. Dein Würfel reagiert ja nicht bei diesen Wesen, aber mein Netz spannt sich unsichtbar über London. Es gibt Hunderte, die für mich die Augen offen halten …«

»Komm zur Sache!«

»Einer hat Erfolg gehabt. Er fand heraus, dass sich Ambiastro einmal im Zigeunerlager und sein noch lebender Drilling in einem alten Leichenhaus versteckt hält.«

»Wo finde ich das?«

Costello nannte die Adresse.

»Delaware Street?« Lady X runzelte die Stirn.

»Das liegt in Paddington.«

Die Vampirin nickte. »Gut, dass du es gesagt hast. Dann werde ich mich zuerst um das Zigeunerlager kümmern und anschließend um das Leichenhaus. Es wird ein toller Treffpunkt werden!« Sie schob ihren Stuhl zurück, lachte und ging langsam nach hinten. Den Würfel hielt sie dabei fest.

Costello beobachtete sie und sah mit an, wie aus dem Würfel Rauch quoll.

Er wurde sehr dicht, glitt auf Lady X zu und hüllte ihren Körper ein. In den nächsten Sekunden war sie verschwunden, sie hatte sich mit Hilfe ihres Würfels auf eine transzendentale Reise begeben.

Costello atmete auf. Ein Druck wich von seiner Seele. Obwohl er mit Lady X zusammenarbeitete, wünschte er sie in die tiefste Hölle. Er sprach den Fluch laut und deutlich aus. Danach griff er zur Rotweinflasche und setzte sie an die fleischigen Lippen.

Atlantis kommt wieder!

Welch große Worte aus dem Mund dieser Frau. Mir rann ein Schauer über den Rücken, denn gerade mit dem vor zehntausend Jahren versunkenen Kontinent hatte ich meine Erfahrungen gesammelt.

Ich war dabei gewesen, als dieser Kontinent unterging, hatte diesen grauenhaften Albtraum in Atlantis erlebt und fand immer wieder Spuren, die auf diesen Kontinent und dessen Vergangenheit hindeuteten.

Ob es Menschen waren, in deren Adern das Blut der alten Atlanter floss, oder irgendwelche Reste des längst versunkenen Kontinents. Reste, die auch magischer Art sein konnten, denn das alte Atlantis war zu einem Tummelplatz der schwarzen und der weißen Magie geworden. Dort hatte man die dämonischen und magischen Kräfte nicht ignoriert wie in heutiger Zeit. Man wusste mit ihnen umzugehen, und man hatte sie genutzt.

Auch Myxin kannte Atlantis.

Kurz bevor der Kontinent unterging, versank er in den langen Schlaf, der zehntausend Jahre dauern sollte und aus dem Suko und ich ihn erweckt hatten.

Schon damals musste es den Würfel des Unheils gegeben haben und Ambiastro, der Drilling-Dämon oder Vampir-Drilling, hatte versucht, ein Gegenmittel zu dem geheimnisvollen Todesnebel zu schaffen.

Myxin übernahm die Gesprächsführung und ich überließ sie ihm gern, denn er wusste mehr von diesem Kontinent. »Du hast von Atlantis gesprochen, als würdest du es kennen«, sagte er zu der alten Zigeunerin. »Du kennst auch meinen Namen. Ist es dir gelungen, eine magische Reise in diesen Kontinent zu unternehmen?«

»Nein, das habe ich nicht geschafft, obwohl es mein größter Wunsch gewesen ist.«

»Wie kennst du dich dann so gut aus?«

Da lächelte die Alte und meinte: »Wir Zigeuner sind ein Volk, das eine uralte Tradition besitzt. Wir ziehen mit offenen Augen durch die Welt, lassen uns Zeit für verschiedene Dinge, sehen das, was die meisten Menschen nicht sehen wollen, denn wir wissen die Dinge zu schätzen. Das alte Erbe einer längst vergessenen Kultur existiert. Es ist nicht vernichtet worden, man muss nur die Augen offen halten, dann wird man es finden.«

»Und du hast es gefunden?«

»Ich nicht, meine Mutter. Auf einer Insel im Meer war es. Dort entdeckte sie die Steintafeln, die von Atlantis und dem Würfel erzählten. Sie berichteten von einem geheimnisvollen Orakel, das die Geheimnisse des Würfels kennt ...«

»Und? Habt ihr das Orakel gefunden?« Diesmal stellte ich die Frage, denn eine selten erlebte Spannung hielt mich plötzlich umklammert.

»Nein, das habe ich nicht finden können, weil es verschollen ist. Aber man hat darüber geschrieben. Auf den Steintafeln steht etwas davon. Wir haben uns danach gerichtet und geforscht. Zwar fanden wir nicht das Orakel, aber wir entdeckten Ambiastro, den Vampir-Drilling, wie man heute sagen würde. Im alten Atlantis ernährten sie sich ebenfalls vom Blut anderer. Sie brauchten es ja, um zu überleben, denn sie forschten nach einer Waffe, die den geheimnisvollen Todesnebel stoppte.«

»Die Waffe ist nicht gefunden worden?«, hakte ich nach.

»Ich weiß es nicht. Sie haben nie darüber gesprochen, denn wir fanden sie in steinernen Särgen auf dieser Insel. Wir öffneten die Särge, fanden die Vampire schlafend, kannten die alten Texte und wussten, dass wir vor einer großen Entdeckung standen, die in den Kreislauf von Magie und Nichtmagie eingreifen konnte. Wir haben sie mitgenommen, denn wir wollten uns ihr Wissen aneignen, dass sie schon in Atlantis weitergegeben hatten.«

»Haben Sie es geschafft?«

Die alte Azucena schaute erst Myxin, dann mich an und schüttelte den Kopf. »Noch nicht, denn sie sind zu schwach. Ihr wisst vielleicht, nein, ihr wisst es bestimmt, was es bedeutet, ein Vampir zu sein. Er benötigt Blut, um überleben zu können, und dieses Blut müssen wir ihm geben, auch wenn es das von Menschen ist.«

Es waren Worte, die ich zwar verstanden hatte, jedoch nicht unterstreichen konnte. »Nein«, sagte ich entschieden. »Die Entmystifizierung des Würfels liegt mir zwar sehr am Herzen, aber nicht für diesen Preis. Es dürfen keine Menschen zu Vampiren gemacht werden, nur um an das Geheimnis des Todesnebels zu gelangen.«

»Eine andere Chance gibt es nicht!«, hielt mir Azucena entgegen.

»Dann müssen wir eben darauf verzichten. Man kann den Teufel nicht mit dem Beelzebub austreiben.«

»Der Todesnebel kostet mehr Opfer als Ambiastro.« Die Alte ließ sich nicht von ihrem Vorhaben abbringen. »Wir haben sie erweckt, wir wollen nun auch die Früchte ernten.«

»Wobei einer schon nicht mehr existiert«, erklärte Myxin.

Bisher hatte die Alte still dagesessen. Sie sprang zwar nicht auf, aber sie hob ihren Oberkörper an, die Augen begannen zu blitzen, der Mund öffnete sich und ein Wort nur drang über ihre Lippen: »Ihr?«

Myxin schüttelte den Kopf. »Nicht wir, Azucena. Andere haben sich darum gekümmert, das musst du mir glauben. Wir sind nicht eure eigentlichen Feinde. Es gibt jemanden, der weiß Bescheid, dass Ambiastro existiert. Durch dieses Wissen kann auch das Geheimnis des Würfels gelöst werden. Und dieser andere, der sich im Besitz des Würfels befindet, wird alles daransetzen, um

Ambiastro zu vernichten. Das ist ihm bei einem der Vampir-Drillinge bereits gelungen. Zwei andere leben noch, aber man wird Jagd auf sie machen, und ich weiß nicht, ob ihr in der Lage seid, das Erbe zu schützen.«

Azucena drehte den Kopf. Sie schaute Tassilo an, der an der Tür stehen geblieben war. »Sind die beiden noch da?«

»Ja.«

»Wo habt ihr sie versteckt?«, fragte Myxin.

Azucena lächelte. »Einer befindet sich ganz in der Nähe. Ein anderer an einem sicheren Platz.«

»Darf ich den wissen?«

Die alte Azucena schaute nicht mich an, sondern blickte auf die Tischplatte. »Ich weiß nicht, ob ich euch vertrauen kann.«

»Es ist besser, wenn du redest!«, drängte auch Myxin.

»Nun ja, ich kenne unsere Feinde. Ich weiß auch, wer den Würfel besitzt, und ich will euch sagen, wo sich Ambiastro befindet. Einer ist hier im Wagen.« Sie deutete in den Hintergrund, wo wir bereits bei unserem Eintritt den kastenartigen Gegenstand neben dem Ofen erkannt hatten. »Der andere noch lebende Ambiastro befindet sich in einem Leichenhaus auf einem kleinen Friedhof.«

»Was?«

»Ja. Es ist ein guter Ort. Dort arbeitet ein gewisser Charly Water, ein Trunkenbold, dessen erste Frau mit einem aus unserer Sippe durchgebrannt ist. Die Frau hat sich an ihn und seine Arbeit erinnert. Und sie schlug vor, Ambiastro dort zu verstecken. Das haben wir getan. Bis jetzt lief alles gut. Dass der Dritte gefunden und getötet worden ist, wusste ich nicht. Aber er wollte allein weiter und ließ sich nicht davon abbringen. Wir konnten ihn nicht halten, denn gerade wir wissen, wie es ist, wenn das Blut nach Freiheit schreit.«

»Kann ich den Letzten sehen?«, fragte Myxin.

»Ja, Magier, du kannst es. Und du wirst mir bestätigen, dass auch er die langen Jahre überdauert hat. Bestimmt kannst du dich noch an ihn erinnern.«

»In der Tat.«

»Es muss diese Insel im Meer neu entstanden sein. Wahrscheinlich durch ein Seebeben«, sagte ich. »Eine andere Möglichkeit kommt für mich nicht in Frage. Die gewaltigen Kräfte haben die großen Gebirge auf dem Meeresgrund verschoben, sodass sich neue Inseln bilden konnten, die dann blieben.«

»Ja, wir haben auf einer Insel, die niemand kennt, die auch sehr klein ist, die Steinsärge gefunden. Die Schrifttafeln wiesen uns den Weg, und wir hoffen, die Magie des alten Atlantis wieder beleben zu können.«

Das hofften wir eigentlich auch. Doch zuvor mussten wir noch einiges in die Wege leiten.

Ich dachte an das Orakel, von dem die Frau gesprochen hatte. Das Orakel von Atlantis. Bisher hatte mir noch nie jemand etwas darüber gesagt, auch Myxin nicht, und doch musste es sehr wichtig sein, wenn ich den Worten der Azucena Glauben schenken wollte.

Die Alte hatte sich erhoben. Dabei schob sie ihren Körper zwischen Sofa und Tisch weiter. Wir ließen sie, denn sie hatte hier das Hausrecht.

Niemand sprach mehr. Es war eine seltsame spannungsgeladene Atmosphäre, die im Raum lag. Azucena blieb stehen und streckte ihren mageren Arm aus, der auf Tassilo zeigte.

»Komm her!«

Der Zigeuner gehorchte. Er schritt an uns vorbei, ohne uns eines Blickes zu würdigen.

»Öffne du den Sarg, Tassilo!«

Der junge Mann verneigte sich vor der Alten, als sie ihm diesen Befehl gegeben hatte, ging vor bis zu dem Steinsarg, nickte, bückte sich und umfasste den Deckel mit beiden Händen.

Ich wollte helfen, doch Azucena hielt mich zurück. »Er wird es selbst schaffen«, flüsterte sie.

Tassilo schaffte es auch. Seine Muskeln drohten das Hemd fast zu sprengen. Wir hörten das Schaben des Sargdeckels, als er über das Unterteil glitt, konnten allerdings nichts sehen, da Tassilos breiter Rücken unser Sichtfeld verdeckte.

Nun hörten wir seinen Schrei.

»Aaahhh …« Es war ein schauriges Geräusch, das in einem Gurgeln endete.

Die Alte schrie den Namen des Zigeuners.

Ich sprang vor, schob sie zur Seite und konnte endlich sehen, was geschehen war. Mir stockte der Atem.

Aus dem steinernen Sarg war eine unheimliche Gestalt hochgeschnellt, hatte ihre Krallenhände um den Kopf des Zigeuners geschlungen und wollte sich an seinem Hals festbeißen, um ihm das Blut aus den Adern zu saugen …

Obwohl Lady X ein Vampir war, dachte sie manchmal sehr menschlich. Vielleicht lag dies in ihrer Vergangenheit begründet. Sie hatte die Schwächen und Stärken der Menschen erkannt und gekannt, sie selbst war ja ein Mensch gewesen, der auf der falschen Seite des Gesetzes gestanden hatte, denn Lady X war als Terroristin eine traurig berühmte Größe gewesen.

Sie hieß eigentlich Pamela Barbara Scott, den Namen Lady X hatten ihr die Zeitungsschreiber gegeben, er war presse- und publikumswirksam, und so war damals auch Dr. Tod aufmerksam geworden und hatte sie in die Mordliga aufgenommen.

Zu einem Vampir war die Scott praktisch aus Versehen geworden, sie versuchte jedoch, das Beste aus ihrer Lage zu machen, und hatte sich nach Morassos Vernichtung zur Führerin der Mordliga aufgeschwungen.

Sie besaß den Würfel des Unheils, eine ungemein starke Waffe, und sie wusste ferner, dass sie nicht nur innerhalb des Sinclair-Teams Feinde hatte, sondern auch unter den Schwarzblütern, denn nicht alle gingen mit ihr den gleichen Kurs.

Es tauchten immer wieder Probleme auf. Das Letzte war Pandora gewesen, und nun hatte sie von drei Wesen erfahren, die etwas über den Würfel wussten. Sie waren angeblich über den Todesnebel informiert, den der Würfel produzieren konnte.

Der Todesnebel!

Sie lächelte, wenn sie darüber nachdachte. Er war die Waffe, denn Menschen konnten ihr nichts entgegensetzen. Wenn er auf sie zu wallte, löste er ihnen die Haut vom Körper. Zurück blieben Skelette, Monster, die trotz ihres schaurigen Aussehens noch lebten.

Eine schlimme Sache, wenn man den Würfel auf diese Art und Weise manipulierte. Man konnte ihn allerdings auch anders einsetzen. Er brauchte seine Kräfte nicht zum Negativen hin zu entfalten. Wenn sein Besitzer es wollte, dann konnte dieser Würfel sie auch zum Guten ausbreiten und sich gegen alle Schwarzblüter stellen. Aus diesem Grund war auch John Sinclair so sehr hinter dem Würfel her.

Er hatte allerdings ein Mittel gegen den Todesnebel. Sein Kreuz. Sobald es mit dem Nebel in Berührung kam, wurde er vernichtet, aber Sinclair konnte nicht überall sein, und deshalb versuchte der Magier Myxin verzweifelt, ein Mittel gegen den Nebel zu finden.

Es gab eins, sicherlich, doch wie es hergestellt wurde, das konnte kaum jemand sagen. Die Erinnerung daran war verschüttet gewesen, denn die alten Atlanter hatten bereits danach geforscht.

Bis eben die Ambiastro-Sage lebendig wurde. Diese Vampir-Drillinge hatten sich im schwarzmagischen Teil des alten Kontinents mit dem Todesnebel beschäftigt und wussten ein Gegenmittel. Jetzt waren sie erweckt worden, und Lady X musste zusehen, dass man sie vernichtete. Wenn sie ihr Wissen weitergaben, sah es für sie schlecht aus, dann nützte ihr der Nebel nichts mehr.

Sie hatte Logan Costello eingeschaltet, wobei der Mafiaboss in ihren Augen wie ein Idiot reagierte, denn die geballte Kraft seiner Leute erreichte nichts.

Zwar hatten sie den Vampir töten können, waren jedoch erwischt worden, und zwei andere lebten noch.

Zudem mischte ausgerechnet John Sinclair wieder mit, und das passte Lady X überhaupt nicht, denn der Geisterjäger war ihr Todfeind Nummer eins.

Mit Hilfe des Würfels hatte sie sich bis nahe an ihr Ziel schaffen lassen.

Und nun stand sie auf dem Feld.

Eine einsame, unheimliche Gestalt, die sich deutlich von der weißen Fläche abhob.

Es schneite nicht mehr. Nur noch der Wind fuhr über die glatte Fläche und wirbelte hin und wieder kleine Wolken aus Schneekristallen hoch.

Als sie weiterging, hinterließen ihre Lederstiefel Spuren im Schnee. Das jedoch war ihr egal, die Menschen würden bald merken, wer sich ihnen näherte.

Vor ihr lag das Lager.

Da standen zahlreiche Wagen. Von ihrem bunten Anstrich war nichts mehr zu sehen. Die weiße Pracht hatte alles zugedeckt. Auch die Fahrzeuge der Zigeuner entdeckte sie. Sie parkten hinter den Wohnwagen und trugen ebenfalls Hauben aus Schnee.

Ein Feuer brannte.

Die Flammen schlugen mit ihren langen Armen aus einer Tonne, die mit brennbarem Material gefüllt war. Sie waren wie gierige Finger und tauten den Schnee in ihrer Nähe weg.

Sie beleuchteten aber auch einen Wagen, der in der Nähe stand und überhaupt nicht in das Lager hineinpasste.

Es war ein silbergrauer Bentley!

Lady X zuckte zusammen, als sie dieses Fahrzeug sah. Das kannte sie gut, es gehörte dem Geisterjäger John Sinclair, also befand er sich bereits in der Nähe.

Blitzschnell warf die Vampirin ihren Plan um. Wenn Sinclair da war, konnte sie das Lager nicht stürmen, denn es war einfach zu gefährlich.

Die Scott wusste genau, was sie tat, als sie zur Seite huschte und hinter einem Wagen Deckung fand. Er stand sehr günstig, und man konnte von dieser Stelle aus gut beobachten. Die Scott sah auch, dass sich außerhalb der Wagen niemand aufhielt.

Die Zigeuner blieben in den Wohnwagen. Dort war es warm. Sie schützten sich vor der Kälte.

Wo steckte Sinclair?

Lady X überlegte. Sie konnte nicht einfach fragen, sondern musste sich etwas einfallen lassen.

Schwierigkeiten waren da, um aus dem Weg geräumt zu werden. Nach dieser Devise ging sie immer vor und sie machte es auf ihre Art und Weise. Auf die harte Tour.

Irgendjemanden wollte sie packen und ihn zwingen, die Auskünfte zu geben, die sie benötigte.

Warum sich nicht gleich den Wagen vornehmen, in dessen Deckung sie stand?

Kalt war das Lächeln, das ihre Mundwinkel in die Breite zog. Sie brauchte nur über die kleine Leiter zu gehen, um die Tür zu erreichen. Diese Zigeuner hier gehörten noch zu den Armen. Sie besaßen keine technisch hochstehenden Wohnmobile oder Fahrzeuge, sondern noch die alten Holzwagen, die mehr an die Gefährte der Pioniere aus dem Wilden Westen erinnerten.

Vor der Tür blieb sie für einen Moment stehen, bevor sie fordernd dagegen klopfte.

Würde jemand öffnen?

Als sie die Hand zurückzog, ließ sie die Maschinenpistole von der Schulter gleiten und legte sie an.

Schritte hinter der Tür! Nicht sehr forsch, eher zögernd. »Wer ist da?« Die Stimme klang dumpf, sie schien einem alten Mann zu gehören, und Lady X lächelte kalt, als sie antwortete: »Öffnen Sie! Hier spricht die Polizei, Mister!«

Ein alter Trick. Lady X jedoch hoffte, dass er noch zog. Vor der Polizei haben die meisten Menschen Angst, ob ihr Gewissen nun rein war oder nicht.

Es wurde geöffnet. Ein Schlüssel bewegte sich innen im Schloss. Die Scott ließ dem anderen keine Chance. Sie wuchtete sich gegen die Tür, hörte einen Schrei, gleichzeitig den Aufprall, als der Körper getroffen wurde, und dann stand Lady X innerhalb des schmalen Wohnwagens, der mit alten Möbeln eingerichtet war.

Fast stieß sie mit dem Kopf gegen eine Lampe. Es war eine nackte Glühbirne, die unter der Decke schaukelte und ihr Licht auf ein erstarrtes Kindergesicht warf.

Ein kleines Mädchen schaute die Vampirin an.

Bevor das Kind schreien konnte, war Lady X schon bei ihm. Sie schlug mit dem kalten Lauf zu.

Das Kind brach zusammen.

Tot war es nicht, aber es konnte die anderen nicht mehr warnen.

Die Scott kreiselte herum und kümmerte sich um denjenigen, der von der Tür getroffen und zu Boden geschleudert worden war.

In der Tat krümmte sich ein älterer Mann am Boden und hielt seine Hand gegen den Magen gepresst, wo ihn die Klinke getroffen hatte. Schwer schnappte er nach Luft.

In seinen Augen standen Tränen. Lady X sah es, als sie sich zu dem Mann hinunterbeugte und ihn hochzog.

Er wäre wieder zusammengesackt, wenn die Scott ihn nicht festgehalten hätte.

Sie schleuderte ihn in einen alten Holzsessel mit zerschlissener Sitzfläche.

Einen Schritt vor ihm baute sie sich auf, senkte die Mündung der Waffe und zielte auf den Kopf des Alten. »Du hast drei Sekunden Zeit, mir eine Antwort auf meine Frage zu geben. Schweigst du, werde ich schießen.«

Dem Mann stand die Angst ins Gesicht geschrieben. Er zitterte wie Blattwerk im Wind. Ein Wort brachte er nicht über seine Lippen, und er wartete auf die Frage.

»Wo befindet sich Ambiastro?«, fragte Lady X.

Der Mann schluchzte. Eine Antwort gab er nicht. Er schüttelte nur den Kopf.

»Die drei Sekunden sind um!«, erklärte Lady X kalt.

»Halt, halt!« Der Alte sah, dass diese ganz in Leder gekleidete Frau es ernst meinte, und streckte seinen Arm aus, als wolle er Kugeln abwehren.

»Dann rede!«

»Sie sind bei Azucena!«

»Wer ist das?«

»Die Älteste aus der Sippe. Sie hat Ambiastro. Aber nur einen, wo die anderen sind, weiß ich nicht.«

»Das werde ich schon herausfinden«, erklärte Lady X kalt und fixierte den Mann.

Sie war eine Vampirin, ernährte sich vom Blut der Menschen, und hier lag jemand wehrlos vor ihr.

Die Scott ließ sich die Chance nicht entgehen. Sie drückte ihren Oberkörper nach unten, öffnete ihren Mund, der Mann sah die spitzen Zähne und wollte schreien.

Die Blutsaugerin presste eine Hand auf seinen Mund. Die Finger der anderen fanden die Haare des Alten. Sie bog den Kopf zurück, und dann waren plötzlich die Zähne da, die sich dort hineinbohrten, wo unter der Haut die Halsschlagader zu sehen war.

Lady X trank das Blut.

Sie ließ sich Zeit dabei. Auf eine Minute kam es jetzt nicht mehr an.

Hatte der alte Mann ihr bisher noch Widerstand entgegengesetzt, so erlahmte dieser nun. Er spürte zuerst den Schmerz, und ihm folgte eine Schwerelosigkeit, die in den Tod führte ...

Die Gestalt war schrecklich!

Ein Mittelding zwischen Skelett und Mumie. Sie schimmerte grünlich, der Schädel sah widerlich aus, denn über die Knochen spannte sich eine so dünne Haut, dass die Gebeine durchschimmerten.

Ein grauenhafter Anblick. Das Wesen hielt den Kopf des Zigeuners so umkrallt, dass dessen Hals frei lag, damit das Skelett seine Vampirzähne in das Fleisch schlagen konnte.

Ich hätte gern geschossen, aber ich brauchte Ambiastro noch, deshalb versuchte ich es mit den Händen.

Meine Hände wuchtete ich auf die Schultern des Zigeuners und zog ihn zurück.

Er schrie, die Knochenhände wollten nicht loslassen. Ich sah sie jetzt aus der Nähe und erkannte die dünne Haut, die sich zwischen den Fingern spannte.

Durch meine Aktion war der Vampir mit aus dem Steinsarg gezogen worden. Mit einer Hand hämmerte ich gegen seine Arme, doch er ließ nicht los und auch ein Hieb gegen den Kopf schaffte es nicht.

»Myxin!«, schrie ich.

Der kleine Magier sollte sich etwas einfallen lassen, denn so konnte es nicht weitergehen.

Und er tat etwas.

Myxin sprach eine Formel. Es waren Ausdrücke, die ich nicht kannte und auch nicht behielt, aber sie zeigten ihre Wirkung, denn die Gestalt ließ Tassilo los.

Er brach neben mir zusammen, kippte gegen die alte Azucena und riss sie fast von den Füßen.

Für sie hatte ich keinen Blick mehr. Ambiastro war für Myxin und mich wichtiger.

Er stand vor uns.

Zum ersten Mal konnte ich ihn genauer sehen. Ein magerer Körper, bedeckt mit einer dünnen Mumienhaut, durch die seine Knochen schimmerten. Dazu ein breiter Schädel mit Augenhöhlen, in denen weit hinten eine zuckende geleeartige Masse schwamm. Und die Haut zwischen seinen einzelnen Fingern hatte ich bereits gesehen, sodass sie mich in gewisser Weise an Schwimmflossen erinnerten.

Das Skelett war völlig nackt, und auch zwischen den Zehen spannte sich diese dünne Haut.

»Ist er das?«, fragte ich Myxin.

»Er muss es sein.«

Die Antwort erstaunte mich etwas. »Du weißt es nicht genau?«

Myxin lächelte. »Doch, trotz meines langen Schlafes.«

Ambiastro schien die Umgebung nicht zu gefallen. Er blieb auch nicht ruhig. Seine Hände öffneten und schlossen sich. Dabei spannte sich auch die Haut, und sie wirkte so, als würde sie jeden Moment platzen. Wieder wollte ich, dass Myxin uns half. »Willst du nicht mit ihm reden?«, fragte ich den kleinen Magier.

»Ich kann es versuchen.«

Wir zogen uns zurück, sodass sich die beiden allein gegenüberstanden. Wir, das waren Azucena, Tassilo und ich.

Ich schaute mir den jungen Zigeuner an. Er blutete am Hals. Allerdings sah ich keine Punkte, wie sie von Vampirzähnen hinterlassen werden, sondern lange, blutige Streifen, die bis an den Kragen seines Hemdes reichten.

War er schon infiziert worden?

Ich wollte es nicht glauben und schaute ihn mir genauer an. Oft konnte man in den Augen der Personen lesen, ob etwas geschehen war. Bei ihm sah es nicht so aus. Zudem schien er Schmerzen zu haben, denn er stöhnte leicht, während Azucena mit ihrer gichtkrummen Hand über sein Haar strich.

Myxin sprach.

Wieder einmal wunderte ich mich, was er alles wusste und an was er sich erinnerte. Er redete in der Sprache, die im alten Atlantis gesprochen worden war. Davon jedenfalls ging ich aus, aber Ambiastro gab ihm keine Antwort.

Das seltsame Skelett hielt sich eisern zurück.

Myxin änderte seine Redeweise. Sie wurde drängender. Die Laute, mit zahlreichen dumpfen Vokalen bestückt, drangen schneller aus seinem Mund, und er erzielte auch einen Erfolg, denn zum ersten Mal öffnete das Wesen seinen Mund, wobei innerhalb des Schädels ein dunkles Maul entstand.

»Was hat er gesagt?«, wollte ich wissen.

Myxin drehte mir kurz sein leicht grünlich schimmerndes Gesicht zu. »Er spricht von einem Orakel.«

»Und?«

»Mehr hat er noch nicht gesagt.«

»Beeil dich!«, forderte ich den kleinen Magier auf. »Ich habe ein verdammt ungutes Gefühl.«

»Wieso?«

»Lady X vielleicht. Sie wird alles daransetzen, um ihn in die Hände zu bekommen.«

»Du brauchst nicht zu bleiben, John. Wenn du draußen die Stellung halten oder nachschauen willst, ich habe wirklich nichts dagegen. Mit Ambiastro werde ich allein fertig, zudem verstehst du die Sprache nicht.«

Ich nickte. »Okay, ich schaue mich mal draußen ein wenig um. Vielleicht lauert die Scott schon.«

Azucena wollte dableiben. Tassilo ebenfalls. Ich aber schritt durch den Wagen und näherte mich der Tür.

Ich hatte bereits die Hand ausgestreckt, als es geschah. Vielleicht noch einen großen Schritt befand ich mich von der Tür entfernt, als sie von draußen aufgewuchtet wurde, mir entgegenflog, ich zur Seite kippte und die Gestalt auf der Schwelle nicht sah, dafür jedoch hörte.

»Ambiastro, jetzt stirbst du!«

Lady X hatte die Worte geschrien und schoss …

Die Hand aus dem Sarg!

Plötzlich fühlte sich das Mädchen in einen Gruselfilm versetzt. Von einem Augenblick zum anderen war Susan Water völlig von der Rolle, sie wusste nicht mehr, was sie tun sollte, und ausgerechnet jetzt schaute noch ihr Vater zu ihr hoch.

»Susan!«, schrie er. »Bist du wahnsinnig!« Plötzlich klang seine Stimme nicht mehr so schwerfällig, er schien seinen trunkenen Zustand abgeschüttelt zu haben, war voll da und nüchtern.

Susan hörte den Ruf ihres Vaters, sie blieb aber auf der Treppe stehen und reagierte nicht. Dafür schaute sie genau zu, wie der Sargdeckel von innen immer mehr in die Höhe gedrückt wurde und der Hand ein Arm folgte.

Nackt war er nicht. Er steckte in einem Ärmel aus dunklem Stoff, und als sich die Finger bewegten, da wurde Susan an die zuckenden Beine einer Spinne erinnert.

Sie ekelte sich, denn sie mochte diese Tiere überhaupt nicht.

Der Vampir stieg aus dem Sarg. Er wuchtete den Deckel jetzt schneller hoch, sodass der Unheimliche den Sarg verlassen konnte.

Er war völlig normal angezogen, wenn seine Kleidung auch altmodisch wirkte.

Seltsam schimmerte seine Gesichtshaut. Trotz der schlechten Beleuchtung glaubte Susan, das grüne Schimmern auf der Haut zu sehen. Ihr Vater hatte von Särgen und Vampiren gesprochen. Susan wollte es nicht glauben, nun sah sie die Worte ihres Vaters bestätigt.

Vampire brauchen Blut.

Susan wusste es. Sie hatte Filme aus diesem Genre gesehen, und sie konnte sich erinnern, dass es Graf Dracula gewesen war, der sich besonders gern das Blut junger Mädchen geholt hatte. Und Susan war jung …

Die Angst in ihrem Innern wurde zu Wellen hochgepeitscht. Sie bekam kaum Luft, die Kehle schien mit einem harten Band zugeschnürt zu sein, und sie musste mit ansehen, wie der Vampir auf sie zuging.

Das sah auch ihr Vater.

Mochte Charly Water in mancher Beziehung auch ein Schweinehund sein und sich nicht an gewisse Spielregeln halten, doch in diesem Falle reagierte er wie ein Vater, der sein eigenes Fleisch und Blut beschützen wollte. Er hielt es auf seinem Platz nicht mehr aus und stellte sich dem Blutsauger in den Weg.

»Nein!«, schrie er, wobei er seine Arme ausbreitete. »Du darfst sie dir nicht holen. Sie ist meine Tochter!«

Ambiastro war gnadenlos. »Geh aus dem Weg!«

»Aber sie gehört zu mir!«

»Das ist mir egal, denn du hast dich nicht an unsere Abmachungen gehalten. Ich habe dir gesagt, dass du zu niemandem darüber sprechen darfst. Ob Tochter oder nicht, das spielt keine Rolle. Wer hier ungerufen eindringt, dessen Blut gehört mir!«

Charly Water erkannte, dass ihm der Blutsauger überlegen war. Er würde keine Rücksicht nehmen, und dementsprechend reagierte der Leichenwäscher auch.

»Susan!«, brüllte er, sodass seine Stimme laut in dem alten Leichenhaus widerhallte. »Flieh, Susan, flieh – ahhhggrrr …«

Der Schlag erwischte ihn voll auf den Mund. Water hörte etwas brechen, bevor er zu Boden fiel und hart mit dem Rücken aufschlug, sodass der Vampir über ihn hinwegsteigen konnte und sich der Treppe näherte, wo Susan angststarr stand.

Sie hatte die Worte des Vaters sehr wohl vernommen. Allein, sie war nicht in der Lage zu fliehen, denn Charly hatte abgeschlossen und den Schlüssel behalten.

»Dad!«, rief das Mädchen verzweifelt. »Ich kann hier nicht wegkommen! Du hast doch den Schlüssel!«

Obwohl Charly Water am Boden lag und von dem Treffer geschwächt war, vernahm er die Worte seiner Tochter. Er begriff sie auch, und er wusste, dass er etwas unternehmen musste, sonst war Susan verloren.

Schwerfällig wälzte er sich herum. War er vorhin für einige Sekunden völlig nüchtern gewesen, so merkte er jetzt wieder die Wirkung des genossenen Alkohols, die sich einfach nicht aus seinem Körper vertreiben ließ und seine Bewegungen lähmte.

Es fiel ihm sogar schwer, seine Hand in der Tasche verschwinden zu lassen, um den Schlüssel hervorzuholen. Manchmal wallten Schlieren vor seinen Augen, in denen sich der Vampir bewegte wie ein Gummimann.

Der Alkohol, der Schmerz des Faustschlags, der Geschmack von Blut auf seiner Zunge, das alles brachte ihn aus dem Rhythmus, aber er riss sich zusammen und zog den Schlüssel aus der Tasche. Zwischen zwei Fingern hielt er ihn geklemmt, stieß den Namen seiner Tochter röchelnd aus und riss sich noch einmal zusammen, um auf die Füße zu gelangen.

Schwerfällig hob er den rechten Arm. Es war eine müde wirkende Bewegung, die allerdings von Susan wahrgenommen wurde, und sie sah auch den Schlüssel.

»Dad!«, schrie sie. »Bitte …!«

Der Vampir stand so dicht vor der Treppe, dass er nur sein rechtes Bein auszustrecken brauchte, um die unterste Stufe zu berühren. Natürlich hörte auch er den Schrei.

Blitzschnell wirbelte Ambiastro herum!

Vor sich sah er den halb aufgerichteten Mann, entdeckte den Schlüssel in der Hand und sah auch den rechten Arm, den der Mann nach hinten gedrückt hatte.

»Du …!«, keuchte der Blutsauger und riss beide Arme hoch, denn in diesem Augenblick schleuderte Charly Water den Schlüssel.

Durch die Bewegung des Vampirs war er irritiert worden. Er zögerte mit dem Wurf, und als er den Schlüssel endlich losließ, da beschrieb er keinen Halbkreis, sondern tat das, was der Fußballer Kerze nennt, denn der Schlüssel stieg fast senkrecht in die Höhe, tickte mit einem hell klingenden Geräusch gegen die Decke und erhielt durch diese Berührung eine andere Richtung.

Fangen konnte der Vampir ihn nicht mehr, auch wenn er sich zurückwarf. Der Schlüssel selbst erreichte ebenfalls nicht sein Ziel, sondern blieb genau vor der ersten Stufe liegen.

Susan stand drei Stufen darüber, der Vampir vielleicht zwei Schritte in entgegengesetzter Richtung.

Eine ungefähr gleiche Distanz.

Noch einmal riss sich Charly Water zusammen, als er gellend schrie: »Nimm den Schlüssel, Kind! Nimm ihhhhn ...!« Dann kippte er um und blieb auf dem Bauch liegen, weil er nicht mehr konnte. Die letzten Anstrengungen waren über seine Kräfte gegangen.

Susan Water allerdings hatte die Worte ihres Vaters genau verstanden. Wenn sie sich nicht beeilte, war alles verloren.

Und sie sprang.

Die letzten drei Stufen wollte sie mit einem Satz nehmen, aber auch der Vampir sah dies.

Er bewegte sich ebenfalls.

Susan hatte den Boden noch nicht berührt, als sie schrie, denn Ambiastro tauchte übergroß vor ihr auf. Sein grünbleich schimmerndes Gesicht war nur noch eine verzerrte Maske, mit der linken Hand hatte er zu einem Rundschlag ausgeholt, um das Mädchen zur Seite zu schleudern.

Er traf auch.

Allerdings hatte Susan instinktiv das Richtige getan und ihre Arme hochgerissen. So konnte sie dem Hieb die größte Wucht nehmen. Er traf nicht ihr Gesicht, sondern den Körper und die Arme. Der Vampir hielt sie nicht fest, er schleuderte Susan nur zur Seite, sodass sie gegen die Mauerkante an der Treppe prallte und ihre Beine wegrutschten.

Ambiastro hätte jetzt nachsetzen müssen, doch er wollte zuerst den Schlüssel.

Ihn an sich zu nehmen kostete Zeit. Trotz ihrer Panik bemerkte Susan dies, und sie tat etwas, worüber sie nicht einmal nachdachte. Susan schnellte auf die Füße, drehte sich um und es gelang ihr, an den zugreifenden Händen des Blutsaugers vorbei auf die Treppe zu flüchten, deren Stufen sie mit gewaltigen Schritten nahm.

Susan flüchtete in die obere Etage des Leichenhauses. Dort fühlte sie sich wohler, auch wenn sie eingeschlossen war, aber sie konnte vielleicht ans Fenster und um Hilfe schreien.

Eine breite Treppe ohne Geländer lag vor ihr. Susan hielt sich an der linken Seite, wo die Mauer in einem gekrümmten Bogen hochwuchs.

Wahnsinn!, schrie es in ihr. Verdammter Wahnsinn! Du träumst, du liegst zu Hause in deinem alten Metallbett, siehst die miese Lampe an der Decke, hörst das Schütteln der Fensterläden, wenn der Sturm daran zerrt, und das raue Lachen der Betrunkenen aus der nahen Kneipe.

Jetzt wachst du auf und …

Da spürte sie die Hand an ihrem Rücken. Eine kurze Berührung nur, den Bruchteil einer Sekunde, für das Mädchen jedoch so lange wie eine Ewigkeit.

Susan schrie.

Dieser Schrei löschte ihren Traum, trieb sie brutal zurück in die Wirklichkeit, sie schleuderte ihren Körper vor, nahm drei Stufen auf einmal und drehte in der Luft schwebend ihren Kopf, wobei sie hinter und ein wenig unter sich die verzerrte Fratze des Vampirs entdeckte.

Er würde sie nicht entkommen lassen. Ihr Blut sollte ihm gehören, nur ihm.

Sie bebte und zitterte. Die heiße Angst schüttelte sie, jagte Wellen durch ihren Körper, die Drüsen hatten sich geöffnet, sie sonderten Schweiß ab, der sich wie ein Film auf ihre Haut legte.

Das Ende der Treppe. Es war wie die letzte Hoffnung eines aus dem Fegefeuer in den Himmel Entlassenen.

Noch ein Sprung, der Tritt auf die Kante, der Moment des Kippens, dann war die Kraft der Verzweiflung da und sie wuchtete Susan Water wieder nach vorn.

Das Mädchen taumelte in den Gang. Sie musste nach rechts, denn er mündete in den Raum, wo die Leichen gewaschen wurden.

Dort saß sie in der Falle!

Das wusste sie, und doch konnte sie nicht anders. Susan kannte das Leichenhaus. Es gab noch andere Räume, kleinere Verstecke, Nischen, doch überall war sie eine Gefangene.

Und sie hörte den Schrei.

Ihr Vater hatte ihn ausgestoßen. Er hallte schaurig durch das Leichenhaus, wurde als Echo noch verstärkt und war fast zu einer Sinfonie des Schreckens geworden.

Als er verklang, da vernahm sie das pfeifende Geräusch. Es hörte sich grausam an und sie schüttelte sich, denn nur der Vampir konnte es ausgestoßen haben.

Kein Atmen, das stand fest, denn Vampire atmen nicht, aber das Pfeifen drang ihr unter die Haut, es war wie ein Messer, dessen Klinge hart in die Nervenbahnen schnitt.

Das Mädchen taumelte weiter. Es stieß mit der Hüfte gegen die Tischkante. Diese Berührung ließ Susan hochzucken und sie schaute automatisch auf den Tisch, wo die blasse Leiche des alten Mannes lag, der mit gläsern wirkenden Augen gegen die graue Decke stierte. Obwohl sich in seinem Körper kein Leben mehr befand, zuckte er. Allerdings war er nicht von den Toten erweckt worden. Susan Water hatte ihn nur berührt und ekelte sich vor der Kälte seiner Haut.

Sie ging jetzt rückwärts. Der Blick war starr auf den Vampir gerichtet.

Hier brannte das Licht einer Leuchtstoffröhre. Klar und deutlich zeichnete es jede Kontur nach. Für Susan war es ein grausames Licht und sie erkannte jetzt, dass die Haut des Vampirs tatsächlich einen grünlichweißen Schimmer aufwies.

War es Moder?

Der Vampir hatte die Lippen zurückgezogen. Das Pfeifen drang aus seinen Mundwinkeln, in den Ohren des Mädchens wurde es zu einem grellen, nervenzerfetzenden Konzert.

Mit den Fingern der rechten Hand berührte sie die Kante der Tischplatte. Als die Hand ins Leere fasste, da wusste sie, dass sie den Tisch hinter sich gelassen hatte.

Susan atmete heftig. Sie wischte im nächsten Augenblick nach rechts, denn sie wollte den großen Tisch zwischen sich und den Vampir bringen, um eine direkte Konfrontation so lange wie möglich hinauszuzögern.

Ambiastro ließ sich Zeit. Er wusste genau, dass ihm das Opfer nicht entkommen konnte. Dieses Leichenhaus war zu einer Menschenfalle geworden. Und er verhöhnte Susan noch, indem er in die Tasche griff, den Schlüssel hervorholte und ihn seinem Opfer grinsend präsentierte.

»Den möchtest du gern haben, nicht?« Er sprach abgehackt, brachte jedes Wort nur mühsam über die Lippen, als wäre er erst seit kurzem mit der Sprache vertraut.

Susan schüttelte den Kopf. Sie war stehen geblieben, eine Tischbreite befand sich zwischen ihr und dem Blutsauger. Susan sah die Häme in dem grünweißen Gesicht des Blutsaugers, die rot unterlaufenen Augen, und sie wurde wieder an die Figuren aus den alten Vampirfilmen erinnert.

»Warum?«, fragte sie verzweifelt und sank dabei in die Knie. »Warum willst du mich töten?«

Der Vampir lachte. »Nicht töten«, sagte er. »Ich will nur nicht, dass du mich verrätst.«

Das schnappte Susan auf. »Nein«, erwiderte sie hastig. »Keine Angst, ich schwöre dir, dass ich dich nicht verraten werde. Ich …«

»Keine Schwüre, die du nicht halten kannst. Die Angst allein würde schon dafür sorgen, dass du deinen Mund nicht halten kannst. Ich kenne das, ich weiß Bescheid. Irgendwann würdest du dich verraten, und das würde die Feinde auf meine Spur bringen, denn ich habe Feinde, sogar sehr starke.«

»Damit – damit …« Susan begann zu stottern, hob ihre Arme an und sprach weiter. »Damit komme ich doch überhaupt nicht in Berührung. Ich kenne deine Feinde nicht, weiß nicht, wer sie sind.«

»Aber sie werden dich finden und dich befragen. Das

darfst du nicht vergessen. Sie sind sehr schlau, sie wissen genau, wie man mich finden kann. Deshalb schalte ich alles aus. Deinen Vater brauche ich noch, danach ist auch er fällig.«

Nach diesen Worten setzte sich der Vampir wieder in Bewegung, streckte seine Arme aus und die gespreizten Hände schnellten über den Tisch, ohne das Mädchen allerdings zu erwischen, denn Susan zuckte zurück und die nach unten fallenden Hände des Blutsaugers klatschten auf die Leiche.

Susan schielte zur Tür.

Es waren nur wenige Yards. Auch wenn sie sie erreichte, hatte sie es noch immer nicht geschafft, denn sie war abgeschlossen, und sie konnte höchstens in den Keller, wo der Kreislauf wieder von vorn begann.

Ihr Blick fiel auf das große Waschbecken. Sie suchte nach einer Waffe, mit der sie sich gegen den Unhold verteidigen konnte. Da standen Eimer auf dem gefliesten Boden, Gummitücher waren ebenfalls vorhanden, sie sah einen Wischer mit breitem Gummirand, aber keine Gegenstände, die für einen Vampir tödlich waren.

Nicht einmal ein Messer!

Ambiastro kam.

Plötzlich wurde er schnell. Er hatte erkannt, dass das Mädchen abgelenkt worden war, huschte wie ein Schatten hinter dem Tisch hervor und tauchte vor Susan auf.

Die warf sich zurück. Sogar so weit, dass sie mit dem Rücken gegen die Kante des Beckens prallte, aufschrie und in ihrer Panik den Wischer griff.

Als der Vampir sie packen wollte, wuchtete sie ihn herum. Mit dem abgerundeten Ende des Griffs erwischte sie ihn und drückte ihn tief in den Leib des Vampirs.

Der hatte nicht damit gerechnet, dass sich das Mädchen noch einmal so wehren würde, vollführte eine unfreiwillige Verbeugung und Susan löste ihre linke Hand vom Griff, krümmte die Finger zu einer Klaue und zog sie durch das Gesicht des Vampirs.

Es war ein schreckliches Gefühl für sie. Die Haut erinnerte sie an dünnes, feucht gewordenes Papier, und sie blieb unter ihren spitzen Fingernägeln kleben.

Im nächsten Augenblick rutschte der Griff ab, der Vampir fiel gegen sie und hielt sich mit beiden Händen an ihr fest. Dabei schrie er wütend, warf das Mädchen gegen die Wand, das wie in Trance den Griff des Wischers festhielt.

Mit dem Tritt rechnete sie nicht.

Die Fußspitze des Vampirs prallte gegen das Gelenk des Mädchens. Unwillkürlich löste sie eine Hand vom Griff und bevor sie nachfassen konnte, wurde sie von einem Schlag erwischt, der sie in die Knie gehen ließ. Der Vampir hatte mit seiner Faust ihre rechte Schulter getroffen. Es war ein gemeiner Hieb gewesen, der Susan regelrecht paralysierte. Sie kniete auf dem Boden und nun stand der Blutsauger breitbeinig vor ihr.

Aus! Aus! Denken konnte sie noch. Diese Worte glitten wie Schreie durch ihr Gehirn, wobei sie seltsamerweise wieder Filmszenen vor sich sah, die sie einmal, wie erstarrt im Kino sitzend, aufgenommen hatte.

Der Vampir reagierte hier anders. Zwar beugte er sich auch über sie und sie entdeckte sein zerkratztes Gesicht dicht vor sich, aber er zog sie nicht in die Höhe, um ihr das Blut aus den Adern zu saugen. Er warf sie nur über seine Schulter.

»So«, sagte er und lachte rau. »Jetzt wirst du mir nicht mehr entkommen und auch nichts verraten können. Ich habe unten noch einen Sarg frei, in den werde ich dich legen, wenn ich dich einmal gebissen habe.« Sein schreckliches Kichern jagte Angstschauer über den Rücken des Mädchens.

Sie wippte auf seiner rechten Schulter liegend hin und her, als er mit ihr die Treppe hinab in den Keller stieg.

Die einzelnen Stufen wurden zu Wellen, anschließend verschwamm der Boden und sie sah auch eine Gestalt vor den drei schwarzen Särgen liegen.

Es war ihr Vater!

Erschöpft, ausgebrannt, leer. Vom Alkohol gezeichnet. Nein, er würde ihr keine große Hilfe sein.

Kaum hob er den Kopf an, als der Vampir mit seiner menschlichen Last den Keller betrat, bis zu den drei Särgen schritt, dort stehen blieb und seine Beute derart genau von der Schulter rutschen ließ, dass sie mit dem Rücken auf einem Sargdeckel liegen blieb.

Susans rechter Arm war steif. Er rutschte über die Kante, und die Hand berührte mit dem Rücken den Boden.

Susan wartete auf das Ende.

Der Blutsauger befand sich bereits in Bewegung, als er plötzlich innehielt und seinen Kopf drehte.

Er hatte etwas gehört.

Nicht hier im Keller, sondern oben, und zwar dort, wo sich die Tür nach draußen befand.

Schläge dröhnten dagegen.

Der Blutsauger reagierte. Er huschte vor bis zur Treppe, baute sich dort in Deckung der Mauer auf und wartete ab.

Für Susan Water begann das große Zittern. Sollte sie Glück haben und Hilfe nahen, oder waren das die Feinde des Vampirs, von denen er gesprochen hatte?

Susan wusste es nicht. Sie konnte nur noch eins tun: beten!

Es war eine altbekannte und grausame Melodie. Dieses widerliche hämmernde Tack-Tack der Maschinenpistole, wobei mich die Garbe sicherlich erwischt hätte, wäre ich von der aufgestoßenen Tür nicht zur Seite geschleudert worden.

So war ich auf dem Boden gelandet, rollte mich um meine eigene Achse, sah noch das Mündungsfeuer und hörte die Schreie.

Die Kugeln hatten getroffen.

Lady X demonstrierte mit diesem Angriff die Brutalität, zu der sie fähig war, und sie feuerte mit geweihten Silberkugeln, die eigentlich mir gehörten.

Was genau passierte, wurde mir hinterher von Myxin berichtet, denn ich war in den nächsten Sekunden zwischen Tür und Wagenwand eingeklemmt und somit ausgeschaltet.

Myxin erwischte es ebenfalls nicht, denn bei ihm wirkte sich die Körpergröße aus.

Dafür jagte die erste Garbe voll in den mumienhaften Skelettkörper des Vampirs aus Atlantis.

Konnte das geweihte Silber den Vampir zerstören?

Von den Einschlägen der Kugeln wurden die Knochen regelrecht zerhackt. Der Schädel als auch die Gliedmaßen hielten nicht mehr zusammen, die Haut zerplatzte, und die Splitter wirbelten durch den engen Wohnwagen, in dem sich innerhalb weniger Herzschläge ein mörderisches Inferno ausgebreitet hatte.

Vielleicht zwei Sekunden hatte diese Überraschung gedauert. Myxin lag am Boden, wollte seine Gegenmagie einsetzen, als wieder eine Garbe aufpeitschte. Diesmal traf sie einen Menschen.

Tassilo erwischte es.

Er hatte sich nicht in Deckung geworfen, wollte den Helden spielen. Die Kugeln rissen ihn förmlich auf die Zehenspitzen, wobei sein Körper plötzlich rot gesprenkelt aussah, denn aus zahlreichen Wunden quoll das Blut.

Ein gellender Schrei zitterte durch den Wagen.

Nicht Tassilo hatte ihn ausgestoßen, sondern die alte Azucena. Tassilo hatte sie, als er sich vorwarf, noch umgestoßen, sodass sie bis gegen die linke Seite des Sofas gefallen war, dessen dicke Lehne einen Teil der Kugeln aufgefangen hatte.

Ebenso schnell, wie sie gekommen war, verschwand Lady X wieder.

Das war der Augenblick, als ich auf die Füße kam, meine Beretta zog und Myxin auf den Ausgang zuhuschen sah.

Ich riss die Tür ganz auf und ließ mich fallen. Aus der liegenden Haltung schaute ich nach draußen, hatte den rechten Arm weit vorgestreckt und zielte ins Nichts.

Lady X war verschwunden!

Aufgetaucht wie ein Spuk in der Nacht und ebenso entwischt. Wir hatten das Nachsehen.

Trotzdem suchten Myxin und ich. Schreie irrten durch das Lager. Die Schüsse hatten die anderen Menschen aufgeschreckt. Myxin rannte nach rechts weg, ich nahm mir die linke Seite vor und lief an der Rückseite des Wohnwagens entlang.

Der Boden war glatt und weiß. Keinerlei Spuren.

Als ich mit noch immer schussbereiter Waffe das Ende des Wagens erreichte, entdeckte ich Lady X.

Sie stand neben einem Traktor und hielt den Würfel fest. Dabei hatte sie ihn schon so weit aktiviert, dass er seine Kraft ausspielte und sie wegteleportierte.

Ich hatte das Nachsehen.

Vielleicht hätte ich Lady X sogar packen können. Wäre ich eine Minute früher nach draußen gegangen, wäre es mir vielleicht gelungen. So aber hatte sie uns mal wieder einen Streich gespielt.

Ich lief denselben Weg zurück und sah Myxin im Eingang des Wagens stehen.

In meinem Gesicht las der Magier, was geschehen war. »Du also auch nicht?«, fragte er.

»Leider.«

»Na denn ...«

Weiter konnten wir uns nicht verständigen, denn wir waren im Nu von Menschen umringt. Jeder wollte etwas sagen, und alle sprachen durcheinander.

Ich fasste Myxin am Arm. Zusammen mit ihm ging ich die Holztreppe hoch, und wir betraten den Wagen.

Ein schaurig klingender Klagegesang Azucenas empfing uns. Das Bild, das ich nach meinem Eintritt sah, versetzte mir einen Schock.

Azucena kniete etwa in der Mitte des Wagens auf dem Boden. Ihr Rock bildete zwischen den mageren Oberschenkeln eine Mulde, in die sie den Kopf des toten Tassilo gebettet hatte.

Der Tote lag mit seinem Körper auf dem Boden. Arme und Beine so von sich gestreckt, als würden sie nicht mehr zu ihm gehören. Auch sein Gesicht war blutig, und der dunkle Lebenssaft nässte den Stoff des Rockes, auf dem sein Kopf lag.

Hier erlebten wir eine echte und tiefe Trauer, ebenso tief wie der Schmerz, den diese alte Frau empfand.

Wir blieben stehen, weil wir einfach nicht weitergehen konnten. Jeder Schritt erschien uns wie eine Störung und ich saugte die Laute der Klage auf wie ein trockener Schwamm das Wasser, wobei es mir kalt den Rücken hinabrann.

Plötzlich verstummte Azucena. Von einem Augenblick zum anderen geschah dies und die Stille des Todes breitete sich in dem kleinen Wohnwagens aus. Die Menschen draußen, die durch die offene Tür mit ihren bleichen Gesichtern hereinstarrten, wagten nicht einmal zu atmen.

Sie schienen in der Kälte erstarrt zu sein. Manche Hand, die ein Kreuzzeichen hatte schlagen wollen, war auf halbem Weg stehen geblieben, sodass die Menschen an Statuen erinnerten.

Allmählich nur hob Azucena den Kopf. Sie blickte nach vorn, und sie schaute uns dabei an.

»Wir haben versagt«, sagte sie.

Drei Worte nur. Doch eine Anklage, die mich sehr hart traf. Sie wirkten wie Schläge, die gegen mich geführt worden waren, und die Worte waren umso schlimmer, da sie von dieser alten Frau gesprochen wurden.

Drei Worte, die mich fertig machten.

Sollte ich mich verteidigen? Nein, ich wäre mir irgendwie lächerlich vorgekommen. Es gab da nichts zu sagen, ich hätte ihr keinen Trost spenden können, denn sie hatte nicht nur Tassilo verloren, sondern auch den zweiten der Vampir-Drillinge.

Ambiastro gab es jetzt nur noch einmal! Lady X hatte ihr Ziel fast erreicht.

Ich wandte meinen Blick von Azucena ab und schaute dorthin, wo die Reste lagen.

Die Scott hatte den mumienhaften Vampir aus dem alten Atlantis regelrecht zerschossen. Die Trümmer und Reste seiner Gestalt lagen überall verstreut. Seltsamerweise war der Schädel jedoch unversehrt. Ich sah ihn am Tischbein liegen, und in den Augenhöhlen erkannte ich diese geleeartige Masse, die sogar lebte.

Ich machte Myxin darauf aufmerksam.

Der kleine Magier überlegte einen Augenblick und reagierte erst dann. Zunächst einmal rein akustisch. »Das kann etwas bedeuten«, flüsterte er.

»Und was?«

Myxin lächelte. »Ich versuche die ganze Zeit über, mich zu erinnern. Die Augen sind nicht zerstört. Weshalb nicht?«

»Kannst den Schädel ja mal fragen.« Diese Worte waren so einfach dahingesagt, für Myxin allerdings waren sie eine ernste Sache.

»Das tue ich auch, John. Sieh nur, wie sich der Mund bewegt.«

Ich ging etwas näher heran. In der Tat bewegten sich die beiden Kiefer des Schädels, als wolle uns der Kopf etwas mitteilen. Einen Laut hörten wir jedoch nicht.

»Das hat doch etwas zu bedeuten«, sagte ich. »Myxin, befasse dich mal näher mit dem Kopf.«

»Gib mir die Kreide!«

»Welche?«

»Die magische natürlich.« Myxin streckte bereits seinen Arm aus und hielt mir die offene Handfläche entgegen.

Als er die Kreide entgegengenommen hatte, erkundigte ich mich, was er vorhatte.

»Ich möchte ihn irgendwie magisch einkreisen, damit ihn keine anderen Strömungen ablenken. Vielleicht hat er uns wirklich eine Botschaft mitzuteilen.«

»Versuch es. Ich drücke dir die Daumen.«

Myxin bewegte sich vorsichtig auf den Schädel Ambiastros zu. Er war sehr gespannt, das sah ich seinem Gesicht an, in dem sich nichts bewegte.

Natürlich hatten sich die Zuschauer nicht zurückgezogen. Dafür waren sie viel zu neugierig. Sie standen an der Tür, starrten in den Wagen und schauten zu uns.

Auch die alte Azucena hatte aufgehört zu weinen. Sie wollte ebenfalls sehen, was der Magier aus Atlantis vorhatte.

Myxin blieb vor dem Schädel stehen und bückte sich.

Er hütete sich, ihn zu berühren, streckte nur den rechten Arm aus, in dessen Hand er die magische Kreide hielt.

Es war keine normale Schulkreide. Diese Kreide bestand aus Tierfetten und Salben, die speziell angefertigt wurden und einer weißmagischen Beschwörung unterzogen worden waren.

Würde sie auch auf den Schädel reagieren, der so viele tausend Jahre alt war?

Mit der Kreide berührte Myxin den Boden. Ich rechnete damit, dass er einen Kreis zeichnen würde, doch das war ein Irrtum. Er zeichnete ein Dreieck, das an eine Pyramide erinnerte.

Es war auch eine Pyramide.

Damit lag auf der Hand, dass er eine Magie anwenden wollte, die es schon in Atlantis gegeben hatte. Und eine Pyramide hatte auch bei der Enträtselung des Kreuzes eine Rolle gespielt, denn die Pyramide des Wissens hatte mich durch die Zeiten transportiert.

Während Myxin zeichnete, sprach er auch. Es waren Worte, die ich noch nie zuvor gehört hatte. Myxin beherrschte die alten Sprachen noch, und das war unser Glück. So konnte er vieles enträtseln, was für mich unverständlich geblieben war.

Der Schädel bewegte die Kiefer noch immer. Ich hörte nichts, die Magie griff nur allmählich ein.

Der Schädel nahm langsam eine andere Farbe an. Die der magischen Kreide übertrug sich auf ihn. Das Hellgrün des Kopfes ging zurück, und ein rötlicher Schimmer nahm von dem Schädel Besitz.

Atemlos schaute ich zu und hörte das Zischen.

Jetzt redete der Schädel. Er zischte Myxin die Worte entgegen. Für uns waren sie nicht zu verstehen, der kleine Magier hörte gespannt zu und nickte.

Er stellte noch eine Frage, die ebenfalls beantwortet wurde.

Kaum hatte der Schädel die kehligen Worte ›ausgespuckt‹, als es mit ihm vorbei war.

Der Rest fiel in sich zusammen.

Im Nu hatte er sich aufgelöst und zurück blieb ein

mehliger Staub innerhalb der aufgezeichneten magischen Pyramide.

Das war alles, was noch an Ambiastro erinnerte.

Mehr nicht …

Myxin erhob sich. Er trat auf mich zu und gab mir die magische Kreide zurück.

Gespannt schaute ich ihn an. »Was hat er gesagt?«

»Er erwähnte oft das Orakel von Atlantis.«

»Und?«

»Irgendwie muss es mit dem Würfel des Unheils zusammenhängen. Ich kann mir aber selbst nicht vorstellen wie.«

»Sonst hat er nichts gesagt?«

»Doch, da war noch etwas. Er redete auch von einer Insel. Sie soll Sedonis heißen.«

»Sedonis?«, murmelte ich, und schüttelte den Kopf. »Nie gehört den Namen. Du vielleicht?«

»Nein«, sagte Myxin.

»Vielleicht fragen wir mal die alte Azucena.«

»Das wollte ich dir eben vorschlagen.«

Die Zigeunerin saß nicht mehr auf dem Boden. Sie hatte auf der Couch ihren Platz gefunden und starrte ins Leere. Ich berührte sie an der Schulter. Sie musste es bemerkt haben, reagierte jedoch nicht, sondern schaute weiterhin in unbekannte Fernen.

»Azucena«, sprach ich sie an, und meine Stimme war drängend geworden. »Bitte, Azucena, hören Sie mich an!«

Erst jetzt reagierte sie und drehte langsam den Kopf, als wäre sie aus einem tiefen Traum und nach langem Schlaf endlich erwacht. »Was ist denn?«

»Ich muss Ihnen leider einige Fragen stellen«, sprach ich leise. »Wollen Sie versuchen, diese zu beantworten?«

»Ja, reden Sie.«

»Wer oder was ist Sedonis?«

Sie zuckte zusammen, als sie den Namen hörte, und hob sofort den Kopf, um mich anzuschauen. »Woher haben Sie es?«

»Dann kennen Sie Sedonis?«

»Ja.«

»Ist es eine Insel?«

»Es ist die, die wir oder die ich besucht habe. Dort fanden wir die alten Tafeln.«

»Die dort noch liegen?«

»Ja. Sie berichteten von Ambiastro. Sie zeigten uns den Weg und wir fanden die drei Steinsärge mit ihren Leichen. Zwei sind tot, aber einer lebt noch.«

»Gab es noch etwas auf der Insel?«, hakte ich nach.

»Nein.«

»Und wo finden wir sie?«

»Sehr weit weg. Sie liegt im Meer ...«

»Aber ihr seid auch hingekommen.«

»Sicher. Mit dem Boot, doch ich möchte nicht noch einmal dorthin fahren. Stürme und Wind haben es uns ...« Sie redete nicht mehr weiter, sondern begann wieder zu weinen.

Ich wandte mich ab. »Hier werden wir nichts mehr erreichen«, sagte ich zu Myxin. »Lass uns wieder gehen. Noch lebt der dritte Vampir.«

»Und den brauche ich lebend«, erklärte Myxin. »Ich will endlich wissen, ob sie das Gegenmittel für den Todesnebel kennen und ob es so etwas überhaupt gibt.«

»Ja, da bin ich auch gespannt.« Bevor wir endgültig verschwanden, redete ich noch einmal mit Azucena. Ich sagte ihr, dass wir eventuell zurückkehren würden.

Sie nickte nur.

Als ich mich noch einmal nach der Adresse des Leichenhauses erkundigte, antwortete ich mit tonloser Stimme.

»Ich hoffe nur, dass wir vor Lady X da sind«, sagte ich zu Myxin draußen im Schnee stehend.

»Bei den Straßen!«

Ich lächelte. Myxin hatte wahrscheinlich noch etwas hinzufügen wollen, nun hielt er den Mund.

»Wir brauchen ja nicht unbedingt den Bentley zu nehmen«, erklärte ich. »So wie du und Kara reisen, ist es auch nicht schlecht – oder?«

»Denkst da an den magischen Sprung?«

»Sicher.«
»Und dein Wagen?«
»Den klaut schon keiner. Komm, wir haben keine Zeit! Lady X ist bestimmt schneller.«

Myxin war einverstanden. Nur wollte er den magischen Sprung nicht genau dort durchführen, wo wir standen. Es waren ihm zu viele Zuschauer anwesend. Er bat mich, ein wenig zur Seite gehen zu dürfen.

Dagegen hatte ich nichts.

Wir bauten uns hinter einem Wagen auf. Ich wusste selbst, dass es Myxin noch immer schwer fiel, diesen Sprung durchzuführen, denn so etwas kostete Kraft. Kara, der Schönen aus dem Totenreich, fiel dies wesentlich leichter.

Etwas lenkte mich ab.

Von irgendwoher hörte ich das Stöhnen. Ich hatte mich bereits auf den Sprung konzentriert, als es an meine Ohren drang und mich regelrecht aufschreckte.

»Was war das?« Die Frage stellte ich automatisch und brachte Myxin damit aus der Ruhe.

»John, ich kann mich nicht konzentrieren. Du musst schon ...«

Eine Handbewegung meinerseits brachte ihn zum Schweigen. Erst jetzt merkte Myxin, dass ich ihn nicht ohne Grund ablenken wollte.

»Was ist denn?«
»Da hat jemand gestöhnt.«
»Und wo?«
»Das möchte ich erst noch herausfinden. Bleib du aber hier und konzentriere dich weiter. Ich werde mal nachsehen.«

Wir hatten uns zwischen den Wagen aufgebaut. Das heißt, hinter uns befanden sich die Wohnwagen, während vor uns die Zugfahrzeuge standen. Zumeist große Limousinen älterer Baujahre.

Ich lauschte, doch das Stöhnen wiederholte sich nicht. Zudem waren die Stimmen der Zigeuner zu laut geworden. Die Frauen begannen schon mit Klagegesängen für den Toten.

Ihr Heulen jagte mir einen Schauer über den Rücken. Nach meinen Erlebnissen wollte ich dem Geräusch unbedingt auf den Grund gehen, denn normalerweise hätte ich mich darum nicht gekümmert, so aber konnte es unter Umständen mit unserem Fall zu tun haben.

Obwohl sich zahlreiche Zigeuner vor ihren Wagen befanden, hatten sie die Türen der fahrbaren Behausungen geschlossen. Es sollte keine Wärme entweichen. Deshalb fiel mir auf, dass eine Tür offen stand. Es war die, die ich soeben passieren wollte.

Das ließ mich misstrauisch werden.

Sofort blieb ich stehen.

In den Wagen hineinzuschauen brachte nicht viel, denn dort brannte kein Licht. Durch die Fenster mit den Vorhängen sickerte nur eine graue Brühe, die kaum etwas erhellte.

Dieser Wagen interessierte mich, denn ich war mir sicher, dass aus ihm das Stöhnen gedrungen war. Die drei Stufen der kleinen Treppe überwand ich mit einem Schritt, stand vor der Tür und drückte sie nach innen.

Jetzt fiel mehr Licht in den Wagen, und mein Herz übersprang vor Schreck fast einen Schlag, als ich das Kind auf dem Boden liegen sah. Es war ein kleines Mädchen mit pechschwarzen Haaren. Im ersten Augenblick wirkte es wie tot. Mein Magen zog sich zusammen. Ich eilte auf die Kleine zu, bückte mich und meine Finger fuhren über das blasse Gesicht mit den geschlossenen Augen.

Die Haut war warm, und ich spürte auch das Zucken der Halsschlagader.

Das Kind lebte.

Aber hatte es gestöhnt?

Wohl kaum, denn ein kindliches Stöhnen hätte sich auf alle Fälle anders angehört. Nein, da musste noch etwas anderes dahinter stecken, und mir wurde bewusst, dass dieser Wagen auch eine Falle sein konnte.

Im nächsten Moment hatte ich die Gewissheit, denn hinter mir war ein Geräusch aufgeklungen.

Schon verdammt nahe. Ich brachte den Laut mit den

Schritten in Verbindung, warf mich gleichzeitig zur Seite und drehte mich noch in der Bewegung herum.

Deshalb verfehlte mich der Hieb.

Er war mit einem Knüppel geführt worden und diese Waffe befand sich in der Hand eines Mannes, dessen verzerrtes Gesicht wie ein geisterhafter Fleck leuchtete.

Die Schlagwaffe hatte mich verfehlt, der Knüppel schrammte über den Boden, der Alte grunzte wütend und wollte sich herumwerfen. Ich trat im Liegen zu, erwischte ihn auch, sodass er zurückgeschleudert wurde, auf einen Stuhl krachte und diesen kurzerhand mit umriss.

Kaum hatte er den Boden berührt, als er sich mit einer für sein Alter unwahrscheinlichen Geschmeidigkeit wieder erheben wollte, um mich erneut zu attackieren.

Diesmal ließ ich ihm keine Chance, denn ich hatte etwas Schreckliches an ihm festgestellt.

Er war zu einem Vampir geworden!

Aus seinem Oberkiefer wuchsen zwei spitze Zähne. Das Gesicht war verzogen, in den Augen stand die Gier nach meinem Blut. Doch da sollte er sich geschnitten haben.

Das Kreuz wollte ich nicht nehmen, die Beretta ebenfalls nicht, sondern den Dolch.

Ich riss ihn hervor.

Der alte Vampir schien zu ahnen, dass seine letzte Stunde geschlagen hatte, er ächzte voller Angst, beugte seinen Oberkörper nach hinten und hob einen Arm angewinkelt an, um ihn als Deckung vor sein Gesicht zu halten.

Ich warf noch nicht, denn dieser Bluttrinker sollte mir zuvor noch Auskünfte geben.

»Wer war es?«, fuhr ich ihn an. »Wer hat dich zum Vampir gemacht? Los, gib Antwort!«

»Ich – ich …« Er konnte vor Angst kaum sprechen und musste mit ansehen, wie ich schwungvoll auf die Füße sprang und dicht vor ihm stehen blieb, sodass er genau auf die Dolchklinge schauen konnte und wahrscheinlich schon die Ausstrahlung dieser geweihten Waffe spürte.

»Rede! War es eine Frau?«

»Ja …«

Da wusste ich Bescheid. Lady X war für diese Tat verantwortlich. Ich schaute den Vampir genauer an. Er stand nach hinten gebeugt vor mir. Sein Hals war gestrafft, und dort sah ich die beiden roten Flecken, die der Vampirbiss hinterlassen hatte.

Dann stieß ich zu.

Ich tat es nicht gern, aber es gibt nun mal keine andere Möglichkeit, um Vampire zu erlösen. Seit alters her waren es dieselben Methoden, daran hatte sich nichts geändert, und der Stich mit dem Dolch traf ihn dorthin, wo sein nicht mehr schlagendes Herz saß.

Der Alte starb.

Mit einem Ruck zog ich die Klinge aus dem Körper. Ich sah den Vampir zusammenbrechen. Er fiel zuerst gegen den Tisch, dann auf ihn. Sein Mund war weit geöffnet. Die Zunge hing als Lappen hervor, und ein dünner Blutfaden rann über sie, berührte die Unterlippe und sickerte am Kinn entlang.

Ich drehte mich um, denn ich wollte nichts mehr sehen.

Das kleine Mädchen nahm ich auf die Arme. Mit ihm zusammen verließ ich den Wagen.

Draußen erwartete mich Myxin. »Ich wollte gerade reinkommen«, sagte er, »was hat es gegeben?«

Mit dünnen Worten berichtete ich ihm.

»Und das Kind?«

»Ist okay.«

Erleichterung zeichnete sich auf dem Gesicht des kleinen Magiers ab.

Ich aber ging mit der Kleinen zu den anderen, die sich um die Feuerstelle versammelt hatten. Als sie mich sahen, schienen ihre Gesichter einzufrieren, denn im ersten Augenblick sah es wirklich so aus, als wäre das Kind tot.

Eine noch junge Frau rannte schreiend auf mich zu und rief immer wieder: »Rita, Rita …«

Sie wollte mir das Kind aus den Armen nehmen. Ich beruhigte sie. »Es ist nicht tot. Ihr Kind lebt!«

Jetzt näherten sich auch die anderen, umringten mich,

und ich musste erzählen. Die Zigeuner waren entsetzt, als sie hörten, was sich in ihrem Lager abgespielt hatte.

Keiner wusste, was er tun sollte, bis ich vorschlug, den Toten zu begraben.

Die Zigeuner ließen sich nicht darauf ein. Sie wollten eine Trauerfeier abhalten und irgendwie konnte ich das sogar verstehen. Myxin und ich hatten leider viel Zeit verloren, denn ich ahnte inzwischen, dass es wieder um Minuten gehen würde.

»Schaffst du es noch?«, fragte ich den kleinen Magier.

»Komm mit!«

Wir verschwanden und Myxin spielte seine magischen Kräfte aus. Nur ein Hund schaute uns zu. Als wir vor seinen Augen verschwanden, da bellte er wie verrückt ...

Susan Water hatte noch eine Galgenfrist erhalten. Der Vampir war die Treppe hochgehuscht, weil er wissen wollte, was sich an der Tür abspielte.

Das Mädchen lag rücklings auf dem breiten Sargdeckel. Allmählich ebbte das Zittern ihrer Glieder ab, sie atmete die verbrauchte, feuchte Luft durch den offenen Mund ein und richtete sich schließlich auf.

Auf dem Sarg blieb sie hocken. Dabei überlegte sie, ob sie nicht auch wieder nach oben laufen sollte, um die Flucht zu wagen. Vielleicht war jemand da, der ihr die Tür öffnete.

Doch dann sah sie ihren Vater und sagte sich, dass sie ihn nicht allein lassen durfte. Mochte er sein, wie er wollte, auf irgendeine Art und Weise hatte er sich heldenhaft für seine Tochter eingesetzt, als es gegen den Blutsauger ging, und das vergaß das Mädchen nicht.

Wenn sie floh, dann mit ihm zusammen.

Charly Water lag auf dem Boden. Er war fertig, nicht nur von den Schlägen, auch der Alkohol hatte ihn ausgelaugt. Normal konnte er sicherlich nicht reagieren, wenn, dann waren seine Bewegungen langsam und träge. Es machte sich nun bemerkbar, dass er seine Gesundheit durch die Trinkerei völlig zerstört hatte.

»Dad!« Susan sprach ihn an. Sie beugte dabei ihren Oberkörper vor, ohne den Sarg zu verlassen.

Ein Grunzen war die Antwort.

Das Mädchen kannte es. So reagierte ihr Vater nur, wenn er ziemlich betrunken war. Er bekam zwar mit, dass jemand etwas von ihm wollte, aber er sagte dann kaum etwas.

Susan sprang vom Sarg. Sie schritt auf ihren Vater zu und bückte sich, um ihn zu berühren.

»Lass mich!« Er sprach mit schwerer Stimme.

»Daddy, sei doch nicht verrückt. Wir müssen etwas tun. Wir können nicht in diesem Keller bleiben.«

»Ich – ich ...«

»Reiß dich zusammen!« Sie schüttelte ihn, hörte sein unwilliges Schnauben, und erst jetzt kam er allmählich zu sich, denn er bequemte sich, seinen Kopf zu heben.

Glasige Augen starrten das Mädchen an. Aus seinem Mundwinkel rann Speichel. Das Grinsen auf dem Gesicht wirkte dümmlich.

Susan kannte ihren Vater. Wenn er so aussah, war mit ihm nichts mehr anzufangen. Deshalb ließ sie ihn und ging kopfschüttelnd zurück, während die brabbelnden Worte des Mannes sie noch verfolgten und sie nur »schlafen« verstand.

Hätte sie doch nur den Schlüssel gehabt!

An der Treppe blieb sie stehen und schaute die Stufen hoch. Oben war es fast still geworden, sodass sie schon glaubte, die Besucher wären wieder abgezogen.

Plötzlich fiel ihr etwas ein. Sie dachte an den Inspektor, den sie hergebracht hatte, und auch daran, dass dieser Mann in einem geschlossenen Sarg lag.

Susan bekam Angst. Ihr Herz hämmerte schneller. Der Mann lag schon ziemlich lange in der Totenkiste und er könnte inzwischen erstickt sein. Sie zitterte, als sie sich umdrehte, zu dem Sarg lief und den Deckel hochhievte.

Da lag er. Gekrümmt, mit angezogenen Beinen, und er wirkte so, als wäre kein Leben mehr in ihm.

»Inspektor!« Susan flüsterte das Wort scharf, wobei sie sich über das offenstehende Unterteil beugte.

Suko rührte sich nicht.

Sie fasste nach der Schulter des Chinesen. Heftig rüttelte und schüttelte sie ihn durch, er musste doch reagieren, denn er durfte nicht tot sein.

Nichts tat sich.

Susan schluchzte auf und hörte plötzlich von oben her einen irren und wütenden Schrei.

Sie fuhr so heftig herum, dass der Deckel wieder zuklappte und auf dem Sarg liegen blieb.

Aus geweiteten und angstvollen Augen starrte sie die Treppe hoch und fragte sich, was dort oben geschehen war …

Myxin hatte sich fantastisch genau auf unser Ziel konzentriert. In der Delaware Street war unsere magische Reise beendet, und wir entstanden wie aus dem Nichts.

Ich hatte von dieser ›Reise‹ nicht viel mitbekommen. Nur ein leichtes Schwindelgefühl hielt mich noch umklammert, als ich endlich auf dem Gehsteig stand und den Taumel aus meinem Kopf zu verdrängen suchte.

»Geht es dir gut?«, vernahm ich die ruhige Stimme des Myxin.

»Ja, so einigermaßen.«

»Okay, dann wollen wir.«

Ich schaute mich um. Glücklicherweise gab es keine Passanten, wir befanden uns allein auf weiter Flur, mal abgesehen von den Wagen, die über die Fahrbahn rollten.

Wo befand sich das Leichenhaus?

Ich fragte den kleinen Magier und er deutete schräg nach vorn.

Indem ich seinem Blick folgte, sah ich das Gebäude. Es war praktisch mit eingegliedert in die hohe Friedhofsmauer.

Ein alter Bau aus Ziegelsteinen, die mittlerweile eine graue Farbe angenommen hatten.

Das Haus strahlte eine gewisse Solidität aus.

Nichts deutete darauf hin, dass sich in seinem Innern etwas Schreckliches abspielen konnte.

»Sehen wir nach«, schlug ich vor.

Eine Tür befand sich an der Hinterseite. Sie war verschlossen, was ich beim Herunterdrücken der Klinke feststellte.

»Vorn herum?«, fragte Myxin.

Ich schüttelte den Kopf. »Du hättest uns auch ruhig in das Leichenhaus teleportieren können«, beschwerte ich mich.

»Damit hast du meine Frage noch nicht beantwortet.«

Ich warf einen Blick an der Mauer hoch. Wenn wir sie überkletterten, wäre das bestimmt aufgefallen, und so etwas wollte ich auf jeden Fall vermeiden. Bestimmt gab es einen offiziellen Eingang. Bis wir ihn erreicht hatten, verging Zeit, und die hatten wir nun nicht mehr.

Das erklärte ich auch Myxin, der es einsah.

»Wir versuchen es hier«, sagte ich, nahm etwas aus der Tasche, was sehr dünn war und etwa die Länge eines Kamms hatte. Ein Einbrecherwerkzeug, das von den Technikern der Polizei entwickelt worden war und fast jedes normale Schloss knackte.

Mit so einem hatten wir es hier zu tun.

Ich bückte mich, schob den Stab in das Schloss und werkelte herum. Ein paar Mal kratzte es, dann war die Sperre beseitigt.

Als ich mich aufrichtete, versuchte es Myxin. Er drückte die Klinke nach unten, die Tür öffnete sich eine Handspanne, den Rest hielt ein quer angebrachter Riegel.

»Shit.«

»Dann mit Gewalt«, sagte Myxin.

Wir schauten uns um. Passanten waren nur weit entfernt zu sehen und die Autofahrer interessierten sich bestimmt nicht dafür, was außerhalb der Straße passierte.

Wir nahmen Anlauf.

Beide wuchteten wir uns gegen die Tür, hörten die dumpfen Geräusche und waren sauer, dass jetzt die gewarnt waren, die sich im Leichenhaus befanden.

Die Tür zitterte, sie bebte, aber sie hielt und wir mussten einen zweiten Anlauf nehmen.

Beim dritten Anlauf knirschte das Holz der Tür, der

Riegel schien zu federn und dann hatten wir es geschafft. Die Tür war gesprengt, wir konnten das Leichenhaus betreten.

Betreten war gut, denn der Schwung katapultierte uns nicht nur nach vorn, sondern auch in einen Gang hinein, an dessen Ende wir einen Raum erkannten, der vom Licht einer Leuchtstoffröhre ausgeleuchtet wurde.

Ihn nahmen wir uns als Ersten vor. Während Myxin die Tür wieder anlehnte, betrat ich mit schussbereiter Beretta den Raum. Ich fand einen Toten.

Der alte Mann lag auf dem Tisch und sollte wohl vor seiner Einsargung noch gewaschen werden. Er bot wirklich kein schönes Bild und ich wandte meinen Blick sehr bald von ihm ab.

Myxin war im Durchgang stehen geblieben. »Und?«

»Nichts. Keine Spur von Ambiastro.«

Er nickte, stand aber im selben Moment noch starr. Wenn Myxin diese Haltung angenommen hatte, wusste ich, dass etwas im Busch war. Sein Gesicht zeigte einen gespannten Ausdruck, und ich fragte ihn: »Was ist geschehen?«

»John, da lauert jemand.«

Ich ging zu ihm. »Wo?«

»Keine Ahnung, ich spüre es nur. Warte mal.« Er hielt mich mit ausgestrecktem Arm ab, ging wieder zurück in den Gang und wandte sich nach rechts, wo sich nicht nur eine Nische befand, sondern auch der Beginn einer nach unten führenden Treppe zu sehen war.

Zwei vorsichtige Schritte ging er noch. Dann hatte er genau die Distanz, die der Angreifer wollte.

Aus der düsteren Nische schoss er buchstäblich auf den kleinen Magier zu. Es musste der Vampir sein. Auch wenn ich ihn nicht in allen Einzelheiten erkennen konnte, eine andere Möglichkeit kam für mich nicht in Frage.

Im Gegensatz zu den anderen beiden trug er Kleidung. Dunkle Kleidung. Sie machte sein Gesicht noch bleicher und ich glaubte auch, einen grünen Schatten auf der Haut zu sehen.

Wie ein Tiger ging er dem kleinen Magier an die Kehle.

Myxin war zwar gewarnt worden, doch der Angriff erfolgte so überraschend, dass es ihn umhaute. Der Boden wurde ihm unter den Füßen weggerissen, er krachte auf den Rücken und Ambiastro war über ihm.

Er fauchte dabei wie eine gereizte Katze und wollte den Kopf vorstoßen, um Myxin seine Zähne irgendwo in den Hals zu schlagen. Das wiederum gefiel mir überhaupt nicht.

Mit einem gewaltigen Tritt schaufelte ich ihn von dem kleinen Magier weg und damit zur Seite. Er schlug gegen die Gangwand, aber er war längst nicht erledigt.

Ich hätte ihn ausschalten können, auch Myxin mit seiner Magie. Nur hätte uns das nichts geholfen. Wir waren froh, dass er als Letzter der Vampir-Drillinge noch existierte und Lady X sich noch nicht in der Nähe zeigte.

Wie ein Gummimännchen sprang er wieder auf die Füße. Er steckte voller Energie und Tatkraft und wollte auch mich angreifen, doch ich ließ ihn in die Mündung der Waffe schauen und sagte lächelnd, aber mit scharfer Stimme: »An deiner Stelle würde ich es lassen. Die Pistole ist mit geweihten Kugeln geladen, vielleicht töten sie dich.«

Dieses vielleicht hatte ich bewusst hinzugesetzt, denn ich war mir selbst nicht sicher, da Ambiastro aus Atlantis stammte, wo völlig andere magische Gesetze existierten.

Sicher, die Scott hatte einen seiner Brüder mit geweihten Silberkugeln erledigt, aber ihr war es gelungen, das Mumien-Skelett regelrecht zu zerschießen, das wollte ich hier nicht ausprobieren.

Ambiastro zögerte in der Tat. In seinem bleichen, grünlichweißen Gesicht zuckte es, und als er Myxin richtig sah, da schien er nachzudenken.

Kam die Erinnerung?

»Feinde!«, quetschte er plötzlich hervor. »Ihr seid Feinde. Ihr wollt mich vernichten, auf euch habe ich gewartet, aber ich werde ...« Er sprach nicht weiter, sondern griff an.

Er kümmerte sich nicht um die drohend gegen ihn gerichtete Waffe, denn nun wollte er mir an den Kragen.

Noch im Sprung fing er sich einen Hieb mit dem Beretta-Lauf ein, den er eiskalt wegsteckte. Er wurde nur etwas zurückgeworfen, krachte gegen die Wand, breitete dort seine Arme aus und stieß einen gellenden Wutschrei aus, wobei heller Schaum vor seinen Lippen sprühte.

Den Vampir musste man wirklich erst zur Räson bringen. Ich steckte sogar die Waffe ein.

Myxin stand neben mir und schaute fasziniert zu, wie ich ihn mit bloßen Fäusten anging.

Ein Karatehieb hatte so viel Wucht, dass mein Gegner genau vor meinen Füßen auf die Knie geschleudert wurde. Als er dennoch mit ausgestreckten Armen meine Beine in Höhe der Knie umfassen wollte, riss ich ihn hoch, wunderte mich über sein Gewicht und drehte mich nach links auf den offenen Treppenschacht zu.

Ich war es leid.

Noch einmal hob ich ihn hoch und holte aus, bevor ich ihn die Treppe hinunterschleuderte.

Da die Stufen in einem weit geschwungenen Halbkreis hinunterführten, blieb es nicht aus, dass der Vampir gegen die Wand prallte, von dort nach unten fiel, auf die Kanten tickte, noch so viel Schwung hatte, dass er weiter geschleudert wurde und die Treppe hinunterwirbelte wie ein lebloser Gegenstand.

Zwar versuchte sich der Vampir noch zu fangen, er wollte sich festkrallen, aber das war nicht möglich. Obwohl das Gestein eine raue Oberfläche zeigte, gelang es dem Blutsauger nicht, den nötigen Halt zu finden.

Er ließ die gesamte Treppe hinter sich, überschlug sich sogar noch am Ende der Stufen und blieb erst einmal, vor Überraschung geschockt, liegen.

Er lag noch so, als ich die Stufen hinunterrannte, wobei sich Myxin dicht hinter mir hielt und ich im nächsten Augenblick ebenfalls überrascht stehen blieb, denn mit allem hatte ich gerechnet, nur nicht damit, ein Mädchen hier vorzufinden.

Es hatte sich vor drei schwarzen Särgen aufgebaut und schaute mich mit einem Blick an, der völliges Unverständnis ausdrückte und auch eine gewisse Leere.

Myxin glitt an mir vorbei. Er kümmerte sich um einen Mann, der am Boden lag und unverständliches Zeug vor sich hinbrabbelte, sodass ich vermutete, es mit einem Betrunkenen zu tun zu haben. Das merkte ich auch an der Schnapsfahne, die mir entgegenwehte.

Ich saugte die Luft tief ein. Da dem Mädchen und auch dem Mann äußerlich nichts angetan worden war, konnte ich mich um den Vampir kümmern.

Ich war auf der letzten Stufe stehen geblieben, ließ sie jetzt hinter mir und sah, dass der Blutsauger Angst vor mir hatte, denn er kroch zurück.

Wie eine Schlange wand er sich, hatte den Kopf ein wenig angehoben und starrte mich an. Dabei waren seine Augen weit geöffnet, der Mund ebenso, und ich sah die spitzen Vampirzähne.

Weshalb er plötzlich Angst hatte, war leicht zu erklären. Ich hatte zwischenzeitlich mein Kreuz über den Kopf gestreift und hielt es in der rechten Hand, während ich die Beretta in die linke gewechselt hatte.

Ich ließ ihn in seiner Angst. Er sollte sie spüren, zittern und jammern, erst dann wollte ich zuschlagen, wobei ich das nur im übertragenen Sinne meinte.

Die Mauer hielt ihn auf. Sie stand im rechten Winkel zu den schwarzen Särgen. Auch das Mädchen hatte es nahe der Totenkisten nicht mehr ausgehalten, es war so weit zurückgewichen, dass es dem Vampir gegenüberstand und ihn beobachtete, wobei Myxin noch leise und beruhigend auf es einredete.

Ich stoppte ebenfalls meinen Schritt, schaute den Vampir an und befahl ihm, aufzustehen.

»Du willst mich töten, nicht?«

Ich schüttelte den Kopf. »Nein, eigentlich nicht, denn du bist Ambiastro.«

Er zuckte zusammen und zog den Kopf zwischen die Schultern.

»Ja, der bin ich in der Tat. Woher kennst du mich?«

»Ich kannte deine Brüder.«

Er verstand mich richtig. »Wieso kannte? Leben sie nicht mehr?«

»Nein!«

Er reagierte nicht sofort. Für einige Sekunden saß er da wie angefroren. Schließlich hob er die Schultern und ballte seine knochigen Hände. »Das kann ich nicht begreifen, nein, das ist zu viel …«

»Es stimmt aber.«

»Wie?«, schrie er. »Wie war es möglich? Wir haben uns doch getrennt. Extra getrennt, damit sie uns nicht erwischte.«

»Wer ist sie?«

»Auch ein Blutsauger. Ein weiblicher. Lady X nennt sie sich. Sie hat den Würfel und sie hat erfahren, dass es uns gelungen ist, ein Mittel gegen den Todesnebel zu finden. Das alles weiß sie genau.«

»Du kennst das Mittel?«

»Ich habe es nicht vergessen.«

»Auch wir suchen es. Vor allen Dingen er, Myxin.« Ich drehte mich um und schaute dorthin, wo der kleine Magier stand.

Myxin hatte seinen Platz verlassen. Mit unhörbaren Schritten kam er auf mich zu und er hielt etwas in der Hand, das ich erst bei näherem Hinsehen als einen Pfahl erkannte, der vorn zugespitzt war. Im ersten Moment erinnerte er mich an die Waffe des Vampirjägers Marek, doch der Mann lebte in Rumänien, wie sollte sein Eichenpfahl hierher nach London gelangen?

Myxin klärte mich rasch auf. »Ich habe ihn gefunden«, sagte er mit leiser Stimme. »Er lag in einer Ecke des Kellers und ich weiß nicht, wie er dorthin gekommen ist.«

»Sie auch nicht?«, wollte ich von dem Mädchen wissen.

»Nein!«, lautete die schwache Antwort.

Da meldete sich der Betrunkene. Er schien eine Phase der Nüchternheit erwischt zu haben, denn er hatte unserem Dialog folgen können. »Ich habe ihn gemacht«, erklärte er uns in einem brabbelnden Tonfall. »Heimlich, als er nichts sah. Ich wollte mich, wenn es hart auf hart kommt, wehren können. Ich wollte – ach, shit, ist ja alles egal.«

Jetzt wussten wir einigermaßen Bescheid. Der Pfahl allerdings kam uns wie gerufen. Wenigstens mir, denn ich hatte eine Idee. Als Myxin stehen blieb, schaute ich mir den Holzpfahl an und erkannte, dass die Länge für meinen Plan genau passte. Der Betrunkene hatte instinktiv das Richtige getan.

»Darf ich mal sehen?«, fragte ich Myxin und steckte die Beretta weg, um den Pfahl entgegenzunehmen.

»Ja, bitte ...«

Ich schaute ihn an, verglich ihn mit dem am Boden sitzenden und mit dem Rücken an der Wand lehnenden Vampir.

Wenn mich nicht alles täuschte, musste er genau passen. Zudem befand sich zwischen dem Ende der Treppe und den drei Särgen im Boden ein loser Stein, in seiner Größe schon mehr mit einer Platte zu vergleichen.

Als ich sie anhob, entstand ein großer Spalt, dass ich den Pfahl hineinklemmen konnte.

Myxin, das Mädchen und der Vampir schauten mir zu. Die drei wussten noch nicht, was ich vorhatte. Erst als meine Arbeit beendet war und der Pfahl festklemmte, gab ich die Erklärung.

»Ich habe mir Folgendes gedacht. Wir nehmen Ambiastro als Köder für Lady X und binden ihn an dem Pfahl fest. Sie wird kommen, daran gibt es nichts zu rütteln, und sie wird ihn wehrlos sehen. Dich, Myxin, möchte ich wie auch die anderen bitten, den Kellerraum vorerst zu verlassen, denn Ambiastro wird sich kaum bereit erklären, uns die Gegenmagie für den Todesnebel zu verraten – oder doch?«

»Nein!«, keuchte er. »Es ist mein einziger Trumpf, den ich noch habe.«

»So ähnlich habe ich mir das gedacht«, erwiderte ich und nickte. »Dann wird dir der Pfahl nicht erspart bleiben.« Ich hatte oben im Waschraum Stricke gesehen und schickte Myxin hoch, um sie zu holen.

Als er wieder zurückkehrte, war ich schon so weit, dass der Vampir vor dem Pfahl saß und von meinem Kreuz in Schach gehalten wurde.

Myxin fesselte ihn. Er stellte es geschickt an. Der kleine Magier band Ambiastro die Hände zusammen und schlang die Stricke dann um den Pfahl, er fesselte ihn auch in Höhe der Kehle und knotete den Strick fest.

So hielt er.

Myxin schaute mich an. Es war ein fragender Blick, und ich nickte als Antwort, bevor ich sagte: »Es ist schon okay.«

»Soll ich nicht doch hier bleiben?«

»Nein, Myxin. Es ist besser, wenn du nach oben gehst und dort die Stellung hältst. Wenn Lady X auftaucht, stolpert sie zuerst über dich, und das kann ihr schon den Hals brechen.«

Dieser Vorschlag fiel bei dem Magier auf fruchtbaren Boden. Er sah ein, dass er dort besser aufgehoben war.

Mühe bereitete es uns allerdings, den Betrunkenen auf die Füße zu stellen. Zu dritt mussten wir anfassen.

Als er schließlich stand, wäre er fast wieder eingesunken, wir aber fassten unter seine Achseln und zogen ihn in die Senkrechte.

Myxin und das Mädchen schafften den Betrunkenen schließlich hoch. Ich sah noch, wie das Mädchen einen Schlüssel aufhob, der am Fuß der Treppe lag. Offenbar hatte der Vampir ihn bei seinem Sturz verloren. Die drei entschwanden und ich wandte mich wieder dem gefesselten Blutsauger zu.

»Wäre es nicht besser, wenn du etwas sagst?«, fragte ich ihn.

»Ich behalte das Geheimnis für mich.«

»Weshalb? Deine Feinde sind auch unsere Feinde. Glaub mir das. Es ist nicht so einfach dahingesagt.«

»Wir sind zu unterschiedlich«, krächzte er. »Einfach zu unterschiedlich. Ich spüre, dass du mich reinlegen willst. Du benutzt mich nur. Gib es zu!«

»Das stimmt!«

»Und dann willst du mein Geheimnis wissen.« Er kicherte irre, während ich auf den mittleren Sarg zuschritt, dort Platz nahm und die Beretta zog, wobei ich auf den Vampir zielte.

Hinter mir befand sich die Mauer und auch eine höher liegende Fensterluke.

Wir schauten uns an.

Der Vampir blieb stumm. Er hatte jetzt die Lippen fest zusammengekniffen, als wollte er mit dieser Geste dokumentieren, dass ich aus ihm kein Wort herausholen würde.

»Sie wird kommen«, sagte ich.

»Na und?«

»Dann wird sie dich vernichten«, hielt ich ihm vor.

»Was macht es mir? Meine beiden Brüder sind ebenfalls vernichtet worden, wir sind nicht mehr so stark wie früher.«

»Aber jeder von euch kennt das Gegenmittel für den Todesnebel?« Ich ließ einfach nicht locker.

»Sicher.«

»Sag es, Vampir. Sag es uns. Myxin will es haben und er wird dich zwingen, das Geheimnis preiszugeben.«

»Ich kann mich wehren.«

»Nein, das kannst du nicht. Lady X wird ebenfalls erscheinen, dann bist du verloren.«

Er lächelte nur.

Ich war langsam sauer. Schon längst hätte ich versucht, das Geheimnis aus ihm herauszukriegen, aber ich wollte Lady X und so zwei Fliegen mit einer Klappe schlagen, wobei ich mich wunderte, dass sie nicht schon längst aufgetaucht war.

Ich irrte mich.

Lady X war da.

Ich sah sie nur nicht, denn hinter meinem Rücken, durch eine dicke Mauer gedeckt, hielt sie sich auf. Auch sie hatte die Fensterluke gesehen, und durch den schmalen Spalt schob sie unhörbar den Lauf einer Maschinenpistole.

Die Mündung zeigte dabei auf meinen ungedeckten Rücken ...

Die Gefangene der Teufelsinsel

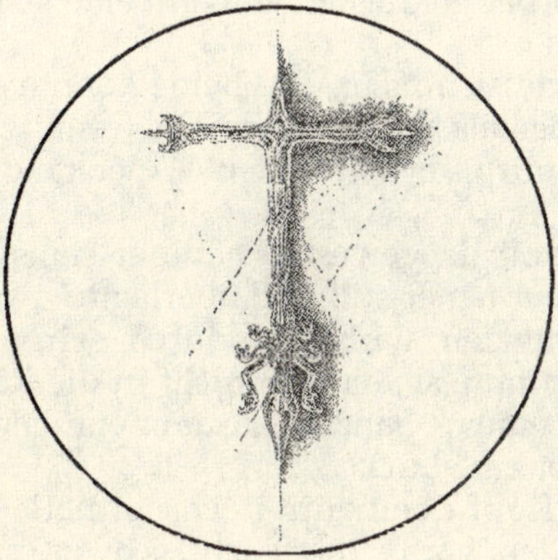

Suko lag in einem Sarg!

Er hatte nicht einmal mitbekommen, wie man ihn die Treppe nach unten in den Keller des Leichenhauses geschleift und ihn kurzerhand in den schwarzen Sarg gewälzt hatte.

Mit einem dumpfen Laut war der Deckel zugefallen. Auch dieses Geräusch hatte den Inspektor nicht aus seiner Bewusstlosigkeit gerissen, denn der Schlag mit der Flasche war verflucht hart gewesen und hatte Suko an einer empfindlichen Stelle getroffen.

Keine Bewusstlosigkeit dauert ewig. Auch die nicht, die Suko umklammert hielt.

Irgendwann kam der Inspektor wieder zu sich.

Es war ein fürchterliches Erwachen, das im Stockfinstern begann, dazu in einer Enge, deren Atemluft fast verbraucht war. Vielleicht hatte Suko auch nur überleben können, weil er bewusstlos gewesen war und deshalb wenig Sauerstoff verbraucht hatte.

Als er erwachte, gab es nichts um ihn herum. Nur diese verfluchte Dunkelheit, und nicht einmal die Erinnerung war da. Suko öffnete die Augen und schaute in die Schwärze.

Er krümmte sich. Sein Kopf schien um das Doppelte angeschwollen zu sein, der Schmerz war überall und erinnerte ihn an ein böses Tier, das durch die Mundhöhle in seinen Körper gekrochen war, um eine beißende Säure abzusondern.

Suko rührte sich nicht. Die Beine konnte er noch ausstrecken. Aber als er die Arme ein wenig zur Seite bewegte, da spürte er sofort den Widerstand rechts und links.

Wäre er voll da gewesen, hätte er seine Lage sofort erfasst. So aber lag er still und überlegte.

Gedankenfetzen wirbelten durch sein malträtiertes Gehirn. Er konnte sie einfach nicht in die Reihe bringen und sie zu einem Ganzen zusammenfügen. Irgendwo klaffte immer eine Lücke.

War sein Kopf überhaupt noch normal? Watte schien ihn auszufüllen. Watte, die feucht, schwer und drückend war. Er hatte das Gefühl, ein Alb würde auf seiner Stirn hocken und sich immer stärker in den Kopf hineinpressen.

Das Stöhnen drang intervallweise aus seinem Mund und wurde von keuchenden Atemzügen unterbrochen.

Es war neben dem Schmerz auch die schlechte Luft, die dem Inspektor zusetzte. Trotz seiner desolaten Lage dachte er darüber nach und wunderte sich, dass, wenn er einatmete, kaum frische Luft in seine Lungen gelangte. Irgendetwas stimmte da nicht. Dies war Suko schon klar und er versuchte, darüber nachzudenken.

Es klappte nicht. Um denken zu können, muss das Gehirn gut durchblutet werden. Bei Suko war dies nicht der Fall, da stockte alles, die Nachwirkungen des Schlags machten sich stark bemerkbar und noch immer wusste er nicht, wo er sich eigentlich befand.

In regelmäßigen Wellen peitschte das Hämmern durch seinen Schädel. Irgendwo in seinem Kopf schlug es an, um sich als Echo durch den Schädel fortzupflanzen.

Zudem würgte ihn eine vom Magen her hochsteigende Übelkeit, die er kaum noch unterdrücken konnte.

Diese teuflische Umgebung ließ es nicht zu, dass der Chinese normal wieder zu sich kam.

Dennoch drang durch all den Schmerz und seine Übelkeit etwas anderes.

Stimmen!

Suko hörte sie sehr gedämpft, als wären sie weit von ihm entfernt. Er konnte nicht verstehen, was gesagt wurde, wobei es ihm nicht einmal gelang zu unterscheiden, ob eine Frau oder ein Mann redete, aber die Stimmen waren vorhanden.

Befand sich dort vielleicht jemand, der ihm helfen konnte?

Suko wagte es kaum zu hoffen. In der absoluten Dunkelheit öffnete er den Mund, weil er einen Schrei ausstoßen wollte. Selbst das gelang ihm nicht. Das Krächzen, das über seine Lippen drang, konnte er selbst kaum hören.

Es fiel dem Inspektor immer schwerer, Luft zu holen.

Jetzt atmete er stoßweise, aber da existierte nur die verbrauchte, schon wieder ausgeatmete Luft, die abermals in seine Lunge drang und allmählich zu einem Gift für ihn wurde.

Das Zeitgefühl war ihm verloren gegangen. Er lag da und wusste nicht, ob Minuten oder Stunden vergangen waren, und erreichte zwangsläufig den Punkt, wo er einfach nicht mehr konnte.

Der bärenstarke Mann, der austrainierte Kämpfer, war down wie selten in seinem Leben. Der hinterlistige Schlag mit der Flasche hatte ihn so von den Beinen gerissen, dass er sich kaum erholen konnte.

Kreise drehten sich vor seinen Augen.

Er sah sie, obwohl sie in Wirklichkeit nicht existierten. Farbige Gebilde, die einen wilden Reigen tanzten und bereits von dem Reich erzählten, aus dem es keine Rückkehr mehr gab.

Diese Anzeichen ließen sich auf die akute Atemnot zurückführen. Darüber dachte Suko nicht nach. Er befand sich nicht in der Lage, auch nur einen Gedanken zu verschwenden.

Sein Herz pumpte. Jeden Schlag spürte er oben im Kopf, und er war fast ebenso stark wie der Schmerz, der durch den Schädel jagte.

Es näherte sich unaufhörlich das Ende.

Und da erlebte er die Überraschung.

Suko wusste nicht, was sich außerhalb seines makabren Gefängnisses ereignete. Er hatte von dem Kampf der Susan Water gegen den Vampir nichts mitbekommen.

Er glaubte an einen Traum, als für ihn die lebensrettende Luft in den Sarg strömte.

Suko lag nicht ausgestreckt, sondern hatte die Beine angezogen. Die alte Luft konnte entweichen, der Sarg füllte sich mit frischer Luft. Dieser Schwall war eine Sauerstoffdusche, die ihn auf die Beine bringen konnte.

Suko schielte in die Höhe. Sein Gehirn begann wieder zu arbeiten. Er glaubte, das Gesicht einer jungen Frau zu sehen, und erinnerte sich daran, ihr schon einmal begegnet zu sein.

Suko wollte sie rufen, sich bemerkbar machen und ihr Bescheid geben. Das gelang ihm nicht.

Er war zu schwach. Außerdem klappte das Mädchen den Sargdeckel wieder zu.

Der Inspektor blieb ein Gefangener dieser schwarz lackierten Totenkiste.

Etwas jedoch hatte sich verändert. Ein Luftaustausch hatte stattgefunden, und der brachte Suko wieder einigermaßen in Form.

Nachdem der Deckel wieder zugefallen war, blieb der Chinese ruhig auf dem Rücken liegen. Ein paar Mal atmete er tief durch und berührte zufällig die Beretta. Sofort fragte er sich, weshalb er die Waffe nicht vorher genommen hatte, um sich durch einen Schuss bemerkbar zu machen. Wahrscheinlich war es die Schwäche gewesen, die ihn so hatte handeln lassen.

Nun brauchte er die Waffe nicht. Suko wollte den Sarg verlassen, ohne die Waffe zu benutzen.

Wichtig war die Luft.

Er lag auf dem Rücken und atmete tief ein. Schnell fühlte er sich besser. Der Kreislauf stabilisierte sich allmählich. Die Angstgefühle verschwanden und er empfand seine Ruhestätte auf einmal nicht mehr als so bedrückend.

Still lag er da, schöpfte neue Kräfte und ruhte sich gleichzeitig aus.

Und er vernahm wieder Stimmen.

Zuerst wollte er es nicht glauben, denn die beiden Männer, die sich dort unterhielten und mit einem Dritten sprachen, die kannte er sehr, sehr gut.

Es waren John Sinclair und Myxin, der Magier!

Gut waren diese Stimmen zu verstehen, auch die dritte hatte er auch schon gehört. Sie musste dem Mann gehören, der ihn niedergeschlagen hatte.

Aber da war noch eine unbekannte und die Stimme des Mädchens, das in den Sarg geschaut hatte und an das sich Suko längst wieder erinnerte, denn mit Susan Water hatte für ihn alles begonnen.

Mittlerweile ging es Suko besser.

Bei jedem Atemzug spürte er die neue Kraft. Und auch der Schmerz ließ nach. Zudem gehörte Suko zu den Menschen, die es gelernt hatten, Schmerz zu ertragen.

Er hörte John reden, und er wunderte sich, dass sein Freund nicht den Sargdeckel öffnete. Wahrscheinlich war ihm nicht bekannt, dass sich Suko in dieser Totenkiste befand. Der Inspektor freute sich schon jetzt auf das Gesicht seines Freundes, wenn er plötzlich erschien.

Aber was hatte John und Myxin hergeführt? War er denn so lange bewusstlos gewesen, dass die Freunde nachgeforscht hatten? Suko schaute auf seine Uhr.

Die Leuchtziffern zeigten ihm eine Zeit an, die in den Nachmittag fiel. Nein, das war normal. Deshalb hätte John sich keine Sorgen zu machen brauchen. Demnach musste es einen anderen Grund geben und den würde Suko bald erfahren, denn er hatte nicht vor, noch länger in der Totenkiste auszuharren.

Seine Arme brachte Suko in die Höhe und winkelte sie danach an, um die Hände gegen die Innenseite des Deckels stemmen zu können. Der Sarg war nicht verschlossen. Wenigstens hatte Suko nichts gehört, was darauf hingedeutet hätte, und so musste es möglich sein, den Sarg zu verlassen.

Suko verstärkte den Druck.

Ein zufriedenes Gefühl durchrieselte ihn, als er merkte, wie sich der Deckel bewegte. Er wurde in die Höhe gedrückt, sodass ein Spalt entstand. Zudem sah Suko noch einen Vorteil auf seiner Seite. Der Deckel bewegte sich so gut wie lautlos.

Seinen Oberkörper drehte der Inspektor auf die linke Seite, drückte die rechte Schulter hoch und gelangte so mit dem Armgelenk unter den Deckel.

Er blieb in der Stellung.

Suko sah genau auf John Sinclair.

Der Geisterjäger hatte auf dem Sarg direkt neben Suko Platz gefunden, hielt die Beretta in der Hand, wobei die Mündung auf ein bestimmtes Ziel zeigte, das Suko erst erkennen konnte, nachdem er sich umgedreht hatte.

Es war ein Vampir!

Ja, das musste der Vampir sein, von dem der Leichenwäscher Charly Water seiner Tochter berichtet hatte. Eine andere Möglichkeit kam für den Inspektor nicht in Frage.

Man hatte ihn gefesselt.

Er hockte in einer Stellung am Boden, aus der er sich mit eigener Kraft kaum befreien konnte, denn jemand hatte einen Pfahl zwischen zwei Steine gerammt und den Vampir an den Holzpfahl gefesselt. Eine Schnur hielt die Hände, eine zweite war um seinen Hals geschlungen, sodass sich der Blutsauger mit dem grünweißen Gesicht kaum bewegen konnte.

Andere Personen entdeckte Suko nicht. Myxin, das Mädchen und auch der Leichenwäscher befanden sich nicht innerhalb des Kellers.

Ein Keller war es, in den Suko schaute. Mehr ein Verlies. Gegenüber führte eine Treppe hoch. Es gab auch Licht, allerdings sehr trübe, sodass die Schatten vorherrschten.

John Sinclair hatte nichts von der Veränderung bemerkt. Ihm war Sukos Erwachen nicht aufgefallen und auch nicht, dass sich der Sargdeckel ein wenig anhob. John war viel zu sehr auf das Gespräch mit dem Vampir konzentriert.

Suko blieb noch in seiner Lage und lauschte dem Dialog. Jetzt konnte er endlich erfahren, um was es ging.

»Weshalb stellst du dich so stur?«, hörte er den Geisterjäger fragen.

»Das ist mein Trumpf.«

»Ja, das weiß ich. Aber du wirst kaum allein gegen deine Feinde bestehen können. Lady X ist mächtig. Durch den Würfel ist sie noch mächtiger geworden und sie wird jeden vernichten, der versucht, ein Mittel gegen den Todesnebel zu finden. Wir haben ihr hier eine Falle gestellt. Oben lauert Myxin, hier unten wir beide, wobei ich zugebe, dass ich dich, Ambiastro, als Köder nehme. Zwei von deinen Brüdern hat sie erledigen können und sie will auch dich noch besiegen.«

»Weshalb erzählst du mir das alles?«, zischte der Blutsauger böse.

Suko sah, wie sein Freund die Schultern hob.

»Damit du einsiehst, dass du auf verlorenem Posten stehst. Es ist wirklich besser, wenn mehr Personen in das Geheimnis des Todesnebels eingeweiht sind. Wenn wir ihn vernichten können, haben wir Lady X eine ihrer wichtigsten Waffen aus der Hand genommen.«

»Du denkst dabei an andere, nicht?«

»Ja, das gebe ich zu. Nicht nur an mich, denn ich weiß, welch eine Gefahr dieser Nebel für die Menschheit darstellt. Er ist grauenhaft und unberechenbar. Der Nebel muss ausgeschaltet werden. Erst dann können wir wieder aufatmen.«

Suko hatte die Worte sehr wohl verstanden. Obgleich er an dem Fall nicht aktiv beteiligt war, wusste er doch, um was es ging. Wenn tatsächlich der Todesnebel mit im Spiel war, dann wurde es eine verflucht gefährliche Sache und es wäre wirklich als sensationell zu bezeichnen, wenn es John oder Myxin gelingen würde, den Nebel auszuschalten.

Der Inspektor war der Ansicht, genug gehört zu haben. Er wollte sich endlich zeigen und seinen Freund wissen lassen, dass er und Myxin nicht allein standen.

Suko drückte die Schulter hoch und schob damit den Deckel höher.

Der Geisterjäger bemerkte ihn noch immer nicht.

Aber der Vampir, denn er schaute genau auf die Särge. In seinem grünbleichen Gesicht zuckte es, die Lippen bewegten sich und er schaute an dem Geisterjäger vorbei zu Suko hin.

Der Chinese stieß jetzt den Deckel mit einem Ruck hoch, kam auf die Füße, drehte den Körper, sah Johns überraschtes Gesicht und dahinter die Fensterluke.

Dort schaute der Lauf einer Maschinenpistole hervor.

War Lady X schon da?

»Jooohn!« Sukos Warnschrei gellte durch den Keller des Leichenhauses …

Ich war sauer, denn nie hätte ich gedacht, dass sich der gefangene Vampir so störrisch anstellen würde. Seine Feinde waren auch meine Feinde und ich hatte gedacht, dass wir zusammenarbeiten könnten. Wie es nun aussah, hatte ich mich geirrt. Mit Drohungen und guten Worten war der Blutsauger einfach nicht dazu zu bewegen, sich auf meine Seite zu stellen. Er wollte seinen Trumpf für sich behalten.

Trotz aller Gegensätze konnte ich ihn verstehen, denn er wusste, dass wir es uns nicht leisten konnten, ihn als Vampir herumlaufen zu lassen. Wenn er uns sein Geheimnis anvertraut hätte, dann wäre er aller Wahrscheinlichkeit nach vernichtet worden. So aber hütete er sich, sein Todesurteil zu sprechen.

Ich sah ihn vor mir sitzen. Myxin hatte ihn gefesselt. Er konnte zwar die Beine bewegen, jedoch nicht seine Arme und auch nicht den Kopf, weil sich ein Strick um seinen Hals spannte.

Wütend schaute er mich an. Zugleich deprimiert und voller Hass. In ihm musste eine Hölle toben, falls Vampire überhaupt so etwas wie Gefühle empfanden.

Dann jedoch änderte sich sein Blickwinkel. Er schaute mich nicht mehr direkt an, sondern an mir vorbei. Auch die Mimik in seinen Zügen wechselte. Ambiastro musste irgendetwas gesehen haben, das ihn störte.

Aber was?

Aus den Augenwinkeln nahm ich die Bewegung wahr, drehte den Kopf und bemerkte, wie der Deckel eines Sargs in die Höhe gedrückt wurde.

Ein Mann stieg heraus.

Suko!

Das war ein Hammer!

Ich schüttelte den Kopf, wollte etwas sagen, war völlig überrascht, sah Sukos Gesicht, das sich plötzlich verzerrte, und dann gellte sein Warnschrei auf ...

Wenn mein Freund so reagierte, dann ging es wirklich um Sekunden oder nur um Bruchteile davon.

Alles oder nichts hieß die Parole und ich überlegte nicht lange, sondern reagierte ebenfalls.

Bisher hatte ich auf dem Sarg gehockt. Da musste ich weg und das schaffte ich auch.

Ich schleuderte meinen Oberkörper nach hinten. Auch Suko verschwand vom Sarg, prallte wie ich ebenfalls zu Boden und zog seine Beretta.

Wir hielten die Waffen kaum in unseren Händen, als der Keller vom Krachen der Schüsse erfüllt wurde. Es war das böse, wütende und alles zerstörende Tack-Tack der Maschinenpistole, eine grauenhafte Melodie, ein Lied des Todes und der Vernichtung. Im Drehen erhaschte ich noch einen Blick auf die Fensterluke.

Dort sah ich das Mündungsfeuer. Es leuchtete fahl und vor der Waffe zuckten Blitze.

Noch lauter als die Schüsse waren die Schreie.

Weder Suko noch ich hatten sie ausgestoßen. Der Vampir brüllte so sehr, denn er wurde von der Ladung voll erwischt.

Er war gefesselt, konnte den Garben nicht entgehen und sie zerstörten ihn im wahrsten Sinne des Wortes.

Eigentlich wollte ich nicht hinschauen, aber ich konnte nicht anders, ich musste es tun.

Die Kugeln hatten seinen Körper durchlöchert. Ich konnte die Einschüsse nicht sehen, denn aus ihnen quoll ein grüngrauer Rauch, der sich wie ein Vorhang um die Gestalt des Blutsaugers legte und mir die Sicht versperrte.

Seine Schreie verebbten. Für schreckliche Sekunden nur waren sie aufgeklungen, dann sank der Körper in den Fesseln zusammen.

Sukos Waffe peitschte zuerst.

Der Inspektor hielt auf den Schützen. Er schoss nicht nur einmal, sondern mehrere Male, nachdem er hinter einem der Särge Deckung gefunden hatte.

Was Suko konnte, das schaffte ich auch.

Meine Beretta spie ihre tödlichen Ladungen auf die

Luke, durch die sich der Lauf der Maschinenpistole geschoben hatte.

Er verschwand.

Gleichzeitig hörten wir einen wahnsinnigen Schrei, grell und sich gleichzeitig überschlagend. Er zitterte durch den Kellerraum und ein Teil seines Echos verlief sich draußen.

Die Maschinenpistole verstummte. Wir schossen ebenfalls nicht mehr, sondern lauschten nur auf den Schrei.

Dann brach er ab.

So plötzlich, wie er aufgeklungen war, verstummte er. Dafür polterte draußen etwas, und im nächsten Augenblick war die Maschinenpistole verschwunden.

Wir standen für die Dauer von zwei Herzschlägen unbeweglich.

Suko schüttelte den Kopf, bevor er flüsterte: »Verdammt, John, wir haben sie erwischt. Wir haben Lady X erledigt. Wir …«

Ich hätte schreien können vor Freude, wirbelte zu Suko herum, hämmerte meine Hand auf seine Schulter und sagte: »Los, Alter, das werden wir uns ansehen.«

Mann, war das ein Gefühl. Lady X zu erwischen und vielleicht den Würfel an mich zu nehmen, davon träumte ich seit langem. Alles lief darauf hinaus, dass dieser Traum nun endlich in Erfüllung ging.

Ich jagte zusammen mit Suko die Treppe hoch, wo uns auf halber Strecke Myxin entgegenkam.

»Ich hörte Schüsse«, sagte er. »Ich …« Er sah Suko und seine Augen weiteten sich, denn auch ein Magier konnte überrascht sein, wie er in diesen Augenblicken bewies. »Wo kommst du denn her?«

»Später, später«, sagte der Inspektor und drückte Myxin zur Seite, um weiterzurennen. Ich wunderte mich, dass mein Freund schon wieder so fit war.

»Was ist denn los?«

Auch ich war bereits an Myxin vorbei, drehte nur den Kopf und rief zurück: »Wir haben Lady X erwischt!«

»Was?«

»Draußen!«

Es war ja noch nicht sicher, aber ich glaubte in diesen Augenblicken fest daran.

Am Ende der Treppe trafen wir das Mädchen und den Betrunkenen. Der Mann hockte auf einem Stuhl in seinem Arbeitsraum und war eingeschlafen, während das Mädchen von uns wissen wollte, was passiert war.

»Jetzt nicht«, sagte ich hastig. »Wo befindet sich der vordere Ausgang?«

»Er ist abgeschlossen.«

»Haben Sie den Schlüssel?«

»Ja ...«

»Zeigen Sie uns die Tür. Schnell!«

Wir waren alle aufgeregt. Ich hatte das Gefühl, vor einer Wende zu stehen. Das Mädchen führte uns durch einen schmalen Gang, bis wir vor einer breiten Tür standen.

Hastig schloss sie auf.

»Wir müssen zum Kellerfenster«, sagte ich.

»Dann gehen Sie rechts herum.«

»Danke!« Schon waren wir vorbei. Aus den Augenwinkeln stellte ich fest, dass dieser Teil des Leichenhauses der kleinere war, gewissermaßen ein Anbau.

Wir liefen um ihn herum, duckten uns unter den blattlosen Ästen einiger Bäume und erreichten schließlich die Stelle, wo sich das Fenster befinden musste.

Der Keller lag tiefer als die normale Oberfläche. Dem war Rechnung getragen worden, denn zu diesem Kellerfenster fiel das Gelände ab und ein schmaler Pfad führte hin.

Auf dem Pfad lag eine Gestalt.

Sie bewegte sich nicht. Die Haltung war verkrümmt, und mir fiel auf, dass ich die Maschinenpistole nicht entdeckte, worüber ich aber nicht weiter nachdachte.

Die Gestalt war dunkel angezogen. Sogar Kleidung aus Leder trug sie.

Suko und ich rutschten auf sie zu. Wir konnten auf dem schmalen Weg kaum unser Gleichgewicht halten und wären fast noch über die Gestalt gestolpert.

Dann standen wir neben ihr.

Die Spannung wuchs, als Suko sie auf den Rücken drehte, sodass wir in das Gesicht schauen konnten.

Es war wie ein Schlag, ein Schrei, ein Versagen – mir fehlten einfach die Worte, um das Gefühl näher zu beschreiben, das mich durchtoste. Vor uns lag nicht Lady X. Vor uns lag ein Toter!

Von mehreren Kugeln war er getroffen worden. Wir sahen das Blut auf seiner Lederjacke, im Gesicht und auch auf dem Hemd, das er unter der Lederjacke trug.

Ich kannte den Mann nicht, war mir jedoch sicher, dass er zu Costellos Killern gehörte. Lady X hatte uns reingelegt. Suko und ich wussten, dass ihr Logan Costello treu ergeben war. Sie konnte bei bestimmten Dingen und gewissen Plänen stets auf ihn zurückgreifen, was sie hin und wieder tat, wie uns jetzt auf drastische Art und Weise klargemacht wurde.

Unsere Kugeln hatten den Mafioso getroffen, nicht die ehemalige Terroristin und jetzige Vampirin.

Suko schaute mich an. Sein Gesicht zuckte. Es war ebenso bleich wie das meine.

»Pech!«, flüsterte Suko. »Verdammtes Pech!« Er ballte die Hände und steckte voller Wut.

»Womit Lady X letzten Endes ihr Ziel erreicht hat«, erklärte der kleine Magier emotionslos, »denn der Vampir lebt nicht mehr.«

Da hatte er ein wahres Wort gesprochen. Die Mordliga konnte wieder einen Sieg für sich verbuchen.

Ambiastro existierte nicht mehr. Die Vampir-Drillinge hatten Atlantis und dessen Untergang überlebt, doch ihre Feinde in der Gegenwart waren zu stark gewesen.

»Was machen wir jetzt?«, fragte Suko. »Die Spur ist abgeschnitten!« Er schaute dabei den kleinen Magier an, als würde er von ihm eine Antwort erhalten.

Auch Myxin gab sich ratlos. »Sie hat den Würfel!«, flüsterte er. »Sie hat den verdammten Würfel. Und damit ist sie uns überlegen, ob ihr es nun wahrhaben wollt oder nicht.«

»Vielleicht können die Zigeuner uns helfen«, sagte ich.

»Das wäre die letzte Möglichkeit«, meinte der Magier. »Wir müssten wieder zurück.«

»Wieso Zigeuner?«, wollte Suko wissen.

Ich schaute ihn einen Moment überrascht an. Dann fiel mir ein, dass er ja nichts davon wissen konnte, und ich erklärte ihm, um was es überhaupt ging.

Ohne voneinander zu wissen, hatten wir gemeinsam an demselben Fall gearbeitet. Nur war bei mir Myxin die treibende Kraft gewesen. Er hatte von Ambiastro, dem Vampir-Drilling, erfahren, dass auch sie den großen Untergang überlebt hatten und sich in London befanden. In einem Zigeunerlager.

Ich befand mich in einer Phase der Depression. Wie ein dummer Junge fühlte ich mich, der einem Traum hinterher rennt und ihn nur am Ende des Regenbogens finden kann, doch die Stelle würde er nie in seinem Leben erreichen können.

»Gehen wir zurück!«, schlug ich vor.

Die Gegend hatte sich unserer Stimmung angepasst oder umgekehrt. Ein paar schmutzige Schneereste lagen auf dem braunen Gras der Wiesen. Die Bäume sahen traurig aus, ein kalter Wind blies uns ins Gesicht, grau präsentierte sich der Himmel.

Kein schöner Tag. Einfach ein Tag der Niederlagen, der Depressionen, und als ich das Mädchen sah und sein Lächeln erkannte, da schüttelte ich den Kopf.

Das Lächeln verwischte.

Suko sagte: »Es tut uns Leid, Susan, aber wir haben es nicht geschafft.«

»Aber da liegt doch …«

»Der Falsche«, erwiderte ich. »Leider …«

»Und jetzt?«

»Werden wir nach dem Vampir sehen«, erklärte der Inspektor. Er ging mit Susan vor, während Myxin und ich uns hinter den beiden hielten. Auch der Magier wirkte betroffen. Er hielt den Kopf gesenkt. Ich ahnte, dass er schwere Gedanken wälzte, und wollte ihn nicht stören.

Im Leichenhaus sprach er dann.

»John, wir müssen diese Insel finden, glaub mir.«

»Sedonis«, murmelte ich. »Hört sich griechisch an – oder?«

»Ja.«

»Sagt dir der Name nichts?«

»Wieso?«

»Keine Verbindung zu Atlantis?«

Myxin drückte sich an mir vorbei und nahm als Erster die Stufen der Kellertreppe. »Nein, John, bis jetzt nicht.«

»Und Kara? Weiß sie vielleicht mehr?«

»Ich werde sie fragen. Unsere einzige Hoffnung ist nicht Kara, sondern die Zigeunerin Azucena. Von ihr müssten wir Einzelheiten erfahren, dann könnten wir reagieren.«

Da hatte mir Myxin aus dem Herzen gesprochen. Azucena musste ihr Schweigen aufgeben, denn ich war davon überzeugt, dass sie weitaus mehr wusste, als sie zugeben wollte.

Suko erwartete uns neben dem vernichteten Vampir. Susan hatte sich abgewandt. Sie wollte das Bild nicht unbedingt sehen. Verständlich, wie ich meine.

Es waren geweihte Silbergeschosse gewesen, die ihn getötet hatten. Und keine Kugel war vorbeigegangen.

Wir sahen Staub, Knochen und andere Reste. Aus ihnen stieg ein beißender Geruch. Der Qualm hatte eine grünliche Farbe angenommen. Er biss scharf in unsere Schleimhäute und wir drehten ab.

»Nichts mehr zu machen!«, kommentierte Suko. »Diese Spur ist abgeschnitten.« Er schaute Myxin an. »Wahrscheinlich musst du jetzt weiterforschen, Alter.«

Der kleine Magier verzog das Gesicht. »Ich schätze, du hast Recht. Bleibt mir wohl nichts anderes übrig.«

Ich wandte mich an das Mädchen. »Hören Sie«, sagte ich. »Nehmen Sie am besten Ihren Vater mit nach Hause. Hier wird gleich die Polizei erscheinen. Seinem normalen Beruf kann Ihr Vater vorerst nicht nachgehen.«

Susan Water nickte mit Tränen in den Augen.

»Und Sie vergessen die ganze Sache am besten. Oder versuchen es zumindest. Versprochen?«

»Ja, natürlich ...«

Ich verließ den Keller, um ein Telefon zu suchen. Die Mordkommission musste alarmiert werden, schließlich hatte es einen normalen Toten gegeben. Unsere Aussagen spielten in diesem Fall eine wichtige Rolle.

Fast zwei Stunden wurden wir noch aufgehalten. Einer der Beamten erkannte den Mann. Ein Berufskiller, der immer für denjenigen arbeitete, der am meisten zahlte.

Es dämmerte bereits, als die Beamten der Mordkommission abzogen. Ihr Leiter war ein wenig sauer, denn ich hatte mich ebenso mit meinen Aussagen zurückgehalten wie Suko. Die Schießerei gaben wir zu, über die Hintergründe schwiegen wir.

»Und jetzt zum Lager«, sagte Myxin.

»Da steht auch noch mein Bentley.«

»Nehmt ihr mich mit?«, fragte Suko.

»Sollen wir?«

Myxin drehte den Kopf. »Wenn er verspricht, sich gut zu benehmen, könnten wir es riskieren.«

»Gut, dann ab.«

Wenig später war der Platz, wo wir gestanden hatten, leer.

Die Kälte nahm gegen Abend zu. Das Thermometer fiel um weitere zwei Grad und bewegte sich unterhalb des Nullpunktes. Zudem stand das Lager der Zigeuner auf einer freien Fläche, über die der Wind ungehindert fahren konnte, und so drang er auch in die schmalen Gassen zwischen den Wagen, wirbelte den Schnee hoch und schaufelte ihn als feine Körner in das Lager hinein.

Trotz der ungünstigen Witterungsverhältnisse wollten die Zigeuner auf die Beerdigungszeremonie nicht verzichten. Um nicht zu sehr zu frieren, hatten sie Feuer angezündet.

Die langen, zuckenden Flammenstreifen leuchteten genau den Weg aus, der den größten Durchgang zwischen den aufgestellten Wagen bildete. Das Feuer rußte und so wirbelten zahlreiche dunkle Partikel durch die Luft, die an schwarzen Schnee erinnerten.

Man hatte den Toten aufgebahrt. Es war eine schlichte Bahre, auf der er lag.

Die Leiche war gesäubert und angekleidet worden. Tassilo trug ein weißes Hemd, das ihm bis zu den Fußknöcheln reichte. Die Hände waren auf der Brust gefaltet. Als letzten Dienst hatte ihm die alte Azucena die Augen zurückgedrückt, sodass sein Gesicht entspannt wirkte.

Noch befand sich der Tote in ihrem Wagen. Bis auf eine kleine Lampe hatte die Alte das Licht gelöscht. Sie kniete neben der Leiche. Ein schwarzes Tuch – vergleichbar mit einer Mantilla – bedeckte Kopf und Schultern.

Azucena klagte. Die Laute drangen wimmernd aus ihrem Mund. Die Zigeunerin war von einem plötzlichen Schmerz überwältigt worden, der auch noch Stunden nach dem Tod des jungen Mannes nicht abflaute.

Permanent wiederholte sie die Klagegesänge, so, wie die alten Riten es vorschrieben.

Sie flehte zu den Heiligen und den Dämonen, rief die schwarze Madonna an und fluchte über den Höllenfürsten, der ihrer Meinung nach die Schuld an der Vernichtung dieses blühenden Lebens trug. Tassilo hatte ihr immer zur Seite gestanden. Er war ihr einziger Enkel. Die anderen Mitglieder der Familie waren umgekommen.

Verfolgt, vernichtet, getötet in den schweren Zeiten, als man die Zigeuner gnadenlos verfolgte.

Die Szene wirkte gespenstisch. Das Licht hatte einen rötlichgelben Schein, der sich wie ein Schleier ausgebreitet hatte und auch das Gesicht der Leiche erfasste, sodass die Wangen aussahen wie geschminkt. Erbarmungslos hatte der Tod zugeschlagen und das vergossene Blut war nicht weggewischt worden. Es sollte als ein Mahnmal inmitten des Wohnwagens bleiben.

Die alte Zigeunerin klagte weiter. Es waren Schreie, die aus ihrem Mund drangen und alle Geräusche übertönten. Auch das Klopfen an der Tür.

Erst in einer Pause, in der Azucena den Kopf senkte und Tränen vergoss, hörte sie das Geräusch.

»Bitte, lass mich ein, Azucena!« Sie vernahm die Stimme und zuckte zusammen. Eine Antwort gab sie nicht.

Es war schwer für sie, sich jetzt auf etwas anderes als auf die Trauer zu konzentrieren. Azucena wollte mit ihrem Schmerz allein sein. Dennoch wusste sie, dass sie den alten Sitten und Gebräuchen folgen musste, und mit schwerer Stimme forderte sie den Besucher auf, den Wohnwagen zu betreten.

Behutsam öffnete der Mann die Tür. Von draußen her fiel der Widerschein der Fackeln in den Wagen und hinterließ einen zuckenden Reigen aus Licht und Schatten.

Der Mann schloss die Tür, blieb stehen und verneigte sich. Sein Gesicht war gerötet. Der Bart zeigte an einigen Stellen graue Fäden. Das Haar auf seinem Kopf war ebenfalls stark angegraut. Es fehlte auf dem vorderen Teil des Schädels völlig, dafür fiel es lang an der hinteren Seite bis in den Nacken.

In sein Gesicht waren bereits die Furchen des Alters hineingegraben. Die dicken Lippen zuckten, seine dunklen Augen blickten traurig. Es war dem Mann anzusehen, dass er geweint hatte.

»Was führt dich her, Ecco?«, fragte die alte Zigeunerin, obwohl sie es genau wusste.

»Er gehört jetzt uns«, erwiderte Ecco. »Du weißt, was die alten Traditionen vorschreiben.«

»Ja, das weiß ich genau.«

»Deshalb möchte ich dich bitten, ihn abholen zu dürfen. Die jungen Leute warten draußen.«

Azucena stand auf. Sie stützte sich dabei schwer ab, um sich zu erheben. Sie nickte und zog ihr Tuch vor das Gesicht, das jetzt kaum noch zu sehen war.

»Du kannst sie hereinholen«, erklärte die alte Zigeunerin mit brüchiger Stimme.

»Ich danke dir, Azucena!« Ecco zog sich zurück und öffnete die Tür, während sich die Zigeunerin gegenüber in die hinterste Ecke des Wagens zurückzog.

Sie kamen zu viert. Es waren die jungen, kräftigen

Burschen, denen die Aufgabe zufiel, den Toten abzuholen und ihn durch das Spalier der Anwesenden zu tragen.

Rechts und links der Bahre blieben sie stehen, verneigten sich vor dem Leichnam, bevor sie sich noch tiefer bückten und die Bahre anhoben.

Zwei fassten vorn an, die beiden anderen hinten.

Und so gingen sie hinaus.

Der Wind blies feinen Schnee und kalte Luft durch die offene Tür. Die Flammen draußen bewegten sich, sie flackerten und manchmal waren ihre glühenden Zungen zu erkennen, je nachdem, wie sie vom Wind erfasst wurden.

Ecco war zur Seite getreten, um die Träger vorbeizulassen. Jetzt sprach er die Alte an.

»Willst du den Wagen nicht auch verlassen, Azucena? Du weißt doch, dass es so Sitte ist.«

Sie trat langsam vor und löste sich aus dem Dunkel des hinteren Wohnwagenteils. »Ich muss den alten Traditionen folgen«, flüsterte sie und hielt ihre gichtkrummen Hände ineinander verkrallt.

»Es wird kalt sein«, sagte Ecco ebenso leise. »Du solltest dir warme Kleidung überziehen.«

Da lächelte sie und fragte: »Was ist diese Kälte schon gegen die Starre des Todes?«

Ecco nickte. »Deine Worte beweisen mir, dass du eine von uns bist und wir dich zu Recht als unsere Führerin anerkennen. Ich werde für dich beten, Azucena.«

»Nein, Ecco, nein!« Sie schüttelte ihren Kopf. »Nicht für mich. Das ist nicht nötig. Ich bin alt und ich fühle, dass die Stunde des Todes naht. Betet für die anderen. Betet intensiv. Ruft die schwarze Madonna an, denn die Gefahr lebt weiter.«

»Aber Ambiastro ist …«

»Nicht er, Ecco, andere. Denk an die Insel! Erinnere dich, wie gefährlich sie ist …«

»Es wird sie niemand finden, denn sie ist auf keiner Karte der Welt verzeichnet.«

»Auch wir haben sie gefunden.«

»Es war ein Zufall.«

»Du irrst dich, Ecco. Das war kein Zufall, sondern Schicksal. Sedonis ist aus der Vergangenheit erschienen und sie wird wieder in die Vergangenheit zurückkehren, wenn Marita stirbt.«

Da senkte Ecco den Kopf.

»Nun weißt du Bescheid. Bete für uns, bete für sie. Marita ist auf der Insel. Sie blieb als Wächterin zurück, sie opferte sich, damit Ambiastro uns nichts tat. Denke immer daran. Marita ist noch da.«

»Können wir sie holen?«

»Ich weiß es nicht. Ich bin zu schwach, um die Insel noch einmal anzufahren.«

»Und die Fremden?«

Da hob die alte Zigeunerin ihren Kopf. »Hast du je in deinem Leben den Fremden vertraut, Ecco?«

»Nein, ich …«

»Da siehst du es.«

»Aber das ist etwas anderes. Denke an Myxin. Er war bei diesem Mann. Und Myxin ist eine Figur, die wir kennen. Wir haben seinen Namen auf den alten Schriften gelesen. Erinnere dich daran. Die alten Steintafeln erzählen von ihm.«

»Ich weiß es und ich werde vielleicht meine Meinung ändern. Aber jetzt lass uns gehen.«

Ecco öffnete der alten Zigeunerin die Tür.

Azucena konnte nicht mehr so forsch laufen wie noch vor Jahren. Ihre Beine waren müde geworden, die Knochen wollten nicht mehr. Sie hatten genug ausgehalten und der Tod würde sie bald in sein kaltes Reich ziehen.

Sie stemmte sich gegen den kalten Wind, als sie vorsichtig ihren Fuß auf die erste Stufe setzte. Wie mit einem Messer schnitt der Wind durch die Kleidung und in ihre Haut. Azucena blieb auf der letzten Stufe stehen und schaute in die Flammen.

Die aufgebauten Fackeln säumten den Weg. Neben ihnen standen die Mitglieder der Sippe. Das hin und her tanzende Licht veränderte ihre Gesichter und verzerrte sie zu Masken, denen ein unheimliches Leben eingehaucht zu sein schien.

Niemand sprach. Die Blicke der Anwesenden waren auf die Leiche und auf die alte Zigeunerin gerichtet, denn sie als Sippenführerin musste den Trauermarsch einleiten.

Sie gab das Zeichen. Es war ein Hochheben der linken Hand und somit wussten die anderen Bescheid.

Es waren die Träger, die sich zuerst in Bewegung setzten. Unter ihren Füßen knirschte der Schnee. An den Stellen, wo er getaut war, lag nur Matsch auf der Erde.

Und so gingen sie weiter. Stumm, irgendwie verzweifelt, weil der Tod so plötzlich und hart zugeschlagen hatte.

Azucena folgte der Bahre. Sie hielt sich dicht dahinter, denn so verlangte es die Ordnung, dass sie als Führerin und gleichzeitig auch als Verwandte als Erste dem Toten die letzte Ehre gab.

Sie schritten durch die Gasse.

Die Fackeln verbreiteten Wärme. Der Wind trieb jedoch die Kälte herbei, sodass beides an ein Wechselbad erinnerte.

Danach begann eine gespenstische Szene.

Woher die Zigeuner die Blumen aufgetrieben hatten, wusste niemand. Auf jeden Fall hielten die Frauen sie in den Händen und sie waren es auch, die vortraten und die Blumen auf die Leiche warfen.

Weiße Nelken.

Totenblumen …

Es wirkte unheimlich, wie diese Blüten auf die Leiche fielen. Manche blieben liegen, andere rutschten ab, aber es wurden immer mehr Blüten geworfen und sie erinnerten an dicke Schneeflocken.

Niemand sprach, keiner weinte. Die Männer standen wir Statuen, nur die Frauen bewegten sich und aus der Dunkelheit erschienen ihre werfenden Arme. Sie tauchten in das Streulicht der Fackeln, wo sie rot angemalt wurden, während sich die Hände öffneten und die Blumen auf die Leiche fielen.

Schritt für Schritt näherten sich die vier Bahrenträger dem Ort, wo die eigentliche Trauerfeier stattfinden sollte.

Die Menschen hatten Platz geschaffen, damit alle an den Gesängen und Gebeten teilnehmen konnten, die sehr lange dauern würden.

Der Platz war vom Schnee befreit worden. Was die Schaufeln nicht schafften, hatten harte Reisigbesen zur Seite gefegt.

Der Platz war nun gereinigt und lag als freie Fläche vor der langsam heranziehenden Prozession.

Die Menschen hatten sich dick angezogen. Sie trugen zumeist Fellkleider oder gefütterte Jacken. Die hoch gestellten Kragen schützten sie gegen den ärgsten Wind.

Man erwartete den Leichenzug. Starr waren die Gesichter der Männer. Keine Träne rann an ihren Wangen herab, die Frauen jedoch gaben sich ihrem Schmerz hin. Sie schluchzten und beweinten den Toten, der von den Trägern in der Mitte des Platzes abgestellt wurde.

Da stand er nun und abermals wurden die weißen Nelken auf die Leiche geworfen, während die eng beieinander stehenden Fackeln die Szene beleuchteten. Auf dem Boden stand die Bahre mit dem Toten. Der kalte Wind fuhr über ihn hinweg, wirbelte die Haare los und löste auch einen Teil der weißen Nelken von seinem Leichenhemd.

Azucena, die Führerin der Sippe, kniete nieder. Ein jeder wusste, was nun folgte, denn Azucena nahm Abschied von einem Menschen, den alle geliebt hatten.

Sie drückte ihre kalten Lippen auf die noch kälteren Hände des Toten und ein jeder sah, dass sie schluchzte, obwohl kein Laut über ihre Lippen drang.

Nur der Körper bebte. Es war ein lautloses Schluchzen, unheimlich anzusehen.

Der Tote und die alte Frau zeichneten sich als Schatten auf dem Boden ab. Ein Schatten, der zuckte, denn durch den Wechsel von Licht und Dunkelheit kam es zu diesem Spiel.

Das Schweigen lastete über dem Platz. Auch die umherstehenden Frauen wagten nicht, ihrem Schmerz freien Lauf zu lassen. Sie warteten, bis sich Azucena hochstemmte.

Einfach fiel ihr das nicht. Sie tat sich schwer, beugte den Rücken durch, doch niemand half ihr. Sie allein hatte dies alles zu verantworten, so verlangte es die Tradition.

Schließlich stand Azucena auf. Sie blieb hoch aufgerichtet stehen, schien dabei sogar zu wachsen und drehte den Kopf, um jeden einzelnen anzuschauen, obwohl sie die Gesichter hinter den zuckenden Flammen nicht erkennen konnte.

Die Menschen erwarteten von ihr eine Totenrede und sie scheute sich nicht, die Worte zu sprechen.

Ihre Stimme unterbrach das drückende Schweigen. »Liebe Schwestern, liebe Brüder! Ich weiß, dass der Tod endgültig ist. Für uns, für jeden Menschen auf der Welt gibt es kein Entrinnen, denn im Buch des Schicksals hat der Sensenmann alles vorherbestimmt. Doch es gibt Augenblicke, wo man von einer Schuld sprechen muss. Und dieser Augenblick ist nun eingetreten. Ich fühle mich schuldig am Tod dieses Menschen vor meinen Füßen, denn ich war es, der auf der Wanderschaft den Vorschlag gemacht hat, die Insel anzulaufen. Sie verwaltet ein Erbe, das uns die Vergangenheit hinterlassen hat. Ich war so vermessen, das Erbe zu wollen, denn ich wusste von der alten Überlieferung, dass diese Insel unmittelbar mit Atlantis zusammenhängt. Es gibt dort Spuren, die auf den geheimnisvollen Kontinent hinweisen. Ich war besessen davon, das Rätsel Atlantis zu lösen. Wir haben Ambiastro gefunden, den Vampir-Drilling, von dem die Legenden berichten. Wir haben Myxin gesehen, der damals die schwarzen Vampire angeführt hat, und vielleicht ist er unsere Hoffnung. Die Insel muss zerstört werden, von ihr geht nicht nur das Böse aus, sie zieht es auch an. Oder wäre sonst ein starker Gegner erschienen, der nur ans Töten denkt? Lady X war so ein Gegner, und sie hat es geschafft, die Vampir-Drillinge zu vernichten. Auch den Letzten hat sie getötet. Ich habe es nicht gesehen, aber ich spüre es in mir. Es ist ein schlimmes Gefühl, und ich mache mir den Vorwurf.« Sie schlug mit beiden Händen gegen ihre Brust und senkte den Kopf.

Die anderen standen still. Es schien so, als trauten sich

die Menschen nicht einmal zu atmen. Sie waren ruhig, denn sie wussten, dass Azucena ihre Rede noch nicht beendet hatte.

»Ein Pfand haben wir auf der Insel zurücklassen müssen«, fuhr sie mit schwacher Stimme fort. »Ein menschliches Pfand. Tassilos Schwester, die schöne Marita. Sie befindet sich auf Sedonis und wir sind nicht in der Lage, sie zu befreien. Aber ich will sie lebend, denn sie soll nicht auch noch ein Opfer werden, und aus diesem Grunde möchte ich euch bitten, mir zuzustimmen, wenn die Fremden zurückkommen. Denn ihnen, so glaube ich, können wir vertrauen. Myxin ist bei ihnen. Das beweist, dass er nicht mehr der Alte ist wie vor zehntausend Jahren. Er hat sich gewandelt und er bekämpft die Mächte, zu denen er früher einmal gehört hat. Deshalb bitte ich euch alle: Gebt ihnen Schutz. Vertraut ihnen, denn wenn es jemand schafft, unsere Schwester zurückzuholen, dann sie. Ich bitte euch …«

Nach diesen Worten drang ein fast schluchzender Atemzug über die Lippen der alten Zigeunerin und sie verneigte sich dabei in die vier Richtungen, wo ihre Sippe stand.

Die Menschen sprachen nicht. Schweigend standen sie nach wie vor da. Die Gesichter regungslos, die Lippen aufeinander gepresst und die dunklen Augen wegen der tanzenden Flammen fast geschlossen.

»Und nun lasst uns fortfahren«, sagte die alte Azucena mit entschlossen klingender Stimme. »Wie es die Tradition verlangt. Ecco, komm bitte her!«

Darauf hatte der Mann gewartet. Er hatte sich schon so hingestellt, dass er nur zwei Schritte zu gehen brauchte, um den Kreis zu durchbrechen. Wie ein Soldat blieb er vor Azucena stehen. Dabei hatte er seine Arme ausgestreckt und hielt auf seinen offenen Handflächen der Alten etwas entgegen.

Es war ein silbernes Gefäß. Unten hatte es die Form einer Kugel. Nach oben hin verjüngte es sich, sodass es aussah wie ein pyramidenförmiger Flaschenhals. An beiden Seiten wies es kleine Löcher auf, und als die alte

Azucena das Gefäß entgegennahm, da verneigte sie sich vor Ecco.

»Wir werden dich der Erde zurückgeben, aus der du gekommen bist«, sagte sie, der Leiche zugewandt. »Und du wirst gesegnet mit den alten Gaben und Zeremonien, die uns die seligen Vorfahren übermittelt haben. Geh nicht ungeschützt auf deine lange Reise, Tassilo, nimm den Segen des Weihwassers mit.«

Nach diesen sorgsam gesprochenen Worten ließ die alte Zigeunerin Ecco stehen und trat bis dicht an die Bahre, auf der die leblose Gestalt lag und mit Nelkenblüten bedeckt war.

Es war längst dämmrig geworden. Die Dunkelheit brachte eine noch härtere Kälte mit, sie fraß sich allmählich in die Körper der Menschen, die sich nicht bewegten und nur steif auf dem Fleck standen, um ihrem Toten die Ehre zu erweisen.

Die alte Azucena hielt das Gefäß in der Hand. Als sie es bewegte, hörte sie das Schwappen. Ein Beweis dafür, dass sich am Boden des Gefäßes eine Flüssigkeit befand.

Die Zigeunerin streckte den Arm aus. Ihr Mund blieb verkniffen. Sie wusste genau, was sie als Anführerin und Älteste in der Sippe diesem jungen Toten schuldig war.

Das Wasser spritzte sie mit kreuzförmigen Bewegungen über die Leiche. Alle vier Himmelsrichtungen rief sie an und auch die vier Grundelemente.

»Das Feuer soll dich nicht fressen! Das Wasser soll dich nicht ertränken. Die Luft soll deine Seele nicht zerstören!«

Ein altes Gebet, das die Stämme bei Totenfeiern immer beteten. Azucena hatte es nicht vergessen.

Und sie bewegte ihr Gefäß so, dass das geweihte Wasser aus den Öffnungen spritzen konnte.

Es waren glitzernde Tropfen, die in einem wahren Regen über den Leichnam fielen und nasse Flecken auf dem Hemd des Toten hinterließen.

Im nächsten Augenblick stockte den Menschen der Atem. Etwas Ungewöhnliches und Unheimliches geschah.

Die Leiche schrie!

Der Mund war nicht ganz geschlossen, und während sich der Körper aufbäumte, drang über die Lippen ein schriller, mörderischer Schrei, der alles Entsetzen der Welt in sich zu tragen schien.

Der Schrei gellte über den Platz. Er zitterte durch die klare Luft und verebbte nur allmählich.

Er schockte die Menschen. Er machte sie sprachlos und in jedem kroch das Grauen hoch.

Der Schrei an sich war schlimm genug. Unbegreiflich auch die Tatsache, dass ihn ein Toter ausgestoßen hatte.

Am schlimmsten jedoch empfanden die Menschen, dass dieser Schrei nicht zu einem Mann passte, sondern die Stimme einer Frau war …

Auch die alte Azucena hatte den Schrei gehört. Wie alle anderen war sie von ihm ebenfalls überrascht worden. Sie schien mit dem Boden verwachsen zu sein, so erstarrt stand sie auf dem Fleck, während vor ihren Lippen der Atem wölkte.

Sie hielt das Weihwasser-Gefäß noch in der rechten Hand. Der Blick war nach unten gerichtet, die Augen weit aufgerissen, und sie starrten die Leiche an.

Eine Leiche, die sich dort veränderte, wo sie von dem Weihwasser getroffen worden war.

Es hatte die nassen Flecken auf dem Toten hinterlassen, und genau dort, wo sich die Flecken befanden, kräuselte Rauch aus dem Körper hervor.

Dünne Fäden, die in der klaren Luft aufwärts stiegen und an den Qualm von Zigarren erinnerten.

Es waren Sekunden, in denen die alte Zigeunerin so stehen blieb. Sie konnte das Gefäß mit dem Weihwasser plötzlich nicht mehr halten, öffnete ihre Hand, sodass es ihr aus den Fingern rutschte und zu Boden fiel, wo es liegen blieb.

Die Stimme einer Frau war aus dem Mund der Leiche gedrungen. Etwas Unwahrscheinliches, ein magisches Phänomen, für das auch die alte Azucena vorerst keine Erklärung fand.

Aber sie kannte die Stimme, sie wusste genau Bescheid und sie ahnte, dass man ihr eine Botschaft übermitteln wollte.

»Marita!«, schrie sie laut und deutlich. »Das ist Marita gewesen! Herr im Himmel!«

Ihre Worte waren ebenso laut wie der Schrei des Toten. Und auch sie hallten über den Trauerplatz. Sie schufen bei manchem Zuhörer eine Gänsehaut und ließen das Entsetzen durch ihre Körper fluten. Hier war ein Ereignis eingetreten, das wohl keiner verstand, doch jedem war klar, es hier mit den Folgen von Ereignissen zu tun zu haben, die in der jüngsten Vergangenheit lagen.

»Marita!« Wieder schrie Azucena diesen Namen. »Marita, wo bist du? Welch ein Satan hält dich gefangen?«

Sie erhielt keine Antwort. Der Tote schwieg. Nur noch dünn war der Rauch, der aus seinem Körper kroch. Auch sein Gesicht war von einigen Weihwasserspritzern getroffen worden. Dort hatte es große Flecken hinterlassen, und die Haut wirkte verbrannt.

Azucena wankte. Mit dieser Reaktion hatte sie nicht gerechnet. Die Totenfeier war auf schaurige Art und Weise unterbrochen worden. Die alte Zigeunerin gab sich selbst die Schuld daran. In der Bewegung drehte sie sich, streckte wie bittend ihre Arme aus, als wolle sie die Menschen umfangen, und war froh, als Ecco vorstürmte und sie auffing.

Im letzten Moment hatte der Mann zugegriffen. Sie wäre sonst zu Boden gestürzt und hätte sich wer weiß was brechen können.

So hielt er sie fest.

Sie lag auf seinen Armen, befand sich in der Rückenlage, sodass Ecco in ihr zerfurchtes Gesicht schaute und die Angst in ihren Augen entdeckte.

»Bitte!«, flüsterte sie. »Bitte ...«

»Du solltest jetzt nicht reden, Azucena. Es ist besser, wenn du schweigst. Wir werden schon dafür sorgen, dass alles gut wird. Wirklich ...«

»Ja, ja ...«

Ecco blieb stehen. Er schaute über die in seinen Armen liegende Frau hinweg und runzelte die Stirn. Die Gesichter der Zigeuner waren auf ihn gerichtet. Die Männer und Frauen erwarteten von ihm, dass er etwas tat, denn er hatte jetzt die Führung übernommen.

»Ich erlaube mir aus besonderen Gründen, die Trauerfeier zu unterbrechen. Lasst den Leichnam stehen. Geht wieder in eure Wagen. Wenn ich euch brauche, sage ich Bescheid.«

»Und was ist mit Azucena?«, fragte jemand.

»Um die kümmere ich mich. Ich werde sie in ihren Wagen bringen und ihr etwas zu trinken geben. Sie hat einen Schock erlitten. Den muss sie erst überwinden.«

Das sahen alle ein. Die Zigeuner wandten sich ab. Sie drehten Ecco und der alten Azucena den Rücken zu. Schweigend verließen sie den Trauerplatz. Die Fackeln wurden zum größten Teil gelöscht. Rauch trieb träge durch das Lager.

Ecco ging mit Azucena zu deren Wagen. Er schritt wie ein Roboter. Den Kopf hielt er erhoben, der Blick war geradeaus gerichtet. Unter seinen Füßen wurde der Matsch zerdrückt, er spritzte nach rechts und links zur Seite.

Man respektierte seinen Wunsch und ließ ihn allein. Ecco hatte das Gefühl, vor einer entscheidenden Wende zu stehen. Vor einer Sache, die er nicht überblicken konnte, denn Azucena hatte ja bereits angedeutet, dass es sich um Dinge handelte, deren Schicksal nicht mehr in ihren Händen lag.

Es waren Fremde erschienen. Sie wollten helfen. Ecco war dagegen gewesen, mittlerweile jedoch hatte er seine Meinung geändert. Die Fremden mussten eben in die Auseinandersetzung mit einbezogen werden. Schließlich ging es um Maritas Leben.

Sie befand sich in großer Gefahr, war als ein menschliches Pfand auf der geheimnisvollen Insel zurückgeblieben, und dass es ihr schlecht ging, schien sie durch den Mund des Toten kundgetan zu haben. Jedenfalls glaubte Ecco fest daran.

Er brauchte nicht mehr weit zu gehen, um den Wohnwagen der alten Azucena zu erreichen.

Wenige Schritte, dann …

Wie vor eine Wand gelaufen blieb er stehen.

Aus dem Schatten des Wagens lösten sich drei Gestalten. Zuerst konnte er sie nicht genau erkennen, sah aber, dass sie unterschiedlich groß waren.

Und dann entdeckte er Myxin. Der kleine Magier lächelte, obwohl sein Gesicht ernst war. »Ich glaube, wir haben einiges zu besprechen«, sagte er mit leiser Stimme.

Ecco nickte. »Ja«, erwiderte er, »das glaube ich auch …«

Gegen den Strand rollte grünes Wasser.

Manchmal schimmerte es auch weiß, wenn es von den kleinen Riffen gebrochen wurde und sich Schaumkronen auf die Wellen setzten, als wollten sie diese mit ihren sprudelnden Hauben verschönern.

Es gab keine Steil- oder Felsküste, die dem Strand vorgelagert war, sondern nur Sand, auf dem die Wellen allmählich ausliefen. Der Sand schimmerte ähnlich wie das Wasser. Er hatte an manchen Stellen allerdings einen dunkleren Farbton, der schon ins Braune überging.

Dort wo das Wasser normalerweise nicht mehr hinreichte, da stand der Baum.

Es war ein seltsames, unheimlich wirkendes Gewächs. Mit einem Stamm versehen, der einen so gewaltigen Umfang hatte, dass schon mehrere Männer ihre Arme ausstrecken und eine Kette bilden mussten, um ihn umfassen zu können.

Die Größe des Stammes konnte man im Vergleich zu anderen Bäumen als unnormal bezeichnen. Er schien früher einmal ein hoch in den Himmel ragender Baum gewesen zu sein, doch irgendetwas hatte die meisten Zweige und Äste gekappt. Diejenigen, die noch vorhanden waren, hatten sich wie eine dicke Schnur um den oberen Teil des Stammes gewunden, sodass die Äste an Schlangen erinnerten, und in der Tat wurde dieser Baumstamm nur der Schlangenbaum genannt.

An den Ästen hing ein Mädchen!

Es war gefesselt und konnte sich nicht befreien. Es war in einer schlimmen Lage, denn seine Arme waren hoch gereckt und durch eiserne Ringe mit den Ästen verbunden. Zwischen seinen ausgestreckten Armen und den Ästen schimmerte eine Kette.

Die Füße konnte das Mädchen ebenfalls nicht bewegen, denn sie waren mit Metallringen gefesselt.

Wie lange das Mädchen schon in dieser Haltung stand, wusste es nicht zu sagen. Zeit spielte keine Rolle mehr. Die Gefangene wurde nur von Angst und von ihrem Durst gepeinigt.

Das Mädchen war Marita, die junge Zigeunerin!

Man hatte sie auf der Insel als Pfand zurückgelassen, um sie irgendwann einmal abzuholen.

Marita hatte sich nicht einmal gewehrt. Sie war eine Zigeunerin, gehörte zur Sippe und sie unterwarf sich den Gesetzen. Sie wusste aber auch, welches Grauen diese Insel für sie bereit hielt, denn sie brauchte nur den Kopf zu senken, um die vor ihr liegenden Schädel zu sehen.

Reste der Menschen, die einmal wie sie auf der Insel gefangen gehalten worden waren.

Ein schauriges Bild, das ihr am Anfang das Entsetzen durch den Körper gejagt hatte.

Mittlerweile war sie daran gewöhnt und sie hatte sich auch mit dem Gedanken vertraut gemacht, dass ihr eventuell das gleiche Schicksal widerfahren konnte.

Noch vertraute sie Azucena und ihrer Rückkehr. Wer die Geheimnisse der Vergangenheit lösen wollte, der musste Opfer bringen, und zur Opferbereitschaft war Marita seit frühester Kindheit erzogen worden.

In den Jahren der Jugend war sie zu einer Schönheit erblüht. Ihretwegen hatten sich die jungen Burschen gestritten und es hatte eifersüchtige Exzesse gegeben.

Als einziges Kleidungsstück trug sie einen Fetzen von violetter Farbe, der ähnlich wie ein moderner Badeanzug geschnitten war, soeben noch ihren Busen bedeckte und zwischen ihren Beinen wie zwei lange Fahnen bis zu den Knöcheln fiel.

Um die Hüfte herum trug Marita einen golden schimmernden Gürtel, der sich aus einzelnen Ringen zusammensetzte und in Höhe des Nabels einen grünen Stein zeigte.

Das Haar war pechschwarz. Wie ein aufgeblähter Busch wirkte es, wobei es bis auf ihre Schultern fiel. Das Gesicht des zweiundzwanzigjährigen Mädchens zeigte einen dünnen Schweißfilm. Die Augen waren halb geschlossen, der Mund mit den vollen Lippen stand offen, und hin und wieder drang ein Stöhnen aus ihm hervor.

Auf der Insel war es warm. Sehr genau noch hatte sie die Worte der alten Azucena im Ohr. »Sedonis ist eine Insel, auf der es keine Jahreszeiten gibt. Du wirst immer die Wärme, die Sonne und den leichten Wind spüren, solange du dich hier aufhältst.«

Und das war inzwischen zu einer Tortur für Marita geworden. Sie litt unter ihrer Gefangenschaft und hatte den Versuch aufgegeben, sich zu befreien.

Sie konnte sich nur so weit bewegen, wie es der Spielraum ihrer Ketten zuließ. Manchmal drehte sie den Körper, um nicht immer auf den Strand zu schauen, sondern über die Insel hinweg.

Viel erkannte sie nicht.

Der Boden glich dem einer Wüste. Braungelb lagen Sand und Steine auf dem ansteigenden Gelände, das sich zu einem breiten Hügel erhob, der Marita eine weitere Sicht versperrte.

Sorgen machte sie sich wegen der Schädel. Man hatte ihr nicht gesagt, woher diese makabren Andenken stammten. Da musste sie selbst nachdenken, und sie war zu der Erkenntnis gelangt, dass sie nur zu den vergessenen Gefangenen gehören konnten.

Sollte ihr das gleiche Schicksal widerfahren?

Sie wollte daran einfach nicht glauben, denn sie hoffte nach wie vor auf die alte Azucena, die sie hergebracht hatte, um Ambiastro befreien zu können.

Es war ein Tausch gewesen und dieser Tausch hatte sein müssen, denn man durfte der Insel nichts nehmen, so schrieben es die ehernen Gesetze der alten Vergangenheit vor, und so war es auch auf den Steintafeln zu lesen gewesen, denn es gab jemanden, der die Insel bewachte.

Ein Monster!

Davor fürchtete sich Marita am meisten. Noch hatte sie es nicht gesehen, aber manchmal, wenn das Meer in Ufernähe ziemlich unruhig wurde und kein Wind über das Wasser fuhr, dann glaubte sie, dicht unter der klaren Oberfläche ein seltsames Tier zu sehen, das gewaltige Ausmaße hatte.

Ein Rest aus der Vergangenheit, in der Drachen, Flugtiere und Monster regiert hatten.

Wieder fuhr ein warmer Wind über die Insel, streichelte ihren fast bloßen Körper und wühlte das Haar hoch, sodass es wie eine schwarze Fahne wirkte.

Marita wand sich in den Ketten. Immer wenn sie sich bewegte, klirrten die Ringe, und wenn sie versuchte, die Arme anzuziehen, dann merkte sie, dass die seltsamen Äste des Baumes nachgaben.

Aber sie kam nicht los.

Da riss nichts, da konnte sie mit Gewalt nichts zerfetzen, sie hielten einfach.

Marita weinte nicht mehr. Am Anfang hatte sie es getan. Da war sie so allein gewesen, doch nun waren ihre Tränen versiegt.

Wieder schaute sie aufs Meer. Es war ein ewiges Anrollen der Wellen. Sie kräuselten sich, liefen mal schneller, als hätten sie Angst, den Strand nicht mehr erreichen zu können, wo sie allmählich zur Ruhe kamen.

Ein ewiges Spiel, und wenn Marita zu lange auf das Wasser starrte und die Wellen beobachtete, wurde ihr schwindlig.

Etwas war anders.

Sie kannte das Meer. Sie hatte das Gefühl, mit den Wellen sprechen zu können, wenn sie so ruhig gegen das Ufer liefen, doch plötzlich veränderten sie sich.

Das Wasser wurde unruhig.

Sofort dachte sie an den Wächter der Insel, an das Monster. Kam es jetzt, um sie zu holen?

Marita beobachtete das Meer. Trotz der Wärme rieselte eine Gänsehaut über ihren Körper, und sie erkannte, dass die Wellen längst nicht mehr so gleichmäßig anrollten.

Irgendetwas störte.

Ein paar Mal schloss sie die Augen, um sie rasch wieder zu öffnen, aber das Bild blieb.

Unter der Oberfläche quoll ein dicker Schaumstreifen in die Höhe. Es zischte auf, als würde ein gewaltiger Wal die Luft ausstoßen.

Ein Wal war es nicht. Der Unterwasserdrache, das gefährliche Monstrum, erschien.

Vor Entsetzen konnte sich Marita nicht mehr bewegen, als sie dieses Untier sah. Sie wollte sich abwenden, kämpfte jedoch vergeblich gegen den inneren Zwang. Ihr aber schien es, als wäre sie die Empfängerin unhörbarer Befehle, die nur ihr Gehirn erreichten und sie zwangen, ihren Blick dem Meer entgegenzuwenden.

Dort tauchte es auf.

Gewaltig, unheimlich, ein Riese.

So etwas hatte Marita noch nie gesehen. Sie erinnerte sich an die Märchen, die man ihr vorgelesen hatte. In den Fabeln und Legenden war ebenfalls von Tieren dieser Art die Rede gewesen, und noch deutlich glaubte sie, die Worte der Märchenerzählerin zu hören.

»Nicht alles, was ich euch vorlese, ist erfunden, Kinder. Denkt daran, dass es einmal Zeiten gegeben hat, die so unvorstellbar grausam gewesen sind, dass wir es heute kaum fassen und begreifen können …«

Marita sah ein, dass die Erzählerin nicht gelogen hatte. Das Monstrum, das allmählich aus den Fluten stieg, bereitete sich darauf vor, an Land zu gehen …

Azucena lag auf der Couch.

Die alte Zigeunerin hatte sich verändert. Sie wirkte wie eine Frau, die kurz vor dem Tod stand. Das Gesicht war sehr bleich. Die Falten schnitten noch tiefer in ihre Haut, als wären sie mit einem Messer nachgezogen worden.

Gesagt hatte sie noch nichts. Hin und wieder nur zuckten ihre Lippen. Wir beugten uns jedes Mal gespannt vor, doch sie redete nicht. Nur einmal hatte sie um ein Glas Wasser gebeten, was Ecco ihr holte.

Wir hatten ihn inzwischen kennen gelernt, und er schien uns zu akzeptieren.

Jetzt warteten wir darauf, dass Azucena einen Großteil des Geheimnisses lüftete.

Minuten waren vergangen. Die Hitze in dem Wagen störte mich. Ich hatte meine Jacke aufgeknöpft und Suko erging es nicht anders. Nur Myxin blieb, wie er war. Sein Mantel war vom Kragen an zugeknöpft.

Als Azucena den Kopf drehte, hatte ich das Gefühl, diese Bewegung würde ihr Schmerzen bereiten. Ecco dachte ähnlich. Er sprang auf und legte sie auf die Seite, sodass sie uns in die Gesichter schauen konnte.

»Ihr seid wieder zurückgekommen«, flüsterte sie und ein zufriedener Ausdruck zeigte sich in ihren Augen.

»Ja«, erwiderte ich, »das sind wir.«

»Es ist gut«, flüsterte sie. »Es ist sehr gut, denn ihr allein könnt sie noch retten.«

»Lebt sie denn noch?«, wollte Suko wissen.

»Ja, sie muss leben, denn sie hat uns durch ihren toten Bruder ein Zeichen gegeben.«

»Ich verstehe nicht …«

»Es ist so«, fuhr sie mit schwacher Stimme fort. »Als wir die Trauerfeier begannen, da …«

Sie erzählte uns in den nächsten Minuten das, was sich bei der Totenfeier abgespielt hatte, und wir hörten auch von dem Schrei, den die Leiche ausgestoßen hatte.

»Das war nicht Tassilo, der geschrien hat«, erklärte uns die Alte mit fester Stimme. »Er ist es nicht gewesen, sondern Marita. Zwischen ihr und ihm gab es eine Verbindung. Sie wollte uns durch den Mund ihres toten Bruders ein Zeichen geben, dass sie noch am Leben ist und wir sie nun holen müssen.«

»Das werden wir auch«, sagte ich.

Da lächelte die Alte, bevor sie fortfuhr: »Aber geht nicht allein, ich bitte euch.«

»Wen sollen wir mitnehmen?«

»Ambiastro?«

Azucena hatte diesen Namen als Frage ausgesprochen. Sie ahnte, dass er wohl nicht mehr am Leben war, und als sie in unsere betroffenen Gesichter schaute, da war ihr klar, dass Ambiastro tatsächlich nicht mehr existierte und sie umsonst gehofft hatte.

»Ihr habt ihn nicht retten können?«

Gemeinsam schüttelten wir die Köpfe.

Das Gesicht der Zigeunerin verzog sich. »Und ich habe gedacht, dass ihr es schaffen würdet, weil doch Myxin bei euch ist. Er ist derjenige, der am meisten …«

»Auch ich bin nicht allwissend«, erklärte der kleine Magier. »Unsere Feindin Lady X hat uns reingelegt.«

»Dann ist die Spur erloschen«, sagte sie und sank zusammen.

Das wollte ich nicht glauben. »Nein, Azucena, sie braucht nicht verloschen zu sein.«

»Wieso?«

»Nun ja, du hast uns selbst von den Tafeln berichtet, die ihr auf der Insel fandet. Ist das richtig?«

»Ja, es stimmt.«

»Und du weißt, dass wir sehr daran interessiert sind, einen Weg zu finden, um das Geheimnis des Würfels zu lösen.«

»Das ist schwer«, flüsterte sie, »sehr schwer.«

»Gibt es denn einen Hinweis?«

»Die alten Tafeln sprechen von einem Orakel.«

»Von welchem?«

»Dem Orakel von Atlantis.«

Da war es wieder. Dieser Begriff geisterte seit dem letzten Fall durch unser Hirn.

Das Orakel von Atlantis musste in einem unmittelbaren Zusammenhang zum Würfel des Unheils stehen und es war unsere Sache, diesen Zusammenhang herauszufinden, wobei wir ziemlich am Beginn standen und nichts wussten.

Konnte uns Azucena mehr verraten?

Ich schaute sie direkt an, doch sie wich meinem Blick aus und wandte sich an Myxin.

»Du bist der Herr der schwarzen Vampire gewesen«, flüsterte sie. »Auf den alten Tafeln habe ich es gelesen, und du müsstest etwas über das Orakel wissen.«

»Nein, Azucena, ich weiß nichts darüber.«

»Doch, denke nach.«

Myxin schüttelte seinen Kopf. »Das Orakel von Atlantis ist mir nicht bekannt. Und vergiss nicht, dass ich mich damals nur dort aufgehalten habe, wo die schwarze Magie zu Hause war.«

Azucena schloss die Augen. »Die alten Tafeln berichten von ihm. Es muss existiert haben ...«

»Tut mir Leid, ich weiß es nicht.«

»Dann hilft alles nichts«, sagte ich, »wir müssen zur Insel fahren.«

Es war ein bedeutungsschwerer Satz, den ich da aussprach, das merkte ich auch an den Reaktionen der anderen. Ecco stöhnte auf und schüttelte den Kopf. Azucena schien sich noch mehr verkriechen zu wollen. Zudem schwieg sie.

»Traust du es uns nicht zu?« Suko unterbrach das lastende Schweigen.

»Ja, ich traue es euch zu, aber die Insel Sedonis zu betreten bedeutet so viel wie ein Todesurteil.«

»Du lebst auch noch«, hielt ich ihr entgegen.

»Natürlich lebe ich. Ich hatte auch einen Auftrag zu erfüllen, und ich habe ein Pfand zurückgelassen.«

»Das Mädchen Marita.«

»Genau.«

Ich holte tief Luft und wischte einen Schweißfilm von meiner Stirn. »Wie seid ihr überhaupt auf die Insel gelangt?«, erkundigte ich mich.

»Wir waren in Griechenland«, murmelte die alte Azucena, während sie die Hände faltete, »und wir wollten nach England. Bei einem großen Stammestreffen traf ich auf einen Zigeunerfürsten, der mir von der Insel Sedonis berichtete und von Ambiastro, den Vampir-Drillingen. Ich hatte schon von ihnen gehört. Eine uralte Legende berichtet darüber und ich wollte mehr wissen. Der Zigeunerfürst erzählte mir, dass sich die Insel in dieser Zeit wieder zeigen würde. Es geschieht selten genug, aber die Gestirne standen so günstig, dass ein Auftauchen möglich war und es uns gelingen musste, Ambiastro zu befreien.«

»Ihr wolltet ihn also haben?«

»Ja, wir brauchten ihn, denn wir haben Feinde, und mit Ambiastro wären wir mächtig gewesen.«

»Vampire wollen Blut. Habt ihr daran nicht gedacht?«, fragte Suko in einem vorwurfsvollen Ton.

»Schon. Es wäre ja nicht unser Blut gewesen. Ich gebe zu, dass wir sehr egoistisch waren, und wir rechneten mit der Dankbarkeit der Vampir-Drillinge. Die einzige Tücke war das Opfer, das wir zurücklassen mussten. Wir redeten darüber und kamen überein, dass sich Marita opfern müsse. Sie war in unserem Sinne erzogen worden und sie würde sich hüten, die alten Regeln zu missachten. Ich sprach mit ihr. Sie war einverstanden, und somit ließen wir uns zu der Insel fahren. Es gab sie tatsächlich. Wir gingen an Land, suchten Ambiastro und fanden ihn auch. Während Marita an den Schlangenbaum gekettet wurde, fuhren wir mit unserer Beute zurück. Auf den Tafeln hatten wir zuvor von einem geheimnisvollen Orakel gelesen und auch die Warnungen erfasst, die von Feinden der Vampir-Drillinge sprachen. Das alles hielt uns nicht davon ab, unsere Aufgabe zu erfüllen. Dabei ahnten wir nicht, dass die Feinde schon so nahe waren. Als wir es merkten, da teilten wir die Vampir-Drillinge. Es hat nichts genutzt …« Nach diesen Worten schwieg sie, senkte den Kopf und ihre Hände zuckten.

Wir schauten uns an. Ein wenig waren wir schlauer geworden, kannten jetzt die Zusammenhänge, und unser Entschluss, die Insel zu besuchen, stand fester denn je.

»Wird eine schwierige Reise werden«, meinte Suko und schaute dabei Myxin fragend an.

Der kleine Magier lächelte. »Verlasst ihr euch wieder auf mich?«

»Ja.«

»Mal sehen, ob ich es schaffe. In der letzten Zeit musste ich mich zu oft anstrengen.«

Ich schlug ihm auf die Schulter. »Tu mal was für deine Freunde. Außerdem wirst du dich, wenn du dich unmittelbar am Schauplatz befindest und mit den Dingen konfrontiert siehst, vielleicht erinnern.«

»Das wäre möglich.«

Bisher hatten uns die anderen Bewohner des Lagers in Ruhe gelassen. Das änderte sich von einem Augenblick zum anderen. Schreie und Stimmen wurden draußen laut.

Gefährliche, grausame Schreie.

Todesschreie …

Wir sprangen auf. Sogar die alte Azucena setzte sich hin. Auf ihrem Gesicht zeigte sich eine kaum fassbare Angst.

Da wurde schon die Tür aufgestoßen.

In den Wagen torkelte ein Mann. In Fetzen hing seine Kleidung vom Körper, aber nicht nur sie, auch die Haut war dabei, allmählich abzufallen. Von seinen Händen existierten nur noch Knochen. Er versuchte, sich am Rahmen festzuhalten, rutschte jedoch ab und brach in die Knie.

Mit letzter Kraft öffnete er den Mund und stieß uns die schrecklichen Worte entgegen: »Der Nebel, der Todesnebel! Er zerfrisst – er tötet – alle …!«

Für uns stand eins fest.

Lady X hatte grausam zugeschlagen!

Der Mann sank zusammen. Ich brauchte nicht erst näher hinzuschauen, denn er war tot.

Blitzschnell war ich bei ihm, drückte die Tür so weit auf, dass ich ihn nach draußen schieben konnte, und riskierte selbst noch einen Blick.

Schwaden wallten durch das Lager. Eine dicke Brühe lag zwischen den Wagen und ich sah die Gestalten umherrennen. Voller Panik, hilflos. Grässliche Schreie drangen über ihre Lippen und hallten durchs Lager.

Ich hämmerte die Tür wieder zu. Als ich mich umdrehte und mich mit dem Rücken gegen sie lehnte, war ich blass.

»Hat er Recht?«, fragte Suko.

Ich nickte.

Sprechen konnte ich in diesen Augenblicken nicht. Alles war zu grausam und schrecklich. Bisher hatte sich Lady X zurückgehalten, doch nun schlug sie eiskalt zurück. Sie wollte die Menschen, die ihre Feinde geschützt hatten, vernichten.

In mir tobte eine Hölle aus Erinnerungen. Mein Gott, wenn ich nur an den Nebel dachte, bekam ich schon das Zittern. Deutlich sah ich ihn noch vor mir, als er damals wie eine stumme, drohende und tödliche Wolke vor der Küste gelegen hatte und allmählich näher kam, um sein grausames Werk zu vollenden.

Der Todesnebel war nicht zu stoppen. Nicht auf normale Art und Weise. Es gab eigentlich nur eines, das ihn aufhalten konnte.

Mein Kreuz!

Myxin war an eines der Fenster getreten und warf einen Blick nach draußen. Auch Suko schaute durch eine Scheibe. Er drehte sich zuerst um. Besorgnis stand auf seinem Gesicht zu lesen.

»Es wird schwer werden«, flüsterte ich.

Da richtete sich Azucena auf. Sie blieb sitzen, und ich hatte das Gefühl, als würde sie den Schreien lauschen. »Ich trage die Schuld«, flüsterte sie, »ich allein …« Sie streckte den Arm nach Ecco aus. »Hilf mir hoch, denn ich werde mich opfern!«

Ecco war unschlüssig. Er schaute einmal mich, dann wieder Suko an und hob die Schultern.

»Der Nebel konzentriert sich immer mehr auf unseren Wagen«, erklärte Myxin. »Sie will erst einmal uns vernichten.« Damit meinte er natürlich Lady X, die hinter allem steckte.

»Hoffentlich ist es so«, murmelte ich.

»Ist Ihr Leben Ihnen nichts wert?«, fragte Ecco.

Ich holte das Kreuz hervor. »Das ist mein Schutz!«

Der Mann schaute auf meine Hand, aus der das Kreuz ragte. Seine Blicke irrten, der Mund zuckte und er hob die Schultern, als wolle er es nicht glauben.

Auch Azucena war skeptisch. Sie schwang ihre Beine

von der Couch. »Ich werde trotzdem gehen«, sagte sie mit leiser Stimme. »Es kann mich keiner abhalten. Ich muss mich opfern. Ich habe ihn doch gesehen, wie er zur Tür hereinkam. Sollen noch mehr Unschuldige sterben?«

»Glauben Sie denn im Ernst, dass unsere Gegner von uns ablassen, wenn Sie sich geopfert haben?«, fuhr ich sie an. »Nein, Lady X will allem ein Ende bereiten. Deshalb hat sie den Todesnebel eingesetzt, und sie schließt keine Kompromisse.«

Meine Worte ließen die alte Frau nachdenklich werden, denn sie schwieg in den nächsten Sekunden.

Myxin zog sich vom Fenster zurück.

»Der Nebel befindet sich dicht am Wagen. Er wird eindringen können, wenn es Stellen gibt, die nicht ganz dicht sind.«

Ecco lachte bitter. »Die gibt es leider genug. Wir haben keine Chance, wir ...«

»Gehen Sie in den hinteren Teil des Wagens!«, fuhr ich ihn an. »Und nehmen Sie Azucena mit.«

»Gut, auf Ihre Verantwortung.«

Ich kümmerte mich nicht mehr um die beiden, sondern bewegte mich auf das Fenster zu. Mit der Hand, in der ich nun das Kreuz hielt, strich ich am Rahmen entlang.

Deutlich merkte ich den Windzug, der über meine Handfläche fuhr. Da gab es undichte Stellen, das stand fest.

Wann würde der Nebel angreifen?

Suko, der meine Gedanken ahnte, brachte eine kleine Lampe, die zum Glück ein langes Kabel hatte. Er leuchtete damit vor dem Fenster hin und her und hatte die Lampe kaum ein paar Mal bewegt, als wir beide es sahen.

Durch die Ritzen krochen graue Schwaden. Der Todesnebel war da!

Marita starrte auf das Monstrum.

Es war ein unglaublicher Anblick. So grauenhaft, dass sie das Gefühl hatte, jemand würde ihr Herz mit eisernen Händen umfassen und es zusammendrücken.

Ein Meerdrache entstieg den Fluten.

Gewaltig die beiden grünlich schimmernden Flügel. Dazwischen ein schrecklicher Kopf, der an den Schädel eines Pferdes erinnerte, nur eben drei- bis viermal so groß. Der breite Hals war gebogen. Auf ihm wuchs ein spitzer, grünschuppiger Kamm, von dem zahlreiche Wassertropfen geschleudert wurden, als der Drache seinen Kopf bewegte und Marita die rötlichen Augen erkennen konnte.

Sie wusste nicht, wie das Tier hieß. Für sie war es ein mordgieriger Gigant, der sicherlich nicht nur Tiere, sondern auch Menschen verschlang.

Ihr war ebenfalls nicht bekannt, woher dieser schwimmende Drache stammte. Als man sie zur Insel geschafft hatte, war der Begriff Atlantis gefallen. Auch sie hatte bereits von dem Kontinent gehört. Konnte es möglich sein, dass der Drache ein Überbleibsel war?

Marita zitterte vor Furcht.

Das Untier, vorhin aus den Fluten entstiegen, hatte sich durch seine Flügelschläge weiterbewegt. Es war ihm gelungen, in die flacheren Uferregionen zu gelangen. Nur noch ein kleiner Teil seiner unteren Körperhälfte wurde von den Wellen umspült, und der Drache wälzte sich mit seltsamen Bewegungen voran.

Es war mehr ein Hüpfen und erinnerte Marita in diesen Augenblicken an einen überdimensionalen Vogel, der seine Beute bereits ins Visier genommen hatte.

Auch öffnete er sein Maul.

Marita, die den Drachen starr anschaute, rechnete damit, Feuer aus dem Schlund fahren zu sehen. Sie irrte sich. Nur die Zunge zuckte wie eine rote Peitsche durch die Luft, schlug einmal einen Bogen und klatschte in den Sand.

Er wurde hochgewirbelt und so weit geschleudert, dass er das Mädchen mit einem wahren Regen übergoss.

Ein Fauchen drang hinterher. Es war vermischt mit einem brüllenden Geräusch und sein Donner klang in Maritas Ohren wie eine Explosion.

Der Drache erreichte das Ufer.

Er stampfte. Die Masse seines Körpers ließ den Boden erzittern. Selbst der Baum, an den Marita gefesselt war, spürte die Erschütterungen, und das Mädchen wand sich verzweifelt, wobei es wieder an den Ketten zerrte, um sich zu befreien. Doch das Eisen war gut geschmiedet und hielt.

Marita schloss die Augen. Sie konnte plötzlich nicht mehr mit ansehen, wie sich der Tod in Form dieses Monstrums näherte. Es brauchte nur einmal mit der Zunge zuzuschlagen und richtig zu treffen, dann war alles erledigt.

Kaum war der Gedanke in ihrem Gehirn aufgezuckt, als der Drache ihn bereits in die Tat umsetzte.

Er schlug zu.

Ein huschendes Etwas sah Marita auf sich zurasen. Es war schnell wie der Blitz. Sie wollte schreien. Es nutzte nichts, denn bevor sie einen Ton ausstoßen konnte, hatte die Zunge sie erwischt.

Nicht am Kopf, nicht am Oberkörper, sondern in Höhe der Waden. Gedankenschnell hatte sie die Beine der Gefesselten umwickelt und riss sie in die Höhe.

Marita konnte den Schrei nicht mehr unterdrücken, als sie plötzlich den Boden unter ihren Füßen verlor.

Für einen Moment, der ihr jedoch ungemein lang erschien, schwebte sie in der Luft, hielt sich in einer waagerechten Lage, drehte den Kopf und sah das gefährliche geöffnete Drachenmaul dicht vor sich.

Es war ein mörderischer Schlund, der ihr da entgegengähnte. Sie hatte das Gefühl, dass er alles in sich hineinsaugen konnte, selbst den Baum.

Urplötzlich ließ der Drache sie los.

Hart fiel sie zurück. Ihre gefesselten Füße schlugen auf den Boden. Der Aufprall pflanzte sich bis in ihr Gehirn fort, und sie biss die Zähne zusammen, um nicht zu schreien.

Aus dem Maul des Monstrums drang heißer Atem. Wie Feuer wühlte er ihr entgegen und brannte auf der Haut. Sie hatte das Gefühl, in Flammen zu stehen, riss die Augen auf, nur sehen konnte sie nichts, denn das Untier hatte Wolken von Sand in die Höhe gewirbelt, die sie wie ein Schleier umgaben.

Das gefangene Zigeuner-Mädchen glaubte wirklich an sein letztes Stündlein. Sie wünschte sich eine Ohnmacht herbei, weil sie das Grauen nicht bei vollem Bewusstsein miterleben wollte, doch dieser Wunsch wurde ihr nicht erfüllt.

Marita blieb bei Bewusstsein.

Und die Zeit verging.

Minuten verstrichen, ohne dass sich etwas tat. Das Monstrum blieb vor seinem Opfer hocken. Da sich die Wolken noch nicht richtig gelegt hatten, war es für Marita nur als gefährlicher Schatten zu erkennen, dessen Umrisse erst deutlicher wurden, als der meiste Sand wieder zu Boden gefallen war.

Erst da erfasste das Mädchen die gesamte Größe des Meeresungeheuers.

Es war wie ein grüner, schuppiger Berg, der da vor ihr hockte und in die Höhe ragte. Trotz ihrer Angst fiel ihr ein Vergleich ein. Sie kam sich vor wie eine Mücke, die vor dem Elefanten hockt und darüber nachdenkt, ihn besiegen zu können.

Marita fiel nichts ein. Auch wenn sie nicht gefesselt gewesen wäre und Waffen gehabt hätte, dieses Monstrum war unbesiegbar. Obwohl sie sich in dieser schlimmen Lage befand, dachte sie dennoch weiter und sie fragte sich, weshalb der Drache sie nicht vernichtete.

Irgendetwas hielt ihn davon ab oder schien ihn zu stören. Marita fasste sich ein Herz und schaute auf das Maul des Untiers. Dann glitten ihre Blicke höher und erfassten die Augen.

Sie sah die runden Kugeln vor sich, die blassrote Farbe darin, und sie stellte fest, dass der Blick dieses Ungeheuers überhaupt nicht mehr auf sie gerichtet war, sondern an ihr vorbeiglitt.

Der Drache hatte ein anderes Ziel gefunden!

Aber welches?

Marita verspürte eine so große Angst, dass sie sich nicht traute, ihren Kopf zu drehen. Erst als der Blick des

Monstrums nach wie vor die Stelle irgendwo hinter ihr suchte, da drehte sie sich in ihren Fesseln und schaute zurück.

Zuerst glaubte sie an eine Halluzination. Was sie da sah, das konnte sie nicht fassen, das gehörte überhaupt nicht auf die Insel und musste eine Einbildung sein.

Auf dem Hügel stand eine schwarzhaarige Frau.

Und sie stützte sich mit beiden Händen auf den Griff eines Schwertes, dessen Klinge golden in der Sonne funkelte …

Marita atmete tief ein. Es war die erste Reaktion nach ihrer überraschenden Entdeckung.

Eine Frau auf der Insel!

Eine mit einem goldenen Schwert!

Wer konnte das begreifen?

Sie nicht, aber dass die Person kein Trugbild war, das erkannte sie nun, denn sie bewegte grüßend ihren Kopf in die Richtung der Gefangenen.

»Ein Engel!«, hauchte das Mädchen. »Mein Gott, das muss mein Schutzengel sein.« Etwas anderes fiel ihr nicht ein. Sie musste ihren Gedanken in Worte fassen, um sich auf diese Art und Weise Luft zu verschaffen.

Aber Engel sehen anders aus. Wenigstens hatte sie diese Erinnerung noch aus der Kindheit. Engel waren meistens blond, sie hatten auch Flügel. Diese Frau hatte von beidem nichts an sich. Nur das Schwert mit dieser goldenen Klinge sah aus wie etwas Heiliges, vor dem man Respekt haben musste.

Ansonsten sah die Frau normal aus. Sie trug ein langes Kleid, das in einem Orangeton schimmerte. Der Wind spielte mit dem Stoff und bauschte ihn unterhalb des Taillengürtels auf. Er fuhr auch gegen die Haare der Unbekannten, blähte sie ebenfalls auf und ließ sie flattern.

Noch hatte sie sich nicht bewegt, und Marita war gespannt, was sie wollte.

Sie erfuhr es in den nächsten Sekunden.

Zuerst drehte sich die Unbekannte um. Sie tat dies mit langsamen Bewegungen und wandte der Gefangenen den Rücken zu. Marita hatte schon Angst, dass die Unbekannte verschwinden würde.

Das tat sie jedoch nicht. Im Gegenteil, sie holte Verstärkung. Marita glaubte, ihren Augen nicht trauen zu können, als auf der Hügelkuppe plötzlich die Gestalt eines Mannes erschien.

Ein Urmensch!

Dieser Gedanke kam ihr. Obwohl die Entfernung ziemlich groß war, glaubte sie dennoch, in diesem Mann eine Person zu erkennen, wie sie in der Steinzeit gelebt hatte.

Bis auf einen Lendenschurz war er nackt. Der Schurz schimmerte dunkelbraun. Er schien aus einem Fell gefertigt zu sein. Auch die Hautfarbe des Kriegers war von bräunlicher Tönung. Der Beweis, dass sich der Mann lange in der Sonne aufgehalten hatte.

Und er hielt etwas in der Faust.

Ein Schwert.

In leicht geduckter Stellung stand er neben der schwarzhaarigen Frau, schaute sie an und folgte mit seinem Blick ihrem Arm, den sie erhoben hatte und mit dem ausgestreckten Zeigefinger in Richtung Strand wies.

Zu sagen brauchte sie nichts. Jedenfalls hörte Marita kein Wort. Die Schwarzhaarige nickte nur.

Der Urmensch verstand das Zeichen. Er reckte seine Schultern, spielte mit den gewaltigen Muskeln, schwang sein Schwert und stürmte mit grotesk anmutenden Sprüngen los.

Sein Ziel war der Drache!

Wenn der Nebel eine Hand oder einen anderen Flecken Haut auf dem Körper berührt, der nicht geschützt ist, dann dringt er durch und löst die Haut von den Knochen.

Das wusste ich von dem Nebel. Ich hatte es selbst erleben müssen und wollte nicht, dass es auch hier geschah.

Suko war in meiner Nähe geblieben und leuchtete, damit ich das Kreuz dorthin führen konnte, wo der Nebel aus dem Spalt kroch.

Kontakt!

Ich glaubte, nicht nur ein leises Zischen zu vernehmen, sondern auch weit entfernt klingende Schreie, die mir – getrennt durch Dimensionen – entgegenwehten.

Es waren die Schreie der Personen oder der Geister, aus denen sich der Todesnebel zusammensetzte. Ich hatte es hier nicht mit einem normalen Nebel oder einem normalen, aber magisch aufgeladenen zu tun, dieser hier stellte etwas ganz Besonderes dar.

Es war der Nebel, der sich aus den Seelen getöteter Dämonen zusammensetzte. Das waren Geister irgendwelcher Gestalten, die nicht in das Reich des Spuks eingehen wollten und sich zu diesem höllischen Nebel zusammengeschlossen hatten.

Er vernichtete radikal!

Eiskalt und brutal zerstörte er das, was sich ihm in den Weg stellte. Seine Wirkung war vergleichbar mit ätzender Schwefelsäure.

Den ersten Erfolg hatte ich errungen. Der Nebel war zerstört und an dieser Stelle zurückgedrängt worden.

»Okay«, sagte ich leise zu Suko, der zurücktrat und die Lampe wegsteckte.

Auch ich schritt wieder tiefer in den Wagen hinein. Keiner sprach ein Wort. Die Stille im Innern war vergleichbar mit der, die auch draußen lastete.

Azucena und Ecco saßen da wie Statuen. Nur ihre Augen bewegten sich. Sie suchten den Wagen ab und schauten nach, ob irgendwo der Nebel wieder Einlass fand.

Im Augenblick ließ er uns in Ruhe!

Obwohl ich mein Kreuz besaß, fühlte ich mich wie ein Gefangener. Ich hockte zusammen mit den anderen in diesem Wohnwagen und wartete, dass die Gegenseite wieder angriff.

Als ich dem Todesnebel zum ersten Mal begegnet war, hatte ich mich ihm im Freien entgegengestellt. Das allerdings wollte ich jetzt nicht riskieren, denn ich hätte die mir anvertrauten Menschen waffenlos zurücklassen müssen.

»Ob sie alle tot sind?« Es waren leise Worte, die Azucena da aussprach. Dennoch gingen sie jedem von uns durch und durch. Ich fuhr herum, schaute sie an, und sie sagte: »Man hört hier nichts …«

»Nein, sie könnten sich versteckt halten.« Mit diesen Worten wollte ich sie beruhigen.

»Ich glaube es nicht.« Azucena blieb stur.

»Bitte, du darfst nicht so reden«, mischte sich Ecco ein.

»Der Nebel ist unser Schicksal«, erklärte die Alte mit dumpfer Stimme. »Er wird alles töten, was sich ihm in den Weg stellt. Verlasst euch darauf. Wir hätten nicht zu dieser Insel hinfahren sollen. Ambiastro hätte ruhen müssen. Jetzt ist es zu spät …« Sie senkte den Kopf. Alle sahen wir die Tränen über ihr faltiges Gesicht laufen und plötzlich sprach sie von Marita. »Auch sie ist verloren!«, flüsterte die Alte. »Auch Marita wird nicht mehr leben. Sie stirbt wie ihr Bruder. Es gibt keine Chancen mehr …«

»Doch, es gibt eine!« Myxins Stimme war aufgeklungen, und wir blickten uns überrascht um.

Der kleine Magier hatte scharf gesprochen. Sein Blick funkelte, und er schaute der alten Zigeunerin gerade in die Augen. »Marita wird eine Chance erhalten, denn dafür habe ich gesorgt!«

»Wie das?« Auch ich war überrascht. Selbst in Sukos Gesicht zeichnete sich eine Regung ab.

»Kara«, sagte Myxin nur und wartete unsere Reaktion ab. Als keine erfolgte, sprach er weiter: »Ich habe geistigen Kontakt mit Kara aufgenommen und ihr geraten, sich auf der Insel Sedonis umzuschauen. Marita ist dort nicht allein.«

In den Augen der alten Zigeunerin schimmerte der Unglaube. Sie atmete nur flach. Dabei schüttelte sie den Kopf, wollte lächeln. Auch das misslang ihr.

»Wie kannst du es wagen …?«

»Myxin ist kein Lügner«, erklärte Suko mit fester Stimme. »Wenn er es behauptet, dann stimmt es auch.«

»Ihr wisst doch nicht, wo die Insel liegt!«, hielt uns die Zigeunerin entgegen.

»Ich weiß es«, antwortete Myxin. »Hast du nicht selbst davon berichtet, dass ich damals in Atlantis gelebt habe? Ich erinnerte mich, denn ich kannte die Insel vom Hörensagen. Sie befand sich in einer Zone, die wir Schwarzmagier nicht betraten. Meine jetzige Gefährtin Kara, die Tochter des weißen Magiers Delios, musste es wissen. Aus diesem Grunde habe ich telepathischen Kontakt zu ihr aufgenommen und ihr gedanklich mitgeteilt, wo unsere Probleme liegen. Sie hat bereits reagiert und befindet sich auf der Insel. Wir brauchen uns um Marita, deine Enkelin, nicht mehr zu kümmern. Sie ist in guten Händen.«

Azucena war vor Staunen starr. Diese Worte hatten sie getroffen. Dabei waren sie nur einfach dahingesprochen worden, ohne jegliches Pathos, aber wie Myxin das gesagt hatte, ließ darauf schließen, wie sicher er sich letztendlich war.

»Hoffnung für Marita!«, flüsterte die alte Frau. »Ich – ich kann es kaum begreifen …«

»Und für uns?«, fragte Ecco.

Seine Worte erinnerten uns wieder an die schreckliche Situation, in der wir steckten. Ein Teufel namens Lady X hatte um den Wohnwagen einen Ring gelegt, den wohl kaum jemand durchbrechen konnte, und sie würde sich noch mehr einfallen lassen, um uns zu vernichten.

Noch war es ruhig.

»Vielleicht solltest du wirklich draußen mal nachschauen«, schlug Suko vor.

»Nur, wenn es sich nicht vermeiden lässt.« Ich drehte mich zu Myxin um. »Weißt du denn kein Mittel gegen den Nebel?«

»Ich forsche noch.«

»Sicher. Aber du hast doch bestimmt schon eine Basis geschaffen, Dinge, die vielleicht wichtig sein könnten.«

»Leider nein, John. Meine Forschungen sind über die Theorie nicht hinausgekommen. Es war bisher nur ein verzweifeltes Suchen nach Anhaltspunkten.«

Ich atmete tief ein, während Suko im Wagen umherging und nach undichten Stellen suchte.

Der Nebel hielt sich zurück. Bisher war das Fenster die einzige Stelle gewesen, wo er sich Einlass verschafft hatte.

Und dort versuchte er es wieder. Er quoll durch die Ritzen. Wir sahen den widerlichen Streifen, der sich dicht hinter der Scheibe zu einer Wolke verbreiterte, der ich augenblicklich mein Kreuz entgegenhielt.

Der Nebel wurde zerstört.

Abermals hörte ich die verwehenden Rufe, aber auch das hämische Lachen.

Deutlich klang es zwischen den Rufen der vergehenden Geister auf und ich zuckte zusammen.

Wollte mich da jemand reinlegen?

Ja, denn im selben Augenblick flog die Tür auf, und der Todesnebel hatte freie Bahn ...

Mann und Schwert gegen diesen Meeresdrachen!

Ein Verhältnis, das nicht stimmen konnte, denn wie sollte es einem Einzelnen gelingen, den Drachen zu töten?

Der Mann hatte Mut, er war ein Kämpfer. Wahrscheinlich hatte er sich schon immer gegen eine feindliche Natur behaupten und auch gegen solche Ungeheuer antreten müssen, sodass er jetzt mit einer wahren Todesverachtung losstürmte.

Das gefangene Zigeunermädchen drückte dem Kämpfer die Daumen, dass er es schaffen möge.

Wie eine Walze kam er den Hang des Hügels herab. Da sich Marita für einen Moment umgedreht hatte, konnte sie das Gesicht des Mannes sehen. In diesen Zügen erkannte sie all die Wildheit und Entschlossenheit, deren er fähig war.

Das Gesicht erinnerte aber auch ein wenig an das eines Affen und das Mädchen glaubte, hier einen Menschen vor sich zu haben, der ganz unten auf der Entwicklungsstufe stand. Allerdings besaß er ein Schwert und konnte anscheinend damit umgehen. Marita glaubte zu wissen, dass mit so einer Waffe in der Steinzeit noch nicht gekämpft worden war.

Er wurde immer schneller. Einmal fiel er sogar hin, rutschte durch den aufgewirbelten Sand, sprang wieder auf die Füße und stürmte weiter auf sein Ziel zu.

Der Drache ließ ihn kommen.

Er hatte sich zwar ein wenig zur Seite bewegt, stand dennoch so, dass er auch Marita mit einem einzigen Schlagen seiner Zunge erwischen konnte.

Der Kämpfer mit dem Löwenherzen, denn so bezeichnete Marita ihn, war jetzt so nahe, dass der Drache einfach reagieren musste. Das Mädchen hoffte, dass dieser seltsame Mensch eine Chance gegen den Drachen hatte, und es riskierte auch noch einen Blick zurück.

Die fremde Frau stand nach wie vor unbeweglich auf der Hügelkuppe. Sie schien erstarrt zu sein, ein Denkmal, aber kein Wesen aus Fleisch und Blut.

Ihr Blick glitt nach unten. Die Hände lagen auf dem Schwertgriff, und sie schaute mit an, wie der bärenstarke Kämpfer gegen das Monstrum anging.

Der Mann aus der Urzeit schwang sein Schwert. Obwohl die Schläge noch nicht trafen, lag eine ungeheure Wucht dahinter, und die Gefangene hörte, wie die Klinge durch die Luft pfiff. Einmal zischte sie bei diesen wilden Bewegungen so dicht an ihrem Kopf vorbei, dass sie unwillkürlich zurückzuckte.

Im nächsten Augenblick peitschte die Zunge aus dem Maul. Es war ein gewaltiger Schlag, blitzschnell geführt, und der einsame Kämpfer schien nicht rechtzeitig ausweichen zu können. Wenn er erwischt wurde …

Er wurde es nicht. Als sich die Zunge dicht in seiner Nähe befand, schlug er mit der Waffe einen Halbkreis und er traf das peitschende Etwas zielsicher in der Mitte.

Die Zunge wurde geteilt.

Ein gewaltiges Stück flog im hohen Bogen zur Seite, klatschte auf die Erde, zuckte dort noch und blieb liegen.

Der Mann brüllte urwelthaft.

Danach der Schrei des Drachen. Das Grollen pflanzte sich über die gesamte Insel fort und schien sie in ihren

Grundfesten erzittern zu lassen. Das Monstrum musste Schmerzen haben. Anders konnte sich das Zigeunermädchen diesen Schrei nicht erklären.

Aber es gab nicht auf.

Zwar bewegte es sich nicht so geschmeidig wie im Wasser, eher plump, aber es war nicht zu unterschätzen. Und es zeigte dem einsamen Kämpfer, wozu es fähig war.

Der Rachen klappte auf.

Schon einmal hatte Marita erlebt, wie es war, wenn das Untier Luft ausstieß. Das war noch auf dem Wasser gewesen. Jetzt wiederholte sich dieses Schauspiel. Nur schleuderte der Drache kein Wasser mehr aus dem Maul, sondern seinen kochenden Atem.

Und der erfasste den Kämpfer!

Es war wie ein Orkan, in den der mutige Mensch geriet. So stark er auch war, so sehr er gekämpft hatte, jetzt konnte er sich nicht mehr auf den Beinen halten. Die Wucht riss sie ihm unter dem Körper weg. Sie stoppte seinen Vorwärtsdrang abrupt. Er wurde zurückgeschleudert, befand sich in der Luft und kassierte einen Hieb mit dem rechten gewaltigen Flügel, der aus dem Körper des Monsters wuchs.

Der Flügel war wie eine Schaufel. Er wühlte nicht nur Sand und Erde hoch, sondern versetzte dem Urmenschen einen weiteren Schlag und schmetterte ihn zu Boden.

Marita hatte bisher schweigend zugesehen. Jetzt konnte sie einen Schrei nicht mehr unterdrücken, als sie sah, wie der furchtlose Kämpfer zu Boden geschleudert wurde. Er hatte noch so viel Fahrt, dass er durch den Sand rollte, ihn hochwirbelte und im nächsten Augenblick vom Rest der Zunge, der immer noch lang genug war, erfasst wurde.

Gedankenschnell wickelte sie sich um den Körper und riss ihn dann hoch.

Zum ersten Mal schrie auch der Mann voller Angst.

In der Zunge musste die Kraft einer Riesenschlange stecken. Sie drückte den Körper des Mannes zusammen. Wie anders wäre es sonst zu erklären gewesen, dass er sich nicht wehrte, obwohl er sein Schwert in der rechten Hand hielt?

Der Drache wollte ihn töten. Und er riss ihn zu sich heran. Noch immer hatte er sein Maul aufgerissen. Marita war klar, dass dieses Ungetier einen Menschen verschlingen konnte, und sie sollte sich nicht getäuscht haben.

Der Mann ließ sein Schwert los, wobei der Arm in einem seltsam abgeknickten Winkel nach unten hing, und die Waffe fiel so auf die Erde, dass sie mit der Spitze stecken blieb.

Dann dauerte es nur noch eine Sekunde, bis das Grauenhafte geschah.

Marita sah den Körper innerhalb des Drachenmauls verschwinden. Sie hörte einen verzweifelten Schrei und einen Augenblick später klappte das Drachenmaul zu.

Nichts war mehr zu hören, nur noch zu sehen. Dies empfand das gefangene Mädchen als noch schlimmer, denn sie sah deutlich, wie sich die beiden Kieferhälften bewegten, ohne dass etwas zu hören war. Nicht einmal das Knirschen der gewaltigen Zähne.

Aus, vorbei ...

Sie schluchzte. Alle Hoffnungen hatte sie auf diesen Kämpfer gesetzt. Nun waren sie radikal zerstört worden.

Wer sollte sie jetzt noch vor dem Unhold retten? Die seltsame Frau auf der Hügelkuppe vielleicht?

Als Marita daran dachte, drehte sie den Kopf und schaute den Hang hoch, wo die Schwarzhaarige nach wie vor wie eine Statue stand und sich nicht rührte.

Dennoch sah sie alles und sie hatte auch den verzweifelten Blick des Zigeunermädchens gesehen. Er glich einem stummen Hilfeschrei und Marita glaubte, ein Nicken zu erkennen.

Wollte die Frau jetzt kämpfen?

Zum ersten Mal sprach sie, und ihre Stimme schallte den Hügel herab. »Bleib ruhig! Ich werde die Sache nun in die Hand nehmen, aber ich musste ihm den Vortritt überlassen.«

Marita konnte sich nur noch wundern. Wie war es möglich, dass diese seltsame Frau in ihrer Sprache redete?

Gab es eine Erklärung? Nein, vielleicht auch ja. Sie jedenfalls wusste keine, und sie wollte auch nicht länger über dieses Phänomen nachdenken, denn die Tatsachen sprachen für sich.

Eine Tatsache war auch, dass es die fremde Frau nicht mehr auf der Hügelkuppe hielt. Sie setzte sich in Bewegung und näherte sich langsam dem abfallenden Gelände. Sie hatte den rechten Arm angehoben und die goldene Schwertklinge lag über ihrer Schulter.

Jetzt wollte sie gegen den Drachen antreten!

Marita brauchte keine große Hellseherin zu sein, um dies erkennen zu können. Es war halt so. Eine Frau gegen das unheimliche Monstrum, das erst vor kurzem einen Gegner verschlungen hatte.

Konnte die Fremde den Kampf überhaupt gewinnen?

Nein! Marita schüttelte den Kopf, als sie sich eine Antwort auf diese Frage gab. Es war unmöglich. Sie brauchte sich die Frau mit den schwarzen Haaren ja nur anzusehen. Von der Körpergröße her wirkte sie wie ein Wurm im Vergleich zu dem Drachen. Auch wenn sie das Schwert mit der schmalen, leicht gebogenen Klinge besaß, sie würde damit die Panzerhaut des Monstrums kaum knacken können.

Furcht zeigte sie nicht.

Kerzengerade und mit hoch aufgerichtetem Kopf schritt sie den Hügel hinab, um ihr Ziel zu erreichen. Das Gesicht war dabei unbewegt. Nur in den Mundwinkeln schien ein Lächeln festgefroren zu sein.

Marita fasste sich ein Herz. Sie rief der Fremden die Worte entgegen: »Wer bist du?«

Ohne ihren Gang zu unterbrechen, antwortete die Schwarzhaarige mit einer Gegenfrage: »Weshalb willst du das wissen?«

»Damit ich weiß, wen der Drache als nächsten tötet«, erwiderte Marita illusionslos.

»Ich bin Kara!«, hörte das Zigeunermädchen. »Ob ich getötet werde, steht noch nicht fest.«

»Aber du kannst das Untier nicht besiegen!« Die Stimme des Zigeunermädchens klang verzweifelt. Marita beugte sich in ihren Fesseln vor und die einzelnen Kettenglieder klirrten gegeneinander.

Kara sagte nichts mehr. Sie hatte Marita und den Schlangenbaum mittlerweile passiert und konzentrierte sich nur auf den Drachen. Mit einer nahezu lässig anmutenden Bewegung nahm sie das Schwert von ihrer Schulter und hielt es vorgestreckt in der rechten Hand, wobei die Klinge auf das Ziel deutete.

Aus seinen rot geäderten Augen fixierte der Drache mit tückischem Blick die neue Gegnerin.

Marita wollte es nicht, aber sie konnte nicht mehr. Sie weinte um diese stolze Frau, die sich nicht scheute, sich dem Monstrum zu stellen.

Der Drache schüttelte seinen Schädel. Er bewegte zudem noch seine Flügel, wühlte abermals Staub auf und walzte im nächsten Augenblick mit weit geöffnetem Rachen vor, um Kara zu verschlingen …

Keiner von uns wusste genau, wer die Tür aufgestoßen hatte. Das spielte auch keine Rolle. Wichtig war einzig und allein der Todesnebel, der nun freie Bahn hatte, um sein grausames Werk vollenden zu können.

»Zurück!«, schrie ich den anderen zu. »Verzieht euch in die hinterste Ecke!« Ich wusste nicht, ob sie den Befehl befolgten. Ich vernahm nur die Geräusche von Schritten und hoffte, dass meine Freunde so vernünftig waren.

Tief atmete ich durch.

Es war ein letzter freier Atemzug vor dem Nebel, der als runde Wolke in den Wagen strömte und sich dabei wie eine Wand vor mir aufbaute.

Ich warf noch einen Blick auf die Stufen der einfachen Holztreppe. Dort sah ich ein Skelett in verkrümmter Haltung liegen. Es war der Mann, der uns gewarnt hatte und vom Todesnebel getötet worden war.

Wieder einmal stand ich allein diesem unheimlichen Nebel gegenüber. In der Hand mein Kreuz, die einzige Waffe, um ihn zu stoppen.

Der Nebel lebte! In seinem Innern klangen die Stimmen auf. Verwehende Schreie, ein leises Jaulen, ein widerliches Heulen, unheimlich weit und dennoch nah.

Die Geister, aus denen sich der Nebel zusammensetzte, waren siegessicher. Sie wollten mich, sie wollten uns, damit wir als Skelette zurückblieben.

Das Kreuz erwärmte sich bereits. Es spürte die Nähe des unheimlichen Nebels. Die geisterhaften Seelen strahlten eine magische Aura aus, die genau gegensätzlich zu meiner wertvollsten Waffe stand, und als ich den ersten Kontakt mit dem Nebel hatte, da fühlte ich, wie seine Schlieren leicht über meinen Arm rannen und ein leichtes Brennen auf der Haut verursachten.

Versagte das Kreuz?

Nein, es versagte nicht.

Ich brauchte es nicht zu aktivieren. Keine Fremdmythologie griff ein. Die normalen Kräfte des Kreuzes räumten den Nebel zur Seite.

Sie rissen Löcher.

Gleichzeitig sah ich die kleinen Blitze innerhalb der Wolken. Wie lange, extrem dünne Dinger schnitten sie in den grüngrauen Nebel hinein. Sie verteilten sich nach allen Seiten, liefen auch über meinen Arm, wobei ich die Entladungen wie kleine Stiche spürte.

Der Nebel wurde vernichtet.

Und mit ihm die Geister, aus denen er bestand.

Es war schaurig anzusehen. Für Sekundenbruchteile, bevor alles dem Ende entgegenging, sah ich noch diese schrecklichen Gestalten, denn sie zeigten sich mir in ihrer Urform.

Es waren unbeschreibliche Wesen.

Dämonen mit vier, fünf oder mehr Köpfen, extremen Körpern, dann gliedlosen Gestalten, die noch einmal zurück in ihre eigentliche Form gedrängt wurden, bevor sie vergingen.

Diesmal für immer.

Mein Kreuz hatte es tatsächlich geschafft und den Nebel zurückgedrängt. Wir konnten wieder aufatmen.

In den Wohnwagen drängte er nicht mehr herein, aber draußen lauerte er nach wie vor. Da wallte er träge um die Behausung, während mein Kreuz den Eingang freihielt.

Ich rammte die Tür wieder zu, drehte mich um und lehnte mich mit dem Rücken dagegen.

Niemand sprach. Nur unser schweres Atmen durchbrach die Stille. Myxin und Suko schauten mich an, während Ecco die alte Azucena festhielt, die ihr Gesicht an seine Schulter presste.

»Das war der zweite Angriff«, sagte ich, löste mich von meinem Platz und ließ mich auf einen Stuhl fallen.

»Wann folgt der Dritte?«, fragte Ecco mit rauer Stimme.

Ich hob die Schultern. »Eins ist sicher«, sagte ich dabei. »Wenn er wieder angreift, wird er es nicht so plump anstellen.«

»Wie kann der Nebel denken?«

Ich lächelte Ecco zu. »Er nicht, aber diejenige, die ihn produziert. Unsere Feindin Lady X lauert im Hintergrund, und sie ist für das Grauen verantwortlich.«

»Der Würfel!«, flüsterte Azucena. »Er ist an allem schuld. Nur dieser verfluchte Würfel.« Sie hob den Kopf und schaute mich direkt an. »Kannst du ihn nicht zerstören, mein Sohn?«

Ich lächelte. »Nein, ich will ihn auch nicht zerstören.«

»Aber er bringt Unheil.«

»In diesem Fall ja, doch er kann auch anders reagieren. Es kommt darauf an, wer ihn besitzt. Hätte ich ihn, würde ich ihn für das Gute einsetzen. Verstehst du?«

»Ja, gewiss ...«

Nein, sie verstand nicht. Das sah ich ihr an. Wie sollte sie auch? Und ich dachte daran, dass ich vor kurzem nahe daran gewesen war, den Würfel in meinen Besitz zu bringen. Leider hatte es nicht geklappt. Nun mussten wir die Folgen tragen. Lady X hatte zu einem Generalangriff geblasen. Ich wusste, dass sie ihre Gegner erst aus dem Weg schaffen wollte, um für sich freie Bahn zu haben. Vieles wies darauf hin, dass sie sich einen neuen Unterschlupf suchte, wobei ihre Wahl auf das klassische Vampirland Rumänien gefallen war. Es gab dort genügend einsame Stellen in den Karpaten, wo kaum ein Mensch hinkam und sie sich ungestört ausbreiten konnte.

Suko war an das Fenster getreten und schaute nach draußen. Es drang jetzt kein Nebel mehr in den Wagen.

»Er hält sich zurück!«, kommentierte der Chinese.

»Fragt sich nur, wie lange«, sagte ich.

Myxin sagte nichts. Der kleine Magier gab sich deprimiert. Es war ihm trotz intensiver Forschung nicht gelungen, ein Mittel gegen den Todesnebel zu finden. Ambiastro konnte nicht mehr helfen. Lady X hatte die Vampir-Drillinge vernichtet. Unsere einzige Hoffnung waren die Tafeln, von denen Azucena gesprochen hatte, aber die befanden sich auf der Insel Sedonis, die nur dann auftauchte, wenn die Gestirne eine bestimmte Konstellation zeigten.

Die Insel war wichtiger denn je für uns geworden, und auch Myxin sprach davon.

»Einer von uns muss zur Insel!«

»Aber dann sind wir hier geschwächt!«, mischte sich Ecco sofort wieder ein.

»Nicht unbedingt«, erwiderte der kleine Magier. »John Sinclair kann mit seinem Kreuz hier bleiben.«

»Wenn ich dich richtig verstehe, willst du auf die Insel?«, hakte ich nach.

»Ja, John.«

»Und dann?«

»Hole ich die Steinplatten. Ich muss sie finden. Wenn wir sie haben, können wir auch gegen den Nebel angehen.«

»Glaubst du wirklich, dass es so einfach ist?«, meinte Suko.

»Ich hoffe es zumindest.«

Der Chinese hob die Schultern. »Ich weiß nicht so recht. Da werden uns sicherlich einige Schwierigkeiten erwachsen.«

»Wir tun wenigstens etwas«, hielt Myxin dagegen und ich gab dem kleinen Magier Recht.

»Mir soll es recht sein«, erklärte Suko. »Du hast ja auf der Insel Unterstützung.«

»Sicherlich. Kara hält dort die Stellung.«

»Dann kümmert sie sich um die Tafeln«, sagte ich.

»Wenn sie die Gelegenheit dazu hat, bestimmt.«

»Was soll das wieder heißen?«

Da lächelte der Magier. »Diese Insel ist nicht unbewohnt. Ich glaube sogar, dass sie bewacht wird.«

»Von wem?«

»Das kann ich nicht sagen.« Der kleine Magier wandte sich an Azucena. »Habt ihr keinen Wächter gesehen, als ihr die Insel betratet?«

»Nein«, lautete die schwache Antwort. »Uns ist nichts aufgefallen.«

»Nun ja«, erklärte Myxin. »Kara wird mir sicherlich mehr sagen können, wenn ich dort bin.« Er nickte. »Ich versuche es also.«

Irgendwie war ich skeptisch. Ich wusste auch nicht, woran das lag, aber Myxin machte mir einen seltsam melancholischen oder auch deprimierten Eindruck. Er schien sich seiner Sache nicht mehr sicher zu sein. Schon allein die Redewendung »Ich versuche es« passte eigentlich nicht zu ihm, der sich sonst so optimistisch gab.

Myxin erriet meine Gedanken. Er sagte: »Du wirst vielleicht merken, weshalb ich so zweifle.«

Eine Antwort gab ich ihm nicht.

In der Mitte des Wagens blieb der kleine Magier stehen. Wir waren still. Selbst das Atmen versuchten wir so weit wie möglich zu reduzieren. Nichts sollte ihn stören.

Myxin streckte sich. Er legte seinen Kopf in den Nacken, winkelte die Arme an und überkreuzte die Hände vor der Brust. Mit allen zehn Fingern drückte er zu, dann schloss er die Augen und gab sich völlig der Konzentration hin.

Ich kannte das Spiel. Myxin versuchte einen Zeitsprung. Durch seine voll zurückgekehrten Kräfte schaffte er es, sich in andere Dimensionen oder Zeiten zu katapultieren.

Ein Phänomen, das sich wissenschaftlich nicht erklären ließ.

Etwas geschah mit dem kleinen Magier. Von unten nach oben, also entgegen der Erdanziehung, lief plötzlich ein flimmernder Schein seinen Körper hoch.

Er schimmerte gelbgrün, erfasste den Magier völlig und seine Gestalt wurde durchscheinend. Da ich vor ihm stand, konnte ich durch ihn schauen und sah dahinter verschwommen die Gestalten der beiden Zigeuner.

Jetzt musste Myxin verschwinden.

Er verschwand nicht! Seine Gestalt blieb so halb durchscheinend, und wir hörten ein grässliches Stöhnen aus dem Mund des Magiers. Kaum war das Geräusch verstummt, als Myxin anfing zu vibrieren.

Seine Gestalt zitterte, als würde er auf einem Boden stehen, der sich ständig hin und her bewegte. Den Mund hatte er aufgerissen. Wir hörten seine Schreie, die uns ächzend und spitz entgegenklangen, und sein Gesicht glich einer zerlaufenden Maske aus Wachs, so sehr setzten ihm die Gegenkräfte zu.

»Jooohnnn!« Es war ein Stöhnen und ich musste schon genau hinhören, um meinen Namen zu verstehen.

Danach gab es für mich kein Halten mehr. Ich wusste, was Myxin wollte, und berührte ihn mit dem Kreuz.

Er materialisierte wieder, konnte sich aus eigener Kraft aber nicht auf den Füßen halten und brach zusammen. Stöhnend blieb er liegen, schüttelte den Kopf, stemmte seine ausgebreiteten Hände auf den Boden und ich half ihm, auf die Beine zu kommen. Danach drückte ich den Magier auf einen Stuhl.

Sein Gesicht war noch von den Anstrengungen gezeichnet. Er schaute mich an und schüttelte den Kopf. »Es tut mir Leid, John, ich konnte es nicht packen.«

»Ist schon okay …«

»Nein, nichts ist okay. Die anderen sind zu stark. Dieser verdammte Nebel liegt wie ein Schleier oder wie eine dicke Wand um den Wagen. Er schafft es sogar, meine Magie zu absorbieren. Ich komme nicht durch. Die Scott hält uns hier gefangen. Das hat sie tatsächlich geschafft.«

»Und Marita?« Azucena hatte diese Frage gestellt.

»Wir müssen auf Kara vertrauen.«

»Wer ist sie schon?«, rief sie verzweifelt. »Ich kenne sie nicht. Ich habe …«

»Die Schöne aus dem Totenreich hat in Atlantis gelebt«, klärte ich die alte Frau auf. »Sie ist zurückgekehrt und kämpft an Myxins Seite gegen die Kräfte des Bösen. Wenn sie das Geheimnis dieser Insel gelüftet hat, gibt sie uns Bescheid. Und Marita lebt noch. Der Schrei des Toten hat es bewiesen.«

»Da lebte sie noch. Ob es jetzt noch so ist, weiß ich nicht.«

Was sollte ich da noch sagen? Irgendwie konnte ich die alte Frau verstehen. Sie hatte erlebt, wie grausam die andere Seite zuschlagen konnte, und auf mein Kreuz allein konnten wir uns nicht verlassen. Es zerstörte zwar den Nebel, löste jedoch nicht die anderen Probleme.

Suko hatte sich an dem Gespräch nicht beteiligt. Er schaute wieder aus dem Fenster. »Das ist mir einfach zu ruhig, John«, meldete er sich. »Verdammt, wir sitzen hier und müssen die anderen agieren lassen.«

»Und der Nebel?«

»Noch vorhanden.«

»Ich bin nur gespannt, wie viel Zeit sich Lady X noch lässt«, sagte ich und trat an Sukos Seite. »Sie muss doch irgendetwas tun. Es ist nicht ihre Art, so lange zu warten.«

»Jetzt kommt sie!«, flüsterte Suko scharf.

Ich drückte meinen Partner ein wenig zur Seite, um besser sehen zu können.

In der Tat löste sich eine dunkle Gestalt aus dem Nebel. Das heißt, sie »schwamm« innerhalb der Schlieren. Wir sahen nur die Umrisse. Dennoch konnten wir erkennen, dass sie etwas in der Hand hielt.

Es war der Würfel.

Da stand sie nun, rührte sich nicht und schaute auf den Wagen.

»Was sie nur vorhat?«, murmelte der Inspektor. »Das ist doch nicht normal ...«

»Sie scheint auf etwas zu warten.«

»Und sie setzt nur den Nebel ein?«

»Wundert es dich?«

Suko nickte. »Eigentlich schon. Wenn ich an ihrer Stelle

wäre und den Würfel hätte, würde ich durch ihn ganz andere Dinge passieren lassen.«

»Mal den Teufel nicht an die Wand.«

»Ich glaube, er ist schon da, der Teufel«, sagte Suko und versteifte.

Das hatte seinen Grund, denn irgendetwas war gegen unseren Wagen geprallt. Nicht an der Seite oder an den Enden, sondern über uns, auf dem Dach.

Seltsame Laute und Geräusche erklangen dort. Zunächst hörten wir ein dumpfes Schlagen, als wäre jemand dabei, das Dach zu demolieren. Danach ein hässliches Kratzen, wie von Totenfingern.

»Was ist das?«, fragte die alte Azucena flüsternd.

»Keine Ahnung.« Suko antwortete ihr. »Oder weißt du es?« Mit dieser Frage wandte er sich an mich.

»Nein.«

Es war wieder still geworden. Suko huschte zum Fenster. Er sah Lady X.

»Eigentlich sollten wir ihr eine Kugel auf den Pelz brennen«, knurrte ich.

»Die Entfernung ist nicht günstig«, erklärte mein Freund. »Der verdammte Nebel verzerrt alles.«

Dann lauschten wir wieder.

Über uns auf dem Dach vernahmen wir abermals das Kratzen. Ein hässliches Geräusch, das sich von einer Dachseite zur anderen zog und eine Gänsehaut produzieren konnte.

»Haben Sie denn keine Erklärung?«, fragte Ecco.

»Nein.«

Plötzlich redete Myxin. Und er deutete dabei etwas an, das nicht von der Hand zu weisen war. »Vielleicht sind es die nebelhaften Wesen, die dort kratzen und schlagen.«

Ich fuhr herum und erkannte mit einem Blick, dass es Myxin ernst gewesen war. »Das musst du näher erläutern.«

Auch die anderen schauten den kleinen Magier an, der sich wieder besser fühlte. »Lady X muss den Wagen doch angreifen. Das kann sie durch den Nebel. Sie beherrscht ihn, da sie ihn produziert. Aus diesem Grunde müsste es ihr gelingen, auch die Wesen zu beherrschen, aus denen sich der Nebel zusammensetzt. Vielleicht holt sie die heraus, macht sie wieder zu dem, was sie zuvor waren. Zu hässlichen, widerlichen Dämonen, die John Sinclair ja schon gesehen hat, als er den Nebel vernichtete.«

»Beweise hast du nicht?«, fragte Ecco.

»Nein.«

Auch mir erschien die Erklärung ein wenig weit hergeholt, aber möglich war alles.

Dann erfolgte der Schlag.

Ein unheimliches Geräusch. Er krachte auf das Dach, das diesem Treffer nicht gewachsen war und etwa in der Wagenmitte aufgerissen wurde. Die Öffnung war groß genug für einen langen, glitschigen giftgrünen Arm mit mehreren Fingern, die zielgenau die Kehle des Zigeuners Ecco umfassten …

Marita, das gefangene Zigeunermädchen, gab keinen Pfifferling mehr für das Leben der schwarzhaarigen Frau. Wie sollte eine Frau wie sie, die so zerbrechlich wirkte, gegen ein Ungeheuer bestehen? Das war nicht drin.

Und dennoch, in den nächsten Sekunden hatte Marita Grund genug, sich zu wundern. Als die Zunge des Drachen aus dem Maul schnellte, um Kara zu erfassen, da gab es sie plötzlich nicht mehr an dieser Stelle. Nur ein leicht golden schimmernder Hauch war noch zu sehen. Kara hatte sich wegteleportiert. Durch telekinetische Kräfte war es ihr gelungen, dem Drachen diesen Streich zu spielen, denn sie stand plötzlich hinter ihm.

Das konnte Marita allerdings nicht sehen, da ihr der Drache die Sicht verdeckte.

Kara führte den ersten Streich.

So schmal die Klinge im Vergleich zum Schwert des ersten Kämpfers war, umso größer war ihre Wirkung. Sie schnitt durch die dicke Echsenhaut des Drachen, als bestünde diese nur aus Pappe. Und sie hinterließ in dem Körper eine dicke, klaffende Wunde, aus der eine träge Flüssigkeit quoll. Das Blut des Drachen!

Es schmerzte.

Das Urvieh brüllte verzweifelt. Marita erlebte das Chaos. Der Drache drehte durch. Er wusste nicht, wo sich der Feind befand, während Kara schon einen zweiten Streich mit ihrem Schwert führte und den linken Flügel des Drachen kappte.

Mit einem einzigen Streich trennte sie diese immense Schwinge vom Körper des Monstrums und verletzte den Drachen damit schwer. Er hatte jetzt nur noch einen Flügel und mit ihm wollte er seine Gegnerin zerschmettern.

Abermals schaufelte er gewaltige Mengen an Sand heran. Er brachte auch Steine mit und Marita, die Gefangene, tat instinktiv das Richtige. Sie drehte dem Untier den Rücken zu, sodass sie von diesen Sand- und Steinmengen zwar erfasst, aber nicht verletzt wurde.

Sie konnte nichts mehr erkennen und sah deshalb nicht, wie Kara dieses Untier präzise vernichtete.

Es gelang ihr immer wieder, den Angriffen zu entgehen, und plötzlich, als sich der Drache müde geschlagen hatte, da stand sie auf ihm.

Sie hatte sich selbst dorthin geschafft. Dank ihrer Kräfte war es ihr gelungen und der Drache merkte es erst, als es zu spät für ihn war. Da stand Kara bereits zwischen den hoch wachsenden Zinken des Halskamms und hielt den Griff des Schwerts mit beiden Händen fest.

Auf den letzten Schlag kam es an.

Sie legte sehr viel Kraft in diesen Hieb, denn er musste die Entscheidung bringen. Als die Klinge nach unten huschte, hätte ein Beobachter das Gefühl haben können, für den Bruchteil einer Sekunde einen goldenen Schleier zu sehen.

Und als dieser Schleier verschwunden war, gab es auch den Schädel des Drachen nicht mehr.

Kara hatte ihn abgeschlagen!

Er war dort abgetrennt worden, wo der dritte hohe Kammzinken des Drachen begann, und er lag zuckend im Sand, wo allmählich das Rot seiner Augen verlosch.

Das Ende des Drachen!

Kara hatte es geschafft.

Sie blieb neben dem Schädel stehen, schaute auf ihn hinab und fühlte so etwas wie Triumph in sich aufsteigen, denn sie hatte das geschafft, was die Gefangene nicht für möglich gehalten hätte. Etwas von dem Blut des Drachen rann wie zäher Schleim an der goldenen Klinge nach unten und tropfte in den Sand.

Kein Zucken lief mehr durch den Körper. Der Drache war erledigt und rührte sich nicht mehr.

Allmählich senkte sich auch der Staub.

Im letzten Todeskampf hatte sich das Monstrum noch einmal wild und hektisch bewegt, durch seine Zuckungen wahre Berge von Sand und Staub hochgewirbelt, und der fiel wie ein Vorhang nach unten.

Marita wollte es nicht glauben!

Wenn sie gekonnt hätte, dann hätte sie vielleicht vor Freude geschrien. So drang kein Laut aus ihrer Kehle, die rau und kratzig war, denn der feine Sand hatte seinen Weg überall hin gefunden.

Marita spuckte aus und befreite ihre Kehle vom Sand.

Zwischen ihr und dem Strand lag der Koloss. Abgetrennt die Flügel oder Schwingen, abgetrennt auch der Schädel und erloschen die roten Augen.

Und neben dem Schädel stand die Siegerin.

Eine schwarzhaarige Frau. Mit schmalem Gesicht, keinem muskulösen Körper, wie ihn der getötete Kämpfer aufgewiesen hatte, eher zerbrechlich, aber von einer Kraft beseelt, wie sie Marita noch nie erlebt hatte. In der rechten Hand hielt Kara das Schwert. Die Klinge zeigte nach unten, wobei die Spitze durch den Sand schleifte und dort eine Spur hinterließ.

Marita war diese Frau unheimlich. Sie fürchtete sich plötzlich vor ihr und wusste selbst nicht, aus welchem Grund. Es war halt so, denn in ihren Augen hatte Kara etwas Unwahrscheinliches geleistet.

Kara konnte sich sehr gut in die Lage der Gefangenen hineinversetzen. Auch ihr wäre vielleicht seltsam zumute gewesen, hätte sie dasselbe erlebt. Deshalb zauberte sie ein Lächeln auf ihre Lippen, um Marita zu beruhigen.

»Es ist alles vorbei«, sagte Kara mit einer volltönenden Stimme, die gleichzeitig beruhigend wirkte. »Du hast nichts mehr zu befürchten, Marita.«

Das Mädchen war überrascht. »Sie – Sie kennen meinen Namen?«

»Ja.«

»Woher?«

Kara behielt das Lächeln bei. »Sagen wir mal so: Er ist mir zugeflogen.«

»Das kann ich nicht glauben.«

»Nimm es hin.« Kara hob ihr Schwert und sie sah, wie Marita zurückzuckte, denn die Klinge befand sich nur eine Armlänge vom Gesicht der Zigeunerin entfernt.

»Keine Sorge«, sagte Kara und durchtrennte mit einem Schlag dieser Wunderwaffe die Eisenkette.

Marita konnte sich nicht auf den Beinen halten und brach zusammen.

Kara reagierte blitzschnell. Sie fing das Mädchen auf, legte es in den Sand und räumte dabei noch ein paar der bleichen Schädel zur Seite.

Danach zerstörte sie auch die Fußfesseln, und Marita war wieder frei.

Sie weinte vor Glück und vielleicht auch vor Erschöpfung. Kara ließ sie vorerst in Ruhe. Bewegungslos stand sie neben ihr und schaute über die Insel, so weit es die landschaftlichen Gegebenheiten zuließen.

Kara wusste genau, dass es noch nicht zu Ende war. So ohne weiteres konnte sie die Insel nicht verlassen, denn sie hatte noch etwas zu tun. Kara dachte an den geistigen Kontakt, den sie mit Myxin gehabt hatte, und er hatte ihr noch einen Auftrag mitgegeben.

Sie sollte etwas besorgen.

Die Tafeln!

Zwei Steintafeln mussten es sein. Wichtiges Schrifttum, das unbedingt in Myxins und Karas Hände fallen musste, denn damit konnten sie viel anfangen.

Myxin und Kara suchten noch immer nach einem Mittel gegen den Todesnebel. Die Schrift auf diesen Tafeln wies ihnen den Weg.

Als sie zum Meer schaute, da sah sie, dass ihr nicht mehr allzu viel Zeit blieb. Die Wellen rollten zwar nach wie vor gegen den Strand, aber sie bewegten sich weiter als noch vor Minuten, und sie erfassten bereits den Kadaver des Drachen.

Kara wusste, was das zu bedeuten hatte.

Die Insel versank.

Sedonis entstieg – so hatte es ein alter Zauber gewollt – nur dem Meer, wenn die Gestirne in einer besonderen Konstellation zueinander standen.

Für eine bestimmte Zeit war Sedonis zu sehen, bis sich die Konstellation wieder geändert hatte und die Magie freigab. Dann verschwand die Insel allmählich.

Dieser Zeitpunkt war angebrochen. Unmerklich war sie schon tiefer gesackt, sodass sich die anrollenden Wellen weiter auf dem Strand ausbreiten konnten.

Kara bückte sich. Sie hätte Marita noch gern Zeit gegeben, sich weiter auszuruhen, doch die Umstände zwangen sie, sich jetzt auf den Weg zu machen, denn die Steintafeln mussten unbedingt gefunden werden.

Marita spürte die Berührung mit der Hand an ihrer Schulter und drehte den Kopf.

Kara lächelte sie an. »Komm mit«, sagte sie. »Wir können hier nicht bleiben.«

»Nein«, sagte Marita. »Wie kommen wir hier weg?«

»Lass das nur meine Sorge sein«, erklärte Kara und half dem jungen Zigeunermädchen auf die Beine.

Marita war schwach. Sie wollte die Schwäche nicht zugeben, stöhnte auch nicht, doch ihr Gesichtsausdruck sagte genug. Das Laufen fiel ihr schwer.

Kara stützte sie.

Mit Kara zusammen schlug sie den Weg zum Hügel ein. Sie mussten diese Strecke überwinden, was nicht einfach war, denn der Weg führte bergauf, und die Füße des jungen Zigeunermädchens wollten nicht so, wie sie es gern gehabt hätte.

Kara sprach ihr Mut zu. »Bald haben wir es geschafft«, sagte sie. »Noch ein paar Schritte.«

»Ich – ich bin so schwach.« Marita brach fast zusammen. Den Kopf ließ sie hängen, der Atem ging schwer. Jeder Schritt kostete sie ungeheure Anstrengung.

So kämpften sie sich hoch.

Zwei einsame Frauen, die ein schweres Schicksal zusammengeschweißt hatte.

Und sie schafften es.

Als sie dann an der Stelle standen, wo Marita Kara zuerst gesehen hatte, bot sich ihnen ein ausgezeichneter Ausblick über die Insel. Sie schauten jetzt zur anderen Seite hin, stemmten sich gegen den Wind und sahen beide, dass die Insel nicht nur von Sand bedeckt war.

Zuerst fielen die Bäume auf. Sie glichen dem, an den Marita gefesselt gewesen war. Stämme mit seltsamen Zweigen, die wie dicke Schlangen ineinander verknotet waren.

Manche Bäume standen höher. Sie wuchsen auf hügelartigen Erhebungen, die jedoch nicht aus Erde, sondern aus Fels bestanden und an braune Höcker erinnerten.

Hinter den Bäumen konnten sie wieder auf das Meer schauen, dessen Wellen an der anderen Seite der Insel gegen den Strand rollten und sich im Sand verliefen.

»Wo befinden sich die Tafeln?«, fragte Marita.

Kara war überrascht. »Du weißt von ihnen?«

»Ja, ich musste zurückbleiben. Als Pfand. Azucena hat es mir erklärt. Sie haben die Vampir-Drillinge geholt, aber ihr Erbe ließen sie zurück.«

»Wahrscheinlich finden wir die Tafeln dort, wo auch die Vampire gelegen haben.«

»Das ist dort.« Marita streckte den Arm aus und deutete zu einem Baum hin, der an Größe alle anderen überragte.

»Dann lass uns hingehen.«

»Und wie verschwinden wir von der Insel?«

Kara lächelte. »Du kannst mir vertrauen, Marita. Wir schaffen es schon, glaub mir.«

Die junge Zigeunerin nickte. »Ja, ich hoffe es.« Sie strich ihr langes Haar zurück, das mit einer Kruste aus Staub und Sand bedeckt war. »Und was ist mit dem Mann?«, fragte sie.

Kara erklärte es ihr. »Dieser Kämpfer war der Hüter des Vampir-Grabes. Er ist erwacht, als der dritte Vampir starb. So wollten es die alten Regeln. Sie besagten, dass ein Kämpfer mit dem Herzen eines Löwen aufstehen würde, um den Tod der Vampire zu rächen.«

»Das hat er nicht geschafft!«

»Nein, er hat sich den falschen Gegner ausgesucht. Als die Menschen Ambiastro zu Grabe trugen, rechneten sie nicht damit, dass sich alles so verändern würde. Vor langer Zeit war er tatsächlich ein Beschützer und er fiel in einen magischen Schlaf, der erst endete, als die Vampir-Drillinge nicht mehr waren. Er glaubte daran, dass dieser unheimliche Drache der Mörder gewesen war. Er irrte sich. Ganz andere haben Ambiastro getötet. An die jedoch kam er nicht heran. So hielt er sich an den Drachen, der ebenfalls noch aus der Urzeit dieser Welt stammte.«

Marita nickte. »Es ist alles so schrecklich!«, flüsterte sie und schüttelte sich, als würde sie frieren.

»Wir müssen uns damit abfinden«, erklärte Kara. »Wichtig ist, dass wir leben und dass wir die Tafeln so rasch wie möglich finden, denn die Insel versinkt allmählich wieder im Meer.«

Maria erschrak sehr. »Können wir dann noch …?«

»Ja, wir werden sie früh genug verlassen«, erwiderte Kara lächelnd. »Aber nun komm.«

Sie nahmen den direkten Weg und steuerten den größten Baum an, der dort stand.

Unter ihm war das Geheimnis dieser Insel verborgen und sie wollten es endlich lüften, damit all die Mühen und Strapazen nicht umsonst gewesen waren.

An dieser Seite des Hügels führte das Gelände nicht so schräg in die Tiefe. Es verlief flacher. Schon bald hatten sie die ersten Schlangenbäume erreicht, passierten sie und sahen den hohen Baum wie einen gewaltigen Fels.

Er schimmerte rotbraun. Sein Stamm hatte einen besonders großen Umfang. Da hätte sogar eine Straße hindurchführen können.

»Wo haben sie gelegen, Marita?«

»Ich glaube, oben.«

»Das heißt, ich müsste hinaufklettern, um die Tafeln zu finden?«

»Ja. Azucena hat gesagt, dass sie dort alles so liegen lassen wollte, wie sie es vorfand.«

Kara lächelte. »Dann wird es nicht so schlimm.«

Sie sah, wie Marita den Kopf schüttelte, und fragte sich, was sie auf dem Herzen hätte.

»Ich begreife es nicht«, flüsterte das Zigeunermädchen, »ich begreife es wirklich nicht. Wie du das alles schaffst. Was bist du nur für eine Frau?«

»Eine normale.«

»Nein, das kann ich nicht glauben. Du bist – du bist – wie eine Figur aus dem Märchen.«

»Möglich«, gab Kara zu. »Vielleicht erlebst du hier sogar ein Märchen. Wer weiß?«

»Es gibt ein Land, in dem die Märchen wahr werden. Davon hat man mir immer in meiner Kindheit erzählt. Ich scheine dieses Land gefunden zu haben.«

»Wenn du es so siehst, habe ich nichts dagegen.«

»Kannst du auch etwas zu trinken für mich besorgen? Ich sterbe fast vor Durst.«

»Nein, das kann ich leider nicht. Aber wir werden es bald geschafft haben. Warte hier.«

»Ja.«

Kara löste sich von Marita. Sie standen jetzt dicht vor dem Baum, schauten an seinem Stamm hoch, der zahlreiche Einkerbungen aufwies, als hätte jemand mit einem Beil eine Art Leiter in ihn hineingeschlagen.

»Da kannst du klettern«, sagte Marita.

Kara war schon vorgegangen. Sie setzte ihren Fuß in die erste Kerbe, hob die Arme und strich mit den Händen über die Oberfläche des Stammes. Marita schaute ihr zu. Auf dem Gesicht des Mädchens spiegelten sich all seine Empfindungen wider. Angst, Hoffnung, Zuversicht. Sie wechselten ab wie die zuckenden Motive einer Leuchtreklame.

Dabei bewunderte sie Kara abermals, denn sie bewegte sich mit einer Geschmeidigkeit, die man schon als außergewöhnlich bezeichnen konnte.

Zielsicher fand die schwarzhaarige Frau die Lücken, in die sie ihre Füße hineinstecken musste.

Kara selbst war sehr konzentriert. Einen Fehltritt durfte sie sich nicht erlauben. Er hätte sie zwar nicht umgebracht, aber sie hätte Zeit verloren, und das wollte sie auf keinen Fall riskieren, denn die Insel würde bald wieder im Meer versinken.

Das Rauschen der Wellen war bereits lauter geworden. Ein Zeichen, dass sie schon einen großen Teil der Strände überspülten.

Über sich sah sie die Krone. Sie bog sich nach außen. Aus ihrer Perspektive erinnerte sie Kara an ein großes Vogelnest. Wenn sie sich noch ein wenig weiterbewegte, konnte sie mit dem ausgestreckten Arm die ersten seltsam verschlungenen Äste packen.

Kara hielt sich nach links. Dort war ein Ast abgeknickt, und er streckte sich ihr wie ein Finger entgegen. Rasch klammerte sie sich an ihn. Dabei merkte sie, wie der Ast leicht nachgab, und ihr war klar, dass sie nicht allzu lange daran hängen konnte.

Geschickt hob Kara ihr Bein, fand eine freie Trittstelle zwischen zwei ineinander verwachsenen Wurzeln und schob den Fuß hinein. Der Halt war gegeben und sie konnte auch den Rest des Weges zurücklegen.

Die Schöne aus dem Totenreich hatte es geschafft. Sie hockte jetzt auf dem Baum, der tatsächlich mit seinen ineinander verschlungenen Ästen an Schlangen erinnerte.

Bevor Kara sich nach den geheimnisvollen Tafeln umsah, warf sie aus ihrer luftigen Höhe noch einen Blick über die Insel und stellte fest, dass es höchste Zeit wurde.

Die Wellen überspülten das Ufer immer weiter. Ein Beweis, dass die Insel sank und schon bald im Meer verschwinden würde. Die Zeichen standen gewissermaßen auf Flucht. Viel Zeit konnte sich Kara nicht lassen. Sie musste sich beeilen, wenn sie die Tafeln finden wollte.

Nach unten schaute sie ebenfalls. Dort stand das Zigeunermädchen und winkte ihr zu.

»Wo kann ich die Tafeln finden?«, rief die Schöne aus dem Totenreich in die Tiefe.

»Ich weiß es nicht.«

Kara presste die Lippen zusammen. Schon beim ersten Rundblick hatte sie festgestellt, dass die Tafeln nicht frei herumlagen. Sie waren offenbar von denjenigen, die sie gefunden hatten, wieder versteckt worden.

Kara befand sich auf schwankendem Boden. Das Ast- und Wurzelwerk gab leicht nach. Sie hatte das Gefühl, auf einem weichen Teppich zu schweben.

In diesem großen, vogelnestartigen Kreis aus Ästen und Zweigen senkte sich ein kreisrunder Platz zur Mitte hin, sodass er dort eine Trichterform annahm.

Das musste etwas zu bedeuten haben.

Kara näherte sich der Mitte. Sie stellte sehr schnell fest, dass die Unterlage dünner wurde. Sie federte nicht mehr so stark.

Kara nahm das Schwert und schlug damit zu. Kreuzschläge führte sie durch, zog die Waffe von links nach rechts und umgekehrt, um sich etwas Platz zu schaffen, denn sie hatte plötzlich einen Verdacht.

Ja, das Wurzelwerk hielt den Schlägen nicht stand. Und vor ihr, direkt an ihren Fußspitzen, begann eine Höhle.

Sie führte in den Baum hinein. Der Stamm dieses seltsamen Schlangenbaums war ausgehöhlt.

Karas Augen wurden groß, als sie am Ende das geheimnisvolle rote Funkeln sah.

Das mussten die Tafeln sein!

»Ich habe sie gefunden!«, rief sie dem Zigeunermädchen zu.

»Wo?«

»Im Stamm.«

»Kommst du dran?«

»Noch nicht. Ich muss nur hinunterklettern und sie holen. Warte noch einen Moment.«

Während Marita diese Worte vernahm, stieg die Angst in ihr hoch. Sie schlug die Hände gegen ihr Gesicht und hörte auch das Brausen immer deutlicher.

Das Wasser kam …

Es war ein widerliches Bild!

Dieser lange grüne Arm fiel von oben nach unten, wirkte wie Gummi, und seine Finger hatten sich so gedreht, dass sie die Kehle des Zigeuners bis zum Hals hin umfassten.

Eccos Gesicht wirkte wie eine erstarrte Maske aus Todesangst. Nur seine Augen bewegten sich. Sie rollten, während die widerliche grüne Hand ihn erdrosseln und hochziehen wollte.

Dagegen hatte ich etwas.

Nicht umsonst trug ich meinen silbernen Dolch bei mir. Und solche Dinge wie dieser widerliche dämonische Arm kamen mir gerade recht. Blitzschnell zog ich die Waffe, drehte sie und führte die Klinge im rechten Winkel gegen den herabhängenden Arm.

Der Dolch kappte ihn.

Etwa in der Mitte wurde der Arm getrennt. Zwei Hälften blieben zurück. Für einen Moment nur standen sie so, wie ich sie zerschnitten hatte, dann schnellte die eine Hälfte in die Höhe, während die andere, die die Kehle des Mannes umklammert hielt, nicht nur ihre Farbe, sondern auch die Kraft verlor.

Der Griff dieser gefährlichen grünen Finger war nicht mehr so hart. Er lockerte sich. Das Grün verschwand und machte allmählich einem braunen Farbton Platz.

Dann verfaulte alles. Die beiden Stränge fielen ineinander. Wie verkohlte Luftschlangen blieben sie liegen.

Ecco konnte sich nicht mehr halten. Er fiel zurück und röchelte nach Luft. Das alles nahmen wir nur aus den Augenwinkeln wahr, denn unsere Aufmerksamkeit galt dem Loch in der Decke, aus dem nicht nur der Nebel kroch, sondern auch seltsame Gestalten, die jeder Beschreibung spotteten. Es mussten tatsächlich die schlimmen Nebelgeister sein, die normalerweise den Nebel bildeten, durch irgendeinen Zauber aber ihre alte Existenz angenommen hatten.

Wir machten in diesen Augenblicken eine völlig neue Erfahrung, denn Lady X konnte mit dem Nebel nicht nur angreifen, es gelang ihr auch, ihn zu manipulieren.

Wenn sie mit Hilfe des Würfels den entsprechenden Befehl gab, dann veränderte sich der Nebel.

Das alles begriffen wir innerhalb weniger Sekunden und uns war klar, dass wir uns wehren mussten.

Am Rand des Lochs im Dach sahen wir die gefährlichen Monster. Ein Wesen leuchtete feuerrot durch den Nebel, der mittlerweile tiefer wallte und zu einer schrecklichen Gefahr für meine Freunde wurde, die nicht durch das Kreuz geschützt waren.

»Weg!«, brüllte ich.

Sie verstanden.

Suko war es, der sich um die alte Azucena kümmerte. Er riss sie hoch und zog sie mit sich, während sich Ecco einfach zu Boden fallen ließ und aus der Gefahrenzone kroch.

Gleichzeitig rauschte das rote Wesen nach unten. Es wollte sich auf mich werfen und huschte wie ein Schemen durch den Nebel.

Ich konnte nicht beides zur selben Zeit tun, mich um den Nebel kümmern und das dämonische Wesen abwehren. Es erreichte mich nicht, denn Myxin griff ein.

Nicht umsonst war er ein Magier, und er aktivierte seine Kräfte. Wie ein Rachegott hatte er sich aufgebaut, die Arme vorgestreckt, die Finger gespreizt.

Sein gesamter Körper schien unter Strom zu stehen. Hinter ihm sah ich Suko mit der Dämonenpeitsche und schussbereiter Beretta.

Der Inspektor wartete noch. Er ließ Myxin den Vortritt und der kleine Magier kämpfte.

Aus den Händen schossen die Blitze.

Es waren grüne Zickzackstrahlen, die den Nebel zwar aufrissen, ihn zwar nicht zerstörten, doch zielsicher das rote Wesen trafen, das sich auf mich werfen wollte.

Es sah aus wie eine Qualle. Nur hatte es mehrere Köpfe, die auf kleinen, wurmartigen Tentakeln saßen und von der magischen Kraft Myxins nicht nur voll getroffen, sondern auch radikal zerstört wurden. Das Wesen löste sich dicht über meinem Kopf auf. Es zerplatzte in der Luft zu Hunderten von kleinen Tropfen, die mich allerdings auch nicht berührten, sondern sich auflösten und wie träge Gasschwaden davonzogen.

Die Zerstörung dieses Wesens war nur der berühmte Tropfen auf den heißen Stein. Die größte Gefahr ging nach wie vor von dem Todesnebel aus, der uns vernichten wollte.

Er quoll in dicken Schwaden herein.

Mein Kreuz hielt ich ihm entgegen.

Konnte es den Nebel stoppen?

Terra pestem teneto – Salus hic maneto!

So hatte ich es gelernt, so war es mir gesagt worden. Und ich wollte die alles entscheidende Formel einsetzen. Ich musste es, auch wenn das Kreuz jetzt die ersten Schwaden vernichtete und ich abermals das Schreien der getöteten dämonischen Seelen vernahm.

Aber Lady X ging jetzt aufs Ganze. Sie griff den Wohnwagen, in dem sich ihre Feinde befanden, von allen Seiten an. Sie wollte es jetzt wissen und uns töten.

Schläge donnerten gegen ihn. Der Wagen erzitterte in seinen Grundfesten. Unsere Gegnerin wollte uns ins Freie bekommen, wo mein Kreuz nicht mehr in der Lage war, alle zu beschützen.

Ich umklammerte die Waffe so hart, dass meine Handknöchel scharf hervorsprangen.

Das Kruzifix zitterte zwischen meinen Fingern. Ich spürte dessen Magie. Es war aufgeladen. An den Seiten glühten die Buchstaben der Erzengel und ich merkte die unheimliche Gefahr, die mich wie ein Mantel umgab.

»John!«

Suko schrie meinen Namen. Für mich das Startsignal.

»Terra pestem teneto – Salus hic maneto!«

Mit diesen Worten hatte ich alles auf eine Karte gesetzt!

Vielleicht hätte sie es anders anfangen sollen, aber konnte sie es vorher wissen?

Deshalb machte sich Kara auch keine Vorwürfe. Sie hatte die Tafeln aber auf der Krone dieses seltsamen Schlangenbaums erwartet und nicht in dessen Stamm.

So aber musste sie runter.

Ein erster abschätzender Blick bewies ihr, dass der Stamm breit genug war, um sich hinablassen zu können. Das Schwert steckte sie in die Scheide, denn sie brauchte beide Hände, um in die Tiefe klettern zu können. Ein kurzer, abschätzender Blick traf die Innenhaut des Stammes. Sie war nicht glatt, sondern aufgeraut. Wenn Kara kletterte, konnte sie rechts und links genügend Halt finden.

Dünne Äste standen vor wie kleine Finger. Sie erinnerten an Hartgummi. Zudem herrschte im Innern des Baumstamms ein betörender Geruch, als wäre Kara von Tausenden von Blüten umgeben. Die Wände ließen kein Licht durch.

Außer dem roten Leuchten auf dem Grund gab es nur die Lichtquelle, die sie sich selbst mit dem Loch in der Baumkrone geschaffen hatte.

Kara zog den Kopf ein und begann mit dem Abstieg. Wie in einem Tunnel kam sie sich vor. Rechts und links stützte sie sich ab. Dabei stellte sie fest, dass das Innere des Stammes klebrig war, als wäre es mit einem Saft bedeckt.

Während ihrer Kletterei behielt Kara den Grund genau im Auge. Sie musste besonders Acht geben, dass sie nicht abrutschte und auf die Tafeln fiel, damit sie sie mit ihren Tritten nicht zerstörte. Deshalb dauerte es seine Zeit, bis sich Kara den wertvollen Gegenständen so weit genähert hatte, dass sie die Tafeln gut erkennen konnte und bereits die Schrift sah.

Kara blieb davon nicht unbeeindruckt. Sie dachte daran, wie schwer sich Myxin und sie getan hatten, ein Mittel gegen den Todesnebel zu finden. Und nun befand sie sich dicht vor dem Ziel. Sie konnte es fast schon mit beiden Händen greifen.

Und noch eine Überraschung wartete auf sie. Der Platz, an dem die Tafeln lagen, war doch größer, als sie angenommen hatte. Er musste unter dem eigentlichen Boden der Insel liegen, und das Astwerk des seltsamen Baums hatte praktisch über den Tafeln eine Decke gebildet, sodass sie geschützt wurden.

Vorsichtig glitt Kara tiefer, wobei ihr das rote Leuchten den Weg zeigte.

Sie lächelte. Jetzt brauchte sie nur noch die halbe Länge ihres Körpers zurückzulegen, um am Ziel zu sein.

Den Rest schaffte sie mit einem Sprung, den sie so anlegte, dass sie neben den Tafeln auf festem Grund landete. Kara ließ sich noch die Zeit für einen Rundblick.

Überrascht war sie, als sie die Löcher nicht allzu weit entfernt erkannte, die jemand ausgehoben haben musste. Sie brauchte nicht lange zu überlegen, um festzustellen, dass dort die Gräber der Vampir-Drillinge gewesen sein mussten, denn es waren genau drei.

Die seltsame Höhle wurde durch das Leuchten der Platten ausgefüllt. Kara konnte Einzelheiten erkennen. Der Boden war feucht. Man stand auf ihm wie auf Gummi. Um sie herum befand sich ein so dichtes Wurzelwerk, dass es wie eine Wand wirkte.

Sie schätzte die Größe der Tafeln ab.

Beide hatten ungefähr das Format eines Schreibblocks. Sie ließen sich also gut transportieren. Kara hatte auch schon eine Möglichkeit gefunden. Sie wollte die Tafeln in den Gürtel stecken, dort festklemmen, denn da waren sie sicher aufgehoben.

Das andere interessierte sie nicht mehr. Was kümmerte sie die Umgebung, wenn sie die Tafeln hatte?

Kara bückte sich und nahm die Erste in die Hand. Trotz der geringen Größe waren sie schwer. Ein Beweis dafür, dass sie aus Stein bestanden, nicht aus Lehm.

Die erste Tafel klemmte sich die Schöne aus dem Totenreich an der rechten Seite hinter den Gürtel, überprüfte den Halt, war zufrieden, griff zur anderen Tafel und steckte sie an der linken Seite hinter den Gürtel.

Jetzt erst fühlte sie sich besser. Das Ziel war erreicht. Sie brauchte nur noch in die Höhe zu klettern und sich dann zusammen mit Marita von der Insel zu schaffen.

Kara schaute hoch.

Es würde nicht einfach werden, sich an den doch ziemlich glatten Flächen des Stammes in die Höhe zu schieben, aber es gab keine andere Möglichkeit.

Zudem war der Duft sehr betörend und er wurde immer schlimmer, je länger sich Kara hier unten aufhielt.

Musste sie wirklich den Weg zurücklegen?

Nein. Einmal hatte sie die Strapaze in umgekehrter Reihenfolge auf sich genommen, jetzt wollte sie sich auf ihre Kräfte verlassen und es anders herum versuchen.

Kara konzentrierte sich auf die Stelle außerhalb des Baums, wo Marita wartete.

Jetzt musste es klappen!

Nein, es klappte nicht. Sekundenlang war die Schöne aus dem Totenreich völlig konsterniert, denn mit so etwas hatte sie nicht gerechnet. Weshalb versagten ihre Kräfte so plötzlich? Es hatte doch auf der Insel geklappt.

War der Duft daran schuld?

Ja, er drang in die schwarzhaarige Frau ein. Ihre Poren schienen sich geöffnet zu haben, um diesen Duft aufzunehmen, der ihre Kräfte ausschaltete.

Schwäche übermannte sie.

Für einen Moment packte Kara der Schwindel und sie hatte Angst, dass sie es nicht mehr schaffen würde, denn die Strecke nach oben erschien ihr ungeheuer weit.

Was tun?

Es zeugte von Karas eisernem Willen, dass sie es trotzdem versuchte und nicht aufgab. Wenn sie sich in diesen Augenblicken gehen ließ, dann war sie verloren.

Also weitermachen.

Kara begann zu klettern.

Sie hatte noch einmal ihre Kräfte mobilisiert, versuchte, den Duft zu ignorieren, und konzentrierte sich voll und ganz auf ihr Ziel, für das sie so gekämpft hatte.

Und Kara gelang es, höher zu steigen. Sie krallte sich mit beiden Händen an der gummiartigen, harten Masse im Stamminnern fest, und es gelang ihr tatsächlich, Höhe zu gewinnen.

Für die Schöne aus dem Totenreich wurde der Rückweg zu einer ungeheuren Strapaze. Sie hatte so etwas noch nie erlebt. Wenigstens konnte sie sich nicht daran erinnern, und auch das Gewicht der Steine begann sie zu spüren.

Die schweren Tafeln zogen und zerrten. Sie trugen dazu bei, dass der Rückweg noch länger dauerte.

Verbissen kletterte Kara weiter. Auf ihrem Gesicht zeichnete sich die Anstrengung ab. Sie hatte den Kopf in den Nacken gelegt, schaute nach oben und sah dort die Öffnung. Nur diese lebensrettende Öffnung sah sie und sie wusste, dass sie diese erreichen musste, wollte sie nicht alles verlieren.

Und so kämpfte sie um jeden Zentimeter, gab nicht auf, obwohl sie am liebsten wieder zurückgekehrt wäre.

Wie hätte sie auch denken können, dass es so einfach war, an die Tafeln zu gelangen! Vor den Erfolg hatten die Götter den Schweiß gesetzt. In ihrem Fall stimmte es ganz besonders.

Da waren andere Kräfte, die sie einfach nicht zu ihrem Ziel lassen wollten.

Mehr als die doppelte Zeit brauchte Kara. Die Öffnung schien nicht näher zu rücken. Aus Karas weit aufgerissenem Mund drangen stöhnende Laute und sie spielte sogar mit dem Gedanken, die Tafeln einfach fallen zu lassen, damit sie es leichter hatte, denn die Rettung ihres Lebens war ihr wichtiger.

Dann überwand sie den inneren Schweinehund und kämpfte weiter. Sie konnte jetzt einfach nicht aufgeben. Zu sehr hatten Myxin und sie nach diesen Tafeln gesucht und geforscht.

Zum Glück war sie nicht abgerutscht. Das hatte Kara bisher vermeiden können, und was sie kaum für möglich gehalten hatte, trat dennoch ein.

Sie schaffte den Weg.

Als sie wieder nach oben schaute, sah sie die Öffnung dicht vor sich. Und wie für eine Rettung geeignet, hingen über den Rand die seltsamen Zweige nach unten.

Zwei waren es.

Da sie dicht nebeneinander hingen, gelang es Kara, die beiden mit einer Hand zu fassen, sich festzuklammern und sich dann in die Höhe zu ziehen. Die Zweige hielten.

Kara atmete auf, denn der betäubende Duft blieb hinter ihr zurück.

Gleichzeitig hörte sie etwas anderes.

Ein gefährliches Rauschen und Klatschen. Für sie ein Alarmzeichen. Die Insel versank immer weiter und das Meer würde sie fressen. Doch Kara war zu erschöpft, um dieser Tatsache Rechnung zu tragen und sich umzudrehen. Sie konnte es nicht, warf keinen Blick über die Insel und blieb auf dem Bauch liegen, schwer atmend und sich nur allmählich erholend, wobei die Tafeln rechts und links gegen ihre Haut drückten.

Wie der Vogel in einem fremden Nest, so fühlte sich Kara. Völlig entkräftet, allein, umgeben von Gefahren. Aber sie hatte die Tafeln und dieses eine Ziel lohnte all die Mühen und Strapazen, die sie auf sich genommen hatte.

Endlich war das Mittel gegen den Todesnebel gefunden, falls die alten Prophezeiungen Recht behielten.

Kara lag auf dem Wirrwarr von Ästen und Zweigen. Sie durfte sich nicht lange ausruhen. Zudem hörte sie nach wie vor das Rauschen des Wassers. Es verschlang die Insel immer mehr. Es würde sicherlich nur noch Minuten dauern, bis es auch den Baum erreicht hatte.

Die Schöne aus dem Totenreich musste sich beeilen. Bevor sie ihren Körper in die Höhe drückte, spürte sie etwas unter sich. Dort bewegten sich die Äste und Zweige. Der Wirrwarr wurde nachgiebig. Er federte jetzt stärker, und Kara hatte ein ungutes Gefühl.

Der Schlangenbaum, das stellte sie in den nächsten Sekunden fest, trug seinen Namen nicht zu Unrecht. Eine kalte Hand schien ihr Herz zu umklammern.

Ihre Augen weiteten sich, als sie erkannte, dass sie in einer Falle steckte.

Nicht sie hatte den Baum besiegt, sondern er sie. Der Schlangenbaum wollte sein Opfer nicht mehr freilassen. Er selbst war eine Sicherung gegen diejenigen, die die wertvollen Tafeln stahlen.

Sein ineinander verschlungenes Astwerk bildete von einer Sekunde zur anderen eine wogende, sich hin- und herbewegende Fläche und damit auch eine Falle.

Kara steckte fest.

Sie zog ihr rechtes Bein an. Es gelang kaum, denn irgendetwas verhakte sich um ihren Knöchel. Kara drehte sich zur Seite. Sie sah, dass es einer dieser sehr beweglichen Zweige war. Er hatte sogar einen Knoten geschlungen, und überall in ihrer Nähe war die Unterlage in Bewegung geraten. Da lag nichts mehr still. Es war wie ein gefährlicher Sumpfboden, der sie zwar nicht in die Tiefe zog, der sie aber töten konnte.

Sie kamen von allen Seiten, erinnerten an kleine Schlangen. Sie bewegten sich vor, schlängelten auf sie zu und wollten auch ihr Gesicht und ihren Hals nicht verschonen.

Kara lag auf dem Präsentierteller und in der Falle.

Etwas kroch über ihren Körper. Genau in dem Augenblick, als sie den Arm anwinkelte, um das Schwert aus der Scheide zu ziehen. Wenn es noch eine Chance gab, sich zu befreien, dann mit dieser Waffe, die sie allerdings nicht erreichen konnte, weil die lebenden Gewächse es nicht zuließen und auch ihre Arme umklammert hielten.

Sie waren schnell und ließen Kara keine Chance mehr, rechtzeitig zu reagieren. Ihre Gegenmaßnahmen kamen zu spät.

Zur Seite wälzen konnte sie sich noch. Allerdings gelang es ihr nicht mehr, die Beine zu spreizen, denn an beiden Fußknöcheln spürte sie bereits die starken Arme.

Um das rechte Handgelenk hatte sich gleichfalls eine dieser lebenden Lianen gewickelt und sie war wie eine Spirale, die ihren Arm zur Seite drückte und gleichzeitig in die Höhe zog.

Die Lage wurde von Sekunde zu Sekunde bedrohlicher. Und nicht nur das. Sie war auch lebensgefährlich, denn Kara gelang es nicht mehr, sich aus dieser Falle zu befreien.

Zu viel Kraft steckte hinter diesen teuflischen Lianen. Die gesamte Unterlage befand sich in Bewegung. Sie schwankte, sodass Kara glaubte, sich auf einem Schiff zu befinden.

Marita musste gesehen haben, was sich auf der

Baumkrone ereignete. Sie stand unten, spürte eine große Furcht, denn auch sie hatte das Rauschen der Flut vernommen.

Mehr und mehr näherte sie sich.

Wenn das Mädchen den Kopf reckte, sah es bereits die langen Wellen, die über die Insel fluteten. Sie sahen aus wie gierige, teuflische Arme, die alles verschlingen wollten.

»Kara!« Ohne es eigentlich zu wollen, rief sie den Namen der schwarzhaarigen Frau. Sie mussten sich beeilen, wenn sie der Insel entfliehen wollten. In wenigen Minuten konnte es zu spät sein.

Marita erhielt auch Antwort. Es war ein schwaches »Ja«, das sie hörte, mehr nicht.

»Kannst du nicht kommen?« Das Mädchen stand vor dem Baum. Es zitterte und starrte in die Höhe.

»Nein, ich …«

»Kara, was ist los?« Jetzt bebte die Stimme vor Furcht. »Bitte, sag es, was …«

»Gefangen, ich bin gefangen …«

»Mein Gott, wie …«

»Frag jetzt nicht, Mädchen. Es ist so. Dieser verdammte Baum ist eine teuflische Falle.«

»Kommen wir denn weg?« Marita stellte die Frage, obwohl sie die Antwort eigentlich hätte erraten können.

»Nein, ich …«

Da senkte Marita den Kopf. Sie begann zu weinen. Das hier war noch schlimmer, als am Baum gefesselt zu sein. Sie konnte sich zwar bewegen und weglaufen, doch sie wusste nicht, wohin. Sie war eingeschlossen. Die Fluten gaben ihr nicht die Spur einer Chance.

Kara kämpfte um ihr Leben.

Es gelang ihr nicht, sich zu befreien. Eine starke Sperre hielt sie vor einem Sprung in eine andere Zeit oder Dimension ab. Die Zweige des Schlangenbaums lebten und wollten ihre Vernichtung, denn überall an ihrem Körper spürte sie diese gummiähnlichen Arme.

Wie oft hatte sie versucht, sich hochzudrücken! Es war vergeblich gewesen, der Baum war stärker.

Seine Zweige hatten es geschafft, einen Ring um Karas Oberkörper zu legen. Sie drückten schwer auf ihre Brust und waren unter dem Rücken entlanggeglitten, um an den Seiten wieder aufzusteigen und den Körper zu umfassen.

Verschnürt wie ein Paket war die Schöne aus dem Totenreich. Die Hand war so zur Ruhe gekommen, dass sie, wenn sie die Finger ausstreckte, soeben noch den Griff des Schwertes berühren konnte. Mehr schaffte sie nicht.

Kara steckte in einer tödlichen Klemme, aus der sie sich mit eigener Kraft nicht befreien konnte.

Was tun?

Verzweifelt dachte sie über Lösungswege nach. Es fielen ihr keine ein, bis ihre Gedanken durch den Schrei des Zigeunermädchens unterbrochen wurden.

»Was ist passiert?« Kara hatte sich noch einmal aufgebäumt und die Kraft gefunden, die Frage laut und deutlich zu stellen, sodass sie von Marita gehört wurde.

Eine Antwort erhielt sie nicht sofort. Sie starrte nach oben, wollte den blauen Himmel sehen und sah die Sonne, deren gelber Ball dort oben hing wie eine zum Hohn verzogene Fratze. Sie fragte sich, wie lange sie noch widerstehen konnte, und das Ergebnis sah niederschmetternd aus.

Dann hörte sie wieder Marita. Schrill klang die Stimme. Panik hielt das Mädchen umfasst. »Die Flut – sie kommt. Sie ist schon da, sie wird mich erfassen …«

Aus diesen Worten sprach die Angst. Kara konnte dem Mädchen allerdings keinen Rat geben. Sie selbst stand unter diesem ungeheuren Druck, schwebte in höchster Lebensgefahr und musste sich allmählich damit abfinden, dass sie wohl beide verloren waren.

Jedenfalls sah sie keine Rettung.

Ihre Gedanken schrien. Es waren Schreie, die man nicht erklären konnte. Stumm strahlten sie ab, um Dimensionen und Zeiten zu durcheilen.

Schreie, die dann erklangen, wenn sich ein Mensch in Lebensgefahr befand.

Verzweifelt – und hilflos.

Würde jemand sie hören?

Und wenn, konnte er etwas für sie tun?

An Rettung glaubte Kara nicht mehr. Zu sehr war sie in diese schlangengleichen Arme des Baums verstrickt worden. Sie kam sich vor wie eine Fliege im Netz der Spinne. Aus eigener Kraft konnte sie sich nicht mehr befreien. Die Suche nach einem Gegenmittel für den Todesnebel schien ihr zum Schicksal geworden zu sein …

Ich hatte das Kreuz aktiviert!

Es war mir nichts anderes übrig geblieben, um die Wand des Bösen, die uns umgab, zu durchdringen. Ich wusste nicht, ob ich Erfolg haben würde. Ich setzte einfach alles auf eine Karte.

Die große, die magische Formel, die mir ein alter sterbender Mann genannt hatte. Konnte sie helfen?

Zeit spielte plötzlich keine Rolle mehr. Sie war einfach ausgeschaltet. Meine Freunde und ich bewegten uns in einem Vakuum. Es war nicht zu erfassen. Ich fand keine Erklärung. Wir alle hatten uns voll in die Hände und unter den Schutzmantel anderer Kräfte begeben.

Das Kreuz entfaltete seine Kraft. Es war wie ein Sturmwind, der alles zur Seite schleuderte, doch kein normaler Sturm, sondern ein magischer.

Ich fühlte mich vom Boden abgehoben, dabei weggezerrt und starrte nur auf mein Kreuz, das plötzlich keines mehr war, sondern nur noch ein reines Bündel magischer Energie.

Gedankenschnell breitete sie sich aus. Ich erhielt einen Schlag gegen den Kopf, riss die Augen weit auf und sah meine Freunde in einer seltsam verzerrten Perspektive vor mir stehen.

Während meine körperlichen Funktionen ausgeschaltet waren, arbeiteten meine Gedanken klar, und der Vergleich mit einem Spiegelkabinett kam mir in den Sinn.

Suko wirkte kompakter, als er in Wirklichkeit war. Myxin kam mir vor wie ein Schatten und ein seltsam grünes Leuchten umgab uns alle. Ein Leuchten, das uns umgab wie ein Käfig.

Ich hob den Kopf, denn ich glaubte, dass dieses Leuchten nach oben hin spitz zusammenlief.

Eine Täuschung?

Nein, denn dort oben erkannte ich ein Gesicht!

Uralt und dennoch jung. Augen, die seltsam klar blickten. Gleichzeitig gütig, weise und wissend und auch entrückt, als würden sie meine Seele durchschauen, die wie ein offenes Buch vor diesem Blick lag.

Der Seher!

Er zeigte sich mir, er zeigte sich uns, denn ich war davon überzeugt, dass auch die anderen ihn erkennen mussten.

Und er sprach zu mir! Sein Mund bewegte sich nicht, nur gedanklich drang seine Stimme in mein Hirn.

»Terra pestem teneto – Salus hic maneto! Du hast die magische Formel gerufen, Sohn des Lichts, und du hast in diesem Falle den Zugang zu einer weiteren Dimension geöffnet. Deine Waffe ist das Kreuz, und du hast mit ihm in dieser Situation ein neues Kapitel im Buch der grausamen Träume aufgeschlagen. Meine uralte Magie hat ihre Wirkung in deine Zeit verlagert. So wie Moses am Berg Sinai die Zehn Gebote in der Bundeslade fand, so wirst auch du in den Besitz der Tafeln gelangen, wo das Geheimnis des Orakels verzeichnet ist, das unmittelbar mit dem Würfel des Unheils in Verbindung steht. Du hast dein Leben retten können, indem du genau das Richtige zur richtigen Zeit getan hast. Du hättest nicht warten dürfen, denn dein Kreuz hat es geschafft, den Nebel und seine schrecklichen Gestalten zu vertreiben. Terra pestem teneto – Salus hic maneto! Es war dein Glück, dass du diese Formel gerufen hast, aber ich warne dich. Strapaziere sie nicht zu oft, denn andere Kräfte stehen gegen sie. Sie warten darauf, dieses Wunder der weißen Magie zerstören zu können. Nimm sie als Hilfe wie in diesem Fall! Ich weiß, wie man den Todesnebel zerstören kann, denn ich befinde mich im Besitz des Buchs der grausamen Träume. Hier ist es …«

Nach diesen Worten erschien vor dem Seher ein Buch, das ich sehr genau kannte.

Ich sah mich plötzlich wieder innerhalb eines Berges im Harz. Dort hatte das Buch zum Greifen nahe gelegen, doch ich hatte es nicht bekommen. Für mich waren nur die letzten Seiten bestimmt gewesen, aus denen sich der Bumerang gebildet hatte. Das Buch aber blieb in den Händen des Sehers, und nun bekam ich es abermals zu Gesicht.

»Die Tafeln, John Sinclair. Du brauchst die Tafeln, denn auf ihnen steht die Lösung. Ambiastros Erbe, das vor langer Zeit niedergeschrieben wurde, soll einem Würdigen in die Hände fallen. Und der Sohn des Lichts ist würdig genug. Mit der Vernichtung des Nebels wirst du dem Würfel des Unheils einen Großteil seiner Kraft nehmen. Das wissen auch deine Gegner. Deshalb mussten sie verhindern, dass Ambiastros Wissen zu dir gelangt. Sie haben es nicht geschafft. Noch nicht. Aber sie werden nicht aufgeben. Denke daran, John Sinclair ...«

Es waren die letzten Worte des geheimnisvollen Sehers.

Noch einmal traf mich der Blick seiner weisen Augen. Er schaute dabei über den Rand des Buches, und dieser Blick schien meine Seele sprengen zu wollen.

Ich aber wollte mehr wissen und rief ihm gedanklich meine nächste Frage entgegen. »Wer bist du wirklich, Seher? Sag es mir! Lüfte endlich das Geheimnis um deine Person ...«

»Nein, John Sinclair, nein – noch nicht. Vielleicht irgendwann. Die Ewigkeit ist lang, so unendlich – man kann sie nicht erfassen. Ich habe es ver...«

Schluss. Er löste sich auf. Sein Gesicht zerlief, das grüne Flimmern, das Ähnlichkeit hatte mit dem in der Pyramide des Wissens, nahm zu, und bald gab es nur noch diesen einen Farbton.

Ich stand da wie vom Donner gerührt. Meine Knie zitterten. Ansonsten war der Körper steif, das Kreuz in meiner Hand schien zu einer Strahlenquelle geworden zu sein. Energie pulste ab. Die Zeichen der Erzengel brannten. Ich spürte die Ströme in meinem Gehirn und kam mir wieder einmal so klein und verloren vor, wenn ich die Mächte der weißen Magie in Relation dazu setzte.

Allmählich nur klang alles ab. Das grüne Leuchten wurde schwächer. Mein Blick klärte sich. Ich nahm die Umgebung wieder wahr und ich stellte fest, dass ich mich nach wie vor innerhalb des Wohnwagens befand.

Dieselbe Stelle.

Tief saugte ich die Luft ein. Ich war wirklich der Überzeugung, dass ich in den letzten Minuten nicht geatmet hatte. Oder waren es nur Sekunden gewesen?

Mein Blick traf das Kreuz.

Die Finger meiner rechten Hand umschlangen es, und allmählich nahm es wieder seine alte Form an.

Kein Leuchten mehr, nur der silberfarbene Schimmer, den ich sowieso kannte.

Es war vorbei …

Mich traf die kalte Winterluft.

Erst jetzt stellte ich fest, dass die Tür geöffnet worden war. Von dort drang die Luft ein, auch über mir, wo sich das Loch in der Wagendecke befand.

Aber kein Nebel!

Herrliche, reine, klare Luft. Die eiskalte Winterluft, und vor meinen Lippen dampfte der Atem.

Dann hörte ich die Stimme meines Freundes Suko. »John«, sagte er ein wenig krächzend, »haben wir das alles geträumt oder ist der Nebel tatsächlich verschwunden?«

»Er ist weg.«

»Und?«

»Frag mich nicht weiter. Nimm es einfach hin. Wir hatten wohl gute Beschützer.«

»Das glaube ich auch.« Suko schaute sich um. Er war wie ich ein wenig wacklig auf den Beinen. Kein Wunder nach allem, was wir hinter uns gebracht hatten.

Dabei waren wir die Einzigen, die noch laufen konnten. Ecco und die alte Azucena hatte die Magie buchstäblich von den Beinen gerissen.

Sie lagen da und konnten sich nicht rühren. Im ersten

Augenblick hatten wir einen schrecklichen Verdacht. Wir liefen zu ihnen, untersuchten sie und stellten fest, dass alles okay war. Puls- und Herzschlag waren schwach zu spüren. Unter der dünnen Haut zuckte es und auch der Todesnebel hatte ihnen nichts getan. Er war rechtzeitig genug gestoppt worden.

Ich atmete auf.

Nur am Hals von Ecco sah ich dunklere Flecken. Dort hatte das Monstrum zugegriffen.

»Sie werden es überstehen!«, meldete sich Suko, den ich im Augenblick nicht sah, da er sich in meinem Rücken befand.

»Klar.«

»John ...«

Er rief meinen Namen mit einer seltsam klingenden Stimme. Wenn er so sprach, dann hatte er irgendetwas.

Ich drehte mich um.

Ein blasser Suko schaute mich an.

»Hast du was?«, fragte ich.

Er antwortete mit einer Gegenfrage. »Fällt dir nichts auf?«

»Ja, wir haben es überstanden. Hoffentlich befindet sich auch die verdammte Scott im Nirwana.«

»Das glaube ich zwar nicht, John, aber das ist es nicht, was ich meine.«

»Sondern?« Ich war noch immer ahnungslos.

»Myxin ist verschwunden!«

O verdammt! Wo hatte ich nur meine Augen gehabt? In der Tat war Myxin verschwunden. Wir entdeckten nicht einen Zipfel seines Mantels. Der kleine Magier schien sich in Luft aufgelöst zu haben. Auf alle hatten wir geachtet, nur auf ihn nicht, denn Myxin war eine Person, die sich eigentlich selbst half.

Und nun war er weg!

Er hielt sich auch nicht versteckt, von ihm war tatsächlich keine Spur zu sehen.

Ich schüttelte den Kopf. Das begriff, wer wollte, ich

nicht. Oder war die von meinem Kreuz ausgehende Magie wirklich so stark gewesen, dass sie alles andere zerstörte?

Damit musste ich rechnen. Plötzlich kamen die Vorwürfe. Myxin war ein Schwarzblüter gewesen. Er hatte zwar eine magische Kehrtwendung hinter sich, doch ob er diesen unheimlichen Kräften widerstehen konnte, war fraglich.

Es schien nicht so gewesen zu sein.

Ich schüttelte den Kopf, war blass geworden und hörte Sukos Vorschlag wie aus weiter Ferne: »Eigentlich könnten wir uns draußen mal umsehen. Vielleicht ist Myxin geflohen.«

Sukos Worte ließen mich wieder hoffen. Ich nickte und ließ dem Inspektor gleichzeitig den Vortritt.

Erst jetzt merkten wir die kalte Luft so richtig. Es war dunkel geworden, das Thermometer weiter gefallen, und vor unseren Lippen quirlte der Atem als graue Wolken.

Über dem Lager lag eine gespenstische Stille. Die Magie des Kreuzes hatte ja vieles vermocht, eines jedoch nicht: Sie hatte die Toten nicht wieder zurückgeholt.

Auf den Stufen lag noch das Skelett. Es bot einen schaurigen Anblick, wie es verkrümmt dalag, den Kopf auf der obersten, die Beine auf der untersten Stufe.

Da hatte der Todesnebel gnadenlos aufgeräumt.

Stellte sich die Frage, was mit den anderen Menschen innerhalb des Lagers geschehen war. Diese Sorge quälte mich im Augenblick noch mehr als Myxins seltsames Verschwinden, und ohne uns abgesprochen zu haben, machten wir uns auf den Weg, um nachzuschauen.

Die Feuer waren zum Teil heruntergebrannt, manche Fackeln völlig verloschen. Sie rußten nur noch. Auch das größte Feuer sonderte mehr Qualm als Helligkeit ab.

Vor dem ersten Wagen blieben wir stehen. Als unser Blick nach unten fiel, erschraken wir über das schreckliche Bild. Dicht an der Deichsel schauten unter dem Fahrzeug die skelettierten Füße eines Mannes hervor.

Es war ein Anblick, der uns schaudern ließ. Suko bückte sich und schaute nach.

Als er sich wieder erhob, war sein Gesicht blass geworden. »Nichts mehr zu machen, John.«

»Das zweite Opfer also!«, knirschte ich, holte tief Luft und sagte: »Ich bin mal gespannt, welche Überraschungen uns noch bevorstehen. Verdammt auch.«

»Sag das Lady X!«

Ich lachte auf. »Worauf du dich verlassen kannst, aber die hat es fortgetrieben.« Nach diesen Worten legte ich meine Hand auf die eiskalte Klinke und drückte die Tür des Wagens auf.

Im Innern brannte das Licht. Deshalb holten wir unsere schmalen Lampen hervor und leuchteten in das Dunkel hinein.

Vier Menschen sahen wir. Zwei Erwachsene und zwei Kinder. Sie standen nicht, sie lagen. Die Kinder auf dem Boden, die Erwachsenen auf der Couch übereinander.

Aber sie waren normal!

Ich glaube, man hat den Stein poltern hören können, der uns vom Herzen fiel, und ich atmete ein paar Mal tief durch, bevor sich mein Mund zu einem befreienden Lächeln verzog.

Der Optimismus blieb, denn wir entdeckten auch in den übrigen Wagen Menschen, die zwar bewusstlos, ansonsten jedoch normal geblieben waren. Lady X musste ihren Todesnebel nach dem ersten Angriff allein auf den Wagen konzentriert haben, in dem wir uns aufhielten, wobei sie bestimmt davon ausging, dass ihr die anderen ohnehin sicher waren. Wir sahen auch Tassilo. Von ihm lag nur noch das Skelett auf der Bahre.

Noch einen Toten entdeckten wir.

Abermals ein Skelett.

Es befand sich in einer makabren Lage. Als Mensch hatte es noch versucht, die Tür des Wagens aufzureißen, wobei die Knochenfinger der rechten Hand um die Klinke lagen.

Der Mensch hatte es nicht geschafft. Der Nebel war schneller gewesen. Im geknickten Winkel standen die Beine und ich löste behutsam die Hand von der Klinke.

Dann betraten wir den Wagen.

Auch hier fanden wir Menschen. Ein noch junger Mann stöhnte. Er war dabei, wieder aus seiner Bewusstlosigkeit zurückzukehren. Ich leuchtete ihn an.

Geschehen war ihm nichts.

Suko, der an der Tür stehen geblieben war, nahm mein beruhigendes Zeichen auf. Er verstand, drehte sich um und ging davon. Ich folgte ihm langsam.

Draußen trafen wir wieder zusammen. Noch eine Runde gingen wir durch das Lager. Dabei schwiegen wir. Jeder hing seinen eigenen Gedanken nach, die sich sicherlich nur um das Thema Myxin drehten.

Ich sprach es schließlich an. »Ob ihn das Kreuz vernichtet hat?«

Suko hob die Schultern. »Daran will ich nicht denken, John.«

»Aber wir müssen damit rechnen.«

Der Inspektor sah mein betrübtes Gesicht. »Mach dir doch keine Vorwürfe, John, du hast nicht anders handeln können. Du musstest diese Magie einsetzen, um uns zu retten.«

»Trotzdem. Vielleicht hätte es noch eine andere Möglichkeit gegeben. Wir hatten schließlich Zeit genug, um uns darüber Gedanken machen zu können.«

»Nein, die Zeit war eben nicht. Lady X hat uns überrascht. Sie ist uns voll in die Parade gefahren.«

Da hatte er ein wahres Wort gesprochen. Eigentlich hätte alles anders laufen können. Wir hätten erkennen müssen, wie sich die Sache entwickelte. Es war uns nicht gelungen, und so mussten wir eben die Folgen tragen.

»Gehen wir zu Azucena und Ecco«, schlug Suko vor.

»Und dann?«

»Warten wir.«

»Auf Myxin?«

»Zum Beispiel.« Die Antwort meines Freundes klang optimistisch. Ich blickte ihn von der Seite her an, um zu sehen, ob er das auch so meinte, wie er es gesagt hatte.

In der Tat machte Suko einen ernsten Eindruck. »Er meldet sich bestimmt«, sagte der Chinese voller Über zeugung.

»Falls er es noch kann.«

»Soll ich dir einen Witz erzählen, um deine Depressionen zu vertreiben?«

»Ach, hör auf!« Wir hatten inzwischen den Wagen erreicht. Als wir ihn betraten, hörten wir die ersten Worte der alten Zigeunerin. »Lebe ich noch?«

»Ja, du bist noch am Leben«, antwortete Suko beim Eintreten und sah ihren Blick fragend auf sich gerichtet. »Der Nebel ist verschwunden. John Sinclair hat es geschafft.«

Nein, er hat es nicht geschafft, wollte ich sagen, enthielt mich jedoch einer Antwort.

Myxin war wichtiger. Meine Gedanken drehten sich einzig und allein um ihn.

Lebte er noch? Wenn nicht, gab ich mir die Schuld an seinem Tod. Dann hatten wir auf der ganzen Linie verloren. Erst kein Mittel gegen den Todesnebel gefunden und schließlich Myxins Ableben.

Es war zum Verzweifeln ...

Der Stoß magischer Energie hatte nicht nur uns getroffen, sondern auch den kleinen Magier. Und er war mit der Wucht zahlreicher Schläge gegen Myxin geprallt.

Der kleine Magier glaubte mit einemmal, es würde ihn innerlich zerreißen. Er befand sich in einem Zentrum starker Strahlen, denen er nichts entgegenzusetzen hatte.

Vergeblich bäumte er sich dagegen auf, versuchte seine eigenen Kräfte zu mobilisieren und spürte gleichzeitig die Sperre, die ihn daran hinderte.

Das andere war stärker.

John Sinclair, der Geisterjäger, hatte die geballte Kraft seines Kreuzes eingesetzt und alle Anwesenden in den Sog einer starken Magie hineingerissen.

Myxin stand und litt.

Er wollte schreien, spürte die Stöße gegen seinen Körper, die bis zu seinem Kopf hochzuckten.

Ohne es zu wollen, verzerrte sich sein Gesicht. Er glaubte, innerlich zu verglühen, dann jedoch stoppte dieser erste Ansturm. Er war ebenso rasch vorbei, wie er aufgeklungen war, und zurück blieb ein Kraftfeld der Magie, das Myxin zwar noch umwaberte, ihn aber nicht mehr malträtierte.

Er war dafür gelähmt.

Nicht den kleinsten Finger konnte er bewegen, obwohl sein Gedanken-Apparat nach wie vor normal arbeitete. Sehr schnell begann er darüber nachzudenken, wie alles gekommen war, und er suchte gleichzeitig nach einem Ausweg.

Die Magie konzentrierte sich nicht auf ihn, sondern auf den Geisterjäger. Angespannt stand John Sinclair vor ihm. Er schaute in die Höhe. Dort musste es irgendetwas zu sehen geben. Unter großen Anstrengungen hob Myxin den Kopf, doch er sah nichts anderes als einen grünen Fleck.

Konnte er bleiben?

Es war schwer für ihn, eine Entscheidung zu treffen. Am liebsten wäre er geflohen, denn in diesem Fall waren Kräfte im Spiel, die er nicht kontrollieren konnte.

Er merkte auch, dass diese Kräfte ihn ausschalteten, sodass sich der kleine Magier wie auf einer Insel inmitten des magischen Kraftfeldes fühlte.

Und er hörte die Stimme.

Es war eine helle, gleichzeitig verzweifelte Stimme, die einen Hilferuf ausstieß. Die Stimme einer Frau.

Auf einmal erkannte er, wer ihn da gerufen hatte, und die Erregung packte den kleinen Magier. An Kara hatte er in den letzten Minuten kaum mehr gedacht, obwohl er sie in dieses Spiel als Joker mit einbezogen hatte.

Und sie schrie um Hilfe.

Der Schrei durcheilte die Zeiten. Er war an einem völlig anderen, weit entfernten Ort aufgeklungen, und zwar auf der Insel Sedonis, wo sich Kara befand. Myxin hatte sie dorthin geschickt, um die Tafeln zu finden. Er hatte ihren Kräften voll vertraut und musste nun durch diesen Hilferuf erleben, in welcher Klemme die Schöne aus dem Totenreich steckte. Da sie so schrie, musste sie sich in größter Lebensgefahr befinden.

Er hörte seinen Namen!

In ihrer Not mobilisierte die Schöne aus dem Totenreich alle Kräfte und nahm mit demjenigen Kontakt auf, der ihr bei dem gemeinsamen Weg am nächsten stand.

Sie hatte eine Brücke zu ihm geschaffen, aber würde die Brücke auch halten? Konnte sie eine Rettung garantieren?

Myxin wusste es nicht. Ihm war nur klar, dass er alles versuchen musste, um Kara zu retten.

Sedonis!

So hieß sein Ziel.

Die andere Magie ließ Myxin in Ruhe. Sie schaltete ihn gewissermaßen aus, sodass er die Chance erhielt, seine Kräfte einzusetzen.

Er tat es, konzentrierte sich auf den Punkt, von dem der Schrei nach Hilfe abstrahlte, und war in den nächsten Sekunden nur noch in Umrissen zu erkennen, bevor er völlig verschwand …

Kara kämpfte verbissen. Sie wollte nicht aufgeben. Sie dachte nicht nur an sich, sondern auch an das Mädchen. Sprechen konnte sie nicht mehr, denn eine Liane umklammerte ihre Kehle wie ein Gummischlauch.

Aber ihr Gehirn arbeitete noch klar. Und sie verfiel nicht in Panik. Trotz ihrer schlechten Lage überlegte sie. Aus eigenen Kräften konnte sie diesem tödlichen Baum nicht entkommen. Jemand musste ihr helfen.

Marita konnte es nicht. Sie würde ebenfalls in die Falle dieser schlangengleichen Arme geraten. Während sich Kara ihr Gehirn zermarterte, kam ihr etwas in den Sinn.

Myxin!

Wenn einer helfen konnte, dann er. Die beiden standen miteinander in Kontakt. Er spielte sich auf einer geistigen Ebene ab. Eine große Entfernung trennte sie, doch mit Hilfe der Telepathie, die beide beherrschten, musste es ihr gelingen, Myxin zu erreichen.

Sie sprach sich selbst Mut zu, während sich die weichen Äste immer härter um ihren Körper legten und ihn allmählich zusammendrückten. Es lief auf ein Erwürgen hinaus. Der Baum würde sein Opfer nicht mehr loslassen.

Kara dachte an die Knochen am Stammende. Auch ihre Gebeine würden bald dort liegen und in der Sonne bleichen.

Sie schickte den gedanklichen Hilferuf auf die Reise. Myxin musste ihn einfach empfangen und wenn er Bescheid wusste, dann würde er auch dementsprechend reagieren.

Der Ruf durcheilte den Raum. Er war wie ein Funksignal, ein verzweifelter Schrei nach Hilfe, und es gab nur einen Adressaten, den dieses Signal erreichen sollte.

Myxin hörte es.

Kara sah ihn nicht. Sie wusste jedoch, dass der kleine Magier ihren Hilferuf vernommen hatte, denn in ihrem Kopf breiteten sich auf einmal andere Gedanken aus.

Myxins Gedanken!

Jetzt fieberte sie. Hatte sie vorhin noch die Augen geschlossen gehalten, so änderte sich dies nun. Sie schaute wieder gegen den Himmel, sah aber auch die Schlangenarme, die einen Wirrwarr gebildet hatten und zahlreich gegen ihren Körper drückten.

Äste, die sich bewegten. Zweige, die lautlos glitten, sich auch unter die Kleidung der Schönen aus dem Totenreich schoben, sodass sie diese auf ihrer Haut spürte.

Kara zitterte. Diese verdammten Äste waren kalt, eklig, sie saugten sich fest. Ihre Arme und Beine konnte Kara längst nicht mehr bewegen.

Das Rauschen der Wellen erinnerte sie bereits an einen Orkan. Schon glaubte sie, die Gischt zu sehen, die irgendwo hochgeschleudert wurde. Sie wollte nach Marita rufen, um zu erfahren, wie weit sich die Flut bereits ausgebreitet hatte, doch sie brachte kein Wort aus ihrer Kehle.

Im nächsten Augenblick war er da.

Wie ein Blitz aus heiterem Himmel materialisierte er vor ihren Augen.

Kara wollte es zuerst nicht glauben. Unhörbar drang das eine Wort über ihre Lippen.

»Myxin!«

Er war es, und er hatte mit einem Blick erfasst, in welch schrecklicher Lage sich Kara befand.

Aus eigener Kraft konnte sie sich aus dieser Umklammerung nicht mehr lösen. Sie lag auf dem Rücken, die Arme angewinkelt und gleichzeitig angehoben, eine Haltung, in der sie erstarrt zu sein schien.

Auch Myxin sollte ein Opfer der lebenden Äste und Zweige werden, doch bei ihm waren sie an die falsche Adresse gelangt. Er konnte sich wehren.

Und wie.

Auf der seltsamen Baumkrone stehend, entfaltete der kleine Magier seine besonderen Kräfte. Die Arme schob er vor, spreizte die Hände, und nun, aufgefüllt mit einer starken Magie, begann er damit, die seltsame Baumkrone zu zerstören.

Die aus seinen Händen fahrenden Lichtblitze erschütterten ihn selbst, aber sie erschütterten auch die lebenden Äste und Zweige. Diese besonders schlimm, denn sie töteten sie ab.

Ein widerlicher Gestank breitete sich wolkenartig über der zusammengeschlungenen Baumkrone aus. Bräunliche Schwaden wurden vom Wind erfasst und weggetrieben. Sie ätzten wie Säure, bissen und zerstörten. Nacheinander verkohlten die lianenartigen Gewächse.

Und Kara konnte sich wieder bewegen.

Zuerst fiel der rechte Arm nach unten, der linke folgte bald. Die Liane an ihrem Hals verschmorte, rieselte als Staub an ihrem Körper hinab. Sie bekam wieder Luft und sah die Hand, die sich ihr entgegenstreckte.

»Komm!« Myxin hatte gesprochen.

Kara ergriff die Hand, gelangte auf die Füße und stand wie auf einem schwammigen Sumpfboden. Ihr Blick war jetzt frei. Er konnte über die Insel gleiten, und sie sah mit Schrecken, wie sehr sich die Flut ausgebreitet hatte. Die ersten schaumigen, langen Wellen liefen bereits bis gegen den Baumstamm und umspülten ihn mit gurgelnden Geräuschen.

»Wir müssen weg!«, schrie Myxin.

»Nein!«

»Wieso? Ich …«

»Das Mädchen. Es ist noch hier …«

Myxin starrte Kara für einen Moment an und sagte dabei: »Himmel, Marita hatte ich vergessen. Wo?«

»Unten!« Kara war schon vorgegangen, trat bis an den Rand der Krone und schaute in die Tiefe, wo das Wasser gurgelte.

Dann sprang sie.

Sie befand sich noch in der Luft, als sie den verzweifelten Schrei des Zigeunermädchens vernahm. Mit beiden Füßen zuerst tauchte sie in das Wasser, das bis zu den Oberschenkeln hochschwappte und eine so große Fließgeschwindigkeit hatte, dass Kara fast von den Beinen gerissen wurde. Soeben noch konnte sie sich am Baumstamm halten.

Neben sich sah sie das Mädchen.

Marita war starr vor Angst. Auch sie hatte sich festgeklammert, die Beine angezogen, was nicht viel nutzte, denn auch sie wurden vom Wasser umspült. Es warf immer höhere Wellen, die intervallartig anrollten, an dem Baum rüttelten und auch den Menschen schwer zu schaffen machten.

»Wir ertrinken!«, schrie Marita. »Wir …«

Da sprang Myxin. Als er den Boden berührte, schlugen die Wellen fast über ihm zusammen. Er musste auftauchen wie ein Schwimmer und erkannte, dass Kara ihr Schwert bereits gezogen hatte.

Die gesamte Insel schwankte. Immer höhere Wellen wuchteten nicht nur gegen das Eiland, sie überspülten auch die Personen. Es wurde höchste Eisenbahn. Die verzweifelten Schreie des Mädchens erstickten im heranbrausenden Wasser, die Massen schlugen über ihm zusammen und Myxin musste es praktisch vom Baumstamm lospflücken.

Kara verließ sich voll und ganz auf die Magie der Klinge.

Inmitten des heranrauschenden und gurgelnden Wassers konzentrierte sie sich auf den Sprung.

»Anfassen!« Das war Myxins Schrei. Er presste Marita zwischen sich und Kara, sah plötzlich eine haushohe Wasserwand auf sich zudonnern, die sich in der Luft überschlug und mit dem gierigen Maul eines Ungeheuers vergleichbar war.

Wenn die Wasserwand sie erfasste und auseinander riss, gab er Marita keine Chance mehr.

Brüllend, tobend – die gewaltige Wand aus Wasser war nicht mehr aufzuhalten.

Aber auch nicht Kara.

Plötzlich wirkte ihre Magie. Dort, wo sie die Klinge umklammert hielt, glühten ihre Hände auf.

Im nächsten Augenblick brach die Wasserwand genau dort zusammen, wo die drei eben noch gestanden hatten ...

Mit dem Kreuz hatte ich versucht, Kontakt aufzunehmen. Es war mir nicht gelungen.

Azucena hatte meine vergeblichen Bemühungen beobachtet. Ich hatte ihr einiges erklärt. Sie verstand sehr wohl und sagte dann mit dumpfer Stimme: »Dann ist Marita verloren.«

Ich konnte leider nicht widersprechen.

Bis zu dem Augenblick, als wir Geräusche an der Tür hörten. Die Zigeuner waren es nicht. Ich hatte die Anweisung geben lassen, sich innerhalb der Wagen aufzuhalten, und dann ging auf meinem Gesicht die Sonne auf, als ich Myxins Stimme vernahm.

»Da sitzen sie und tun nichts, während unsereins die ganze Arbeit erledigen muss.«

»Myxin!« Ich sprang hoch. Selbst Suko hielt es nicht auf seinem Platz und Sekunden später umarmten wir nicht nur den kleinen Magier, sondern auch Kara und ein schwarzhaariges Mädchen, das beide mit sich führten.

Es war Marita. Wir erlebten eine Azucena, die völlig aus dem Häuschen geriet, als sie ihre Enkeltochter wiedersah. Sie umarmte sie und küsste sie ab, während Ecco Decken holte und die nassen Neuankömmlinge darin einwickelte.

Soweit auf den ersten Blick festzustellen war, hatten sie das gefährliche Abenteuer gut überstanden.

Mein zweiter Blick allerdings galt etwas anderem. Kara hatte es in den Gürtel ihres Kleides geschoben.

Es waren zwei Tafeln.

Die Tafeln!

Meine Kehle wurde trocken, als ich sie anschaute und mich kaum traute, die bewusste Frage zu stellen.

Kara aber nickte. »Ja«, sagte sie, »das sind die Tafeln. Dort steht geschrieben, wie du den Todesnebel vernichten kannst.«

»Und? Hast du es schon gelesen?«

»Nein, dazu ließ man mir keine Zeit. Ich habe einiges hinter mir. Wir werden sie gemeinsam entziffern.« Kara lächelte, nickte und legte ihre Hände jeweils auf die oberen Ränder der Tafeln, um sie aus dem Gürtel zu ziehen.

Und da geschah das Ungeheure, das all unsere Hoffnungen brutal vernichtete.

Die Tafeln bröckelten Kara zwischen den Fingern weg. Der Stein hatte die Feuchtigkeit wohl nicht vertragen können. Zudem war er uralt und schien auch weich zu sein. Auf jeden Fall gelang es Kara nicht mehr, die Tafeln zu retten.

Sie wurden zerstört.

Als zäher Schlamm fielen sie zu beiden Seiten der Frau auf den Boden und blieben dort liegen.

Zwei Klumpen, mehr nicht.

Wir standen da und starrten. Unsere Gesichter waren Masken. Der Schrecken zeichnete sich darin ab – und auch Wut sowie die reine Verzweiflung.

So dicht waren wir am Ziel gewesen, nun dies …

Ich hätte heulen können vor Wut und Enttäuschung. Den anderen ging es nicht besser. Kara war leichenblass. Sie regte sich als Erste, indem sie die Schultern hob.

Ihr konnte niemand einen Vorwurf machen. Wir aber mussten wieder von vorn beginnen. Alles war umsonst gewesen, die Mühen, die Angst, die Entbehrungen. Zum Schluss mussten wir auf eine völlig natürliche Art und Weise diese Niederlage erleiden.

Meine Knie zitterten. Ich wollte plötzlich nicht mehr stehen, ließ mich in einen Sessel fallen und vergrub das Gesicht in beiden Händen. Von Dämonen und ähnlichen Wesen wollte ich in den nächsten Stunden nichts mehr wissen, und ich war sicher, dass es meinen Freunden ebenso erging …

Der Zombie aus dem Kerkerschloss

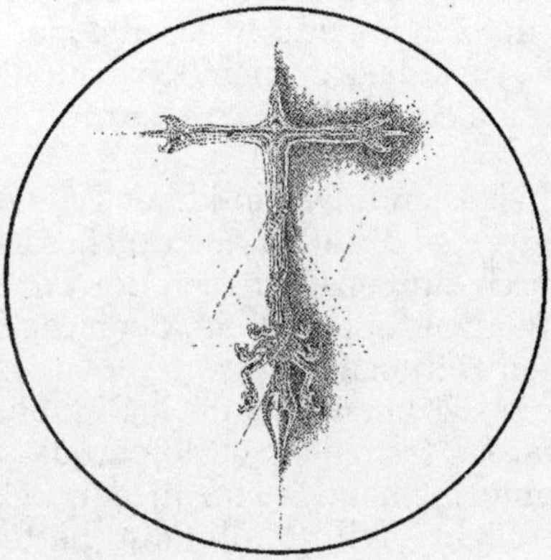

Kommissar Mallmann zog seine Pistole!

Auf einmal hatte er ein ungutes Gefühl. Beim Betreten des düsteren Hauses war noch alles normal gewesen, doch als er die ersten Meter hinter sich hatte, änderte sich dies.

Gefahr lag in der Luft!

Eine Gefahr, die keinen Namen hatte, sondern einfach da war. Jede Wand, jeder Stein schien diese Gefahr auszuatmen, und sogar die Parolen an den Wänden kamen dem Kommissar nicht mehr lächerlich vor, sondern aggressiv und fordernd.

Er blieb vor dem Beginn der Treppe stehen. Dass man ihn in dieses Haus geschickt hatte, wunderte ihn nicht. Schließlich war es einmal besetzt gewesen. Jetzt hatten sich die Besetzer zwar verzogen, dennoch diente das Haus als Unterschlupf.

Ein Spion sollte hier seine Nachrichtenhöhle haben. Wenigstens hatte das der BND herausgefunden. Diese Behörde bat das BKA um Hilfe und von dort wurde Kommissar Mallmann nach Trier geschickt, um sich die Sache einmal genauer anzusehen.

Der Mann hieß Dirk Behrens, war Student der Kunstgeschichte und sollte Kontakte zum bulgarischen Geheimdienst haben.

Mehr wusste der Kommissar auch nicht.

Nach langem Suchen hatte er das alte Haus gefunden. Es lag in der Altstadt, sah ziemlich baufällig aus und machte von innen ebenfalls einen mehr miesen als guten Eindruck.

Es war früher Abend. Da ein klarer Wintertag seinem Ende zuging, war es draußen noch nicht richtig dunkel geworden. Durch ein Fenster neben der Tür schimmerte Licht. Es drang auch Kälte mit ein, denn die Scheibe war zum großen Teil zerbrochen.

Der Stein, der das bewirkt hatte, lag im Flur und wäre für den Kommissar fast zu einer Stolperfalle geworden.

Unten wohnte niemand mehr. In den beiden letzten Etagen auch nicht. Will Mallmann hatte nur noch Scheiben in der ersten Etage gesehen.

Er hatte sich die Stelle genau gemerkt und wusste, wo er die Wohnung, falls sie bewohnt war, finden konnte.

Das Gefühl der Gefahr wollte nicht weichen. Der Kommissar nahm sie auf wie ein witternder Hund. Er stand am Fuß der Treppe, schielte die Stufen hoch, sah den Dreck, den Staub, den Mörtel und auch den Putz, der von der Decke gefallen war. All das hatte sich auf den Stufen verteilt.

Das Geländer war so gut wie nicht vorhanden. Fragmente standen, mehr nicht.

Will begann damit, die Treppe nach oben zu steigen. Es waren noch alte Holzbohlen, die unter seinem Gewicht ächzten und sich bewegten.

Auf dem ersten Absatz schimmerte es heller. Durch eine offene Fensterluke fiel ein schmaler Lichtstreifen, der einen grauweißen Fleck auf den Boden malte.

Will Mallmann hielt sich dicht an der Wand. Hier waren die Stufen breiter, zudem wollte er dem zerstörten Geländer nicht zu nahe kommen. Auf dem ersten Absatz blieb er stehen und lauschte nach oben.

Nichts tat sich.

Und trotzdem wurde er das Gefühl der Gefahr nicht los. Obwohl er nichts sah und hörte, glaubte er fest daran, dass dieses Haus für ihn zu einer Falle werden konnte.

Vielleicht erwartete man ihn schon. Möglicherweise hielt sich nicht nur ein »Mieter« in der Wohnung auf, sondern mehrere Personen, von denen Mallmanns Informanten keine Ahnung gehabt hatten.

Es konnte gefährlich werden.

Will ließ die zweite Treppe hinter sich, ohne dass etwas geschah. Er schaute in einen Flur hinein, der eine sechseckige Form aufwies und von dem drei Türen abzweigten.

Eine stand offen.

Will drückte mit dem Fuß dagegen, ließ sie bis zur Wand schwingen und streckte zuerst seinen rechten Arm mit der Waffe vor.

Keine Gefahr.

Außer Zugluft drang ihm nichts entgegen. Keine

Kugeln, kein Messer wurde nach ihm geworfen und ihn sprach auch niemand an.

Diese Bude war leer.

Will Mallmann überlegte einen Moment, stellte sich die Räumlichkeiten noch einmal vor, so wie er sie von außen gesehen hatte, und gelangte zu dem Schluss, dass es die zweite Wohnung sein konnte, die ihn interessierte. Die Tür war verschlossen. Das machte dem Kommissar jedoch nichts aus. Sie hatte eine Glasscheibe in der Mitte, und diese wiederum zeigte ein so großes Loch, dass der Kommissar nicht nur seine Hand, sondern auch den Arm hindurchstrecken konnte.

Er ertastete, als er den Arm nach unten drückte, einen Knauf, den er herumdrehte.

Will hörte das leise Schnappen.

Jetzt war die Tür offen.

Bisher hatte Will Mallmann nur kalte Luft eingeatmet. Nun nahm er etwas Wärme wahr. Allerdings keine Heizungsluft, so etwas gab es in diesem Hause nicht, sie schien von einem Ofen zu stammen, den irgendjemand mal in Betrieb genommen hatte.

Schnuppernd blieb der Kommissar in dem schmalen Flur stehen.

Bewohnt sah die Bude nicht gerade aus. Zwar lagen auf dem Boden einige Lumpen herum, als Kleidungsstücke nur im Notfall noch zu gebrauchen, sonst konnte man die Dinge vergessen.

Und eine Tür stand offen. Das heißt, die beiden rechts und links waren auch offen, allerdings fehlten die Türen völlig. Nur leere Höhlen befanden sich im Mauerwerk.

Die offene Tür sah der Kommissar dort, wo der Gang zu Ende war. Da die Tür in einem Winkel von fünfundvierzig Grad zur Ruhe gekommen war, konnte Will das dahinter liegende Zimmer nicht vollständig überblicken, sondern nur einen Teil.

Das Gefühl der drohenden Gefahr war nicht verschwunden. Leise konnte er nicht auftreten, der Boden unter ihm bestand aus alten, knarrenden Holzbohlen. Einige von ihnen waren herausgerissen.

Will umging die Löcher. Aus dem Zimmer, auf das es ihm ankam, vernahm er keinen Laut.

Die Stille wirkte schon beinahe unnatürlich, und plötzlich zuckte der Kommissar wie unter einem Stromstoß zusammen.

Etwas hatte ihn berührt.

Hauchzart nur war diese Berührung gewesen, obwohl sie Will genau gespürt hatte. Wie mit leichten Totenfingern war es über seine Stirn geglitten und Mallmann schaute nach oben.

Da schwebte etwas in der Luft.

Hauchdünne, zarte Fäden, von denen Will im ersten Moment glaubte, dass sie zu einem Spinnennetz gehörten. Dann nahm er sich die Zeit, genauer hinzuschauen, und stellte fest, dass Spinnweben anders aussahen.

Diese hier waren hellweiß, fast grau und eigentlich noch dünner als die Netze der Spinnen.

Auch hingen sie nicht an einem Zentralfaden, sondern schwebten frei in der Luft, sie wurden von ihr praktisch getragen.

Sehr seltsam ...

Nicht nur ein Fädchen sah Will, es waren mehrere auf einmal, allerdings bildeten sie keine Knäuel.

Bevor er weiterging, zog er den Kopf ein. Es war eine unbewusste Bewegung. Automatisch tat er dies, und er näherte sich Schritt für Schritt dem Ende des Ganges.

Die Wärme nahm zu. Sie drang aus der offenen Tür. Hinter ihr musste sich der Ofen befinden. Eine Wärmequelle, die dafür sorgte, dass der Bewohner des Zimmers nicht fror.

Aber befand er sich tatsächlich dort?

Seidenweich wischte es am Hals des Kommissars vorbei. Wieder diese hauchzarten Fäden. Will schüttelte sich, denn er merkte das Brennen auf der Haut.

Genau dort, wo ihn die Fäden berührt hatten.

Seltsam, wirklich ...

Eine Sekunde später dachte er nicht mehr daran. Da konzentrierte er sich voll auf den Raum hinter der Tür.

Wieder nahm er den Fuß, um sie aufzustoßen.

Ein wenig schwerfällig schwang die Tür zurück und gab dem Kommissar einen freien Blick in das Zimmer.

Ein Kocher, ein kleiner Ofen, mehrere Pappkartons, ein wackliger Tisch, ein Bett.

Und darauf lag jemand.

Will war lange genug Polizist gewesen, um an der Haltung des Mannes zu erkennen, dass mit ihm etwas nicht stimmte. So lag man normalerweise nicht, um zu schlafen.

Der Mann drehte der Tür den Rücken zu. Er lag verkrümmt, den Kopf eingezogen, sodass von ihm nichts zu sehen war, nur einige Nackenhaare.

Das also musste Dirk Behrens sein. Einen anderen Bewohner dieses Hauses gab es ja nicht.

Er trug fleckige Jeans und ein kariertes Hemd, darüber eine ärmellose Weste.

Will Mallmann brauchte nur wenige Schritte, um den Studenten zu erreichen. Er streckte seinen Arm aus, als er neben dem alten Metallbett stehen blieb, fühlte die Haut und spürte, dass sie kalt geworden war.

Die Totenstarre hielt den Mann bereits fest.

Will fasste nach der Schulter und rollte den jungen Mann auf den Rücken.

Zuerst sah er ein Telefon, das der Tote zwischen seinen erstarrten Händen trug. Im nächsten Augenblick erfasste Wills Blick das Gesicht des jungen Mannes und der Kommissar erstarrte vor Entsetzen …

Will Mallmann hatte in seinem Leben viel gesehen, so etwas wie hier allerdings noch nie. Er wusste, dass es Dämonen, Werwölfe, Vampire und Ghouls gab, war auch mit Opfern dieser Gattungen konfrontiert worden, aber keiner war so gestorben wie Dirk Behrens.

Der Student war erstickt.

Auf eine grauenvolle Art und Weise hatte man ihn vom Leben in den Tod befördert.

Sein Gesicht war bis unter das Kinn eingesponnen.

Unzählige hauchdünne Fäden lagen auf der Haut.

Jemand hatte sie darumgewickelt, und sie verstopften die Atemwege oder hatten sie verstopft, denn auf diese Art und Weise war dem Studenten die Luftzufuhr abgeschnitten worden.

Will war unwillkürlich einen Schritt nach hinten gegangen. Leichenblass war sein Gesicht und er ging jetzt wieder näher an den Toten heran, um genau nach der Ursache zu forschen.

Sehr eng lagen die Fäden nebeneinander. So wie der Schutz eines Fechters auf dem Kopf sitzt, so dicht waren auch diese kleinen Fäden, sodass sie eine Maske bildeten und sogar die Wellen und Täler des Gesichts nachzeichneten.

Als besonders schlimm empfand Will es, dass die Fäden durchsichtig waren. Er sah das Gesicht des Mannes und hatte das Gefühl, in eine Totenmaske zu schauen.

Grausam verzerrt. Mund und Augen standen offen. Die Zunge war bis an die Lippen hervorgedrungen und dann auf Widerstand gestoßen, den ihr die Fäden entgegensetzten. Was wiederum davon zeugte, welch eine Kraft in diesen hauchdünnen Bändchen steckte.

Kommissar Mallmann war wie vor den Kopf geschlagen. Solch eine Mordmethode hatte er noch nie erlebt und er fragte sich allen Ernstes, ob dieser junge Mensch eines normalen Todes gestorben war oder ob Kräfte mit im Spiel gewesen waren, die man als dämonisch oder zumindest unerklärlich bezeichnen konnte. Sollte dies zutreffen, dann war Will Mallmann auf eine gefährliche Spur gestoßen, die er allein kaum weiter verfolgen wollte, denn er hatte für übersinnliche Fälle in London einen guten Freund sitzen.

John Sinclair hieß der Mann. Er würde sich bestimmt für dieses Phänomen interessieren. Will erinnerte sich genau an sein Versprechen, John Sinclair zu alarmieren, sollte sich bei seinen Ermittlungen etwas Ungewöhnliches ergeben.

Noch einmal blickte Will auf den Toten und schüttelte sich. Nein, das hatte er wirklich noch nicht erlebt. Der

Vergleich mit Seidenraupen fiel ihm ein. Auch sie woben so ihre Kokons, und so sah es auch bei diesem Toten aus.

Aber Seidenraupen in Deutschland?

Der Kommissar konnte sich so etwas beim besten Willen nicht vorstellen. Außerdem wunderte er sich, dass nur der Kopf des Mannes von dieser Fadenmasse bedeckt war. Der übrige Körper lag frei, also kam es dem oder den Tätern nur darauf an, den Menschen umzubringen. Und dies auf eine besonders teuflische Art und Weise.

Will Mallmann dachte wieder an die Fäden, die ihn im Gang berührt hatten. Er erinnerte sich sehr deutlich an die Berührungen, die er zweimal gespürt hatte.

Leicht nur, vergleichbar mit einem Hauch. Trotzdem war ein Brennen auf seiner Haut zurückgeblieben.

Fäden schwebten im Flur und Fäden befanden sich auf dem Kopf des Mannes.

Da musste es einen Zusammenhang geben.

Der Kommissar hatte es gelernt, analytisch zu denken. Da er seinen ersten Schrecken überwunden hatte, dachte er natürlich sofort über den Fall nach. Er versuchte, Spionagetätigkeit und diesen seltsamen Mord in Zusammenhang zu bringen. Das gelang ihm allerdings nicht, da war er ehrlich genug, dies zuzugeben.

Immer wieder erinnerte er sich an den Namen John Sinclair. Über diesen Mord musste er zwangsläufig den Geisterjäger informieren. Und zwar auf der Stelle.

Will bediente sich des Telefons, das der Tote wie einen letzten Rettungsanker umklammert hielt.

Sein kleines Notizbuch mit wichtigen Telefonnummern trug Will immer bei sich. Er schaute nach, denn die Vorwahlnummer Londons kannte er nicht auswendig. Er merkte sie sich, als er sie gelesen hatte, ging ein paar Schritte zur Seite, nahm das Telefon mit und wollte anwählen, als sein Blick die offen stehende Tür streifte.

Im ersten Moment glaubte er zu träumen, denn was er da sah, war zu unwahrscheinlich.

Fäden befanden sich dort!

Winzige Streifen, einzeln kaum zu erkennen, aber in der Masse wie Watte aussehend.

Wills Augen wurden groß.

Die Fäden zitterten in der Luft. Und nicht nur das, sie peitschten mit ihren Enden und bewegten sich auf diese Art und Weise lautlos voran.

In das Zimmer hinein, und wenn Will Mallmann richtig schaute, dann war er das Ziel.

Kalt lief es seinen Rücken hinab. In Sekundenschnelle vermehrten sich die Fäden, sie standen in der offenen Tür, sodass es aussah, als würden sie eine Wand bilden.

War es denn möglich?

Der Kommissar vergaß zu telefonieren. Wie eine Plasmawolke schwebte dieser seltsame Stoff näher und verursachte kein Geräusch. Auch glaubte Will, da die Masse leicht durchsichtig war, hinter ihr die Konturen einer Gestalt zu sehen.

Er ersparte sich das Nachschauen, da er sich ebenso gut getäuscht haben konnte, aber er spürte die Gefahr, die sich ihm näherte, sehr deutlich.

Eine tödliche Gefahr …

Will Mallmann dachte über einen Ausweg nach. Noch hatten ihn die Fäden nicht erreicht. Sie blieben auch nicht so konzentriert, sondern verteilten sich im Zimmer.

Der Kommissar dachte an seinen Anruf. Er hatte Zeit, bis ihn die Fäden erreicht hatten. Bis dahin konnte er ein paar Worte mit London gesprochen haben und er wunderte sich selbst darüber, wie gut er sich noch unter Kontrolle hatte.

Will wählte.

Dabei schielte er zur Seite, ließ das seltsame Phänomen nicht aus den Augen und stellte fest, dass immer mehr Fäden das Zimmer ausfüllten.

Irgendwo in diesem Haus musste sich eine Quelle befinden.

Will Mallmann beeilte sich. In fiebernder Eile wählte er die lange Zahlenfolge und hoffte, dass er seinen Freund John Sinclair antraf …

»Jooohnn!«

Es war ein Schrei, der da aus dem Telefonhörer gegen mein Gehör brandete.

Ich zuckte zusammen, fuhr in die Höhe, stieß mir das Knie am Tisch und warf fast ein Glas um

Der Schock hatte gesessen.

Mit diesem seltsamen Anruf hatte ich nicht gerechnet. Nach einem pünktlichen Feierabend war ich in meine kleine Wohnung gefahren, um mich zu entspannen. Hinter uns lagen harte Tage. Nicht zuletzt der Kampf mit dem Todesnebel hatte uns fertig gemacht. Es wäre uns fast gelungen, ein Mittel gegen ihn zu finden. Wir befanden uns sehr dicht vor dem Ziel, brauchten nur noch zuzugreifen, hielten bereits das Gegenmittel quasi in den Händen, und dann war alles umsonst gewesen. Die Tafeln, auf denen die wichtigen Sätze standen, zerbröckelten Kara, der Schönen aus dem Totenreich, unter den Fingern.

Myxin, Suko und ich hatten dagestanden wie angewurzelt und konnten nur noch schauen.

Auch einen Abend später hatte ich diese Niederlage noch nicht überwunden. Im Büro hatte ich gesessen und darüber nachgedacht, war jedoch zu keinem Ergebnis gekommen. Suko konnte auch nicht weiterhelfen, und nur Glenda war guter Laune gewesen, denn Sarah Goldwyn, die Horror-Oma, hatte sie eingeladen, mit ihr nach Rom zu fahren. Mrs. Goldwyn hatte in einem Preisausschreiben eine Woche Rom gewonnen und suchte eine zweite Person, die mit ihr fuhr.

Glenda wollte fahren.

Ich gönnte ihr den Trip, hatte mit ihr allerdings kaum darüber gesprochen, da mich andere Probleme plagten.

Wir hatten uns noch einmal mit der alten Zigeunerin Azucena unterhalten, sie regelrecht verhört, aber sie konnte uns auch nichts sagen. Die Steintafeln waren zwar von ihr entdeckt worden, sie hatte die Schrift jedoch nicht entziffern können.

Zu Hause wollte ich diesen Abend entspannend verbringen.

»Joohhnnnn!« Abermals schallte mir mein Name entgegen, und ich wusste nicht, was ich tun sollte. Ich hatte nicht einmal die Stimme erkannt, deshalb wollte ich unbedingt wissen, wer mich da anrief, denn beim Rufen meines Namens hatte sich die Stimme regelrecht überschlagen.

»Verdammt, wer ist denn da?«

»Will, ich – John, du musst kommen. Höchste Eisenbahn. So schnell wie möglich. Falls ich es nicht mehr schaffen sollte und sie mich umbringen, gebe ich dir Stichworte. Trier, der Tote namens Dirk Behrens, die Fäden …«

»Sonst nichts?«

»Nimm die nächste Maschine, John. Bitte, ich …«

Nach dem letzten Wort vernahm ich das typische Geräusch, das entsteht, wenn jemand den Hörer auf die Gabel legt.

Ich war bleich geworden, und als ich mich auf mich selbst konzentrierte, merkte ich das Zittern. Verdammt, der Anruf hatte mich ganz schön mitgenommen. Ausgerechnet Will Mallmann. Der alte Spezi, eigentlich die Ruhe in Person. Wenn er so reagierte, dann musste er in Schwierigkeiten stecken.

Nachdenklich und mit einem flauen Gefühl im Magen nahm ich wieder im Sessel Platz. Ich fragte mich, was ich unternehmen sollte.

Der Kommissar hatte mich darum gebeten, nach Trier zu kommen. Aus dieser Stadt hatte er angerufen, dort musste er sich in einer teuflischen Klemme befinden.

Was sollte ich tun?

Ich saß ein paar hundert Meilen entfernt, war hilflos und gleichzeitig durch den Anruf aufgeschreckt. Er hatte mich regelrecht aus der Bahn geworfen.

Ich holte mir Auskünfte über die startenden Maschinen ein, denn mein Entschluss stand längst fest.

Ich musste Will Mallmann helfen und ich hoffte, einen lebenden Kommissar vorzufinden …

Will ließ den Hörer fallen, als bestünde er nicht aus Kunststoff, sondern aus heißem Metall. Mit dem Hörer fiel auch der Apparat auf das Bett, wo der Tote lag, und Will drückte seinen Körper zur Seite. Er hatte Schreckliches hinter sich. Erst die Entdeckung dieses Toten, dann die seltsamen Fäden, der Anruf …

Wills Gedanken stockten.

Sein Gehirn schien nicht mehr mit Blut versorgt zu werden.

Die Fäden standen wie eine weiße schwebende Wand vor ihm, und es gelang ihnen, der Luft den Sauerstoff zu entziehen, sodass es dem Kommissar schwer fiel, überhaupt noch Atem zu holen. Er röchelte und vor seinen Augen verschwamm alles. Er sah die weiße Fadenmasse wie einen Nebel, ein Gespinst, das zwar sehr dicht, dennoch auch ein wenig durchsichtig war.

Will wich zurück. Seinen Mund hatte er weit aufgerissen. Er atmete saugend und keuchend ein, während sein Blick von Tränen verschleiert war.

Überall spürte er die Fäden im Gesicht. Es waren Berührungen, die er zuerst kaum merkte, doch sie hinterließen einen nachhaltigen Eindruck. Auf seiner Haut begann es zu brennen.

Längst war dem Kommissar klar geworden, dass ihm der gleiche Tod bevorstehen sollte wie Dirk Behrens.

Konnte er ihm nicht entgehen?

Darüber machte sich der Kommissar keine Gedanken mehr, er musste handeln und nicht erst lange nachdenken.

Es war schwer, die Luft zu atmen. Sie erschien ihm so dick, als wäre sie mit Blei angereichert worden.

Plötzlich knickte sein rechtes Bein weg.

Es war die Schwäche, die den Kommissar übermannt hatte. Das Zimmer vor ihm begann sich zu drehen, er hatte das Gefühl, sich in der Mitte eines Kreisels zu befinden, der sich immer schneller drehte, und in seinem Innern schrie alles nach Luft.

Luft – Sauerstoff, das war genau das, was ihm fehlte. An der Nebelwand, wie er sie nannte, konnte er nicht vorbei, und es stachen immer mehr kleine Fäden aus ihr hervor. Sie berührten nicht nur Wills Gesichtshaut, jetzt blieben sie auch daran kleben, sodass sich das Brennen verstärkte.

Der Kommissar taumelte. Er näherte sich bereits der Stufe, wo er seinen Gedankenapparat völlig ausschaltete, nicht mehr an die Zukunft oder Vergangenheit dachte, sondern nur zusah, dass er dieser Falle entkam.

Das Bett hatte er hinter sich gelassen. Auf seiner Flucht vor den tödlichen Fäden drehte er sich ein paar Mal um seine eigene Achse und sah vor sich eine Unterbrechung in der Mauer.

Das Fenster!

Da der Raum ziemlich groß war, gab es zwei Fenster, die sich gegenüberlagen.

Und eins davon befand sich jetzt vor Will.

Die Rettung?

Noch konnte er so klar denken, dass dieses Fenster tatsächlich sein Entkommen ermöglichte. Er befand sich im ersten Stock. Zur Not konnte er springen. Lieber gebrochene Knochen, als in diesem Zimmer zu ersticken.

Will drehte sich so, dass er genau auf die Scheibe schauen konnte. Sein Blick war nicht klar, er verschwamm, aber er sah dennoch sein Ziel, diese schmutzige Scheibe.

Das Fenster war unterteilt. Es hatte ein Kreuz und zwei Flügel. Das Holz sah morsch aus, Kitt steckte nur noch lose in den Rahmen.

Will Mallmann wusste genau, dass er nicht mehr die Kraft finden würde, das Fenster aufzureißen. Wenn seine Hände den Riegel umklammerten, mussten sie ihn auch herumdrehen, und das würde er nicht packen.

Es gab nur noch eine Möglichkeit.

Die Scheibe einschlagen.

Einen Stein oder irgendeinen anderen harten Gegenstand hatte er nicht zur Hand.

Er winkelte die Arme an. Unter Mühen gelang ihm die letzte Bewegung und er drehte der unheimlichen Fadenwand den Rücken zu.

Schon spürte er diese widerlichen, leichten, dennoch so gefährlichen Berührungen in seinem Nacken. Er schüttelte sich, ein krächzender Laut drang aus Wills Kehle, bevor er sich nach vorn fallen ließ und mit den Ellbogen die beiden Scheibenhälften des Fensters anvisierte.

Will Mallmann fiel dagegen. Er hörte ein Splittern, das dumpf in seinen Ohren nachhallte, dann fiel er nach vorn, und plötzlich war auch der Widerstand vorhanden, denn das Holzkreuz des Fensters hielt ihn auf.

Eiskalte Luft strömte Will entgegen, das Thermometer zeigte fast minus zehn Grad. Diese kalte Luft rüttelte den Kommissar wach.

Er hatte das Gefühl, als würden neue Ströme durch sein Gehirn schießen, und er klammerte sich mit der linken Hand am Fensterbalken fest, während sich Restsplitter in seiner Kleidung verfingen.

Auch die Hände wurden nicht verschont, aber was waren diese Dinge schon gegen die tödliche Gefahr in seinem Rücken?

Die mordenden Fäden hatten es noch längst nicht aufgegeben, den Kommissar killen zu wollen. Sie blieben bei ihm. Will sah die Wolke zwar nicht, er spürte sie dicht hinter sich, während er nach vorn auf die mittlerweile dunkel gewordene Straße starrte und rechts neben dem Fenster etwas sah, das ihm wie ein Geschenk des Himmels vorkam.

Es war eine Fahnenstange!

An den alten Häusern gab es diese Stangen noch. Früher waren des Öfteren Umzüge durchgeführt worden, da hatten die Menschen ihre Häuser mit Fahnen geschmückt, und eine solche metallene Fahnenstange konnte jetzt seine Rettung bedeuten.

Will Mallmann wuchtete seinen Körper herum. Er streckte den Arm aus, bekam das eiskalte Metall der Fahnenstange zu packen, und seine Beine reagierten automatisch. Er merkte es selbst kaum, dass er auf die Fensterbank kletterte und seinen Körper durch die Öffnung zwängte.

Dann löste er die Füße von dem festen Untergrund.

Plötzlich schwebte Will Mallmann in der Luft. Für die Dauer von ein oder zwei Herzschlägen verspürte er wahnsinnige Angst, als er keinen festen Boden mehr unter den Füßen hatte und er gleichzeitig das Knirschen im Mauerwerk vernahm.

Dort bröckelte etwas ab.

Sehr alt war die Fahnenstange. So alt wie das Haus. Sie hatte im Laufe der Zeit Rost angesetzt, das Eisen war brüchig geworden, es bog sich, und es würde splittern oder brechen, wenn er die Stange noch lange mit seinem Gewicht belastete.

Beide Hände hielt der Kommissar um diesen Rettungsanker geklammert. Er drehte seinen Kopf ein wenig zur Seite und konnte durch die zerstörte Scheibe in das Zimmer schauen.

Dort lauerte nach wie vor das Grauen.

Die seltsame Plasmawand aus Fäden dachte nicht daran, sich zurückzuziehen, sie blieb im Zimmer, allerdings schnellten die Fäden nicht durch die Fensteröffnung, und dies empfand der Kommissar als positiv.

Noch etwas fiel ihm auf.

Trotz der Gefahr, in der er sich befand, glaubte er, hinter oder in dieser Wand eine Gestalt zu sehen.

Keine Täuschung, auch beim ersten Mal nicht, denn nun sah er sie wieder.

Wer war das? So wie sich die Gestalt innerhalb der Fäden bewegte, sah sie aus wie ein Geist ohne Gesicht.

Dann aber verschwamm sie.

Noch zwei Sekunden war sie zu sehen und im nächsten Augenblick nicht mehr.

Will musste allmählich an seine Rettung denken

Im Klartext hieß dies: Wie kam er hier weg?

Es war nur eine Frage der Zeit, wann die Fahnenstange abbrach. Sie bog sich jetzt schon gefährlich durch und bildete zwischen ihrem Ende und der Wand einen spitzen Winkel.

Mit den Füßen konnte der Kommissar keinen Halt finden. Luft hat bekanntlich keine Balken, deshalb musste er es anders versuchen.

Zum Glück hatten die Baumeister früher nicht nur glatte Fassaden erstellt, sondern auch einige mit Erkern, Vorsprüngen und Simsen. Das war bei diesem Haus ebenfalls so. Es gab unterhalb des Fensters einen Sims, auf den Will Mallmann seine Füße setzen konnte, wenn er seinen Körper nach vorn schwang.

Ein sehr schwieriges Unterfangen, denn die Fahnenstange konnte sehr leicht brechen, wenn er sie allzu sehr belastete.

Unter sich hörte er Schritte.

Irgendjemand hielt sich trotz der Kälte noch auf der Straße auf und sah Will Mallmann an der Fahnenstange hängen. Der Mann nahm das Ganze als Scherz, als er rief: »He, Partner, machst du da Turnübungen?«

Will hörte die Worte. Sein Gesicht verzerrte sich. So ein Schwätzer, der hatte ihm gerade noch gefehlt. »Hauen Sie ab!«, schrie er nach unten. »Schnell, verschwinden Sie!«

»Aber wieso denn? Ich …«

Will kümmerte sich nicht weiter um den Kerl. Er schwang seine Beine nach vorn und es gelang ihm, mit seinen Füßen den Sims zu erreichen, ohne dass die Stange brach.

Was nun folgte, war der gefährlichste Teil der Rettungsaktion. Will musste auf den Sims gelangen und die Fahnenstange schließlich loslassen. Keine leichte Aufgabe.

Er setzte alles ein, hoffte, dass die Stange noch lange hielt, drückte seinen Oberkörper hoch und es gelang ihm tatsächlich, auf dem unter ihm laufenden Sims eine gewisse Standfestigkeit zu finden.

Noch befand er sich in einer gebückten Haltung. Sein Oberkörper bildete eine Schräge, einen Arm hatte er ausgestreckt, mit dem Rücken stieß er gegen die Hauswand und er drückte sich nur allmählich und intervallweise in die Höhe.

Es klappte.

Auf einmal stand der Kommissar auf dem Sims, streckte seine Arme aus und presste sie gegen die Hauswand. Jetzt erst spürte er, wie sehr er zitterte. Er konnte nichts dagegen tun. Seine Zähne schlugen aufeinander, der Schock saß einfach zu tief.

Will atmete durch den offenen Mund. Er sah die grauweißen Wolken über seine Lippen quellen und hatte das Gefühl, der Atem würde ihm auf den Lippen gefrieren.

Auf dem Gehsteig stand noch immer der einsame Zuschauer. Er klatschte Beifall. Durch seine Handschuhe klangen die Ovationen dumpf zu dem Kommissar hoch.

Will spürte, wie das Zittern allmählich nachließ. Er überwand den ersten Schock und dachte wieder daran, in das Haus einzudringen. Nur nicht durch das Fenster, durch das er den Raum verlassen hatte. Es standen noch genügend andere zur Auswahl.

Vorsichtig drehte sich der Kommissar nach rechts. Er ging weg von der Stelle, die ihm fast zum Verhängnis geworden wäre.

Schritt für Schritt bewegte er sich. Mit dem Rücken fest gegen das Mauerwerk gepresst.

Sein Mund stand offen. Stoßweise drang der Atem daraus hervor. Schweiß klebte auf seiner Stirn, trotz der Kälte. Will stellte sehr schnell fest, dass auch der Sims ziemlich brüchig war.

Auf einmal bröckelte er weg.

Zuerst hörte Will das Knirschen und plötzlich gab der Boden unter ihm nach. Eine Sekunde später hörte er schon den Aufschlag des herausgebrochenen Steins auf dem Gehsteig.

Sofort meldete sich der Zuschauer. »He, Mann, fast hättest du mich erwischt.«

Will kümmerte sich nicht um das Gerede. Er hatte genug mit sich selbst zu tun.

Bis zum nächsten Fenster waren es zwar nur zwei Schritte, aber der Kommissar hatte eine Strecke zu überwinden, die nicht nur sehr schmal, sondern auch noch abgebröckelt war. Und die frei im Sims hängenden Steine sahen auch nicht gerade vertrauenerweckend aus.

Er schaffte es.

Als er das Fenster, sein Ziel, plötzlich vor sich sah, glaubte er fast an einen Traum.

Dieses Fenster hatte keine Scheiben. Will konnte den rechten Arm vorstrecken und sich an dem noch vorhandenen Rahmen festklammern. Unter dem Beifall des Zuschauers kletterte er in den Raum. Kaum hatten seine Füße den Boden berührt, als ihn das große Zittern überkam und er sich nicht mehr halten konnte.

Die Knie gaben nach, vor seinen Augen drehte sich die Welt und er merkte kaum, dass er zusammensackte und erst einmal auf dem Boden hocken blieb.

Der in seinen Nacken fahrende kalte Wind brachte ihm allmählich Ernüchterung. Will Mallmann dachte daran, dass er hier keine Ewigkeit sitzen konnte, er musste weiter.

Sich mit beiden Händen abstützend, kam er schließlich auf die Füße. Noch immer fühlte er sich mies.

Auf der Straße lachte der Zuschauer. »Eintritt gebe ich dir aber nicht!«, schrie er dann.

Will kümmerte sich nicht um den Mann. Er war froh, noch am Leben zu sein.

Beim Telefonieren hatte er seine Pistole weggesteckt. Jetzt holte er die Walther wieder hervor und visierte das offene Rechteck in der Wand an, wo sich einmal die Tür befunden hatte.

Der Kommissar erinnerte sich daran, dass er dieses Zimmer auf dem Hinweg schon einmal passiert hatte. Der nächste Raum, wo alles geschehen war, lag also nebenan.

Mallmann verließ das Zimmer. Ruhig war er nicht. Das Zittern ließ sich nicht vermeiden. Auch die Hand mit der Waffe bewegte sich. Im Gang blieb der Kommissar stehen. Er zielte in das Zimmer hinein, das für ihn fast zu einer tödlichen Falle geworden wäre. Auch wenn die Tür nicht bis zum Anschlag hin offen stand, konnte der Kommissar genug sehen. Der Raum war verlassen.

Keine Plasmawolke schwebte mehr innerhalb des Zimmers. Nur noch der Tote lag auf dem Bett.

Abermals ging Will Mallmann zu ihm. Diesmal war er noch vorsichtiger. Er rechnete damit, wieder angegriffen zu werden, und war froh, als dies nicht geschah.

Die Mordkommission musste alarmiert werden. Wenn das Telefon noch funktionierte, brauchte Will nicht erst zu seinem draußen parkenden Wagen zu laufen.

Er machte einen Versuch, hörte das Freizeichen und nickte zufrieden. Die Nummer seiner Kollegen kannte er. Der Kommissar gab einen kurzen Bericht und versprach, das Eintreffen der Mordkommission abzuwarten. Als er den Hörer auflegte, atmete er tief durch.

Die große Gefahr, so glaubte er jetzt, war überstanden. Der Horror hatte ihn nicht erwischt.

Will Mallmann spielte mit dem Gedanken, John Sinclair noch einmal anzurufen, ließ es jedoch bleiben, denn John würde sicherlich bereits in den Vorbereitungen stecken.

Die Zeit wurde ihm lang.

Von der Straße drang kein Geräusch zu ihm durch das offene Fenster hoch. Er hatte das Gefühl, alles wäre eingefroren.

Und dann hörte Will doch einen Laut, aus dem Flur.

Wie ein Schaben hatte es sich angehört. Schnell war der Kommissar aus seiner sitzenden Stellung in die Höhe geschossen, lief zur Tür und sah tatsächlich etwas.

Einen Geist!

Mitten im Gang schwebte die geisterhafte Gestalt. Sie war ein Schemen, ein Hauch, aber vorhanden.

Der Kommissar war so überrascht, dass es ihm glatt die Sprache verschlug. Zudem hatte es keinen Sinn, den Geist anzurufen, denn solche Wesen hörten in der Regel nicht auf menschliche Stimmen.

Als er sich schließlich entschlossen hatte, es zu tun, war nichts mehr zu sehen.

Ein leerer Gang lag vor ihm.

Trotzdem war Will Mallmann fest davon überzeugt, sich nicht getäuscht zu haben.

Und dieses Wesen, das er gesehen hatte, wies, falls ihn nicht alles täuschte, eine frappierende Ähnlichkeit mit dem auf, das sich hinter dieser Fadenwolke versteckt hatte.

Irgendetwas ging hier vor. Dieses Haus war nicht

geheuer. Hier lebte ein gefährlicher Geist, ein unheimliches Wesen, das nicht zu fassen war.

Will ging wieder zurück. Er wollte neben der Leiche warten. Die Spannung war abgeklungen, seine Nerven hatten sich beruhigen können, und plötzlich spürte er das Brennen auf seiner Haut. Sofort erinnerte er sich wieder an die Berührungen der Fäden, und er wollte nachsehen, was sie angerichtet hatten.

Aus der Tasche holte Will einen kleinen Spiegel hervor. Er hielt ihn so vor sein Gesicht, dass der größte Teil zu sehen war.

Der Kommissar erschrak. Die Haut hatte sich verändert. An den Stellen, wo ihn die Fäden berührt hatten, war sie gerötet. Kleine, schmale Striche innerhalb der Haut, als wäre jemand mit einer Rasierklinge leicht darüber hinweggeglitten, ohne Blut zu hinterlassen.

Mit den Fingerkuppen tastete Will die winzigen Wunden ab. Er fühlte nichts, keinerlei Vertiefungen, sodass der Begriff Wunde eigentlich nicht zutraf.

Nur gut, dass er diesem Horror rechtzeitig hatte entfliehen können, aber er nahm sich vor, das Phänomen aufzuklären. Zusammen mit John Sinclair, vielleicht auch mit dem chinesischen Inspektor Suko, falls John ihn mitbrachte.

Wie immer erschien die Mordkommission mit großem Trara. Ein Streifenwagen fuhr mit. Er hatte seine Sirene eingestellt, und das Heulen schwang durch die enge Straße, wobei es an den Hauswänden noch gebrochen wurde und schließlich als wimmerndes Echo verklang, als die Sirene abgestellt wurde.

Will verließ das Zimmer und erwartete die Kollegen am Beginn der Treppe. Den Chef der MK kannte er. Der Mann war Oberkommissar Brock, ein gemütlich aussehender Typ, der es faustdick hinter den Ohren hatte.

Jetzt grinste er, als er Mallmann erkannte. »Ich glaubte meinen Ohren nicht zu trauen, als ich hörte, wer da anrief. Was treibt dich altes Schlachtross denn in die Kaiserstadt Trier? Willst du im Richard-Wagner-Jahr den Nibelungenschatz suchen?«

»Liegt der nicht bei Worms?«

Brock hob die Schultern. »Keine Ahnung. Hätte ich ihn gefunden, wäre ich nicht mehr in diesem Job. So aber muss ich mich um Leichen kümmern. Wo liegt denn der Tote?«

»Komm mit!«

Will Mallmann hatte bewusst nichts gesagt. Er wollte Brock ebenfalls die Überraschung gönnen.

Und die gelang ihm, denn der Oberkommissar blieb stehen, als hätte ihm jemand einen Schlag versetzt.

»Ist er das?«

»Ja.«

Kopfschüttelnd schaute Oberkommissar Martin Brock auf die Leiche. »Das darf doch nicht wahr sein«, flüsterte er. »Wie hat man den Knaben denn umgebracht?«

»Er ist erstickt.«

»Und was sind das für Fäden?«

»Kann ich dir auch nicht sagen, obwohl ich mit ihnen Bekanntschaft gemacht habe.«

»Wie, wann?«

»Ist noch nicht lange her. Kurz vor meinem Anruf. Das war vielleicht ein Hammer.«

Brock zog ein Gesicht, als hätte er den Unglauben literweise in sich hineingeschüttet. »Jetzt verstehe ich überhaupt nichts mehr.«

»Ich auch nicht«, erwiderte Will. »Am besten ist, ihr stellt die Todesursache fest, sucht nach Spuren und haltet euch ansonsten vornehm zurück.«

»Demnach wird das nicht unser Fall.«

»Nein.«

Brock hatte keine Einwände. Als seine Leute allerdings fertig waren und auch Proben von den Fäden genommen waren, stellte er präzisere Fragen.

Will gab nur ausweichende Antworten, sodass Brock ärgerlich wurde. »Sag mal, mischen da wieder irgendwelche Geheimdienste mit, oder was ist los?«

»So ähnlich.«

Martin Brock winkte ab. »Dann weiß ich genug, das Spiel habe ich schon öfter mitgemacht.«

»Ich möchte dich trotzdem um etwas bitten, Martin.«

Brock lächelte mokant. »Aha, jetzt kommen die Friedensangebote.«

»So ähnlich.«

»Sag schon, Will, ich weiß selbst, dass man dich ebenfalls ziemlich kurz hält.«

»Danke, dass du Verständnis hast! Könntest du dafür Sorge tragen, dass dieses Mordmaterial so schnell wie möglich untersucht wird?«

»Klar.«

»Kann ich darauf warten?«

»Da musst du den zuständigen Chemiker fragen.«

»Mach du das für mich!«

»Okay, aus alter Freundschaft.«

»Wenn die Sache hier vorbei ist, gehen wir einen Schluck trinken. Einen richtig süffigen Moselwein.«

»Auf mich kannst du zählen, Will.«

»Ich danke dir.«

Will Mallmann musste ungefähr noch eine halbe Stunde warten, bis die Männer ihre Arbeit beendet hatten. Bevor sie abzogen, wurde die Tür notdürftig verriegelt und mit einem Siegel geschlossen.

»Das wärs«, sagte der Oberkommissar und schlug seinem Kollegen vom BKA auf die Schulter. »Nun müssen wir noch die Untersuchung abwarten. Vielleicht hast du Glück.«

»Wieso?«

»Möglicherweise findest du eine Spur.«

»Wäre wirklich sehr schön.«

Der Tote war bereits abtransportiert worden. Der Weg bis zum Polizeipräsidium war nicht weit. Will Mallmann fuhr mit seinem Opel hinter der Kolonne her. In letzter Zeit war der Wagen öfter in der Werkstatt gewesen, der Kommissar war nicht mehr mit ihm zufrieden. Er spekulierte auf einen neuen Audi, aber das war noch nicht spruchreif.

Im Präsidium veranlasste Oberkommissar Brock sofort alles, um Wills Wunsch in die Tat umzusetzen. Die Wartezeit verbrachten die beiden Männer in Brocks Büro.

Eine Kanne Kaffee stand zur Verfügung. Sie erzählten von alten Fällen und Brock kam auch auf ein Thema zu sprechen, das Will überhaupt nicht angenehm war.

»Hör mal zu, Will, da wir gerade unter uns sind, was ist eigentlich an den Gerüchten dran?«

Mallmann zeigte sich überrascht. »An welchen Gerüchten?«

»Dass du als ›Spukjäger‹ arbeitest und nur mit Sonderaufgaben betraut bist.«

»Gar nichts ist dran, wirklich!«

»Du lügst schlecht. Hat man dir wirklich eine Sonderaufgabe beim BKA zugeteilt?«

»Nein, nicht so direkt. Aber es gibt manche Fälle, die sind ungemein verzwickt. Nicht rational zu lösen, weißt du?«

»Nein.«

»Ich kümmere mich eben um Dinge, die aus dem Rahmen des Üblichen fallen.«

»Wie der letzte Mord?«

»Zum Beispiel.«

»Wenn ich jetzt nachhake, wirst du mir kaum eine Antwort geben – oder?«

»Richtig.«

Brock hob die Schultern und legte seine Füße auf die abgewetzte Schreibtischplatte. »Na ja, dann trinke ich lieber noch einen Kaffee. Ich will dich nicht in Gewissenskonflikte bringen.«

»Das tust du nicht.«

Fast eine Stunde verging. Es blieb ruhig im Zimmer. Als schließlich das Telefon klingelte, schraken beide zusammen. Brock nahm die Beine vom Schreibtisch, hob den Hörer ab und meldete sich. Augenblicklich nahm er eine gespannte Haltung ein. »Ja, Doktor, wir warten noch«, sagte er. »Sollen wir zu Ihnen kommen?« Er lauschte, schielte dabei zur Decke und nickte. »Alles klar, wir kommen dann.« Brock legte auf und vollführte mit seinem Arm eine schaufelnde Bewegung. »Hoch mit dir, Will, es geht wieder rund.«

Der Kommissar sprang auf. »Hat alles geklappt?«

»Werden wir gleich wissen.«

Mit einem Paternoster fuhren sie in die Tiefe, wo die Labors lagen. Der zuständige Chemiker erwartete die beiden Männer in seinem Büro.

»Gute Nachrichten?«, fragte Brock.

Der Mann im weißen Kittel wiegte den Kopf. »Seltsame, aber normale, möchte ich sagen. Ich habe noch einen Kollegen zu Rate gezogen und er stimmt mir zu.«

»Rücken Sie schon raus!«

»Nun ja, auch ich dachte zuerst an Spinnenfäden, als ich die Proben bekam. Sehr schnell stellte sich heraus, dass ich mich geirrt hatte. Es waren keine Spinnenfäden, sondern völlig normales Haar lag unter unserem Mikroskop.«

»Das gibt es doch nicht«, platzte Will hervor und rieb sich vor Aufregung seine Römernase.

»Kein Zweifel. Es sind Haare.«

»Ohne Einschränkungen?«, fragte Brock.

Da wiegte der Chemiker den Kopf. »So ganz kann ich das nicht unterschreiben. Genauere Untersuchungen ergaben, dass dieses Haar sehr alt sein muss.«

»Können Sie da genaue Zahlen geben, Doktor?«

»Nein, ich …«

Will stieß den Chemiker an. »Wir brauchen es ja nicht aufs Jahr genau. Sie sollen sich wirklich nicht festlegen.«

Der Chemiker wand sich. »Nun ja, es ist schwierig. Aber wenn Sie es nicht so genau nehmen, dann würde ich sagen, das Haar ist zwischen hundertfünfzig und zweihundert Jahre alt.«

»Was?« Der Kommissar schaute den Chemiker kopfschüttelnd an. »Haben Sie sich nicht vertan, Doktor?«

»Wie gesagt, ich …«

»Ich meine generell mit dem Alter.«

»Nein, auf keinen Fall.« Demonstrativ schüttelte der Chemiker den Kopf. »Auf mindestens hundertfünfzig Jahre würde ich das Alter dieser Haare wirklich schätzen. Dafür verbürge ich mich, meine Herren.«

Martin Brock lachte. »Will, das ist nun dein Problem. Ich halte mich da raus.«

Der Kommissar nickte mit unbewegtem Gesicht. Er hatte seine Überraschung noch immer nicht verdaut. »Scheint so, als hätte ich da eine harte Nuss zu knacken.« Er schüttelte den Kopf. Himmel, wie lief das nur alles zusammen? Da wurde jemand umgebracht. Und zwar mit einer Waffe, die an sich schon sehr ungewöhnlich war. Wer tötete schon mit Haaren? Und diese Mord-Waffe war zudem noch mindestens hundertfünfzig Jahre alt.

Jetzt gab es keine Zweifel mehr. Dieser Fall lief nicht in normalen Bahnen. Es wurde Zeit, dass John Sinclair eintraf …

Katja Maybach wusste selbst nicht, ob sie nun wach war oder träumte. Auf jeden Fall lag sie in ihrem kleinen Zimmer, durch dessen schräges Dachfenster der Ausschnitt eines sternenklaren Himmels zu sehen war. Die Gestirne verteilten sich auf das Firmament wie kostbare Diamantsplitter.

Die Zwanzigjährige lag so, dass sie gegen das Dachfenster schauen konnte, und sie hatte auf einmal das Gefühl, im Bett festgenagelt zu sein.

Zwar bekam sie alles mit, sie sah ihre Umwelt, das Fenster, den Raum mit den schrägen Wänden, die Regale, die wie dunkle Schatten wirkten, und auch die Poster, die gegenüber im Dämmer verschwanden wie sich allmählich auflösende Geistwesen.

Das alles nahm sie wahr, doch im Bett lag sie steif wie eine Puppe. Nicht einmal den kleinen Finger konnte sie rühren und auch die Gedanken ließen sich nicht so lenken wie sonst.

Katja Maybach hatte das Gefühl, ihr Kopf müsse verlaufen und sich wie eine glitschige Masse auf dem Kissen ausbreiten.

Der Umschwung war urplötzlich gekommen. Fast von einer Sekunde zur anderen. Ein Riss war in ihrer Welt entstanden, der fremde Einfluss war schleichend wie Gift in das Zimmer gedrungen und hielt das junge Mädchen umfangen.

Eine andere Welt, ein seltsamer Ort, obwohl sie sich in ihrem Zimmer befand.

Aber es war etwas da. Es lauerte. Eine Gefahr stellte sich ihr, eine nicht zu fassende, schreckliche Gefahr, und zum ersten Mal spürte Katja wieder ein Gefühl, denn es rieselte kalt über ihren Rücken herab.

Sollte dies etwas mit ihrem Job zu tun haben?

Als sie sich diese Frage stellte, durchzuckte es sie wie ein Schlag. Auf einmal konnte sie wieder klar denken und alles wahrnehmen, denn dieser Gedanke war wie ein Impuls gewesen, der urplötzlich aufstrahlte und alles andere überlagerte.

Der Job, ihr kleiner Verdienst, um die schmale Studentenkasse ein wenig aufzubessern. Zusammen mit einigen Freunden wollte sie den alten Turm restaurieren. Die Stadt und das Land hatten bescheidene Mittel zur Verfügung gestellt, der Turm sollte wieder so werden, wie er früher einmal gewesen war.

Aber da waren die Warnungen des alten Küsters gewesen, den Turm in Ruhe zu lassen. Ein schreckliches Geheimnis umgab das Gemäuer. Was es genau war, davon wollte der Küster nicht sprechen, auf jeden Fall existierte es und er hatte auch die anderen aus der Gruppe gewarnt, in dem Wohnmobil nahe des Turms zu übernachten, aber sie hatten nicht auf ihn gehört. Nur Katja war jeden Abend nach der Beendigung der Arbeit in das elterliche Haus zurückgekehrt.

Ähnliches galt auch für ihren Kollegen Dirk Behrens. Er hatte sich irgendwo in der Stadt eine Bude gesucht, wie er selbst sagte. Niemand kannte den genauen Ort. Zudem war Dirk ein seltsamer Typ. Ziemlich verschlossen und er sprach auch nur, wenn er gefragt wurde. Selbst dann überlegte er noch, ob er eine Antwort geben sollte.

Einen Moment später übermannte Katja wieder dieses schreckliche dumpfe Gefühl. Sie selbst konnte ihre Gedanken nicht mehr steuern, denn sie bewegten sich in eine Richtung, gleichzeitig mit ihrem Blick.

Katja Maybach starrte das Fenster an.

Dieses schräge Viereck im Dach, hinter dem in unmessbarer Ferne der Sternenhimmel lag.

Lauerte dort die Gefahr?

Katjas Augenlider bewegten sich mit einemmal wie im Zeitlupentempo. Ihr Blick war starr auf das Fenster gerichtet.

Unten im Haus klappte eine Tür. Wahrscheinlich der Vater, der immer in der Nacht noch einmal zur Toilette ging. Daran konnte Katja noch denken und sie wünschte sich auch, dass er kommen und sie aus diesem Albtraum befreien würde.

Der Wunsch blieb Vater des Gedankens.

Und da bewegte sich die Scheibe.

Zuerst glaubte das Mädchen an eine Täuschung, sie konzentrierte ihren Blick noch stärker und bekam mit, dass hinter dem Fenster etwas unruhig zitterte. Waren es kleine Sternensplitter oder winzige Staubkörnchen?

Einen Augenblick später sah Katja diese Dinge deutlicher.

Es waren keine Splitter, sondern lange Fäden. Hauchdünn und eigentlich nur in der Masse zu erkennen. Diese Fäden hatten sich jenseits der Scheibe gesammelt, von Sekunde zu Sekunde wurden es mehr und sie bildeten bereits ein dichtes Netz, das an der Außenhaut des Fensters zu kleben schien.

Schneeflocken waren es nicht, die sahen anders aus. Nein, diese dünnen Fäden erinnerten Katja an ein Gespinst aus Spinnweben oder Haaren.

Bald schon konnte sie den Himmel nicht mehr sehen, weil dieses seltsame Netz ihren Blick verdeckte. Dafür allerdings erkannte sie etwas anderes.

Die Fäden zitterten leicht und drangen gleichzeitig in das Zimmer. Die Scheibe stellte urplötzlich kein Hindernis mehr für sie dar, sie hatten jetzt freie Bahn und lautlos, wie vom Himmel fallender Schnee, glitten sie in den Raum.

Katja Maybach lag unbeweglich.

Verstärkt allerdings hatte sich das Gefühl der drohenden, alles überschattenden Gefahr.

Und sie ging von den Fäden aus.

Trotz ihrer Angst war es Katja gelungen, dies festzustellen. Die Fäden brachten das Grauen, sie schafften die Angst und den Terror heran, der sich einem Alb gleich auf den Körper des Mädchens niederhockte und ihr das Atmen erschwerte.

Sie hatte den Mund weit geöffnet, schlürfte förmlich nach Luft, und dieses saugende Geräusch durchbrach die Stille des Zimmers.

Die Fäden kamen.

Wie hauchdünne, winzige, in der Luft liegende Schlangen näherten sie sich dem auf dem Bett liegenden Mädchen. Das gesamte Gespinst hatte sich aufgelöst, war durch die Scheibe gedrungen und hatte sich davor wieder zusammengefügt.

Es blieb allerdings nicht lange so, denn dicht hinter der Scheibe faserte es wieder auseinander, wurde wie ein weißer, sich bewegender Kamm und glitt lautlos auf das Mädchen zu.

Es war gerade diese Lautlosigkeit, die Katja so erschreckte. Steif wie eine Tote lag sie da.

Das Grauen war nicht zu stoppen.

Es kam näher und näher. Einer Wand gleich hatte es sich aufgebaut, die Luft zwischen dem Mädchen und diesen unheimlichen Fäden wurde schwer und schien gleichzeitig in ein flüssiges Stadium überzugehen, sodass Katja Mühe hatte, sie einzuatmen.

Die erste Berührung.

Kaum zu spüren, ein leiser Hauch, der über ihr Gesicht glitt, aber Katja registrierte ihn.

Und sie verkrampfte sich.

Es war ein innerliches Verkrampfen, eine heiße, nicht mehr zu kontrollierende Angst, die ihr Fieberschauer über den Körper jagte, sodass Schweiß aus den Poren trat und eine Schicht auf ihrer Haut bildete.

Die nächsten Berührungen!

Zart, fast streichelnd, dennoch intensiv und sehr schnell aufeinander folgend.

Die Fäden legten sich auf ihr Gesicht.

Es war ein Wahnsinn, dennoch empfand sie die ersten Berührungen sogar als angenehm. Dieses seltsame Streicheln, wie von Fingerkuppen ausgeführt, und danach blieben die Fäden auf der Haut kleben.

Es wurden immer mehr.

Von Sekunde zu Sekunde glitten neue hinzu. Schon bald war die Stirn des Mädchens völlig bedeckt. Auf die erste Schicht legte sich schnell eine zweite.

Faden auf Faden, Haar für Haar. Ein Ende war nicht abzusehen, und die Luft war durch dieses feine Plasma immer schwerer zu atmen.

Röchelnde Laute drangen über die Lippen des Mädchens.

Durch die Nase bekam Katja Maybach bereits keine Luft mehr, denn die Löcher waren durch die Fäden restlos verklebt.

Sie näherte sich dem Ende.

Auch die Wangen lagen nicht mehr bloß. Das helle Gespinst bedeckte sie ebenfalls und zog sich waagerecht bis hin zu den Ohren.

Bis zur Oberlippe hin erinnerte der Kopf des regungslos daliegenden Mädchens bereits an eine Mumie.

Doch das Grauen nahm kein Ende.

Es ging weiter.

Als würden unsichtbare Hände die Fäden führen, so schwangen und glitten sie zielsicher dem unteren Teil des Gesichts entgegen, um sich auch über die Lippen zu legen und diese zu verkleben.

Der Mund blieb dabei offen. An der rechten Seite begann es, fing genau am Mundwinkel an, sodass Faden für Faden von oben nach unten über die Lippen gezogen wurde.

Ein Beobachter hätte das Gefühl haben können, einem Arzt zuzuschauen, der eine Wunde vernäht. Doch hier wurde nicht geheilt, sondern grausam getötet.

Innerhalb der nächsten Minuten verschlossen die mörderischen Haare oder Fäden den Mund des Mädchens.

Katja Maybach starb.

In den letzten Sekunden ihres Lebens sah sie noch einmal klar. Auch hatte sie das Gefühl, als wäre das Gespinst vor ihrem Gesicht durchsichtig geworden, denn sie erkannte dahinter nicht nur das Fenster, sondern auch eine Gestalt.

Hell und weiß, einem Geist ähnlich.

Das war sie!

Himmel, genau sie. Aber es konnte nicht wahr sein. Kaum zu glauben. Sie war doch …

Der weitere Gedanke wurde erstickt.

Tot war nicht das Wesen im Zimmer, sondern ein 20-jähriges Mädchen namens Katja Maybach …

Der ganze Fall fing schon besch… eiden an!

In Frankfurt ging es los. Als ich landete – Suko war in London geblieben, um sich weiter mit dem Todesnebel zu beschäftigen –, sah ich zwar viele Menschen auf dem Frankfurter Flughafen, nur keinen Kommissar Mallmann, der mich sonst bei meinen Besuchen immer abholte. Ich hatte in der Nacht noch mit ihm telefoniert. Will hatte versprochen zu kommen, jetzt war er nicht da, und ich stand neben meinem Koffer, schaute mich um, ärgerte mich und zuckte zusammen, als mich ein Mann in grüner Uniform ansprach.

»Oberinspektor Sinclair?«

Da der Mann ziemlich klein war, blickte ich zuerst auf seine Mütze. Als er den Kopf hob, sah ich das runde Gesicht unter dem vorspringenden Schirm. »In Lebensgröße.«

»Ich möchte Sie bitten, mit mir zu kommen.«

»Und wohin?«

»Ein Kommissar Mallmann hat eine Nachricht für Sie hinterlassen, mein Herr.«

»Wenigstens etwas«, murmelte ich und der Uniformierte fühlte sich angesprochen. »Sagten Sie etwas?«

»Ja, aber mehr zu mir.«

Da lachte der Bursche. Er brachte mich in einen Raum, der als Büro eingerichtet war und in dem sein Vorgesetzter saß. Er übergab mir einen Brief meines Freundes Will.

Als ich den Umschlag aufriss, hatte ich sofort ein ungutes Gefühl, das bald bestätigt wurde.

Lieber John, las ich. *Es tut mir Leid, dich nicht am Flughafen abholen zu können. Deshalb musst du allein den Weg nach Trier finden. Am besten fährst du mit dem Zug.*

Ich bedankte mich bei den Beamten und verließ das Büro.

Mit der S-Bahn fuhr ich vom Flughafen nach Mainz, wo ich Anschluss an den D-Zug nach Koblenz hatte . Dort hatte ich zwanzig Minuten Zeit, den Bahnsteig zur Moselbahn zu suchen. Alles klappte prima. Ohne Stress.

Wir verließen Koblenz um 10 Uhr 47. Ich konnte in Ruhe meine Zeitung lesen, die ich mir aus London mitgebracht hatte.

Als wir über den Rhein fuhren, wurde ich an das Abenteuer erinnert, das ich mit dem Vampir Fariac vor gut drei Jahren erlebt hatte – aber das war längst vergessen.

Schnee lag auch noch.

Bei dieser Kälte taute er ja nicht weg. Auf den freien Hängen der Berge schimmerte er im Sonnenlicht. Die Straßen rechts und links des großen Stroms waren trocken.

Der Nahverkehrszug brachte mich meinem Ziel näher. Hoffentlich erwartet mich Will Mallmann in Trier!, dachte ich.

Pünktlich um 12 Uhr 51 erreichte ich die alte Kaiserstadt an der Mosel. In einem im Zug liegenden Prospekt hatte ich einiges über Trier gelesen und war vor Achtung erstaunt. Das Motto hatte ich nicht vergessen. Mit zweitausend Schritten konnte man hier zweitausend Jahre Geschichte erleben. Und im nächsten Jahr wurde Trier zweitausend Jahre alt. Aber ich war nicht gekommen, um Feste zu feiern, sondern um Dämonen zu jagen.

Trier war von einer herrlichen Landschaft umgeben. Die Weinberge und die Mosel hatte ich vom Zug aus gesehen.

Quietschend und sanft ruckend kam der Zug zum Stehen. Die Endstation. Reisende verließen den Wagen.

Ich vernahm eine Lautsprecherstimme, die auf die fahrplanmäßigen Anschlüsse aufmerksam machte.

Und kaum hatte ich den Wagen verlassen, als ich unter einer karierten Schirmmütze ein grinsendes Gesicht entdeckte. So verschmitzt grinste nur einer: Der Mann mit der Römernase und den acht Haaren in neun Reihen, wie ich immer sagte.

Eben Will Mallmann!

Er lachte und schlug mir auf beide Schultern. »Herzlich willkommen in Germany, alter Freund.«

Ich verzog das Gesicht. »Sag mal, Will, lachst du mich nun an oder aus, weil ich mit dem Zug gekommen bin.«

»Als Reisender in Sachen Dämonen lache ich dich nur an. Außerdem ist die Sache zu ernst.«

»Was ist denn passiert?«

»Das wirst du gleich erleben. Es hatte schließlich einen Grund, dass ich dich nicht abholen konnte.«

»Sicher, ich glaube dir.«

Wir hatten den Bahnsteig verlassen und bewegten uns auf die allgemeinen Parkplätze zu.

»Fährst du noch immer deinen Manta?«, fragte ich, als wir uns an den abgestellten Wagen vorbeischlängelten.

»Ja, weshalb nicht?«

»Ich dachte, der wäre nur noch Schrott.«

»So kann nur einer reden, der einen klapprigen Bentley sein eigen nennt«, erwiderte Will und schloss die Beifahrertür des Wagens auf. Ich wuchtete meinen Koffer in den Fond und stieg ein.

»Haben wir weit zu fahren?«, fragte ich den Kommissar.

»Nein.« Will schnallte sich an und startete. »Ich habe alles so gelassen, wie es war. Die Tote liegt …«

»Moment, die Tote, sagtest du?«

»Ja, leider. Es hat wieder ein Opfer gegeben.«

»Ist sie auf dieselbe Weise umgekommen wie der junge Mann, den du gefunden hast?«

»Richtig. Sie ist erstickt.«

Auf der breiten Theodor-Heuss-Allee sah ich zahlreiche historische Bauten, für die ich allerdings kein

Interesse zeigte, denn Will hatte mir von einem zweiten ungeklärten Mord berichtet, und das bereitete mir echte Sorgen.

Mit welchem Täter hatten wir es hier zu tun? In Gedanken ließ ich einige Fälle Revue passieren, aber so etwas hatte ich noch nie erlebt.

»Mit Fäden«, murmelte ich.

»Was sagst du da?«

»Dass die Menschen durch Fäden umgekommen sind, kann ich nicht begreifen.«

»Das muss man eben gesehen haben«, erklärte Will.

Mittlerweile war ich auch davon überzeugt. Hinter der Porta Nigra bogen wir in die Engelstraße ein, denn dort, so erklärte Will, lag unser Ziel.

Mallmann fuhr jetzt langsamer. Hin und wieder glitten seine Blicke nach rechts, denn er suchte einen Parkplatz. »Schau mal mit«, bat er mich.

»Wo wohnte die Tote denn?«

»Weiter hinten. Es ist ein altes Haus, aber renoviert. Sieht an sich gut aus, denn es hat einen neuen Anstrich bekommen. Ein sattes Grün, überhaupt nicht zu verpassen.«

Das grüne Haus sah ich schon. Davor war alles zugeparkt. Es gab nur eine Lücke, ausgerechnet vor einer Einfahrt. Will zog den Manta herum und stellte ihn auf dem Gehsteig ab.

»Lass dich nicht erwischen«, sagte ich beim Aussteigen zu ihm.

Der Kommissar winkte ab. »Besondere Ereignisse erfordern besondere Maßnahmen. Das kennst du doch.«

Und ob ich das kannte.

Wir befanden uns in einer normalen Wohn- und Geschäftsstraße. Häuser und kleinere Geschäfte, hier und da ein buntes Reklameschild, all dies passte genau.

Der Kommissar schritt bereits auf die Haustür zu. Einige Passanten waren stehen geblieben. Sie mokierten sich über den falsch geparkten Wagen.

In dem Haus wohnten mehrere Familien. Will hatte mir den Namen des toten Mädchens genannt.

Katja Maybach hieß sie. Und die Familie Maybach lebte in der dritten Etage.

Will klingelte. Uns wurde geöffnet. Wir betraten ein düsteres Treppenhaus. Im dritten Stock empfing uns Katjas Vater vor der Wohnungstür. Ich schätzte ihn auf Mitte vierzig. Sein Haar war grau geworden. Es lag in Wellen auf seinem Kopf. Er hatte es nach hinten gekämmt. Das Gesicht zuckte, ein Zeichen, dass sich dieser Mann nur mühsam beherrschte.

Ich wurde ihm vorgestellt und erfuhr auch seinen Vornamen. Er hieß Max.

»Sie werden entschuldigen«, sagte er, »aber mit meiner Frau können Sie leider nicht reden. Der Schock hat sie zu hart getroffen, wissen Sie. Es ist nicht möglich …«

Will nickte. »Schon gut, Herr Maybach. Uns geht es auch in erster Linie um Ihre Tochter. Liegt sie noch immer oben?«

»Ja.«

»Verschlossen ist die Tür nicht?«

Maybach schüttelte den Kopf.

»Dann werden wir jetzt hochgehen.« Will drehte sich um und nickte mir zu.

Schweigend schritten wir die nächste Treppe hoch und gelangten dorthin, wo die Wände schräg liefen. »Die Tochter des Hauses hatte hier oben ihr eigenes Zimmer«, erklärte mir der Kommissar. Dabei öffnete er die linke der drei Türen.

Wir betraten den Dachraum. Er war gemütlich eingerichtet. Durch drei schräge, aber ziemlich große Fenster schien eine blasse Wintersonne. Die Tote lag auf dem Bett und sie lag so, dass sie, wäre sie noch am Leben, auf eines der Fenster schauen konnte.

Ich ging zu ihr.

Will hatte mich in etwa schon vorgewarnt und mir die Leiche beschrieben, trotzdem traf es mich sehr hart, als ich sie zum ersten Mal in natura sah.

Der Anblick war schaurig.

Bis zum Kinn alles normal. Dann jedoch begann es. Das Gesicht war von diesen hauchdünnen Fäden umwickelt, die sich um den gesamten Kopf spannten, sodass sie wie eine Maske wirkten.

Kein Zweifel, nach dieser Methode war das Mädchen erstickt. Wenn ich mich sehr tief beugte, konnte ich sogar das Gesicht hinter den dünnen Fäden erkennen.

Es war eine entstellte Grimasse, völlig erstarrt, als wären die Züge eingefroren.

»Schlimm, nicht?«, sagte Will.

Ich nickte.

»Hast du so etwas schon einmal gesehen, John?« An den Schritten hörte ich, dass der Kommissar zu mir kam.

»Nein!« Meine Antwort war ehrlich. Ich hatte in der Tat so etwas noch nicht erlebt. Und ich wusste auch keinen Dämon, der auf diese Art und Weise mordete.

»Das ist etwas völlig Neues für uns«, murmelte ich und schüttelte den Kopf. »Wenn du mich nach einer Erklärung fragst, Will, muss ich passen. Sorry.«

»Ich weiß es auch nicht.«

»Obwohl dich die Fäden fast erwischt hätten?«

»Stimmt. Nur habe ich nicht denjenigen gesehen, der dafür verantwortlich war.«

»Und diese Gestalt, von der du erzählt hast?«

Will zuckte die Schultern. »Allmählich glaube ich, dass ich sie mir nur eingebildet habe.«

»Normal ist es jedenfalls nicht«, erklärte ich und beugte mich noch tiefer. »Da ihr ja Proben dieses Gewebes habt, könnte ich einen Versuch starten.«

»Willst du das Kreuz nehmen?«

»Nein, lieber den Dolch.« Ich wartete Wills Antwort nicht erst ab, sondern zog die Waffe hervor. Mit der Klinge fuhr ich einen Atemzug später leicht über die Fäden.

Und sie reagierten.

In den nächsten Sekunden wurde uns klar, dass schwarze Magie mit im Spiel sein musste, denn kaum hatte die Klinge die Fäden berührt, als sie sich veränderten, zusammenzogen, dunkel, sogar schwarz wurden und nur noch an gekrümmtes Gewürm erinnerten.

Ich fasste mit Daumen und Zeigefinger nach, zerrieb

das Zeug zwischen den Kuppen und ließ es als dunklen Schnee nach unten rieseln.

»Schwarze Magie!«, flüsterte Will Mallmann. »Verdammt, ich hatte einen Riecher.«

»Und wie alt sollen die Fäden sein?«

»Mindestens hundertfünfzig Jahre.«

»Das ist wirklich eine Überraschung. Ich frage mich nur, wo sie herkommen können. Die fliegen doch nicht einfach in der Luft umher. Da muss es eine andere Erklärung geben.«

»Das sagst du so.«

»Und wir müssen ein Motiv finden.«

»Sagen wir mal so, John: Suchen wir zuerst die Gemeinsamkeiten zwischen Dirk Behrens und Katja Maybach. Ich kann mir einfach nicht vorstellen, dass sie nur so umgebracht worden sind, wenn du verstehst, was ich meine. Es muss eine Spur geben, die beide verbindet. Etwas anderes kommt für mich nicht in Frage.«

Ja, da konnte mein deutscher Freund durchaus Recht haben. Ich dachte ähnlich und nickte.

»Ich habe mit dem Vater noch nicht näher gesprochen. Vielleicht kann er uns helfen.«

Der Ansicht war ich auch. Bevor wir gingen, warf ich noch einen letzten Blick auf die Tote. Sie tat mir Leid. Zwanzig Jahre alt war dieses Mädchen geworden, stand in der Blüte ihres Lebens und wurde nun auf diese schreckliche Art und Weise in den Tod befördert.

Will war schon an der Tür. Er schaute in mein Gesicht und fragte mich: »Ist dir an die Nieren gegangen, was?«

»Ja!«

»Komm, wir sprechen mit Max Maybach.«

Den Vater der Toten fanden wir im Wohnzimmer. Er hockte in einem Sessel mit hoher Rückenlehne, eingehüllt in die blaugrauen Rauchwolken einer Zigarre. Die Ellbogen hatte er aufgestützt, sein Gesicht auf die Handballen gelegt, und er starrte ins Leere. Leer war auch die Flasche Apfelschnaps vor ihm auf dem Tisch.

»Herr Maybach?«, sagte Will, nachdem er gegen die Tür geklopft hatte.

Der Mann reagierte nicht.

»Können wir Sie einen Augenblick sprechen? Ich weiß, dass es unverschämt ist, Sie jetzt zu stören, aber denken Sie auch an Ihre Tochter. Wir müssen ihren Tod aufklären.«

»Sicher, nehmen Sie Platz.«

»Danke.«

»Wollen Sie auch etwas trinken?«

Beide lehnten wir ab.

Maybach wischte sich über die Augen, bevor er den Kommissar anschaute. Will Mallmann sah in diesem Blick eine Aufforderung und er stellte die erste Frage, wobei er ohne große Umschweife direkt zum Thema kam.

»Herr Maybach, das tragische Geschehen um Ihre Tochter hat uns verständlicherweise aufgerüttelt und stellt uns auch vor große Probleme. Aber Katja ist nicht die Einzige, die auf diese makabre Art und Weise umgebracht wurde.«

»Nicht?«

»Nein, es hat in der vergangenen Nacht schon ein Opfer gegeben.«

»Wer?«

»Ein junger Mann namens Behrens ...«

»Dirk Behrens?«, schnappte Maybach.

»Genau. Sie kennen ihn?«

Maybach wischte über seine Stirn und legte die Zigarre in den Ascher. »Das ist ...« Seine Stimme versagte.

»Sie kannten Behrens also.«

»Ja, natürlich.« Maybach rang die Hände. »Er und Katja waren Kollegen. Sie haben gemeinsam gearbeitet.«

»Keine Studenten?«

»Doch, auch. Nur können wir Katja nicht jeden Monat einen dicken Scheck geben, und da war sie gezwungen, sich nebenbei ein paar Mark zu verdienen. Wie auch Dirk Behrens.«

»Was haben die beiden gearbeitet?«, wollte ich wissen.

»Sie studierten Kunstgeschichte. Wir leben hier in Trier auf historischem Boden. Jedenfalls hatte die Stadt Geld locker gemacht, um das alte Kerkerschloss renovieren zu lassen.«

»Kerkerschloss?«, hakte Will nach.

»Es ist ein Bau, der etwas außerhalb der Stadt liegt. Keine touristische Attraktion. Vielleicht soll sie mal eine werden, deshalb hat man sich entschlossen, das Gebäude renovieren zu lassen. Jedenfalls ist es nicht verfallen. Die jungen Leute haben auch keine Umbauarbeiten vorgenommen, sondern sich mit den Innenarbeiten beschäftigt. Da renovieren sie Decken und Wandgemälde, um …«

»Warum der Name Kerkerschloss?«, wollte ich wissen.

»Kann ich Ihnen nicht sagen.«

»Und wo finden wir das Schloss?«, fragte Will Mallmann.

»Wie gesagt, etwas außerhalb von Trier.«

»Waren Sie schon mal da?«

»Ja, früher mal. Auf Spaziergängen. Ist aber wirklich schon eine Weile her.«

»Das macht nichts. Hauptsache, Sie können uns den Weg beschreiben«, sagte Bill.

Das tat der Mann. Er lieferte eine ziemlich exakte Wegbeschreibung, sodass wir das Ziel überhaupt nicht verfehlen konnten.

Ich hatte trotzdem noch eine Frage. »Sagen Sie mal, haben Katja und dieser Dirk Behrens allein an der Renovierung gearbeitet?«

»Nein.« Maybach war erstaunt. »Das ist zu viel für zwei Personen. Wo denken Sie hin? Sie waren zu fünft.«

Ich fing einen Blick des Kommissars auf, und beide dachten wir wohl dasselbe.

Zwei dieser fünf Personen waren bereits tot. Drei lebten noch. Wie sich die Dinge jedoch entwickelt hatten, mussten wir davon ausgehen, dass sich auch die drei anderen in Gefahr befanden. Deshalb mussten wir so rasch wie möglich die Anschriften der Übrigen in Erfahrung bringen.

Will Mallmann fragte Maybach danach.

»Die wohnen zusammen«, hörten wir. »Ein Mädchen und zwei junge Männer.«

»In einer Kommune?« fragte ich.

»So kann man es nicht nennen. Einer hat ein Wohnmobil geschenkt bekommen. Aus einer Erbmasse. Den Wagen haben die drei als Behausung genommen. Um es bequem zu haben, leben sie direkt neben ihrem Arbeitsplatz.«

»Am Kerkerschloss?«

Max Maybach schaute mich an und nickte.

»Können Sie uns die Namen nennen?«, fragte Will.

»Ja. Da wäre einmal Mike Palm, dann Andreas Schattner und das Mädchen heißt Christa Behle.«

»Danke.«

Nachdem Max Maybach die Antworten gegeben hatte, senkte er den Kopf und fragte: »Glauben Sie, dass die anderen drei ebenfalls in Lebensgefahr schweben?«

»Wir müssen damit rechnen«, gab der Kommissar eine ehrliche Antwort.

»Aber wer kann so etwas getan haben?«

Wir hoben die Schultern.

Maybach schlug mit der Faust auf den Tisch. »Wenn ich diesen Killer zwischen meine Finger bekomme, drehe ich ihm den Hals um.« Zur Demonstration streckte er die Arme vor und zeigte uns seine Hände, während sich sein Gesicht verzerrte.

Menschlich war diese Reaktion verständlich. Nur würde Maybach wohl kaum Glück haben. Der oder die Mörder waren wesentlich stärker als er, denn wir hatten es mit dämonischen Mächten zu tun.

Fragen lagen keine mehr an. Als wir gingen, sahen wir in den Augen des Mannes Tränen.

Schweigend schritten wir die Treppe hinab. Erst draußen in der kalten Luft begannen wir zu sprechen. »Ich werde das Gefühl nicht los«, sagte Will Mallmann, »dass diese Morde irgendetwas mit der Arbeit dieser jungen Leute zu tun haben. Der Name Kerkerschloss sagt eigentlich schon genug.«

»Sicher, obwohl dies kein Beweis ist.«

»Wann sehen wir uns das Schloss an?«

»So rasch wie möglich. Vor allen Dingen müssen wir mit den drei jungen Leuten reden.«

Mallmann nickte entschlossen. »Die sich hoffentlich einsichtig zeigen und uns unterstützen werden.« Er ging auf seinen Wagen zu, öffnete die Tür und telefonierte.

Ich stieg ebenfalls ein. Kaum hatte ich die Tür geschlossen, als Will auflegte.

»Und?«

Der Kommissar setzte seine Mütze auf. »Ich habe veranlasst, dass die Leiche abgeholt wird.«

»Das ist gut.«

»Und wir werden uns das Kerkerschloss einmal ansehen«, sagte der Kommissar mit entschlossener Stimme, drehte den Zündschlüssel und wuchtete den ersten Gang ins Getriebe …

Wo im Herbst die Weinstöcke voll mit dicken Trauben hingen, das Gelände sanft anstieg und zur Sonnenseite hin lag, da gab es nicht nur zahlreiche Spazierwege, die über die Höhen der Weinberge führten, sondern auch einige alte Überreste einer längst vergangenen Kultur. Das meiste stammte noch aus der Römerzeit. Hier und da standen Reste einer Mauer oder eines alten Turms.

Das Kerkerschloss jedoch war wesentlich jünger. Vor einigen hundert Jahren hatte es ein Landesfürst bauen lassen, um seine Gegner dort zu foltern und zu töten.

Es war ein unheimliches Schloss, dunkel die Mauern und dunkel auch das Innere.

Eine blutige Geschichte rankte sich um dieses Gebäude. Die alten Chroniken erzählten von grausamen Untaten, die innerhalb der Mauern stattgefunden hatten, und in einigen Aufzeichnungen war auch das Wort Satansmesse zu lesen.

Wahre Ausschweifungen und Exzesse hatte es hier gegeben. Menschen waren umgekommen und mit ihrem Blut sollten die Wände getränkt sein. Was genau passiert war, wussten nur wenige, und die allerdings erzählten nicht gern davon.

Das Schloss hatte dicke Mauern. Auch die Jahrhunderte hatten ihnen nichts anhaben können, sodass sie in der Gegenwart fast noch so wirkten wie früher.

Als man auf die Idee kam, das Kerkerschloss innen restaurieren zu lassen, hatte man einen gewissen Hintergedanken. Die Offiziellen wussten genau, was die Besucher anzog. Man brauchte nur eine blutige Vergangenheit zu präsentieren, um die Touristen zu locken. Die Menschen bekamen immer eine Gänsehaut, wenn die Führer sie durch unheimliche Gänge oder in Folterkammern hineinführten, um von den Gräueltaten längst vergangener Zeiten zu reden.

Da Trier bald sein zweitausendjähriges Jubiläum feierte, wollte man eben dieses Kerkerschloss zur Besichtigung freigeben und hatte fünf Studenten engagiert, damit sie die Aufgabe übernahmen.

Zwei von ihnen waren tot. Drei lebten noch und diese wussten nichts vom Schicksal ihrer Freunde.

Sie wunderten sich nur, dass die beiden am Mittag noch nicht erschienen waren.

Mike Palm war als Erster auf den Beinen. Er hatte sich aus der Koje gerollt und wäre fast über die leeren Weinflaschen gestolpert, die vor dem Bett standen, denn in der Nacht hatten die drei gehörig gefeiert.

»Verdammt, verdammt, schon fast Nachmittag«, murmelte er und schüttelte den Kopf, um gleich darauf sein Gesicht zu verziehen, denn die Stiche liefen quer durch den Schädel. »Nie mehr Moselwein«, murmelte er, taumelte durch den Wagen und quetschte sich in die schmale Dusche.

Christa und Andreas schliefen noch. Er wollte sie schon wecken, denn sie hatten sich für den heutigen Tag einiges vorgenommen.

Die Dusche funktionierte zwar, doch nur wenig Wasser kam aus der Brause.

Als Studenten waren sie keinen großen Komfort gewohnt. Man konnte froh sein, überhaupt eine Bleibe gefunden zu haben.

So wie Gott ihn erschaffen hatte, verließ der junge Mann die Dusche, trocknete mit einem Handtuch Haare und Körper ab, wobei er nach vorn schaute und seinen Freund Andreas Schattner auf der Bettkante sitzen sah.

Schattner stöhnte. Mit seinen zehn Fingern fuhr er durch den dunkelbraunen Haarschopf, wobei er auf den Moselwein schimpfte.

Palm war schon wieder frisch. »Los, hoch mit dir«, trieb er seinen Freund an, »wir haben viel zu tun.«

»Ach, hör auf. Lass das die anderen machen. Sie können schon anfangen. Wir tragen dann die Verantwortung.«

Palm lachte krächzend. »Die sind noch gar nicht gekommen.«

»Wer ist nicht gekommen?« Aus dem hinteren Teil des Wagens meldete sich Christa Behle. Sie hatte sich halb aufgerichtet, sodass ihr blonder Lockenkopf zu sehen war.

»Dirk und Katja.«

»Das gibt es doch nicht.«

»Ist aber so, Mädchen. Los, steh auf, ich will Kaffee!«

»Du willst gar nichts«, erklärte Christa und schwang ihre Beine aus dem Bett. Sie trug so gut wie nichts am Körper, doch das machte ihr nichts aus. Christa war da ziemlich umkompliziert, auch was ihr Verhältnis mit Männern anging.

Bevor Schattner reagieren konnte, schob sie sich bereits auf die Dusche zu und war verschwunden.

»Dass die anderen nicht gekommen sind, verstehe ich nicht«, murmelte Mike.

»Sie haben bestimmt keinen Bock gehabt. Außerdem ist das Schloss nicht geheizt.«

»Trotzdem.«

»Vielleicht haben sie Angst.«

Schattner hob den Kopf. »Wie meinst du das?«

»Wir haben doch gestern den Gang aufgebrochen. Das war schon ziemlich unheimlich.«

Andreas winkte ab. »Ausgerechnet Dirk. Der hat doch am meisten gespottet.«

»Ja, das hat er.«

»Was bist du so komisch?«, fragte Schattner.

»Nur so.«

»Glaube ich nicht. Dich stört irgendetwas.«

»Ja, das Schloss, es ist nicht normal. Wenn ich die Gemälde sehe, dabei an den Gang denke und mir darüber Gedanken mache, was früher dort alles passiert ist, kann es einem schon komisch werden.«

Mike winkte ab. »Mach nicht so einen Wind. Was vergessen ist, das ist vergessen.«

»Hoffentlich.«

Etwa eine halbe Stunde später frühstückten sie. Es gab das Brot vom gestrigen Tag. Marmelade war auch noch vorhanden, Kaffee wurde ebenfalls gekocht und allmählich wurden die Lebensgeister der drei geweckt.

»Wie machen wir es?«, fragte Mike.

»Also, ich gehe nicht mit«, erklärte Christa und schüttelte den Kopf, sodass die beiden roten Ohrringe funkelten wie erstarrte Blutstropfen.

»Und weshalb nicht?« Mike schaute das Mädchen von der Seite her an.

»Weil ich hier aufräumen will, ihr habt gehaust wie die Vandalen.«

Da lachten beide. »Und du nicht, wie?«

»Ich helfe dir«, sagte Schattner.

Mike Palm regte sich auf. »Soll ich den ganzen Mist denn allein machen?«

»Wir kommen ja nach«, beruhigte das Mädchen ihn.

»Ja – aber wann? Oder wollt ihr nur allein sein?«

»Unsinn«, widersprach Christa. »Wenn wir Bock aufeinander hätten, würden wir uns um dich nicht kümmern, das kannst du mir glauben.«

Das glaubte Mike sogar. Christa ging mit Andreas. Seit gut zwei Wochen waren sie zusammen. Mike Palm war dies egal, solange nicht die Arbeit unter diesem Verhältnis litt. Bisher war alles gut verlaufen, nun aber schien sich das Gegenteil anzubahnen.

Palm konnte nichts machen, das sah er ein. Es hatte auch keinen Sinn, hier am Tisch seiner Wut freien Lauf zu lassen. Mike ärgerte sich zwar, aber der Zustand würde vorbeigehen.

Er schnappte seine Jacke, die an der Lehne hing, stand auf und nickte den beiden zu. »Wenn Katja und Dirk kommen, könnt ihr sie ja ins Schloss schicken.«

»Machen wir«, sagte Andreas.

Mike Palm verschwand.

Draußen empfing ihn die Kälte. Er hustete ein paar Mal tief durch und nahm sich zum x-ten Mal vor, nicht so viel zu rauchen.

Der Blick von hier oben war gut. Im Sommer musste es besonders schön sein, dann konnte man die herrlichen Weinberge sehen und im Tal den Strom, der sich in zahlreichen Kurven durch die Landschaft schlängelte.

Der Schnee war durch die Kälte gefroren und hatte an manchen Stellen regelrechte Glatteisfallen gebildet. Um das Schloss zu sehen, musste sich Mike Palm nach links wenden, an dem Wohnmobil vorbeigehen und einen schmalen Pfad betreten, der einige Meter hochführte und vor dem Schloss endete.

Der Pfad war vereist. Regelrechte Buckel ragten in die Höhe. Sie konnten leicht zu Stolperfallen werden.

Das Arbeitsmaterial befand sich im Schloss, sodass die Studenten nichts zu schleppen brauchten, wenn sie das düstere Gemäuer betraten.

Und düster wirkte es in der Tat, obwohl eine sehr blasse Sonne am Winterhimmel stand.

Man konnte die Mauern nicht gerade als schwarz bezeichnen, aber sie waren dunkler als die der anderen Bauten, die Mike Palm kannte. Zudem hatte sich um dieses einsam stehende und ziemlich kleine Schloss niemand gekümmert, so war im Laufe der Zeit an einigen Stellen wilder Wein und Efeu an den Mauern hochgewachsen, und im Frühjahr bauten Vögel ihre Nester in diesem Wirrwarr.

Palm dachte an die Geschichte des Schlosses. Die Herren früher hatten ganz schön gewütet. Dort mussten schwarze Messen gefeiert worden sein, denn die zahlreichen Wandzeichnungen deuteten darauf hin.

Ebenso das Gemälde an der Decke. Furcht erregend war es anzusehen.

Mike Palm schob die schwere Tür auf. Wie immer kratzte sie über den Boden, der mit dickem Staub und auch getrockneten Mörtelkörnern bedeckt war.

Als Mike die Schlosshalle betrat, wurde es kaum wärmer. Scheiben existierten nicht mehr in den Fensterrahmen. Durch sie pfiff der Wind.

In dieser kalten Zeit mussten sie sich bei ihrer Arbeit auf das Restaurieren der Gemälde beschränken. Mörtel konnten sie wegen der Kälte nicht anrühren, er wäre ihnen sofort gefroren.

Trotz der dicken Jacke fror Mike. Er hatte eine gefütterte Parka-Bluse übergestreift, blieb hinter der Türschwelle stehen und schaute sich um. Man sah, dass hier gearbeitet wurde. Rechts und links der Wände war ein Gerüst aufgebaut worden. Auf dem Boden standen Leitern. Dazwischen die Töpfe mit der Farbe. An Haken hingen Kabellampen, denn auch bei Tageslicht war es ziemlich düster in der Halle.

Mike ging zu seinem Arbeitsplatz. Dort zog er über seine Jeans eine dicke Hose und schlüpfte in seine Arbeitsjacke.

Sie bestand ebenfalls aus einem dicken Stoff, war innen aber nicht gefüttert.

Farbkleckse hatten sich auf der Jacke verteilt, wo sie ein buntes Muster bildeten.

Der Atem dampfte vor den Lippen des Studenten. Er wollte dort weitermachen, wo sie am vergangenen Abend aufgehört hatten. Und zwar ging es darum, ein Wandgemälde zu restaurieren. Die großen Deckenmalereien hatten die jungen Leute bereits so weit freigelegt und ausgemalt, dass man die Motive ohne weiteres erkennen konnte.

Die Hauptmalerei zeigte den Teufel. Eine widerliche schwarzgrüne Fratze, die sich über die gesamte Decke zog und irgendetwas ausstrahlte, was Mike jedes Mal als eine Bedrohung empfand.

Vielleicht lag es auch an den Augen, die in einem seltsam blassen, dennoch kalten Gelb leuchteten und mit einem unheimlichen Leben erfüllt zu sein schienen.

Als die Studenten dieses Deckengemälde vom Zahn der Zeit befreit hatten, waren sie sehr verwundert gewesen. Der unbekannte Maler hatte die Fratze des Teufels so angelegt, dass der unten stehende Betrachter das Gefühl haben konnte, sie würde jeden Augenblick auf ihn niederfallen.

Zudem tauchten links und rechts der Fratze noch zwei gekrümmte Klauen auf, deren Spitzen in die Tiefe wiesen, als wollten sie den Zuschauer damit zerreißen.

Das Schloss hatte eine blutige Vergangenheit. Wenn Mike Palm die Gemälde betrachtete, dann glaubte er den Geschichten und Überlieferungen. In diesem Kerkerschloss waren in der Tat Exzesse und Orgien gefeiert worden. Und ein großer Kurfürst war der Anführer gewesen. Zum Schluss seines ausschweifenden Lebens hatte er sogar seine junge Frau in dieses Schloss eingesperrt.

Bei lebendigem Leibe war sie von den Schergen des Kurfürsten in ein Verlies geschafft worden, um dort einem sicheren Tod entgegenzudämmern.

Man hatte ihr nur ein altes Spinnrad mit auf den Weg gegeben, das war alles …

Den Keller kannte Mike. Am vergangenen Tag hatten sie ihn gefunden. Der Eingang war verschüttet gewesen, sie hatten aufgeräumt und waren bis an die alte Tür gelangt, hinter der die Frau hocken musste.

Oder vielmehr deren Skelett.

Näher hingetraut hatte sich niemand. Es war ihnen einfach zu unheimlich geworden.

Auch jetzt fühlte sich Mike Palm unwohl. Er hatte überhaupt keine Lust, auf das Podest zu klettern und mit der Arbeit zu beginnen, irgendetwas störte ihn sehr.

Das Gemälde, das sie zu renovieren hatten, zeigte ebenfalls eine schreckliche Szene.

Auf einem Karren wurden nackte Frauen zum Schafott gebracht. Es waren Hexen!

Die Szene war von demselben Künstler gemalt worden wie das Teufelsbild. So ungemein realistisch, dass der Betrachter das Gefühl bekommen konnte, diese Figuren, obwohl sie schon so alt waren, würden leben.

Plötzlich zuckte der junge Mann zusammen.

Etwas hatte ihn an der Stirn berührt. Es war nur ein Hauch gewesen, ein feines Streicheln, dennoch deutlich zu spüren. Mit der Hand wollte er die Spinnweben wegwischen, denn er glaubte daran, dass sie es gewesen waren.

Seinen Irrtum stellte er wenig später fest, als er den Arm wieder sinken ließ. Kein Spinnfaden hatte sich zwischen seinen Fingern verfangen, dafür sah er weiße Fäden, die in der Luft schwebten und von unterschiedlicher Länge waren.

Manche nur so lang wie ein Finger, andere hatten die Länge eines ausgewachsenen Männerarms.

Mike konnte sich nicht vorstellen, woher diese Fäden kamen. Er dachte auch nicht weiter darüber nach und wollte mit seiner Arbeit beginnen.

Dazu sollte es nicht kommen.

Kaum hatte er seinen rechten Fuß auf die erste Leitersprosse gesetzt, als er das gellende Lachen hörte.

Es klang kreischend und dennoch dumpf.

Mike Palm erstarrte zur Regungslosigkeit. Das Lachen war wieder verklungen, aber er hatte trotzdem mitbekommen, wo ungefähr es aufgeklungen war.

Nicht in dieser Halle, auch nicht auf dieser Ebene, sondern tiefer, im Keller.

Und dort befand sich das Verlies dieser seltsamen Frau …

Wir hatten die Innenstadt von Trier verlassen und fuhren in die Berge. Wobei man den letzten Begriff ein wenig relativieren musste, denn es waren mehr Hügel und Hänge. Weinberge wäre der richtige Ausdruck gewesen.

Im Sommer mussten sie wirklich prachtvoll aussehen, jetzt aber waren die Rebstöcke leer und viele mit Plastikhauben bedeckt, um sie so vor der beißenden Kälte zu schützen.

Die Straße war trocken, nur an den Rändern schimmerte hin und wieder Feuchtigkeit.

Wir kamen gut voran. Mallmann lenkte den Manta wie einen Rennwagen, er wollte mir zeigen, was sein altes Schätzchen noch alles brachte. Wir sahen zahlreiche Schilder, die auf Spazierwege hindeuteten. Diese führten zumeist über die Höhen.

Leider war die Straße irgendwann zu Ende und wir mussten, um zu unserem Ziel zu gelangen, auf einen schmalen Feldweg einbiegen. Hier lag noch Schnee.

Festgefrorene Eisklumpen, die auch den Winterreifen des Mantas Ärger bereiteten.

Manchmal kamen wir nicht weiter.

Da musste ich schieben, und so quälten wir uns Stück für Stück den Hang hoch.

Bis hinter einer Kurve unser Ziel zu sehen war. Wir erkannten das dunkle Gemäuer auf einer Hügelkuppe, selbst von dieser Stelle aus sah es fast bedrohlich aus.

Und wir sahen noch mehr.

Einen älteren Mann in einem langen Mantel und mit einer Fellmütze auf dem Kopf. Der Mann trug in der rechten Hand einen Stock, mit dem er sich abstützte.

Er hatte uns jetzt auch bemerkt, drehte sich um und schaute dem langsam fahrenden Manta entgegen.

Als wir fast auf seiner Höhe waren, streckte er den Arm aus. Will Mallmann verstand das Zeichen und stoppte.

Der alte Mann beugte sich zum Fahrerfenster hinab. Von seinem Gesicht war fast nur der graue Bart zu sehen und zwei kleine Augen, die uns fragend anblickten.

»Wo wollen Sie denn hin?«

»Zum Schloss«, antwortete Will, der die Scheibe nach unten gekurbelt hatte.

»Das ist auch mein Ziel.«

»Steigen Sie doch ein.«

»Danke.«

Will musste den Wagen verlassen, kippte den Sitz, und der Mann quälte sich in den Fond, wobei er Schwierigkeiten mit seinem Stock hatte, denn er war so lang, dass er sich nicht so einfach unterbringen ließ.

»Ich heiße Heck. Hans Heck«, sagte er, »und bin Küster in der Gemeinde.«

Auch wir stellten uns vor, ohne allerdings unsere Berufe hinzuzufügen.

»Sind Sie vom Amt?«

»Kann man sagen«, erwiderte Will.

Der Alte lachte, während Mallmann behutsam anfuhr. »Das ist wirklich ein Zufall.«

»Wieso?«

»Ich wollte euch schon anrufen.«

»Gibt es einen Grund?« Will lenkte den Wagen in eine scharfe Kurve.

Ich hatte mich umgedreht und sah, dass der alte Küster nickte. »Den gibt es allerdings.«

»Dann nennen Sie ihn uns.«

»Stoppen Sie die Arbeiten an diesem Kerkerschloss.«

Will Mallmann schwieg. Vielleicht musste er sich die nächste Frage erst noch überlegen oder sich auf die schwierige Wegstrecke konzentrieren, jedenfalls wurde Hans Heck ungeduldig.

»Haben Sie mich nicht verstanden?«

»Doch!« Zum ersten Mal mischte ich mich ein, und sah sofort den Blick des Küsters auf mich gerichtet. »Was ist daran so schlimm?«

»Nichts. Jedenfalls nichts, was mit der eigentlichen Renovierung zu tun hätte, aber dieses Schloss ist verflucht. Es ist ein Hort des Satans, glauben Sie mir.«

Ich wiegelte ab. »So etwas sagt sich leicht ...«

»Verstehen Sie denn nicht? Ich war auf dem Weg zu den Studenten, um sie davon zu überzeugen, dass sie etwas Unrechtes getan haben.«

»Was denn?«

Der Küster kam nicht dazu, mir eine Antwort zu geben, denn durch Wills Fluchen wurde er unterbrochen. Gleichzeitig stellte sich der Wagen so quer, wie es der Weg erlaubte, und wir kamen nicht mehr von der Stelle, so sehr sich Will auch bemühte.

»Hilft alles nichts«, beschwerte sich der Kommissar, »den Rest des Weges müssen wir zu Fuß gehen.« Er drehte sich um. »Was haben Sie da eben gesagt, Herr Heck?«

»Die Studenten haben etwas Unrechtes getan. Sie sind

in einen Teil des Schlosses eingedrungen, der verschüttet bleiben sollte.«

Ich schaute zum Schloss hoch und sah den Turm, der in den klaren Himmel stach.

»Sie wissen aber gut Bescheid«, bemerkte der Kommissar.

»Das stimmt, denn ich war gestern ebenfalls hier oben und habe mit den Leuten gesprochen.« Jetzt beugte er sich so weit vor, dass sein Bart auf dem oberen Teil der Rückenlehne lag. »Die fünf Studenten haben tatsächlich den alten Gang freigelegt, der zu ihrem Verlies führte.«

»Wessen Verlies?«, fragte Will.

Da lachte der Küster auf. »Sagen Sie nur nicht, Sie hätten noch nichts von Juliana gehört, der letzten Frau dieses teuflischen Kurfürsten?«

Beide schüttelten wir die Köpfe.

Der Küster zog die Augen misstrauisch zusammen. »Und Sie wollen von der Stadtverwaltung kommen?«

»Das hat keiner behauptet«, antwortete Will.

Da lachte der Mann. »Ich glaube, Sie legen mir hier ein faules Ei ins Nest. Ich will sofort raus.«

Will zeigte ihm seinen Ausweis.

»Polizei«, flüsterte der Küster und hob die Schultern. »Na ja, das ist etwas anderes und mir auch recht.«

»Erzählen Sie, was mit dieser komischen Juliana los war«, forderte ich den Mann auf.

»Man sagt, und das stimmt sogar, dass der Kurfürst seine letzte Frau aus lauter Wut, weil er so alt geworden und sie noch so jung war, lebend eingeschlossen hat. In ein Verlies unter dem Schloss. Und der Gang wurde zugeschüttet. Außerdem hatte er ihr nie getraut, denn sie behielt eine blendende Schönheit, während die Menschen um sie herum immer älter wurden. Zum Schluss galt sie als Hexe. Und ihr Mann hat sie zusammen mit einem Spinnrad eingeschlossen, damit sie etwas zu tun hatte, wenn sie allmählich verhungerte. Das war es.«

Interessante Dinge, die wir da zu hören bekamen. Vor allem die Sache mit dem Spinnrad stieß uns auf. Ich dachte sofort an die Fäden, sah Wills Nicken und wusste

Bescheid, dass er sich mit derselben Folgerung beschäftigte.

Diese Juliana schien doch nicht umgekommen zu sein, wenn man gedanklich mal vorgriff. War es vielleicht möglich, dass sie hier als Untote umhergeisterte und die beiden schrecklichen Morde begangen hatte? Wir mussten diese Überlegung auf jeden Fall in die Rechnung mit einbeziehen.

»Was sagen Sie jetzt?«, fragte der Küster.

»Nichts«, erwiderte Will Mallmann trocken. »Wir steigen erst einmal aus und gehen zu Fuß.«

»Und dann?«

»Schauen wir uns das Kerkerschloss an.«

Da schüttelte der Küster den Kopf. »Um Himmels willen, nur das nicht. Sind Sie denn lebensmüde?«

»Das nicht«, sagte ich, »aber Sie haben uns verständlicherweise neugierig gemacht.«

Der Küster wusste nicht, was er sagen sollte. Schließlich sagte er: »Mich kriegen keine zehn Pferde in den Bau.«

»Dann bleiben Sie doch im Wagen«, schlug ich vor.

»Da kann ich erfrieren.«

»Was wollen Sie nun?«, fragte Will.

»Ich steige aus.« Es war abermals eine Quälerei, bis der Küster es geschafft hatte. Auf seinen Stock gestützt blieb er stehen und schaute uns traurig an.

»Dann wollen wir mal«, sagte ich und begann damit, den Rest der Strecke in Angriff zu nehmen.

Wenn ich ehrlich war, so hatten mich die Worte des Küsters doch beunruhigt.

Dem Kommissar erging es nicht anders, das las ich an seinem Gesicht ab …

Mike Palm hatte sich nicht getäuscht. Das Lachen war sehr deutlich erklungen. Und es kam aus der Richtung, wo sie am gestrigen Tage den Gang vom Schutt befreit hatten.

Eine Gänsehaut rieselte über den Rücken des jungen

Mannes. Mike atmete schneller, denn bei ihm war doch ein dumpfes Gefühl zurückgeblieben. Er hatte plötzlich Angst und empfand die Stille als besonders bedrückend.

Wer hatte da gelacht?

Eigentlich gab es für ihn nur eine Lösung. Katja oder Dirk mussten sich heimlich in das Schloss geschlichen haben, hatten sich versteckt und wollten ihn erschrecken. Wahrscheinlich waren sie zu Fuß den Hügel hochgekommen.

Ja, so musste es sein. Und es machte sich immer besonders gut, wenn jemand solche Geräusche oder Töne innerhalb eines Gemäuers abgab, das als verflucht galt.

An Geister oder ähnliche Geschöpfe glaubte Mike Palm nicht. Er dachte zwar an die Worte des Küsters, der sie gestern besucht hatte, doch über die Warnungen konnte man nur lachen. Es waren Spinnereien eines alten Mannes.

Mike Palm entschloss sich, der Ursache des Gelächters auf den Grund zu gehen. Er wollte sich den Gang genau ansehen und auch das an seinem Ende liegende Verlies.

Um in den Keller zu gelangen, musste er die Halle verlassen und zu einer ziemlich versteckt angebrachten Tür gehen, die sich im Festsaal befand. Es war ein hallenartiger Raum, der genau neben dem lag, den die Studenten renovierten.

Eine Tür gab es nicht mehr, nur einen offenen Durchlass. Auch im Festraum sah Mike kein Möbelstück mehr. Die Gemälde an den Wänden waren nur schwach zu erkennen. Sie allerdings zeigten Motive, die auf Sinnes- und Esslust hin ausgerichtet waren.

Alles war orgienhaft und überschwänglich gezeichnet, wobei die weiblichen Personen meist halb entblößt auf Tischen und Stühlen lagen. Auch diese Malereien mussten überarbeitet werden, aber erst, wenn sie in dem ersten Raum fertig waren.

Eine Spur im Staub führte dorthin, wo sich der Eingang zum Keller befand. Eine Tür war ebenfalls nicht mehr vorhanden, die Stufen der geheimnisvollen Wendeltreppe verschwanden im Dunkeln.

Die Taschenlampe hatte Mike mitgenommen. Sie musste er einschalten, um etwas erkennen zu können.

Da er den Weg in die Tiefe bereits kannte, brauchte er nicht sehr vorsichtig zu sein. Ziemlich locker lief er die alten Steinstufen hinab, und der Schein seiner Taschenlampe hüpfte über das alte Gemäuer.

Am Fuß der Treppe lag eine andere Welt vor dem jungen Mann. Der Geruch atmete die Schrecken vergangener Zeiten. Mike glaubte sofort, das Blut zu riechen, das in diesem unterirdischen Gewölbe vergossen worden war.

Hinzu kamen die Feuchtigkeit, die Kälte und der von seinen Füßen aufgewirbelte Staub, denn sie hatten am gestrigen Tag den Schutt so zur Seite geräumt, dass zwischen den beiden Gangwänden genügend Platz war, um hindurchgehen zu können.

Mike Palm kam sich wie lebendig begraben vor. Dieser Gang hier unten war eng. Jeder Stein, der so bräunlich und feucht schimmerte, schien eine eigene Geschichte erzählen zu wollen. Eine Geschichte, in der Blut, Tränen und Grauen die Hauptrolle spielten.

Mike schüttelte sich. Seine Zunge huschte hervor und fuhr über die Lippen. Er schmeckte den Staub, der sich darauf gelegt hatte, und er sah im Schein der Lampe wieder die seltsamen Fäden in der Luft.

Sie interessierten ihn im Moment nicht, denn er hatte im Licht seiner Lampe das Ziel erkannt.

Es war die alte Tür.

Sie bestand nicht, wie man es eigentlich hätte erwarten können, vom Boden bis zu ihrem oberen Ende aus Holzbohlen, sondern war im oberen Drittel unterbrochen. Allerdings konnte niemand durch diese Öffnung kriechen, denn in ihr war ein Eisengitter eingelassen.

Die Stäbe waren fast so dick wie ein Arm. Sie schimmerten nicht, als sie vom Schein der Lampe getroffen wurden, denn im Laufe der zurückliegenden Jahre hatten sie Rost angesetzt.

Mike ging nicht mehr so schnell wie nach dem Ende der Treppe. Er fürchtete sich und hatte seine Schritte unwillkürlich verlangsamt. Auch wurde er hin und wieder von den Fäden berührt, die ein seltsames Brennen auf seiner Haut verursachten.

Mike hatte sich der Tür inzwischen so weit genähert, dass er durch das obere Gitter leuchten konnte. Bis zu diesem Punkt waren sie am gestrigen Tag nicht vorgedrungen und er fragte sich, ob es seinen Freunden gelungen war, die Tür zu öffnen und sich in dem Verlies hinter ihr zu verstecken.

Gut drei Meter trennten ihn noch von seinem Ziel, als er eine Bewegung sah.

Da befand sich tatsächlich jemand hinter der Tür.

Mike grinste. Also hatten ihn seine Freunden leimen wollen, er aber war nicht darauf reingefallen.

Im nächsten Augenblick gefror ihm das Grinsen auf den Lippen, denn was er sah, waren nicht seine Freunde, sondern ein Wesen, das es nicht geben durfte.

Juliana, die letzte Frau des Kurfürsten und die Tote aus dem Kerkerschloss!

Mike konnte nicht anders. Er musste die Gestalt einfach anleuchten und er glaubte sich dabei in einen Albtraum oder schrecklichen Film versetzt.

Ein bleiches Gesicht war hinter den Gitterstäben zu sehen. Mit einer so weißen Haut, als hätte sie jemand mit heller Kreide angemalt. Haare, die einem weißen Gespinst glichen, standen wirr und an manchen Stellen fast waagerecht von dem Kopf ab, in dem die Pupillen wie zwei hellgelbe Kugeln leuchteten und Ähnlichkeit mit denen des Teufels hatten, den das Deckengemälde zeigte.

Die Lippen waren blass, kaum zu erkennen, zudem zitterten die Mundwinkel. Die Frau trug ein langes Kleid aus dünnem Stoff.

Lange Finger mit spitzen Nägeln krallten sich in Kopfhöhe um zwei Gitterstäbe.

Das war sie, das musste sie sein. Eine längst verstorbene Frau, die lebte.

Mike Palm wusste nicht mehr, was er denken sollte. Er

wusste nur, dass er eine ungeheure Angst empfand, als er diese Erscheinung anstarrte und sie ihn.

Im nächsten Augenblick kräuselten sich ihre Lippen zu einem Lächeln und ihre linke Hand löste sich vom Gitter, wobei sie mit dem Zeigefinger dem Studenten zuwinkte.

Komm her, hieß das …

Er wollte nicht. Um alles in der Welt wollte er keinen Schritt in das verdammte Verlies lenken, aber die Frau ließ ihm keine Wahl. Der Blick ihrer Augen glich einem Bann.

Und er bannte Mike Palm!

Gegen seinen Willen setzte er den rechten Fuß vor, der linke folgte, dann wieder der rechte, und im nächsten Augenblick hatte er die trennende Distanz überwunden.

Er stand vor der Tür.

Wie von Geisterhänden geführt, schwang sie zurück. Mike vernahm das hässliche Quietschen der Angeln, und mit der brennenden Taschenlampe in der Hand betrat er das Verlies, in dessen Mitte ein altes Spinnrad und ein Schemel standen.

Fäden führten von der Spindel zum Rad. Im Licht der Lampe blitzten sie silberfarben und Mike erkannte, dass die Fäden dieselbe Farbe hatten wie das Haar der unheimlichen Geisterfrau.

Trotz seines ausgeschalteten Willens arbeiteten die Gedanken, aber sie wurden dabei in eine bestimmte Richtung gelenkt. Er erinnerte sich an die Fäden, die ihm auf seinem Weg in dieses Verlies begegnet waren und in der Luft geschwebt hatten.

Es mussten die gleichen wie die am Spinnrad und auf dem Kopf der Frau gewesen sein.

Unheimlich war das …

Die Tür wurde nicht geschlossen, als er das Verlies betrat. Die Gestalt vor ihm glitt lautlos zur Seite. Sie blieb danach so stehen, dass sich die Spindel zwischen ihr und dem jungen Mann befand.

Mike Palm traute sich nicht, ein Wort zu sprechen, und er hörte nur seinen eigenen Atem.

In seiner Haltung erinnerte er an eine Statue. Den rechten Arm, dessen Finger die Lampe hielten, hatte er angewinkelt und nach vorn gestreckt. Als die Geisterfrau jetzt ihrerseits eine Bewegung mit der Hand ausführte, da wusste er Bescheid und senkte seine Hand, sodass er nicht mehr nach vorn, sondern gegen den Boden leuchtete, wo der Lampenschein einen hellen Fleck malte.

Danach sprach die Frau. Es waren überhaupt die ersten Worte, die er aus ihrem Munde hörte, und sie drangen wie ein fernes Wispern an seine Ohren.

Geisterhaft und zischend hörten sie sich an und Mike Palm hatte Mühe, sie überhaupt zu verstehen.

»Du bist zu mir gekommen«, hörte er. »Du hast es wie die anderen auch versuchen wollen. Bist einfach erschienen – nur so ...« Sie legte eine Pause ein, bevor sie weitersprach, wobei sie ihre Arme hob und die Finger spreizte, sodass Mike erkennen konnte, dass auch zwischen den Fingern Fäden wuchsen und sich spannten. »Du wirst das Geheimnis dieses Kellers kennen lernen. Man hat mich vor langer Zeit hier unten eingesperrt. Mein Gatte trug die Verantwortung, doch er ahnte nicht, dass ich etwas Besonderes war. Vielleicht hat er es gewusst, aber er reagierte falsch, denn er erfüllte meine letzte Bitte. Er gab mir das Spinnrad mit, das einst einer großen Hexe gehört hatte und dem Herrn der Hölle geweiht war. Ein Spinnrad wie tausend andere auch und doch etwas ganz Außergewöhnliches. Ich kann es durch meine Gedankenkraft bewegen und es spinnt die Fäden, die ich haben will. Immer und immer wieder. Schau genau zu, mein Kleiner, sieh hin und du wirst es erleben, wie das Spinnrad alle meine Feinde tötet. Jeder kommt an die Reihe. Ich weiß, dass oben bereits andere lauern, aber meine Fallen sind gelegt.« Sie begann zu kichern, drehte sich um und deutete mit dem ausgestreckten Zeigefinger der rechten Hand auf das Rad.

Obwohl die Lampe zu Boden zeigte, gab sie noch so viel Licht, dass der junge Student erkennen konnte, was mit dem Rad geschah. Es setzte sich in Bewegung.

Allmählich begann es sich zu drehen. Und auch die hochstehende Spindel bewegte sich, während die Geisterfrau dazu eine seltsame Melodie summte.

Ein altes Lied, das schon die Spinnerinnen zur Zeit des auslaufenden Mittelalters gesungen hatten.

Plötzlich hörte Mike Palm auch die Stimme der Geisterfrau. Nur sprach sie jetzt nicht, sondern sang den Text zu dieser seltsamen alten Weise.

Spinnen, Fädchen, spinnen …
mach Seide und auch Linnen.
Für den König einen Rock,
ein Leichenhemd dem armen Tropf.
Die Hexen aber musst du lieben,
und dem Teufel sollst du dienen.

Ein schauriger Text, den Mike Palm noch nie zuvor gehört hatte, und er hatte auch das Gefühl, als würde die unheimliche Frau nicht selbst singen, denn ihre Stimme drang von allen Seiten auf ihn ein. Sie schien aus den dicken Mauern zu dringen.

Ihn fröstelte. Ein Schauder jagte den anderen. Mike stand wie auf der Erde angenagelt. Er hörte das Lied, dessen Strophe sich immer wiederholte, und er sah plötzlich die feinen Fäden, die sich vom Spinnrad lösten und schlangengleich durch die Luft schwebten.

Juliana begann zu kichern. Ein hohles Geräusch drang dabei aus ihrem Mund, erreichte die Ohren des Studenten und hallte schaurig in seinem Kopf nach.

Auf einmal verspürte er eine fürchterliche Angst. Bisher hatte er sich noch einigermaßen unter Kontrolle halten können, nun aber ließ er dieser Angst freien Lauf und sie umschloss seinen Körper wie eine Klammer.

Er stand da und konnte nichts tun.

Nicht einmal den kleinen Finger rührte er, während die Fäden auf ihn zuglitten und schon fast sein Gesicht erreicht hatten. Es waren besonders lange, hauchdünne Streifen, die ihn jedoch nicht alle erreichten, ein Großteil verschwand in der Dunkelheit hinter ihm.

Dann spürte er die erste Berührung.

Er zuckte nicht einmal, als sich der kalte Faden an seinem Kragen vorbeischob und um seinen Hals wickelte.

Eine dünne, gefährliche, mörderische und reißfeste Schnur, die auf einmal tief in das Fleisch an seinem Hals schnitt und die Kehle gedankenschnell umwickelte.

Spinnen, Fädchen, spinnen …

Juliana sang weiter. Ihre Stimme lullte den Studenten ein. Vor seinem Gesicht befand sich ein Wirrwarr aus langen und kurzen Fäden, der langsam immer dichter wurde.

Hunderte von Fäden befanden sich in der Luft. Es wurden in jeder Sekunde mehr, die Spindel wob so schnell, dass sie aus ihrer Halterung zu fliegen drohte.

Immer mehr Fäden produzierte sie. Und Mike Palm sah mit Entsetzen, dass Julianas Haare zu Berge standen.

Sie standen wie Speere von ihrem Kopf ab. Nichts unterschied sie mehr von den Spindelfäden.

Die Haare der Frau wurden zu weiteren Mordinstrumenten. Als Schlingen legten sie sich um den Hals des jungen Mannes und schnürten ihm die Luft ab.

Mike röchelte nur noch.

Verzweifelt versuchte er, Atem zu schöpfen. Er konnte nicht mehr stillstehen. Sein Körper ruckte und zuckte. Er breitete die Beine aus, versuchte im letzten Augenblick seine Standfestigkeit zurückzuerlangen und brach schließlich in die Knie, wobei er dicht neben der Lampe zu Boden fiel. Sein Kopf sank nach vorn. In seinen Ohren brauste es, dennoch hörte er den Gesang, der zu einer Todesmelodie wurde.

Spinnen, Fädchen, spinnen …

Die Welt um ihn herum wurde zu einem Wirbel. Blutrote Schatten füllten das Verlies plötzlich aus, aber die sah nur er. Es waren die erschreckenden Vorboten des Todes, die sich unsichtbar über den gebeugten Körper des Studenten legten.

Und immer mehr Fäden wickelten sich um seinen Hals. Sie bildeten bereits eine dicke Rolle, bewegten sich, wurden zugezogen und schnürten ihm weiter die Luft ab. Auch die kniende Haltung konnte er nicht mehr einnehmen. Ihm war, als würde ihm jemand die Beine wegschlagen, aber das merkte er nicht mehr.

Juliana, die Tote aus dem Kerkerschloss, hatte ihr drittes Opfer gefunden.

Spinnen, Fädchen, spinnen …

So sang sie weiter …

Andreas Schattner grinste, als sich seine Freundin vor seinen Augen anzog. Sie war nackt aus der Dusche gekommen, reckte jetzt den Körper und griff nach dem dicken Pullover.

»Was starrst du so?«, fragte sie.

Schattner wiegte den Kopf. »Du könntest ruhig mal mehr essen, Kleine.«

»Wieso?«

Er hob die Hände und wölbte sie. »Damit mehr an dich rankommt.«

»Mir reicht es«, erwiderte Christa schnippisch. »Und wenn es dir nicht passt«, sie griff zum Slip und stieg hinein, »dann kannst du dir ja eine andere aussuchen, die keinen Büstenhalter trägt, sondern ein Kinderzelt.«

Schattner lachte so laut, dass es durch den Wagen schallte. Dann ließ er sich rücklings auf die Koje fallen. »Mädchen, du bist mit Geld bald nicht mehr zu bezahlen. Deinen Humor möchte ich haben.«

»Habe du mal mehr Arbeitseifer. Los, zieh dich an, wir wollen den armen Mike nicht alles allein machen lassen!«

Schattner stand auf. »Finde ich ja toll, dass du dich entschlossen hast, mitzumachen.«

»Ich möchte nicht als Schmarotzer dastehen.« Christa griff zur warmen Jacke. »Mich wundert es überhaupt, dass Mike noch nicht zurückgekommen ist, um uns zu holen.«

»Wenn der arbeitet, denkt er an nichts anderes, glaub

mir das. Wenn wir ausgezahlt werden, ist Mike wohl der Einzige, der sich sein Geld redlich verdient hat.«

»Wundert mich, dass du das zugibst«, sagte Christa und stieg aus dem Wohnwagen.

Draußen blieb sie stehen und bibberte. »Scheiße, ist das kalt.«

»Mach dir warme Gedanken«, erwiderte ihr Freund, der ebenfalls den Wagen verließ.

»Soll ich an dich denken?«

»Zum Beispiel.«

»Da wird mir ja noch kälter.«

Schattner grinste von Ohr zu Ohr. »He, was bist du wieder mies gelaunt. Und überhaupt, aus welchem Grunde schlägst du eigentlich dauernd in der Luft herum?«

»Siehst du nicht diese dämlichen Fäden?«

»Ach, die Spinnweben meinst du.«

Christa tippte gegen ihre Stirn. »Spinnweben ist gut. Bei dieser Kälte halten die sich nicht.«

»Was ist es dann?«

»Weiß ich doch nicht.«

»Aber irgendwoher müssen sie ja schließlich kommen.« Schattner schaute sich um.

Bevor er etwas entdeckte, hatte Christa es bereits gesehen. »Die kommen aus dem Schloss.«

Andreas lachte. »Dann ist Mike daran schuld.«

Christa begann zu schimpfen. »Ist ja ein widerliches Zeug. Das klebt nicht nur, das brennt auch noch.« Sie zupfte einige Fäden von der Haut ab und versuchte, die Dinger zu Boden zu werfen, was ihr jedoch nicht gelang.

»Mike Palm, du Hundesohn!«, schimpfte Andreas Schattner. »Wenn wir dich erwischen …« Er ging bei diesen Worten auf den Schlosseingang zu.

Das Portal war geschlossen. Sie taten das immer, wenn sie ihre Arbeitsstätte betraten oder verließen, denn sie wollten den Durchzug nicht noch weiter verschlimmern.

»Komm endlich!«, rief Andreas und winkte Christa zu. »Oder willst du dich vor der Arbeit drücken?«

»Ich doch nicht.«

»Sieht fast so aus.«

Im Näherkommen sagte das Mädchen: »Den Vorwurf kannst du anderen machen, Katja und Dirk, zum Beispiel, aber nicht mir. Ich drücke mich vor keiner Arbeit.«

»Sei nicht gleich eingeschnappt.«

Christa war stehen geblieben und schaute an der Mauer hoch. »Durch die Luken kommen die komischen Fäden.«

»Das können nur …«

»Hör mit deinen Spinnen auf«, sagte Christa schnell. »Ich bin sicher, dass es keine sind.«

»Sehen wir nach.«

Christa fühlte sich angesprochen, schob sich an Andreas vorbei und öffnete das Portal. Sie musste sich dagegen stemmen, denn die Tür war ziemlich schwer.

Beide verloren ein wenig von ihrer Forschheit, als sie über die Schwelle schritten.

Scheu schauten sie sich um.

Christa blieb stehen, während ihr Freund die Tür zuzog, sie aber nicht schloss.

»Verstehst du das?«, flüsterte das Mädchen.

»Was?«

»Das alles hier. Von wegen, Mike arbeitet. Der ist überhaupt nicht zu sehen.«

»Ob er sich versteckt hat?«

»Unsinn, er ist doch kein kleines Kind.« Christa hob die Schultern, als würde sie frieren. »Nein, ich habe da ein komisches Gefühl. Andreas, hier stimmt einiges nicht.«

»Scheint mir auch so.«

Das Mädchen ging so weit vor, dass es etwa die Mitte der Halle erreicht hatte. Dort blieb Christa stehen und schaute gegen die Decke, wo deutlich die Fratze des Teufels zu sehen war. Sie schauderte vor diesem Bild, weil es so unwahrscheinlich echt wirkte.

In ihrem Rücken hörte sie Andreas' Stimme. »Diese dämlichen Fäden sind überall, Mensch, und die brennen auf der Haut, wenn sie einen berühren.«

»Vielleicht hat Mike sich davor versteckt«, vermutete Christa.

»Dann werden wir ihn rufen. Er muss sich ja melden.« Andreas Schattner hatte die Worte kaum ausgesprochen, als er schon den Namen seines Freundes rief. Er legte die Hände dabei rechts und links an seinen Mund, sodass die Flächen einen Trichter bildeten.

»Mike!«

Sein Ruf hallte. Die kahlen Wände warfen das Echo zurück. Durch die offene Tür wurde seine Stimme auch in den anderen Raum geworfen, der als Festsaal galt.

Eine Antwort erhielten sie nicht. Die beiden blieben inmitten der Stille stehen und schauten nur auf die Fäden, die sich überall verteilt hatten. Sie schwebten unter der Decke, auch nahe dem Gerüst, und ließen sie ebenfalls nicht in Ruhe.

»Weißt du was«, sagte Christa plötzlich und schüttelte sich. »Mir ist es richtig unheimlich zumute.«

»Frag mich mal«, murmelte Andreas.

»Da wird doch nichts passiert sein …«

»Mal den Teufel nicht an die Wand, Mädchen.«

»Das brauche ich gar nicht. Sieh mal nach oben, da ist er schon.«

Andreas folgte unwillkürlich dieser Anweisung. Er blickte in die Höhe, und sein Gesicht wurde noch blasser. »Das gibt es doch nicht!«, stieß er hervor.

»Was?«

»Die Teufelsfratze. Sie – sie bewegt sich …«

Christa Behle stand steif. Sie wollte grinsen, weil sie glaubte, ihr Freund würde sie auf den Arm nehmen. Als sie jedoch sein erschrecktes Gesicht sah, da folgte sie der Aufforderung, blickte hoch und glaubte zu spinnen.

In der Tat hatte sich die Fratze verändert. Das Gesicht des Höllenfürsten sah aus, als wäre es von einem Grinsen in die Breite gezogen worden.

Und einen Augenblick später hörten sie das Gelächter …

»Da!«, sagte der Küster und schimpfte weiter. »Die Jugend von heute. Auf sie ist kein Verlass mehr. Der Wagen ist leer, die Typen haben sich verdrückt.« Hans Heck hatte die Tür des Wohnmobils aufgezogen und schaute in den Wagen hinein. Als er sich umdrehte, verzog er das Gesicht.

»Was haben Sie?«, fragte Kommissar Mallmann.

»Im Wagen stinkt es nach Alkohol. Die haben gesoffen und nicht zu knapp.«

»Vielleicht liegen sie noch in den Betten.«

»Nein, da habe ich hingeschaut. Die Kojen sind alle leer.« Der Küster schüttelte sich und begann wieder über die Jugend zu schimpfen.

Ich hielt mich zurück, denn mein Blick glitt in das Tal der Mosel hinein, wo Trier zu unseren Füßen lag. Auf den Dächern der Häuser schimmerte noch der Schnee. Der Fluss wirkte wie eine graue Schlange, die sich zwischen den Hängen einher windet. Es war zwar kalt, dennoch reichte die Sicht nicht sehr weit, weil Hochnebel sie versperrte.

Ich drehte mich wieder um.

»Verschwunden sind sie«, beschwerte sich der Küster, »einfach weggelaufen. Das ist doch keine Arbeitsmoral.«

»Vielleicht haben sich die jungen Leute Ihren Rat zu Herzen genommen«, sagte ich.

»Dann wäre der Wagen ja auch nicht mehr da.«

»Die arbeiten bestimmt im Schloss«, vermutete der Kommissar.

»Nein!« Hans Heck widersprach energisch. »Wenn sie tatsächlich arbeiten würden, hätten wir etwas gehört. Das ist aber nicht der Fall. Also tun sie auch nichts.«

»Woher wissen Sie das alles?«, fragte ich.

»Erfahrung.« Heck wischte mit der Hand durch die Luft. Es war nicht die Bewegung eines übernervösen Menschen, sie hatte schon seinen Grund, denn wie auch wir sah er ebenfalls die Fäden, die uns wie hauchdünne Schlangen umschwebten.

Und es waren nicht nur ein Dutzend, sondern Hunderte, wobei es immer mehr wurden.

»Haben Sie eine Erklärung für diese Fäden?«, wandte ich mich an den Küster.

»Nein.«

»Wir scheinen uns dem Zentrum zu nähern«, vermutete Kommissar Mallmann, »so konzentriert habe ich sie noch nie erlebt.«

»Und das Zentrum liegt im Schloss«, erklärte ich, während mein Blick die düsteren Mauern streifte.

Die Fäden hatten dort, wo das Schloss stand, ihren Ursprung oder ihre Quelle.

In der Wand entdeckte ich Fensterlöcher. Durch sie konnten sie das Schloss verlassen.

Will war zu mir getreten. »Am besten wäre es, wenn wir den Küster nach Hause schickten.«

Der Ansicht war ich auch.

»Und was meinst du sonst?«, fragte mich Will.

Ich hob die Schultern. »Wenn ich ehrlich sein soll, sieht es gar nicht gut aus. Dieses komische Schloss scheint mir eine Quelle des Bösen zu sein.«

»Spürst du die Bedrohung?«

»Nicht körperlich, aber sie ist vorhanden. Sie …«

»Ahhhggrr …« Wir hörten beide den erstickt klingenden Schrei und wirbelten herum.

Ihn konnte nur einer ausgestoßen haben: Hans Heck, der Küster. Er war es in der Tat und er befand sich im Bann dieser mörderischen Würgefäden.

Die Arme hatte er halb erhoben. Er wollte seine Finger um den Hals klammern, damit er sich die Fäden abreißen konnte, das schaffte er nicht. Sie saßen einfach zu eng und schnitten wie scharfe Klingen in seine Haut.

Der Küster röchelte und verdrehte die Augen. Er bekam weiche Knie und taumelte zurück, bis er mit dem Rücken gegen die Wand des Wohnmobils stieß.

Die Fäden hatten sich ausgerechnet ihn, den hilflosesten unter uns, als Opfer ausgesucht. Wehren konnte sich der Küster nicht. Die dünnen Würgestricke hatten sich inzwischen so vermehrt, dass sie bereits die Dicke eines Fingers hatten und den Mann mit Leichtigkeit umbringen konnten.

Das alles schoss mir in den Sekunden durch den Kopf, die ich brauchte, um die Szene in mir aufzunehmen. Danach gab es kein Halten mehr für mich.

Er befand sich vielleicht zehn Meter von mir weg und auf halber Strecke erwischte es mich.

Ich hatte nur auf die Fäden geachtet, die etwa in Augenhöhe schwebten, und rechnete nicht damit, dass sich andere auch noch auf heimtückische Art und Weise anschleichen konnten.

Das bekam ich drastisch zu spüren. Niemand warnte mich und so gelang es diesen verdammten Dingern, sich während des Laufens zwischen meine Beine zu schieben und sie dicht unter den Knien zu umwickeln.

Abermals hatten sich zahlreiche Fäden gesammelt, sodass sie eine dünne Fessel bildeten.

Dünn, aber reißfest.

Mir jedenfalls gelang es nicht, sie zu zerstören, und so geriet ich nicht nur aus dem Rhythmus, sondern auch aus dem Gleichgewicht, stolperte und fiel.

Zum Glück gelang es mir, die Arme vorzustrecken, sodass ich meinen Fall abfangen konnte.

Der Boden war hart gefroren. Ich spürte den Aufschlag bis in die Schulterknochen, und meine sowieso schon kalten Hände schmerzten noch mehr.

Vor mir sackte der Küster zusammen.

Er röchelte schon, seine Hände wischten fahrig durch die Luft, schlugen nach hinten und dröhnten gegen die Außenwand des Wohnmobils.

Für ihn, nein, für uns ging es wirklich um alles oder nichts. Mich hatten die Fäden nur in Höhe der Knie umklammert, meine Arme konnte ich bewegen, frei waren die Hände, und mit ihnen griff ich nach dem Kreuz.

Ich hatte es zuvor schon in die rechte Tasche gesteckt. So brauchte ich die Kette nicht erst über den Kopf zu streifen.

Während ich das Kreuz hervorholte, fragte ich mich, aus welchem Grunde Will Mallmann nicht eingriff. Das jedoch war nur ein flüchtiger Gedanke. Vorrang hatte der Küster.

»Heck!«, brüllte ich.

Ich hoffte, dass er mich nicht nur verstand, sondern auch begriff, was ich vorhatte.

Er schaute mich an. Seine Gesichtszüge waren verzerrt, die Qual stand darin zu lesen, und ich schrie den nächsten Befehl.

»Fang das Kreuz!«

Ich hoffte, dass er es begriffen hatte, legte das Kruzifix der Länge nach auf meinen Handteller, dass ich es schleudern konnte.

Im nächsten Augenblick wirbelte es durch die Luft. Ich hatte noch zielen können und es nahm einen direkten Kurs auf den Küster.

Der streckte seine Arme vor.

Hans Heck griff daneben.

Ich verfluchte mich und meine bescheidene Lage, sah jedoch in derselben Sekunde, dass wir Glück hatten. Heck bekam zwar nicht das Kreuz zu fassen, dafür die Kette.

Und die hielt er fest!

Er umklammerte sie wie einen Rettungsanker. Das Kreuz selbst schwang hin und her und ich rief dem Mann den nächsten Befehl zu. »Press es gegen den Hals!«

Er hatte begriffen.

Heck hob den rechten Arm an und drückte das Kreuz dort gegen seinen Hals, wo die Fäden ihn umklammerten und in das Fleisch schnitten.

Geschafft!

Ich glaubte, das Zischen zu hören, mit denen die Fäden vergingen, dann musste ich mich um mich selbst kümmern.

Was diese an Spinnweben erinnernden Dinger einmal bei mir angefangen hatten, das wollten sie auch fortführen, denn inzwischen waren immer mehr hinzugekommen und umklammerten meine Beine. Sie drehten sich hart darum und bildeten eine biegsame Fessel, während andere bereits meinen Hals als Ziel ausgesucht hatten.

Es waren längere Fäden, schon mit einem Arm zu vergleichen, und die würden sich ein paar Mal um die Kehle schlingen.

Das Kreuz hatte ich aus der Hand gegeben, meinen Dolch besaß ich noch.

Als ich ihn zog und ihn gegen die Fäden hielt, die meine Beine umklammerten, geschah das Gleiche wie schon im Zimmer der toten Katja Maybach.

Die Fäden verschmorten.

Aus den silbrigen Dingern wurden schwarze Ascheteilchen, die ich wegpusten konnte.

Endlich frei!

Mein Gesicht, beziehungsweise den Hals hatten sie zum Glück in Ruhe gelassen. Ich konnte mich auf die Seite rollen, atmete tief durch, stützte mich auf und kam hoch.

Der Küster lag auf dem Boden. Seinen Stock hatte er verloren. Er hielt das Kreuz umklammert, hatte die Arme ausgestreckt und starrte das geheimnisvolle Kleinod wie einen Fund von einem anderen Stern an.

Und was war mit Will?

Ich wirbelte herum.

Fast setzte mein Herzschlag aus, als ich den Kommissar erkannte. Ihn hatte es voll erwischt. Will kämpfte verzweifelt gegen die langen Würgefäden, die sich ihm näherten und seine Gestalt umschwebten. Sie glichen Spiralen, die an seinem Körper hochkrochen und sich um seine Kehle legen wollten, wobei sie auch das Gesicht des Kommissars nicht aussparten.

Noch wehrte sich Will. Ich jedoch erkannte, dass hinter seinen Schlägen keine Kraft mehr steckte. Die Bewegungen wirkten müde und abgeschlafft, deshalb musste ich etwas tun.

Das Kreuz ließ ich bei dem Küster zurück. Wenn er es hatte, würden sich die Fäden hüten, ihn weiterhin anzugreifen. Mit gewaltigen Sprüngen überwand ich die Distanz zu meinem Freund Will Mallmann. Es war unfassbar, wie sich die Lage innerhalb weniger Sekunden radikal verändert hatte.

Jetzt ging es um Leben und Tod.

Will brach in dem Augenblick zusammen, als ich ihn erreichte. Sein Körper war fast eingewickelt. Er wirkte wie eine Mumie, nur lagen die Fäden noch nicht so dicht, aber es waren inzwischen so viele zusammengekommen, dass sie die Abwehrbewegungen des Kommissars stoppen konnten.

Immer wenn er schlug, federte er gegen die Fäden, die dem Druck standhielten und nicht rissen.

Jetzt kam ich mit der Waffe.

»Bleib ruhig liegen!«, schrie ich Will Mallmann an. »Bewege dich nicht zu stark, sonst …«

Er verstand, rollte sich auf die Seite und auch ich ließ mich auf die Knie fallen, wobei ich auf die weiteren Fäden nicht achtete, die sich uns näherten.

Sie waren lautlos. Man hörte sie nicht, sondern bemerkte sie erst dann, wenn sie da waren.

Trotz aller Eile, die geboten war, musste ich vorsichtig zu Werke gehen. Der Dolch war an beiden Seiten geschliffen. Wie leicht konnte ich die Kleidung durchtrennen und auch in die Haut des Kommissars schneiden. Damit war keinem gedient.

Ich hielt Will fest, sodass er auf der Seite liegen blieb. Unter meiner linken Hand spürte ich die widerlich klebenden Fäden, und dann führte ich den Dolch von oben nach unten. Ich zog die Klinge schräg durch das Netz der Fäden und zerstörte zuerst die, die den Körper des Kommissars umwickelt hatten.

Auch sein Gesicht war bedeckt. Um den Hals hatten sich die verfluchten Dinger ebenfalls gewickelt. Noch vorsichtiger ging ich zu Werke, während sich andere Fäden meiner Gestalt näherten und sich ebenfalls über die Kleidung legten.

Es gelang mir, die Dolchklinge unter die Fäden zu schieben, sie sogar ein wenig anzuheben, bevor ich schnitt.

So zerstörte ich sie!

Sie rollten sich zusammen, erinnerten mich einen Augenblick später an dunkle, krause Haare, bevor ich sie mit der flachen Hand wegwischen konnte.

Will Mallmann wurde befreit.

Keuchend blieb er auf dem Rücken liegen. Dabei schüttelte er den Kopf, starrte mich an und ich merkte, dass er etwas sagen wollte.

»Lass es, Will! Es ist alles okay.«

»Aber du ...«

Da wurde mir die Luft abgeschnürt. Ich hatte mich so sehr auf Will Mallmann konzentriert, dass ich an mich nicht mehr dachte. Mit dem Dolch befreite ich mich.

Die dünnen Fäden rollten sich zusammen und rutschten nach unten. Mit den Händen half ich noch nach, indem ich gegen meinen Körper schlug, sodass ich mich schließlich ganz befreien konnte.

Will half ich auf die Beine.

Danach schauten wir uns um, während der Kommissar noch ziemlich wacklig auf den Beinen stand und von mir gestützt werden musste, denn ihn hatte es hart getroffen.

Irgendwie mussten die Fäden oder derjenige, der für ihre Existenz verantwortlich war, gemerkt haben, dass wir Waffen besaßen, die stärker waren als sie.

Sie zogen sich zurück.

Das heißt, es folgten keine mehr nach, und so war die Luft ziemlich frei.

Ich atmete auf. Dieser Kelch war noch einmal an uns vorübergegangen. Im letzten Augenblick hatten wir reagieren können und es zum Glück geschafft, sie zu vernichten.

Hans Heck hockte noch immer auf dem frostkalten Boden und hielt mein Kreuz fest. Er schaute uns mit einem Blick an, in dem Angst und Unverständnis lagen.

Ich nickte ihm beruhigend zu. »Alles klar«, sagte ich, als wir neben ihm standen.

»Wie ist das möglich?«

»Keine Ahnung, wirklich, aber Sie sehen, dass wir es hier mit Mächten zu tun haben, die wir nicht kontrollieren können. Kommen Sie, Herr Heck, stehen Sie auf!«

»Ja, ja, natürlich«, murmelte er, während er sich auf die Füße quälte.

Noch immer befand er sich nicht im Vollbesitz seiner Kräfte. Er schwankte ziemlich. Will Mallmann hob den Stock des Küsters auf und übergab ihn.

»Danke«, flüsterte Hans Heck, »danke …« Er schüttelte den Kopf. »Haben Sie eine Erklärung?«, fragte er.

Ich war ehrlich genug, dies zu verneinen.

»Dann können wir uns ja die Hand reichen. Ich habe nämlich auch keine auf Lager.«

»Aber es muss mit dem Kerkerschloss zusammenhängen«, schaltete sich Will Mallmann ein, »denn genau von dort sind die Fäden gekommen. Welch ein Geheimnis verbirgt dieses Schloss?«

»Es ist die Frau«, flüsterte Heck.

»Die Tote?«

Er schaute mich an und nickte. »Ja, die Tote. Sie war doch eine Hexe. In alten Geschichtsbüchern habe ich darüber gelesen. Auch in einem Kirchenbuch. Sie muss eine Hexe gewesen sein, anders kann ich es mir nicht vorstellen. Und sie hat, so steht es geschrieben, zu Lebzeiten schon immer am Spinnrad gesessen und gesponnen. Deshalb vielleicht diese Fäden.«

Das war eine einleuchtende Erklärung, die der Küster da von sich gegeben hatte. Wir würden unsere Nachforschungen in dieser Richtung weiterführen.

Allerdings ohne ihn. Der Mann war zu alt und ich bat ihn, die Umgebung des Kerkerschlosses zu verlassen.

Überrascht schaute er mich an. »Kommen Sie denn nicht mit?«

»Nein, wir werden dem Geheimnis dieser Frau auf den Grund gehen und nachsehen, ob sie noch spinnt.«

Er schüttelte den Kopf. »Aber das geht doch nicht. Nein, das können Sie nicht machen, die anderen sind stärker. Viel stärker, glauben Sie mir. Wir müssen …«

»Bitte, gehen Sie«, sagte auch Will.

Da nickte der Küster. »Ja, ich werde gehen und werde auch für Sie beten.«

Wir schauten ihm nach, bis er nicht mehr zu sehen war. Will Mallmann meinte: »Hoffentlich hält er sich an unseren Rat.«

Das Gleiche hoffte ich auch und schaute auf das Kreuz, das ich wieder an mich genommen hatte. Als Waffe reichte es mir eigentlich aus, deshalb übergab ich meinem deutschen Freund den Dolch.

Will schaute erstaunt. »Du trennst dich von ihm?«

»Wie du siehst. Mir reicht das Kreuz. Am liebsten wäre mir ja, wenn du auch verschwinden würdest, aber dazu werde ich dich wohl kaum überreden können.«

»Wie Recht du hast, mein Lieber, wie Recht.«

Wir gingen. Unser Ziel war das Kerkerschloss. Von den drei Studenten hatten wir noch keine Spur entdeckt und ich bekam allmählich Angst um die jungen Leute.

Die große Tür war nicht völlig geschlossen. Bevor wir sie aufzogen, warfen wir noch einen Blick an der Außenmauer hoch.

Dicht wucherte der Efeu. Er hatte ein regelrechtes Netz gebildet, und dazwischen schimmerten silbrig hell die seltsamen, mit Magie aufgeladenen Fäden.

Sie lauerten dort auf weitere Opfer. Will Mallmann gab sich einen Ruck und drückte die Tür auf.

Vor uns befand sich die große Halle, in der zahlreiche Gerüste aufgebaut worden waren.

Unsere Blicke verweilten für einen Moment auf den Leitern und Brettern. Wir nahmen die Düsternis des Kerkerschlosses in uns auf und wir spürten wohl beide, dass dieses alte Gemäuer ein besonderes Flair hatte.

Das Flair der Hölle!

»Wer hat da gelacht?« Christa Behle stellte die Frage, nachdem das Gelächter verstummt war.

»Ich weiß es nicht«, erwiderte Andreas. »Vielleicht unser Freund Mike.«

»Kann ich nicht glauben.«

»Sag mir eine andere Möglichkeit.«

»Die kenne ich ja auch nicht.« Christas Stimme klang verzweifelt. Das Mädchen hatte plötzlich Angst. Noch nie war ihr das Schloss so unheimlich gewesen wie in diesen Augenblicken. Sie hatte sich zuvor zwar auch ein wenig gefürchtet, aber ihr fiel sofort die Veränderung der Atmosphäre auf.

Irgendetwas hatte sich inzwischen ereignet. Da schwebte einiges in der Luft, das nicht zu fassen war, unsichtbar glitt es heran und umklammerte die Menschen.

»Lass uns wieder gehen!«, flüsterte Christa.

Andreas Schattner schüttelte den Kopf. »Und Mike?«

»Er ist bestimmt nicht hier.«

Andreas warf seiner Freundin einen nachdenklichen Blick zu. »Nein, Christa, ich lasse Mike jetzt nicht im Stich. Tut mir Leid. Er gehört zu uns und ich werde dafür sorgen, dass wir ihn finden. Du kannst ja gehen.«

»Nein, ich bleibe auch.«

»Aber hier geht etwas nicht mit rechten Dingen zu«, sagte Schattner.

»Trotzdem bleibe ich.« Christa hatte sich entschlossen und auch ihre Furcht einigermaßen überwunden.

»Überhaupt«, begann Andreas wieder. »Diese Fäden, was haben sie eigentlich zu bedeuten?«

»Weiß ich nicht.«

»Ich denke, du hast dich mit der Historie des Schlosses auseinandergesetzt.«

»Aber nicht mit Spinnweben.«

»Es sind keine!«

Andreas ging nicht mehr auf die Bemerkung seiner Freundin ein, sondern lenkte seine Schritte tiefer in den Saal hinein. Ihr Arbeitszeug lag noch da. Nur eine Jacke und eine Hose waren verschwunden.

»Mike hat sich bereits umgezogen«, sagte er zu seiner Freundin.

»Dann muss er auch hier sein«, behauptete Christa.

»Ich weiß es nicht …«

»Das Lachen ist ja nicht in diesem Raum erklungen«, hielt ihm Christa entgegen.

Andreas drehte sich um. »Leider.«

Christas Gesicht leuchtete bleich in dem Dämmerlicht. Sie biss sich auf die Lippen.

»Sollen wir nicht lieber überall nachschauen?«, fragte sie zaghaft.

»Und wo?«

»Ich meine, wenn wir schon einmal hier sind, könnten wir ja auch in den Keller …«

»Das hatte ich vor.«

»Und ich gehe mit!«

Entschlossen klang die Antwort. So sehr, dass Andreas keine Einwände hatte. Er wartete, bis Christa bei ihm war, und spürte, wie sie nach seiner Hand tastete.

»Halte mich fest«, flüsterte Christa. »Ich habe Angst …«

»Ich auch, ehrlich gesagt.«

Die Berührung gab ihnen gegenseitig die nötige Kraft, die sie brauchten. Bevor sie allerdings den Saal verließen, nahm Andreas noch eine Taschenlampe mit. Es war eine kleine Lampe, die sehr wenig Licht gab, ihnen reichte es jedoch.

Sie verließen den Saal und begaben sich in den anschließenden Raum, der von seinen Ausmaßen her fast so groß war wie der hinter ihnen liegende.

Hier lagen keinerlei Werkzeuge herum, es waren auch keine Gerüste zu sehen, der große Raum wirkte in seiner Kahlheit irgendwie bedrückend. Andreas blieb stehen und schwenkte den Arm mit der Lampe. Große Kreise zeichnete er, sodass er in die Ecken hineinleuchten konnte, aber nichts entdeckte, was irgendeinen Hinweis auf Mike Palm oder die anderen gegeben hätte.

»Der ist sicherlich unten!«

Christa hatte die Worte gesprochen. Andreas dachte da ähnlich, und dennoch fürchtete er sich davor, in die Tiefe zu steigen. Er brauchte nur an den gestrigen Tag zu denken, als sie den Gang freigelegt hatten.

Alle fünf hatten es mit der Angst zu tun bekommen, und gerade jetzt fielen ihm die warnenden Worte des alten Küsters wieder ein, der sie gebeten hatte, das unheimliche Kerkerschloss zu verlassen.

Sie hatten nicht auf ihn gehört. Auf einen Menschen, der die alten Geschichten, die man sich über das Schloss erzählte, für bare Münze nahm.

Gesehen hatten sie die Tote, die seit zweihundert Jahren dort gefangen war, nicht.

Nicht einmal ein Skelett.

»Sollen wir nicht nach unten gehen?«, fragte Andreas.

»Nein, ich ...« Christa schüttelte den Kopf.

»Okay, ich stimme dir zu. Aber nachsehen möchte ich dennoch gern.«

»Das verstehe ich nicht.«

»Ganz einfach. Ich gehe bis zur Treppe vor und leuchte nur die Stufen hinab.«

Christa schaute zweifelnd. »Ist das auch richtig, was du da vorhast? Ich meine, wenn ...«

»Lass mich nur machen.« Andreas gab sich überlegen, obwohl auch er von einem unguten Gefühl erfasst worden war und Angst hatte.

Als er sich von Christa löste, sah es für einen Moment so aus, als wolle ihm das Mädchen folgen. Es zuckte aber zurück, zudem war ihr Freund ziemlich schnell.

Die Treppe war erst zu erkennen, wenn man sich ziemlich dicht davor befand. Zudem lag sie noch ein wenig versteckt und auch im Schein der Lampe konnte Schattner nicht viel sehen.

Er sah nur die nischenähnliche Einbuchtung, drehte seinen Arm nach rechts, um die Stufen hinunterzuleuchten, und bemerkte im selben Augenblick die Bewegung in der Nische.

Dort lauerte jemand.

Abrupt blieb er stehen.

Da geschah es.

Der Jemand, der in der Nische gewartet hatte, kippte ihm entgegen. Er fiel genau auf ihn zu. Der junge Mann wollte noch weg, aber er schaffte es nicht mehr.

Die Gestalt prallte steif gegen ihn und drückte Andreas an die Wand.

Schattners Augen wurden groß. Er sah auf dem Kopf die weiße Haube, dachte sofort an die unheimlichen Fäden und wurde dann abgelenkt, weil er hinter dem Gespinst ein Gesicht entdeckte.

Kalt, starr, mit aufgerissenen Augen.

Es gehörte Mike Palm!

Es waren Sekunden des Entsetzens und der Starrheit, die Andreas Schattner überfielen. Für ihn gab es keinen Zweifel mehr.

Mike Palm war tot.

In einer Reflexbewegung hatte Andreas seine Arme um den Körper geklammert, und er fühlte unter seinen Händen die Steifheit des anderen. Da steckte kein Leben mehr drin, es war alles aus, vergessen, vorbei.

Er hielt einen Toten in den Armen! Einen Toten!

Das wurde ihm nach seinem jähen Schrecken und dem Entsetzen richtig bewusst. Sein Atmen war mit einem schluchzenden Geräusch verbunden, das auch Christa Behle vernahm.

Sie hatte gewartet und war Andreas nur mit den Blicken gefolgt. Leider hatte sie nicht genau erkennen können, was sich innerhalb der kleinen Nische und direkt an der Treppe alles abspielte. Sie sah nur den Strahl der Lampe, der zudem noch zu Boden gerichtet war.

Als sie schließlich das schluchzende Geräusch vernahm, da ahnte sie, dass Andreas in Schwierigkeiten steckte. Zuerst wollte sie fliehen, überwand sich jedoch und lief zu ihrem Freund.

»Andy, ich …«

»Nein!«, keuchte der junge Mann. »Um Himmels willen, Christa, bleib da. Bitte …«

Zu spät kam die Warnung. Das Mädchen hatte die trennende Distanz längst überbrückt und es sah nicht nur seinen Freund, sondern auch die steife Leiche, die Andreas umklammert hielt und von der er gegen die Wand gepresst wurde.

Christa blieb stehen. Auf einmal wurden ihre Augen groß, das Gesicht zerfloss, die Züge schienen zu verschwimmen, der Mund stand offen und wenig später drang ein undefinierbarer Laut über ihre Lippen, eine Mischung zwischen Stöhnen und Schreien.

»Wir müssen weg, verdammt!«, zischte Andreas. »Mike ist tot. Die Fäden, sie haben ihn …«

Er verstummte, denn er hatte etwas gehört.

Auch Christa hatte es vernommen. Sie ließ die Hände

sinken und blieb in einer lauschenden, angespannten Haltung.

Ein Lied war an die Ohren der beiden jungen Menschen gedrungen. Aus dem Verlies oder Keller schallte es zu ihnen hoch, und eine geisterhaft klingende Stimme sang die Verse.

Spinnen, Fädchen, spinnen …
mach Seide und auch Linnen
…

Die anderen Worte verstanden die beiden nicht mehr, doch schon der erste Vers hatte ihnen gereicht.

»Mein Gott, was ist das?«, flüsterte Christa.

Sie vernahm keine Antwort. Andreas hatte sich endlich überwunden und stemmte die Leiche weg. Sie fiel nach hinten, prallte gegen die Wand und kippte schließlich zur Seite, wobei sie dumpf auf den Boden schlug und liegen blieb.

Beide vernahmen das Geräusch, sie reagierten trotzdem nicht. Der junge Mann und seine Freundin standen da, schauten zu Boden und erweckten den Eindruck, als würden sie sich in einem Traum befinden.

Von unten her drang wieder die Stimme an ihr Gehör.

Spinnen, Fädchen, spinnen …

Sie kam.

Ruckartig drehte Christa den Kopf. Das Lied hatte sie aufgeschreckt, sie schaute die Treppe hinab und entdeckte etwas Helles in der Dunkelheit.

Es bewegte sich …

Lautlos glitt es die Stufen hoch und kam näher.

Ein Gespenst, ein Geist …

Aber konnten Gespenster Lieder singen?

Sie wusste es nicht, sie hatte sich nie damit beschäftigt, sie sah nur das unheimliche Wesen, das immer näher kam und dessen Umrisse von Sekunde zu Sekunde deutlicher wurden.

Es war eine Frau!

Gewaltig die Haarflut, die von ihrem Kopf abstand. Feine Härchen, die so aussahen wie diejenigen, unter deren Druck Mike Palm sein Leben ausgehaucht hatte.

Für eine Flucht war es zu spät.

Beide spürten die unheilige Kraft und auch den Bann, der von dieser Frau ausging.

Sie ließ sich nicht beirren. Mike Palm hatte sie bereits getötet, den beiden anderen jungen Leute sollte es nicht anders ergehen, das genau war ihre Absicht.

Totenbleich das Gesicht, gelblich schimmernd die Augen, hell auch das lange Kleid, und wie ein gewaltiger Busch wuchsen die Haare auf ihrem Kopf.

»Ihr seid gekommen«, flüsterte sie. »Ihr seid da!« Sie kicherte. »Endlich. Gestern habe ich euch schon schnappen wollen, das war mir jedoch nicht gelungen. Heute aber kriege ich auch den Rest. Zu fünft seid ihr gewesen, drei sind schon tot, nur ihr lebt noch und ihr werdet es auch bald hinter euch haben ...«

Christa und Andreas hörten die Worte zwar, aber sie waren nicht in der Lage zu reagieren. Sie mussten alles auf sich zukommen lassen.

Das Mädchen war für die unheimliche Totenfrau besonders interessant. »Dich«, so flüsterte sie, »dich hole ich als Erste zu mir, darauf kannst du dich verlassen ...« Die letzten Worte endeten in einem Kichern, und einen Augenblick später stand sie bereits so dicht vor der starren Christa, dass diese von der Haarflut fast berührt wurde.

Und genau diese Haare waren es, die ihr den Tod bringen sollten. Sie bewegten sich. Als würden sie vom Wind umschmeichelt, so wurden sie in die Höhe gehoben.

An beiden Seiten des Kopfes geschah dies.

Christa konnte ihren Blick davon nicht lösen. Wie unzählige kleine Schlangen kamen ihr die Härchen vor.

Sie ringelten dem Mädchen entgegen, streiften ihr Gesicht von der Stirn bis fast zum Kinn, und sie zuckte wieder zusammen, als hätte ihr jemand einen Stromstoß versetzt.

Das war die Angst, die heiße Angst, die in ihr hochschoss, hinzu kam der Einfluss dieser lebenden Toten, und beides zusammen ließ Christa zu einem wehrlosen Bündel werden.

Juliana trat noch einen Schritt näher. Fast berührten sich die beiden Körper, aber so hatte sie genau die Distanz, die sie benötigte.

Und die linke Haarhälfte griff zu!

Sie bewegte sich gedankenschnell. Christa konnte ihren Kopf nicht mehr zur Seite nehmen, sie wurde regelrecht überfallen, die erste Berührung am Hals fühlte sich an wie Lametta und kurz danach drehten sich die Haare dicht unter dem Kinn zusammen.

Christa Behle war gefangen!

Im selben Augenblick löste sich auch bei ihr der Bann. Sie begriff, in welch einer tödlichen Umklammerung sie steckte, riss weit die Augen auf und schaute in das bleiche Gesicht der Frau, hinter der die Dunkelheit waberte.

Im nächsten Augenblick spürte Christa Behle, welch eine Kraft in den seltsamen Haaren dieser lebenden Toten steckte. Sie war so stark, dass sie Christa in die Höhe riss und herumschleuderte.

Urplötzlich ließen die Haare los.

Unter dem Mädchen befand sich die Treppe. Zahlreiche Stufen führten in die Tiefe, so war es ganz natürlich, dass sie nicht genau eine Stufe traf, sondern auf eine Kante trat, umknickte, das Gleichgewicht verlor und die Treppe nach unten fiel.

Rasend schnell ging es in die Tiefe. Christa spürte die harten Kanten wie Schläge. Überall trafen sie ihren Körper, sie verursachten Prellungen, schüttelten und beutelten das Mädchen durch. Sie spürte Schläge gegen den Kopf, stieß sich Arme und Ellbogen, schmeckte Blut, als sie mit der Zunge über ihre Lippen fuhr, und bekam die Schläge knochenhart gegen ihren Körper.

Irgendwann hatte auch dieses ein Ende gefunden. Die Treppe lag hinter ihr. Christa kam allmählich zur Ruhe und wunderte sich im ersten Augenblick darüber, dass sie noch lebte.

Ja, sie war noch am Leben.

Mehr auch nicht, und sie stellte sich sofort die Frage, wie lange dies noch anhielt.

Bewegen konnte sie sich kaum, denn sie war nicht in den Gang, sondern auf den Schutthaufen gefallen. Steine und Erde drückten gegen ihren Rücken, ihr Gesicht brannte, sie spürte Blut aus Wunden an der Wange laufen und schüttelte sich, als sie versuchte, auf die Füße zu gelangen.

Da hörte sie das Poltern.

Sofort schaute sie nach links, wo die Treppe in der Dunkelheit verschwand.

Schemenhaft sah sie die unheimliche Frau. Davor jedoch rollte etwas Großes, Dunkles die Stufen herab.

Ein Mensch!

Schreie hallten Christa entgegen. Es war ihr Freund Andreas, den die lebende Tote aus dem Kerkerschloss ihr entgegenwuchtete. Er überschlug sich, prallte gegen die Wand und war so schnell unten, dass Christa Behle nicht mehr ausweichen konnte.

Wuchtig krachte ihr Freund gegen sie.

Halb hatte sie sich erhoben, als der Aufprall erfolgte. Sie wurde wieder zurückgeschleudert und da sich Andreas bewegte, bekam sie sogar noch einen Treffer mit.

Unglücklicherweise traf das Handgelenk dabei ihre Nase, die sofort anfing zu bluten.

Christa bestand nur noch aus Angst. Sie jammerte und weinte, während Andreas schräg über ihr lag und sich nicht rührte. War er tot?

Diese Frage stellte sich dem Mädchen. Christa geriet in Panik. Was nutzte es, wenn sie lebte und der andere …

Spinnen, Fädchen, spinnen …

Ihre Gedanken wurden durch das Lied der Untoten unterbrochen. Christa schaute hoch und gleichzeitig nach vorn.

Juliana schwebte mit wehenden Mörderhaaren die Treppe herunter, um auch den Rest zu erledigen …

Dieses Schloss war erobert worden!

Und zwar vom Bösen!

Wir merkten es, ohne dass etwas geschah. Es war einfach dieses Fluidum, das sich hier ausgebreitet hatte, und es schien unsichtbar die kleinen Fäden zu tragen, die in der Luft schwebten.

Ein Schloss, das dem Bösen gehörte. Schon des Öfteren hatten wir ähnliche Mauern betreten. Es gab sie vor allen Dingen in meiner Heimat England. Aber auch in Schottland oder in Irland, wo noch die alte Druiden-Magie Bestand hatte.

Und genau hier fühlte ich den Kreis des Bösen, der sich um uns herum geschlossen hatte.

Ich schüttelte mich, da es kalt über meinen Rücken rieselte. Einen schnellen Blick warf ich auf meinen deutschen Freund.

Will Mallmann befand sich schräg rechts von mir. Er hatte eine seltsame Haltung angenommen, stand irgendwie witternd da, hatte den rechten Arm vorgestreckt, und seine fünf Finger umklammerten den Dolchgriff. Selbst aus dieser Position konnte ich erkennen, dass er seine Augen zu schmalen Sicheln verengt hatte, ein Beweis dafür, wie sehr der Kommissar auf der Hut war.

Und es gab Feinde, das wussten wir genau. Nur waren sie für uns nicht zu entdecken.

Will drehte den Kopf. Er sprach mich an. »John, wo stecken die Studenten?«

Meine Antwort bestand aus einem Schulterzucken. Auch ich machte mir große Sorgen. Dabei dachte ich daran, dass dieses Gemäuer Kerkerschloss genannt wurde.

Ein treffender Name, obwohl wir von einem Kerker noch nichts entdeckt hatten. Normalerweise hätten wir sofort danach gesucht, aber da war diese böse Aura, die mich störte.

Sie schwebte nicht im Keller dieses Schlosses, sondern in der Halle, wo wir steckten. Zudem fiel wenig Licht hinein, und es gab genügend dunkle Ecken.

Aber auch Lampen.

Will Mallmann hatte dieselbe Idee wie ich. Nur sprach er sie schneller aus. »Ich werde mal einige dieser Kabelleuchten in Betrieb setzen, John.«

»Okay.«

Will konzentrierte sich auf seine Arbeit, während ich mich näher umschaute.

Die jungen Studenten hatten sich mit den Wänden beschäftigt und die alten Malereien dort neu überstrichen oder deutlicher hervorgeholt. Ich sah Ansätze von Figuren, Szenen und Menschen. Dann wurde ich stutzig, denn das Gerüst war zur Raummitte so aufgebaut worden, dass es eine hohe Brücke bildete.

Automatisch flog mein Blick nach oben.

Im selben Moment hatte Will Mallmann die Steckdosen gefunden, Kabelstecker hineingeschoben und die Lampen eingeschaltet. Helle Strahlen zerschnitten den Dämmer und Will richtete den dritten Strahl gegen die Decke, wo ich soeben hinschaute.

Voll traf er eine Fratze.

Das Gesicht des Teufels!

Wie unter einem Peitschenhieb zuckte ich zusammen, als ich dieses widerliche Gesicht sah. Ich ekelte mich nicht gerade davor, zu oft war mir der Schädel schon begegnet und im Prinzip war er immer gleich gezeichnet worden.

Ein Dreieck als Kopf, ein verbissener Mund, grausame Augen und eine hohe Stirn.

Das traf hier auch ungefähr zu. Die Augen allerdings leuchteten in einem kalten Gelb, das einen Stich ins Weiße hatte. Ein unheimlicher Ausdruck, der mir verdammt echt vorkam.

Auch Will war davon unangenehm berührt, denn er sagte: »John, diese Fratze gefällt mir überhaupt nicht.«

»Frag mich mal.«

»Und was willst du machen?«

»Mal sehen.«

Ich ging ein paar Schritte vor und vernahm Wills überraschten Ruf.

»Verdammt, die Augen bewegen sich! Mein Gott – das Gesicht, es – es lebt!«

Abrupt war ich stehen geblieben, legte den Kopf in den Nacken, schaute die Fratze an und erkannte, dass sich mein deutscher Freund nicht getäuscht hatte.

In der Tat rollten die Augen. Ich konnte es deshalb so gut sehen, weil der Kommissar den Strahl seiner Lampe auf das Gesicht gerichtet hatte.

Ein lebendes Gesicht! Ich überlegte gedankenschnell. Konnte es möglich sein, dass von dieser Fratze aus all das Grauen verbreitet wurde, das wir hier erlebten?

Was sollten wir tun?

Ich dachte schon daran, das Kreuz in die Höhe und damit gegen die Fratze zu werfen. Das gefiel mir nicht. Wenn ich die Fratze zerstörte, dann wollte ich selbst ran.

Das sagte ich auch Will.

»Aber das ist gefährlich.«

»Sicher. Auch wenn ich über die Straße gehe, begebe ich mich in Gefahr.« Ich ging bereits auf eine Leiter zu. »Halte du mir hier unten den Rücken frei.«

»Mach ich, John.«

Beim Näherkommen stellte ich fest, dass die Studenten gut gearbeitet hatten. Das Gerüst war ausgezeichnet aufgebaut worden und vor allem sehr sicher. Die einzelnen Stützteile hatten die Studenten in den Wänden verdübelt. Regelrechte Haken hielten sie fest. Ich merkte es, als ich unten am Gerüst rüttelte und die Stützen gut hielten.

Geschmeidig kletterte ich in die Höhe. Die Sprossen standen gut und sicher innerhalb der senkrechten Balken. Sie bogen sich auch nicht durch, als sie durch mein Gewicht belastet wurden.

Zwei waagerecht laufende Bretter führten in unterschiedlicher Höhe von einem Tragepfeiler zum anderen. Ich musste ausgerechnet den Höchsten erreichen, um an die Teufelsfratze zu gelangen.

Früher hatte man die Räume höher gebaut. Besonders in den Schlössern war mit Platz nicht gespart worden.

Mit der Lampe winkte mir Will zu und der Strahl fuhr wie ein zuckender Blitz über das Gerüst.

Ich erreichte den Steg.

Das Kreuz hatte ich unterwegs wieder um den Hals

gehängt, weil ich beide Hände frei haben wollte, um jeweils die Sprossen zu packen. Jetzt streifte ich es mir wieder über den Kopf und hielt es in der Hand.

Ich musste noch einige Meter über den Steg laufen, um direkt unter das Teufelsgesicht an der Decke zu gelangen. Bevor ich losging, schielte ich hinüber.

Hatte sich der Ausdruck in den Augen nicht verändert? Das war gut möglich, zudem waren die Pupillen verdreht, sodass sie zu mir hinschielen konnten.

Ein böser Blick starrte mich an!

Grauenhaft war er, kalt.

Und trotzdem schien er mit dem Feuer der Hölle gefüllt zu sein. Dies hier war verdammt, da spielte mir keiner etwas vor, das Kerkerschloss steckte voller furchtbarer Geheimnisse.

Als ich mein rechtes Bein bewegte, da flackerte das Licht. Im ersten Augenblick glaubte ich an eine Täuschung, denn es leuchtete wieder auf, bis es schließlich finster wurde und ich wie ein Seiltänzer auf dem schmalen Brett stand, das zum Glück an den Seiten durch Holzlatten gesichert war.

Einige Sekunden verhielt ich mich still und glaubte noch an einen Scherz meines deutschen Freundes. Dabei ließ ich die Augen in der Satansfratze nicht aus dem Blick.

Sie waren die Einzigen, die jetzt noch Licht abgaben, und sie leuchteten sehr fahl.

Aber auch böse und gefährlich …

»Will, schalte die Lampen ein!«

»Verdammt, John, denkst du, ich mache hier Spaß? Das klappt nicht.«

»Wie?«

»Sie sind plötzlich ausgegangen!«

Jetzt wusste ich Bescheid. Die Dunkelheit war nicht auf technisches Versagen zurückzuführen, sondern auf schwarze Magie, mit denen die Mauern gefüllt war.

Dem Bösen gehörte das Kerkerschloss und das Böse war bereit, dafür zu kämpfen.

»Willst du runterkommen?«, klang mir Will Mallmanns Stimme von unten entgegen.

»Nein, ich führe es durch. Ich …«

Da hörten wir die Schreie. Mein Gott, was zuckte ich zusammen. Obwohl sie weit von uns entfernt aufgeklungen waren, vernahmen wir sie sehr deutlich, und wir registrierten beide die Angst, die aus diesen Schreien klang.

Will Mallmann, der besser postiert war als ich, schrie zu mir hoch: »Die müssen irgendwo im Keller aufgeklungen sein!«

»Dann lauf los!«

»Und du?«

»Ich komme nach.«

»Okay, aber beeile dich!«

»Klar!« Ich sah Will laufen. Vielmehr einen Schatten, der sich entfernte und schnell von der Dunkelheit verschluckt wurde.

Will hatte einen großen Vorteil. Er konnte dem Schauplatz des Geschehens direkt zustreben, während ich erst noch das Gerüst hinter mich bringen musste.

Ich hatte mich halb umgedreht, als es geschah.

Plötzlich begann das Gerüst zu wanken und ich schwebte von einem Herzschlag zum anderen in höchster Lebensgefahr …

Christa Behle wunderte sich darüber, dass sie trotz ihrer Angst noch so klar denken konnte. Sie hatte die schreckliche Gefahr erkannt, in der sie und ihr Freund steckten, und es gab für sie nur eine Alternative. So rasch wie möglich weg!

Aber wohin?

Es war die große Frage, denn zur Treppe konnte sie nicht. Dort schwebte die unheimliche Frau mit den Mörderhaaren die Stufen herab und sang weiterhin ihr Lied. Deshalb gab es nur eine Möglichkeit. Weiter den Gang zurück und dann in den Kellerraum hinein, in das unheimliche Verlies, das sie und ihre Freunde erst am gestrigen Tag freigelegt hatten.

Aber sie wollte nicht ohne Andreas gehen. Nie hätte sie

es übers Herz bringen können, ihren Freund allein und hilflos liegen zu lassen. Sie hätte sich schuldig an seinem Tod gefühlt, wäre es so gekommen.

Juliana ließ sich Zeit. Sie wusste genau, dass ihr die beiden nicht entgehen konnten. Allen fünf hatte sie Rache geschworen. Drei von ihnen lebten bereits nicht mehr. Zwei waren noch übrig, doch sie würden die nächste Stunde nicht überleben.

Christa Behle ahnte nichts von den Rachegedanken, mit denen sich Juliana beschäftigte. Sie sorgte dafür, dass ihr Freund aus seiner Lethargie erwachte.

Bewusstlos war Andreas Schattner nicht. Er lag zwar gekrümmt auf dem Boden, doch er stöhnte, wenn er die Hände an seinem Körper spürte. Das Mädchen beugte sich dicht über ihn. »Du musst aufstehen«, flüsterte sie. »Hoch mit dir, Junge. Wir müssen hier weg. Du kannst nicht hier liegen bleiben.« Mit einer Hand hatte sie die Lampe an sich genommen und leuchtete Andreas an.

Blut lief über sein Gesicht. Auch die Lippen waren aufgeschlagen. Den jungen Mann hatte es voll erwischt.

Christa leuchtete ihm ins Gesicht. Sie zielte mit dem Strahl auf seine Augen, und das hatte Erfolg.

Andreas bewegte sich.

»Du musst mit!«, flüsterte seine Freundin. »Wir können nicht hier liegen bleiben.« Die Worte klangen erregt und irgendwie schaffte sie es, den Studenten aus seiner Lethargie zu reißen.

Er kam zwar nicht auf die Füße, aber er bewegte sich zur Seite, und das war wichtig.

Christa half mit. Sie packte ihren Freund am Kragen, schleifte ihn von dem Schutthaufen weg und schaffte es im tanzenden Schein der Lampe, ihren Freund in den freien Gang zwischen den Schutt zu drücken.

Dabei wunderte sie sich, dass Andreas trotz allem noch die Energie aufbrachte und ihr mithalf, denn er stemmte sich auf die Füße, wobei er sich an Christa festklammerte.

So schafften sie den Weg. Es war mehr ein Taumeln und Wanken, aber sie kamen ihrem Ziel näher.

Juliana blieb hinter ihnen. »Geht nur!«, hörten sie ihre

geisterhafte Stimme. »Geht nur hin, ihr werdet euch wundern.« Abermals lachte sie und Christa empfand es wie die Schläge einer Peitsche.

Sie erreichten die Tür.

Nur schwer ließ sie sich bewegen, fiel erst einmal ins Schloss, und das Mädchen musste sie wieder aufziehen, um sich und ihren Partner über die Schwelle ziehen zu können.

Dicht hinter der Tür konnte Andreas Schattner nicht mehr. Er brach zusammen. Taumelnd fiel er zu Boden, schüttelte den Kopf und atmete keuchend.

Das Mädchen leuchtete mit seiner Lampe. Zwar war der Schein nicht besonders stark, dennoch entdeckte sie die zahlreichen in der Luft schwebenden Fäden.

Sie hingen da wie kleine glitzernde Girlanden, bewegten sich, zitterten und sahen so harmlos aus, obwohl sie ihre Gefährlichkeit schon des Öfteren unter Beweis gestellt hatten.

Zudem fiel das Licht der kleinen Lampe auf einen Gegenstand, der in der Mitte des Verlieses stand.

Es war ein Spinnrad!

Und es befand sich in Betrieb.

Es drehte sich, die Spindel drehte sich mit, wobei sie laufend neue Fäden produzierte.

Diese kleinen Fäden peitschten sich regelrecht in die Höhe, schwebten weiter und hatten sich als Ziel die beiden jungen Leute ausgesucht. Christa und Andreas spürten sie überall am Körper. Sie legten sich auf ihre Haut, ließen sich auch nur schwerlich entfernen, weil sie auf dem Schweiß klebten. Sie hielten die Wände des Verlieses bedeckt, sodass es aussah, als wären sie mit Schnee bedeckt.

Christa war klar, dass sie vom Regen in die Traufe geraten waren. Bisher hatte sie sich gut gehalten, doch nun war es mit ihrer Beherrschung vorbei. Sie hatte einen Punkt erreicht, wo ihr alles egal war. Jetzt konnten sie nicht mehr entkommen.

Da spürte sie einen Druck in ihrem Rücken. Zuerst erschrak sie, weil sie dachte, dass es vielleicht Juliana gewesen sein konnte, die sie berührt hatte, dann drehte sie den Kopf und stellte fest, dass sie von der Tür angestoßen worden war.

Die Unheimliche kam.

Die Tote aus dem Kerkerschloss ließ ihre Opfer nicht in Ruhe. »Ihr seid die Letzten«, flüsterte sie. »Ihr werdet in diesem Verlies umkommen, so wie ich es dem Satan versprochen habe. Er hat dafür gesorgt, dass ich nicht sterbe, und ich versprach ihm eine grausame Rache an den Menschen, die mich einmal befreien würden.« Wieder lachte sie geisterhaft und schrill.

Für Christa war es ein Todeslachen. Sie ließ ihren Freund los und kroch tiefer in das unheimliche Verlies hinein, doch sie konnte der lebenden Toten nicht entkommen.

Juliana war stehen geblieben. Das Mädchen interessierte sie im Augenblick nicht, sie wollte zuerst den jungen Mann umbringen und sie gab der Spindel einen unhörbaren Befehl.

Was Christa Behle einen Augenblick später zu sehen bekam, das konnte sie nicht fassen. Es war ihr unbegreiflich, grenzte an Zauberspuk und Hexerei, denn die Spindel gehorchte, obwohl sie nicht berührt worden war, den Befehlen der Juliana.

Das Rad drehte sich schneller, im selben Tempo auch die Spindel. Von ihr löste sich ein langer Faden.

Er erinnerte an einen weißen Gummiarm, der sich durch die Luft reckte, den Lampenstrahl passierte und sich zielsicher um die Kehle des Studenten legte.

Andreas zuckte zusammen, als er die Berührung verspürte. Er riss noch seinen Körper hoch, vielleicht war es der verzweifelte Versuch, dem Tod zu entrinnen, aber vergeblich.

Der Arm war zu stark. Er hatte sich zweimal um den Hals gewickelt und zog sich immer fester zu.

Da hielt es das Mädchen nicht mehr aus.

Christa begann fürchterlich zu schreien …

Die Schreie waren so laut ausgestoßen worden, dass sie nicht nur den Keller erfüllten, sondern auch durch die offenen Türen in die anderen Hallen des Kerkerschlosses drangen.

Und auch Will Mallmann hatte sie gehört. Er wusste, dass er sich beeilen musste, nur war das schwierig, denn die Dunkelheit wurde von keinem Lichtstrahl durchbrochen, zudem befand sich der Kommissar auf einem fremden Gelände, er kannte das Schloss nicht und bewegte sich zum ersten Mal durch die hallenartigen Räume.

Beim Eintritt hatte sich Will gemerkt, wo er den Weg zur zweiten Halle finden konnte. Er ließ den Durchgang hinter sich, befand sich in dem ehemaligen Essraum und suchte nach dem weiteren Weg.

Die Schreie kamen ihm tatsächlich zu Hilfe. Ungefähr konnte er entnehmen, aus welcher Richtung sie zu ihm drangen, und diese Richtung schlug er ein.

Will lief quer durch die Halle, bis er von einer Mauer gestoppt wurde. Jetzt musste er nach rechts, tat dies auch, tastete sich mit den Händen an der Wand entlang und hatte Glück, dass er die bewusste Nische ziemlich schnell fand.

Fast wäre Will noch gestolpert, als er ins Leere fasste, zudem bereiteten ihm die verdammten Fäden große Sorgen, denn sie waren überall und setzten sich in seinem Gesicht fest.

Ein paar Mal schon hatte der Kommissar sie regelrecht abgepflückt und erkannt, wie widerborstig sie waren. Deshalb war er froh, dass John Sinclair ihm den Dolch gegeben hatte. Mit seiner Klinge würde er einen konzentrierten Angriff der Fäden hoffentlich abwehren können.

Er hörte die Schreie nicht mehr, aber er wusste genau, dass sie im Keller aufgeklungen waren. Und zum Keller musste zwangsläufig eine Treppe führen.

Will fand sie.

Um sicherzugehen, zog er ein Feuerzeug aus der Tasche, knipste es an und sah im flackernden Schein der Flamme die ersten Stufen, die in die Tiefe führten.

Er atmete den feuchten Modergeruch ein, der ihm entgegenwehte. Will war sicher, dass er dem Grauen begegnen würde.

Vorsichtig stieg er die Treppe hinab. Immer wieder streiften Fäden sein Gesicht, wobei er das Gefühl hatte, diese verdammten Dinger würden sich hier im Keller konzentrieren.

Will Mallmann zitterte. Eine starke Spannung hielt ihn umfasst. Er spürte den Schweiß auf seinen Handflächen, als er in das Dunkel ging, sah die Fäden nicht, sondern merkte nur die Berührungen. Ein Faden legte sich sogar um seinen Hals. Bevor er ins Fleisch schneiden und zudrücken konnte, nahm Will den Dolch und führte die flache Seite der Klinge an den Faden.

Er löste sich auf.

Nur weiter …

Stufe für Stufe ließ der Kommissar hinter sich und er glaubte plötzlich einen Lichtschein zu sehen, der aus der Tiefe zu ihm hochdrang. Es war nur ein schwacher Schein, aber in der Dunkelheit deutlich zu erkennen.

Mallmann erreichte das Ende der Treppe.

Ein Gang lag vor ihm. Angefüllt mit Schatten. Als er genauer hinschaute, da stellte er fest, dass diese Schatten aus Schutt bestanden, der fast den gesamten Gang ausfüllte.

Nur in der Mitte befand sich ein schmaler Weg, durch den Kommissar Mallmann gehen konnte.

Wo führte er hin?

Will konzentrierte sich mehr auf den Lichtschein. Er war deutlicher hervorgetreten und der Kommissar sah, dass dieser Schein aus einem Raum drang, dessen Tür verschlossen war.

Allerdings zeigte sie eine Besonderheit. Die obere Hälfte bestand aus senkrecht verlaufenden Stäben und durch die Zwischenräume konnte der Kommissar in das Verlies schauen, wo eine Lampe brannte.

Er sah Bewegungen und hörte ein schreckliches Wimmern. Der Stimme nach musste es eine Frau ausgestoßen haben, vielleicht auch ein Mädchen, die Studentin, die von John und ihm gesucht wurde.

Will Mallmann wäre lieber auf Zehenspitzen weitergelaufen, um sich unhörbar anzuschleichen, doch die Zeit drängte. Deshalb bewegte er sich so rasch wie möglich auf die Tür zu, fand sogar eine Klinke, drückte sie nach unten und konnte die Tür aufziehen.

Leider schaffte er dies nicht ohne Geräusche. Am unteren Ende kratzte die Tür über den Boden, Will wurde gehört und als er einen freien Blick in den Raum hatte, da drehte sich Juliana um.

Die beiden starrten sich an.

Jedoch nur für einen Moment, denn der Blick des Kommissars war weitergeglitten und Will Mallmann erkannte, in welch einer schrecklichen Lage sich ein junger Mann befand.

Er lag auf dem Boden und von einem Spinnrad aus hatte sich ein langer Faden gelöst, der am Hals des jungen Mannes sein Ziel fand und dort eine Schlinge gebildet hatte.

Bevor die lebende Tote etwas unternehmen konnte, huschte der Kommissar an ihr vorbei. Sein Arm zuckte in die Höhe, glitt dann nach unten und Will trennte mit einem gezielten Schnitt die magische Würgeschnur mittendurch.

Andreas Schattner kippte zur Seite. Das alles nahm Will in sich auf und er hoffte, dass er nicht zu spät gekommen war.

Er sah auch das Mädchen, das geschrien hatte.

Christa hockte am Boden. Sie war unfähig, sich zu rühren. Das Grauen hatte sie erstarren lassen.

Doch Juliana bewegte sich. Sie sah ihren Erfolg gefährdet und fuhr fauchend zu Will Mallmann herum.

Ihre Augen schienen dabei den Kopf verlassen zu wollen, so hart schaute sie den Kommissar an.

Will lächelte kalt. Seinen rechten Arm mit dem Silberdolch schob er vor. »Komm nur«, flüsterte er, »komm nur her, auf dich habe ich schon lange gewartet …«

Schon bei dem ersten Stoß war mir klar gewesen, dass dieses Schwanken nicht auf eine natürliche Ursache zurückzuführen war. Magische Kräfte mussten im Spiel sein, die dafür verantwortlich waren. Und ich brauchte mir nur die Teufelsfratze unter der Decke anzusehen, um den Teil einer Erklärung zu finden.

Instinktiv hatte ich meinen Körper vorgeworfen und die Arme ausgestreckt. So bekam ich wenigstens den Balken am Rand zu fassen, an dem ich mich abstützen konnte.

Nach der ersten Erschütterung herrschte eine nahezu gespenstische Stille. Seltsamerweise dachte ich in diesen Augenblicken nicht einmal so sehr an mich, sondern mehr an Will Mallmann, der sich ja auf meine Hilfe verließ. Wie es allerdings aussah, kam ich so ohne weiteres hier nicht weg.

Es war nicht völlig dunkel geworden. Erstens drang durch das Fenster noch ein wenig Tageslicht, das seinen grauen Schein verbreitete, und zweitens sorgten die Augen des Teufels dafür, dass ein schwacher Schein unter dieser Fratze schwebte.

Wenn ich dieses Gesicht, in dem der Geist des Asmodis steckte, vernichten konnte, war mir viel geholfen.

Zunächst einmal musste ich den Plan aufgeben, denn der zweite Stoß erschütterte das Gerüst.

Diesmal heftiger. Ich hatte Mühe, überhaupt auf den Füßen zu bleiben, und glaubte auch, irgendwo vor mir etwas knirschen zu hören.

Was war ich froh gewesen, als ich sah, dass man das Gerüst in der Wand verdübelt hatte.

Dies änderte sich nun.

Wieder ein Schwanken, Reißen von Holz und im nächsten Augenblick kippte tief unter mir etwas um. Ich hörte den Knall, mit dem der Gegenstand zu Boden fiel, und spürte, dass auch meine Standfestigkeit längst nicht mehr so sicher war wie noch zu Beginn.

Es wurde mehr als gefährlich.

Über mir sah ich das Gesicht. Mit dem Kreuz hatte ich es attackieren wollen, um sein magisches Leben zu zerstören. Es waren wirklich nur einige Schritte, die mich trennten, doch diese Distanz bedeutete bei dem schwachen Zustand des Gerüstes eine fast unüberbrückbare Entfernung für mich.

Trotzdem musste ich es auf einen Versuch ankommen lassen.

Da riss hinter mir der waagerecht verlaufende Haltebalken. Ich sah es nicht, sondern hörte nur das Splittern und im nächsten Moment polterte das Holz auf das Gangbrett.

Unwillkürlich versteifte ich mich. Zudem begann das Brett noch zu vibrieren und einen Atemzug später heftig zu schwanken, als es einen Schlag aus dem Nichts erhielt.

Jetzt wurde es noch gefährlicher.

Wenn ich abstürzte, war ich verloren. Zurück konnte ich nicht mehr, das würde mein Gegner nicht zulassen. Es blieb mir demnach nur eins. Die Flucht nach vorn.

Und das tat ich auch. Drei, vier Schritte legte ich zurück, ohne weiter darüber nachzudenken, dann war ich in Griffweite der Fratze.

Aus der Nähe betrachtet wirkte sie noch scheußlicher. Vor allen Dingen die Augen waren von einem unheimlichen Leben erfüllt, wie es nur in der Hölle geboren werden konnte.

Zum Glück besaß ich meine stärkste Waffe – das Kreuz!

Ein paar Mal noch holte ich tief Luft, während sich das Brett, auf dem ich stand, allmählich senkte.

Ich hatte das Gefühl, als würde es Wellen werfen, und mir fiel es schwer, die Arme in die Höhe zu bekommen, weil ich immer wieder versuchen musste, das Gleichgewicht zu bewahren.

Ein Riss im Brett. Nicht in der Breite, sondern in der Länge. Es würde also nach rechts und links wegbrechen. Die Angst stachelte mich zu der letzten Tat an.

Ich schleuderte meinen Arm hoch und damit auch das Kreuz. In der rechten Faust hielt ich die Waffe, die von dem Propheten Hesekiel geschmiedet worden war, und mit dem Kreuz traf ich voll die Fratze des Satans.

Es war ein harter Schlag, ein Treffer, der nicht nur mich durchschüttelte, sondern auch das Gesicht des Teufels, von dem all die Magie ausging.

Gelang es mir?

Ja, ich musste es schaffen, denn die beiden Urfeinde – Gut und Böse – trafen in diesem Fall aufeinander.

Auf einmal schien die gesamte Decke zu explodieren. Es war keine krachende oder donnernde Explosion, sondern eine weißmagische Lichtdetonation, in dessen Zentrum sich die Satansfratze befand und auf die sich alles konzentrierte.

Sie wurde vernichtet.

Ich stand auf dem schwankenden Brett und vernahm Schreie, wie es sie auf der Erde nicht gab.

Ein grässliches Wutgebrüll, schaurig anzuhören, denn der Teufel hatte eine Niederlage erlitten. Er konnte der Macht des Kruzifixes nicht widerstehen. Was vor Urzeiten festgelegt worden war, hatte auch noch heute seine Gültigkeit behalten.

Vergangenheit, Gegenwart, Zukunft, sie schlossen sich in einem Kreislauf zusammen.

Und die hüllten diese teuflische Macht, die aus der Maske strahlte, ein.

Der Satan kämpfte, aber er hatte den Urkräften nichts entgegenzusetzen, er musste der Historie Tribut zollen, und aus diesem Grunde verlor er.

Er hatte in diesem Kerkerschloss sein Erbe hinterlassen, sein mit höllischer Magie aufgeladenes Gesicht, dessen Kraft so groß war, dass es andere beeinflussen konnte – wie diese Sagengestalt der Juliana.

Es ging dem Ende zu.

Sein Maul öffnete sich weit. Schreie drangen aus der klaffenden Höhle. Aus dem Wutgebrüll wurden abgehackte Laute, die er mir entgegenschleuderte.

Mein Kreuz glühte.

Heiß war es nicht geworden, aber seine Magie, die Kontakt mit dem Bösen bekommen hatte, zerstörte trotzdem.

War die Fratze vorhin noch deutlich zu sehen gewesen,

so verschwand sie allmählich. Auch die Schreie wurden leiser. Sie schienen in einen leeren Raum hineinzustoßen, um dort zu verklingen.

Das Erbe des Höllenfürsten verging. Es hatte lange Zeit Bestand gehabt, war verdeckt und wieder hervorgeholt worden, nun fand es seine endgültige Vernichtung.

Damit war ich noch nicht gerettet. Während die Fratze verblasste, stand ich nach wie vor auf dem Gerüst.

Und das wankte.

Es wurde von neuen Stößen erschüttert. Wahrscheinlich war es dem Satan in einem letzten Aufbäumen gelungen, das Gerüst noch einmal anzustoßen, um mich unter den Trümmern begraben zu können.

Ich zog meine Hand mit dem Kreuz zurück und taumelte nach hinten. Noch hielt ich mich auf dem Steg, wenn ich auch feststellte, dass das Brett unter mir nachgab.

Und plötzlich brach es.

Ich hatte nicht damit gerechnet, wurde überrascht und in die Tiefe geschleudert. Dann vernahm ich das Knirschen an der Wand und merkte im Fallen, wie sich das Gerüst von der Mauer löste.

Gab es noch Rettung oder würde ich wenige Sekunden später zerschmettert am Boden liegen?

Ich hatte gewissermaßen Glück im Unglück. Das Brett, auf dem ich stand, war kurz zuvor zusammengebrochen. Ich hatte zwar keinen Halt mehr, aber ich fiel in die Tiefe und krachte dabei auf den unter mir liegenden Steg. Zum Glück war er noch nicht zusammengebrochen, und er hielt auch einen Moment lang mein Gewicht aus, wobei er sich zwar durchbog, aber nicht splitterte.

Der Aufprall malträtierte meinen Körper. Über mir sah ich für den Bruchteil einer Sekunde das sich allmählich senkende und fallende Baugerüst. Ich konnte mich nicht mehr halten und rollte seitlich über den Steg.

Wie tief war es?

Zwei Meter, drei?

Stoppen konnte mich nichts mehr. Ich schaffte es soeben noch, meinen Körper herumzuwerfen, sodass ich mit den Füßen zuerst aufprallen würde, dann erfolgte schon der Aufschlag.

Kaum hatte ich den Boden berührt, warf ich mich sofort nach vorn, versuchte eine Rolle, die mir nicht richtig gelang, und dabei hatte ich das Gefühl, jemand hätte mit einem Hammer auf meine rechte Schulter geschlagen.

Ein paar Mal überschlug ich mich, schleuderte die Farbeimer zur Seite und traf mit den Füßen eine Kabellampe, die ebenfalls nicht auf der Stelle liegen blieb, sondern weggeschleudert wurde.

Ich war noch nicht zur Ruhe gekommen, als ich hinter mir das Krachen und Bersten vernahm, mit dem das gesamte Gerüst zusammenbrach. Da splitterte das Holz, ich vernahm das harte Reißen, robbte schließlich weg und zog dabei den Kopf ein.

Die schweren Balken trafen mich zum Glück nicht. Es waren nur Reste, die gegen meinen Körper hämmerten, und als ich die Tür vor mir sah, blieb ich erschöpft liegen.

Der Kelch war noch einmal an mir vorbeigegangen!

Ich atmete auf.

Während ich mich langsam auf die Beine quälte, warf ich einen Blick zurück.

Nichts stand mehr.

Das gesamte Gerüst hatte sich aus der Wand gelöst. Aber die Macht des Teufels war in diesem Kerkerschloss gebrochen. Wenn ich meinen Blick gegen die Decke richtete, sah ich dort, wo zuvor noch die Fratze des Höllenfürsten gewesen war, nichts mehr.

Nur einen schwarzen Fleck glaubte ich zu erkennen.

Okay, ich hatte es geschafft.

Und Will Mallmann?

Der Kommissar und die lebende Tote standen einander gegenüber und starrten sich an.

»Einmal«, so flüsterte Juliana, »bist du mir entkommen!« Sie gab Will damit die Bestätigung, dass er sich nicht getäuscht hatte, als er eine Bewegung innerhalb des Hauses gesehen hatte, in dem Dirk Behrens wohnte. Sie war da gewesen und hatte ihre Chance verpasst. Diesmal wollte sie alles nachholen, aber sie traf auf einen Gegner, der bewaffnet war und sich wehren konnte.

Will verließ sich auf den Dolch. Er hatte ihn ein wenig gekantet, sodass die Spitze schräg auf den weiblichen Zombie wies, der durch Höllenkraft gestärkt wurde.

Auch glaubte der Kommissar, dass die langen Fäden innerhalb des Verlieses verrückt spielten, denn sie schwebten längst nicht mehr so ruhig wie normal, sondern tanzten und zirkulierten. Wahrscheinlich suchten sie die beste Angriffsposition.

Will Mallmann war dem jungen Mann dankbar, dass er eine Taschenlampe mit in den Keller genommen hatte, so war dieses Verlies zum Teil erleuchtet und seine Gegnerin konnte ihn mit einem Angriff nicht überraschen.

Die Untote stand unter Stress. Dieser Vergleich fiel dem Kommissar ein, als er sie anschaute, denn die wilde Haarpracht hatte sich zu beiden Seiten des Kopfes in die Höhe gehoben, sodass die einzelnen Fäden fast waagerecht standen.

Es waren zitternde Wellen, die zu knistern schienen, als würde zwischen ihnen elektrischer Strom laufen.

Das Zeichen für den Angriff?

»Komm nur!«, zischte der Kommissar durch die Zähne. »Auf so etwas wie dich habe ich nur gewartet. Ich werde dich ein für alle Mal in die Hölle schicken. Du wirst keinen Menschen mehr töten, du Zombie.« Will hatte die Worte kaum ausgesprochen, als er vorschnellte und mit dem Silberdolch auf die Gestalt stach.

Er traf nicht.

Will Mallmann war überrascht, wie schnell sich die andere bewegen konnte. Das hätte er ihr nicht zugetraut, denn sie drehte sich so geschickt zur Seite, dass die Klinge sie verfehlte.

Dafür reagierten ihre Helfer.

Die zahlreichen Fäden, von der magischen Spindel produziert, gerieten in immer schnellere Bewegungen und an mehreren Stellen gleichzeitig sammelten sie sich, um gefährliche Würgeschlingen zu bilden.

Drei Schlingen waren es, die den Kommissar erdrosseln wollten, und sie kamen von drei verschiedenen Seiten auf ihn zu.

Mallmann wich nicht zurück. Er dachte auch an die beiden Gefangenen, deren Leben er retten musste, und er hörte im Unterbewusstsein den Krach von oben, kümmerte sich nicht darum, sondern konzentrierte sich auf die erste Schlinge.

Eiskalt ließ er sie kommen.

Und dann stieß er mit dem Messer zu.

Von unten nach oben zog er den Dolch und die gefährliche Würgeschlinge war einfach nicht zu verfehlen. Die Klinge hatte kaum Kontakt, als die zusammengedrehten Fäden bereits zerstört wurden. Sie ringelten sich zuerst zusammen, wurden schwarz und fielen sanft wie Schnee zu Boden.

Sofort war Will bei der nächsten Schlinge, er zerstörte auch sie, und die dritte kam ebenfalls an die Reihe.

Dabei lachte er wild, denn er sah, dass sich die Tote aus dem Kerkerschloss irritiert zeigte. Der Blick ihrer gelbweißen Augen flackerte, sie reagierte nicht und der Kommissar stürzte sich auf das Spinnrad, wobei er es mit seiner Klinge attackierte und die Fäden brutal zerstörte.

»Und jetzt zu dir!«, keuchte er im Herumwirbeln. Für einen Moment blieb er in einer geduckten und angespannten Haltung stehen. Er schaute auf seine Gegnerin, prägte sich ihr Bild ein, wie sie mit dem Rücken an der Verliesmauer stand und die Arme vorgestreckt hatte. Waagerecht und zitternd standen die Haare vom Kopf ab.

Mallmann sprang auf Juliana zu. Verzerrt war sein Gesicht. Er brachte dieser untoten und dennoch lebenden Mörderin nur Hass entgegen und wollte ihr den Dolch in das Gesicht stoßen.

Will war nicht vorsichtig genug. Als sein rechter Arm nach unten fuhr, da griff sie blitzschnell zu. Plötzlich hatte der Kommissar das Gefühl, sein Gelenk würde in einer Klammer stecken. Er fühlte die kalte Klaue der lebenden Toten, der es gelungen war, den Hieb mit dem Messer zu stoppen, und Juliana presste sein Gelenk nach hinten, sodass Will es nicht mehr schaffte, die Messerspitze gegen ihren Körper zu drücken. Die andere hatte einfach zu viel Kraft.

Wills Körper wurde zurückgebogen. Für einen Moment hielt er sich noch in dieser Lage, dann wurde der Druck zu stark, und er verlor das Gleichgewicht.

Der Kommissar fiel zu Boden. Er schlug mit dem Rücken auf und die Untote lag plötzlich über ihm.

»Hattest du gedacht, dass du mich so töten kannst? Nein, mich unterstützt der Teufel, und der Teufel ist es auch, der mir die Kraft gibt, um für alle Zeiten zu überleben, das sage ich dir, du verdammter Hund!« Sie kicherte schrill.

Will Mallmann war ehrlich genug, seinen Fehler einzugestehen, aber dafür konnte er sich nichts kaufen.

Zwar hatte er noch seinen linken Arm frei, er schlug damit auch in das Gesicht der Juliana, traf, hörte das Klatschen, wobei er gleichzeitig das Gefühl hatte, gegen Beton geschlagen zu haben, so wenig Erfolg erzielte er damit.

Die andere besaß mörderische Kräfte. Und sie nagelte mit ihrem freien Arm auch Wills linke Hand fest, sodass sich der Kommissar nicht mehr rühren konnte.

Jetzt hatte sie ihn so, wie sie ihn haben wollte. Nun konnte sie ihre gefährlichste Waffe einsetzen – die Haare.

Und Will Mallmann sah, wie sie sich bewegten. Als würden Hände hineinwühlen, so wurden sie in die Höhe geschoben, regelrecht aufgetürmt, um sich dann zusammenzuwickeln und die gefährlichen Würgeschlingen zu bilden.

Die Haare wollten Mallmann töten!

Wie Peitschenhiebe bewegten sie sich vor seinem Gesicht und trafen seine Haut. Will spürte ein Brennen und erhielt einen Vorgeschmack dessen, was ihn erwartete.

»Nein, nein! So einfach ist es nicht!«, knurrte die Untote. »Ich werde es dir schon zeigen, darauf kannst du dich verlassen. Niemand entkommt mir, auch du nicht …«

Sie beugte sich noch tiefer, weil sie mit ihrem Kopf eine bessere Angriffsposition einnehmen wollte, und Will sah mit Schrecken, dass es ihr auch gelang.

Er stieß seinen Kopf nach vorn, traf mit der Stirn, doch einen Erfolg erzielte er nicht.

So ließ sich die andere nicht stoppen.

Die rechte Hälfte des Haares wickelte sich um die Kehle des Kommissars.

Will Mallmann hatte die Augen weit aufgerissen. Er stemmte sich noch einmal mit Macht gegen den auf ihm liegenden Körper der Untoten, doch er konnte ihn nicht wegstoßen.

Und da sah er eine Gestalt.

Sie war hinter der lebenden Toten aufgetaucht. Die Gestalt wankte, sie hatte kaum noch Kraft, aber sie hielt einen schweren Stein zwischen ihren erhobenen Händen.

Und der sauste nach unten.

Es war ein wuchtiger Hieb, der die lebende Tote zwar nicht ausschalten konnte, aber er sorgte dafür, dass sie den Würgegriff ihrer Haare lockerte.

Will hatte das Aufprallgeräusch noch in den Ohren, als er sah, wie der Körper über ihm allmählich zur Seite kippte, von ihm abfiel, auf dem Rücken zu liegen kam und sich herumwälzen wollte.

Die Haare ließen den Hals des Kommissars nicht los. Will wurde von der festgezogenen Würgeschlinge auf die Seite gezerrt, während Christa Behle, die mit dem Stein zugeschlagen hatte, im Dunkel des Verlieses verschwand.

Doch Wills Arm war frei.

Er hob ihn an und ließ ihn dann nach unten fallen.

Der Dolch traf.

Diesem Stich konnte die lebende Tote nicht ausweichen. Er vernichtete sie, zerstörte ihr untotes Dasein und der Kommissar merkte, dass er wieder atmen konnte, denn die Schlinge um seinen Hals hatte sich gelockert.

Auf dem Rücken blieb er liegen, während neben ihm Juliana, die Tote aus dem Kerkerschloss, allmählich verfaulte …

Als ich das Verlies erreichte, war schon alles vorbei. Will Mallmann lag auf dem Boden, neben ihm befanden sich die Reste der Untoten und in einer Ecke hockte ein junges Mädchen, das den Kopf ihres Freundes in den Schoß gebettet hatte.

Ich kümmerte mich zuerst um ihn.

Er lebte noch, auch wenn es ihn hart erwischt hatte. So waren zwei Menschen den Klauen der untoten Mörderin entkommen.

Dann ging ich zu Will. Er lag auf dem Rücken und grinste mich verzerrt an. »Wir haben es geschafft, John!«, krächzte er. »Verdammt, wir haben es geschafft.«

Ich nickte, bevor ich meine Hand ausstreckte und ihm auf die Beine half.

Wenig später standen wir draußen in der Kälte. Will und ich trugen den bewusstlosen Studenten zum Wohnwagen hinunter. Ich hatte mir bei meinem Fall irgendetwas zugezogen, denn mein rechtes Bein schmerzte, sodass ich humpelte.

Als Will Mallmann plötzlich lachte, wollte ich gern den Grund wissen.

»Weißt du, wie du aussiehst, John?«

»Nein.«

»Wie der Maler Klecksel. Hast du in Farbe gebadet?«

Ich schaute an mir runter und musste meinem Freund Recht geben. Die Kleidung hatte wirklich Ähnlichkeit mit dem Gefieder eines bunten Vogels.

Man kann eben nicht alles haben. Gewinnen und dazu noch gut aussehen. Irgendwas bleibt immer auf der Strecke …

ENDE

Symphonie des Blutes

Mit einer Gesamtauflage von 250 Millionen ist ›*Geisterjäger John Sinclair*‹ die erfolgreichste Horror-Serie der Welt, und Jason Dark zählt zu den meistgelesenen Autoren deutscher Sprache. In dieser Taschenbuchausgabe erscheinen acht seiner atemberaubenden Romane:

Der Pesthügel von Shanghai
Werwolf-Terror in Soho
Die Schädelkette
Der Seelen-Vampir
Verdammt und begraben
Der Spielhöllen-Dämon
Der Schädelthron
Gatanos Galgenhand

ISBN 3-404-73931-0

Draculas Darling

Es waren vier Männer und eine Frau, die Chapman im Geheimauftrag der Regierung zu Killern ausbildete. Sie übernahmen die schmutzigen Geschäfte, die nicht an die Öffentlichkeit dringen sollten.
Doch die Zeiten änderten sich. Die Killer-Truppe wurde nicht mehr gebraucht und entwickelte sich zu einem Problem. Sie musste für immer verschwinden. Dafür engagierte Chapman den Vernichter, einen Vampir, auch Draculas Darling genannt.
Mit den neuen Taten begannen die Probleme für Suko und mich. Denn Draculas Darling pflanzte seinen Keim fort ...

ISBN 3–404–73245–6

BASTEI LÜBBE

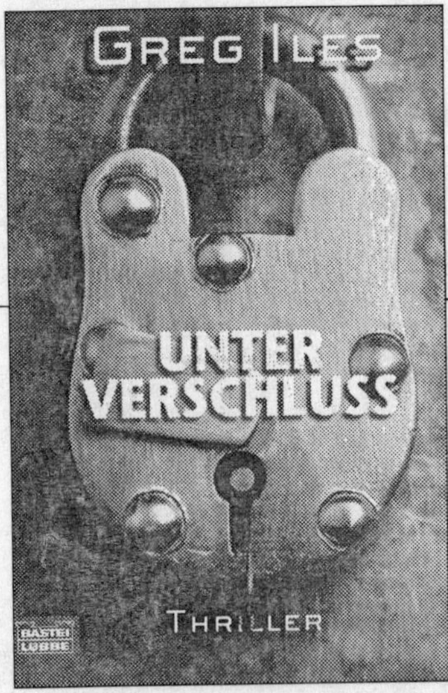

Penn Cage kennt den Tod wie seine Westentasche: Als Staatsanwalt hat er sechzehn Menschen in die Todeszelle gebracht. Doch nach dem plötzlichen Tod seiner Frau sehnt er sich nach Ruhe und Frieden. Mit seiner kleinen Tochter begibt er sich in die Stadt seiner Kindheit, um den Schatten der Vergangenheit zu entfliehen. Aber Natchez, Mississippi, ist nicht der Ort, um seine Trauer zu begraben. Ein dunkles Geheimnis umgibt diese Stadt im Süden der USA, ein Geheimnis, an dessen Aufdeckung niemand Interesse bekundet ...

›Nach *@E.R.O.S.* und *Schwarzer Tod* läuft Greg Iles zur Hochform auf.‹ *WASHINGTON POST*

ISBN 3-404-14550-X

BASTEI LÜBBE

Das verwunschene Alpental GLENRAVEN kommt nicht zur Ruhe. Callion ist entkommen und hegt nun düstere Rachegedanken. Diesmal spinnt er seine Intrigen von Kalifornien aus. Wieder sind es zwei Frauen, eine aus Glenraven, die andere aus Los Angeles, die zwischen ihm und einer Schreckensherrschaft stehen, wie sie die Welt noch nicht gesehen hat – weder unsere, noch die Glenravens ...

›Magisch-romantisch:
nicht nur für eingefleischte Fantasy-Fans.‹
freundin

ISBN 3-404-14554-2

BASTEI LÜBBE

Als sich dem jungen Gunn Henderson neue berufliche Perspektiven bieten, zögert er nicht lange, zumal der Job in einer expandierenden Marketing-Firma mit vielen Annehmlichkeiten verbunden ist. Sein neuer Chef prophezeit, dass Gunn innerhalb eines Jahres Millionär sein wird, und überläßt ihm und seiner Familie eine Luxuswohnung samt Koch und Hausmeister. Doch dieses Leben hat seinen Preis: Denn der angebliche Hausmeister verfolgt einen finsteren Plan, und für die Hendersons beginnt ein Spiel auf Leben und Tod ...

ISBN 3-404-14553-4

BASTEI LÜBBE

›Dann sah ich: Das Lamm öffnete das erste der sieben Siegel ...‹ *Offenbarung des Johannes*

Im Hudson Valley nahe New York werden ein Mann und eine Frau brutal ermordet. – In Nordkorea wird ein Dorf buchstäblich von der Erdoberfläche gebombt. Als der einzige Überlebende Tage später aufgegriffen wird, stammelt er etwas von einer Frau. – In der norwegischen See bahnt sich ein Eisbrecher den Weg zu einer kleinen Insel. An Bord ist ein Wissenschaftlerteam, das die Leichen von fünf lange verstorbenen Bergleuten exhumieren will. Aber als sie an ihr Ziel kommen, finden sie die Gräber bereits geöffnet vor ...
Frank Daly, Reporter der *Washington Post*, wittert die Story seines Lebens, als er den Zusammenhang zwischen diesen drei unheimlichen Ereignissen erkennt. Doch überall stößt er auf eine Mauer aus Schweigen. In einem atemlosen Wettlauf gegen die Zeit führt ihn die Spur schließlich zu einer fanatischen Gruppe, deren Glaubensbekenntnis Apokalypse heißt ...

ISBN 3-404-14565-8

BASTEI
LÜBBE